KB249970

Miguel de Cervantes
El Ingenioso Caballero Don Quijote de la Mancha

•

기발한 기사 라 만차의
돈 끼호떼 2

창 비 세 계 문 학

4

•

기발한 기사 라 만차의
돈 끼호떼 2

•

미겔 데 세르반떼스
민용태 옮김

창비

차례

•

일러두기

1. 이 책은 마르띤 데 리께르(Martín de Riquer) 역주 *Miguel de Cervantes Saavedra: Don Quijote de la Mancha*(Barcelona: Editorial Juventud 1968)를 저본으로 하고, 비센떼 가오스(Vicente Gaos), 존 제이 앨런(John Jay Allen), 아메리꼬 까스뜨로(Américo Castro) 등의 역주 판본들을 참조하였다.

2. 1615년판 원서의 체제를 그대로 따랐으며, 번역저본에 충실하되 저자의 문체와 수사법의 원뜻에 최대한 가깝도록 일부는 우리말 맥락에 맞게 의역하였다.

3. 본문 중의 각주는 옮긴이의 것이다.

4. 외국어는 가급적 현지 발음에 준하여 표기하되, 일부 우리말로 굳어진 것은 관용을 따랐다.

기발한 기사 라 만차의 돈 끼호떼[1]

이딸리아 최고회의 의장이며 나뽈리 왕국의 부왕副王,
총독 겸 군사령관, 알깐따라 교파의 뻬냐피엘과 사르사 영지의 총감독관,
국왕 폐하의 시종이자 싸리아의 후작,
레모스와 안드라데 그리고 비얄바의 백작이신
뻬드로 페르난데스 데 까스뜨로 씨에게 바친다.

1615년, 특허를 받아 환 데 라 꾸에스따가 마드리드에서 출판하다.
국왕 지정 서적상 프란시스꼬 데 로블레스 서점에서 판매함.

----

1 『돈 끼호떼』 1권의 제목은 『기발한 시골 양반 라 만차의 돈 끼호떼』(*El Ingenioso Hidalgo Don Quijote de la Mancha*)였다. 2권에서는 '시골 양반'이 아니라 '기사' (caballero)이다. 1권 3장에서 비록 엉터리로라도 객줏집 주인에게 기사 서품을 받았으니 엄연히 기사라 할 수 있기 때문이다.

　　승정원에 거주하는 우리 국왕 폐하의 왕실 서기인 에르난도 데 바예호 본인은, 국왕 폐하의 인가를 받아 출판된 미겔 데 세르반떼스 싸아베드라가 지은 '라 만차의 돈 끼호떼 2권'이라 이름 붙인 책을 승정원 의원들이 검토한 결과 종이 각 장마다 4마라베디로 가격을 책정하여, 원고지 총 73장으로 계산할 때 정가가 총 292마라베디임을 증명하노라. 따라서 이 책의 첫 부분에 그 가격을 명시하도록 명하니, 이렇게 함으로써 본인이 소유하고 있는 해당 규정과 법칙에 명시된 바와 같이 이 책을 주문하거나 가져갈 때 어떤 경우라도 정해진 가격을 초과할 수 없음을 누구나 알고 이해하도록 하려는 것이니라. 언급한 저자 미겔 데 세르반떼스의 신청과 승정원 의원들의 명령으로 본 증서를 발행하노라. 마드리드, 1615년 10월 21일.

에르난도 데 바예호

　　미겔 데 세르반떼스 싸아베드라가 지은 '라 만차의 돈 끼호떼 2권'이라 이름 붙인 책을 검토한 결과, 이 책에는 원고와 맞지 않는 별다른 점이 발견되지 않았음. 마드리드, 1615년 10월 21일.

프란시스꼬 무르시아 데 라 랴나 석사

| 허가증 |

　승정원 의원들의 명령과 위임으로 청원서에 들어 있는 책을 본인이 검토한 결과, 이 책은 미풍양속이나 신앙에 위배되는 내용이 없으며 오히려 참다운 도덕성이 적절하게 혼합된 대단히 재미있는 책으로 인정되므로 출판 허가를 내줄 수 있음. 마드리드, 1615년 11월 5일.

구띠에레 데 세띠나 박사

| 허가증 |

　승정원 의원들의 명령과 위임으로 미겔 데 세르반떼스가 쓴『라 만차의 돈 끼호떼 2권』을 검토한 결과 우리의 미풍양속이나 성스러운 가톨릭 신앙에 위배되는 점이 없으며, 오히려 예로부터 나라의 안녕에 도움이 된다고 하는 안온한 재미와 고상한 오락성을 많이 가진 책으로 인정함. 그 엄숙한 스파르타 왕국에서도 웃음의 신에게는 동상을 세웠으며, 테살리아 사람들은 웃음의 신에게 축제를 올렸다고 하니, 보지오가『교회의 표상들』(*De signis Ecclesiae*) 2권 10장에서 언급한 바에 따르면 이는 파우사니아스가 한 말로, 시든 우울한 정신을 일깨우고 마음에 용기를 북돋아주기 위함이었다. 여기에 대하여 키케로는『법률에 대하여』(*De legibus*)의 첫 장에서 이렇게 말했다. "Interpone tuis interdum gaudia curis." 이 말은 작가가 농담에는 진실을, 교훈에는 재미를 섞고, 촌스러운 것에 고상한 것을 혼합해서 비판의 낚시에 칭찬의 미끼를 다는 형태로 기사도에 관한 책들을 추방하기에 알맞은 사건들을 골라 적절히 잘 표현하고 있다는 것이니, 재주를 다해 이 나

라 사람들이 기사소설병에 감염되어 겪는 고통을 아주 열심히 씻어내 주었음이다. 이 작품은 우리나라의 영광이자 명예요, 위대한 천재성에 대단히 부합하는 책이며 외국인들의 경탄과 질투를 받을 만한 저서이니, 이것으로 사소한 사항을 제외한 나의 견해임을 밝히는 바임. 마드리드, 1615년 3월 17일.

호세프 데 발디비엘소 석사

| 허가증 |

국왕 폐하의 궁전이 있는 이곳, 마드리드의 부사교副司敎 구띠에레데 세띠나 박사의 위임을 받아 미겔 데 세르반떼스 싸아베드라의 『기발한 기사 라 만차의 돈 끼호떼 2권』을 검토한 결과, 기독교 신앙에 맞지 않거나 모범적 행동이나 예절, 도덕성에 걸맞지 않은 점을 발견할 수가 없었으며, 오히려 대단히 해박한 지식과 교훈적인 내용이 많았다. 특히 도를 넘을 정도로 감염과 영향을 많이 끼친, 쓸데없는 거짓말투성이인 기사도에 관한 책들을 뿌리째 뽑아내려는 목적으로 용의주도하게 전개된 사건들이며, 지겨울 정도로 의도적인 감상적 표현에 의하여 망가진 흔한 문구들과는 달리 매끄러운 표준 에스빠냐어를 쓴 점도 좋았다. 정신이 제대로 박힌 사람이면 누구나 싫어하는 지나친 감상적 표현은 좋지 않은 습관인데, 일반적인 이런 나쁜 습관들을 고친 점과 그의 예리한 문장 덕에 기독교가 금기로 여기는 법칙들을 아주 확실하게 한 점도 좋다. 흔히 병을 고치려다가 오히려 감염된 자는 그 약의 달콤한 맛에 취해서 생각지도 않은 사이에 아무런 역겨움이나 부끄러움도 없이 맛있게 약들을 마시곤 하는데, 그런 나쁜

습관을 좋아해서는 안된다는 교훈을 얻었을 것이다. 이런 점이야말로 좋아함이나 조심성에서 가장 이루어내기 힘든 점인데, 많은 사람들이 작품의 재미와 교훈성을 알맞게 섞을 줄을 몰라 글쓰기라는 그런 귀찮은 짓을 땅에 팽개처버리곤 했으니, 사람들은 철학적이고 현학적인 면에서 찬란하고 멋지다기보다는 오히려 용감했다고 할 수 있는 디오게네스를 모방할 능력이 없자 차라리 그의 풍자적이고 냉소적인 면을 모방하고자 한 것이다. 주로 욕설을 일삼고 사정없이 비판해대는 나쁜 습관의 예를 든다는 게 실제 일어나지도 않은 경우를 만들어내고, 그때까지 사람들이 몰랐던 길을 혹시 발견하면 이제는 비판자로서가 아니라 거기에 도통한 사람으로 남게 되는 그런 사람들은 잘 아는 사람들을 증오하고 국민들에게 혹시 있을지도 모르는 신용까지 잃게 될 것이다. 종기나 곪은 데가 한순간에 어떤 치료나 처방으로 모두 낫는 것도 아닌데, 어떤 악습이나 상황들을 함부로 요령없이 비판하고 고치려고만 들다가 전보다 더 나쁜 상태로 만드는 그런 글들이 있는바, 오히려 어떤 사람들은 그보다는 부드럽고 순한 약들을 훨씬 더 잘 받아들이니, 왜냐하면 사려 깊고 해박한 의사는 그런 약을 써도 병을 잘 고칠 수 있기 때문이다. 부드러운 약을 쓰는 것이 쇠몽둥이를 써서 고치는 성과보다 훨씬 나을 때가 많은 법이니라. 그런 글에 비해 미겔 데 세르반떼스의 글은 우리나라나 외국 사람들에게 아주 다른 느낌을 갖도록 했으니, 에스빠냐나 프랑스, 이딸리아, 독일, 네덜란드에서 작품의 품격이나 고상함, 그리고 글의 부드러움이나 유려함으로 모든 사람의 박수를 받은 책의 작가를 기적처럼 만나보고 싶어할 정도이다. 내가 진실을 말하여 증명하거니와, 금년 1615년 2월 25일에 나의 윗분이신 똘레도 대승정 돈 베르나르도 데 싼도발 이 로하스 각하가 에스빠냐를 방문한 프랑스 대사를 만나러 간 자리에서의 일이니, 프랑스 대사가 자기 나라 왕가와 에스빠냐 왕자들의 결혼 문제를 상의하러 온 참에, 대사를 따라온 프랑스 신사분들이 많았는데, 모두 예의 바른 지식인들인지라 문학을 좋아하는 분들이었다. 그분들이 나를 비롯한 우리 대승정님의 사제들에게 와서 최근에 어떤 책이 가장 잘 나가는지 알고 싶어하던 차, 마침 내가 검열하고 있는 이 책에 대한 말이 나왔는데, 미겔 데 세르반떼스의 이름을 듣자마자 모두들 제가끔 한마디씩 하기 시작하였다. 프랑스와 그 주변 왕국들에서 그의 작품을 얼마나 좋아하고 칭찬하는지 모두 이야기하며 그들 중 어느 신사는 『라 갈라떼아』(*La Galatea*)의 첫 부분과 『모범소설들』(*Las Novelas Ejemplares*)을 거의 외고 있을 정도였다. 하도 간청해서 내가 그 글의 작가를 그들이 직접 만나볼 수 있도록 모시고 가겠다고 하자 그분을 꼭 뵙고 싶다며 무척 좋아하였다. 그들이 아주 자세하게 작가의 나이와 직업, 그 사람의 가문이며 품성에 대해 물어와 내가 어쩔 수 없이 그들에게, 그분은 나이가 들었고 군인이며 양반이지만 가난하다고 대답하자 그들 중 하나가 정중하게 "그렇게 훌륭한 사람을 에스빠냐는 국고를 써서라도 부자로 잘 먹고살게 해주지는 않습니까?"라고 물었다. 그 신사분들 중 다른 한 사람은 아주 예리하게 이렇게 말하였다. "돈이 없어서 그가 글을 쓰고 살 수밖에 없다면, 앞으로도 그의 살림이 넉넉지 않도록 하느님께 기도라도 해야겠군요. 그래야 그가 작품들을 써서, 자기는 비록 가난하지만 세상 모든 사람을 부자로 만들어주지 않겠습니까?" 검토문으로서는 이 글이 좀 길게 여겨질지도 모르며, 누군가는 듣기 좋은 칭찬이 한계에 다다르고 있다고 생각할지도 모르겠으나, 내가 짧게 말하는 진실이 비평가에게는 의심을 잠재우고 나에게는 걱정을 덜어줄 것이다. 더구나 오늘날은 칭찬이라는 것도 그 아부하는 입에 국물이라도 넣어줄 상대가 아니라면 누가 하겠는가. 아부하는 사람은 비록 거짓말처럼 정답게 농담이라고 말하지만, 돈을 받을 때는 진짜로 받으려는 의도인 것이다. 마드리드, 1615년 2월 27일.

마르께스 또레스 석사

| 특허장 |

그대 미겔 데 세르반떼스 싸아베드라가 『라 만차의 돈 끼호떼 2권』을 지어 제출하면서 청원한바, 이 책은 재미있고 건전한 이야기책이며 많은 연구와 노력을 기울였으므로 책을 인쇄할 것을 허락함과 동시에 이십년 또는 우리가 정해준 기간 동안 이 책에 대한 특허를 내주십사 하여, 우리 승정원 의원들이 언급한 책에 대해 출판에 관한 특별법에 의거 심사한 결과, 조건에 합당하다고 보아 이 특허장을 내주기로 가결하였노라. 이에 따라 앞으로 이 증서의 날짜로부터 헤아려 처음 십년 동안 계속하여 위에 언급한 책을 인쇄하고 판매할 수 있는 권리를 그대에게 인정하고 허가하느니라. 그대나 그대에게서 권한을 위임받은 자가 아니면 어느 누구도 이 권한을 행사할 수 없으며, 또한 본 문서는 그대가 명명한 우리 제국의 어떤 인쇄업자라도 언급한 기간동안 우리 승정원에서 검토한 원고대로 인쇄하고 판매할 수 있는 허가장이니라. 끝에 우리 승정원 서기 에르난도 데 바예호와 궁정에 거주하는 자 하나와 궁정 서기의 서명과 도장이 찍혀 있나니, 책을 판매하기 전의 원고나 첫번째 책을 이들에게 가져와 인쇄된 책이 원고와 일치하는지 검토하도록 해야 하느니라. 아니면 그대가 임명한 교정원이 원고대로 수정하고 검토를 했다는 공증을 받아오도록 해야 할 것

이다. 그리고 그 책을 인쇄한 인쇄인이 책의 처음 첫 장을 인쇄할 수 없으며, 작가나 인쇄비를 부담한 자 또는 다른 어떤 사람에게도 원고와 함께 책 한권 이상을 주어서는 안되느니라. 언급한 수정을 완결하려면 무엇보다도 먼저 우리 승정원 의원들에 의하여 책이 교정되고 가격이 정해져야 하기 때문이다. 반드시 필요한 이런 과정이 끝나야만 이 책의 첫 장을 인쇄할 수 있으며, 거기에 즉시 우리의 이 특허장과 허가증, 감정가, 오자 증서를 붙여야 하느니라. 여기 언급한 형태로 책이 만들어지기 전까지는 그대나 어느 누구도 책을 판매할 수 없으며, 이 법칙을 위반할 경우 우리 제국의 관계 법령이나 언급한 특별법에 규정된 형이나 처벌을 받을 것이니라. 또한 언급한 기간 동안 그대의 허가 없이는 어느 누구도 책을 인쇄하거나 판매할 수 없으며, 이 법칙을 위반하고 인쇄하거나 판매한 사람들에게는 그가 가지고 있는 모든 인쇄물과 조판과 도구를 압수하고, 위반시 매번 5만 마라베디의 벌금을 물릴 것이니, 벌금 중 3분의 1은 우리 승정원에, 다른 3분의 1은 이를 선고한 재판관에게, 나머지 3분의 1은 그 고발자에게 돌아갈 것이다. 그리고 우리 승정원 의원과 의장들, 우리 법정의 판관들, 우리 궁정, 의회, 내각의 심판관들, 그리고 우리 제국의 왕국과 영토의 어느 마을 어느 곳, 어느 도시를 막론하고 어느 해당 관서에 있는 누구든, 지금 자기가 맡은 부서나 앞으로 맡게 될 부서의 모든 사람들에게 그대를 지키고 그대에게 우리가 부여한 이 증서의 특혜와 권한을 이행해주도록 청하노라. 어떤 경우에도 이를 거스르거나 위반하지 말아야 할 것이며, 이를 위반할 경우 형벌과 함께 1만 마라베디의 벌금을 우리 승정원에 내야 하느니라. 마드리드, 1615년 3월 30일.

국왕

우리 국왕의 명에 따라 뻬드로 데 꼰뜨레라스

| 레모스 백작[2]에게 바치는 헌사 |

 지난번에 공연되기 전에 인쇄한 제가 쓴 연극 대본을 귀하께 보내 드린바, 제 기억이 맞다면, 그때 제가 돈 끼호떼도 벌써 박차를 채우고 말에 올라 귀하께 인사 올리러 갈 채비를 마쳤다고 말씀드렸습니다. 그리고 이제야 박차를 가해 길을 나섰다고 말씀드려야겠는데, 돈 끼호떼가 그곳에 도착해야만 제가 귀하를 모시는 데 조금이나마 도움이 되었구나 생각하겠습니다. 왜냐하면 수없이 많은 곳에서 돈 끼호떼를 하루빨리 보내라고 독촉하고 있기 때문입니다. 벌써 2권의 주인공 이름으로 가장한 다른 돈 끼호떼가 나와서 세상을 설치고 다니니[3] 이 지

---

2 본명은 돈 뻬드로 페르난데스 루이스 데 까스뜨로 이 오소리오(Don Pedro Fernández Ruiz de Castro y Osorio, 1576~1622), 7대 레모스(혹은 레무스) 백작으로, 레르마(Lerma) 공작의 사위이자 조카이다. 1610~16년까지 나뽈리 왕국의 부왕으로 있으면서 수많은 작가들을 후원했으며, 세르반떼스도 그중 하나로 이미 1613년에『모범소설들』을 그에게 바쳤다. 세르반떼스는 죽기 닷새 전에도 소설 『뻬르실레스와 세히스문다의 모험』(Los trabajos de Persiles y Segismunda, 1616)에서 레모스 백작에게 바치는 헌사를 쓰고 눈을 감았다.

3 이 글을 쓰기 일년 전인 1614년 따라고나 출판사에서『기발한 시골 양반 라 만차의 돈 끼호떼 2권』(Segundo tomo del ingenioso hidalgo don Quijote de la Mancha)이 출간되었다. 저자는 또르데시야스(Tordesillas)가 고향인 알론소 페르난데스 데 아베야네다(Alonso Fernández de Avellaneda)라는 사람으로 되어 있었으나, 이 이름은 가명이다. 그 책의 서문에 나오는, 세르반떼스에 대한 욕설에 가까운 말투로 보아 세르반떼스에게 앙심이 많은 작가로 보인다. 연구자들은『돈 끼호떼』1권의 어느 부분에서 로뻬 데 베가의 경우처럼 비판받거나 나쁘게 그려진 어떤 인물의 실제 모델이 악의를 가지고 이런 책을 낸 것이 아닌가 보고 있다. 한때 이익명의 작가를 로뻬 데 베가로 의심할 정도로 그와 친분이 있는 작가로 추정하기도 했으나, 확실하게 밝혀진 것은 없다. 어쩌면 세르반떼스 자신도 그 작가가 누구인지 몰랐을 것이다. 이 위작은 재미있는 대목도 있지만 세르반떼스의 소설보다 훨씬 저급하다는 공론이다. 세르반떼스는 이 책 2권의 59장을 쓰고 있을 때

겁고 구역질 나는 꼴을 없애달라는 것이지요. 제 책의 빠른 출판을 가장 원하는 분 중의 한분이 중국의 대황제셨으니, 그분은 약 한달 전에 중국어로 저에게 편지를 써서 사신 편에 보내시면서 청하기를, 청한다기보다는 정확히 말해서 간청하기를, 『돈 끼호떼』를 보내달라는 것이었습니다. 그 이유는 황제께서 학교를 세워 에스빠냐 말을 가르치고 읽히려 하는데, 그 학교에서 읽힐 책이 돈 끼호떼의 이야기였으면 한다는 것이었으며, 이런 사연과 함께 황제는 저더러 그 대학교의 총장이 되어달라고 부탁까지 하셨습니다.

저는 편지를 들고 온 사신에게 폐하께서 저에게 쓰라고 무슨 비용 같은 것은 보내지 않았느냐고 물었습니다만, 그는 대답하기를 그런 것은 생각도 안하시더라고 했습니다.

"그렇다면, 이 사람아." 제가 대답했습니다. "자네는 자네 나라 중국으로 돌아가시게나. 하루에 열마장을 가든 스무마장을 가든, 하여튼 오신 발걸음 그대로 급히 돌아가시게나. 왜냐하면 나는 그렇게 긴 여행을 할 만큼 건강하지도 않고, 몸이 아플 뿐만 아니라 돈도 한푼 없다네. 굳이 황제나 왕 이야기를 하자면 그래도 나에겐 나뽈리에 레모스 대백작님이 계신다네. 그렇게 학교니 대학이니 총장이니 하는 직책 없이도 나를 먹여살리고 보호해주고 내가 생각지도 않는 은혜까지도 다 베풀어주시는 분이라네."

이런 말로 작별을 했습니다. 그리고 이것으로 귀하께도 작별인사를 드리고자 합니다. 『뻬르실레스와 세히스문다의 모험』도 하느님이 원하신다면 앞으로 사개월 안에 끝내어 귀하께 바칠 것을 약속드립니

이런 사실을 알았고, 어쩌면 이 때문에 2권을 더욱 빨리 끝낼 수 있었는지 모른다. 그때 세르반떼스는 다른 작품에도 손을 대고 있었으니까.

다.⁴ 이 책도 에스빠냐어로 쓰인 책 중에서 가장 나쁜 책이나 가장 좋은 책, 말하자면 재미있는 책들 중 하나가 될 것입니다. '가장 나쁜 책'이라고 말씀드리고 나니 후회가 됩니다. 왜냐하면 제 친구들은 어쩌면 가장 좋은 책이 될 것이라고 하기 때문입니다. 바라건대 부디 귀하께서 늘 건강하시기를. 머지않아 『뻬르실레스』가 귀하를 뵈러 갈 것이옵니다. 귀하를 성심껏 모시는 저도 물론 그때 인사를 드리러 갈 터입니다. 마드리드에서, 1615년 10월 마지막 날.

귀하를 성심껏 모시는
미겔 데 세르반떼스 싸아베드라

---

4 『뻬르실레스와 세히스문다의 모험』은 1617년 세르반떼스의 미망인에 의해 출판되었다. 비잔띤 소설양식이라고 하는, 모험담으로 가득한 감정소설류의 작품이다.

책머리에

정말이지, 얼마나 열망을 가지고 기다리던 이 책의 머리말이겠습니까, 고명하신 혹은 아무것도 아닌 독자여! 이 머리말에는 『돈 끼호떼 2권』의 작가에 대한 욕설과 싸움질과 복수가 있으리라고 생각하신다면 말입니다. 또르데시야스에서 태어난 작자 아베야네다가 따라고나에서 탄생시킨 돈 끼호떼 말씀이지요! 그러나 사실 그런 기대에 미칠 만한 만족감을 드릴 수는 없겠네요. 비록 모독이라는 행위는 아무리 얌전한 가슴속에라도 분노를 불러일으키기 마련이지만, 이런 법칙이 내 가슴속에서는 예외가 되겠습니다. 독자님의 생각은 내가 그 작자에게 당나귀같이 어리석은 놈, 무례한 놈이라고 욕을 퍼부었으면 하시겠지만 저는 그럴 생각이 조금도 없습니다. 그 사람은 죄가 있으면 벌을 받고, 자기 빵은 자기가 먹고 제멋대로 살게 내버려두어야지요. 그러나 아무리 생각해도 서운한 것은 나를 늙은이에다 외팔이라고 꼬집은 점이지요. 마치 내가 손으로 세월을 붙들고 나에게는 세월이 지나가지 못하도록 했어야 한다거나 아니면 내가 팔을 잃은 게 무슨 술판에서 놀다가 그런 것처럼이나 말이지요. 지난 세기에도, 금세기에도, 또 앞으로 올 세기에도 다시 볼 수 없는 가장 위대한 전쟁에서 팔을 잃었는데 말입니다.[1] 나의 이 상처가 보는 사람의 눈에는 빛나 보이지 않는다 할지라도 적어도 이 상처가 어디에서 받은 흔적인지를 아는 사람들의 눈에는 귀하게 보였을 겁니다. 군인이란 도망쳐서 자유롭기보다는 차라리 전쟁터에서 그대로 죽는 게 더 낫다는 게 내 생각입니다. 따라서 비록 불가능한 일이기는 하지만 만약 지금이라도 누가 선택을 하라고 기회를 준다면 나는 그 전쟁터에 나가지 않아 상처 없이 온전하기를 바라기보다는 차라리 그 위대한 전투에 참여하기를 원했을 겁니다. 군인의 얼굴과 가슴에 보이는 상처는 다른 사람들의 정당한 칭송을 바랄 때 명예의 하늘로 인도하는 별이 됩니다. 사람들이 알아야 할 것은 글이란 흰머리로 쓰는 게 아니라 지혜로 쓰는 거라서 나이가 들면 더욱 지혜로워지게 마련이라는 사실입니다.

또 하나 기분 나빴던 것은 나를 질투쟁이라고 부른 점이었는데, 나를 무식쟁이 취급을 하며 어떤 게 질투인지를 자세히 설명해주었지요. 사실대로 말하자면, 두 종류의 질투[2] 중에서 내가 아는 것

---

1 여기서 세르반떼스는 당시 지중해 해상권을 놓고 터키와 에스빠냐가 벌인 레빤또 해전(1571)에 참가한 일을 말하고 있다. 에스빠냐는 이 전쟁에서 승리하여 세계를 지배하는 강국으로서의 위치를 굳혔으나 세르반떼스는 이 해전에서 왼팔을 잃었다.

2 루이스 데 아란다(Luis de Aranda)는 도덕성에 대해 제2의 의미를 붙인 주석집에서 '덕인들이 갖는 덕으로서의 질투가 있다. 학문이나 다른 유익하고 명예스러운 일에 대한 부러움이 그것이다'(*Glosa intitulada segunda de moral sentido*, 1575)라고 했다. 여기에서 두 종류의 질투란, 하나는 카인의 경우처럼 원죄로서의 질투심이고, 다른 질투는 숭고한 경쟁심을 일컫는다.

은 고귀하고 성스럽고 좋은 뜻의 경쟁으로서의 질투심뿐입니다. 내 뜻이 이러한지라, 나야 무슨 사제를 따라다닐 필요도 없습니다. 더군다나 그 사람이 종교재판소의 일원으로 녹을 받아 먹고산다면 더욱 그러하지요.[3] 그리고 그 사람이 정말 그런 말을 했다면, 틀림없이 그런 소리를 한 것 같지만, 전적으로 오해한 것이올시다. 나야말로 그런 사람을 사랑하고 그의 작품을 좋아하고 그의 끊임없는 덕행을 존경해왔으니까요.[4] 그러나 실제로는 이 작가 나리에게 감사해야 할 대목도 있으니, 그가 내 소설들이 모범적이라기보다는 풍자적인데도 훌륭하다고 했다는 것인데, 풍자성을 제대로 갖추지 못했다면 모범적일 수도 없었겠지요.[5]

아베야네다 당신이 말하는 투를 보면 내가 대단히 한계가 있는 사람으로 보인다는 것인데, 그 말은 아픈 사람에게 더 큰 아픔을 주면 안되는 것을 알고 겸손의 한계를 벗어나지 않고 잘 참고 견디고 있다는 말로도 들리더군요. 내가 가진 참을성이나 겸손이라는

---

3 여기서 세르반떼스는 숙적인 로뻬 데 베가를 생각하면서 간접적으로 비꼬고 있다. 이 무렵 로뻬 데 베가는 교회의 사제로 들어갔고 종교재판소의 일원으로 일하고 있었다.

4 여기에서 로뻬에 대한 묵은 원한이 다시 불거진 것은 『돈 끼호떼 2권』이란 위작을 낸 아베야네다가 그 책 서문에서 세르반떼스가 그의 '책'에서 감히 로뻬를 모욕했다고 화를 내고 있기 때문이다. 세르반떼스는 여기서 로뻬의 많은 극작품을 언급한 것은 물론 로뻬가 종교재판소의 일원으로서 깨끗하고 믿을 수 있는 사제임을 강조한 대목을 비웃고 있다. 특히 '끊임없는 덕행을 존경……' 운운하는 것은 묘한 방법으로 로뻬를 꼬집는 말이다. 그도 그럴 것이 로뻬는 이미 바람둥이로 이름이 나 있었는데 그의 옆집에 살던 세르반떼스가 그런 행각을 모를 리 없었기 때문이다. 그러나 세르반떼스다운 특징은 여기서 비아냥과 칭송을 묘한 말투로 섞어 쓰고 있는 점이다. 세르반떼스가 로뻬의 극작품을 좋아한 것은 사실이었다.

5 아베야네다는 세르반떼스의 『모범소설들』이 '상당히 기발하기는 하나 모범적이라기보다는 풍자적이다'라고 했다.

것을 대단하다고 보는 걸 보니, 세상에 툭 털어놓고 당당하게 나서지 않고, 이름을 숨기고 고향을 속이는 당신이 이해가 됩니다.[6] 마치 무슨 커다란 반역이나 불경을 저지른 사람처럼 말입니다. 혹시 그대가 그 사람을 만나게 되면 나는 전혀 모욕당했다고 생각지 않는다고 전해주시지요. 악마의 유혹이라는 게 있다는 것도 내가 알고 있다고요. 그중 가장 큰 유혹은 한 사람에게 직접 책을 쓰고 출판하여 큰돈과 명예를 얻을 수 있는 지혜를 주는 일이지요. 명예를 높일수록 돈을 많이 버니까요. 이런 것을 말해주는 일화가 있는데, 독자께서 멋지고 재미있는 말로 그 작자에게 이 이야기를 들려주시기 바랍니다.

쎄비야에 한 미치광이가 살았는데, 세상 그 어떤 미치광이 중에서도 가장 우스꽝스러운 바보짓에 미쳐 있었답니다. 그는 대나무 대롱 끝을 뾰족하게 만들어 갖고 다녔는데 길거리를 가거나 어디서든지 개를 잡으면 한 발로 개 다리 하나를 누르고 손으로 다른 다리 하나를 잡아들고서 재주도 좋게 그 대롱을 개의 뒷부분 어디에다 꽂고 바람을 불어넣어 개의 뱃구레가 공처럼 부풀어오르게 했다지요. 그렇게 한 다음 개 뱃구레를 두어번 손바닥으로 두들기고는 놓아주곤 했답니다. 그걸 보려고 주위 사람들이 늘 많이 모여들었는데, 그는 그때 이런 말을 했습니다. "여러분이 지금 생각하시기에 개 배 하나 부풀리는 게 그리 쉬운 일인 줄 아십니까?" 당신이 지금 생각하기에 책 하나 만드는 일이 그리 쉬운 일인 줄 아십니까?

이 이야기가 그에게 먹혀들지 않거들랑, 사랑하는 독자여, 다른

---

6 세르반떼스는 아베야네다는 그 작자의 본명이 아니고 그가 말한 또르데시야스도 그의 원래 고향이 아니라고 생각했다.

이야기를 들려주시지요. 이 또한 미치광이와 개 이야기입니다.

꼬르도바에도 미치광이가 한 사람 있었는데, 그는 습관처럼 머리 위에 대리석판 조각이나 그다지 가볍다고 할 수 없는 돌맹이 하나씩을 이고 다녔습니다. 그리고 걸어가다가 정신 팔린 개 같은 걸 만나면 그 옆으로 가서는 그 무거운 걸 전부 개 위에다 부려놓았습니다. 그러면 개는 성질이 나서 깽깽대며 짖고 으르렁대면서 거리를 쉬지 않고 뛰어다녔지요. 그러던 어느날 우연히 머리 위에 짐이 부려진 개 가운데 한마리가 공사장 직공의 개였습니다. 주인이 그 개를 무척 사랑했던 게 문제였지요. 돌맹이를 떨어뜨리자 개 머리에 맞았고, 얻어맞은 개는 깨갱 소리를 질렀고, 주인이 그걸 보고는 성질이 나서 자로 쓰던 작대기 하나를 들고 그 미친놈을 붙잡아 뼈도 못 추리게 실컷 두들겨팼습니다. 두들겨패면서 이렇게 말했습니다.

"이 도둑놈, 개 같은 놈아, 내 사냥개에게 손을 대? 이 잔인한 놈아, 내 개가 사냥개인 걸 못 봤느냐?"

그는 이 '사냥개'라는 이름을 수없이 되풀이하며 그 미치광이를 묵사발을 만들었고, 미치광이는 그야말로 혼쭐이 나서 한달이 넘도록 광장에 나타나지 않았습니다. 시간이 흐른 뒤 그는 예전처럼 희한한 모습으로 짐을 더 많이 인 채 나타났습니다. 그는 개가 있는 곳으로 다가가 개를 아주 찬찬히 살펴보더니 차마 돌을 부릴 엄두는 내지 못하고 이렇게 말했지요. "이건 사냥개야. 조심해야 해!"

사실이 그러했습니다. 그는 어떤 개를 만나든, 그 개가 맹견이건 작은 똥개이건 간에 무조건 사냥개라고 불렀고, 더이상 돌맹이를 부려놓지 않았습니다. 어쩌면 우리 작가에게도 이런 일이 벌어질지 모르지요. 자기 머리에 있는 책 만드는 재주를 더이상 쏟아놓을 생각을 안할 거라는 말입니다. 책이라는 건 나쁜 책이어도 단단하기가 바위보다 더하지요.

그리고 또한 그 작자가 자기 책으로 내 수입을 빼앗을 거라고 위협하는데,[7] 나에게는 조금도 상관이 없는 일이라고 전해주길 바랍니다. 유명한 막간극『싸구려 여자』(La Perendenga)[8]의 수입에 의존하여 그에게 대답하겠거니와, 나의 주인이신 안달루시아 영주님 만세, 세계 평화 만세입니다. 그리고 위대한 레모스 백작 만세, 백작님의 관대함과 온화함은 유명하지만 특히 불운한 내 운명의 모든 고초를 물리쳐주시고 나를 지켜주지요. 그리고 똘레도 대승정 돈 베르나르도 데 싼도발 이 로하스 각하[9]의 드높은 은혜 만세! 또 비록 세상에 인쇄소가 없을지라도, 그 긴『밍고 레불고』[10] 가사의 글자들보다도 더 많은 책이 나를 비방하며 인쇄된다 할지라도, 이 두 왕자님은 내가 아부를 하거나 어떤 칭송의 글을 올리며 간청하지 않았는데도 오직 당신들의 그 친절한 마음 하나로 내게 은혜를 베풀고 도와주는 일을 맡아주셨지요. 이런 이유로 저는, 보통 인생에서 행운을 잡아 정상에 오를 수 있었을 그런 저보다 지금 오히려 더 행복하고 부자임을 느낍니다. 가난한 사람은 명예를 가질 수 있으나 나쁜 사람은 그럴 수 없습니다. 가난이 귀족성을 그늘지게 할 수는 있으나 그 밝은 마음을 전부 어둡게 할 수는 없습니다. 그러나 사람의 덕이란 스스로 빛을 발하는 것이라서 가난이 주는 불편

---

7 아베야네다가 위작『돈 끼호떼 2권』을 두고 했다는 말 '(세르반떼스더러) 자기 책 2권의 수입을 빼앗는 나의 작품에 대하여 불평을 하시라지요'를 가리킨다.
8 이 막간극은 내용이 알려지지 않은 세르반떼스 작품이다.
9 세르반떼스를 지원해주던 똘레도 대승정이자 레르마 공작의 삼촌이다.
10『밍고 레불고의 노래』(Las coplas de Mingo Revulgo)는 엔리께 4세 시대의 유명한 작자 미상의 풍자시로서, 총 288행으로 되어 있다.

함과 곤궁이 있다 할지라도 끝내는 높고 귀한 정신을 가진 분들에게 가치를 인정받게 되고, 나아가 도움을 받게 되기도 하는 거지요.

따라서 그 작자에게는 더이상 말을 마십시오. 나도 그대에게 더이상 드릴 말이 없습니다. 다만 하나 말씀드리고 싶은 건 그대에게 드리는 이『돈 끼호떼』 2권은『돈 끼호떼』 1권과 같은 천을 같은 예술가가 재단한 것이라는 걸 생각해주십사 하는 겁니다. 그리고 저는 이 안에 좀 늦게 나온 돈 끼호떼, 그리고 마침내 죽어서 묻히는 돈 끼호떼의 소식을 전해드리겠습니다. 왜냐하면 이제 아무도 감히 위증을 하지 못하도록 하기 위해서입니다. 그것은 지난 일로 충분합니다. 한 정직한 사람이 이런 광기의 소식을 점잖게 전했다는 걸로 충분합니다. 다시 그런 미친 짓을 할 생각은 안하겠지요. 물건이 너무 많으면 비록 좋다고 할지라도 귀한 줄 모르게 됩니다. 좀 부족한 듯한 게 비록 나쁜 것들이어도 조금은 귀하게 보이지요. 한 가지 잊고 말씀드리지 않은 것이 있군요.『뻬르실레스』를 기다리십시오. 거의 끝내가고 있습니다. 그리고『라 갈라떼아』 2권도요.[11]

---

11 『라 갈라떼아』 2권은 출판되지 않았다. 여기 말대로 그가 탈고를 했는데도 지금까지 발견되지 않은 걸 보면 분실된 것일까?

1장

신부와 이발사, 그리고 돈 끼호떼 사이에서
그의 병 때문에 일어난 이야기

시데 아메떼 베넹헬리는 이 이야기의 2권, 돈 끼호떼가 세번째로 집 떠나는 대목에서 이렇게 전한다. 신부와 이발사는 거의 한달 동안이나 돈 끼호떼를 만나지 않았으니, 그건 그에게 새삼 지난 일들을 상기시키거나 조금이라도 기억에 떠오르게 하지 않기 위해서였다. 그렇다고 가정부나 조카딸까지 찾아보지 않은 것은 아니어서 그녀들에게 부탁하기를 돈 끼호떼에게 신경 써서 잘해주고 심장이나 뇌에 좋은 영양가 있는 음식을 드시게 하라고 권했다. 잘 생각해보면 그의 모든 불행은 바로 거기에서 비롯되었다는 것이다. 그 여자들은 시킨 대로 최대한 정성을 다했으며, 또 기꺼이 그렇게 하겠다고 말하면서 보아하니 주인님이 어떤 순간에는 정신이 아주 말짱한 것 같은 증후를 보여주곤 한다고 했다. 그 말을 듣고 그 두 친구는 대단히 만족스러워했는데, 왜냐하면 마법에 걸렸다고 속여 소가 끄는 짐수레에 그를 싣고 데려온 게 참 잘한 일이라는 생각이 들었기 때문이다. 이것은 이 위대하고 정확한 이야기책 1권의 마지막 장에 나오는 이야기와 같다. 그들은 마침내 돈 끼호떼를 방문해 그가 좋아진 걸 직접 확인하기로 마음먹었다. 비록 그가 완전히 좋아지는 건 불가능하다고 생각했지만 어쨌든 방랑기사 문제만은 절대 꺼내지 않도록 주의하기로 했는데, 그런 말을 꺼냈다가 자칫 아직 말랑말랑한 상처의 딱지를 뜯는 것과 같은 위험을 초래할까 우려했기 때문이다.

그들은 드디어 돈 끼호떼를 찾아갔다. 그는 파란 모직으로 된 조끼를 입고, 머리에는 똘레도산 빨간 모자를 쓰고 침대에 앉아 있었는데, 그 깡마른 모습이 마치 미라 같았다. 돈 끼호떼는 아주 반갑게 그들을 맞았고, 그들은 건강을 물었다. 돈 끼호떼는 자기와 자기 건강에 대해 아주 맑은 정신으로 대단히 멋진 말을 써가며 설명했다. 대화 중에 소위 국시國是니 정부형태니 하는 것들에 대한 얘기가 나왔는데, 정부의 이런 월권은 수정하고 저런 잘못은 벌을 주고, 풍습을 개혁해야 하며, 어떤 풍습은 추방해야 한다면서 이 세가지 사항 하나하나에 돈 끼호떼는 새로운 입법관이 되었으니 저 유명한 스파르타의 리쿠르고스 같은 현대판 입법관, 아니면 아테네의 솔론 같은 찬란한 입법관인 양했다. 이렇게 하면서 그들은 국가를 개혁했는데 그건 국가 하나를 용광로 속에 집어넣었다 뺐다 하는 비판에 불과했다. 돈 끼호떼는 그들이 다룬 여러가지 사항에 대하여 아주 사리 밝게 말을 늘어놓아 두 시험관은 이제 돈 끼호떼가 몸이 다 나았고 정신도 온전하다는 걸 의심하지 않았다.

조카딸과 가정부도 이런 이야기를 다 듣고 있어서 주인님이 이렇게 맑은 정신으로 되돌아온 걸 보고 하느님께 끝없이 감사드렸다. 그러나 신부는 기사도 이야기 같은 문제는 건드리지 않겠다는 처음의 의도를 바꾸어, 어떤 일이 있어도 돈 끼호떼가 거짓이 아니라 진짜로 건강해진 것인지 시험해보고 싶어졌다. 그리하여 대화 중간에 궁중에서 나온 새로운 소식을 들려주었는데, 그중 하나가 터키군이 쳐들어오고 있는 게 분명하다는 이야기였다. 아직 그 의도는 알 수 없고, 어디에다 그 많은 먹구름을 퍼부을지 아무도 모르며 거의 해마다 이런 공포 때문에 우리는 늘 비상사태이고 모든 기독교 국가가 긴장하고 있으며,[1] 황제 폐하께서도 나뽈리나 씨칠리아, 말따 해안에 이미 경계령을 내렸다고 했다. 여기에 대해 돈 끼호떼가 말했다.

"폐하께서는 훌륭한 전사로서, 적시에 국가들에 경계령을 내린 것은 잘한 일입니다. 왜냐하면 대비도 없는데 적이 쳐들어오면 안 되니까요. 그러나 난 폐하께서 쓸 만한 좋은 대비책 하나를 충고해드릴 수가 있으니, 만약 내 충고를 따른다면 폐하께서 지금쯤 그런 걱정은 전혀 안하셔도 되리라 봅니다."

이 말을 듣자마자 신부는 혼잣말로 이렇게 중얼거렸다.

"하느님 맙소사, 불쌍한 돈 끼호떼 나리, 내가 보기엔 그대가 높은 광기의 꼭대기에서 마침내 바보스러움의 깊은 나락으로 굴러떨어지는 것 같구려!"

신부와 똑같은 생각을 하고 있던 이발사는 짐짓 돈 끼호떼가 충고해주고 싶은 그 주의가 무엇인지 물으며 어떻게 하면 좋겠느냐고 했다. 어쩌면 혹시 그 충고가 왕자들에게 늘 올라오는 쓸데없는

---

1 이 이야기는 당시의 '황인종에 대한 공포'를 보여준다. 터키군과 지중해 해상권을 놓고 싸우다 레빤또 해전에서 에스빠냐가 승리한 뒤 기독교 국가들 사이에서는 심심치 않게 '터키군이 쳐들어온다네'라는 식의 소문과 공포 분위기가 떠돌곤 했다. 이것이 서구 근대사에서 '황인종에 대한 공포'의 시초로 터키인이나 황인종은 '붉은 수염의 야만인'이나 악마, 귀신으로 비유되곤 했다.

충고 목록에 오를지도 모른다고 했다.

"내 충고는, 이 털깎이 친구야. '쓸데없는' 충고가 아니라 쓸모있는 충고라네."

"제 말은 그런 뜻에서 한 게 아니에요." 이발사가 되받았다. "폐하께 올리는 건의나 의견의 대부분이 실현 불가능하거나 엉터리가 많고, 우리 왕이나 왕국에 해가 되는 것들이라는 게 증명되었기에 하는 말이지요."

"하지만 내 충고는 그렇게 불가능하지도 않고 엉터리도 아니라네. 그런 건의자들이 생각할 수 있는 사항 중에서 가장 쉽고 가장 바르고 가장 짧은 시간에 실현 가능한 것일세."

"그냥 말씀을 털어놓으시지 뜸을 들이는군요, 돈 끼호떼 나리." 신부가 말했다.

"내가 지금 여기서 다 털어놓았다가 내일 궁정 고문관들 귀에라도 들어가게 되면 감사나 내 노력의 보상을 다른 사람이 다 가져가는데, 난 그런 짓은 못하지요."

"나로서는 지금부터 죽을 때까지 하느님 앞에 맹세하지만, 그대가 장이야 궁이야 세상 누구에게 무슨 말을 해도 거기에 대해 아무 말도 전하지 않겠습니다. 이런 맹세는 내가 성직자의 옛이야기에서 배운 건데, 그 이야기 머리말에서 자기에게서 금화 100도블라[2]와 잘 걷는 노새 한마리를 도둑질한 도둑의 왕에게 전하는 말이거든요."

"그런 이야기는 난 모르오." 돈 끼호떼가 말했다. "하지만 이발사님이 좋은 사람이라는 걸 알고 믿으니 그 맹세는 좋은 걸로 알겠

---

2 에스빠냐의 옛 금화로, 20마라베디에 해당한다.

소.”

신부가 말했다. “이 사람이 그렇지 않다면 내가 좋게 만들고, 보증을 서지요. 이런 경우는 벙어리보다도 말을 안할 것이외다. 말을 한다면 응당한 벌을 받아야지요.”

“그런데 신부님, 신부님 말은 누가 보증을 서지요?” 돈 끼호떼가 물었다.

“내 직업은 비밀을 지키는 게 본연의 임무라오.”

“당연히 그러셔야지요!” 돈 끼호떼가 말했다. “방법은 폐하께서 공고를 통해 날짜를 지정하고 에스빠냐에 있는 모든 방랑기사를 궁중으로 모이라고 하면 됩니다. 비록 대여섯명밖에 오지 않는다 할지라도 그들 중에는 터키 대군 전체를 쳐부수기에 충분한 그런 기사도 올 테니까요. 다들 정신을 바짝 차리고 내 말을 잘 들으시기 바랍니다. 그러니까 방랑기사 단 한명이 이십만 군대를 모두 합쳐서 마치 목이 하나인 것처럼, 아니면 몽땅 꽈배기 과자로 만든 군대인 양 박살냈다는 말을 처음 들어보셨나요? 아니면 말씀 좀 해보세요. 얼마나 많은 이야기책이 이런 환상적인 일들로 가득 차 있습니까? 다른 사람이야 어찌 되었든 나에겐 불행한 일이겠지만, 지금 저 유명한 돈 벨리아니스나 골 지방의 아마디스의 수없이 많은 혈통이 살아나야 되겠습니까? 만약 그들 중 누구라도 오늘 살아나서 터키군과 맞붙는다면 정말이지 누가 승리할지는 장담을 못할 겁니다. 그러나 하느님이 백성들을 생각한다면 누군가를 보내주시겠지요. 지난날의 방랑기사만큼 용감하지는 못할지라도 적어도 용기만은 뒤처지지 않는 사람을 말입니다. 하느님은 내 말을 아실 겁니다. 더 말할 필요가 없지요.”

“아이구야!” 이쯤에서 조카딸이 소리쳤다. “우리 숙부님이 다시 방랑기사가 되실 의향이 없다면 내 손가락에 장을 지지겠어요!"

이 말에 돈 끼호떼가 말했다.

"난 죽을 때까지 방랑기사로 살 테다. 터키군이 내려오든 올라오든, 아무리 강력하게 침범해온다 하더라도, 다시 말하지만 하느님은 내 마음을 아실 거다."

이때 이발사가 말했다.

"여러분들께서 허락해주신다면, 제가 쎄비야에서 회자되는 이야기 하나를 말씀드리지요. 이 경우와 꼭 맞아떨어지는 이야기 같아서 들려드리고 싶네요."

돈 끼호떼와 신부, 그리고 다른 사람들도 그 이야기를 들어보자며 귀를 기울이자 그는 이렇게 이야기를 시작했다.

"쎄비야의 미치광이 수용소에는 친척들이 정신이상자라며 그곳에 데려온 남자 하나가 있었습죠. 그 남자는 어디 붙어 있는지도 모르는 오수나라는 대학의 종교법학과를 졸업했다고 하는데 명문인 쌀라망까 대학을 졸업했다 해도 많은 사람은 그가 미치광이임은 틀림이 없다고 할 정도였지요. 몇년 동안 그 안에 갇혀 살다가 드디어 자신의 정신이 온전하고 멀쩡해졌다고 생각한 이 식자 양반이 대승정에게 편지를 썼죠. 하느님의 은총으로 잃어버린 정신을 이제 되찾았으니 지금 자기가 살고 있는 그 처참한 곳에서 내보내라는 명령을 내려주십사 하고 간절히 청원하는, 아주 그럴듯한 편지였습니다. 자기가 정신이 돌아왔는데도 친척들이 자기 몫의 재산을 탐내어 자기를 미친 사람으로 취급하고 싶어한다고도 했습니다. 대승정은 그가 보낸 예의 바르고 논리 정연한 그 많은 편지에 감화되어 자기 밑의 사제에게 그 수용소 원장을 통해 그 석사 양반이 쓴 내용이 사실인지 알아보라고 하고, 또 직접 그 미치광이와 말을 나눠보고 정말 제정신인 것 같으면 그를 석방해주라고 했습죠. 원장은 그 사람은 아직 미친 상태라고 하면서, 종종 대단히 지혜로운 사람처럼 말하기도 하지만 끝내는 말도 아닌 소리를 수없이 퍼부어대곤 하기에 대체로 처음 상태와 다를 바가 없다며 직접 그 사람과 대화해보면 알 수 있을 거라 했지요. 사제가 시험을 해보기로 하여 원장이 그를 미친 사람과 대면시켰습니다. 사제는 한시간 이상 그와 대화를 나누었는데 그러는 동안 그 미치광이는 한번도 비뚤어진 소리나 엉터리 말을 하지 않았고, 오히려 논리 정연하게 말을 잘하여 사제로서는 그 미치광이가 정신이 멀쩡하다고 믿을 수밖에 없었지요. 미치광이가 한 말에 따르면 원장은 자신에게 원한을 품고서 찍어두었다는데, 비록 자기가 가끔 정신이 들 때도 있지만 원장은 미쳤다고 해주는 댓가로 그의 친척들에게서 선물을 받고 그걸 잃기 싫어 그런다고 했지요. 결국 자기 불행의 가장 큰 원인은 자신이 가진 많은 재산이라고 하며 그 재산을 노리고 그의 적들이 사기를 치고 있고 우리 하느님께서 자신을 짐승에서 사람으로 되돌려준 그 큰 은총도 의심하고 있다고 했습니다. 결론적으로 그는 자기만 사리에 밝고 원장은 수상스러운 사람, 그의 친척들도 모두 금수 같은 탐욕스러운 사람들이라고 믿고 있었습지요. 사제는 마침내 그를 데리고 가기로 결심했으니, 대승정께서 그를 보시고 이 일의 진실을 직접 확인해보시라고 말이지요. 이런 좋은 생각으로 사제는 원장에게 그 석사 양반이 여기 들어올 때 입고 온 옷을 가져오라고 청했는데, 원장은 석사 양반이 아직 미친 상태인 게 틀림없다며 이렇게 하는 게 정말 잘하는 일인지 다시 생각해보라고 했습니다. 원장이 아무리 주의를 주고 경고를 해도 사제에겐 그 말이 전혀 통하지 않았고, 그는 기어코 그를 데려가겠다고 했지요. 대승정의 명령인지라 원장은 이를 따르기로 하고 그 석사 양반에게 옷을 입혔는데 모두 점잖은 새 옷이었습니다. 미치광이 옷을 벗고 보통 옷을 입자 그는 사제에게 청이 하나 있다고 하면서 그 안에 있는 미치광이 동료들에게 작별인사를 하게 해달라고 했습니다. 사제는 자기도 수용소에 있는 미친 사람들을 보고 싶다며 그와 함께 올라갔고, 그곳에 같이 있던 몇 사람도 따랐습니다. 석사 양반이 성난 미치광이가 갇혀 있는 철창 하나 앞으로 다가갔는데, 그때는 잠잠히 있었지요. 석사가 그에게 말했습니다. '형씨, 나 집에 가는데 부탁할 일 있으면 말해보쇼. 하느님께서 그 끝없는 은총과 자비로 불초소생을 도우시어 제정신을 돌려주셨다오. 나는 이제 다 나아서 정신이 멀쩡하오. 하느님의 능력이라면 세상에 불가능이란 없지요. 부디 하느님을 믿고 희망을 가지시오. 나를 처음 상태로 되돌려주셨다면 형씨에게도 하느님을 믿는 만큼 건강을 되찾아줄 거요. 내 형씨에게 먹을 것을 보내드릴 데니 어쨌든 그걸 잘 먹도록 하시오. 내가 이런 일을 당한 뒤 생각한 걸 알려드리겠소만 우리 같은 사람의 광기는 배 속이 빈데다 머리에 바람이 많이 들어서 생기는 병입니다. 노력을 하세요. 노력을 하세요. 불행 속에서 절망에 빠지면 건강이 나빠지고 금방 죽게 됩니다요.' 석사 양반의 이 모든 말들을 성난 미치광이 방 맞은편에 있는 다른 미치광이가 들었습니다. 그가 누워 있던 낡은 돗자리에서 벌거벗은 채 일어나더니 몸이 다 나아 정신이 말짱해져서 나가는 사람이 누구냐고 큰소리로 물었지요. 석사가 대답하기를, '형씨, 바로 여기 이 사람 나요. 내가 나가는 사람이오. 나는 더이상 여기 있을 필요가 없는 사람이외다. 이거야말로 정말 하늘에 끝없이 감사드릴 일이올시다. 내게 이토록 큰 은혜를 베풀어주셨으니 말이오'라고 했습니다. 그러자 그 미치광이가 말했습니다. '어이, 석사 양반, 말 좀 똑바로 하지. 혹시 귀신한테 속은 거 아냐? 어쨌든 발 좀 꼭 묶어두고 자네 집에 조용히 있도록 하게나. 그래야 다시 이곳으로 오지 않지.' 그때 석사가 되받았습니다. '나는 내가 다 나은 걸 알고 있소. 그러니 또다시 그렇게 번잡한 일을 벌일 이유는 없을 거요.' 그 미치광이가 말을 했지요. '그대가 다 나았다고? 지금은 좋지. 그러나 두고 봐야지. 잘 가라고. 하지만 이 지상에서 유피테르 황제를 대변하는 자로서 맹세코 말하지만, 오늘 쎄비야가 그대의 정신이 온전하다고 이 집에서 꺼내가는 죄를 저지른 사실 하나만으로도 내가 엄청난 벌을 내릴 수밖에 없을 것이니 앞으로 두고두고 자손만대에 잊지 못할 형벌이 될 것이로다, 아멘. 그대 모르는가, 이, 멍청한 조무래기 석사 양반, 나의 이 실력을? 내 말대로 나는 천둥의 제왕 유피테르로 내 손안에 불붙은 번개들을 가지고 있으며, 내가 그래왔듯이 그것으로 세상을 위협하고 파괴할 힘이 있다는 것을? 하지만 이번에 나는 단 한가지 벌로 이 무지한 백성들을 혼내주려고 하나니, 그것은 이 도시나 주변 지역 전체에 이 위협이 예고된 오늘 바로 이 시각부터 헤아려 앞으로 삼년 동안 비가 오지 않게 하겠노라. 그대만 자유롭고 건강하고 정신이 말짱하고, 나는 미치고 병들어 여기 묶여 살라고……? 그렇다면 나는 당장 목매달아 죽고 싶은 마음만큼 비를 퍼부을 수도 있겠지.' 미치광이의 고함 소리와 말소리에 주변 사람들이 귀를 기울이고 있었는데, 그때 우리의 석사 양반이 사제에게 고개를 돌리며 그의 손을 덥석 잡고 말했습니다. '사제님, 나리께서는 걱정 안하셔도 됩니다. 이 미친놈이 한 말은 신경 쓰지 마십시오. 저 사람이 유피테르여서 비가 내리지 않게 하겠다면, 나는 물의 신이요, 바다의 아버지인 넵투누스올시다. 필요하다면 내 마음 내키는 대로 언제든지 비를 내리게 할 것이외다.' 그 말에 사제가 대답을 했지요. '어찌 됐든 말이오, 넵투누스 나리. 지금 유피테르를 노하게 하는 건 좋지 않을 듯하오이다. 귀하께서는 그냥 여기 계시고 다음에 시간과 형편이 더 나아지면 귀하를 모시러 오리다.' 원장도 웃고 거기 있는 사람 다 웃었습니다. 그 웃음 때문에 사제도 조금 놀라 어리둥절해했지요. 그들은 석사 양반의 옷을 벗겼고, 그는 그곳에 남게 되었다는군요.”

“그러니까, 이발사님, 이게 그 이야기란 말이오?” 돈 끼호떼가 말했다. “이 이야기가 우리 상황과 딱 맞아떨어져 지금 그 이야기를 안하고는 못 배길 그런 이야기란 말씀이오? 맙소사, 이 이 털깎이, 털깎이 양반아! 세상에, 그토록 누가 봐도 뻔한 사실을 보지 못하는 사람이 있다면 정말 눈이 먼 사람이지요! 그런데 당신은 사람의 재주와 재주를 비교하고 용기와 용기, 미모와 미모, 혈통과 혈통을 비교하는 게 항상 가증스럽고 듣는 사람이 기분 나빠한다는 걸 정말 모르고 한 소리요? 나는, 이발사님, 나는 물의 신, 넵투누스가 아니오. 또한 내가 사리에 맞지 않는데 누가 사리에 맞다고 하는 꼴도 보고 싶지 않은 사람이오. 오직 내가 애써서 세상에 이해시키고자 하는 건 사람들이 방랑기사가 성행했을 때의 그 행복한 시절을 부활시키지 못하는 그 잘못을 지적하려고 하는 것이오. 그러나 타락한 우리 시대는 그런 행복을 누릴 만한 자격이 없지요. 방랑기사들이 책임을 지고 왕국을 방어하는 일을 등에 지고, 처녀들을 보호하고, 고아들이나 생도들을 구제하고, 오만한 자들을 벌하고 겸손한 자들에게 상을 주는 그런 시대가 누렸던 행복 말입니다. 요즘 떠돌아다니는 기사 대부분은 그런 일보다 오히려 금은실로 수놓은 비단천이나 가죽, 아니면 그들이 입은 아름다운 옷감과 무장한 옷감이 버석거리는 소리로 수선스러울 뿐이지요. 이제는 하늘의 횡포를 견디며 발끝부터 머리끝까지 완전무장을 하고 들판에서 잠을 자는 그런 기사도 없고, 방랑기사들이 하던 것처럼 박차에서 발을 빼지도 않고 창을 부둥켜안은 채 머리에서 잠을 떨쳐버리려고 애쓰는 그런 기사도 없지요. 이제는 이 숲에서 나와 저 산으로 들어가고, 텅 빈 불모의 바닷가 모래밭을 밟는 그런 기사는 어디에도 없습니다. 태풍이 많고 변화무쌍한 바닷가에 있다가 물가에서 노도, 돛도, 돛대도, 밧줄도 없는 조그만 배 한척이라도 발견하면 대담한 용기 하나만 믿고 배에다 몸을 던져 하늘로 올라갔다 지옥으로 떨어졌다 요동치는 깊은 바다의 파도와 싸우는 그런 기사는 없습니다. 그때 비할 데 없이 큰 폭풍에 가슴으로 맞서다가 자신도 모르는 사이에 배를 탄 데서 삼천마장 이상 먼 곳으로 떼밀려가고, 또 거기서 생전 보지도 못한 먼 땅에 뛰어내린 뒤에 그곳에서 보통 양피지 따위가 아니라 청동비에 기록될 만한 전공을 세우는 그런 기사가 없어요. 지금은, 방랑기사들이 살던 황금세기에 찬란한 빛을 발했던 진정한 무공武功이 없습니다. 무용을 실천하기보다는 이론이나 세치 혀로 들먹이기가, 용기보다는 오만이, 덕보다는 악습이, 노력보다는 노는 것이, 부지런함보다는 게으름이 판치는 시대올시다. 내 말이 맞지 않다면, 말씀들 해보세요, 저 유명한 골 지방의 아마디스보다 더 용감하고 더 영예로운 사람이 어디 있습니까? 영국의 빨메린보다 더 예의 바른 자 누가 있습니까? 백의의 기사 띠란떼보다 적응력이 뛰어나고 몸놀림이 가벼운 기사가 어디 있습니까? 그리스의 리수아르떼보다 더 멋쟁이가 누가 있습니까? 돈 벨리아니스보다 더 칼을 많이 맞고 칼을 많이 찌른 사람이 누가 있습니까? 골 지방의 뻬리온보다 더 용감무쌍한 자가 누가 있습니까? 아니면 이르까니아의 펠릭스마르떼보다 더 위험을 무릅쓰고 용감히 뛰어드는 자 또 누가 있습니까? 아니면 에스쁠란디안보다 더 성실한 자 누가 있습니까? 뜨라시아의 돈 시론힐리오보다 더욱 잘 덤비는 자 누가 있습니까? 로다몬떼보다 더욱 용감한 자 누가 있습니까? 쏘브리노 왕보다도 덕망있는 자 누구입니까? 레이날도스보다 더욱 대담한 자 누가 있습니까? 롤단[3]보다 더 불굴의 기사가 어디 있습니까? 뚜르뻰이 쓴『우주 형상지』[4]에 따르면 오늘날 페라라 공작들의 선친이라는 루헤로보다 더 우아하고 더 예의 바른 사람이 누가 있겠습니까?

이런 모든 기사나 또 내가 말하지 않은 다른 기사들은, 신부님, 기사도의 빛이요, 영광이라고 할 수 있는 방랑기사들이었습니다. 이런 사람들 중에서나 이와 같은 사람들이 내가 말하는 주인공으로 나올 수도, 될 수도 있다는 것이올시다. 그렇게 되면 폐하께서도 많은 경비를 절약하실 수 있고, 모든 일이 잘 처리되는 것을 보실 수 있으며, 터키군이야 패배해 약이 오르겠지요. 이래도 사제가 나를 집에서 꺼내주지 않는다면 난 집에 남아 있어야 할 거 같군요. 이발사가 말했듯이 당신의 그 유피테르가 비를 내리지 않는다면 내가 여기 지키고 앉아 마음 내키면 언제든지 비를 내리게 하리다. 이런 말을 하는 건 이발사가 나 들으라고 한 말을 내가 알고 있다고 알려드리려는 겁니다."

이발사가 말했다. "사실, 돈 끼호떼 나리, 제가 그런 뜻으로 한 소리는 아닙니다. 하느님 앞에서 맹세코 드리는 말씀이지만, 전 좋은

---

3 『롤랑의 노래』의 주인공 롤랑의 에스빠냐 이름.
4 뚜르뻰이 『우주 형상지』(*Cosmografía*)와 『샤를마뉴 대제의 일대기』를 썼다는 것은 세르반떼스가 지어낸 것이다.

뜻으로 드린 말씀입니다. 나리께서 섭섭해하시는 건 잘못이지요."

"섭섭해하든 하지 않든 내가 알아서 할 일이오."

이때 신부가 말했다.

"난 지금까지 거의 말을 안했지만, 한가지 의심이 들어 그냥 있을 수 없네요. 그 의심이라는 건 여기 돈 끼호떼 나리가 한 말에서 나온 건데, 그게 자꾸 내 마음을 긁고 후벼파는구려."

"신부님께서는 무슨 일이라도 말씀하실 권리가 있지요. 그러니 의심스러운 게 있다면 말씀하시지요. 의심이나 걱정스러운 마음을 갖고 사는 건 좋지 않으니까요."

"이렇게 허락을 해주시니 그렇다면, 내 말하리다. 내 의심은, 돈 끼호떼 나리, 나리께서 언급하신 방랑기사 떼가 전부 진짜로 틀림없이 살과 뼈를 가진, 살아 있는 사람이었는가 하는 문제입니다. 그보다는 오히려 전부가 허구요, 거짓이라는 생각이 들거든요. 멀쩡하게 깨어 있는 사람이나, 아니 차라리 반쯤 잠든 사람들이 꾸는 꿈과 같다는 말이지요."

"그것 또한 착각입니다." 돈 끼호떼가 대답했다. "많은 사람이 그런 오해를 하고, 그래서 그런 세상에 방랑기사들이 없었다고 생각하게 된 겁니다. 그래서 나는 여러 부류의 사람들과 많은 기회를 통해 대화를 하면서 거의 모든 사람이 갖고 있는 그런 오해를 씻고 진실을 환히 깨닫게 하려고 애를 썼지요. 어떤 때는 내 뜻을 이루지 못했지만, 또다른 때는 진실을 등에 업고 증명을 해 성공하기도 했지요. 기사도의 진실은 무척 명확해서, 나는 이 두 눈으로 골 지방의 아마디스를 직접 보았다고 할 정도입니다. 아마디스는 키가 크고, 얼굴은 하얗고, 수염은 검지만 아주 잘생긴 모습에, 눈길은 부드럽기도 하고 강하기도 한, 말수가 적은 사람이며 화를 내는 데는 느리지만 분노를 삭이는 데는 빠른 기사입니다. 내가 아마디스를 그려낸 방법대로라면 세상에 떠돌아다니는 이야기책 속의 모든 방랑기사를 다 묘사할[5] 수 있을 거 같네요. 그 책들의 이야기대로 그들이 어떤 사람인지에 대해 내가 알고 있는 지식이라든가 그들이 이룩한 공적, 그들의 신분으로 미루어 잘 추리해보면 얼굴 모습이라든지 얼굴색, 키 같은 걸 알아낼 수가 있지요."

이발사가 물었다. "돈 끼호떼 나리, 나리께서는 거인 모르간떼는 도대체 얼마나 컸으리라고 생각하시는지요?"

"이런 거인들 문제는 세상에 존재했다고 하기도 하고 존재하지 않았다고 하기도 하고 의견이 각기 다릅니다. 그러나 성서가 진실을 이야기하는 데 단 한점의 실수도 있어서는 안된다고 한다면 성서는 거인이 있다고 증언하고 있지요. 블레셋 사람 골리앗의 키가 구척 장신[6]이었다니 엄청나게 컸지요. 또한 씨칠리아 섬에서도 사람의 정강이뼈와 등뼈가 발견되었는데 그 크기로 보아 그 뼈의 주인들은 커다란 탑만큼 큰 거인들이었다고 추정합니다. 기하학을 이용하면 뼈 크기만 가지고도 몸 크기를 밝혀낼 수 있지요. 그러나 여하튼 모르간떼가 얼마나 컸는지는 확실하게 대답해드릴 수가 없네요, 내 생각으로는 아주 크지는 않았으리라 추정합니다만……내가 이렇게 생각한 데는 이유가 있지요. 이야기[7]에 그가 세운 공적

5 초판본에는 'descubrir'(발견하다)로 나와 있지만, 오늘날 대부분 학자들은 'describir'(묘사하다)의 오자로 본다.
6 원문에는 'siete codos y medio'(6꼬도 반)으로 나와 있다. 이것도 성서의 키보다는 약간 과장된 것인데, 에스빠냐의 단위 '꼬도'(codo)는 팔꿈치에서 손가락 끝까지의 길이로, 약 42센티미터이다. 돈 끼호떼가 말한 골리앗의 키를 우리의 자인 척(尺, 33센티미터)으로 계산하면 약 구척이 된다.
7 이딸리아 시인 루이지 뿔치(Luigi Pulci)의 『모르간떼』(El Morgante Maggiore)를 말한다.

을 세세히 언급한 대목을 보면 그가 여러번 지붕 밑에서 잠을 잤다는 말이 나오는데, 그 거인이 들어갈 수 있는 집이 있었다니 그렇게 어마어마할 정도로 크지는 않았다는 게 분명하지요."

"그렇군요." 신부가 말했다.

신부는 그런 말도 안되는 미친 소리를 듣는 데 재미가 들려 레이날도스 데 몬딸반, 돈 롤단 그리고 나머지 프랑스의 열두 기사 같은 방랑기사들의 얼굴에 대해선 어떻게 생각하느냐고 물었다.

돈 끼호떼가 답했다. "레이날도스는 내가 감히 말하지만, 얼굴이 넓적하고, 얼굴색은 주홍빛이 돌고, 눈은 약간 튀어나온데다 굴리는 듯하고, 지나치게 옹졸하고 성질 사나운 데가 있으며 타락한 자들이나 도둑들의 친구라고 할 수 있지요. 롤단은 이야기책에서 로똘란도나 오를란도라고 불리는데, 이 기사는 키는 중간쯤 되고 어깨가 넓으며 약간 안짱다리에다 얼굴은 가무잡잡하죠. 노란 수염에 몸에는 털이 숭숭 나 있고 눈빛은 위협적이며 말수는 적으나 아주 사려 깊고 예의 바른 사람이라는 확신이 듭니다."

신부가 말을 받았다. "롤단이 나리가 말씀하신 것보다 훨씬 훌륭한 분이 아니었다면 미녀 안젤리까 아씨께서 그 사람에게 관심을 보이지 않은 것도 이상한 일이 아니네요. 그래서 그 여자가 그를 버리고 이제 갓 수염이 난 이국인의 멋과 용기, 아름다움에 반해 메도로에게 몸을 바쳤겠지요. 즉, 롤단의 거칢보다는 오히려 메도로의 부드러움에 그만 홀딱 반했는데, 잘 생각한 끝에 한 행동이겠지요."

"그 안젤리까란 여자는 신부님, 약간 변덕도 있고 나돌아다니기 좋아하는 정신 나간 아가씨였고, 그녀의 아름다움에 대한 명성만큼이나 불미스러운 행동으로 온 세상을 떠들썩하게 했지요. 말하자면 수천의 남자, 수천의 용감한 무사, 수천의 점잖은 양반 들을 무시하고 수염도 제대로 안 난 시종 녀석하고 눈이 맞았으니까요. 자기 친구에게 잘해준 우정에 대한 감사의 표시로 받을 수 있는 것을 빼놓고는 그 어떤 재산도, 이름도 없는 녀석에게 말입니다. 그녀의 미모를 노래한 위대한 시인, 그 유명한 아리오스또도 그녀가 그렇게 추하게 몸을 버린 뒤 이 아가씨에게 무슨 일이 일어날 것인지에 대해선, 그다지 영예스러운 일 같지는 않았기에 노래하고 싶지 않았든지 아니면 차마 노래할 수가 없었든지, 어쨌든 이렇게 적어 놓았죠.

그리고 어떻게 까따이[8]에서 왕관을 받았는지,
어쩌면 누군가 더 좋은 시로 노래하리니.

그리고 이것은 하나의 예언 같은 게 되었습니다. 시인은 다른 말로는 '바떼'[vate]라고도 하는데, 그 말은 '점쟁이'라는 뜻입니다. 아리오스또의 말이 사실로 된 건 그뒤 유명한 안달루시아 시인 하나가 그녀의 눈물을 노래하고 울었으며,[9] 또다른 까스띠야의 희대의 시인이 그녀의 아름다움을 노래했으니까요.[10]"

이때 이발사가 말했다. "여보시오, 돈 끼호떼 나리, 안젤리까라는 아가씨에 대해선 칭찬한 사람들이 그토록 많았는데, 그중에 혹시 비방을 한 시인은 없었습니까?"

----

8 '까따이'(Catay)는 중국, 특히 중국 북부를 일컫는 말이다.
9 루이스 바라오나 데 쏘또(Luis Barahona de Soto, 1548~95)의 『안젤리까의 눈물』 (Las lágrimas de Angélica)을 말한다.
10 로뻬 데 베가의 『안젤리까의 아름다움』(La hermosura de Angélica, 1602)을 말한다.

"내 생각에는 안젤리까를 사모한 싸끄리빤떼나 롤단이 시인이었다면 그 아가씨를 엄청나게 비방한 시를 쓰지 않았을까 싶습니다. 왜냐하면 시인들은 자기 생각과 마음의 주인으로 선택한, 자기들이 만든 귀부인이거나, 실제 인물이지만 거짓으로 꾸며낸 귀부인에게[11] 사랑을 거절당하거나 냉대를 받으면 비방하는 시나 괴문서로 복수하는 게 관행이었지요. 비록 복수라는 게 사실 관대한 마음을 지녀야 할 선비에게는 가당치 않은 행위이지만요. 하지만 세상을 발칵 뒤집어놓았던 그 안젤리까 아씨에 대한 불명예스러운 시구가 나왔다는 소리는 지금까지 내 귀에 들어온 게 없습니다."

"그거 기적이군요!" 신부가 말했다.

이때 이미 이 대화에서 자리를 떴던 가정부와 조카딸이 마당에서 마구 외치는 소리가 들려와 모두들 그쪽으로 다가갔다.

---

11 여기 구절들의 정확한 해석에 대해서는 의견이 분분하다. 특히 여기 '자기들이 만든 귀부인이거나, 실제 인물이지만 거짓으로 꾸며낸 귀부인'이라고 옮긴 부분의 원문에 대한 해석이 모호한데, 역자는 학자 대부분이 아쉬운 대로 받아들이는 끌레멘신(Clemencín)의 해석을 따른다.

2장

싼초 빤사와 돈 끼호떼의 조카딸,
가정부 사이에서 벌어진 대단한 싸움과
다른 재미있는 사건들에 대하여

이야기에 따르면 돈 끼호떼와 신부, 이발사가 들은 건 조카딸과 가정부가 지른 고함 소리였다고 하는데, 싼초 빤사가 돈 끼호떼를 만나려고 집에 들어오려고 하자 두 여자가 문을 막고는 싼초에게 고함을 쳤던 것이다.

"이 멍청이 녀석이 우리 집에 무슨 볼일이 있다는 거야? 자네 집으로나 돌아가게, 이 사람아! 다른 사람이 아니라 바로 자네가 우리 주인 나리의 정신을 빼 끌어내서는 그 어려운 오솔길로 돌아다니게 한 장본인이야."

그 말에 싼초가 대답했다.

"이 빌어먹을 가정부 아줌마야, 정신 빼앗기고 끌려가 어려운 오솔길로 끌려다니며 혼난 사람은 당신 주인이 아니라 바로 나여. 그분이 나를 그런 세상으로 끌고 간 거여. 자네들이야말로 이걸 정확하게 절반 가격으로 오해하고 있다구. 그분이 속임수를 써서 나를 집에서 끌어냈다니까. 섬 하나를 준다고 약속했지만, 난 아직까지도 그걸 기다리고 있는 처지여."

"그 썩을 놈의 섬 때문에 숨이 막혀 죽겠구려." 조카딸이 말했다. "죄받을 아저씨, 그래, 섬들이 뭔데요? 그게 무슨 먹을 거랍디까, 먹을 것만 찾는 먹보, 이 식충이 아저씨야?"

"먹을 것은 아녀." 싼초가 되받았다. "통치하는 거라구, 여기에서 서너 도시를 지배하는 것보다도, 궁중의 서너 재판관보다도 더 높은 자리라구."

가정부가 말했다. "아무리 그렇다 해도 여기는 못 들어와. 이 죄악꾸러기, 사고뭉치야. 자네 집이나 통치하러 가게나. 자네 밭뙈기나 갈러 가라구. 그리고 섬이고 나발이고 얻을 생각일랑 아예 집어치워."

신부와 이발사는 세 사람이 말하는 소리를 듣고 아주 재미있어 했으나 돈 끼호떼는 싼초가 입이 풀려 말을 떠벌리고 심술궂은 멍청한 소리들만 쏟아놓다가 자신의 품위에 걸맞지 않게 한계를 넘을까봐 두 여자를 조용히 하게 한 뒤 그를 들여보내게 했다. 싼초가 들어오자 신부와 이발사는 돈 끼호떼에게 작별인사를 했다. 그러나 돈 끼호떼가 쓸데없는 헛생각에 젖어 있고 방랑자인지 부랑자인지 모를 바보 같은 기사도 놀이에 흠뻑 빠져 있는 걸 보았기 때문에, 돈 끼호떼의 건강을 안타까워했다. 그래서 신부가 이발사에게 말했다.

"이 사람아, 이 양반이 우리가 생각지도 않고 있을 때 또다시 강둑을 날려버리겠다고 길을 나설 테니 두고 보게나."

"저도 그 점은 의심할 여지가 없다고 봅니다." 이발사가 말했다. "하지만 기사님의 미친기도 그렇고 그 하인도 그 섬을 그렇게 믿고 있는 바보스러움이 놀랍지는 않습니다. 우리 상상을 뛰어넘을 만큼 수없이 실망을 하고도 머릿속에서 그 생각을 빼낼 수는 없을 테니까요."

"그걸 고치려면 하느님이나 하실 수 있을 거고." 신부가 말했다. "우리야 보고만 있어야지. 그 기사에 그 하인이니까 이 미친 놀이가 어디까지 가는지 두고 보자고. 보아하니 두 사람은 똑같은 틀에서 구워낸 것 같으이. 주인의 미친 짓도 하인의 바보짓이 아니라면 아무 데도 쓸모가 없을 거야."

"그래요. 그래서 지금 둘이서 무슨 이야기를 할지 무척 궁금하군요."

"틀림없이 조카딸이나 가정부가 나중에 우리에게 들려주겠지. 두 사람 이야기를 듣지 않을 사람들이 아니니까."

그러는 동안 돈 끼호떼는 자기 방에 싼초와 함께 들어갔고 둘이 남게 되자 싼초에게 말했다.

"무척 섭섭하구먼, 싼초. 정말 자네가 내게 그런 말을 하다니, 뭐 내가 자네를 집에서 끌어낸 장본인이라고? 나도 집에 남아 있던 게 아니라는 걸 알지 않는가? 우리 둘이 함께 나온 거지. 함께 떠났고 함께 고행을 했고, 그래서 똑같은 운명과 똑같은 운이 두 사람에게 닥친 걸세. 자네가 한번 담요말이를 당하면 나는 수백번 죽도록 두들겨맞았지. 그 횟수를 세어보면 내가 자네를 이긴 거네."

"그건 당연히 그럴 수밖에 없었습죠. 나리 말씀에 따르면 불행이란 기사의 하인보다는 방랑기사 자신들에게 항상 많이 따라다닌다면서요."

"그건 잘못 알고 있는 거라네, 싼초! 그 원리는 '쿠안도 카푸트 돌레트(quando caput dolet)……' 이하 동문이야."

"소인은 우리말 말고 다른 말은 모르는디요." 싼초가 대답했다.

"이 라틴어의 뜻은 '머리가 아프면 온 팔다리도 아프다'라는 걸세. 따라서 내가 자네 주인이고 어른이니 내가 머리이고 자네는 내 일부분이지, 내 하인이니까. 그렇기에 어쩌다 내게 불행한 일이 생기면 자네도 아플 것이고, 자네가 아프면 나도 아픈 걸세."

"그래야 되겠습죠. 하지만 제 몸의 일부분이 담요말이를 당할 때 제 머리는 담장 뒤에서 제가 공중으로 날아가는 것을 보고만 있던데요. 제 고통도 전혀 함께 느끼지 않고선 말이죠. 몸의 팔다리가 머리의 아픔을 함께하는 게 원칙이라면 머리도 팔다리의 아픔을 함께해야 되는 거 아닌가요?"

"그러니까 싼초 이 사람아, 자네가 지금 한 말은 자네가 담요말이를 당할 때 내가 아파하지 않았다 이 말이지? 그런 말 하려면 말도 말고 생각도 말게. 자네 몸이 아팠다면 그때 나의 온 정신은 훨씬 더 아팠다네. 하지만 지금은 그 이야긴 그만 제쳐두세. 모든 게 제자리를 잡고 제대로 이해될 때가 있을 걸세. 그건 그렇고, 여보게, 이 친구 싼초, 그곳에서 나에 대해선 어떤 말을 하던가? 서민들이나 양반들, 기사들은 나를 어떤 사람으로 보던가? 나의 용감성이나 전공, 예절에 대해서는 무슨 말을 하던가? 이미 잊힌 기사도를 부활시켜 세상에 다시 끌어오겠다는 숭고한 결심에 대해 어떤 말들이 오가던가? 요컨대 싼초, 그런 것에 대해 자네 귀에 들어온 이야기를 내게 다 들려주길 바라네. 이야기할 때는 좋은 말에 무엇을 덧붙이지도 말고 나쁜 말도 한마디 빼지도 말고 들은 그대로 말하게나. 충실한 신하는 주인에게 이야기할 때 아부하는 마음에서 사건을 키우거나 쓸데없는 마음으로 사실을 축소하는 일 없이 사실 그대로 진실을 말해야 하는 걸세. 싼초 자네는 왕자들의 귀에 아부라는 치장 없이 진실 그대로 전달되었다면 세상 모습이 달라졌을 거라는 걸 알아야 하네. 오늘 우리 시대보다 다른 시대가 더욱 나쁜 시대로 생각되기도 하지, 내가 이해하기로는 지금을 황금시대로 보니까.[1] 싼초, 자네는 이 충고를 거울 삼아 내가 물은 데 대해 아는 게 있으면 사실 그대로 점잖게 좋은 마음으로 내 귀에 전달해 주도록 하게나."

"소인이 즐거운 마음으로 그리하겠습니다요, 주인님. 다만 조건이 있는데 소인이 무슨 말을 하든지 나리는 화를 내셔서는 안된다는 겁니다. 소인에게 들어온 소식 그대로 치장하지 말고 벌거숭이로 전하라 하시니 말이지요."

"내 절대로 화내지 않을 걸세. 그러니 싼초, 자네는 말을 돌릴 필요 없이 자유롭게 그대로 말하게나."

"얘기하자면 서민들은요, 나리를 정말 대단한 미치광이로, 그리고 소인도 그에 못지않은 바보, 멍청이로 본다는 겁니다요. 양반들 말을 들으면, 나리께서는 양반의 한계에 머무르지 않고 자기 이름 앞에 함부로 '돈' 자를 붙이고,[2] 재산이라고는 포도밭 네개, 64헥타르 정도밖에 안되는 땅[3] 말고는 없는 양반이 자칭 '기사'[4]인지 '신사'인지 하면서 앞에 누더기 하나, 뒤에 누더기 하나 붙이고 다닌다고 말이 많지요. 한편 기사들은 양반들이 자신들과 동등한 위치

---

1 이 대목에서 돈 끼호떼의 논조는 왔다 갔다 한다. 처음에는 '우리 시대'를 비판적으로 보다가 나중에는 '황금시대'로 칭송하는 말을 한다. 이것은 세르반떼스가 후원자인 레모스 백작과, 친분이 있던 레르마 공작을 염두에 두고 한 말일 것이다. 처음에는 자기 의도대로 시대를 비판하다가 나중에는 그들과의 친교를 의식해 아부의 어조로 바꾸는 묘한 뉘앙스를 지닌다.
2 돈(don)은 귀족이나 기사에게 붙이는 영예스러운 칭호이며, '양반'(hidalgo) 또한 함부로 붙이는 존칭은 아니었다. 그러나 세르반떼스 시대에는 이미 '양반'도 '돈'이라는 존칭도 함부로 쓰였다.

에서 벗하려 드는 걸 바라지 않습죠, 특히 구두에 반짝반짝 약을 칠하고 까만 스타킹 끝을 파란 비단으로 묶는 하급 양반들은 더 말할 나위 없고요."

"그거야 나하고는 상관이 없는 일이지. 난 옷을 절대 기워입지도 않고[5] 항상 잘 입고 다니니까, 해질 수는 있지, 그러나 옷이 해진 것은 세월에 닳아서라기보다는 무기에 찢겨서야."

쌴초가 말을 이었다. "나리의 용기나 예절·무공·숭엄한 결의 문제에 관해서는 의견들이 다 다릅니다요. 어떤 사람들은 '미쳤지만 재미있다'고도 하고, 다른 사람들은 '용감하지만 운이 없는 사람'이라고도 하고, 또다른 사람들은 '예의 바르지만 무례하기도 하다'고 하지요. 이 근방에서는 이것저것 찢고 발기고 말 안하는 게 없어 나리나 소인의 뼈는 어디 하나 성한 데가 없을 겁니다요."

"이보게, 쌴초, 덕이 훌륭하고 뛰어난 곳에는 언제나 추격해오는 사람들이 있는 법이야. 지난날의 그 유명한 영웅들치고 누구도, 거의 어느 누구도 악랄한 자들에게 욕을 먹지 않는 사람들이 없었지. 율리우스 카이사르도 대단히 활력있고, 용의주도하고, 용감무쌍한 대장이었지만 야심가라고 욕먹었고, 옷 입는 것도, 버릇도 깨끗하지 못하다고 비난받았지. 알렉산드로스도 그 전공이 '대제'라는 명

---

3 그의 밭은 편의상 '포도밭 네개, 64헥타르 정도밖에 안되는 땅'(cuatro cepas y dos yugadas de tierra)이라고 옮겼으나 사실은 그보다 좁은 면적이다. '64헥타르'로 번역한 것은 원문의 'dos yugadas'(2유가다)가 약 64헥타르를 조금 넘는 면적이기 때문이다.

4 '기사'(caballero)는 돈 끼호떼 같은 중세적 전사와 영웅의 뜻 외에도 당시 군인 천명 중 한명에게 전통 기사도의 법칙에 따라 주는 호칭이었다. '기사'가 되려면 '양반'이어야 할 뿐만 아니라 재산도 지금 돈 끼호떼보다는 훨씬 많아야 했다.

5 당시 관습으로 양반은, 새 옷이 준비되는 동안 찢어진 옷을 그냥 입고 다닐지라도 절대 옷을 기워입고 다니지 않았다. 옷을 기워입는 것은 가난뱅이 서민이었다.

성을 얻을 정도로 높았지만 사람들 말로는 어딘가 주정뱅이 기질이 있었다고 하지 않는가. 헤라클레스는 그토록 많은 일을 해냈지만 음탕하고 색을 밝혔다고 이야기하지. 골 지방의 아마디스의 아우인 돈 갈라오르도 정도 이상으로 호색한이었다는 소문이 있고, 그의 형은 울보였다고도 하고…… 그러니 오, 싼초여! 그 훌륭한 사람들에 대한 욕이 그리 많은데 나에 대한 욕이 자네가 말한 것 이상이 아니라면 봐줄 만하다고 할 수 있지."

"문제는 거기 있어요, 빌어먹을!" 싼초가 되받아쳤다.

"그럼 말들이 더 있나?" 돈 끼호떼가 물었다.

"아직 꼬리의 껍질도 벗기지 않았네요. 지금까지 한 이야기는 아직 시작도 안한 겁니다요. 그러나 나리께 퍼붓는 욕지거리를 다 알고 싶으시다면 소인이 그런 이야기를 하나도 빠짐없이 다 말해줄 사람을 지금 즉시 모셔오겠습니다요. 쌀라망까에서 공부하고 학사가 되어 돌아오는 바르똘로메 까라스꼬의 아들이 잊저녁에 도착했는네 소인이 환영인사를 하러 갔더니 제게 나리의 이야기가 이미 책으로 나돌고 있다 했어요. 책 제목이 『기발한 시골 양반 라 만차의 돈 끼호떼』라고 하더군요. 그 책에는 소인도 싼초 빤사라는 이름 그대로 언급되고 있고 엘 또보소의 둘시네아 아씨도 나온다네요. 그리고 우리 둘만 이야기한 다른 일들도 나온다는데, 그 이야기를 적은 역사가가 어떻게 그걸 다 알 수 있었는지 그저 놀라고 놀랄 뿐이었습니다요."

"내 자네에게 확실히 말하지만, 싼초! 우리 이야기를 쓴 작가는 어떤 현명한 마법사인 것 같네. 그런 자들이 쓰고 싶어한다면 어떤 것도 숨길 수가 없지."

"그런데 현자이면서 마법사라니요! 소인이 아까 말한 그 사람은 이름이 싼손 까라스꼬 학사라고 하는데, 그가 하는 말에 따르면 그 이야기의 작가 이름이 시데 아메떼 베렌헤나[6]라고 하던데요."

"그건 무어족 이름이구나." 돈 끼호떼가 말했다.

"그렇겠지요. 소인이 여러 사람에게 들은 바로는 무어족들이 '가지'와 친하다고 하더군요."

"싼초, 자네는 그 '시데'라는 성을 잘못 안 것 같아. '시데'는 아랍어로 '님'이나 '어른'이라는 뜻이거든."

"그럴 수도 있겠네요." 싼초가 되받았다. "하지만 나리께서 그 사람을 여기 데려와도 좋다고 하시면 곧 뛰어가서 그분을 찾아오지요."

"그거 나한테는 반가운 일이지, 이 사람아." 돈 끼호떼가 말했다. "자네 말을 들으니 긴장이 되는구면. 내 모든 걸 다 알아내기 전까지는 음식 한점 입에 대지 않을 걸세."

"그럼 찾으러 가겠습니다요."

그러고 나서 싼초는 그 학사를 찾으러 갔고, 조금 뒤 그를 데리고 돌아와 셋 사이에 아주 재미있는 대화가 이루어졌다.

---

6 원래 베넹헬리(Benengeli)라는 이름인데, 이는 또한 '가지'(berenjena)를 뜻하기도 한다. 싼초로서는 충분히 혼동할 수 있는 이름이다.

3장

돈 끼호떼와 싼초 빤사
그리고 싼손 까라스꼬 학사 사이에 오간
우스꽝스러운 이야기들

돈 끼호떼는 싼손 까라스꼬 학사를 기다리면서 깊은 생각에 잠겨 싼초가 말한 그 책에 쓰였다는 자신의 소식을 들을 기대로 부풀었다. 아무리 생각해도 그런 이야기책이 있다는 게 믿기지가 않았으니, 왜냐하면 자기가 죽인 적들의 핏자국이 아직 칼날 위에서 마르지도 않았는데 벌써 자신의 높은 기사 행적이 인쇄되어 나돌아다닌다는 사실이 신기해서였다. 어쨌든 그의 상상대로라면 어떤 현자가 자신을 좋아하든 싫어하든지 간에 마법술을 이용해 그의 행적을 출판했으리라. 자신을 좋아해서라면 행적을 위대하게 키워서 방랑기사 중 가장 두드러진 공적을 세운 자로 치켜세우기 위함일 것이고, 자신을 싫어해서라면 그의 실제 행적을 모조리 없애고 어떤 비열한 하인 기사에 대해 쓰인 행적보다도 더 비겁한 행적을 남겼다고 적으려는 의도이리라. 혼잣말로 이렇게 중얼거렸다. "비록 하인 기사들의 행적에 대해 쓴 책은 한권도 없었지만 말이다.

또한 그런 이야기책이 있다 할지라도 방랑기사 이야기이니 어찌되었든 격조 높고 고상하며, 고귀하고 훌륭하며, 진실한 책이어야 하리라."

이렇게 생각하고 나니 다소 위안이 되었으나 그 작가가 '시데'라는 이름을 쓴 무어인이라는 걸 생각하니 또다시 불안해졌다. 무어인들은 모두 사기꾼이고 거짓말쟁이며 공상가들이어서 그들에게서는 어떤 진실도 기대할 수 없기 때문이었다. 자신의 사랑을 다루면서 엘 또보소의 둘시네아 아씨의 정절을 훼손한다든지 불명예스러운 면을 강조한다든지 하면서 점잖지 못하게 그렸을까 두려웠다. 돈 끼호떼는 모든 신분의 처녀와 여왕 그리고 황후를 무시하고 오로지 그녀를 위해 항상 간직하고 있는 예절과 정성을 거기에 표현해주기를 바랐다, 물론 자신의 본능적 충동은 억제하면서 말이다. 그리하여 돈 끼호떼가 싼손 까라스꼬와 싼초를 보았을 때는 이런 생각 저런 생각 수많은 생각으로 한창 뒤범벅이 되어 있을 때였다. 돈 끼호떼는 까라스꼬를 아주 깍듯하게 예의를 갖춰 맞았다.

그 학사는 이름이 싼손이지만 그 뱃속은 매우 시커멓고, 몸은 그다지 크지 않았으며, 얼굴색은 창백하지만 머리는 대단히 영리했다. 나이는 스물넷 정도였고, 얼굴은 둥그스름한데 코는 납작하고 입이 컸는데, 그런 관상은 전적으로 번지르르한 말이나 비웃기를 좋아하고 성격이 사악하다는 표시였다. 그런 모습은 돈 끼호떼를 보자 바로 나타났는데, 그는 돈 끼호떼 앞에 무릎을 꿇고 말했다.

"위대하신 나리께 정중히 인사 올리옵니다, 라 만차의 돈 끼호떼 나리, 비록 종단 서열은 하위 제4계급에 속할 뿐이오나 수도사 성 바울의 정장을 하고 말씀드리옵니다. 나리께서는 둥글고 둥근 온 지구상에서 과거에도 미래에도 다시없을 가장 유명한 방랑기사이시옵니다. 나리의 위대한 업적을 기록해둔 시데 아메떼 베넹헬리는 축복받을 겁니다. 그리고 세상 사람 누구나 즐겨 읽을 수 있도록 아랍어에서 평범한 우리 에스빠냐 말로 번역하는 배려를 아끼지 않은 그 호기심 많은 자[1] 또한 축복받을 것입니다."

돈 끼호떼는 그를 그 자리에서 일어서게 하고는 말을 했다.

"그러니까 나의 기록이 나와 있다는 게 사실이고, 그것을 쓴 자가 무어족 현자라는 것이 사실입니까?"

"사실이고말고요, 나리." 싼손이 말했다. "오늘날 그 이야기책이 일만 이천부 이상 인쇄되었답니다. 못 믿으시겠다면 뽀르뚜갈이나 바르셀로나, 발렌시아에서 그 책이 출판되었으니 물어보십시오. 암베레스에서도 이미 인쇄되고 있다는 소문이 자자하니 이제 이 책이 번역되지 않은 나라나 언어가 없을 거라 예상되옵니다."[2]

이때 돈 끼호떼가 말했다. "덕망있고 훌륭한 사람에게 가장 기분 좋은 일 중의 하나는 좋은 명성으로 인쇄되고 출판되어 살아 있는 동안 사람들의 입에 오르내리는 걸 볼 때일 것입니다. '좋은 명성'이라 한 건, 만약 그 반대일 경우엔 세상 그 어떤 죽음도 그보다 비

---

1 이 사람은 바로 세르반떼스 자신이다. 자신은 아랍 작가 베넹헬리에 이어 '제2의 작가'로 자칭하고 있다.

2 『돈 끼호떼』 1권은 마드리드에서 세번(1605년에 두번, 1608년에 한번) 인쇄되었다. 뽀르뚜갈의 리스본에서 1605년에 두번, 발렌시아에서 1605년에 두번, 브뤼셀에서 1607년, 1611년에 출판되었고, 이딸리아의 밀라노에서 1610년, 바르셀로나에서 1617년에 최초로 1, 2권이 함께 나왔다. 암베레스에서는 1670년에 출간되었다. 따라서 세르반떼스가 이 글을 쓸 당시에는 암베레스에서 『돈 끼호떼』를 인쇄하고 있지 않았다. 아마 브뤼셀과 암베레스를 혼동했을 것이다. 1612년에는 토머스 셸턴(Tomas Shelton) 번역의 영문판이 나왔다. 여기 싼손의 예언이 적중했는지는 오늘날 세계에서 성서와 함께 가장 많이 읽히는 책이 『돈 끼호떼』라는 것만 보아도 알 수 있다.

참할 수는 없을 테니까 하는 말입니다."

"좋은 명성과 드높은 영예로 치면 나리가 모든 방랑기사 중에서 단연 으뜸이지요. 그 무어인 작가와 에스빠냐 작가³는 각자 자기 나라 말로 아주 열심히 나리의 멋진 모습을 생생하게 묘사해놓았거든요. 위험을 향해 달려갈 때는 위대한 용기를, 역경을 헤쳐나갈 때는 인내를, 상처받고 불행을 겪을 때는 견디는 힘을, 그리고 나리와 엘 또보소의 둘시네아 아씨 마님과의 애절하고 순수한 사랑을 묘사할 때는 자제와 정절을 그려냈지요."

이때 싼초 빤사가 말했다. "저는 한번도 존경하는 둘시네아 님에게 '마님'이라는 존칭을 붙여 부르는 걸 들은 적이 없거든요. 그냥 '엘 또보소의 둘시네아 아씨'라고 했습죠. 이런 점에서 그 기록이 잘못된 것 같아요."

"그건 중요한 문제가 아니네." 까라스꼬가 말했다.

"물론 그다지 중요한 건 아니지요." 돈 끼호떼가 대답했다. "그건 그렇고, 학사 나리. 한가지만 물어봅시다. 그 역사책에는 내 공적 중에서 어떤 이야기가 가장 비중있게 다뤄졌나요?"

"거기에 대해서는 의견이 다양합니다, 사람마다 취향이 다르니까요. 어떤 사람들은 나리가 브리아레오스나 거인들로 본 풍차 모험에 더 관심을 두나 다른 사람들은 물방앗간 이야기가 재미있다고 해요. 이 사람은 두 군대가 싸우는 대목, 나중에 알고 보니 양쪽에서 오는 양 떼였지만, 그게 재미있다고 하기도 하고, 저 사람은 매장을 하러 쎄고비아로 싣고 가던 시체 이야기가 가장 흥미롭다고 하지요. 어떤 사람은 죄수들을 풀어준 게 모든 모험 중에서 가

---

3 에스빠냐 작가는 물론 세르반떼스 자신이다.

장 뛰어나다고 하고, 다른 사람은 두 베네딕뜨 거인들⁴과의 모험과 용감한 비스까야인과의 싸움이 제일이라고 합니다."

이때 싼초가 말했다. "여보시오, 학사 양반! 거기 혹시 양구아스 사람들과의 모험도 들어 있습니까? 우리 로신안떼가 변덕이 나서 말도 안되는 짓을 요구하고 나선 일 말입니다."

"이 현자가 쓰지 않은 거라고는 하나도 없네. 모든 이야기가 다 그대로 적혀 있어. 불쌍한 싼초가 담요 안에서 폴짝거린 일까지 다 나오지."

"담요에서 제가 폴짝거린 건 아닙지요. 그게 아니라 공중제비를 했지요, 그것도 제가 원했던 것보다 훨씬 더 많이……"

돈 끼호떼가 말했다. "내가 생각하기에 세상사라는 게 흥망이 교차되지 않는 이야기가 없는 것 같아. 특히 기사도에 관한 이야기라면 말이야. 기사들에게 항상 성공과 행운만 따르는 게 아니거든."

"하여튼 그 이야기를 읽은 어떤 사람은 돈 끼호떼 나리가 이곳 저곳의 여러 싸움에서 끝없이 얻어맞은 그 몽둥이 숫자만큼은 작가들이 좀 눈을 감아주었으면 좋았으리라 말하기도 했지요."

"그래야 역사의 진실이 있지요." 싼초가 말했다.

그러자 돈 끼호떼가 말했다. "한편 공평성을 위해 어떤 일에 대해서 입을 다물 수도 있겠지. 역사의 진실을 바꾸거나 다르게 하지 않는 행동에 대해서는 구태여 기록할 필요가 없을 수도 있고. 그런 것까지 쓰면 역사를 기록한 자를 무시하는 것이 될 테니까. 사실 베르길리우스가 묘사한 것처럼 아이네이아스가 그렇게 자비롭지도 않았고 호메로스가 쓴 것처럼 오디세우스가 그렇게 사려 깊지

---

4 학자에 따라서는 '거인들'(gigantes)이 아니라 '사제들'(monjes)의 오자로 보기도 한다. '베네딕뜨파 사제'를 일컫기 때문이다.

도 않았지."

"그렇고말고요." 싼손이 되받았다. "그러니까 시인 입장에서 쓰는 방법이 있고, 역사가 입장에서 쓰는 방법이 있지요. 시인은 일어났던 것을 그대로 쓰지 않고 그렇게 일어났으리라 상상하는 방식으로 쓴다면 역사가는 그렇게 일어났으리라는 추측이 아니라 아무것도 더 보태거나 빼지 않고 진실 그대로를 적지요."

싼초가 말했다. "그럼 그 무어인 작가님이 그렇게 진실만을 적고 다니는 분이라면 틀림없이 우리 나리가 맞은 몽둥이 수에는 소인이 맞은 것도 섞여 있겠네요. 우리 나리의 등짝이 몽땅 부서진 일이라면 소인에게는 온몸이 다 박살난 사건들이었거든요. 하기야 소인이 구태여 의심을 품을 일도 아니지요. 우리 나리께서 하신 말씀대로라면 머리가 아프면 온 사지가 다 따라 아프기 마련이니까요."

"싼초, 이 의뭉스러운 놈아! 자기에게 좋은 이야기를 할 때는 기억력도 좋구나."

"소인이 맞은 몽둥이찜질을 잊어버리려 해도 아직도 갈비뼈에 시퍼렇게 살아 있는 이 멍이 용서를 안할 겁니다."

"입 다물어라, 싼초. 그리고 학사님 말을 가로막지 마라. 거기 역사책에서 나에 대해 쓰인 말을 계속해달라고 내가 부탁하고 있지 않는가."

싼초가 말했다. "소인에 대해서두요. 듣자하니, 소인도 그 이야기 책의 중요한 '영물'이라면서요."

"'영물'이 아니라 '인물', '등장인물'이지, 이 사람아." 싼손이 말했다.

"제 말마다 말꼬리 물고 늘어지는 사람이 또 있네요? 그럼 그래보시라구요. 이러다간 평생 가도 이야기 안 끝나겠수다."

"그래, 빌어먹을, 맞네, 맞아, 싼초." 싼손이 말했다. "자네가 그 역사책의 두번째 주요 인물일세. 책에 나오는 수많은 인물 중에서 자네가 가장 뛰어나서 자네 말만 듣고 싶어하는 자들이 엄청 많을 정도야, 비록 자네가 사람을 너무 쉽게 믿는다고 하는 자들도 있지만 말이야. 여기 계시는 돈 끼호떼 나리께서 주시겠다고 한 그 도서의 통치자 자리가 진짜일 거라고 믿으니 말일세."

돈 끼호떼가 말했다. "아직 해는 많이 남았습니다. 싼초가 나이가 좀더 들면 세월이 보태주는 경험이란 게 있어 통치자가 되기에 적합한 능력이 생길 겁니다, 지금은 아니지만."

"맙소사, 나리." 싼초가 되받았다. "지금 제가 이 나이에 다스리지 못할 섬[5]이라면 삼천갑자를 살아도[6] 통치하지 못할 겁니다. 잘못이라면 말씀하신 그 도서가 지금 어디선가 한눈을 팔고 있다는 거지, 소인이 섬을 통치할 실력이 부족해서가 아닙니다요."

"하느님의 가호를 빌어라,[7] 싼초. 모든 게 잘될 게다. 어쩌면 네가 생각한 것보다 더 잘되겠지. 하느님의 뜻이 아니면 나무 이파리 하나도 움직일 수가 없어."

"그렇고말고요." 싼손이 말했다. "하느님이 원하시기만 한다면 싼초에게 통치하라고 섬 천개라도 줄 텐데, 섬 하나쯤이야……"

---

5 재미있는 것은 여기서 싼손이 유식한 체 '도서'(ínsula)라고 한 말을 싼초가 '섬'(isla)이라고 똑바로 이해하고 있다는 점이다. 싼초는 이미 바보 농군이 아니다. 이는 3장에서 더욱 명백하게 드러나는데, 세르반떼스는 이 기록을 못 믿겠다고 얼버무리지만 싼초는 교육받은 지식인의 모습을 많이 드러낸다.
6 원문에서는 성서에 나오는, 오래 산 인물인 므두셀라와 비교하는데 동양으로 치면 삼천갑자 동방삭에 해당한다.
7 돈 끼호떼는 아까 화를 낸 이후 싼초에게 계속 말을 놓고 있다. 늘 '그대'니 '자네'니 하면서 약간 존댓말을 쓰던 평소 말투와는 다르다.

"소인도 오가다가 통치자들을 더러 봤구만요. 제 생각에는 그 자들이 소인 발바닥에도 못 미쳐요. 그런데도 사람들은 '나리, 나리……' 하면서 은쟁반에다 갖다바치던걸요."

"그 사람들은 통치자가 아니지," 싼손이 되받아쳤다. "정부의 관리들이겠지. 도서를 통치하는 이라면 적어도 문법은 알아야 하는 법이지."

"'문법'의 '문'은 고무신 '문'수처럼 잘 알아듣겠는데요.⁸ 그 '법'이라는 글자는 빼도 박도 못하고 정말 무슨 말인지 모르겠는뎁쇼. 하지만 통치 문제는 하느님께 맡겨두기로 합시다. 하느님께서 소인이 쓰일 만한 곳을 알아서 그 분야를 맡기시겠지요. 제 말은, 싼손 까라스꼬 학사 나리, 그 역사책의 작가가 저에 대해 했다는 말은 아무리 들어도 더할 나위 없이 기분 좋다는 겁니다요. 저에 대해 이야기했다는 사실은 기분 나쁘지 않아요. 다만 기사님의 착한 하인으로서 드리고 싶은 말은, 만약 뿌리 깊은 기독교인인 제 양심에 걸맞지 않은 짓들을 제가 했다고 말했다면 귀머거리들도 모든 소리를 다 듣는다는 거짓말과 다를 바 없을 거라 이겁니다."

"그렇게 된다면 그것참 기적이겠네." 싼손이 이죽거리며 말했다.

"기적이고 기적이 아니고 간에 사람마다 인물에 대해 각자 자기가 쓰고 말하는 걸 조심해야지, 무턱대고 처음 떠오르는 생각대로 내리갈기면 안되는 거죠."

"그 역사책을 두고 사람들이 흠이라고 하나 지적한 것은 작가가

---

8 세르반떼스의 말놀이는 유명하다. 여기서도 '문법'(gramática)을 '풀 이름'(gram)과 접미사 'tica'로 파자(破字)하여 장난을 친다. 역자는 원어의 '문법'이란 말을 싼초처럼 촌사람이 이해하기 쉬운 고무신 '문수'로 바꾸어 우리식 말놀이로 만들었다.

이야기 속에다 「호기심 많은 시건방진 친구 이야기」라는 제목의
단편소설을 끼워넣었다는 거지요. 작품이 나쁘다거나 이야기가 나
쁘다는 게 아니라 그 역사와 장소가 돈 끼호떼 나리와는 아무 상관
이 없는 이야기라는 게 문제인 거죠."

쌴초가 말을 받았다. "소인이 내기를 걸고 말하지만 그 형편없는
작자가 두서없이 이것저것 섞어놓은 모양입니다."

"이제 보니 내 역사를 쓴 작가는 현자가 아니고 무식한 말쟁이
같아. 어법이라는 것도 없이 그저 더듬더듬 무작정 쓴 거지, 마치
우베다의 오르바네하라는 화가가 했다는 것처럼 말이야. 그 사람
은 무얼 그리느냐고 물어보면 '나오는 대로 그리지'라고 대답했다
는구먼. 어쩌다 수탉을 그렸는데 그 그림이 그저 그렇게 잘못되면
그림 옆에다 크게 대문자로 '이건 수탉이오'라고 써놓아야 했다는
거야. 내 역사 이야기도 아마 그래야 될 모양이니, 이해하려면 해설
이 따로 필요할 것 같아."⁹

"그건 아닙니다." 쌴손이 말했다. "이야기는 아주 명확해서 어려
운 대목이 하나도 없어요. 아이들도 이 이야기책을 뒤적거리고, 청
년들도 읽고, 어른들도 이해하고, 노인들도 칭찬하는 책인뎁쇼. 요
컨대 각계각층 사람이 다들 닳도록 읽고 다 알고 있어서 어디서 농
사짓는 삐쩍 마른 말만 보아도 '저기 로신안떼가 가네'라고 한다니
까요. 그 책 읽기에 가장 열심인 사람이 머슴들이고, 주인의 문간방
치고 『돈 끼호떼』 한권 없는 집이 없고, 누가 놓고 가면 또다른 사

---

9 이 대목을 두고 즉흥적 글쓰기에 대한 세르반떼스 자신의 고백과 자성으로 보는
평가도 있다. 그러나 다시 보면 아이러니하게도 자신의 문체를 비난하던 사람들
의 비평을 수긍하는 척하면서 동시에 독자들의 다양한 재미와 이해를 돕는 자유
로운 문체가 자신의 의도였음을 암시하고 있다.

람이 그걸 집어가고, 이 사람이 청하면 다른 사람이 덤벼들지요. 결론적으로 이런 이야기책은 지금까지 나온 책들 중에서 가장 유해성이 적고 가장 재미있는 오락책이라는 거예요. 책 전체를 두고 보아도 가톨릭 정신에 조금이라도 위배되는 생각이나 불순한 말, 또는 그 비슷한 이야기도 찾아볼 수가 없으니까요."

돈 끼호떼가 이어 말했다. "다른 식으로 쓰다가는 진실을 기록하는 게 아니라 거짓말을 쓰는 게 되겠지요. 거짓말을 써서 사는 역사가는 위조지폐를 만드는 자처럼 불로 태워죽여야 합니다. 난 그 작자가 무슨 이유로 남의 이야기나 단편소설을 끼워넣었는지 모르겠네요. 내 이야기만 해도 쓸 말이 많은데…… 아마 '여물이든 지푸라기든 배만 부르면 되지' 하는 속담을 따르다보니 그리되었나 봅니다. 그러나 사실 나의 생각, 나의 한숨, 나의 눈물, 나의 선한 소망과 나에게 벌어진 일들만 적어도 그토록 많은 책을 냈다는 또스따도의 모든 책보다도 더 많고,[10] 더 큰 분량이 될 겁니다. 학사님, 어떤 형태로든지 간에 역사나 책을 쓴다고 하는 일은 뛰어난 판단력과 성숙한 지혜가 필요하지요. 재미있는 말을 하고 멋진 글을 쓰는 건 위대한 재능에서 나옵니다. 연극에서 가장 사려 깊은 인물은 바보 역이니, 왜냐하면 멍청한 사람으로 보이려고 나오는 사람이 사려 깊은 척해서는 안되니까요. 역사나 이야기는 진실되어야 하기에 성스러운 것입니다. 진실이 있는 곳엔 그 진실을 지키는 하느님이 있는데도 어떤 자들은 아무렇게나 책을 써서 그저 감자튀김처럼 무더기로 쏟아내기만 하지요."

---

10 당시에 유행하던 말이 '또스따도보다 많은 책'이었다. 15세기 아빌라 주교인 알론소 마드리갈 엘 또스따도(Alonso Madrigal el Tostado)는 라틴어로 쓴 책만 스물네권(1615년 베네찌아에서 출판)에 이른다.

학사가 말했다. "책들치고 어디든 좋은 데가 없는 책이 있겠습니까."

돈 끼호떼가 되받았다. "그건 틀림없는 소리입니다만 좋은 글을 써서 정당한 댓가로 큰 명성을 얻고 성공한 작가들도 많은 경우 출판을 하게 되면서 명예를 잃거나 이름에 손상이 가는 결과를 가져오기도 했지요."

싼손이 말했다. "그 이유는 인쇄된 책이라는 건 천천히 보니까 잘못이 쉽게 눈에 띄고, 책을 쓴 사람의 명성이 높을수록 사람들이 더욱 눈을 비비고 잘못을 찾아서이지요. 자신의 재능으로 유명해진 사람들, 위대한 시인들이나 유명한 역사가들, 소설가들은 언제나 질투를 받게 마련입니다. 자기 자신이 작품을 세상에 내놓지는 않지만 재미로나 특별한 취미로 남의 글을 비판하는 사람들이 있지요."

"그건 이상한 일이 아닙니다." 돈 끼호떼가 말했다. "자신이 설교대에 서면 별것도 아니면서, 설교하는 다른 사람들의 잘못이나 과장을 지적하는 데는 정말 도사인 신학자들이 많거든요."

"모든 일이 다 그렇습니다, 돈 끼호떼 나리. 하지만 제가 바라는 건 그런 비판을 좋아하는 사람들이 좀더 자애롭고 조금은 덜 까다로웠으면 하는 겁니다. 자신들이 수군대고 비판하는 작품의, 그 밝은 태양의 세세한 먼지만 보지 말고요. '그 훌륭한 호메로스도 때때로 졸 때가 있었느니라'라고 하잖아요? 최대한 그늘과 흠집이 덜한 작품을 만들어내려고 많은 시간을 깨어 있었다는 사실도 고려해야지요. 아마도 그들에게는 병이나 흠으로 보이는 것들이 때로는 그 얼굴의 아름다움을 더 빛나게 해주는 예쁜 점들일 수도 있거든요. 그래서 제가 하는 말은 책 하나를 출판하는 사람은 늘 커다란 위험을 무릅써야 한다는 거예요. 그 책을 읽는 사람 모두를 다 즐겁게 만족시킬 만한 책을 쓴다는 건 불가능하니까요."

"나에 관한 책을 좋아할 사람은 별로 없을 겁니다."

"오히려 그 반대입니다. '바보들의 수는 끝이 없느니라'라고 한 「전도서」 1장 15절의 말처럼 그 책을 좋아한 사람들이 수없이 많았습니다. 어떤 자들은 작가가 사기를 치거나 기억이 잘못되었다며 싼초에게서 당나귀를 훔쳐간 도둑놈이 누구인지를 작가가 잊어버렸다는 걸 지적하고 있습니다. 그 책에 그 이야기는 안 나오고,[11] 오직 당나귀를 도둑맞았다는 것만 언급되고 있거든요. 그런데 얼마 안 가서 싼초가 똑같은 당나귀를 타고 다니는 게 보이죠, 당나귀가 나타난 적이 없는데 말이에요. 또 사람들 말로는 씨에라 모레나 산에서 주운 가방에서 발견한 금화 100에스꾸도는 싼초가 어찌했는지, 그 이야기 쓰는 걸 작가가 잊어버렸다고도 하지요. 많은 사람이 그 돈을 어떻게 했는지, 어디다 썼는지 다들 궁금해하는데 더이상 그 돈 이야기는 안 나오니까요. 그게 이 작품에서 빠진 중요한 것들 중 하나입니다."

싼초가 대답을 하고 나섰다.

"소인은요, 싼손 나리. 지금 이것저것 따지고 계산할 처지가 아닙니다요. 제 배가 지금 딱 기절할 처지가 되어 오래된 포도주 딱 두모금으로라도 이 배를 치료하지 않으면 배와 등짝이 그대로 달라붙을 겁니다.[12] 집에 가면 포도주가 있고, 마누라가 기다리고 있

---

11 1권 23장의 각주 3 참고.

12 원문에는 '제가 성녀 루치아의 척추에 달라붙겠구만요'(me pondrá en la espina de Santa Lucía)로 나와 있다. 뼈만 남게 되리라는 허풍인데, 이를 우리말로 부드럽게 옮긴다.

어요. 식사를 끝마치는 대로 금방 돌아오겠습니다요. 그때 돌아와
서 나리를 비롯해 무엇이든 묻고 싶어하는 모든 분에게 답을 해드
리지요. 제 당나귀를 어떻게 잃게 되었는지, 금화 100에스꾸도를
어디다 썼는지 말입니다."

　사람들의 대답도 기다리지 않고 싼초는 집으로 갔다.

　돈 끼호떼는 학사에게 차린 건 별로 없지만 소찬이나 함께하자
고 몇번이나 청했고 학사는 초청을 받아들였다. 손님이 식사를 하
게 되자 평상시의 밥상에 비둘기고기 두어마리가 곁들여졌다. 식
사를 하면서 기사도에 관한 이야기를 나누었고, 까라스꼬는 돈 끼
호떼의 기분을 맞추었다. 잔치가 끝나자 그들은 낮잠을 한숨 잤는
데 싼초가 돌아와 앞에 하던 이야기가 다시 시작되었다.

4장

싼초 빤사가 싼손 까라스꼬 학사의 의문과 질문에 해명하는 말과 이야깃거리가 될 만한 다른 사건들

돈 끼호떼의 집으로 다시 온 싼초는 지난 이야기로 되돌아가 말문을 열었다.

"싼손 나리께서는 누가 어떻게 언제 제 당나귀를 훔쳐갔는지 알고 싶다 하셨는데 그 대답을 하겠습니다요. 재수없었던, 갤리선 죄수들과의 모험을 벌이고 쎄고비아로 모셔가던 시신 사건이 일어난 뒤, 바로 그날 밤 '성스러운 형제단' 단원들로부터 도망을 치면서 우리는 씨에라 모레나 산속으로 들어갔습죠. 주인 나리를 모시고 소인은 숲 속 깊숙이 들어갔는데, 나리께서는 창을 꼭 붙들고 소인은 당나귀 위에 앉은 채 지난번 혼쭐이 났던 일 때문에 몸이 파김치가 되어 그대로 잠이 들었습죠, 마치 깃털이불 서너채를 깔아놓고 잠자듯이 편안하게 말이에요. 특히 소인은 정말로 잠이 깊이 들었지요. 그러던 중 누군가 안장 옆 네 귀퉁이에 말뚝 서너개를 받쳐놓고는 거기에다 소인을 앉혀놓은 겁니다. 그러니까 소인을 안장 위에 그대로 앉힌 채 그 밑에서 소인이 알아차리지도 못하는 사이에 나귀를 빼내간 겁니다요."

"그거야 쉽지.[1] 별로 새로운 사건도 아니네. 싸끄리빤떼에게도 똑같은 일이 일어났지. 알브라까의 포위망 안에 있을 때 브루넬로라는 이름을 가진 그 유명한 도둑이 가랑이 사이에서 말을 빼가지 않았나?"[2]

싼초가 말을 이었다. "날이 밝아 소인이 몸을 떨고 일어나 추스르자마자 말뚝들이 부실해서 몸이 그만 쿵 하고 여지없이 땅으로 떨어지고 말았습죠. 나귀가 어디 있는지 찾았지만 보이지 않아 눈물을 쏟으면서 비탄에 잠겨 울었습니다요. 우리 역사책의 작가가 그걸 안 적었다면 정말 좋은 장면 하나 빠뜨렸다고 해야겠네요.[3] 그 뒤 며칠이 지났는지 모르지만 우리 미꼬미꼬나 공주님하고 함께 가다가 제 당나귀를 보았습니다요. 글쎄, 우리 나리와 제가 쇠고랑에서 풀어주었던 사기꾼에다 천하 없는 불량배, 그 히네스 데 빠사몬떼라고 하는 놈이 집시 복장을 하고는 제 당나귀를 떡하니 타고 오는 게 아니겠습니까."

"잘못은 거기에 있는 게 아닐세." 싼손이 되받았다. "문제는 그 당나귀가 나타난 적도 없는데, 작가는 싼초가 도둑맞은 그 당나귀를 그냥 타고 갔다고 말한 거야."

"그 문제에 대해서는 뭐라고 말씀드려야 좋을지 모르겠네요. 그거야 역사가가 잘못 알고 그리 썼든지 아니면 인쇄공이 실수를 한

1 여기 이 말을 돈 끼호떼가 했는지 싼손이 했는지가 분명치 않으나 역자는 싼손의 말로 처리한다.
2 아리오스또의 『성난 오를란도』 27장에 나오는 이야기이다.
3 초판본의 2쇄에서는 싼초의 비탄이 1권 23장에 첨가된다.

겁니다."4

"물론 그렇겠지. 하지만 금화 100에스꾸도는 어찌 되었나? 부서져버렸는가?"

쌴초가 대답했다. "저 자신과 제 처, 그리고 제 자식들을 위해 썼습니다요. 제가 돈 끼호떼 나리를 모시고 이 길 저 길 돌아다니며 헤매는 동안 제 처가 그 고생을 참고 기다려준 이유가 바로 그 돈 때문입니다. 만약 그토록 오랜 시간이 지난 뒤에 당나귀도 잃고 돈도 한푼 없이 집에 돌아온다면 비참한 운명이 저를 기다렸겠지요. 저에 대해 더이상 아시고 싶은 게 있다면 제가 여기 있으니 왕께서 친히 물어보신다 해도 대답해드리겠습니다. 제가 그걸 가져왔는지 안 가져왔는지, 썼는지 안 썼는지 하면서 누가 감히 남 일에 감 놔라 대추 놔라 한답니까. 이번에 여행하면서 제가 맞은 몽둥이 수를 돈으로 쳐서 준다고 한다면 한대에 4마라베디씩만 쳐도 100에스꾸도는 더 받아야 그 절반에나 미칠 겁니다. 사람은 각자 자기 가슴에 손을 얹고 생각해야지, 남의 것을 흰 게 검다 하고 검은 게 희다고 하는 비판 따위는 삼가야지요. 사람은 다 하느님이 만드신 대로인데 더 악한 경우도 많더라구요."

까라스꼬가 말했다. "내가 책임지고 그 역사책의 작가에게 말해서 책을 다시 인쇄할 때는 이 착한 쌴초가 한 말을 잊지 말라고 하겠습니다. 그렇게 하면 책의 지금 품질에 손바닥 하나를 더 추어주는 금상첨화가 될 겁니다."

"그 이야기책에 수정할 데가 또 있습니까, 학사님?" 돈 끼호떼가 물었다.

---

4 이런 실수가 인쇄공의 잘못이냐 세르반떼스의 실수냐는 논란의 대상이다. 연구자 비센떼 가오스는 세르반떼스의 착각으로 본다.

"있기는 있겠지요. 하지만 이미 말씀드린 것 외에는 그다지 중요한 것은 없는 듯합니다."

"혹시 그 작가가 후편을 낸다고 약속하고 있습니까?"

"약속은 하지요." 싼손이 대답했다. "그러나 아직 발견하지 못했다고 하고 누가 그 책을 가지고 있는지도 모르지요. 그래서 우리도 지금 그 책이 나올지 안 나올지 반신반의하고 있습니다. 이런 이유로 '후편이 좋은 책은 한번도 없었다'라고 말하는 사람들도 있고 '돈 끼호떼 사건들이라면 이미 쓴 것만으로도 족해'라고 하는 다른 사람들도 있어서 후편이 나오지 않을 거라 생각을 하지요. 비록 비관론자보다 낙천적이고 즐거운 사람들은 '돈 끼호떼의 미친 짓이 더 있어야지, 어서 돈 끼호떼는 돌진하고 싼초는 떠들라고 그래, 어찌 되었든지 간에 그래야 우리가 재미있지'라고 하지만요."

"그런데 작가는 무엇에 신경을 쓰나요?"

"신경을 쓰는 건, 그가 지금 특별히 열을 내고 찾고 있긴 하지만, 그 책을 발견하기만 하면 곧바로 인쇄로 넘기는 일이겠지요. 다른 무슨 칭찬 따위보다 빨리 출판하고 싶은 게 그를 따라다니는 더 큰 관심사일 테니까요."

이에 대해 싼초가 말했다.

"작가가 돈과 이자에 관심이 있다구요? 성공하면 기적이겠네요. 부활절 전날의 양복장이처럼 얼렁뚱땅 바쁘기만 할 테니까 두고 보라구요. 급히 만들어진 작품은 완벽하게 끝을 맺지 못합니다요. 그 무어인 작가인지 뭔지 하는 사람도 자기가 뭘 하는지를 잘 봐야지요. 나리와 저는 다른 갖가지 모험과 사건이라면 후편뿐만 아니라 수백편 쓸 분량만큼 얼마든지 많이 갖다드리지요. 그 알량한 친구는 틀림없이 우리가 지금 편안한 침대 속에서 자고 있다[5]고 생각하고 있을지 몰라요. 칭찬하기 전에 직접 와서 보라고 해요, 그래야 우리에게 무슨 약점이 있는지 알지요. 지금 소인이 할 수 있는 말은 우리 주인 나리께서 제 충고를 받아들인다면 우린 벌써 전쟁터로 나가서 폭력을 물리치고 잘못된 일을 바로잡고 있어야 할 거라는 겁니다. 훌륭한 방랑기사들이 했던 관습과 행위 그대로 말입니다."

쌘초가 말을 끝내자마자 로신안떼가 울부짖는 소리가 그들 귀에 들려왔는데 그 소리를 돈 끼호떼는 아주 좋은 징조로 받아들이고는 그날부터 사나흘 안으로 다시 떠날 생각을 했다. 그 의사를 학사에게 밝히면서 자신의 여정을 어느 곳에서부터 시작하면 좋겠냐며 충고를 해달라 했다. 학사는 자기 생각엔 아라곤 왕국의 사라고사 시로 가는 게 좋겠다고 하면서 그곳에선 얼마 뒤 성 호르헤 축제가 있고 아주 숭엄한 기사들이 시합을 벌일 거라 했다. 그 시합에서 명성을 얻으면 온 세상의 모든 기사들 사이에서 유명해질 거라 하면서 돈 끼호떼의 결심이 아주 영예롭고 용감하다고 칭찬했다. 그리고 앞으로는 위험을 향해 돌진할 때 더욱더 조심해야 된다고 충고했는데, 돈 끼호떼의 목숨은 이제 그 자신만의 것이 아니라 불행에 빠져 그의 구원과 보호를 기다리는 자들을 위해 꼭 필요하기 때문이라고 했다.

이때 쌘초가 말했다. "그 문제라면 소인은 반대하는구만요, 쌘손 나리. 우리 주인님께서 허기진 아이가 수박밭에 뛰어들듯[6] 수백명

---

5 원문에는 '지푸라기 위에서 잔다'고 되어 있다. 세르반떼스 시대에는 보통 마른 잎을 침대속으로 썼고, 짚을 쓴 침대는 좋은 침대, 편안한 침대를 의미했다.
6 원문은 '식충이 소년이 반다스의 멜론을 보고 달려들듯이'인데 우리말로는 어색하여 바꿔보았다.

에게 덤벼들면, 아이구 맙소사, 학사 나리! 그렇습죠, 덤벼들 때도 따로 있고 후퇴할 때도 따로 있는 법인데, 그렇습죠, 무조건 십자군 떼처럼 '싼띠아고 성자님, 공격하라, 에스빠냐여!' 하며 외치고 달려들어서는 안되죠. 더군다나 소인이 들은 바로는, 아마 제 기억이 맞다면 바로 우리 주인 나리께 직접 들은 것 같습니다만, 비겁이냐 만용이냐 하는 극단의 상황에서 진정한 중용의 용기가 필요한 법[7]이라고 했지요. 만일 이치가 그렇다면, 소인이 바라는 건 도망칠 상황이 아닌데 도망가서는 안되고, 지나치다가는 다른 큰일이 벌어질지도 모르는데 덤벼들어서도 안된다는 겁니다. 그러나 특히 우리 주인님께 알려드리고 싶은 건 소인을 데리고 다니려면 조건이 하나 있어야 한다는 겁니다. 싸움을 할 때는 혼자 다 해야 하고, 소인의 임무는 다른 것보다 그저 주인님의 청결이라든가 편안함을 보살피는 일뿐이며, 이 문제에 한해서는 미리 알아서 물 떠놓고 대령하겠습니다요. 그런데 소인이 손에 칼을 잡아야 된다는 생각이 있으시다면 그건 잘못된 생각이지요, 비록 도끼를 든 순 촌놈 깡패들 앞이라고 해도 말입니다. 소인은요, 싼손 나리, 용감한 사람으로 명성을 날리고 싶지 않고, 원한다면 방랑기사를 섬긴 하인 중에서 세상에 없이 가장 성실하고 훌륭한 하인이 되고 싶습니다요. 만약 우리 주인 돈 끼호떼 나리께서 소인이 한 수많은 훌륭한 봉사에 보답하는 뜻으로, 나리께서 말씀하시듯이, 떠돌아다니다보면 얻게 된다는 그 많은 도서 중에서 어디 섬 하나를 주신다면, 정말로 그걸 큰 은혜로 알고 받아들이겠습니다. 만일 제게 섬을 주시지 않

---

7 공자의 중용과 가까운 윤리 개념으로 아리스토텔레스의 '메소테'(mesothe)에 대한 설명이다. 르네상스 시기에는 '좋은 중간'(buena medianiá)을 가장 이상적인 행위의 표준으로 생각했다.

아도, 그것도 제 운이지요, 다 하느님 뜻으로 사는 인생인데 그 뜻을 따라야지 다른 수가 있겠으며, 나아가 통치자가 되어서 먹는 빵보다 통째로 아무렇게나 삼키는 빵이 더 맛있을 수도 있는 겁니다.[8] 그리고 혹시 그 통치자의 일들이라는 것에다 악마가 소인의 다리를 걸어 자빠뜨리고 어긋나나 부러뜨리려 미리 함정을 파놓았을지 누가 압니까? 싼초로 태어났으니 싼초로 죽을 생각입니다. 그렇게 생각하고 있는데도, 많은 부탁도 없이 큰 위험도 겪지 않고 그냥 좋은 게 좋다는 식으로 하늘이 제게 섬이나 다른 비슷한 무엇을 나눠주신다면 뭐 그것을 내다버릴 만큼 제가 바보는 아닙니다. 사람들 말도 있지 않습니까, '누가 송아지라도 준다면 고삐부터 잡고 달려라'라거나 아니면 '어디서 행운이 오거들랑 우선 네 집에 들여놓고 보라'고요."

"싼초 이 사람, 자네는 마치 대학교수처럼 똑똑한 말을 하는구먼. 하지만 아무리 그래도 하느님을 믿고 돈 끼호떼 나리를 믿어야 하네. 나리께서는 섬이 아니라 왕국이라도 하나 자네에게 주실 걸세."

"더한 걸 주시거나 덜한 걸 주시거나 마찬가지죠, 뭐." 싼초가 대답했다. "하기야 까라스꼬 나리께 말씀드릴 수 있는 건 우리 주인님께서는 소인에게 왕국을 주시겠다고 한 말을 쉽게 잊지 않으시리라는 겁니다. 제가 저 자신의 맥을 짚어보니 아직도 왕국을 지배하고 섬을 통치할 만한 건강은 가지고 있는 것 같습니다. 이것도 저번에 우리 나리께 여러번 말씀드렸지요."

---

8 세르반떼스의 말놀이로 'pan desgobernado'(아무렇게나 생긴 빵)와 'siendo gobernador'(통치자가 되어서)의 유사의미소 'goberno'를 이용한 것을 우리말로 이렇게 옮긴다.

"이보게, 싼초," 싼손이 말했다. "직업이 사람 습관을 바꾼다고, 그러다 자네가 통치자라도 되면 제 어미도 몰라보는 거 아닌가?"

"그런 짓이야, 순 쌍놈들이나 하는 행동이지, 소인처럼 대대로 내려온 기독교인 양반의 피가 영혼 위에 네 손가락 두께로 쌓여 있는 사람들에게는 통하지 않습니다요. 그건 아니지요! 아니면 소인의 처지가 되어보세요, 누구에게 배은망덕한 짓을 할 수 있는지……"

"하느님이 다 만들어주실 거야." 돈 끼호떼가 말했다. "하느님이라야 통치할 왕국이 언제나 올지 아시겠지. 내 생각엔 그게 금방 눈앞에 보이는 것 같구먼."

이렇게 말한 뒤 그는 학사에게 혹시 시인이냐고 묻고, 엘 또보소의 둘시네아 아씨에게 작별을 고할 생각인데 시인이라면 그 이별시를 몇 구절 지어달라고 부탁했다. 그리고 시구가 다 되어 첫 글자들을 모아서 읽어볼 때 시구 첫마디마다 '엘 또보소의 둘시네아'(Dulcinea del Toboso) 그녀 이름의 첫 글자를 넣어 지어달라고 했다.

학사는 비록 자신이 에스빠냐에서 손가락에 꼽히는 누구누구처럼 유명한 시인은 아니지만 그런 시구를 꼭 한번은 써보고 싶다고 했다. 짓는 데 대단히 어려움이 많으리라는 건 안다면서 그 이름이 가지고 있는 글자가 에스빠냐어로 열일곱자인데 8음절 4시구씩 4연으로 된 까스띠야 노래 형식으로 만들려면 이름 글자 하나가 남고, 소위 '데시마'니 '레돈디야'[9]니 하는 시 형식으로 5시구씩 하

9 '데시마'(décima)는 5행시 두개를 합친 것이며, '레돈디야'(redondilla)는 오늘날의 5행시인 '깐띠야'를 말하는 것으로 에스빠냐 민요조의 주된 율격인 8음절 시이다.

면 세 글자가 모자란다 했다. 하지만 아무리 그래도 최선을 다해 4연의 까스띠야 노래 형식에 엘 또보소의 둘시네아라는 원래 이름이 그대로 다 들어가도록 하겠다고 했다.

"어쨌든 그래야 합니다." 돈 끼호떼가 말했다. "이름이 확실하게 드러나지 않으면 어느 여자도 자기를 위해 그 시구를 지었다고 생각하지는 않을 테니까요."

그들은 이렇게 약속을 했고, 그리고 그날부터 여드레 안[10]에 길을 떠나기로 했다. 돈 끼호떼는 학사에게 비밀을, 특히 신부와 이발사 니꼴라스, 그리고 조카딸과 가정부에게 비밀을 지켜달라고 부탁했다. 왜냐하면 이 영광스럽고 용감한 결정을 방해하지 못하도록 하기 위해서였다. 까라스꼬는 이 모든 것을 약속했고, 이 약속과 함께 떠나면서 돈 끼호떼에게 여유가 생기면 자신에게 좋든 나쁘든 두 사람이 겪은 사건들을 알려달라고 부탁했다. 이렇게 그들은 작별했고 싼초는 여행에 필요한 것들을 정리하러 갔다.

---

10 지금까지 사흘이나 사나흘 안에 둘이 떠나는 것으로 나와 있고, 7장에서 떠나는 대목도 '사흘 동안 돈 끼호떼와 싼초는 (…) 준비했다'인 걸 보면 고향에 머무는 시간이 '여드레 안'까지 가지 않는다. 세르반떼스가 '3'으로 쓴 것을 인쇄공이 '8'로 읽은 것은 아닐까 생각된다.

5장

싼초 빤사와 그의 아내 떼레사 빤사가 나눈
점잖고 우스운 이야기와
즐거운 기억으로 남을 다른 사건들

이 역사의 번역자[1]가 이 5장을 쓰기 시작하면서 이 장은 원본이 의심스럽다고 한다. 왜냐하면 이 장에서 싼초는 그의 짧은 머리 실력에 비해 말투가 바뀌고 대단히 고상한 일들을 이야기하고 있어서 그 사람이 그걸 알고 말한다기에는 믿기지 않기 때문이다. 그러나 자기 임무를 이행해야 하므로 번역하지 않을 수 없었고, 번역자는 이렇게 말을 이어나갔다.

싼초는 아주 기분이 좋아져 즐거운 마음으로 집으로 돌아갔는데, 그 아내는 멀지 않은 거리에서도 금방 그의 기분을 알아차려 남편에게 이렇게 묻지 않을 수 없었다.

---

1 여기서 번역자는 물론 세르반떼스 자신이다. 시데 아메떼 베넹헬리가 쓴 돈 끼호떼의 역사를 번역하고 있다고 이야기하지 않는가. 그러나 엄격하게 말하자면 세르반떼스에게 건포도 몇말을 받고 번역작업을 해주는, 아랍어를 아는 라 만차 사람으로 볼 수도 있다. 세르반떼스는 되도록이면 원작의 신빙성을 배제하면서 독자의 자유로운 상상력을 유도하고 있다.

"무슨 일이에요, 우리 여보, 그렇게 즐거운 모습으로 오시다니?"

그 말에 싼초가 대답했다.

"나의 아내여, 하느님이 원하신다면, 지금 내 모습처럼 즐거워하지 않는 게 기쁨일 수 있겠지."

"도대체 무슨 말인지 모르겠네요. 하느님이 원하신다면, 즐겁지 않더라도 기쁨일 수가 있다니, 그 말이 무슨 뜻인지 모르겠네요. 아무리 제가 바보라 해도 즐겁지 않은 기쁨은 누가 받는지 저는 이해가 가지 않아요."

"이봐, 떼레사! 우리 주인 돈 끼호떼 나리를 다시 모실 결심을 하게 되어서 기쁘다는 걸세. 나리께서 세번째로 모험을 찾아 떠나려고 하시는데, 나는 그분과 함께 다시 떠날 걸세. 내 곤궁한 처지가 그걸 원하고, 또한 나를 기쁘게 할 희망이라는 게 있어서지. 전에 써버린 돈처럼 또다시 금화 100에스꾸도를 찾는다고 생각해보게나. 비록 자네와 자식들을 떠나야 한다는 게 슬프지만 말이야. 하느님이 나에게 집에서 손발에 물 안 묻히며 놀아도 먹을 만큼 주신다면, 그 좁고 험한 십자로나 고난의 길을 걷지 않아도 될 걸세, 그렇다면 모든 걸 힘들어하지 않으며 할 수 있겠지. 그리고 무엇이든 원하기만 하면, 물론 그때 내 즐거움은 더욱 확실하고 진정한 것이 되겠지. 그러나 지금 내 기쁨은 자네를 두고 떠나야 하는 슬픔과 섞여 있질 않는가. 그래서 즐겁지 않은 이 느낌을 하느님이 원하시면 기뻐해야 할 일이라고 한 게야."

"이봐요, 싼초." 떼레사가 되받았다. "당신이 방랑기사의 신체 일부가 되고 나서부터[2] 그렇게 말을 돌려서 하니 도대체 누가 그 말

---

2 싼초의 아내가 이런 말을 한 걸 보면 싼초는 이미 아내에게 돈 끼호떼와의 담화에 대해 말한 것 같다.

을 알아듣겠어요."

"하느님만 내 말을 이해하면 되네, 이 사람아. 하느님은 모든 걸 다 이해하시는 분이거든. 이 얘기는 이쯤 해두자고. 그런데 알아두게나, 이 사람아. 한 사흘 동안 우리 당나귀를 좀 잘 돌봐주는 게 좋을 게야. 무슨 일에든 싸울 준비를 갖추어야 하니까 말일세. 여물도 두 배로 주고 안장과 마구도 잘 갖춰놓으라구. 우리는 시방 결혼식에 가는 게 아니라 세상을 둘러보러 나가는 거라고, 거인들과 치고받고, 괴물들이나 요귀들과 싸우고, 휘파람 소리, 고함 소리, 울부짖는 소리, 비명 소리를 들으러 나간단 말일세. 하기야 양구아스 놈들이나 마법에 걸린 무어인들과 한판 붙어야 하는 판국이 아니라면 그런 정도는 약과지."

"저도 잘 알아요, 여보. 방랑 하인이 아무 일도 하지 않고 빵을 먹고 사는 건 아니라는 걸요. 그래서 저도 우리 주님께 당신이 하루빨리 그런 불행에서 벗어나게 해달라고 빌고 있겠어요."

"내 말은, 이 사람아, 앞으로 머지않아 한 섬의 통치자가 될 전망이 없다면 여기 이대로 그냥 자빠져 죽고 말리라는 걸세."

"그건 안돼요, 사랑하는 여보. 혓바닥이 온통 종기투성이여도 살닭은 살아야죠. 당신은 무조건 살아야 돼요. 세상에 통치자 자리가 그토록 많다 해도, 그게 다 무슨 소용이에요. 통치자 자리 따위 없이도 당신은 어머니 배 속에서 나왔고, 통치자 없이도 지금까지 살아왔고, 통치자 없이도 하느님이 부르시면 무덤으로 가거나 누가 데려가겠지요. 세상엔 정부나 통치자 없이 사는 사람들이 많지만 그렇다고 그 사람들이 사람 축에 끼지 못하거나 살아가지 못하는 건 아니에요. 세상에서 제일 좋은 반찬은 시장기인데, 가난한 사람들은 시장기가 없는 적이 없으니 항상 밥이 맛있지요. 그런데 이봐요, 싼초. 혹시 운이 좋아 통치자 자리에 앉거들랑 저와 자식들을 잊지 마요. 우리 아들 싼치꼬가 벌써 만 열다섯살이란 걸 아나요. 당연히 학교 갈 나이이지요. 신부인 개 삼촌이 그애를 사제로 키워 교회에 남게 하려면 말이지요. 당신 딸 마리 싼차도 시집 못 가면 죽을 거예요. 당신이 통치자 자리에 앉고 싶어하듯이 서방이 그리워서 죽겠다는 표정이 내 눈에 역력히 보여요. 결론적으로 말해 아주 부정한 딸을 지켜보느니 차라리 나쁜 결혼이라도 시키는 게 나을 것 같네요."

"정말로 하느님이 내게 통치자 자리 하나를 갖게 해주신다면, 사랑하는 마누라, 우리 마리 싼차는 높은 곳에 시집보내야 할 걸세. 그때 우리 아이를 찾아뵈려면 '마님'이라고 불러야 곁에 다가갈 수 있겠지."

"그건 안돼요, 싼초. 결혼은 같은 신분과 해야 맞아요. 짚신 신던 년을 비단신 신기고, 거무튀튀한 삼베 치마 입던 년을 양반 통치마에다 비단 겉옷을 입히고, '마리까'니 '야, 자' 하고 부르던 년을 '아씨'니 '마님'이니 하고 부르게 되면 저 계집애가 제정신을 못 차리고 한 발자국 걸을 때마다 수천가지 실수를 저지를 거구만요. 지저분하고 털털한 본래 촌티를 다 드러내고 말이지요."

"입 다물어, 이 바보야. 모든 게 이삼년 습관 들이기 나름이야. 그 뒤는 양반티와 위엄이 몸에 꼭 들어맞게 될 거고, 그렇게 안되더라도 또 무슨 상관이야? 우리 딸이 일단 '양반 마님'만 되면 그다음은 될 대로 되라지."

"분수에 맞게 행동하세요, 싼초. 더 높은 자리로 올라가려고 하지 말고요. '당신 가까이 있는 자식일랑 코 좀 닦아 그냥 당신 집에 집어넣고 보소'라는 속담이나 귀담아들어요. 우리 마리를 백작이

나 양반 자식과 결혼시키면 물론 경사야 경사지요! 그러다 마음에 안 들면, 처음 본 여자처럼 촌년 취급 하고, 땅 파는 머슴이나 물레 질하는 여자 딸이라고 욕하고…… 내가 살아 있는 한은 안돼요, 여보! 그 꼴 당하려고 내가 내 딸 키웠답니까? 당신은 돈이나 가져와 요, 여보! 그리고 딸 시집보내는 건 제게 맡겨요. 멀리 안 가도 촌 사람 환 또초의 아들 로뻬 또초가 있잖아요. 건장하고 튼튼한 청년 이고 우리도 다 알고 우리 계집애를 나쁘게 보지 않는 것도 알아 요. 우리와 동급이니 그애와 결혼시키면 좋은 결혼이지요. 그리고 항상 눈앞에 두고 살 테니 우리 모두가 부모고 자식 사이고 사위고 손주들이겠네요. 그리되면 하느님의 축복 아래 우리 모두 사이좋 고 평안하게 살겠지요. 당신이 지금 서울이나 커다란 궁전에서 우 리 딸애를 결혼시키면 사람들도 그애를 이해 못하고 그애도 말이 안 통하니 정말 힘들 거예요."

"이리 와봐, 바보야, 이 망나니 여자야. 자넨 무슨 이유로 무엇 때 문에 지금 내가 '나리'라고 부르는 손자들을 볼 수 있게 하는 사람 과 결혼시키겠다는 걸 방해하는 거야? 이봐, 떼레사, 나는 항상 어 른들에게 이런 말을 들었지. '행운이 올 때 그걸 붙들고 즐기지 못 하는 사람은 지나가버렸을 때 불평도 하지 말지라.' 고로 지금 행 운이 우리 문을 두드리고 있는데 문을 닫고 열어주지 않는 건 잘하 는 짓이 아니지. 우리에게 불어오는 이 좋은 바람에 그냥 우리 모 두를 맡기자구."

이렇게 말하는 품으로 보나 아래에서 싼초가 더 말하는 것들로 보아 이 역사 이야기 번역자는 이 장을 믿을 수 없는 대목으로 간 주한다고 말한다.[3]

"자네 생각에는, 사람도 아닌 이 사람아." 싼초가 말을 이었다.

"이 몸이 좋은 통치자 자리를 얻어 이 고생스러운 우리 처지에서 벗어나는 게 좋지 않다고 보는 거야? 마리 싼차를 내가 바라는 사람과 결혼만 시켜보라구, 자네 이름에도 '도냐'나 '씨'라는 존칭어가 붙어 '도냐 떼레사 빤사'라 불릴 테니까. 그리고 교회를 가도 시골 양반들이야 서운해하고 섭섭해하겠지만 당신은 방석과 태피스트리가 있는 양탄자 위에 앉게 되겠지. 아니지, 자네들은 크지도 줄지도 않는 신분 그대로 장식품처럼 항상 그 자리에 그대로 서 있으라구! 어쨌든 이 문제는 더이상 얘기하지 말자고. 자네가 무슨 말을 해도 싼치까는 백작 부인이 될 거야."

"당신, 말이 얼마나 많은 줄 알아요, 여보? 당신이 아무리 그래도 내 생각엔 우리 딸이 백작 부인이 되면 그애는 망할 것 같아. 딸을 공작 부인으로 만들든지 공주로 만들든지 당신 마음대로 하시구려. 하지만 내가 하고 싶은 말은 그런 짓에 내 동의를 받거나 어미의 뜻이라고 할 생각은 하지 말라는 거예요. 이봐요, 나는 늘 끼리끼리 살아야 좋다는 평등주의자였어요. 근본도 없이 잘난 척하는 것들은 눈 뜨고 봐줄 수가 없어요. 난 떼레사란 이름으로 세례를 받았지요. 내 이름은 단순하면서도 시원시원하잖아요, 덧붙이는

---

3 세르반떼스의 소설 쓰기의 자유(1권 47장의 법사 신부의 말대로는 '풀어놓은 글')는 이번 장에서 극대화된다고 할 수 있다. 이 장은 첫 부분부터 '번역자'인지 '제2의 작가'인지 하는 사람의 입을 통해 (이것도 모호하다) '원본이 의심스러운' 어떤 것으로 몰아가고 있다. 세르반떼스가 돈 끼호떼의 입을 통해 첫 책에 대한 비판을 변명하고 수용하는 대목에서부터 작가 자신의 실수가 있을 수 있었음을 인정하는 것이 보인다. 세르반떼스는 이때부터 이 무어인 작가에 대한 불신을 점차 가중시킨다. 그리고 이번 장에서는 총 세번에 걸쳐 '믿을 수 없는' 대목이 있음을 재차 강조하고 있다. 이를 통해 우리는 『돈 끼호떼』가 독자의 상상의 자유를 최대한으로 수용하는 열린 소설의 효시임을 알 수 있다.

수식어나 장식어, 누구누구 '씨'니 '돈'이니 '도냐'[4]니 하는 간판 없이도 말이에요. 우리 아버지 이름은 까스까호지만 전 당신 아내라서 사람들이 떼레사 빤사라고 하지요, 사실은 그냥 떼레사 까스까호라고 불러야 옳지만요. '왕 따라 법 따라간다' 하지만요, 법이 원하는 곳에 왕이 따라가기 마련이지요. 이름 위에다 '씨'니 '도냐'니 붙이지 않아도 지금 이름으로 난 만족해요, 아무리 섭섭해도 그런 존칭을 붙일 수 없지만요. 괜히 사람들 입에 얘깃거리로 오르내리고 싶지 않아요. 내가 백작 부인이나 총독 부인 복장을 하고 다니는 걸 보면 사람들은 금방 한마디들 하겠지요. '저것 봐, 저 촌돼지 같은 여편네가 폼 재면서 가는 꼴 좀 봐요! 어제는 삼베나 무명 실타래 뽑느라 죽을 고생 다하고 예배 보러 갈 때도 망또 대신 치맛자락이나 머리에 두르고 다니더니, 오늘 보니 고급 통치마에다 브로치를 달고 으스대며 언제 우리를 알았냐는 듯이 뽐내고 다니지 않수?' 만일 하느님이 오감인가 칠감인가 하는 걸, 어떻든 내게 보통 감각을 제대로 주셨다면, 그렇게 곤란한 입장에 놓이는 일은 당하고 싶지 않을 거예요. 당신은, 여보, 그 통친지 섬친지 하러 가시구랴, 그리고 맘대로 으스대며 다니시구랴. 하지만 우리 딸과 나는 세상 누가 죽어도 우리 동네에서 한 발자국도 움직이지 않을 거예요. 정숙한 여인은 다리가 부러져도 집에 있어야 한다면서요? 정숙한 처녀는 뭐를 해도 예쁘고 축복이지요.[5] 당신은 돈 끼호떼 나리하

---

4 '돈'(don)이나 '도냐'(doña)는 양반이나 귀족 이름 앞에 붙이는 존칭이다. 그러니 시골 영감이 기사 이름을 짓고 '돈 끼호떼'라고 하고 다니는 것도 동네 사람들에게는 웃음거리였다.

5 원 속담은 'La mujer casada, la pierna quebrada; y la doncella, pierna y media'(결혼한 여자는 다리를 부러뜨려 집에 앉혀놓아야 하고, 처녀는 다리와 스타킹을 다 내놓아야 한다)이다. 떼레사는 이 속담을 이용하여 자기 생각을 말한다.

고 당신 모험이나 찾아 떠나세요, 우리들한테는 모험 대신 모욕이나 고생만 남겨두시구요. 우리가 착하게 하면 하느님이 알아서 잘 살게 해주시겠죠. 그런데 한가지, 이제 보니, 누가 그 사람에게 '돈'이란 존칭을 붙여주었는지 모르겠네요. 그 어른의 부모도 그 할아비들도 붙이지 못했던 존칭 아니에요?"

"이제 말하지만 자네 몸속에 무슨 귀신이 붙었나? 아이구 맙소사, 무슨 여자가 그렇게 많은 일을 따지고 밑도 끝도 없이 여기저기 쑤셔대고 난리야? 내가 말하는 것과 자네 성 까스까호, 브로치, 속담 그리고 으스대는 것이 무슨 관련이 있어? 이리 와봐, 이 멍청아, 이 무식한 여편네야! 이런 말로 자네를 부르는 건 자네가 내 말을 이해 못하고 무작정 행복을 피해 달아나고 있기 때문이야. 내가 혹시나 우리 딸에게 첨탑에서 아래로 뛰어내리라고 했다든가 아니면 도냐 우라까 옹주가 떠나고 싶어했던 것처럼 세상풍파 속으로 떠나가라고 했다면 내 뜻에 따르지 않겠다고 하는 자네 말도 맞아. 그러나 한마디로 한순간에, 눈 한번 깜빡할 사이에 그애 이름에 '씨'나 '돈', 그리고 '마님'이란 존칭을 얹고 자네를 곤궁한 삶에서 건져내 참으로 으리으리한 높은 대좌 위에 올려놓겠다는데, 무어인들이 자기들의 왕족으로 모신 모로코의 왕가보다 더 많은 융단 베개가 있는 왕실에 앉혀주겠다는데 어째서 내가 원하는 것을 원하지 않고, 동의할 수 없다는 거야?"

"그게 어째선지 알아요, 여보? '자기를 숨겨준 사람이 고발한다!'는 속담 때문이에요. 사람들 눈은 가난한 사람에게는 건성으로 지나가지만 부자에게는 머물죠. 그리고 그 부자라는 사람이 한때 가난했으면 그게 바로 험담이고 욕이 돼요. 저 길바닥에 늘 벌떼처럼 모여서 웅성대고 웅얼거리는 욕쟁이들을 끝끝내 버티게 하는 원인이지요."

"이봐, 떼레사, 내가 지금부터 하는 말을 들어봐. 어쩌면 자네 평생에 이런 말은 들어보지 않았을 거야. 나는 시방 내 이야기를 하는 게 아니야. 내가 지금 하려는 이야기는 이 마을에서 지난 사순절 때 설교한 설교사 신부의 금언들이야. 그 신부는, 내 기억이 맞다면, 지금 우리 눈이 바라보고 있는 현실 속의 이 모든 사물은 지나간 일들보다 훨씬 더 열정적으로 우리의 기억 속에 생생하게 남을 것이며, 훨씬 더 잘 기억되고 곧잘 떠오르게 될 거라고 했어."

여기서 싼초가 이야기하고 있는 이 모든 말은 원래의 말과 달라서 번역자는 이 장을 믿을 수 없는 가짜로 간주하겠다고 하는데, 이 말들이 싼초의 지적 능력을 뛰어넘고 있기 때문이다.

싼초는 계속 말을 잇는다.

"그래서 옷을 잘 차려입고 좋은 의상에다 하인들을 거느린 사람을 보면 누구라도 어쩔 수 없이 사람의 마음이 움직이게 되고 그 사람을 존경하고 싶은 생각이 든다는 거야. 비록 그런 사람을 보는 순간 어딘지 우리 기억 속에 그 모습이 천하다는 느낌이 다가오지만 말씀이야. 이런 불명예스러운 느낌은 가난이나 혈통에서 오는 것이지만, 그건 이미 지난 일이고 우리가 눈으로 보는 건 현재뿐이니까 지금은 불명예가 아니야. 그리고 운이 좋아 그런 천한 신분이라는 잡기장에서 빠져나와, 이와 똑같은 이유로 신부께서 그런 말을 하셨지만, 출세와 번영의 높은 자리로 옮긴 사람이 교양있고 너그러우며 모든 사람에게 예의 바른 행동을 하고, 옛 서열로 귀족인 사람들과 쓸데없이 말다툼을 벌이지 않는다면, 떼레사, 과거를 기억하는 사람은 아무도 없으리라는 걸 확신해도 좋아. 그보다는 현재의 모습을 존경할 뿐이지. 그 어떤 출세운도 확실히 보이지 않는 그런 자들이 시기 질투하는 일을 빼고는 말이야."

"나는 당신 말을 이해하지 못하겠어요, 여보. 당신 원하시는 대로 하세요. 그리고 잔소리 좀 그만하세요. 당신 설교와 수사로 금방이라도 머리가 터질 지경이에요. 만일 당신 말대로 할 뚝심이 생겼다면……"

"'결심'이 생긴 거라고 해야지, 이 사람아. '뚝심'이 아니지."[6]

"당신, 나랑 말싸움하려고 하지 마요. 난 하느님이 낳아주신 대로 말할 뿐이에요. 더이상 어려운 말에는 손 안 대요. 내 말은, 당신이 통치할 곳을 꼭 찾겠다는 생각이라면 당신 아들 싼치꼬를 데려가서 지금부터 사람 통치하는 법을 가르치라는 거예요. 자식이 부모의 직업을 배우고 물려받는 건 당연하죠."

"일단 통치할 자리만 생기면 그애를 데려오라 급히 부를 걸세, 당신에겐 돈도 보내고. 통치자들은 돈이 없더라도 빌려주는 사람이 꼭 있는 법이니 내가 돈이 없진 않을 거야. 그런데 현재를 숨기고 앞으로 될 사람의 모습처럼 보이도록 아들놈에게 옷을 잘 입혀야 될 거야."

"돈만 보내요. 내가 여러가지 옷으로 잘 입힐 테니까."

---

6 역시 세르반떼스의 말놀이다. 떼레사가 'resuelto'(결심한)라고 해야 할 것을 'revuelto'(난리를 친)라고 한 것인데, 이를 '결심'과 '뚝심'이라는 말놀이로 옮겼다. 여기서 재미있는 것은 싼초가 늘 돈 끼호떼와 학사에게 당하던 말 바로하기 교육을 이제는 자기가 하고 있는 것이다. 이미 학사가 식자연하면서 말한 '도서'를 이해할 때부터 싼초의 새로운 면모는 드러났다. 세르반떼스는 이 장을 '믿을 수 없는' 장이라면서 싼초의 유식함을 얼버무리며 인정하려 하지 않지만 이미 싼초는 매우 생각이 깊고 유식하게 그려지며, 나중에 섬을 통치할 때의 용의주도함이 드러나고 있다. 여기에서 우리는 세르반떼스 소설의 모호성과 고도의 사실성을 발견한다. 싼초는 틀에 짜인 인물형이 아니라 인간관계와 환경 속에서 성장하고 변해가는 살아 있는 사람의 모습이다.

"그리고 참, 우리 약속하자구. 우리 딸을 백작 부인으로 만든다는 거."

"우리 딸이 백작 부인이 되는 날, 난, 딸을 땅에 묻는 셈 치겠어요. 다시 말하지만 당신 좋을 대로 하라는 말밖에 할 수 없어요. 우리 여자들은 남편이 등신 같아도 그저 복종해야 하는 짐을 지고 태어나니까요."

그러고는 딸 싼차가 죽어 묻히는 모습을 보기라도 한 듯 진심으로 울기 시작했다. 싼초는 아내를 위로하면서 딸을 시집보내 백작 부인으로 만든다 해도 최대한 늦추어 한참 뒤에 할 거라고 했다. 이런 말로 그들의 대화는 끝이 났고, 싼초는 떠나겠다는 결심을 말하러 돈 끼호떼를 보러 갔다.

6장

돈 끼호떼와 조카딸,
가정부 사이에 일어난 일에 대하여,
이 이야기에서 가장 중요한 장이 여기서 시작된다

싼초 빤사와 그의 아내 떼레사 까스까호가 앞서 말한, 자기들과는 상관없는 이야기로 언쟁을 벌이고 있을 때, 돈 끼호떼의 조카딸과 가정부는 하릴없이 가만있을 사람들이 아니었다. 그녀들 생각에는, 수천가지 증후로 보아 아저씨이자 주인인 나리가 세번째로 집을 나가 빌어먹을 짓인 방랑기사 수행을 다시 시작할 것 같았다. 그 여자들은 가능한 한 모든 수단을 써서 그런 나쁜 생각에서 벗어나게 하려고 갖은 애를 다 썼지만 모든 게 사막에서 설교하기요, 차가워진 쇳덩이 망치질하기였다. 어쨌든 나리와 주고받은 많은 말 중에서 가정부는 이런 말을 했다.

"사실을 말씀드리자면요, 나리, 어르신께서는 침착한 행동을 보이지 않으시고, 집에 조용히 계시지도 못하고, 한 맺힌 귀신처럼 산이며 골짜기로 늘 헤매시면서 남들은 모험이라고 하는, 저는 불행이라 부르는 그런 것들을 찾아헤매시지요. 하지만 저는요, 이런 일에는 꼭 처방을 내려주십사 하고 임금님과 하느님께 소리치고 고함치며 하소연 좀 해야겠습니다."

그 말에 돈 끼호떼는 대답했다.

"아주머니, 하느님이 그대 하소연에 뭐라 대답하실지 난 모르겠구려. 국왕 폐하께서 뭐라고 대답하실지도 난 모르오. 내가 유일하게 아는 건, 내가 왕이라면 날마다 올라오는 얼토당토않은 수많은 민원 서류들에 대해 일일이 대답해주는 건 피하리라는 것이외다. 왕들이 하는 많은 일 중에 큰일 하나가 모든 사람의 말을 다 들어주고 모든 사람에게 대답을 해주어야 하는 임무요. 그래서 난 내 일로 국왕에게 걱정을 끼쳐드려서는 안된다는 소망을 갖고 있을 뿐이라오."

그 말에 가정부가 말했다.

"말씀 좀 해보세요, 나리, 황제 폐하가 계시는 궁중에 기사가 없습니까?"

"있긴 있지. 그것도 수없이 많이. 그리고 있는 게 당연하지. 황제의 권위를 과시하기 위해서도, 왕자들의 위대성을 치장하기 위해서라도 말이야."

"그렇다면, 혹시 나리께서 궁중에 머물면서 국왕이자 주인 되시는 그분을 평화롭게 받드는 그런 사람 중의 한 사람이 될 수 없나요?"

"이보게, 이 친구야. 모든 기사가 다 궁중관료가 되는 건 아니라네, 궁중관료라고 하는 모든 벼슬아치가 방랑기사여야 될 수 있는 것이 아니듯이 말이야. 세상 모든 사람은 제각기 할 일이 있어야하는 걸세. 모두가 방랑기사라 할지라도 사람따라 이 사람 저 사람 사이에는 큰 차이가 있는 법이지. 궁중선비들은 자기 내실이나 궁중 문턱에서 한 발자국 나오지 않고도 지도 하나만 보고 온 세상을 산책하고 다니지, 돈 한푼 안 들이고 추위도 더위도 배고픔도 목마름도 겪지 않고 말일세. 그러나 우리 진짜 방랑기사라고 하는 사람들은 해가 쨍쨍하든, 춥든, 바람이 불든, 무자비한 하늘이 횡포를 부리든 밤이나 낮이나 걷거나 말을 타고서 발로 온 세상을 누비고 다니지. 우리는 그림 속의 적만 만나는 게 아니라 실제로 적을 만나고, 그러면 어떤 상황이나 경우에도 결투의 법칙이나 사소한 짓들은 제쳐두고 공격하는 것이 원칙이야. 적이 칼이나 창을 들었는지 안 들었는지, 어떤 게 더 짧은지, 유물을 짊어지고 다니는지, 무언가 속임수를 감추고 있는지, 결투 때 해를 어느 쪽에 두고 싸울지, 해를 그만 박살을 낼지 말지, 어쨌든 자네는 모르지만 나는 알고 있는, 일대일의 사적인 결투에 늘 필요한 여러 종류의 예법들이 있다 이 말이야. 어디 그뿐인가, 또 알아야 될 것이, 훌륭한 방랑기사는 머리가 구름에 닿는 정도가 아니라 오히려 구름을 뚫는 거인 열을 보아도 놀라지 않는다는 거지. 거인들마다 커다란 첨탑 둘을 제 다리로 쓰는 셈인데, 팔뚝들도 어마어마하게 커서 강력한 배들의 커다란 돛대처럼 생겼지. 거인의 눈 하나가 커다란 바퀴 같은데, 그게 유리공장의 이글거리는 용광로보다 더 타올라도 기사는 그런 것에 전혀 놀라지 않고 오히려 우아한 자태와 용감무쌍한 강심장으로 그들을 공격하고 무찌르지. 그리고 가능하면 순식간에 그들을 이기고 산산조각을 내버리는 거야. 비록 거인들이 어떤 이상한 물고기의, 금강석으로 만든 것보다 더 단단한 등껍데기로 만든 갑옷을 입고 와도 말이야. 거인들이 대검 대신 유명한 다마스쿠스산 강철로 만든 날카로운 칼이나 똑같은 강철로 만든 뾰족한 쇠못을 입힌 몽둥이를 들고 다닌다 해도 문제가 없어, 난 몇번이나 그걸 보았지. 내가 이런 말을 하는 건, 사랑하는 아주머니, 기사도 기사 나름이고 다 다르다는 걸 알라는 뜻에서라네. 그러니 후자에 속하는, 다시 정확히 말하자면 제1급에 속하는 방랑기사들을 왕자들이 총애하지 않을 수 없다는 게 당연한 결론이지. 그들의 역사책을 보면 그런 뛰어난 기사가 있었기에 한 왕국뿐만 아니라 수많은 왕국이 보호된 적도 있었거든."

"아이고, 삼촌!" 이때 조카딸이 말했다. "삼촌이 말씀하시는 방랑기사니 뭐니 하는 모든 건 다 이야기이고 거짓말이라는 걸 아셔야 해요. 그런 역사책들을 몽땅 태워버리지 않는다면 적어도 책마다 종교재판 죄수들처럼 노란 망또를 씌우든지 무슨 표시를 해서 미풍양속을 해치는 나쁜 책이고 불명예스런 악서임을 알리도록 조치를 취했어야지요."

"내가 모시는 하느님의 이름을 걸고 말하노라. 네가 내 친여동생의 딸만 아니라면, 금방 한 그 욕설에 온 세상이 떠들썩할 만한 형벌을 주었을 거다. 어찌 감히 아직 뜨개바늘 열두개도 못 움직이는 계집애가 함부로 혓바닥을 놀려 방랑기사들의 역사를 비난하고 나서는 거냐? 아마디스 나리께서 그런 말을 들으면 뭐라 하시겠느냐? 하나, 그분도 틀림없이 너를 용서하셨을 게다, 그분 역시 당대의 가장 겸손하고 예의 바른 기사였으니까. 어디 그뿐인가, 처녀들을 보호할 줄 아는 위대한 분이었지. 그러나 너에게서 그런 소릴 들었다면 너도 좋지는 않았을 게다. 기사들이라고 다 예의 바르고 조심성 있는 게 아니어서 오만불손하고 불량한 사람도 있거든. 기사라는 이름을 가졌다고 모두가 전적으로 기사인 건 아니야. 어떤 기사는 진짜로 황금 같은 기사이지만 어떤 기사는 가짜인데도 모두들 기사라고 한단 말씀이야. 기사라고 다 진실 앞에서 시험대에 오를 수 있는 건 아니지. 기사입네 하고 다니려다 배가 터져 죽는 천한 사람들도 있고, 반대로 일부러 낮은 사람처럼 보이려고 죽도록 애를 쓰는 높은 기사들도 있지. 앞의 기사들은 야심이나 덕을 보여주려고 고개를 바짝 들고 다니고, 뒤의 기사들은 약한 것처럼 또는 나쁜 짓을 하는 것처럼 고개를 낮추고 다니지. 그래서 이런 두 종류 기사의 모습을 잘 구분하기 위해 사려 깊은 지식을 가져야 되는 거야. 이름은 다 비슷비슷하지만 행동이 여간 다르지 않거든."

"에구머니나!" 조카딸이 소리쳤다. "삼촌, 삼촌께서는 어찌 그리 아는 것도 많으세요! 꼭 필요할 때가 온다면 삼촌도 연단에 오르고, 길거리에서 설교를 하고 다녀도 좋으시겠어요. 그리고 이 모든 말로 대단히 맹목적인, 세상이 다 아는 멍청한 짓을 하심으로써 나이 들어도 저렇게 용감하다는 걸 보여주셔야 하겠네요. 비록 아프지만 힘도 있고, 나이가 들어 벅차지만 잘못된 점을 바로잡아주고, 특히 기사는 아니지만 기사이신 분임을요, 양반은 기사가 될 수 있지만 가난한 양반은 기사가 될 수 없으니까요."

"네 말이 정말로 맞다, 조카야, 네가 하는 말이 맞아. 그 가문의 혈통 문제에 대해 네게 놀랄 만한 사실을 말해줄 수 있으나 성스러운 것과 인간적인 것을 섞지 않으려고 내가 말을 안 하는 거야. 이봐, 이 사람들아, 잘 들어둬라. 세상에 있는 모든 가문을 네 종류 혈통으로 나누어 말할 수 있지, 네 종류란 이것들이야. 첫번째 예는 처음에는 미천한 데서 출발했지만 점차 세력이 강대해져서 가장 위대해진 가문이지. 다른 예는, 처음에도 위대한 가문이었고 그걸 잘 보전해 지금도 그들이 시작한 수준을 그대로 유지하고 있는 경우야. 또다른 혈통은, 처음에는 대단하게 출발했지만 피라미드처럼 한 점으로 끝나버린 경우인데, 점점 줄어들다가 처음 가계가 하나도 안 남아 패가에 이르는 것으로 피라미드 꼭지가 그렇듯이 그 밑바탕이나 바닥에 비해 그 끝은 아무것도 아닌 게지. 그리고 가장 흔하다 할 수 있는 또다른 경우로는, 처음도 좋지 않았고 중간도 이렇다 할 게 없었고, 결국 이름도 없이 끝나버린 가문이야. 보통 서민들처럼 말이야. 처음에 말한, 시작은 미천했지만 위대한 위치에 올라 그 위세를 유지하고 있는 예로 대ㅊ오토만 가문을 들 수 있는데, 처음에는 천하고 낮은 신분인 목동으로 출발했지만, 우리가 알듯이 최정상에 오르지 않았느냐. 두번째 가문, 즉 처음 위대하게 시작해 그 위대성을 키우거나 줄이지 않고 그대로 유지하는 예가 많은 왕가들과 왕자들이겠지. 세습으로 혈통을 이어받고 그걸 키우거나 줄이지 않고 그대로 유지하고, 자기 신분의 한도 안에서 평화롭게 절제하며 살지. 처음은 위대하게 시작했다가 끝에는 아무것도 없이 망해버린 가문의 예는 수천에 이르지. 이집트의 모든 프톨레마이오스들, 파라오들, 로마의 카이사르들과, 이런 이름을 붙여야 할지 모르겠지만, 그와 유사한 모든 잡동사니 왕자들, 군주들, 영주들, 메디아 사람들, 아시리아 사람들, 페르시아 사람들, 그리스인들, 그밖의 이방인들, 이 모든 가문과 영주는 하나같이 아무것도 없이 망하고 말았지. 그들도, 그들과 함께 처음을 시작했던 사람들도 말이야. 그래서 지금은 그 후손 누구도 찾아볼 수 없게 되었고, 비록 찾는다 해도 이미 낮고 천한 신분의 사람일 뿐이지. 일반 서민의 핏줄에 대해선 할 말이 별로 없어. 말해봤자 별다른 명예나 칭송을 받을 만큼 위대하지 않았으니 살아 있는 사람들 숫자만 늘린 예가 되어버릴 테니까. 내가 한 말 중에서 결론적으로 꼭 알아야 할 건, 이 바보 같은 여인들아, 이 가문들을 따지다보면 많이 혼란스럽다는 거야. 따라서 그들 주인의 부와 덕, 관대함으로 품위를 보여주는 사람들만이 참으로 위대하고 빛나 보인다 이 말이야. 내가 부와 덕, 관대함이라 한 건 정말 큰 사람이 부덕하면 큰 불량배가 되고, 부자가 관대하지 않고 너그럽지 못하면 욕심꾸러기 거지가 될 테니 하는 말일세. 부를 가진 사람은 그걸 가졌다는 사실만으로 그냥 행복해지는 게 아니라 그 부를 어떻게 쓰느냐에 따라 달라지는 건데, 아무렇게나 마음대로 돈을 쓰는 게 아니라 잘 쓸 줄 아는 게 중요하지. 가난한 기사에게는 기사라는 걸 보여주는 데 별다른 길이 없고 그저 모두에게 만족을 주고 정중하며 예의 바르고 교양있고 상냥한 미덕을 보여주어야 할 뿐이며 거만하거나 으스대지 않으며 남의 험담을 좋아하지 않고, 특히 자비로워야 하지. 가난한 사람에게 단 두푼을 주어도 즐거운 마음으로 베풀 때 아주 관대해 보이지. 사방에 경적을 울리며 남 보라는 듯이 동냥을 주는 사람도 좋지만 그런 사람을 두고 아무도 우리가 말한 덕을 갖춘 사람이라고는 보지 않을 거야. 비록 그 사람을 몰라도 무조건 판단하거나 훌륭한 가문으로 생각할 필요도 없지, 그런 사람이 아니라는 건 기적일 테니까. 그리고 칭찬은 항상 미덕의 댓가였으며 덕있는 사람들은 늘 칭찬받아 마땅하지. 한데, 이 여자들아, 부자가 되고 명예로운 사람이 되는 길은 두가지가 있다네. 하나는 문文의 길이요, 다른 하나는 무武의 길인데, 나는 문보다는 무에 더 가깝지. 난 전쟁의 신 마르스의 영향을 받아 태어나 무인의 성향을 가지게 되어서 어쩔 수 없이 무인의 길로 갈 수밖에 없다네. 그러니 세상 모든 사람이 반대해도 이 길로 가야 해. 하늘이 시키고 운명이 명하고 이성이 청하고 특히 내 의지가 그걸 원하는데, 그걸 받아들이지 말라고 자네들이 아무리 나를 설득해도 그건 헛수고일 뿐일세. 방랑기사에게는 헤아릴 수 없이 많은 애로와 고초가 따라다닌다는 걸 내가 알듯이 자네들도 알겠으나 기사도를 통해 성취할 수 있는 끝없는 행복이 있다는 것도 나는 잘 알고 있네. 그리고 덕으로 나아가는 길은 매우 좁은 오솔길이고 악으로 가는 길은 넓고도 평탄하다는 것도 안다네. 그 목적이나 가는 길들이 다르다는 걸 알지. 악으로 가는 길은 넓고 평탄하지만 죽음으로 끝나고, 선과 덕으로 가는 길은 좁고 힘들지만 삶으로 끝나니 끝나가는 삶이 아니라 끝이 없는 삶으로 이어지는 거지. 그래서 나는 알고 있지, 우리 까스띠야의 저 위대한 시인 가르실라소의 시구처럼……

이 험한 길로 걸어 걸어
불멸의 높은 자리로 향하노라,
거기서 한번 떨어져나간 사람은
절대 다다를 수 없는 그곳으로."

"아이고, 내 신세야!" 조카딸이 말했다. "우리 삼촌은 시인이기도 하시네요! 모든 걸 다 알고, 모든 걸 이루시네요. 제가 내기를 걸고 말씀드리는데요, 삼촌이 석수가 되겠다고 한번 맘먹으면 새장 짓듯 집 하나도 그냥 뚝딱 지으실 줄 알 거구먼요."

"내 너에게 약속하는데, 조카야. 이 기사도 생각이 나의 모든 정신을 끌고 다니지만 않는다면 내가 못해낼 일이 세상에 없을 테고 내 손으로 못 만드는 희귀한 것들이 없을 게다. 특히 상아로 만드는 진귀한 이쑤시개나 새장 따위는 말이야."

이때 문을 두드리는 소리가 나서 누구냐고 묻자, 싼초 빤사라고 대답했다. 가정부는 그 사람임을 알아보자마자 보지 않으려고 달려가 숨어버렸으니 그만큼 그를 싫어했다. 조카딸이 문을 열어주자 돈 끼호떼 나리가 손수 두 팔을 벌려 그를 맞으러 나갔다. 둘은 방 안에 들어가 다른 담화를 또 나눴는데 지난번 대화 못지않게 재미있는 이야기였다.

7장

돈 끼호떼와 하인이 나눈 이야기와
다른 유명한 사건들

가정부는 싼초 빤사가 주인과 함께 들어가는 것을 보자마자 그들이 만나는 이유를 곧 알아차렸다. 이번 의논에서 그들이 세번째 길을 떠난다는 결정이 나올 것임을 예상한 그녀는 깊은 걱정과 고민에 휩싸여 망또를 둘러쓴 채 싼손 까라스꼬 학사를 찾아갔다. 그녀 생각에 그가 말도 잘하고 또 주인이 새로 사귄 친구라서 주인의 황당한 계획을 포기하도록 설득해줄 수 있을까 해서였다.

자기 집 뜰을 산책하고 있는 학사를 발견한 그녀는 그를 보자마자 수심이 가득하고 땀에 젖은 모습으로 그의 발 앞에 엎드렸다. 무척 놀란 까라스꼬는 비탄에 잠긴 그녀를 보고 말을 꺼냈다.

"이게 무슨 일이에요, 가정부 아주머니? 무슨 일이 벌어졌기에 금방이라도 온 마음과 심장이 찢어질 것 같은 모습인 거요?"

"아무 일도 아니외다, 싼손 나리. 다름 아니라, 우리 주인님께서 떠나신답니다요, 틀림없이 빠져나가실 거예요!"

"그런데 어디로 빠져나간다고요, 아주머니?" 싼손이 물었다. "그분 몸 어디가 깨지거나 새는 거 아닙니까?"

"다른 데로 빠져나가는 게 아니라 그분이 또 광기의 문으로 다시 빠져나간다는 말이죠. 제가 드리고 싶은 말씀은, 존경하는 학사 선생님, 주인님이 다시 떠나시려 한다는 거예요. 이번에 나가시면 세번째가 되지요. 세상을 떠돌며 모험인가를 찾아 떠나시는 거지요, 비록 전 그런 짓을 왜 그런 이름으로 부르는지 이해가 가지 않지만요. 첫번째는 몽둥이찜질을 당해 당나귀 등에 가로얹혀서 돌아오셨고, 두번째는 소가 끄는 짐수레를 타고 닭장인지 울인지 하는 데 처박혀 갇힌 채 돌아오셨지요, 나리께서는 마법에 걸려 끌려왔다고 믿고 계시지만요. 돌아오시는 모습이 어찌나 초라한지 세상에 당신을 낳아주신 어머니라도 못 알아봤을 거예요. 삐쩍 마르고, 누렇고, 두 눈은 머릿속 끝의 골방에 빠진 것처럼 쑥 들어가 있었어요. 그런 분을 조금이나마 정신이 돌아오게 하느라, 하느님도 알고 세상 사람 다 아는 일이지만, 달걀이 무려 육백개 이상 들어갔고, 거짓말 아니고 내 씨암탉 몇마리까지 들어갔답니다요."

"내 생각에도 정말 그랬으리라 생각됩니다. 그 암탉들은 정말 좋고 통통하고 잘 키운 거라서, 누가 무슨 미친 소리를 한다 해도 진실로 최고의 닭이 맞지요. 그런데, 아주머니, 무슨 다른 일은 없습니까? 돈 끼호떼 나리가 떠날 것 같은 걱정스런 증후 빼놓고는 어떤 이상한 언동은 없었습니까?"

"없었는데요, 나리."

"그럼 걱정 마시고 안심하고 집으로 돌아가셔서 따스한 음식으로 점심을 마련해주십시오. 혹시 아시면, 치통 있을 때 하는 싼따 아뽈로니아 기도문이나 외면서 가세요. 내 곧 그리로 가서 좋은 걸 보여드리지요."

"아이구, 이런 걱정이 있나! 나리께서 시방 싼따 아뽈로니아 기
도문을 외우라고 하셨남요? 우리 주인님 어금니가 아프면 내 그걸
하겠지만, 주인님 병은 거기가 아니고 머리통에 있다니까요."

"나는 내가 무슨 말을 하는지 알고 합니다, 부인. 집으로 돌아가
시고 나와 말싸움하려고 하지 마세요. 아시듯이 난 쌀라망까 대학
의 학사니까, 더이상 떠벌리며 지껄일 필요는 없지요." 까라스꼬가
대답했다.

이 말이 끝나자 가정부는 떠났고, 학사는 곧 신부를 보러 갔는
데 나눌 이야기가 있어서였다. 이 이야기는 때가 되면 밝히기로 하
겠다.

돈 끼호떼와 싼초가 함께 있는 동안 많은 이야기가 오갔는데, 이
말들을 아주 정확하게 실제 그대로의 이야기로 역사는 전한다.

싼초가 돈 끼호떼에게 말한다.

"나리, 이미 제 여편네에게 나리께서 소인을 어디로 데려가든 따
라가게 내버려두라고 설덕하고 왔습니다요."

"'설덕'이 아니라 '설득'[1]이라고 해야지."

싼초가 말을 받았다. "한번인가 두번인가, 제 기억이 틀리지 않
다면, 나리께 부탁을 드린 적 있지요. 제발, 제가 하려는 말뜻을 그
대로 알아들으셨으면 단어를 수정하려고 하시지 말라구요. 정말
못 알아들으시겠으면 '이 싼초인지 뭔지, 이놈아, 네 말을 못 알아
듣겠다' 하면 되고, 제가 해명을 못하면 그때 수정을 해주셔도 됩
니다. 저는 이렇게 무순하니까……"

---

1 원문에선 'relucida'(반짝이는)와 'reducida'(억지로 설득한)라는 말소리의 유사
  성으로 말놀이를 하고 있다. 역자는 이를 '설덕'과 '설득'으로 옮긴다.

"싼초, 난 자네 말 못 알아듣겠네. 그러니까 그 '저는 이렇게 무순하니까'²란 말이 무슨 뜻인지 모르겠다 이 말이네."

"'이렇게 무순하다'라는 말의 뜻은 '제가 이렇게 이렇다'는 말이지요."

"더 모르겠구나."

"나리께서 못 알아들으시겠다면 그럼 뭐라고 해야 할지 모르겠네요. 더 아는 게 있어야지요. 하느님께나 맡길 수 밖에요."

"아, 이제 알겠다." 돈 끼호떼가 말했다. "그러니까 자네가 하고 싶은 말은, 자네는 '이렇게 유순하다', 즉 부드럽고 다루기 쉬우니, 내가 하는 말을 잘 알아듣고 가르치는 대로 받아들이겠다라는 뜻이지."

"참말이지 내기를 걸어도 좋습니다요, 나리는 처음부터 제 말뜻을 짐작하고 알아차렸으면서도 저를 혼란에 빠뜨려서는 제가 또다시 말도 안되는 엉터리 소리를 이백개나 늘어놓으면 그걸 들으려 하신 거죠."

"그럴지도 모르지. 그런데 자네 아내 떼레사는 뭐라 하던가?"

"떼레사 말은 제 손가락을 나리께 꼭 묶고 조심하라는 거네요, 쓸데없는 말보다는 증명이 중요하다면서요. 미리 알아서 처신하면 싸울 일이 없고, 두번 약속보다는 한번 받는 게 더 낫다나요. 그래서 소인이 하고 싶은 말은요, 여자 충고 같은 건 아무것도 아니지만 그 충고를 받아들이지 않으면 미친놈이라는 거지요.³"

---

2 역시 세르반떼스의 말놀이인 'fósil'(화석의, 시대에 뒤진)과 'dócil'(유순한)을 '무순'과 '유순'으로 옮겼다.
3 싼초의 이 말은 자신의 결정과 어긋나는 것인데 아내의 충고를 받아들이지 않고 '미쳐서' 돈 끼호떼를 따라나섰기 때문이다.

"나 역시 그리 생각하네. 말해보게, 싼초 이 친구. 계속해보게, 오늘 자네 말은 비단같이 좋구먼."

"그러니까 나리께서도 아시듯이, 우리 모두는 죽게 되어 있는 목숨이지요. 오늘은 있지만 내일은 없고, 양이든 염소든 빨리 가고 빨리 죽고. 즉, 아무도 이 세상에서 하느님이 주시고자 하는 시간 외에는 더이상 약속할 수가 없다 이 말씀이지요. 왜냐하면 죽음은 귀가 없으니까요. 죽음이 우리 인생의 문을 두들기게 되는 시간은 항상 빨리 오는데, 그때는 아무리 애걸을 하고 억지를 부려도 왕관도, 주교의 승관도 죽음을 멈추게 하지는 못한다지요. 그분들이 설교단에서 우리에게 하는 말을 들어도 그렇고, 공공연하게 떠도는 유명한 말들도 그렇다 하고……"

"그 말은 모두가 사실일세. 한데, 자네가 지금 무슨 이야기를 하려고 그러는지 모르겠구먼."

"소인이 하려는 말은요, 소인이 나리를 모시는 기간 동안 나리께서 소인에게 다달이 주시겠다고 한 급료를 분명하게 정해서 주시고, 그 급료는 나리의 재산에서 지불되도록 해줍시사 하는 겁니다. 소인은 뒤에 가서 적게 주거나 아예 안 줄지도 모르는 보상을 기다리는 신세는 싫습니다. 하느님의 가호로 주는 정식의 내 것이면 그걸로 족하지요. 결국 소인이 알고 싶은 건 많든 적든 도대체 얼마나 버는가 하는 거지요. 달걀 하나에서 닭이 시작하고, 적은 것도 모이면 많은 것이 되고, 무엇이든 버는 게 있으면 잃는 게 없지요. 실제로 그런 일이 벌어질지 저는 모르고 기대도 않지만, 정말로 나리께서 소인에게 약속한 섬을 주신다면 제가 그렇게 배은망덕하거나 일을 극단으로 몰고 가는 사람은 아니니 그 섬에서 나오는 수익금을 다 받지는 않을 겁니다. 제 급료에 상당하는 만큼은 깎고 가

저야지요."

"싼초 이 사람아. 때때로 '깎는' 것도 '까는'⁴ 것도 좋은 법이지."

"이젠 압니다요. 그러니까 나리의 지적은 '급료에서 까고'라고 해야 할 것을 '깎고'라고 했다고 물고 늘어지는 거지요? 하지만 무슨 상관이래요? 나리께서 제 말을 알아들으셨으면 되었지."

"잘 이해했을 뿐만 아니라 자네 생각의 끝 구석까지 꿰뚫어보았네. 자네가 수많은 속담의 화살을 쏘아가면서 맞히려고 하는 과녁을 안다네. 이보게, 싼초, 나는 기꺼이 자네에게 급료를 정해서 줄 생각이 있네. 만약 방랑기사 역사책 어디에도 기사 하인들이 매달 또는 매년 무엇을 얼마나 벌었는지 밝혀내고 보여주는 어떤 조그만 근거라도 발견한 적이 있다면 말일세. 그런데 나는 모든 책, 아니 대부분의 책을 다 읽어보았지만, 내 기억에는 어떤 방랑기사도 자기 하인에게 일정한 급료를 정해서 주었다는 걸 읽은 적이 없어. 단지 내가 아는 건 모두가 마음에서 우러나서 봉사를 하며, 그들은 보통 생각지도 않다가 어쩌다 주인들이 운이 정말 좋으면 섬이나 아니면 다른 비슷한 것으로 보상을 받고, 작위를 얻거나 통치권을 누리게 됐다는 거야. 이런 희망과 그에 따르는 부수적 댓가를 보고, 싼초 네⁵가 나를 다시 섬길 마음이 있다면 내 기꺼이 반길 것이다. 내가 예부터 내려온 방랑기사도 관습의 규범과 한계를 벗어나 행동하리라 생각한다면 그건 터무니없는 생각이지. 그러니, 사랑

----

4 역시 세르반떼스의 말놀이로, 'gata'(고양이)와 'rata'(쥐)를 활용하는데, 이는 'rata por cantidad'(골고루 나누다)에서 시작하기 때문에 직역이 불가능하다. 부득이 원문에 비해 맛은 덜하지만 다른 말, '깎다'와 '까다'라는 발음상 유사한 말들로 대체한다.

5 여기서 갑자기 'tú'(자네)라는 반존칭에서 'vos'(너)라는 비칭으로 바뀌는데, 이는 돈 끼호떼가 화가 났다는 증거이다.

하는 싼초, 네 집으로 돌아가서 너의 떼레사에게 내 의사를 밝혀라. 그녀가 좋다고 하고, 너도 나에게 마음으로 봉사할 마음이 들면 환영, 대환영[6]이라! 만약 그렇지 않다면 전처럼 좋은 친구로 남으면 되고…… 비둘기집에 먹을 것이 없지는 않듯이 그곳에도 비둘기가 없지는 않겠지. 그리고 너도 알아둬야 하는데, 이 녀석아. 치사한 소득보다는 좋은 희망이 더욱 값지고, 나쁜 봉급보다는 좋은 불평이 더 낫다. 이렇게 말하는 것은, 싼초야, 나도 너처럼 비가 쏟아지듯 속담을 퍼부어댈 수 있다는 걸 알려주기 위해서야. 끝으로 네게 하고 싶은 말은, 지금 말하지만, 네가 보수 없이 나와 다니면서 내가 누리는 운을 함께 누리고 겪고 싶지 않다면, 부디 하느님께서 너와 함께하면서 너를 성자로 만들어주길 빌겠노라. 나에겐 좀더 고분고분한 하인이 필요한 듯해. 더 성실하고 속마음을 덜 숨기고 그러면서도 너처럼 그렇게 말이 많지 않은 그런 친구로 말이야."

싼초는 흔들리지 않는 주인의 확고한 결심을 듣자 하늘에 온통 구름이 끼고 마음의 날개가 꺾여내리는 걸 느꼈으니, 주인이 세상 모든 것으로 향해 떠날 때 자기를 두고 떠나지는 못할 거라고 굳게 믿고 있었기 때문이다. 그래서 잠깐 말없이 생각에 잠겨 있을 즈음 싼손 까라스꼬와 조카딸이 들어왔는데, 그들은 싼초가 무슨 말로 주인이 다시는 모험을 찾아 떠나지 못하도록 설득을 하나 듣고 싶어했다. 음흉하기로 유명한 싼손이 다가와서는 처음처럼 돈 끼호떼를 껴안으며 목소리를 높여 이렇게 말했다.

"오, 방랑기사도의 꽃이여! 오, 무사도의 찬란한 광휘여! 오, 대 에스빠냐 국민의 귀감이며 명예여! 전지전능하시고 기타 등등, 더

---
6 돈 끼호떼는 라틴어로 '베네키뎀'(bene quidem)이라 했지만 이 쉬운 라틴어도 싼 초에게는 어려웠으리라.

길게 열거할 만한 능력을 지니신 하느님께 비나이다. 그대의 세번째 출발을 방해하거나 저지하려는 사람들은, 그들의 욕망의 미로에서 출구를 찾지 못하거나 그 나쁜 갈망이 절대 이루어지는 일이 없도록 할지라."

그리고 가정부를 보고 말을 했다.

"아주머니께서는 아까 말한 싼따 아뽈로니아의 기도문을 더이상 외우지 않아도 됩니다. 하늘의 명확한 결정이 주인 돈 끼호떼 나리께서 당신의 새롭고 높은 생각을 다시 실행하라는 것인 줄 아니까요. 그래서 이 기사에게 그 용감한 팔뚝 힘과 선량함을 더이상 겁먹으면서 붙들고 있지 말라고 알려주고 설득하지 않으면 난 무척 양심의 가책을 느낄 것 같소. 왜냐하면 그가 늦게 나타날수록 방랑기사도의 업무에 속하며 거기에 의존하고 상관하고 관계있는, 잘못된 자들의 보호받을 권리와 고아의 양호, 처녀의 정조, 과부에게 베푸는 은혜, 유부녀에 대한 비호, 이런 종류의 일 대부분이 실패로 돌아갈 것이기 때문입니다. 자아, 용감하고 아리따우신 돈 끼호떼 나리, 내일보다는 차라리 오늘 나리의 위대한 행차가 시작되기를 바라옵니다. 또 이를 실천에 옮기는 데 부족한 게 있다면 여기 제가 제 몸과 재산을 바쳐 보충해드리겠으며, 훌륭하신 그대를 모실 하인이 필요하다면 제가 커다란 행복으로 알고 받아들이겠습니다."

이때 돈 끼호떼가 싼초를 돌아보며 말했다.

"내가 자네에게 뭐라 하던가, 싼초? 하인 일을 할 사람이 남아날 거라 하지 않던가? 이보게, 지금 누가 하인이 되겠다고 나서는가? 바로, 듣도 보도 못한 학사인 싼손 까라스꼬이시네. 영원한 익살꾼이며 쌀라망까 대학 마당의 오락부장이고 건강하며 몸동작 민첩

하고 추위, 더위, 배고픔, 목마름도 말없이 잘 참고 견디며 방랑기사의 하인에게 반드시 요구되는 그 모든 자질을 다 갖춘 분이시지. 하나, 나 한 사람의 취향을 위해 훌륭한 자유학문의 출중한 거목의 머리를 자른다면 하늘이 용서하지 않을 거야. 그러니, 새로운 싼손께서는 그냥 남아서 고향을 빛내고 또한 나이 드신 부모의 노후를 영광되게 하시라. 나는 싼초가 나와 함께 가주지 않겠다고 하면 어떤 하인하고라도 만족해야 하겠지."

"아닙니다요," 싼초가 눈물을 가득 머금고 다정스레 말을 이었다. "소인을 두고, 이제는 필요없는 놈, 깨진 동반자라고 해서 하시는 말씀은 아니시겠지요, 나리. 당연히 함께 가야지요. 소인이 그렇게 배은망덕한 혈통을 이어받지는 않았습니다요. 세상 사람이 다 알고, 특히 우리 마을 사람이 다 아는데요, '빤사'네 집안사람이 누구였느냐고 물어보세요. 소인이 그 가문의 후손이구만요. 더구나 나리께서 소인에게 은혜를 베풀고자 하는 마음을 수많은 훌륭한 행동이나 더 많은 좋은 말을 통해 익히 짐작하고 알고 있습니다요. 소인이 제 급료에 대해 더 내라, 덜 내라 흥정을 한 건 집사람 마음을 달래기 위함이었습니다요. 집사람이 일 하나를 설득하겠다고 한번 손을 대면 꼭 자기가 원하는 대로 끌고 가려고 어찌나 졸라대는지, 술통 묶는 끈이 아무리 튼튼하다 해도 그토록 조여대지는 않을 겁니다요. 하지만 그래도 남자는 남자이고, 여자는 여자여야 하지요. 나 또한 어딜 가나 남자인 고로, 남자인 걸 부정할 수가 없고, 내 집에서도 어떤 불상사가 있든지 간에 남자가 되고 싶습니다. 따라서 다른 건 필요없습니다. 번복할 수 없도록 나리께서 유언장에 협정사항과 함께 써서 명령해주시면 되지요.[7] 그리고 바로 출발을 합시다요. 싼손 나리 마음이 아프시지 않도록 말입니다. 이분 말씀은, 자기 양심이 나리가 세상에 다시 세번째로 나가도록 설득하라 명한다 하셨어요. 소인도 다시 나리를 성의를 다해 충실히 모실 테니 받아주십사 청하옵니다. 과거와 현재까지 방랑기사를 섬긴 모든 하인보다 더 훌륭하게 잘 모시겠습니다."

학사는 싼초 빤사의 말하는 품이나 언행을 듣고 놀라움을 금치 못했다. 비록 그 주인의 첫번째 역사책을 읽기는 했지만, 거기에 묘사된 것처럼 정말 그렇게 재치있고 재미있는 사람인 줄은 생각도 못했기 때문이다. 그러나 '반복'할 수 없도록 유언장에 '현재사항'이라고 말하는 대신에 지금 '번복'할 수 없도록 유언장에 '협정사항'이라고 똑똑히 말하는 소리를 듣고는 전에 그에 대해 읽은 것들이 다 맞다는 걸 알았다. 그리고 싼초가 우리 세기에 가장 숭고한 멍청이임을 확인했다. 그는 혼잣말로 이렇게 미친 두 사람이 주인과 하인으로 만난 것은 세상에 다시없을 일이라고 중얼거렸다.

마침내 돈 끼호떼와 싼초 빤사는 서로를 껴안으며 친구가 되었다. 그리고 그 순간에는 신의 명령과도 같은 위대한 까라스꼬 선생의 승인과 견해에 따라 그때부터 사흘 안에 출발하기로 정했는데, 그 정도 시간이면 여행에 필요한 것을 다 갖출 수 있을 테고, 또 돈 끼호떼가 무슨 일이 있어도 꼭 쓰고 가야 한다고 우기는 투구의 얼굴가리개도 찾을 수 있을 거라 생각됐다. 싼손이 자진해서 얼굴가리개를 구하겠다고 하면서 자기 친구 하나가 그걸 가지고 있는데 달라고 하면 거절하지 않을 거라 했다. 비록 그 얼굴가리개는 광채

---

7 유서 이야기는 이미 1권 20장과 46장에 나온 이야기이다. 끌레멘신은 여기서 이 말이 나오는 건 세르반떼스의 실수라고 보고 있다. 그러나 비센떼 가오스는 의견이 다른데, 작가의 망각도 싼초의 망각도 아니라고 본다. 역자가 생각하기에 이것은 싼초가 일부러 변명을 하면서 미묘한 뜻의 반복을 야기한 것으로, 아이러니하며 문체적 의미가 크다.

나는 강철로 만들어진 맑고 깨끗한 게 아니라 쥐 오줌과 곰팡이로 얼룩져 거무튀튀한 몰골이겠지만.

가정부와 조카딸이 학사에게 퍼부은 욕설은 이루 헤아릴 수 없었고, 그녀들은 자기들의 머리칼을 쥐어뜯고 얼굴을 할퀴면서 당시 직업으로 유행하던 곡하는 여자들처럼 마치 자기들 주인이 죽기라도 한 듯이 그들이 떠나는 것을 통탄스러워했다. 싼손이 돈 끼호떼에게 다시 떠나라고 설득한 작전은 앞으로 나올 이야기의 일을 실행하는 것이었으니, 이 모든 것은 싼손이 신부와 이발사를 만나 서로 상의한 것을 따른 것이었다.

어쨌든, 사흘 동안 돈 끼호떼와 싼초는 적당하다고 생각되는 것들을 준비했다. 싼초는 아내를 진정시키고, 돈 끼호떼는 조카딸과 가정부를 달랬고, 밤이 어둑어둑해지자 아무도 보지 않는 틈을 타학사 혼자 반마장쯤 떨어진 곳까지 그들을 데리고 갔다. 돈 끼호떼는 착한 자기 말 로신안떼를 타고, 싼초는 자기의 옛 당나귀를 타고 엘 또보소를 향해 길을 떠났는데, 당나귀의 안장 주머니에는 먹을 것과 혹시 필요하면 쓰라고 돈 끼호떼가 준 돈주머니가 들어 있었다. 싼손은 돈 끼호떼를 껴안고 좋은 소식이든 나쁜 소식이든 꼭자기에게 전하라고 간청하면서 그들 우정의 법칙에 따라 기쁜 일이면 함께 즐거워하고 나쁜 일이면 같이 슬퍼할 거라 했다. 돈 끼호떼는 그렇게 하겠다고 약속했다. 싼손은 고향으로 되돌아갔고, 두 사람은 엘 또보소라는 위대한 도시를 향해 길을 나섰다.

8장

엘 또보소의 둘시네아 아씨를 만나러 가면서
돈 끼호떼에게 일어난 일들에 대한 이야기

이 8장을 시작하면서 아메떼 베넹헬리는 "전능하신 알라여, 축복받으소서!"라고 말한다. "알라여, 축복받으소서!"라고 세번이나 되풀이하고 나서, 그 이유는 벌써 돈 끼호떼와 싼초가 전쟁터에 나가 있기 때문이며, 이 재미있는 돈 끼호떼의 역사를 읽는 독자들은 이 순간부터 돈 끼호떼와 그 하인의 공적과 멋진 말들이 시작되는 걸로 생각하면 된다고 말한다. 그리고 작가는 희한한 양반의 지난날 기사도 이야기는 잊어버리고 앞으로 벌어질 이야기를 눈여겨보아달라고 간곡히 부탁한다. 지금 이야기는 엘 또보소로 가는 길에서부터 시작한다. 지난날 이야기들이 몬띠엘 벌판에서 시작되었듯이 말이다. 약속하는 것이 많은 데 비해 작가가 요구하는 것은 많지 않다. 그는 계속해서 이야기를 한다.

돈 끼호떼와 싼초는 둘만 남게 되었다. 싼손이 떠나자마자 로신안떼가 울부짖기 시작했고 당나귀도 쿵쿵거렸다. 기사도 하인도 둘 다 그것을 좋은 신호요, 행복한 조짐으로 여겼는데, 사실대로 다 말하자면, 당나귀의 쿵쿵거림과 울어댐이 말의 울부짖음보다 더 많아서, 싼초의 추측으로는, 나리의 운보다 자기 운이 더 좋고 훨씬 승승장구하리라는 것으로 들렸다. 그렇게 생각하는 근거는 역사책이 이 이야기를 하지 않으니까 아마 싼초가 알고 있는 점성술에 의한 것이 아닐까 추측할 뿐이고, 다만 돌에 부딪히거나 넘어질 때면 집을 떠나지 않았어야 했는데 하고 싼초가 한탄했다는 말이 들린다. 왜냐하면 부딪히거나 넘어지면 그에게 남는 건 찢어진 구두나 다 부서진 갈비뼈밖에 없는데 비록 바보였지만 이 문제만큼은 아주 정도를 넘는 생각을 하는 건 아니었기 때문이다. 돈 끼호떼가 싼초에게 말을 했다.

"싼초, 이거 밤이 급하게 덮치고 있구먼. 날이 샐 때 엘 또보소에 도착하려 했더니 필요 이상으로 어둠이 많이 내리고 있어. 다른 모험에 뛰어들기 전에 꼭 엘 또보소에 가서 세상에 둘도 없는 우리 둘시네아 아씨의 축복과 허락을 받아야 모든 위험한 모험을 확실히 끝내고 행복한 승리를 이끌어낼 수 있다고 생각하거든. 방랑기사에게는 자기가 모시는 귀부인한테서 받는 은총보다 더 큰 용기를 주는 게 세상 어디에도 없으니 말이야."

"소인도 그리 생각합니다." 싼초가 대답했다. "그러나 나리께서 그분과 말을 하거나 만난다는 것 자체가 어려울 테고, 만나도 적어도 그런 축복을 받을 수 있을지 의문이네요, 마당 담장 너머로 세례를 받는 게 아니라면 말이에요. 그 편지를 가져가 소인이 그분을 처음 뵌 것도 담장 너머였거든요, 씨에라 모레나 산중에서 나리가 벌인 그 바보 같은 미친 짓거리 소식을 전하러 갔던 그때 말이에요."

"그게 그대 눈에는 그냥 마당 담장으로 보이던가, 싼초? 세상에서 칭송 한번 제대로 받지 못한 그 고귀하고 아름다우신 분을 자네가 바라보았던 그 위, 그 장소가? 그건 틀림없이 아름답고 존귀한 저택에 있는 회랑이나 복도, 아니면 현관이었을 게야."

"그랬을 수도 있지요. 하지만 소인에겐 담장으로 보였습니다요. 소인이 기억력이 모자라는 사람이 아니라면요."

"어쨌든지 간에, 거기로 가보세나, 싼초." 돈 끼호떼가 말을 되받았다. "그분을 뵙기만 하면, 그게 담장 너머로든 창문으로든 문틈으로든, 정원 울타리 너머로 보든 마찬가지야. 태양 같은 그녀의 아름다움에서 내 눈으로 비쳐오는 어떤 햇살이라도 나의 지혜를 일깨우고 나의 심장을 튼튼하게 하리라. 그리하여 용기와 총명함에서 나는 이 세상 누구와도 비교할 수 없는 유일한 사람이 될지니라."

"그런데 사실은요, 나리, 소인이 엘 또보소의 둘시네아 아씨의 햇살 같은 모습을 봤을 때는 그 햇살이 어째 별로 밝지 않아 빛도 없고 보이는 것도 별로 없었습니다요. 그건 아마도 소인이 말한 대로 아씨께서 밀을 체로 치고 있어서 거기서 나오는 많은 먼지가 얼굴을 구름처럼 가려 그 모습이 어두워졌나봅니다요."

"아직도 싼초 자네는 나의 둘시네아 아씨가 밀을 체로 치고 있었다 생각하나? 그걸 그대로 믿고 고집하면서 계속 그런 말을 하는가? 그런 일이나 작업은 그렇게 고귀한 분들이 하거나 해야 하는 일과는 전적으로 거리가 있는 행동이거늘, 그런 아씨들은 그녀들만을 위해 따로 만들어진 작업이나 놀이가 있어서 가깝지 않은 거리에서도 금방 귀족티가 드러나는 법이야. 오, 싼초 이 사람아. 자네는 사랑하는 따호 강에서 요정 넷이 머리를 드러내고 그들의 수정 저택에서 자수를 놓고 있는 걸 묘사한 우리의 유명한 시인이 쓴 시구[1]도 기억 못하는가! 그녀들은 파란 풀밭에서 아름다운 천에 수를 놓으려 앉았다고 했지. 그 천재 시인이 묘사한 것을 보면, 모든 옷감이 황금이나 비단, 진주로 짜인 것들이라고 했지. 자네가 본 나의 아씨도 그런 자태였을 거야. 아니면 어떤 나쁜 마법사가 나의 일들을 질투한 나머지 나를 기쁘게 할 만한 것들을 모두 뒤바꿔 원래 모습과는 다르게 바꾸어놓았든지…… 지금 내가 걱정이 되는 것은, 내 행적이 인쇄되어 돌아다니고 있다는 그 역사책도, 혹시 그 작가가 어떤 현자나 마법사로 나의 적이라면, 진실 하나에다 수천 가지 거짓을 섞어 이런 일을 저런 일이라고 뒤바꾸어놓았을 수 있다는 점이야. 진짜 역사 하나를 계속 이야기하는 데 필요한 당위성을 넘어서 이야기의 줄기를 바꾸어 다른 사건들을 이야기한다든지 하는 식이지, 오, 시기 질투여, 끝없는 악의 뿌리이며 덕을 좀먹는 것들이여! 모든 악습은, 싼초여, 무언지 모르게 쾌감을 주는 데가 있는데, 시기 질투만은 불쾌감과 원한, 분노밖에 가져오는 게 없지."

"제 말도 바로 그 말이네요." 싼초가 대답했다. "까라스꼬 학사님께서 우리에 대해 쓰인 것을 보았다고 말한 그 역산지 전설인지에도 소인의 명예가 '너 꼼짝 마라!' 하고 꽁꽁 묶여 다닐 거라는 생각이 들어요. 사람들 말처럼 여기저기 길거리를 쓸면서 질질 끌려다닐 거라는 생각이지요. 소인은 참말로 좋은 사람이어서 어떤 마법사에게도 나쁜 말 하지 않고 누가 시기할 만큼 재산도 없습니다요. 소인이 약간 짓궂은 데가 있고, 심술기가 조금 있긴 하지만

---

1 르네상스 시인 가르실라소 데 라 베가(Garcilaso de la Vega)의 시 「목가 3」의 내용을 말하고 있다.

꾸미지 않고 항상 자연스러운 타고난 소박함이라는 큰 망또가 이 모든 걸 덮고 막아주지요. 다른 건 없고 믿음 하나는 있습니다, 항상 진심으로 하느님을 굳게 믿고 성스러운 로마 교회가 믿고 있는 모든 것을 믿듯이 말입니다요. 또한 유대인과는 숙명적 관계이지만, 역사가들은 저에 대해서 자비를 가지고 그들의 글 속에서 저를 잘 다루어주어야 한다고 생각해요. 하지만 자기들 마음대로 다 말한다 해도, 전 벌거숭이로 태어나 벌거숭이로 남아 있으니 잃을 것도 얻을 것도 없지요. 비록 책들에 내가 나오고 그 책이 손에 손을 거쳐 이 세상 곳곳으로 떠돌아다닌다 해도, 자기들이 저에 대해서 뭐라고 하든 저는 눈곱만큼도 상관하지 않을 겁니다."

"그런 것이 내 생각에는 이 시대의 유명한 한 시인에게 일어났던 일 같구먼, 싼초. 그 시인은 궁중의 모든 환락녀를 비난하는 짓궂은 풍자시를 썼는데,[2] 그 시에 당사자인 것 같기도 하고 아닐 것 같기도 한, 여하튼 의심이 가는 여자 한 사람의 이름을 싣지도 않고 언급도 안했지. 그 여인은 다른 여자들 이름 사이에 자기 이름이 없자 시인에게 불평을 하면서 자신에게서 무엇을 보았기에 다른 여자들 속에 자기가 나오지 않느냐고 따지면서 풍자시를 더 늘려 덧붙인 부분에 자기를 올려달라고 했다는 거야. 안 그러면 크게 후회할 거라고 으름장을 놓았지. 시인은 시킨 대로 시를 써서 거기에다 사정없이 욕을 해 실어놓았고, 그녀는 불명예스러우나 유명해지자 흡족해했다는 거야. 또한 여기에 맞는 다른 이야기가 있는데, 목동 하나가 유명한 디아나 신전에 불을 붙이고 다 태워버렸다는 거야, 세계 7대 신비 중의 하나로 꼽히던 신전을 말일세. 그 이

---

2 비센떼 에스뻬넬(Vicente Espinel)이라는 시인이 「쎄비야의 환락녀들에 대한 풍자시」(Sátira contra las damas de Sevilla)를 썼는데, 이를 이야기하는 듯하다.

유가 오직 자기 이름을 후세에 길이 남기기 위해서였다는 거라네. 그가 원한 그 목적을 이루지 못하도록 아무도 그 이름을 말하거나 그 사람의 이름을 말이나 글로도 언급하지 못하도록 명령했으나, 그럼에도 불구하고 그의 이름이 에로스뜨라또라는 것이 알려졌지. 또한 로마에서 까를로스 5세 대황제가 한 기사와 만난 사건도 이와 유사한 이야기겠구먼. 황제께서는 저 유명한, 옛날에는 모든 신들의 사원이라 불렀지만 지금은 더 좋은 호칭으로 모든 성자들의 전당이라고 하는, 로톤다 신전을 보고 싶어하셨지. 로마의 이교도들이 세운 건물 중에서 가장 온전하게 남은 것으로, 이 건물은 그 설립자들의 위대성과 훌륭함의 명성을 가장 잘 보존하고 있는 곳이야. 그 건물은 오렌지 반쪽처럼 생겼으며 엄청나게 크고, 창문 하나로 들어오는 빛밖에 없는데도 매우 밝지. 그 창문은 그냥 창문이라기보다는 맨 꼭대기에 있는 둥근 채광창이라 할 수 있지. 그 꼭대기에서 황제는 건물을 바라보고 있고, 그 옆에 로마 기사가 있었다는 거야. 기사는 황제에게 기념비적인 그 건물의 화려함과 아름다움, 현묘함을 설명해드렸지. 그러고는 그 채광창에서 벗어나자 황제에게 이렇게 말했어. '성스러우신 황제 폐하시여, 수천번이고 폐하를 이 몸으로 껴안고 저 채광창 아래로 뛰어내려 세상에 제 이름을 영원히 남기고 싶은 욕망을 느꼈사옵니다.' '짐은 그대에게 감사드리고 싶네. 그런 나쁜 생각을 실행하지 않았으니 말일세, 앞으로는 그대의 충성을 시험할 기회를 다시는 주지 않을 것일세. 그래서 그대는 짐에게 절대 말을 건네서는 안되며 짐이 있는 곳에 절대 있어서는 안된다는 명령을 내리는 바일세.' 그리고 이 말을 한 뒤 황제는 그에게 커다란 은혜를 베풀었다는 걸세. 내가 하고 싶은 말은, 싼초, 명예를 얻고 싶은 욕망은 대단히 활동적이라는 거지.

완전무장을 한 호라티우스 코클레스를 다리 아래로 밀어 티베르 강 깊은 곳에 던져버린 자가 누구라고 생각하는가? 누가 무키우스 스카이볼라의 팔과 손을 불태웠는가? 로마 한가운데 나타난 불타는 심연에 마르쿠스 쿠르티우스를 쳐밀어 떨어지게 한 자는 누구이겠는가? 모든 불길한 징조에도 불구하고 율리우스 카이사르에게 루비콘을 건너게 한 자는 누구이겠는가? 그리고 더 가까운 시대의 예를 들자면, 신세계에서 배들에 구멍을 뚫어 예의 바른 꼬르떼스가 이끄는 용감한 에스빠냐인들을 별안간 고립시킨 자는 누구인가? 이 모든 행적이나 다른 여러 형태의 큰 사건들은 과거에도 현재에도 미래에도 명예욕이 만든 작품일 뿐이니, 창생은 자신들의 유명한 행적에 상당하는 불멸의 가치에 대한 몫이나 보상으로 명예를 원하거든. 비록 우리 기독교인들, 가톨릭교도나 방랑기사들은 다음에 오는 세상에서의 영광을 더욱 중요하게 생각해야 하지만 말이야. 그런 영광이야말로 덧없이 흘러가는 현세에서 얻는 헛된 명예보다 하늘과 대기의 저세상의 것이 영원한 것이지. 세속의 명예라 하는 건 아무리 오래가도 종말이 있는 우리 이 세상과 함께 끝내 사라지게 되어 있다네. 그러니, 오, 싼초! 우리의 행적이나 행실은 우리가 믿고 사는 기독교 신앙이 정해놓은 한계를 벗어나서는 안되는 거지. 우리는 거인들에게서는 그 오만함을 죽여야 하고, 관대하고 고운 마음씨에서는 시기와 질투를 없애야 하고, 고요한 마음과 침착한 태도에서는 분노를 없애야 하고, 제대로 먹지도 못하고 밤을 새우면서 지키는 일만 많은 자는 잠과 과식을 피해야 하고, 우리 마음속 귀부인으로 모시는 분에 대한 충성에서는 음욕과 음탕함을 없애야 하고, 모든 기독교인 위에 군림하는 이름난 기사가 될 때나 될 수 있는 기회를 엿보며 세상 방방곡곡을 헤매야 할 때는 게으름을 없애야 하는 걸세. 싼초, 바로 이것들이 최대의 찬사를 받으며 좋은 명성을 얻는 데 필요한 규범이야."

"나리께서 지금까지 소인에게 말한 모든 것은 저도 잘 알아들었습니다만 아무리 그렇다 해도, 지금 이 순간 제 기억에 막 떠오른 의문 하나를 해제해주셨으면 합니다요."

"'해결해달라'[3]는 소리겠지, 싼초. 그래, 어서 말해보게나, 아는 대로 대답해줌세."

"궁금한 것은요, 나리." 싼초가 말을 이었다. "나리께서 말씀하신 그 훌리오스인지 아고스또스[4]인지 하는 그 공적 많은 모든 기사는 이미 죽었는데, 지금은 어디에 가 계신데요?"

"이교도들은 틀림없이 지옥에 가 있고, 기독교인들은, 좋은 기독교인이었다면 천국에 있거나 아니면 연옥에 가 있겠지."

"알았습니다요. 그런데 궁금한 게 또 있네요. 그 기사 나리들 몸이 묻혀 있는 무덤들 앞에는 금등잔 은등잔이 서 있나요, 아니면 그 제단 속 벽들은 목발이며 수의며 머리카락이며 발이며 밀랍 눈으로 치장되어 있나요? 이런 게 없다면 도대체 어떤 장식이 있나요?"

이 말에 돈 끼호떼는 대답했다.

"이교도의 무덤들은 대부분 화려한 사원으로, 율리우스 카이사

---

3 또 세르반떼스의 말놀이로, 싼초가 '의문을 풀어달라'(absolver la duda)는 말을 한다는 것이 '빨아들이다'(sorbiese)라고 틀리게 말했고, 이를 수정하는 것은 돈 끼호떼의 습관이다. 역자는 문제를 '해제한다'와 '해결한다'로 바꾸어보았다.
4 이 구절의 말놀이는 번역이 불가능하다. '율리우스 카이사르'(Julius Caesar)에서 '훌리오'(Julio)라는 이름이 나온 것인데, 이 이름은 또한 '7월'(Julios)이라는 뜻이기도 하다. 싼초는 이를 '8월'이란 뜻의 '아고스또스'(Argotos)를 함께 써서 사람 이름처럼 얼버무리고 있다.

르 몸의 재는 엄청나게 큰 돌 피라미드 위에 놓여 있는데, 오늘날 로마에서 '성 베드로의 침'이라고 부르는 곳이지. 하드리아누스 황제는 족히 마을 하나는 될 만큼 커다란 성을 무덤으로 썼는데, 지금은 로마에서 싼따 안젤로 성이라고 부르는 곳으로 그때는 '몰레스 하드리아니'라고 불렀지. 아르떼미시아 여왕은 자기 남편의 무덤으로 세계 7대 불가사의라고 알려진 곳 하나를 골라서 썼지. 그러나 이런 이교도들의 무덤이나 다른 많은 묘 어디에도 그 속에 묻힌 사람들이 성자였다는 것을 표시하는 수의나 다른 공물이나 표지로 치장한 적은 없다네."

"제 이야기가 바로 그 이야기입니다요." 싼초가 말을 받았다. "지금 대답 좀 해보세요, 어떤 게 크나요, 죽은 사람을 부활시키는 것 아니면 거인을 죽이는 것?"

"그 답이야 뻔하지. 죽은 사람을 부활시키는 게 더 크지."

"나리 마음을 제가 짚었지요. 즉, 죽은 사람을 다시 살린다는 명성을 가진 사람은 눈먼 사람을 눈 뜨게 하고, 절름발이를 바로 걷게 하고, 아픈 사람에게 건강을 준다는 거 아닙니까. 그들의 무덤 앞에는 등불이 타오르고, 그들의 예배소는 무릎을 꿇고 그들의 유물을 경배하는 성실한 신자들로 가득 차 있다 이런 말 아니겠습니까. 그거야말로 지금 이 세대나 다음 세대를 위해 가장 훌륭한 명성이지요. 세상에 그토록 많은 훌륭한 황제나 방랑기사가 있었다지만 과거고 미래고 그들이 남긴 명성과 비교가 되겠습니까."

"고백하지만, 자네 말이 맞다고 생각하네."

"그런데 소위 그런 명성과 은총, 특전을 성자들의 유물과 시체들이 가지고 있지요. 우리의 성스러운 어머니 교회의 인가와 동의를 거쳐 등불을 세우고, 촛불을 켜고, 수의며 목발이며 초상화며 머리칼이며 눈이며 다리들을 모셔놓지요. 그걸로 기독교적 명성을 키우고 신앙심을 더욱 크게 일으키지요. 왕들도 어깨 위에 성자들의 몸이나 유물 들을 지고 다니고, 그들의 뼛조각에 입 맞추며, 그걸로 그들의 신단이며 그들이 가장 존경하는 제단을 치장하고 훌륭하게 꾸미지요."

"자네가 한 이야기를 모두 듣고 내가 무슨 결론을 내리기를 바라나, 싼초?" 돈 끼호떼가 물었다.

"소인이 하고 싶은 말은 우리가 성자가 되는 길을 가자는 겁니다. 그렇게 하면 가장 짧은 시간 안에 우리가 추구하는 훌륭한 명성을 얻게 되리라 믿습니다요. 나리께서도 아셔야 할 것이, 어제인가 그저께인가, 어쨌든 며칠 전 일입니다만, 이런 이야기들이 소문으로 나돌더라구요. 맨발의 사제 두 사람이 성인으로 추앙되고 복자福者의 서열에 오르게 되어,[5] 그들의 육신을 조이며 고통을 주던 쇠고랑이 이제는 사람이 만지고 입 맞추는 것만으로도 큰 행복을 주는 그런 것이 되었다네요. 사람들이 말하기를 돌아가신 우리 임금님의 무기고에 있는 롤랑의 칼보다도 더 경배의 대상이 되고 있답니다요. 그러니까, 나리, 용감한 방랑기사보다는 무슨 종파이든지 간에 별 볼일 없는 사제 나부랭이라도 되는 게 나을 것 같습니다. 창질 이천번보다 하느님에게 열두번씩 열두번 훈련을 받는 게 더 낫지요. 그 창으로 거인들을 찌르든, 괴물들을 찌르든, 요귀를 박살내든 무슨 상관입니까."

"그게 모두 사실이긴 하지." 돈 끼호떼가 대답했다. "하나 우리

---

5 끌레멘신에 의하면 싼 디에고 데 알깔라(San Diego de Alcalá, 1400?~1463, 1588년에 복자의 서열에 오름)와 싼 뻬드로 데 알깐따라(San Pedro de Alcántara, 1499~1562, 1669년에 복자의 서열에 오름)였으리라고 한다.

가 다 사제가 될 수는 없잖은가. 하느님께서 자기 사람들을 하늘에 데려가는 길은 무척 많아. 기사도는 바로 종교야. 성자가 된 기사들은 천국에 있지."

"그렇습죠. 하지만 소인이 들은 바로는, 하늘에는 방랑기사보다는 사제가 더 많다는데요."

"그건 그렇지. 기사들 수보다 종교인들 수가 더 많으니."

"방랑하는 사람은 많기만 한데요."

"방랑자는 많지. 하지만 방랑하는 자 가운데 기사의 이름을 받을 만한 자들이 많지는 않아."

그날 밤과 그다음 날도 이런 이야기 저런 비슷한 이야기로 별로 특별히 말해야 할 사건은 일어나지 않고 시간이 흘러갔는데, 그것이 돈 끼호떼에게는 적잖은 걱정이었다. 결국 그다음 날, 어둑어둑해질 무렵 비로소 위대한 도시 엘 또보소를 발견했다. 그 도시를 보자 돈 끼호떼는 온 정신이 기쁨으로 가득 차오름을 느꼈으나 싼초는 둘시네아의 집을 몰랐기에 슬픔이 커졌다. 사실 주인께서 그녀를 본 적이 없듯이 그 또한 그녀를 본 적이 없었다. 그러니 한 사람은 그 여자를 보고 싶은 마음에, 다른 한 사람은 그 여자를 보지 못했기 때문에 애가 타 있었다. 싼초는 주인 돈 끼호떼가 만약 자기를 엘 또보소로 보낸다면 어찌해야 하는지 상상할 수조차 없었다. 마침내 밤이 깊어지자 돈 끼호떼는 그 도시에 들어가자고 명령했고, 시간이 가까워오자 그들은 엘 또보소 가까이에 있는 상수리나무 무더기 사이에 머무르다 정한 시각에 도시로 들어갔다. 거기에서 두 사람에게 중요한 일들이 벌어진다.

9장

앞으로 일어날 일들이 여기서 이야기되다

한밤중도 정확한 자정이더라.[1] 아니면 조금 더 되었든지 좀 덜 되었든지, 어쨌든 그 시각에 돈 끼호떼와 싼초는 산을 떠나 엘 또보소에 들어갔다. 마을은 동네 사람들이 모두 자거나, 늘 하는 소리로 두 다리 쭉 펴고 쉬고 있었기 때문에 아주 고요한 침묵 속에 잠겨 있었다. 비록, 싼초 마음으로는 자기 바보짓을 어둠 탓이라고 변명하려 아예 더 캄캄한 밤이기를 기대했지만 밤은 희미하게 밝았다. 온 마을에 개 짖는 소리밖에는 아무 소리도 들리지 않았고, 그 컹컹 짖는 소리가 돈 끼호떼의 귀를 우레처럼 울리고 싼초의 심장을 뒤흔들었다. 이따금씩 당나귀가 울고, 돼지들이 꿀꿀거리고, 고양이들이 야옹야옹 울어댔는데, 그 소리들이 각기 달라서 밤의 침묵과

---

1 민요 「끌라로스 백작의 로만세」의 첫 구절로, 가사는 '한밤중도 정확한 자정이더라/닭이 울 때가 되었더라/사랑의 상사몽에 끌라로스 백작/잠 못 이루고……'로 되어 있다.

함께 더 크게 들려왔다. 이 모든 소리가 사랑에 취한 기사에게는 불길한 징조로 느껴졌다. 돈 끼호떼가 싼초에게 한마디 던졌다.

"싼초 이 사람아, 둘시네아의 궁으로 인도하게나, 어쩌면 그녀가 깨어 있을지도 몰라."

"어떤 궁으로 인도하라는 거예요? 정말이지, 하늘에 맹세코 말씀드리지만, 소인이 그 위대한 분을 본 곳은 아주 작은 집이었다니까요."

"그렇다면 그때는 물러나 계셨는지도 몰라. 당신의 큰 성에서 어느 작은 방으로 말이야. 높은 분들이나 공주들의 습관이 그러하듯이 단출하게 시녀들과 한가로움을 즐기려고 말이지."

"나리, 나리께서 기어코, 제가 뭐라고 해도 우리 아씨의 집이 성이라고 하시니까 그렇다 치더라도, 그 성문이 이 시각에 열려 있겠습니까요? 대문의 쇠고리를 두들겨 그 소리를 듣고서 문을 열게 하고, 모든 사람에게 시끄럽게 소란을 피우는 게 잘하는 일이라고 보십니까요? 지금 우리가 혹시 우리 정부들 집을 찾아가는 겁니까요? 정부 집을 찾는 자들이 아무리 늦은 시간이라도 언제든지 가서 문을 두들기고 그냥 들어가듯이 말이에요?"

"우선 당장 그 성을 찾자고. 그다음 우리가 어떻게 해야 좋을지 대답을 해주지, 싼초. 그런데 저것 좀 보게, 싼초, 지금 내 눈이 잘 안 보여 그러는데 희미하게 보이는 저 큰 덩어리와 그림자가 혹시 둘시네아 궁의 그림자가 아닐까?"

"그러시다면 나리께서 인도를 하시지요." 싼초가 대답했다. "아마 그럴 수도 있지요. 하지만 저는, 제 눈으로 보고 제 손으로 만져보아야 지금이 대낮이구나라고 하듯이 반드시 직접 확인해야 직성이 풀리는 사람이지만요."

돈 끼호떼가 길을 이끌어 거의 한 이백보쯤 걸어가자 큰 그림자를 드리우던 그 덩어리를 만났다. 그것은 성탑이었다. 이내 그 건물이 성이 아니라 그 마을의 가장 큰 성당인 것을 알게 된 돈 끼호떼가 말을 했다.

"성당을 만나게 되었구면, 싼초."

"그런 것 같군요. 제발 우리 무덤만 만나지 않았으면 좋겠네요. 이런 시간에 성당이니 묘지로 돌아다닌다는 건 좋은 징조가 아니에요. 제 기억이 맞다면, 아씨의 집이 막다른 골목길에 있다고 말씀드렸던 것 같은데, 그러고 보니 더 그렇네요."

"이 빌어먹을 멍텅구리야! 자네는 어디서 성이나 궁전이 막다른 골목길에 있다는 소리를 들었는가?"

"나리, 고장마다 그곳의 관습이 있지요. 어쩌면 여기 엘 또보소에서는 커다란 궁전이나 건물을 골목길에 짓는 게 관습일 수 있지요. 그러니까 부디 청하옵건대, 소인에게 여기 눈앞에 보이는 이 길거리나 골목길에서 찾아보게 허락해주시기 바랍니다. 어쩌다 어느 구석에서 그 성을 만날 수도 있겠지요. 이렇게 우리를 이 길 저 길 끌고 다니며 고생고생을 시켰으니, 성인지 뭔지 개나 물어갔으면 좋겠네요."

"예의를 지켜서 말을 하게, 싼초. 내 아씨의 일을 말할 때는 말이야. 그리고 우리 싸우지 말고 사이좋게 하자고. 이러다가 꿩도 매도 다 놓쳐서는 안되지.[2]"

"소인이 행동을 조심하겠습니다요. 하지만 소인이 우리 아씨 집

---

2 원문은 '물통 뒤에 밧줄까지 던져버리지 말게'(no arrojemos la soga tras el caldero) 이다. 이것저것 다 망친다는 뜻인데, 아쉬운 대로 우리말로는 '꿩도 매도……'로 그 맛을 살려본다.

을 단 한번밖에 보지 않았는데 나리께서는 그 집을 항상 알고 있어야 된다고, 그것도 한밤중에 그걸 찾아내라 하시니 소인이 어떻게 참고 이 짓을 해낼 수가 있겠습니까? 나리께서도 수천번 그 집을 보셨을 테지만 못 찾으시잖아요?"

"자네가 지금 나를 미치게 하려는구먼, 싼초. 이리 오게, 이 발칙한 친구야. 내 평생 세상에 둘도 없는 둘시네아 공주를 한번도 본 적이 없노라고 자네에게 수천번 말하지 않았나? 나는 그 궁전의 문턱도 넘어가본 적이 없다네. 그녀가 그토록 아름답고 얌전하다는 커다란 명성만 듣고, 오직 귀로만 듣고서 사랑에 빠졌을 뿐이야."

"이제 그 말을 들으니 나리께서도 그 여자를 보지 못했다면 소인도 본 적이 없다고 하겠습니다."

"그건 말이 안되지." 돈 끼호떼가 말을 받았다. "적어도 자네는 그녀가 밀을 체로 치는 걸 보았다고 이미 말했어. 내가 자네를 통해 그녀에게 보낸 편지의 답장을 가져왔을 때 말이지."

"그것은 신경 쓰지 마세요, 나리. 사실 나리께 소인이 가져온 답장이나 보았다는 것 또한 귀로 들을 수도 있었다는 것을 아뢰옵니다. 소인이 누가 둘시네아 아씨인지를 알고 있는 건 그렇게 주먹구구로[3] 알고 있는 거니까요."

"싼초, 싼초. 장난을 할 때가 따로 있는 법이야. 때에 따라선 장난이 적당치 않고 나쁘게 보일 때가 있어. 내 영혼의 그녀를 본 적도 말을 해본 적도 없다고 내가 말한다고 해서 자네도 덜렁 그분을 본 적도 말을 해본 적도 없다고 말하면 안되지. 자네도 알고 있듯이 사실은 그 반대 아닌가."

----

3 원문에는 '하늘에 주먹질하듯'으로 되어 있는데, 우리말로 '주먹구구로'가 딱 들어맞는 표현이다.

둘이서 이런 이야기를 나누고 있을 때 누군가 노새 두마리를 끌고 지나가는 게 보였다. 땅바닥에 끌고 가는 쟁기가 드르르거리는 소리로 보아서는 농부가 동트기 전 새벽같이 일어나서 일을 하러 가는 모양으로 판단되었다. 그건 사실이었다. 농부는 유명한 로만세 민요를 부르며 오고 있었다.

그 일은 재수가 없었지, 프랑스 사람들아,
론세스바예스의 그 일은.[4]

그 노랫소리를 듣자 돈 끼호떼가 말했다. "내 목숨을 걸고 맹세하지만, 싼초, 이건 틀림없이 오늘 밤 좋은 일이 벌어질 징조야. 저 촌사람이 오면서 부르는 노랫소리가 들리지 않는가?"

"들리긴 들리는데요, 그런데 론세스바예스의 사냥[5]이 우리 일과 무슨 상관이래요? 그렇다면 「깔라이노스 로만세」[6]를 부르지, 우리 일이 잘되든지 말든지 모두 마찬가지이니까요."

이때 농부가 다가왔기에 돈 끼호떼가 그에게 물었다.

"어이 친구, 복 많이 받게나. 혹시 요 근방에 세상에 둘도 없는 공주 엘 또보소의 둘시네아 아씨가 사는 궁이 어디 있는지 아시는가?"

----

4 이 노래는 「과리노스 백작의 로만세」로 당시 무척 유행하던 민요였다.
5 여기서 '사냥'이라고 구체적으로 말한 것은 싼초가 이미 『암베레스의 로만세 모음집』(Cancionero de romances de Amberes)에 나오는 이 노래 가사를 알고 있었다는 증거이다.
6 「깔라이노스의 로만세」(el romance de Calaínos)는 무어인 깔라이노스가 자기 결혼을 위해 프랑스의 열두 기사 중 세명의 목을 쳐서 죽이고, 발도비노스를 이기고 결국 롤랑의 손에 죽는다는 내용으로, 불한당 같은 행동을 의미한다.

"나리, 저는 외지에서 온 사람입니다요. 이 마을에 온 지 며칠 안 되는구면요. 한 부자 농부의 머슴으로 들일을 돕고 있습니다요. 우리 앞집에 이 마을의 성당지기와 신부가 살고 있는데, 그 두 사람이나 아니면 그중 아무라도 나리께 그 공주님 이야기를 들려줄 수 있을 겁니다. 그분들은 엘 또보소에 사는 마을 사람들 명단을 다 가지고 있으니까요. 제가 알기로는 마을 어디에도 공주라는 사람은 살지 않는 것 같습니다만…… 여자는, 그렇죠, 다들 귀부인이고 자기 집에서는 다 공주일 수 있지요."

"그렇다면 그녀들 중에 내가 물어보는 여자가 있을 수 있지, 이 사람아."

"그럴 수도 있겠지요. 잘 가세요, 벌써 동이 터오네요."

그러고는 자기 노새들을 채찍질하며 묻는 말에는 더이상 신경을 쓰지 않았다. 싼초는 주인이 상당히 기분이 안 좋은 채 머뭇거리고 있자 이렇게 말했다.

"나리, 날이 벌써 희끗희끗 밝아오고 있구만요. 길거리에서 햇살을 맞는 건 좋지 않으니 차라리 시내에서 벗어나는 게 더 좋을 듯하네요. 나리께서는 이 가까운 빽빽한 숲에 숨어 계시고 소인이 낮에 돌아와서 여기 온 마을을 구석구석 샅샅이 뒤져 우리 아씨의 궁인지 성인지 아니면 집을 찾아내겠습니다요. 그걸 찾아내지 못하면 참으로 불행한 신세가 되겠지요. 그 집을 찾으면 아씨와 말을 나누고 나리께서 아씨의 명예나 명성을 흐뜨리지 않으면서 뵈려고 어디서 어떻게 기다리고 계신지 말씀드리지요."

"그대의 말에는, 싼초, 그 짧은 이야기 속에 수천가지 격언이 들어 있네. 지금 나에게 주는 충고는 내 맘에 드네. 정말 기쁜 마음으로 받아들이겠네. 자, 가세, 이 사람아. 어서 내가 숨어 있을 곳을 찾아가세. 자네는 자네 말대로 다시 우리 아씨를 찾아뵙고 말을 하러 돌아가게나. 그분의 예절과 사려 깊은 말을 그 어떤 기적 같은 은혜보다 더 기대하고 있다네."

싼초는 주인을 마을에서 나오게 하려 이렇게 갖은 애를 썼으니, 그 이유는 둘시네아가 보냈다면서 씨에라 모레나 산중으로 그가 가져온 답장이 거짓임을 알아차려서는 안되었기 때문이다. 그는 서둘러 출발해 그곳에서 두마장쯤 되는 곳에 숲인지 밀림인지를 발견했고, 돈 끼호떼는 거기서 숨어 있고 그동안 싼초는 시내로 돌아가 둘시네아에게 말을 전하기로 했다. 이 위대한 심부름에서 싼초에게는 새로운 주의와 믿음을 필요로 하는 일들이 일어났다.

10장

싼초가 둘시네아 아씨를 마법에 빠뜨리려고
벌인 작전과 또다른 우습고도 진실한 이야기들

이 거대한 역사의 작가는 이번 장에 서술되는 이야기를 시작하면서 혹시나 아무도 믿지 않을까 두려워 그냥 조용히 지나칠까 생각하기도 했다고 말한다. 왜냐하면 돈 끼호떼의 미친기가 여기에서는 극단으로 치달아서 사람이 상상할 수 있는 극한을 넘어섰고, 그 정도가 지나쳐 보통 사정거리의 두 배 이상을 뛰어넘었기 때문이다. 이런 걱정이나 두려움은 있었지만 결국 그는 자기가 하는 방식으로 이렇게 써나갔다. 역사의 진실에 한점 의혹도 붙이거나 떼지 않고, 그가 거짓말을 한다고 반론을 제기할 아무런 명분도 주지 않고 말이다. 그의 생각은 맞았다. 왜냐하면 진실은 가늘어지긴 하나 깨지지 않으며, 물 위의 기름처럼 항상 거짓말 위에 떠다닌다.

그리하여 그의 역사를 계속해서 이야기해나간다. 그의 말에 따르면, 돈 끼호떼는 위대한 엘 또보소 옆에 있는, 깊은 숲인지 상수리나무 무더기인지 밀림인지에 숨게 되자 싼초에게 시내로 돌아가라고 하면서 먼저 그 아씨에게 자기 안부와 말을 전하지 않고는 다시 나타날 생각을 말라고 했다. 아씨에게는 사랑의 포로가 된 기사가 부디 한번 뵐 수 있도록 허락해주시고, 부디 기사에게 축복을 내리시어 그녀를 위한 기사가 앞으로 모든 사건이나 어려운 싸움에서 더할 수 없는 행운과 성공을 기대할 수 있도록 해주십사 청하라 했다. 싼초는 시키는 대로 하겠다고 심부름을 맡으면서 처음 가져왔던 대답처럼 아주 좋은 답을 받아오겠노라고 했다.

"이보게, 싼초." 돈 끼호떼가 말을 이었다. "그렇다고 자네가 찾으러 가는 아름다운 이의 태양빛 앞에 서더라도 너무 어리둥절해하지는 말게나. 세상 모든 기사 하인 중에서 자네야말로 행운아야! 기억을 잘해내어 자네를 반기면 어떻게 해서든지 잊지 말게나. 예를 들면, 내 소식을 전하는 동안 그녀 얼굴색이 어찌 변하는지, 내 이름을 들으며 어쩔 줄 몰라 불안해하는 모습이라든지, 혹시 권위 있는 아름다운 단상 위에 앉아 계시지는 않는지, 만약 서 계시다면 다리 한쪽을 위로 두다가 다른 쪽을 위로 하시는지, 자네에게 전하려는 답장을 두세번 반복해서 말해주시는지, 표정이 부드럽다가 쌀쌀해지고 씁쓸하다 사랑스럽게 바뀌는지, 머리카락이 헝클어지지도 않았는데 머리를 가다듬으려 손을 올리는지. 결론적으로 이 사람아, 그녀의 모든 움직임이며 행동을 관찰하라는 걸세. 자네가 사실 그대로 이야기를 모두 해주면 나는 그녀의 가슴속 은밀한 곳에 숨기고 있는 내 사랑에 관계되는 비밀을 알아낼 테니까. 싼초, 자네가 몰랐다면 알아둬야 할 것이, 연인들 사이에서는 밖으로 드러나는 움직임이나 행동이 사랑의 감정을 표현할 때는 가장 정확한 통신수단이어서 영혼 저 깊은 곳에 일어나는 소식 일체를 전해준다는 것이거든. 자, 가게, 친구, 나보다 자네에게 더 좋은 운이 따르길 빌겠네. 나 혼자 쓸쓸하고 외로운 이곳에 남아 희망과 두려움에 떨고 있을 터이니 새롭고 좋은 행운을 가지고 돌아오게나."

"소인 갔다가 곧 돌아오겠습니다. 나리, 나리께서는 부디 가슴을 활짝 펴십시오. 시방 조마조마한 그 가슴은 개암만큼도 안되겠네요. 큰 마음은 나쁜 운수도 부숴뜨린다는 말이 있지 않습니까요. 절여서 널 돼지고기가 없는데, 고기를 걸 말뚝이 있을 리 없지요.[1] 다른 속담이 또 있습니다요. '생각지도 않은 곳에서 토끼가 튀어나온다.' 이 이야기를 하는 건, 지난밤에는 우리 아씨의 성이나 궁을 찾지 못했지만 지금은 낮이니까 생각지도 않은 순간에 찾을 수 있으리라 생각하기 때문입니다요. 찾기만 하면 그분은 제게 맡기십시오."

"그러고 보니, 싼초, 자네는, 내가 소원을 성취하고자 하느님께서 부디 좋은 행운을 주십사 하고 모든 노력을 다 하고 있는데, 항상 거기에 딱 맞는 속담들만 끌어오는구먼."

싼초는 돈 끼호떼의 말이 끝나자 등을 돌려 당나귀를 채찍질했다. 그때 돈 끼호떼는 창을 붙들고 등자에 발을 드리운 채 말 위에서 쉬고 있었는데, 그 마음은 슬픔과 어지러운 상상으로 가득 차 있었다. 우리는 그를 잠깐 놓아두고 싼초 빤사의 일을 들어보기로 한다. 싼초는 더 심란하고 복잡한 생각에 잠긴 채 주인을 남겨두고 그곳을 떠나 숲에서 나오자마자 고개를 돌려서는 돈 끼호떼가 보이지 않자 바로 나귀에서 내려 거기 있는 나무 밑에 앉아 혼잣말처럼 중얼거렸다.

"어이, 싼초 이놈아, 시방 어딜 가신다고? 잃어버린 당나귀라도

---

[1] 원래 속담은 '절여서 널 돼지고기를 얻고 나면, 고기를 걸 말뚝이 없다'인데, 싼초는 이 속담을 상황에 맞도록 약간 바꾸어 말한다.

찾으러 가는가? 물론 아닙니다요. 그럼 뭘 찾으러 가는가? 소인이 찾으러 가는 건 아무 말도 모르는 사람처럼, 어느 공주이죠. 그 공주에겐 아름다움의 태양과 하늘의 모든 게 함께 있다고 하더이다. 그렇게 말하는 그녀를 어디서 찾으려고, 싼초? 어디로? 위대한 마을 엘 또보소이죠. 좋아, 그런데 누가 시켜서 그분을 찾으려는 거지? 그분은 라 만차의 그 유명한 돈 끼호떼라는 분으로 애꾸눈을 바로잡아주고, 목마른 자에게 먹을 것을 주고 배고픈 자에게 물을 주는 그런 분이죠. 그럼, 모두 좋아, 그런데 그 여자의 집은 아나, 싼초? 우리 주인은 엄청난 성이나 대궐 같은 궁이라고 하더구면요. 그런데 혹시 언제 한번 본 적이라도 있나? 소인도, 소인의 주인도 평생 한번도 본 적이 없구면요. 그렇다면, 네가 이곳 엘 또보소의 공주를 몰래 끌어내고 귀부인을 불안케 하려는 의도로 왔다가는 갈비뼈가 모두 박살나고 성한 뼈 하나 없이 돌아가도 잘한 일이고, 잘된 사건이라고 생각될 것 같지 않은가? 사실, 내가 심부름꾼이라는 점을 염두에 두지 않는다면, 사람들 생각이 맞죠. 다음 노랫말도 일리가 있어요.

> 너는 그냥 심부름꾼이지, 친구야,
> 죄는 무슨 죄, 무슨 죄.[2]

넌 그걸 믿어서는 안돼, 싼초. 왜냐하면 라 만차 사람들은 성질도 고약하지만 명예심이 강해, 누가 빈정거리는 걸 못 참거든. 수상쩍은 데가 있으면 그대로 끝나는, 재수없는 거지, 뭐. 물렀거라, 재

---

2 「베르나르도 델 까르삐오의 로만세」의 한 구절이다.

수없는 놈들아! 거기 벼락이나 때려라! 남이 원하는 것 때문에 발 셋 달린 고양이를 찾으러 다니는 내 신세라니…… 게다가 엘 또보소에서 둘시네아를 찾는 일은 아무도 모르는 라베나에서 마리까를 찾는 격이지요, 대학촌 쌀라망까에서 학사를 찾아보시라고요. 귀신이, 귀신이 하필이면 나를 다른 일도 아니고 이런 일에 끌어들였다니까!"

싼초는 이런 독백을 읊조리고 있었는데, 그 독백은 다시 싼초의 혼잣말로 이어졌다.

"그렇다 해도, 세상 모든 일은 죽음이 아니라면 다 해결 방법이 있지. 인생이 끝날 때 죽음의 굴레 밑에서는, 우리 모두 아프지만 다른 고통을 겪게 되겠지. 우리 주인이라는 분도, 내가 본 수천가지 증후로 보아도 어디다 묶어놔야 할 미치광이이고, 나 또한 둘째가 라면 서러울 정도지. 내가 그 사람을 모시고 따라다닌다면 내가 더 멍청한 거지, '네가 누구하고 다니는 걸 보면 네가 누구인 줄 안다' 라든가 또 '네가 누구와 태어난 게 중요하지 않고 누구와 함께 풀을 뜯느냐가 중요하다'라는 속담이 사실이라면 말이야. 이 사람은 사실이 그러하듯 미친 사람이고, 그 미친기라고 하는 게, 대개 한 사실을 다른 사실로 착각하고, 검은 것을 희다고 하고, 흰 것을 검다라고 판단한다는 게 문제야. 이걸 보여준 사건이 풍차를 거인이라 했고, 교인들의 노새를 단봉낙타라 했고, 양 떼들을 적의 군대라 했고, 다른 많은 일도 이런 식으로 보니, 우연히 처음 맞닥뜨리는 어떤 농사짓는 여자를 둘시네아 공주라고 믿게 하는 데도 그리 어려움은 없으리라. 만약 그가 믿지 않으면 내가 맹세코 진실이라고 우기지. 만일 그가 맹세를 하면 내가 다시 맹세를 하고, 만일 그가 고집을 부리면 난 더 고집을 부리고…… 그래서 무슨 일이 일어나도 난 항상 내 주장만 꼭 붙들고 늘어져야 돼. 어쩌면 이런 고집으로 그가 다시는 내게 이 비슷한 심부름을 시키지 않도록 끝장을 볼지도 몰라, 심부름을 보내면 얼마나 나쁜 결과가 오는지를 알아차리고 말이야. 아니면 아마 내 생각처럼 자기를 증오한다고 하는 마법사들 중 어떤 흉악한 자가 자기에게 나쁜 짓으로 해코지를 하려고 원래 모습을 바꿔버렸다고 생각할지도 몰라."

산초 빤사는 이렇게 생각하자 마음이 편안해지는 걸 느꼈고, 상당히 괜찮은 작전이라고 생각했다. 그리고 그곳에서 오후까지 머물렀는데, 엘 또보소에 갔다 오는 데 그만큼 시간이 걸렸다고 돈끼호떼가 믿게 하기 위해서였다. 모든 일은 아주 잘 풀려가서 산초가 당나귀에 올라타려고 일어섰을 때 엘 또보소로부터 그가 있는 쪽으로 농사꾼 아가씨 셋이 오고 있었다. 암나귀인지 수나귀인지는 작가가 말하지 않지만, 어쨌든 어린 나귀 세마리 등에 올라타고 있었다. 한편 시골 여자들이 보통 타고 다니는 것인 걸로 보아서는 나귀 중에서도 하질인 당나귀 새끼일 가능성이 더 높았다. 그러나 그 말 문제는 이 이야기와는 크게 상관없으므로 꼭 그걸 알아보겠다고 머뭇거릴 필요는 없으리라. 산초는 그 세 농군 아가씨를 보자마자 바쁜 걸음으로 돌아가 돈 끼호떼를 찾았는데, 보니 돈 끼호떼는 한숨을 쉬며 수천가지 사랑의 탄식을 늘어놓고 있었다. 산초를 보자 돈 끼호떼가 말했다.

"어떤가, 산초 이 친구? 오늘 이날을 흰 돌로 표시할까, 검은 돌로 표시해야 할까?"

"가장 좋은 방법은 나리께서 교수 합격 통보처럼 빨간색 분필로 크게 써놓는 것입니다요.[3] 그래야 그걸 보는 사람들이 확실히 알게 될 거 아닙니까."

돈 끼호떼가 말을 받았다. "그럴 정도로 좋은 소식을 가져왔다 이건가."

"좋은 소식이고말고요. 나리께서는 그저 로신안떼에게 박차를 가해 저 벌판으로 나가시기만 하면 됩니다. 엘 또보소의 둘시네아 아씨가 다른 두 시녀를 대동하고 나리를 뵈러 오고 있습니다요."

"오, 하느님! 이게 지금 무슨 소리인고, 싼초 이 친구야? 이보게, 나를 속이지 말게. 내 진정한 슬픔을 그런 가식적인 기쁨으로 즐겁게 만들려고 생각하지 말게나."

"나리를 속여서 소인이 무슨 득을 보겠습니까? 제가 말하는 게 진실이라는 걸 금방 아시게 될 텐데요. 말을 모십시오, 나리, 어서요. 옷을 입고 성장을 한 공주님, 우리 아씨께서 오시는 게 보일 겁니다. 결국 그분의 신분 그대로 말이지요, 그녀와 시녀 모두가 황금으로 이글거리는 불꽃이요, 모두가 진주 다발이요, 금강석이며, 모두가 홍옥과, 수십번 이상 작업한 금실로 수놓은 비단이지요. 등 너머로 늘어뜨린 머리카락은 바람과 희롱하는 수많은 햇살이랍니다. 특히 세마리 얼룩빼기 귀족 촐랑말을 타고 오는데요, 정말 보시면 알 겁니다."

"'귀족 조랑말'이라고 한 말이렷다, 싼초."

"무슨 차이가 있습니까. '촐랑말'이든 '조랑말'이든,[4] 하여간 무얼 타고 오시든지 간에 우리 기대 이상으로 아주 멋진 최고의 아씨들이 오십니다. 특히 둘시네아 공주님, 우리 아씨의 아름다움은 보

---

3 당시에는 교수 합격자 명단을 대학의 벽에 빨간 분필로 써서 발표하곤 했는데, 쌀라망까 대학 벽에는 오늘날에도 이런 흔적들이 남아 있다.

4 또다시 세르반떼스가 말놀이를 하고 있는데, 소리가 비슷한 'cananeas'(가나안 사람들)와 'hacaneas'(주로 여왕이 타던 조랑말)를 혼동하는 싼초를 돈 끼호떼가 일깨워준다. 역자는 '촐랑말'과 '조랑말'이라는 말놀이로 바꾸었다.

는 사람이 기절할 정도예요."

"허어 이 사람, 싼초. 이 뜻하지 않은 좋은 소식을 가져다준 보상으로, 내가 처음 만나는 모험에서 얻는 가장 좋은 전리품을 자네에게 주기로 약속하지. 이것이 자네에게 부족하면, 우리 마을 공동 목초지에서, 자네도 알듯이 내 암말 세마리가 곧 새끼를 낳기로 되어 있는데, 올해 거기서 나오는 새끼들을 자네에게 줌세."

"그 새끼들을 제가 가져야겠네요." 싼초가 대답했다. "첫번째 모험에서 얻는 전리품이 좋을지는 그리 확실하지 않으니까요."

이렇게 말하고 그들은 밀림에서 나왔고, 가까이 온 시골 여자 세 명을 발견했다. 돈 끼호떼는 엘 또보소의 온 들판으로 눈을 돌리며 둘러보았으나 그 세 농사꾼 아가씨들밖에 보이지 않자 아주 어리둥절해했다. 그는 싼초에게 혹시 도시 밖에다 그분들을 모셔놓고 온 게 아니냐고 물었다.

"어떻게 도시 밖에다 모셔요?" 싼초가 대답했다. "나리께서는 혹시 눈을 목덜미에 달고 다니시나요? 이쪽으로 오시는 저 여자분들이 안 보이시니 말이에요. 바로 한낮의 태양처럼 빛나는 저분들 좀 보세요."

"내 눈에는 안 보이는군, 싼초. 내 눈에는 촌당나귀 세마리를 타고 오는 농사꾼 아가씨 셋밖에 안 보여."

"하느님 맙소사, 이거 귀신 씌었네요! 그러니 저 눈송이처럼 하얀 귀족 조랑말인가 뭔가 하는 게 나리 눈에는 촌당나귀로 보인다 이 말씀인가요? 하느님 맙소사, 그게 사실이라면 소인이 이 수염을 다 뽑아버리겠어요!"

"하지만, 싼초 이 친구야, 내가 보기엔 내가 돈 끼호떼이고 자네가 싼초 빤사이듯 저건 확실하게 촌당나귀란 말일세. 적어도 내 눈엔 그렇게 보이네."

"조용히 하세요, 나리. 그런 말 마시고, 눈을 비비고 잘 보세요. 벌써 여기 가까이 오셨으니 어서 나리의 마음속 귀부인께 경의를 표하세요."

이렇게 말하면서 싼초는 그 세 시골 여자를 맞으러 앞으로 나아가 당나귀에서 내리더니 세 농군 아가씨 중 한 사람의 나귀 고삐를 잡고 땅에다 두 무릎을 꿇었다. 그러고는 말을 했다.

"여왕이시며 공주이시며 아름다운 공작 부인이신 마님, 청하건대 우아하고 고운 그 자태로 마님의 사랑의 포로인 기사를 맞이하소서. 기사는 마님의 그 훌륭하신 모습 앞에 서자 전혀 맥을 못 추고 정신이 어지러워져 대리석이 되어 서 있습니다요. 소인은 싼초 빤사라고 기사의 하인이옵고, 그분은 사방을 헤매다 지친 라 만차의 돈 끼호떼라는 기사이오며, 다른 이름으로는 불쌍한 몰골의 기사라 하옵니다."

이때 이미 돈 끼호떼도 싼초 옆에 무릎을 꿇고 있었는데, 휘둥그레진 눈으로 눈빛이 몽롱해서 싼초가 여왕이며 아씨라고 하는 여자를 바라보았으나 그녀에게선 시골 아가씨의 모습밖에 보이지 않았다. 그것도 그리 잘생긴 얼굴이 아니라 둥근 얼굴에 납작코 아가씨인지라 그는 거의 입을 떼지 못하고 놀라서 머뭇거리고 있었다. 농사꾼 아가씨들도 어리둥절하기는 마찬가지였다. 전혀 다르게 생긴 두 남자가 무릎을 꿇고는 자기 친구 앞을 가로막은 채 가지 못하게 하고 있는 것을 보고 있으니. 마침내 잡혀 있던 처녀가 침묵을 깨고는 아주 기분 나쁜 시큰둥한 표정으로 말했다.

"재수없이, 이 길에서들 비키세요. 우리 좀 지나가야 되는디요, 우리는 바빠요."

그 말에 쌴초가 대답했다.

"오, 공주님이시여, 엘 또보소의 세계적인 귀부인이시여! 높은 도량을 지니신 그 마음이 그대의 숭엄한 자태 앞에 무릎을 꿇고 있는 방랑기사도의 받침돌이요, 기둥을 보시고 부드러워지지 않으시나이까?"

이런 이야기를 듣자 둘 중 한 여자가 말했다.

"그런디, 이랴! 너 맛 좀 볼래, 이 양반들이 지금 촌여자들을 가지고 희롱하려 드는 것 좀 봐! 우리는 자기들처럼 음탕한 욕질을 못할 줄 아나보지? 가던 길 잘 가시구요, 우리도 우리 길 가게 내버려두시구랴. 그게 당신들에게도 좋을 거구만요."

"일어나게나, 쌴초. 내게 지겹도록 불행만을 안겨주는 운명의 여신이 내 육신 속 초라한 영혼에게 조금이라도 만족을 줄 일이 생기면 사방으로 막는가보구나. 그리고 오, 그대여, 사람이 기대할 수 있는 최상의 가치여! 인간적 관대함의 극치여! 그대를 사랑하는 이 아픈 가슴의 유일한 구원자여! 악랄한 미법사가 나를 쫓아다니며 내 이 두 눈에 구름과 비바람을 씌웠구나. 다른 눈이 아닌 오직 이 두 눈에만 그대의 더할 수 없이 아름다운 모습과 얼굴을 가난한 농사꾼 아줌마의 몰골로 바꾸고 둔갑시켰구나. 내 모습 또한 무언가 괴물의 얼굴로 바꾸어 그대 눈에 흉하게 보이게 했다면, 그렇더라도 부디 계속 부드럽고 사랑스러운 눈길로 보아주소서. 비록 일그러진 아름다움일지라도 그대를 향해 무릎 꿇고 복종하는 이 모습에서 온 영혼을 바쳐 그대를 사랑하는 이 겸손한 마음을 눈여겨보소서."

"아니, 그런데 이게 뭔 짓이여!" 시골 여자가 대답했다. "내가 시방 누구네 집 봉창 뚫는 성희롱[5]이나 당하게 생겼남요? 저리 비켜요, 우리 좀 지나가게 해주면 감사하겠구만요."

쌴초는 자리를 비켜 그녀가 지나가도록 했고, 자기 작전이 잘 맞아떨어져 매우 기뻤다.

둘시네아 역할을 했던 시골 아가씨는 풀려나자마자 막대 끝에 달린 가시로 자기 '촐랑말'을 찌르며 초원을 향해 앞으로 달려나갔다. 촌당나귀는 가시 끝에 찔리자 여느 때보다 훨씬 더 아픔을 느끼며 등을 구부리고 펄쩍펄쩍 뛰기 시작했고, 그 바람에 둘시네아 아씨가 그만 땅에 굴러떨어졌다. 그걸 보고 돈 끼호떼가 그녀를 일으키려고 달려왔고, 쌴초 또한 달려가 나귀의 배 밑으로 내려온 안장도 제대로 올리고 조여주었다. 말안장이 제대로 준비되자 돈 끼호떼는 마법에 걸린 그 둘시네아를 품에 안아 당나귀 위에 올려주려 했으나 아씨가 땅에서 벌떡 일어나 그런 수고를 덜어주고는 약간 뒤로 물러섰다가 달려오면서 두 손으로 나귀의 엉덩이를 짚고 매보다 가볍게 안장 위에 몸을 올려놓으며 남자처럼 걸터앉았다. 그때 쌴초가 말했다.

"세상에, 우리 주인 아씨께서는 독수리보다 더 가벼우시네요! 꼬르도바나 멕시코의 최고 기수라도 우리 아씨에게 경마식 말타기를 배워야겠는데요! 의자 뒤 안장틀을 한번에 뛰어넘어 박차도 없이 야생 얼룩말 몰듯 귀족 조랑말을 타고 달리시네요. 이분 시녀들도 뒤떨어지지 않네요, 모두들 바람처럼 달려가니."

그건 사실이었다. 둘시네아가 말을 타자 모두 그녀를 따라 박차

---

5 이 시골 여자가 한 말의 원문은 'resquebrajos'(벽의 균열, 움푹 들어간 것)라고 되어 있지만, 그녀가 하고 싶었던 말은 'requiebro'(여자 꼬이기, 성희롱)이다. 세르반떼스는 물론 이 두 말의 맛을 동시에 노렸던 것인데, 역자는 고심 끝에 이렇게 옮겼다.

를 가하며 뒤도 돌아보지 않고 냅다 달리기 시작해 반마장 이상을 달아났다. 돈 끼호떼는 눈으로 그녀들을 뒤쫓다가 그녀들이 눈에 보이지 않게 되자 싼초를 돌아보며 말했다.

"싼초, 내가 마법사들한테 정말 얼마나 미움을 받고 있는지 알겠는가? 나의 귀부인을 본모습 그대로 뵙는 큰 즐거움을 뺏으려고 저런 짓을 했다니, 나에게 가진 원한과 악랄한 생각이 어디까지 가는지 좀 보게나. 결국 나는 불행의 표본이 되려고 태어난 사람이고, 불행의 화살이 조준으로 삼고 다가오는 표적이며 과녁인 셈이지. 자네도 알아야 되는 게, 싼초, 이 역적들이 나의 둘시네아 아씨를 둔갑시켜 바꾸어놓는 것만으로도 부족해서 저렇게 못생기고 천한 촌여자 모양으로 바꿔놓았다는 사실이야. 그와 함께 그녀에게서 귀족 아씨들의 독특한 증표인, 좋은 향냄새까지 앗아갔어. 꽃들이나 보옥들, 호박들 사이에서 살아서 나는 향기 말이야. 싼초 자네에게 고백할 말이 하나 있는데, 내가 둘시네아를 그 조랑말 위에 올리려 할 때 있었지? 내 눈에는 촌당나귀로 보였지만 자네 말로는 조랑말이라 했지, 바로 그때 생마늘 냄새가 내 코를 찌르는데, 그 지독한 냄새에 내 혼까지 독에 취하는 것 같았어."

이때 싼초가 소리쳤다. "오, 개새끼! 오, 악랄하고 흉악한 마법사 놈들! 너희 모두를 간짓대 위의 꽁치들처럼 줄줄이 아가미를 꿰어서 달아놓아야 하는데…… 너희는 아는 게 많고 능력이 많고 하는 짓이 너무너무 많아. 이 심술쟁이들아, 아, 진주 같은 우리 아씨의 두 눈을 떡갈나무 혹으로 바꾸어놓고, 그녀의 순연한 황금 머리칼을 뻣뻣한 빨간 황소 꼬리털로 만들어놓고, 결국 그 아름다운 모습을 추하게 바꾸어놓았으면 됐지, 그녀의 냄새까지 건드릴 필요가 있었느냐. 그 향기라도 있었다면 그 추한 껍질 밑에 숨겨진 것을 알아낼 수 있었을 텐데 말이야. 비록, 사실대로 말하자면, 난 그녀의 아름다움을 보았지, 추한 모습은 한번도 보지 못했고, 그 아름다움을 더해주는 금상첨화로 입술 오른쪽 위에 점이 하나 있는데, 그 점엔 콧수염처럼 한뼘이 넘는 기다란 황금 실가락 같은 금빛 머리칼이 일고여덟 가닥이 나 있었단 말이야."

"그 점이 그렇다면 얼굴 모양과 몸 모양이 서로 상통한다는 관상 원칙에 따라 둘시네아는 허벅지의 펑퍼짐한 곳에도 점이 하나 있을 거야. 그곳이 얼굴의 점과 통하는 쪽이거든.[6] 그러나 자네가 지적한 크고 긴 털은 사마귀 크기로는 너무 길구먼."

"하지만 소인이 나리께 말씀드릴 것은요, 그 사마귀들이 거기 그대로 난 것 같더란 것이지요."

"나도 그러리라고 생각해, 이 친구야. 자연이 둘시네아에게 만들어준 건 모두 완벽하고 아주 완전해. 따라서 자네가 말하는 점이 백개가 있다 해도 그녀에게는 그건 점이 아니라 찬란한 달이요, 별들일 게야. 그런데 이보게, 싼초. 내 눈에는 안장같이 보이던, 자네가 고쳐놓은 그게 그냥 단순한 깔개던가 아니면 좋은 의자이던가?"

"그건 딴 게 아니라 등받이가 높은 편한 의자던데요, 품질이 좋아서 왕국 절반 값에 상당하는 야전 덮개가 씌워져 있었어요."

"그런데 그 좋은 것을 내가 다 보지 못했다니. 이제 다시 말하고 수천번 말하겠지만, 나야말로 인간 중에서도 가장 불행한 사람이야!"

그렇게 멋지게 속아넘어간 주인의 바보 같은 소리를 들으면서

---

6 당시 사이비 관상가들이 하던 소리를 세르반떼스가 끌어왔다.

짓궂은 내숭쟁이 싼초는 웃음을 숨기느라 무척 애를 써야 했다. 둘 사이에 다른 많은 이야기가 오갔지만, 마침내 그들은 다시 짐승들 위에 올라타고는 사라고사를 향해 길을 계속 갔다. 그 불멸의 도시에서 해마다 열리는 장엄한 축제에 참석할 수 있도록 때맞춰 거기에 당도할 생각이었다. 그러나 그곳에 도착하기 전에 또 일들이 벌어졌는데, 앞으로 보면 알 수 있듯이 사건들이 많고 크고 새로워서 꼭 자세히 써야 되고 읽혀야 하는 대목이다.

11장

'죽음의 궁전'이라는 달구지인지 마차인지에서 용감한 돈 끼호떼에게 일어난 이상한 모험에 대하여

둘시네아 아씨를 촌여자 꼴의 나쁜 몰골로 바꿔버린 마법사들이 부린 흉악한 농간을 생각하면서 돈 끼호떼는 곰곰이 사념에 젖어 길을 가고 있었는데, 그녀를 원래 모습으로 되돌려놓으려면 어떤 방법을 써야 할지 생각이 나지 않았다. 이런 생각에 빠져 제정신이 아닐 때 아무 느낌도 없이 로신안떼의 고삐를 놓아버렸는데, 짐승은 자기에게 베풀어진 자유를 느끼자 그 들판에 가득 자란 파란 풀들을 뜯어먹으려고 걸음마다 발을 멈추었다. 싼초 빤사가 한참 생각에 잠겨 있는 돈 끼호떼를 깨우면서 말했다.

"나리, 슬픔이라는 감정은 짐승에게가 아니라 사람에게 만들어준 거지만 사람이 슬픔을 지나치게 느끼면 짐승이 됩니다. 부디 나리께서도 마음을 그만 자제하시고 정신을 차리세요. 로신안떼의 고삐를 잡으시고, 정신 차리고 깨어나 방랑기사가 마땅히 가져야 하는 그 우아함을 보여주세요. 제기랄, 이게 무슨 짓이에요? 힘없이 축 처져서 이게 뭡니까? 우리가 지금 여기 있습니까, 꿈속의 프랑스에 있습니까? 악마 사탄이 세상 모든 둘시네아를 데려가라 하세요, 지상 온갖 둔갑술과 마법보다 방랑기사 단 한 사람의 건강이 더 중요하니까요."

"그만하게, 싼초." 힘이 그리 다 빠지지는 않은 소리로 돈 끼호떼가 대답했다. "그만하란 말일세. 그리고 마법에 걸린 그 아씨에게 욕 같은 건 하지 말게. 그녀가 재수없이 그토록 불행하게 된 것은 오직 내 탓일세. 흉악한 마법사들이 나를 시기해서 그분에게 그런 불행한 일이 일어나도록 만든 거야."

"그 말이 제 말입니다요. 그녀를 보았던 사람이 지금 그녀를 보면 울지 않을 가슴이 어디 있겠습니까?"

"그거야말로 꼭 자네가 할 수 있는 말일세, 싼초." 돈 끼호떼가 말을 받았다. "왜냐하면 자네는 그분의 아름다움이 전적으로 완벽할 때 그녀를 보았으니. 그때는 마법의 힘이 자네 눈길을 어지럽히고 그녀 아름다움을 덮어버릴 만큼 퍼진 상황은 아니었지. 오직 나에게만, 내 이 두 눈에만 마법의 독이 퍼져오는 거야. 하지만 아무튼, 싼초, 나도 한가지 깨달았네. 그건 자네가 그녀의 아름다움을 제대로 묘사하지 못했다는 점이야. 그건, 내 기억이 맞다면, 그녀 눈이 진주의 눈이라고 말한 건데, 진주처럼 보이는 눈은 귀부인의 눈이라기보다는 차라리 바다 도미의 눈이지. 내가 생각하기로는 둘시네아의 두 눈은 파란 에메랄드같이 눈꼬리가 올라가고 눈썹으로 쓰이는 하늘의 두 무지개가 감싸고 있을 거야. 그 진주 같은 것은 그녀의 눈에서 빼서 치아로 옮겨놓아야지. 틀림없이 싼초 자네가 혼동을 해서 치아에 갈 것을 눈으로 바꾸어 말했을 거야."

"뭐 그럴 수 있습죠. 나리께서 그녀가 못생긴 걸 보고 어리둥절해했듯이 소인도 그 아름다움을 보고 정신이 없었죠. 하지만 모든 것에 하느님의 가호를 빕시다요. 하느님만이 우리가 사는 이 나쁜 세상, 이 눈물의 생에 일어날 일들을 다 아시지요. 이 세상에는 속임수나 모략, 악의가 섞이지 않는 것이 아무것도 없으니까요. 소인은 딱 한가지가 다른 일보다 걱정이 되는데요, 나리. 가만히 생각해 보면 무슨 방법이 있을까 하는 건데요, 나리께서 어떤 거인이나 다른 기사와 싸워 이기셔서 아름다운 둘시네아 아씨 앞에 대령하라 명령하시게 될 때 이 불쌍한 거인이나 싸움에 패배한 불쌍하고 비참한 기사는 어디에 가서 귀부인을 찾아야 한다지요? 소인에게는 그들이 바보가 되어 우리 둘시네아 아씨를 찾으러 온 엘 또보소 거리를 헤매는 게 금방이라도 눈에 보이는 듯합니다요. 어쩌다 길 한 가운데서 그분과 마주쳐도 누가 그녀를 알아보겠어요?"

"어쩌면, 싼초. 그 마법의 힘이 아무리 크고 강하다 해도 나에게 패배해서 명을 받아 둘시네아를 알현하는 거인이나 기사 들이 그녀를 알아보지 못할 정도로까지 크지는 않을 걸로 봐. 내가 첫번째나 두번째 이기는 사람에게 그녀를 뵈러 가라고 할 때 그녀를 알아보는지 못 알아보는지 직접 시험을 해보도록 하겠네, 그들에게 이 문제를 알아보고 돌아와 보고하라고 해서 말이야."

"제 말은요, 나리. 나리께서 하신 말씀이 좋다고 생각되고, 이런 수법을 쓰면 우리가 원하는 걸 알게 될 것 같습니다요. 그녀가 오직 나리 한분에게만 얼굴을 감춘다면 더 큰 불행은 나리 쪽이지 그녀의 것은 아닐 겁니다요. 그러나 둘시네아 아씨가 건강하고 행복하시기만 한다면 여기 우리는 우리 나름대로 잘해서 가능한 한 잘 지내도록 해야지요. 새로운 모험을 찾으며 세월은 세월의 일이나 하라고 하면서 말이지요. 세월이야말로 이런 일의 제일 좋은 의사이며 다른 더 큰 병들도 고치지요."

돈 끼호떼가 싼초 빤사에게 대답을 하려 하는데 앞을 가로지르며 나타난 달구지 하나가 그의 말을 막았다. 그 달구지에는 상상도 못할 만큼 아주 이상한 가지각색의 인물이며 형상 들이 가득 실려 있었는데, 노새들을 이끌고 수레꾼 역할을 하는 사람은 못생긴 악마였다. 달구지는 위에 천막도, 옆에 받침대들도 없이 휑하니 모두 열린 채로 오고 있었다. 돈 끼호떼 눈에 맨 먼저 들어온 형상은 사람의 모습을 한 바로 죽음의 사자였고, 그 옆에는 색칠한 큰 날개를 달고 있는 천사 하나가 있었다. 그리고 그 옆에는 황제가 있는데, 보아하니 머리에 황금으로 만든 왕관을 쓰고 있었다. 죽음의 사자 아래쪽에는 소위 큐피드라고 하는 신이 눈가리개는 없지만 활과 화살, 화살통을 들고 있었다. 또한 머리에서 발끝까지 무장을 한 기사가 있었는데 무장은 했지만 투구나 얼굴가리개는 없고 다만 갖가지 색깔의 큰 깃털들을 잔뜩 꽂은 넓은 모자를 쓰고 있었다. 이들과 함께 갖가지 다양한 옷차림에 얼굴도 가지각색인 인물들이 오고 있었다. 갑자기 이런 모습을 본 돈 끼호떼는 어쨌든 좀 혼란에 빠졌고, 싼초의 가슴속에는 두려움이 생겼다. 그러나 돈 끼호떼는 이내 새롭고 위험한 모험이 다가오고 있구나 생각하고 기뻐했다. 이런 생각을 하면서 어떤 위험에라도 뛰어들 마음의 준비를 하고 그 달구지 앞에 서서는 위협적인 높은 목소리로 말했다.

"짐수레꾼인지, 마부인지, 귀신인지 그대가 누구이든지 간에, 누구이며 어디를 가며 그대의 그 낡은 마차에 싣고 가는 사람들이 누구인지 지체 말고 말하렸다. 사람들이 그냥 쓰는 짐수레라기보다는 영락없이 지옥으로 가는 저승사자 배 같구나."

그 말에 느릿느릿한 그 '악마'는 서서히 수레를 멈추며 대답했다.

"나리, 우리는 앙굴로 엘 말로 극단의 배우들로, 오늘 아침이 그리스도 성체 8일절[1]인지라 저 산등성이 뒤에 있는 장소에서 「죽음의 궁전」이라는 성극을 공연했지요.[2] 그리고 오늘 오후에는 여기서 보이는 저곳에서 공연을 하는데, 저 장소가 아주 가까워서 옷을 벗었다 다시 입는 번거로움을 덜려고 공연 때 우리가 입었던 옷을 그냥 그대로 입고 가고 있습니다. 저기 저 소년이 죽음의 사자, 다른 애가 천사, 저 여자는 단장의 여자인데 여왕 역을 맡지요. 또다른 사람은 군인, 저 사람은 황제 그리고 저는 악마 역으로 이 성극에서 중요한 인물 중 하나인데 이 극단에서 주인공 역할을 주로 맡거든요. 나리께서 우리에 대해 다른 것을 더 알고 싶으시다면 제게 물어보시지요. 제가 알아서 정확하게 하나하나 대답해올리겠습니다. 제가 악마니까 모든 것을 다 알고 있지요."

돈 끼호떼가 말했다. "방랑기사의 명예를 걸고 말하는데 이 마차를 보자마자 난 커다란 모험이 닥쳐오고 있구나 생각했지요. 그래서 지금 하는 말인데, 이 겉모양들은 직접 손으로 만져봐야만 그게 아니구나를 깨달을 수 있어요. 잘들 가시오, 좋은 분들. 그리고 공연 잘하십시오. 그리고 혹시 그대들에게 도움 될 일이 있어 부탁받을 일이 생기면 내 기꺼이 즐거운 마음으로 해드리리다. 왜냐하면 난 어렸을 때부터 이런 가면극을 좋아했고, 젊은 시절에는 이 눈이 악극단 뒤만 쫓아다녔으니까요."

이런 이야기를 나누고 있는데, 때마침 재수없이 우스꽝스러운

---

1 시간적 배경이 여름인데 '성체 8일절'(la octava del Corpus)은 말이 안되는 것으로 세르반떼스의 실수이거나 심미적·환상적 시간일 뿐이다.
2 이런 이름의 극단도 실제 있었고 이런 성극도 로뻬 데 베가의 작품을 비롯해 실존했다고 한다. 이는 세르반떼스 소설의 사실적 측면을 보여주는 것이다.

광대 복장을 한 극단원 하나가 많은 방울을 달고 다가왔는데, 소오줌통 세개를 바람으로 부풀려 끝에다 단 작대기를 가지고 있었다. 그 어릿광대는 돈 끼호떼에게 다가와 작대기를 휘두르며 오줌통으로 땅을 두들기고 펄쩍펄쩍 뛰면서 방울들을 흔들어댔다. 그 흉한 광경이 로신안떼를 화들짝 놀라게 해 돈 끼호떼가 말을 멈출 새도 없이 이빨 사이에 재갈을 물고는 들판으로 뛰어달아났다. 뼈만 남은 앙상한 그 몰골로 보아서는 생각조차 할 수 없었던 아주 가벼운 발걸음이었다. 싼초는 주인이 곧 넘어질 것 같은 위험을 감지하고는 나귀에서 뛰어내려 아주 재빨리 주인을 도우러 갔으나 싼초가 다가갔을 때 이미 그는 땅바닥에 있었다. 그 옆에는 주인과 함께 쓰러진 로신안떼가 있었으니, 이야말로 로신안떼의 발랄함과 용감성의 결과요, 늘 일어날 수 있는 종말이었다.

그런데 싼초가 말을 놔두고 돈 끼호떼를 도우러 가자마자 소 오줌통을 가지고 춤추던 악마 놈이 그 당나귀 위에 올라타서는 오줌통으로 두들겨댔다. 두들겨맞는 아픔보나 소란과 공포 때문에 당나귀는 날아가듯이 공연이 있을 장소까지 달아나버렸다. 싼초는 자기 당나귀가 달아나는 것과 주인이 떨어지는 것을 동시에 보았기에 두 긴급상황 중 무엇을 먼저 도와야 할지 갈피를 잡지 못했으나 결국 그는 좋은 하인이고, 좋은 하인으로서 자기 주인에 대한 사랑이 자기 당나귀에 대한 애정보다 더 컸다. 비록 오줌통을 공중에 들었다가 자기 당나귀 궁둥이를 내리칠 때마다 싼초에게는 엄청난 아픔과 죽을 것 같은 놀라움을 주었지만…… 자기 당나귀 꼬리의 아주 작은 털끝 하나라도 건드리는 것보다 차라리 자기 두 눈의 망막을 두들겨패는 게 더 나을 것 같은 느낌이었다. 어찌할 바 모르는 이런 엄청난 고뇌를 지고 싼초는 생각보다 훨씬 더 처참한 지경에 놓여 있는 돈 끼호떼에게 다가가서 주인이 로신안떼 위에 오르도록 도와주면서 말했다.

"나리, 그 '악마'가 제 당나귀를 가져갔어요."

"무슨 악마가?"

"소 오줌통 들었던 악마가요."

"그놈, 내가 복수해주리라. 지옥의 가장 깊고 어두운 감방에 함께 갇혀 있다 할지라도. 나를 따르라, 싼초. 마차가 천천히 가는구나. 마차를 끄는 노새들로 당나귀 잃은 것을 보충하리라."

"애써 그리 어려운 일을 할 필요는 없습니다요, 나리. 나리께서는 분노를 좀 가라앉히세요. 소인이 보기엔 이제 '악마'가 당나귀를 놓고 자기 하던 일로 되돌아간 것 같습니다."

그리고 그게 사실이었다. 돈 끼호떼와 로신안떼를 따르려고 그랬는지, 그 '악마'는 당나귀와 함께 자빠졌고 그뒤 '악마'는 걸어서 마을로 갔고 나귀는 자기 주인에게로 돌아왔다.

"어찌 되었든지 간에 그 마차 사람들 누군가에게, 비록 그가 바로 황제라 할지라도, 그 악마가 버르장머리 없이 군 행위에 대해 벌을 주어야 해."

"나리, 그런 생각은 머리에서 지워버리세요. 소인의 충고를 들으세요, 그건 광대들하고 싸움을 해서는 안된다는 거예요. 그자들은 도와주는 사람들이 많거든요. 사람 둘을 죽였다고 갇힌 배우 한 사람을 제가 본 적이 있는데 돈 한푼 안 들이고 그냥 풀려나오더군요. 나리께서 아셔야 되는 건, 그들은 쾌락을 주는 즐거운 사람들이어서 모든 사람이 그들에게 은혜를 베풀고 모든 이가 그들을 옹호하고 도움을 주고 좋아한다는 거지요. 더군다나 왕에게 정식으로 인가받은 극단의 사람들은 더 그렇지요. 그들 대부분이 옷이나 자태 들이 무슨 왕자들 같던데요."

"어쨌든 아무리 세상의 인간 하인이 다 도와준다고 해도 그 악마 녀석이 계속 잘난 척 떠벌리면서 다니는 꼴은 못 봐줘."

이렇게 말하면서 이미 마을 가까이 가 있는 마차로 소리소리 지르며 다가갔다.

"게 섰거라, 기다려라, 떼거리로 즐겁게 낄낄거리고 다니는 놈들아, 내 너희들에게 방랑기사 하인들의 말로 쓰이는 당나귀나 짐승을 어찌 대해야 하는지를 알려주겠노라."

돈 끼호떼의 외침 소리가 어찌나 컸던지 마차 사람들이 다 듣고 알아차렸고, 그 이야기로 보아 말하는 사람의 의도를 판단하고는 한순간에 죽음의 사자가 마차에서 뛰어내렸다. 그뒤를 따라 황제도, 수레를 몰던 악마도, 천사도 내렸고, 여왕과 큐피드 신도 그냥 남아 있지 않았다. 모두들 돌을 들고는 한 줄로 서서 돈 끼호떼를 돌멩이 끝으로 맞이할 준비를 하고 있었다. 돈 끼호떼는 그들이 그렇게 멋진 부대로 대열을 이루어 힘껏 돌멩이를 내던질 자세인 것을 보고는 로신안떼의 고삐를 당겼다. 그리고 어떤 방법으로 자기 몸이 크게 위험하지 않으면서 공격을 해야 할지 생각했다. 이렇게 멈추고 있는 순간에 싼초가 다가와서 대열을 잘 짜고 있는 사람들에게 덤벼들 자세를 취하고 있는 그를 향해 말했다.

"이런 작전을 시도한다는 건 정말로 미친 짓일 겁니다요. 작은 돌멩이 큰 돌멩이를 다 던지면 청동으로 만든 큰 종 밑에 끼어들어 가거나 숨지 않는 한 방어할 무기가 없다는 걸 나리께서 생각하셔야 돼요. 또한 남자 한명이 군대를 향해 돌진한다는 건 용기라기보다는 무모함이고, 더구나 저기엔 죽음의 사자가 있고, 황제들이 직접 나와 싸우고, 착한 천사와 악한 천사가 모두 도와주고 있다는 걸 고려하셔야 합니다. 이렇게 고려해봐도 조용히 계실 마음이 생기지 않거들랑 확실히 알고 마음을 잡아야 해요. 저기 있는 모든 사람 중, 비록 왕이나 왕자, 황제 같지만, 방랑기사는 한 사람도 없다는 걸 아셔야 해요."

"이제야 정말 자네가 이미 결심이 굳은 내 마음을 움직일 수밖에 없는 핵심을 찔렀구나, 싼초. 내가 지난번 여러 차례 말했듯이 기사 서품을 받지 않은 어느 누구에게도 칼을 빼서는 안되지, 싼초. 자네 당나귀에게 저지른 모독을 복수할 생각이 있다면 그건 자네 몫이네. 난 여기서 건장한 목소리와 경고로 자네를 도와주겠네."

"그러실 필요 없습니다요, 나리. 모욕을 당했다고 복수를 하는 건 선량한 기독교인이 할 일이 아니기 때문에 아무에게도 복수하지 않을 겁니다. 나아가서 저는 제 당나귀를 설득해서 이 주인의 뜻에 그 모욕 문제를 맡기라고 할 겁니다. 제 뜻은 하늘이 제게 주는 인생이 다하는 날까지 평화롭게 살자는 주의이지요."

"그래, 그게 자네 결심이구먼." 돈 끼호떼가 말을 받았다. "선량한 싼초, 사려 깊은 싼초, 진정한 기독교인 싼초, 성실한 싼초여. 이런 괴물들은 잊어버리고 다시 더 훌륭한 모험을 찾아나서자. 내가 이 땅의 모습을 보아하니 기적 같은 모험이 많을 것 같구먼."

돈 끼호떼는 곧 말고삐를 돌렸고, 싼초도 '점박이'[3]를 타러 갔고, 죽음의 사자도 자기 보병과 기마 부대를 모두 몰고 마차로 돌아가 여행을 계속했다. 그리고 이것으로 그 무서운 죽음의 사자 마차 모

---

3 싼초는 자기 당나귀를 항상 '점박이'(rucio)라는 애칭으로 부르곤 했다. 이것은 물론 베넹헬리가 싼초의 당나귀를 일컫는 말이지만, 한편으로 당나귀에 대한 싼초의 각별한 정을 나타내는 표현이기도 하다. 에스빠냐 말 '엘 루시오'(el rucio)는 '밝은 잿빛이나 희뿌연 짐승'을 가리키는 말이다. 역자는 하얀 점들이 박힌 '점박이'라는 애칭으로 번역하기로 한다.

험은 행복하게 끝이 났다. 싼초 빤사가 주인에게 해준 건전한 충고야말로 감사받을지라. 다음 날 주인에게는 지난 사건보다 좀더 긴장감 넘치는, 사랑에 빠진 다른 방랑기사와의 일이 벌어졌다.

12장

용감한 거울의 기사와 용맹무쌍한
돈 끼호떼가 한 이상한 모험에 대하여

죽음의 사자와 만남이 있던 다음 날 밤에 돈 끼호떼와 하인은 높고 그늘이 많은 나무들 밑에서 밤을 보내기로 했다. 싼초의 권고로 돈 끼호떼는 당나귀에 싣고 온 음식으로 허기를 때웠는데 저녁을 먹으면서 싼초가 말했다.

"나리, 소인이 그때 그 보상으로 세마리 암말 새끼보다 나리께서 끝내실 첫번째 모험의 전리품을 선택했더라면 얼마나 바보였을까요. 참말이지, 날아다니는 까마귀보다 손에 든 새가 낫네요."

"싼초, 자네가 내가 원하는 대로 돌격했다면 적어도 여황제의 금관과 큐피드의 색깔 있는 날개가 자네 수중에 떨어졌을 걸세. 내가 억지로라도 그들에게서 빼앗아 자네 손에 넘겨주었을 테니까."

"황제라는 광대들의 왕관이나 금관은 순금으로 만들지 않고, 도금하거나 양철 조각으로 만들지요."

"그건 사실이야." 돈 끼호떼가 대답했다. "왜냐하면 연극 소품이란 게 연극 자체가 그렇듯이 거짓말이나 눈속임이 아니고 진짜 정품이라면 잘한 일이 아닐 테니. 그러니까 싼초, 난 자네가 연극이나 공연하는 사람들, 그 작품을 쓰는 사람들에 대해 좋은 생각을 갖길 바라네. 모두가 우리 앞에 거울을 놓아주고 인간 행위를 생생하게 보여줌으로써 나라에 공헌을 하는 유익한 도구들이니까. 연극이나 연극배우들처럼 우리 모습 그대로나 우리가 되어야 할 모습 그대로를 생생하게 보여주는 게 세상엔 별로 없다네. 아니라면 말해보게나. 자네는 왕이나 황제, 교황, 기사, 귀부인 그리고 다른 여러 인물이 나오는 연극 공연을 본 적이 없나? 어떤 사람은 뚜쟁이 역할을 하고 다른 사람은 사기꾼, 이 사람은 장사꾼, 저 사람은 군인, 또 다른 사람은 얌전한 바보, 다른 사람은 순진하게 사랑에 빠진 남자 역할을 하지. 그러다 연극이 끝나고 모두 연극의상을 벗고 나면, 모든 배우가 평범한 사람으로 되돌아오는 거야."

"정말 그렇습죠." 싼초가 대답했다.

"세상사도 연극과 다를 바 없어. 세상사에서도 어떤 사람은 황제 역할을 하고, 다른 사람은 교황을 하잖나. 연극 하나에 나올 수 있는 모든 인물상이 있지. 그러나 종말에 가면, 생명이 끝나는 순간에는 모든 사람에게 똑같이 죽음이 와서 그 사람들을 구분하던 의상을 벗기고 무덤 속에 똑같이 눕게 하지."[1]

"참 멋진 비유입니다." 싼초가 말했다. "저도 여러번 많이 들어 본 적이 있는 말이어서 크게 새롭지는 않사오나, 그게 장기놀이 같은 거지요. 장기를 두는 동안은 말마다 각기 자기 길, 자기 일이 있

---

[1] 고대 그리스·로마 문학의 전통을 비롯하여 중세의 '죽음의 춤'에서도 자주 나오는 비유이다. 황금세기 깔데론 데 라 바르까의 『인생은 꿈이다』에서 이런 사상의 문학적 형상화가 절정에 이른다.

지만 일단 장기가 끝나면 모든 말을 섞고 합치고 흔들어 한 자루에 집어넣지 않습니까. 이건 꼭 인생이 무덤에 들어가는 것과 똑같지요."

"싼초, 날이 갈수록 자네는 바보 같은 데가 줄고 사려 깊어지는구먼."

"나리의 사려 깊음에 감화되어서 그런 모양입니다요." 싼초가 대답했다. "원래 메마른 불모의 땅이라도 자꾸 거름을 주고 가꾸면 좋은 결실을 맺지요. 나리와의 대화가 저의 메마른 지혜의 땅에 뿌려진 거름이었습니다. 오랫동안 나리를 모시고 접촉한 기간이 교육을 받는 시간이었습죠. 이것으로 소인에게서 축복받을 만한 결실이 열리길 바랄 뿐입니다. 그래야 나리께서 소인의 바싹 마른 지혜의 땅에 가꾸고 만들어주신 교양과 예절의 오솔길에서 어긋나거나 미끄러지지 않고 살아갈 수 있겠죠."

돈 끼호떼는 감상에 찬 싼초의 발언을 듣고 웃었는데, 자기가 교정해주었다는 말이 자기 생각에도 맞는 것 같았으니 이따금씩 그를 놀라게 하는 말을 싼초가 했기 때문이다. 싼초가 점잔을 빼거나 박사처럼 말을 하려고 할 때마다 그 끝말은 거의 항상 소박성이라는 산 위에서 무식성의 심연으로 미끄러져 떨어지곤 했기 때문이다. 싼초가 가장 멋있고 기억력이 좋아 보일 때는 상황에 딱 들어맞건 맞지 않건 간에 속담을 끌어올 때였고, 그것이 이 기록이 전개되는 데 늘 눈에 띄었던 점이다.

이런 이야기 저런 이야기로 그 밤의 많은 시간이 지나갔고, 싼초는 그가 자고 싶을 때 하는 말처럼 두 눈의 발을 내리고 싶은 생각이 들어서 당나귀의 안장을 풀어주고 여물을 먹게 했다. 로신안떼의 안장은 풀지 않았는데, 야영을 할 때나 집 지붕 밑에서 자지 않을 때는 로신안떼의 안장을 풀지 말라고 주인이 엄명을 내렸기 때문이다. 즉, 예부터 방랑기사들이 세우고 지켜온 습관은 재갈은 풀어 안장 등받이에 매어놓되 안장을 풀어주는 것은 절대 안된다는 것이었다. 그래서 싼초는 그대로 했고, 로신안떼에게도 당나귀와 똑같은 자유를 주었다. 로신안떼와 당나귀의 우정은 정말 아름답고 깊어서 부모에게서 자식으로 전할 만했다. 이 진짜 역사의 작가가 그 우정에 대한 특별한 장들을 썼다는 것이 유명하나 이런 영웅적인 역사서에 요구되는 체면과 품위를 지키려고 책에는 올리지 않았다고 한다. 비록 어쩌다 작가의 그런 의도가 부주의로 빗나가면, 두 짐승이 몸을 맞대고 서로 긁어주고 그러다 직성이 풀리고 지치면 로신안떼는 당나귀의 목 위에 자기 목덜미를 얹고──로신안떼에겐 몸 반쪽이 반자 이상 남지만──있기도 했다고 쓰고 있다. 그리고 둘은 땅을 바라본 채, 그 모양으로 사흘을 있기도 했다는데, 그냥 두면 적어도 그대로 있거나, 혹시 배고픔이 오더라도 그걸 못 이겨 먹이를 찾으러 가는 짓도 하지 않았을 것이다.

사람들 말이 이 작가가 두 짐승의 우정을 옛날 니소스와 에우리알로스의 우정, 필라데스와 오레스테스의 우정[2]에 비유했다고 한다. 사실이 그렇다면 세상이 다 감탄할 이야기로, 이 두 평화로운 동물의 우정이 얼마나 굳건했는지를 눈여겨볼 일이다. 사람들은

───────────────────

2 그리스 고전에 나오는 유명한 우정 이야기들이다. 여기서 재미있는 것은 세르반떼스가 계속 이 두 동물을 인격화하고, 그들의 우정을 인간의 우정과 동격화하고 있는 점이다. 이 글을 보면 이미 동격화를 넘어서 '부모에게서 자식으로 전하는 전통'의 귀감으로 로신안떼와 싼초의 당나귀의 우정을 묘사하고 있다. 여기에 동물들의 동성애적 분위기는 전혀 없다. 사흘 동안 땅을 바라보고 있는 그들의 인내와, 배고픔도 참고 명상하는 짐승들의 도가적 모습에서 세르반떼스는 서양인으로서 이미 이때 '도법자연'(道法自然)을 깨달은 것은 아닐까.

서로 우정을 지킬 줄 모르고 배신도 하는데, 이 동물들의 예는 사람을 혼란에 빠뜨린다. 사람들의 배신 이야기로 이런 말이 있다.

친구에게 친구 없다,
대나무가 창이 된다.[3]

그리고 노래가 또 하나 있다.

친구와 친구 사이에 빈대가 낀다, 등등.

혹시 작가가 동물의 우정과 사람의 우정을 비교한 게 정도를 좀 벗어난 것처럼 보일지도 모르나, 예부터 사람은 짐승에게 많은 교훈을 얻었고, 무척 중요한 것을 배워왔다. 황새에게서는 관장 기술을, 개에게서는 토하고 먹고 하는 것과 감사할 줄 아는 마음을 배웠고,[4] 두루미로부터는 보초 서는 법을, 개미로부터는 명령 복종을, 코끼리로부터는 정직함을, 말로부터는 충성을 배웠다.

마침내 싼초는 코르크나무 밑에서 잠이 들었고, 돈 끼호떼는 튼튼한 떡갈나무 밑에서 *끄덕끄덕* 졸고 있었다. 그러나 얼마 지나지 않아 등 뒤에서 시끄러운 소리가 들려왔다. 깜짝 놀라서 깨어난 돈 끼호떼는 그 소리가 어디서 들려오는지 주위를 살펴보다가 말을 탄 두 사람을 보았다. 한 사람이 안장에서 내려오면서 다른 사람에게 말했다.

---

3 당시 유행하던 로만세의 가사이다.
4 여기 나오는 동물에 대한 이야기는 모두 플리니우스의 『박물지』에서 따온 것들이다.

"말에서 내리게, 친구. 그리고 말의 재갈을 풀게나. 내 생각엔 여기 말들에게 먹일 풀이 많은 것 같구먼. 내 사랑을 생각하기에 알맞은 호젓함과 고요가 있어."

이 말을 하자마자 바닥에 벌렁 누웠는데 모든 게 한순간이었다. 벌렁 눕는 바람에 입고 있던 갑옷이 철거덕거렸다. 역력한 그 소리에 돈 끼호떼는 그가 방랑기사임을 알아챘다. 그는 자고 있는 싼초에게 다가가 팔을 꼭 껴안고 적잖이 힘을 들여 깨우고는 낮은 목소리로 말했다.

"이 사람, 싼초, 모험이 다가왔네."

"제발 운이 좋아야 할 텐데요. 그런데 나리, 그 모험이라는 분의 주인이 어디 계시는데요?"

"어디냐고, 싼초? 뒤를 돌아봐, 바로 저기 방랑기사 한 사람이 누워 있는 게 보일 테니까. 내가 눈치를 보아하니, 기분이 그리 좋아 보이지는 않아. 말에서 뛰어내려 땅에 벌렁 드러눕는데 약간 절망에 찬 표정이었어. 떨어지는데 갑옷 소리가 철거덕거리더라고."

"그렇다면 뭘 보시고 나리께서는 이게 모험이라는 겁니까?"

"내 말은 이것이 전적으로 모험이라는 게 아니고, 그런 것의 시작이 아닐까 하는 거야. 이 근방에서 모험이 시작되고 있어. 내가 보기에 무슨 라우드[5]나 비올라 같은 악기를 조율하고 있는 것 같아. 침을 뱉고 가슴을 풀어헤치는 게 노래하려고 준비하나보군."

"정말 그런 것 같네요. 사랑에 빠진 기사인가봐요."

"기사치고 사랑에 빠지지 않은 기사가 없지. 그러니까 들어보세나. 실을 따라가다보면 그의 생각의 실꾸리가 나오겠지, 노래를 한

5 만돌린 비슷한 악기이다.

다면 말일세. 말은 마음에서 우러나와야 진짜지."

 쌴초가 주인의 말에 대답을 하려던 참이었는데, 그때 그 '숲의 기사' 목소리가 그의 말을 막았다. 목소리는 그리 좋지도 않고 과히 나쁘지도 않았다. 둘은 놀라서 노래 부르는 것을 들었는데, 그 노래는 이런 소곡이었다.

> 그대의 마음에 꼭 맞추어 자른, 내가
> 따라야 할 말 한마디를 다오, 임이여,
> 그 말은 내가 절대 한점 어기지 않는
> 내 마음의 경구며 사랑이 되리다.

> 나의 고민을 나 혼자 입 다물고 내가
> 죽기를 원하신다면, 끝으로 그 말이나 해주오.
> 아주 특별한 방법으로 고백하기를 바란다면,
> 사랑이 스스로 나의 진실을 말하게 하리라.

> 나는 사랑의 법칙에 꼭 얽매여
> 보드라운 양초와 단단한 금강석의
> 역설적 만남을 견디어가고 있소.

> 부드럽거나 튼튼한 가슴 그대로 바치리다,
> 좋을 대로 무어든 새기거나 박으소서,
> 영원히 간직하겠다는 맹세도 받으소서.

 어쩌면 그의 심장 깊은 곳에서 끌어낸 듯한 아 하는 신음 소리

하나로 숲의 기사는 노래를 끝냈고, 그러고 나서 얼마 지나자 비탄에 젖은 슬픈 소리로 말했다.

"오, 지상에서 가장 무정하고 가장 아름다운 여인이여! 가장 맑고 고요한 여인, 반달리아의 까실데아여, 어떻게 그대는 그대의 사랑의 포로인 이 기사가 끝없는 방황과 거칠고 고달픈 역경 속에 사위어가는 것을 이렇게 바라보고만 있을 수 있는가? 나바라의 모든 기사, 레온의 모든 기사, 안달루시아의 모든 기사, 까스띠야의 모든 기사, 그리고 마침내 라 만차의 모든 기사에게 내가 명하여, 그대가 세상에서 가장 아름다운 여인이라고 확실히 천명하게 했으면 이제 되지 않았는가?"

"그건 안되지." 이때 돈 끼호떼가 말했다. "나는 라 만차의 기사로서, 난 그런 것을 천명한 적이 없고, 내 귀부인의 아름다움을 모독하는 그런 말을 천명해서도 안되고 천명할 수도 없노라. 그리고 싼초, 자네도 이 기사라는 친구가 헛소리하는 것 좀 보게나. 하지만 어디 무슨 고백을 더 하는지 들어보자고."

"고백하겠지요. 저 모양대로라면 한달 내내라도 하소연을 늘어놓겠는뎁쇼."

그러나 사실은 그렇지 않았다. 숲의 기사는 가까이에서 말하는 소리를 반쯤 알아듣고는 더이상 탄식을 계속하지 않고 벌떡 일어서더니 점잖고 낭랑한 목소리로 말했다.

"거기 누구 있소? 누구요? 혹시 행복한 축에 속하는 사람들이오, 아니면 고난받는 축에 속하는 사람들이오?"

"고난받는 축의 사람들이오이다." 돈 끼호떼가 대답했다.

"그럼 내게 가까이 오도록 하시오. 여기에 바로 그 고난 덩어리, 슬픔 덩어리가 있음을 알게 되리다."

돈 끼호떼는 그렇게 부드럽고 점잖게 대답하는 걸 보자 그에게 다가갔고, 싼초도 따라갔다.

탄식하던 기사는 돈 끼호떼의 팔을 덥석 잡고 말했다.

"여기 앉으시지요, 기사님. 귀하가 방랑기사도를 수행하는 기사이신 걸 알자면, 이곳에서 뵌 것만으로도 충분하지요. 여기에는 호젓함과 고요가 함께하고, 방랑기사에게 알맞은 자연 침대와 방이 있는 셈이지요."

그 말에 돈 끼호떼가 대답했다.

"본인은 기사이며, 그대가 말하는 직업을 가졌소이다. 비록 내 마음속에도 슬픔과 재난과 불행이 자리잡고 있기는 하오만 그렇다고 타인의 불행에 대한 동정심이 내 마음속에서 도망가지는 않았소이다. 조금 전 이야기하신 것을 듣고 추측하건대 그대의 불행은 사랑 때문인 것 같습니다그려. 말하자면, 그대 탄식 속에서 명명하신, 그 무정한 아름다운 여인에 대한 사랑에서 나온 거군요."

이런 이야기를 나누면서 그들은 모두 함께 동무하여 딱딱한 바닥에 앉아 평화롭게 밤을 보내고 있었는데, 이런 모습으로 보아서는 곧 동이 터 머리 터질 일이 전혀 발생하지 않을 것 같았다.

숲의 기사가 돈 끼호떼에게 물었다. "기사님, 혹시 사랑하는 사람이 있는 행운아신가요?"

"사랑하는 사람이 있는 불운아입니다. 비록 좋은 사랑의 사념에서 나온 고통은 불행이라기보다는 오히려 행복이라 생각해야겠지만요."

"그건 그렇죠." 숲의 기사가 말을 받았다. "그 매정함이 사람의 지혜와 이성을 흩뜨려놓지 않는다면 말이죠. 매정함이나 멸시도 커지면 무슨 복수 같아요."

"나는 내 귀부인에게서 멸시를 받아본 적은 한번도 없습니다."
돈 끼호떼가 대답했다.

"물론 없었습죠." 함께 있던 싼초가 말했다. "우리 아씨께서는
느릿느릿한 새끼 양 같아서 부드러우시기가 버터보다 더하세요."

"이 사람이 그대의 하인인가요?" 숲의 기사가 물었다.

"그렇소이다."

"나는 이런 하인은 처음 보았소이다." 숲의 기사가 되받았다.
"주인이 말씀하시는데 함부로 말을 하다니요. 적어도 저기 있는 내
종자를 보시오, 자기 아버지만큼 크지만 내가 말할 때 입 벙긋하는
걸 보지 못할 거요."

"참말이지, 그래, 제가 말을 했수다. 그리고 다른 누구 앞이라도
할 말은 하지요. 이 이야기는 여기서 그만하세요, 더 말해봤자 좋을
것 없어요."

숲의 기사 하인이 싼초의 팔을 붙들며 말했다.

"우리 둘이서 저기 가서, 하인으로서 서로 원하는 만큼 할 이야
기 다 하자구요. 주인 나리들이야 자기들끼리 사랑 이야기나 하며
치고받고 싸우라고 내버려두고 말이오. 아마 틀림없이 이야기하다
날이 샐걸. 날이 새도 사랑 이야기는 안 끝날 거라구요."

"그거 잘됐군요. 그리고 나도 그대에게 내가 누군지 말하지요.
내가 세상에서 말을 제일 많이 하는 기사 하인 열두명 안에 들 수
있는지 보여주기 위해서 말이오."

이런 말과 함께 두 하인은 멀어져갔다. 하인들 사이에서는 아주
재미있는 대화가 오간 반면에 주인들 사이에서는 심각한 말이 오
갔다.

13장

두 하인 사이에 오간 점잖고 새롭고 부드러운
대화와 더불어 숲의 기사의 모험이 계속되다

기사와 하인이 갈라져 말을 나누고 있었는데, 기사들은 사랑 이야기를 나누었고, 하인들은 자기들 인생에 대해 이야기를 나눴다. 그러나 역사가는 하인들 이야기를 먼저 하고 그다음에 주인들에 대해 말한다. 그리하여 이야기는 잠깐 주인들에게서 떨어져나와 먼저 숲의 기사 하인이 싼초에게 말했다고 전한다.

"우리의 인생이란 게 고생 덩어리지요, 나리, 우리 방랑기사 하인이라고 하는 사람들 말이에요. 말 그대로 우리 얼굴의 땀으로 빵을 먹고 사는구만요. 이건 우리 첫번째 어버이들에게 하느님께서 내리신 저주 아닌감요?"

싼초가 덧붙였다. "또다른 말로는 우리 몸을 얼려 먹고산다고도 하지요. 왜냐하면, 불쌍한 우리 방랑기사 하인들보다 더 더위며 추위를 견디며 살아야 하는 인생이 하늘 아래 있을 리 없으니까요. 그나마 먹고나 살면 그것만으로도 다행이지요, 고생도 먹고 하면 덜 고달프니까요. 한데 어쩌다 하루 이틀 불어오는 아침 찬바람 아니면 아무것도 먹지 못하고 아침을 지날 때도 있지요."

"그래도 모든 고생이 그런대로 참고 견딜 만한 건 그 보상에 대한 희망 때문이지요. 우리 같은 하인이 모시는 기사가 지나치게 불행해지지만 않는다면, 적어도 몇번 싸움에서 어느 아름다운 섬의 통치권이나 괜찮은 백작령 같은 걸 보상으로 받게 되니까요."

"저는 이미 제 주인께 어느 섬의 통치권 하나면 족하다고 말씀드렸지요. 우리 주인은 워낙 고귀하고 너그러우셔서 저에게 그건 꼭 해주겠노라고 여러번 약속하셨지요."

숲의 기사의 하인이 말했다. "나는 성당의 참사 자리 하나면 내 봉사 댓가로 만족하겠소. 우리 주인은 이미 내게 그 자리는 약속했지요. 그 정도면 됐지요, 뭐!"

"나리 주인께서는 교회 쪽의 기사인 모양입니다, 그러니 자기의 하인에게 그런 은혜를 베풀 수가 있겠지요. 그러나 우리 주인은 단순해서 교회와는 좀 거리가 있는 분이지요. 제 기억으로는 어떤 점잖은 분들이, 내 보기엔 좀 나쁜 의도로 대승정이 되도록 노력해보는 게 어떠냐고 충고를 한 적이 있지요. 그러나 우리 주인은 그것보다는 차라리 황제가 되고 싶노라 하더군요. 그때 저는 혹시 나리께서 교회 쪽으로 가고 싶은 마음이 생길까 떨었지요. 제가 교회에서 수당을 받을 만큼 충분한 능력을 갖추지 못했거든요. 사실 나리께 고백하자면, 제가 사람처럼 보이겠지만 교회 쪽에서 보자면 짐승 같은 사람이거든요."

"나리께서 잘못 생각하시는 것 같군요. 섬 통치기구들이라는 게 모두 좋은 사람으로만 구성되는 게 아니거든요. 어떤 사람은 비뚤어지고, 어떤 사람은 가난하고, 어떤 사람은 우울증에 걸렸고, 그리고 마지막으로 가장 제대로 우뚝 선, 잘나간다고 하는 사람들은 원래 타고난 불행을 등 뒤에 잔뜩 지고 다녀서 마음이나 생각이 늘 편하지 못하지요. 우리처럼 이렇게 재수없이 종노릇이나 하고 사는 사람들은 은퇴할 때는 그냥 집으로 돌아가서 좀더 부드러운 일들, 예를 들면 낚시나 사냥으로 심심소일하며 사는 게 훨씬 좋을 겁니다. 세상에 기사 하인이 아무리 가난하다 해도 자기 시골에서 심심소일할 개 두어마리, 농사짓는 말 한마리, 낚싯대 하나 없는 사람이 어디 있겠습니까?"

"저도 그 정도는 다 있지요. 사실 농사짓는 말은 없습니다만 우리 주인 말보다 값이 두 배는 더 나가는 당나귀가 하나 있지요. 저한테 주인 말에다 보리 넉섬¹을 더 얹어준다고 해도 죽으면 죽었지 그것과는 안 바꿔요. 나리는 제 당나귀 가치를 우습게 보겠지만요, 색깔이 가무잡잡한 좋은 나귀예요. 그리고 개들이야 제게 없겠습니까, 우리 시골에 넘쳐나는 게 개들인데…… 더구나 그때가 되면 사냥은 남의 것 빌려 하는 게 더 재미가 좋겠지요."

"정말이지 하인 기사 나리, 나는 이런 기사들의 정신없는 짓거리에서 손을 떼기로 이미 결심했습니다. 다 그만두고 우리 시골에 돌아가 자식들이나 키울 겁니다. 자식이 셋인데, 동양의 진주처럼 아름다워요."

"저는 둘입니다. 교황님 앞에라도 내놓을 만한 아이들이지요. 특히 계집애 하나는 잘만 되면 백작 부인으로 만들까 하고 키우고 있습니다. 비록 애들 어미는 반대하지만……"

---

1 원문 4파네가(cuatro fanegas)가 정확하게 우리 볏섬의 '넉섬'에 해당하는 것은 아니다. 싼초의 고향이 있는 까스띠야에서는 1파네가가 55.5리터에 상당하기 때문이다. 그러나 여기서는 정확성보다 싼초의 허풍이 그 진짜 맛이다.

"백작 부인으로 키우고 있다는 그 아가씨 나이가 몇살인데요?" 숲의 하인이 물었다.

"열다섯살하고 이개월 정도 됐어요. 한데 여자애가 키가 장대처럼 크고, 윤사월 새 아침처럼 신선한데다 힘도 장사처럼 세요."

"그 정도의 자질이라면 백작 부인이 아니라 푸른 숲의 요정도 되겠네. 아, 젠장 고년, 고 계집애 힘깨나 쓰고 튼실한가보네요!"

그 말에 싼초는 기분이 좀 상해 대답했다.

"그년도 그 어미도 쌍년은 아니고, 두 여자 다 하느님 덕분에 내가 살아 있는 한 그런 건 되지 않을 겁니다. 같은 말이라도 말을 좀 점잖게 하는 게 좋지요. 방랑기사님들이란 예의뿐인데 그들 사이에서 자라셨다면 그런 말들이 썩 잘 어울릴 것 같지는 않구먼요."

"아이구, 하인 나리." 숲의 기사 하인이 말을 받았다. "나리께서는 제가 칭찬으로 한 말을 오해하셨군요! 어떤 기사가 광장에서 투우에게 창을 멋지게 꽂거나 어떤 사람이 무슨 일을 아주 잘했을 때 보통 사람들이 '야, 쌍, 쌍놈의 것, 고거 참 잘하네!'라고 하는 말 몰라요? 그게 욕이나 비난 같지만 그런 표현이 대단한 칭찬이 되지요. 자기 부모에게 그런 칭찬을 듣게 할 만큼 행실을 잘하지 못하는 아들딸이 있다면, 나리, 오히려 부모가 걱정할 일이지요."

"걱정하고말고요. 그리고 그런 뜻이라면, 나리께서 저나 제 아내, 제 자식들에게 '쌍놈, 쌍년' 욕을 마구 하셔도 되겠네요, 우리 집안 식구의 말이나 행동은 정말 최고로 칭찬받을 만하니까요. 우리 식구들과 다시 만날 때를 위해 죽을죄 같은 건 짓지 말게 해달라고 하느님께 기도해야겠습니다요. 제가 두번째 범하게 된 이 위험한 기사 하인 행각에서 구원받기를 기도하는 것도 똑같은 일 아니겠어요? 모두 다 제가 어느날 씨에라 모레나 산중에서 금화

100두까도[2]가 든 주머니를 발견한 죄로 그것에 꼬이고 속아서 다시 나선 거지요. 글쎄 마귀가 여기 있다, 저기 있다, 이쪽이 아니고 바로 그쪽이다 하면서 2에스꾸도짜리 도블론 금화들을 가득 담은 자루를 바로 눈앞에 보여주니 한 발자국 뗄 때마다 그게 곧 손에 잡힐 듯 눈에 아른거린단 말이에요. 그저 그걸 그대로 껴안고 집으로 가져가면 돈놀이를 하거나 세를 놓고 군주처럼 떵떵거리고 살 텐데…… 이런 생각을 하는 순간은 미련한 주인 양반과 고생고생하며 사는 길이 그래도 쉽고 견딜 만하다고 여겨져요. 저도 알고 있지만 우리 주인은 기사라기보다는 미치광이 같은 구석이 더 많거든요."

"그래서 욕심이 많으면 자루가 터진다고 하지요. 그런 일이라면 세상에 우리 주인보다 더 큰 사고뭉치가 없을 겁니다요. 우리 주인은 '남의 죄로 자기 당나귀 죽인다'고 남의 일이라면 쓸데없이 참견하기 좋아하는 사람이니까요. 글쎄 정신이 나간 다른 기사를 정신 차리게 한답시고 스스로 미치광이가 되어서 그를 찾아다니는데, 나중에 찾아내면 정말 후회할 일이 생기지 않을지 모르겠네요."

"그분 혹시 사랑에 빠진 건 아닌지요?"

"사랑하는 여자가 있지요. 반달리아의 까실데아인가 뭔가 하는 여자인데, 이 지구상에서 가장 싱싱하고 또 가장 야들야들한 여자랍디다. 하지만 그 무정한 싱싱함 때문에 사랑이 절름발이가 된 건 아니고, 더 큰 다른 속셈이 그의 뱃속에서 꿍꿍이수작을 부리고 있어요. 얼마 지나지 않아 그 수작이 다 밝혀지겠지요."

----

2 앞에서는 금화 100에스꾸도라고 되어 있었다.

"세상에 걸림돌이나 낭떠러지가 없는 편안한 길이 있어야지요. 다른 집에서는 콩 좀 삶는가 하니, 내 집에서는 솥단지째로 삶아댄다는 말이 있지요. 점잖은 사람보다는 미쳐야 친구도 많고 심부름꾼도 많은가봐요. 어쨌든 사람들 말이 고생에는 친구가 있어야 하는 일에 힘이 덜 든다고 하는데 맞는 말인가봅니다. 나리와 함께 있으니 마음에 위안이 되네요. 우리 주인처럼 바보 같은 주인을 모시고 사는 이가 또 있으니 말입니다."

"바보지만 용감하지요. 아니, 바보라거나 용감하다기보다는 심술궂지요."

"우리 주인은 그런 데는 없어요. 제 말은 심술궂은 데는 없다는 말입니다. 그보다는 차라리 물같이 천진난만해서 누구에게도 나쁜 짓 할 줄 모르고 모두에게 잘하려고만 해요. 악의가 하나도 없어요. 어린아이라도 대낮을 밤이라 하면서 그분을 속일 수 있을 겁니다. 그런 순진함 때문에 전 제 가슴살처럼 주인을 사랑합니다. 그가 아무리 말도 아닌 짓을 자꾸 해도 그분을 두고 떠나겠다는 꿍꿍이속은 제게 없습니다요."

"어떻든지 간에, 친구 이 사람아, 봉사가 봉사의 길잡이가 된다면 둘 다 구멍에 빠질 위험이 있어요. 발걸음 성할 때 우리는 좋게 물러나는 게 좋을 거요. 그리고 각자 집으로 돌아가는 거지, 뭐. 모험을 찾는 사람들이 항상 좋은 결과만 있으라는 법은 없으니까."

싼초는 자주 침을 뱉었는데 끈적끈적한 마른침 같았다. 이 모습을 동정심 많은 숲의 하인이 주의 깊게 눈여겨보고 말했다.

"우리가 말을 많이 하다보니 혀가 입천장에 붙는 것 같구만. 내 말 안장틀에 매달아놓은, 아주 효과가 좋은 혀 떼는 약을 가져오겠소."

그러고는 벌떡 일어나더니 잠시 뒤 커다란 포도주가 든 가죽 술통과 지름이 40센티미터가 넘을 것 같은 커다란 파이를 들고 왔는데 파이 크기가 장난이 아니었다. 그 파이는 흰토끼로 만들었는데 너무 커서, 싼초가 만져보니, 새끼도 아니고 큰 양으로 만든 고기처럼 보였다. 싼초가 그걸 보고 말했다.

"이 큰 걸 나리가 직접 가지고 다니십니까?"

"그럼 어쩔 거라고 생각했어요? 내가 혹시 고만고만한 하인인 줄 알았어요? 내 말 엉덩이에는 장군이 길을 갈 때 가지고 다니는 저장 식량보다 더 좋은 먹을 것들이 있지요."

먹으라는 말도 필요없이 싼초는 먹기 시작했다. 말고삐의 매듭처럼 굵은 고깃덩어리를 어두운 데서 한 볼때기씩 집어삼키면서 말했다.

"나리야말로 참말 성실한 정식 기사 하인이니, 그야말로 완전무결하고 훌륭하고 위대한 게 이 먹을 것 잔치로 증명되었습니다. 이게 어떤 마법 기술로 여기 온 게 아니라면, 적어도 내 눈엔 그리 보입니다요. 초라하고 불행한 내 신세와는 다르네요. 난 배낭에 치즈 조금 가져왔는데, 그것도 너무 딱딱해서 거인 대가리라도 부숴버릴 만하지요. 게다가 쥐엄나무 열매 넉 줄, 개암과 호두 같은 거, 그 정도뿐입니다. 우리 주인의 살림이 변변치 못할 뿐만 아니라 방랑 기사가 지켜야 하는 계율에 있는, 들에서 나는 풀과 마른 과실 외에는 먹지 말아야 한다는 수칙 때문에 그렇지요."

"진실로 말하지만, 이봐요." 숲의 하인이 반박했다. "내 배가 들의 엉겅퀴나 돌배나 산의 풀뿌리로 만들어지지는 않았소. 우리 주인들이야 기사도의 법이니 견해니 해서 자기들이 지키는 음식만 먹는다지만, 그건 그 사람들이나 그러라고 하지요. 난 도시락통과 함께 만약을 위해 이 가죽술통을 안장 뒤에 걸어 가져오지 않았겠소. 이 술통은 내 사랑이오. 얼마나 사랑하는지 수천번 껴안고 수천번 입 맞추지 않으면 좀체 한순간도 살 수가 없다오."

이렇게 말하며 술통을 싼초 손에 쥐여주자 싼초는 술통을 위로 쳐들어 주둥이를 입으로 향하고는 한 십오분 동안 별을 바라보다가 마시고 나서 머리를 한쪽으로 떨어뜨리더니 한숨을 푹 내쉬고는 말했다.

"야아, 쌍, 고 쌍놈의 것, 정말 끝내주는구만!"

"거봐요." 싼초가 쌍말을 하는 걸 들은 숲의 하인이 말했다. "쌍말을 써야 이 포도주에 대한 진짜 칭찬인 거요."

"그럼요, 내 고백하오만, 칭찬한다는 의도로 누구에게 '고 쌍놈의 것'이라고 부르는 게 불명예스러운 게 아니란 걸 알겠소. 하지만 아, 참말이지, 세상에 아무리 그래도, 어디 좀 물어봅시다, 나리. 이 포도주는 시우다드 레알에서 온 거죠?"

"정말 포도주 맛 잘 아시네! 딴 데 술일 리가 없지요, 몇년 묵은 거요."

"그건 나한테 맡기시오! 내가 술을 몰라보고 지나치는 일이 일어나리라곤 생각지도 마세요. 하인님, 내가 포도주를 알아보는 데 천부적인 본능을 가진 게 아닐까요? 어떤 술이든 냄새만 맡으면, 산지며 계통이며 맛이며 숙성연한이며, 술을 얼마나 바꾸어 넣어야 할지 포도주에 관한 모든 걸 맞히니까요. 하지만 그리 놀랄 일도 아니지요. 제 핏줄에 우리 아버지 쪽으로, 라 만차에서 오랜 세월 동안 다시 볼 수 없는 훌륭한 포도주 맛 전문가 두분이 계셨거든요. 그 증거로 내가 일화 하나를 들려주죠. 두분에게 한 술통의 포도주를 맛보라고 주면서 그 포도주의 상태와 질이 어떤지 의견을 달라고 했지요. 한 사람은 혀끝으로 맛을 보았고, 다른 사람은 그저 코에 가까이 가져가기만 했습죠. 첫 사람은 그 술에서 쇠 냄새가 난다고 했고, 두번째 사람은 무두질한 가죽 맛이라고 했지요. 주인은 술통이 깨끗하고, 또 그 포도주가 그런 쇠 냄새나 가죽 맛이 날 만한 일은 전혀 한 적이 없다고 했습죠. 어쨌든지 간에 유명한 두 포도주 맛 전문가는 자기들이 한 말이 맞다고 확실하게 말했죠. 세월이 흘러 포도주가 팔려 술통을 청소하게 되자 그 안에서 무두질한 가죽 끈에 달린 작은 열쇠 하나가 발견되었지요. 이 정도면 이런 혈통을 지닌 나 같은 사람이 비슷한 일들이 있을 때 의견을 낼 수 있다는 걸 알겠지요."

"그래서 내 말은 이런 모험을 찾아다니는 일은 이제 우리 그만두자는 거 아니오. 빵과 떡이 있는데 빈대떡은 왜 찾소? 그냥 우리들 오두막집으로 돌아갑시다요, 거기서 하느님 뜻에 따라 살면 되지요."

"우리 주인께서 사라고사에 갈 때까지만 그분을 모실랍니다. 그 뒤엔 우리 말대로 하게 되겠습죠."

결국 두 하인은 말을 너무 많이 하고 술도 많이 마셔서 잠이 두 사람의 혀를 묶어둘 필요가 있었으니, 갈증을 다 풀어주는 건 불가능하고 그저 목마름이라도 녹이는 데는 잠이 필요했다. 그리하여 두 사람은 이미 거의 바닥이 난 가죽 술통을 붙들고 입에는 반쯤 씹은 음식을 한입씩 머금은 채 잠에 빠져버렸다. 우리는 그들은 당분간 이대로 두고 이제 숲의 기사와 불쌍한 몰골의 기사 사이에 오간 이야기를 풀어가기로 한다.

14장

숲의 기사의 모험이 계속되다

돈 끼호떼와 숲의 기사 사이에 오간 많은 말 중에서 역사는 숲의 기사가 돈 끼호떼에게 한 다음 이야기를 전하고 있다.

"끝으로, 기사님, 제가 알려드리고 싶은 말은 제 운명이랄까, 더 좋은 말로는 제가 선택한 길이 반달리아의 까실데아라고 하는 세상에 둘도 없는 여인을 사랑하게 되었다는 겁니다. 제가 그녀를 세상에 둘도 없다고 하는 것은, 그녀의 몸 크기나 높은 신분, 지극한 아름다움이 그렇다는 겁니다. 제가 이야기하고 있는 이 까실데아라고 하는 아씨는 헤라클레스의 의붓어머니[1]처럼 여러 위험에 부딪혔을 때 잘 대처해나가도록 나의 좋은 생각과 사려 깊은 소망을 들어주었지요, 위험이 끝날 때마다 다른 위험 뒤에는 반드시 나에게 희망의 순간이 오리라는 걸 약속해주면서 말이지요. 그러나 이

---

1 그리스신화의 헤라 여신을 의미한다.

렇게 고생만 줄줄이 늘어가고, 그 숫자가 헤아릴 수 없으니 나의 좋은 소망을 이룰 마지막 기회가 언제일지 아직도 모르고 있다오. 한번은 저에게 쎄비야에 있는 그 유명한 여자 거인 히랄다[2]에게 도전하러 가라고 명령했지요. 그 여자 거인은 청동으로 되어 있어 튼튼하고 용감하며, 한 장소에서 움직이지 않고도 세상에서 가장 많이 움직이는 변덕쟁이 여자예요. 나는 왔노라, 보았노라, 이겼노라였지요. 그녀를 그 자리에 꼼짝 않고 가만히 있게 하기 위해 일주일 이상을 북풍밖에는 불지 않게 했거든요. 또 한번은 그 육중한 기산도 투우들의 옛 석상[3]을 들어올리라고 명령했는데, 기사들에게 맡길 일이라기보다는 짐꾼들에게 시킬 작업이었지요. 또 한번은 저에게 까브라에 있는 깊은 동굴[4]에 뛰어들라는 명령을 내려 그 어두운 심연에 숨어 있는 것의 특별한 내막을 알아오라 했고요. 귀에 아무것도 안 들리는 공포스러운 위험의 순간이었지만, 풍향기 히랄다의 움직임을 멈추고 기산도 투우들을 들고 깊은 동굴에 들어가 그 심연에 숨겨진 것들을 밝혀냈지요. 그러나 내 희망은 죽을 대로 죽고, 그녀의 명령이나 무정함은 살 대로 살아갈수록 기세등등해졌지요. 결국 마지막으로 최근에는 제게 에스빠냐의 모든 지방을 다 돌아다니며 그곳을 돌아다니는 모든 방랑기사에게 오직 그녀만이 지금 살아 있는 모든 여자 중에서 그 아름다움이 가장 뛰어나며, 제가 지상에서 가장 용감하며 가장 좋은 애인을 둔 연인이라고 천명하라는 거였어요. 그 명령을 받잡고 저는 이미 에스빠냐

---

2 히랄다는 유명한 탑 이름이다.
3 아빌라(Ávila) 시의 기산도(Guisando) 수도원 포도밭에 있는 석상으로, 이베리아 반도 원주민의 유물로 보인다.
4 실제로 까브라라는 곳에서 5킬로미터 떨어진 곳에 깊은 동굴이 있다.

의 대부분을 다 돌아다녔고, 제 말을 듣지 않는 많은 기사들을 이 겼습니다. 그러나 제가 자랑스럽게 말하고 싶은 값진 사건은 어느 멋진 결투에서 저 유명한 기사 라 만차의 돈 끼호떼를 이기고 그 의 둘시네아보다 저의 까실데아가 더 아름답다는 것을 천명하도록 했다는 사실입니다. 오직 이 승리 하나로 저는 세상의 모든 기사를 이긴 셈이라고 생각합니다. 제가 말한 그 돈 끼호떼라는 기사는 모 든 기사를 다 이겼는데, 제가 그를 이김으로써 그의 영광과 명성, 영예가 저에게로 모두 옮겨왔지요.

　　싸움에 진 패자가 명성이 높을수록
　　이긴 승자는 더욱 영광스러우니라[5]

　그리하여 제가 이미 말씀드린 돈 끼호떼의 수많은 공적은 저의 것이고 저와 관련된 일이 되었지요."
　숲의 기사 말을 들은 돈 끼호떼는 놀라울 뿐이어서 수천수만번 그건 거짓말이라고 말할 뻔했다. '거짓말!'이라는 말이 혀끝에 맴 돌았으나 온 힘을 다해 자제했다. 그 이유는 그 기사가 스스로 자 기 입으로 거짓임을 자백하길 바랐기 때문이어서 조용히 그에게 말했다.
　"기사님, 기사님께서 에스빠냐와 나아가서 온 세계 대부분의 방 랑기사들을 이기셨다는 데는 나도 할 말이 없습니다. 하나, 라 만 차의 돈 끼호떼를 이기셨다는 건 좀 의심이 됩니다그려. 어쩌면 그 기사와 비슷한 다른 사람이었겠지요, 비록 비슷한 사람도 거의 없

━━━━━━━━━━━━
5 에르시야(Ercilla)의 서사시 『라 아라우까나』(*La Araucana*)에 나온 시구이다.

지만요."

"어째서 아닐 거라는 거지요?" 숲의 기사가 반박했다. "우리를 에워싸고 있는 저 하늘을 두고 맹세하지만, 저는 돈 끼호떼와 싸웠고 그를 이겼고 항복시켰습니다. 그 기사는 키가 크고 얼굴이 깡마르고 사지는 길고 홀쭉하고 머리는 반쯤 백발인데다 코는 약간 굽은 매부리코이고 콧수염은 크고 검으면서 끝이 아래로 처진 사람이지요. '불쌍한 몰골의 기사'라는 이름을 걸고 전투를 하며 하인으로는 싼초 빤사라 하는 농부를 데리고 다니고, 로신안떼라는 유명한 말을 몰고 다니지요. 그리고 끝으로 그의 마음의 귀부인으로 한때 알돈사 로렌소라고 했던 엘 또보소의 둘시네아라고 하는 여자를 모신다고 합니다, 제 귀부인이 원래 까실다이고 안달루시아 태생이어서 반달리아의 까실데아라고 부르는 것과 마찬가지이지요. 이 모든 증거로 내 말이 사실임을 증명하는 데 충분치 못하다면 바로 여기 내 칼이 있습니다. 이 칼이야말로 그 어떤 불신이라도 바로 믿음으로 바꿔드릴 겁니다."

"진정하시지요, 기사님, 내가 그대에게 하고 싶은 말을 들어보세요. 그대가 알아야 할 것은 그대가 말하는 그 돈 끼호떼라는 자는 내가 이 세상에서 가장 사랑하는 친구로 나 자신과도 바꿀 만큼 내 마음속에 깊이 간직하고 있는 사람이외다. 그 사람의 인상에 대해 말하신 점들은 아주 정확하고 맞습니다. 그걸로 보면 그대가 이긴 기사가 바로 그 사람이라는 생각이 맞는 것 같네요. 그러나 다른 한편으로는 직접 내 눈으로 보고 내 손으로 만져봐도 그가 꼭 그 사람이라고 확신하는 게 불가능합니다. 당연히 그분에겐 마법사 적들이 많이 있고, 특히 그를 항상 쫓아다니는 마술사도 있는데, 그들 중 하나가 돈 끼호떼의 모습으로 둔갑해서 져주었는지도 모릅니다. 돈 끼호떼는 그의 높은 기사도 수행으로 방방곡곡에서 명성을 얻고 있는지라 그 명성을 흐려놓으려 일부러 지게 한 것이겠지요. 이를 증명할 수 있는 근거로 그의 적수들인 마법사들이 한 이틀 전에는 아름다운 엘 또보소의 둘시네아 아씨를 볼품없는 천한 촌여자로 둔갑시킨 일이 있었다는 걸 아셔야 합니다. 바로 그런 식으로 둔갑한 돈 끼호떼를 만들 수 있겠지요. 이렇게 말씀드려도 내가 말한 진실을 충분히 납득지 못하겠다면, 여기에 바로 그 돈 끼호떼가 있습니다. 여기 이 돈 끼호떼가 진짜라는 것을, 말을 타거나 걷거나 그대가 좋아하는 어떤 형태로건 무장을 하고 증명해드리리다."

이렇게 말하면서 돈 끼호떼는 벌떡 일어서 칼을 손에 쥐고는 숲의 기사가 어떤 결정을 내리는지 기다렸다. 동시에 그 기사도 침착한 목소리로 대답했다.

"좋은 장사꾼에겐 담보물 정도가 걱정은 아니지요. 말하자면, 나리, 둔갑한 돈 끼호떼를 한번 이겼으면 그 진짜 실체를 놓고도 항복을 받아낼 수 있다는 희망도 있는 법이니까요. 그러나 기사들이 자신들의 무술 행각을 노상강도나 깡패처럼 어두운 데서 하는 건 좋지 않으니 날이 새기를 기다려 밝은 태양이 우리 행적을 지켜보도록 합시다. 그리고 우리 싸움의 조건은 진 자가 이긴 자의 명령에 따라 그가 원하고 시키는 대로 뭐든지 하는 것으로 하지요. 다만 그 명령하는 사항이 기사에게 알맞은 점잖은 거라면 말입니다."

"그 조건과 협약에 난 대단히 만족합니다." 돈 끼호떼가 대답했다.

이렇게 말하고 그들은 하인들이 있는 곳으로 갔는데, 하인들은 잠에 떨어질 때의 모습 그대로 코를 골며 자고 있었다. 하인들을 깨워 말에 채비를 하라고 하면서 해가 뜨면 두 사람은 세상에 둘도 없는 피 튀기는 멋진 결투를 벌이겠다고 했다. 그 소식을 듣고 싼초는 깜짝 놀라 기절할 뻔했으니 숲의 하인에게 들은 그 주인 기사의 용감무쌍한 실력 때문에 주인의 안위가 두렵고 걱정되어서였다. 그러나 한마디 말도 않고 두 하인은 짐승들을 찾았는데 말 셋과 가무잡잡한 당나귀 한마리는 이미 모든 낌새를 알아채고 다 함께 있었다.

길을 가면서 숲의 하인이 싼초에게 말했다.

"이 사람아, 그대가 하나 알아둬야 할 게 있는데, 우리 안달루시아의 싸움꾼들은 어떤 싸움의 대부가 될 때는 자기 의붓자식들이 싸우는데 팔짱 끼고 그냥 놀고만 있지 않는 관습이 있소. 내가 이 말을 하는 건 우리 주인들이 싸우게 될 때 우리도 우리 몸이 부서져라 싸워야 된다는 걸 알아두라는 거지."

"그런 관습은, 하인님, 지금 말하는 깡패나 싸움꾼 들에게는 자기들끼리 통하겠지만 방랑기사 하인에게는 생각조차 할 수 없는 일입니다. 적어도 난 우리 주인에게 그 비슷한 관습이 있다는 소리를 들어본 적이 없어요. 우리 주인님은 방랑기사도의 법칙을 다 외고 있거든요. 설령 주인들이 싸우는 동안 하인들도 싸워야 된다는 게 명백한 법칙이고 사실이라는 점을 내가 받아들인다 할지라도 나는 그런 법을 지키고 싶지 않습니다. 차라리 평화주의 하인들에게 부과되는 벌금을 내겠어요. 틀림없이 벌금이 양초 2파운드⁶ 이상은 안 넘을 거구만요. 그래요, 그만큼의 벌금을 내겠어요. 내가 장담하건대 두쪽으로 쪼개지고 갈라진 머리를 치료하는 데 쓰는 거즈나 붕대 값보다는 덜 나갈 테니까요. 이유가 하나 더 있어요.

----

6 종교단체에서는 벌금으로 성당이나 행진에 쓰는 양초값을 지불하게 했다.

내가 칼이 없다는 게 싸울 수 없는 이유예요. 내 평생 칼을 차본 적이 없거든요."

"그런 문제라면 내가 좋은 해결 방법을 알고 있어요. 내가 여기 크기도 똑같은 삼베 돈자루 두개를 가지고 왔어요. 그대가 하나 들고 나도 다른 하나를 들고, 무기로 싸우듯 똑같이 돈자루 싸움을 벌이는 거예요."

"그렇게 한다면 얼마든지 합시다요. 그런 싸움은 상처를 낸다기보다는 차라리 우리 몸의 먼지나 털어줄 테니까요."

"그렇게 되지는 않을 거요. 왜냐하면 그 자루 안에는, 자루가 바람에 날리지 않도록 반들반들한 예쁜 조약돌을 예닐곱개 넣어야 하니까요. 이거나 저거나 무게가 다 똑같이 나가게요. 그렇게 하면 우리는 상처를 주거나 해치지 않고 돈자루 싸움을 할 수 있을 겁니다."

"이봐요, 세상에 원 참. 그 자루 안에 부드러운 담비털이나 잘 다듬은 솜덩어리를 넣는다고 해보세요! 아무리 부드러운 것으로 쳐도 머리통이 깨지지 않고 뼈가 가루가 되지 않으리라는 법 없지 않겠어요? 설령 그 자루를 부드러운 누에고치로 채운다 해도, 나리, 전 싸움 안할 테니까 그리 아세요. 싸우는 건 우리 주인들이고 그분들이야 싸우면 되지요. 우리는 그저 먹고 마시고 살면 되는 거죠. 세월이 가면 세월이 알아서 우리 목숨을 앗아가겠지요. 우리 인생이 맛이 들고 때가 되어 익어서 제풀에 떨어지기 전에 그걸 그냥 끝내려고 일부러 충동질을 하면서 찾아다닐 필요는 없는 거요."

숲의 하인이 말을 받았다. "어쨌든 반시간이라도 우린 싸워야 합니다."

"난 그렇게 못해요. 난 그렇게 예의없고 배은망덕한 사람이 아니올시다. 함께 먹고 마시고 한 사람과 아주 작은 일이라 해도 무슨 문제를 일으켜서는 안되지요. 더구나 성이 나거나 화나는 일도 없는데, 제기랄, 누가 민숭민숭하게 무작정 싸우려 든답니까?"

"그런 문제라면 내가 적당한 방법을 제안하지요. 싸움을 시작하기 전에 내가 멋지게 그대에게 다가가서 따귀를 서너번 때려 발밑에 쓰러뜨린단 말입니다. 그렇게 하면 어느 잠퉁이보다 더 잠에 빠져 있다 할지라도 금방 분통이 터질 겁니다."

"그런 공략이라면 나도 하나 알지요. 거기에 뒤지지 않을 겁니다. 나리가 와서 내 화를 돋우기 전에 내가 몽둥이 하나를 들고서 몽둥이찜질을 해 나리의 화를 곱게 잠재우지요. 뭐, 그리하여 그대의 분노가 다른 세상이 아니면 다시 깨어나지 못하도록 말이지요. 이만큼 하면 내가 아무에게나 내 얼굴을 만지게 내버려두는 사람이 아니라는 건 아시겠지요? 사람은 각자 자기 일을 자기가 알아서 하면 되지요, 가장 좋은 건 각자의 분노는 그냥 잠자게 내버려두는 거지만요. 어느 누구도 타인의 영혼을 알 수는 없습니다. 양털 구하러 왔다가 자기 머리털 깎이고 돌아가는 법이에요. 하느님께서는 평화를 축원하고 싸움을 저주했습니다. 궁지에 몰려 심하게 구박받는 고양이는 사자가 되는 법이지요. 나도 사람이구요, 궁지에 몰리면 뭐가 될지 모릅니다. 그러니 지금부터 내가 나리께 경고하는데, 하인님, 우리 싸움에서 생긴 모든 상처나 불행은 당신 책임이라는 걸 아셔야 합니다."

"좋습니다. 하느님께서 새벽은 보내주실 거고 그러면 다 잘될 겁니다."

이때 나무 위에서는 수천가지 색깔의 새들이 울어댔는데, 새들의 즐거운 지저귐은 신선하게 떠오르는 여명을 축하하고 인사하는 듯했다. 새벽 해가 동쪽 문 발코니로 그 아름다운 얼굴을 드러냈다. 여명이 머리칼을 흔들자 액체로 된 진주가 끝없이 쏟아졌고, 부드러운 진주의 술 속에서 풀잎들이 목욕을 하니 풀잎들 스스로가 작고 하얀 진주들을 싹틔워 비 오듯 쏟아놓았다. 수양버들은 맛있는 하늘의 술을 걸러내고, 샘물은 웃어대며, 골짜기 물은 속삭이니 숲은 즐거웠고 새벽녘의 초원은 아름다움을 더해갔다. 그러나 주위 사물의 모습을 보고 구별할 만큼 날이 밝아오자 싼초 빤사의 눈에 맨 처음 들어온 건 숲의 하인의 코였는데, 그 코는 너무 커서 코 그림자가 온몸을 가리는 것 같았다. 사실 이야기를 듣자면, 그 코는 엄청나게 크면서 중간이 휘었고 온통 사마귀투성이인데다 가지처럼 검붉은빛이었고, 입 밑으로 손가락 두개 길이만큼 늘어뜨려져 있었다. 크기나 색깔이나 사마귀나 굽은 모습이 그 얼굴을 더 흉하게 만들었다. 그걸 보자 싼초는 마치 간질병 걸린 어린애처럼 손발이 떨려왔다. 그는 마음속으로 그 괴물과 싸우려고 화를 내느니 차라리 따귀 이백대를 맞는 게 나을 거라 생각했다.

돈 끼호떼는 결투 상대를 바라보았는데, 상대는 이미 투구와 얼굴가리개를 쓰고 있어서 얼굴을 볼 수 없었고, 키는 별로 크지 않으나 한눈에 보아도 건장한 남자라는 걸 알 수 있었다. 보아하니, 아주 고운 금실로 짠 얇은 천의 겉옷인지 연미복인지를 갑옷 위에 걸치고 있었고, 그 위로 작은 달 모양의 반짝이는 거울을 씨 뿌리듯 수없이 많이 달아놓아 엄청나게 화려하고 멋있어 보였다. 얼굴가리개 위에는 파랗고 노랗고 하얀 깃털들이 휘날리고 있었고, 나무에 기대놓은 창은 두껍고 아주 거대했으며 손바닥 한뼘보다 더 큰 강철이 붙어 있었다.

돈 끼호떼가 그 모든 것을 주시하고 관찰해본바, 상대 기사는 엄청난 힘을 지닌 사람임에 틀림없었다. 그렇다고 해서 싼초 빤사처럼 겁을 내지 않고 돈 끼호떼는 점잖고 당당한 목소리로 그 거울의 기사에게 말을 했다.

"기사 나리, 싸움만 하고 싶은 지나친 욕심으로 예의를 잊지 않으셨다면 투구의 앞 챙을 약간 치켜주시기를 정중히 청하옵니다. 그대 얼굴의 우아함이 풍채의 아름다움과 일치하는지 보고 싶어서이옵니다."

"기사 나리, 이번 결투에서 나리가 이기든 지든 나를 볼 수 있는 시간과 공간은 무척이나 많을 거요. 그리고 지금 나리의 소청을 받아들일 수 없음은 나의 아름다운 귀부인 반달리아의 까실데아에게 커다란 죄를 짓는 거라 사료되기 때문이올시다. 투구 챙을 올리면 시간이 늦어지고, 그러면 그대도 알듯이 내가 원하는 것을 그대가 천명하게 하는 일이 더 늦어질 터이니 말이오."

"그럼 우리가 말에 오르는 동안 그대가 이겼다고 하는 그 돈 끼호떼가 여기 이 사람과 맞는지 말해보시구려."

"그건 대답해드리지요. 나리는 내가 이긴 기사와 이 달걀과 저 달걀이 닮았듯 똑같이 생겼수다. 그러나 나리 말씀이 마법사들이 늘 쫓아다닌다니 나리가 내가 말한 그 사람인지 아닌지는 감히 말을 못하겠습니다."

"그걸로 충분합니다. 그대가 속았다는 걸 알겠습니다. 하지만 그대가 속았다는 걸 확실히 보여주기 위해, 우리 말을 가져오라 하지요. 그대가 앞 챙을 들어올리는 것보다 짧은 시간에 하느님과 나의 귀부인, 내 팔뚝이 도와준다면 본인은 그대 얼굴을 확실히 보게 될 것이오. 그리고 그대가 이겼다고 생각하는 그 돈 끼호떼가 내가 아닌 것을 확실히 보게 될 것이오."

이렇게 말을 주고받다가 그들은 대화를 중단하고 말에 올랐다. 돈 끼호떼는 로신안떼의 고삐를 돌려 적당한 거리를 두려고 뒤로 갔는데, 이는 적과 다시 맞붙으러 되돌아오기 위함이었다. 거울의 기사도 똑같이 했는데 돈 끼호떼가 스무 발자국도 멀어지지 않았을 때 거울의 기사가 부르는 소리가 들렸다. 길을 두고 둘은 마주 보고 섰고 거울의 기사가 말을 꺼냈다.

"기사 나리, 우리 싸움의 조건은, 내가 이미 말했듯이, 진 자가 승자의 처분에 따르는 겁니다."

"그건 이미 알고 있소. 단지 조건이 있다면 지는 자에게 주어지는 처벌이나 명령이 기사도의 한계에서 벗어나지 않는 것이어야 한다는 것이오."

"당연히 그래야겠지요." 거울의 기사가 대답했다.

이때 돈 끼호떼의 눈에도 그 하인의 이상한 코가 보였는데, 그 또한 그 코를 보고 싼초 못지않게 놀라 무슨 괴물이거나 보통 세상에서는 볼 수 없는 그런 종류의 새로운 인간으로 판단했다. 싼초는 주인이 결투를 하러 멀어져가자, 혼자 그 큰 코쟁이와 남아 있기가 싫었다. 그 큰 코로 한번만 자기 코를 치면 싸움은 끝나고, 무서워서든 맞아서든 자기는 땅에 쓰러질 것이 두려웠다. 그래서 로신안떼의 안장 끈에 매달려 주인을 따라가다 돈 끼호떼가 되돌릴 시간쯤이라 생각되었을 때 말을 했다.

"나리, 나리께 청이 하나 있습니다. 맞대결을 위해 말을 돌리시기 전에 소인을 도와 저 떡갈나무 위로 좀 올려주십시오. 땅에서보다는 거기에서 나리께서 이 기사와 벌일 멋진 대결을 제대로 볼 수 있을 것 같으니까요."

"그것보다는 내 생각으로는, 싼초, 자네가 위험하지 않은 곳에서 투우를 보려고 안전한 관람대 위로 올라가려는 거렷다?"

"사실은 말이에요, 저 하인의 어마어마하게 큰 코를 보니 소인은 너무나 두려워져서 감히 그 사람과 함께 있을 용기가 안 나네요."

"그 코를 보니 그럴 만하겠네. 나도 지금의 내가 아니었던들 겁을 먹었을 거야. 그러니 이리 오게나, 자네가 말하는 곳에 내가 올려주지."

싼초를 떡갈나무에 올리려고 돈 끼호떼가 지체하는 동안, 거울의 기사는 결투에 적당한 거리를 잡고 섰고 돈 끼호떼도 똑같이 준비했으리라고 생각했다. 결투 시작을 알리는 트럼펫 소리나 신호를 기다릴 필요도 없이 숲의 기사는, 로신안떼보다 잘생기지도 않았고 발걸음이 가볍지도 않은 말을 돌려 전속력으로, 그래봐야 중간쯤 가는 걸음걸이였지만, 적과 맞닥뜨리러 달려왔다. 그러나 돈 끼호떼가 싼초를 올려주느라 애쓰는 걸 보자 고삐를 멈추고 중간에서 우뚝 멈춰섰는데, 그 행동으로 말은 대단히 은혜로운 상태로 머물렀으니 더이상 움직일 수 없게 되었기 때문이다. 돈 끼호떼는 적이 나는 듯 달려온다고 생각하자 로신안떼의 홀쭉한 옆구리에 박차를 세게 가해 재빨리 달려갔다. 역사가의 설명으로는 딱 이번 한번만 로신안떼가 좀 달리는 것처럼 달린 것 같다고 적고 있다. 다른 모든 경우엔 항상 알 만한 발걸음이었으니까. 한번도 본 적이 없는 이런 맹질주로 거울의 기사가 있는 쪽으로 달려갔고, 거울의 기사는 박차를 단 구두 윗단추가 다 닿도록 온 힘을 다해 말에 박차를 가했으나 말은 한번 달리다 멈춘 그 자리에서 꼼짝도 하지 않았고, 한 발자국도 움직이지 않았다.

돈 끼호떼는 정말로 좋은 절호의 기회를 맞았으니 상대방은 말과 승강이를 하느라 창을 한번이라도 창받이에 꽂을 시간도 없었거나 빗나간 꼴로 쩔쩔매고 있었다. 돈 끼호떼는 이런 불편이 있다는 걸 살펴볼 겨를도 없이,[7] 편안하게 아무런 위험도 없이 거울의 기사와 맞닥뜨렸다. 얼마나 세게 부딪쳤는지 상대방은 말 엉덩이로 굴러 땅에 떨어졌고, 무척 세게 떨어졌는지 손발도 움직이지 않고 꼭 죽은 것 같았다.

싼초는 그가 떨어지는 것을 보자마자 떡갈나무에서 미끄러져 내려와 재빨리 주인 있는 곳으로 갔다. 주인은 로신안떼에서 내려 거울의 기사 머리 위로 가서 혹시 죽었는가 싶어 투구의 끈을 풀었다. 살아 있다면 공기를 쐬게 하려고. 그러자 보았다! 그가 본 것을 누가 말할 수 있을까? 그 이야기를 들은 사람이라면 틀림없이 모두 놀라고 소스라치고 경악했으리라. 역사에 따르면, 그가 본 것은 바로 학사 싼손 까라스꼬, 그 얼굴, 그 모습, 그 표정, 그 관상, 그 초상, 그 외모 자체였다. 돈 끼호떼는 그를 보자 높은 소리로 말했다.

"이리 와서 보게, 싼초, 세상에 이 꼴 좀 보게나. 자네는 정말 못 믿을 거야! 빨리 와, 이 사람아, 어서 와서 마법의 힘, 마법사나 요술쟁이들의 힘이 어느정도인가 보게!"

싼초가 와서는 싼손 까라스꼬 학사의 얼굴을 보자 수천번 십자가를 긋고 또 수만번 성호를 그었다. 그러는 동안에도 쓰러진 그 기사가 살아 있는 기척이 보이지 않자 싼초가 돈 끼호떼에게 말했다.

"소인 생각에는, 나리. 혹시나 해서 그러는데, 그 싼손 까라스꼬 같이 생긴 이것의 입에 나리께서 칼을 쑤셔넣어야 할 것 같네요. 어쩌면 그의 몸속에서 나리의 적인 마법사 몇명은 죽일 수 있을지 모르거든요."

---

7 돈 끼호떼는 여기에서 '창을 들지 않은 자를 공격할 수 없다'는 '기사의 법도'를 어기고 있다. '살펴볼 겨를도 없'었다는 게 면죄부가 될 수 있을까?

"자네 말도 틀리지 않네. 적들은 적을수록 좋거든."

싼초의 충고와 경고를 실행에 옮기려 돈 끼호떼가 칼을 뽑았을 때 거울의 기사 하인이 왔는데, 그의 얼굴을 그토록 흉하게 장식한 그 큰 코가 없었다. 그는 큰 소리로 말했다.

"나리께서 지금 무슨 짓을 하시려는지 보세요, 돈 끼호떼 나리. 그 발밑에 있는 사람은 나리 친구인 싼손 까라스꼬 그 사람이란 말이에요, 저는 그의 하인이구요."

처음의 그 흉한 모습이 아닌 그를 보자 싼초가 말했다.

"그 큰 코는요?"

그 말에 그가 대답했다.

"여기 있습죠, 이 호주머니에요."

그는 오른쪽 호주머니에 손을 넣어 밀가루와 엷은 가죽천으로 만든 가짜 코를 꺼냈는데, 이미 묘사한 것 같은 수제품이었다. 싼초는 그를 보고 또 보고 하다 놀란 목소리로 말했다.

"오, 하느님 맙소사! 이런 세상에, 이거 내 이웃이며 내 친한 친구 또메 세시알 아닌가?"

"그렇구말구, 이 사람아!" 이제 코 없는 하인이 대답했다. "내가 또메 세시알일세, 대부이며 친구인 싼초 빤사 이 사람아! 나중에 내가 여기까지 오게 된 사정이며 속임수, 작전을 다 이야기함세. 그전에 자네 주인 어르신께 그 발밑에 있는 거울의 기사를 학대하거나 공격하거나 만지거나 죽이지 말라고 부디 간청 좀 해주게. 이 사람은 충고를 받아들이지 않고 감히 덤볐지만, 틀림없는 우리 한 동네 사람, 싼손 까라스꼬 학사님이시네."

이때 거울의 기사가 정신을 차렸고, 이를 보자 돈 끼호떼는 그의 얼굴 위에 빼든 칼끝을 대고 말했다.

"기사여, 그대가 지상에 둘도 없는 엘 또보소의 둘시네아께서 반달리아의 까실데아보다 아름다움에서 앞선다고 지금 천명하지 않으면 바로 죽이겠노라. 그리고 이 결투와 참패에서 살아남으려면 약속해야 할 것이 또 하나 있으니, 엘 또보소로 가서, 그 아씨를 찾아 내가 보냈다고 전한 다음 그녀 마음대로 그대를 처분해주십사 하며 기다리는 것일세. 그리고 만약 아씨가 그대 마음대로 하라고 허락하시면, 곧 나를 다시 찾아와야 하네. 내 공적의 자취가 그대에게 내가 어디 있는지, 있는 곳으로 찾아올 수 있도록 길잡이가 되어줄 것일세. 그리고 그대는 내 아씨를 뵙고 일어난 이야기를 들려주어야 하네. 이는 우리가 싸움 전 내건 조건에 따른 것들이며, 방랑기사의 행동 한계에서 벗어나지 않는 것들이야."

"제가 고백하지만," 누워 있는 기사가 말했다. "엘 또보소의 둘시네아의 더럽고 너덜너덜한 구두가 낫지, 아무리 깨끗하다지만 빗질 못한 까실데아의 수염보다는 훌륭합니다. 약속하건대, 그대의 귀부인을 뵈러 직접 그 앞에 갔다 올 것이며 분부하신 점에 대해 전부 보고하도록 하겠습니다."

"그뿐 아니라 그대가 확실히 말해야 될 것은 그대가 이겼다고 하는 그 기사가 과거에도 미래에도 라 만차의 돈 끼호떼일 수가 없다는 걸 천명하는 거야. 내가 천명했듯이 비슷한 어떤 딴 사람일 수 있고, 그리고 그대도 아무리 싼손 까라스꼬 같아 보이지만 그 사람이 아니라 그와 비슷한 사람이라는 걸 나는 알지. 그리고 지금 그대 모습은 나의 적들이 둔갑시킨 것인데, 그건 내 분노를 죽이고 충동을 가라앉혀 승리의 영광을 더 부드럽게 이용하라는 수작인 것 같아."

"나리께서 생각하고 느끼고 판단하는 그대로 그 모든 것을 판단하고 느끼고 믿겠습니다." 아랫배를 추스르지 못하고 기사가 대답했다. "저 좀 일으켜주십시오, 부탁입니다. 말에서 떨어질 때 다친 상처가 너무 커서 일어날 수 있을지 모르겠습니다만……"

　돈 끼호떼는 그가 일어나도록 도왔고, 싼초 빤사는 하인인 또메 세시알에게서 눈 한번 떼지 않았다. 싼초의 질문은 그가 말한 대로 진짜 또메 세시알인가 하는 명약관화한 증거를 확보하기 위한 대답을 원해서였다. 그러나 정작 싼초가 주인의 말 때문에 두려워한 건 마법사들 장난으로 거울의 기사가 까라스꼬 학사의 모습으로 바뀌었다는 사실이었다. 그 말을 듣고 그는 눈으로 보고 있는 진실을 믿을 수가 없었는데, 결국 이런 거짓말로 주인과 하인으로 만난 것이었다. 거울의 기사와 그 하인은 비참한 표정으로 돈 끼호떼와 싼초 빤사로부터 멀어져갔다. 그들 생각에 고약을 붙이고 갈비뼈를 고정할 만한 장소를 찾는 게 급한 것 같았다. 돈 끼호떼와 싼초는 다시 사라고사 가는 길을 따라 걸었다. 역사가는 여기서 그들을 남겨두고, 거울의 기사와 그의 코쟁이 하인이 누구였는가를 이야기하고자 한다.

15장

거울의 기사와 그 하인이 누구였는지에 관한 소식, 그와 관련된 다른 이야기

　기분이 최고조에 다다른 돈 끼호떼는 한껏 우쭐대며 자만심에 가득 차서 길을 갔다. 거울의 기사라는 용감한 기사와 싸워 승리를 거두었으니 말이다. 돈 끼호떼는 둘시네아 아씨가 여전히 마법에 걸려 있는지 기사다운 답변을 기대했으니, 결투에 진 그 기사는 기사로서의 모든 명예를 걸고 그녀를 만나 일어난 일을 보고하러 돈 끼호떼에게 반드시 돌아오도록 되어 있기 때문이다. 하지만 돈 끼호떼의 생각과 거울의 기사는 생각이 달랐으니, 말했듯이 그때 까라스꼬로서는 어디 가서 약을 좀 발라야겠다는 생각 말고는 다른 생각이 없었다.

　역사가에 따르면, 싼손 까라스꼬 학사가 돈 끼호떼에게 그가 그만두었던 기사 행각을 계속하라고 충고한 건 동네 신부와 이발사와 먼저 쑥덕공론을 한 뒤에 내린 조치였다. 그들은 어떤 방법을 써야 돈 끼호떼가 이미 실패한 모험 행각으로 또다시 소란을 피우지 않고 집에 조용히 남아 있도록 잡아놓을 수 있을지에 대해 의견을 나누었다. 그런 논의 끝에 모든 사람의 동의와, 특히 싼손 까라스꼬의 주청으로 돈 끼호떼가 다시 떠나도록 내버려두어야 한다는 결론을 내렸으니, 왜냐하면 그를 붙들어둔다는 건 불가능했기 때문이다. 그렇게 한 뒤 싼손 까라스꼬가 방랑기사로 나서 돈 끼호떼를 만나 싸움을 벌여 일을 해결하려 했다. 싼손은 틀림없이 그를 이길 것이며, 그 정도는 아주 쉬운 일로 생각했다. 싸움에서 진 자는 이긴 자의 명령에 따르도록 협약을 맺고 돈 끼호떼가 지면 학사 기사는 돈 끼호떼에게 고향집으로 돌아가 자기가 별다른 지시를 하기 전이나 이년 안에는 고향에서 떠날 수 없도록 하려 했다. 일이 그리 돌아가면 돈 끼호떼는 기사도의 법칙을 어기거나 역행하지 않을 것이고, 그는 약속을 이행할 것이 분명했다. 그리하여 마을에 유폐되어 있는 동안 그는 헛된 꿈을 잊거나, 아니면 미친기에 적절한 다른 처방을 찾을지도 모른다는 생각을 했다.

까라스꼬는 그 제의를 받아들였고, 기사의 하인으로는 또메 세시알이 나섰는데 싼초 빤사의 이웃이며 대부로 머리통이 복잡하지 않은 즐거운 사람이었다. 이미 이야기했듯이 싼손은 갑옷을 입었고, 또메 세시알은 자기의 자연스러운 코에다 이미 말한 거짓 코를 붙였는데 대부인 싼초와 만났을 때 자기를 알아보지 못하도록 하기 위해서였다. 이리하여 돈 끼호떼와 같은 길을 따라 여행을 했고, 죽음의 사자 마차 모험 사건 때는 거의 맞부딪칠 뻔했다. 그리고 마침내 숲에서 그를 만나 점잖은 독자라면[1] 이미 읽은 모든 일이 벌

----

1 '점잖은 독자라면'이라고 옮긴 부분은 'el prudente'라고 되어 있어 '독자'라는 말은 없다. 평자에 따라서 이를 세르반떼스의 오류이거나, '독자'라는 글자가 바닥이 나서 인쇄공이 빠뜨린 것이 아닌가 본다. '점잖은'이나 '독자'라는 말은 거의

어진 것이다. 그리고 돈 끼호떼의 그런 기상천외의 생각, 즉 그 학사가 진짜 까라스꼬 학사가 아니라는 생각이 아니었다면 학사님께서는 석사로 졸업하기는 영원히 불가능했을 것이다. 새를 잡을 생각으로 찾았던 곳에서 그 보금자리도 찾지 못했으니까.

또메 세시알은 자기가 소망한 계획이 완전히 실패하고 의도한 일이 잘못 끝나게 된 것을 보며 학사에게 말했다.

"그러니까, 싼손 까라스꼬 나리, 우리 죄를 우리가 뒤집어썼네요. 쉽게 생각하고 일을 벌이다가는 대개 어렵게 거기서 빠져나오거든요. 돈 끼호떼가 미쳤고 우리는 멀쩡하다는데, 그 사람은 건강하게 웃으며 가고, 나리는 슬프게도 만신창이가 되어 가시는구려. 이제 누가 더 미쳤는지 알아봐야겠네요. 어쩔 수 없이 미친 사람이 더 미쳤는지, 일부러 자진해서 미친 사람이 더 미쳤는지……"

그 말에 싼손이 대답했다.

"그 두 종류의 미치광이 차이는 어쩔 수 없이 억지로 미친 사람은 항상 미치광이일 거고, 좋아서 미친 사람은 원하면 언제든지 그만둘 수 있다는 점이지."

"그건 그렇군요." 또메 세시알이 말했다. "제가 나리의 시종이 되겠다 할 때는 스스로 자진해서 미친 척한 거니까, 이제는 자진해서 그만두고 내 집으로 돌아가고 싶습니다."

"그건 자네 마음대로지. 왜냐하면 내가 지금 돈 끼호떼를 몽둥이로 박살내고 집에 돌아가리라 생각한다는 건 엉터리 짓이야. 지금 내가 그를 찾아나서겠다고 한다면 그건 그가 제정신을 찾도록 돕겠다는 생각에서가 아니라 복수심에서일 테니까. 내 갈비뼈가 너

필요하지 않은 대목이지만, 세르반떼스는 지나치리만큼 늘 독자에게 존경과 관심을 표하는 것을 잊지 않았기 때문이다.

무 아파서 지금은 더이상 자비로운 담화를 계속할 수가 없구먼."

이렇게 둘은 이야기를 나누면서 갔고, 마침내 마을에 당도해 다행히 골절 전문의를 만나 그의 도움으로 불행한 싼손은 치료를 받았고 또메 세시알은 혼자서 돌아갔다. 또메 세시알이 떠나가자 싼손은 복수를 생각했다. 역사가는 때가 되면 다시 그의 이야기를 하게 되리라. 지금은 돈 끼호떼와 정말 재미있는 시간을 보내야 할 때니까.

16장

돈 끼호떼와 라 만차의 어느 점잖은 신사 사이에 일어난 일에 대하여

이미 말했듯이 돈 끼호떼는 지난번 승리로 세상에서 가장 용감한 방랑기사가 되었다는 생각에 신이 나서 기쁘고 즐거운 마음으로 길을 가고 있었다. 앞으로 그에게 어떤 모험이 닥치든지 항상 행복한 종말을 가져오리라는 건 기정사실이며, 마법이고 마법사고 아무것도 아니라고 생각했다. 그의 기사 행각에서 그동안 얻어맞았던 수많은 몽둥이질도 다 잊어버렸고, 이빨의 절반이 부러진 돌멩이질도, 배에서 일하던 그 배은망덕한 죄수들 일도, 양구아스 사람들의 불손함과 말뚝세례도 이제 생각나지 않았다. 마지막으로 그는 혼잣말처럼 말했다. "만약 둘시네아 아씨를 마법에서 풀려나게 할 방법이나 처방, 기술이 있다면 지난 세기 가장 행복했던 방랑기사가 성취하거나 얻었던 그 어떤 커다란 성공도 부럽지 않으리라." 이런 생각에 몰두하여 길을 가고 있을 때 싼초가 그에게 말했다.

"나리, 아직도 소인 눈앞에는 저의 대부 또메 세시알의 어마어마하게 큰 괴물 같은 코가 자꾸 아른거리는데 이거 괜찮은 겁니까?"

"그러면 싼초, 그대는 혹시 그 거울의 기사가 정말 까라스꼬 학사이고 그 하인이 그대의 대부 또메 세시알이라고 믿고 있는가?"

"소인도 그 문제에 대해선 뭐라고 해야 할지 모르겠네요. 다만 제가 아는 건 저의 집에서 처자식들이 가르쳐준 얼굴 생김생김으로 보아 딴 사람이 아니고 그 사람이 틀림없는 것 같습니다. 큰 코만 빼면 우리 동네에서 제가 여러번 본 또메 세시알의 얼굴이거든요. 우리 집과 바로 벽 하나를 사이에 두고 살았으니까요. 그리고 말소리도 딱 그 사람이었어요."

"어디 잘 좀 생각해보세나, 싼초, 이리 오게. 싼손 까라스꼬 학사가 그렇게 공격과 방어에 필요한 모든 무기로 무장하고 방랑기사가 되어 나와 싸우러 나왔다는 사실을 도대체 어찌 해석해야 하나? 언제 내가 혹시라도 그 사람의 적이 된 적이 있었던가? 내가 언제 그에게 원한을 가질 만한 동기를 부여한 적이 있었던가? 내가 그의 경쟁자라서? 그러니 그 사람도 무사 직업이어서 내가 무사 수행을 하며 성취한 명예를 시기하는 건가?"

"글쎄, 무어라 해야 할지요. 그 기사가 누구든지 간에 까라스꼬 학사와 그토록 닮았고 그 하인 또한 제 대부 또메 세시알과 똑같으니 말이지요. 이게 나리께서 말씀하신 마법 때문이라 하더라도 세상에 두 사람씩이나 똑같이 닮은 경우는 없잖습니까요?"

"모든 건 나를 쫓아다니는 그 악랄한 마법사들의 공작이고 조작이야. 마법사들은 결투에서 내가 승리할 것을 미리 알고, 싸움에 진 기사가 내 학사 친구의 얼굴을 갖도록 미리 준비한 거야. 친구에 대한 내 우정이 나의 칼날과 내 팔뚝의 잔혹함 사이에 작용을 하여 내 마음의 정당한 분노를 진정하도록 하려는 거였겠지. 그리하면 그 허풍과 사기로 내 목숨을 노리던 자가 목숨을 부지할 수 있을 테니까. 그대도 알듯이, 그 증거로는, 오 싼초여! 경험으로는 그대도 이제 더 속지도 않고 거짓말도 못하겠지만, 마법사들에게 한 얼굴을 다른 얼굴로 둔갑시키는 건 매우 쉬운 일이거든. 그대는 이틀도 안된 바로 엊그제, 그대 두 눈으로 세상에 둘도 없는 둘시네아 아씨의 아름다움과 우아함을 자연 그대로의 완전한 모습으로 똑똑히 보았지. 그러나 내가 본 건 눈에는 백내장이 끼고 입에는 냄새가 진동하는 촌스러운 농사꾼 아줌마의 저질스러운 추한 모습뿐이었어. 그런데 감히 그렇게 흉악한 둔갑을 감행한 사악한 마법사가 싼손 까라스꼬와 그대 대부의 모습 정도로 둔갑시킨다는 일은 아무것도 아니지. 승리의 영광을 내 손에서 빼앗아가려고 말이야. 하, 어떻든지 간에, 그대도 나는 위안이 되네. 어떤 형태로 둔갑했든지 난 적을 이기고 승자가 되었으니까."

"하느님은 모든 진실을 아실 겁니다." 싼초가 대답했다.

싼초는 둘시네아가 농군으로 둔갑했다는 말이 자기 수작이고 속임수였다는 걸 아는지라 주인의 그 이상야릇한 생각이 그에게는 설득력이 없었다. 하지만 주인의 말을 반박하지는 않았다. 무슨 말을 잘못했다가 자기 속임수가 들통나지나 않을까 두려워서였다.

이런 이야기를 나누고 있을 때, 뒤에서 따라오던 사람 하나가 그들과 같이 가게 되었는데 아름다운 얼룩빼기 암말을 타고 있는 신사였다. 파란색의 고운 천에 삼각 모양의 불그스레한 벨벳 조각을 줄줄이 잘라 붙인 멋진 외투를 입고 있었다. 쓰고 있는 모자도 똑같은 벨벳으로 만들었고, 말의 장구는 야전용으로 등판이 짧고 색깔은 똑같이 불그스레하고 파랬다. 무어족들의 신월도를 초록과 황금빛의 넓은 혁대에 매달고 있었고, 신고 있는 반장화도 혁대와 똑같은 가죽으로 만든 것이었다. 박차는 황금빛에 파란 칠을 했지만 너무 반들반들하고 반짝여서 의상 전체에 비추어볼 때 순금으로 만든 것처럼 보였다. 나그네는 그들에게 다가오더니 점잖게 인사를 하고는 말을 재촉해 옆으로 지나갔다. 그때 돈 끼호떼가 그에게 말했다.

"신사 양반, 나리께서도 우리와 같은 길을 가시니 그리 바쁘시지 않다면 서로 함께 가는 게 좋을 듯합니다만……"

말을 타고 가던 사람이 말했다. "사실은 제 암말과 함께 가게 되면 나리의 말이 난동을 피울까 두려워 그렇게 빨리 지나간 것이외다."

이때 싼초가 대답했다. "그건 말이지요. 나리께서 그 암말 고삐를 단단히 잡고 계시기만 하면 됩니다. 우리 말은 세상에서 가장 잘생긴 점잖은 말이어서 이 비슷한 경우에 한번도 추잡한 짓은 하지 않았습니다요. 한번 버르장머리 없이 그런 짓을 했다가, 우리 나리와 제가 그 죄를 일곱 배로 혼내주었습죠. 다시 말씀드리지만, 나리께서 그러고 싶으시면 옆에서 같이 가시구요. 세상에 아무리 맛있는 음식을 코앞에 갖다대도 우리 말은 쳐다보지도 않을 겁니다."

나그네는 돈 끼호떼의 얼굴과 그 우아한 모습에 놀라서 말고삐를 멈추었다. 돈 끼호떼는 맨얼굴로 가고 있었고, 투구의 얼굴가리개는 싼초가 자기 말 앞쪽 안장틀에 가방처럼 매달고 가고 있었다. 파란 옷의 신사가 돈 끼호떼를 자꾸 바라보았고, 돈 끼호떼도 파란 옷의 기사가 양반 가문의 사람 같아 보여 자꾸 쳐다보았는데 한 쉰 살쯤 되어 보였다. 흰머리는 별로 없고, 얼굴은 날카롭고 갸름했으며 눈길은 즐거우면서도 진지한 표정이었으니, 옷이나 자태로 보아 좋은 가문의 양반인 게 분명해 보였다.

라 만차의 돈 끼호떼를 본 파란 옷의 신사는 이런 모습에다 이런 복장을 한 사람은 살다 처음 보았다는 생각이 들었다. 돈 끼호떼의 기다란 목, 그 큰 몸, 삐쩍 마르고 누런 얼굴, 그의 갑옷, 그의 몸짓과 자세는 지난 오랜 세월 동안 그 고장에서 본 적이 없는 그런 모습이요, 얼굴이었다. 돈 끼호떼도 그 나그네가 자기를 주의 깊게 바라보고 있다는 걸 눈치챘고, 그가 말이 없자 돈 끼호떼는 그가 무얼 원하는지 알았다. 돈 끼호떼는 늘 예의 바르고 모든 사람에게 잘해주고 싶었는지라 자신에게 묻기 전에 미리 길에 나가 말을 걸었다.

"나리께서 본인을 보고 느끼신 이 모습이 보통 사람들이 입고 다니는 것들과 너무 다르고 낯설지요. 본인을 보고 귀하가 놀랐다 해도 그다지 이상스러운 건 아닙니다. 하나, 내 말을 들으면 놀랄 일이 아닌 걸 아실 겁니다. 말하자면, 본인은 기사로서

  사람들이 말하는 기사들은
  자기의 모험을 찾아 길을 헤매지요.[1]

고향을 떠나와 재산도 저당 잡히고 편안함도 버리고 운명의 여신 품에 몸을 맡겼습니다, 나를 가장 필요로 하는 곳에 나를 인도해주십사 하고 말이지요. 오래전에 죽은 방랑기사도를 부활시키고 싶어서이죠. 그리고 이미 여러날을 여기서 부딪치고 저기서 넘어지고, 이쪽에서 굴러떨어지면 저쪽에서 일어나고 하면서 본인이

---

[1] 1권 49장에 인용한 노래 구절이다.

소망하던 사명 대부분을 완수했습니다. 방랑기사에게 주어진 당연한 임무인, 과부를 구해주고 처녀를 보호하고 유부녀와 고아와 불쌍한 아이들을 도와주는 일을 했지요. 그리하여 본인이 보여준 용감하고 자비에 넘치는 수많은 공적을 인정받아 이미 세계 모든 나라, 아니면 대다수 나라에서 나의 공적을 담은 책이 나도는 영광을 얻게 되었습지요. 내 역사와 행적에 대한 책이 이미 삼만부나 인쇄되었고, 만약 하늘이 처방을 내리시지 않는다면, 수천수만부의 삼만 배를 인쇄하는 일이 벌어질 것이외다. 끝으로 이 모든 것을 한마디로 요약하자면 본인은 라 만차의 돈 끼호떼올시다. 별칭으로는 불쌍한 몰골의 기사라고 하지요. 비록 스스로를 칭찬하는 건 추한 일이라고는 하나, 어쩔 수 없이 내 칭찬을 할 수밖에 없는 것이, 그것은 이런 말을 하는 본인이 여기 없을 때 이해하실 수 있을 거외다. 그러하오니, 신사 나리, 이제 앞으로 이 말도, 이 창도, 이 방패도, 하인도, 무장한 이 모든 것과 누런 얼굴과 가늘고 연약한 내 몸도, 이 사람이 누구이며 어떤 직업을 가졌는지를 알게 되었으니 전혀 놀랍지 않을 거외다."

이렇게 말하고 돈 끼호떼는 입을 다물었다. 파란 옷의 신사는 그의 말에 얼른 대답을 못하고 미적거렸는데, 보아하니, 어찌 대답해야 할지 적당한 말이 생각나지 않는 듯했다. 조금 지나 그가 돈 끼호떼에게 말했다.

"기사 나리, 제가 가만히 있는 것을 보고 제 심중을 간파하셨군요. 그러나 나리를 보고 놀란 제 가슴을 아직 진정시키지는 못하셨습니다. 나리는 나리가 누구신가를 알면 제 놀라움이 가실 거라 하셨지만 결과는 그렇지 않군요. 오히려 지금 누군지를 알고 나니 더 놀랍고 긴장되옵니다. 세상에 지금 어떻게 방랑기사가 있을 수 있다는 겁니까? 그리고 진정한 기사도의 행적을 기록한 역사책이 어디 있답니까? 저는 납득이 안 갑니다. 오늘날 과부를 도와주고, 처녀를 보호하고, 유부녀를 도와주고, 고아를 구제하는 사람이 정말 있답니까? 나리에게 듣긴 했지만 이내 눈으로 직접 보기 전에는 믿을 수가 없네요. 하늘이 축복할 일이지요! 나리께서 말씀하시듯이 그 높고 진실한 기사도의 역사책이 출판되면 세상에 가득하던 수도 없이 많은 거짓 기사도에 관한 책이 모두 잊힐 거라니 다행이지요. 그동안 그런 거짓 책들이 좋은 풍속을 더럽히고 좋은 역사책에 피해를 주며 불신만 심어주지 않았습니까?"

"방랑기사에 관한 역사책들이 다 거짓인지 아닌지에 대해서는 할 이야기가 많지요."

"그럼 그런 역사책들이 거짓이 아니라고 생각하는 사람들이 있단 말씀이세요?"

"본인의 생각이 그렇습니다. 하지만 이 이야기는 이쯤에서 그만하지요. 우리가 함께 가다보면, 나리께서 잘못 생각하고 계신 게 무엇인지를 알게 될 기회가 있으리라 생각됩니다. 사람들이 보통 기사 이야기가 진실이 아니라고 확신하고 있는 것을 그냥 믿어서는 안되지요."

돈 끼호떼의 마지막 이 말을 듣고 그 나그네는 돈 끼호떼가 정신이 약간 돌았다는 사실을 눈치챘으나 다른 말을 좀더 들어보고 확증을 얻기로 했다. 그러나 다른 재미있는 이야기로 시간을 보내기 전에, 돈 끼호떼는 자신의 신분과 삶을 밝혔으니 그도 누구인지를 알려달라고 간청했다. 그러자 푸른 외투의 신사가 대답했다.

"불쌍한 몰골의 기사님, 저는 다행히 오늘 우리가 점심을 먹으러 가는 그 고장의 양반 가문 사람입니다. 재산이야 중간이 조금 넘

는 그런 부자이고, 이름은 돈 디에고 데 미란다라는 사람으로 아내
와 자식들 그리고 친구들과 살아가지요. 하는 일은 사냥이나 낚시
인데요, 매나 사냥개 같은 건 없고 성질 온순한 수컷 후리는 꿩이
나 토끼 정도를 잡는 용감한 족제비가 있습죠. 책은 일흔두권 정도
있는데, 어떤 건 에스빠냐어로, 어떤 것은 라틴어로 된 것들이고,
역사책 몇권, 또 종교에 관한 책 여러권이 있고 기사도에 관한 책
은 아직 우리 집 문턱을 넘어들어온 적이 없답니다. 제가 주로 보
는 책은 신앙에 관한 것보다는 세속적인 것들로, 점잖은 오락서적
이면서 말로 재미를 더해주고 창조성으로 감동이나 놀라움을 주
는 것들입니다. 비록 에스빠냐어로 된 이런 책들이 없긴 하지만요.
가끔 동네 친구나 이웃을 초대해 함께 식사를 하는데 깨끗하고 잘
정돈된 식탁에 하나라도 부족한 점이 있어선 안되지요. 전 남의 말
하는 건 좋아하지 않고 제 앞에서 남 흉보는 것도 못 참고 다른 사
람의 생활을 엿보거나 행적을 훔쳐보지도 않습니다. 날마다 미사
를 드리고 재산 일부를 가난한 사람들에게 나누어주지만 그렇다고
선행을 과시하지도 않습니다. 제 가슴속에 위선이나 허세가 들어
오는 게 싫거든요. 그런 것들은 아주 조심스러운 사람의 마음을 부
드럽게 사로잡는 적들이니까요. 제가 아는, 불만 많은 사람들을 달
래주려고도 애쓴답니다. 저는 성모마리아를 믿고, 우리 주 하느님
의 영원한 자비를 믿습니다."

쌴초는 그 양반의 취미와 생활 이야기를 열심히 들었는데, 그 이
야기가 참으로 좋고 경건하게 느껴졌으며 그런 생활을 하는 사람
은 기적도 만들어낼 사람으로 보여 당나귀에서 뛰어내려 달려가
그 나그네가 타고 있는 말의 오른쪽 박차를 붙들고 눈물까지 흘려
가며 정성을 다해 몇번이고 그의 발에 입을 맞추었다. 이를 본 그

양반이 싼초에게 물었다.

"이게 무슨 짓인가, 이 사람? 왜 키스를 하는 거지?"

"키스를 해야겠구만요. 귀하께서는 제 평생을 살아도 처음 보는 말 탄 성인 같으시니까요."

"난 성인이 아닐세. 성인이라기보다 큰 죄인이지. 하지만 이 사람, 자넨 정말이지 좋은 사람 같구면. 그 순박한 모습을 보니 말일세."

그 모습은 늘 깊은 우수에 잠겨 있는 주인 돈 끼호떼의 웃음을 더욱 빛나게 했고, 돈 디에고는 다시 봐도 놀라울 뿐이었다. 그뒤 싼초는 다시 당나귀에 올라탔고, 돈 끼호떼는 돈 디에고에게 자식이 몇이냐고 물으면서 옛 철인들이 최대 행복으로 생각한 일 중 하나는, 그들이 아직 진짜 하느님에 대한 앎이 부족했던 관계로, 천성이 주는 행복한 일, 운명 속에서 잘 사는 일로 많은 친구를 갖는 것과 착한 자식을 많이 갖는 것으로 쳤다고 했다.

"저는, 돈 끼호떼 나리, 자식이 하나 있습니다. 하지만 그 아이가 없다면 차라리 지금보다 더 행복한 사람으로 보이리라는 생각도 한답니다. 나쁜 아이는 아니나 제가 원하는 만큼 좋은 아이가 아니기 때문이지요. 이제 열여덟쯤 되는데 육년 동안 라틴어와 그리스어를 배우며 쌀라망까에 있었지요. 그리고 이제 다른 전공 과정으로 옮기라고 했을 때 이 녀석이 시라는 학문, 그걸 학문이라 부를 수 있을지 모르지만, 어쨌든 그 시에 푹 빠져서 내가 원하는 법학 공부 같은 건 쳐다보지도 않았고, 모든 학문의 왕인 신학도 거들떠보지 않았지요. 나는 자기 분야에서나마 월계관에 이르기를 바랐는데, 왜냐하면 우리 시대에는 덕망있고 훌륭한 학문을 높이 쳐주고 덕망없는 문학은 시궁창 속 진주나 같기 때문이지요. 이 녀석은 온종일 호메로스가 『일리아스』의 이 구절에서 한 말이 좋으니 나쁘니 따지면서 살지요. 마르티알리스가 어떤 풍자시에서는 지조에 맞는 소리를 했는지 아닌지, 베르길리우스의 이런저런 시구를 이렇게 이해해야 하는지 저렇게 보아야 하는지를 따지지요. 결국 이 녀석의 모든 대화는 지금 말한 시인들이나 호라티우스, 페르시우스, 유베날리스, 티불루스의 책에 관한 것들이지요. 현대 에스빠냐어나 로만스어로 쓴 시인들에 대해서는 별로 관심도 없고요. 현대 로만스 시를 무시하는 것처럼 보이던 그애가 지금 좀 혼란에 빠져 있는 것 같기는 해요. 쌀라망까 대학에서 이 녀석에게 시구 네 줄을 보내왔는데, 거기에 대한 차운²을 써내라고 하는 모양이거든요. 무슨 백일장이 있나봐요."

그 말에 돈 끼호떼가 대답했다.

"나리, 자식이란 부모의 오장육부 분신들이라서 우리 생명의 주인인 영혼들이 서로 사랑하듯이 자식과 부모 사이에는 좋거나 궂거나 서로 사랑하게 되어 있습니다. 부모에게는 어려서부터 아이들이 미덕의 길로 가고, 교양있는 사람으로 크도록 선량한 기독교적 습관을 가르쳐 인도하는 게 중요하지요. 그래야 앞으로 커서 부모가 늙으면 그 지팡이가 되고, 후대의 영광이 될 것이니까요. 학문을 하는 데 이거 하라 저거 하라 강요하는 건 그리 옳은 일 같지는 않군요. 설득을 해본다는 게 해가 되지는 않을 테지만요. '호구지책'으로 공부를 해야 하는 게 아니라면, 학생이 운이 좋아, 하늘이 먹을 것 걱정 안해도 되는 좋은 부모를 만나게 했으니 아이 취향

---

2 '글로사'(glosa)를 '차운'(次韻)으로 옮긴다. 원래는 미리 한두개의 시구를 주고 그것을 사용하여 시를 짓게 하는 방식인데, 운을 따라 짓는 우리의 '차운'과 비슷해서다.

대로 자신이 가장 좋아하는 전공을 택하게 하는 게 좋을 듯합니다. 비록 시 공부라고 하는 게 교훈적이라기보다는 쾌락성이 많다고 하지만, 그런 공부를 했다고 불명예스러운 것은 아니지요. 시라고 하는 건, 신사님, 가장 아름다운 나이, 즉 어리고 여린 소녀와 같다고 생각합니다.[3] 이 소녀는 수많은 다른 소녀들, 즉 모든 다른 학문이 치장하고 닦고 풍성하게 가꾸어주는 그런 아가씨지요. 시는 모든 학문을 다 필요로 하고, 모든 학문은 시를 통해 그 진가를 인정받아야 합니다. 하지만 이 시라고 하는 아가씨는 지나치게 거리로 끌고 다니거나 사람들이 만지는 걸 싫어하고 저자 모퉁이나 궁중 구석에서 출판되는 것도 싫어하지요. 시는 그런 덕스러운 자질의 연금술로 만들어지니, 시를 곱게 잘 다룰 줄 아는 사람은 값을 헤아릴 수 없는 아주 순수한 순금으로 그것을 바꾸어놓지요. 시를 모시는 사람은 아주 조심해서 모셔야 하며, 엉터리 풍자시나 양심이 비뚤어진 쏘네트 따위로 나돌게 해서는 안됩니다. 영웅시나 슬픈 비극들, 허구로 재미를 주는 희극들의 형태가 아니라면, 시는 절대로 돈을 받고 파는 게 아닙니다. 시에 숨어 있는 보물을 귀하게 생각하지도 알지도 못하는 무식한 속물들이나 불량배들이 시에 손을 대게 해서는 안됩니다. 여기서 속물이라 하는 자들은, 나리, 천한 일반 서민만을 일컫는 게 아니랍니다. 어떤 영주고 왕자라 할지라도 아는 게 없으면 모두 속물, 속인의 범주에 들어갈 수 있고, 또 들어가야 옳지요. 따라서 내가 말한 조건을 가지고 시를 대하고 모신다면 세상 모든 문명국가에서 명성과 존경을 받게 될 겁니다. 신사

---

3 쎄르반떼스의 『모범소설들』의 「작은 집시 아가씨」(La Gitanilla)에도 시에 대한 비슷한 말이 나온다. '시란 아주 예쁘고, 순결하고, 정숙하고, 얌전하고, 민감하고, 숨어 사는…… 소녀와 같지요'라고 되어 있다.

께서 하신 말씀 중에 댁의 아드님이 현대 에스빠냐 시를 좋아하지 않는다 하신 문제는, 그 점은 그리 옳은 건 아니라는 생각이 드는 군요. 그 이유는 이렇습니다. 위대한 호메로스도 그리스 사람이니 라틴어로 글을 쓰지 않았고, 베르길리우스도 라틴 계통의 사람이 니까 그리스어로 글을 쓰진 않았어요. 결론적으로 모든 옛 시인은 자기들이 젖 먹을 때부터 쓰던 말로 글을 썼지 자기 사고를 표현하 고자 구태여 외국어를 찾아 쓰지는 않았다 이 말입니다. 사실이 이 러한즉 이런 습관은 모든 나라 사람에게 전파되어야 옳다고 봅니 다. 독일 시인이 자기 말로 글을 쓴다거나 에스빠냐 사람이 비록 지독한 방언을 쓰는 비스까야 출신이라 할지라도 자기 말로 글을 쓰는 걸 무시해서는 안된다는 말이지요. 하지만 댁의 아드님은, 나 리, 에스빠냐어로 쓴 시를 싫어하는 게 아니라 단순하게 에스빠냐 어로 쓰는 것밖에 모르는 시인들을 무시하는 것 같아요, 자신의 자 연스러운 재능을 깨우치고 도와주고 꾸며줄 수 있는 학문이나 언 어는 전혀 모르고 말이지요. 그러나 이런 생각에도 잘못이 있을 수 있으니, 진짜 이론가들도 시인은 타고난다고 주장하지요. 이 말은 어머니의 배에서부터 천성적으로 시인이었던 사람은 시인으로 태 어난다는 것입니다. 그 하늘이 준 천성만으로 공부도 않고 연습도 없이 시를 지어내는데, 이렇게 '하느님은 우리 안에 계시다……' 등등을 지어낸 그분도 진실스럽지요. 또한 내가 하고 싶은 말은 천 부적인 시인도 기교의 도움을 받으면 훨씬 더 좋아지고, 오직 기교 만 배워 시인이 되고자 하는 그런 사람보다는 훨씬 훌륭하다 할 수 있다는 거지요. 기교는 천성을 앞지르지는 못하며, 오직 천부적 재 능을 완성해내는 수단이기 때문에 천성과 기교를 섞어 자연과 예 술을 융합하면 아주 완벽한 시인이 나올 겁니다. 결론적으로 말해서, 신사님, 귀하께서는 자식 교육을 그가 타고난 별이 인도하는 대로 나아가게 하시라는 겁니다. 짐작건대 그 아이가 그토록 좋은 학생이고, 그리고 이미 학문의 첫 단계, 즉 언어 공부 단계에는 잘 올라섰으니 말을 배웠으면 혼자서도 인문학의 정상에 오를 수 있을 겁니다. 인문학이란 칼 차고 망또 입은 일반 신사에게는 가장 멋진 학문으로 주교가 쓰는 관모처럼, 법관이 입는 법복처럼 사람의 인격을 치장하고 영예롭게 하고 키워주는 역할을 하지요. 하지만 남의 영예를 헐뜯는 풍자시를 쓰거들랑 자식을 나무라고, 벌을 주고, 작품을 찢어버리십시오. 그러나 호라티우스식의 교훈시를 써서 옛 시인이 우아하게 그려냈듯이 일반 악습을 꼬집고 나무라는 글을 쓴다면 칭찬해주어야지요. 시인이 시기 질투를 비난하는 글을 쓰고, 어느 특정한 사람을 지칭하지 않고 말없이 시로써 질투쟁이라든가 다른 악습 등을 비판하는 건 정식이거든요. 하지만 나쁜 말 하나로 폰투스 같은 데로 추방당할 위험에 처해 있는 시인[4]도 있어요. 시인이 습관이 정결하면 그의 시도 깨끗할 겁니다. 붓은 영혼의 혀라서 그 영혼 속에서 잉태한 생각이 어떤 것이냐에 따라 그의 글도 그런 모양을 지니겠지요. 왕이나 왕자 들이 덕망이 높고 신중하고 정숙한 인물에게서 기적 같은 시의 예술과 학문을 발견하면, 칭송하고 부와 영예를 주고, 더 나아가서 번개도 피해간다는 월계수 잎으로 관을 만들어 씌워준다지요.[5] 그런 월계관으로 관자놀이를 장식하고 영광스러운 자리에 오른 사람은 아무도 범할 수 없다는 상징으로 월계수를 쓴답니다."

푸른 외투의 신사는 돈 끼호떼가 말하는 걸 듣고 감탄했고, 매우

---

4 오비디우스가 흑해로 추방당한 옛일을 말한다.
5 아폴론이 월계관을 쓰자 번개도 피해 갔다는 신화 속의 이야기이다.

감동한 나머지 그에 대해 가지고 있던, 좀 모자란 사람이라는 인식에서 조금씩 벗어났다. 그러나 이런 이야기를 하고 있는 도중에 싼초는, 대화 내용이 너무 재미없어서, 살짝 빠져나와 근처에서 양젖을 짜고 있는 목동들에게 젖을 좀 얻을 수 있느냐고 청하고 있었다. 그 신사는 이야기를 계속하고 있었으니, 그는 돈 끼호떼의 사려 깊음과 좋은 말을 듣고 지극히 만족하였다. 그때 돈 끼호떼가 고개를 조금 들자 그들이 가고 있는 길 쪽으로 왕의 깃발을 단 수레 하나가 오고 있는 게 보였다. 돈 끼호떼는 이것이 어떤 새로운 모험이라 생각하고 큰 소리로 싼초를 불러 빨리 투구의 얼굴가리개를 가져오라고 소리쳤다. 싼초는 자기를 부르는 주인 나리의 외침을 듣고 당나귀에 박차를 가해 돈 끼호떼가 있는 곳에 당도했다. 돈 끼호떼에게 상상할 수도 없는 놀라운 모험이 닥치고 있었다.

17장

행복하게 끝난 사자들과의 모험과
돈 끼호떼의 놀라운 영혼이 다다른 극단적 상황이
이 장에서 밝혀지다

역사책에 따르면 돈 끼호떼가 싼초에게 투구를 가져오라고 소리소리 지르고 있을 때, 싼초는 목동들이 파는 '레께손'이라고 하는 연하고 말랑말랑한 치즈를 사고 있었다. 주인이 하도 빨리 오라고 해대자 그 레께손 치즈를 갖고 어찌할 바를 몰랐다. 이미 돈을 주고 산 거라서 버릴 수는 없고 가지고는 와야 하는데 어디에다 가져올지가 문제여서, 바쁜 김에 주인의 투구에 그 말랑말랑한 치즈를 쏟아넣기로 했다. 이렇게 조심스럽게 치즈를 처리한 다음 주인이 무엇 때문에 자기를 불렀는지를 알아보러 다가가자 돈 끼호떼가 말을 했다.

"이 친구야, 그 투구 좀 주게, 내가 모험에 대해서 모르면 몰라도 저기 눈에 보이는 저것이 나를 필요로 하는 어떤 모험 같다는 건 알겠네. 그러니 내가 당연히 무장을 해야 하지 않겠나."

푸른 외투의 신사는 이 이야기를 듣자 눈을 들어 사방을 둘러보았지만 눈에 보이는 거라고는 그들을 향해 오고 있는 짐수레 하나밖에 없었다. 작은 깃대 두서너개가 달린 걸 보니 그 짐수레에는 국왕 폐하의 재산이 실려 있음에 틀림없었다. 돈 끼호떼에게 그렇게 말해주었으나 돈 끼호떼는 그의 말을 믿지 않았는데, 항상 자기에게 벌어지는 일은 모두 모험에 모험뿐이라 생각하고 또 굳게 믿고 있었기 때문이다. 그래서 그는 신사에게 말했다.

"미리 대비하는 사람이 싸움에서 반은 이긴 법이오. 즉, 본인이 미리 대비한다고 해서 손해날 게 뭐가 있겠소. 경험으로 미루어 본인은 눈에 보이는 적과 눈에 보이지 않는 적이 있다는 걸 알고 있소. 언제 어디서 어떤 날씨에 어떤 모습을 하고 적들이 나에게 덤벼들지 모르오."

그러고 싼초를 돌아보며 투구를 달라 청했는데, 싼초는 아까 숨겨놓은 말랑말랑한 치즈를 꺼낼 시간이 없어 그냥 그대로 투구를 건넬 수밖에 없었다. 돈 끼호떼는 투구를 받아 그 안에 무엇이 들어 있는지 살펴보지도 않은 채 서둘러 급히 머리에다 투구를 썼다. 말랑말랑한 치즈가 압력을 받아 돈 끼호떼의 온 얼굴과 수염으로 흘러내렸다. 그걸 보고 돈 끼호떼가 어찌나 놀랐는지 싼초에게 이렇게 말했다.

"아니, 이게 무엇인고? 싼초여, 이거 내 머리가 노글노글해졌거나 내 골이 녹아서 흘러내리는 거 아니냐? 아니면 머리에서 발끝까지 온통 땀으로 범벅이 된 것이냐? 지금 내가 땀을 흘리는 거라면, 이건 두려움 때문은 아닐지니, 틀림없이 지금 내게 일어날 모험이 참으로 무시무시할 거라는 생각이 드는구나. 어디 내 얼굴 좀 닦을 거 있으면 좀 주게나. 땀이 하도 많이 나서 눈을 뜰 수가 없구먼."

싼초는 아무 말도 하지 않고 수건을 건네주면서 주인 나리께서 사건의 진상을 알아차리지 못한 것을 하느님께 감사드렸다. 돈 끼호떼는 얼굴을 닦고 투구를 벗었는데, 그 안에 무엇이 있기에 자기 머리를 자꾸 차갑게 김새게 하는 느낌을 주는지 알아보고 싶어서였다. 투구 안에 있는 하얗고 말랑말랑한 덩어리들을 보자 코에 갖다대고 냄새를 맡아본 뒤 말했다.

"이런, 우리 엘 또보소의 둘시네아 아씨가 보면 경칠 일이 있나. 그대가 여기에 말랑말랑한 치즈 레께손을 넣은 게 아닌가, 이런 경칠 놈, 나쁜 녀석, 이 버르장머리 없는 하인 녀석아."

그러자 싼초는 미적거리면서 천연덕스럽게 대답했다.

"레께손이라면 소인에게 주시지요, 나리. 소인이 그냥 먹어치우겠습니다요. 하지만 어떤 빌어먹을 놈이 그걸 거기에 집어넣었는지, 이제 보니 그놈에게 먹여야겠네요. 나리 투구를 소인이 어찌 감히 더럽힐 생각이나 했겠습니까? 감히 그럴 놈이 있다면 찾아보라지요! 정말로, 나리, 하느님을 걸고 생각하건대, 소인도 나리 몸의 일부분이니 그 행동 그대로 또한 제 뒤를 쫓아다니는 마법사들이 있나봅니다요. 그래서 그놈들이 그런 더러운 오물을 거기에다 넣은 모양이지요. 인내심 많은 나리의 분통을 터뜨려서 늘 그러시듯이 또 한번 소인의 갈비뼈를 박살내게 하려고요. 하지만 정말이지, 이번은 그놈들이 쓸데없는 짓을 한 겁니다. 소인은 주인님의 현명한 판단을 믿으니까요. 소인에게 레께손 치즈니 우유니 무엇이건 그 비슷한 것들이 있을 리 없다는 건 나리께서도 생각하실 거거든요. 그런 게 있다면 투구에 넣기보다 제 배 속에 먼저 넣었겠지요."

"그도 그렇군." 돈 끼호떼가 말했다.

이 모든 걸 지켜본 신사는 놀랄 뿐이었는데, 특히 돈 끼호떼가 머리와 얼굴, 수염을 다 닦고 난 뒤 투구를 맞춰쓰고, 박차를 단단히 밟고, 칼을 뺄 자세를 취하면서 창을 들고 이렇게 말했기 때문이다.

"이제 무슨 일이 벌어지든지 간에, 본인은 여기 악마 사탄이 직접 나타난다 해도 맞붙을 준비가 되어 있노라."

이러고 있을 즈음 깃발을 단 그 짐수레가 다가왔는데 수레에는 노새를 타고 있는 짐수레꾼과 앞자리에 앉은 남자 하나밖에 없었다. 돈 끼호떼는 그 앞에 버티고 서서 말했다.

"어디로들 가시는가, 형제들이여? 이 수레는 무슨 수레이며, 싣고 가는 것은 무엇이며, 또 저 깃발들은 도대체 무엇인고?"

그 말에 짐수레꾼이 대답했다.

"수레는 제 거구요. 그 안에 싣고 가는 건 우리에 갇힌 사나운 사자 두마리입니다요. 오란 장군께서 폐하께 선물하려고 궁중으로 보내는 겁니다. 깃발은 우리 임금님 깃발이며, 이 안에 임금님의 물건이 실려 있다는 표시이지요."

"사자들은 큰가?" 돈 끼호떼가 물었다.

"아주 크지요." 수레 문 앞에 있던 사내가 말했다. "아프리카에서 에스빠냐로 가져온 사자 중에서 이렇게 큰, 이보다 더 큰 사자는 없었을 거구만요. 저는 사자 사육사인데, 다른 사자들을 데려온 적도 있지만 이렇게 큰 것은 처음 보았어요. 이것들은 암컷과 수컷인데요, 수컷이 첫번째 우리에 있고 암컷은 뒤쪽 우리에 있습니다. 오늘은 밥을 먹지 않았기에 지금 배가 고플 겁니다. 그러니 나리께서도 저리 비키시지요. 어서 빨리 먹을 것을 줄 수 있는 곳까지 데려가야 합니다요."

그 말에 돈 끼호떼는 약간 미소를 지으며 말했다.

"사자 새끼들이라? 내게 시방 사자 따위가 덤빈다? 이거 정말 내가 사자 따위에 놀라는 사람인지 그놈들을 여기 보낸 분들에게 잘 좀 보여줘야겠구먼! 이 사람아, 거기서 내리게! 자네가 사자 사육사라면 우리를 열어 그 짐승들을 여기 내 쪽으로 몰아내라고. 이 들판 한가운데서 라 만차의 돈 끼호떼가 누구인지 한번 똑똑히 보여주겠어. 내게 요놈들을 보낸 마법사들에겐 안됐고 섭섭한 일이겠지만 말이야."

"그럼 그렇지!" 이때 그 신사는 혼잣말로 말했다. "이 알량한 기사가 진짜 누구인지 이제 증거를 보여주는구먼. 그러니 그 레께손 치즈가 머리 껍질을 말랑말랑하게 만들고 골을 녹였나보지."

이때 싼초가 그에게 와서 말했다.

"나리, 제발 부탁인데, 귀하께서 우리 주인 돈 끼호떼 나리가 저 사자들과 싸우려는 걸 좀 말려주세요. 일단 싸움이 나면 여기 우리 모두가 박살날 거구만요."

"그렇다면 자네 주인이 그토록 미치광이란 말인가?" 신사가 말을 받았다. "그러니 저 사나운 짐승들과 결투를 벌일 거라 생각하고 지금 두려워서 하는 말인가?"

"미치광이가 아니라 대담한 분이시지요."

"내가 그런 짓을 못하도록 하지."

그러고는 사육사에게 우리를 열라고 다그치고 있는 돈 끼호떼에게 다가가 말했다.

"기사 나리, 방랑기사님들은 반드시 성공할 만한 희망이 있는 모험에 뛰어들지, 아무리 보아도 그런 희망이 없는 모험은 안한답니다. 무모함의 범주에 들어가는 용기란 힘이 센 것이 아니라 미친 짓이니까요. 더구나 이 사자들은 나리를 공격하지도 않았고 그런 꿈도 꾸지 않고 있사옵니다. 국왕 폐하께 선물로 올리는 거니 이를 지체시키거나 운반을 막는 건 잘못된 겁니다."

"신사님은 그냥 떠나시지요." 돈 끼호떼가 대답했다. "가서, 성질 온순한 후림 꿩이나 토끼 잡는 용감한 족제비하고 노시지요. 사람마다 자기 할 일이 있으니 말리지 마시고요. 이 일은 본인의 일입니다. 이 사자 나리들이 본인에게 올지 안 올지는 내가 압니다."

그러고서 사자 사육사를 돌아보며 말했다.

"이런 능구렁이 같은 친구야! 당장 우리 문을 열지 않으면 이 창으로 찔러 수레에다 꿰어놓겠다, 이놈!"

짐수레꾼은 무장한 그 괴물의 결심을 알아차리고 그에게 말했다.

"나리, 제발 부탁입니다만, 제가 노새들의 멍에를 풀어 저와 함께 피신시킨 뒤 사자들을 풀어놓겠습니다요. 만일 우리 노새들을 다 물어죽이면 전 평생 울고 살 겁니다. 제 재산이라고는 이 수레와 노새들밖에 없거든요."

"사람을 그렇게 믿지 못하는가, 이 사람아!" 돈 끼호떼가 대답했다. "내리게, 그리고 멍에를 풀어 원하는 대로 하게. 얼마 안 있으면 쓸데없이 고생만 한 걸 알게 될 텐데…… 이런 번거로운 짓은 안해도 될 텐데 말씀이야."

짐수레꾼이 내려서 급히 멍에를 풀었고, 사육사가 고함을 치며 큰 소리로 말했다.

"여기 계시는 모든 분이 저의 증인이십니다. 우리를 열고 사자를 풀어주는 건 제 뜻과는 반대로 강압에 못 이겨 여는 겁니다. 제가 이분에게 경고하지만, 앞으로 이 짐승들이 저지른 모든 상처나 사고는 모두 그가 책임지고 배상해야 한다는 겁니다. 거기에다 제 급료와 권리금도 가산해서 말이지요. 여러 어르신들, 여러분들, 제가 열기 전에 몸을 피하십시오. 물론 제게는 절대 상처를 입히지 않을 걸 알지만요."

그 신사는 다시 한번 돈 끼호떼에게 그런 미친 짓은 하지 말라고 설득하면서 그런 바보 같은 짓을 하는 건 하느님을 시험하는 나쁜 짓이라고 했다. 그 말에 돈 끼호떼는 자기가 하는 일을 자기는 알고 있노라 대답했다. 신사는 정말로 잘 생각해보라면서 자기가 판단하기로는 지금 잘못 생각하고 있는 것 같다고 말하자 돈 끼호떼가 대답했다.

"자, 나리, 만일 나리께서 생각하신 대로 이번에 일어날 비극의 관중이 되는 걸 원치 않으시다면 그 잿빛 암말을 몰아 피하시지요."

그 말을 듣고 싼초는 눈물을 머금고 그런 일은 제발 그만두시라고 애걸했고, 풍차 사건과 공포스러운 물레방아 사건이며, 끝으로 나리께서 살면서 평생 겪은 모든 모험도 이번의 큰일에 비하면 그냥 누워서 떡 먹기였다고 말했다.

"이보세요, 나리, 여기에는 마법도 없고 그 비슷한 것도 없습니다요. 소인이 우리 문틈과 쇠창살 사이로 진짜 사자의 발톱 하나를 보았는데요, 그걸로 추정해볼 때, 그 정도 발톱을 가진 사자라면 산더미보다 더 클 거라는 생각이 들었어요."

"공포라는 게, 적어도 그대에게는 그놈이 세상의 절반보다도 더 크게 보이게 할 걸세. 저리 물러서게, 싼초, 비키라고. 내가 여기서 죽으면, 그대는 우리가 이미 예전에 약정한 것을 알고 있겠지. 즉, 둘시네아 아씨께 가서 고하는 거 말일세, 더이상 말을 않겠네."

이 말과 함께 다른 말도 덧붙이니 더이상 말릴 가망이 없어 보였고, 그 빗나간 의도를 기어이 실천하고 말겠다는 태도였다. 푸른 외투의 신사가 직접 막아볼까 생각도 했으나 무기가 없어 상대가 되지 않았고 미친 사람과 맞서 싸움을 벌인다는 게 분별없는 짓 같았다. 이제 그에게 돈 끼호떼는 완전히 미친 사람으로 보였으니까. 돈 끼호떼는 또다시 사육사에게 재촉을 했고, 되풀이해서 협박을 했다. 그때 신사도 말을 몰아 피하고 싼초도 당나귀를 몰았고 짐수레꾼도 노새를 피신시켰다. 사자들이 우리에서 풀려나기 전에 되도록이면 그 수레에서 멀리 떨어지려 안간힘을 썼다.

싼초는 울었다. 이번에야말로 틀림없이 주인님이 사자들 발톱에 찢겨죽게 될 거라며 자신의 신세를 욕하고 한탄하면서 다시 그를 섬기겠다고 생각했던 게 불행의 시작이라 했다. 그러나 울고 한탄한다고 해서 싼초가 그 자리에 있었던 것은 아니고, 당나귀를 채찍질해 수레로부터 멀리 떨어졌다. 사자 사육사는 도망간 사람들이 다들 제대로 피신한 것을 보자 돈 끼호떼에게 한번 더 경고했다. 돈 끼호떼는 다 들었으니 더이상 예고나 경고는 필요없다며 아무리 그래도 소용없을 테니 어서 빨리 열기나 하라고 했다.

사육사가 첫번째 우리를 여는 동안 돈 끼호떼는 이 결투를 그냥 서서 해야 좋을지 말을 타고 해야 할지 잠시 검토하다가 서서 하기로 했는데 로신안떼가 사자들을 보고 기겁을 할까 두려웠기 때문이다. 그래서 말에서 뛰어내려 창을 던져버리고 방패를 움켜잡고 칼집에서 칼을 빼어든 돈 끼호떼는 한 발 한 발 엄청난 담력과 용맹으로 수레 앞에 다가가 자세를 취했다. 온 마음으로 하느님께 가호를 청했고 아울러 둘시네아 아씨에게도 도움을 청했다. 알려진 바로는 이 대목에 이르러 이 진짜 역사의 작가는 소리치며 이렇게 얘기했다. "오, 강력하시고 모든 칭찬을 능가하는 활기찬 기사 라만차의 돈 끼호떼여, 세상 모든 용감한 자들이 본받아야 할 귀감이며 에스빠냐 기사들의 명예요, 영광이었던 돈 마누엘 데 레온, 그 새로운 두번째 돈 마누엘이여! 무슨 말로 이런 경악스러운 공적을 이야기할 것이며, 무슨 언변이 있어 앞으로 오는 세대에 이 사건을 믿게 할 것이며, 세상의 모든 과장의 과장으로 칭찬하고 둘러친들 지금 이 사건에 맞지 않고 그대에게 부합하지 않는 말이 어디 있겠는가? 그대는 발로 서서, 홀로, 대담성 하나로, 대범함 하나로, 칼 하나를 손에 쥐고, 그것도 잘 드는 개칼'도 아닌 그냥 칼로, 그다지 반짝이지도 않고 깨끗하지도 않은 강철로 만든 방패를 들고 아프리카 밀림이 기른 전무후무한 가장 사나운 사자들과 대적하겠다고 기다리고 있노라. 그대의 행적 그 자체가 그대를 칭송하게 만드노라, 용감한 라 만차의 기사여, 그대를 칭송할 말이 더이상 없어 이 자리에서 이야기를 마치겠노라."

이미 언급한 작가의 감탄은 여기에서 끝나고 그는 역사의 실마리를 다시 이어가면서 이야기를 계속했다. 작가의 말에 의하면 돈끼호떼가 이미 자세를 잡은 것을 본 사육사는 수사자를 풀어놓을 수밖에 없었는데 담력이 크고 화가 난 그 기사가 불행에 빠지는 건 어쩔 수 없다고 생각했다. 이미 말했듯이 수사자가 있던 첫번째 우리가 활짝 열렸는데, 사자는 엄청나게 크고 무척 공포스러운 흉악한 몰골이었다. 사자가 처음 한 짓은 누워 있던 우리 안에서 몸을 뒤척이더니 발톱을 쭉 뻗으며 온몸으로 기지개를 켜는 것이었다. 그러고는 입을 벌려 아주 천천히 하품을 하고 거의 두뼘이나 되는 혀를 밖으로 꺼내어 눈의 먼지를 털고 얼굴을 닦았다. 그리고 나서 우리 밖으로 대가리를 내어 불처럼 이글거리는 눈빛으로 이리저리

---

1 원문에는 15세기 똘레도의 칼 제조 명장 훌리안 델 레이(Julián del Rey)가 만드는 폭이 넓은 단도 종류를 언급하고 있다. 칼날에 개가 그려져 있어 '개칼' 또는 '무어인의 칼'이라고 불렀다.

사방을 둘러보는데 세상 무서운 공포의 제왕도 공포를 느낄 만한 눈빛과 몸짓이었다. 오직 돈 끼호떼만이 사자를 뚫어지게 바라보고는 금방 수레에서 뛰어내려와 자기와 한판 붙기를 기다리고 있었다. 돈 끼호떼는 자신의 손으로 사자를 박살내겠다고 생각하고 있었다.

지금까지 한번도 보지 못한 극단에 다다른 그의 광기가 여기까지 왔는데 너그러우신 사자는 오만보다는 사려가 깊은지라 그런 엄포나 어린애 장난 같은 짓에는 관심을 두지 않고, 말했듯이 한두번 이리저리 둘러본 뒤 등을 돌렸다. 그리고 돈 끼호떼에게 엉덩이만 보이더니 천천히 느릿느릿한 몸짓으로 다시 우리 안에 누웠다. 그 광경을 지켜본 돈 끼호떼는 사육사에게 어서 사자를 몽둥이로 쳐서 흥분시켜 밖으로 내몰라고 명령했다.

"그 짓은 저도 못하겠습니다요." 사육사가 대답했다. "제가 잘못 건드렸다가는 박살나는 사람이 바로 제가 될 것이기 때문입니다. 기사님, 나리께서는 이 정도로 만족을 하시지요. 이 정도 했으면 용기라는 걸 보여주신 거로는 최고라고 말할 수 있겠습니다. 그러니 한번 더 운을 시험해볼 생각은 마십시오. 문을 열어놓았으니 사자가 밖으로 나오거나 나오지 않는 건 제 맘에 달려 있으나 지금까지 나오지 않은 걸 보면 온종일 기다려도 나오지 않을 겁니다. 나리의 위대한 담력은 이제 다 증명되었습니다. 제가 알기로 세상의 어떤 용감한 투사도 적에게 일단 결투를 청한 뒤에는 싸움터에서 기다리면 되지 그 이상의 의무는 없습니다. 상대방이 싸움에 나오지 않으면 그 사람에게 불명예가 돌아가고, 기다리던 투사에게는 승리의 월계관이 돌아갑니다."

"그건 사실이지. 그럼 그 문을 닫게, 친구. 그리고 되도록 확실하게 여기서 본 대로 내 행동을 잘 증언해주길 바라네. 그대가 어떻게 사자에게 문을 열어주었으며, 내가 어떻게 기다렸고, 사자가 나오지 않았고, 내가 다시 기다렸고, 사자가 다시 나오지 않고 그냥 자리에 눕고 말았다는 걸 알리는 게 중요하지. 이제 내 할 일은 끝났고 마법도 밝혀졌지. 그리고 이성과 진실로 진정한 기사도에 대한 하느님의 가호가 있길 바라네. 내가 이미 말한 대로 그 문을 닫게나. 그동안 나는, 도망가서 여기 있지 않은 사람들을 불러서, 자네 입을 통해 직접 이 행적을 듣도록 하겠네."

사자 사육사는 시키는 대로 했고, 돈 끼호떼는 창끝에다 아까 얼굴에 비처럼 쏟아지던 레께손 치즈를 닦던 그 헝겊을 붙이고, 신사를 앞세우고 떼 지어 걸음아 날 살려라 돌아보지도 않고 도망가던 사람들을 불렀다. 그런데 싼초가 그 하얀 헝겊의 표시를 보고는 말했다.

"저기 저 우리 주인님께서 틀림없이 그 사나운 짐승들을 이긴 거야. 그래서 우리를 부르고 있다니까."

모두들 발을 멈추었다. 그리고 신호를 보내는 사람이 돈 끼호떼임을 알아보고 두려움을 잊고 그들을 부르는 돈 끼호떼의 목소리가 분명히 들리는 곳으로 조금씩 다가갔다. 마침내 그들은 짐수레 있는 데로 왔는데, 그들이 다가오자 돈 끼호떼가 짐수레꾼에게 말했다.

"이 사람아, 노새들에게 다시 멍에를 씌우고 가던 길을 계속 가시게나. 그리고 그대, 싼초는 저 사람과 사자 사육사에게 금화 2에 스꾸도를 주도록 하게. 나를 위해 지체해준 그 댓가로 말씀이야."

"물론이지요, 그러구말구요. 하지만 사자들은 어찌 되었습니까? 죽었습니까, 살았습니까?"

그러자 사자 사육사가 자기가 아는 대로 하나하나 자세하게 그 대결의 전말을 되도록 돈 끼호떼의 용기를 최대한 과장해서 이야기했다. 돈 끼호떼의 얼굴을 보자 사자는 겁을 집어먹고 우리에서 나오려고 하지 않고 감히 엄두도 내지 않았다, 상당 시간 동안 우리를 열어두었음에도 불구하고 그랬다고 말했다. 사육사는 기사님은 사자를 흥분시키라고 했지만 사자가 억지로 나오게 흥분시키는 건 하느님을 시험에 빠뜨리는 일이라고 자신이 말했으며 기사님은 그럴 의사가 전혀 없었고 비록 기분 나빠했지만 문이 닫히도록 할 수밖에 없었다고 했다.

"이걸 들으니, 어떤가, 싼초?" 돈 끼호떼가 말했다. "진정한 용기 앞에 마법 따위가 통할 수 있는가? 마법사들이 내게서 행운을 앗아갈 수는 있겠지만 용기와 노력을 앗아가는 건 불가능할 거야."

싼초는 금화를 주었고 짐수레꾼은 노새를 묶었으며 사자 사육사는 돈 끼호떼에게 감사의 표시로 손에 키스하면서 궁중에 도착하면 그 용감한 행적을 국왕 폐하에게도 이야기해드리겠다고 약속했다.

"혹시 폐하께서 누가 그런 일을 해냈냐고 물으시거든 '사자의 기사'라는 분이라고 말해주게나. 이제 앞으로 본인은 지금까지는 '불쌍한 몰골의 기사'로 불렀던 것을 이걸로 바꿀 테니까. 이렇게 함은 방랑기사들의 옛 관습을 따르는 것일 뿐이야. 그분들은 알맞다고 생각하거나 원하면 언제나 이름을 바꾸곤 했지."

수레는 계속해서 자기 길을 갔고, 돈 끼호떼와 싼초, 그리고 푸른 외투의 신사 또한 자기 갈 길을 갔다.

이러는 동안 돈 디에고 데 미란다는 말 한마디도 하지 못하고 돈 끼호떼의 말과 행동만 그저 열심히 주의해서 보고 또 보고 할 뿐이었다. 그가 보기에 돈 끼호떼는 정신이 말짱한 미치광이거나 정신이 가끔 드는 미치광이 같았다. 그는 돈 끼호떼의 역사 첫 부분을 아직 들어본 적이 없었는데, 그것을 읽었다면 돈 끼호떼의 말이나 행동이 어떤 종류의 광기인지를 알았을 것이기 때문에 놀라움은 없었을 것이다. 그러나 그는 아는 게 없었기에 때로는 돈 끼호떼를 말짱하게 보기도 하다가 때로는 미치광이로 보았으니, 말을 할 때는 언변이 좋고 사리정연하고 멋지지만 행동을 보면 엉터리 바보이고 무모하기 때문이었다. 그래서 그는 혼잣말로 말했다.

"투구 안에 레께손 치즈가 가득 들어 있는 걸 마법사들이 자기 머리를 말랑말랑하게 만들어버렸다고 생각하는 그런 미친 발상이 세상 어디에 있는가? 그리고 사자들과 싸우겠다고 억지로 덤비는 그런 무모함과 바보짓이 세상 어디에 있는가?"

이런 여러가지 생각과 혼잣말을 하고 있는데 돈 끼호떼가 그를 깨우며 이런 말을 했다.

"귀하는 틀림없이 본인이 정신 나간 미치광이 같은 사람으로 생각하지 않을 수 없을 것이외다, 돈 디에고 데 미란다 나리. 그리 생각하시는 것도 큰 무리가 아니지요. 왜냐하면 나의 행적이 달리 생각할 수 없도록 그걸 증명하고 있으니까요. 하지만 아무리 그래도 귀하의 눈에 보이는 것처럼 본인이 그렇게 미치거나 모자라는 사람이 아니라는 걸 귀하께서는 아시길 바랍니다. 멋진 기사 하나가 대광장 한가운데서 사나운 투우를 창으로 격퇴하는 걸 성공할 때는 왕의 눈에도 기사가 훌륭하게 보일 거고, 번쩍이는 무기로 무장한 기사가 귀부인들 앞에서 즐거운 창 싸움 기마전에 나가 경기장을 지나갈 때는 훌륭하게 보일 것이외다. 모든 기사가 군사 행동이나 그 비슷한 작전에서 구경거리로 즐겁게 하고, 말하자면 왕족들의 궁전을 영예롭게 빛내주면 그런 기사들이 훌륭해 보일 것이외다. 그러나 이들 모두보다 더 훌륭한 것은 한 방랑기사가 사막을, 적막산천을, 십자로를, 밀림을, 산 등을 가리지 않고 위험한 모험을 찾아다니며 오로지 사람들에게 운 좋은 행복한 정상을 찾아주려는 뜻으로, 오직 영예롭고 영구한 명성을 얻고자 싸우는 것이외다. 말하자면, 어떤 궁중기사가 도회에서 처녀에게 수작을 거는 것보다 방랑기사가 인적 하나 없는 어느 장소에서 어떤 과부를 구해주는 게 더 훌륭하게 보일 겁니다. 모든 기사는 각자의 특수한 사명이 있지요. 궁중 사람은 귀부인들을 모시고, 하인들과 함께 왕의 궁을 빛내고, 가난한 기사들을 자기 식탁의 훌륭한 음식으로 대접하고, 창 싸움 경기를 조정하고, 경기를 운영하고, 그리고 너그럽고 멋지고 위대하게 보여야 하며, 특히 훌륭한 기독교인이어야 할 것입니다. 이렇게 함으로써 자신의 정확한 임무를 수행하게 됩니다. 그러나 방랑기사는 세상 구석구석을 찾아다니며 아주 복잡한 미로에도 들어가고, 가는 곳마다 불가능한 일에 뛰어들며, 한여름의 불타는 태양 볕에도 인적없는 황무지에서 버티며 살고, 겨울에는 바람과 얼음의 혹독한 시련을 견디고, 사자들도 무서워하지 않고 요괴에도 놀라지 않으며 괴물도 두려워하지 않지요. 이놈들을 찾고 저놈들을 쳐부수고 모두를 이기는 게 기사의 중요한 진짜 임무올시다. 본인은 방랑기사도의 일원이 되는 행운을 얻게 된 자로서 본인의 관할구역에 속한다고 사료되는 모든 일에 뛰어들지 않으면 안되는 기사올시다. 따라서 지금 사자들을 물리쳤듯이 이런 공격은 바로 본인의 직접 소관이었습니다. 비록 기상천외의 무모함인줄은 알았으나, 용기라고 하는 건 비겁이냐 무모함이냐 하는 두 극단적인 악덕 사이에서 구한 높은 덕을 말하지요. 그러나 용기있는 자에겐 비겁이라는 상황에 다다를 만큼 내려가는 것보다는 무모함의 경지까지라도 올라가는 게 그래도 나쁘지 않은 방법인 겁니다. 이것은 인색한 자보다는 낭비벽이 있는 자가 관대하게 변하기가 더 쉽듯이 무모한 자가 진짜 용기있는 사람이 될 가능성이 더욱 높지, 비겁한 자가 진짜로 용감한 길로 올라갈 수는 없지요. 모험에 뛰어드는 일은, 돈 디에고 씨, 지는 한이 있어도 화투장 하나 모자라서 지는 것보다는 차라리 한장 더 써보는 길이 옳다는 걸 잊지 마십시오. 왜냐하면 누가 들어도 '이러이러한 기사는 겁이 많고 비겁하다'는 말보다는 '이러이러한 기사는 겁이 없고 놀랄 만큼 용감하다'는 소리가 듣기에도 좋기 때문이지요."

"돈 끼호떼 나리, 나리께서 하신 모든 말씀이나 행동이 정말 사리에 맞고 지당하다고 할 수 있겠네요. 제가 알기로는 방랑기사도의 법칙이나 법령이 사라진다 해도 기록이나 서류 보관소에 남아 있듯이 나리 가슴속에서 살아 있는 그 법칙을 발견하게 될 겁니다. 자, 서두르시지요. 이러다가 늦겠습니다. 빨리 우리 마을, 우리 집으로 갑시다. 거기 가서 나리의 지난 노고를 다 풉시다. 육체적 노고가 아니었다 할지라도 정신적 노고가 컸겠지요, 그러다보면 자연히 육체의 피로가 겹치게 되고요."

"초대를 커다란 자비와 은혜로 받아들이겠습니다, 돈 디에고 씨." 돈 끼호떼가 대답했다.

그리고 지금까지보다 더욱 박차를 가하여 돈 디에고의 마을, 그 집에 도착하니 오후 2시쯤 되었다. 돈 끼호떼는 그를 '푸른 외투의 기사'라고 불렀다.

18장

푸른 외투의 기사의 집 또는 성에서
돈 끼호떼에게 일어난 일과 그밖의 기상천외한 사건들

돈 디에고 데 미란다의 집은 시골집이라 널찍했다. 거친 돌로 만든 문장은 길가 대문 위에 붙어 있었고, 술 창고는 마당에, 지하실은 문간에 있었으며, 그 주변으로 술독이 많이 놓여 있었는데 모두 엘 또보소에서 사온 것들이니[1] 이를 본 돈 끼호떼는 마법에 걸려 농군으로 둔갑해 있던 둘시네아 아씨가 다시 떠올랐다. 돈 끼호떼는 한숨을 쉬고 앞에 누가 있는지, 자기가 무슨 말을 하는지도 모른 채 말을 했다.

"오, 불행하게 나와 인연이 된, 다정한 옷깃이여, 한때는 그토록 다정하고 즐거웠던 사람이여, 오, 엘 또보소의 술독들이여! 그대들이 나를 가장 마음 아프게 한 다정한 임의 기억을 떠올리게 하는구나!"

---

1 엘 또보소는 예로부터 술독 만들기로 유명한 공장들이 많았다.

이 말을 마침 어머니와 함께 그를 맞이하러 나온 학생 시인인 돈 디에고의 아들이 들었다. 어머니와 아들은 돈 끼호떼의 이상한 모습을 보고 어찌할 바를 몰라했고, 돈 끼호떼는 로신안떼에서 내려와 온갖 예절을 다 갖추고 그녀의 손에 키스하겠다고 청했다. 그러자 돈 디에고가 말했다.

"부인, 라 만차의 돈 끼호떼 나리를 늘 그렇듯이 즐거운 마음으로 맞으시지요. 앞에 계신 이분은 방랑기사님으로 세상에서 가장 점잖고 용감하신 분이라오."

이름이 도냐 끄리스띠나라고 하는 이 부인은 매우 애정 어린 예의있는 태도로 그를 맞았고, 돈 끼호떼는 대단히 정중하고 사려 깊은 말로 그녀를 대했다. 그리고 똑같이 정중한 태도로 학생을 대했는데 그는 돈 끼호떼가 말하는 걸 듣고 그를 아주 사려 깊고 총명한 사람이라 여겼다.

여기서 작가는 돈 디에고 집의 모든 환경을 다 묘사하고, 그 글에서 부자인 농촌 양반의 집이 갖추어야 할 모든 것을 그리고 있다. 그러나 이 역사의 번역자는 그런 자질구레한 사항들은 그냥 입을 다물고 지나가는 게 좋으리라 생각했다. 그런 것들은 이 역사 이야기의 주된 목적과는 별로 상관이 없기 때문이다. 역사야말로 쓸데없는 냉랭한 사실을 나열하기보다는 사실 그대로를 말하는 데 역점을 두어야 한다.

그들은 돈 끼호떼를 어느 방으로 모셨다. 싼초가 갑옷을 벗겨 그의 바지와 조끼가 드러났는데, 양가죽으로 만든 조끼는 갑옷의 기름때로 범벅이 되어 있었고, 풀도 먹이지 않고 레이스도 없지만 학생풍으로 어깨 위까지 덮는 목깃이 달려 있었다. 편상화는 대추야자 색깔인데 양초로 기름을 먹였고, 물개가죽으로 만든 칼띠에 팬

찮은 칼을 매달아 허리에 차고 있었는데, 여러해 동안 신장에 병이 있었기 때문이라는 말이 있다.[2] 또 거무스름하고 좋은 천으로 만든 망또 같은 것을 몸에 두르고 있었다. 그러나 냄비 숫자에 대해서는 약간씩 차이가 있지만, 다섯인가 여섯 냄비의 물을 써가며, 얼굴과 머리를 감았는데도 우유 찌꺼기 색깔 물이 나왔으니 그건 먹을 것 좋아하는 싼초의 습성 때문에 그 빌어먹을 말랑말랑한 치즈를 사서 주인님을 그토록 허옇게 뒤집어씌운 탓이었다. 이미 언급한 치장을 하고 우아하고 점잖은 자태로 돈 끼호떼는 다른 방으로 갔는데, 거기엔 식탁을 차리는 동안 재미있는 이야기나 나눌까 하고 학생이 기다리고 있었다. 이런 고귀한 손님이 오셨으니, 도냐 끄리스띠나 마님으로서는 자기 집에 오시는 분은 어떻게 모시는지를 보여주고 싶었다.

돈 끼호떼가 갑옷을 벗고 있는 동안 이름이 돈 로렌소인 돈 디에고의 아들이 아버지에게 이런 말을 했다.

"아버님, 아버님께서 집에 모시고 온 그 기사분을 누구시라고 해야 할까요? 그 이름이나 모습도 그렇고 자신을 방랑기사라고 하는 것 모두 어머님과 제게는 이상하고 놀라울 뿐인데요."

"글쎄, 뭐라고 해야 할지 모르겠구나, 얘야. 네게 할 수 있는 말은, 세상에서 제일 미치광이 짓을 하는 걸 보았는데, 막상 그는 가장 사려 깊은 말을 해서 미친 행동을 지워버리고 안 그랬던 것처럼 생각하게 만들더라는 것뿐이구나. 네가 직접 말을 해보고 그가 아는 것을 가늠해보려무나. 너는 사려가 깊으니 그가 정신이 가장 말짱할 때 이 사람이 제정신인지 바보인지를 판단해보렴. 내 생각으

---

[2] 돈 끼호떼가 그냥 허리띠에 칼을 찬 게 아니라 물개가죽 칼띠에 찬 것은 당시 물개가죽이 신장에 좋다는 미신이 있었기 때문이다.

로는 사실 이 사람이 정신이 말짱하기보다는 미치광이 같다만 말이다."

이리해서 이미 말했듯이 돈 로렌소는 돈 끼호떼와 이야기를 나누러 갔던 것이다. 둘 사이에 오간 다른 이야기도 많지만 그중에서 돈 끼호떼는 돈 로렌소에게 이런 말을 했다.

"귀하의 부친이신 돈 디에고 데 미란다 나리께서는 귀하가 가진 이상한 재주와 기묘한 천재성에 대한 얘기를 해주셨지요. 특히 귀하가 대단한 시인이라면서요."

"시인은 시인이지요. 하지만 대단한 시인이라는 생각은 못해봤습니다. 시를 좋아하고 좋은 시인들의 시를 읽는 게 취미인 건 사실이나 우리 아버님이 말씀하시듯 대단한 시인이라는 이름을 붙일 정도는 아니올시다."

"그토록 겸손하니 그것도 나쁘지 않아 보이는군요. 왜냐하면 시인치고 오만하지 않은 시인이 없거든요. 자신이 늘 세상에서 제일가는 시인이라고 생각하는 게 보통이지요."

"세상일에 다 예외는 있는 법입니다. 진짜 훌륭하면서도 오만한 생각을 하지 않는 시인도 있겠지요."

"별로 없을 겁니다. 한데 귀하가 지금 손에 들고 온 시는 어떤 시인지 말해줄 수 있나요? 귀하의 부친께서 말씀하시기를 무슨 시 문제가 귀하를 약간 고민에 빠뜨렸다고 했습니다만…… 그것이 차운하는 문제라면 차운에는 나름대로 일가견이 있으니 들어보고 싶소이다. 그러니 그 시들을 한번 읽어보고 싶구려. 문학상을 받으려 시를 낼 때는 되도록이면 이등상을 받도록 노력하세요. 일등은 항상 신분이 높거나 뒷배경이 좋은 사람이 가져가니, 순전히 정당한 실력으로 가져가는 건 이등이지요. 삼등이 이등인 셈이고, 이런 식으로 계산하면 일등은 삼등이지요, 대학교에서 주는 학위 같은 수로 따지면 말이에요. 하지만 어쨌든 '일등'이라는 이름은 위대한 인물이라는 거지요."

'지금까지로 봐서 당신은 미친 사람 같지는 않은데, 더 두고 보지, 뭐.'

이런 생각을 하면서 돈 로렌소는 말했다.

"귀하께서는 학교 공부도 하신 것 같은데, 무슨 학문을 하셨나요?"

"방랑기사학을 했습니다. 그 학문은 시처럼 좋은 공부이지요. 어쩌면 손가락 두개쯤 더 나은 학문이라고나 할까요."

"저는 그게 무슨 학문인지는 모르겠고, 지금까지 그런 학문 이야기를 들어본 적도 없습니다."

"그 학문은 말이에요, 모든 학문을 포함하고 있지요. 방랑기사가 되려면 법학자여야 되고 분배정의와 교환법칙을 알아야 합니다. 그래야 각자에게 맞고 또 그의 것을 제대로 줄 수 있으니까요. 방랑기사는 또한 신학자여야 하니, 필요할 때 어디에서나 자신이 실천하고 있는 그리스도 신앙법칙을 확실히 남다르게 적용할 줄 알아야 하기 때문입니다. 그뿐 아니라 기사는 의사여야 하는데, 주로 약용식물 전문가여야 하지요. 사막이나 인가가 없는 곳에 있더라도 상처를 입었을 때 치유해줄 사람을 찾아다닐 수는 없는 노릇이니 상처를 낫게 해주는 약효가 있는 풀을 알아야 하지요. 방랑기사는 또한 천문학자여야 하니, 어떤 곳의 날씨나 현재 밤 몇시가 지났는지 알려면 별을 보아야 하거든요. 또한 수학을 알아야 하는데, 일이 벌어질 때 수학이 필요한 경우가 생기니까요. 모든 신학적 기본 덕을 다 갖추어야 하는 점은 제쳐두더라도, 다른 세세한 부문으로 내려가보면, 니꼴라스인가 니꼴라오인가라는 사람은 수영을 했다고 하듯이[3] 수영을 할 줄 알아야 하고, 말발굽을 갈거나 말안장과 고삐를 제대로 정리할 줄도 알아야 합니다. 다시 위의 이야기로 돌아가면 하느님과 귀부인께 믿음을 지킬 줄 알고, 생각은 늘 순수하며, 말은 늘 정중하고, 행동은 너그럽고 자유로우며, 실천에는 용감하고, 고난에는 끈기를 보이며, 없는 사람에게는 자비롭고, 그리고 마지막으로 진실을 지키며 목숨을 걸고라도 진실을 위해 싸우는 자가 방랑기사입니다. 좋은 방랑기사는 이런 작고 큰 모든 역할을 하고 있지요. 이 정도인데, 돈 로렌소 씨, 기사가 배우고 실천하는 학문이 귀하가 보기에 코흘리개들이나 배우는 공부 같습니까? 체육관이나 학교에서 가르치는 가장 고양된 학문과 같은 수준인지 비교해보시지요."

"만약 그렇다면 말씀하시는 학문이 모든 학문을 능가하는군요."

"'그렇다면'이라니요?" 돈 끼호떼가 맞받아쳤다.

"제 말뜻은 사실 그 많은 지식과 덕을 갖춘 방랑기사가 옛날이나 지금 실제로 있겠느냐는 의문에서 나온 거지요."

"많이 했던 말이지만 지금 다시 말씀드립니다. 세상 사람 대부분은 이 세상에 방랑기사 같은 건 없었다는 견해를 가지고 있습니다. 내 생각에는 하늘이 어떤 기적적인 힘을 발휘해 지상에 방랑기사가 있었고, 지금도 있다는 사실을 알리지 않는 한 이를 밝히기 위한 어떤 노력도 헛수고일 겁니다, 저의 많은 경험에 비추어볼 때 말입니다. 많은 사람이 빠져 있는 그런 잘못된 생각을 지닌 귀하를 고치려고 지금 시간을 낭비하고 싶지는 않습니다. 내가 하고 싶은

---

3 12세기 말에 프로방스의 음유시인 리몽 조르당(Rimon Jordan)이 언급한 인물인데, 땅과 바다에서 생활할 수 있는 수륙양서형 인간이었다고 전한다.

게 있다면 귀하의 잘못된 생각을 고쳐주십사 하늘에 빌고, 지난 세기에 방랑기사들이 얼마나 세상에 유익하고 필요한 존재였는지, 그리고 현세에도 그 제도를 이용한다면 얼마나 도움이 되는지를 알려주십사 비는 거지요. 그러나 지금은 죄 많은 사람들의 잘못으로 게으름과 일 안하고 노는 것, 많이 먹고 편안하게 사는 것만 다들 최고로 치고 있습니다."

'우리 손님께서 잘도 도망을 가시는구면.' 돈 로렌소는 속으로 중얼거렸다. '하지만 어쨌든 이 양반은 참 이상야릇한 미치광이야. 그렇게 생각하지 않는다면 내가 모자라는 바보 천치지.'

식사하라는 소리가 들려 그들의 대화는 이쯤에서 끝났다. 돈 디에고는 아들에게 손님의 지혜를 보고 얻은 결론이 무엇이냐고 물었고, 그 말에 아들이 대답했다.

"세상 모든 의사와 훌륭한 글쟁이들이 다 와서 살펴도 그의 미친기를 해독해낼 사람은 없을 거예요. 말하자면 가끔씩은 총명한 데가 많은 반쯤 미치광이지요."

그들은 식사를 하러 갔다. 돈 디에고가 말했듯이 음식은 손님들에게 늘 차려주는 그런 성찬이었으니, 깨끗하고 넉넉하고 맛있는 음식들이었다. 그러나 무엇보다 돈 끼호떼의 마음에 들었던 것은 까르뚜하 수도원에 온 것처럼 온 집에 그득한 찬연한 고요였다. 식탁보를 걸고 기도를 하고 손을 씻은 뒤, 돈 끼호떼는 돈 로렌소에게 그 문학상 시를 읽어줄 수 없느냐고 간곡히 청했고, 그 말에 돈 로렌소는 자기는 시 좀 읽어달라고 간청하면 거절하고 청하지 않으면 시를 뱉어내는 그런 시인들처럼 보이는 건 싫다고 대답했다.

"제 시를 읽어드리겠습니다만 이 시로 어떤 상을 받으리라 기대하지 않습니다. 오직 제 능력을 연마하려고 써본 것입니다."

돈 끼호떼가 대답했다. "점잖은 친구 하나가 시를 차운하는 건 사람을 피곤하게 할 뿐이니 그런 짓은 하지 말아야 한다는 의견을 내놓았지요. 그의 말에 따르면, 그 이유는 차운을 할 때 말을 따온 원시를 절대 따라갈 수 없으며 대개 차운을 하는 데 요구되는 의도나 목적을 벗어난 경우가 많다는 거예요. 더구나 차운의 시법은 지나치게 제약이 많은데 의문사도 안되고, '말했다' '말하리라'도 안되고, 동사로 명사를 만들어도 안되고, 의미를 바꿔도 안되는 등 귀하도 알겠지만 차운을 짓는 사람들은 또다른 여러 어려운 제약과 법칙에 얽매여야 하니까요."

"참말이지, 돈 끼호떼 나리, 계속되는 귀하의 고상한 말에서는 무슨 흠집을 잡으려 해도 잡히지가 않는군요. 마치 미꾸라지처럼 제 손에서 빠져나가버리거든요."

"이해할 수 없군요." 돈 끼호떼가 말을 받았다. "귀하께서 '빠져나간다'고 했는데, 나로서는 그 말도 뜻도 모르겠습니다."

"제가 알아듣도록 설명을 드리지요. 하지만 지금으로서는, 나리. 그 차운을 한 시와 차운을 귀담아들어보시지요. 그 시는 이렇습니다.

만일 나의 '되었다'가 다시 '되다'가 된다면,
더이상 '되리라'를 기다리지 않으리,
가버린 세월을 다시 돌아오라 하는
그뒤에 오게 되는 세상에 대한……!

차운시

마침내 모든 것이 지나가듯
행운의 여신이 한때 나에게 준
적지 않은 행운도 행복도 지나가고
끝내 내게는 다시 오지 않았네,
충분히도, 적게도, 아무렇게도.
운명의 여신이여, 나는 이미 긴 세월을
그대 발밑에 엎드려 지내왔나니,
나에게 다시 한번 행운을 주오,
그리하면 나의 존재는 행복하게 되리라,
만일 나의 '되었다'가 '되다'가 된다면.

나는 다른 영광이나 즐거움
또다른 승리나 우승, 개선을 원치 않노라,
원하는 것은 내 기억 속의 아픔인
그 행복으로 다시 되돌아가는 것.
행운의 여신이여, 그대가 나를
그 자리로 되돌려준다면,
내 속의 불의 모든 횡포에도
따스하게 남아 있으리니,
더구나 이 행복은 다음이 되고,
더이상 '되리라'를 기다리지 않으리.

불가능한 일을 내가 청하는 거지,

한번 지나간 세월을 그뒤
다시 돌아오게 한다는 것은,
세상에 아무리 힘이 강하다 해도
그 정도로 힘을 펼치지는 못할 터.
세월은 달리고, 가벼이 뛰어
날아가고, 그리고 돌아오지 않으리니,
그러나 사람은 잘못을 저지르기도 하지,
있는 세월을 떠나가라고 하거나
가버린 세월을 다시 돌아오라 하는.

나는 황당한 세상에 살지,
때로는 기다리며, 때로는 두려워하지,
죽음은 다 아는 것이지, 그러니
죽으면서 그 고통에 출구를
찾는 것이 훨씬 나은 방법이지.
인생을 끝맺는 것이 나에게
관심이 있는 것 같지만, 그러나
그건 아니고, 더 좋은 말을 하다보면
삶의 욕망을 북돋아주지, 두려움이,
그뒤에 오는 세상에 대한.”

돈 로렌소가 차운시를 끝까지 다 읽자 돈 끼호떼가 벌떡 일어나
돈 로렌소의 오른손을 치켜들고 목소리를 높여 고함치듯 말했다.

“저 높고 높은 곳에 계시는 하늘이시여, 만세, 만만세! 위대한 청
년이여, 그대는 지상 최고의 시인이로다! 어느 시인이 말했듯이,

죄스러운 표현이지만 치쁘레나 가에따로부터 시인의 월계관을 받는[4] 게 아니라, 오늘날 살아 있다면 그리스의 아테네 한림원이나 현재 있는 빠리나 볼로냐, 그리고 쌀라망까 한림원에서 직접 월계관을 받을 만하도다! 만일 심사위원들이 일등상을 그대에게서 빼앗는다면 태양의 신 포이보스가 화살을 쏠 것이며, 뮤즈들이 절대로 그 집 문턱도 드나들지 못하도록 하늘이 그리할 것이로다. 나리, 부디 11음절 같은 큰 시구들이 있으면 몇 구절 들려주시구려. 내 그대의 놀라운 시재를 확실히 감지해보고 싶소이다."

비록 미치광이로 생각했지만 돈 끼호떼에게서 막상 칭찬을 받고는 돈 로렌소가 그토록 좋아했다니 재미있지 않은가? 오, 아부의 힘이여, 너의 그 즐거운 관할권의 한계는 얼마나 넓으며 어디까지 펼쳐 있더냐! 이 진리가 돈 로렌소의 믿음을 사게 해 그는 돈 끼호떼의 소망과 요구를 받아들였다. 그는 피라무스와 티스베의 설화, 또는 그 사랑 이야기에 바치는 쏘네트를 들려주었다.

쏘네트

피라무스의 우아한 마음을 연
아름다운 소녀는 성벽을 부수노라,
사랑은 치쁘레를 떠나 바로 보러 갔노라
좁고 불가사의한 바위 사이 균열을.

거기는 침묵이 말하는 곳, 너무 좁은

---

4 당시 리냔 데 리아사(Liñan de Riaza)나 환 바우띠스따 데 비바르(Juan Bautista de Vivar) 같은 시인들이 흔히 쓰던 과장된 표현이다.

협곡이라 목소리도 들어갈 수 없는 곳,
사랑은 세상에 가장 어려운 일도
쉽게 하나니, 두 마음이 거기로 들어갔도다.

욕망은 한계를 넘고, 이 부정한 처녀의
행방은 스스로 자신의 죽음을 청하나니,
이 무슨 얄궂은 운명의 이야기인가.

한 칼이 한순간에 이 둘을 죽이고,
오, 이상한 인연이여! 하나의 무덤이 그 둘을
숨기고, 기억 하나가 그들을 다시 부활시킨다.

"세상에, 이렇게 훌륭할 수가!" 돈 로렌소의 쏘네트를 듣고 돈 끼호떼가 소리쳤다. "수없이 많은 쓰레기 같은 시인들 중에 귀하처럼 쓸 만한 좋은 시인 한 사람이 있다니…… 정말 이 쏘네트야말로 내게 그런 생각을 하게 하는구려!"

돈 끼호떼는 나흘 동안 돈 디에고의 집에서 아주 편안하게 잘 지내고 나서 마침내 떠나게 해달라고 청하면서 이 집에서 받은 좋은 대접과 은혜에 감사드린다고 말했다. 그러나 방랑기사가 긴 시간을 편안한 생활과 한가함에 젖는 건 좋지 않으니 모험을 찾아 임무를 수행하러 떠나야겠다면서 사라고사에 모험거리가 많다는 소식을 들었으므로 그곳에서 결투 경기가 시작될 때까지 시간을 보낼 생각이라 했다. 사라고사가 바로 그가 목표로 한 행선지였지만 그 전에 몬떼시노스의 동굴에 들를 예정이었다. 그 동굴에 대해 주변에서 아주 놀라운 이야기들을 들었기 때문이다. 보통 루이데라라고 부르는 일곱 연못의 진짜 샘물이 나오는 곳이 거기인지 아닌지 탐색해보기로 했다.

돈 디에고와 그의 아들은 돈 끼호떼의 영예로운 결정을 칭찬하고, 자기 집이나 재산 중에서 마음에 드는 게 있으면 뭐든지 가져도 좋다고 하면서 최대한 성심껏 잘 모시겠으며 그것이 영예로운 그의 직업이나 인품의 가치로 보아 당연히 그들이 해야 할 일이라고 했다.

마침내 떠나야 할 날이 왔는데, 돈 끼호떼는 아주 즐거웠지만 싼초는 슬프고 불길했으니 돈 디에고의 집에서 아주 풍족하게 잘 지냈기 때문이다. 인적없는 곳이나 삼림에서 늘 그랬듯이 배고픔을 겪거나 별로 준비하지 못한 배낭 음식으로 근근이 살아야 한다는 게 내키지 않았으나, 그는 필요하다고 생각되는 만큼 배낭을 채웠다. 작별하는 마당에서 돈 끼호떼는 돈 로렌소에게 말했다.

"내가 귀하에게 다시 말했는지 모르지만, 했다 하더라도 다시 말하겠습니다. 명예의 전당 위 아무도 다다르지 못하는 정상에 오르기 위한 방법과 노력을 절약하라고 드리는 말씀인데, 그러려면 좀 어려운 시라는 오솔길을 한쪽으로 제쳐놓기만 하면 됩니다. 그리고 좀더 어렵고 어려운 방랑기사라는 길을 택하십시오, 그래야 눈깜짝할 사이에 황제가 되는 일도 생기지 않겠습니까."

이런 말로 돈 끼호떼는 일단 자신의 광기 어린 설교를 끝내고, 나아가서 그 말에 덧붙여 말했다.

"내가 돈 로렌소 나리를 직접 데려가고 싶을 때가 올지 누가 압니까. 굴종하는 자들을 어떻게 용서해야 하는지를 가르치고, 떵떵거리는 자들을 짓밟고 제압하는 법을 가르치기 위해서 말입니다. 그게 내가 수행하는 직업에 수반되는 지덕이거든요. 그러나 그대나이가 적으니 그럴 필요가 없고, 칭찬할 만한 공부들이 그런 일을 하도록 내버려두지 않겠기에 단지 귀하에게 이 말을 하는 것으로 만족하겠소. 시인이 되면 유명해지겠소이다, 자신의 의견보다 남의 견해에 더욱 귀를 기울이고 쓴다면 말이외다. 어느 부모치고 자기 자식이 미워 보이는 부모는 없으니까요. 지혜의 산물이라는 것에도 이런 오해가 많이 일어납니다.”

　돈 끼호떼의 혼란스러운 말을 들으면서도 아버지와 아들은 다시 감탄했는데, 때로는 사려 깊고 때로는 엉터리 같은 말들이었다. 그들은 돈 끼호떼가 불행한 모험을 자기 소망의 목표며 목적으로 설정하고, 무슨 문제건 끈질기게 전적으로 그쪽으로만 몰고 가는 것에 놀랐다. 그들은 다시 잘해드리겠다는 제의와 예절을 반복했고, 성주 부인의 정중한 허락을 받고 돈 끼호떼와 싼초는 로신안떼와 나귀를 타고 길을 떠났다.

19장

사랑에 빠진 목동의 모험 이야기와
참으로 웃기는 다른 이야기들

　돈 끼호떼가 돈 디에고의 고장에서 몇마장 멀리 가지 않았을 때였다. 학생 같기도 하고 사제 같기도 한 두 사람[1]과 농부 두 사람이 당나귀 같은 짐승 네마리를 타고 오는 걸 보았다. 학생들 중 하나는 가방처럼 생긴, 번들번들한 파란 색동 보자기에다 겉으로 보기에 하얗고 불그스레한 천 약간에 가죽골무를 씌운 양털 양말 두켤레를 싸가지고 오고, 다른 학생이 들고 오는 거라곤 검은 펜싱용 새 칼 두 자루뿐이었다. 농부들은 어느 큰 도회에서 사서 자기 시골로 가지고 가는 게 분명해 보이는 다른 물품들을 들고 오고 있었다. 그 농부들이나 학생들도 처음 돈 끼호떼를 본 사람들이 다 그랬듯이 그를 보자 깜짝 놀랐고, 다른 사람들과 복장과 모습이 저토록 다른 저 사람이 누구인지 궁금해서 죽을 지경이었다.

---

1 원래 중세 대학의 학생복은 사제교육원의 사제복에서 비롯한 것이기 때문에 복장이 거의 같았다.

돈 끼호떼는 그들에게 인사를 하고 어디로 가는지를 물었다가 그가 가는 길과 같은 길임을 알자 그들에게 동행해드리겠노라고 하면서 앞서가는 그 어린 나귀들의 발걸음을 잠시 멈추라고 청했다. 그들이 듣게 하려고 돈 끼호떼는 짧은 말로 자신은 방랑기사로 세계 방방곡곡으로 모험을 찾아다니는 게 일이자 직업이라 밝혔다. 자신의 이름은 고유명사로는 라 만차의 돈 끼호떼이며 별칭으로는 '사자의 기사'라 부른다고 했다. 이 모든 말이 농부들에게는 알아듣지 못할 무슨 은어나 그리스어 연설이었으나 학생들 귀에는 그렇지 않아서 곧 돈 끼호떼가 머리가 좀 모자라는 걸 눈치챘지만 그래도 존경과 경탄의 눈으로 바라보다가 그들 중 하나가 말을 했다.

"기사 나리, 만약 나리께서 모험을 찾는 분들이 늘 그러하시듯이 어디 특별히 갈 곳이 없으시다면 저희들과 함께 가시지요. 지금까지 라 만차 지방이나 주변 몇마장 안에서는 한번도 구경하지 못한 가장 화려하고 훌륭한 결혼식을 보시게 될 겁니다."

돈 끼호떼는 결혼식을 그렇게 야단스레 치르다니 어느 왕자 집안이라도 되는지 물었다.

"아니지요." 한 학생이 대답했다. "농사꾼 아가씨와 농사꾼 총각의 결혼식인데, 남자는 이 지방에서 제일 부자이고요, 여자는 남자들이 본 여자들 중 가장 예쁜 여자입니다. 결혼식을 올릴 예식장도 새롭고 유별나서 신부의 마을 가까이에 있는 한 초원에서 열린답니다. 그녀를 부를 때는 주로 미녀 끼떼리아라고 하는데요, 결혼하는 신랑은 부자 까마초라고 해요. 신부는 열여덟살, 신랑은 스물두 살이고, 둘은 짝이 맞지요. 비록 어떤 호기심 많은 사람은 세상 모든 가문의 족보를 줄줄 꿰면서 미녀 끼떼리아 쪽이 까마초 쪽보다 더 낫다고 말하지만, 사람들은 그런 걸 상관하지도 않아요. 돈 많은 부자이면 힘이 강력해서 아무리 깨진 것도 곧 땜질할 수 있고, 실제로 까마초라고 하는 친구는 마음이 너그럽고 크지요. 까마초가 초원 전체를 잎가지를 올려 이파리로 덮어야겠다는 생각을 하는 바람에 바닥을 덮은 파란 풀들을 보려고 햇빛이 찾아오려면 무척 애를 써야 할 지경이지요. 또한 춤들도 칼춤, 작은 방울춤 할 것 없이 다 준비되어 있는데, 그 마을에는 이 춤들을 최고로 잘 추고 잘 흔드는 사람들이 있지요. 탭댄스 잘 추는 건 더 말해 뭐하겠습니까, 모이라고 한 사람들만 해도 한 떼거리일 겁니다. 하지만 이미 말한 것이나 말하지 않은 다른 많은 일보다 이 결혼식이 참으로 기억에 남을 만한 것은 실연과 실의에 빠진 바실리오가 거기서 저지르리라고 짐작되는 행동일 겁니다. 바실리오라는 이 친구는 끼떼리아가 사는 동네의 이웃 총각인데 그의 집이 끼떼리아 부모 집과 벽 하나 반 사이에 있었답니다. 거기에서 우리에게 잊힌 피라무스와 티스베 사이의 사랑을 상기시킬 사랑이 우연히 일어나게 된 거죠. 왜냐하면 바실리오는 어릴 때부터 끼떼리아를 사랑했고, 그녀는 얌전한 호의로 수천번 그의 뜻을 받아들였던 겁니다. 그 사랑이 어느정도였는지 동네에서는 바실리오와 끼떼리아의 연애 이야기를 하는 게 심심풀이 재미였지요. 나이가 차자 끼떼리아의 아버지는 바실리오에게 늘 드나들던 자기 집의 보통 문으로 들어오는 걸 금지했고, 그가 의심에 차서 두려움에 떨며 방황하는 걸 피하게 하려고 딸에게 부자 까마초와 결혼하라고 명령했습니다. 자기 딸을 바실리오와 결혼시키면 좋지 않을 것 같아서였는데, 바실리오는 재산이 많지도 않고 자연의 부가 있는 것도 아니었거든요. 사심없이 진실을 말하자면, 그는 우리가 아는 가장 날쎈 청년이고, 최고의 창던지기 선수에다가 최고의 레슬링 선수이며 뛰어난 공치기 선수지요. 달릴 때는 사슴처럼 빠르고, 뛸 때는 염소보다 더 잘 뛰고, 볼링을 할 때는 거의 신들린 것처럼 잘 던지고, 노래할 때는 종달새처럼 잘 부르고, 기타를 칠 때는 기타에게 말을 시키고, 특히 칼을 쓸 때는 그림처럼 멋지게 휘두르지요."

이때 돈 끼호떼가 말했다. "오직 그 매력 하나만 가지고도 그 총각이 미녀 끼떼리아뿐만 아니라 오늘 살아 있다면, 랜슬럿의 마음은 아프시겠지만 그 여왕 기네비어와도 결혼할 자격이 되겠구먼. 그외 모든 사람이 방해하고 싶어들 하겠지만 말씀이야."

"우리 여편네에게 가면 그건 안되지요!" 그때까지 계속 입을 다물고 듣고만 있던 싼초 빤사가 말했다. "우리 여편네는 '모든 산양마다 제 짝이 있다'는 속담에 따라 비슷한 수준의 사람끼리 결혼하는 게 좋다고 생각하거든요. 소인이 바라옵기는요, 그 착한 바실리오가 제 마음에 들어서요, 그 사람이 끼떼리아 아씨와 결혼했으면 좋겠네요. 그래서 좋은 시절을 맞아 편히 행복하시길…… 실은 그 반대로 말하려고 했지만요, 서로 정말로 사랑하는 사람들의 결혼을 방해하는 사람들에게 말이지요."

"진정으로 사랑하는 사람끼리 결혼한다면 부모들에겐 자기 자식을 적당한 시기에 옳다고 생각하는 사람과 결혼시킬 권한을 빼앗는 게 되겠지. 만약 딸의 의사에 따라 신랑감을 선택하게 한다면 자기 아버지의 종을 선택하는 일도 생기거나 그냥 길거리에 지나가는 칼잡이라 할지라도 자기 눈에 멋져 보인다고 선택할 수도 있으니 말이야. 사랑과 좋아함은 쉽게 이성의 눈을 어둡게 하지, 결혼생활을 선택하는 데 꼭 필요한 눈이 이성의 눈인데 말이야. 그리되면 부부생활이 잘못될 위험이 크지. 따라서 결혼 상대를 잘 선택하는 건 대단히 신중해야 하고 하늘의 운이나 특별한 도움도 필요한 거야. 사람이 긴 여행을 떠난다고 생각해봐. 신중한 사람이라면 길을 떠나기 전에 함께 갈 안전하고 편안한 어떤 동반자를 찾지. 그런데 한평생을, 죽음의 종착역까지 함께 가야 하는 사람을 선택하는데, 왜 그렇게 신중하게 선택하지 않는 걸까? 더구나 아내와 남편의 삶이 그러하듯이, 그 동반자가 침대에서나 식탁에서나, 늘 모든 곳에서 함께해야 할 터인데 말이야. 아내라고 하는 건 한번 사서 되돌려주거나 서로 바꾸거나 변하거나 하는 그런 상품이 아닐세. 일생이 다 가도록 지탱하는 떼려야 뗄 수 없는 사건이고, 그 줄을 한번 목에 두르면 끊으려야 끊을 수 없는 끈질긴 매듭이 되어 죽음의 사자라는 낫이 자르지 않으면 풀 수 없는 끈이 되는 거지. 이 문제에 대해서는 더 많은 이야기를 할 수 있지만, 궁금증 하나가 말을 막는군. 그건 바실리오의 이야기인데, 석사 나리께서 거기에 대해 더이상 할 말이 남아 있는지, 그 내용이 무척 궁금하네요."

그 말에 학사인지, 혹은 돈 끼호떼가 불렀듯이 석사인지 하는 학생이 대답했다.

"모든 것에 대해 저는 이 말밖에 할 말이 없습니다. 미녀 끼떼리아가 부자 까마초와 결혼한다는 걸 바실리오가 안 순간부터 그가 웃거나 제대로 말을 하는 걸 본 사람이 결코 없었다는 겁니다. 그는 혼자 무어라고 중얼거리며 항상 슬프게 생각에 잠겨 돌아다니지요. 그 모습이 확실히 정신이 좀 돌지 않았나 할 정도예요. 거의 먹지도 않고, 잠도 안 자는데 먹는 건 과일들이고, 잠을 자도 들판의 딱딱한 땅 위에서 야생 짐승처럼 자지요. 이따금씩 하늘을 쳐다보고, 또 어떨 때는 땅을 응시하며 어찌나 골똘히 바라보는지 꼭 바람에 옷깃이 날리는 옷 입은 동상 같다니까요. 그토록 격정에 시달리는 그와 그의 심장을 보고 있자니 그를 아는 우리 모두는 두려운 것이지요. 그 아름다운 끼떼리아가 결혼서약에서 '예'라고 대답하는 건 그에게 사형선고일 테니까요."

"다 하느님이 잘해주시겠지요." 싼초가 말했다. "하느님은 상처도 주시고 약도 주시니까요. 앞으로 닥칠 일은 아무도 몰라요. 지금부터 내일까지는 시간이 많아요. 한시간, 심지어 한순간에도 집이 무너지지요. 난 한순간에 비가 오고 해가 뜬 것을 모두 보았어요. 이렇게 건강한 채로 밤에 잠이 들었는데 다음 날 움직이지 못할 수도 있어요. 운명의 수레바퀴에 못 하나 박아놓았다고 장담할 사람 있어요? 물론 없겠지요. 여자의 '예'와 '아니요'라는 대답 사이에 감히 핀이나 바늘 끝 하나 꽂지 못하니, 너무 좁아 들어갈 데가 없을 테니까요. 끼떼리아가 정말로 좋은 마음으로 바실리오를 사랑한다면 그에게 행운의 자루를 가져다줄 겁니다. 제가 들은 바로는 사랑은 안경을 쓰고 보는 거라서 구리도 금으로 보이고, 가난도 부자로 보이고, 눈곱도 진주로 보이게 한답디다."

"빌어먹을, 자네가 하고 싶은 말이 결국 무엇인가, 싼초?" 돈 끼호떼가 말했다. "속담이나 이야기를 주워섬기기 시작하면, 그대를 기다릴 인내를 가진 사람이 없지. 유다란 작자가 나와서 자네를 데려가지 않는다면 말이야. 이 짐승 같은 친구야, 말해봐. 자네가 못이니 수레바퀴니, 기타 다른 데 대해 도대체 무얼 알아?"

"아이구! 사람들이 제 말을 못 알아듣는다면요. 저의 격언이 말도 안되는 헛소리로 취급당해도 이상할 건 없겠네요. 하지만 상관없어요. 전 제 말을 알고 제가 한 말에 바보 같은 소리는 별로 없다는 것도 아니까요. 나리, 오직 나리만이 소인의 말이나 행동에 대해 항상 강시 역할만 하시지요."

"'검사'라고 해야지." 돈 끼호떼가 말했다. "'강시'가 아니라²
…… 좋은 말을 망가뜨리는 이 배신자야, 자네 말을 들으면 누구라
도 혼동하지."

"나리, 자꾸 소인을 잡고 물고 늘어지지 마세요. 나리도 아시듯
이 소인이 서울서 자란 것도 아니고 쌀라망까에서 공부한 것도 아
닌데 내 단어에 글자 하나를 보태야 할지 빼야 할지 어떻게 알아
요? 하느님, 맙소사! 싸야고의 촌놈에게 똘레도 사람처럼 뭐하러
굳이 표준말을 쓰라고 할 필요가 있남요? 똘레도 사람들이 말을 세
련되게 잘한다지만 맞는 말을 제때 제대로 못하는 사람들도 있지
않겠어요?"

그러자 석사가 말했다. "그렇습지요. 떼네리아스 같은 가죽공장
거리나 소꼬도베르 같은 불량배 촌에서 자란 사람들이나 하루 종
일 대성당 안마당이나 산책하며 사는 사람들이 다들 똘레도 사람
들이지만 말을 그렇게 잘할 수는 없겠지요. 순수한 언어, 제대로 된
말, 우아하고 선명한 말은 점잖은 신사들에게서 나오지요. 비록 마
드리드 근교의 마하다온다에서 태어났다 해도 말입니다. 내가 '점
잖음'이라고 한 건 실제로 점잖지 못한 사람들이 많기 때문입니다.
점잖음이라고 하는 게 언어소통에 수반되는 좋은 말하기 법칙이자
문법이지요. 여러분, 전 죄가 많은지라 쌀라망까 대학에서 성전 교
리를 공부했습니다. 제가 말할 때는 명확하고 평범하고 의미있는
언어를 사용하는 그런 장점이 좀 있지요."

다른 학생인 꼬르추엘로가 말했다. "그런 혓바닥 놀림보다는 차

---

2 역시 돈 끼호떼가 싼초의 말을 트집잡아 하는 말놀이이다. 싼초는 'fiscal'(검사)
　이라는 말을 잘 몰라서 'friscal'(몽둥이찜질을 뜻하는 'frisca'처럼도 들리는)이라
　고 잘못 말한다. 역자는 이를 우스꽝스럽게 옮겨보았다.

고 다니는 그 검은 칼이나 휘두를 줄 아는 장점을 자랑했다면 자네는 꼴찌 대신 일등을 차지했을 텐데 말이야."

"이봐, 학사." 석사가 대답했다. "자네는 칼 잘 쓰는 걸 쓸데없는 짓이라고 생각하는 모양인데 자네는 세상에 대해 그릇된 견해를 참 많이 가지고 있는 것 같네."

"내게는 사견이 아니라 근거 있는 진실이지." 꼬르추엘로가 맞받아쳤다. "그리고 만약 눈으로 직접 확인하길 원하면, 나는 이 근력과 힘에다 적잖은 용기도 함께 갖고 있고, 자네도 칼을 차고 있으니 어려울 것 없이 내 말이 거짓이 아니라는 걸 자네가 깨우치도록 한번 보여주지. 말에서 내려와 검객의 발놀림을 좀 써봐. 원도 그리고 모로 나가면서 그 펜싱 기술 좀 다 부려보라고. 난 가뿐한 현대 기술로 멋지게 자네가 대낮의 별을 보게 해주겠네. 이 싸움에서 나는, 하느님 이후 최초로 나로 하여금 등을 보이고 돌아가게 할 그런 사람이 태어나주기를 기대하겠네, 세상에 내가 힘으로 무너뜨리지 못하는 사람은 없으니까."

"등을 돌리고 안 돌리고 하는 문제는 내가 상관할 바가 아니지." 상대 검객이 말을 받았다. "비록 첫번째 발을 밟는 그곳에 바로 자네 무덤이 열리겠지만. 내 말은 그 형편없는 칼솜씨 때문에 그 자리에서 죽어자빠질 거란 말이야."

"이제 두고 보자고." 꼬르추엘로가 대답했다.

석사는 아주 멋지게 나귀에서 뛰어내려 자기 당나귀에 싣고 있던 칼 하나를 무섭게 낚아챘다.

이 순간 돈 끼호떼가 말했다. "그래서는 안되지. 내가 이 칼싸움의 감독이 되겠네. 그리고 문제 해결이 잘 안돼 자주 말썽이 나는 이 펜싱의 심판이 될 걸세."

그러고는 로신안떼에서 내려 창을 손에 꼭 쥐고 길 한가운데 섰다. 그때 석사는 발을 재빨리 놀리며 점잖고 우아한 몸짓으로 꼬르추엘로를 향해 나아갔고, 꼬르추엘로는 흔히 하는 말로 눈에 불을 뿜으며 그를 향해 돌진했다. 함께 온 다른 두 농부는 자기 나귀에서 내리지도 못하고 목숨을 건 그 비극의 관객 노릇만 하게 되었다. 칼질이 오가며 찌르고, 위아래 찌르기, 좌우 찌르기, 내려치기 등 꼬르추엘로의 칼질이 우박보다 더 쉴 새 없고 빠져나갈 틈도 없이 세차게 수없이 쏟아졌고, 성난 사자처럼 덤벼들었다. 그러나 석사의 칼끝 가죽이 그의 입을 후려치듯 마주쳐왔는데, 그 칼이 한창 성이 난 그를 멈추게 했고 성스러운 유물이나 된 듯 그 칼에 입 맞추게 했다. 물론 보통 예의와 정성이 담긴 성스러운 유물에 바치는 키스 같은 입맞춤은 아니었지만.

마침내 석사는 꼬르추엘로가 입고 있는 반외투의 모든 단추를 칼끝으로 하나하나 헤아리듯 찔러대 옷자락을 낙지 꼬리처럼 갈가리 찢어놓았다. 모자가 두번이나 굴러떨어졌다. 꼬르추엘로는 지칠 대로 지쳐 분노와 좌절, 광기에 찬 표정으로 칼자루를 잡더니 힘껏 공중으로 던져버렸다. 얼마나 세게 던졌는지, 그 자리에 있던 글을 좀 쓸 줄 아는 농부 하나가 그 칼을 주우러 갔는데, 나중에 증언한 바로는 거의 4분의 3마장쯤 날아갔더라고 했다. 이런 증언은 이제나저제나 힘이 아무리 세도 기술에는 진다는 사실을 아주 진지하게 알려주는 예라 하겠다.

꼬르추엘로가 지쳐서 그대로 주저앉자 싼초가 다가가 말을 했다.

"내 진심으로 하는 말인데, 학사 양반. 양반께서 내 충고를 받아들인다면 앞으로는 누구에게도 칼싸움을 하자고 도전하지 마슈. 아직 젊고 힘도 있으니 그냥 씨름이나 창던지기나 하든지. 하지만 소위 검객이라고 하는 친구들은 칼끝을 바늘구멍에도 집어넣는다고 들었수."

"저는 불만이 없습니다." 꼬르추엘로가 대답했다. "제 당나귀에서 제가 떨어진 거지요. 경험을 하나 쌓아서 그동안 제가 진실에서 너무 멀어져 있었구나 하는 걸 눈으로 배웠지요."

그러고는 일어나 석사를 껴안았고, 둘은 전보다 더 친한 사이가 되었다. 그들은 글을 안다는 그 농부가 칼을 찾으러 간 게 시간이 많이 걸릴 것 같아 기다리지 않고 모두의 고향인 끼떼리아 마을로 빨리 돌아가려 길을 재촉했다.

길을 가다 남은 시간에 석사는 칼의 훌륭함을 그들에게 이야기해주었는데, 직접 보여주듯 설명하면서 그 많은 모양과 수학적 증명을 덧붙이자 모두들 기술을 안다는 게 얼마나 좋은지 알아차렸고, 꼬르추엘로는 자신의 옹고집을 꺾고 가만히 있었다.

밤이 어두워져 마을에 다다르기 전 동구 앞 하늘이 수없이 많은 찬란한 별로 가득한 게 모두의 눈에 보였다. 동시에 피리, 북, 현금, 구멍 둘 달린 피리와 북, 딸딸이 같은 여러 악기에서 나오는 혼란스럽고 부드러운 소리들이 들려왔다. 그들이 마을에 가까이 도착했을 때, 마을 입구에 손으로 옮겨놓은 이파리가 무성한 나무에는 등불이 가득 매달려 있었다. 등불들은 바람에 방해를 받지 않았는데, 이파리를 흔들 힘조차 없이 바람도 잔잔했기 때문이다. 악사들은 결혼식 흥을 돋우는 사람들로 조를 짜서 곳곳을 돌아다니고 있었으며, 어떤 사람은 춤을 추고 다른 사람은 노래하고 또다른 사람은 아까 말한 여러 악기들을 연주했다. 실제로 그 초원에는 즐겁고 행복에 겨워 뛰는 무리들밖에 없는 것 같았다.

다른 많은 사람은 발판들을 세우느라 여념이 없었는데, 다음 날 편안하게 춤이나 공연을 볼 수 있도록 하기 위해서였다. 바로 그 장소에서 바실리오의 장례식인 부자 까마초의 결혼식이 엄숙하게 치러지고 공연이 있을 예정이었다. 학사와 농부가 들어가자고 했으나 돈 끼호떼는 그곳에 들어가지 않겠다며 그의 생각으로는 충분히 알아듣도록 사과를 했다. 방랑기사는 아무리 황금 지붕 아래라도 인가가 있는 마을이 아닌 들이나 삼림 속에서 잠을 자는 게 관습이라면서 길을 약간 비켜섰다. 싼초의 마음과는 전혀 다른 반대 방향이었는데, 싼초의 머릿속에는 돈 디에고의 집인지 성인지에서 가졌던 그 좋은 잠자리가 떠올랐다.

20장

부자 까마초의 결혼식과
불쌍한 바실리오와의 사이에 일어난 일들

하얀 여명이 그 뜨거운 햇살의 불타오름으로 빛나는 태양의 신 포이보스로 하여금 황금 머리칼로 액체 진주를 적시게 하자마자[1] 돈 끼호떼는 사지의 게으름을 떨치고 일어나 아직 코를 골며 자고 있는 하인 싼초를 부르다 그가 자고 있는 것을 보고는 이렇게 말했다.

"땅 표면에 사는 모든 생물 중에, 오, 너야말로 행운아로다! 세상에 질투할 자도 질투받을 일도 없이 조용한 정신으로 자고 있구나! 너를 쫓는 마법사도 있지 않고 마법이 너를 놀라게 하지도 않지! 그래, 자거라, 내 다시 말하고, 다시 수백번을 말하노라. 네 귀부인의 질투가 너를 계속 잠 못 들게 할 일도 없으며, 진 빚이 많아 갚을 걱정으로 잠 못 이룰 일도 없으며, 다음 날 너와 너의 작고 고민에

---

1 기사소설에 등장하는 전형적인 해 뜨는 장면의 묘사이다. 바로끄식 수사법으로 '액체 진주'는 이슬을, '황금 머리칼'은 햇살을 뜻한다.

찬 가족이 먹고살아야 하는 일 때문에 잠 못 자는 일이 없지 않느냐. 야심이 너를 잠 못 들게 한 적도 없고, 세속의 헛된 영화가 너를 애타게 한 적도 없지. 네 소망의 한계는 그저 네 나귀에게 여물 잘 주는 것 이상은 벗어나지 않으니. 너라는 사람의 먹을 것은 다 내 어깨 위에 의지하지, 그게 자연과 관습이 주인에게 부여한 무게요, 책임이요, 보상이니까. 종은 자고 주인은 잠 못 들고, 이 사람을 어떻게 먹여살릴까, 잘살게 할까, 은혜를 베풀까 생각에 생각을 더하지. 하늘이 구리처럼 굳어 적당한 이슬을 땅에 내려주지 않는 것을 보았을 때의 근심도 종에게는 걱정이 아니고 주인에게만 걱정일 뿐이지. 주인은 풍년에 농사가 잘될 때 자기를 위해 봉사한 사람이 흉년에 배고파 죽을 때도 먹여살려야 되니까."

이 모든 말에 싼초는 대답하지 않았으니 자고 있었던 거고, 그리 빨리 일어날 사람도 아니었다, 돈 끼호떼가 창끝 장식으로 건드려 제정신을 차리게 하지 않는 바에야. 마침내 싼초는 잠이 덜 깬 얼굴로 게으름을 피우며 눈을 뜨고는 사방을 둘러보며 말했다.

"여기 이 이파리 많은 쪽에서 모르긴 몰라도 사향초나 수선 향기라기보다는 돼지고기 굽는 냄새가 엄청나게 진하게 나는데요. 이런 냄새를 풍기며 결혼식을 시작하는 걸 보니, 하느님 맙소사, 이거 진짜 넉넉하고 풍성한 잔치인가보네요."

"그만하게, 이 먹보야." 돈 끼호떼가 말했다. "이리 오너라, 이 결혼 예식을 보러 가자, 버림받은 바실리오가 하는 짓도 보고."

"무슨 짓이라도 하라지요. 그 사람이 가난하지만 않았다면 끼떼리아와 결혼할 수도 있었을 겁니다. 땡전 한푼 없으면서 구름 속에서 결혼하고 싶다고요? 진실을 털어놓자면, 나리, 소인 생각으로는 가난한 사람은 부닥치는 현실에 만족해야 하고, 마구간에 자면서 침대를 찾아서는 안된다는 쪽입니다.[2] 소인이 이 팔 하나를 걸고 내기하지만, 까마초는 그의 은화 더미 속에 바실리오를 매장시킬 수 있습니다. 당연히 그렇지만 일이 지금 이렇게 되었다면, 끼떼리아가 바보가 아닌 다음에야 까마초가 이미 주었을 거고 또 주리라고 생각되는 보석과 화려한 옷을 거절하겠습니까? 바실리오의 펜싱 경기와 창던지기를 택하기 위해서? 멋진 창던지기 한번이나 우아한 펜싱의 피하고 찌르기 한수를 가지고는 술집에 가도 반잔도 못 얻어 마십니다. 그 유명한 디를로스 백작이 아무리 재주가 좋아도 재주나 우아함은 팔 수 있는 것이 아닙니다. 그러나 그런 우아함도 돈 많은 사람이 가질 때는 그야말로 보기도 좋고 살기도 좋은 인생이 되는 거지요. 바닥이 좋으면 좋은 건물을 세울 수 있는데, 세상에서 가장 좋은 바탕과 건축 토대는 돈입니다요."

"제발, 제발, 싼초, 이 사람아." 이때 돈 끼호떼가 말했다. "자네 그 연설 좀 끝내게나. 참말이지, 일이 있을 때마다 시작하는 그 장광설을 계속 내버려두다가는 밥 먹을 시간, 잠잘 시간도 없이 말하는 데 모든 시간을 쓰겠구나."

"나리께서 기억력이 좋으시다면 요번에 집을 떠나기 전 우리가 맺은 협약 조목을 당연히 기억하시리라 생각합니다. 그 조목 중 하나가 소인이 말을 하고자 할 때는 원하는 대로 하게 내버려두게 되어 있지요. 나리의 권위나 이웃에게 방해만 되지 않는다면 말이에요. 그런데 아직까지 소인이 그 조항에 위배되는 짓은 하지 않은 것 같네요."

"나는 생각이 안 나네, 싼초. 그런 조항이 말야. 그리고 아무리 그

---

2 원문에서는 '바다 가까운 항구에 가서 맛있는 뚝감자를 찾아서는 안된다'라고 되어 있는데, 불가능한 것을 바라지 말라는 뜻이다. 역자는 의역하였다.

렇다 해도 입 좀 그만 다물고 이리 왔으면 좋겠네. 이미 엊저녁에 들었던 악기 소리가 다시 골짜기를 즐겁게 하지 않는가. 틀림없이 결혼식이 오후 더울 때가 아니라 아침 선선할 때 열릴 것 같아."

싼초는 주인이 시키는 대로 로신안떼에게 안장을 씌우고 나귀에게도 길마를 씌웠고, 둘은 말 위에 올라 한 발자국 한 발자국씩 잎가지를 씌운 데로 들어갔다.

맨 먼저 싼초 눈에 들어온 건 느티나무를 통째로 잘라서 만든 꼬챙이에 꿴 송아지였다. 고기를 굽기 위해 지핀 불에는 장작이 조그만 산더미처럼 불타오르고 있었고, 불구덩이 주위에 놓인 솥 여섯개는 다른 솥단지들과는 다른 식으로 요리를 하고 있었다. 여섯개가 모두 중간쯤 되는 항아리 모양인데 하나하나가 도살장 고기를 다 채울 만큼 컸고, 그 큰솥에 비둘기를 집어넣듯이 양을 통째로 넣어 삶고 있었다. 가죽을 벗긴 수없이 많은 토끼며 털 벗긴 닭들은 나무에 걸린 채 솥단지에 담길 때만 기다리고 있었는데, 새며 사냥해서 잡은 수도 헤아릴 수 없이 많은 여러 짐승을 나무에 걸어 바람에 식히고 있었다

싼초가 헤아려보니 육십개가 넘는 가죽포대에 2아로바[3]가 넘는 술이 포대마다 들어 있는데 나중에 안 일이지만 모두 포도주가 넉넉하게 들어 있었다. 밀밭에 늘 쌓여 있는 밀짚가리처럼 아주 새하얀 빵이 무더기로 쌓였고, 치즈는 담으로 막은 벽돌처럼 성벽을 이루었다. 염색 물감을 담는 큰 통보다 더 큰 솥단지 두개에 올리브유를 넣고 음식을 튀기는데, 큼직한 삽 두개로 꺼내어 그 옆에 준비된, 꿀이 든 다른 솥에 집어넣었다. 요리하는 여자와 남자만 해도

---

3 '아로바'(arroba)는 약 11.5킬로그램이다.

쉰명이 넘었는데, 모두들 깨끗하고 열심이고 행복해했다. 벌린 송아지 배 속에는 어리고 작은 새끼 돼지 열두마리가 줄줄이 들어 있어 맛을 더 부드럽고 연하게 했다. 여러 종류의 깨나 양념은 한되 두되로 산 게 아니라 1아로바가 넘는 가마니로 산 것 같았는데, 모든 양념이 큰 가마솥에 보란 듯이 펼쳐져 있었다. 요컨대 결혼식은 모두 시골 방식으로 준비되었지만 모든 게 하도 풍성해서 부대 하나라도 다 먹일 만큼 많았다.

싼초는 이 모든 것을 하나하나 살펴보며 무척 마음에 들어했다. 맨 먼저 그의 마음을 사로잡고 식욕을 돋운 건 큰솥들이었으니 그 솥에서 마음먹고 반냄비만 꺼내 먹고 싶었다. 그다음 술포대들이 마음에 들었고, 마지막으로 프라이팬의 튀김들이 먹고 싶었다, 사실 그렇게 불룩하고 큰 솥을 프라이팬이라고 불러야 할지는 모르겠지만…… 더이상 참을 수 없어 어찌할 바를 모른 그는 열심히 일하는 주방 아저씨 한명에게 다가가 예의 바른 말로 배가 고프니 거기 솥 중 하나에 빵 조각 하나 좀 넣어 찍어먹을 수 없겠느냐고 청했다. 그 말에 요리사가 대답했다.

"이 사람아, 오늘은 부자 까마초 덕분에 배고픔에 굶주리는 사람들이 있어서는 안되는 날일세. 말에서 내리게나. 거기 어디 국자 있나 찾아서 닭을 한두마리 꺼내게. 그리고 맛있게 잘 먹으라고."

"한마리도 안 보이는데요." 싼초가 대답했다.

"기다리게. 세상에, 원! 아니, 어떻게 이렇게 빌빌대고 얌전만 빼실까, 이 사람은!"

이렇게 말하며 큰 냄비 하나를 집더니 그것을 중간쯤 되는 항아리 중 하나에 넣어 닭 세마리와 거위 두마리를 꺼내고는 싼초에게 말했다.

"자, 먹게, 이 친구. 점심 먹기 전에 우선 이 하찮은 것으로 아침 요기를 좀 하시게."

"담을 데가 없는데요." 싼초가 대답했다.

"그럼 가져가요. 숟가락도 가져가고. 까마초의 부와 행복이 모든 걸 다 책임진다고."

싼초가 이런 일을 하고 있는 동안 돈 끼호떼는 잎가지로 덮은 곳 한쪽으로 아주 아름다운 암말들을 탄 농부 열두 사람 정도가 들어오는 걸 바라보았다. 말들은 아름답고 화려한 야전 마구 장식에다 가슴에는 많은 방울들이 달렸고 즐거운 축제의상으로 장식됐다. 그들은 질서정연하게 초원을 여러번 달려가며 야단법석으로 소리를 질러댔다.

"까마초와 끼떼리아 만세! 신랑은 부자, 신부는 미녀, 신부는 세상에서 제일 예쁘다네!"

그 소리를 듣고 돈 끼호떼는 혼잣말을 했다.

"이 사람들이 엘 또보소의 우리 둘시네아 아씨를 정말 보지 못한 모양이구먼. 우리 아씨를 보았다면 그들이 끼떼리아를 저렇게 맘껏 칭송하지는 못했을걸."

얼마 지나지 않아 잎가지 천막의 여러군데에서 갖가지 춤을 추는 무리가 나왔는데, 그들 중 우아하고 멋지게 생긴 스물네명 정도의 젊은이들이 추는 칼춤이 먼저 눈에 띄었다. 색색의 고운 비단으로 만든 머릿수건을 두르고, 여리고 새하얀 천으로 만든 복장을 했는데, 춤을 이끄는 사람은 날씬하게 생긴 총각이었다. 암말을 탄 한 사람이 총각에게 혹시 춤추는 사람 중에 다친 사람은 없는지 물었다.

"다행히 다친 사람은 아무도 없어요, 우리 모두 건재합니다."

그리고 그는 다른 동료들과 뒤섞여 어울렸고, 모두 맵시있게 이리 돌고 저리 도는 통에 그런 춤을 익히 봐온 돈 끼호떼로서도 그어떤 춤보다 그 춤이 최고로 보였다.

　또한 대단히 아름다운 아가씨들과 함께 나온 다른 춤꾼들이 참좋아 보였는데, 그 아가씨들은 겉으로 보기에는 열네살은 넘고 열여덟살은 안되어 보이는 처녀들로 모두 파란 야자수 잎 같은 옷을 입고 있었다. 머리는 반쯤은 묶어서 땋고 반쯤은 풀어내린 모양인데, 하나같이 금발이라 햇살과 경쟁이라도 할 만큼 찬란했다. 그들 중에는 재스민꽃에다 장미, 색비름과 인동덩굴을 섞어 만든 화관을 쓴 여자도 있었다. 그들을 이끄는 사람은 점잖은 노인과 나이든 부인인데 나이로 봐서는 생각할 수도 없을 만큼 자유자재로 가볍게 몸을 놀렸다. 그들 소리는 사모라의 뿔나팔이 주도했는데, 아가씨들은 얼굴이나 눈에는 정숙함을, 발에는 가벼움을 뽐내며 세상에서 가장 훌륭한 춤꾼들임을 자랑했다.

　이뒤에 또다른 작품, 소위 대화가 있는 무용극이라는 춤이 나왔다. 여덟 요정이 두 줄로 나뉘어 한 줄은 큐피드 신이 이끌고, 다른줄은 '잇속'이 이끄는 줄인데, 첫 줄은 날개와 활, 화살통, 화살 들로 치장하고, 다음 줄은 황금과 비단으로 된 여러 색깔의 예쁜 옷들을 입고 있었다. 사랑의 신을 따라다니는 요정들은 등판에 하얀양피지 위 큰 글자로 각각의 이름이 적혀 있었다. 첫 요정의 이름은 '시'였고, 두번째 요정의 이름은 '신중', 세번째는 '좋은 가문', 네번째는 '용기'였다. 똑같이 '잇속' 줄도 '잇속' 다음에 줄줄이 이름이 적혀 있는데, 첫 요정 이름이 '관대함', 두번째 이름이 '선물', 세번째가 '보물', 네번째가 '평화로운 소유'였다. 이들 앞에 나무로 만든 성을 야만인 넷이 끌고 갔는데, 모두들 파랗게 물들인 담쟁이와 삼대나무 옷을 입었는데 정말로 자연스러워 싼초는 소스라치게 놀랄 뻔했다. 성의 정면이나 사방의 모든 그림에는 '조신하며 곱게 몸을 지키는 성'이라고 쓰여 있었고, 피리와 장고를 연주하는 예인 넷이 소리를 맞추고 있었다.

큐피드가 춤을 추면서 율동에 맞춰 몸을 두번 움직이더니 눈을 위로 향하고 성곽의 성루 사이에 있는 처녀를 향해 활을 겨누고 그녀에게 이렇게 말했다.

> 나는 땅과 공중에서
> 파도치는 넓은 바다에서
> 깊은 심연이 저 무서운
> 지옥 속에 감추고 있는
> 모든 것 중에서 가장 강력한 신.
> 두려움이 무엇인가를 몰랐소,
> 원하는 것이면 무엇이든 하오,
> 불가능을 원한다 할지라도.
> 그리고 가능한 것 모두는
> 내가 명령하고, 빼앗고, 주고, 막지요.

노래가 끝나고 성곽 높은 곳으로 화살을 쏘고는 자기 자리로 돌아갔다. 그다음 '잇속'이 나와서 다시 율동에 맞춰 두번 움직였다. 장고가 멈추고 그가 말했다.

> 나는 사랑의 신보다 능력이 많지요,
> 그리고 사랑의 신이 나를 인도하지요,

나는 하늘이 땅에서 키우는
핏줄 중에 가장 훌륭하오,
더욱 크고 더욱 유명하니까.
나는 '잇속'의 신으로, 나를 알면
선한 행동은 잘하지 않는다오,
그리고 나 없이 행동한다는 건
위대한 기적이지, 이 모습 이대로
몸 바쳐 영원히 그대를 섬기겠노라, 아멘.

'잇속'의 신이 물러나고 시가 앞으로 나와서 다른 사람들처럼 율동에 맞춰 움직이고 나서 눈길을 성곽의 처녀에게 보내며 말했다.

높고, 심각하고, 사려 깊은
대단히 달콤한 생각으로,
달콤한 시의 여신이,
귀부인께 마음을 보내옵니다,
수천의 쏘네트에 싸서.
나의 끈질긴 사랑이, 그대를
혹시 괴롭히는 게 아니라면,
다른 많은 사람이 부러워하는
그대의 행운은, 내가 끌어올려
달의 울타리에 세우리다.

시가 자리를 비키고 '잇속' 편에서 '관대함'이 나와 율동에 맞춰 움직인 뒤 말했다.

극도의 낭비와 극도의
탐욕을 피하고,
미적미적하고, 헐거운 마음을 질책하고,
기꺼이 주는 것을
관대함이라 부르지요.
하지만 그대를 더욱 위대하게 하기 위해
오늘부터 나는 낭비꾼이 되겠습니다.
낭비는 나쁜 습관이지만, 영예로울 수 있으니,
사랑하는 마음에 다 퍼주는 것에서
그 좋은 예를 볼 수 있겠네요.

 이렇게 해서 두쪽의 모든 주인공이 나왔다 들어갔고, 인물마다 율동에 맞춰 움직이고 시들을 읊었는데, 어떤 시는 우아하고 어떤 시구는 웃겼다. 기억력이 좋은 돈 끼호떼의 기억에 남는 것들은 이미 언급한 것들뿐이었다. 이윽고 모두 다 섞여서 자유롭고 우아한 몸짓을 하며 서로 손들을 풀었다 잡았다 했고, 사랑의 신이 성 앞으로 지나갈 때는 그 화살들을 높이 쏘아댔으나 '잇속'의 신은 황금빛 저금통을 성벽에 대고 깨뜨리곤 했다.
 마침내 오랫동안 춤을 춘 뒤 '잇속'의 신은 큰 자루를 꺼냈는데, 거뭇거뭇한 줄무늬의 로마고양이 가죽으로 만든 것으로 돈이 가득 들어 있는 것 같았다. 그걸 성에 던지자 자루에 맞은 판자들이 뜯기고 부서져 땅에 떨어졌고, 그 안의 처녀가 아무런 보호도 받지 않고 밖으로 나왔다. '잇속'의 신이 동료들과 함께 다가가 처녀의 목에 커다란 황금 쇠사슬을 걸어 그녀를 잡아 항복시키고 포로로 데려가는 몸짓을 했다. 그걸 본 사랑의 신과 동료들이 그 처녀를 빼앗으려는 시늉을 했는데, 연극 전체는 장고 소리를 따라 춤과 질서정연한 무용으로 이루어졌다. 야만인들이 모두를 진정시키고 재빨리 성의 판자들을 다시 짜맞추자 처녀는 다시 전처럼 성에 갇혔다. 이것으로 무용은 끝났고 구경하는 사람들 모두 대단히 만족스러워했다.

돈 끼호떼가 요정 하나에게 누가 작품을 정리하고 만들었느냐고 묻자 이런 창작에 비상한 재주가 있는 그 마을의 은퇴한 사제 한분이 만들었다고 대답했다.

"그 학사인가 사제인가 하신 분은 짐작하건대 틀림없이 바실리오보다는 까마초의 친구일 게야. 그 양반은 성당 공부나 저녁 기도보다는 풍자극을 더 좋아하는 사람일 게야. 무용극에 바실리오의 재주와 까마초의 부를 잘 맞아떨어지게 넣었더구먼!"

모든 이야기를 다 듣고 싼초가 말했다.

"닭싸움에는 다들 내 닭이 왕이라고, 소인은 까마초 편이네요."

"보아하니, 싼초 자네는 촌놈이구먼. 말하자면 '이긴 놈 만세!'라는 게 아닌가."

"누구 편인지는 모르지만 바실리오의 솥단지에서는 절대로 이렇게 멋진 음식을 꺼내 먹을 수 없으리라는 것쯤은 알지요, 지금 까마초의 솥에서 꺼낸 이 고기 같은 거요."

그리고 싼초는 거위며 암탉이 가득 든 냄비를 그에게 보여주고는 고기 하나를 꺼내 아주 우아하고 맛있게 먹으면서 말했다.

"바실리오의 알량한 재주를 위하여! 가진 게 있어야 양반이고, 양반이면 가진 게 있어야지. 세상엔 오직 두 종류의 가문밖에는 없다고 우리 할매가 말하길, 있는 집과 없는 집이래요. 우리 할매는 비록 있는 집들 편이었지만요. 오늘날 우리 돈 끼호떼 나리께서도 아는 것보다는 가진 것을 더 먼저 알아보시지요. 길마 없는 말보다는 황금으로 덮은 당나귀가 더 훌륭해 보이듯이요. 그러니까 다시 말씀드리지만 소인은 까마초 편입니다. 그 사람의 솥이라야 먹을 것도 풍부하고, 거위며 닭이며 산토끼며 집토끼며 많으니까요. 바실리오의 솥이라고 해야, 말이 났으니 하지만, 그 발바닥에도 못 오지요, 쓰레기 같은 음식일 테니까."

"자네 그 연설 끝났나, 싼초?" 돈 끼호떼가 말했다.

"끝난 것 같구면요. 나리께서 제 이야기로 고통을 받으시니까요. 이 문제만 중간에 거치적거리지 않았다면 아마 사흘은 갈 장광설이 나왔을 거구만요."

"제발, 싼초." 돈 끼호떼가 말을 받았다. "이러다 내가 죽기 전에 제발 그 입 좀 막아야겠다."

"이런 식으로 나가다가는 나리께서 죽기 전에 제 입에 흙이 먼저 들어가겠네요. 그렇게 되면 세상 끝날 때까지, 아니 적어도 최후의 심판 날까지 말 한마디 못하고 입 다물고 있을 수도 있지요."

"아무리 그런 일이 벌어진다 해도, 오, 싼초여! 그때 자네의 침묵은 별것 아니지. 자네가 지금까지 말했고, 말하고 있고, 앞으로 할 말까지 합치면 그런 침묵엔 비할 바가 아니지. 더구나 자네 죽음보다 내 죽음이 먼저 오는 게 아주 당연한 자연의 이치야. 그러니 나로서는 자네가 뭘 마시든지 자든지 할 때가 조용하니 그걸 가장 원하지만, 그때까지도 자네 입이 다물어지리라고는 기대 않네."

"제가 진심으로 말씀드리는데요, 나리. 주검을 믿어서는, 그러니까 죽음을 믿어서는 안됩니다. 죽음은 큰 양도 새끼 양도 먹거든요. 우리 신부님께 들은 말인데요, 왕들의 높은 탑에도 가난한 사람의 초라한 움막에도 죽음의 발은 똑같이 밟고 온다네요. 죽음의 여신께서는 애교보다는 권력이 세고, 싫어하고 매스꺼워하는 게 없어 뭐든지 먹고 뭐든지 하고, 나이나 특권을 가리지 않고 모든 종류의 사람들로 무조건 자기 배낭만 채우면 된다네요. 낮잠을 자는 벼 베는 농부도 아닌데, 어느 때고 베고, 마른풀이건 파란 풀이건 다 자르는 죽음의 여신은 뭘 씹지도 않나봐요. 앞에 놓이면 모두 통째로 넣고 집어삼키니, 개처럼 게걸스러워서 결코 배가 차는 법도 없다네요. 비록 배는 없어도 과잉 갈증 증세 같은 것으로 이해되는데요, 냉수 한 동이를 마시듯이 살아 있는 사람들의 생명만 찾아 목마른 듯 모두 다 마시니까요."

"그만, 그만해라, 싼초." 이때 돈 끼호떼가 말했다. "그만 정신 좀 제대로 차리고 멈추어라. 사실 자네가 그 촌스러운 말투로 한 죽음 이야기는 훌륭한 설교사나 할 수 있는 말이야. 자네에게 말하지만, 싼초, 자네는 천성이 착하고 사려가 깊어서 손에 설교대 하나만 쥐여주면 멋진 설교를 하며 그 세계를 돌아다닐 수도 있을 거야."

"잘사는 사람이 설교도 잘하지요. 소인은 다른 신통학은 모르옵니다."

"그런 학문은 필요하지도 않을 거야. 하느님에 대한 경외가 지혜의 기본인데, 하느님보다 도마뱀을 더 두려워하는 자네가 어찌 그리 아는 게 많은지, 알다가도 모를 일이란 말씀이야."

"나리, 나리께서는 기사도 문제에 대해서만 판단하십시오." 싼초가 대답했다. "그리고 남의 두려움이나 용기를 판단하는 문제에는 참견하지 마십시오. 사람마다 이웃의 자식이듯이, 저도 하느님에 대해 두려움을 느끼는 고상한 사람입니다. 그리고 나리, 우선 이 먹을 것 좀 처리하게 해주시지요. 다른 것이야 모두 한가한 말들이

지요, 저세상에 가서 우리가 또 다 계산해서 갚아야 할 것입니다
요."

　이렇게 말하며 싼초는 새로이 자기 냄비를 공략하기 시작했는
데 어찌나 맛있게 먹는지 돈 끼호떼의 식욕까지 돋우었다. 정말로
음식을 좀 먹을까 하는데, 그때 하필 그걸 방해하는 일이 일어났다.
이 일은 어쩔 수 없이 다음 이야기가 되겠다.

21장

까마초의 결혼식과 다른 재미있는 일들

돈 끼호떼와 싼초가 앞 장에서 이야기한 것처럼 그러고 있을 때 시끌벅적하더니 큰 소리가 들렸다. 암말을 타고 온 친구들이 길게 소리치며 달려오면서 신랑 신부를 맞이한 소리였다. 수천가지 악기며 놀라운 예술적 장식으로 에워싼 채 성당 신부와 양가 친척들, 그리고 그 지방과 근방의 빛나는 유지들 모두가 축제를 위한 복장을 하고 나타났다. 싼초는 신부를 보자 말했다.

"참말이지, 시골 농사꾼 여자 복장이 아니라 궁중의 예쁜이 복장인데요. 허어, 잠깐 보아하니, 촌여자들이 가슴에 다는 성스러운 신앙 표시판은 아름다운 산호초 장식이고, 꾸엥까산 최고의 파란 야자수 치마는 서른가지 털로 짠 화려한 우단 치마! 그리고 세상에, 저 장식은 하얀 삼베 쪼가리! 정말 한판 제대로 노는구만! 그런데, 저건 말할 것도 없이 흑옥 반지로 치장한 손이야! 그리고 저건 금반지, 순금 반지가 아니라면 내 손에 장을 지져. 그게 모두 한데 덩어리진 것처럼 하얀 진주로 촘촘히 박혀 있네. 진주 하나 값이 사람 눈깔 하나 값일 거야. 야, 쌍, 저 머리칼 좀 보게나. 저게 정말이지 가발이 아니라면 내 평생에 저리 길고 저리 아름다운 금발은 처음이야! 아니, 저 자태며 활기, 어디 하나 흠잡을 데가 없구만! 야자송이 주렁주렁 달고 흔들리는 야자수에 비할까? 저 머리칼이나 목에 주렁주렁 달린 장식을 보면 야자수와 똑같아 보이거든! 정말이지 저 여자야말로 기똥차게 어여쁜 아가씨여서 원앙금침에 잠도 잘 자고 시집살이도 잘 이겨낼 거구만."

돈 끼호떼는 싼초 빤사의 그 촌스러운 칭송에 웃음을 터뜨렸으나, 그도 엘 또보소의 둘시네아 아씨를 제외하고는 그토록 예쁜 여자를 한번도 못 봤던 것 같았다. 아름다운 끼떼리아는 약간 창백한 모습이었는데, 결혼식을 앞둔 신부들이 그렇듯이 치장하느라 밤잠을 설친 때문인 듯했다. 초원 한쪽에 있는 극장으로 사람들이 다가갔는데, 결혼식을 올릴 장소인지라 융단과 꽃다발로 치장되어 있었다. 그 장소에서 춤이며 갖가지 공연을 대거 선보일 거라 했다. 그 자리에 도착할 때쯤 등 뒤에서 커다란 고함 소리가 들리더니 한 사람이 말했다.

"조금 기다리게나, 이 조급하고 경솔한 사람들아."

모두들 고함 소리가 들리는 곳으로 고개를 돌렸다. 보아하니, 불꽃처럼 생긴 연짓빛 섶을 댄 검은 가운 같은 것을 입은 한 남자가 소리를 지르면서, 나중에 보니 불길한 사이프러스 가지로 엮은 왕관을 쓰고 점잖게 왔는데 손에는 커다란 지팡이를 들고 있었다. 더욱 가까이 오자 그가 멋쟁이 바실리오임을 누구나 알 수 있었고, 모두들 긴장했다. 그 고함 소리와 말 뒤에 어떤 일이 벌어질지 몰라 모두 기다렸고, 이런 때 그가 오다니 어떤 불행한 일이 일어나지 않을까 두려워했다.

지치고 지쳐 기력도 하나 없어 보이는 그가 다가와 신랑 신부 앞에 서서 지팡이를 땅에 꽂았는데 그 끝에 칼끝 같은 쇠꼬챙이가 달려 있었다. 얼굴색이 변한 채 끼떼리아를 응시하며 떨리는 쉰 목소리로 그가 말했다.

"너도 잘 알듯이, 무정한 끼떼리아여, 너와 내가 맺은 성스러운 법칙에 따르면 내가 살아 있는 한 넌 남편을 얻어서는 안된다. 그뿐 아니라 세월과 일이 더 잘 풀려 내 재산이 불어나기를 기다리는 동안 네 명예에 맞도록 정조를 지켜주려고 늘 애써왔던 것을 너도 모르진 않겠지. 그러나 너는 나의 이 좋은 뜻에 부응하는 모든 의무를 저버리고 내 것을 남에게로 옮기려 하는 거지. 그 사람의 부가 그에게는 좋은 운뿐 아니라 엄청난 행복까지 가져다주고 말았지. 그의 행복을 최대로 부풀리고자, 그가 그럴 자격이 있다고 생각하진 않지만, 하늘이 준 복이니 난 그 중간의 장애물인 나를 내 손으로 제거하여 그에게 방해되는 불가능과 불편을 없애주겠어. 부자 까마초와 무정한 끼떼리아가 오래오래 행복하게 사시라고, 만세, 만세, 만만세! 그리고 불행한 바실리오의 가난은 그의 행복의 날개를 꺾고 그를 무덤 속에 묻었으니, 죽어라, 죽어라, 불쌍한 놈아!"

이렇게 말하고는 땅에 꽂혀 있던 지팡이를 손으로 쥐고 지팡이 반은 땅에 꽂아두니, 그 지팡이는 그 안에 숨겨진 중간치쯤 되는 칼의 칼집처럼 보였다. 땅에 칼자루라 할 수 있는 것을 꽂아놓고는 결심을 한 채 가볍게 몸을 날려 칼끝 위로 엎어졌고, 그 순간 강철로 된 칼 절반과 함께 피투성이 칼끝이 등으로 나온 게 보였다. 불쌍한 바실리오는 칼에 정통으로 관통당한 채 피투성이가 되어 땅에 쓰러졌다.

즉시 그의 친구들이 그의 불쌍한 처지와 고통스러운 불행을 함께 아파하며 도우러 왔다. 돈 끼호떼는 로신안떼를 두고 도우러 가서 그를 품에 안았는데, 보아하니 아직 숨은 끊어지지 않았다. 모두들 칼을 빼내려 했으나 거기 있던 신부가 고해성사를 하기 전에는 칼을 빼서는 안된다는 의견을 내놓으며 칼을 빼자마자 금방 숨이 끊어질 수 있다고 했다. 그러나 바실리오는 정신이 약간 들자 꺼질 듯한 고통스러운 목소리로 말했다.

"이 어쩔 수 없는 상황에서, 최후의 잔인한 끼떼리아여, 내 아내가 되어주겠다고 약속한다면, 이 만용을 용서받은 것으로 생각할게. 그렇게 함으로써 나는 너의 것이 되는 행복을 얻으니까."

신부는 그 말을 듣고 육체의 쾌락보다는 영혼의 건강을 챙기라고 말하고 진심으로 하느님께 스스로의 죄와 그 절망에 찬 결심에 대해 용서를 빌라 했다. 그 말에 바실리오는 끼떼리아가 먼저 자신의 아내가 되어주겠다고 서약하기 전에는 절대 고해성사를 하지 않겠노라고 하고, 그런 행복을 얻으면 자신의 마음을 정리하고 고해성사를 할 기운을 차리게 될 거라 했다.

돈 끼호떼는 상처 입은 젊은이의 청을 귀담아듣고는 바실리오의 요청은 대단히 정당하고 사리에 맞고 더구나 충분히 실행 가능한 일이라고 큰 소리로 말했다. 그렇게 하면 까마초 씨도 그녀의 아버지에게서 그녀를 얻어냈듯이 용감한 바실리오가 남기고 간 여인 끼떼리아 아씨를 받아들이는 게 됨으로써 대단히 영예로운 일이 될 거라 했다.

"여기에 답은 '예!'라는 말밖에는 없을 것이외다. 그 말 외에 어떤 말도 효력은 없을 거요. 이 결혼식의 첫날밤은 무덤이 될 테니까요."

　까마초는 그 말을 듣고 어찌해야 할지, 뭐라고 해야 할지 긴장되고 어리둥절할 뿐이었다. 그러나 바실리오의 친구들이 소리소리 지르며 끼떼리아가 그 결혼 청을 받아들여야 된다며 이 세상을 떠나면서 영혼의 구원까지 포기하게 해서는 안된다고 간청을 하자 까마초는 어쩔 수 없이 만약 끼떼리아가 하고 싶다면 자기로서도 좋다고 대답할 수밖에 없다고 했으니, 자기 소원을 이루는 데 시간이 잠깐 지연될 뿐이었기 때문이다.

　이윽고 모든 사람이 끼떼리아에게로 몰려가서 어떤 사람은 간청하고 어떤 사람은 눈물을 흘리고 또 어떤 사람은 그럴듯한 말로 불쌍한 바실리아와 서약을 하라고 했다. 대리석보다 차갑고 석상보다 조용한 그녀는 대답할 수도 없고, 대답할 줄도 몰랐고, 대답하고 싶지도 않아했다. 성당 신부가 어떻게 할지 빨리 결정하라고 그녀에게 재촉하지 않았다면 끝내 대답하지 않았으리라. 신부는 바실리오가 곧 숨이 넘어갈 것이고 우물쭈물하며 결정을 기다릴 시간이 없다고 했다.

　그러자 아름다운 끼떼리아는 아무 대답도 하지 않고 정신없이, 어쩌면 슬프고 고민에 찬 채, 바실리오가 있는 곳으로 갔다. 바실리오는 눈을 뒤집고 숨을 짧고 가쁘게 몰아쉬며 숨이 넘어갈 듯 입속으로 끼떼리아 이름을 되뇌면서 기독교인으로 성스럽게 죽지 않고 세속인으로 죽으려는 모습을 보였다. 마침내 끼떼리아가 다가와 무릎을 꿇고 말이 아니라 눈짓으로 결혼을 하겠느냐고 물었다. 바실리오의 눈빛이 달라지며 그녀를 찬찬히 바라보고 말했다.

　"오, 끼떼리아, 너의 자비가 끝내는 내 목숨을 끊는 칼이 될 줄 알았더니 드디어 진짜 자비를 베풀러 왔구나. 이제 나를 너의 것으로 선택해주어도 나는 그 영광을 누릴 힘조차 없고 경악스러운 죽음의 그림자와 함께 빠르게 내 눈을 덮어가고 있는 이 고통을 막을 기운도 없다! 너에게 간절히 바라는 건, 오, 내 숙명의 별이여! 나에게 청하는, 나에게 주려는 결혼의 서약이 형식적이거나 또다시 나를 속이려는 게 아니고, 억지가 아닌 네 마음에서 우러나 나에게 바치는, 나를 네 정식 남편으로 받아들인다는 고백을 말로 해주는 거야. 지금 이 같은 상황에서 네가 거짓말을 하거나 너와 함께 그토록 진실을 수없이 함께해왔던 사람에게 속임수를 쓴다는 건 옳지 않은 짓이니까."

이렇게 말하면서도 기절하곤 해서 거기 있던 사람들은 그가 기절할 때마다 그냥 그대로 마지막 혼이 나가는 게 아닌가 생각했다. 끼떼리아는 아주 정숙하고 부끄러운 모습으로 바실리오의 손을 자기 오른손으로 잡고 말했다.

"세상 어떤 힘도 내 뜻을 꺾을 만큼 강하지 못할 거예요. 전 가장 자유로운 마음으로 그대의 정식 아내가 될 것을 서약하며, 그대 또한 자유의지로 저와의 결혼을 받아들이겠다면 전 그대의 뜻을 받아들이겠어요. 그대의 성급한 결심이 저지른 이 비극이 우리 서약을 흩뜨리거나 어기는 일이 없을 거예요."

"내 약속하겠소." 바실리오가 대답했다. "하늘이 내게 주고 싶었던 가장 총명한 지혜로, 일체 혼란이나 혼미함 없이 나를 바치리다. 그대의 남편으로 나를 바치오."

"저 역시 저를 당신의 아내로 바치겠어요." 끼떼리아가 대답했다. "당신이 오래 사시든지, 당장 내 품에서 당신을 무덤으로 데려가든지……"

이때 싼초 빤사가 말했다. "이 총각이 상처를 많이 입은 것치고는 말이 너무 많구만. 사랑 타령은 그만하고 영혼의 구원에나 신경 쓰라고 해요. 내 생각엔 이 친구 숨이 넘어가기는커녕 아직 혀가 살아 있구만."

바실리오와 끼떼리아가 이렇게 손을 잡고 있자 신부는 울음 섞인 부드러운 모습으로 그들에게 축복을 해주고 갓 결혼한 신랑의 영혼이 잘 쉬게 해주십사 하늘에 빌었다. 신부의 축복을 받자마자 신랑은 재빨리 가볍게 일어서서 전에 없이 멋진 몸놀림으로 그의 몸을 칼집 삼아 박혀 있던 칼을 빼냈다.

모든 사람이 깜짝 놀랐고, 어떤 사람은 신기해하기보다는 얼빠진 모습으로 목소리를 높여 말하기 시작했다.

"기적이야, 기적!"

그러나 바실리오는 반박했다.

"'기적이야, 기적'이 아니라, 기술이지요, 기술, 사기술!"

신부는 넋을 잃고 놀라서 두 손으로 상처를 어루만져보고 그 칼이 바실리오의 갈비뼈나 살을 뚫은 게 아니라 미리 잘 준비해둔, 피를 가득 채운 쇠파이프를 통과한 것을 알아차렸다. 나중에 알았지만 피도 굳지 않도록 잘 준비했던 것이다.

결국 성당 신부나 까마초, 그리고 거기 있던 모든 사람은 조롱당하고 우롱당한 꼴이 되었다. 그런데 신부 된 사람은 그 장난에 후회스럽다는 표정이 아니었고 그 결혼은 속아서 한 결혼이니 무효라고 말하는 소리를 듣고는 오히려 다시 그를 인정한다고 말했다. 그것을 보고 모든 사람은 그 사건이 둘이서 미리 합의해 짜고 저지른 짓임을 미루어 짐작할 수 있었다. 워낙 어처구니없이 사건을 당한 까마초와 그의 동료들은 손으로 직접 복수하겠다며 칼을 꺼내 들었고 바실리오에게 덤벼들었다. 바실리오를 옹호하는 다른 동료들이 비슷한 수만큼 동시에 칼을 뽑았다. 돈 끼호떼가 말을 타고 앞장을 서서는 팔에 창을 들고 방패로 잘 막은 채 모든 사람에게 저리 비키라고 했다. 싼초는 한번도 그런 싸움질을 즐기거나 좋아해본 적이 없는지라 아까 그 맛있는 음식을 꺼냈던 항아리들 곁으로 피했는데, 그곳이 존경할 만한 성스러운 곳으로 생각되었기 때문이다. 돈 끼호떼는 큰 소리로 말했다.

"멈추시오, 여러분, 멈춰요. 사랑이 우리에게 저지른 모욕에 대해 복수하려는 건 잘못이오. 사랑이나 전쟁은 똑같다는 걸 아시오. 전쟁에서 적을 이기고자 전략이나 책략을 쓰는 게 상식이고 정당하듯이 사랑싸움이나 경쟁에서도 사랑하는 자를 경멸하거나 명예를 훼손하지 않는 한 원하는 목적을 달성하기 위한 술책이나 속임수는 좋은 것으로 인정되오. 끼떼리아는 바실리오의 것이었소, 바실리오가 끼떼리아의 것이었듯이 하늘이 준 정당하고 은혜로운 인연으로 말이오. 까마초는 부자이고 원하면 원하는 대로 언제 어디서든 자기가 좋아하는 걸 살 수 있을 거요. 바실리오는 이 양 한마리밖에 없소. 누군가가 아무리 강력하다 해도 그 양을 그에게서 빼앗아가면 안되오. 하느님이 합쳐준 둘 사이를 사람이 갈라놓을 수 없을 거요. 그런 나쁜 짓을 시도하려면 먼저 이 창끝을 통과해야 할 것이오."

그러고는 얼마나 힘있고 노련하게 창을 휘두르는지 그를 모르는 모든 사람에게 공포를 심어주었다. 그리고 까마초의 머리에는 끼떼리아의 매정함이 어찌나 세게 사무쳤는지 한순간에 그녀를 기억에서 지워버리기로 했다. 또한 성당 신부의 설득도 먹혀들었는데, 신부는 좋은 마음으로 일하는 덕있는 어른인지라 그의 말을 듣고 까마초와 그 패거리들은 마음을 진정하고 평화로워졌다. 그 중

거로 그들은 바실리오의 술책보다는 끼떼리아의 경솔함을 나무라며 칼을 제자리에 다시 꽂았고, 까마초는 끼떼리아가 처녀 시절 바실리오를 사랑했다면 결혼해서도 그를 더 사랑하리라 생각한다고 했다. 그리고 그녀를 자기에게서 빼앗아갔다기보다는 오히려 자기가 그녀를 그에게 주었으니 하늘에 감사해야 할 것이라고 말했다.

까마초가 마음을 진정하고 평화로운 자세를 취하자 그의 동료들과 바실리오의 모든 친구도 잠잠해졌다. 부자 까마초는 자신이 당한 일이 서운하지도 않고 아무렇지도 않다는 걸 보여주고자 진짜로 결혼식이 있는 것처럼 잔치를 계속하기를 바랐다. 그러나 바실리오나 그의 부인, 그리고 그 패거리들은 잔치에 참여하는 걸 꺼리며 바실리오의 마을로 떠났다. 결국 가난한 자들도 덕이 있고 사려가 깊으면 따르고 받들고 보호해주는 사람이 있는 법이니 부자들에게 항상 아첨꾼이나 동료가 많은 것과 같은 이치였다.

그들은 돈 끼호떼를 모시고 갔는데, 그를 용기있는 훌륭한 분이라고 존경했기 때문이다. 싼초의 마음만은 어두웠으니 밤까지 흥청거릴 까마초의 잔치와 그 훌륭한 음식을 기대할 수 없게 된 까닭이다. 그래서 구불구불 오솔길을 슬픈 표정으로 주인을 따라 바실리오의 부대와 가니 싼초는 이집트 요리와 편안한 삶은 마음속에만 담은 채 모두 뒤에 남겨두고 가야 했다. 솥에 담아가는, 이제 거의 다 먹고 조금 남은 음식이 잃어버린 행복의 풍요와 영광의 기억처럼 보였다. 비록 배는 고프지 않았지만 고뇌에 찬 표정으로 생각에 잠겨 나귀에서 내리지도 않고 로신안떼의 발자국만 따라가고 있었다.

22장

라 만차의 심장부 몬떼시노스 동굴에서의
대모험 이야기와 거기에서 라 만차의 용감한 기사
돈 끼호떼가 이룩한 최고의 모험 성공담

　결혼한 부부가 돈 끼호떼에게 베푼 그 많은 환대는 실로 대단했는데, 돈 끼호떼가 바실리오 부부 편을 들면서 보란 듯이 방어해준 데 대한 당연한 보답이었다. 그의 용기와 함께 사려 깊음도 보았으므로 돈 끼호떼를 무술에서는 시드 장군으로, 웅변에서는 키케로로 섬겼다. 착한 싼초는 신랑 신부 덕분에 사흘 동안이나 호강을 했다. 그들에 대해 알게 된 건 바실리오가 거짓 부상을 당한 척한 게 미리 끼떼리아에게 알린 술책이 아니며, 본 대로 그렇게 끝나기를 기대하며 바실리오가 벌인 작전이었다는 것이다. 친구 몇몇에게 미리 생각을 알린 건 사실이라 고백했으며 그리해야 필요할 때 자기 뜻을 도와주고 그 속임 작전을 후원할 수 있기 때문이었다

　돈 끼호떼가 말했다. "훌륭한 목표를 성취하기 위한 목적으로 하는 작업을 속임수라 부를 수도 없고, 또 그렇게 불러서도 안되는 거지."

그리고 사랑하는 사람들끼리 결혼하는 것이야말로 가장 훌륭한 목표라 할 수 있다고 말하고, 또 사랑의 가장 큰 적은 배고픔과 끝없는 궁핍이라고 경고했다. 사랑은 모두 즐거움이요, 쾌락이요, 만족이며, 특히 사랑하는 자가 자기 사랑을 소유하게 되었을 때 더욱더 그러한데, 사랑에 대해 가장 잘 알려진 적 중의 적은 궁핍과 가난일 수밖에 없다는 것이라 했다. 이 모든 말은 돈 끼호떼가 바실리오에게 그가 아는 재주 부리기는 명예는 주지만 돈이 안 나오니 그만두라는 뜻으로 일부러 한 소리였다. 그런 것보다는 덕망있고 부지런한 사람들에게는 늘 방법이 있기 마련인 노력을 통한 정식 수단으로 재산을 이루라는 충고였다.

"명예로운 가난뱅이가, 만약 가난뱅이가 명예로울 수 있다면 말이야, 아름다운 아내를 갖는다는 건 보석을 갖는다는 건데 그 아내를 빼앗길 때는 명예를 잃고 죽임을 당하는 꼴이 되지. 아름답고 명예로운 아내는 남편이 가난하다면 승리나 개선의 표시로 야자수나 월계관을 씌워줄 만한 자격이 있다고 봐야 해요. 아름다움이란 그 자체만으로도 그녀를 알아보는 사람들의 마음을 사로잡기 마련이야. 그래서 맛있는 미끼처럼 높이 나는 매나 궁중 독수리들이 다투어 낚아채려고 하지. 그런데 그런 아름다움에 궁핍과 생활고까지 겹치면 까마귀니 솔개니 하는 다른 맹금류들까지 덤벼드는 거야. 그 수많은 만남이나 기회에도 꿈쩍 않고 있는 아내는 그 남편의 왕관과 같다고 불러야 마땅하다네. 이보게, 점잖은 친구 바실리오." 돈 끼호떼가 덧붙였다. "어느 현자가, 이런 말을 했다네. 온 세상에 좋은 여자는 딱 한 사람뿐이라고. 그리고 충고하기를, 각 사람은 딱 한 사람 좋은 여자가 바로 자기 여자라고 믿고 생각하라는 거야. 그렇게 살면 행복하리라는 거지. 나는 결혼을 하지 않았고,

지금까지 결혼하겠다는 생각조차 해보지 않았지. 그렇지만 충고를 원하면 난 감히 말해줄 수 있네. 결혼하고 싶은 여자를 구하는 방법은 말이야, 첫번째 충고하고 싶은 말은 재산보다는 명성을 보라는 거야. 좋은 여자는 속으로 착하다고만 해서 좋은 명성을 얻는 게 아니고, 또 그렇게 보여야 하기 때문일세. 여자의 명예에 상처를 주는 건 비밀스러운 사악함보다는 공공연한 자유분방함이 훨씬 더 문제가 되거든. 좋은 여자를 집에 데려오면 그대로 지켜주고 좋은 점을 개선해줄 수 있으나 나쁜 여자를 데려오면 고치는 데 무척 고생하게 되네. 극단에서 극단으로 바꾸는 게 그리 쉬운 일은 아니니 말일세. 내 말은 불가능하지는 않지만 어렵다고 본다는 거지."

이 모든 말을 싼초가 듣고 혼잣말로 말했다.

"우리 주인님은 말야, 내가 무슨 알맹이 있는 중요한 말을 하면 뭐, 내 손에 설교대를 들고 온 세상으로 예쁜 소리나 설교하며 돌아다녔으면 좋겠다고 말하시곤 하더니, 내 말이 그 말이네. 주인님이 금언을 끼워넣거나 충고를 줄 때는 두 손에 설교대를 잡는 것으로 부족하고 손가락마다 설교대 두개씩을 들고 그 많은 광장으로 기분 좋게 나불거리고 돌아다니실 분이라니까. 제기랄, '세상에 이렇게 아는 것 많은 방랑기사 있으면 나와보라구 그래!' 하면서 말이야. 난 속으로 이분은 자기 기사도에 관련된 문제만 잘 아시는 줄 알았다구. 그런데 무슨 문제고 손 안 대고 찝쩍거리지 않는 데가 없다니까."

이렇게 싼초가 좀 중얼거리자 돈 끼호떼가 그 말을 반쯤 듣고 그에게 물었다.

"뭘 그리 중얼거리느냐, 싼초?

"소인은 아무 말도 중얼거리지 않았구만요. 단지 나리께서 여기서 하신 말씀을 제가 결혼 전에라도 들었으면 좋았을걸 하고 혼잣말로 이야기했어요. 그랬다면 지금쯤 '풀어놓은 황소는 혼자 핥아 먹기도 잘하네' 하고 살지 않겠어요."

"자네 아내가 그리 나쁜가, 싼초?"

"아주 나쁜 건 아닌데요. 아주 착한 건 아니지요. 적어도 제가 원하는 만큼 좋은 여자는 아니에요."

"자네 부인을 나쁘게 말하는 건 좋지 않은 거네, 싼초! 그 사람은 사실 자네 자식들의 어머니가 아닌가."

"그렇다고 서로 크게 잘못한 것도 없어요. 그 여자도 자기 마음 내키면 저를 나쁘게 말하는데요, 뭐. 특히 질투가 나면 세상에 악마가 나타나서 말린다 해도 못 말릴걸요."

결국 사흘 동안 새 신랑 신부와 있으면서 그 집에서 편안하게 왕처럼 대접받은 돈 끼호떼는 석사 검객에게 몬떼시노스 동굴 가는 길을 안내할 사람을 구해달라 했다. 그는 정말로 그 동굴에 들어가고 싶고, 인근 사람들이 얘기하는 신기한 동굴 이야기가 사실인지 직접 눈으로 확인하고 싶다고 했다. 석사는 자기 사촌 하나를 안내인으로 소개해주겠다고 하면서 기사도에 관한 책 읽기를 아주 좋아하는 유명한 학생이라 했고, 그 친구가 기꺼이 그들을 동굴 입구까지 모셔다드릴 것이고, 또 라 만차에서뿐만 아니라 전 에스빠냐에서 가장 유명한 루이데라의 연못도 보여드릴 거라고 했다. 그 사촌은 중요한 분들에게 바치는 인쇄본 책을 만들 줄 아는 청년인지라 심심찮고 아주 즐거운 길이 되리라 했다. 마침내 사촌이 새끼를 밴 조그만 나귀 한마리를 타고 왔는데, 나귀의 길마는 화려한 색덮개와 융단으로 덮여 있었다. 싼초는 로신안떼에게 안장을 씌우고 자기 잿빛 나귀도 치장을 해주었고, 배낭에는 먹을 것을 채우면서 사촌이 준비한 먹을 것들도 함께 가져갔다. 하느님의 가호를 빌며 모든 이들에게 작별을 하고 길을 나서서 유명한 몬떼시노스 동굴을 향해 길을 갔다.

길을 가면서 돈 띠호떼가 사촌에게 직업과 공부, 하고 있는 일이 어떤 종류인지를 물었더니 사촌은 직업은 인문주의자가 되는 것이며, 출판할 책을 쓰기 위해 공부하고 있고, 자신의 책은 나라에 이롭고 오락성도 적잖게 있다고 했다. 책 하나는 제목이 『제복의 책』인데, 궁중 신사들이 축제나 잔치 때 원하는 대로 제복을 골라 입을 수 있게 칠백세가지 제복의 색상, 표장, 숫자나 글자가 그려져 있기 때문에 누구에게 거지처럼 구걸하고 다니거나 자기 요구나 의사에 맞는 옷을 만드는 데 골머리를 싸매지 않아도 된다고 했다.

"왜냐하면 내가 질투꾼이나 사랑에 버림받은 자, 잊힌 사람, 헤어진 자 역할에 꼭 맞는 옷을 주면 흠잡을 데 없이 그들에게 딱 맞을 테니까요. 다른 책이 또 하나 있는데, 제목은 『변신들, 또는 에스빠냐 오비디우스』라고 붙일까 하는데요, 희한하고 새로운 창작물이지요. 그 책은 오비디우스를 해학적으로 모방하면서 누가 쎄비야의 라 히랄다였는지, 막달레나 교회의 천사가 누구인지, 꼬르도바의 베신게라 하수도가 무엇인지, 어떤 것이 기산도의 투우들인지, 씨에라 모레나 산이 어떤 것인지, 마드리드의 라바삐에스나 레가니또스 우물이 어떤 곳인지 말해주지요. 물론 삐오호 우물이나 까뇨 도라도 우물, 쁘리오라 우물도 빼놓을 수 없지요. 그리고 이것도 그 비유하는 뜻과 은유와 전의된 의미를 다 적어 재미도 있으면서 긴장도 되고 가르침도 있는 책을 만들까 해요. 또다른 책 하나는 제목이 『비르질리오 뽈리도로 부록』이라고 하는 건데요, 아주 해박하고 연구를 많이 한, 사물의 발명에 관한 책이지요. 유명한 이딸리아의 뽈리도로의『발명서』에서 다 말하지 않은 아주 중요한 일을 내가 연구해서 고상한 문체로 발표하는 거지요. 뽈리도로가 잊어버리고 발표하지 않는 것 중에 세상에서 제일 처음 코감기에 걸린 사람은 누구인가라든지, 맨 처음 프랑스 매독을 치료하려고 고약을 바른 사람이 누구인가라든지 하는 것들이 있지요. 내가 그걸 연구해서 글자 그대로 발표를 하고 스물다섯명이 넘는 작가들과 함께 공인을 하게 됩니다. 이 정도면 제가 공부를 많이 했고, 그런 책이 세상 모든 사람에게 유익하리라는 걸 아시겠지요."

사촌이 하는 이야기를 아주 열심히 듣고 있던 싼초가 그에게 말했다.

"그 책들이 출판되면 하느님의 가호로 성공하시길 빕니다. 그런데요, 나리. 물론 다들 아는 사실이니까, 아시겠지만서두, 혹시 말인데, 제일 처음 머리를 긁적거린 사람이 누구인 줄 아십니까? 그게 제가 알기로는 우리의 처음 아버지인 아담인 것 같은데 어때요?"

"그도 그렇군요." 사촌이 대답했다. "틀림없이 아담은 머리와 머리칼을 가졌을 테니까, 그렇다면, 세상 첫번째 사람이니 어쩌다 머리를 긁적거렸을 수도 있겠네요."

"저도 그렇게 생각합니다. 하지만 이제 또 말씀해보세요, 세상에서 맨 처음 굴러떨어진 사람은 누구였을까요?"

"사실, 아저씨." 사촌이 대답했다. "연구해보기 전까지는 지금으로서는 결정적인 답을 모르겠네요. 내 책들이 있는 곳에 돌아가서 그 문제를 연구하고 다시 뵙게 될 때엔 만족할 만한 답을 드리지요. 이번이 마지막 기회는 아닐 테니까요."

"그건 말이에요, 나리." 싼초가 말을 받았다. "그렇게 수고하실 필요가 없어요. 나리께 물어본 문제에 대해 지금 답이 생각났어요. 세상에서 맨 처음 굴러떨어진 사람은 악마 루시퍼였지요. 하늘에서 쫓겨나거나 내던져졌을 때 지옥이 있는 심연까지 굴러떨어졌지요."

"그대가 맞구려, 친구." 사촌이 말했다.

그러자 돈 끼호떼가 말했다.

"그 질문과 그 대답은 자네 말이 아니야, 싼초, 누구에게선가 얻어들었겠지."

"그런 말 마세요, 나리." 싼초가 맞받아쳤다. "정말이지, 제가 질문하고 대답하기로 작정하면 지금부터 내일까지 해도 끝나지 않아요. 그래요, 바보 같은 질문을 하고 엉터리 대답을 하기로 한다면 저도 이웃 사람 도움을 받고 자시고 할 필요가 없는 사람입니다요."

"자네가 아는 것보다는 더 나은 말을 하는구먼, 싼초. 어떤 사람들은 연구해서 알고 보면 사람의 지혜나 기억에 아무런 가치도, 관심도 없는 것들을 지겹도록 파헤치고 알려고 한단 말이야."

이런저런 재미있는 이야기를 하면서 그날이 지나갔고 밤이 되어 어느 조그만 시골 마을에 묵게 되었다. 사촌은 돈 끼호떼에게 몬떼시노스 동굴까지는 두마장 정도밖에 남지 않았다고 하면서 거기에 들어갈 결심이라면 몸을 묶고 그 깊은 곳으로 타고 내려갈 밧줄을 준비해야 한다고 했다.

돈 끼호떼는 깊은 심연에 다다른다 할지라도 어디까지 가는지 알아봐야겠다고 하고 두 팔 길이로 거의 백발이나 되는 밧줄을 샀다. 그리고 다음 날 오후 2시에 동굴에 당도했는데, 동굴 입구는 크고 넓었고 구기자며 야생 무화과나무, 엉겅퀴, 덤불로 아주 빽빽하게 얽히고설켜 동굴 어디나 전부 눈에 보이는 데가 없이 덮여 있었다. 그것을 보고 사촌과 싼초, 그리고 돈 끼호떼가 말에서 내렸고, 두 사람은 곧 돈 끼호떼를 밧줄로 아주 세게 묶었다. 밧줄로 돈 끼호떼의 허리를 두르고 동여매는 동안 싼초가 그에게 말했다.

"나리, 지금 무슨 짓을 하고 계시는지 잘 생각해보세요. 산 채로 묻힐 생각은 마시구요, 병甁처럼 보이는 곳엔 가지 마세요. 무슨 우물 속 같은 데 빠져 몸이 차가워질 수 있어요. 그래요, 나리께서는 이 동굴 속이 지하 감옥보다 더 지독한 것 같은데도 거길 들여다볼 관심이나 생각 같은 게 있으신 분이 아니시지요?"

"어서 묶고 입 다물어." 돈 끼호떼가 대답했다. "이런 큰일은, 이 친구 싼초여, 오직 나만을 위해 기다리고 있었다네."

그러자 그때 안내인이 말했다.

"나리께 부디 간청하옵니다만, 돈 끼호떼 나리. 잘 보고 온 눈을 다 써서 그 안에 뭐가 있는지 잘 살피세요. 어쩌면 제가 쓸『변신들』이라는 책에 써야 할 게 있을지도 모르니까요."

"그런 일이라면 사람을 제대로 찾아 맡겼네요."[1] 싼초가 대답했다.

이 말을 하고 돈 끼호떼를 묶는 일도 끝냈다, 그것도 갑옷 위에가 아니라 그 안 조끼 위였지만. 그러자 돈 끼호떼가 말했다.

"우리가 작은 방울 하나를 준비하지 않은 걸 지금까지 생각해내지 못했구먼. 방울이 있으면 바로 내 옆에 있는 밧줄에 매달아놓고 그 소리를 들으며 아직 내려가고 있구나, 살아 있구나를 알 수 있을 텐데 말이야. 하지만 이제 어쩔 수 없으니 나를 인도해달라고 하느님 손에 맡길 수밖에……"

그리고 바로 무릎을 꿇고 낮은 목소리로 하늘을 향해 기도를 올

---

1 원문대로 직역하면 '제대로 잘 칠 줄 아는 사람 손에 북이 있구먼'이라는 속담이다.

리며 하느님에게 자기를 도와주시고 이번에 꼭 성공을 거두게 해주십사 빌면서 이 모험은 위험하고 새로운 것 같다고 했다. 그러고 나서 높은 소리로 말했다.

"오, 제 행동과 움직임의 주인이시며 고명하신 귀부인, 세상에 둘도 없는 엘 또보소의 둘시네아 아씨여! 그대의 귀에 그대의 행복한 이 연인의 기도와 애원이 다다를 수 있다면, 세상에 듣지도 보지도 못할 만큼 아름다운 그대여, 부디 이 기도를 들어주시기를 간절히 바라옵나이다. 부디 청하고자 하는 건, 다름이 아니라 그 어느 때보다 지금 필요로 하는 저에 대한 그대의 은혜와 보호를 부디 거절하지 마십사 하는 겁니다. 저는 이 바위들 위에서 미끄러지거나 우물에 빠지고, 여기 내 눈앞에 나타나는 깊은 심연에 가라앉을 것이옵니다. 그것은 오직 세상을 알기 위함이오며 그대가 저를 도와주신다면 제가 싸워 없애지 못할 불가능이 있을 수 없기 때문이옵니다."

이렇게 말하며 그는 깊은 동굴로 다가갔는데 칼질을 하거나 팔힘으로 덤불들을 걷어내지 않으면 밧줄을 타고 내려가거나 들어가는 것조차 불가능해 보였다. 그래서 손으로 칼을 잡고 동굴 입구에 있는 덤불들을 자르고 쓰러뜨리기 시작하니 그 소음과 시끄러운 소리에 아주 커다란 까마귀와 갈까마귀 들이 수없이 튀어나왔다. 어찌나 많이 푸드덕거리며 튀어나오는지 돈 끼호떼를 그만 땅 위에 쓰러뜨렸다. 만약 돈 끼호떼가 독실한 가톨릭 신자인 만큼 미신도 믿었다면 그것을 나쁜 흉조로 보고 그런 장소에 깊이 들어가는 걸 피했을지도 모른다.

마침내 그는 일어섰고 더이상 까마귀와 다른 야행성 새들, 까마귀들 사이로 함께 나오던 박쥐 같은 것들이 나오지 않자 사촌과 싼초가 돈 끼호떼의 밧줄을 놓아주었고, 그는 공포스러운 동굴 밑바닥으로 빨려들어갔다. 그가 들어가자 싼초는 축복을 빌고 그 위에 성호를 수천번이나 그으며 말했다.

"하느님의 가호와 뻬냐 데 프란시아 성모의 가호가 있으시기를 빕니다. 그리고 방랑기사들의 꽃이며 열매이며 수호신인 나뽈리 가에따의 삼위일체 신의 가호도 비옵니다! 세상에서 제일 용맹스러운 자, 강철 같은 심장이여, 청동 팔뚝을 자랑하는 자여, 잘 가시라! 다시 비노라, 하느님의 가호로, 그대가 일부러 이 어둠 속에 스스로 갇히고자 버리고 간 이 삶의 빛으로 다시 걱정없이 자유롭고 건강하게 돌아오기를!"

거의 똑같은 기도와 간절한 부탁을 사촌도 드렸다.

돈 끼호떼는 밧줄을 풀어라, 밧줄을 더 풀어라, 소리소리 지르며 내려갔고 그들은 조금씩 조금씩 밧줄을 늦추어주었다. 그 목소리가 동굴 통로로 나오다 들리지 않았을 때는, 이미 그들이 두 팔 길이로 백발은 풀어놓은 뒤였다. 그리고 다시 돈 끼호떼를 위로 끌어올려야 되지 않을까 생각했으니 더이상 풀어줄 줄이 없었던 것이다. 그러고는 거의 반시간 정도 지난 다음 아주 쉽게 무게가 전혀 느껴지지 않는 줄을 끌어올렸다. 그건 돈 끼호떼가 동굴에 갇혀버렸다는 증거였고, 싼초는 그런 생각을 하며 가슴 아프게 울었다. 그리고 그런 생각을 벗어던지려 급히 줄을 사렸고 싼초 생각으로 한 여든발쯤 넘었을 때 사람 무게가 느껴져 그들은 엄청 좋아했다. 마침내 10시가 되어 그들은 달라진 돈 끼호떼를 볼 수 있었고, 싼초는 그에게 소리 지르며 말했다.

"나리, 정말정말 잘 돌아오셨어요, 나리. 우리는 나리께서 그 안에 아주 뿌리내리고 사시는 줄 알았죠."

그러나 돈 끼호떼는 한마디도 하지 않았고, 다 끌어올려보니 그는 잠을 자는 표정으로 눈을 감고 있었다. 땅에 눕히고 묶었던 끈을 풀어도 그는 깨어나지 않았으나 뒤엎고 되돌리고 흔들고 내돌리니 조금 지나 마침내 정신이 들었다. 그러더니 마치 깊고 심각한 꿈이나 꾼 것처럼 기지개를 크게 켜고는 이쪽저쪽 바라본 뒤 놀란 듯 말했다.

"친구들, 꿈을 깨줘서 서운하지만 고맙네요. 사람치고 한번 보지도 느끼지도 못한 즐겁고 맛있는 정경과 삶으로부터 나를 깨어나게 했으니 말이야. 사실 지금 안 건데, 이 세상의 모든 행복은 그림자나 꿈처럼 지나가거나 아니면 들판의 꽃처럼 시든다네. 오, 불행한 몬떼시노스여! 오, 불행한 상처를 입은 두란다르떼여! 오, 불행한 벨레르마여! 오, 눈물 속에 사는 과디아나여, 불행한 너희들, 루이데라 연못의 딸들이여, 그대들의 물속에 그대들의 아름다운 눈이 흘렸던 눈물이 비치도다!"

사촌과 싼초가 돈 끼호떼의 그 말을 들었는데, 오장육부에서 꺼내는 듯한 고통스러운 어조였다. 두 사람은 그 말이 무슨 뜻인지 말해달라고 간절히 청했고 그 지옥에서 본 게 무엇이냐고 물었다.

"지옥이라 물었던가?" 돈 끼호떼가 말했다. "그건 그렇게 불러서는 안되지. 앞으로 알게 되겠지만 그런 이름을 받을 자격이 없어."

그는 먹을 것을 좀 달라고 청하고 배가 엄청 고팠다고 했다. 파란 풀 위에 사촌의 삼베 보자기를 펴고 다들 자기 배낭에서 먹을 것들을 꺼내와 셋이 함께 기분 좋게 앉아서 간식을 먹고 저녁까지 함께 먹었다. 보자기를 걷자 라 만차의 돈 끼호떼가 말했다.

"아무도 일어서지 마요. 여러분, 다들 친하니까 내 말 좀 열심히 들어요."

23장

돈 끼호떼가 몬떼시노스 동굴 깊숙이에서 보았다는 기상천외한 사실들, 그리고 그가 말한 그 위대하고 불가능에 가까운 사실들이 이번 모험을 실증 불가능한 거짓말로 보이게 하는 이유들에 대하여

오후 4시쯤 되었으리라, 구름에 가려 있던 해가 희미한 빛과 따스한 햇살로 돈 끼호떼를 비추자 그는 덥지도 않고 고민도 없어 아주 똑똑한 두 청중에게 몬떼시노스 동굴에서 보았던 일을 이야기할 마음이 생겨나 이렇게 말을 시작했다.

"이 지하 감옥으로 열두길이나 열네길쯤 깊은 곳에 오른쪽으로 오목하게 들어간 공간이 있는데 노새가 모는 큰 수레 하나가 들어갈 만한 자리였지. 가냘픈 빛이 구멍인지 틈인지로 새어들어왔는데 멀리 땅 표면으로 뚫린 데서 들어오는 빛이었어. 오목하게 들어간 이 장소를 내가 본 건, 밧줄에 매달려 정해진 확실한 길이 있는 곳도 아닌 그 밑의 어두운 장소로 내려가다보니 자연히 지치고 성질이 나 있을 때였어. 그래서 난 그곳에 들어가서 좀 쉬어야겠다 싶어 그대들에겐 내가 말할 때까지 밧줄을 더이상 내리지 말라고 소리를 질렀지만 내 말을 못 들었나보더군. 그대들이 내려주는 밧줄을 걷어 똬리를 만들어 쌓은 다음 그 위에 앉아 생각에 깊이 잠겼지, 지금 나를 받쳐줄 사람도 없는데 어떻게 해야 밑바닥까지 내려갈 수 있을까 궁리를 하면서 말이야. 이런 생각으로 혼미해 있는데 생각지도 않게 갑자기 깊고 깊은 잠이 나를 엄습했고 예상치도 않았고 어찌 된 영문인지도 모른 채 잠에서 깨보니 기분 좋은 초원에 와 있는 거야. 가장 사려 깊은 인간의 상상력이 꿈꿀 수 있는, 자연이 만들 수 있는 최고로 아름답고 즐거운 곳 말이야. 눈을 닦고는 보고 또 보았지. 난 자고 있는 게 아니었고 정말로 깨어 있었네. 아무리 그래도 믿기지가 않아 내 머리와 가슴을 더듬어 만져보았지. 거기 있는 내가 진짜 나인지 아니면 헛된 거짓 망령인지 확인해보려고 말이야. 그러나 촉감, 느낌, 그리고 혼잣말로 뇌까려본 내 정확한 사고가 지금 여기 있는 내가 그때 거기 있었던 나였다는 걸 증명해주었지. 그 순간 내 눈에 정말로 화려한 궁전인지 성인지 하는 게 들어왔는데, 성벽이나 벽 들이 투명하고 맑은 수정으로 만들어진 것 같았어. 그 궁전에서 커다란 문 두개가 열리더니 품위있는 노인이 나와 내 쪽으로 걸어왔어. 검붉은 빛깔 천으로 만든 망또 자락이 땅에까지 끌리는 그런 복장을 했고, 어깨와 가슴에는 파란 융단의 대학 휘장을 두르고 있었어. 머리에는 까만 밀라노산 양털 모자를 쓰고 수염은 백발인데 허리 밑까지 내려왔지. 손에 무기는 없었고 보통 호두알보다 큰 알로 만든 염주를 들고 있었고, 또 타조알만 한 크기의 알로 만든 짧은 염주도 가지고 있었지. 그 자태며 걸음걸이며 엄숙함이며 넉넉해 보이는 모습이 하나하나를 보나 전체로 보나 나를 긴장시키고 놀라게 하기에 충분했지. 그런데 나에게 다가와 맨 처음 한 행동이 나를 꼭 껴안는 것이었다네. 그러고 나서 이렇게 말하더군.

'기나긴 세월 동안 우리는, 용감하신 기사 라 만차의 돈 끼호떼여, 마법에 걸려 이 적적한 곳에 이렇게 살면서 그대를 만날 날을 기다렸노라. 그대가 들어온 소위 몬떼시노스 동굴이라고 하는 이 깊은 굴속에 숨겨져 묻혀 있는 것을 온 세상에 알려달라고 말이지. 그대와 같은 불굴의 심장과 훌륭한 용기를 가진 자만이 감행할 수 있는 중요한 일이기에 기다려왔다네. 고명하신 그대여, 나를 따라 오시라, 내 그대에게 이 투명한 성에 숨겨진 신비스러운 것들을 보여주겠노라. 나는 이 성의 성주이며 영원한 대수문장이니, 내가 바로 몬떼시노스이고 내 이름을 따서 이 동굴 이름이 지어졌느니라.'

그가 몬떼시노스라는 말을 듣자마자 나는 지상세계에서 하는 말이 사실이냐고 물었지, 즉 그가 단검으로 그의 위대한 친구 두란다르떼의 가슴 한복판을 열고 심장을 꺼내 죽는 순간 부탁한 대로 벨레르마 아씨에게 그 심장을 가져간 사실 말이야. 그는 모든 이야기가 사실이라고 대답했지. 단지 단검 문제만 다른데, 실은 단검이나 작은 칼이 아니라 칼날이 선, 송곳보다 더 예리한 비수였다고 했어."

이 순간 싼초가 말했다. "그런 비수라면 쎄비야의 라몬 데 오세스의 칼이겠군요."

"난 모르지." 돈 끼호떼가 말을 이었다. "하지만 그 칼 만드는 친구는 아닐 거야, 라몬 데 오세스는 최근 사람이고, 이런 불행한 일이 벌어진 론세스바예스 이야기는 우주의 옛날이야기니까. 그리고 이런 걸 꼬치꼬치 알아보는 게 중요하지 않지. 그런 게 역사의 내용이나 진실을 흐리거나 바꿔놓지는 않잖아."

"그래요." 사촌이 대답했다. "부디 이야기를 계속하시지요, 돈 끼호떼 나리. 세상에서 제일 흥미있는 이야기를 듣고 있는 중입니다."

"나도 너무 흥미로워서 이야기를 하고 있는 거야." 돈 끼호떼가 대답했다. "그러니까 말인데, 존경스러운 몬떼시노스라는 그분이 나를 수정 궁전에 들어가게 했는데, 온통 설화석고로 만든 정말 시원한 아랫방 하나에 아주 절묘하게 만들어진 대리석 무덤이 하나 있더군. 그 무덤 위에는 길게 대자로 누운 기사가 있는데, 다른 무덤들처럼 청동이나 대리석 또는 벽옥으로 만든 게 아니라 진짜 살과 진짜 뼈로 된 사람이었지. 오른손이 심장 위에 놓여 있었는데, 약간 털이 많고 근육질인 걸로 보아 그 손 주인은 아주 힘이 센 사람이었음에 틀림없어. 몬떼시노스에게 아무것도 물어보지 않았지만 무덤 사람을 보고 내가 긴장하는 걸 보고는 그가 말했어.

'이 사람이 내 친구 두란다르떼…… 당시 가장 용감했던, 사랑에 빠진 기사들의 꽃이요, 귀감이었지. 그도 마법에 걸렸고 나를 비롯한 다른 많은 남자, 여자가 악마의 아들이라고 하는 저 프랑스 마법사 메를린[1]의 마법에 걸려 여기 있는 거라네. 내가 생각하기에 그는 악마의 아들이 아니라 보통 사람들이 하는 말처럼 아는 게 악마보다 한수 위였다고 봐. 어떻게 해서, 무엇 때문에 우리에게 마법을 걸었는지는 아무도 모른다네. 시간이 가면 알게 되겠지. 내가 짐작하기엔 그때도 그리 멀지 않은 것 같아. 내가 진짜 놀라운 건, 지금이 생생한 대낮인 것처럼, 두란다르떼가 내 품에서 일생을 끝마치고, 죽은 그의 심장을 내 손으로 꺼냈다는 걸 확실히 알고 있다는 거네. 실제 그 심장 무게는 2파운드는 되었는데, 자연과학자들은 심장이 큰 사람이 작은 사람보다 용기가 더 많은 자질을 가지고

---

1 실상 메를린은 프랑스의 마법사가 아니라 아서 왕이나 트리스탄과 이졸데의 이야기에 나오는 영국 마법사 멀린이다.

태어났다고 하지. 그건 그렇고, 정말로 이 기사가 죽었다면, 어째서 지금도 이따금씩 꼭 살아 있는 것처럼 신음을 하고 한숨을 쉬는 걸까!'

이 말을 하자 그 불쌍한 두란다르떼가 큰 소리를 내며 말했지.

'오, 나의 사촌 몬떼시노스여!
최후로 그대에게 내 간곡히 부탁한 것이,
내가 죽고 나의 혼을 빼앗기게 되거들랑,
나의 심장을 벨레르마가 있는 곳으로
반드시 가져가달라는 것이었지.
단검이나 비수로 내 가슴에서
내 심장을 꺼내서 말일세.'

이 말을 듣자 품위있는 몬떼시노스는 비탄에 찬 기사 앞에 무릎을 꿇고 눈물을 흘리며 말했지.

'사랑하는 나의 사촌 두란다르떼 형님, 우리가 패한 그 불행한 날, 나는 형님이 명령한 대로 했지요. 즉, 나는 가장 훌륭한 방법으로 심장을 꺼냈어요, 형님 가슴에 조금이라도 남겨놓은 게 없이요. 그리고 물결처럼 레이스를 단 손수건으로 심장을 닦아 그걸 들고 프랑스로 달려갔지요. 먼저 형을 땅의 가슴에 묻고서요. 얼마나 눈물을 많이 흘렸던지 그 눈물로 내 손을 씻고, 형의 깊은 뱃속을 헤집고 다니다가 묻은 피를 그 눈물로 닦았지요. 증거를 더 대자면, 사랑하는 나의 사촌 형님, 론세스바예스를 떠나서 처음 만난 장소에서 형의 심장에 소금을 조금 뿌렸지요, 벨레르마 아씨 앞에서 나쁜 냄새가 나지 않도록 신선하지는 못할망정 적어도 좀 마르라고 그랬지요. 그런데 그녀도 형님과 함께 나처럼, 형님의 하인 과디아나도, 그리고 루이데라 마님도, 그녀의 일곱 딸과 두 조카딸도, 그리고 형님이 아는 다른 많은 친구며 아는 사람들이 오래전부터 현자 메를린의 마법에 걸려 여기 이렇게 있는 거지요. 그리고 오백 년이 넘었는데도 아직 우리는 아무도 죽지 않았고, 오직 루이데라와 그녀의 딸들과 조카들이 없어졌을 뿐인데, 그녀들이 하도 울어대는 통에 어쩌면 메를린이 동정해서 그랬는지 그녀들을 연못으로 만들어주었지요. 그래서 지금 산 사람들의 세상인 라 만차 지방에서는 그곳을 루이데라 연못이라고 하고, 일곱 딸은 에스빠냐 왕가에 속하고, 두 조카딸은 싼 환이라고 하는 아주 성스러운 종파의 기사들 것이지요. 형님의 하인인 과디아나도 형님의 불행을 통곡하고 아파하다가 그의 이름을 딴 같은 이름의 강이 되었지요. 그 강은 땅 표면으로 나오자 다른 하늘의 해를 보았는데, 형님을 놓고 떠난다는 것을 보고는 너무 마음이 아파 그만 땅 한가운데로 스며들고 말았다네요. 하지만 강물의 자연스러운 흐름을 따라가지는 않을 수 없어서 이따금씩 나와서 해와 사람들이 보라고 모습을 드러내기도 한다는군요. 아까 말한 연못들이 강에 물을 공급해주고, 연못 물이나 거기 당도하는 많은 물과 함께 굉장히 찬란하게 뽀르뚜갈로 들어가지만 아무리 그래도 어디를 가나 슬픔과 우수를 드러내지요. 자기 물에 맛있고 값나가는 물고기를 키울 생각은 않고, 거칠고 맛없는 고기들만 키우려고만 해서 황금빛 따호 강의 물고기들과는 많이 다르지요. 지금 드리는 이 말은, 사촌 형님! 여러번 형님께 말씀드렸지만 대답이 없으시기에 제 말을 믿지 않거나 못 들으신 줄로 알아, 하느님도 아시지만 제가 얼마나 마음이 아팠는지 모릅니다. 몇가지 새 소식을 지금 형님께 전해올리지요, 이 이야기를 들어도 형님 고통에 위안이 되지는 못하겠지만 절대 아픔을 더 크게 만들지는 않을 겁니다. 여기 형님 앞에 서 있는 사람 아세요? 눈을 뜨고 보세요, 현자 메를린께서 몇번이고 예언한 그 위대한 기사, 라 만차의 돈 끼호떼가 보이세요? 제 말은, 새로이, 지난 세기보다 더 유리한 조건에서 현세에 이미 잊혔던 방랑기사도를 부활시켰다는 거예요. 이 사람을 통해, 이 사람의 은혜로 우리도 마법에서 풀려날지 모릅니다. 위대한 사람들을 위해 위대한 작업이 기다리니까요.'

'그런데 그렇게 되지 않으면,' 비탄에 잠긴 두란다르떼가 꺼져가는 낮은 목소리로 말했어. '그리되지 않으면, 오, 사촌이여! 또 인내를 갖고 계속 카드를 돌리며 기회를 봐야지.' 그 말을 하고는 옆으로 돌아누웠고, 더이상 말 한마디 없이 예전의 침묵으로 돌아갔지.

이 순간 깊은 신음 소리와 고뇌에 찬 흐느낌과 함께 통곡 소리와 커다란 울부짖음이 들려왔어. 고개를 돌려 수정 벽을 통해 보니, 모두 상복을 입은 채 터키 사람처럼 머리에 하얀 터번을 쓴 대단히 아름다운 처녀들이 두 줄로 서서 다른 방으로 행진을 하며 지나가고 있었어. 행렬 맨 끝에는 엄숙하게 보이는 한 귀부인이 오고 있었는데, 역시 까만 옷을 입고 머리에는 하얀 모자를 썼는데, 모자 깃이 하도 길고 늘어져 땅을 쓸고 갈 정도였지. 그녀의 터번은 여자들 중 가장 터번이 큰 여자의 것보다도 두 배나 더 컸지. 그녀는 이마가 좁고 약간 납작코이고 입은 크지만 입술은 붉었고, 치아는 어쩌다 겉으로 보일 때는 듬성듬성하고 그리 고르지 않아, 비록 껍질 벗긴 아몬드처럼 하얗긴 했지만 말이야. 손에는 얇은 천 하나를 들고 왔는데, 그 안에는, 내가 살펴본 바로는 마르고 건조해져 미라가 된 심장이 있었지. 몬떼시노스가 내게 말하길, 행진하는 저 사람들은 두란다르떼와 벨레르마의 여종들로 두 주인과 함께 마법에 걸려 있으며 마지막에 천에 싼 심장을 손에 들고 온 여인이 벨레르마 아씨라고 했어. 그녀는 자기 시녀들과 함께 한주에 네번씩 이런 행진을 하고, 그때 그의 사촌의 비탄에 찬 심장과 몸 위에 노래를 부르는데, 노래라기보다는 조가를 울먹인다고 해야 되겠지. 그리고 내 생각에 그녀가 좀 못생겨, 아니 이름난 것처럼 그렇게 아름다워 보이지 않은 건, 마법에 걸려 살면서 밤마다 시달리고 낮에는 고생을 했던 탓으로 얼굴색이 좋지 않고 눈 주위에 커다란 기미들이 자리한 때문이었어.

'얼굴이 누렇고 기미가 많은 건 여자에게는 늘 있는 월경 때문이 아니지, 여러달 전 아니 여러해 전부터 그런 건 나오지도 않으니까. 그보다는 늘 손에 지니고 있는 심장을 보고 그녀의 가슴이 느끼는 고통 때문이야. 이루지 못한 그녀의 사랑과 연인의 불행이 그것을 볼 때마다 새로이 기억에 떠오르기 때문이지. 이런 일이 아니라면, 이 지방 모든 곳에서뿐만 아니라 온 세상에서 그토록 칭송하는 위대한 엘 또보소의 둘시네아 아씨라도 그 자태와 생기, 아름다움에서 그녀와 비교가 되지 않았을 걸세.'

'그 문제는 여기서 그만!' 그때 내가 소리쳤지. '몬떼시노스 영감님, 나리, 이야기나 제대로 하시지요. 이미 아시듯이 모든 비교는 혐오스러운 겁니다. 그런데 무엇 때문에 누구와 누구를 비교할 필요가 있습니까? 천하에 둘도 없는 엘 또보소의 둘시네아는 둘시네아이고 도냐 벨레르마 아씨는 아씨이고, 과거 그대로이고, 그걸로 된 거지요.' 그러자 그가 내게 대답했어.

'돈 끼호떼 나리, 용서하십시오, 내 실수를 인정합니다. 둘시네아 아씨가 벨레르마 아씨와 비교가 안된다고 한 것은 말을 잘못했습니다. 나 혼자 그리 생각하면 될 일을, 나리께서 둘시네아의 기사이신데 그녀를 하늘과라도 비교해서는 안되고 그전에 혀를 깨물어야 되는 것을, 쓸데없이 부질없는 상상을 했습니다.'

위대한 몬떼시노스가 나에게 한 이 사과로 나의 귀부인 아씨를 벨레르마와 비교하는 걸 듣고 놀란 가슴을 진정할 수 있었다네."

싼초가 말했다. "그런데 제가 진정 놀라운 건 나리께서 왜 그 늙은이 위에 금방 올라타서 발길질로 뼈다귀를 다 박살내고 수염을 털 하나 남김없이 다 뽑아버리지 않았는지 이상하네요."

"아니네, 싼초 이 사람아, 내가 그래서는 안되는 처지였지. 우리는 모두 노인을 존경해야 할 의무가 있지. 비록 기사가 아니어도 그래야 하는데 특히 기사가 아니면서 마법에 걸려 있는 분들께는 더 그래야지. 나는 우리 둘 사이에 오간 다른 많은 질문이나 대답에서 서로 서운한 점은 하나도 없다는 걸 알지."

이때 사촌이 말했다.

"돈 끼호떼 나리, 저는 밑에서 지내신 그 짧은 시간에 나리께서 그 많은 걸 보고, 그토록 많은 말과 대답을 하셨다는 게 이해가 안가네요."

"내가 내려간 지가 얼마나 되었는데?"

"한시간이 좀 넘었는데요." 싼초가 대답했다.

"그럴 리가 없어." 돈 끼호떼가 맞받았다. "왜냐하면 거기에서 밤이 어두워지고 날이 새고, 다시 어두워지고 날이 새기를 세번이나 했어. 그러니 내 계산으로는 우리 눈에 보이지 않는 멀리 숨겨진 그곳에서 난 사흘을 있었던 거지."

"우리 주인님이 하신 말이 사실일 거요." 싼초가 말했다. "나리께 벌어진 일들이 모두 마법으로 인한 거라서 어쩌면 우리에겐 한 시간처럼 보여도 거기서는 밤까지 합쳐 사흘처럼 보일지도 모르지요."

"그럴 거야." 돈 끼호떼가 대답했다.

"그런데 그동안 거기서 식사는 하셨어요, 나리?" 사촌이 물었다.

"먹을 거라고는 입에 대본 적도 없지." 돈 끼호떼가 대답했다. "더구나 배가 고프다는 생각조차 해본 적이 없어."

"그럼 마법에 걸린 그 사람들은 식사를 하나요?" 사촌이 물었다.

"식사를 안하지." 돈 끼호떼가 대답했다. "그리고 대변도 안 보지. 그래도 손톱이나 수염, 머리칼은 자란다는 말이 있지만."

"그럼 혹시 잠은 자나요, 마법에 걸린 사람들은요, 나리?" 싼초가 물었다.

"물론 자지 않지. 적어도 내가 그들과 있었던 요 사흘 동안 아무도 눈을 붙이지 않았고 나도 못 잤지."

"여기엔 그 속담이 딱 맞네요." 싼초가 말했다. "누구하고 다니는지를 보면 누구인 줄 안다는 말요. 나리께서 마법에 걸려 먹지도 않고 자지도 않는 사람들과 다니시니 그들과 다니는 동안은 밥도 안 먹고 잠도 안 자죠. 거봐요, 그만하면 대단하지 않아요? 그런데 죄송하지만, 나리, 지금 말씀하신 모든 이야기에 대해 말하라면, 하느님 저 좀 데려가줘요, 악마가 그러라 했다 해도 전 한마디도 안 믿어요."

"어떻게 안 믿어?" 사촌이 말했다. "그럼 돈 끼호떼 나리께서 거짓말을 하셨을까? 거짓말을 하려 해도 그 수만가지 거짓말을 지어내고 상상해낼 틈도 없었어요."

"저도 우리 나리가 거짓말을 했다고는 생각지 않아요." 싼초가 대답했다.

"그게 아니라면, 무슨 생각이지?" 돈 끼호떼가 물었다.

"제 생각에는 그 메를린이라는 자나 나리께서 밑에서 보고 이야기를 나누었다고 말씀하신 그 모든 인간 무리를 마법으로 묶었다는 그 마법사들이, 우리에게 이야기하고 또 앞으로 이야기할 남은 이야기까지 모든 상상 구도를 나리의 기억이나 상상 장치에 꼭 박아놓았다는 겁니다."

"그 말이 맞을 수도 있어, 싼초." 돈 끼호떼가 말을 받았다. "그러나 그게 아니야. 왜냐하면 내가 한 이야기는 내 눈으로 똑똑히 보고 내 손으로 직접 만진 것들이니까. 그런데 자네가 이 말을 들으면 정말 뭐라고 할지 몰라. 몬떼시노스가 내게 보여준 수천가지 사물과 놀라운 일은 지금이 아니라 우리가 여행하는 동안 시간이 되면 천천히 모두 다 얘기해주겠네만, 그중에 농사꾼 아가씨 셋이 기막히게 상쾌한 들판을 산양처럼 껑충거리며 뛰어다니던 일이 있었더란 말이야. 그녀들을 보자마자 그중 한 아가씨가 천하에 둘도 없는 엘 또보소의 둘시네아 아씨인 걸 금방 알아차렸지. 그리고 그 아가씨와 함께 오는 다른 두 여자도 우리가 엘 또보소 입구에서 말을 걸었던 그 아가씨들이었어. 내가 몬떼시노스에게 저 여자들을 아느냐고 물었더니 대답은 모른다는 거였어. 그러나 그가 짐작하기엔 그 초원에 나타난 지가 얼마 안된 걸로 보아 아마 마법에 걸린 어떤 왕족 부인들일 거라는 거였어. 그건 이상할 게 없다고 생각했지. 왜냐하면 거기엔 과거나 현세의 다른 많은 부인들과 아가씨들이 여러가지 이상한 형태로 마법에 걸려 와 있었으니까. 그중에서 내가 알아본 여자들은 아서의 왕비 기네비어와 그녀의 귀부인 낀따뇨나로, 랜슬럿이 영국에서 왔을 때, 그에게 포도주를 따르고 있는 거였어.²"

싼초 빤사는 주인한테 이 이야기를 듣고는 금방이라도 정신을 잃든지 웃음이 터져 죽을 뻔했으니, 그건 둘시네아가 마법에 걸렸다는 거짓말을 한 사실을 자신이 알고 있고, 그 마술을 만들고 그런 거짓 증언을 한 장본인이 바로 자신이었기 때문이다. 싼초는 주인이 정신이 나갔거나 완전히 미쳤다고 생각하고 말했다.

"재수없을 때, 최악의 시기, 가장 흉한 날에 나리께서 그 다른 세상으로 내려가셨나봅니다, 경애하는 주인님. 그리고 주인님을 그렇게 만들었다니 정말 재수없는 순간에 몬떼시노스를 만나신 거네요. 여기 위에 계실 때는 일이 있을 때마다 충고도 해주시고 금언도 들려주시면서 하느님이 주신 정신 그대로 멀쩡하시더니 지금은 그렇지 않네요. 상상도 못할 엄청난 바보 같은 소리들만 늘어놓으시니 말이에요."

"내가 자네를 아니까, 싼초." 돈 끼호떼가 대답했다. "자네 말에 상관하지 않겠네."

"소인도 나리 말씀에 상관하지 않겠어요." 싼초가 말을 받았다. "제가 한 말이나 앞으로 할 말 때문에 저를 때리거나 죽이는 한이 있어도, 나리는 나리 말씀을 고치거나 수정하셔야 합니다. 세상에 말씀 좀 해보세요, 이제 서로 마찬가지니까. 어떻게 무슨 점으로 우리 귀부인 아씨를 알아보셨다구요? 그래, 그 여자와 말을 했다면, 뭐라 하던가요, 그리고 뭐라 대답하셨어요?"

"그녀를 알아본 건 자네가 내게 알려줬을 때 입은 옷과 똑같은 옷을 입고 있었기 때문이야. 그녀에게 말을 걸었지만 대답을 않고, 오히려 등을 돌리고는 어쩌나 빨리 도망가는지 화살도 못 쫓아갔

---

2 「란사로떼 로만세」에 나오는 구절이다.

을 거야. 몬떼시노스가 부질없는 고생 하지 말라고 충고하지 않았다면 그녀를 따라가려고 했지, 아니 쫓아갔을 거야. 쓸데없는 짓이라 하더군. 더구나 그 깊은 동굴에서 내가 빠져나가기 좋은 시간이 다가오고 있다고 했지. 그러면서 말하기를, 세월이 가면 그와 벨레르마, 두란다르떼 그리고 거기 있는 모든 사람에게 쓴 마법을 풀 수 있는 방법을 내게 알려주겠다고 했어. 그러나 거기서 보고 관찰한 것 중에 가장 마음이 아픈 게 있는데, 몬떼시노스가 이런 말을 하는 중에 내가 못 본 사이에 불행한 둘시네아의 두 여자 동료 중 하나가 내 옆으로 다가와서 눈에 눈물을 가득히 담고 혼미하고 낮은 목소리로 나에게 이렇게 말했지.

'우리 주인마님이신 엘 또보소의 둘시네아 아씨가 삼가 인사를 전하며 나리 안부는 어떠신지 부디 알려주십사 청했사옵니다. 그리고 지금 대단히 궁핍한 처지에 있어서, 나리께 동시에 간절히 청하옵기를 제가 가지고 온 이 새 무명 속치마를 담보로 은화 6레알이나 아니면 나리께서 가지고 계신 대로 부디 좀 빌려주시면 아주 짧은 시일 안에 되돌려드리겠다 약속하셨사옵니다.' 그런 전갈을 받다니 난 놀라고 긴장해서 몬떼시노스를 돌아보고 물었지. '몬떼시노스 님, 마법에 걸린 왕족들도 궁핍을 겪을 수 있습니까?'라고. 그 질문에 그는 대답했어.

'라 만차의 돈 끼호떼 나리, 가난과 궁핍이라고 하는 건 어디든지 있고 어떤 일에나 관계하며 누구에게나 통하는 것인지라 심지어 마법에 걸린 사람들이라 해도 예외일 수는 없다는 걸 아셔야 합니다. 그래서 엘 또보소의 둘시네아 아씨가 은화 6레알을 청한 것이고, 보아하니 담보도 나쁘지 않으니 그냥 빌려주면 되겠네요. 틀림없이 대단히 어려운 처지에 놓인 것 같은데요.'

'담보는 받지 않겠습니다'라고 내가 대답했지. '게다가 가진 게 은화 4레알밖에 없어 요청한 걸 다 줄 수도 없어요'라고 한 뒤 그 돈을 그녀에게 주었는데, 그 돈은 바로 싼초 자네가 전날 길을 가다 혹시 가난한 사람을 만나면 동냥으로 주라고 준 거였지. 그리고 그녀에게 말했어. '이봐요, 좋은 친구, 그대 아씨께 전해요. 그렇게 고생하고 있다니 정말 마음이 아프며 그걸 구제하기 위해 큰 갑부라도 되었으면 좋겠노라고 말이에요. 그리고 난 그녀의 즐거운 모습과 다정하고 고운 대화가 없으면 건강할 날도 없고 건강해도 안 되나보다라고 전해줘요. 정말 간절히 청하건대, 부디 아씨께서 만날 기회를 주시고, 그녀에게 마음이 빼앗겨 핼쑥하고 불행해진 이 사람을 직접 대해주시면 고맙겠노라 전해줘요. 그리고 또한 생각지도 않은 어느날, 내가 만뚜아 후작이 한 것 같은 맹세와 서약을 했다는 소식을 들을지도 모른다고 그녀에게 말해줘요. 만뚜아 후작이 산 한가운데서 거의 죽어가는 자기 조카 발도비노스의 복수를 하겠다고 맹세했는데, 그 조카의 복수를 할 때까지는 식탁에서 밥도 안 먹는 등 다른 자질구레한 여러가지 일을 했다는 것이지요. 나도 마음을 진정하지 못하고 뽀르뚜갈의 뻬드로 왕자가 연인의 마법을 풀려고 세상 방방곡곡을 돌아다녔던 대로, 정확하게 그대로 실천하겠소.' '우리 주인 아씨를 위한다면 그 모든 것 이상을 하셔도 좋을 겁니다'라고 그 아가씨가 대답했지. 그러고는 은화 4레알을 받은 뒤 내게 인사를 하는가 했는데 대신 팔짝하며 공중제비로 2바라[3]를 뛰어올랐어."

"와, 하느님 맙소사!" 이때 싼초가 버럭 소리를 지르며 말했다.

---

3 '바라'(vara)는 길이의 단위로, 0.835미터이다.

"세상에 그런 일이 있을 수 있나요? 마법사들이나 마법의 힘이 얼마나 강력하면 우리 나리의 멀쩡하던 정신이 저렇게 미치고 환장하게 돌아버릴 수가 있단 말이에요? 아이구, 나리, 나리, 하느님을 봐서도 제발 자기 생각 좀 하시고, 나리 명예도 좀 돌아보시구요. 나리 마음을 약하게 하고 정신 나가게 한 그런 헛소리들을 믿지 마시라구요!"

"나를 생각해서 싼초 자네가 그렇게 말을 하겠지." 돈 끼호떼가 말했다. "자네는 세상일에 경험이 없으니까 뭐든 좀 어렵다 생각되는 일이 있으면 자넨 눈엔 그저 불가능해 보이지. 그러나 지난번에 말했듯이 세월이 가서 때가 되면 저 밑에서 본 걸 자네에게 또 이야기해줌세. 그러면 지금 내가 한 이야기를 믿게 될 걸세. 그게 다 진실인 건 재론이나 반박의 여지가 없으니까."

24장

이 위대한 이야기의 진짜 이해를 위한 당연하면서도 또한 당치도 않은 수천가지 자질구레한 이야기들

첫 작가인 시데 아메떼 베넹헬리가 쓴 이 위대한 역사 이야기의 원본을 번역한 사람이 말하기를, 몬떼시노스 동굴 모험 장에 이르러 책의 여백에 아메떼는 자필로 이런 말을 써놓았다고 한다.

"나도 이해가 되지 않고 설득이 되지 않는 건 그 용감한 돈 끼호떼에게 앞 장에 쓰인 그대로 모든 일이 정확히 일어났을까 하는 점이다. 그 이유는, 이제까지 일어난 모든 모험은 있을 법하고 실감 나는 것들이었는데, 이 동굴 이야기는 이성적 한계를 너무 벗어나서 진짜 사실로 받아들이기에는 수긍하지 못할 구석이 많기 때문이다. 그렇다고 돈 끼호떼가 거짓말을 했다고 하기에는 그는 가장 확실한 진짜 양반이고, 그 시대의 가장 고상한 선비인지라 불가능한 상상이다. 화살을 쏜다고 해도 그는 거짓말 한마디 못할 위인이다. 한편 그가 이야기를 하고 그 모든 상황과 환경까지 언급했으니, 그 짧은 시간에 그렇게 어마어마한 엉터리 사기극을 만들어낼 수는 없었을 것이다. 이 모험 이야기가 근거가 희박해 보이더라도 내 죄가 아니므로 사실이다 거짓이다를 천명하지 않고 그냥 쓰겠다. 그대, 독자여, 그대는 진실하니, 그대 생각대로 판단하시라. 나는 더이상 간섭해서도 안되고, 할 수도 없다. 비록 그가 죽을 때 마지막에 그 이야기를 취소했으며, 그가 읽은 역사책에 나오는 모험담들과 어울리고 잘 맞아떨어진다 생각되어 그 이야기를 지어냈다고 한 것이 확실하긴 하지만 말이다."

그리고 이어서 그는 이렇게 말했다.

사촌은 싼초 빤사의 대담성이나 그 주인의 인내심에 놀랐는데, 돈 끼호떼가 비록 마법에 걸려 있지만 엘 또보소의 둘시네아 아씨를 본 뒤라 너무 기뻐서 그때 보여준 그런 보드라운 성격이 나왔다 생각했다. 만일 그렇지 않다면 싼초가 말했듯이 금방이라도 몽둥이찜질을 당할 만큼 말을 함부로 했기 때문이다. 실제로 싼초가 자기 주인에게 좀 막 굴었다는 생각이 들어 사촌이 그에게 말했다.

"저는요, 라 만차의 돈 끼호떼 나리, 나리를 모시고 다니면서 보낸 시간들이 대단히 유익했다고 생각합니다. 그동안 네가지 수확을 얻었으니, 하나는 나리를 만나뵌 것으로 제게는 커다란 행복이었습니다. 둘째로 루이데라의 연못들과 과디아나 강이 생겨난 연원과 함께 이 몬떼시노스 동굴 안에 숨겨진 것을 알게 된 것으로, 이것들은 제가 손에 들고 온 저의 『에스빠냐 오비디우스』 책에 쓰일 겁니다. 셋째는 카드놀이가 그렇게 오래되었다는 소식인데, 적어도 샤를마뉴 대제 시절부터 카드놀이 습관이 있었나봅니다. 두란다르떼가 했다고 하는 나리의 말을 추정해보면 말이지요. 몬떼시노스가 그와 오랫동안 이야기를 나누고 난 뒤, 끝에 그가 깨어나면서 말했다지요. '또 인내를 갖고 계속 카드를 돌리며 기회를 봐야지.' 이 말이나 그 말하는 방식은 마법에 걸린 뒤 배운 말은 아닐 거고, 그러니 마법에 걸리지 않았던 프랑스에서 이미 언급한 샤를 마뉴 대제 시절에 쓴 말일 테니까요. 이 연구는 지금 쓰고 있는 또 다른 책에 꼭 들어맞지요. 『고대 발명 속의, 비르질리오 뽈리도로 부록』이라는 책인데, 뽈리도로의 책에는 카드의 발명이 빠져 있거든요. 지금 제가 그걸 쓰면 굉장히 중요할 겁니다. 더구나 두란다르 떼같이 신중하고 진실한 주인공의 말임을 증거로 댈 테니까요. 넷째는 아직까지 사람들이 모르고 있는 과디아나 강의 기원을 확실하게 알게 된 점입니다."

"귀하의 말이 맞구려." 돈 끼호떼가 말했다. "하지만 하나 궁금한 게 있는데, 하느님께서 은혜를 베풀어 그대의 그 책들을 출판할 허가를 받게 된다 칠 때, 사실 그것도 의심스럽지만, 그 책들을 누구에게 바치려는 생각이냐는 것이오."

"에스빠냐에는 책들을 바칠 만큼 위대하고 훌륭한 분들이 계시지요." 사촌이 말했다.

"많지는 않지." 돈 끼호떼가 대답했다. "책들이 그만한 가치가 없어서가 아니라 그분들이 받아들이려 하지 않지, 작가들의 노력이나 적당한 대우에 상당하는 만족할 만한 의무를 지기 싫어서이거든. 내가 아는 한 왕자는 딴 사람들의 잘못을 대신 갚아줄 만큼 잘해주기도 하시지. 하도 많이 도와주셔서 감히 내가 그걸 지금 다 말하면 네 사람 이상의 선량한 가슴속에 어쩌면 질투를 불러일으킬 수도 있지. 하지만 이 이야기는 좀더 편한 나중에 하기로 하고, 이제 오늘 밤 어디서 묵어야 할지 장소를 찾아야지."

"여기서 멀지 않은 곳에," 사촌이 대답했다. "암자가 하나 있는데, 예전에 군인이었다는 은자 한분이 살고 계시지요. 사람들 말로는 아주 좋은 기독교인이고 점잖고 사람들에게 자비롭다고 하네요. 암자 옆의 작은 집은 그분이 자기 돈으로 지은 집이라는데, 어쨌든 집은 작아도 손님을 받을 수는 있답니다."

"그 은자라는 분이 혹시 닭은 키우나요?" 싼초가 물었다.

"은자들치고 닭 안 키우는 사람이 어디 있어?" 돈 끼호떼가 대답했다. "요즘 은자들은 이집트 사막에서 야자수 이파리로 옷을 만들어 입고 땅에서 풀뿌리를 캐 먹고살던 은자들 방식으로 지내지 않지. 내 말은 전자를 욕하고 후자를 칭찬한다고 받아들이면 안되고, 그보다는 요즘 은자들의 고행은 옛사람들의 시련과 빈곤함에 못 따라간다는 뜻이지. 요즘 은자가 다 좋지 않다는 건 아니야. 적어도 난 그들을 좋게 보거든. 세상이 온통 혼란하고 어지러울 때는 공공연한 죄인보다는 착한 척하는 위선자가 그래도 죄를 덜 짓는 법이지."

이러고 있을 때 그들이 있는 곳을 향해 한 사람이 걸어오고 있었는데, 급하게 걸으면서 보통의 창과 칼이 달린 긴 창을 가득 실어 나르는 황소에게 채찍질을 해댔다. 그들 가까이에 이르자 인사를 하고는 그냥 지나쳐가기에 돈 끼호떼가 그에게 말했다.

"여보, 잠깐 멈추시지요. 보아하니, 바삐 가고 싶은 그 마음을 황소의 능력이 못 따르는구려."

"멈추고 쉬었다 갈 수가 없사외다, 나리." 그 사람이 대답했다. "여기 싣고 가는 무기들은 내일 쓸 것들이라서 어쩔 수 없이 멈추지 않고 가야 합니다. 안녕히 계세요. 하지만 이 무기들의 용도가 무언지 궁금하시면 저 암자 조금 위에 있는 객줏집에서 오늘 밤 묵을 생각이니 같은 길을 가신다면 거기서 만나게 될 겁니다. 거기에서 희한한 이야기들을 들려드리지요. 그럼 안녕히 가세요."

그러고는 여전히 황급히 황소를 몰고 가버려 그가 자기들에게 들려주겠다는 그 희한한 이야기가 무엇인지 돈 끼호떼가 물어볼 시간도 여유도 없었다. 돈 끼호떼는 호기심이 많고 항상 새로운 사실들을 알고 싶은 욕망에 시달리는 쪽이라, 즉시 출발해 그 객줏집에 가서 하룻밤을 지내자며 사촌이 머물자고 했던 그 암자 같은 데는 가지 말자는 것이었다.

그리하여 세 사람은 말에 올라서 다 같이 곧바로 객줏집을 향해 갔고, 날이 어두워지기 직전에 도착했다. 사촌은 돈 끼호떼에게 암자에 가서 포도주 한모금 마시고 가자 했고, 이 말을 듣자마자 싼초는 자기 잿빛 나귀를 암자로 몰았고, 돈 끼호떼와 사촌도 그리하였다. 그러나 싼초에겐 재수없이도 암자에서 만난 은자의 시녀가 말하길 은자가 집에 없다고 말한 것이었다. 그들이 좋은 포도주를 좀 달라 하자 그녀는 주인께서는 술은 가지고 있지 않으나 여기에 흔한 물을 원하신다면 얼마든지 기꺼이 드리겠다고 했다.

싼초가 말했다. "물 때문에 목이 말랐다면 오는 길에 우물이 있었으니 실컷 마셨겠지요. 아, 까마초의 결혼식과 돈 디에고 집에서의 그 성찬들, 내 얼마나 또 그대들을 그리워해야 하는가!"

일행은 암자를 떠나 객줏집으로 박차를 가했는데, 얼마 가지 않아 한 총각과 마주쳤다. 그들 앞에서 그리 급하지 않게 걷는지라 쉽게 따라잡을 수 있었는데, 어깨 위에는 칼을 두르고, 칼에는 꾸러미인지 보따리인지 언뜻 보아서는 옷 보따리 같은 것이 꿰여 있었다. 보아하니, 반바지나 넓은 바지, 어깨걸이 망또, 그리고 무슨 셔츠를 넣은 보따리인 듯싶었는데, 어슴푸레한 융단빛이 도는 벨벳 반코트를 입고 겉에 셔츠를 입었기 때문이다. 긴 양말은 비단이었으며 궁중에서 유행하는 네모난 구두를 신고 있었고, 열여덟이나 열아홉살 정도 돼 보이는 명랑하고 민첩한 청년 같았다. 그는 길 가는 노고를 잊을 양인지 쎄기디야스 민요를 흥얼거리며 가고 있었다. 그들이 그에게 다가갔을 때 노래 하나가 막 끝났는데 사촌이 기억한 바로는 가사가 이러했다.

전쟁터로 나를 내몬다네
이 궁핍한 내 신세가.
돈만 있다면 안 가지
정말이지 안 가고말고.

처음 그에게 말을 건 사람은 돈 끼호떼로, 이렇게 말했다.

"걸음걸이가 아주 가볍군요, 멋쟁이 양반. 어디로 가십니까요? 말하고자 하는 것을 듣고 싶구려."

이에 청년이 대답했다.

"걸음걸이가 빠른 건 덥고 가난해서지요. 가긴 어딜 가겠수, 전쟁터지."

"가난이라니, 무슨 말이오?" 돈 끼호떼가 물었다. "더위 때문이라면 그럴 수도 있겠소만."

"나리." 총각이 말을 받았다. "저는 입고 있는 이 짧은 코트와 짝이 맞는 우단으로 된 바지 몇벌을 이 보따리에 가지고 갑니다. 길을 가다 바지가 다 닳으면 도시에 가서는 그 옷을 뽐낼 수가 없고, 다른 바지를 살 만한 돈도 없거든요. 그래서 바람 쐬러 나가듯이 바지도 없이 이 꼴로 다니지요, 여기서 열두마장 정도 남았다는 육군 부대에 도착할 때까지는 말이지요. 거기에서 입대를 하고, 거기서부터 까르따헤나라고 하는 그 부두까지 가는 길에는 짐 싣고 가

302

는 군용 말 같은 건 필요없겠죠. 그리고 저는 왕을 주인으로, 어른으로 모시고 전쟁터에 나가 봉사하고 싶습니다, 궁중에서 빈털터리를 모시기보다는요."

"혹시 군에서 특별 봉급 같은 건 받고 계시나요?" 사촌이 물었다.

"에스빠냐의 위대한 분이나 왕족에 속하는 인물을 모시면 틀림없이 특별 봉급도 타겠죠, 그런 건 좋은 사람 모실 때 타는 거니까요. 하인 식당에서도 소위, 대위를 배출하거나 상당한 연금을 타는 경우도 있지요. 하지만 전 재수없게도 항상 직업 찾는 백수나 외지에서 흘러들어온 사람들을 모셨으니 먹을 것과 봉급이 보잘것없고 빈약해서 셔츠 풀 먹이는 세탁비에 번 돈 절반을 써야 했어요. 그러니 떠돌이 하인이 다소 살 만하게 산다 하면 그건 기적이라고 보아야지요."

"아무리 그래도 말 좀 하소, 이 친구." 돈 끼호떼가 물었다. "몇년 동안 일했다면서 제복 하나 못 얻어입었다는 게 말이나 되오?"

"두벌 받았습죠." 그가 대답했다. "하지만 수도를 맹세하기 전에 어떤 종파를 떠나는 사람들에게는 옷을 벗기고 원래 옷을 돌려주듯이 내 주인들도 그렇게 제게 옷을 돌려주었지요. 궁중에 나가 벌이던 사업이 끝나면 집으로들 돌아가고 자기들이 으스대고 뽐내려고 주었던 제복들도 다 걷어가지요."

"이딸리아 사람들이 하는 말로 정말 '자린고비' 같은 대단한 구두쇠 짓들이구먼." 돈 끼호떼가 말했다. "하지만 어쨌든 그렇게 좋은 뜻을 가지고 궁중에서 나왔으니 앞으로 행운이 있기를 빌겠소. 세상에서 가장 영예롭고 이로운 일은 하느님을 섬기는 게 으뜸이고, 그다음은 타고난 주인이신 자기 왕을 모시는 일입니다. 특히 무술을 사용할 때는 말이지요. 무관을 하면 부자는 더 못된다 하더라도, 내가 여러번 말했듯이 문관을 하는 것보다는 적어도 명예는 더 얻게 되지요. 무보다 문이 장자상속 재산을 더 많이 만들었다 할 수 있지만, 아직은 무가 문에 비해 뭔가가 더 앞서간다고 할까, 실제로 무는 그 찬란함에서 모든 것을 앞지르지요. 지금 내가 하는 이 말뜻을 꼭 기억해두기 바라오. 그렇게 하면 그대가 수고스러울 때 위안이 되고 큰 도움이 되리라 생각하오. 그대에게 앞으로 불행한 사건들이 닥칠 수 있겠지만 그런 건 제쳐놓더라도 모든 사건 중 최악은 죽음이지요. 죽음이 좋다면 세상사 중 가장 좋은 게 죽는 거겠지만요. 로마의 가장 용감한 황제 율리우스 카이사르에게 가장 좋은 죽음이 어떤 거냐고 물었더니 그가 대답하기를 생각지도 않은, 예상치도 않은, 갑작스러운 죽음이라고 했답니다. 비록 참하느님을 모르는, 보통 일반인으로서 대답했지만, 어쨌든 인간 감정을 허비하는 걸 막겠다는 뜻에서 대답을 잘한 것 같아요. 첫 전투나 충돌에서 대포 한방을 맞는다거나 지뢰를 밟아서 죽게 되더라도 결국 무슨 상관입니까? 이리 죽으나 저리 죽으나 죽는 건 마찬가지이니 만사 다 끝난 거지요. 극작가 테렌티우스에 의하면 도망가서 목숨을 구한 군인보다 전쟁터에서 싸우다 죽은 병사가 더 훌륭해 보인다 했소. 좋은 군인은 명령하는 상사나 대장에게 복종을 잘할수록 그만큼 더 영예를 얻게 되지요. 이 사람아, 훌륭한 군인에게는 향기로운 향수 냄새보다는 화약 냄새가 더 맞다는 걸 알아야 해요. 군인으로서 명예로운 일을 하다 늙음이 닥치면 상처투성이나 불구자, 절름발이가 되었다 할지라도 명예롭게 그대를 받아들이게 될 거요. 그렇게 되면 가난이 그대의 명예에 흠이 될 수 없고, 게다가 늙고 부상한 군인들을 보호하고 구제하라는 훈령이 벌써 내려지고 있으니까요. 이런 일은 사람들이 깜둥이들을 부리다가 늙고 쓸모없어지면 자유를 주고 풀어주는 것처럼 할 수는 없는 일이지요, 자유의 몸이라는 이름으로 그들을 집에서 내쫓고 배고픔의 노예가 되게 하고, 죽음이 아니고서는 배고픔에서 해방될 길이 없는 처지를 만드는 길 말이에요. 그러나 지금으로서는 말은 더 이상 필요없고, 그냥 객줏집에 갈 때까지 내 말 궁둥이 쪽에 오르시오. 거기 가서 저녁을 함께 드시고 내일은 길을 계속 가시지요. 그대 뜻하는 대로 하느님께서 좋은 행운을 내려주길 바라오."

하인은 말 궁둥이에 올라타고 가라는 건 받아들이지 않았으나 객줏집에서 함께 저녁을 먹는 데는 동의했다. 그때 사람들 말로는 싼초가 혼자 투덜거렸다고 한다.

"이런 제기랄, 이 양반 좀 봐요! 아니, 세상에 지금처럼 이렇게 좋은 말을 하고 이렇게 훌륭한 말을 할 줄 아시는 분이 몬떼시노스 동굴 이야기에서는 그렇게 말도 안되는 불가능한 것들을 보았다고 할까요? 이건 정말이지 두고 봐야 되겠네요."

그럭저럭 날이 어둑어둑해질 무렵 그들은 객줏집에 도착했는데, 싼초는 주인께서 여느 때처럼 성이라 하지 않고 진짜 객줏집으로 아시는 게 아주 반가웠다. 안에 들어서자마자 돈 끼호떼가 객줏집 주인에게 보통의 창과 긴 창들을 잔뜩 싣고 온 사람의 행방을 물었더니 그 사람은 마구간에서 황소를 돌보고 있다 하였다. 싼초와 사촌은 같이 자기 당나귀들을 돌보았고, 로신안떼에게는 제일 좋은 구유와 마구간에서 제일 좋은 자리를 주었다.

25장

당나귀 울음 내기 사건과 꼭두각시 놀이꾼의 재미있는 모험 이야기, 그리고 점쟁이 원숭이의 기억에 남을 만한 점에 대한 이야기들

돈 끼호떼는, 늘 하는 말로 좀이 쑤셔서 견딜 수가 없었으니, 무기를 신고 가던 그 사나이가 약속한 희한한 이야기가 듣고 싶어 궁금해 죽을 지경이었다. 그래서 객줏집 주인이 그가 있다고 알려준 곳으로 그 사람을 찾으러 가서 여하튼 해준다고 한 그 이야기를 즉시 해달라고 했다. 길에서 했던 그 질문에 대한 것이었는데, 그 사람은 이렇게 대답했다.

"그렇게 서서 서두르지 말고 좀더 천천히, 내가 아는 그 희한한 이야기를 들어봐야 할 것이외다. 점잖으신 나리, 나귀에게 먹을 것마저 주고 나리께 정말 놀라운 사건들을 이야기해드리리다."

"그 일 때문이라면 지체할 건 없소." 돈 끼호떼가 대답했다. "내가 죄다 도와드리리다."

그러고는 그를 거들어 사료를 씻고 구유를 닦아주었는데, 그의 겸손한 행동이 그 사람으로 하여금 요청한 이야기를 기분 좋게 털어놓도록 했다. 그 사람은 문지방에 앉고 돈 끼호떼도 그 옆에 앉았고, 앞에 모신 귀하신 분들, 즉 청중은 사촌과 하인, 싼초 빤사, 객줏집 주인이었다. 그는 이렇게 이야기를 시작했다.

"여러분도 아시듯이 이 객줏집에서 네마장 반쯤 되는 곳에 마을이 있는데 그곳에서 일어난 일이올시다. 그 마을 의원 한 사람이 자기 여종으로 있는 한 소녀의 속임수와 조작으로, 이렇게 말하면 이야기가 길어집니다만, 나귀 한마리를 잃었습니다. 그래서 그 의원은 나귀를 찾으려고 가능한 방법을 다 써가며 노력했지만 어려웠지요. 널리 알려진 바에 의하면 나귀를 잃어버린 지 열닷새쯤 지난 어느날 나귀 잃은 그 의원이 광장에 있을 때 같은 마을의 다른 의원이 그에게 말했지요. '축하해주게, 이 사람, 자네 나귀가 나타났다네.' '그래, 축하해야지. 정말일세, 이 친구.' 다른 의원이 대답했지요. '하지만 어디에 나타났는지나 알아야지.' '산에 나타났다네.' 발견한 의원이 대답했지. '오늘 아침 내가 봤다네. 안장도 마구도 없이 하도 삐쩍 말라서 보기에도 안됐더라고. 있는 걸 보고 내가 붙잡아서 자네에게 데려오려고 했는데 벌써 야생마처럼 사나워졌고 사람을 피해서 내가 다가가자 도망쳐버렸네. 그러고는 산 아주 깊숙한 곳으로 들어가버렸어. 우리 둘이 함께 찾아나서길 원한다면, 우선 내 나귀를 집에 데려다놓고 금방 돌아오겠네.' '그리해주면 대단히 고맙겠네.' 나귀 주인이 말했지요. '그리고 나도 자네에게 똑같이 은혜를 갚도록 하겠네.' 이 모든 사정과 함께, 내가 이야기하는 것과 똑같은 방식으로 이 문제의 진실을 아는, 제대로 알고 있는 사람은 모두 이렇게 이야기하죠. 결국 두 의원은 손을 잡고 산으로 가서 나귀가 있을 법한 곳과 장소로 가보았으나 그 짐승이 없었어요. 아무리 찾아보아도 그 근처엔 나타나지 않았다네요.

그러자 나귀를 보았다고 했던 의원이 다른 의원에게 그랬지요. '이 보게, 친구. 방금 방법이 하나 생각났는데, 그리하면 틀림없이 그 짐승을 꼭 발견할 수 있을 거야. 그놈이 산속이 아니라 땅속 한가운데 박혀 있다고 해도 말일세. 사실 내가 기가 막히게 나귀 울음 흉내를 잘 내는데, 자네도 얼마간 나귀 소리를 낼 수 있다면 문제 해결은 끝났다고 봐.' '조금만 내면 된다고, 친구?' 딴 사람이 말했지요. '그거야 사실 누구에게 져서는 안될 정도여야지, 바로 당나귀들한테도 져서는 안되네.' '어디 해보세그려.' 두번째 의원이 대답했지요. '내 작전대로 하자면 자네와 내가 각자 다른 쪽으로 가서 산을 에워싸며 사방을 돌아다니자는 거지. 간간이 자네가 당나귀 소리를 내면 나도 당나귀 소리를 내고, 그러다보면 그 당나귀도 어쩔 수 없이 우리 소리를 듣고 화답을 하지 않겠느냐 이거지, 이 산에 있다면 말일세.' 그 말에 당나귀를 잃은 주인이 대답했지요. '친구, 그 작전은 자네의 천재성을 잘 보여주는 훌륭한 것일세.' 그 둘은 협의한 대로 서로 갈라졌는데, 우연히 둘 다 낭나귀 소리를 거의 동시에 내게 되었지요. 각자 상대방 당나귀 소리에 속아서는 당나귀가 나타난 줄 알고 서로를 찾으러 다니다가 만나게 되자 당나귀 주인이 말했지요. '아니, 세상에, 그 울음소리를 낸 게 내 당나귀가 아니었단 말인가?' '당나귀가 아니라 나였구먼.' 다른 사람이 대답했지요. 당나귀 주인이 말했지요. '이제 보니 당나귀 소리만 들어서는, 친구. 자네나 당나귀나 한점 차이가 없구먼. 내 평생 그리 똑같이 내는 사람은 듣지도 보지도 못했거든.' 작전을 짠 의원이 말했지요. '그런 칭찬이나 치켜세우기는 나보다는 오히려 자네에게 가야 할 과찬이네. 친구, 나를 키운 하느님을 걸고 하는 말인데, 자네는 세계에서 가장 당나귀 울음을 잘 내는 최고 기술자보다

두 배는 당나귀 소리를 더 잘 낸다고 할 수 있네. 자네 목소리는 높아서 때와 박자에 맞춰 그 목소리를 끌고 간다네, 끝에 가서 가쁘게 여러번 내는 소리까지, 결국 내가 졌네. 내 무릎을 꿇고 이 희한한 재주의 승자로 자네를 인정하네.' 주인이 대답했지요. '이제 말하지만 앞으로 나는 더욱 내 가치를 알고 아끼고, 내가 어떤 일에서는 알고 있다고 생각하겠네, 재주 하나는 가졌으니까. 내가 당나귀 울음을 좀 내기는 한다고 여겼지만 자네가 말하는 것처럼 그렇게 잘하는지는 몰랐네.' 두번째 사람이 대답했지요. '나도 이제 하는 말이지만 세상에는 희한한 재주들이 많이 묻혀 있지. 그런 재주를 이용할 줄 모르는 사람들이 잘못 쓰기 때문이지.' '우리 기술은 우리가 지금 당하는 이런 경우가 아니라면 딴 사람들에게는 쓸모가 없을 걸세. 지금 우리에게 이렇게 도움이 된다는 것만으로도 즐거운 일이지.' 이렇게 말하고 그들은 다시 갈라져서 당나귀 소리를 내며 돌아다녔고, 그때마다 서로 속아 다시 한곳에서 마주치곤 했지요. 마침내 그들은 서로를 알리려고 한번 울 때마다 두번 연거푸 울기로 암호를 정하고 한 걸음 나아갈 때마다 두번씩 울어대며 온 산을 아우르고 헤매고 다녔지만 잃어버린 당나귀는 흔적도 대답도 없었습니다. 그도 그럴 것이 나중에 발견해보니 숲 속 가장 으슥한 곳에서 늑대들에게 잡아먹혔으니 그 불행하고 불쌍한 게 어찌 화답을 할 수 있었겠어요? 그걸 보고 주인이 말했지요. '아무래도 대답을 하지 않는 게 내 생각엔 벌써 이상하더라고, 죽지 않고서야 우리 소리를 들으면 울지, 아니면 당나귀가 아니지. 친구, 자네가 그렇게 멋지게 당나귀 울음을 내는 걸 들은 것만으로도 이렇게 수고한 가치가 충분히 있었다고 보네. 비록 죽은 걸 발견했지만 열심히 잘 찾은 거지.' '모두 다 자네 덕분이지.' 딴 사람이 대답했습니다. '미사 때 사제가 잘 읊으면 자연히 시종도 잘 따라읊게 되니까.' 이리하여 섭섭한 마음을 안고 목들이 쉬어서 마을로 돌아가서는 친구, 이웃, 아는 사람 들에게 당나귀를 찾으러 다니면서 일어난 일을 다 이야기했어요. 당나귀 울음을 흉내낸 이야기를 할 때는 서로의 재주를 더욱 과장해 칭찬하면서요. 그 이야기는 자연히 주변 마을들로 퍼져나갔는데, 악마는 잠자는 법이 없고, 어딜 가든 말썽만 퍼뜨리고 심고 다니는 습성이 있지요. 험담에 험담은 바람을 타고서 아무것도 아닌 일이 큰 싸움을 불러일으키는 결과를 낳았지요. 결국 일이 번져나가 다른 마을 사람들은 우리 마을 사람을 보면, 우리 의원들의 당나귀 울음 흉내를 면박하면서 당나귀 울음이나 내보라고 놀렸고, 거기에 아이들이 가세했지요. 그건 지옥의 모든 악마의 입과 손에 일을 맡긴 꼴이 되었고, 당나귀 흉내 사건이 이 마을 저 마을로 퍼져나가 마치 흑인과 백인을 차별하고 알아내듯이 고향 사람들은 당나귀 소리 내는 사람들로 알려지게 되었지요. 이 조롱의 결과가 얼마나 심각한 불행을 낳았는지, 조롱하는 패들과 조롱받는 패들이 손에 무기를 들고 부대를 만들어 싸움을 벌이기에 이르렀고, 그 싸움을 말리기에는 왕도 사제도 없고 부끄러움도 공포도 소용없었지요. 제 생각엔 내일이나 모레쯤 당나귀 울음소리를 내는 우리 마을 사람들이 싸우러 나갈 텐데, 상대는 우리 마을에서 두마장쯤 떨어진 곳이고 우리를 가장 귀찮게 하던 무리이지요. 만반의 전투 준비를 위해, 당신들이 보신 바와 같이 칼 달린 긴 창과 보통 창을 사가는 거랍니다. 이것이 바로 내가 이야기하겠다고 한 희한한 사건이지요. 희한하지 않다고 생각하신다면 별수없지만요."

그 선량한 사람의 이야기는 이렇게 끝을 맺었는데, 이 순간 객줏집 대문으로 양말을 신고 통이 넓은 바지에 온통 양가죽으로 만든 조끼를 걸친 한 남자가 들어와서 목소리를 높여 말했다.

"주인장, 잘 데 있습니까? 여기 점치는 원숭이와 '멜리센드라의 석방'이라는 인형극장이 왔습니다."

"아이구, 세상에!" 주인이 말했다. "뻬드로 선상님[1]이 오셨구만요, 오늘 밤은 재미 좀 보겠구려."

내가 하나 잊고 말하지 않은 건, 그 뻬드로 선생이라는 작자가 왼쪽 눈을 가리고, 거의 뺨 절반에다 파란 반창고를 붙인 거였는데 그 왼쪽 전부가 아프다는 표시인 것 같았다. 객줏집 주인은 계속 말을 이었다.

"어서 오십시오, 뻬드로 선상님. 그런데 점쟁이 원숭이와 인형극장이 안 보이는데 어디에 있남요?"

"거의 다 왔을 겁니다." 온통 양가죽뿐인 그가 대답했다. "내가 그냥 좀 앞서서 오늘 밤 쉬어 갈 데가 있는지 보러 왔습니다."

"귀족 중의 귀족이신 알바 공작이 오신다 해도 그 방을 빼앗아 뻬드로 선상님께 먼저 드립지요." 객줏집 주인이 대답했다. "원숭이님도 오시고 인형극장도 오시라고 해요. 오늘 밤은 객줏집에 손님들이 계시니 원숭이 재주도 보고 인형극도 보고 돈도 내겠지요."

"그거 잘됐군요." 반창고 씨가 대답했다. "내가 값을 좀 내려서, 숙박료만 내주신다면 돈은 잘 받은 걸로 하겠습니다. 다시 돌아가서 원숭이와 인형극장을 싣고 오는 수레를 빨리 데려오도록 하겠

---

1 세르반떼스는 이 사람을 초판본에서 다섯번 'mase Pedro'라 부르다가 계속 'maese Pedro'라고 부른다. 아마 'mase'가 'maese'보다 너무 고어투이기 때문에 나중에 바꾼 것으로 보인다. 역자는 앞의 것을 우리 옛 할머니들이 부르듯이 '선상님'으로 하고, 늘 쓰는 말은 그냥 '선생님'으로 하는 것으로 원작의 맛을 살려본다.

습니다."

그러고는 이내 다시 객줏집에서 나갔다.

돈 끼호떼는 즉시 주인에게 뻬드로 선상님이라는 저 사람이 누구이며 무슨 인형극, 무슨 원숭이를 데려오는 거냐고 물었다. 그 말에 객줏집 주인이 대답했다.

"이분은 유명한 꼭두각시 놀이꾼으로 며칠째 여기 만차 데 아라곤 지방을 돌아다니며 그 유명한 가이페로스에 의해 석방된 멜리센드라 아씨의 인형극을 보여주고 다니지요. 여러해 전부터 우리 지방에서 공연된 인형극 중에서 가장 훌륭한 꼭두각시극이라 할 수 있구먼요. 또 원숭이 중에 가장 희한한, 사람의 상상을 뛰어넘는 재주를 가진 원숭이를 데리고 다니는데요. 누가 뭘 물어보면 귀담아듣고 있다가 곧 자기 주인 어깨 위로 올라가서 그의 귀에다 대고 질문한 것의 답을 말해주고, 그뒤 뻬드로 선생이 그 내용을 설명해주지요. 앞으로 다가올 일보다는 과거 일에 대해 훨씬 더 대답을 잘해요. 비록 항상 답을 맞히는 것은 아니지만, 거의 실수가 없어서 우리 생각으로는 그 몸에 귀신이 붙어 있지 않나 느낄 정도지요. 질문마다 은화 2레알인데, 원숭이가 대답을 하면, 즉 원숭이가 주인 귀에 대답을 알려주고 주인이 말해주면 주는 돈이죠. 그래서 사람들은 그 뻬드로 선생이라는 분이 굉장히 부자라고 믿어요. 이 딸리아에서 말하듯이 '멋쟁이', 그리고 '좋은 친구', 세상에서 가장 '돌체 비따', '멋진 삶'을 사는 사람이라 할 수 있죠.[2] 말은 여섯명보

<hr>

2 세르반떼스는 이번 장에서 가끔 이딸리아 말을 끌어온다. 이에 대해 끌레멘신은 객줏집 주인 신분에는 걸맞지 않은 소리라 한다. 그러나 14장에서 또메 세시알과 얘기할 때 돈 끼호떼가 하는 이딸리아 말과 이번 장에서 객줏집 주인 입에서 나온 외국어는 떠돌이 외국인들의 생활의 분위기를 위해 도입한 것으로 보인다. 하인의 삶도 파란만장한 떠돌이 삶이며, 당시 꼭두각시 놀이꾼 중에는 이딸리아

다 더 많이 하고, 마시기는 열두 사람보다 더 마시죠. 모든 게 그의 혀와 원숭이, 인형극 덕택이지요."

이러고 있을 때 뻬드로 선생이 돌아왔는데, 수레 하나에 인형극 무대와 원숭이를 싣고 왔다. 원숭이는 크고 꼬리가 없으며 멍석처럼 굳은 엉덩이를 가졌는데, 얼굴은 과히 나쁘지 않았다. 돈 끼호떼는 그걸 보자마자 그에게 물었다.

"점쟁이 나리, 말씀해보시지요, 이딸리아 말로 '무슨 물고기를 잡을까요?' 즉, 우리는 어떻게 되겠습니까? 자, 여기 내 은화 2레알이 있소이다."

그 말과 함께 뻬드로 선생에게 그 돈을 주라고 싼초에게 명령했고, 선생은 원숭이를 대신해서 이렇게 대답했다.

"나리, 이 짐승은 앞으로 닥칠 일에 대해서는 알려주지 않습니다. 과거 일에 대해서는 좀 알고, 현재 일에 대해서도 좀 알고요."

"아이구!" 싼초가 말했다. "나한테 일어났던 일을 말해달라고 내가 일전 한푼 줄 필요가 있겠소? 아니, 그것을 나보다 더 잘 아는 사람이 누가 있겠소? 내가 아는 일을 말해달라고 돈을 준다면 그건 정말 바보지요. 하지만 현재 일을 안다니, 여기 내 은화 2레알이 있소. 어디 원숭이 각하 나리, 시방 내 여편네 떼레사 빤사가 뭘 하고 있으며 어떻게 시간을 보내고 있는지 말해보시지요."

뻬드로 선생은 돈을 받으려 하지 않았다.

"봉사를 해드리기도 전에 선금으로 보상을 받고 싶지는 않소."

그러고는 오른손으로 두번 왼쪽 어깨를 때리자 원숭이가 한번 팔짝 뛰어올라와서 입을 그의 귀에 대고 아주 빨리 이빨을 딸각거

출신이 많았다고 한다. 번역에서는 직접 이딸리아 말로 옮길 수 없어 적당히 맛을 살렸다.

렸다. 잠깐 동안 이런 몸짓을 하고 나서는 다시 땅으로 뛰어내려갔다. 그 순간 아주 대단히 빠른 동작으로 뻬드로 선생이 돈 끼호떼 앞으로 가서 무릎을 꿇고 그의 다리를 껴안으며 말했다.

"옛날 헤라클레스가 지브롤터 해협의 두 산을 벌리고 지중해 바닷길을 열었습니다. 그 헤라클레스의 두 산을 껴안듯이 제가 기사님의 두 다리를 껴안는 것은, 이미 망각 속에 묻힌 방랑기사도를 부활시킨, 불멸의 기사님이시기 때문입니다. 오, 세상에 한번도 제대로 칭송받지 못한 라 만차의 기사 돈 끼호떼 님이시여, 기절한 자들의 혼이시여, 넘어지려는 자들의 받침대시여, 쓰러진 자의 팔이시여, 모든 불행한 자의 위안이며 지팡이시여!"

돈 끼호떼는 깜짝 놀라고, 싼초는 생각에 잠기고, 사촌은 긴장하고, 하인은 어리둥절해하고, 당나귀 울음 친구는 바보가 되고, 객줏집 주인은 어쩔 줄 몰라하고, 결국 그 꼭두각시 놀이꾼의 말을 들은 거기 있는 모든 사람이 정말 놀랐다. 그 사람은 말을 이었다.

"또한, 오, 그대여, 오, 착한 싼초 빤사여! 세상에서 제일가는 기사의 가장 훌륭한 하인이여, 기뻐하시라. 그대의 착한 아내 떼레사는 안녕하며, 지금 이 시각엔 아마포 1파운드를 훑고 있는 중이지요. 더 자세하게 알려드리자면, 그녀는 포도주가 가득 들어 있는, 주둥이가 닳은 술항아리를 왼쪽에 놓고 일하면서 심심풀이 삼아 마시네요."

"저도 정말 그러고 있으리라 생각합니다요." 싼초가 대답했다. "제 여편네는 바보처럼 행복한 데가 있으니까요. 질투만 없다면 세상에서 제일 대단하다는 여자 거인 안단도나[3]하고도 바꾸지 않을

---

3 『골 지방의 아미디스』에 나오는 여자 거인으로 얼굴이 추하고 너무 커서 귀신 같았다고 한다. 싼초의 이 말은 말이 안되는 우스꽝스러운 비교이다.

거구만요. 우리 나리 말씀대로라면 그 여자는 아주 완전하고 쓸 만하다니까요. 제 여편네 떼레사는 나중에 아무리 후손들이 돈을 갚게 되는 한이 있어도 고생만 하며 사는 그런 여자는 아니구만요."

이때 돈 끼호떼가 말했다. "이제 내 말이 그 말인데 책을 많이 읽고 많이 돌아다니다보면 보는 것도 많고 아는 것도 많아진다니까요. 이 말을 하는 이유는, 지금 내 두 눈으로 똑똑히 보았듯이 점을 치는 원숭이가 있다는 걸 어떻게 설명해야 진실이라고 설득할 수 있을지 궁금하기 때문이오. 이 알량한 짐승이 말한 대로, 비록 칭송이 좀 지나치긴 했지만, 이 사람이 바로 라 만차의 돈 끼호떼니까요. 하지만 내가 누구든지 간에 내게 많은 동정심과 부드러운 마음을 주시어 항상 남들에게 좋은 일만 하고 누구에게도 나쁜 짓을 안하게 하신 하늘에 감사드리오."

하인이 말했다. "저도 돈만 있다면 원숭이님께 내가 이렇게 고생하며 돌아다니는데, 앞으로 무슨 일이 벌어질지 물어보고 싶습니다만."

그 말에 돈 끼호떼의 발 앞에 엎드려 있다 일어선 뻬드로 선생이 대답했다.

"이미 말씀드렸지만 이 짐승은 앞으로 닥칠 일에 대해서는 대답을 안합니다만, 대답을 한다면 돈이 없어도 상관없겠네요. 여기 계시는 돈 끼호떼 나리를 모시는 뜻이라면 세상의 모든 이득을 놓고 가도 상관없습니다. 그러나 지금은 내가 진 빚도 있고,[4] 또 즐겁게 해드리고 싶어서 인형극 무대를 차리고 싶습니다. 이 객줏집에 계시는 모든 분께 돈을 받지 않고 기꺼이 보여드리겠습니다."

---

4 그냥 지나가는 소리처럼 들리는 이 '빚'은, 뒤에 알게 되겠지만 뻬드로 선생이 도둑 히네스 데 빠사몬떼이고, 돈 끼호떼가 그를 풀어준 은혜가 있었기 때문이다.

이 말을 듣고 객줏집 주인은 아주 기뻐하며 인형극장을 꾸밀 만한 장소를 가리켜주었고, 극장은 금방 만들어졌다.

돈 끼호떼는 원숭이의 점 때문에 그다지 기분이 좋지 않았는데, 원숭이가 미래 일이건 과거 일이건 간에 점을 친다는 게 아무래도 미심쩍었기 때문이다. 그래서 뻬드로 선생이 인형극장을 설치하는 동안 돈 끼호떼는 싼초를 데리고 마구간 한쪽 구석으로 들어가서 아무도 듣지 않게 말했다.

"이보게, 싼초. 이 원숭이의 이상한 재주에 대해 곰곰이 생각해봤는데, 내가 얻은 결론은, 틀림없이 이 뻬드로 선생이라는 자가 묵시적이거나 가시적으로 악마와 결탁을 한 것 같다는 거야."

"걸상인지 탁자인지 가시가 있거나 악마의 가시라면 틀림없이 대단히 앉기 더러운 탁자겠네요. 하지만 그 뻬드로라는 작자가 그런 탁자들을 어디에 쓰려고 가지고 있대요?"[5]

"내 말을 못 알아듣는구먼, 싼초. 내 말은 이 사람이 탁자가 아니라 악마와 어떤 결탁, 약조를 한 것 같다는 말이야. 악마가 원숭이에게 이런 재주를 불어넣어주고, 먹고살게 한 뒤에 부자가 되었으니 영혼을 내놓으라 그런 거지. 그것이 이 우주의 원수인 악마가 꾀하는 짓이야. 이런 생각을 갖게 된 건 원숭이가 과거 일이나 현재 일만 대답하는 걸 보고 나서지. 악마의 지혜는 현재 이상으로 확장해서 알아낼 능력이 없거든. 앞으로 닥칠 일은 추측을 통하지 않으면 모르고, 또 항상 아는 것도 아니야. 시간과 순간을 다 아는

---

[5] 세르반떼스의 말놀이의 맛을 살리려고 이 대목은 다소 의역했다. 원문에는 'pacto'(결탁)라는 말을 싼초가 'patio'(마당)로 잘못 알아듣는 것으로 되어 있는데, 역자는 '결탁'과 '걸상' '탁자' 간의 소리의 유사성을 이용해 원문의 맛을 살리려 했다.

건 오직 하느님에게만 주어진 능력이야. 하느님에게는 모든 게 현재니까 과거도 미래도 없지. 이치가 사실 그러한지라, 이 원숭이가 악마 말투로 말하는 게 분명해. 이런 사람을 어떻게 종교재판소에 고발하지 않았는지 이상하단 말이야. 조사해보면 누구 덕으로 점을 치는지 뿌리째 알아낼 텐데 말이야. 이 원숭이가 점성술사도 아니고, 그 주인이나 원숭이가 오늘날 에스빠냐에서 유행하는 소위 별자리 표시라고 하는 모양들을 들거나 들어올리려 하지도 않는 게 분명해. 요즘 우리나라에서는 계집아이건 하인이건 늙은 구두장이건 무슨 카드짝 뽑듯이 땅에서 별자리 모양을 하나씩 추켜들고 자랑스레 점을 쳐대니 그 무지와 거짓말이 과학의 훌륭한 진리를 다 망쳐놓는 거지, 뭐. 내가 아는 한 여성은 이런 점성술을 하는 사람에게 자기가 가진 작은 강아지가 임신을 할지, 새끼를 낳을지, 낳으면 새끼가 몇마리나 될지, 무슨 색깔일지를 물어보더군. 그 물음에 점성술사는 모양 하나를 뽑아올리더니 그 암캐가 임신을 할 것이고, 새끼는 세마리를 낳을 것이며, 하나는 파랑, 또 하나는 붉은 연주황, 다른 하나는 혼합 색깔일 거라 했지. 다만 그렇게 되기 위한 조건은 그 암캐가 낮이나 밤 11시나 12시에 교미를 해야 하며, 그것도 월요일이나 토요일이어야 한다고 했지. 결국 그 사건은 이틀 뒤 암캐가 배탈로 죽으면서 끝났지. 그리고 그 점성술사는 그 마을에서 아주 영험한 술사로 신용을 얻게 되었지. 대개 거의 모든 점성술사가 그러하듯이 말이야."

"어떻든지 간에 제가 바라는 건 나리께서 뻬드로 선생에게 부탁해서 그 원숭이에게 몬떼시노스 동굴에서 나리가 겪은 일들이 사실인지 물어보았으면 합니다. 소인 생각으로는, 나리께 용서를 바랍니다만, 모든 게 사기이고 거짓말이고, 아니면 적어도 꿈을 꾼 것 같아서요."

"그럴 수도 있겠지. 그런데 꺼림칙하기는 하지만 자네 충고대로 한번 물어보겠네."

이러고 있을 때 뻬드로 선생이 벌써 인형극장이 준비되었다는 소리를 하려고 돈 끼호떼를 찾아왔다. 볼만하니 나리께서 꼭 보러 오셔야 된다고 했다. 돈 끼호떼는 자기 생각을 그에게 전하고, 곧 그의 원숭이에게 물어달라고 청하면서 몬떼시노스 동굴에서 일어난 몇가지 일이 진짜였는지 아니면 꿈을 꿨는지 말해달라고 했다. 그의 생각으로는 이런저런 일이 다 있었던 것 같아서였다. 거기에 대해 뻬드로 선생은 대답도 안하고 다시 원숭이를 데려와서 싼초와 돈 끼호떼 앞에 놓고 말했다.

"이보소, 원숭이님. 이 기사는 소위 몬떼시노스 동굴이라고 하는 곳에서 그에게 일어난 몇가지 일이 사실인지 거짓인지 알고 싶어하는데요."

그리고 습관대로 신호를 하자 원숭이는 왼쪽 어깨 위로 올라가 귀에 대고 뭐라고 하는 것 같았다. 이윽고 뻬드로 선생이 말했다.

"원숭이가 말하기를 나리께서 말씀하신 동굴에서 보고 겪은 일들의 일부는 거짓이고, 일부는 진실 같다고 하는데요. 이 질문에 대해 알 수 있는 건 이것밖에 없답니다. 나리께서 더 알고 싶은 게 있으시다면 다음 금요일에는 물어보시는 모든 질문에 대답을 드리도록 하겠습니다. 지금으로서는 능력이 바닥이 나서 말씀드린 것처럼 금요일까지는 다시 불가능할 것이외다."

"제가 말했잖아요." 싼초가 말했다. "동굴에서 일어난 사건들이라고 말씀하신 모든 걸 그 절반도 사실이라고 받아들이기 어렵다구요, 나리."

"일들은 지나봐야 알지, 싼초." 돈 끼호떼가 대답했다. "시간은 모든 일을 밝혀내지. 아무리 땅속 깊이 숨어 있어도 세월은 모든 걸 백일하에 드러내지 않는 일이 하나도 없어. 지금은 이 정도면 되었고, 저 고마운 뻬드로 선생의 인형극이나 보러 가자고. 내 생각 엔 뭔가 새로운 게 몇가지 있을 것 같네."

"몇가지라니요? 돈 끼호떼 나리," 뻬드로 선생이 말을 받았다. "나리께 말씀드리는데요, 육만가지 새로운 게 제 인형극에 나옵니다. 지금 세상에서 꼭 한번은 보아야 할 구경거리랍니다. 백문이 불여일견이라고, 말보다는 실제 작품을 봐야 믿겠지요.⁶ 작업 시작합니다. 시간이 늦어졌어요. 우린 할 것도, 말할 것도, 보여줄 것도 많아요."

돈 끼호떼와 싼초가 그의 말을 따라 인형극장이 지어진 곳으로 왔더니 극장은 열려 있고, 곳곳에 작은 촛불을 가득 켜놓아서 휘황 찬란하고 화려해 보였다. 도착하자 뻬드로 선생은 상자 안으로 들어갔는데, 그가 만든 꼭두각시들을 조작해야 하기 때문이었다. 밖에는 뻬드로 선생의 종인 소년 하나가 서 있었는데, 그는 인형극의 변사 역할을 하면서 통역하는 일을 맡아 손에 막대기 하나를 들고는 등장하는 인형들을 지시했다.

객줏집에 있던 모든 사람이 자리를 잡아 어떤 사람은 인형극장 앞에 서고, 돈 끼호떼와 싼초, 하인, 사촌은 더 좋은 자리에 편안하게 앉았다. 변사가 보고 들은 것을 말하기 시작했는데, 다음 장에서 보고 들을 이야기들이다.

---

6 원문은 '행동을 믿으라'(operibus credite)라는 뜻의 라틴어인데, 뻬드로 선생의 아는 척하는 말투를 살리려고 이런 식으로 번역했다.

26장

꼭두각시극에서 웃기는 모험이 계속되고, 실제로 엄청나게 재미난 다른 사건들이 벌어진다

트로이군도 티로스군도 모두들 입을 다물었다.[1] 말하자면 인형극을 보는 모든 사람은 그 황홀한 정경을 읊는 변사의 입에 매달렸다. 그때 무대에서 수없이 많은 큰북 소리와 트럼펫 소리가 울려퍼졌고 대포 쏘는 소리가 들리더니 그 소리가 짧게 잦아들면서 이윽고 소년이 목소리를 높여 말했다.

"지금 여러분께 보여드리는 이 진짜 역사 이야기는 글자 그대로 프랑스의 실록과 길거리 소년이나 사람들의 입에서 입으로 돌아다니는 에스빠냐 로만세 민요에서 따온 것으로, 돈 가이페로스 님이 자기 부인인 멜리쎈드라를 구출해낸 이야기입니다. 그 부인은 에스빠냐 땅에서 무어족의 손에 포로로 잡혀 있었는데, 그곳은 쌘수에냐 시로 오늘날 사라고사라는 하는 도시를 당시에는 그렇게 불

---

1 베르길리우스의 『아이네이스』 2권의 첫 구절로, 멋지게 시작하기 위해 분위기를 과장하여 유도한다.

렸지요. 여러분, 돈 가이페로스가 노래에 나오는 것처럼 옛날 장기를 두고 있는 모습을 보시지요.

멜리센드라는 벌써 잊어버리고,
돈 가이페로스는 장기만 두고 있다네.[2]

그리고 저기 머리에 왕관을 쓰고 손에 왕의 지팡이를 짚고 나타난 인물이 샤를마뉴 대제로서, 저 멜리센드라라는 아가씨의 아버지로 추정되는 왕이지요. 왕은 사위가 한가하게 정신없이 놀기만 하는 걸 보고 짜증이 나서 나무라려고 나옵니다. 얼마나 심하고 호되게 그를 나무라는가 보십시오. 왕의 지팡이로 그의 머리통을 대여섯번 쥐어박으려고 하지 않습니까? 작가들에 따라서는 왕이 실제로 머리통을 때렸고, 그것도 아주 심하게 때렸다는 말도 있습니다. 아내를 구출해내지 않으면 명예가 위태로울 거라며 많은 충고를 한 뒤 이렇게 말했다고 합니다.

이야기할 만큼 했으니, 두고 보시라.[3]

보십시오, 여러분, 대제가 또 휙 등을 돌리며 돈 가이페로스를 혼내주고 떠나는 모습 말입니다. 돈 가이페로스가 화가 치밀어 자기 앞의 장기판이며 장기짝을 확 던져버리는 걸 보세요. 그리고 빨

----

2 까스띠야의 「가이페로스 로만세」로, 돈 가이페로스는 샤를마뉴 대제의 조카이다. 그가 샤를마뉴의 딸 멜리센드라와 결혼하려 할 즈음 그녀가 무어족에게 납치당하자 구하러 간다는 내용이다.
3 「가이페로스 로만세」의 한 구절이다.

리 무기를 달라고 청하는데 자기 사촌인 롤랑에게 두린다나라는 칼을 빌려달라고 합니다. 롤랑은 칼을 빌려주지 않으려고 그가 감행하려는 작전에 자신이 직접 동행하겠다고 제의합니다. 그러나 화가 난 용감한 기사는 그 제의를 받아들이려 하지 않고 오히려 자기 혼자서도 아내를 구해내기에 충분하다고 합니다. 아무리 그녀가 땅속 깊이 한가운데 박혀 있어도 말이지요. 이 말을 하고는 곧바로 길을 떠나려고 무장을 하러 들어갑니다. 여러분, 저기 보이는 저 탑으로 눈을 돌리십시오. 지금은 알하페리아라고 부르는 사라고사의 성탑들 중 하나로 짐작되는데요. 저 발코니에 나타난 무어족 복장을 한 저 귀부인이 세상에 둘도 없는 멜리센드라입니다. 저기에서 몇번이나 프랑스로 가는 길을 바라보곤 했고, 빠리를 생각하며 남편을 사념에 담고 포로생활의 아픔을 달랬지요. 또한 지금 세상에 한번도 보지 못한 새로운 사건 하나를 보십시오. 저기 저 무어인이 말없이 서서히 입에다 손을 대고 멜리센드라의 등 뒤로 다가가는 게 보입니까? 저것 보세요, 그녀의 입술 한가운데 키스를 하자 그녀가 재빨리 침을 뱉기 시작하고 속옷의 하얀 소매로 입술을 닦지요? 그리고 비탄에 잠겨 저주받은 신세의 잘못이 자기 머리칼에나 있는 듯이 아름다운 머리를 비통하게 쥐어뜯는 게 보이시지요? 또한 저 복도에 있는 싼수에냐의 왕 마르실리오라는 점잖은 무어족을 보십시오. 그 왕은 무어인의 예의없는 짓을 보고, 비록 그가 친척이고 가장 측근에 있는 자이지만 그를 체포하라고 명령하고는 곧장 이백대를 치게 하고, 관습대로 사람이 다니는 도시의 거리에서 앞에는 죄를 고하는 사람들, 뒤에는 봉을 든 포졸들을 세우고 죄인을 끌고 다니게 하지요. 여기 죄가 제대로 실행에 옮겨지기도 전에 곧바로 선고를 집행하러 나오는 것을 보십시오. 왜냐하면 무어인들 사이에서는 우리 법정에서처럼 '원고가 피고에게 전하기를'이라든가 '이런 증거로 감옥에 가라'라는 말들이 없거든요.⁴"

"얘야, 얘야." 바로 이때 큰 소리로 돈 끼호떼가 말했다. "자네 이야기나 그냥 똑바로 해. 그렇게 돌리거나 가로지르거나 하면서 놀지 말고. 진실 하나를 깨끗이 이끌어내려면 많은 증거나 다른 증거가 또 필요한 법이니까."

뻬드로 선생도 안에서 말했다.

"이 녀석아, 쓸데없는 그림 그리지 말고 나리가 시키는 대로 해. 그게 가장 좋은 방법이야. 찬송가처럼 평범하게 읊어대라고, 그렇게 대조법 같은 건 쓰지 말고. 지나치게 예리하면 쉽게 깨지기 마련이니까."

"소인, 그렇게 하겠습니다." 소년이 이렇게 대답하고 말을 이어 갔다. "여기 말을 타고 나타난 이 인형은 프랑스 가스꼬뉴 망또를 입고 있는데, 이분이 바로 돈 가이페로스이지요. 그의 부인은 그녀를 사모한 무어인의 무례한 행동에 복수한 뒤 더 침착하고 훌륭한 자태로 탑의 전망대에 서서 지나가는 행인이라 생각하고는 자기 남편과 말을 나누고 있습니다. 그와 나눈 말들과 대화가 로만세 민요에 나오는 가사들입니다.

기사님, 프랑스에 가시거든
가이페로스를 찾아주세요.

---

4 세르반떼스는 여러번 감옥에 간 일이 있어서 법정 문제를 잘 알고 있다. 회교의 법 집행의 신속성에 대한 세르반떼스의 칭찬은 어찌 보면 비꼬는 것처럼도 들리는데, 이는 다른 예에서 보듯 다소 모호한 표현이다.

그 말들은 내 지금 이루 다 말할 수가 없어요. 또 장황하게 늘어놓으면 자연히 지겨워질 테니까요. 다만 가이페로스가 자신을 밝히는 모습을 보고 멜리센드라가 기뻐하는 표정으로 보아 그녀가 남편을 알아봤다는 걸 우리 모두 이해할 수 있을 겁니다. 더구나 이 순간 우리가 보는 장면은 착한 남편의 말 뒷자리에 타려고 발코니를 타고 내려오는 모습입니다.[5] 하지만, 아, 저런 불행한 일이! 발코니의 쇠창살 하나에 속치마의 한쪽 끝이 걸려 미처 땅에 이르지 못하고 공중에 매달려 있습니다. 하지만 자비로우신 하늘이 가장 큰 곤경에서 권능의 손을 뻗치는 걸 보십시오. 그 순간 가이페로스가 다가와서 그 예쁜 속치마가 찢어지는지 아닌지 보지도 않고 그녀를 잡아 사정없이 땅으로 끌어내리고는 한번 뛰어 그녀를 말 엉덩이에 태우고 남자처럼 걸터앉게 하고는 세게 버티면서 자기 등 뒤로 두 팔을 감아 잡으라고 합니다. 멜리센드라 아씨가 그런 말타기에 익숙하지 않기에 떨어지지 않도록 가슴 위에 두 손을 깍지 끼도록 했습니다. 또한 말 울음소리가 남주인과 여주인이라는 용감하고 아름다운 짐을 싣고 즐겁게 가고 있다는 신호를 보내는 걸 보시지요. 등을 돌리고 시내를 빠져나가 기쁨에 차서 즐겁게 빠리로 가는 길로 들어서는 걸 보십시오. 오, 편안히 잘 가시라, 세상에 둘도 없는 진짜 연인 한 쌍이여! 그대들의 행복한 여행길에 재수없는 장애가 없이 그리운 그대들의 조국에, 그 안전한 곳에 부디 잘 도착하시기를! 그대들의 친구, 친척 들이 그대들이 조용한 평화 속에 즐겁게 사는 걸 직접 눈으로 보기를, 그대들이 남은 생애 동안 네

----

5 원래 「가이페로스 로만세」에는 그녀가 계단으로 내려온다고 되어 있다. 이 아슬아슬한 장면은 세르반떼스의 창작이다.

스토르처럼 대대손손 장구하기를!⁶"

여기에서 다시 한번 뻬드로 선생이 목소리를 높여 말했다.

"평범하게! 얘야, 지나치게 흥분하지 마라. 지나친 감정은 다 나쁜 거야."

변사는 아무 대답도 않고 오히려 계속 더 말을 이어갔다.

"그러나 어느 때고 모든 것을 다 보는 한가한 눈이 없으라는 법은 없는지라, 멜리쎈드라가 오르락내리락하는 것을 다 보았기에, 마르실리오 왕에게 보고가 들어갔습니다. 왕은 즉시 비상을 걸었으니, 재빨리 움직이는 저걸 좀 보십시오. 온 도시가 무너질 듯이 회교 사원들의 모든 탑에서 일제히 종소리가 울려퍼집니다."

"그건 아니지!" 이때 돈 끼호떼가 말했다. "이 종소리라는 걸 뻬드로 선생이 아주 잘못 이해하고 있는 거야. 왜냐하면 무어인들은 종을 치지 않고 큰북을 쓰고, 우리의 치리미아 피리같이 생긴 일종의 나팔 피리를 불지. 그러니 싼수에냐에서 종소리가 울린다는 건 의심할 여지도 없이 정말 말도 안되는 소리야."

뻬드로 선생은 그 말을 듣고 종소리를 멈추고 말했다.

"그런 유치하고 사소한 데 신경 쓰지 마십시오, 돈 끼호떼 나리. 모든 일을 그렇게 끝없이 극단으로만 몰고 가지 마십시오. 요즘 시내에서 거의 매일 공연되는 수천의 연극이 온통 잘못과 엉터리투성이지 않습니까? 아무리 그래도 아주 멋지게 잘나가고 박수 소리뿐만 아니라 감탄의 탄성까지 불러일으키지 않습니까? 얘야, 상관

---

6 '네스토르처럼 대대손손 장구하기를'이라는 표현이 소년의 입으로 나오기에는 지나치게 현학적이라는 평이 있었다. 네스토르는 필로스의 왕이며 에우리디케의 남편이다. 『일리아스』에 나온 것을 보면 트로이 전쟁에 참여했고 삼대를 통치했다고 한다. 역자가 한문투로 번역한 것은 식자연하는 표현의 맛을 살리기 위해서이다.

말고 계속하거라, 내 돈주머니만 채우면 되지. 햇살의 입자만큼 티도 잘못도 많아도 공연은 계속해야 해."

"그 말은 사실이구먼." 돈 끼호떼가 대답했다.

그러자 소년이 말했다.

"저 많은 찬란한 기마병들 좀 보십시오. 도시를 떠나 그들의 종교와는 다른 두 가톨릭 연인을 쫓아갑니다. 수없이 나팔 소리가 울려퍼지고, 수많은 피리를 불어대고, 수많은 북, 장구 소리가 우렁차게 메아리칩니다. 그런데 그들을 따라잡을까 두렵습니다. 그들을 잡아 자기들 말 꼬리에 묶고 다시 돌아가게 된다면, 이 얼마나 소름 끼치는 광경이겠습니까?"

그 많은 무어인과 굉음을 보고 들으며 돈 끼호떼는 도망치는 저 연인들을 도와주는 게 좋을 거라 생각하고는 벌떡 일어서며 큰 소리로 말했다.

"내 평생, 내 눈앞에서 돈 가이페로스 같은 유명한 기사, 그렇게 용감한 연인에게 부정하게 폭력을 휘두르는 것은 용서하지 않으리라. 멈춰라, 이 못된 망나니들아, 그 기사를 쫓거나 따라가지 마라. 만약 내 말을 안 듣겠다면 나와 한판 붙자!"

이렇게 말하고 칼을 빼들고 홀쩍 뛰어 인형극장 옆에 서서는 세상에 보지 못한 분노로 재빠르게 무어군 인형들 위로 비 오듯 칼질을 퍼붓기 시작했다. 어떤 놈은 넘어뜨리고, 어떤 놈은 목을 치고, 이놈은 때려부수고, 저놈은 뭉개죽이고, 그리고 다른 수많은 공격을 하다 한번은 칼을 위에서 밑으로 내리치는데, 만일 그때 뻬드로 선생이 몸을 낮추고 웅크려 쭈그리지 않았다면 과자빵 덩어리로 만든 머리보다 더 쉽게 머리가 잘려나갈 뻔했다. 뻬드로 선생이 소리소리 지르며 말했다.

"멈추세요, 나리, 돈 끼호떼 나리. 나리께서 죽이고 쳐부수고 박살내는 것들은 진짜 무어군이 아니라 빵가루 인형들이란 말씀이에요. 여봐요, 제가 무슨 죄를 졌다고 저를 박살내고 제 온 재산을 망치나요!"

그러나 그런다고 멈출 돈 끼호떼가 아니었으니 비를 퍼붓듯 후려치고 내려치고 거꾸로 올려치며 수없이 칼질을 해대 얼마 못 가서 인형극장이 죄다 땅바닥으로 쏟아졌다. 모든 잡동사니며 인형들이 깨지고 부서지고 조각조각 나 마르실리오 왕은 심한 부상을 당했고, 샤를마뉴 대제는 왕관이 쪼개지고 머리가 두쪽이 났다. 관중도 난리가 나서 원숭이는 창문을 통해 객줏집 지붕으로 달아났고, 사촌은 두려워 떨고, 하인은 쫄고, 싼초 빤사 역시 엄청난 공포를 느꼈다. 무서운 폭풍이 지나간 뒤 싼초가 고백한 말을 들으면 주인님이 그토록 정신없이 분노를 터뜨리는 건 한번도 본 적이 없었다고 했다. 이렇게 인형극장을 전부 다 부수고 나서야 좀 진정이 되는 듯, 돈 끼호떼는 이렇게 말했다.

"지금 당장 이 앞에 그놈들을 전부 끌어다놓고 싶어, 이 세상에 방랑기사의 크나큰 도움을 믿지 못하는 놈들은 전부 끌어와야 해. 만약 내가 여기 이 자리에 없었다면 저 선량한 돈 가이페로스와 아름다운 멜리센드라가 어찌 되었을지 생각해보라고. 틀림없이 지금쯤 무어족 개새끼들이 그 둘을 잡아 난폭한 짓을 했을 거라고. 결국, 오늘 지상에 사는 모든 것 위에, 방랑기사도여 영원하라, 만세!"

"정말 만세를 불렀구먼요!" 이때 뻬드로 선생이 죽어가는 목소리로 말했다. "이제 저는 죽어야겠구먼요. 저야말로 불행한 놈이에요. 이제 돈 로드리고 왕과 함께,

어제는 내가 에스빠냐의 주인이었거늘

이제는 어디 성곽의 기둥 하나

내 것이라 할 만한 것은 없구나![7]

라고 탄식해야 할 판이니까요. 반시간 전만 해도, 아니 조금 전만 해도 나는 이 황제들과 왕들의 주인이었는데, 내 마구간은 끝없는 말들로 가득하고, 내 상자와 마루는 수없이 많은 의상으로 가득했는데, 지금 나는 힘없이 슬픔에 잠겨 가난한 거지꼴이 되었어요. 게다가 무엇보다 내 원숭이도 없으니 그걸 다시 내 손에 넣으려면 뼈 빠지게 생겼어요. 이게 모두 이 기사 나리의 지각없는 분노 때문이니, 말로는 기사가 고아를 보호하고 비뚤어진 자는 펴주고 또다른 자비로운 일을 한다고 하더니 나한테는 그 관대한 마음이 손해만 끼치러 왔나보네요. 저기 높은 자리에 높이 계시는, 하늘에 계신 분들은 부디 축복받고 칭송받을지니, 불쌍한 몰골의 기사가 끝내 내 몰골을 이렇게 우그러뜨릴 줄이야……"

뻬드로 선생의 하소연을 듣고 마음이 언짢아진 싼초 빤사가 그에게 말을 했다.

"울지 마요, 뻬드로 선생. 그렇게 비탄에 빠져 슬퍼하니 제 심장이 부서지는 것 같구먼요. 내 알려드리지만, 우리 주인 돈 끼호떼 나리는 참기독교인으로 가톨릭 신자이고 신중하신 분이라 만약 그대에게 어떤 피해를 줬는지를 알면 보상을 후하게 쳐서 만족할 만큼 갚아드릴 거예요."

7「돈 로드리고의 로만세」구절들로 『암베레스의 로만세 모음집』에 나온다.

"돈 끼호떼 나리께서 부숴뜨린 내 인형들 일부만이라도 보상해 주신다면 만족하지요. 그래야 나리께서도 마음을 편히 가질 수 있으시겠죠. 주인의 뜻과 다른 뜻을 가진 자는 그걸 원래대로 돌려주지 않으면 구원받을 수가 없거든요."

"그건 그렇지." 돈 끼호떼가 말했다. "하지만, 뻬드로 선생, 지금까지 여기에 그대의 것이 뭐가 있다고 하는지 난 모르겠구먼."

"어떻게 모르세요?" 뻬드로 선생이 말했다. "그럼 이 삭막하고 거친 땅에 쓰러져 있는 유물들은 누가 흩뜨린 건가요? 그 강력한 불굴의 팔이 아니면 누가 모두 없앴을까요? 이 몸뚱이들은 다른 누구의 몸이 아니라 내 몸 아니겠어요? 이 몸뚱이들로 내가 먹고살고 버텨왔으니까요."

"이제야 내가 알겠구나." 이때 돈 끼호떼가 말했다. "다른 때도 여러번 그런 생각을 했지만 이제 이해가 가는구먼. 나를 쫓아다니는 마법사란 이들이 인형들을 실제 사람인 것처럼 내 눈앞에 보여주고, 곧바로 그 모습을 바꿔 자기들이 원하는 모습으로 둔갑시키는 거야. 정말로 진실을 말하지만, 내 말을 듣고 있는 여러분, 내 눈에는 여기서 일어난 모든 일이 글자 그대로 실제로 일어난 것처럼 보였던 거요. 그러니까, 멜리센드라는 멜리센드라이고, 돈 가이페로스는 돈 가이페로스이고, 마르실리오는 마르실리오, 또 샤를마뉴는 샤를마뉴, 그래서 분노가 나를 덮친 거죠. 그리고 방랑기사로서의 내 의무를 다하고자 도망가는 사람들에게 은혜와 도움을 주려고 했을 뿐이지요. 이런 좋은 뜻으로 여러분이 본 그런 일을 했습니다. 내 뜻이 그 반대의 결과를 낳았다면 그건 내 잘못이 아니라 나를 쫓아다니는 놈들의 수작 때문이지요. 어찌 되었든 이 잘못은, 비록 나쁜 뜻으로 저지른 일은 아니지만 나 자신이 값을 치르고 죄를 감당하기로 하겠습니다. 그러니 뻬드로 선생은 부서진 인형값으로 얼마를 받을지 살펴보시고, 나는 즉각 지금 통용되는 에스빠냐의 버젓한 돈으로 갚아드리도록 약속하겠습니다."

뻬드로 선생은 굽신거리며 말했다.

"용감한 라 만차의 돈 끼호떼님의 세상 없이 높으신 기독교 정신으로 보아 당연히 그리하시리라 기대했사옵니다. 가난에 시달리는 모든 궁핍한 떠돌이를 보호하고 구원해주시는 진정한 기사님이시니까요. 여기 객줏집 주인님과 위대한 싼초님께서 이미 부서진 인형들의 값이 얼마나 나가는지, 혹은 나갈 수 있는지 저와 나리 사이에 중개인 겸 감정관이 되어주십시오."

주인과 싼초가 그리하겠다고 하자 뻬드로 선생은 즉시 땅바닥에서 사라고사 왕 마르실리오의 머리 없는 몸통을 치켜들고 말했다.

"이걸 보시듯이 이 왕은 처음 원형 그대로 복원하기는 정말 불가능하므로 제 생각에는 더 좋은 의견이 없으시다면 왕의 죽음, 종말, 그리고 끝마감 값으로 은화 4레알 반을 주셨으면 합니다."

"계속해요." 돈 끼호떼가 말했다.

뻬드로 선생이 깨진 샤를마뉴 대제를 손에 들고 말을 이었다. "그리고 위아래로 쭉 찢어진 이 인형의 댓가로는 제가 은화 5레알 4분의 1을 청구해도 많지 않겠지요?"

"적지도 않구먼." 싼초가 말했다.

"많지도 않아요." 주인이 말을 받았다. "공평하게 잘라서 은화 5레알로 하지요."

"은화 5레알 4분의 1 모두를 주어라." 돈 끼호떼가 말했다. "이 엄청난 불행의 총댓가가 대강 4분의 1로 끝나지는 않으니까. 빨리 마치도록 하시오. 뻬드로 선생, 벌써 저녁 먹을 시간이 다 되었구

330

려. 난 시장기가 약간 도는 것 같소."

"이 인형은 코도 없고 눈도 하나 없는 아름다운 멜리센드라인데, 그 값으로 정확하게 말해서 은화 2레알과 12마라베디를 매깁니다."

"그런 상처라니, 거기에 무슨 귀신이 붙은 모양이구먼." 돈 끼호떼가 말했다. "멜리센드라는 남편과 함께 적어도 벌써 프랑스 국경 정도쯤엔 틀림없이 가 있을 텐데 말이오. 그 둘이 타고 가는 말은 내가 보기에는 달린다기보다 그냥 날아가더구먼. 일이 이렇게 되었는데, 무엇 때문에 내게 고양이를 토끼라며 팔려는 거요? 여기 이렇게 내게 코도 없는 멜리센드라를 내놓고 말이오. 다른 진짜 멜리센드라는 어쩌면 지금쯤 프랑스에서 발 쭉 뻗고 남편과 즐기고 있을 텐데요. 하느님은 사람마다 가진 만큼 도와주는 거요. 뻬드로 선생, 우리 모두 좋은 마음으로 공정하게 일을 해나갑시다. 그럼 계속해요."

뻬드로 선생은 돈 끼호떼의 정신이 삐딱해지면서 처음 주장으로 되돌아가는 걸 보고는 그를 놓치고 싶지 않아 말했다.

"이 여자는 멜리센드라가 아니라 그녀를 섬기던 시녀 중 하나인 것 같습니다. 그러니 이걸로는 60마라베디만 주시면 잘 받은 걸로 알고 만족하겠습니다."

이런 방식으로 부서진 다른 많은 인형에도 값을 붙여갔고, 그뒤 두 심판관이 쌍방이 다 흡족하도록 값을 조정했는데, 그 가격이 은화 40레알 4분의 3이나 되었다. 싼초가 즉시 지불한 이 돈 외에도 뻬드로 선생이 원숭이를 잡아오는 수고비로 은화 2레알을 더 요구했다.

"그 돈 주게나, 싼초." 돈 끼호떼가 말했다. "그 돈으로 원숭이는 못 잡아와도 술통은 집어오겠지.[8] 그리고 도냐 멜리센드라 아씨와 돈 가이페로스 님이 지금 벌써 프랑스에서 자기 가족과 함께 있다는 사실을 확실히 알려주는 자에게는 축하금으로 은화 200레알이라도 주겠네."

"제 원숭이가 아니면 누가 그걸 우리에게 알려줄 수 있겠습니까?" 뻬드로 선생이 말했다. "어느 귀신이 또 그놈을 잡아가서는 안되는데…… 비록 배고픔과 정 때문에 어쩔 수 없이 오늘 밤 나를 찾아올 것 같기도 하지만, 곧 날이 밝을 테고, 어디 봅시다그려."

결국 인형극장의 폭풍은 끝나고 모두 아주 다정하고 평화롭게 저녁을 먹었는데, 다 극단적으로 관대하신 돈 끼호떼 덕분이었다.

날이 밝기 전에 긴 창, 보통 창 들을 싣고 가던 사람이 떠났고, 날이 다 샌 뒤엔 사촌과 하인이 돈 끼호떼에게 작별인사를 하러 왔다. 한 사람은 자기 고향으로 돌아간다고 하고, 다른 한 사람은 길을 계속 가봐야겠다고 했는데 그 사람을 도와주려고 돈 끼호떼는 은화 12레알을 주었다. 뻬드로 선생은 돈 끼호떼를 잘 아는 터라 그와 더이상 이 말 저 말 나누고 싶어하지 않아서 해가 뜨기 전 새벽에 일어나 자기 인형극장의 유물과 원숭이를 챙겨서는 모험을 찾아 길을 떠났다. 객줏집 주인은 돈 끼호떼를 잘 모른 터라 그의 관대함과 미친기에 엄청 놀랐다. 끝으로 싼초는 나리의 명령에 따라 객줏집 주인에게 후하게 지불한 다음 작별을 하고 아침 8시쯤 객줏집을 떠나 길을 가기 시작했다. 우리는 여기서 그들을 잠깐 놓아두기로 한다. 이 유명한 역사 이야기의 해설에 관련된 일을 들려주는 기회를 갖기 위해서이다.

---

8 세르반떼스의 말놀이로, 원문 'no para tomar el mono, sino la mona'(원숭이는 못 잡아오지만 술로 곤드레만드레 되겠지)를 뜻과 음을 살려 옮겨보았다.

27장

삐드로 선생은 누구이며 그 원숭이는 무엇인가, 또한 당나귀 울음 사건이 돈 끼호떼가 바라고 예상한 것과 달리 불행한 결과를 가져온 이야기

이 위대한 역사 이야기의 실록 작가 시데 아메떼는 이 장에 들어서면서 이런 말로 시작한다. "기독교 가톨릭 신자로서 내 맹세하지만······" 이 말에 대해 번역자는 시데 아메떼가 무어인이면서 기독교 가톨릭 신자로 맹세한다고 하는 건, 그가 무어인이 확실한 이상 다른 말이 아니라, 맹세할 때 기독교 가톨릭 신자가 당연히 맹세해야 하는 것처럼 무슨 말이든지 진실을 말하고 진실밖에 말하지 않겠다는 맹세로 받아들여야 한다고 한다. 그래서 돈 끼호떼에 대해 쓰고자 할 때, 특히 삐드로 선생이 누구인지를 말한다든지, 모든 사람을 점으로 놀라게 한 그 점쟁이 원숭이가 누구인지를 밝힐 때는 기독교 가톨릭 신자가 맹세하듯이 진실만을 이야기하겠다는 말이다.

그의 말은 이렇다. 이 역사 이야기의 첫번째 부분을 읽은 사람은 저 히네스 데 빠사몬떼라는 친구가 누구인지를 기억하리니, 돈 끼호떼가 씨에라 모레나에서 해방시켜준 죄수 중 하나였다. 원래 습벽이 나쁘고 악질인 사람인지라 돈 끼호떼의 그 선한 행위에 감사할 줄도 몰랐고 배은망덕한 짓들만 했다. 이 히네스 데 빠사몬떼라는 친구는 돈 끼호떼가 놀리며 똥파리 히네시요라고 불렀던 친구로, 싼초 빤사의 당나귀를 훔쳐간 놈이다. 역사가는, 인쇄공의 잘못으로 첫 부분에서 언제 어떻게 그런 일이 있었는지 쓰여 있지 않았기 때문에 많은 사람이 이해하지 못하도록 만들었는데, 이런 인쇄 잘못을 작가의 기억이 나빠서라고 몰아붙였다 했다. 그러나 결론적으로는 히네스가 싼초에게서 당나귀를 훔쳤으며, 그것도 싼초가 당나귀 위에서 자고 있을 때였는데, 그 수단과 기법은 브루넬로가 쓴 것으로, 알브라까 공격 때 싸끄리빤떼를 위에 놓고 가랑이 사이에서 말을 빼가는 방법이었고,[1] 이미 이야기했듯이 나중에야 싼초는 당나귀를 되찾았다. 이 히네스라는 작자는 끝없이 많은 망나니 짓과 범죄를 저질러, 이 사람을 잡아 벌을 주려고 찾아다니는 사법기관에 걸리지 않으려고 두려워 떨고 다녔는데, 그가 저지른 죄가 하도 많고 다양해서 스스로 그 이야기들을 써서 큰 책을 만들 정도였다. 피해 다니다가 아라곤 왕국으로 넘어갈 결심을 하고 왼쪽 눈을 가리고 꼭두각시놀이를 배워 일을 하게 되었는데, 이런 것과 손으로 훔치는 짓을 제일 잘했다.

한번은 우연히 베르베리아에서 풀려나 자유의 몸이 된 몇몇 에스빠냐 사람들에게서 원숭이를 샀는데, 원숭이에게 어떤 신호를 하면 자기 어깨로 올라와서 귀에다 소곤대든지 아니면 그런 시늉만 내라고 교육을 시켰다. 이렇게 한 뒤 인형극 도구와 원숭이를

─────────────

1 『성난 오를란도』에 나오는 이야기이다.

가지고 어떤 마을에 들어가기 전에 그 마을과 가까운 곳에서 머물면서 자기가 구한 사람에게서 그 마을의 어떠어떠한 사람에게서 무슨 특별한 일이 일어났는지에 대한 세세한 정보를 얻었다. 그 정보를 머리에 잘 넣어두고, 맨 먼저 그가 하는 일은 인형극을 보여주는 것이었다. 인형극은 전해지는 이야기 하나를 따오기도 하고 다른 이야기를 쓰기도 했지만 어쨌든 모두 재미있고 흥겹고 다 아는 이야기들이었다. 공연이 끝나면 자기 원숭이의 재주를 보여주면서 마을 사람들에게 원숭이가 과거와 현재를 점친다고 말했다. 다만 앞으로 다가올 일을 점치는 재능은 없다고 했다. 각 질문의 답에는 은화 2레알을 요구했고, 어떤 질문에는 깎아주기도 했는데 그건 질문하는 사람들에 대한 느낌이나 감에 따라 달랐다. 어쩌다 그 집에 사는 사람들 일을 알고 있는 집에 가면 그들이 돈을 주기 싫어 질문을 안해도 원숭이에게 신호를 해서 원숭이가 이런저런 이야기를 했다고 말해주면 그것들이 실제로 일어난 일과 딱 들어맞곤 하여 이루 말할 수 없는 신용을 얻을 수 있었고, 그리하여 모두들 그를 쫓아다녔다. 그는 상당히 머리가 좋아 대답을 할 때 그 대답이 질문에 꼭 들어맞도록 말해주었다. 아무도 그에게 원숭이가 어떻게 하여 점을 치는지 말해달라고 조르거나 따지지 않았으므로 모두를 잘 속이고 호주머니만 두둑하게 채웠다.

그는 객줏집에 들어서자마자 돈 끼호떼와 싼초를 알아보았기에 돈 끼호떼나 싼초 빤사, 그리고 거기 있던 모든 사람을 감탄시키기 쉬웠다. 그러나 돈 끼호떼가 마르실리오 왕의 머리를 자르고 그의 모든 기병대를 쳐부술 때 돈 끼호떼가 조금만 손을 더 내렸다면 히네스는 엄청 비싼 댓가를 치를 뻔했다. 이것이 바로 앞 장에서 한 이야기이다.

이것이 뻬드로 선생과 그 원숭이에 대해 해야 할 이야기였다.

그럼 다시 라 만차의 돈 끼호떼 이야기로 돌아가자면, 그는 객줏집을 나온 뒤 맨 먼저 에브로 강변을 구경하기로 마음먹었다. 사라고사 시에 들어가기 전에 강과 그 주변 지역을 전부 돌아볼 작정이었다. 사라고사 경기가 열리는 날까지는 아직 날이 많이 남아 있어 시간이 많았기 때문이다. 이런 생각을 품고 길을 따라 걷는데, 이틀을 걸어가도 글에 쓸 만한 이렇다 할 일이 일어나지 않았다. 사흘째 되던 날, 언덕 하나를 올라서자 북소리, 트럼펫 소리, 화승총 쏘는 소리가 진동하며 크게 들려왔다. 처음에는 한 연대쯤 되는 군부대가 그쪽으로 지나가나 생각하고 그들을 보려고 로신안떼에게 박차를 가해 언덕 위로 올라갔다. 꼭대기에 올라서서 보니 그 언덕 밑에 이백명이 넘어 보이는 남자들이 여러 종류의 무기로 무장하고 있었는데, 무기는 창이나 큰 활, 칼 달린 긴 창, 곡괭이, 화승총 몇 자루 그리고 수많은 방패였다. 비탈길을 내려와 부대가 있는 쪽으로 바짝 다가가니 깃발들이 색깔별로 구별되어 있고 거기에 붉은 휘장이 보였다. 특히 군기인지 하얀 융단으로 만든 삼각기인지에 아주 생생하게 싸르데냐산 작은 당나귀를 하나 그린 깃발이 눈에 띄었다. 당나귀는 머리를 바짝 쳐들고, 입을 벌리고, 혀를 내밀고는 마치 소리내어 울고 있는 듯한 행동과 자세를 취하고 있었다. 깃발 가장자리에는 큰 글자로 이 두 시구가 적혀 있었다.

헛되이 당나귀 울음을 운 건 아니었네
이쪽저쪽 우리 면장님들께서.

이 휘장으로 보아 그들이 당나귀 울음 동네 사람들임을 알 수 있었다. 돈 끼호떼는 싼초에게 깃발에 쓰인 것을 알려주면서 그 사건을 그들에게 이야기해준 사람이 말을 잘못했는데, 당나귀 울음을 낸 사람들이 두 의원이 아니라 깃발의 시구로 보면 면장들이라고 했다. 그 말에 싼초가 대답했다.

"나리, 그건 신경 쓸 문제가 아니지요. 그때 당나귀 울음소리를 낸 의원들이 시간이 흘러 그 마을의 면장이 되었을 수도 있으니까요. 그렇게 되면 두 가지 직위로 부를 수도 있겠지요. 게다가 그분들이 실제로 당나귀 울음소리를 냈다는 게 중요하지, 당나귀 소리 주인공들이 면장이냐 의원이냐가 이야기의 진실과 상관있는 건 아니잖아요. 면장이건 의원이건 당나귀 울음소리 내는 건 똑같으니까요."

결국 모욕을 당한 마을 사람들이, 좋은 이웃에게 지켜야 할 예의와 정도를 벗어나 더 모욕을 준 다른 마을 사람들과 싸우러 나온 걸 그들은 직접 가서 알아보았다.

돈 끼호떼는 그들에게 다가갔는데, 그런 일이나 행사에 끼는 걸 전혀 좋아하지 않는 싼초는 적잖이 걱정을 했다. 부대 사람들이 자기편 사람들 중 하나라고 믿고 그를 받아들였다. 돈 끼호떼는 투구의 앞 챙을 올리고 늠름하고 점잖은 자세로 당나귀 깃발 있는 데까지 갔고, 군대의 핵심 인사들 모두가 돈 끼호떼를 보려고 주위를 에워쌌다. 돈 끼호떼를 처음 본 사람들은 모두 놀라듯이, 이 사람들 역시 무척 놀라 아무 말도 않고 질문도 없이 그저 그를 뚫어지게 바라보기만 했다. 그들을 보고 돈 끼호떼는 그 침묵을 이용하고 싶은 마음이 생겨 침묵을 깨고는 목소리를 높여 말했다.

"친애하는 여러분, 본인이 최대한 성의를 다해 여러분에게 간청하고 싶은 건, 기분이 나쁘거나 성낼 만한 대목이 나오기 전엔 본인이 그대들에게 하고 싶은 말을 중간에 막지 말아달라는 겁니다. 기분 나쁜 말이 있으면 아주 작은 신호만 보내도 나 스스로 입을 봉하고 내 혀에 재갈을 물리겠습니다."

모두들 원하는 대로 말하라면서 즐거운 마음으로 기꺼이 듣겠노라고 했다. 이렇게 허락을 받은 돈 끼호떼는 말을 계속했다.

"여러분, 본인은 방랑기사로서, 무사가 하는 일을 합니다. 즉, 은혜를 필요로 하는 사람들을 도와주고 궁핍한 자들을 돌보는 일이 제 직무라 할 수 있습니다. 며칠 전 나는 여러분의 불행과, 기회 있을 때마다 여러분이 적들에게 복수하고자 무기를 들어야 하는 이유를 들었습니다. 그대들의 일에 대해 내가 수 차례 심사숙고한 결과, 결투의 법칙을 따르자면 여러분들이 스스로 모욕당했다고 생각하는 점은 잘못되었다고 보입니다. 어떤 개인도 한 마을 사람 전체를 모독할 수 없으니, 전체를 반역자로 응징하지 않는다면 말입니다. 돈 디에고 오르도녜스 데 라라가 이런 경우인데, 그는 모든 사모라인에 대항해서 도전했지요. 왜냐하면 그는 베이도 돌포스 단 한 사람이 그의 왕을 죽이는 반역을 저질렀다는 걸 몰랐기에 모든 사람에게 도전했고 복수와 응징이 모두에게 돌아갔습니다. 비록 돈 디에고 나리가 조금 심한 데가 있었던 것도 사실이지만요. 심지어 도전과 결투의 한계를 훨씬 뛰어넘었으니, 로만세 민요에 천명하고 있는 바로는 이미 죽은 사람이나 물, 빵, 그리고 앞으로 태어날 아이들, 기타 다른 사소한 것들까지 다 죽이겠다고 했다니, 그렇게까지 할 필요는 없었지요. 하지만 그도 그래요! 분노가 한번 걷잡을 수 없이 터지면 어떤 아버지도 가정교사도 어떤 고삐도 그 혀를 붙잡아둘 수 없겠지요. 그건 그렇다 치더라도, 단 한 사람이 한 왕국이나 지방이나 도시, 국가, 마을 전체를 모욕할 수는 없고, 따라서 그런 모욕과 도전에는 구태여 복수하러 나갈 필요가 없다는 게 분명한 사실입니다. 사실이 그러니까요. '암컷 시계' 마을 사람들이 자기 마을 이름을 부르는 사람을 그때마다 죽이기로 한다면 세상 꼴 잘 돌아가겠구려! 애나 어른 입에 대개 요즘 세상에 오르내리는 별명처럼 바야돌리드 사람을 '계집 일에나 참견하는 놈들', 똘레도 사람을 '가지 장수들', 마드리드 사람을 '새끼 고래들', 쎄비야 사람을 '비누 장수들'[2] 또는 다른 이름이나 성으로 부르는 게 안된다면 어디 사람이 살겠습니까? 이 고귀한 마을 사람들이 서로 모욕하고 모욕당하고, 복수하고 복수당하고, 아무리 작은 말다툼에도 칼을 수없이 뺐다 박았다 계속하면 정말 꼴좋겠수다! 아니지요, 안됩니다. 하느님의 뜻도 그게 아닐 테고 용서하지도 않을 겁니다. 점잖으신 남자분들, 잘 조직된 국가들은 네가지 이유가 있을 때 무기를 들고 칼을 뽑아 자신의 인격과 목숨과 재산을 걸고 위험에 뛰어듭니다. 첫째, 가톨릭 신앙을 지키기 위해서이고, 둘째, 자기 목숨을 방어하기 위해서인데, 이건 성스러운 자연법칙이기 때문입니다. 셋째, 자신의 명예와 가족, 재산을 보호하기 위해서이고, 넷째는 정당한 전투에서 자기 나라 왕에게 봉사하기 위해서입니다. 그리고 두번째로 볼 수도 있는 다섯번째 이유를 하나 더 대라면 자기 조국을 수호하기 위해서라고 할 수 있지요. 이 다섯가지 이유 외에 무기를 들 수밖에 없는 정당하고 타당한 또다른 이유를 가장 중요하다고 드는 경우도 있겠지요. 그러나 모독이라기보다는 심심풀이로 웃자고 하는 짓에 어린애들 장난처럼 무기를 드는 건 무기를 드는 사람 자체가 합리적인 사고를 하지 못하기 때문입

---

2 당시 실제로 불리던 별명들로, 우리 풍속에도 예를 들어 서울 사람을 '깍쟁이', 경상도 사람을 '보리 문둥이'라고 하는 식이다.

니다. 더구나 정당하지 않게 복수를 한다는 건, 정당한 복수라는 게 있을 수도 없지만, 우리가 지키고 있는 성스러운 법에 직접 위배되는 행동입니다. 그 법은 우리의 적에게도 선을 베풀고, 우리를 싫어하는 자도 사랑하라고 명하고 있습니다. 언뜻 보아 좀 실천하기 어려운 명령 같지만 그렇지 않습니다. 그것은 정신보다 육체를 더 중시하고 세상보다 하느님을 덜 중시하는 자들에게만 그렇게 보일 뿐입니다. 예수 그리스도와 하느님과 참인간은 한번도 거짓말하지 않았고, 할 수도 없고, 해서도 안되는 분이기 때문입니다. 우리에게 법을 만들어주신 그분은 당신이 진 멍에는 부드럽고 짐은 가볍다고 말씀하셨습니다. 따라서 하느님은 우리가 이행하기 불가능한 일을 시키지는 않으셨을 거라는 말입니다. 그러니 여러분, 성스러운 하늘의 법칙이나 인간의 법에 입각해 보더라도 여러분은 진정해야 할 것입니다."

"아이구 맙소사!" 이때 싼초가 혼잣말로 말했다. "정말이지, 우리 주인님은 신학자이신가봐. 비록 신학자가 아니시라 해도, 이 달걀 저 달걀 다 똑같아 보이듯 영락없이 신학자하고 똑같아 보인다니까."

돈 끼호떼는 약간 한숨을 돌리고 조용히 그의 말을 기다리는 사람들을 보고는 말을 계속하려 했다. 그런데 도중에 싼초의 예리한 발언이 끼어들었는데, 그는 주인이 말을 멈춘 걸 보더니 말을 받아서 대신 이렇게 말했다.

"우리 주인 라 만차의 돈 끼호떼 나리께선 한때 '불쌍한 몰골의 기사'라 불렸으며 지금은 '사자의 기사'라 불리옵니다. 우리 주인은 대단히 덕망있는 양반으로 라틴어와 모국어를 학사처럼 잘하시고 모든 충고나 일처리에는 아주 훌륭한 군인처럼 행동하십니다.

소위 결투라고 하는 것에 대해서도 모든 법과 규칙을 샅샅이 다 알고 계시므로 이분이 말씀하시는 대로 따라하면 됩니다. 그게 잘못된다면 제가 책임지겠습니다. 더구나 당나귀 소리 한번 듣고 성질을 내면 바보라는 말도 있습니다. 전 어렸을 때 마음 내키면 생각날 때마다 당나귀 울음 흉내를 내곤 했던 기억이 있습니다. 아무도 저를 말리지 못했지요. 얼마나 비슷하고 멋지게 그 소리를 냈는지 제가 당나귀 울음을 내면 온 마을 당나귀가 다 울어댔어요, 그렇다고 제가 당나귀인 건 아니고 당당히 양반 중의 양반이신 우리 어머니 아버지의 아들이었지만요. 비록 이런 재주 때문에 우리 마을에서 네명 이상의 잘난 척하는 놈들에게 부러움을 샀지만 전 눈곱만큼도 관심없었어요. 내 말이 사실이란 걸 보여드리려고 하는데, 잠깐 기다리고 들어보세요. 이 기술은 헤엄치는 기술처럼 한번 배우면 절대 안 잊어버려요."

그러더니 바로 코에 손을 대고는 당나귀 울음소리를 냈는데, 그 소리가 얼마나 컸던지 가까이 있는 모든 골짜기까지 울렸다. 그러나 함께 있던 사람 중 하나가 자기들을 조롱하는 걸로 알고는 손에 쥐고 있던 기다란 작대기를 들어 싼초를 엄청 세게 두들겨패서 싼초는 어쩔 겨를도 없이 그냥 그대로 땅에 쓰러지고 말았다. 돈 끼호떼는 싼초가 형편없이 다치자 그를 두들겨팬 자에게 창을 들고 달려들었으나 중간에 가로막는 사람이 하도 많아 복수를 할 수가 없었다. 그보다 그때 돈 끼호떼에게 돌멩이가 우박처럼 쏟아졌고, 그는 마주 본 채 위협하고 있는 수천의 석궁, 또 그만큼이나 많은 화승총이 자기를 겨누고 있는 것을 보고는 로신안떼의 고삐를 돌려 전속력으로 그들에게서 빠져나왔다. 하느님께 그 위험에서 자신을 구해달라고 충심으로 가호를 빌며, 가다가 총알이 등에 박혀 가슴을 뚫고 나올까봐 순간순간 공포에 떨었고 혹시 숨이 끊어질까봐 내내 숨을 되몰아쉬었다.

그러나 그쪽 무리는 돈 끼호떼에게 총은 쏘지 않고 도망치는 걸 보는 것만으로 만족했고, 싼초의 정신이 들자마자 당나귀에 태워 주인을 따라 쫓아보냈다. 싼초가 정신이 있어 그리로 당나귀를 몰고 간 게 아니라 당나귀가 마냥 로신안떼의 뒤를 쫓아갔기 때문에 제대로 갔던 것이다. 당나귀는 로신안떼에게서 한순간도 떨어지지 않았다. 돈 끼호떼는 상당히 먼 거리까지 왔을 때야 고개를 돌릴 여유가 생겼는데, 싼초가 따라오는 게 보이고 아무도 그를 따라오지 않는 걸 알자 싼초를 기다렸다.

그 싸움패는 거기에서 밤까지 머물렀다가 마을로 적이 싸우러 나오지를 않자 즐거운 마음으로 낄낄대며 돌아갔다. 옛 그리스인들의 관습을 알았다면 아마 그들은 그곳 그 장소에 전승기념비를 세웠을 것이다.

28장

여기 나오는 말들은 베넹헬리가 한 이야기인데, 독자가 열심히 읽어보면 곧 알 수 있으리라

용감한 자가 도망가야 할 때는 적이 수적으로 확실히 우세할 때이고, 사려 깊은 사나이들은 더 좋은 기회를 노려 기다릴 줄 안다. 이 진리는 돈 끼호떼에게 사실이 되었다. 마을 사람들의 분노와 성난 군중의 해코지하려는 마음이 사라질 때까지, 도망이 우선이었다. 싼초 생각도 못하고 그가 위험에 놓여 있다는 것도 잊은 채 우선 이만하면 안전하다고 할 만한 곳까지 상당히 멀리 떨어져나왔다. 이미 말했듯이 싼초는 당나귀에 걸쳐진 채 따라오고 있었는데, 마침내 정신이 들어 다가와서는 당나귀에서 미끄러져 로신안떼의 발치로 쓰러졌다. 몽둥이찜질로 온몸이 박살이 나서 참으로 안타까운 모습이었다. 돈 끼호떼는 말에서 내려 그의 상처를 살펴보다가 그래도 발끝에서 머리끝까지 멀쩡한 걸 보자 몹시 화가 나서 말했다.

"하필 재수없이 꼭 그럴 때 당나귀 소리를 내야 했나, 싼초? 목매달아 죽은 사람 집에서 밧줄 이야기를 하지 말라는 소리도 못 들어봤나? 당나귀 소리 음악에 장단이 맞는 음악은 몽둥이질이 최고지! 하느님께 감사드리게, 싼초. 몽둥이세례도 그 정도니 천만다행일세, 신월도로 얼굴에다 칼자국을 새기지는 않았으니 말이야."

"시방 대답할 정신이 아니구만요." 싼초가 대답했다. "말을 하면 꼭 제 등으로 말하는 것 같아서요. 올라갑시다요. 여기서 멀리 떨어져야지요. 소인의 당나귀 소리는 당분간 침묵하겠습니다요. 하지만 방랑기사란 양반이 선량한 하인이 적의 손에 얻어터져 가루가 되고 묵사발이 되는데도 그냥 내버려두고 자기만 도망가는 분이라는 말은 꼭 해야 되겠네요."

"물러가는 게지 도망가는 게 아니야. 자네가 알아야 할 것은, 싼초, 사려 깊은 판단에 근거하지 않는 용기란 만용이라는 거야. 만용으로 얻은 공적은 운이 좋아서이지 마음이 훌륭해서 얻은 게 아니거든. 그래서 내가 물러난 건 인정하지만 도망치지는 않았어. 이런 행동을 하면서 나는 많은 용감한 사람을 모방했다네, 더 좋은 기회를 엿보고자 몸을 사리는 분들 말일세. 역사에도 이런 일은 수없이 많았지만 그런 것들이 자네에게 도움이 되지 않고 나도 마음이 내키지 않아서 지금 이야기하지는 않겠네."

이때 싼초는 돈 끼호떼의 도움을 받아 이미 말에 탔고, 돈 끼호떼도 로신안떼 위에 올라타 조금씩 숲 속으로 들어가 거기서 4분의 1마장쯤 되는 곳의 포플러나무 숲으로 갔다. 이따금씩 싼초는 고통스러운 신음 소리와 함께 가슴 깊은 곳에서부터 끙끙대는 소리를 냈고, 돈 끼호떼가 왜 그렇게 아파하느냐며 통증의 이유를 묻자 싼초는 척추 끝에서부터 목덜미까지 너무 아파서 정신을 차릴 수 없을 정도라고 했다.

"그 통증의 이유는 틀림없이 자네를 때린 몽둥이가 기다랗고 쭉 뻗은 놈인지라 자네 등판 전체를 다 몰매질한 때문일 걸세. 그래서 자네 등 전체가 다 아픈 게야. 더 많이 두들겼다면 더 아팠겠지."

"세상에!" 싼초가 말했다. "나리께서는 제가 그리 궁금해하던 의문점을 풀어주시고, 그토록 아름다운 용어로 해설까지 해주시네요! 제기랄! 이 통증의 이유가 그렇게 숨겨진 은밀한 이유여서 몽둥이가 닿은 모든 부분이 다 아프다고 꼭 말씀하실 필요가 있습니까요? 만약 내 발목이 아프면, 왜 하필 거기가 아픈지 알아보는 것도 말이 되긴 되겠네요. 하지만 그렇게 몰매질을 당하고 내가 아픈 건 따로 많이 알아볼 데도 없구만요. 정말이지, 주인 나리, 남 아픈 건 아무도 모른다더니 날이 갈수록 나리와 함께 다니면서 기대할 만한 게 정말 없다는 걸 알아차리게 되네요. 왜냐하면 이번엔 내가 몽둥이찜질을 당하게 내버려두었다지만, 다른 때는 수백번 망치질에 담요말이를 당해도, 또다른 어린애 장난의 제물이 되어도 내버려두는 일이 자꾸 벌어지겠죠. 지금은 불똥이 내 등판에 떨어졌지만 다음엔 내 눈에 떨어질지도 모르죠. 내가 이렇게 무지하지만 않았다면 훨씬 일이 더 잘되었을 텐데, 내 평생 잘한 거라곤 하나도 없는 놈이에요. 다시 말하지만, 아내와 자식들이 있는 내 집으로 당장 돌아가는 게 훨씬 더 잘하는 짓인지도 모르겠네요, 하느님께서 주신 처자식 먹여살리고 잘 키우는 일 말이지요. 이렇게 길도 아닌 길로, 도로도 없는 도로로, 오솔길로, 나리 뒤를 쫓아다니면서 마시지도 못하고 먹지도 못하면서 말이에요. 그리고 맙소사, 잠자리는 또 어떻고! 이 하인 친구야, 땅을 일곱자 헤아려보게, 원하면 자리는 일곱자 더 많이 잡아도 돼. 원하는 대로 땅을 사용하라고. 그리고 그대의 그 멋진 몸매를 다 펴고 거기에 편안히 눕게. 아이구, 정말이지, 이런 방랑기사도에 처음 발을 디뎌놓았던 놈을 당장 불에 태워 박살내는 꼴을 내 눈으로 보고 싶어. 아니면 적어도 그런 바보천치들의 하인이 되고 싶어했던 첫 놈이라도 말이지. 과거의 모든 방랑기사라는 치들이 전부 바보였을 테니까 말씀이야. 현재의 기사들에 대해선 전 할 말이 없지요. 나리께서 그중의 한분이시니까, 존경합지요. 왜냐하면 나리께서 말씀하고 생각하시는 게 모두 귀신보다는 한발 앞선다는 걸 소인이 알고 있으니까요."

"내가 싼초 그대와 멋진 내기를 하나 하겠네." 돈 끼호떼가 말했다. "지금 그대가 어느 누구의 제지도, 제약도 받지 않고 말을 하니까. 그대 몸이 지금 한군데도 아프지 않지? 그럼 말을 하게, 내 사람아. 생각나는 대로, 입맛 당기는 대로 뭐든지 말해봐. 그대가 아프지 않다면, 그대가 내게 실례를 범해서 화가 나도 기꺼이 받아들이겠네. 그리고 그대가 그토록 처자식이 있는 집으로 당장 돌아가고 싶다면, 하느님이 무서워서라도 그대를 막을 순 없지. 내 돈은 자네가 가지고 있으니, 이번 세번째로 우리가 마을에서 떠난 지 얼마나 되었는지 헤아려보고 매달 그대가 벌 수 있는, 벌어야 할 금액이 얼마인지를 헤아려서 그대 손으로 직접 집어서 자신에게 지불하도록 하게."

"소인이, 나리께서도 잘 아는 싼손 까라스꼬의 아버지인 또메 까라스꼬의 머슴을 살 때 먹는 것 외에 매달 금화 2두까도[1]를 받았습니다만 나리와 일하면서는 얼마를 받아야 하는지 모르겠네요. 비록 농군의 머슴 일보다 방랑기사의 하인 일이 더 힘든 건 사실이지만요. 어쨌든 농군의 머슴살이는 힘든 일이 있어 낮에 아무리 일을

---

[1] 금화 1두까도는 은화 11레알에 해당한다.

많이 한다 해도 밤에는 따뜻한 솥단지 밥을 먹고 침대에서 자지요. 하지만 나리를 모신 뒤에는 침대에서 편히 자본 적이 없습니다. 돈 디에고 데 미란다 집에서 머문 짧은 기간 빼놓고, 까마초의 솥단지에서 음식을 꺼내 먹으며 즐겼던 잔치와 바실리오 집에서 먹고 마시고 잔 것 외에는 계속 긴 시간을 한데에서 하늘 보며 딱딱한 땅바닥에서 잤지요. 이른바 무자비한 하늘의 비바람에 몸을 맡기고, 치즈 조각이나 빵 부스러기로 연명하면서 우리가 가는 거친 오솔길 어느 곳에서 만나는 샘물이나 시냇물로 목을 축이며 살아왔지요."

"싼초, 자네가 한 말이 모두 그대로 사실이라고 하세. 또메 까라스꼬가 준 돈보다 얼마를 더 자네에게 주면 되겠나?"

"소인 생각에는요." 싼초가 말했다. "나리께서 매달 은화 2레알만 더 붙여주신다면 소인은 잘 받았다고 생각하겠습니다. 이건 제일의 급료에 해당하는 금액이고요, 나리께서 소인에게 약속하신 섬의 통치권을 주시겠다고 한 말을 제대로 만족스럽게 이행하시려면 다시 은화 6레알을 더 붙이는 게 옳을 것 같아서, 모두 합쳐 은화 30레알이네요."

"좋다, 좋아." 돈 끼호떼가 말을 받았다. "그대가 스스로 정한 급료에 따르면 우리가 마을을 떠난 지 스물닷새가 되었으니,[2] 계산을 해보게. 싼초, 배분을 잘해서 내가 자네에게 얼마를 빚졌는지 알아보게. 그리고 이미 말했듯이 자네 손으로 자네에게 지급하게."

"맙소사!" 싼초가 말했다. "나리께서는 계산을 한참 잘못하고 계시네요. 섬을 주시겠다는 약속에 대해선 나리께서 제게 약속하신

---

2 17일밖에 안되었다고 보는 견해도 있다.

날로부터 지금 이 시각까지 다 계산해야지요."

"그럼 그대에게 그 약속을 한 지 얼마나 되었는고, 싼초?"돈 끼호떼가 말했다.

"제 기억이 틀리지 않다면 이십년하고도 사흘 정도가 더 되었을 거예요."

돈 끼호떼가 손바닥으로 꽝 하고 자기 이마를 치며 기분 좋게 마음껏 웃어대면서 말을 했다.

"씨에라 모레나 산중에 돌아다니던 기간, 우리가 나다니던 모든 기간을 다 합쳐봐야 겨우 두달도 채 안되었어. 그런데 싼초, 내가 자네에게 섬을 약속한 지 이십년이나 되었다고? 이제 보니 자네가 내 돈을 갖고 있는 게 자네 월급으로 다 써버리겠다는 거 아닌가? 정말 사정이 그렇고, 자네가 그걸 원한다면 자네에게 다 주지. 잘 먹고 잘살게나. 그런 나쁜 하인과 더불어 사느니, 차라리 돈 한푼 없이 기꺼이 가난하게 나 혼자 살겠네. 하지만, 방랑기사도의 하인 법규를 어긴 배신자여, 말 좀 해보게, 방랑기사 하인이 자기 주인과 마주 앉아 '제가 나리를 모실 테니까 매달 얼마나 더, 얼마나 많이 급료를 줄 거냐'고 따지는 걸 어디서 보거나 읽은 적이 있는가? 들어가봐, 들어가봐, 이 사악하고 비열한 놈, 꼭 요귀같이 생겨 먹은 놈아, 내 말은, 들어가보시라고. 역사 이야기의 그 망망대해로 들어가봐. 거기 어디에 무슨 기사 하인이 지금 자네가 한 말 같은 걸 했거나 생각이라도 한 게 나오면 내 손에 장을 지질 걸세. 그리고 덧붙여서 내 얼굴이나 코에다 조롱의 뜻으로 자네가 네번 주먹질을 하도록 해줌세. 자네 당나귀의 고삐인지 밧줄인지를 돌리게, 그리고 집으로 돌아가게나. 앞으로 더이상 지금 여기서부터 단한 발자국도 나와 함께 갈 생각은 마, 에끼 배은망덕한 놈! 아이고,

내가 기대를 잘못했구먼! 어이구, 인간이라기보다 짐승에 더 가까운 사람아! 이제 내가 자네 신분을 좀 올려 자네 여편네가 뭐라 해도 사람들이 '나리님' 하고 부르도록 만들어줄 생각이었는데, 나를 떠나간다고? 이제 세상에서 가장 좋은 섬의 주인으로 만들어주려고 확고하고 확실한 의도를 가지고 내가 왔는데, 자네가 떠난다고? 결국 자네가 전에 몇번 말했듯이 개 발에 편자고 당나귀 입에 꿀이지…… 기타 등등. 자네는 당나귀이고 당나귀가 될 거야. 그리고 자네 일생의 날들이 다 끝나도 자네는 당나귀로 남을 걸세. 내가 확실히 아는데, 자네가 짐승이라는 걸 눈치채고 알아차리기 전에 자네 인생이 막바지로 이르고 말 거야."

돈 끼호떼가 그런 욕설을 퍼붓는 동안 싼초는 그를 찬찬히 바라보고 있었는데, 울컥 슬픔이 치미며 눈에는 눈물이 고인 채 아프고 고통스러운 목소리로 말했다.

"나리, 고백하옵니다만, 소인은 꼬리 하나만 더 붙이면 완전한 당나귀구만요, 꼬리 하나 나리께서 붙여준다고 하시면 달게 받고 달고 다니겠습니다. 그리고 당나귀처럼 남아 있는 제 여생 동안 계속 날마다 모시겠습니다. 용서해주시어요, 나리. 소인이 아직 덜 배워서 그렇다고 안타까워해주세요. 소인이 아는 게 없다는 걸 아시잖아요. 소인이 말이 많은 건 나쁜 마음이 있어서라기보다는 말 많은 게 그냥 소인의 병이어서지요. 하지만 실수하고 고치는 사람은 하느님도 용서하신다잖아요?"

"싼초, 자네는 대화할 때 말마다 속담이니, 그러지 않으면 이젠 내가 이상해서 죽을 지경일세. 그래 좋네. 자네가 고친다면 내 자네를 용서하지. 그리고 자네 지금부터 지나치게 잇속만 챙기는 사람이 되지 말고, 좀더 마음을 넓히도록 노력하고 겸손해지게. 그리고

내가 약속을 지킬 때까지 용기를 잃지 말고 기다리게나, 비록 늦어
질지라도 내 약속이 불가능한 일은 아니니까."

싼초는 비록 힘이 없었지만 있는 힘을 다 끌어내 그렇게 하겠노
라고 대답했다.

그러고 나서 그들은 포플러나무 숲으로 들어갔고, 돈 끼호떼는
어느 느티나무 아래에 편하게 자리를 잡고 싼초는 어느 너도밤나
무 밑에 자리를 잡았다. 이런 나무들이나 비슷한 다른 나무들은 손
가락은 없지만 항상 발 밑자락은 있었다. 싼초는 온 밤을 아파하며
지냈는데, 밤기운과 함께 작대기로 맞은 게 더 아파왔기 때문이다.
돈 끼호떼는 끝없이 생각에 잠겨 밤을 보내다가 어느새 눈을 감고
잠에 빠져들었다. 동이 트자 그들은 유명한 에브로 강변을 찾아 계
속 길을 갔고, 그 강가에서 다음 장에 이야기할 일들이 벌어졌다.

29장

마법에 걸린 유명한 배 안의 모험 이야기

포플러나무 숲에서 벗어나서, 이미 이야기한 과정과 이야기할 과정을 합쳐 꼭 이틀째 되던 날, 돈 끼호떼와 싼초는 에브로 강에 도착했다. 에브로 강을 보는 건 돈 끼호떼에겐 커다란 기쁨이었으니 거기에서 그는 강변의 아름다움, 맑디맑은 물, 고요한 물줄기, 풍성한 액체 수정알을 보고 또 보았다. 그 아름다운 정경은 돈 끼호떼의 기억 속에 수천가지 사랑스러운 생각을 불러일으켰는데, 특히 몬떼시노스 동굴에서 본 기억들이 생생히 떠올랐다. 비록 뻬드로 선생의 원숭이는 그가 본 것들 중 일부는 사실이고 일부는 거짓이라 했지만 그는 거짓보다는 사실에 가까운 쪽이 더 많은 것 같았다. 모든 게 다 거짓말 그 자체라고 생각하고 있는 싼초와는 정반대였다.

이렇게 가고 있는데 돈 끼호떼의 눈에 조그만 배 하나가 들어왔다. 배를 저을 노나 다른 도구는 전혀 없이 강변에 있는 한그루 나무에 묶여 있었다. 사방을 둘러보았으나 아무도 없었다. 그는 다짜고짜로 바로 로신안떼에서 내리더니 싼초에게도 당나귀에서 내리라 하고는 두 짐승을 거기 있는 수양버들인지 포플러나무인지에 함께 잘 묶어두라고 했다. 싼초가 왜 그리 급하게 내려서는 말을 묶으라고 하는지 이유를 묻자 돈 끼호떼가 대답했다.

"싼초, 자네는 지금 여기 있는 이 배가 직접, 달리 저항할 수도 없이 지금 나를 부르고 있다는 걸 알아야 하네. 이 배는 지금 나에게 얼른 올라와 타라고 하면서 어떤 기사나 아니면 커다란 고민에 빠져 곤경에 처한 어떤 귀한 분을 구하러 떠나자고 나를 초대하고 있어. 이런 것은 기사도의 역사 이야기책에 늘 나오는 이야기인데 마법사들이 그 가운데 끼어들어 말을 한다는 그런 식이야. 즉, 한 기사가 어떤 곤경에 처해 다른 기사의 도움 없이는 거기서 빠져나올 수 없을 때 쓰는 방식인데, 비록 한 기사와 다른 기사가 이천, 삼천마장 또는 그 이상 떨어져 있다 할지라도 구름을 타고 끌어올리거나, 배를 하나 마련해주어 그 안에 들어가 있으면 눈 깜짝할 사이에 기사를 데려가는데, 그의 도움이 필요한 곳으로, 공중이든 바다든 원하는 데로 가는 거지. 그러니, 오 싼초여! 바로 이 배가 그런 목적으로 여기 놓여 있는 거라고. 지금이 대낮인 것과 같이 내 이 말은 명명백백한 사실이야. 그리고 이것이 지나가기 전에 자네 당나귀와 로신안떼를 한데 묶어두고, 하느님께서 우리를 인도하시도록 그분께 다 맡기자는 거지. 설령 맨발의 수도승들이 막는다 해도 난 기어이 이 배에 타겠네."

"그게 그렇군요." 싼초가 대답했다. "그래서 나리께서는 사사건건 순 엉터리 짓이라고 해야 할 이런 일을 저지르려고 하시는군요, 소인이야 고개를 숙이고 복종만 하면 되지요. '네 주인이 시키는 대로 하고 주인과 한 밥상에 앉아라'라는 속담을 따라야지요. 하지만 아무리 그렇다 해도 제 양심의 짐 하나를 덜자는 뜻에서 나리께 한 말씀 드리자면, 소인 생각에는 이 배가 마법에 걸린 자들의 배가 아니라 이 강의 어떤 어부 배 같은데요. 이 강에서는 세상에서 제일 좋은 송어가 잡히거든요."

싼초는 로신안떼와 나귀를 묶으면서 이렇게 말했는데, 마음은 엄청 아팠지만 이놈들을 마법사들의 보호나 처분에 맡길 수밖에 없었다. 돈 끼호떼는 싼초에게 짐승들을 그렇게 버려두고 간다고 마음 아파할 필요가 없다고 말했다. 그는 그들을 아득히 먼 지방, 즉 원격지로 데려가 그들을 먹여살릴 생각을 하고 있다고 했다.

"저는 그 '원격지'란 말을 이해 못하겠는데요." 싼초가 말했다. "평생을 살아왔지만 한번도 그런 어휘는 들어본 적이 없거든요."

"'원격지'란 멀리 떨어진 곳이라는 뜻이야. 자네가 이해하지 못하는 것도 놀랄 일은 아니지, 자네가 라틴어를 알아야 할 의무는 없으니까. 비록 어떤 사람은 문자깨나 안다고 혹은 모른다고 으스대고 떠들어대지만 말이야."

"이제 다 묶어놓았습니다." 싼초가 대답했다. "이젠 무엇을 해야지요?"

"무엇이라니?" 돈 끼호떼가 대답했다. "닻을 올리고 출항해야지. 내 말은 이 배를 묶은 밧줄을 끊고 배를 타고 나가자는 거야."

그러고는 배에 팔짝 올라탔고, 싼초도 따라들어갔다. 그가 밧줄을 끊자 배는 조금씩 조금씩 강변에서 멀어지기 시작했다. 그런데 2바라쯤 강 가운데로 들어가자 싼초가 이제 자기는 죽었다며 두려워 떨기 시작했다. 무엇보다 제일 마음이 아픈 건 당나귀가 울어대고 로신안떼가 고삐를 풀려고 몸부림을 치는 모습을 보는 거였다.

싼초는 주인 나리께 말했다.

"소인의 당나귀가 우리가 떠나가는 걸 아파하며 울고 있고, 로신 안떼는 우리 뒤를 따라 물에 뛰어들고자 고삐에서 풀려나려고 애를 쓰네요. 오, 정말 사랑하는 친구들이여, 부디 편안히 잘 있거라! 너희들에게서 떠나게 만든 이 광기가 깨우침으로 바뀌어 부디 너희들 곁으로 다시 돌아가게 되기를!"

이런 말을 하면서 그가 아주 애절하게 울기 시작하자 돈 끼호떼는 짜증이 나고 분노가 터져서 그에게 말했다.

"뭐가 그리 두렵냐, 이 비겁한 인간아? 무엇 때문에 울어, 이 물러터진 심장아? 누가 자네를 추적해오는가, 아니면 누가 못살게 구는가. 배짱도 없는 집안의 생쥐 같은 유약한 인간아! 자네는 무엇이 부족해 이 풍요로운 배 한가운데서 거지 모습을 하고 있는 거냐? 혹시 옛날 리페이 산들[1]을 통해 맨발로 걸어서 가고 있는가? 대공작처럼 판자 위에 앉아 이 즐거운 강물의 조용한 흐름을 타고 잠시 뒤면 크게 펼쳐지는 큰 바다로 나가는 것은 아니고? 하지만 우리는 적어도 벌써 700이나 800마일 정도는 왔어야 돼. 내가 지금 천체고도 측정기가 있어 남극의 넓이를 잴 수 있다면 자네에게 몇 마일을 왔는지 말해줄 텐데 말이야. 비록 아는 게 별로 없어서 그렇기 하지만, 어쩌면 우리는 적도경계선을 지나왔든지 아니면 곧 지나게 될 거야. 그 선은 반대 극들을 똑같은 거리로 양분하거나 자르는 선이지."

"그렇다면 나리께서 말씀하시는 그 선인지 무엇인지[2]에 도착하

---

1 옛날 '리페이 산들'(los Rhiphaei montes)이란 돈 강(Río Don)의 시원지이다.
2 여기서 돈 끼호떼는 'liña'(선의 옛말)를 썼을 가능성이 있다. 싼초는 이 말을 'leña'(장작)로 잘못 알아듣는데, 역자는 직역하지 않고 잘못 알아듣는 뜻만 옮

게 되면 우리가 얼마나 가는 건데요?"

"많이 가는 거지." 돈 끼호떼가 대답했다. "우리가 아는 최고의 천문지리학자 똘로메오의 계산에 따르면 물과 흙으로 이루어진 지구는 360도로 되어 있는데, 내가 말한 선에 이르면 절반은 간 셈이지."

"아이구, 나리께서는 그 설명의 증인으로 무슨 점잖은 사람을 끌어들이시면서 무슨 똘것인지 쌍놈인지를 대시고, 게다가 메아린지 고양인지 뭔지, '야옹, 야옹…… 메오, 메오……' 하시네요."[3]

돈 끼호떼가 웃었으니, 천문지리학자 똘로메오의 계산과 측정을 말하다보니 쌴초가 똘로메오의 '메오' 소리를 고양이 소리처럼 이상하게 알아들었기 때문이다.

"쌴초, 이걸 아는가, 까디스에서 동양에 가려고 배를 타고 떠나는 에스빠냐 사람들이나 뱃사람들은 아까 내가 말한 그 적도를 지났는지를 알아보기 위한 증거로 말이야, 배를 타고 가는 모든 사람에게 이가 남아 있는지 다 죽었는지를 알아본다는군. 적도를 지나면 금가루 무게 달아보듯이 샅샅이 검사를 해봐도 온 배에 이 한마리 남아 있지 않다는 거야. 그러니 쌴초, 자네도 넓적다리로 손 좀 넣어보게. 혹시 살아 움직이는 게 있으면 이 의혹을 떨쳐버릴 수 있지. 아니면 적도를 이미 지난 거야."[4]

긴다.

3 또 세르반떼스의 말놀이가 나온다. 똘로메오는 2세기 그리스의 천문지리학자 프톨레마이오스를 가리키는데, 돈 끼호떼가 그를 인용하며 '계산'(cómputo)과 '측정'(cosmógrafo)이라는 단어를 사용하자 쌴초는 이를 'puto'(남창)와 'gafo'(문둥이)로, 이름 끝자인 '메오'(meo)를 '메온'(meón, 오줌싸개)으로 잘못 듣는다. 우리말 직역이 불가능하여 아쉬운 대로 이렇게 옮겨본다.

4 세르반떼스 시대에 에스빠냐는 필리핀을 비롯해서 식민지가 많았고, 여행자들 사이에는 이런 말들이 많이 퍼져 있었다.

"소인은 그런 건 하나도 믿지 않는구만요." 싼초가 대답했다. "하지만 여하튼 나리께서 시키시니 그렇게 해보긴 하겠지만요. 뭐 하러 그런 실험을 해볼 필요가 있는지 전 알다가도 모르겠네요. 제 눈에 똑똑히 보이지만, 우리는 시방 강가에서 5바라도 멀어지지 못 했고, 우리 짐승들이 있는 곳에서는 2바라도 떨어지지 못했어요.[5] 왜냐하면 우리가 남겨둔 그곳에 당나귀와 로신안떼가 그대로 있으 니까요. 잘 살펴보면, 지금 이렇게 봐도, 정말이지 개미 걸음만큼도 움직이지도 많이 오지도 못했네요."

"싼초, 다른 쓸데없는 걱정은 말고 내가 시킨 대로 연구나 해봐. 자네는 경선이나 위도, 황도대, 황도, 극점, 동지, 하지, 춘분, 추분, 위성, 황도12궁, 지상과 천체의 구면을 이루고 있는 크기와 점들 이 무엇을 가리키는지 모르지 않는가. 이 모든 것이나 일부분이라 도 안다면, 무슨 위도를 가르고 지나갔는지, 무슨 황도의 궁을 보았 는지, 무슨 성좌를 뒤로하고 갔거나 지금 지나가고 있는지 확실히 보게 되겠지. 그리고 자네에게 다시 하는 말이지만 더듬어 잡아봐. 확실히 장담하지만, 자넨 지금 매끄럽고 종잇장보다 더 깨끗할 걸 세."

싼초는 손으로 더듬어보면서 왼쪽 무릎의 오목한 곳까지 살펴 보는 척하다가 고개를 들고 주인을 바라보며 말했다.

"그 실험이라는 게 거짓말이거나 아니면 아직 나리께서 말한 지 점까지 오지 못했네요. 긴 거리나 몇마장을 떠나온 것도 아니구

5 처음에 5바라 떨어졌다고 하고서 다음에 2바라라고 한 것은 오자가 아니냐는 논 란이 있다. 그러나 해석하자면 강가를 출발해서 떠나온 건 5바라지만, 강가를 따 라 올라가는 뱃길이니까 로신안떼나 당나귀가 있는 곳으로부터는 2바라 정도밖 에 떨어지지 않았다고 할 수 있다.

요."

"그래 어떤가?" 돈 끼호떼가 물었다. "뭐, 손에 잡히는 게 있나?"

"그럼요, 있다마다요!" 싼초가 대답했다.

그러고는 손가락을 털며 손을 강물에 넣고 씻었다. 배는 고요하게 강 물줄기 한가운데로 미끄러져가고 있었는데, 비밀 정보원이나 마법사가 움직이는 게 아니라 물의 흐름 그 자체가 때로는 부드럽고 약하게 배를 움직였다.

그 순간 강 한가운데에 있는 커다란 물레방아 몇개를 발견했는데, 그걸 보자마자 돈 끼호떼가 큰 소리로 싼초에게 말했다.

"보이는가? 저기, 오 싼초여! 저기에 도시인지 성인지 요새인지가 나타나지 않는가. 저기엔 기사가 억류되어 있거나 여왕이나 공주, 왕녀가 재난을 당해 갇혀 있을 터이니 바로 그들을 구하라고 내가 여기에 불려온 게야."

"빌어먹을, 무슨 도시, 무슨 요새나 성이 있다는 말씀이세요, 나리?" 싼초가 말했다. "저것들은 강에 있는 물레방아들이고, 밀가루 빻는 데라는 게 안 보이세요?"

"입 다물어, 싼초." 돈 끼호떼가 말했다. "저게 지금 물레방아 같아 보이지만, 그게 아니야. 이미 말했듯이 마법이란 모든 사물을 원래의 모습에서 딴 걸로 바꾸고 둔갑시키는데, 사물을 실제로 완전히 바꾸는 게 아니라 그렇게 보이도록 한단 말이지. 유일한 내 희망의 안식처인 둘시네아를 둔갑시켜놓은 경험에서 보았듯이 말이야."

이때 강 한가운데로 들어가 있던 배가 지금까지처럼 서서히 움직이는 게 아니어서, 배가 강물을 타고 내려오다 물레방아 바퀴의 급물살에 빨려들 것 같자 물레방앗간 일꾼들은 급히 서둘러서 긴

장대를 가지고 배를 멈추겠다고 나왔다. 많은 사람들이 밀가루를 덮어쓰고 얼굴을 가린 채 밀가루 먼지투성이 옷을 입고 나오자 그 모습이 흉악해 보였다. 그들은 큰 소리를 지르며 말했다.

"제기랄, 어디를 가는 사람들이여? 당신들 물에 빠져 이 큰 바퀴들에 박살나려고 환장해서 오는 거 아니여?"

"내가 말하지 않았나, 싼초?" 이때 돈 끼호떼가 말했다. "내 팔뚝 힘이 어디까지 가는지 보여줄 그런 곳에 우리가 지금 당도한 거야. 저 보라고, 저 깡패들, 악당들이 나와 맞붙으려고 나오는 것 좀 봐라. 저봐, 저 많은 악귀가 나와 맞서고 있지 않나, 저봐, 저 많은 흉측한 얼굴이 우리를 째려보지 않나. 그럼 이제 맛 좀 봐라, 개새끼들!"

그리고 배 위에 서서 큰 소리로 물레방아 일꾼들을 위협하기 시작했다.

"이 악랄하고 흉악무도한 망나니들아, 네놈들의 요새나 감옥에 억류하고 있는 사람을 석방하고 자유롭게 풀어주어라. 그분의 신분이나 모든 조건이 높든지 낮든지 간에 어쨌든 풀어주어라. 본인은 라 만차의 돈 끼호떼이고 다른 이름으로는 사자의 기사라고 하는 사람으로, 바로 이 모험을 행복하게 끝내라는 높은 하늘의 명을 받고 온 자이니라."

이렇게 말하고 칼을 꺼내들어서는 물레방아 일꾼들을 향해 공중에 휘두르기 시작하자 그들은 이게 무슨 미친 소리인지 듣고도 이해를 못하면서도 장대로 방앗간 바퀴의 급류와 수로 속으로 들어가려는 배를 멈추게 하느라 애를 썼다.

싼초는 무릎을 꿇고 눈앞에 뻔히 닥친 그 위험에서 구해달라고 하늘에 열심히 빌었고, 실제로 방앗간 일꾼들이 몸뚱이로 배에 맞서서 막는 재빠르고 능숙한 힘을 발휘해 결국 구제되었다. 그렇다고 해서 배가 뒤집히지 않을 수가 없어 돈 끼호떼와 싼초는 넘어져 물에 빠지고 말았다. 하지만 다행히도 돈 끼호떼는 거위처럼 헤엄을 잘 쳤다. 비록 갑옷 무게 때문에 두번이나 물 밑으로 가라앉은 것은 사실이었지만 말이다. 물레방아 일꾼이 물로 뛰어들어 두 사람을 저울에 매달듯이 끌어올리지 않았다면 그곳이 두 사람에게는 죽음의 트로이 전쟁터가 될 뻔했다.

이렇게 목이 말라 죽을 지경이 되었다기보다 너무 젖을 대로 젖은 채 땅에 끌어올려지자, 싼초는 무릎을 꿇고 두 손을 모으고 하늘을 응시하며 하느님께 길고 긴 간절한 기도를 올렸다. 주인님의 이런 무모한 욕구와 도전으로부터 이제 앞으로는 자신은 제발 면제해달라는 간청이었다.

이때 그 배의 주인인 어부들이 왔는데, 배가 물레방아 바퀴에 산산조각 나 부서진 것을 보자 덤벼들어 싼초의 옷을 벗기고 돈 끼호떼에게는 보상하라고 요구했다. 돈 끼호떼는 대단히 침착하게, 마치 자기에게는 아무 일도 없었던 것처럼 방앗간 사람들이나 어부들에게 아주 기꺼이 배값은 주겠노라고 했다. 다만 조건이 있는데, 그건 당신네들 성에 억류되어 있는 사람들을 가차없이 자유롭게 풀어주는 거라고 했다.

"무슨 사람들, 아니 무슨 성 말이야?" 방앗간 사람 하나가 말을 받았다. "이 정신 나간 사람아, 혹시 여기 이 물레방앗간에 밀 빻으러 오는 여인들을 데려가는 거 아냐?"

'됐수다!' 돈 끼호떼는 속으로 혼자 말했다. '여기에서 이 망나니에게 무슨 좋은 일을 하도록 간청해서 시키려 하는 건 사막에서 설교 선교를 하는 거지. 그리고 이 모험에는 용감한 두 마법사가 서로 맞붙은 것 같아. 한 사람은 다른 사람이 하려는 걸 방해하고 말이야. 한 사람은 내게 준비를 해주었는데, 다른 한 사람은 나를 뒤집어엎었다 이 말씀이야. 하느님께서나 해결하실 일이지, 이 세상은 온통 조작과 수작뿐이라서 이쪽저쪽이 반대로 간다니까. 난 더이상 어쩔 수 없어.'

그는 목소리를 높여 물레방아들을 바라보며 계속 말을 이었다.

"친구들, 이 감옥 속에 갇혀 있는 그대들이 누구이든지 간에 용서해주기 바라오. 나에게도 불행하고 그대들에게도 불행한 일이지만 난 이제 그대들을 그 고민에서 구제해드릴 수가 없구려. 이 모험의 해결은 아마 다른 기사를 생각하고 기다리게 하는 모양이외다."

이렇게 말하며 어부들과 합의하여 배값으로 은화 50레알을 지불했는데 그 돈을 싼초가 엄청 기분 나빠하며 주면서 말했다.

"이 같은 뱃놀이 두번만 했다가는 우리 재산 모두 물 밑에 집어넣겠수다."

어부들이나 방앗간 사람들은 놀랄 뿐이었으니, 예사 사람들 같지 않은, 겉으로 보아 다른 세상 사람들 같은 두 사람의 모습 때문이었다. 돈 끼호떼가 그들에게 던진 질문이나 사설 들이 도대체 무슨 말인지 그들은 끝내 이해할 수 없었고, 다 미친 사람들일 거라 생각하고는 둘을 버려둔 채 물레방앗간으로 가고 어부들도 자기들 오두막으로 돌아갔다. 돈 끼호떼와 싼초는 짐승들과 함께 하나가 되어 자기 짐승들에게로 돌아가면서 마법에 걸린 배의 모험은 끝이 났다.

30장

한 어여쁜 사냥꾼 아가씨와
돈 끼호떼 사이에서 벌어진 이야기에 대하여

상당히 우울하고 초라한 몰골로 기사와 하인은 자기 짐승들에게로 다가갔는데, 특히 싼초는 그 돈 생각만 하면 마음이 아주 쓰렸다. 그의 생각으로는 자기에게서 빼앗아가는 모든 것은 마치 자기 눈의 눈동자에서 빼가는 것 같아 쓰라렸던 것이다. 마침내 그들은 아무 말도 없이 말 위에 올라 그 이름난 강에서 떠나왔는데, 돈 끼호떼는 자기의 사랑 생각에 푹 파묻혀 있었고 싼초는 출세 생각을 하고 있었는데, 그때로서는 출세를 기대하기엔 희망이 너무 멀리 있는 것 같아 보였다. 싼초가 비록 바보였지만 자기 주인의 행동이 거의 대부분이 엉터리라는 걸 알아차릴 수 있었기 때문이다. 기회가 오면 자기 주인과 계산이니 작별이니 할 것도 없이 언젠가 불쑥 헤어져 집으로 가버릴까 생각했다. 그러나 운명의 여신은 그가 걱정하고 두려워하는 것과는 아주 정반대 방향으로 나아가도록 사건을 마련해놓고 있었다.

사건이 벌어진 건 어느날 해 질 무렵 밀림에서 나왔을 때였다. 돈 끼호떼가 눈을 들어 푸른 초원을 둘러보니 초원 맨 끝에 사람들이 보였다. 가까이 다가가보니 매사냥을 하는 사냥꾼들인 것을 알 수 있었고, 더 가까이 가보니 그들 중 승용마인지 조랑말인지 새하얀 말 위에 타고 있는 우아한 귀부인이 한 사람 있었다. 말은 파란 장식으로 치장했으며, 은으로 만든 의자를 달고 있었다. 귀부인 아씨 또한 파란 옷을 걸쳤는데 너무 화려하고 고와서 화려함의 화신 그 자체 같았다. 왼손에 매 한마리를 들고 있는 걸로 보아 돈 끼호떼는 그녀가 위대한 귀부인인 것을 금방 알아차렸다. 사실, 그런 사냥꾼들은 모두 다 그런 사람들일 수밖에 없었다. 그래서 그는 싼초에게 말했다.

　"달려가게, 싼초 이 사람아. 그리고 조랑말을 타고 매를 가지고 오는 저 부인께 사자의 기사인 내가 그 위대한 아름다움을 칭송하며 손에 키스를 올린다고 말하게. 그리고 위대하신 아씨께서 허락하신다면 직접 키스를 올리러 갈 것이며, 내 힘이 닿는 데까지 귀부인께서 시키시는 대로 정성껏 모시겠노라 전하게. 이보게, 싼초. 말 잘하고, 심부름 말을 전하면서 속담 하나씩 끼워넣는 자네의 버릇은 삼가도록 조심하게나."

　"아무거나 잘 끼워넣는 사람 하나 제대로 찾으셨네요!" 싼초가 대답했다. "그런 걱정 마세요! 그래요, 이내 인생에서 제일 높고 키 크신 귀부인 아씨께 심부름 가는 게 이번이 처음은 아니구먼요!"

　"둘시네아 아씨께 심부름 간 일이 아니라면," 돈 끼호떼가 말을 받았다. "적어도 나와 있으면서 다른 심부름을 보낸 적은 내가 알기로는 없는데……"

　"그건 사실이지만요." 싼초가 대답했다. "하지만 돈 잘 갚는 사람에게는 담보가 마음에 짐이 되지 않고 집 안에 저녁거리만 가득하면 요리야 금방 하지요. 그러니 제 말은 제게 충고나 다른 말 하실 것 없다는 거예요. 모든 준비가 다 되어 있고, 뭐든지 제가 조금씩 다 할 줄 압니다."

"물론 나도 믿어, 싼초." 돈 끼호떼가 말했다. "잘 다녀오도록 하느님께 가호를 청하노라."

싼초는 당나귀의 평소 능력을 능가하는 속도로 빨리 달려 아름다운 사냥꾼 아씨가 있는 곳까지 다가가 말에서 내려서는 그녀 앞에 무릎을 꿇고 말했다.

"어여쁘신 귀부인 아씨, 저기 보이는 저 기사님은 사자의 기사라고 하는 분으로서 저의 주인이옵니다. 저는 기사님의 하인으로, 집에서는 이름이 싼초 빤사라고 하는 사람입니다. 이 사자의 기사님은 얼마 전까지만 해도 '불쌍한 몰골의 기사'라는 이름을 가지셨는데, 이분께서 저를 보내어 귀하신 분께 전해올리라고 한 말씀은, 당신 소망 하나를 이루기 위해 직접 이리로 인사하러 오는 것을 흔쾌히 동의하고 받아들이시는지, 부디 허락해주시라는 것이옵니다. 그분의 소망은 다름이 아니옵고, 그분의 말이나 제 생각으로는, 높고 높은 매와 같은 그대의 지체[1]와 아름다움을 모시고 싶다는 것이옵니다. 허락해주신다면 귀부인 아씨께서는 그분을 위해 참으로 큰일을 하시는 것이며, 그분은 대단히 뜻깊은 은혜와 행복을 얻게 될 것입니다."

---

1 싼초의 무식으로 인해 여기서 'alteza'(높으신 분)라고 할 것을 같은 뜻의 말로 오해하고 'altaneria'(매사냥, 오만, 교만, 새의 비상)라고 한 것이다. 우스꽝스러운 싼초의 문자 쓰기로 재미있어진 상황인데, 그 맛을 살리느라 '높고 높은 매와 같은 그대의 지체'라고 옮겨보았다.

"보아하니, 착한 하인님," 귀부인이 대답했다. "그대는 그런 귀한 심부름에 필요한 모든 조건을 다 갖추어서 훌륭하게 임무를 수행하시는구려. 자, 땅에서 일어나시지요, '불쌍한 몰골의 기사'같이 그토록 위대한 기사의 하인이라시니, 그분에 대해선 이 근방에서도 소식이 자자해서 익히 알고 있는 터인데 그렇게 무릎까지 꿇게 하는 건 옳지 못하지요. 어서 일어나세요, 친구. 그리고 그대의 주인님께 정말 환영하는 바이니 어서 오시라고 전하세요. 오시면 나와 내 남편인 공작님이 대접할 테니 이 가까이에 있는 우리 별장에서 만나자고 전해주세요."

쌴초는 마음씨 고운 귀부인의 아름다움과 무척이나 교양있고 예의 바른 태도에 놀라며 일어났다. 더 놀란 건 '불쌍한 몰골의 기사'라고 하는 자기 주인을 알고 있다고 말한 거였는데, 그를 '사자의 기사'라고 부르지 않은 건 어쩌면 새로 붙인 이름이었기 때문이리라. 작위는 아직 모르긴 하지만, 그 공작 부인은 쌴초에게 물었다.

"하인이라는 친구분, 말씀해주세요. 그대의 주인이라는 분이 요즘 출판되어 돌아다니는 『기발한 시골 양반 라 만차의 돈 끼호떼』라는 역사 이야기의 주인공 아닌가요? 그의 마음속 귀부인은 '엘 또보소의 둘시네아'인가 뭔가 하는 아씨이고요?"

"바로 그분이올시다." 쌴초가 대답했다. "그리고 그의 하인도 그 이야기책에 나오거나 나와 있을 겁니다. 거기에서 쌴초 빤사라고 부르는 자가 바로 소인이올시다, 요람에서 저를 바꿔치기하지 않았다면 말이지요. 즉, 제 말은, 인쇄하면서 저를 바꿔치지 않았다면 이라는 뜻입니다."

"그 이야기 모두가 나는 아주아주 좋아요." 공작 부인이 말했다. "빤사 친구, 어서 가서 그대 주인께 전해주세요. 우리 영지에 잘 오셨으며 정말 환영한다고요. 그리고 나에게 세상에 이렇게 행복한 일은 더 없을 거라고 말이에요."

싼초는 이런 반가운 대답을 갖고 대단히 기뻐하며 주인에게 돌아가 그 높으신 부인이 한 이야기를 모두 전하면서 그녀의 뛰어난 아름다움과 우아한 자태, 그 예의 바름을 그의 촌스러운 언어로 하늘처럼 치켜세웠다. 돈 끼호떼는 안장 위에서 멋지게 폼을 잡고 박차에 발을 잘 끼운 뒤 투구 앞 챙을 바로하고는 로신안떼를 몰았다. 그리고 우아한 자태로 공작 부인의 손에 키스하려고 다가갔다. 그녀는 돈 끼호떼가 도착하는 동안 공작인 남편을 불러 싼초에게 들은 사연을 모두 이야기했다. 둘은 이 이야기의 첫 권을 읽고 책을 통해 돈 끼호떼가 엉터리이고 재미있다는 것을 알고 있던 터라 만나고 싶었던 그를 직접 만난다는 즐거움으로 아주 대단히 기뻐하며 그를 기다렸다. 그들은 돈 끼호떼가 무어라고 말하든 모든 것을 받아주고 기분을 맞춰줄 생각이었다. 그들 영지에 머무는 동안 그를 방랑기사로 부르고 대접하며, 기사도 책에 나오는 모든 관습과 예식을 따르기로 했으니, 그들은 그런 책을 아주 좋아해서 이미 다 읽었던 것이다.

그러고 있을 때 돈 끼호떼가 투구 챙을 올리고 다가와 말에서 내릴 자세를 취하자 싼초가 발 받침대를 잡아드리려고 했다. 그런데 정말 재수없게도 싼초가 급하게 점박이에서 내리다가 안장 맨 밧줄에 발 하나가 걸리는 바람에 발을 풀지도 못하고 밧줄에 걸려 입과 가슴을 땅으로 향한 채 대롱거리는 꼴이 되어버렸다. 돈 끼호떼는 누군가 발 받침대를 잡아주어야 말에서 내리는 게 습관이 된지라 싼초가 당연히 자기 발을 잡아주리라 생각하고 말에서 갑자기 몸을 내렸다. 그런데 로신안떼의 안장이 잘못 매여 있었던지 그대로 돈 끼호떼와 안장이 함께 미끄러져내려 결국 돈 끼호떼는 부끄럽게도 안장과 함께 땅에 굴러떨어졌다. 그는 속으로 엄청 싼초를 욕했지만 불쌍한 싼초는 아직도 점박이 족쇄에 발이 걸려 대롱거리고 있었다.

공작은 그의 사냥꾼들에게 기사와 하인을 도와주라고 명령했고, 그들은 낙상으로 형편없이 된 돈 끼호떼를 일으켜세웠다. 돈 끼호떼는 발을 절뚝거리며 최선을 다해 두 어르신 앞에 가서 무릎을 꿇으려 했으나 공작은 절대 그럴 수 없다며 오히려 자기가 말에서 내려 돈 끼호떼를 껴안고 말을 했다.

"이거 정말로 안됐구려. '불쌍한 몰골의 기사' 나리. 나리께서 처음으로 우리 영지를 방문하셨는데, 보시듯이 그런 나쁜 일이 벌어졌으니 말이오. 하지만 하인들의 부주의는 흔히 더 불행한 사건의 원인이 되기도 하지요."

"귀하를 뵈려다 일어난 일은, 고귀하신 왕자님이시여." 돈 끼호떼가 대답했다. "나쁜 일이라고 할 수가 없습니다. 제가 깊은 나락의 끝까지 추락한다고 해도 말입니다. 그 깊은 곳에서라도 귀하를 만난다는 영광이 있다면 저는 금방 일어서서 빠져나올 수 있었을 겁니다. 하느님의 저주를 받을 저 하인 녀석이 문제였지요. 나쁜 말로 혓바닥 놀리기는 엄청 잘해도 말안장 하나 풀리지 않도록 단단히 묶는 법은 모르는 놈이에요. 하지만 저는 땅에 떨어져 있든지 서 있든지, 말을 타고 있건 그냥 서 있건 어떻게 있어도 항상 귀하와 귀하의 소중한 부인을 잘 모시겠습니다. 아름다움의 여왕님, 세계적인 예절의 공주님이며 귀부인이신 공작 부인을 이 기사가 잘 모시도록 하겠습니다."

"서서히, 서서히 합시다, 라 만차의 돈 끼호떼 나리!" 공작이 말했다. "우리 귀부인 '엘 또보소의 둘시네아 아씨'가 계시는 이 땅에서 다른 아름다운 여인을 칭송하는 건 옳지 않습니다."

이때 싼초 빤사는 묶인 줄을 풀고 제대로 서 있었는데, 가까이에 있다가 자기 주인이 대답을 하기 전에 말했다.

"부정하셔서는 안되지요. 그냥 우리 '엘 또보소의 둘시네아 아씨'가 대단히 아름답다고는 인정하셔야지요. 하지만 들어본 말로는 생각지도 않은 곳에서 토끼가 튀어나온다고, 소위 이 자연이라고 하는 게 마치 도자기 잔을 만드는 도공 같아서 아름다운 잔 하나를 만든 도공은 두개도 만들고 세개, 백개도 만들 수 있다고 하더군요. 제가 이 말을 하는 이유는, 우리 공작 부인 아씨께서는 정말이지 우리 주인마님이신 '엘 또보소의 둘시네아 아씨'에 비해 뒤처지지 않는다는 생각이 드는군요."

돈 끼호떼는 공작 부인을 돌아보고 말했다.

"위대하신 귀부인, 상상해보시지요. 내 하인보다 더 말 많고 저렇게 웃기는 하인을 가진 방랑기사가 세상에 또 있을까요? 고명하신 귀부인님을 며칠만 더 제가 모실 수 있게 해주신다면 제 말이 참말인 것을 아실 겁니다."

이 말에 공작 부인은 대답했다.

"착한 싼초가 재미있고 웃긴다는 점을 전 무척 높이 평가합니다. 그건 사려가 깊다는 증거이거든요. 재미라든가 그럴싸한 말재주는, 돈 끼호떼 나리, 나리도 잘 아시듯이 미련한 머리에서는 나오지 않거든요. 따라서 선량한 싼초가 재미있고 말을 그럴싸하게 잘한다는 것만으로도 사려 깊은 사람이라고 전 인정합니다."

"말도 많구요." 돈 끼호떼가 덧붙였다.

"말이 많으면 그만큼 더 좋지." 공작이 말했다. "재미있는 말이 많으려면 적은 말로는 다 할 수 없으니까. 하지만 말만 하다가 세월 다 가면 안되니, 자, '불쌍한 몰골의 위대한 기사', 가십시다."

"귀하께서는 '사자의 기사'라고 말씀하셔야 됩니다." 싼초가 말했다. "이제 '불쌍한 몰골'도 그런 화상도 없으니까요. '사자의 기사'이셔야죠."[2]

공작은 계속 말을 이었다.

"내 말은 '사자의 기사'께서 여기 가까이 있는 내 성으로 가시자는 뜻이었습니다. 그곳에선 이렇게 높으신 분께는 당연히 그래야 하는 환영식을 하게 될 겁니다. 성에 오시는 모든 방랑기사에게 공작 부인과 내가 늘 그렇게 했듯이 말입니다."

이때 벌써 싼초는 로신안떼에게 안장을 묶고 준비를 다 해놓은 터라 돈 끼호떼가 말에 오르고 공작도 아름다운 말에 올라타 공작 부인을 가운데 세우고 성을 향해 갔다. 공작 부인은 싼초에게 자기와 함께 가자고 했는데, 그의 재치있는 말을 듣는 게 무척이나 좋았기 때문이다. 그런 건 싼초에게 구태여 간청할 필요가 없었으니 그가 세 사람 사이에 비집고 끼어들어, 대화를 나누는 사람이 넷이 되었다. 공작도, 공작 부인도 매우 좋아하고 자기네 성에 방랑기사와 방랑하는 하인을 모시는 걸 커다란 행운으로 여기고 있었다.

---

2 판본에 따라 여러가지로 읽는데, 역자가 주로 참조하는 비센떼 가오스의 해석은 '모습이 사자의 모습이어야죠'(que ya no hay Triste Figura: el figuro sea el de Leones)이지만 여기서는 세하도르(Cejador)를 비롯한 더 많은 판본들이 해석하듯이 '이제 '불쌍한 몰골'도 그런 화상도 없으니까요. '사자의 기사'이셔야죠' (que ya no hay Triste Figura, ni figuro. Sea el de los Leones)가 더 설득력이 있다. 세르반떼스의 말놀이, 특히 소리의 유사성에 대한 집착으로 보아 'Figura' 'figuro'가 붙어 있는 게 더 세르반떼스답다. 그 뜻도 '사자의 기사' 쪽으로 훨씬 더 힘을 실어주는 것이라 공작의 말을 수정할 정도인 싼초의 충성심과 의지에 부합한다.

31장

수많은 큰 사건들에 대하여

쌴초는 기분이 최고로 좋았는데, 공작 부인의 총애를 받으며 그녀의 성에 머물 수 있다는 상상 때문이었다. 돈 디에고의 집이나 바실리오의 집에서 지내면서 겪은 바 있는, 그가 항상 좋아하는 잘 먹고 잘사는 삶을 누릴 거라는 기대감에서였다. 그는 기회가 닥칠 때마다 편안하게 잘 먹고 잘사는 일이라면 작은 것 하나도 놓치지 않았다.

이야기책에 따르면 그들이 별장인지 성인지에 당도하기 전에 공작이 먼저 가서 모든 종에게 어떻게 돈 끼호떼를 모셔야 할지를 지시해두었다고 한다. 돈 끼호떼가 공작 부인과 함께 성문에 다다르자마자 하인인지 마부인지 하는 두 사람이 마중을 나왔다. 발까지 덮으며, 아주 고운 진홍빛 융단으로 만든, 가운이라 부르는 실내복을 두르고 있었는데, 그들은 누가 볼 새도 없이 재빨리 돈 끼호떼를 껴안으며 말했다.

"위대하신 나리께서 공작 부인 마님을 내려드리셔야죠."

돈 끼호떼가 그 말대로 하면서 둘 사이에 대단히 정중한 찬반의 대화들이 오갔으나 결국 공작 부인의 고집이 이겼다. 공작 부인은 이렇게 위대하신 기사님께 감히 이런 쓸데없는 짐을 지워드리고 싶지 않다며 공작의 품이 아니면 조랑말에서 오르지도 내리지도 않겠다고 했다. 결국 공작이 그녀를 내려주러 나왔고, 무척 넓은 마당에 들어서자 아름다운 두 처녀가 다가오더니 돈 끼호떼의 어깨에 아주 커다랗고 곱디고운 주홍색 비단 망또를 씌워주었다. 한순간에 마당 주변 모든 복도가 여종들이며 남종들로 성황을 이루었고, 그들이 큰 소리로 외쳤다.

"방랑기사님, 온 기사도의 꽃 중의 꽃이시여, 어서 오시옵소서!"

그리고 모두, 아니 대부분이 돈 끼호떼와 공작 부부에게 컵에 든 향수를 뿌렸는데, 그 광경을 보고 돈 끼호떼는 감탄했다. 그런 정경은 환상이 아니라 그가 처음 본 진짜 모습이었고, 처음으로 진짜 방랑기사가 된 기분을 맛보았다. 그가 읽었던, 지난 세기에 훌륭한 기사들을 대접했다는 방식 그대로 대접을 받는 느낌이었다.

쌴초는 그의 점박이 따위는 아랑곳하지 않고 공작 부인에게 바짝 붙어 성안으로 들어왔다가 당나귀를 혼자 내버려두었다는 데 양심의 가책이 느껴져 경외감이 드는 한 나이 든 시녀[1]에게 다가갔다. 그녀는 다른 여자들과 함께 공작 부인을 마중하러 나온 여자였는데, 쌴초는 그녀에게 낮은 소리로 말했다.

"곤살레스 부인이라든지, 뭐 존함이 무엇이시든지 간에 부

---

1 'la dueña'라는 시녀들은 다른 시녀들과는 달리 흰 수녀 두건을 쓰고 일하는 상급 시녀들이다. 끌레멘신의 해설에 따르면 이런 상급 시녀들은 기사 하인과 사이가 좋지 않은 편이었다고 한다.

인……"

"내 이름은 도냐 로드리게스 데 그리할바라고 해요." 그 시녀가 대답했다. "원하시는 게 뭔데요?"

그 말에 싼초가 대답했다.

"부인께 부탁을 하나 드릴까 해서인데요, 이 성문을 나가시면 제 당나귀 점박이를 발견하게 될 겁니다. 부탁입니다만 부인께서 그 당나귀를 마구간에 넣든지, 아니면 넣으라고 해주시겠습니까. 사실 그 불쌍한 게 겁이 좀 많아서 어떤 경우에도 혼자 있는 걸 견디지 못하거든요."

"주인께서도 그대 머슴처럼 그렇게 점잖으시다면," 상급 시녀가 대답했다. "이거 정말 큰일났구먼! 꺼져, 이 친구야. 그대나 그대를 여기 끌고 온 사람도 정말 재수없구먼! 그대의 당나귀 문제에 대해선 말이야, 이 집에서 우리 같은 상급 시녀들은 보통 그런 일은 하지 않는다는 걸 잘 아셔야지."

"그러고 보니 이야기와 다르네요." 싼초가 대답했다. "모든 이야기를 속속들이 다 알고 계시는 우리 주인님께 들은 바로는, 랜슬럿 이야기에서,

그가 영국에서 왔을 때,
귀부인들이 그를 보살펴주고
상급 시녀들이 그의 초라한 말을 보살폈네

라고 했다는데, 특히 내 당나귀는 랜슬럿의 말과도 바꾸지 않을 만큼 귀하단 말이오."

상급 시녀가 말을 받았다. "이 사람아, 그대가 사람 놀리는 음유

시인이라면 그대 재주는 그게 통하는 데 가서 돈벌이할 때나 쓰도록 고이 간직해둬. 나한테 그랬다간 생욕[2]이나 먹을 테니까."

"그 생욕이라도 잘 익은 걸로 주세요. 그래도 부인께서는 화투판의 피박처럼 그 많은 나이를 한점 빼준다고 판을 다 뒤집을 수 있겠수?"[3]

"이런 망할 자식!" 상급 시녀는 화가 머리끝까지 치밀어올라 소리쳤다. "내가 할망구건 아니건, 그건 자네가 상관할 문제가 아니고 하느님의 일이야, 이 썩어빠진 촌놈아!"

이렇게 내지르는 고함 소리가 너무 커서 공작 부인이 듣게 되어 돌아보다가 상급 시녀가 눈이 시뻘게져 소란을 피우는 걸 보고는 누구와 싸우느냐고 물었다.

시녀가 대답했다. "여기 이 알량한 사나이하고 싸우고 있습니다요. 이 사람이 성문 밖에 있는 자기 당나귀 한마리를 마구간에 넣어달라고 간절히 부탁하면서, 그 예라고 갖다붙이는 게 저도 모르는 어디 무슨 랜슬럿이라고 하는 사람을 몇몇 귀부인이 보살펴주었다나요. 그리고 그의 말은 상급 시녀들이 돌보았구요. 그런데 무엇보다도 점잖은 용어를 써가며 저를 할망구라고 했어요."

"그런 말이라면 나도 모욕을 느꼈겠구나." 공작 부인이 말했다. "다른 어떤 말보다 그런 말 듣는 게 가장 속상하지."

그리고 싼초에게 말을 건네며 이렇게 말했다.

---

2 원문에서는 'higo'(무화과 열매)나 먹을 거라고 욕한다. '무화과 열매'란 주먹을 쥐고 검지와 중지 사이에 엄지손가락을 내보이는 욕의 표시로 남을 경멸한다는 뜻이다. 그 뜻을 모두 살릴 수는 없어서 '생욕을 먹는다'고 표현했다. 그 말을 싼초가 무슨 과일인 양 (원래 무화과 열매니까) 비아냥거리는 걸로 이어가면 큰 무리는 없는 듯하다.
3 '끼뇰라'(quiñola)라는 카드놀이의 비유를 우리의 화투판으로 바꿔보았다.

"이 친구 싼초, 도냐 로드리게스는 아주 젊어요. 저 머리의 두건은 나이가 들어서 쓴 게 아니라 습관적으로 권위를 나타내는 거예요."

"제가 그렇게 나쁜 뜻으로 말을 했다면 제게 남아 있는 일생 동안 천벌을 받아야지요. 단지 제 당나귀에 대한 사랑이 너무 컸기에 그냥 나온 말이었을 뿐이에요. 제 생각으로는 그걸 부탁할 만한 분이 도냐 로드리게스 아씨처럼 자비로우신 분밖에 없어 보였기 때문이에요."

모든 말을 다 듣고 있던 돈 끼호떼가 그에게 말했다.

"이런 장소에서 그게 말이나 되는 소리냐?"

"나리, 사람은 다 어디에 있건 자기가 필요한 말을 하게 돼 있어요. 여기 이곳에서 전 점박이 당나귀 생각이 났고, 그래서 당나귀 이야기를 했지요. 마구간에 가서 생각이 났다면 마구간에서 말했겠죠."

그 말에 공작이 말했다.

"싼초 말이 아주 명확하구먼, 아무 죄도 없으니 죄를 묻지 마요. 점이 박힌 그 당나귀에게는 원대로 실컷 여물을 주게 하라고. 싼초는 걱정 마요. 그 당나귀를 사람처럼 잘 모실 테니까."

공작의 말에 돈 끼호떼만 빼놓고 모두들 다 좋아하며 높은 데로 올라갔고, 돈 끼호떼를 아주 아름다운 금은 비단으로 수놓은 장식이 있는 방에 들도록 했다. 처녀 여섯이 돈 끼호떼의 갑옷을 벗기고 시종 노릇을 했는데, 모두 공작과 공작 부인에게 어떻게 행동해야 하는지 지시와 교육을 받은 여자들이었다. 돈 끼호떼가 자신을 방랑기사로 극진하게 대접하는 걸 보고 실감하도록 돈 끼호떼를 모시는 방법을 가르쳐둔 것이다. 돈 끼호떼가 갑옷을 벗자 좁은 통바지와 양가죽 조끼를 입고 있는 모습이 드러났고, 키만 크고 삐쩍 말라 쭉 뻗은 몸매에다 양 턱뼈가 안에서 서로 입을 맞춘 듯 볼이 쏙 들어가 있었다. 만약 처녀들에게 웃음이 나와도 참으라고—그게 바로 주인들이 그녀들에게 내린 명령 중의 하나였는데—하지만 않았다면 그 몰골을 보고 배꼽이 터지도록 웃었을 것이다.

그녀들이 그에게 셔츠를 입혀드릴 테니 옷을 벗으라고 했지만 그는 그 말에 절대 따르지 않았다. 그는 정숙함이 용기와 마찬가지로 방랑기사에게 가장 중요한 것이라 하면서, 어쨌든 그 셔츠는 싼초에게 주라고 하고는 싼초와 함께 아름다운 침대가 놓여 있는 네모난 작은 방에 문을 닫고 들어가서 옷을 벗고 셔츠를 입었다. 그리고 싼초와 단둘만 있게 되자 말을 했다.

"이봐, 현대판 깡패에다 고대판 멍청이 녀석아. 저 여자처럼 존경할 만하고 숭고한 상급 시녀를 모독하고 불경을 저지르는 게 자네 생각엔 괜찮아 보이는가? 그때가 자네 당나귀를 생각해야 할 때야? 자기 주인을 그토록 우아하게 모시는 짐승을 이분들이 그냥 고생시킬 것 같은가? 제발이지, 싼초, 행동 좀 잘해. 자네가 시골뜨기이고 본바탕이 저질이라는 걸 알아차리지 못하도록 자그마한 틈이나 실마리도 보여주어서는 안돼. 이봐, 종이 훌륭하고 점잖아야 주인이 더욱 존경받는 법이라는 걸 자네는 왜 모르는가. 왕자들이 다른 사람들보다 훨씬 큰 이점을 가지고 있는 건 그들처럼 훌륭한 종들의 봉사를 받고 있기 때문이야. 이 형편없는 친구야, 아이고 불행한 내 팔자야, 자네가 저질 촌뜨기거나 웃기는 머저리라는 걸 알면 날 떠버리거나 덤터기나 씌우는 사기꾼 아저씨라고 생각할 거라는 걸 몰라? 안되지, 안돼. 이 친구 싼초, 그런 불리한 짓은 피해야지, 피해야 하고말고. 말 많고 웃기는 사람이 어쩌다 뭐에 부딪히면 첫

발에 헛디뎌 넘어지고는 재수없는 건달로 낙인찍히는 거야. 그 혀 놀림 조심하고, 말이 입에서 튀어나오기 전에 그 말을 생각하고 되 새김질해봐. 우리는 지금 하느님의 도움과 내 팔뚝의 힘으로 명예 와 재산을 훨씬 더 개선해가야 한다는 걸 알아야 돼."

쌴초는 말을 하기 전에 나리께서 시키시는 대로 입을 봉하거나 혀를 깨물겠다고 정말 진심으로 약속했다, 잘 생각해서 사리에 맞 는 말이 아닐 때는 말이다. 그리고 자기들이 누구라는 게 자기 입 을 통해서 밝혀지는 일은 절대 없을 테니 그 문제에 대해선 걱정하 지 말라고 했다.

돈 끼호떼는 옷을 입은 다음 칼과 검대를 차고 위에 주홍 망또를 걸쳤으며 처녀들이 준 파란 융단으로 된 두건도 썼다. 이렇게 치장 을 하고 큰 쌀롱으로 나가니 처녀들이 손 씻을 도구를 들고 양쪽으 로 나란히 줄을 서 있다가 돈 끼호떼에게 아주 존경스럽고 예의 바 르게 전달했다.

곧 열두 하인이 주방장과 함께 식사 장소로 그를 모셔가려고 나 왔고, 주인들은 그를 기다리고 있었다. 돈 끼호떼를 가운데에 세우 고 아주 화려하고 장엄한 의식을 치르면서 그를 다른 방으로 인도 했는데, 거기엔 단 네 사람용의 풍성한 식탁이 차려져 있었다. 공 작 부인과 공작은 방문 앞에 나와 그를 맞았고 그들과 함께 엄숙해 보이는 성직자 한 사람이 있었는데 그는 왕족들의 집안을 총지휘 하는 그런 사람들 중 하나였다. 자기들은 왕족으로 태어나지 않았 으니 그런 사람들은 어찌해야 하는지 정확히 가르칠 수 없는 사람 들, 위대한 사람들의 위대성은 그 마음의 가난함으로 측정될 수 있 기를 바라는 그런 사람들, 그들이 지배하는 사람들에게 한계가 있 다는 걸 보여주고자 스스로 미천해지는 그런 사람들, 내 말은 이런 신중한 종교인인 듯한 그런 사람들 중 하나가 공작 부부와 함께 돈 끼호떼를 맞이하러 나왔다는 것이다. 그들은 수천가지의 조심스럽고 예의 바른 인사를 나눈 뒤, 마침내 돈 끼호떼를 가운데 모시고 식탁으로 갔다.

공작이 돈 끼호떼에게 식탁의 상석을 권했는데 아무리 거절해도 공작이 완강하게 권유해 돈 끼호떼는 그 자리를 받아들일 수밖에 없었다. 성직자가 그의 맞은편에 앉고, 공작과 공작 부인은 돈 끼호떼 양옆에 앉았다.

이 모든 일을 싼초가 보았는데 자기 주인을 그 귀족들이 그토록 영광스럽게 모시는 걸 보고 그는 놀라고 어리둥절해했다. 공작과 돈 끼호떼 사이에 그를 식탁 상석에 앉히기 위해 예의를 차린 말과 간청이 많이 오가는 걸 보고 싼초가 말했다.

"어르신들께서 허락해주신다면, 좌석 문제로 우리 마을 가까운 데서 일어난 이야기 하나를 들려드리겠습니다."

싼초가 이 말을 하자마자 돈 끼호떼는 떨기 시작했는데, 틀림없이 무슨 바보 같은 소리를 하겠구나 싶어서였다. 싼초는 그를 보고 그 마음을 이해하고 말했다.

"걱정하시 마십시오, 저의 주인 나리, 혹시 소인이 말을 빗나가게 하거나 경우에 맞지 않은 말을 할까봐 그러시죠? 조금 전에 나리께서 말을 많이 하거나 적게 하는 것, 아니면 말을 잘하거나 잘못하는 것에 대해 충고해주신 것을 소인도 잊지 않았사옵니다."

"나는 아무 기억도 나지 않는구나, 싼초." 돈 끼호떼가 대답했다. "뭐든지 하고 싶은 말을 하되 빨리 끝내려무나."

"그러니까 소인이 드리고 싶은 이야기는 진실 그 자체여서 여기 계시는 우리 돈 끼호떼 나리께서도 거짓말이라고는 못하실 겁니다.”

돈 끼호떼가 말을 받았다. “나로서는 쌴초 자네가 거짓말을 하겠다면 해도 좋아, 내가 일부러 막지는 않을 테니까. 하지만 무슨 말을 하든지 조심해서 하게.”

“조심하고 또 조심해서 생각한 말이니, 조심해서 종 치는 보초는 목숨이 안전하다고, 실제로 한번 들어보시지요.”

돈 끼호떼가 말했다. “위대하신 어르신네들, 이 녀석을 바로 여기에서 내쫓는 게 좋을 것 같습니다. 또 수천수백의 터무니없는 소리나 늘어놓을 테니까요.”

공작 부인이 말했다. “제발 쌴초가 한순간도 내 곁에서 떨어지게 하지 말아주세요. 이 사람은 참 사려 깊어서 내가 무척 좋아하니까요.”

“감사하옵니다.” 쌴초가 말했다. “비록 제게는 그런 구석이 없사오나 저를 정말 믿어주시는 성스러운 부인, 내내 건강하시고 만수무강하소서. 제가 이야기하려던 사건은 바로 이렇습지요. 우리 마을에 엄청 부자이고 지체 높은 한 양반이 농부 한 사람을 초대했답니다. 그는 알라모스 데 메디나 델 깜뽀에서 왔고, 도냐 멘시아 데 끼뇨네스와 결혼했는데, 그 여자는 돈 알론소 데 마라뇬의 딸이었어요. 그분은 쌴띠아고 교단 사제 기사로 에라두라 항에서 물에 빠져 죽었지요. 그 사람 때문에 몇해 전에 우리 마을에서 싸움이 있었는데, 제가 알기로는 우리 주인 돈 끼호떼 님께서도 거기에 계셨던 걸로 압니다만, 거기에서 대장장이 발바스뜨로의 아들인 장난꾸러기 또마시요가 상처를 입었어요…… 이건 모두 사실이 아닙니까요, 주인 나리? 제발 말씀 좀 해보세요. 그래야 이분들이 저를 거짓말만 일삼는 거짓말쟁이로 보시지 않을 거 아닙니까.”

성직자가 말했다. "지금까지는 거짓말쟁이보다는 말쟁이로 보이는군. 하지만 지금부터는 뭐라고 생각해야 할지 모르겠네."

"자네가 하도 증인과 주소를 많이 대니까, 싼초, 사실 그대로 말하나보다 하고 말하지 않을 수가 없네. 계속하고 이야기 좀 줄이게, 그런 식으로 하다가는 이틀이 가도 끝날 것 같지 않구먼."

"그렇게 짧게 이야기하면 안되죠." 공작 부인이 말했다. "재미있게 들으려면 말이요. 그보다는 오히려 엿새가 되도록 끝나지 않더라도 아는 대로 이야기를 해야지요. 그렇게 많은 날을 이야기하게 된다면 나야 평생 살면서 가장 행복한 날들이 될 거예요."

"제 이야기는, 어르신네들," 싼초가 말을 이었다. "이 양반이라는 작자를 제가 제 손바닥처럼 잘 알고 있다는 거지요, 그 사람 집과 우리 집이 얼마 떨어지지 않은 가까운 거리에 있으니까요. 그가 가난하지만 성실한 농부 한 사람을 초대했어요."

"계속해요, 친구." 이때 성직자가 말했다. "그런 식으로 가다가는 저세상까지 가도 그 이야기가 끝나지 않겠구먼."

"하느님이 도와주시면 중간도 못 가서 끝내겠죠." 싼초가 대답했다. "그러니까 제 이야기는, 그렇고 그런 농부가 아까 초대했다고 말한 양반 집에 도착을 하자, 아, 참, 부디 그분의 영혼이 평안하시길 빕니다, 이미 죽었거든요. 여러가지 많은 정황으로 볼 때 그분은 천사처럼 평안히 돌아가셨다고 합니다, 비록 저는 그때 거기 없었지만요. 그때 저는 뗌블레께로 가을걷이를 하러 갔거든요."

"제발, 이 사람아." 성직자가 말했다. "빨리 뗌블레께에서 돌아오게, 그리고 그 양반을 매장하지도 말고, 더이상 장례식을 치르고 싶지 않으면 빨리 그 이야기 좀 끝내게."

싼초가 말을 받았다. "그러니까 이 이야기는, 두 사람이 식탁에 앉으려고 하는데, 정말 지금 이 순간 그 어느 때보다도 생생하게 이 두 눈에 보이는 듯하네요."

공작 부부는 그 착한 성직자가 화내는 표정을 보고 무척 재미있어했다. 한없이 늘어지는 싼초의 이야기에 성직자가 성질을 낸 것이다. 돈 끼호떼 역시 화가 치밀어오르고 분통이 터져 말라죽을 지경이었다.

"제 이야기는, 이미 말했듯이, 두 사람이 식탁에 앉으려고 이렇게 있는데, 농부가 그 양반에게 밥상의 상석에 앉으라고 고집하고, 그 양반 또한 농부가 상석에 앉으셔야 된다고 고집했다는 거예요. 자기 집에서는 자기가 시키는 대로 따라야 한다면서 말이지요. 하지만 농부도 나름대로 예의 바르고 교양있다고 재고 사는 사람이라 절대 받아들이지 않았지요. 결국 그 양반이 성질이 나서 양손을 농부의 어깨 위에 얹고 억지로 앉히면서 하는 말이 '앉아요, 이 골칫덩어리 친구야, 나야 어디 앉아도 그대의 상석일 테니까' 이랬지요. 바로 이런 이야기입니다. 정말 여기 우리 경우에 전혀 맞지 않는 이야기는 아니었다고 생각됩니다만……"

돈 끼호떼의 얼굴색이 붉으락푸르락 수천가지로 변했고, 가무잡잡하고 얼룩덜룩한 게 꼭 벽옥 같아 보였다. 사람들은 싼초의 짓궂은 말투를 보고 돈 끼호떼가 분통을 터뜨릴까봐 웃지 않으려고 애를 썼다. 그리고 싼초가 더이상 엉터리 짓을 계속하지 못하도록 이야기 주제를 바꾸어 공작 부인이 돈 끼호떼에게 물었다. 둘시네아 아씨에 대한 새 소식이 있느냐는 질문이었는데, 혹시 최근에도 많은 싸움에서 이겨 그녀에게 거인이나 망나니 몇명을 선물로 보냈느냐고 물었다. 그 말에 돈 끼호떼가 대답했다.

"귀부인 마님, 제 불행은 시작은 있사오나 결코 끝이 없다는 데 있사옵니다. 제가 거인들을 이겼고 망나니들이며 난동꾼들을 그녀에게 보냈지만 그녀가 마법에 걸려 상상도 할 수 없이 추한, 시골 농사꾼 아가씨로 둔갑해버렸으니 그들이 어디로 가서 그녀를 찾아뵐 수 있단 말입니까?"

"모르지요." 싼초 빤사가 말했다. "소인 눈엔 세상에서 제일 아름다운 아씨로 보이던데요. 제가 알기로 적어도 날렵하고 깡충깡충 잘 뛰는 데서는 곡예사라도 그녀보다 낫지 못할 텐데요, 뭐. 정말이지, 공작 부인 마님. 땅에서 그냥 당나귀 위로 올라타는데 마치 고양이 같았답니다."

"그대는 그녀가 마법에 걸린 걸 보았는가, 싼초?" 공작이 물었다.

"보다마다요!" 싼초가 대답했다. "소인이 아니면 어떤 빌어먹을 놈이 그런 마법 소동에 맨 먼저 빠져들겠어요? 그녀는 정말로 마법에 걸린 여자예요!"

성직자는 거인이니 망나니니 마법 이야기를 듣자 이 친구가 그라 만차의 돈 끼호떼라는 걸 알아차렸다. 공작이 항상 그 이야기책을 읽고 있었고, 그는 여러번 그런 엉터리 책을 읽는 건 정말 쓸데없는 짓이라 하면서 무척 나무랐는데 의심하던 것이 사실임이 드러나자 굉장히 화가 나서 공작에게 이렇게 말했다.

"공작 나리, 각하께서는 이 알량한 친구가 하는 짓을 우리 주님께 보고드려야 합니다. 이 돈 끼호떼인지 바보인지 뭐라고 하든, 이 작자는 내 생각엔 각하께서 바라는 만큼 어리석고 모자라는 사람인 것 같지는 않다고 사료되옵니다. 각하께서는 쓸데없는 바보짓을 계속하도록 부추기고 기회를 제공하고 계시지만요."

그러고는 대화를 돈 끼호떼 쪽으로 돌려 그에게 말했다.

"그리고 그대, 대가리 텅 빈 친구여, 누가 그대 머릿속에 그대가 방랑기사이고 거인들을 이기며 망나니들을 휘어잡는다는 생각을 집어넣었는가? 그래 그 모양 그 꼴로 잘 살아보게. 그러다 이런 소리나 듣게 되겠지. 그대 집으로 돌아가게. 돌아가서 애들이 있으면 애들이나 키우고, 그대 재산이나 돌보라고. 그렇게 세상을 돌아다니며 빈둥빈둥 허송세월하면서 아는 사람, 모르는 사람 들에게 웃음거리나 되면서 살지 말고. 예나 지금이나 방랑기사가 있다는 소리를, 빌어먹을, 어디서 들었는가? 에스빠냐 어디에 거인들이 있으며, 라 만차 어디에 망나니들이 있으며, 어디에 마법에 빠진 둘시네아며 그대에 대해 이야기하는 그런 수많은 바보 같은 일들이 있단 말이야?"

돈 끼호떼는 그 남자의 정중한 말을 열심히 듣고 있다가 그가 입을 다물자 공작 부부에 대한 존경심도 팽개치고 엉망진창이 된 얼굴로 성난 표정을 지으며 벌떡 일어서서 말했다.

그러나 이 대답은 또 하나의 장으로 꾸밀 가치가 있다.

32장

돈 끼호떼가 자신을 비방하는 자에게 준 대답,
또다른 심각하고도 우스운 이야기들

벌떡 일어선 돈 끼호떼는 머리끝부터 발끝까지 수은에 중독된 사람처럼 부들부들 떨면서 어쩔 줄 몰라하며 급하게 더듬거리는 어조로 말했다.

"내가 지금 있는 이 장소도 그러하고, 내 앞에 계시는 이분의 모습, 그리고 귀하께서 수행하고 계시는 직분에 대해 예나 지금이나 항상 가지고 있었던 존경심이 당장 터뜨려야 할 내 이 분노를 붙들어매고 있습니다. 이미 이야기했지만, 또 모두가 알고 있는 것을 알려주는 뜻에서 식자의 무기는 여자의 무기와 똑같다고 말씀드리는데, 그 무기는 바로 혀라는 것으로 나도 내 혀로 귀하와 똑같이 싸움을 벌일까 합니다. 귀하에게는 그런 불명예스러운 비난보다는 훌륭한 충고를 기대했는데 말입니다. 의도가 건전하고 성스러운 비난은 이와는 다른 환경을 필요로 하고 다른 관점을 요구합니다. 대중 앞에서 그렇게 혹독하게 나를 비난한 것은 적어도 건전한 비난의 한계를 넘어섰습니다. 첫째, 비난은 그렇게 혹독한 어조보다는 부드러움 위에서 잘 먹혀드는 법이니까요. 비난하는 것의 죄목도 모르고 사람을 죄인 취급하며 다짜고짜 바보니 모자라는 놈이니 하는 건 잘못이지요. 내 말이 틀리다면 말씀 좀 해보세요. 내게서 어떤 모자라는 점을 보았기에 나를 죄인시하고 비방합니까? 그리고 나더러 집으로 돌아가 처자식이나 돌보고 집안 살림이나 챙기라는데, 나에게 아내가 있는지 자식이 있는지도 모르면서 그럴 수 있습니까? 덮어놓고 엉터리로 남의 집에 들어가서 그 주인을 다스려도 됩니까? 빈곤한 기숙사에서 교육 좀 받은 몇 사람이 한 고장에서 이삼십마장 안에 있는 세상밖에 세상을 보지 못했으면서 무턱대고 기사도의 법을 만들자고 들고, 방랑기사들을 판결하겠다고 덤벼도 되는 겁니까? 세상을 돌아다니며, 편안한 삶을 찾지 않고, 훌륭한 분들이 불멸의 자리에 오른 그 험악한 길을 찾아 보낸 세월이 허송세월이며 헛된 짓이라는 말씀입니까? 기사들이나 훌륭한 분들, 관대한 분들, 태생이 높으신 분들이 나를 바보 취급한다면 어쩔 수 없는 굴욕으로 받아들이지요, 하지만 한번도 기사도의 좁은 오솔길을 밟지도 들어가보지도 못한, 공부하는 학생들이 나를 머저리로 모는 데는 전혀 신경 쓰지 않고 눈 하나 깜짝 않겠습니다. 본인은 기사이고, 하늘의 높으신 분의 뜻에 달렸겠지만, 기사로 죽을 작정이올시다. 어떤 사람은 어마어마한 야심의 넓은 분야로 나아가고, 또 어떤 사람은 천하고 낮은 아부의 길로 나아가고, 또다른 사람은 속임수 많은 위선의 길로 가고, 몇몇 사람은 진정한 종교의 길로 간다지만 본인은 별자리 운명에 따라 방랑기사라는 협착한 길로 가게 되었습니다. 수행을 하는 방랑기사라면 재산은 하찮게 여기지만 명예는 중하게 여깁니다. 본인은 많은 모독을 풀어주었고, 뒤틀린 것을 바로잡아주었으며, 무례함을 벌했고, 거인들을 이겼으며, 요귀들을 박살냈습니다. 나는 사랑하는 사람이 있습니다. 무엇보다 방랑기사는 사랑하는 임이 있어야 하기 때문입니다. 사랑을 하지만, 타락한 연인들의 사랑이 아니라 플라톤적인 자제를 아는 사랑을 합니다. 내 의도는 항상 모두에게 좋고 아무에게도 해를 끼치지 않는 선량한 목적을 수행하고자 늘 가다듬어집니다. 이런 것을 이해하고, 이런 행동을 하고, 이런 것에 관심있는 자가 바보라고 불릴 만한 사람인지 말씀해보시지요, 위대하신 분들, 공작 부부 각하."

"우아, 정말 멋지십니다!" 싼초가 말했다. "더이상 말씀하시지 마세요, 주인 나리, 더이상 설명이 필요없습니다. 더이상 말도 생각도 필요없고 세상에 꼭 있어야 할 게 있을 뿐입니다. 더구나 이분이 부정하셨듯이, 세상에 방랑기사라고 하는 것이 과거에도 없었고 지금도 없다고 비록 부정은 하시지만, 사실 자기가 말한 것들에 대해 본인이 하나도 모르고 있다는 게 정말 이상하지요?"

성직자가 말했다. "혹시 그대가 그대 주인에게서 섬 하나를 약속받은 싼초 빤사라고 하는 그 사람인가?"

"바로 그렇소." 싼초가 대답했다. "그리고 저도 다른 모든 사람처럼 그럴 권리가 있는 사람이올시다. 저는 좋은 사람들하고 붙어 다니면 좋은 사람이 된다고 믿는 사람입니다. 저는 누구에게서 태어났느냐보다는 누구와 먹고사느냐가 중요하다고 생각하는 자며, 좋은 나무에 붙어살면 좋은 그늘 덕을 본다라는 속담을 믿는 사람이올시다. 저는 좋은 어른께 붙어살게 되었지요. 이분을 모시고 다닌 지 벌써 여러달 되었고, 하느님이 도우신다면 저도 이분 같은 사람이 되겠습니다. 이분도 살고 저도 살고, 이분에게는 앞으로 통

치할 제국들이 없지 않을진대 제게도 다스려야 할 섬들이 없지 않
겠지요."

"그야 물론이지, 친구 싼초." 이때 공작이 말했다. "내가 돈 끼호
떼 나리의 이름으로 그대에게 내가 가지고 있는 상당히 괜찮은 외
딴섬 하나를 통치하도록 명하겠네."

"무릎을 꿇어, 싼초." 돈 끼호떼가 말했다. "각하께서 자네에게
베푸신 그 큰 은혜에 감사하며 발에 키스해드려야지."

싼초는 시키는 대로 했고, 성직자는 그걸 보고는 극도로 기분 나
빠하며 식탁에서 발딱 일어서서 말을 했다.

"사제의 이름을 걸고 말씀드립니다만, 각하도 이 죄인들과 똑같
이 어리석다고 하고 싶네요. 이 사람들이 미치지 않았는지 똑똑히
좀 보세요! 그런데 멀쩡한 사람들의 그 미친 짓을 자꾸 부추기다
니요! 각하께서는 이 사람들과 계십시오. 이들이 집에 머무는 동안
저는 제 집에 있겠습니다. 그리고 제가 고칠 수 없는 일을 구태여
비방도 하지 않겠습니다."

그러더니 그는 더이상 말도 없이 식사도 하지 않은 채 휭 가버렸
는데, 공작 부부가 못 가게 말리고 간청을 해도 소용이 없었다. 비
록 공작은 그가 부질없이 화를 내는 게 엄청 우스워서 웃느라 별
로 말도 못했지만 말이다. 공작이 웃음을 멈추고 돈 끼호떼에게 말
했다.

"'사자의 기사' 나리, 나리께서는 나름대로 그렇게 고상하게 말
씀하셨으니까 이 문제에 대해 더이상 변명하실 게 별로 없겠습니
다. 이것이 모독 같지만 그건 전혀 아니올시다. 나리께서 더 잘 아
시겠지만 여자들 말이 모독이 될 수 없듯이 성직자의 말도 모독이
될 수는 없기 때문이죠."

"그렇지요." 돈 끼호떼가 대답했다. "그 이유는 모독을 당할 수 없는 사람은 아무에게도 모독을 할 수 없기 때문입니다. 여자나 아이, 성직자 들은 모욕을 당해도 방어할 수가 없기에 모욕을 당할 수가 없습니다. 각하께서 더 잘 아시겠지만 모독과 모욕은 이런 차이가 있기 때문이지요. 모욕은 모욕을 줄 수 있는 자, 모욕을 하는 자, 모욕을 주고 버티는 자에게서 옵니다. 모독은 모욕을 하지 않아도 어디서나 올 수 있지요.[1] 예를 들자면 어떤 사람이 길에서 정신을 팔고 있는 사이에 열명이 손에 무기를 들고 와서 그에게 몽둥이질을 하자 그도 칼을 빼서 자기 의무를 다합니다. 그러나 상대방의 숫자가 많은지라, 복수를 해야 하는데 그게 뜻대로 되지 않습니다. 이럴 경우 그는 모독을 당했지만 모욕을 당하지는 않았습니다. 그리고 또다른 예를 들어 생각해봅시다. 한 사람이 등을 돌리고 있는데 다른 사람이 와서 몽둥이질을 합니다. 몸뚱이를 맞자 그는 기다리지 않고 도망을 칩니다. 다른 사람이 그를 쫓아가지만 잡지 못하지요. 몸뚱이를 맞은 사람은 모독을 당했지 모욕을 당한 건 아니니, 왜냐하면 모욕은 복수할 때까지 반드시 유지되어야 하는 거니까요. 만약 그에게 몽둥이질을 한 사람이 설사 몰래 했더라도 칼을 빼서 적과 맞서고 있다면 몸뚱이를 맞는 자는 모독과 모욕을 함께 당한 꼴이 됩니다. 모독을 당한 건 배신으로 가해를 입었기 때문인데 모욕을 당한 건 때린 자가 자기가 한 짓을 당연하게 여기며 그 자리에 서서 도망가지 않았기 때문입니다. 따라서 저 저주스러

---

1 여기에서 편의상 '모독'(agravio)과 '모욕'(afrenta)으로 구분하여 설명하고 있는 결투 법칙과 관련된 말들은 세르반떼스 자신도 돈 끼호떼도 혼동하고 있는 애매모호한 것으로, 다만 돈 끼호떼가 받은 모독인지 모욕인지에 대하여 복수할 생각은 없다는 변명으로 들어도 좋다. 그것을 정당화하려다보니 논리상 맞지 않는 설명이 나오는 것이 억지 같아서 오히려 더 재미있다.

운 결투의 법칙에 따르면 난 모독을 당했지 모욕을 당하진 않았지요. 왜냐하면 어린애들은 그걸 느끼지 못하고, 여자들은 도망가거나 무얼 위해 기다릴 수도 없으니까요. 성스러운 종교에 종사하는 분들도 마찬가지입니다. 이 세 부류의 사람들은 모욕이나 방어를 위한 무기가 없으니까요. 그래서 당연히 방어를 하지 않으면 안되는 경우라 할지라도 아무나 모욕할 권리는 없습니다. 비록 조금 전에 내가 모독을 당했다고 할 수 있다고 했지만, 지금은 절대 그게 아니라고 하겠습니다. 모욕을 당할 수 없는 자는 더욱더 남을 모욕할 수 없거든요. 바로 이런 이유로 나는 그 선량한 분이 내게 한 말을 섭섭하게 여기지도 않고 또 섭섭하게 여겨서도 아니될 것입니다. 내가 바라는 것은 다만 그분이 좀더 기다려주었다면 세상에 방랑기사들이 존재하지도 않았고 존재하지도 않는다고 생각하고 말하는 그 잘못을 깨우쳐주었을 텐데 하는 아쉬움이 있습니다. 그런 말을 아마디스나 그 끝없이 많은 혈통이 혹시 듣게 된다면 그분께도 틀림없이 좋을 건 없으리라 생각됩니다."

"그거야 저도 정말 그렇게 생각하는구만요." 싼초가 말했다. "칼로 난도질이라도 당해서, 마치 석류나 잘 익은 멜론처럼 위아래로 쫙 벌어졌을 거예요. 그 어른들이 그런 농담을 받아들이는 건 어림 반푼어치도 없는 소리지요! 제가 성호를 긋고 확실히 말씀드리겠습니다만요, 레이날도스 데 몬딸반이 이런 말을 들었다면 삼년 동안 다시는 말 못하도록 칼로 주둥이를 못질했을 겁니다. 안되지요, 그 어른들하고 붙어서는…… 어떻게 그 손에서 빠져나가기를 바라는지……"

싼초가 말하는 걸 듣고 공작 부인은 우스워 죽을 지경이었는데, 그녀 생각엔 그 주인보다 싼초가 더 미치광이고 더 익살스러웠다.

그 당시 많은 사람이 이와 같은 의견을 가진 것도 사실이었다. 마침내 돈 끼호떼가 마음을 가라앉혔고, 식사가 끝나고 식탁보를 치우자 처녀 넷이 나왔는데, 한 여자는 은접시를 들고, 다른 여자는 역시 은으로 만든 세숫대야를 들고, 또다른 처녀는 아주 하얗고 아름다운 수건 두장을 어깨에 걸치고 나왔다. 네번째 여자는 두 팔을 중간까지 걷어올린 채 하얀 손에 ─틀림없이 하얬을 것이다─ 나뽈리산 동그란 비누 하나를 들고 있었다. 은접시를 든 여자가 다가와 우아한 자태로 능숙하게 접시를 돈 끼호떼의 턱수염 아래에 댔다. 돈 끼호떼는 손으로 수염을 씻지 않고 그렇게 하는 게 그 지방의 풍습이려니 생각하여 말도 못하고 그런 예식에 놀라서 그저 될 수 있는 대로 수염을 내밀었다. 바로 그 순간 세숫물이 비처럼 쏟아졌고 비누를 가진 여자가 수염을 아주 빨리 주물렀다. 눈송이 같은 거품이 일어났는데 수염뿐만이 아니라 온 얼굴에 뿌려진 비눗물도 거의 눈송이처럼 하얬다. 고분고분 말 잘 듣는 이 기사의 두 눈으로 비눗물이 들어가 그는 어쩔 수 없이 눈을 감았다.

공작 부부는 이런 일에는 아는 바가 없어 이 희한한 세수가 도대체 어떻게 끝이 나나 지켜보고 있었다. 수염닦이 처녀는 손바닥 가득 비눗물을 담고 있다가 물이 다 떨어진 것처럼 속이고는 세숫대야 처녀에게 돈 끼호떼 나리께서 기다리시니 어서 물을 가져오라 했다. 그녀는 시키는 대로 따랐고 돈 끼호떼는 아주 이상한 몰골로 남게 되어 그야말로 상상할 수 없으리만큼 우스꽝스러운 꼴이 되었다.

그 자리에 있던 사람들 모두 그를 바라보았다. 돈 끼호떼의 한자 남짓한 목은 보통 이상으로 더럽고 가무잡잡했는데 눈을 감고 턱수염은 온통 비누투성이인 모습이 아무리 점잔을 빼도 웃음을 참기 어려울 정도로 아주 희한했다. 장난을 친 처녀들은 주인님들을 바라볼 엄두도 못 내고 눈을 내리깔고 있었고, 주인들은 온몸에 웃음과 분노가 함께 끓어올라 어찌할 바를 몰랐다. 감히 그런 짓을 한 계집애들에게 벌을 주어야 할지, 아니면 돈 끼호떼를 그 모양 그 꼴로 만들어 보여줌으로써 얻는 즐거움에 대해 보상을 해야 할지 알 수 없었다.

마침내 세숫대야 아가씨가 와서 돈 끼호떼를 마저 씻겨주었고 수건을 가져온 처녀가 닦아주면서 아주 천천히 물기를 없앴다. 그러고 나서 네 처녀가 모두 동시에 깊이 고개를 숙여 크게 경의를 나타내고 나가려 하자 공작은 돈 끼호떼가 그게 장난이었다는 걸 알아차리지 못하도록 접시를 든 처녀를 불러 이렇게 말했다.

"이리 와서 나도 씻겨주도록 하지, 물을 다 쓰지 않도록 하고."

영리하고 부지런한 소녀는 다가와서 돈 끼호떼에게 한 것처럼 공작에게 접시를 대고 급히 그를 씻었는데, 비누칠도 아주 많이 하고 깨끗이 닦아 말린 뒤 경의를 표하고 나갔다. 나중에 안 일이지만, 공작은 만일 자기를 씻길 때 돈 끼호떼에게 한 것처럼 씻기지 않으면 그 방자한 짓을 벌주겠다고 엄중히 경고했다는 말이 있다. 그 벌은 공작에게도 비누칠을 함으로써 점잖게 면제받았다고 한다.

싼초는 열심히 그 세수 예식을 보고 있다가 혼잣말로 이렇게 말했다.

"아이구야! 이 고장에서는 기사들에게처럼 하인에게도 저렇게 수염을 씻겨주는 게 풍습일까? 정말 마음속으로 바라는 건 내겐 저게 꼭 필요한 것 같다는 거야. 면도칼로 내 수염을 싹싹 밀어버린다 할지라도 더 잘된 일이라고 생각할 수도 있지, 뭐."

"혼자서 무얼 중얼거리고 있어요, 싼초?" 공작 부인이 물었다.

"제 말은요, 부인." 싼초가 대답했다. "제가 들은 바로는 다른 왕자들의 궁전에서도 식탁보를 치우고 나면 손 씻을 물을 준다고는 했지만요, 수염 씻을 표백제를 준다는 건 못 들었거든요. 그래서 오래 살아야 볼 것도 많다고 하나봐요, 사람들은 오래 살면 고생만 더 많을 뿐이라고 말하기도 하지만요. 하지만 이런 세수를 한번 해보는 건 고생이라기보다 차라리 재미인 것 같아요."

"걱정 마요, 싼초." 공작 부인이 말했다. "내가 그 처녀들에게 그대도 씻겨주라고 할 테니. 필요하면 그대를 양잿물 통에라도 집어넣으라고 할 거야."

"수염만 씻겨주어도 만족할 겁니다." 싼초가 대답했다. "적어도 지금으로서는 말이지요, 세월이 가면 또 어떻게 될지 누가 알겠습니까만……"

"이봐요, 주방장." 공작 부인이 말했다. "여기 이 착한 싼초가 청하는 건 모두 다 받아주시오."

주방장은 착한 싼초님을 무슨 일로든지 모시겠노라고 했고, 이 말과 함께 그는 식사하러 가면서 싼초를 데리고 갔다. 식탁에는 공작 부부와 돈 끼호떼만이 남아서 여러가지 많은 이야기를 나누었는데 모든 이야기가 방랑기사도와 무사도에 관한 것들이었다.

공작 부인은 돈 끼호떼에게 기억력이 참 좋은 것 같다고 하면서 엘 또보소의 둘시네아 아씨의 아름다움과 용모를 그림 그리듯 묘사해달라고 졸랐다. 그녀의 아름다움에 대한 명성이 자자한 것으로 보아 자기 생각에는 지구상에서나 온 라 만차 지방에서 가장 예쁜 여자일 거라 생각한다고 했다. 공작 부인의 요청을 들은 돈 끼호떼는 한숨을 쉬며 말했다.

"내가 심장을 꺼내서 위대한 부인의 눈앞 여기 이 식탁 위 접시에 담아 내놓을 수 있다면 생각조차 할 수 없는 것을 말해야 하는 이 혀의 수고로움을 덜 수 있겠지요. 그 심장 속에 그녀의 모습이 몽땅 새겨진 것을 각하께서 보실 수 있을 테니까요. 하지만 내가 지금 무엇하려고 둘도 없는 엘 또보소의 둘시네아 아씨의 아름다운 모습을 한점 한점, 한 부분 한 부분 그림 그리듯 묘사하겠습니까? 내 노고가 아니어도 다른 노고로도 그려질 만한 가치가 있는데요. 그리스의 유명한 파라시우스나 티만테스, 아펠레스의 붓으로, 리시푸스의 조각끌로 청동이나 대리석이나 판자에 그려지고 새겨지거나 키케로나 데모스뜨 수사학으로 그녀를 칭송해야 할 만한 그런 일인걸요."

"'데모스뜨'라는 건 무슨 뜻인가요, 돈 끼호떼 나리?" 공작 부인이 물었다. "내 평생 그 말은 못 들어본 어휘 같은데요."

"'데모스뜨 수사학'이란," 돈 끼호떼가 대답했다. "데모스테네스의 수사학이란 말과 같은 뜻입니다, 키케로의 수사학을 그냥 키케로라고 하듯이 말이지요. 그 둘은 세상에서 제일 위대한 수사학자들이었지요."

"그렇습니다." 공작이 말했다. "그런 질문을 하다니 그대가 좀 어리둥절했던 모양이구려. 하지만 어떻든지 간에 돈 끼호떼 나리께서 우리에게 그녀의 모습을 그려주면 참 재미있겠는데요. 스케치나 씰루엣 정도로만 묘사되어도 가장 아름답다고 하는 여자들이 틀림없이 그녀를 질투할 테니까요."

"얼마 전 그녀에게 일어난 불행을 내 뇌리에서 지워버릴 수 있다면 그렇게 그림처럼 보여드릴 수도 있지요. 얼마나 큰 불행인지 그녀의 아름다움을 묘사하기보다는 오히려 울고 싶은 심정뿐입니다. 위대하신 어르신네들께서도 아시겠지만, 지난번 내가 그녀의 손에 키스를 바치러 갔던 날이었지요. 인사도 하고 축복도 받고 이번 세번째 출발에 앞서 승인과 허가도 받을 겸 찾아갔는데, 내가 발견한 건 그녀가 아니라 다른 여자였습니다. 그녀는 마법에 걸려 공주가 아니라 농사꾼 여자로, 아름다운 여자가 아니라 추녀로, 천사가 아니라 악마로, 향기로운 여인이 아니라 악취가 진동하는 여자로, 교양있는 말씨가 촌여자 말투로, 얌전한 여자가 촐싹이로, 빛이 아니라 암흑으로 그리고 결국 엘 또보소의 둘시네아가 아니라 시골 마을 싸야고의 촌뜨기 여자로 완전히 변해 있었습니다."

"저럴 수가 있나!" 이 순간 공작이 큰 소리를 지르며 말했다. "세상에 그렇게 나쁜 짓을 한 놈이 누구란 말인가? 어느 누가 세상에서 그토록 훌륭한 아름다움과 즐거움을 주는 고운 말씨, 믿음직한 정절을 앗아갔단 말인가?"

"누구겠습니까?" 돈 끼호떼가 대답했다. "나를 쫓아다니는 시기와 질투로 가득한 그 많은 마법사 중 하나가 아니라면 도대체 누구겠어요? 저주받을 족속들이지요. 선량한 사람들의 공적을 없애고 어둡게 하고, 악한 자들의 행적을 치켜세워 빛나게 하려 세상에 태어난 족속인 마법사들이 나를 따라다녔지요. 지금도 나를 따라다녀요. 마법사들은 나를 무너뜨리고 내 높은 기사도 정신을 망각의 깊은 심연에 빠뜨릴 때까지 나를 쫓아다닐 겁니다. 이놈들은 내가 가장 아파할 만한 곳을 보고 거기에다 상처를 내고 공략합니다. 한 방랑기사에게서 그의 귀부인을 앗아간다는 건 앞을 바라보는 눈을 빼가는 것이며, 앞을 비추는 해를 앗아가는 것이며, 생을 유지하는 양식을 빼앗아가는 짓입니다. 여태까지 여러번 말했지만 지금 다시 말씀드리지요. 귀부인이 없는 방랑기사는 이파리 없는 나무와 같고, 기초공사 없는 건물과 같고, 그림자가 몸에서 생김에도 불구하고 그 몸이 없는 그림자 같지요."

"그건 말할 필요도 없지요." 공작 부인이 말했다. "하지만 어쨌든 얼마 전 세상에 출판되어 나온 돈 끼호떼 나리의 역사에 관한 책을 믿는다면, 사람들에게 환영을 받고 있는 책이니까요, 그 책 내용으로 추정해보면, 그리고 내 기억이 틀리지 않다면 나리께서는 한번도 둘시네아 아씨를 본 적이 없던데요. 이 귀부인이라고 하는 여자는 세상에 존재하지 않는 여자이며, 나리께서 스스로의 지혜로 잉태하고 태어나게 한 환상의 여인이더군요. 나리가 바라는 대로 온갖 매력과 완벽성을 겸비하도록 그려낸 여인상 말이에요."

"그건 많이 논의해보아야 할 문제입니다." 돈 끼호떼가 대답했다. "세상에 둘시네아가 존재하는지 존재하지 않는지, 환상의 여인인지 아닌지는 하느님이 아시지요. 이에 대한 연구는 끝까지 캐내야 할 성질의 것이 아니지요. 내가 나의 귀부인을 잉태하고 태어나게 한 건 아닙니다. 비록 내가 그녀를 생각할 때는 귀부인에 걸맞은 그런 모습으로 그려보지만요. 세상에서 가장 아름다운 여인이 갖춰야 할 요소를 모두 구비한 그런 여인 말입니다. 즉, 티없이 아름다워야 하고, 오만하지 않으면서 신중하며, 정숙하면서 다정하고, 예의 바르고 감사할 줄 알며, 교양있어 예절 바르고, 끝으로 혈통이 높은 그런 여자 말입니다. 좋은 혈통이어야 아름다움이 더욱 빛나고 천한 신분으로 태어난 아름다운 여자보다 더 완성도 높은 광휘를 발휘하거든요."

"그렇군요." 공작이 말했다. "그러나 내가 읽은 나리의 행적에 대한 역사 이야기를 하지 않을 수가 없으니, 돈 끼호떼 나리께서 내 말을 허락해주시리라 생각합니다. 책에 따르면 둘시네아가 엘 또보소에 있든 타 지역에 살고 있든, 나리께서 그리고 있듯이 극도로 아름답다 할지라도 가문의 혈통이 높다는 문제는 아마디스의 애인 오리아나 가문이나 돈 폴랑헤스 왕자의 부인 알라스뜨라하레아 가문이나 마다시마 가문, 기타 나리께서도 잘 아는 기사도 책들에 가득한 이런 부류의 명문들과는 비교가 되지 않으리라 생각합니다."

"그 문제에 대해서 내가 할 수 있는 말은 둘시네아야말로 자기 행실의 덕으로 태어난 딸이며, 그 덕이 핏줄을 격상시킨 경우라 할 수 있지요. 악덕으로 출세한 사람보다는 겸손하고 덕이 많은 사람이 더욱 존경받아야 마땅합니다. 더구나 둘시네아는 그 혈통과 덕에서 한수 위여서 왕홀을 들고 왕관을 쓴 여왕이 될 만한 여인입니다. 아름답고 덕이 많은 한 여인의 능력은 놀라운 기적을 이룰 정도로 그 영향력이 큰데, 그녀는 비록 형식상으로는 아니지만 덕이나 능력으로는 더 큰 행운을 품고 있는 여자라 할 수 있지요."

"내가 보기에는요, 돈 끼호떼 나리," 공작 부인이 말했다. "나리께서 하시는 말씀은 모두가 신중하고, 우리가 늘 하는 말로 손에 수심측정기를 들고 위험한 곳을 항해하는 듯하군요. 나는 앞으로 나와 내 집안의 모든 사람, 필요하다면 우리 공작 나리까지도 엘 또보소에 둘시네아가 있다는 것을 믿고 또 믿게 할 거예요. 그녀가 오늘도 거기에 살고 있으며 아름답고 귀족으로 태어났으며 돈 끼호떼 나리 같은 위대한 기사가 모실 만큼 자격 있는 분이라고 말이지요. 이것이 내가 생각하고 또 간절히 바랄 수 있는 최대한일 거예요. 하지만 한가지 의혹을 떨쳐버릴 수 없는 게, 싼초 빤사에 대한 것인데 그 경우 뭔지 모를 찜찜한 게 있다는 거죠. 그 의혹이란 이미 말한 역사책에서 이르기를, 싼초 빤사라는 친구가 그 둘시네아라고 하는 아씨를 만난 것은 나리가 준 서찰을 가지고 갔을 때인데요, 그녀가 밀 한 가마니를 체로 치고 있었다고 했지요. 더 증거를 대라면 그게 라 만차 지방의 붉은 밀이었다는군요. 그걸로 보면 그녀의 혈통이 높다는 게 의심이 가요."

그 말에 돈 끼호떼가 대답했다.

"부인, 위대하신 마님은 나에게 일어나는 모든 일이 대부분의 다른 기사들에게 일어나는 일처럼 정상적인 한도를 넘어서는 것임을 아실 겁니다. 알 수 없는 운명의 변덕으로 벌어진 사건이거나 아니면 어떤 시기 많은 마법사의 사악함이 저지른 일 말입니다. 이미 연구된 바로는 대부분의 유명한 방랑기사들 중에, 어떤 기사는 마법에 걸리지 않는 능력을 가진 자가 있고, 또 어떤 자는 프랑스의 열두 기사들 중 하나인 그 유명한 롤랑이 그러했듯이 절대 상처를 입지 않을 만큼 살이 철면이나 철벽처럼 되어 있는 자가 있다고 하는데, 그에 대한 이야기로는 왼쪽 발바닥을 빼고는 몸 어느 군데도 상처를 입지 않았다고 하지요. 그것도 두꺼운 바늘 끝으로 찔러야지 다른 어떤 종류의 무기로도 공격할 수 없었다고 하고요. 그리하여 베르나르도 델 까르삐오가 그를 론세스바예스에서 죽일 때 칼로 상처를 입힐 수 없음을 알고는 땅에서 안아올려 그대로 질식시켜 죽였답니다. 헤라클레스가 안테우스, 즉 지구의 아들이라는 그 사나운 거인을 죽일 때를 기억한 거죠. 그런 이야기로 비추어볼 때 나도 어떤 종류의 마력을 지닐 수 있다는 생각이 든다는 겁니다, 비록 상처를 입지 않는 능력은 없는 것 같지만요. 여러번 경험해본 바로는 내 살은 부드러워서 철면이나 철벽 같은 데는 전혀 없다는 게 증명되었답니다. 마법에 걸리지 않는 능력도 없는데, 한번은 우리 안에 갇혀 있는 나를 봤는데 마법의 힘이 아니라면 세상 사람이 다 와서 거기에 날 가둔다 해도 불가능한 일이었죠. 그러나 거기에서 풀려났으니 나에게 상처를 입힐 어떤 자도 없으리라 믿고 싶습니다. 마법사들이 나라는 사람에게 악랄한 수작을 부릴 수 없음을 알고는 내가 가장 사랑하는 것들에게 복수하는 것 같습니다. 내가 둘시네아 아씨를 위해 사니까 그녀를 학대함으로써 내 목숨을 끊으려고 한 거지요. 그래서 내 생각엔, 내 하인이 심부름으로 서찰을 가지고 갔을 때 그녀를 촌뜨기 여자로 둔갑시키고는 밀을 체로 치는 것 같은 천한 일을 하게 한 거지요. 그러나 이미 말했듯이, 그 밀은 라 만차의 붉은 밀이 아닐 뿐만 아니라 밀이 아닌 동양의 진주 알갱이들이라 생각합니다. 이게 사실이라는 것을 증명하고자 여러분들께 말씀드리고 싶은 건, 조금 전에 내가 엘 또보소를 지나면서 보니 둘시네아의 궁전을 전혀 찾아볼 수 없었다는 사실입니다. 지난번 나의 하인 싼초는 지상에서 가장 아름다운 여인인 그녀의 모습을 원래대로 보았는데, 내가 보기엔 거칠고 흉한 농사꾼 여자였단 말입니다. 세상에서 가장 사리분별이 또렷한 그녀가 전혀 조리도 없이 말하는 그런 여자였습니다. 나는 판단이 명확한지라 마법에 걸릴 수도 없고 마법에 걸리지도 않으니 그녀가 마법에 걸려 둔갑을 한 것이며 바뀌고 또 바뀌는 그런 액운을 당한 겁니다. 내 적들이 그녀를 통해 나에게 복수를 했지요. 결국 난 그녀가 본래의 상태로 돌아올 때까지 그녀를 위해 영원히 눈물 속에 살아야 합니다. 내가 지금 이런 말을 하는 건, 둘시네아가 체로 치니 체질을 하니 하는 싼초의 말에 누구도 신경을 쓰지 마시라는 뜻입니다. 내 앞에서도 그녀를 둔갑시켜놓았는데, 싼초 앞에서 그녀가 바뀌었다는 건 이상할 게 없지요. 둘시네아는 귀족이고 혈통이 좋습니다. 엘 또보소에는 대단히 훌륭하고 오래된 양반들이 많은데 그런 양반 가문의 딸이올시다. 앞으로 오는 세상에 엘 또보소가 유명해지고 이름이 난다면 세상에 둘도 없는 둘시네아의 덕이 적지 않을 거라는 건 의심할 나위가 없습니다. 헬레네 때문에 트로이가 유명해졌고, 라 까바 때문에 에스빠냐가 유명해졌듯이 말이지요, 엘 또보소는 물론 더 좋은 명성과 이름으로 날리겠지만…… 또 한편 여러 어르신들께 이해시켜드리고 싶은 게 싼초 빤사는 방랑기사를 섬겨온 세상의 하인 중에서 가장 재치있는 사람 중 하나라는 겁니다. 이따금 대단히 바보 같은 소리들을 하지만, 그게 바보 소리인지 예리한 판단인지 생각해보는 것도 적잖은 즐거움을 주지요. 말하자면, 이 사람은 망나니라고 나무랄 만한 악랄한 데가 있으면서도 꼭 바보라고 해야 할 만한 실수도 저지릅니다. 모든 것을 의심하고 모든 것을 다 믿습니다. 이 사람이 바보 천치로 전락하는 게 아닌가 생각하게 하다가도 어떨 땐 몇 마디 사려 깊은 소리로 하늘을 찌릅니다. 끝으로 내게 도시 하나를 다 준다 해도 다른 하인과 이 사람을 바꾸지 않을 겁니다. 귀하께서 은혜를 베풀어주시겠다는 그곳의 통치자로 보내는 것이 정말 좋을지는 주저하고 있답니다. 비록 그가 통치하는 일에 상당히 능력이 있는 것 같아 보이기도 하지만요. 지혜를 조금 고르게 조정한다면 어떤 정부를 주어도 왕처럼 일을 잘해낼 거라 생각됩니다. 더구나 수많은 경험으로 미루어 우리가 알고 있듯이 통치자가 되는 데 높은 학문이나 커다란 능력이 그렇게 필요한 건 아니지요. 주변에 글도 제대로 읽지 못하지만 매처럼 날렵하게 통치만 잘하는 자가 수백명이나 있는데요, 뭐. 문제의 열쇠는 좋은 뜻을 가지고 모든 것을 알맞게 처리하겠다는 마음에 있지요. 충고를 해주거나 어떻게 해야 하는지 인도해주는 분들이 늘 있을 테니까요. 학문을 닦지 않은 기사 출신의 통치자들이 보좌관과 더불어 재판하고 선고하는 것처럼 말입니다. 나는 그에게 비리도 저지르지 말고 권리도 잃지 말라고 충고하고 싶어요. 내 뱃속에 아직 못하고 남아 있는 다른 작은 일들이야, 싼초에게 도움이 되고 그가 통치하는 섬에 이익이 되도록 때가 되면 내 입에서 다 나오겠지요."

돈 끼호떼와 공작, 공작 부인 사이의 대화가 이쯤 되었을 때 저택에서 사람들의 소란스러운 소리와 외침 소리가 들렸다. 때아니게 싼초가 아주 혼비백산해서 방으로 들이닥쳤는데, 턱받이로 잿물 거르는 헝겊을 두르고 있었다. 싼초를 뒤쫓아 수많은 젊은이, 말하자면 심술궂은 주방 심부름꾼들과 다른 형편없는 치들이 따라왔다. 한 사람은 부엌의 조그만 개수통을 들고 왔는데, 색깔이나 더러움으로 보아 걸레 씻은 물처럼 보였다. 개수통 아이는 싼초를 쫓아 따라오면서 싼초의 턱수염 밑에다 개수통을 대고 그걸 끼워야 한다고 애걸복걸 갖은 애를 다 쓰고 있었고, 다른 심술꾼은 그걸로 수염을 씻겨주려고 애쓰는 것처럼 보였다.

"이게 무슨 짓들이야, 이 사람들아?" 공작 부인이 물었다. "이게 뭐야? 저 착한 사람에게 무얼 하려는 거야? 어찌하여 이분이 통치자로 선임되었다는 것을 배려하지 않나?"

그 말에 심술궂은 이발사가 대답했다.

"이분께서 우리 풍습에 따라 공작 어른 나리나 자기 주인이 씻은 것처럼 하지를 않으려고 하세요."

"씻고 싶긴 하지요." 싼초가 화가 많이 나서 대답했다. "하지만 더 깨끗한 수건과 더 깨끗한 표백제, 그리고 저렇게 더럽지 않은 손들이었으면 좋겠네요. 주인님은 천사의 물로 씻겨주고 저는 악마의 표백제로 씻겨줘야 할 만큼 주인과 저 사이에 그리 차별이 있는 건 아니에요. 각 지방이나 왕자들 저택의 풍습들도 고통스럽지 않을수록 더 좋지요, 하지만 여기에서 하는 세수 습관은 고행하는 수도사들 매질보다 더 고약하네요. 저는 수염도 깨끗하니까 그런 위안이나 수련은 필요가 없어요. 내 머리의 머리카락이나, 아니 내 수염 하나라도 씻으려 들거나 만지기라도 하려는 사람은, 죄송한 말이지만, 주먹으로 사정없이 내리쳐서 이마빡에 그대로 주먹을 박아버릴 작정입니다요. 이따위 에절[2]이나 비누질하기는 손님 대접이라기보다는 골탕 먹이는 짓 같사옵니다.”

공작 부인은 싼초의 성난 모습과 말하는 소리를 듣고 우스워서 죽을 지경이었으나 돈 끼호떼는 기분이 썩 그리 좋지 않았다. 싼초가 많은 식당 장난꾸러기들에게 에워싸여 더러운 벽옥 수건을 뒤집어쓰고 있는 모습을 보았기 때문이다. 돈 끼호떼는 공작 부부에게 한마디 하겠다는 허락을 청하듯 경의를 표한 뒤 침착한 목소리로 그 난동꾼들에게 말했다.

“여보시오, 신사분들! 여러분들께서는 그 친구를 놓아주시구려. 그리고 왔던 데로나 아니면 마음 내키는 다른 데로 되돌아가주시오. 내 하인은 다른 사람들처럼 깨끗하고, 그 개수통은 그에게 너무 좁고 입이 좁은 항아리요. 내 충고를 듣고 그를 놓아주시구려, 그 사람도 나도 사람 골탕 먹이는 이런 짓은 모르는 순진한 사람이오.”

돈 끼호떼의 말을 받아 싼초가 말을 계속했다.

“아니에요! 다들 와서 멍청이 하나 골탕 먹여봐요, 지금은 밤이니까, 제가 참고 견뎌야 되겠구먼요! 빗이든 뭐든 좀 가져와서 말가죽 빗기는 철빗으로 이 수염을 빗겨보시지요. 제 수염에서 깨끗

---

2 싼초의 사투리는 ‘세레모니아’(ceremonia, 예절)를 ‘시리모니아’(cirimonia)라고 발음한다. 역자는 편의상 이를 ‘에절’이라고 옮겨보았다

하지 못한 게 뭐라도 나오면 쥐 뜯어먹은 것처럼 수염을 다 뜯어놓아도 좋습니다."

이 말에 공작 부인이 웃으면서 말했다.

"싼초 빤사가 한 말이 모두 맞고 무슨 말을 한다 해도 다 맞을 거예요. 이 사람은 원래 깨끗하고, 또 그가 말하듯이 씻을 필요가 없는 사람이에요. 그리고 우리 풍습이 그 사람 마음에 들지 않는다면, 그것도 자기 맘이지요. 더구나 청소부, 그대들은 지나치게 허둥대 조심성이 없군요. 이런 분의 수염에는 독일제 수건에다 순금 세숫대야나 대접을 갖다바쳐야지. 개수통에다 나무통, 그리고 거친 행주를 들고 왔으니, 이 무슨 오만방자한 짓들인지 모르겠구먼. 어쨌든 자네들은 돼먹지 못한 나쁜 사람들이야. 망나니 같은 자네들은 방랑기사 하인들만 보면 한풀이를 못해서 항상 그 짓들이군."

짓궂은 청소부들과 그들과 함께 온 주방장도 공작 부인이 진심으로 하는 소리라 믿어 싼초의 가슴팍에서 잿물 거르는 천 조각을 떼내고는 당황해 어쩔 줄 몰라하며 모두 가버리고 싼초만 혼자 남았다. 싼초는 대단히 위험하다고 생각했던 그 사태에서 해방이 되자 공작 부인에게로 가서 무릎을 꿇고 말했다.

"예상했습니다만 높으신 마님께서 베푸시는 은혜가 크옵니다. 이번에 마님께서 소인에게 베풀어주신 은혜를 어찌 갚아야 할지요. 적게나마 소인은 그저 방랑기사의 갑옷을 입고 평생 이렇게 높으신 부인을 모시는 일을 하고 싶을 따름이옵니다. 저는 농사꾼이옵고, 이름은 싼초 빤사이구요, 결혼해서 자식들이 있고, 기사의 하인으로 일하고 있습죠. 이 조건들 중 어느 것으로나 고명하신 마님을 모실 수 있는 길이 있다면 마님께서 명령하시지 않아도 곧바로 마님의 뜻에 따라 행동하겠습니다."

"보아하니, 싼초," 공작 부인이 대답했다. "그대는 예절학교에서 꼭 제대로 예의 바른 행동을 배운 것 같구먼. 내 말은 돈 끼호떼 나리의 품속에서 교육받고 잘 배웠다는 말이에요. 그분이야말로 그대 말대로 '에절'인지 예절인지의 꽃이요, 예법의 모범이라 할 수 있어요. 그 주인에 그 종이라고 축복받을 만해요. 한 사람은 방랑기 사도의 지표로서, 또 한 사람은 충성스러운 하인의 표본이라 할 만큼 훌륭해요. 일어나세요, 내 친구 싼초, 나는 그대의 예의 바른 행동에 보답하고자 최대한 빨리 그대에게 약속한 통치자 자리를 주라고 우리 공작 어른에게 조르겠어요."

대화는 이렇게 끝났고, 돈 끼호떼는 낮잠을 자러 갔다. 공작 부인은 싼초에게 잠이 많이 오지 않으면 아주 시원한 방이 하나 있으니 그곳에 가서 자기하고 시녀들과 함께 오후를 지내자고 청했다. 싼초는 여름에 낮잠을 보통 네다섯시간씩 자는 습관이 있었지만 친절한 마님의 청을 받들어 그날은 온갖 노력을 다해서 한시간도 자지 않으려고 노력하겠다고 말하며 그녀의 명령에 따라 곧 오겠다고 하며 갔다. 공작은 방랑기사로서 돈 끼호떼를 어떻게 모셔야 하는지 새로운 명령을 내리고 옛 기사들을 모실 때 했다고 하는 방식을 한점도 빠뜨리지 말라고 했다.

33장

공작 부인과 시녀들이 싼초 빤사와 나눈, 주목해 읽을 만한 꽤 재미있는 이야기에 대하여

역사 이야기에 따르면 그날 싼초는 낮잠을 자지 않고 약속을 지키려고 식사를 하고는 공작 부인을 뵈러 갔다고 한다. 그녀는 싼초의 이야기를 듣는 재미를 위해 그에게 자기 옆의 낮은 의자에 앉으라 했고, 비록 싼초가 예의상 진심으로 거절했으나 공작 부인은 싼초더러 통치자로서 앉아 기사 하인으로서 말하라고 했다. 두가지 면에서 싼초는 그 유명한 시드 루이 디아스 장군의 옥좌에라도 앉을 자격이 있다고도 했다.[1]

싼초는 어깨를 으쓱 추스르더니 명령에 따랐고 모든 시녀와 공작 부인의 상급 시녀들도 공작 부인을 에워싼 채 아주 조용히 그가

---

[1] 여기에서는 중세 에스빠냐 음유 서사문학의 대표작 『시드의 노래』의 내용을 빗대어 말하고 있다. 시드는 무어 왕에게서 전리품으로, '옥좌'라기보다는 등받이가 긴 고급 의자를 얻어 자기 왕 알폰소에게 선물했는데, 시드가 왕을 알현했을 때 왕이 친절하게 자기 옆의 그 '옥좌'에 앉으라고 했다는 고사이다.

무슨 말을 할지 귀를 기울였는데 먼저 입을 연 건 공작 부인으로 이렇게 말했다.

"자, 우리끼리 있으니 말인데, 여기서는 아무도 우리 말을 엿듣지 않으니, 통치자님께서 내가 가진 의문 몇가지를 풀어주셨으면 해요. 이미 인쇄되어 나온, 위대한 돈 끼호떼에 대한 이야기책에 나온 의문점들이지요. 그중 하나가 착한 싼초는 둘시네아를, 그러니까 엘 또보소의 둘시네아 아씨를 한번도 본 적이 없고, 그녀에게 돈 끼호떼의 편지를 전한 적도 없지요, 왜냐하면 편지는 씨에라 모레나의 수첩에 남겨두고 왔기 때문이죠. 그런데 어떻게 그 편지 답장을 받아온 척 거짓말을 하고, 그녀가 밀을 체로 치고 있는 걸 봤다느니 하는, 세상에 둘도 없는 둘시네아의 훌륭한 명성에도 해가 되는 그런 짓을, 좋은 기사 하인들의 자질이나 충성심에도 맞지 않는 거짓이고 농간이라 할 그런 짓을 할 수 있었을까요?"

이런 말에 싼초는 아무 대답도 않고 의자에서 일어나더니 입술에 손가락을 대고 조용한 걸음걸이로 몸을 굽혀 커튼을 들춰보며 온 방을 돌아다닌 다음 돌아와 다시 앉더니 말했다.

"마님, 보아하니 여기 있는 사람들 외에는 우리 말을 슬그머니 엿들을 사람도 없으니 놀라움이나 두려움 없이 제게 물어보신 거나 앞으로 물어보실 모든 질문에 대답을 해올리겠습니다. 먼저 제가 말씀드리고 싶은 건, 제가 우리 돈 끼호떼 나리를 완전히 정신 나간 미치광이로 여기고 있다는 점입니다. 비록 어떤 때는 제 의견도 그렇고, 그의 말을 들은 모든 사람이 생각하듯이 악마 사탄이라 할지라도 더 훌륭할 수 없다 할 정도로 아주 좋은 길로 인도해주는 정말 사려 깊은 말을 하기도 하지만 말입니다. 그러나 어쨌든 진짜 허심탄회하게 말하면, 전 그가 조금 모자란 사람이라는 확실한 결론을 얻었습니다. 제가 머릿속에 이런 생각을 담고 있기에 그에게 감히 밑도 끝도 없는 사실을 믿도록 하는 거지요. 그 편지 답장 같은 경우도 그런 거지요. 그리고 여기서 알아야 할 건 아직 책에는 나오지 않은 사실이 또 있다는 것이니, 엿새 전인지 여드레 전인지에 있었던 우리 둘시네아 아씨가 마법에 걸린 사건인데, 그건 말도 안되는 엉뚱한 소리이며 사실이 아닌데도 제가 그녀를 마법에 걸린 것처럼 이해하게 만들었답니다."

공작 부인은 그 마법 작전인지 장난인지를 이야기해달라고 졸랐고 싼초는 그녀에게 일어난 사실 그대로 다 이야기해주었다. 그걸 들은 사람들이 적잖이 즐거워했으며 대화를 계속하면서 공작 부인은 말했다.

"착한 싼초가 나에게 한 이야기를 들으니 내 마음에 묘한 생각 하나가 뛰어다니면서 귀에 어떤 속삭임 같은 걸 들려주는데 이렇게 말하는구먼. '그러니 라 만차의 돈 끼호떼는 미치광이고 모자라고 어리석은 자다. 그리고 그의 하인인 싼초 빤사는 그걸 알고 있음에도 불구하고 그를 모시고 따라다니면서 헛된 약속을 따르고 있다. 그건 틀림없이 그가 그 주인보다 더 바보이고 미치광이기 때문이다. 진실이 사실 그러하다면, 공작 부인, 만약 그 싼초 빤사에게 통치할 섬을 준다면 정말 일이 잘못될 수 있지, 자신을 통제할 줄도 모르는 자가 어떻게 남들을 통치한다지?'"

"아이구, 마님." 싼초가 말했다. "그 묘한 생각은 잘 생겨났지만 말을 하려면 좀 똑똑히 하라고 하세요. 아니면 마음대로 하겠지만 저도 진실을 말한다고는 생각해요. 제가 똑똑하다면 벌써 우리 주인을 두고 떠났겠지만 이게 제 운이고, 이게 저의 재수없는 삶이니 더이상 어쩔 수 없어요. 저는 그를 따라가야 합니다. 우리는 고향이 같고, 전 그의 빵을 먹고 살았으며, 그를 참으로 사랑하지요. 그는 고마워할 줄 알고 자기의 어린 나귀들도 제게 주었고, 무엇보다 저는 성실한 사람입니다. 그래서 무덤 쓰는 삽과 괭이처럼 죽을 때까지 무슨 일이 있어도 서로 떼어놓지 못할 거예요. 그리고 매처럼 높은 그대께서 저에게 약속하신 섬을 주기 싫으시다면, 하느님도 제가 태어날 때 제게 준 게 별로 없으니, 제게 섬을 주지 않는 게 오히려 제 양심을 위해서는 훨씬 더 편할지 몰라요. 비록 저는 바보지만, 정말 재수가 없으려고 하면 '새에게 먹혀 죽으려고 개미에게 그날 날개가 돋는다'라는 속담 정도는 이해합니다. 또한 섬의 통치자 싼초보다 기사 하인 싼초가 더 빨리 저 좋은 하늘나라로 갈지도 모르잖아요. 거기서도 프랑스에서처럼 맛있는 빵을 잘 만들어요, 밤에는 모든 고양이가 가무잡잡하지요, 오후 2시에도 아침을 안 먹은 사람은 참으로 불행한 사람이지요. 배 속이 남보다 한뼘 이상 큰 사람은 없고, 늘 하는 말로 꼴과 지푸라기로라도 배는 채울 수 있는 겁니다. 들의 새들은 하느님을 자기들의 식품 조달자, 식품 저장자로 모시지 않나요. 그 좋은 쎄고비아의 천 네마보다 꾸엥까의 거친 천 네마가 더 따뜻하고, 이 세상 떠나서 뱃속에 흙이 들어갈 때는 왕자도 날품팔이꾼도 좁은 길로 가기는 마찬가지이고, 교황의 몸뚱이라고 교회지기 몸보다 땅을 더 많이 차지한다는 법 없고, 어떤 사람이 다른 사람보다 키가 커도 구멍에 들어갈 때는 딱 맞게 모두 쭈그리고 들어가지요. 아무리 우리가 싫어도 꼭 맞게 조이거나 쭈그리게 해서, 안녕히 주무세요 하고는 끝이지요. 그리고 다시 말씀드리지만 마님께서 저를 바보라고 생각해서 섬을 주실 의향이 없으시다면 저도 똑똑한 척하면서 아무것도 안 받을 줄도 압니다요. 제가 들은 바로는 십자가 뒤에는 악마가 있다고 하더군요, 빛이 난다고 다 황금은 아니지요. 쟁기와 멍에, 황소 들 속에서 농사꾼 왐바를 꺼내어 에스빠냐의 왕이 되게 했고, 금실 은실 비단과 오락 과 재물 사이에서 로드리고를 꺼내어 뱀들에게 먹혀 죽게 했지요, 옛날 로만세 민요들 가사가 거짓말이 아니라면 말이지요."

"그게 어찌 거짓말이겠어요?" 이때 이야기를 듣고 있던 사람 중 상급 시녀 도냐 로드리게스가 말했다. "한 로만세 민요에는 로드리고 왕을 산 채로 무덤 속에 묻었는데, 무덤 속에는 뱀, 두꺼비, 도마뱀 들이 가득해서 이틀이 지나자 무덤 속에서 낮고 고통스러워하는 왕의 목소리가 새어나왔대요.

날 잡아먹네, 날 잡아먹네
죄 많은 곳으로부터 날 씹어먹네.

이런 가사를 보면 이분 말이 절절히 맞기도 해요. 어차피 추잡한 구더기들에게 먹힐 신세라면 왕보다는 농사꾼이 되고 싶다는 말이네요."

공작 부인은 자기 시녀의 그 순박한 말을 듣고 웃음을 참을 수 없었으며 싼초의 속담이나 언변에는 감탄해서 그에게 말을 했다.

"착한 싼초도 벌써 잘 알겠지만 기사나 신사는 한번 약속을 하면 목숨을 걸고라도 항상 지키려고 노력하지요. 우리 어른이며 남편인 공작님께서는 비록 방랑하는 부류는 아니시지만, 그렇다고 기사나 신사가 아니시지는 않으므로 세상이 시기하고 악랄하게 굴어도 섬에 대한 언약은 꼭 지키실 겁니다. 용기를 내세요. 생각지도 않은 어느날 자기 섬의 왕좌에, 그곳의 권좌에 앉아서 통치권을 쥐고 흔들 거예요. 그 자리면 다른 금실 은실 고대광실 자리도 저리

가라지요. 내가 부탁하고 싶은 건 자기 신하들이 모두가 좋은 핏줄이고 충성스러우리라는 것을 염두에 두고 그들을 어떻게 다스려야 할지를 잘 생각해두라는 거예요."

"잘 통치하는 문제는 저에게 구태여 부탁하실 필요도 없습니다. 저는 원래 자비심이 많고 가난한 사람을 동정하는 마음이 있거든요. 밀가루를 반죽해서 빵을 구울 줄 아는 빵장수에게 빵 가지고 속이려 들지 말라는 속담이 있죠. 하늘에 맹세코 하는 말입니다만, 저에게 속임수는 안 통할 겁니다. 저는 개 중에서도 늙은 개라서 척 하면 척 하고 다 압니다. 때에 따라서는 정신을 바짝 차릴 줄도 알아서 제 눈앞에서 땅쥐가 숨어서 딴전 피우는 건 못 봐주지요. 전 제 구두 어디가 발을 조이는지 다 알거든요. 제 말은 착한 사람은 저와 동행하게 하고 손을 잡아주겠지만 나쁜 사람은 발도 들여놓지 못하게 할 거라는 겁니다. 제 생각에는 이 통치라고 하는 문제는 모두 시작이 반이고 반달만 통치자로 일하면 전 금방 그 일이 재미있고 좋아서 미치게 될 겁니다. 그리고 제가 평생 하고 자라온 농사일보다 정치에 대해 더 많이 알게 될 겁니다."

"그건 그대 말이 정말로 맞아요, 싼초." 공작 부인이 말했다. "태어날 때부터 배우고 나온 사람은 아무도 없고, 사람들 중에서 대승정이 나오지 돌멩이가 대승정이 되겠어요? 하지만 조금 전에 우리가 이야기했던 둘시네아 아씨가 마법에 걸린 사건으로 다시 돌아가자면, 내가 연구 궁리해서 누구보다 확실히 아는 게 하나 있는데, 싼초가 주인을 놀리려고 그 농사꾼 여자가 둘시네아라고 이해하게 했던 그 상상력, 그리고 만약 주인이 그녀를 알아보지 못하면 마법에 걸려 있기 때문이라고 하려고 했던 점, 이 모두가 돈 끼호떼 나리를 따라다니는 마법사 하나가 조작했다는 사실이에요. 왜냐하면 실제로 내가 상당히 잘 알고 있는 사실은, 그때 그 어린 나귀 위에 폴짝 뛰어 탄 촌여자가 엘 또보소의 둘시네아였고 실제로 둘시네아라는 겁니다. 그러니 착한 싼초가 속임수를 썼다고 생각했지만 실은 자기가 속은 거지요. 우리가 한번도 보지 못한 일들에 대해 더이상 의문을 가지지 말고 진실로 믿읍시다. 그리고 싼초 빤사 나리께서도 아셔야 할 것은 지금 우리에게도 우리를 참으로 사랑해주는 마법사들이 있다는 거예요. 사건을 조작하지 않고 암수 같은 건 부리지 않고 순수하고 소박하게 세상에서 일어나는 일들을 우리에게 말해주는 분들이지요. 싼초께서도 팔짝팔짝 뛰던 그 여자가 엘 또보소의 둘시네아였고 둘시네아 그 사람이며 무엇보다 확실하게 마법에 걸려 있다는 걸 믿으세요. 그러면 생각지도 않은 순간에 우리는 그녀의 원래 모습을 보게 될 거고, 그리되면 그제야 싼초도 자기가 속아 살았구나 하는 걸 깨닫게 될 거예요."

"그게 그럴 수도 있지요." 싼초가 말했다. "그리고 지금은 우리 주인께서 몬떼시노스 동굴에서 보았다고 이야기하는 것을 저도 믿고 싶습니다. 거기에서 엘 또보소의 둘시네아 아씨를 보았다고 하는데 그 옷과 복장이 제가 단지 재미삼아 마법을 걸렸을 때 보았다고 한 그녀의 모습과 똑같았거든요. 그런데 마님, 마님이 말씀하시는 것처럼 모든 게 완전히 거꾸로일 수 있겠네요. 제 형편없는 재주로 한순간에 그렇게 예리한 속임수를 지어냈다고 생각할 수도 없고 또 그래서도 안되기 때문이지요. 또 제 생각에, 우리 주인님이 아무리 미치광이여도 저 같은 사람의 빈약하고 영양가 없는 설득을 듣고 모든 한계를 벗어난 그런 일을 믿으셨겠어요? 하지만 마님, 그렇다고 해서 착한 마님께서 저를 악한 놈이라고 생각하셔서는 안될 겁니다. 저 같은 머저리에게는요, 최악질 마법사들의 사악한 마음이나 생각까지 파고들어가 엿보아야 하는 의무 같은 건 없거든요. 우리 돈 끼호떼 나리의 꾸지람을 피하려고 그 이야기를 지어냈던 거지, 주인님을 욕되게 할 의도는 없었어요. 결과가 거꾸로 되었다면 사람들 마음을 판단하는 하느님이 계시니까 진실을 아시겠죠."

"그게 사실이에요." 공작 부인이 말했다. "하지만 싼초, 말해봐요, 그 몬떼시노스 동굴에 대한 이야기는 또 뭐예요? 참 궁금하네요."

그러자 싼초 빤사는 그 모험에 대한 이야기를 자세히 그녀에게 들려주었고 그 말을 듣고 공작 부인이 말했다.

"이 사건을 들으니 위대한 돈 끼호떼 나리가 거기서 보았다는 농사꾼 여자와 엘 또보소 입구에서 싼초가 보았다고 한 그 여자가 똑같았다고 한 걸로 보아 그녀가 둘시네아임이 틀림없다는 결론을 내릴 수 있겠네요. 이 근방으로 지나치게 호기심이 많고 아주 약삭빠른 마법사들이 많이 돌아다니거든요."

"제 말도 그 말입니다." 싼초 빤사가 말했다. "만약 우리 엘 또보소의 둘시네아 아씨가 마법에 걸려 있다면 그건 그분의 문제이지요. 그 피해로 제가 싸울 문제는 아니지요. 수도 상당히 많고 악랄한 우리 주인의 적들을 제가 공략을 하다니요. 그때 제가 본 여자는 농사꾼 여자였고, 저는 농사꾼 여자로 생각했고, 농사꾼 여자로 판단했다면 그게 그대로 사실이어야지요. 그리고 그 여자가 둘시네아였다면, 제 책임은 아니며 또 제가 책임을 지고 이러쿵저러쿵 거기에 대해 따질 문제도 아니지요. 그럼요. 그때그때마다 저더러 이러니저러니 하고, '싼초가 이렇게 말했어, 싼초가 저 짓을 했어, 싼초가 돌아왔어, 싼초가 되돌아갔어' 하면서 마치 싼초가 약방에 감초인 양 그러는 게 싫어요. 이미 세상에 책으로 출판되어 앞으로 유명해져 돌아다니는 바로 그 사람이 이 싼초 빤사가 아닌 것처럼 말이에요. 싼손 까라스꼬처럼 적어도 쌀라망까에서 학사 학위까지 받은 분도 저를 그렇게 말하더라구요. 그런 분들은 생각을 많이 하지 않았거나 그런 생각이 들지 않았다면 거짓말을 할 수가 없어요. 그러니 누구도 쓸데없이 저와 말다툼을 벌일 생각일랑 하지 말라고 해요. 저는 유명한 사람이니까요. 우리 주인님께 들은 바로는 수천의 재산보다 좋은 명성이 더 가치가 있다고 하더군요. 그 통치자 자리에 앉혀만 줘보세요, 정말 사람들이 놀랄 거예요. 기사의 좋은 하인이었던 사람은 좋은 통치자도 될 수 있으니 말이에요."

"착한 싼초가 여기서 한 말은 모두 저 유명한 카토의 금언 같은 것들이에요. 아니면 적어도 '이팔청춘 꽃 시절에 꽃봉오리가 꺾인'[2] 미까엘 베리노와 똑같은 심장에서 우러나온 말들이에요. 그러니까 결국 싼초의 말투를 따르면, 허름한 망또 밑에 좋은 술친구가 있는 법이지요.[3]"

"사실은, 마님. 제 평생 목마를 때 술을 마신 적을 빼고는 나쁜 마음으로 술을 먹은 적은 없어요. 전 위선적인 데는 전혀 없거든요. 마시고 싶으면 마시고, 마시고 싶지 않아도 제게 술을 주면 버릇이 없어 보이거나 샌님 같아 보일까봐 차라리 그냥 마시지요. 친구가 한잔 먹자는데 대리석 같은 심장이라고 그걸 모른 척 마다하겠습니까? 하지만 전 신발은 발밑에 신지만 신발을 더럽히지는 않습니다. 더구나 방랑기사의 하인들은 거의 대부분 물만 마시지요. 항상

---

2 앙헬로 뽈리치아노(Angelo Poliziano)가 열일곱살에 요절한 이딸리아 르네상스 시인 미까엘 베리노(Micael Verino)에게 바치는 시의 첫 구절이다.
3 에스빠냐 중세 시인 싼띠야나(Santillana)의 금언식 시구이다.

숲이나 밀림, 초원이나 산, 바위들 사이로 돌아다니니 눈깔을 빼주고 얻어먹고 싶어도 술 한모금 얻어먹을 데가 없지요."

"나도 그렇게 생각해요. 그리고 지금은 우선 좀 가서 쉬세요, 싼초. 더 많은 이야기는 나중에 하도록 하지요. 그리고 어서 빨리 통치자 자리에, 그대 말처럼, 그대를 끼워주라고 명령하겠어요."

싼초는 다시 공작 부인의 손에 키스하고 부디 자기의 잿빛 아이를 잘 보살펴달라고 간절히 부탁했다. 그 아이는 자기 눈의 빛과 같다고 하면서……

"그 잿빛 아이가 무언데?" 공작 부인이 물었다.

"제 당나귀지요. 당나귀란 이름으로 부르기 싫어서 늘 점박이라고 부르곤 하지요. 이 성에 들어왔을 때 이 상급 시녀께 잘 좀 보살펴달라고 부탁드렸더니, 제가 자기를 할망구라거나 못생긴 여자라고 한 것처럼 황당해하더군요. 상급 시녀들이 마땅히 해야 할 일은 방을 배정해주는 일보다는 당나귀 여물 주는 일일 텐데 말이에요. 아이구, 맙소사, 우리 동네 한 양반은 이런 시녀들에게 얼마나 혼이 났는데요!"

"웬 촌놈이었나보지요." 상급 시녀 도냐 로드리게스가 말했다. "정말 좋은 가문의 양반이라면 그 시녀들을 하늘처럼 받들었을 텐데요."

"이제 그만." 공작 부인이 말했다. "그만들 해요. 도냐 로드리게스도 입 좀 다물고 빤사 나리도 진정하세요. 그리고 그 잿빛 아이는 싼초 님의 보물이라니 내가 책임지고 간수하겠어요. 내가 꼭 눈과 마음에 담고서 보살피리다."

"마구간에만 넣어두면 되지요." 싼초가 대답했다. "우리 존귀하신 마님의 눈과 마음에는 저도, 그 나귀도 한순간이라도 머무를 자격이 없지요. 제 몸에 칼이 들어와도 어찌 그런 일을 받아들이겠습니까. 비록 우리 나리님 말씀으로는 궁중에서는 백지 한장을 덜 갖더라도 한장 더 주고 잃어주는 게 오히려 낫다고 합디다만 당나귀 일이나 사소한 일들에는 손에 나침반을 들고 하나하나 잘 재면서 다녀야 합니다."

"통치자로 갈 때도 나귀를 데리고 가세요." 공작 부인이 말했다. "그러면 거기서 당나귀를 원대로 잘해줄 테고, 심지어 일하지 않아도 되도록 은퇴도 시켜줄 테니 말이에요."

"그게 지나치다고 생각지는 마십시오, 공작 부인 마님. 저는 당나귀를 두마리 이상 데리고 가는 통치자도 보았어요. 제가 제 나귀를 데려가는 건 새로운 일이 아닐 듯합니다."

싼초의 말은 또다시 공작 부인에게 웃음과 행복을 선사했다. 그녀는 그를 쉬러 가라고 한 뒤에 공작에게 그와 나눈 이야기를 들려주었는데, 두 사람은 돈 끼호떼를 놀려주도록 어떻게 작전을 짤 것인가를 두고 이야기꽃을 피웠다. 이 작전은 기사도의 형식에 잘 맞으면서 아주 멋있어야 했는데, 그런 방식으로 돈 끼호떼에게 점잖으면서도 그에게 잘 들어맞는 장난을 많이 쳤다. 그것들이 이 위대한 역사 이야기에 들어 있는 가장 훌륭한 모험 이야기들이다.

34장

세상에 둘도 없는 엘 또보소의 둘시네아의 마법을 어떻게 풀 것인가에 대한 해법을 얻는, 이 책에서 가장 유명한 모험 중의 하나

공작과 공작 부인이 돈 끼호떼와 싼초와의 대화에서 얻는 즐거움은 대단했다. 공작 부부는 그들에게 어떤 모험 같은 낌새나 모양을 갖춘 장난을 치면 흥미로울 거라 확신했다. 그리하여 돈 끼호떼가 몬떼시노스 동굴에 대해 이야기한 것은 또 하나의 희한한 장난을 만들어내는 동기가 되었다. 그러나 공작 부인이 가장 놀라고 감탄한 건 싼초의 순진성이었으니, 그 순박하고 순진한 싼초는 결국 엘 또보소의 둘시네아가 마법에 걸려 있다는 걸 부정할 수 없는 사실로 믿게 된 것이다. 자기 자신이 거짓으로 그 사건을 꾸며낸 사람이고 그 마법을 만든 장본인임에도 말이다. 그리하여 부부는 하인들에게 어떻게 해야 하는지 명령을 내리고 그로부터 엿새 뒤에 돈 끼호떼를 큰 짐승 사냥터에 데려갔는데, 왕관을 쓴 왕의 행차보다 더 야단스럽게 사냥꾼과 몰이꾼을 한 부대 끌고 갔다. 돈 끼호떼에게는 사냥복 하나를 주고, 싼초에게도 천이 아주 좋은 파란 사낭복 하나를 주었다. 그런데 돈 끼호떼는 그 옷을 입으려 하지 않으면서 곧 다른 날이 오면 무사들의 험난한 전투에 나설 몸이 옷장이나 식당 도구들을 끌고 다닐 수는 없다고 했다. 싼초는 물론 자기에게 준 옷을 받았는데, 기회만 생기면 제일 먼저 그걸 팔아먹으려는 계획이었다.

드디어 기다리던 날이 오자 돈 끼호떼는 갑옷을 입고 싼초는 그 옷을 입었다. 싼초에게 말 한마리를 주었으나 자기 점박이를 그냥 두고 가기 싫어 점박이 위에 올라타고는 사냥꾼 무리 사이로 들어갔다. 공작 부인이 멋지게 치장을 하고 나타나자 돈 끼호떼는 순전히 예의로 정중하게 귀부인의 말고삐를 잡았다—비록 공작은 그러지 말라고 말렸지만. 드디어 그들은 높은 두 산 사이에 있는 한 숲에 이르러 서 있을 자리, 잠복 장소, 길목을 할당해 사람들을 각자 맡은 장소에 배치한 뒤 쩌렁쩌렁한 고함 소리를 내지르며 아주 요란하게 사냥을 시작했다. 그리하여 개 짖는 소리와 뿔피리 소리로 사람 소리는 서로의 귀에 들리지 않게 되었다.

공작 부인이 말에서 내려 날카로운 투창 하나를 손에 들고 그녀가 아는, 멧돼지들이 몇마리씩 무리지어 나타나는 길목에 버티고 섰다. 그와 동시에 공작과 돈 끼호떼도 말에서 내려 그녀의 양옆에 섰고, 싼초는 자기의 잿빛 아이 위에서 내려오지 않은 채 모두의 뒤에 섰다. 싼초는 자기 당나귀에게 혹시 재수없는 일이 생길까봐 감히 당나귀에게서 떨어질 생각을 못했다. 그들이 다른 많은 시종들과 함께 줄을 서서 자리를 잡자마자 개들에게 시달리고 사냥꾼들에게 쫓긴 엄청나게 큰 멧돼지 한마리가 송곳니와 이빨을 득득 갈며 입으로 거품을 뿜어대면서 그들이 있는 쪽으로 달려왔다. 그것을 보자 돈 끼호떼는 방패를 들고 칼을 뽑아든 채 짐승과 맞붙으러 나아갔고 공작도 투창을 들고 똑같이 앞으로 나아갔다. 그러나 만약 공작이 막고 말리지 않았다면 이 모든 사람보다 앞서간 사람은 공작 부인이었으리라. 오직 싼초만이 그 용맹한 짐승을 보자 사랑하는 잿빛 아이를 놔두고는 걸음아 날 살려라 하고 달아났고, 달아나다가 높은 떡갈나무 위로 올라가려고 애를 썼으나 잘되지 않았다. 나무의 중간쯤 올라가 나뭇가지 하나에 매달려서 맨 위쪽으로 올라가려고 몸부림을 쳤으나 재수도 없고 운이 모자랐는지 그 가지가 와장창 부러졌다. 몸이 땅으로 떨어지려는 순간 갈고리 모양의 떡갈나무 가지 하나에 걸려 땅에 닿을 수도 없이 공중에 대롱대롱 매달리게 되었다. 그 꼴이 되자 파란 사냥복은 찢어졌고, 그 맹수가 그곳으로 달려오면 자기가 당할 거라는 생각이 든 싼초가 어찌나 소리를 질러대고 얼마나 열심히 사람 살리라고 해댔는지 그를 보지 못하고 그 소리만 들은 모든 사람은 싼초가 맹수 이빨 사이에서 죽어가고 있는 것으로 믿었다.

결국 송곳니가 날카로운 그 멧돼지는 수많은 투창에 관통당한 채 그들 앞에 놓였다. 그러자 돈 끼호떼는 소리만 들어도 알 수 있는 싼초의 고함 소리가 나는 곳으로 고개를 돌렸는데, 싼초가 떡갈나무에 머리를 밑으로 한 채 매달려 있고, 그 옆엔 그 재난 속에서도 싼초를 두고 떠나지 않은 당나귀 점박이가 서 있는 것이 보였다. 이를 보고 시데 아메떼는 싼초가 잿빛 아이를 보지 않고, 잿빛 아이가 싼초를 보지 않는 순간은 거의 한번도 없었다고 말하고 있다. 그만큼 둘 사이를 지탱해준 믿음과 우정이 깊었다는 얘기이다.

돈 끼호떼가 다가가 싼초를 풀어주었고, 몸이 자유롭게 되어 땅을 밟게 된 싼초는 자신의 사냥복 가운이 찢어진 것을 보고 가슴 깊이 애통해했으니, 그는 그 옷을 무슨 장자상속 재산처럼 여기고 있었기 때문이다. 사람들은 엄청나게 큰 멧돼지를 노새 위에 가로로 걸쳐싣고 무슨 전리품인 양 로즈메리 덤불과 은매화 잎가지로 덮은 뒤 숲 중간에 세워진 커다란 야영 텐트로 옮겼다. 거기엔 식탁과 음식이 제대로 준비되어 있었는데, 음식들이 어찌나 호화찬란하고 어마어마한지 그걸 봐도 잔치를 베푼 사람의 훌륭함과 위대함이 어느 정도인지 짐작할 수 있었다. 싼초는 찢어진 자기 옷의 상처를 공작 부인에게 보여주며 말했다.

"이 사냥이 토끼나 새를 잡는 거였다면 제 옷이 이렇게 처참하게 망가지지는 않았을 겁니다. 저는 짐승을 잡으려고 기다리면서 무슨 쾌락을 얻는지 모르겠어요. 만약 그 짐승이 송곳니로 물기만 하면 목숨을 잃게 될 텐데 말이에요. 이런 로만세 옛 민요를 들은 기억이 있는 것 같아요.

　　곰들에게 너도 먹혀 죽으리라
　　그 유명한 파빌라의 죽음처럼."

"그 사람은 고트족 왕이었지." 돈 끼호떼가 말했다. "큰 짐승을 사냥하러 나갔다 곰에게 먹혀 죽었지."

"그게 제 말이에요. 저는 왕이나 왕자 들이 이런 위험한 짓을 안 했으면 좋겠다는 거죠. 당치도 않은 쾌락처럼 보이는 것을 위해서 말이에요. 아무런 죄도 저지르지 않은 짐승을 죽이는 일이니까 당치도 않죠."

"오히려 그대가 잘못 알고 있는 것 같구먼, 싼초." 공작이 말을 받았다. "큰 짐승 사냥 연습이야말로 다른 무엇보다 왕이나 왕자 들에게 필요하고 알맞은 운동일세. 사냥이란 전쟁의 모방이니 거기엔 자신을 살리고 적을 이기기 위한 전략이 있고, 술책이 있고, 함정이 있지. 또 엄청난 추위와 견딜 수 없는 더위를 견디고 이겨 내야 하고, 잠이나 오락도 무시하고, 힘을 모아 세우고, 사냥에 필요한 사지를 민첩하게 단련하니까 결론적으로 아무도 해치지 않고 많은 사람을 즐겁게 하면서 할 수 있는 운동이지. 그것이 가장 좋은 건 다른 종류의 사냥들이 다 그렇듯이 누구나 다 할 수 있는 사냥이 아니라는 거지. 물론 매사냥 또한 왕이나 위대한 귀족 들의 놀이니 다르다 할 수 있지만 말일세. 그러니 싼초, 생각을 바꾸게나. 그리고 그대가 통치자가 되면 사냥도 해봐야 하네. 그러면 그게 얼마나 유익한지 곧 알 걸세."

"그건 안되지요." 싼초가 대답했다. "좋은 통치자는 다리를 부러뜨려 집에 둬야지요.[1] 일이 있는 사람들이 안타깝게 통치자를 찾는데 자기는 산에서 한가하게 놀고나 있으면 꼴좋겠수다! 그렇게 되면 정부 꼴이 망해가는 거지요! 나리, 제가 진심으로 말씀드리는데, 사냥과 심심풀이 오락은 통치자들에게 맞는다기보다는 노라리들에게나 맞는 거지요. 제가 심심풀이로 하고 싶은 건 부활절에는 에스빠냐 민속 카드놀이를 하고, 일요일이나 휴일엔 볼링을 하는 겁니다. 그 사냥인지 나발인지[2]는 제 신분과도 걸맞지 않고 제 양심에도 걸립니다."

"제발, 싼초, 꼭 그리하면 좋겠구먼. 말과 실천 사이에는 커다란 차이가 있는 법이니까."

1 원래는 '결혼한 여자는 다리를 부러뜨려 집에 앉혀놓아야' 안전하다는 반여성적 속담이다. 이 책 5장 각주 5 참조. 이를 싼초가 교묘하게 이용하며 '좋은 통치자'의 덕목으로 써먹고 있다.
2 원문에는 'esas cazas ni cazos'(그 사냥인지 나무주걱인지)이다. 늘 그렇듯 세르반떼스 특유의 말놀이이다.

"일이야 어찌 되든지 간에 돈 잘 갚는 사람에겐 담보는 걱정도 아니고, 새벽에 일찍 일어나는 사람보다 하느님이 도와주는 사람이 더 낫고, 배가 고파야 발이 움직이는 거지 발이 움직여야 배가 고픈 건 아니죠. 제 말은 하느님이 도와주시고 저도 좋은 의도로 해야 할 일을 하고자 하면 틀림없이 어떤 약삭빠른 놈보다 통치는 잘할 겁니다. 아니지요! 제 입에 누가 손가락 하나만 대보라고 해보세요, 제가 무나 안 무나 한번 보고 싶으면……"

"저런, 하느님과 모든 성자께 벌 받을 녀석, 저런 빌어먹을 놈이 있나!" 돈 끼호떼가 말했다. "싼초, 내가 전에 몇번이나 말했지만 자네가 그 속담을 쓰지 않고 진짜 사리에 맞는 평범한 말을 하는 날이 언제나 오겠나! 여러분, 고명하신 여러분께서는 이 바보를 그냥 모른 체 내버려두십시오. 자칫하면 속담 두개만이 아니라 천개를 집어넣어 사람을 정신없이 헷갈리게 만드는 사람이 싼초지요. 하느님 덕택에 이 친구가 건강이 좋거나 내가 그의 말을 듣고 싶은 생각이 있을 때는 항상 사리에 맞는 제법 그럴듯한 속담을 끌어오기도 하지만요."

공작 부인이 말했다. "싼초 빤사의 속담은 그리스어 군단 단장의 것[3]보다 더 많지만, 그렇다고 그 금언들이 짧다고 가치가 떨어지는 건 아니에요. 내가 말할 수 있는 건, 다른 속담을 더 잘 맞도록 쓰고 더 맛있게 적용한다 해도, 그것보다는 싼초의 속담이 더 재미있다는 거예요."

이런저런 재미있는 이야기들을 나누면서 천막에서 나와 숲으로

---

3 에르난 누녜스 데 구스만(Hernán Núñez de Guzmán)의 『방언으로 된 속담이나 금언』(Refranes o proverbios en romance, 1555)에 대한 언급이다. 그는 싼띠아고 교단 군사였고 그리스어 교수였다.

갔는데, 몇군데 사냥 길목을 알아보기 위해서였다. 하루가 빨리 지나가고 밤이 왔다. 한여름인데 계절의 맛이 느껴지는 조용하고 밝은 밤은 아니었으나 약간 희미한 빛이 있는 밤이어서 공작 부부의 의도를 실행하기에는 무척 도움이 되었다. 노을이 지기 조금 전에 땅거미가 지기 시작하자 온 숲 사방이 때아닌 불길에 휩싸이는 듯하더니 이윽고 여기저기 이곳저곳에서 뿔피리 소리며 다른 전쟁 악기 소리들이 끝없이 들려와 마치 숲으로 수많은 기병대가 지나가고 있는 것 같았다. 불빛이 번쩍거리고 군악대의 악기 소리가 주변에 있는 사람들이나 심지어는 숲에 있는 모든 사람의 눈과 귀에 우레처럼 울리고 거의 귀머거리로 만들었다. 그뒤, 전쟁에 돌입할 때 무어족들이 습관적으로 지르는 소리처럼 '릴릴리 릴릴리' 하는 외침[4]이 끝없이 들려왔고 트럼펫이며 나팔 소리가 울려퍼졌으며 북소리가 울리고 피리 소리가 메아리쳤다. 이 모든 소리가 거의 동시에 다급하게 계속해서 들려와 그 많은 악기의 어지러운 소리에 감각이 마비되지 않은 사람도 감각을 잃을 지경이었다. 공작은 공포에 떨었고 공작 부인도 긴장했으며 돈 끼호떼는 놀랐고 싼초 빤

----

4 여기서 이 '릴릴리'(lililí)라는 외침 소리가 우리에게는 퍽 재미있다. 세르반떼스의 말로는 '전쟁에 돌입할 때 무어족들이 습관적으로 지르는 소리'가 '릴릴리'라니 우리의 '야아!' 하는 함성과 비슷한 셈이다. 우리 민요의 '늴리리야, 늴리리야'는 그런 전쟁의 느낌보다는 놀이의 흥겨움이 특징이다. 더 흥미로운 것은 이 무어족의 '릴릴리'는 같은 아랍어 연원인 에스빠냐어의 '알라리도'(alarido, 고함, 절규)와 같은 말이며, 이 말의 변형에는 '아라리유'(arariyu)도 있다는 것이다. 이런 아랍어 계통의 함성·환호·신음·한탄의 감탄사가 우리 민요의 후렴구와 비슷한 것은 우연의 일치에 불과한 것일까? 아랍어의 '라 일라 일라 알라'(lá iláh illá alláh, 알라밖에 신이 없다)에서 나온 '릴릴리'라는 이 함성은 또한 우리 「청산별곡」의 '얄리얄리 얄랑성'과도 비슷해서 어떤 연관이 있는 건 아닐까 하는 궁금증을 유발한다.

사는 떨었으니, 요컨대 그 원인을 아는 사람들까지도 경악을 했다. 공포와 함께 침묵이 그들을 엄습했다. 악마의 옷을 입고 역마차 마부가 그들 앞으로 지나갔는데, 나팔 대신에 엄청나게 큰, 속이 텅 빈 뿔 하나를 불어대니 소름 끼치는 목쉰 소리가 흘러나왔다.

"여보게, 이 친구 역마차 마부!" 공작이 말했다. "그대들은 누구인가, 어디로 가는가? 그리고 이 숲을 지나가는 것처럼 보이는 군대는 무슨 전쟁을 하는 군인들인가?"

그 말에 역마차 마부는 소름 끼치는 거친 소리로 대답했다.

"나는 악마노라. 나는 라 만차의 돈 끼호떼를 찾아가노라. 여기 오는 사람들은 마법사 부대 여섯으로, 개선장군의 마차에는 마법사들이 세상에 둘도 없는 엘 또보소의 둘시네아를 싣고 오노라. 그녀는 마법에 걸려 있는데, 우아한 프랑스 기사 몬떼시노스가 여기 돈 끼호떼에게 둘시네아 아씨를 마법에서 풀려나게 하려면 어찌해야 하는지를 가르치고 명하러 왔노라."

"그대가 그대 말대로, 그대 모습처럼 진짜 악마라면 이미 그 라 만차의 돈 끼호떼라는 자를 알아보았을 테다, 바로 그대 앞에 있으니……"

"하느님 맙소사, 나 좀 보게나." 악마가 대답했다. "정말이지 내가 미처 그걸 보지 못했도다. 수많은 일을 정신없이 생각하다보니 여기 온 가장 중요한 목적을 잊었구먼."

싼초가 말했다. "틀림없이 이 악마는 좋은 기독교인이고 좋은 사람인 것 같아요. 그렇지 않고서야 '하느님'을 부르고 '하느님 맙소사, 나 좀 보게나' 하면서 진실을 말하겠어요? 이제 보니 제 생각엔 아무리 지옥이라지만 거기에도 좋은 사람들이 있나봐요."

그러자 악마는 말에서 내리지도 않은 채 돈 끼호떼에게로 눈길을 돌리면서 말했다.

"그대 사자의 기사에게, 나 그대를 사자들의 발톱 사이에서 보고 싶지만, 불행했지만 그러나 용감했던 몬떼시노스 기사가 나를 보내면서 그대를 우연히 만나게 될 테니 그 장소에서 그를 기다리라 전하라고 내게 말했노라. 자기가 엘 또보소의 둘시네아라 부르는 여자를 데리고 와서 그대에게 그녀의 마법을 풀어주는 데 필요한 조건을 제시하고 명령하겠노라 했도다. 내가 여기에 온 다른 이유는 없으니 더이상 내가 머물 이유도 없도다. 나 같은 악마들은 그대와 머물고 이분들은 천사들과 계시기를."

이런 말을 하면서 엄청나게 큰 뿔을 불고는 등을 돌려서 누구의 대답도 기다리지 않고 그냥 가버렸다.

모든 사람은 다시 한번 놀랐는데, 특히 싼초와 돈 끼호떼의 놀라움이 컸다. 싼초는 사실이 어찌 되었든 간에 사람들이 둘시네아가 마법에 걸려 있기를 바란다는 걸 알아서이고 돈 끼호떼는 몬떼시노스 동굴에서 일어난 일이 사실인지 아닌지 확신할 수 없었기 때문이다. 이런 생각에 빠져 있을 때 공작이 그에게 말했다.

"나리께서는 기다리실 작정입니까, 돈 끼호떼 나리?"

"그럼요, 기다려야죠." 그가 대답했다. "온 지옥이 다 나를 향해 쳐들어온다 해도 여기서 굳건히 당당하게 기다리고 있을 겁니다."

"그렇다면 만약 제가 다른 귀신을 보고 저번 뿔 부는 소리 같은 다른 소리를 듣는다 해도 플랑드르에서 기다린 만큼 저도 여기서 기다릴 겁니다." 싼초가 말했다.

이때 밤이 더 깊어졌고 숲으로 많은 불빛이 흘러다녔다. 마치 지상의 마른 기운들이 하늘로 흘러가면 우리 눈에는 별들이 흘러가는 것처럼 보이듯이 말이다. 그와 동시에 무시무시한 소음이 들려왔는데 황소가 끄는 우차의 단단한 바퀴들이 끌리면서 내는 그런 소리 같았다. 그 삑삑거리는 삭막한 소리가 지속되면 우차가 지나가는 곳에 있는 곰들이나 늑대들도 다 도망간다고 한다. 이 모든 난리에 또 하나의 폭풍이 더 몰아쳐와서 그 소리가 모든 소리를 더 증폭시켰는데, 그건 숲의 사방 네 곳에서 동시에 싸움이 붙거나 전쟁판이 벌어지고 있는 것 같은 광경이었다. 저쪽에서는 무서운 대포 소리의 엄청난 굉음이 울려나오고, 이쪽에서는 수없이 많은 총소리가 터졌으며, 가까이에서는 전사들의 목소리가 들려왔고 멀리서는 다시 릴릴리 릴릴리 하는 회교도의 함성이 반복되었다. 마침내 뿔피리, 뿔, 나팔, 경적, 클라리넷, 트럼펫, 북, 대포, 화승총 소리, 거기에다 특히 마차 바퀴의 공포스러운 찍찍거림이 합쳐져 전체적으로 소름 끼치는 혼란스러운 난타극을 이루고 있었다. 돈 끼호떼는 그 소리들을 참고 견디고자 안간힘을 다 써야 했으나 너무 놀란 싼초는 땅에 쓰러지듯 기절하여 공작 부인의 치마 위로 떨어졌다. 공작 부인은 그를 치마에 받고는 급히 얼굴에 물을 부으라고 했고, 물을 붓자 싼초의 정신이 돌아왔다. 그때 찍찍거리는 바퀴를 단 그 우차가 그곳에 다다랐다.

　게으른 황소 네마리가 다 검은 천으로 치장하고 우차를 끌고 있었는데, 황소의 뿔마다 커다란 불꽃이 타오르는 양초 횃불을 달고 있었다. 그리고 우차 위에는 높은 의자가 마련되어 있었는데, 그 위에 근엄한 노인 한명이 앉아 있었다. 노인은 수염이 눈보다 하얗고 아주 길어서 허리 밑까지 치렁거렸고, 검은 리넨으로 만든 긴 옷을 입고 있었다. 우차엔 수없이 많은 촛불이 가득 달려 있어서 우차 안에 있는 모든 것을 보고 식별할 수 있었다. 똑같은 리넨으로 만든 옷을 입은 흉측하게 생긴 악마 둘이 노인을 인도하고 있었는데,

그 얼굴이 어찌나 흉한지 싼초는 한번 보고는 다시 보고 싶지 않아 눈을 감아버렸다. 마침내 우차가 그 장소에 정확히 다다르자 근엄한 노인이 그 높은 의자에서 일어서서 그대로 선 채로 목소리를 높여 말했다.

"나는 리르간데오 현자[5]로다."

그러고는 더이상 말을 않고 우차는 앞으로 지나갔다. 그 우차 뒤에 다른 우차가 왕좌에 앉은 또다른 노인을 태우고 똑같이 다가왔다. 그 노인은 우차를 멈추게 한 뒤 다른 노인 못지않게 큰 소리로 말했다.

"나는 미지의 여인 우르간다[6]의 절친한 친구 알끼페 현자로다."

그러고 지나갔다. 그다음 똑같은 자세로 또다른 우차가 왔는데, 왕좌에 앉은 사람은 다른 사람들처럼 노인이 아니라 건강하게 생긴 사나이로 아주 흉한 몰골을 하고 있었다. 그는 도착하자마자 다른 사람들처럼 벌떡 일어서더니 더 쉬고 더 악마 같은 목소리로 말했다.

"나는 골 지방의 아마디스와 그 가문의 철천지원수인 마법사 아르깔라우스이노라."

그러면서 지나갔다. 그곳에서 약간 떨어진 쪽에 이 세대의 우차가 멈췄고, 그 짜증스러운 바퀴 소리도 멈추었다. 그러자 이번에는 시끄러운 소음이 아닌 부드럽고 화음에 맞는 음악 소리 같은 게 들려왔다. 싼초는 기뻐하며 좋은 징조라고 생각하여, 한순간도 한 발자국도 떨어진 적이 없는 공작 부인에게 말했다.

"마님, 음악이 있는 곳에는 나쁜 일이 있을 수가 없습니다."

---

5 『페보의 기사 이야기』에 나오는 기사의 스승 이름이다.
6 『골 지방의 아마디스』에 나오는 여자 마법사 이름이다.

"불빛과 밝음이 있는 곳에 나쁜 일이 있을 수는 없지." 공작 부인이 대답했다.

그러자 싼초가 말을 받았다.

"불은 빛과 밝음을 주지요. 우리를 에워싸는 모닥불을 보아도 알 수 있듯이오. 어쩌면 이 모닥불은 우리를 충분히 불태울 수도 있지만 음악은 항상 즐거움과 축제의 표시예요."

"두고 봐야지요." 모든 이야기를 듣고 있던 돈 끼호떼가 말했다.

다음 장에서 증명되듯이 그 말은 맞는 말이었다.

35장

돈 끼호떼가 둘시네아의 마법을 푸는 방법을 알게 되다, 그리고 다른 놀라운 사건들이 계속된다

즐거운 음악 리듬에 맞춰 그들 쪽으로 이른바 개선마차라고 부르는 마차가 하나 오고 있었는데, 가무잡잡한 노새 여섯마리가 끌고 있었다. 노새들은 하얀 천으로 온몸을 둘렀고, 노새 위에는 역시 하얀 옷을 입은 고행자가 커다란 양초로 만든 훨훨 타는 횃불을 손에 들고 있었다. 앞서 지나간 우차들보다 두세 배는 더 컸으며, 그 마차 옆이나 위에는 또다른 고행자 열두명이 눈처럼 새하얀 옷을 걸치고 불이 훨훨 타는 횃불을 들고 있었다. 그 광경은 무척이나 놀랍고 무시무시했다. 그리고 높은 데 위치한 왕좌 같은 자리에는 은색 베일을 여러번 두른 요정이 앉아 있었는데 베일마다 수많은 금박 조각이 반짝이고 있어서 아름답지는 않아도 적어도 호화찬란하기는 한 옷차림이었다. 얼굴은 투명하고 섬세한 얇은 비단으로 가리고 있었는데 그 날실들이 방해만 하지 않으면 그 사이로 무척 아름다운 아가씨의 얼굴이 드러나곤 했다. 불빛이 대단히 많고 밝아서 나이나 아름다움을 가늠할 수 있었는데, 보아하니 스물은 넘지 않고 열일곱은 더 되어 보였다.

그녀 옆에, 소위 옛날 왕들이 입던 발까지 내려오는 길고 화려한 망또 같은 것을 걸치고 머리는 검은 베일로 가린 사람이 하나 있었다. 마차가 공작 부인과 돈 끼호떼 앞에 정면으로 마주치도록 다가오는 순간 마차에서 흘러나오던 치리미아 피리 음악이 그치고 이어 만돌린 같은 라우드며 하프 소리도 그쳤다. 그러자 긴 의상을 걸친 인물이 벌떡 일어나더니 옷깃을 양쪽으로 젖히고 얼굴 베일을 벗으며 흉하고 살이 다 빠진 죽음의 인물, 그 모습을 고스란히 드러냈다. 그것을 본 돈 끼호떼는 고뇌를 느꼈고 싼초는 공포를 느꼈으며, 공작 부부도 두려움을 느낀 듯했다. 이 살아 있는 죽음의 모습이 벌떡 일어서더니 약간 졸린 듯한 목소리, 아직 온전히 깨어나지 못한 혀놀림으로 이렇게 말하였다.

나는 메를린이노라, 역사에 나오는 그 인물로
악마를 아버지로 모셨다고 하는 그 사람이노라
(지난 세월의 권위있는 거짓말),
마법의 왕자, 조로아스터[1] 마법의
보고이며 제왕인 사람이 나이니라,
나는 나이와 세월과 세상의 경쟁자,
세월은 내가 커다란 사랑을 가지고
거느리고 있는 용감무쌍한 방랑기사들
그들의 업적을 숨기려 하기 때문이니라.

---

1 고대설화에 등장하는 마술의 창시자이기도 하다.

비록 마법사들이나
마술인, 점쟁이 들의
성격이 끝없이 혹독하고 잔인하고 강해도
나는 부드럽고 연하고 사랑스러우며
모든 사람들에게 잘해주기를 좋아하노라.

디테²의 암울한 굴속에서, 내 영혼이
거기서 신비로운 선과 성격을 만들어볼까
심심풀이 삼아 시간을 보내고 있을 때,
세상에 둘도 없이 아름다운 엘 또보소의
둘시네아의 고통에 찬 목소리가 들렸더라.
불행한 그녀가 마법에 걸린 것을 알았고
우아한 귀부인 아씨가 시골 촌여자로
둔갑한 것을 알고는, 내 마음 또한 아팠노라.
그래서 나의 혼령을 이 무섭고 사나운
해골 속에 담고, 이 나의 어리석은 악마의
학문에 관한 책 수십만권을 뒤져본 뒤,
그 큰 불행에 그 큰 고통을 치료하는 데
맞는 처방을 알려주러 내가 여기 왔노라.

오, 그대여, 금강석과 강철의 갑옷을 입은
모든 사람들의 영광이요, 명예여,
어리석은 잠과 한가한 붓놀림을 버리고

---

2 지옥의 신 플루톤의 라틴어 이름 중 하나이다.

피투성이 고통스러운 무사의 그 견디기 힘든
수행을 하겠다고 몸과 마음을 다짐하고 나선
모든 자들의 이정표며 길잡이이며 오솔길이며
빛이고 등대인 그대여,
내 그대에게 말하노니,
오, 한번도 제대로 칭송받지 못한 사나이
그대에게, 용감하면서도 동시에 사려 깊은
라 만차의 돈 끼호떼, 에스빠냐의 광휘며 별이여,
세상에 둘도 없는 엘 또보소의 둘시네아의
원형, 원래 상태를 되찾기 위해서는, 그대의
하인 싼초가
그의 용감한 양쪽 엉덩이를
밖에 드러내놓고,
스스로 삼천삼백대의 매를 맞아서
엉덩이가 아리고 쓰리고 아파야 하느니라.
이리하면 그 불행의 주인공이었던 모든
사람들의 문제가 해결될지니, 이것이
내가 여기 온 이유이니라, 그대들이여.

"세상에 이런 일이!" 이때 싼초가 말했다. "제 말은, 삼천대는 고
사하고 단 세대만 맞아도 칼침을 세번 맞은 것처럼 아플 거라는 거
예요. 제기랄, 마법 푸는 방법도 악마답구먼! 도대체 내 엉덩이가
마법하고 무슨 관계인지 모르겠네요! 정말이지, 메를린 나리께서
만일 엘 또보소의 둘시네아 아씨의 마법을 푸는 다른 방법을 찾지
못한다면, 죽을 때까지 마법을 못 풀고 무덤에 가게 될 겁니다!"

"당신³! 나에게 맛 좀 봐야겠어." 돈 끼호떼가 말했다. "이 마늘로 배 터져 죽을, 이 촌뜨기 양반아. 당신 어머니 뱃속에서 태어날 때처럼 벌거숭이 상태로 내 그대를 나무에 묶어놓고 삼천삼백대도 아니고 육천육백대를 칠 테야. 찰떡처럼 철썩철썩 칠 거야. 삼천삼백번을 피해도 도망가지 못하도록 철저하게…… 그리고 더이상 말대꾸하지 마, 네 속을 통째 끌어내버릴 테니까."

그 말을 듣자 메를린이 말했다.

"그렇게 해서는 아니되오. 착한 싼초가 맞는 그 매들은 그렇게 억지로 맞는 게 아니라 그의 마음에서 원하는 거여야 하니까. 그것도 일정한 제한을 두지는 않으니 그가 원하는 때에 맞으면 되노라. 그러나 만약 그가 스스로 매질하는 고통을 절반으로 덜고 싶다면 비록 좀 귀찮지만 다른 사람 손으로 치게 하는 것도 무방하니라."

"다른 사람 손도, 내 손도 필요없고, 귀찮거나 귀찮지 않을 것도 없어요." 싼초가 대답했다. "제 몸에 아무도 손대지 못해요. 제가 뭐 엘 또보소의 둘시네아를 낳기라도 했답디까? 그녀의 눈이 죄진 것을 제 엉덩이가 갚게요? 우리 주인 나리라면 그럴 수 있지요. 나리는 그녀의 일부여서 기회가 있을 때마다 그녀를 '나의 영혼' '나의 생명'이라고 부르고, 그의 의지이며 안식처이니 그녀를 위해 매를 맞을 수 있고 또 맞아야지요. 그녀가 마법에서 풀려나도록 필요한 모든 노력을 다 쏟아야지요. 하지만 제가 매를 맞다니요? 절대 '사쩔'입니다!"

싼초가 이 말을 마치자마자 메를린의 혼령 옆에 있던 은색으로 반짝이는 요정이 벌떡 일어섰다. 그녀는 얼굴의 아주 엷은 베일을

3 돈 끼호떼가 화가 나서 갑자기 호칭이 '자네'에서 '너, 당신'(vos)으로 바뀐다.

벗고 모습을 드러냈는데, 그 얼굴은 모든 사람 눈에 빼어나게 아름답다 할 정도로 아름다워 보였다. 남자처럼 쾌활하게 그리 여성스럽지 않은 목소리로 싼초 빤사에게 직접 말을 건네며 입을 열었다.

"오, 불행에 빠진 하인이여! 물통 같은 영혼, 코르크나무 같은 가슴, 돌멩이처럼 차갑고 돌처럼 무정한 심장이여! 파렴치한 도둑놈, 누가 자네에게 시키던가? 누가 자네에게 높은 탑에서 땅으로 뛰어내리라고 하던가, 이 인간의 탈을 쓴 원수여. 누가 자네에게 두꺼비 열두마리, 동아뱀 두마리, 뱀 세마리에게 먹혀 죽으라고 청하던가? 아니면, 무슨 잔인한 날카로운 신월도로 자네 아내와 자식들을 죽이라고 자네를 설득하려 하던가? 그리했다면 그때 자네가 대답을 피하며 아첨을 떠는 모습을 보여도 크게 놀랄 일은 아닐지 몰라. 그런데 매질 삼천삼백대 정도를 문제 삼다니, 세상에서 교리문답 교육받는 고아가 아니어도 매달 그 정도 매를 맞지 않는 애는 없어.[4] 이런 말을 들은 인정 많은 모든 사람의 마음은 놀라고 경악하고 기절하고, 심지어 세월이 흘러가 혹시 이런 사실을 알려고 오는 사람들의 가슴도 놀라고 또 놀라겠지만 이거 봐, 오, 비열하고 무정한 동물아! 내 말은, 이거 좀 보라고, 그대의 무서움 많은 노새[5] 같은, 두 눈으로 반짝이는 별들과 비교할 만한 나의 어린 눈동자를 좀 보라고. 어린아이 같은 내 눈동자가 쉴 새 없이 주룩주룩 눈물을 흘리고, 아름다운 벌판 같은 내 볼에 고랑이며 이랑이며 큰길이며 오솔길을 내면서 울고 있는 것을 보라고. 감동 좀 하라고, 이 음

<hr>

4 당시에 불쌍한 고아들을 모아 혹독하게 교육한 기록들은 성 일데폰소(San Ildefonso) 학교 등 곳곳에서 발견된다.
5 'machuelo'(노새)가 원본에 나온 말이다. 더러 'mochuelo'(수리부엉이)로 고쳐 읽는 학자들도 있지만 원본을 따랐다.

흉하고 흉악한 마음을 품은 괴물아. 아직도 열몇살인 내가, 아직 열아홉, 스무살도 안된 내가 이 꽃 같은 나이에 시골 농사꾼 여자의 껍질을 쓰고 그 밑에서 시들어 죽어가야 되겠는가. 지금 내 모습이 그리 추해 보이지 않는다면 그것은 메를린 나리께서 나에게 특별히 은혜를 베푸셔서 그런 것뿐이야. 그건 오직 예쁘고 아름다운 내 모습이 그대의 마음을 부드럽게 만들어주리라 기대한 때문이야. 고뇌에 빠진 아름다운 한 여인의 눈물은 거친 바위를 솜처럼 부드럽게 만들고 호랑이를 순한 양으로 만들거든. 길들지 않은 야생마 같은 짐승아, 그 거친 살가죽을 두들기고 또 두들겨, 어서 그 게으름을 떨쳐버리고 오직 먹기만 하고 또 먹는 것에만 정신이 팔려 있는 그대에게서 활기를 끌어내라고. 그리하여 매끄러운 내 살결, 차분하고 느긋한 내 성격, 아름다운 내 용모를 자유롭게 풀어다오. 만약 나로 인해 그대 마음이 부드러워지고 그대 마음이 어떤 합당한 결론에 이르게 되면 그대 옆에 있는 분을 위해, 내 말은 바로 그대 주인을 위해 그렇게 하도록 하라. 나는 그분의 영혼을 보고 있노라, 그의 영혼이 그의 입술에서 열 손가락도 안되는 목구멍 있는 데까지 꼼짝 못하고 그대로 걸려서는 강경하든 부드럽든 오직 그대의 대답만 기다리고 있지 않는가. 그 영혼이 입으로 터져나오든 다시 뱃속으로 기어들어가든 말이다.”

돈 끼호떼는 이 말을 듣고는 자기 목을 만져보고는 공작에게 고개를 돌리며 말했다.

“이런, 저 둘시네아가 한 말이 참말이네요. 여기 이 목구멍에 석궁 방아쇠처럼 내 영혼이 걸려 있는 게 느껴집니다.”

“이 문제에 대해 그대 의향은 어때요, 싼초?” 공작 부인이 물었다.

“제가 하고 싶은 말은 이미 다 했습니다. 매 맞는 건 절대 사절입니다."

"'사절'이라고 말해야지, 싼초. 자네처럼 말하는 게 아니라." 공작이 말했다.

"그런 건 그만 내버려두십쇼, 고명하신 어른. 제가 지금 대충 글자나 살피고 고상한 말놀이나 생각할 심경이 아닙니다. 저를 때린다든지 제가 스스로 맞는다든지 하는 매질 문제가 제 정신을 아주 어지럽게 흩뜨려놓아서 전 지금 제가 무슨 말을 하는지 무슨 짓을 하는지 아무것도 모릅니다. 다만 한가지, 우리 주인이신 엘 또보소의 둘시네아 아씨께서는 어디에서 그렇게 간청하는 방법을 배웠는지 참 궁금하네요. 그러니까 제 살갗이 다 터지도록 매를 맞아달라는 청을 하러 와서는 저를 물통 같은 영혼이라느니, 길들지 않은 야생마 같은 짐승이라느니 하는, 귀신이라도 참지 못할 욕설을 늘어놓으니 말이에요. 제 살갗이 무슨 청동으로 만들었답디까? 아니면, 그녀가 마법에서 풀려나든지 말든지 그게 저와 무슨 상관이 있답디까? 내가 쓰지도 않는 무슨 하얀 옷이며 속옷이며 잠옷 모자며 슬리퍼를 담은 광주리를 갖다놓고는 그녀가 제 마음을 녹여주려고 해요? 그게 아니라면 욕질에다 또 욕질을 해대고요. '황금을 짊어진 당나귀는 높은 산도 가볍게 오른다'느니 '선물 공세면 바위도 깨뜨린다'느니 '한번 조이고 한번 기도하고'라든지 '두번 주겠다는 말보다 한번 '받아'가 낫다'고 하는 사람들이 길거리에서 하는 속담도 알 거 아니에요? 그리고 우리 주인 나리께서도 말이에요, 어려운 일을 시킬 때는 저를 쓰다듬고 다독거리면서 제가 곱게 빗질한 양털이나 솜처럼 양순해지도록 칭찬을 해야 할 분이 뭐, 나를 잡으면 나무에다 벌거숭이로 묶어놓고 저한테 매질을 두 배로 하겠다고 말해요? 이 불쌍한 어른들께서는 매를 맞으라고 요청하는 그 상대가 자기 하인일 뿐만 아니라 통치자가 될 사람, 예를 들어 무엇을 마실 때도 '앵두를 넣어 마셔요'라고 말하는 그런 사람에게 청한다는 걸 고려하셔야지요. 배워야지요, 제기랄, 부탁하고 청하는 법을 정말로 배워야지요, 간청하는 법도 교양도 배워야지요. 우리가 언제나 다 똑같은 것도 아니고 사람들이 항상 기분이 좋은 것만도 아니거든요. 전 지금 제 파란 겉옷이 찢어져서 아픈 가슴이 터질 것 같은데, 그런 저에게 자진해서 제 몸에 매질을 하라고 청하기까지 합니다. 제 마음은 인디오 추장이 되는 것도 싫고, 이미 그런 것과는 너무 먼데 말입니다."

"사실은 말이야, 이 친구 싼초." 공작이 말했다. "그대가 잘 익은 무화과처럼 정말로 좀더 부드러워지지 않으면 통치권을 손에 거머쥐어서는 안 될 걸세. 내가 내 섬사람들에게 돌같이 냉혹한 심장을 가진 잔인한 통치자를 내려보낸다면 말이 되겠나! 점잖고 웅대하고 오래된 마법사나 현자 들의 간청에도 아랑곳하지 않고, 고통에 몸부림치는 처녀들의 눈물에도 마음이 동하지 않는 그런 사람을 말이야. 결국 그대가 할 수 있는 일은, 싼초, 그대가 스스로 매질을 해서 맞든지, 누가 때리게 하든지, 아니면 통치자를 그만두든지 하는 걸세."

"나리, 어떤 게 더 좋을지 생각을 좀 하도록 제게 한 이틀간 말미를 주실 수 없을지요?"

"아니, 절대 아니되노라." 메를린이 말했다. "여기 이 순간, 이 장소에서 이 문제를 어떻게 할지 결정을 내려야 하느니라. 둘시네아가 다시 몬떼시노스 동굴로 가서 원래의 농사꾼 여자로 되돌아가야 할지, 아니면 지금 상태 이대로 낙원으로 모셔가 그곳에서 매맞기 숫자가 채워지기를 기다릴지 말이야."

"이봐요, 착한 싼초." 공작 부인이 말했다. "용기를 내요. 그리고 돈 끼호떼 나리와 한솥밥을 먹었으면 그 보답이 있어야지요. 나리는 성격이 좋으시고 또 기사도 정신이 높으시니 우리 모두가 섬기고 즐겁게 해드려야 해요. 이봐요, 그 매질인지 뭔지는 그냥 그러자고 해요. 될 대로 되라고 해요. 그리고 두려움 같은 건 겁쟁이나 갖는 거고, 그대도 잘 알듯이 선량한 마음이 불행을 쳐부순대요."

이렇게 말하자 싼초는 또 말도 안되는 소리로 대답을 했는데, 메를린에게 말을 걸면서 그에게 물었다.

"이보십시오, 메를린 나리, 여기 우편마차 마부 귀신이 와서 우리 주인에게 몬떼시노스 님의 서찰을 전했는데, 그분은 친히 우리 나리더러 여기서 기다리라 명령하고, 그분이 이곳에 오면 엘 또보소의 둘시네아 아씨의 마법을 풀어주라고 명령을 내리시겠다 했는데, 지금까지 몬떼시노스는커녕 그 비슷한 사람들도 못 봤구만요."

그 말에 메를린은 대답했다.

"이 친구 싼초, 악마는 무식하고 아주 대단한 망나니라네. 내가 그에게 그대 주인을 찾아뵈라고 보냈지. 하지만 그는 몬떼시노스의 서찰을 갖고 간 게 아니라 내 편지를 가지고 갔어. 왜냐하면 몬떼시노스는 자기 동굴에서 공부를 하고 있으니까, 다시 말하면 자기 마법이 풀리기를 기다리면서 말일세. 아직도 다 풀려면 껍질을 벗겨야 할 꼬리가 남아 있거든. 만약 그대가 그분에게 무슨 빚이 있거나 그분과 사업을 할 일이 있으면 내가 그분을 모셔와서 그대가 제일 원하는 곳 어디든지 데려다주지. 그러나 지금 당장은 그대가 이 매질 고행을 받아들이겠다고 하게나. 그리고 그게 그대의 몸과 마음을 위해 무척 이득이 되리라는 것을 믿게나. 마음을 위해서란, 매를 맞는 그 자비심 때문이고, 몸을 위해서란, 내가 알기로 그대가 다혈질의 체질이라 피를 약간 빼내도 별로 해가 가지 않기 때문일세."

"세상에 의사도 많구먼요, 심지어 마법사들까지 의사라니." 싼초가 말을 받았다. "내 눈엔 그렇게 보이지 않지만 모든 사람이 다 그렇게 말을 하니 그 삼천삼백대의 매를 제가 기꺼이 맞겠습니다. 다만 조건은 제가 원하는 때, 그때마다 제가 매를 맞겠다는 겁니다, 시간이나 날짜에 제한을 두지 말고요. 그리고 저도 되도록이면 빨리 이 빚을 청산하려고 노력하겠습니다, 세상이 하루빨리 엘 또보소의 둘시네아 아씨의 아름다운 모습을 볼 수 있도록 말이지요. 이제 보니, 제가 생각했던 것과는 반대로 실제로 아름다우시네요. 그리고 또 조건이 하나 있는데, 이 고행에서 제가 의무적으로 피를 빼야 되는 건 아니어야 합니다. 그리고 만약 어떤 매질이 어쩌다 파리채로 치는 정도가 되더라도 제 것으로 계산해주셔야 합니다. 또다른 항목으로, 만약 제가 숫자 세는 데 실수를 하면 메를린 나리께서는 다 알고 계시니 조심해서 잘 헤아려주시고 저에게 남거나 혹은 모자라는 횟수를 알려주셔야 합니다."

"남은 횟수에 대해서는 알려줄 필요가 없겠지." 메를린이 대답했다. "왜냐하면 매질이 다 끝나는 숫자에 이르면 둘시네아 아씨는 순식간에 마법에서 풀려나 있을 테니까. 그리고 감사를 드리고자 착한 싼초를 찾아와 고마움을 표시할 뿐만 아니라 그 선행에 대한 보상도 해주겠지. 그러니 매가 모자라거나 남을 것에 대해서는 걱정을 안해도 되겠구먼. 내가 사람 머리카락 하나라도 속이는 일이 있다면 하늘이 용서치 않을 테니까."

"자, 이제 모두 하느님의 손에 맡겨버리자." 싼초가 말했다. "저는 제 불행에 동의하겠습니다. 제 말은 이미 제시한 조건과 함께 제 고행을 받아들이겠다는 겁니다."

쌘초가 이 말을 끝내자마자 다시 치리미아 피리 소리가 나고 또 화승총 쏘는 소리가 수없이 터져나왔다. 돈 끼호떼는 쌘초의 목을 끌어안고 볼에다 수천번 키스를 퍼부었고, 공작 부인과 공작, 그리고 주변에 있는 모든 사람이 아주 대단히 만족스럽다는 표정을 지었다. 마차가 움직이기 시작했고 아름다운 둘시네아가 지나가면서 공작 부부에게 고개를 숙이고 쌘초에게는 아주 깊은 경의를 표했다.

이때 벌써 새벽이 미소를 지으며 즐겁게 밝아왔다. 들판의 작은 꽃들이 고개를 들고 일어섰고, 시냇물의 액체 수정들은 하얗고 가무잡잡한 자갈들 사이로 도란도란 속삭이며 그들을 기다리는 강물에 조공을 바치고 인사를 하러 갔다. 땅은 즐겁고 하늘은 밝고 대기는 맑고 빛은 고요하고 하나하나 그리고 모두가 다 같이 여명의 옷자락을 밟고 오는 새날이 맑고 조용하리라는 것을 확실히 예고하고 있었다. 공작 부부는 사냥에 만족하고 일이 자기들 뜻대로 점잖고 행복하게 잘 이루어진 것을 기뻐하며 성으로 돌아갔는데, 돌아가서 자신들의 장난을 계속 이어가고 부추길 계획이었으니 그들에겐 그들을 더 즐겁게 해줄 만한 진실이 없었기 때문이다.

36장

‘뜨리팔디 백작 부인’이라는 별명을 가진
상급 시녀 돌로리다, ‘아픔에 찬 여인’의
상상도 할 수 없는 이상한 모험 이야기와
싼초 빤사가 아내 떼레사 빤사에게 쓴 편지에 대하여

메를린 역할을 한 공작의 우두머리 하인은 대단히 쾌활하고 장
난기 많은 사람으로 저번 모험의 모든 장치를 마련한 장본인이었
다. 그 시들을 다 지었고 어린 하인 하나를 시켜 둘시네아 역할을
하도록 했으며, 마지막으로 공작 부부를 안에 끌어들여 상상도 할
수 없는 이상하고 재미있는 연극을 또 하나 꾸며냈다.

공작 부인은 싼초에게 다음 날 둘시네아의 마법을 풀기 위해 해
야 할 고행 과제를 시작했냐고 물었다. 싼초는 그렇다고 답하면서
그날 밤 매 다섯대를 맞았다고 했다. 공작 부인이 무얼로 매를 맞
았냐고 묻자 손으로 맞았다고 대답했다.

그러자 공작 부인이 반박했다. "그렇게 하면 그건 매를 맞는다기
보다는 뺨을 맞는 거지. 내가 알기로 현자 메를린께서는 그렇게 가
볍게 처리하는 것엔 만족하시지 않을 것 같아요. 착한 싼초는 마름
쇠 모양의 쇠밧줄이나 끝이 두꺼운 채찍으로 아픔을 느끼며 매를

맞는 고행을 해야 할 필요가 있어요. 공부는 피를 봐야 머리에 들어갑니다. 둘시네아 같은 그토록 위대한 부인의 자유를 그런 싼값으로 넘겨줄 수는 없지요. 싼초도 알아야 하는 건, 시원찮게 적당히 하는 자선사업은 은혜도 없고 아무런 가치도 없다는 거예요."

그 말에 싼초가 대답했다.

"마님께서 회초리나 적당한 채찍을 주시지요. 너무 아프지만 않다면 그걸로 혼자서 매를 맞겠습니다. 마님께 말씀드립니다만 제가 비록 시골 사람이어도 제 살엔 수세미보다는 솜이 더 많이 들어 있나봅니다. 그러니 남 좋으라고 제 건강만 해쳐서는 좋지 않지요."

"그거 환영해요." 공작 부인이 대답했다. "내가 내일 그대에게 아주 딱 맞는 채찍 하나를 갖다주지요. 그 채찍이 그대의 보드라운 살결과 친자매처럼 잘 맞을 거야."

그러자 싼초가 말했다.

"진정으로 존경하는 마님, 고명하신 마님께 말씀드릴 건, 제가 제 여편네 떼레사 빤사에게 편지를 써두었는데, 거기에 그녀를 떠나온 뒤 일어난 모든 일을 이야기했다는 거예요. 여기 제 가슴에 편지를 가지고 있는데 봉투에 넣으면 다 되게 되어 있습니다. 예의를 아시는 마님께서 편지를 좀 읽어주셨으면 합니다. 제가 보기엔 통치자의 격에 맞게, 그러니까 보통 통치자들이 당연히 쓰는 방식으로 쓴 것 같기는 하지만 말입니다."

"누가 편지를 불러줬는데?" 공작 부인이 물었다.

"누구긴 누굽니까, 죄 많은 소생이지요." 싼초가 대답했다.

"그대가 편지를 썼다고?" 공작 부인이 말했다.

"그건 생각도 못하지요. 저는 글을 읽지도 쓰지도 못합니다요,

끝에 서명할 줄은 알지만요."

"어디 좀 보지. 틀림없이 그 편지에 그대의 재주와 자질을 충분히 보여주었을 거야."

싼초가 가슴에서 펼쳐진 편지를 꺼냈고, 공작 부인이 편지를 들고 보니 이렇게 쓰여 있었다.

싼초 빤사가 그의 아내 떼레사 빤사에게 보내는 편지

'매를 잘 맞으면 좋은 선비가 된다'[1]고 하더니, 좋은 통치자 자리를 얻으려면 매를 좀 많이 맞아야 한다나. 이 말은 자네가 이해하지 못할걸세. 사랑하는 떼레사, 지금으로서는⋯⋯ 때가 되면 차차 알게 되겠지. 자네에게 알리고자 하는 나의 결심은, 떼레사, 앞으로는 자네가 가마를 타고 다니게 하겠다는 것이네. 그게 경우에 맞을 것 같아. 왜냐하면 달리 돌아다니는 모든 방식은 고양이처럼 기어가는 거나 마찬가지니까. 자네는 대통치자의 아내일세. 어느 누가 감히 자네 뒤꿈치라도 건드리겠나! 파란 사냥복을 하나 보내네. 우리 공작 부인 마님께서 나에게 준 옷이야. 우리 딸의 몸에 맞게 겉옷으로 쓰도록 고쳐주게나. 이고장에서 사람들 말을 들어보니 돈 끼호떼 우리 주인님은 정신이 말짱한 미치광이고 재미있는 어릿광대라 하고, 나 역시 둘째가라면 서러울 사람이라고 하는구만. 우리는 몬떼시노스 동굴에 들어갔어. 현자 메를린이 거기서는 알돈사 로렌소라고 부르는 엘 또보소의 둘시네아의 마법을 풀기 위해 내 도움을 청했다네. 삼천삼백대에서 다섯대 모자라는 매를 내가 맞아야 한다는구먼. 그러면 둘시네아의 마법이

----

1 이 말은 당시 죄인이 당나귀를 타고 매를 맞으며 하는 말에서 인용한 것이라 한다.

풀려 원래처럼 되돌아온다는 거야. 이 문제는 아무에게도 말하지 마. 자네의 문제를 반상회에 내놓아보게나, 어떤 사람은 희다 하고 어떤 사람은 검다 하지 않나. 며칠 뒤 나는 섬의 통치자로 떠난다네. 섬에 가서 내 욕심으로는 지금 큰돈을 좀 만들어볼까 해. 사람들 말이 모든 새 통치자는 똑같이 이런 욕심을 가지고 간다고 하니까. 내가 가서 사정을 알아보고 자네가 나와 함께 가야 할지 아닐지를 알려주겠네. 우리 당나귀 점박이는 잘 있어. 자네에게 안부를 많이 전하라고 하네. 터키의 위대한 술탄이 나를 왕으로 데려간다 해도 난 이놈을 두고 갈 생각이 없네. 우리 마님, 공작 부인께서 자네 손에 수천번의 키스로 인사를 드린다고 하는구먼. 그분께 또 수천번의 키스로 인사의 답을 해야지. 우리 주인님 말씀대로라면 사려 깊은 예의 표현보다 더 쉽고 더 돈 안 나가는 예의가 어디 있느냐고 할 수 있지. 하느님은 그때 떠나올 때 약속했던 것처럼 금화 100에스꾸도가 든 다른 가방을 또 마련해주시진 않았어. 그러나 너무 마음 아파하지 마, 사랑하는 떼레사, 아직도 할 말이 있는 사람은 있으니, 모든 건 이 통치 문제로 결론이 날 테니까. 이게 안되면, 사람들이 하는 소리가 너무 마음이 아픈데, 사람들이 나에게 하는 소리가 한번 맛을 보면 손가락을 빨고 살아도 그 길을 놓지 않을 거래. 일이 그렇게만 된다면 그렇게 싸구려로 되는 일은 아닌 것 같아. 비록 다 망하고 망가진 사람들은 자기들이 구걸하는 교회 법사들의 예비금이 벌써 준비되어 있겠지만 말이야. 그러니 이렇게 살든 저렇게 살든 자네는 행복하고 부자여야 돼. 하느님은 어쨌든 자네를 행복하게 해주실 거고, 나는 하느님을 오래 모실 수 있도록……
이 성안에서, 1614년 7월 20일에.

자네의 남편, 총독
싼초 빤사.

공작 부인이 편지를 다 읽고 나서 싼초에게 말했다.

"두가지가 약간 빗나갔네요, 총독 영감. 하나는 이 통치 자격이 두들겨맞을 매질 때문에 얻게 되었다는 말이나 그렇게 이해될 수 있는 표현들이지요. 영감도 알고 있고 또 부정할 수 없듯이 우리 공작께서 그것을 약속하셨을 때는 세상에 그런 매질이 있으리라곤 꿈도 꾸지 못했을 때였지요. 또 하나 잘못은 그 말씀 중에 나타난 것은 대단히 욕심이 많고, 원하는 게 진짜 무언지 확실하지 않다는 거예요. 탐욕이 많으면 자루가 터지지요. 탐욕스러운 통치자는 통치가 아니라 통 돼먹지 않은 재판과 정치만 하지요."

"저는 그 정도는 아니라고 봅니다, 마님." 싼초가 대답했다. "만약 마님 생각에 이 편지가 제대로 쓰이지 않았다고 보신다면 찢어버리고 다시 하나 쓰면 되지요. 하지만 그것도 제 재주에 맡겨놓았다가는 더 나쁘게 나올 수도 있지만요."

"아니, 아니에요." 공작 부인이 말을 받았다. "이 편지 그대로 좋아요, 우리 공작님에게 보여드리고 싶어요."

이리하여 그들은 그날 식사하기로 되어 있는 정원으로 갔고, 공작 부인이 공작에게 싼초의 편지를 보여주자 공작은 아주 기분 좋아했다. 식사를 끝내고 식탁보를 치운 뒤, 한참 동안 싼초와 유쾌한 대화를 나누며 시간을 보냈다. 그때 때아니게 슬프디슬픈 피리 소리와 둔탁하고 쉰 듯한 북소리가 들려와 어지럽고 슬픈 군악의 조화로운 음악에 모두 놀라 정신이 없는 듯했다. 특히 돈 끼호떼는 진짜로 정신이 어지러워져 자리에 앉아 있을 수도 없었으며, 싼초는 말해서 무엇하랴. 공포에 떨며 습관처럼 그의 안식처인 공작 부인 옆 아니면 그녀의 치맛자락으로 다가갔다. 들려오는 소리가 너무나도 슬프고 우수에 차 있었기 때문이다.

모두들 이렇게 긴장하고 있는데, 정원 앞으로 두 사람이 상복을 입고 들어왔다. 상복이 너무 길고 늘어져 옷자락은 땅에 질질 끌렸고, 둘 다 검은 옷을 덮어쓰고 커다란 북 두개를 치면서 들어왔다. 그 옆에는 피리 부는 사람이 다른 사람처럼 검은 물고기처럼 새까만 모습으로 왔고, 세 사람 뒤에는 옷이라기보다는 망또를 뒤집어쓴 것 같은 거대한 몸집의 사람이 소매 없는 검디검은 승복을 입었는데 승복 자락 또한 터무니없이 컸다. 승복 위에 역시 검고 넓은 검대를 둘러맸는데, 그 검대엔 검은 칼집에 정교하게 장식을 한 무척 큰 터키의 신월도가 매달려 있었다. 얼굴을 투명한 검은 베일로 가렸는데 눈처럼 허옇고 아주 긴 수염이 슬쩍 비쳤다. 북소리에 맞춰 아주 신중하게 천천히 걸음을 옮겼는데, 그 커다란 몸집하며, 성큼성큼 걷는 걸음걸이나 검은 복장, 그리고 음악 반주는 누구라도 충분히 놀라고 긴장할 만했다.

그는 서서히 점잖은 태도로 다가오더니 공작 앞에 무릎을 꿇었는데, 공작은 다른 사람들과 함께 서 있다 그를 맞으면서 그가 일어서지 않으면 절대 인사를 받지 않겠다고 우겼다. 그 위대한 괴물은 공작의 말에 따라 일어섰는데, 일어서서 얼굴 가면을 올리니 소름 끼치는 그의 모습이 뚜렷하게 드러났다. 그때까지 인간의 눈으로 본 그 어떤 수염보다 길고, 하얗고, 덥수룩한 털이 우거져 있었다. 그는 이내 그 넓고 커다란 가슴에서 묵직하고 청아한 목소리를 끌어내더니 공작을 응시하며 말했다.

"높고 강력하신 어르신이여, 소인의 이름은 하얀 수염의 뜨리팔딘이라 하옵니다. 소인은 돌로리다, '아픔에 찬 여인'이라는 별명으로 불리는 뜨리팔디 백작 부인의 하인이온데, 그분의 사절로 위대하신 어른께 심부름을 왔사옵니다. 그분의 부탁인즉, 훌륭하신 나리께서 그녀가 이곳에 들어와 자신의 고민을 털어놓을 수 있도록 부디 허락해주십사 하는 것이옵니다. 그분의 고민은 세상에서 가장 고민이 많은 사람이라 할지라도 상상도 생각도 못할 놀랍고 흥미진진한 고민거리랍니다. 우선 그분께서 아시고 싶어하시는 건 혹시 귀하의 이 성에 라 만차의 돈 끼호떼라는 용감한 천하무적의 기사가 계시는가 하는 것입니다. 그 기사를 찾아서 깐다야 왕국에서 귀하의 영지까지 걸어서 아침도 먹지 않고 왔사옵니다. 이런 일은 기적이나 마법의 힘이 아니고서는 생각할 수도 없는 것이옵니다. 그녀는 지금 요새인지, 별장인지 모를 이 저택의 대문에 와 계시는데 귀하의 윤허가 없이는 들어오지 않겠다며 기다리고 계십니다. 이상이옵니다."

그러더니 헛기침을 하고 두 손으로 수염을 위아래로 쓸어내리고는 아주 조용히 공작의 대답을 기다렸다. 공작은 말했다.

"착한 하인, 하얀 수염의 뜨리팔딘이여. 마법사들이 '아픔에 찬 여인'이라는 별명을 붙여준 뜨리팔디 백작 부인 마님의 불행한 소식을 들은 지 벌써 여러날이 지났구려. 훌륭한 하인이여, 그대는 그분께 어서 들어오시라고 전하게나. 여기 용감한 기사 라 만차의 돈 끼호떼가 계시며, 기사님의 너그러운 성격으로 보아 모든 도움과 보호를 틀림없이 기대해도 좋으리라 보이네. 또한 그분께 내가 말씀드릴 것은, 혹시 내 도움이 필요하다면 나 또한 은혜를 베풀겠다고 전하라는 것일세. 신사라고 하는 내 신분의 의무가 도움을 주는 것이니까. 모든 부류의 여자들, 특히 그대의 마님께서 당하고 계시리라 생각되는, 그런 고통을 입고 실의에 빠져 있는 혼자된 여성을 도와주고 사람에게 은혜를 베푸는 일이 내가 할 일이지."

그 말을 듣자 뜨리팔딘은 무릎을 땅까지 굽히고 피리 부는 사람과 북 치는 사람들에게 연주를 하라고 신호를 보낸 뒤 들어올 때와 똑같은 발걸음과 똑같은 소리로 정원에서 나가니 그의 자세와 모습을 보고 모두들 놀라서 어리둥절해했다. 공작은 돈 끼호떼에게 고개를 돌리고 말했다.

　"명성 높은 기사님, 결국 악의와 무지의 어둠도 진정한 용기와 덕의 빛을 덮고 가리지는 못하는군요. 제가 이런 말을 하는 것은 훌륭하신 나리께서 이 성에 오신 지 엿새도 채 되지 않았는데 그토록 멀리 떨어진 땅에서 그대를 찾으러 오기 때문이에요. 호화로운 마차나 낙타를 타고 오는 것도 아니고, 슬픔에 차 고통받는 그분들이 그대의 강철 같은 그 팔뚝 힘을 빌려 그들의 고생과 고민을 구원받으리라 믿고 밥도 먹지 않은 채 걸어서 저렇게 오는 게 아니겠습니까. 지상의 모든 곳을 에워싸고 울려퍼지는 그대의 명성과 그 위대한 공적들 때문이지요."

　돈 끼호떼가 대답했다. "공작 나리, 제가 바라옵기는 지금 이곳에 지난번 식탁 앞에서 방랑기사들에 대해 그토록 원한 섞인 악담을 하고 나쁜 태도를 보였던 그 성스러운 교인이 있었다면 이런 기사들이 얼마나 세상에 필요한지를 눈으로 똑똑히 보았을 텐데 하는 아쉬움입니다. 적어도 극한의 고통을 겪고 의지할 데 없는 사람들이 심각한 상황에서 상상도 못할 불행을 당했을 때 찾아가는 데가 변호사의 집도 아니요, 동네 교회지기의 집도 아니요, 자기 고장 너머로는 한번도 제대로 벗어나본 적 없는 신사도 아니라는 걸 직접 보고 만지고 알았으면 하는 바람이지요. 게다가 이야기가 되고 공적을 내세울 만한 새로운 사건을 찾거나 어떤 업적이나 공적이 쌓여도, 다른 사람들이 그걸 이야기하고 기록할 만한 일만 찾는 게으른 선비에게 가겠습니까? 그런 고민을 해결하고 궁핍한 상황을 구제하며 처녀를 보호하고 과부를 위로할 수 있는 사람은 다른 어떤 종류의 사람들도 아니고, 오직 훌륭한 방랑기사들밖에 없습니다. 저는 제가 방랑기사임을 하늘에 수없이 감사드립니다. 그리고 어떤 불행이나 고생이 닥쳐도 이렇게 영예로운 과업을 수행하다 일어나는 것이기에 영광스러운 일이라고 생각할 겁니다. 그 여인께서 오셔서 무엇이든 청하라고 하세요. 저의 용맹스러운 정신의 단호한 결의와 이 팔뚝 힘 하나로 깨끗이 처리해드리겠습니다."

37장

'아픔에 찬 여인'의 유명한 모험이 계속된다

공작과 공작 부인은 돈 끼호떼가 자신들의 의도대로 정말 멋들어지게 대답하는 걸 보고는 극도로 기쁨에 찼는데, 이때 싼초가 말했다.

"저는 사실 이 궁중 여인이 저의 통치권 보장 약속을 진행하는데 어떤 장애가 되는 걸 원치 않습니다. 어떤 똘레도 약제사에게 제가 들은 말이 있거든요. 그 사람은 방울새처럼 쫑알쫑알 말을 잘하는 분인데, 궁중 시녀들이 끼어들면 잘되는 일이 하나도 없다고 하더라구요. 맙소사, 그 친구는 궁중 시녀들이라면 치를 떨었어요! 거기에서 제가 얻은 결론은 모든 궁중 시녀들은 신분이나 조건을 막론하고 버르장머리 없고 짜증나는 여자들이라는 겁니다. 아픔에 차 있는 상급 시녀들이라니 어떨지는 모르겠네요. 이야기를 들어보니 이 백작 부인이 '뜨레스 팔다스'인지 '뜨레스 꼴라스'라는 이름이라고 하던데요? 우리 고향에서는 치마나 꼬리나, 꼬리나 치마나 모두 매한가지예요."

"입 닥쳐, 싼초." 돈 끼호떼가 말했다. "지금 이 궁중 여인께서는 아주 먼 나라 땅에서 나를 찾아오셨어. 그 약제사가 나불거린 그런 시녀의 범주에 드는 여자는 아닌 것 같아. 게다가 이분은 백작 부인이셔. 백작 부인이 상급 시녀로 일할 때는 주인이 여왕님이거나 황후 폐하인 거야. 이런 여자들은 자기 집에서는 대단한 귀족이어서 다른 시녀들의 시중을 받지."

이 말에 거기 있던 상급 시녀 도냐 로드리게스가 대답했다.

"우리 주인마님이신 공작 부인께서도 휘하에, 운만 좋다면 백작 부인이 될 만한 상급 시녀들을 두고 계시지요. 하지만 법은 왕이 원하는 대로 따라가는 거지요. 그래서 아무도 상급 시녀들을 욕하지 못해요. 더구나 오래되고 처녀인 여자들은 정말로 욕을 하면 안돼요. 비록 나는 아니지만, 내 생각엔 처녀로 늙은 하녀가 홀어미 하녀보다는 더 나은 것 같아요. 우리 같은 상급 시녀들을 한번 헐뜯은 사람이 남을 욕하기로 하면 누군들 헐뜯지 않겠어요?"

싼초가 맞받아쳤다. "아무리 그래도 우리 이발사의 말에 따르면 상급 시녀들에겐 헐뜯을 만한 점이 많다고 하더군요. 밥이 떡이 다 되어도 오히려 휘젓지 않는 게 더 낫답니다요."

도냐 로드리게스가 대답했다. "항상 기사 하인들은 우리 적들이에요. 하인들은 늘 대기실에서 얼쩡거리는 귀신들이라서 올 때나 갈 때나 우리와 마주치고, 많고 많은 시간을 기도할 때 빼놓고는 우리들 흉이나 보면서 지내지요. 우리의 흉이란 흉은 죄 꼬치꼬치 파내며 우리의 명예를 짓밟아요. 나는요, 저 움직이는 나무토막 같

---

1 '뜨레스 팔다스'(Tres Faldas)는 세개의 치마라는 뜻이고 '뜨레스 꼴라스'(Tres Colas)는 세개의 꼬리라는 뜻이다.

은 하인들에게, 미안하지만 우리는 그대로 이 세상에 계속 살아갈 것이라는 걸 확실히 말해주고 싶어요. 비록 연약하기도 아니기도 한 우리 육신을, 축제날 행진이 있을 때면 쓰레기통을 융단으로 가리거나 덮어두듯이 수녀 같은 까만 복장으로 늘 덮고 살며 배고픔으로 죽을 지경일지라도 떳떳이 귀족 집에 살 거예요. 정말이지, 제게 그런 기회가 와서 말을 할 수 있게 된다면, 저는 여기 있는 분들뿐만 아니라 세상 모든 사람에게 상급 시녀 한 사람이 갖추고 있지 않는 미덕이란 세상에 없다고 알려드리고 싶어요."

공작 부인이 말했다. "내 생각에도 우리 착한 도냐 로드리게스의 말이 맞아도 아주 맞는 말인 것 같아요. 하지만 자신과 다른 상급 시녀들을 다시 변호하려고 하면 기회를 기다리는 게 좋아요, 그 나쁜 약제사가 갖고 있는 상급 시녀에 대한 나쁜 생각을 흩뜨려놓고 위대한 싼초 빤사의 가슴속에 품고 있는 나쁜 의견을 뿌리째 뽑아내려면 말이지요."

그 말에 싼초가 대답했다.

"제가 통치자의 기운을 타면서부터 제게서 기사 하인으로서의 나쁜 생각이나 현기증은 가셔서 세상에 아무리 많은 상급 시녀가 있다 해도 눈곱만큼도 관심이 없습니다."

그때 다시 피리 소리와 북소리가 들려오지 않았다면 계속 상급 시녀 이야기나 하고 있었을 것이다. 이 음악 소리로 미루어 '아픔에 찬 여인'이라는 상급 시녀가 들어오리라 짐작되어 공작 부인은 그 여인이 백작 부인이고 귀족이니 영접을 하러 나가는 게 좋지 않겠느냐고 공작에게 물었다.

공작이 대답하기 전에 싼초가 대답했다. "백작 부인이라는 것으로 보아서는 위대하신 분들께서 나가 영접을 하는 게 저도 좋다고 보지만 상급 시녀라는 직함이라면 이 자리에서 한 발자국도 움직여서는 안됩니다."

"누가 자네더러 이런 일에 참견하랬어?" 돈 끼호떼가 말했다.

"누구라니요, 나리?" 싼초가 대답했다. "제가 참견하지요. 나리의 학교에서 예절의 조건을 배운 하인으로서 참여할 수 있지요. 모든 예절 세계에서 가장 예의 바르고 진짜로 교양있는 기사님이 바로 나리 아니십니까? 제가 나리께 들은 바로는 이런 일에는 카드 한장을 더 쓰나 덜 쓰나 게임에 지기는 마찬가지라고 하셨는데요. 이해를 잘하는 사람에게는 말이 별 필요가 없어요."

"싼초 말이 맞구먼." 공작이 대답했다. "일단 백작 부인의 태도를 보고 그에 따라 어떤 예절을 갖추어야 할지 궁리해보자고."

이때 첫번째 북들과 피리가 들어왔다.

그리고 여기에서 작가는 이 작은 장을 마감하고 다음 장도 똑같은 모험 이야기로 시작했는데 이 이야기 중에서 가장 흥미있는 것 중의 하나이다.

38장

'아픔에 찬 여인'이 불행한 처지에 대해 이야기하다

슬픈 음악가들을 뒤따라 정원 앞으로 열두명가량 되는 상급 시녀들이 두 줄로 서서 들어오기 시작했는데, 보아하니 모두들 잘 마름질한 서지 천으로 만든 넓은 수녀복 같은 것을 입었다. 머리에는 엷은 옥양목으로 만든 하얀 모자를 썼는데 모자가 하도 길어서 수녀복의 가장자리만 겨우 드러나 보일 정도였다. 그녀들 뒤에는 하얀 수염의 하인 뜨리팔딘의 부축을 받으며 뜨리팔디 백작 부인이 따라 들어왔다. 보풀도 떼지 않은 아주 섬세한 천 같은 까만 양털 옷을 입고 왔는데, 그 거친 양털의 보풀을 다듬으면 아마 시골 마르또스 마을의 착한 주민들의 콩알만 한 보풀 알맹이들이 드러날 것이다. 새 꼬리인지 치마인지 무슨 이름으로 부르든지 간에 그녀의 옷자락은 세 자락으로 갈라졌는데 그 끝마다 역시 상복을 입은 하인 셋이 손으로 붙잡고 왔다. 세 끝자락이 만든 예리한 세 예각이 일종의 수학적인 화려한 형상을 만들어 이 치맛자락의 예리한 세 끝 모양을 본 모든 사람은 그녀를 '뜨레스 팔다스' 백작 부인이라 부르듯이 '뜨리팔디'라고 불러야 하는 이유를 곧 알아차렸다. 그래서 작가 베넹헬리는 그것이 실제로 그러했다고 말하고, 또한 그녀의 백작령에서 늑대를 많이 키웠던 관계로 그녀의 성으로 부를 때 '늑대 백작 부인'이라고도 했다고 한다. 만약 늑대가 아니라 여우였다면 '여우 백작 부인'이 될 뻔했으니, 그 지방 관습이 그 땅에서 제일 많이 나는 것이나 사물의 이름을 따서 명명했기 때문이다. 하지만 이 백작 부인은 자기 치마의 진기함을 돋보이게 하고자 '늑대'라는 이름 대신에 '뜨리팔디'라는 명칭을 택했다 한다.

열두 명의 상급 시녀들이 오고 행진 대열의 한 발 앞에서 귀부인 아씨가 걸어왔는데 모두 얼굴을 까만 베일로 가리고 있었다. 뜨리팔딘의 베일처럼 투명하지도 않았고 아무것도 비치지 않을 만큼 아주 촘촘한 베일이었다.

시녀들 부대가 나타나자마자 공작과 공작 부인 그리고 돈 끼호떼는 금방 벌떡 일어섰고, 서서히 걸어오는 행진을 지켜보던 모든 사람도 일어섰다. 열두 시녀가 발을 멈추고 가운데로 길을 내자 그 사이로 '아픔에 찬 여인'이 뜨리팔딘의 손을 꽉 잡은 채 앞으로 걸어나왔다. 그 광경을 보고 공작과 공작 부인, 그리고 돈 끼호떼는 그녀를 영접하고자 약 열두 발자국쯤 앞으로 걸어나갔는데, 그녀는 땅바닥에 무릎을 꿇고 가냘프고 여리다기보다는 목이 쉰 투박한 소리로 말했다.

"부디 위대하신 어르신들께서는 그대들의 종인 이 사람, 말하자면, 이 여자를 이토록 예의를 갖추어 맞이하시지 않기를 바라옵니다. 제가 지금 너무 마음이 아픈 관계로 제대로 예의에 보답할 수 있을지 모르겠사옵니다. 제게 일어난 세상에 없는 이상하고 불행한 사건이 제 정신을 어디론가 앗아가버렸는데, 어딘지는 모르나 대단히 먼 곳에 있는 듯하여 제가 정신을 찾으려 하면 할수록 더 찾을 수 없기 때문입니다."

"정신이 없으시겠지요." 공작이 대답했다. "백작 부인, 부인 스스로 그대의 용기를 찾아내시지 않는다면 말이지요. 그대의 품위는 더이상 보지 않아도 모든 예의의 꽃이요, 모든 교양있는 예절의 표본이라 부를 만하시니까요."

이렇게 말하며 그녀의 손을 잡고 공작 부인 옆자리에 앉히려고 모셔갔고, 공작 부인 또한 아주 신중하게 그녀를 영접했다.

돈 끼호떼는 입을 열지 않았고, 싼초는 뜨리팔디 부인이나 그 상급 시녀들 중 누구 하나의 얼굴이라도 한번 보려고 죽도록 안간힘을 썼다. 그러나 그건 그녀들이 스스로 자진해서 베일을 벗기 전까지는 끝내 불가능했다.

모두들 조용히 침묵에 잠겨서 누군가 침묵을 깨주기를 기다리고 있었는데, 마침내 '아픔에 찬 여인'께서 이런 말을 했다.

"강력하신 어르신, 아름답고 아름다우신 마님, 그리고 대단히 점잖으신 주위 어르신들, 저에게는 고민 중의 고민인 것이 어르신들의 값진 가슴에는 고통을 주기보다는 너그럽고 즐거운 위안을 찾게 하리라는 걸 믿습니다. 왜냐하면 제 고민은 하도 커서 대리석을 부드럽게 하고 금강석을 녹일 만큼, 강철처럼 무디고 세상에서 가장 무정한 가슴이라도 녹여낼 만큼 애절하옵니다. 하지만, 어르신들의, 귀라고 말해서는 아니되겠고 청각 둘레 안에 고민을 털어놓기 전에, 여기 혹시 라 만차 중의 라 만차의, 청백하고 청백한 기사님 돈 끼호떼 님과 하인 중의 하인인 빤사 님이 이 판에, 여기 이 주변 함께 있는 분들 중에 어디에 계시는지 제게 알려주셨으면 고맙겠습니다."

다른 사람이 대답하기 전에 싼초가 말을 했다. "그 빤사라는 사람은 여기 있소이다. 그리고 그 돈 끼호떼 중의 돈 끼호떼도 역시 여기 있구요. 그러하니 아픔 중의 아픔에 차 계시는 여인 중의 여인께서는 원하시는 것 중의 원하시는 것을 말씀하십시오. 우리 모든 사람은 한시라도 빨리 그대를 모시고 모실 준비 중의 준비를 해놓고 있사옵니다."

이때 돈 끼호떼가 일어나서 '아픔에 찬 여인'에게 말을 건네며 이야기했다.

"고뇌에 찬 여인이여, 그대의 걱정과 고민이 어떤 방랑기사의 힘이나 용기로 해결될 희망을 기대할 수 있는 것이라면 비록 모자라고 약하지만 여기 제 팔뚝 힘이 있소. 그대를 돕기 위해 모든 힘을 쏟겠소. 저는 라 만차의 돈 끼호떼로 제 임무는 곤경에 처한 모든 사람을 도우러 다니는 것입니다. 사실 제 일이 그러하온지라 부인, 일부러 호감을 사거나 긴 이야기를 앞세울 것 없이 평범하게 솔직히 그대 불행을 말씀하시오면 그대 말을 듣는 사람이 혹시 다 해결해드리지 못한다 해도 함께 아파할 수는 있을 줄 압니다."

돈 끼호떼의 말을 듣고 '아픔에 찬 여인'은 그의 발밑에 뛰어들 것 같은 몸짓을 하더니 마침내 쓰러져 그의 두 발을 껴안으려고 몸부림치며 말했다.

"이 두 발과 다리 앞에 제 몸을 던지옵니다. 오, 불굴의 기사님이시여! 방랑기사도의 기둥이며 바탕이 이 사지四肢이시기 때문입니다. 제 불행의 모든 구원이 그대 발길에 매달려 있으니 이 두 발에 키스해드리고 싶사옵니다. 오, 용감하신 방랑자여, 그대의 빛나는 공적이 모든 아마디스들과 에스쁠란디안들, 벨리아니스 기사들의 혁혁한 공로를 빛바래게 하고 저 뒤로 물러나게 하셨나이다!"

그러더니 돈 끼호떼에게서 물러나 싼초에게로 돌아서 그의 손을 붙잡고 말했다.

"오, 그대, 과거나 현재를 막론하고 방랑기사를 섬긴 하인 중에서 천하 없는 가장 성실한 하인이여. 친절하기가 여기 있는 내 동료 뜨리팔딘의 수염보다 더 길고 뛰어난 하인이여! 위대한 돈 끼호떼를 섬기는 것은 결국 이 세상에서 무기를 사용한 수없이 많은 모든 기사를 한꺼번에 모시는 것과 같다고 자긍심을 가져도 되리라. 그대의 뛰어난 성실성과 친절을 알기에 당연히 받아주리라 믿고 꼭 부탁하고자 하는 것은 즉시 이 불쌍하디불쌍하고 불행하기 그지없는 백작 부인에게 도움을 주실 수 있도록 자네 주인을 설득하는 데 좋은 역할을 맡아달라는 것일세."

그 말에 싼초가 대답했다.

"소인의 친절한 마음이 마님 하인의 수염처럼 크고 긴지는, 부인, 저는 전혀 관심이 없사옵니다. 제 영혼이 이 세상을 떠날 때나 되어서 턱수염을 달았는지 콧수염을 달았는지가 상관있을지 모르지만 여기 이승에서의 수염에 대해서는 전 어떤 관심도 없습니다. 하지만 그 수작인지 간청인지 하는 것은 소인의 주인께 부탁해보겠습니다. 주인께서 저를 참 좋아하시는 것을 제가 알고, 또 지금 무슨 일이 또 하나 있어 저를 필요로 하시니까요. 가능한 한 최선을 다해 마님을 돕고 은혜를 베푸십사 말을 하지요. 마님께서는 그 걱정을 다 털어놓으시고 우리에게 말씀하고 맡기시지요. 우리 서로 다 이해할 겁니다."

공작 부부는 작금의 상황이 우스워 죽을 지경이었으니, 계획대로 모험을 만들어낸다는 낌새를 알아차렸고, 뜨리팔디 여인의 내

승과 예리함에 서로 칭찬을 아끼지 않았다. 그녀는 다시 앉으며 말했다.

"깐다야라는 유명한 왕국으로 말하자면 고대의 세일론인 뜨라뽀바나와 남해 바다 사이, 꼬모린 곶마루에서 두마장쯤 더 떨어진 곳에 있는 왕국인데, 남편인 아르치삐엘라 왕이 죽고 홀로된 도냐 마군시아라는 여왕이 군주이셨지요. 그 왕 부부에게서 난 딸이 안또노마시아 공주로 왕의 후계자인데, 말씀드린 그 안또노마시아 공주는 저의 보호와 교육을 받으며 자라고 컸어요. 제가 그녀 어머님의 시녀 중 가장 오래되었고 귀족인 상급 시녀였으니까요. 그런데 세월이 가며 벌어진 일 중 하나가 여자아이 안또노마시아가 열네살이 되니 자연에서는 더이상 완벽을 기대할 수 없을 정도로 완벽한 아름다움을 갖게 된 것이었지요. 말하자면, 코흘리개였던 그녀가 그렇게 얌전하고 예뻐졌다는 거지요. 만약 시기와 질투의 운명 신들과 무정한 생명의 여신들이 그녀의 생명줄을 끊어버리지 않았다면 지금도 세상에서 가장 예뻤을 거예요. 이 지상에서 그토록 불행한 일이 일어나도록 하늘도 용납해서는 안되는, 절대 안될 일이었습니다. 그건 이 땅에서 가장 아름다운 포도덩굴과 다래를 때가 되지도 않았는데 송두리째 앗아가버리는 일이었으니까요. 의당 그래야 하듯 제 어리석은 혀로는 간청을 한 적도 없지만 이 아름다운 공주에게 국내는 물론 외국의 수많은 왕자들까지 사랑에 빠졌어요. 그들 중 궁중에 있던 한 특별한 선비가 감히 그토록 아름다운 하늘의 미인에게 사모의 정을 받들어올리려 했지요, 자신의 젊음과 패기, 수많은 재주와 매력, 그리고 가벼이 반짝이는 좋은 지혜를 믿고서 말이지요. 위대하신 어른들께 사뢰옵니다만, 그는 기타를 치는데 그 소리에 짜증만 내지 않는다면 기타가 말을 하게 하는 재주가 있었지요. 시인이라기보다는 춤을 아주 잘 췄으며, 새장을 아주 잘 만들어 그것만으로도 아주 궁한 처지에 놓이면 먹고살 수 있을 정도였어요. 이 모든 재주와 매력은 연약한 한 여자의 마음만이 아니라 산이라도 넘어뜨릴 만큼 컸어요. 그러나 이 모든 점잖은 태도와 고운 말씨, 그의 매력과 재주에도 불구하고 우리 여자아이의 철옹성 같은 마음을 무너뜨리는 데는 아무 소용이 없었어요. 무슨 철면피를 쓴 도둑놈이 나를 먼저 무너뜨리는 방법을 쓰지 않는다면 말이지요. 그 사악하고 양심도 없는 떠돌이 녀석은 먼저 제 구미를 사고 마음을 매수하려고 애를 써 제가 지키고 있는 그 철옹성을 지키지 못하게 하고 그만 그 열쇠를 그에게 넘기게 하려 했지요. 마침내 그놈은 제 지혜를 칭찬하고 무슨 보물인지 보석 브로치인지를 주면서 제 환심을 사려 했는데, 제가 무릎 꿇고 땅에 쓰러지게 만든 가장 큰 선물은 노래 몇 곡이었습니다. 어느날 밤 그가 있는 좁은 거리로 나 있는 철창에서 들은 노랫소리였는데, 제 기억이 맞다면 그 노래의 가사는 이렇습니다.

달콤한 나의 적으로부터
영혼을 에는 아픔이 태어나네,
그리고 더욱 고통을 주려고
아무런 느낌도 말도 못하게 한다네.[1]

내 생각에 그 노래는 진짜 보석 같고 목소리는 꿀물 같았지요. 그뒤 지금까지, 그러니까 그때부터 이런저런 비슷한 시구들 때문

---

[1] 이딸리아 시인 쎄라피노 델라낄라 오 아낄라노(Serafino dell'Aquila o Aquilano, 1466~1500)의 시이다.

에 불행에 빠진 것을 보고 저는 플라톤이 말했던 것처럼 조화롭고 선량한 공화국에서는 시인들을 추방해야 되겠구나 하는 생각을 하게 되었지요. 적어도 음란한 시인들은 말이지요. 왜냐하면 만뚜아 후작의 노래처럼 아이들이나 여자들을 즐겁게 하고 울리기도 하는 그런 노래들이 아니라 보드라운 가시처럼 옷은 멀쩡한데 사람 마음을 꿰뚫고 번개처럼 상처를 주기 때문이지요. 그리고 그는 다시 노래했어요.

> 오라, 죽음이여, 꼭꼭 숨어서,
> 네가 오는 걸 느끼지 못하도록,
> 죽어가는 즐거움이, 나로 하여금
> 다시 삶을 얻게 하지 말도록.[2]

이런 따위의 다른 노래와 노랫가락 들은 노래를 들은 사람을 홀리고 써놓으면 사람을 감동시키는 그런 것들이지요. 그러니 깐다야에서 당시 유행하던 '쎄기디야스'[3]라고 부르던 노래를 겸손하게 읊어대면 어떠했겠습니까? 그렇게 되면 사람마다 마음이 뛰고 웃음이 터지고 몸이 불안하고 마침내 모든 감각이 어쩔 줄 몰라 안절

---

2 에스빠냐 시인 에스끄리바(Escrivá)의 유명한 시로 황금세기에 널리 알려진 민요이다.
3 '쎄기디야스'(seguidillas)는 에스빠냐, 특히 안달루시아의 음악과 노래 형식이다. 세르반떼스는 『시인들의 성지 파르나소스로의 여행』(Viaje del Parnaso)에서 '쎄기디야스는 영혼을 간지럽힌다'라고 말한다. 여기서 재미있는 것은, 우연의 일치이겠지만, 극동의 어느 왕국으로 추정하는 깐다야에서 이런 노래가 불린다고 얘기하는 점이다. 20세기 초 일본의 하이꾸가 에스빠냐에서 유행할 때 5·7·5조의 그 형식이 쎄기디야스와 더러 일치했으니, 세르반떼스의 말처럼 시인은 예언자이고 점쟁이일까.

부절못하겠지요. 그러니 제 주장은, 여러분, 그런 가수 시인들은 반드시 아무도 살지 않는 '도롱뇽 섬'으로 추방해버려야 한다는 겁니다. 하지만 그들의 잘못이라기보다는 그들을 추앙하는 멍청이들과 그들을 믿는 바보 여자들의 잘못이겠죠. 제가 제대로 된 좋은 상급 시녀였다면 그런 정신 나간 가사 내용을 듣고 그리 감동하지 않았을 거고, 이런 시구가 그리 진실되다고도 생각하지 않았어야 했어요. '저는 사는 것이 죽을 지경입니다, 얼음 속에 불타고 있으니까요, 불 속에서 혼자 떨며 희망도 없이 기다립니다. 떠난다 떠난다 하면서 차마 떠나지 못하고……' 이런 식의 불가능한 사랑 이야기들이 그들이 쓴 작품에 가득하지 않습니까? 그리고 아라비아의 불사조 피닉스를 약속하고, 아리아드네의 왕관을 약속하고, 태양의 말들, 남해의 진주, 티바르의 황금, 판카야의 향유[4]를 가져다주겠다는데 어떡하지요? 여기가 그들이 가장 붓을 많이 놀리고 늘이는 대목이지요. 이행할 생각도 안하고 또 이행할 수도 없는 약속을 하는 거니 돈이 안 드는 작업이거든요. 하지만 지금 내가 쓸데없이 무슨 말을 하고 있지? 아이고, 불쌍한 내 신세야! 내가 미쳤다고 지금 정신이 나가서 내 잘못에 대한 이야기도 많은데 남의 실수나 이야기하게 되었지? 아이고, 다시 말하지만, 저는 재수도 없었어요! 그 시들에 내가 넘어간 게 아니라 바보 같은 내 머리가 문제였고, 노래와 음악이 내 마음을 녹인 게 아니라 나의 경솔함이 문제였지요.

---

4 '아리아드네의 왕관'은 디오니소스가 결혼 선물로 아내인 아리아드네에게 준 왕관이 그녀가 죽은 후 하늘로 올라가 된 별자리 이름이다. '태양의 말들'이란 옛 그리스 사람들이 태양을 네마리 말이 이끄는 수레를 타고 간다고 여겨서 나온 말이다. '티바르의 황금'은 아랍인의 전설에 황금이 많다고 전해진 지역 이름이며, '판카야'는 플리니우스나 베르길리우스 같은 이들이 칭송한 아라비아의 전설적 낙원이다.

내가 너무 무지하고 조심성이 없어서 길을 열어주어 돈 끌라비호께서 아무 장애 없이 발걸음을 하도록 길을 터준 거죠. 이름이 바로 내가 말한 그 신사분의 이름이에요. 그리하여 제가 중매쟁이가 되어 그 사람은 한번뿐이 아니라 아주 여러번 안또노마시아의 방에 들어가 앞으로 그녀의 진짜 남편이 되겠다는 구실을 대며 속였는데, 사실 그분이 속인 게 아니라 제가 속였죠. 그녀는 남편이 되지 않을 사람에게는 구두 바닥 끝에라도 가까이 오는 걸 용납하지 않았을 거예요. 안되지요, 안되지요, 절대 그건 안되지요! 제가 상대하는 이런 일에는 언제나 결혼이라는 조건이 먼저 따라야지요! 이 일에 단 한가지 문제가 있다면 그건 이미 말했듯이 안또노마시아 공주는 왕위를 이어받을 계승자인 데 비해 돈 끌라비호는 단순한 선비라는 신분 차이였어요. 며칠 동안은 이 작전이 저의 빈틈없는 경계로 잘 덮이고 숨겨졌으나 결국 이대로 더 가다가는 안또노마시아의 배가 차츰 불러와 다 탄로가 날 것 같았습니다. 이런 두려움으로 우리 셋은 머리를 짜 해결 방도를 찾았는데, 이런 나쁜 소문이 퍼지기 전에 돈 끌라비호가 주지 신부 앞에서 안또노마시아를 아내로 맞게 해주십사 청혼을 하게 하는 거였습니다. 그분이 공주님을 아내로 맞이하겠다고 약속한 결혼증명서를 제시하고 말이죠. 제가 온 힘을 다해 재주껏 불러준 대로 쓴 것으로 삼손이 아무리 강하다 해도 깨뜨릴 수 없는 계약서였지요. 수속은 착착 진행되었고, 주지 신부는 그 증명서를 보고 고해성사로 아씨에게 확실한 고백을 들은 뒤 그녀를 아주 점잖게 생긴 감시인의 집에 맡겨두도록 명령했지요."

이때 싼초가 말했다.

"깐다야에도 궁중 감시인이 있고, 시인이 있고, 민요 쎄기디야스가 있군요. 그걸로 보면 정말이지 세상 사람은 모두가 하나같이 같다고 해도 과언이 아니라는 생각이 드네요. 하지만 마님께서도 서두르셔야겠네요, 뜨리팔디 아씨, 시간이 늦었구만요. 그리고 저도 이 긴 이야기의 끝이 어찌 될지 궁금해 죽겠네요."

"그래, 서둘러야겠네요." 백작 아씨가 대답했다.

39장

뜨리팔디가 자신의 추억에 남을 만한 멋진 과거사를 계속 이야기하다

싼초가 무슨 말을 해도 공작 부인은 무조건 좋아하기만 해서 돈 끼호떼가 안타까워하며 그에게 입을 다물라고 명령하자 '아픔에 찬 여인'이 이야기를 계속했다.

"결국 수많은 질문과 대답이 오갔으나 공주가 자기주장을 계속 굽히지 않으며 처음 자기가 천명한 말을 바꾸지도 않고 고집하자 주지는 돈 끌라비호의 편을 들어주는 선고를 하여 그녀를 그의 정식 부인으로 인정했습니다. 일이 이렇게 되자 안또노마시아 공주의 어머니인 마군시아 여왕은 얼마나 분통이 터졌던지 그로부터 사흘 뒤 우리는 여왕님을 매장하지 않으면 안되었지요."

"틀림없이 죽은 거죠?" 싼초가 말했다.

"물론이죠!" 뜨리팔딘이 대답했다. "깐다야에서는 산 사람은 매장하지 않고 죽은 사람만 매장하니까요."

싼초가 말을 받았다. "기사 하인님, 전에는 한번 기절한 어떤 사람을 죽은 줄 알고 매장한 것을 봤지요. 제 생각엔 그 마군시아 여왕이 죽기 전에 기절을 해야 하는 게 순서가 아니었나 싶네요. 대개 살아 있으면 해결이 되거든요. 그렇다고 공주의 잘못이 그렇게 화내실 정도로 뭐 그리 크지는 않은 것 같은데요. 제가 듣기엔 종종 늘 있었던 일로 그 아씨께서 자기 하인이나 자기 집의 다른 종과 결혼을 했다면 그런 상처는 해결이 안 났겠지만요. 하지만 의젓한 선비요, 신사이고, 지금 묘사한 대로 이해도 깊으신 양반과 결혼한 거라면, 말이야 바른 말이지, 물론 바보 같은 소리일 수도 있지만 그 사건이 생각처럼 큰일은 아니네. 여기 우리 주인님이 계시니까 거짓말도 할 수 없는데, 이분 법칙에 따르면 학문을 한 사람들이 사제가 되듯이 선비나 기사 들도 그렇게 될 수 있고, 더구나 방랑기사라면 왕도 황제도 될 수 있다네요."

"그건 옳은 말이야, 싼초." 돈 끼호떼가 말했다. "방랑기사란 눈곱만큼만 운이 좋아도 세상의 가장 큰 주인이 될 수 있는 엄청난 가능성이 있지. 그건 그렇고 '아픔에 찬 여인'께서는 이야기를 계속하시지요. 내가 추측하기엔 지금까지는 달콤한 이야기였지만 이제부터 쓰라린 과거 이야기가 남아 있는 것 같군요."

"어찌 쓰라리기만 하겠어요!" 백작 부인이 대답했다. "너무너무 쓰리고 아파서 거기에 비하면 쓰디쓴 익모초는 달고 쐐기풀은 맛있다 할 수 있지요.[1] 결국 여왕께서는 기절하신 게 아니라 돌아가셔서 우리는 매장을 했는데, 흙을 덮고 마지막 하직인사를 드렸지요.

아, 눈물 없이 이런 애통한

---

1 원문에는 '개참외'(las tueras)와 나쁘고 독한 풀로 '협죽도'(las adelfas)가 나온다.

이야기를 들을 자 누구 있으랴?[2]

그런데 여왕의 무덤 위에 목마를 타고 마군시아 여왕의 친사촌인 거인 말람브루노가 나타났는데, 그는 잔인한데다 마법사였어요. 그는 안또노마시아의 지나친 행동에 실망하여 사촌 누이의 죽음에 복수하고, 돈 끌라비호의 비행을 벌하려고 그들을 무덤 위에 마법으로 묶어놓았어요. 공주는 청동으로 만든 원숭이로 둔갑시키고, 선비는 무슨 이상한 쇠붙이로 만든 무서운 악어로 만들었으며 둘 사이에는 같은 쇠로 만든 비석을 세워놓았는데, 거기에는 시리아 말로 몇 글자가 쓰여 있어요. 그 글자는 깐다야식 말로 쓴 것으로 지금 에스빠냐어로 풀면 이런 내용이라고 해요.

오만에 찬 이 두 연인은 용감한 라 만차의 기사가 나와 일대일의 멋진 한판 승부를 벌이러 올 때까지 처음의 원형을 회복할 수 없으리라. 오직 그 기사의 위대한 용기를 기다려 운명의 신들이 한번도 보지 못한 이 큰 모험을 마련해두었노라.

그러고는 칼집에서 엄청나게 크고 넓은 신월도를 꺼내서 제 머리채를 휘어잡고는 제 목을 베고 머리를 통째로 잘라낼 것 같은 자세를 취했지요. 그때 전 정신이 아찔해지면서 목소리가 목구멍에 달라붙고, 극도로 절망에 빠졌어요. 그러나 어떻든 최대한 노력해서 고통에 찬 떨리는 목소리로 셀 수 없이 많은 말을 해댔고, 그 말

---

2 원문에는 라틴어로 베르길리우스의 『아이네이스』에 나오는 그 유명한 문구 '이걸 듣고 누가 눈물을 참으랴?'가 나온다. 역자는 이를 신파조로 옮겨 신선한 맛을 살려보려 했다.

들이 그에게 그 혹독한 처형을 도중에 중단하게 했어요. 마침내 궁중의 모든 상급 시녀들을 자기 앞에 대령하게 했는데, 그 여자들이 바로 여기 있는 분들입니다. 그는 우리 죄를 과장해서 나무라고 상급 시녀들의 자질들, 그녀들의 나쁜 버릇과 최악의 간책을 욕하고는 저 혼자 짊어져야 할 모든 죄를 그녀들에게 덮어씌운 뒤 우리들을 최고의 중형으로 벌하고 싶지는 않고 대신 느리고 긴 형벌을 주어 계속 죽어가는 천한 죽음을 선고하겠다고 했어요. 그렇게 말을 끝내자마자 그 시점부터 우리 모두는 온 얼굴의 땀구멍이 다 열리고 바늘 끝으로 찔러대는 듯 무엇인가 쑤셔옴을 느꼈습니다. 우리는 곧 두 손으로 얼굴을 어떻게 해보려 했으나 지금 보시듯이 결국 이런 모습으로 남게 되었습니다."

이윽고 '아픔에 찬 여인'과 그밖의 상급 시녀들은 덮어쓰고 있던 베일을 젖혔다. 그녀들의 온 얼굴엔 수염이 가득했는데, 어떤 것은 금색, 어떤 것은 검은색, 어떤 것은 하얀색, 어떤 것은 덕지덕지 여러 색깔을 칠한 수염들이었다. 그 모습을 보고 공작이나 공작 부인은 대단히 놀라는 듯한 표정을 지었고, 돈 끼호떼와 싼초는 정신이 혼미한 상태가 되었으며, 거기 있던 모든 사람은 놀라 눈이 모두 휘둥그레졌다.

그러자 뜨리팔디는 말을 이었다.

"이런 방식으로 말람브루노라는 그 비열하고 악질적인 작자가 우리에게 벌을 주었어요. 부드럽고 생기 넘치는 우리 얼굴을 온통 이런 돼지털 같은 거칠고 뻣뻣한 털로 덮어놓은 거지요. 차라리 그때 그 어마어마한 신월도로 우리 머리를 쳐버리는 게 더 나을 뻔했어요. 얼굴을 덮고 있는 이 모진 털로 우리의 밝은 얼굴을 영원히 어둡게 하는 것보다는 말이지요. 여러 어르신들, 생각만 하면, 지금 제가 하려고 하는 말은 제 두 눈의 눈물이 분수가 되어 솟구쳐야 제대로 나올 겁니다. 하지만 우리의 불행을 생각하고, 지금까지 주룩주룩 흘린 바다 같은 눈물이 온 눈을 까끄라기처럼 바싹 말려 물기 하나 없이 만들어놓았으니 어쩔 수 없이 눈물 없이 말씀드리겠습니다. 그러니 제가 드리는 말씀은 도대체 수염 달린 상급 시녀가 어디를 갈 수 있단 말입니까? 어느 아버지 어머니가 그 아픔을 알겠습니까? 어느 누가 그런 여자를 도와줄까요? 살결이 아직 매끄럽던 시절, 수천가지 화장품과 화장으로 고생하며 얼굴을 예쁘게 만들어놓아도 정말 사랑하는 남자 하나 구하지 못한 여자가 자기 얼굴이 숲처럼 우거진 꼴을 보고 어찌해야 할까요? 아, 나의 동료들, 상급 시녀들이여, 불행한 순간에 우리가 태어났나보구려! 정말 치욕스러운 때에 우리 부모들이 우리를 잉태하셨나보구려!"

이렇게 말하며 그녀는 기절하는 시늉을 했다.

40장

이 모험에 관한 기억할 만한 이야기와
연관된 사건들에 대하여

정말로 이와 비슷한 이야기를 좋아하는 모든 사람은 이 책의 처음 작가인 시데 아메떼에게 감사를 표해야 할 것이다. 작가는 아주 작은 일이라 할지라도 호기심을 가지고 하나도 남김없이 우리에게 세세히 이야기해주면서 색다르게 밝혀주기 때문이다. 그는 생각들을 묘사하고, 상상들도 밝혀주고, 말없는 물음에도 답해주고, 의혹을 밝혀내고, 문제점들을 풀어주며 끝으로 가장 궁금증 많은 자의 호기심에도 일일이 해명해준다. 오, 저명하고 저명하신 작가여! 오, 행운아 돈 끼호떼여! 오, 명성 높은 둘시네아여! 오, 재치 넘치는 싼초여! 모두 다 함께, 아니면 한명 한명 각자라도 살아 있는 자들의 즐거움과 일상적 취미를 위해 부디 모두 만수무강하시기를!

그러니까 이야기를 계속하자면, 싼초는 '아픔에 찬 여인'이 기절하는 것을 보자 이렇게 말했다고 한다.

"내 이 선량한 사람의 이름을 걸고 맹세하는데, 한번도 듣지도 보지도 못한 우리 빤사 집안의 조상 대대의 이름을 걸고 말하지만, 이번 같은 이런 모험은 우리 주인님에게도 없었고 그가 생각조차 해본 적도 없는 일이외다. 차마 욕은 못하겠고, 수천수만의 악마들도 다 물어죽일, 마법사이면서 거인인 이 말람브루노야, 세상에 이 죄 많은 여자들에게 다른 종류의 벌도 아니고 하필이면 수염이 나게 했단 말이냐? 수염을 다느니 비록 말소리는 코맹맹이 소리가 나겠지만 코를 중간쯤에서 싹둑 잘라버리는 게 그 여자들에게 더 낫고 더 맞는 벌이 아니겠느냐? 내 생각엔 온 재산 다 써도 그 수염을 다 깎아줄 사람은 죽어도 못 구할 것 같단 말이다."

"그건 사실이에요, 나리." 열두 여자 중 하나가 말했다. "우린 털 깎을 재산도 없어요. 그래서 우리 중 몇몇이 좀 경제적인 방법을 찾아 고약이나 끈적끈적한 접착제를 얼굴에다 붙이고 갑자기 떼어내면 돌절구 밑바닥처럼 반반하고 반들반들해지기도 했어요. 비록 깐다야에는 집집마다 돌아다니면서 잔털을 뽑고 눈썹을 다듬어주거나 여자와 관계되는 화장을 해주는 여자들이 있지만 우리 마님의 상급 시녀들인 우리들은 절대 꿈에도 그런 여자들을 받아들이려고 하지 않았어요. 이런 여자들 대부분은 착한 여자가 되기를 그만둔 사람들이라서 뚜쟁이 냄새가 나거든요. 그래서 돈 끼호떼 나리께서 우리를 구해주시지 않는다면 저희들은 이 수염을 달고 이대로 무덤까지 가게 될 겁니다."

"본인이 그대들의 수염 문제를 해결하지 못하면 차라리 나 스스로 무어족 땅에서 수염을 깎이고 말 겁니다."

이때 기절했다가 정신이 든 뜨리팔디 아씨가 말을 했다. "용감하신 기사님이시여, 이렇게 넌지시 돌려서 하시는 약속의 말씀이 기절해 있던 소녀의 귀에도 들려왔습니다. 그 말씀이 바로 저에게 정신을 차리고 모든 감각을 회복하도록 해주었습니다. 그래서 다시 간청하오니, 뛰어난 방랑자이시며 야생마 같은 나리시여, 나리의 아름다운 약속을 부디 실천에 옮겨주시기 바라옵니다."

"이보십시오, 아씨." 돈 끼호떼가 대답했다. "본인으로서는 그대로 있지 않을 겁니다. 내가 지금 해야 할 일이 무엇인지요? 마음은 지금 바로 그대를 모실 준비가 되어 있습니다."

"문제는 말이에요." '아픔에 찬 여인'이 대답했다. "여기에서 깐다야 왕국까지는 육지로 가면 대략 오천마장에 두마장 정도를 더한 거리이나 공중으로 떠가면 직선으로 가니 삼천이백스물일곱마장이 되지요. 또 말람브루노가 저에게 말하기를, 알려진 바로는 제가 운이 좋아 우리를 풀어줄 기사를 찾게 되면 자기가 그에게 아주 뛰어난 운송기관을 보내겠다고 했답니다. 빌린 곳에 다시 되돌려주어야 하는 그런 나쁜 임대 말보다 좋은 조건으로 용감한 삐에르가 예쁜 마갈로나를 태우고 간 것과 똑같은 그 목마일 거라는군요. 그 목마는 제동장치 역할을 하는, 말 이마에 달린 나무못을 잡고 운전을 하는데, 공중을 날아가는 것이 어찌나 빠르고 가벼운지 마치 귀신들이 데려가는 것 같답니다. 이렇게 말하는 그 말은 옛 전통에 따라 현자 메를린이 조작했던 것인데 자기 친구니까 삐에르에게 빌려주었던 거지요. 그는 그 말을 타고 긴 여행을 하면서 아까 말했듯이 예쁜 마갈로나 아씨를 훔쳐서 엉덩이에 태우고 공중으로 날아가서 땅에서 바라보던 모든 사람을 바보처럼 어리둥절하게 만들고 말았지요. 메를린은 자기가 원하는 사람이나 돈을 가장 많이 주는 사람이 아니면 목마를 빌려주지 않았는데, 위대한 삐에르 이후 지금까지 그 목마에 올라탄 사람이 누구였는지는 모르겠군요. 말람브루노가 마침내 그의 기술로 그걸 그곳에서 꺼내어 자기 소유로 갖고 있으면서 여행을 할 때 쓰곤 했는데 때때로 그걸 타고 세계 여러 곳으로 여행을 하지요. 오늘은 여기에 있으면 내일은 프랑스에 있고, 또다른 날은 먼 곳에 있는 부자 나라 뽀또시에 있지요. 그 말이 좋은 건 먹지도 않고 자지도 않고 편자를 쓰지도 않고 날개도 달지 않고 공중으로 달리며 쏜살같이 날아갈 뿐 아니라 위에 타고 가는 사람은 물잔에 물을 가득 담은 채 손에 들고 가도 말이 하도 편안하게 흔들지 않고 달리기에 물 한 방울 쏟지 않는다는 거예요. 이래서 어여쁜 마갈로나가 그 말을 타고 다니기를 그렇게 좋아하지 않았겠습니까."

이 말에 싼초가 말했다.

"그렇게 편안하게 흔들리지 않는 채 다니는 건 우리 점박이지요, 비록 공중으로 돌아다니지는 못하지만요. 하지만 육지로 다니는 걸로는 세상에서 잘 달린다고 하는 모든 말하고 한판 붙을 수도 있지요."

모두들 웃자 '아픔에 찬 여인'은 말을 이었다.

"만약 말람브루노가 우리의 불행을 끝내줄 의향이 있다면 이 목마는 밤이 되면 반시간도 안되어 우리 앞에 나타날 겁니다. 그가 말한 뜻으로는 제가 찾고 있는 기사를 발견했다고 생각하면 바로 제게 신호를 보낼 것이며, 편하고 빠른 곳으로 제게 목마를 보내준다고 했습니다."

"그런데 그 말에는 몇 사람이나 타는데요?" 싼초가 물었다.

'아픔에 찬 여인'이 대답했다.

"두 사람이오. 한 사람은 안장에 앉고 다른 사람은 엉덩이에 타지요. 보통은 기사와 하인 두 사람이 타겠지요. 훔쳐온 처녀가 없다면 말이에요."

"제가 알고 싶은 건, '아픔에 찬 여인' 마님." 싼초가 말했다. "그 말 이름이 무엇인가 하는 겁니다."

"그 이름은 벨레로폰의 말처럼 '페가수스'라는 이름이 아니고, 알렉산드로스 대왕의 말처럼 '부세팔루스'인 것도 아니고, 오를란도의 말처럼 이름이 '브리야도로'도 아니고, 레이날도스 데 몬딸반의 말 이름처럼 '바야르떼'는 더더군다나 아니지요. 루헤로의 말처럼 '프론띠노'도 아니고, 태양을 끄는 말 이름들처럼 '보테스'나 '페리토아'도 아니며, 물론 운수 사나운 고트족의 마지막 왕 로드리고가 전쟁에 뛰어들어 왕국과 목숨을 잃었을 때 탄 그 명마인 '오렐리아'라고 부르지도 않지요."

"그러고 보니 틀림없이 저렇게 잘 알려진 명마들의 이름을 하나도 달지 않은 걸 보면 우리 주인의 명마 '로신안떼'라는 이름도 아니겠네요. 독특하기로 치자면 지금까지 나온 말들 이름보다는 훨씬 뛰어난데요."

"그건 그렇지요." 수염 달린 백작 아씨가 대답했다. "하지만 이 목마 이름이 '날개 달린 끌라빌레뇨'이니 훨씬 잘 어울리는 이름이지요. 이 목마는 '레뇨'로 만들고 이마에 '끌라비하'[1]를 달고 있으며 가볍게 날아가니까 이 말의 됨됨이에 딱 맞는 적당한 이름이에요. 그래서 이름만 보고 말하자면 유명한 로신안떼와 겨룰 만하지요."

"제 생각에도 이름이 나쁘지 않네요." 싼초가 대답했다. "하지만 무슨 제동장치인지 끈인지로 운행한다구요?"

뜨리팔디 아씨가 대답했다. "이미 말했듯이 나무못을 이쪽저쪽

----

1 '레뇨(leño)는 '나무'이고 '끌라비하'(clavija)는 '나무못'이다.

으로 돌리면 원하는 대로 갈 수 있어요. 공중으로 가려면 가고, 땅을 쓸듯이 밑으로 기어갈 수도 있고, 아니면 중간쯤으로 갈 수도 있는데 중간쯤이 바람직하지요. 중간이 모든 행동에서 균형을 유지하려면 필요한 덕목 아니겠어요?"

"그래서 알고 싶었던 거죠." 싼초가 대답했다. "하지만 제가 그 위에 올라타야 한다는 건 다른 거죠. 안장에 타건 엉덩이에 타건 간에, 차라리 느티나무에 배가 열리기를 기다리는 게 더 나을 겁니다. 저는 제 점박이 위, 진짜 비단보다 더 보드라운 길마 위에 올라타고도 몸을 지탱하기 어려운 사람인데 지금 하는 소리로는 방석 같은 것도 없고 받침도 없는, 순전히 판자로 된 엉덩이 위에서 저더러 몸을 가누고 있으라니, 허, 참, 그거 잘도 하겠소이다! 하느님 맙소사, 저는요, 누구의 수염을 떼려고 제가 박살날 생각은 조금도 없습니다요. 말하자면, 사람은 각자 자기에게 가장 맞는 방법으로 털을 깎으면 되구요, 저는 그 긴 여행에 우리 주인님과 함께 갈 생각은 없습니다요. 더군다나 저는 둘시네아 아씨의 마법을 풀기 위한 몸이니 이 수염 깎아내는 작업에 끼어들어서는 안될 것 같사옵니다."

"그게 아니에요, 친구님." 뜨리팔디 아씨가 대답했다. "그대의 도움이 없이는 우린 아무 일도 못하는 걸로 저는 알고 있어요."

"사람 살려!" 싼초가 말했다. "기사 하인들이 도대체 주인님들 모험하고 무슨 상관이 있단 말입니까? 우리 하인들이 고생은 다 하고, 성취한 일에 대한 명성은 주인님들이 다 가져가도 되는 겁니까? 제기랄! 그 역사가라는 사람들이 이런다면 모르겠네요, '이러이러한 기사가 이러이러한 모험을 성공적으로 끝마쳤다, 그러나 그것은 누구누구라고 하는 기사 하인의 도움 때문이었으며 그의 도움 없이는 그 일의 성취가 불가능했을 것이다'라고요. 하지만 이렇게 밑도 끝도 없이 간단히 쓰지요, '돈 빠랄리뽀메논 데 라스 뜨레스 에스뜨레야스는 여섯 괴물의 모험을 끝냈다!' 그러고는 그 모든 일에 동참했던 하인이라는 사람은, 세상에 없는 사람처럼 그 이름 한 자도 안 나와요! 이제 여러분들, 제가 다시 말하지만, 우리 주인께서는 혼자 가셔도 된다고 생각합니다. 가셔서 잘 먹고 잘사시라지요. 전 우리 공작 부인 마님을 모시고 여기 함께 남아 있겠습니다. 그리고 돌아오실 때쯤 되면 둘시네아 아씨 사건이 근본적으로 상당히 좋아져 있을 수도 있겠지요. 제가 일이 없고 한가할 때는 짬을 내서 다시는 털이 나지 않을 정도로 상당히 많은 매질을 제 몸에 스스로 하겠습니다."

"아무리 그래도, 착한 싼초여. 필요하다면 그대는 주인과 함께 가야지, 귀한 분들이 그대에게 그걸 간청하고 있으니. 이 아씨들의 얼굴이 그대의 쓸데없는 두려움 때문에 저렇게 털 범벅으로 남아 있을 수는 없는 노릇 아니겠나. 그리되면 정말 치욕적인 것이 될 걸세."

"이거 또 사람 죽이네!" 싼초가 말을 받았다. "이런 자비로운 일이 얌전하게 숨어 사는 처녀들이나 혹독하게 교리 공부하는 소녀들을 위해서 하는 일이라면 사나이가 어떤 고생을 무릅쓰고라도 모험을 할 수 있겠지요. 하지만 상급 시녀들의 수염을 없애주려고 그 고통을 감당한다는 건 절대 못합니다! 그보다 저는 그 모든 시녀를, 수염을 달고 있는 모습 그대로 큰 여자부터 작은 여자까지, 제일 아양쟁이부터 새치름쟁이까지 다 보고 싶습니다."

"그대는 상급 시녀들과 원한이 많구먼, 이 친구 싼초." 공작 부인이 말했다. "그대는 그 똘레도 약제사의 의견을 지나치게 따르는 것 같아. 그러나 정말이지, 그건 옳지 않은 생각이에요. 우리 집에 있는 상급 시녀들은 정말 모범적인 시녀들이에요. 여기 우리 도냐 로드리게스가 있지 않나요, 내가 더이상 말해서 뭐해요?"

"하지만 존귀하신 마님께서 직접 말씀 좀 해주세요." 로드리게스가 말했다. "하느님도 진실은 다 알고 계실 거예요. 우리 상급 시녀들이 선하건 악하건, 수염이 있건 없건 우리들도 다른 여자들처럼 우리 어머니의 딸이에요, 하느님께서 세상에 내놓으셨으니까요. 하느님이 무엇을 위해 우리를 내놓으셨는지는 아시겠죠. 하느님의 자비에 관심이 있지 남의 수염에는 저는 관심이 없어요."

"그럼 좋습니다, 로드리게스 부인." 돈 끼호떼가 말했다. "그리고 뜨리팔디 아씨와 동행들. 본인은 하늘께서도 그대들의 고민을 좋은 눈으로 지켜봐주실 거라고 생각합니다. 싼초는 내 명령대로 행동할 겁니다. 끌라빌레뇨 목마가 오든지 말람브루노를 내가 만나게 되든지 내가 아는 사실 하나는 내 칼이 아주 손쉽게 말람브루노의 어깨 위에서 그 대가리를 잘라내듯이 세상에서 가장 손쉽게 여러분들의 수염을 면도로 깎아드리게 될 거라는 겁니다. 하느님께서 나쁜 놈들을 봐주시기도 하지만 항상 봐주지는 않지요."

이때 '아픔에 찬 여인'이 말했다. "아! 부디 하늘나라의 모든 별이 은혜로운 눈길로 위대하신 그대를 지켜보시길 바라옵니다. 그리고 그대의 마음속에 모든 용기와 성공의 기운을 불어넣어주시길 바라옵니다. 그리하여 약제사들의 혐오의 대상이요, 하인들의 술책의 대상이며, 기사 하인들의 험담의 대상인 비난받고 상처받은 모든 상급 시녀의 방패와 보호막이 되시옵소서. 꽃다운 나이에 차라리 수녀가 될 것이지 상급 시녀가 되겠다고 했던 그 과오 저주받을지어다. 아이구, 불쌍한 우리 상급 시녀들의 신세여! 비록 트로이 전쟁의 헥토르처럼 남자 대 남자로 직접 복수는 하겠지만, 이 일로 해서 여왕이라도 될 생각을 한 우리 마님들이 그대들에게 '너희들'이라고 아랫것 취급을 안할 리 없으리니! 오, 말람브루노 거인아, 너는 비록 마법사지만 네 약속만은 확실하지 않으냐! 우리의 불행을 끝내도록 세상에 둘도 없는 그 끌라빌레뇨 목마를 어서 보내다오. 날씨가 더워지고 우리 수염이 그대로 있다면, 아이고 우리 신세야!"

뜨리팔디가 어찌나 감정을 넣어 말을 해댔던지 주위에 있는 모든 사람의 눈에서 눈물을 짜내고, 싼초의 눈에서까지 눈물이 철철 흐르게 했다. 싼초는 마음속으로 그 존경스러운 얼굴들에서 털을 뽑아주는 일이 걸린 모험이라면 세상 끝까지라도 주인을 모시고 가겠다는 다짐을 했다.

41장

끌라빌레뇨 목마가 도착하고, 이 긴 모험의 종말이 다가오다

이때 밤이 오고, 밤과 함께 그 유명한 끌라빌레뇨가 오기로 한 정해진 시각이 다가왔으나 시간이 늦어지는 듯해 돈 끼호떼는 초조해졌다. 말람브루노가 그에게 목마를 보내는 걸 지체하는 것처럼 보였기 때문인데, 자기가 그 모험을 하게끔 정해진 기사가 아니거나 말람브루노가 그와 일대일의 멋진 한판 승부를 겨룰 엄두를 내지 못한 것일 수도 있으리라. 그러나 여기를 보라, 느닷없이 야만인 네명이 모두 파란 담쟁이덩굴 옷을 입고 정원으로 들어오고 있지 않는가. 그들 어깨에는 커다란 목마 하나가 실려 있었다. 목마를 바닥에다 세운 다음 그들 중 한명이 말했다.

"그럴 만한 용기가 있으신 분은 이 기계 위에 오르시지요."

"여기 이 사람," 싼초가 말했다. "저는 안 올라갑니다. 저는 용기도 없고 기사도 아니니까요."

그러자 야만인이 계속 말을 이었다.

"그리고 기사 하인이 있으면 그 사람은 엉덩이에 태우도록 하시지요. 용감하신 말람브루노 님을 믿으시지요. 그분의 칼이 아니면 다른 어떤 칼이나 악랄한 방법도 그를 대적하지 못할 것이외다. 목마 목에 달려 있는 나무못을 조종하기만 하면 사람들을 말람브루노가 기다리는 곳까지 공중으로 모셔다드릴 것입니다. 그러나 가는 길이 높고 높아서 현기증이 날 수도 있으니 그걸 막기 위해 눈을 가리셔야 합니다. 말이 울 때까지 말이에요. 울음소리는 여행이 끝났음을 알리는 신호니까요."

이렇게 말하고 끌라빌레뇨를 남겨둔 채 그들은 점잖은 자태로 왔던 곳으로 되돌아갔고, '아픔에 찬 여인'은 목마를 보자마자 눈물이 가득 찬 눈으로 돈 끼호떼에게 말했다.

"용맹스러운 기사님, 말람브루노의 약속은 사실이었군요. 목마는 이제 집에 왔습니다. 우리의 수염은 자라나고, 우리 여자들 한명마다 수염 털 하나하나를 걸고 그대에게 간청하오니 부디 우리 수염을 깎아 없애주소서. 하인과 함께 목마에 올라타시기만 하면 됩니다. 그 위에 타셔서 그대들의 새로운 여행의 행복한 시작을 거행하소서."

"그렇게 하겠사옵니다, 뜨리팔디 백작 부인 마님. 기꺼이 최고의 기분으로 거행하리다. 지체할 시간이 없으니 방석도 놔두고 박차도 달지 않은 채 가리다. 마님, 그대와 이 모든 상급 시녀가 수염 같은 것은 없이 매끈하게 있는 모습을 보고 싶은 마음이 이토록 간절하오이다."

"저는 그렇게는 못하겠사옵니다." 싼초가 말했다. "기분이 좋고 나쁘고 상관없이 절대 못합니다. 제가 그 엉덩이에 올라타지 않고는 안되는 일이라면 이 수염 깎기 작전에 우리 주인님을 모시고 따라갈 다른 하인을 찾아보셔도 좋겠네요. 그리고 이 여인네들도 다른 방법으로 얼굴 면도질할 생각을 하시구요. 저는 마귀가 아니라서 공중으로 날아다니는 걸 좋아하지도 않고, 게다가 또 제 섬 주민들이 자기 총독이 바람을 타고 산보 다니는 걸 안다면 뭐라고 하겠습니까? 그리고 또 하나, 여기서 깐다야까지 삼천몇마장이 된다는데 그러다 혹시 말이 지치거나 거인이 화가 나는 경우가 생기면 다시 돌아오는 데도 육년은 걸리겠네요. 그렇게 되면 세상에 저를 알아보는 섬 주민도 섬도 없겠지요. 보통 사람들이 하는 말이 늦으면 위험이 따르기 마련이고, 소를 준다고 하면 밧줄을 갖다주라 했지요. 이 여자들 수염 문제는 미안하지만, 성 베드로는 로마에 계시는 게 좋은 것처럼, 제 말은 전 그냥 여기 이 집에 잘 있겠다는 말이옵니다. 이 집에서는 제게 참 잘해주시고, 집주인님에게서 제가 섬의 총독이 되게 해주신다 약속한 그런 커다란 영광을 기다리고 있거든요."

그 말에 공작은 말했다.

"이 친구 싼초, 그대에게 내가 약속한 섬은 움직이지도 않고 도망가지도 않는다네. 땅 깊고 깊은 곳에 깊이 뿌리를 내리고 있는 섬이라서 아무리 끌어당기고 당겨도[1] 있는 그 자리에서 끌려오지도 꿈쩍하지도 않을 걸세. 그대도 알고 나도 아는 사실이지만 세상에 이런 거물급 큰 자리치고 많고 적은 차이는 있지만 어떤 형태든 뒷돈 없이 공짜로 얻는 일은 없는 법이지. 내가 이 통치자 자리를

---

1 '아무리 끌어당기고 당겨도'로 해석했지만, 원문에는 'a tres tirones'(세번 당겨도)이다. 직역하면 강조의 뜻이 살아나지 않는데다 세르반떼스가 그토록 좋아하는 소리의 반복 '뜨레'(tre), '띠로'(tiro)가 가진 묘미가 살아나지 않아 이렇게 의역했다.

놓고 그대에게 받고 싶은 댓가는 기억에 남을 만한 이 모험을 훌륭하게 끝내기 위해 자네가 그대 주인이신 돈 끼호떼 나리를 직접 모시고 다녀오는 거라네. 끌라빌레뇨가 가볍고 빠르니 예상대로 짧은 시간 안에 그걸 타고 돌아올 수 있을 거고, 아니면 운이 나빠 이 객줏집 저 객줏집, 이 여관 저 여관 떠돌아다니다가 걸어서 돌아올 수도 있겠지. 그러나 언제든지 돌아오기만 하면 남기고 떠난 그대의 섬은 그대로 있을 것이며, 섬 주민들은 항상 가졌던 마음 그대로 기꺼이 그대를 총독으로 맞이할 것이며, 내 뜻 또한 그러할 거네. 이 사실에 대해 의심하지 말게나, 싼초. 의심한다면 그대에게 잘해주고 싶은 이 소망에 대한 모독이 될 테니까."

"더이상 말씀 안하셔도 알겠습니다, 나리." 싼초가 말했다. "소인이야 천한 하인으로서 그 많은 예절의 말씀을 감당하기가 힘드네요. 우리 주인께서 오르시면, 제 이 두 눈을 가려주시고 하느님께 가호를 빌어주시고 알려만 주세요. 우리가 그 높은 데로 매사냥을 나갈 때 우리 주님께 가호를 청하고 저를 도와달라고 천사들께 부탁 올릴 때가 언제인지 말입니다."

그 말에 뜨리팔디가 대답했다.

"싼초, 하느님께나 또 누구에게나 가호를 청하는 건 좋지요, 말람브루노는 비록 마법사이긴 해도 기독교인이고 마법을 쓸 때도 아주 빈틈없이 대단히 신중하게 아무도 괴롭히지 않으니까요."

싼초가 말했다. "허어. 그러시다면, 하느님 저 좀 도와주십시오. 그리고 교통 요지인 가에따의 성부 성자 성신님께도 가호를 비나이다!"

돈 끼호떼가 말했다. "싼초가 지금처럼 저렇게 벌벌 떠는 건 그때 그 기억할 만한 표백용 물레 절구공이 모험 때 보고는 처음이

478

야. 내가 딴 사람들처럼 점을 칠 줄 안다면 이 친구가 저리 소심해지는 걸 보고 마음에 무섬증이 올 테지만, 이리 오게나, 싼초. 이분들께는 죄송하지만 자네하고 따로 저리 가서 두 마디만 하고 싶네."

그리고 나무 몇그루가 있는 정원 한구석으로 싼초를 따로 데리고 가서 두 손으로 그를 붙잡고 말했다.

"이보게, 싼초, 지금 우리에게는 긴 여행이 기다리고 있어. 지금 닥친 일에 시간이 얼마나 걸릴지, 편안히 끝나게 될지, 언제쯤 돌아오게 될지 아무도 몰라. 그러하니 내가 바라는 건, 지금 자네는 여행에 필요한 것을 가지러 가는 것처럼 자네 방에 물러가 있으면 하는 거야. 거기에 가서 자네가 맞기로 되어 있는 삼천삼백대 매의 선불금으로 적어도 오백대 정도라도 맞아놓으면 시작이 절반이라고, 다 잘되지 않을까 싶어."

"아이구야!" 싼초가 말했다. "나리께서는 머리가 좀 모자라신가 봅니다요. 이건 정말이지 마치 '애 낳는 사람한테 처녀 낳아라!'는 말 같네요. 지금 제가 아무것도 놓이지 않은 평평한 판자에 앉아가야 하는데, 나리께서는 제 엉덩이를 치고 부숴놓으라구요? 정말이지, 나리, 심하시군요. 지금은 그 상급 시녀들의 수염 깎기 작업만 하러 갑시다요. 그리고 돌아와서 한시라도 빨리 제 의무를 다 이행할 것을 제 이름을 걸고 나리께 약속드리겠습니다. 그래야 나리께서도 만족하실 테니 더이상 말씀드리지 않겠습니다."

그러자 돈 끼호떼가 대답했다.

"그럼 그 약속을 믿고, 착한 싼초여, 내 편안히 가겠네. 자네가 실제는 바보일지라도 성실한 사람이니 약속은 지키리라고 믿네."

"제 성질이나 색깔이야 어찌 되었건² 전 그저 가무잡잡한 사람이라구요." 싼초가 말했다. "제 얼굴은 아무리 색깔이 섞였어도 제 약속은 꼭 지키리다."

이렇게 말하고 둘은 끌라빌레뇨가 있는 데로 돌아왔고, 돈 끼호떼가 올라타면서 말했다.

"눈을 가려, 싼초! 그리고 올라와, 싼초. 그렇게 머나먼 곳에서 우리를 위해 이걸 보내신 분이 우릴 속이려 한 건 아닐 거야. 자기를 믿는 사람을 속이는 건 결과적으로 그분께 별로 영광스러운 일이 되지 못할 테니까 말이야. 어쩌면 내가 예상한 바와는 반대로 모든 일이 벌어질 수도 있지. 그러나 어떤 사악한 시도가 있어도 이런 큰일을 감행했다는 영광만은 무시할 수 없을 거야."

"가십시다요, 나리. 이 여자들의 수염과 눈물이 이 가슴 깊이 아픔으로 박혀 있습니다요. 그녀들이 처음의 그 매끄러운 모습으로 다시 돌아왔다는 걸 알 때까지 저는 밥 한 숟갈도 입에 대지 않겠습니다. 소인은 엉덩이에 타고 가야 하니 안장에 앉는 나리께서 당연히 먼저 오르셔서 눈을 가리시지요."

"그건 그렇구나." 돈 끼호떼가 대답했다.

그리고 호주머니에서 손수건을 꺼내 '아픔에 찬 여인'에게 자기 두 눈을 꼭 가려달라고 청했고, 눈을 가려주자 다시 수건을 걷고 말했다.

"내 기억이 맞다면, 베르길리우스 글에서 트로이의 '팔라디움'에 관한 것을 읽은 적이 있는데 그건 그리스 사람들이 팔라스 여신에게 바치는 일종의 목마였다는 거야. 그 목마는 배 속에 무장한

---

2 또다시 말놀이가 나온다. 돈 끼호떼가 'verídico'(성실한) 사람이라고 한 것을 싼초는 'verde'(파란)으로 잘못 알아듣는다. 역자는 '성실'을 '성질'이라는 말로 잘못 알아듣는 것으로 옮겼다.

기사들을 가득 싣고 다녔다는데, 결국 그 기사들이 뒤에 트로이를 완전 망하게 했지. 그러니 이 끌라빌레뇨가 이 배 속에 무엇을 담고 왔는지 먼저 보는 게 좋겠어."

"그럴 필요는 없어요." '아픔에 찬 여인'이 말했다. "저는 그분을 믿는데, 말람브루노는 악랄하거나 배신을 하는 그런 성격은 전혀 아니라는 걸 압니다. 돈 끼호떼 나리, 나리께서는 두려움을 버리시고 걱정없이 오르셔도 됩니다, 무슨 일이 있으면 제가 책임을 지지요."

돈 끼호떼는 이 목마의 안전에 대해 어떤 말이나 의심을 해도 모두가 자신의 명성이나 용맹성에 흠이 가리라는 생각을 해서 입씨름을 그만두고 끌라빌레뇨 위에 올라타고는 나무못을 더듬어 찾았는데, 나무못은 이리저리 쉽게 돌았다. 박차가 없이 다리를 덜렁거린 채 매달려 있는 모습이 플라멩꼬 융단에 수놓이거나 그려진 로마의 개선 행렬에 나온 사람[3] 같아 보였다. 마침내 내키지 않는 모습으로 싼초가 천천히 올라가서 말 엉덩이에 되도록 편한 자세로 앉았는데 뒷부분은 보드라운 데는 전혀 없고 약간 딱딱했다. 그는 공작에게 가능하다면 무슨 방석이나 쿠션 같은 걸 하나 놓아줄 수 없겠느냐고 청하며 공작 부인 마님의 응접실용이나 하인의 침대에서 가져온 거라도 좋다고 하면서 그 목마의 엉덩이가 나무보다는 대리석으로 만든 것처럼 딱딱하다고 했다.

이 말에 뜨리팔디는 어떤 마구나 일체의 장식도 끌라빌레뇨 위에 놓아서는 안되며, 그러면 말이 견디지 못한다고 하면서 정 할 수 없으면 여자처럼 두 발을 한쪽으로 모으고 타면 딱딱한 느낌이

---

3 서양에서는 중세 때부터 말의 박차를 사용한 것으로 알려져 있다.

좀 덜 할 거라고 했다. 싼초는 그런 자세로 올라타고는 '안녕히들 계십시오!' 하고 인사를 했는데, 두 눈을 가리게 하자 눈을 다 가리고 난 뒤에도 다시 얼굴을 드러내고는 정원에 있는 모든 사람을 향해 애정 어린 눈길을 보내며 눈에 눈물을 머금고 각자 우리 주님을 부르고 각자 아베마리아를 외치면서 곤경에 처한 자신들을 도와주게 해달라고 했다. 부디 하느님께서 이 비슷한 곤경에 처할 때 자기들을 위해 그런 기도를 할 사람을 보내주시도록 빌라는 말이었다. 그 말에 돈 끼호떼가 말했다.

"이 도둑놈아, 자네가 지금 무슨 교수대 위에 섰거나 아니면 인생의 마지막 순간에라도 있다고 그런 기도를 해달라고 하는 게야? 이 비겁하고 양심도 없는 인간아. 그 어여쁜 마갈로나가 탔던 바로 그 자리에 지금 자네가 타고 있지 않은가? 역사가 거짓말을 하지 않는다면 그녀는 그 자리에서 무덤으로 떨어진 게 아니라 프랑스의 여왕 자리로 내려간 걸세. 그리고 자네 옆에 가는 나는, 지금 내가 앉아 가는 이 똑같은 자리에 앉아갔던 그 용맹스러운 삐에르 곁에 앉아갈 수 있는 사람이 아니냐? 얼굴이나 가려, 가리라고, 이 양심도 없는 짐승아. 그리고 적어도 내 앞에서는 그 속에 품은 네 두려움이 그 입 밖으로 튀어나오지 않도록 해."

"가려주세요." 싼초가 대답했다. "하느님께 가호도 청하지 못하게 하고, 가호받지도 못하니, 혹시 여기 어디에 악마 군단이 떠돌아다니다가 '성스러운 형제단'이 고문하던 그 뻬랄비요 같은 데서 우리와 맞닥뜨리게 될지 어찌 두렵지가 않겠어요?"

그들은 얼굴을 가렸고, 돈 끼호떼는 자기가 앉아야 할 곳에 앉았다는 느낌이 들자 나무못을 더듬어 찾았다. 돈 끼호떼가 나무못에 손가락을 대자마자 모든 상급 시녀와 그곳에 있던 사람 모두가 소리 높여 그에게 외쳤다.

"하느님께서 인도하시길, 용맹스러운 기사님이시여!"

"하느님께서 함께하시길, 대담하신 기사 하인님이시여!"

"이제 막 그대들은 공중으로 가고 있소이다! 화살보다 더 빠른 속도로 대기를 가르며 가고 있소이다!"

"이제야말로 여기 지상에서 그대들을 바라보고 있는 모든 사람을 놀래고 가슴 조이게 하기 시작했습니다."

"용감하신 싼초, 그렇게 기우뚱거리지 말고 몸을 가누어요! 이봐, 떨어지면 안돼! 떨어지면 자기 아버지의 태양 수레를 운전하려 했던 그 대담한 청년이 떨어진 것⁴보다 더 혼이 날 거야!"

그 목소리들을 듣고 싼초는 주인님에게 꼭 붙었고, 두 팔로 그를 감싸안고 말했다.

"나리, 어떻게 이 사람들이 우리가 그렇게 높이 떠간다고 하는 걸까요? 그 사람들 목소리가 여기까지 들리고, 마치 꼭 우리 옆에서 말하는 것 같은데요."

"그런 건 신경 쓰지 마, 싼초. 이런 일들, 매사냥처럼 이렇게 날아다니는 일이란 정상적인 과정과는 달라서 천마장 밖에서도 눈에 보이고 뭐든지 원하는 대로 들을 수가 있거든. 그리고 내 몸을 그렇게 조이지 마. 그러다 나를 쓰러뜨리겠다. 참말이지 나는 자네가 무엇에 놀라고 무엇 때문에 어리둥절해하는지 모르겠구먼. 내 맹세코 말하지만, 내 평생 이렇게 평평하게 평지를 걷듯 걸어가는 말은 한번도 안 타봤어. 마치 한 장소에서 움직이지도 않는 것 같구먼. 이 친구야, 두려움 같은 건 날려버려. 실제로 일들은 제대로 잘

---

4 오비디우스의 『변신이야기』 2권에 나오는 파에톤의 일화이다.

풀리고 우리는 지금 바람을 뒤에서 받고 가는구먼."

"정말이네요." 싼초가 대답했다. "제 쪽으로 바람이 아주 세차게 불어오는 게 마치 풀무 수천개로 제게 바람을 부쳐대는 것 같네요."

그리고 그건 사실이었으니, 커다란 풀무 몇개로 바람을 보내고 있었다. 이런 작전과 모험도 공작과 공작 부인, 그리고 우두머리 하인이 꾸며낸 짓인데, 그 사람은 무슨 일이건 완벽하게 하려고 필요한 것은 하나도 빠뜨리지 않았다.

바람이 불어오는 걸 느끼자 돈 끼호떼가 말했다.

"싼초, 틀림없이 우리가 벌써 우박이나 눈이 만들어진다는 제2대기층에 도달한 것 같구먼. 우레나 번개, 벼락은 제3대기층에서 만들어지지. 우리가 이런 속도로 올라간다면 머지않아 곧바로 불의 대기층에 다다를 텐데, 우리가 타죽는 그곳에 올라가지 않으려면 이 나무못을 어떻게 진정시켜야 할지 모르겠구먼."

이때였다. 대나무에 삼베천 조각을 매달아 쉽게 불이 붙고 꺼지게 만들어서 멀리서 그들의 얼굴을 뜨겁게 했는데, 싼초는 뜨거움을 느끼자 이렇게 말했다.

"우리가 벌써 불의 지역이나 그 가까운 곳에 온 게 아니라면 제 손에 장을 지지겠어요. 시방 내 수염이 많이 타고 그을렸다니까요. 나리, 제가 시방 이 가린 것을 벗고 우리가 어디쯤 있는지 봐야 되겠다구요."

"그런 짓 하지 말게." 돈 끼호떼가 대답했다. "또랄바 학사의 진짜 이야기[5]를 기억하게나. 그 사람을 악마들이 대나무에 태워서 두

---

5 에우헤니오 또랄바(Eugenio Torralba)라는 역사적 인물이다. 1531년 꾸엥까의 종교재판소에서 재판을 받았는데, 대나무에 올라타고 날아다녔다고 한다.

눈을 가리고 공중으로 날게 해서 데려갔다는 거 아닌가. 그는 열두 시간 만에 로마에 도착해 또레 데 노나에서 내렸는데, 그곳은 그 도시의 한 거리야. 거기서 부르봉 왕가의 모든 좌절과 강탈, 죽음까지 다 보았지. 그리고 아침에는 벌써 마드리드로 돌아와 자기가 보았던 모든 것을 보고했지. 그는 또 그가 공중으로 갈 때 악마가 눈을 떠보라는 명령을 해서 눈을 떠보니 자기 생각에는 달의 몸체에 너무 가까이 다가가 있어서 달이 거의 손으로 잡을 수 있을 정도였다고 했어. 그는 실신할까봐 감히 땅을 내려다볼 엄두가 나지 않았다는 거야. 그러니 싼초, 우리가 뭐하러 가리개를 벗을 필요가 있겠는가. 우리를 책임지고 데려가는 그 사람이 우리에 대해 책임지겠지. 어쩌면 우리는 지금 빙빙 위에서 돌며 높이 올라가다가 단숨에 깐다야로 쏜살같이 내려가는지도 몰라, 아무리 높이 올라가도 매나 수리가 해오라기를 잡으려면 위에서 빙빙 돌듯이 그렇게 말이야. 우리 생각에 정원에서 떠난 지 반시간밖에 되지 않은 것 같지만 우린 벌써 지금 먼 길을 온 게 틀림없어."

"저는 뭐가 뭔지 모르겠어요." 싼초가 대답했다. "다만 제가 아는 건, 만일 그 마가야네스인지 마갈로나인지 하는 부인께서 이 뒤 엉덩이에 편하게 앉아가셨다면 그분은 살이 그리 보드라운 분은 아니셨을 것 같네요."

이 두 용감한 사나이들이 이런 이야기를 나누고 있는 것을 공작과 공작 부인, 그리고 정원에 있는 사람들은 다 들었고 엄청나게 즐거워했다. 마침내 이 이상하고 잘 꾸며진 모험의 종말을 멋지게 끝내고자 끌라빌레뇨의 꼬리에 마 부스러기로 불을 붙였다. 목마에 큰 우렛소리를 내는 폭죽이 가득 들어 있던 터라, 그 순간 커다란 굉음을 내며 공중으로 날아올랐고 돈 끼호떼와 싼초를 반쯤 새까맣게 태운 뒤 땅에 떨어뜨렸다.

이때 정원에는 수염을 단 상급 시녀 부대와 뜨리팔디 일족이 다 사라졌고, 정원에 남은 사람들은 땅에 기절한 것처럼 누워 있었다. 돈 끼호떼와 싼초는 혼이 나간 몰골로 일어나 놀란 듯이 사방을 바라보았는데, 자신들이 떠나올 때와 똑같은 정원에 와 있고, 수많은 사람이 땅에 기절해 누워 있는 것을 보았다. 정원 한쪽 땅에 커다란 창이 꽂혀 있는 걸 보고 그들의 놀라움은 더 커졌는데, 그 창엔 파란 비단끈에 묶인 하얗고 반반한 양피지 하나가 매달려 있었다. 거기엔 커다란 황금 글자로 다음과 같이 쓰여 있었다.

저 유명한 기사 라 만차의 돈 끼호떼가 뜨리팔디 백작 부인의 모험을 끝내고 끝장냈도다. 부인은 '아픔에 찬 여인'이라는 별명을 가지고 있었으며, 그녀의 부대는 오직 모험을 시도한 것만으로 종말을 맞았더라. 말람브루노는 모두 불만없이 이루어진 데 대해 기뻐하고 만족하노라. 그리고 상급 시녀들의 수염은 이미 깨끗이 잘리고 매끈해졌노라. 돈 끌라비호 왕과 안또노마시아 여왕도 본래의 상태로 돌아갔도다. 그리고 기사 하인의 매 맞기가 이행되는 즉시 하얀 비둘기[6]가 그녀를 쫓아다니는 지독한 매 떼에게서 해방되어 그녀를 사랑하며 울어대는 임의 품에 안기리라. 마법사 중의 마법사, 현자 메를린의 명에 따라 이렇게 점지되어 있노라.

돈 끼호떼는 양피지의 글을 읽고 둘시네아의 마법을 푸는 일에 대해 이야기하고 있는 것을 확실히 알았고 적은 위험으로 그렇게

---

6 『돈 끼호떼』 1권 46장에서는 이발사가 둘시네아를 '엘 또보소의 하얀 비둘기'라고 부른다. 공작 집안의 하인들이 이것을 보고 장난으로 꾸민 말들이다.

큰 임무를 수행하도록 해준 하늘에 심심한 감사의 뜻을 표했다. 특히 이제는 눈에 보이지 않는, 경애하는 상급 시녀들의 얼굴을 지난 날의 피부로 되돌려준 데 대해 감사했다. 그리고 아직 제정신을 차리지 못하고 있는 공작과 공작 부인께로 다가가 공작의 손을 꼭 잡고 말했다.

"자, 나리, 정신 차리세요, 정신 차리라니까요. 결국 아무것도 아닙니다! 모험은 몸과 마음 어디 하나 다친 데 없이 이제 다 끝났습니다. 저 기념 푯말에 내건 글이 확실히 말해주고 있어요."

공작은 조금씩 조금씩 마치 무거운 잠에서 깨어난 사람처럼 정신을 차렸고, 똑같은 방식으로 공작 부인과 정원에 누워 있던 모든 사람이 깨어났다. 정말로 무슨 일이 일어난 것과 같은 거의 그런 모습으로 경악과 놀라움의 표정을 지었는데, 그들은 그 장난을 정말로 훌륭한 속임수로 잘 마무리해낼 줄 알았다. 공작은 눈을 반쯤 감고 그 안내판을 읽고는 이내 두 팔을 벌리고 돈 끼호떼를 껴안으러 다가가 천하에 다시없는 가장 훌륭한 기사님이시라고 그에게 말했다.

싼초는 '아픔에 찬 여인'을 찾아다녔는데, 수염이 없어진 그녀는 어떤 얼굴인지, 그녀의 우아한 자태를 보고 예상한 대로 수염이 없으면 정말 그렇게 아름다우실까 보고 싶었다. 그러나 사람들 말이 끌라빌레뇨가 공중에서 불타 땅에 떨어지자 모든 상급 시녀 부대가 뜨리팔디와 함께 사라져버렸으며 그녀들은 말끔히 면도한, 수염 뿌리조차 보이지 않는 모습이었다고 했다. 공작 부인이 싼초에게 그 긴 여행이 어떠했느냐고 물었고, 그 말에 싼초가 대답했다.

"저는요, 마님, 우리 나리 말씀대로라면 그냥 불의 지역 안으로 날아서 가는 느낌이었습니다. 그때 얼굴을 좀 벗어보고 싶어서 우리 주인께 눈을 좀 벗고 보아도 되느냐고 여쭈었지만 허락을 하지 않으셨지요. 하지만 아무래도 궁금증이 많은 저인지라 우리를 막고 방해하는 게 무언지 알아보고 싶은 마음에 아무도 모르게 제 눈을 가리고 있던 헝겊 조각을 코 있는 쪽으로 약간 살짝 젖히고서는 땅 쪽을 내려다봤는데, 땅 전체가 무슨 겨자씨보다 크지 않아 보이더군요. 그리고 땅 위에 있는 사람들은 개암보다 약간 커 보이더라구요. 그러니 우리가 그때 얼마나 높이 떠올라갔는지 아시겠지요."

그 말에 공작 부인은 말했다.

"이 친구 싼초, 자네 말을 잘 생각해봐. 보아하니, 자네는 땅을 본 게 아니라 땅 위에 걸어다니는 사람들을 본 거로구먼. 땅이 자네 눈에 겨자씨만 해 보이고 사람 하나하나가 개암만 해 보였다면 사람 하나로도 땅 전체를 다 덮을 수 있었겠구먼."

"그건 그렇겠네요." 싼초가 대답했다. "하지만 어쨌든 한쪽 귀퉁이로 본 모습이지만 땅 전체를 다 보았습죠."

"이보게, 싼초." 공작 부인이 말했다. "한쪽으로 보면 선망 전체가 다 안 보여."

"저는 그 전망인지 뭔지는 모르겠구요." 싼초가 말을 받았다. "제가 아는 건 오직 부인 마님께서 우리가 마법으로 공중을 날아가고 있었다고 이해하시는 게 좋겠다는 거지요. 그 마법으로 제가 온 땅을 다 보고 어느 쪽으로 보든지 모든 사람을 다 볼 수도 있었겠지요. 이런 제 말이 믿기지 않으시면, 제 이 말도 못 믿으시겠네요. 제가 눈썹 옆으로 살짝 가리개를 벗고 보니 하늘이 얼마나 제 가까이에 있었는지, 하늘과 제 사이가 손바닥 한뼘 반 거리밖에 안되더라니까요. 그래서 제가 분명히 말씀드리는 건데, 마님, 하늘은 게다가 아주 정말 크더군요. 그리고 우연히 일곱 산양 별자리[7]가 있는 곳을 지나갔는데요. 제가 어린 시절에 우리 고향에서 양치기를 했던 관계로 그 하늘의 산양들을 보자 진심으로 잠깐 양들과 놀고 싶은 심정이 솟구치더라니까요! 그러지 않으면 속이 터질 것 같더구먼요. 그러니 별수있어야지요, 어쩌겠어요? 아무에게도, 심지어 우리 주인님에게도 말하지 않고 조용히 목마 끌라빌레뇨에서 내려 그 산양들과 놀았습죠. 양들이 비단풀이나 무슨 꽃 같은데 그대로 거의 사십오분 정도를 놀았어요. 목마 끌라빌레뇨는 그 자리에서 꼼짝 않고 앞으로 나아가지도 않았어요."

그러자 공작이 물었다. "그럼 착한 싼초가 산양들과 놀고 있는 동안 돈 끼호떼 나리께서는 무엇을 하고 놀고 계셨는고?"

그 말에 돈 끼호떼가 대답했다.

"이런 모든 일들이나 그런 사건들이 자연법칙을 벗어난 일인지라 싼초가 저렇게 말하는 것도 무리는 아닐 겁니다. 나로서는 위로도 아래로도 가리개를 벗어본 적이 없고, 하늘도 땅도 바다도 모래도 본 적이 없다고 말씀드릴 수밖에 없네요. 사실 대기층으로 지나가고 있다는 느낌은 실제로 받았고, 심지어 불의 지역에 거의 다가가고 있다고 느꼈습니다. 그러나 우리가 거리를 지나서 더 갔다는 것은 믿을 수가 없군요. 왜냐하면 불의 지역이 달의 하늘과 마지막 대기층 사이에 있으니까, 우리가 불에 타지 않고서는 싼초가 말하는 그 일곱 산양 별자리가 있는 하늘까지는 도착할 수가 없었겠지요. 어쨌든 우리 더이상 지지고 볶고 하지 맙시다. 싼초가 거짓말을

....
7 원문의 '스바르 별자리'(Pléyades, Hespérides)를 사람들이 보통 '일곱 산양 별자리'라고 한다. 여기에서는 아리오스또의 『성난 오를란도』에 나오는 아스똘포(Astolfo)가 자기의 독수리 말 이뽀그리포(hipogrifo)를 타고 달로 여행했다는 얘기를 세르반떼스가 비웃고 있는 것이다.

하든지 꿈을 꾸었든지 한 거겠지요."

"거짓말도 아니고 꿈꾼 것도 아닙니다." 싼초가 대답했다. "아니면 직접 제게 그 산양들 모양에 대해 물어들 보시지요. 그 증거를 보시면 제 말이 거짓인지 아닌지 아실 겁니다."

"그럼 어디 그걸 말해보세요, 싼초." 공작 부인이 말했다.

"그 모양이 둘은 초록이고 둘은 빨갛고 둘은 청색이고 하나만 이 색 저 색 섞인 색깔이더라구요."

"그건 새로운 모양의 산양들이로구먼." 공작이 말했다. "우리 지역에서는 그런 색깔들은 별로 없거든. 내 말은 그런 색깔을 가진 양들 말이야."

"그건 당연히 그렇겠지요." 싼초가 말했다. "그럼요, 땅의 양들과 하늘의 양들은 차이가 있겠지요."

"말해보게나, 싼초." 공작이 물었다. "혹시 거기 그 양들 중에 무슨 개새끼 같은 건 없었나?"

"없었어요, 나리." 싼초가 대답했다. "하지만 제가 들은 바로는 어느 놈도 달의 뿔을 지나치도록 까부는 놈은 없었다고 해요."

사람들은 더이상 그들의 여행에 대해 묻고 싶지 않아했으니, 왜냐하면 싼초가 모든 하늘을 떠돌아다니며 거기에서 일어난 새로운 일들을 다 이야기할 조짐을 보였기 때문이다. 정원에서 한 발자국도 움직이지 않았는데도 말이다.

결국 이렇게 해서 '아픔에 찬 여인'의 모험은 끝이 났다. 공작 부부에게는 그때만이 아니라 일생 동안 두고두고 웃을 일이 생겼고, 싼초에게는 수백년을 살아도 할 이야깃거리가 생겼다. 돈 끼호떼가 싼초에게 다가가 그의 귀에 대고 말했다.

"싼초, 자네는 자네가 하늘에서 보았다는 그것들을 사람들이 믿

기를 바라겠지. 나도 내가 몬떼시노스 동굴에서 본 것을 자네가 믿
어주길 바라네. 그리고 더이상은 말 않겠네."

42장

싼초 빤사가 섬을 통치하러 가기 전 돈 끼호떼가
그에게 준 충고들, 그리고 다른 사려 깊은 일들

'아픔에 찬 여인'의 모험이 재미있게 잘 끝나 공작 부부는 대단
히 만족했고 그들은 이런 장난을 더 계속해나가기로 마음먹었으니
진짜로 믿고 따라줄 만한 적당한 장난거리 하나가 생각났기 때문
이다. 그리하여 그들은 싼초에게 약속한 대로 싼초가 섬을 통치할
때 자기 부하와 종 들이 지켜야 할 작전과 명령을 내린 뒤, 다음 날,
즉 목마 끌라빌레뇨의 비행이 있은 그다음 날에 공작이 싼초에게
말했다. 싼초가 섬의 총독으로 오시기를 가문 5월의 물처럼 주민들
이 기다리고 있으니 어서 채비를 하고 갈 준비를 하라는 것이었다.
싼초는 공작에게 깊게 경의를 표하며 말했다.
"제가 하늘에서 내려온 이후 하늘의 높은 정상에서 땅을 보고,
땅이 그렇게 작아 보인 뒤로는 섬 총독이 되고프던 그 큰 욕망이
약간 가라앉았사옵니다. 이 겨자씨만 한 땅에서 명령하고 산다는
게 무슨 대단한 일이냐는 생각이 들었지요. 말하자면, 제가 본 바로

는 개암만 한 사람들 여섯 정도밖에는 더이상 사람이 없는 이 지구에서 이들을 통치한다는 게 무슨 대단한 일이며 권위라 할 수 있겠습니까? 삼가 귀하께서 하늘의 일부 조금을 떼어 한 반마장 정도라도 좋으니 그걸 제게 주시면 세상에서 제일 큰 섬을 주신 것보다 더 기쁜 마음으로 받겠사옵니다."

"이보게나, 친구 싼초." 공작이 대답했다. "나는 누구에게도 하늘의 일부를 줄 수는 없네. 그것이 손톱만큼 크지 않은 것일지라도 말일세. 그런 은혜나 은총은 오직 하느님 한분에게만 주어진 권한이니까. 내가 자네에게 주는 게 내가 줄 수 있는 것이야. 그것은 제대로 된 섬 하나인데, 둥그렇고 균형이 잘 잡혔으며, 대단히 비옥하고 풍성한 땅이야. 자네가 알아서 수완 좋게 잘만 다스리면 그 땅의 부로 하늘의 부를 차지할 수도 있을 걸세."

"그러면 좋습니다." 싼초가 대답했다. "그 섬을 주시지요. 저도 그런 위대한 통치자가 되려고 싸우겠습니다. 아무리 흉악한 놈들이 많아도 하늘나라로 가야지요. 이건 제가 제 분수를 뛰어넘어 출세하고 남 앞에서 잘난 척 으스대고 싶어하는 탐욕 때문이 아니라 총독이 되는 맛이 어떤지 한번 시험해보고 싶은 소망이 있기 때문이옵니다."

"한번 맛을 보면, 싼초, 그 명령하고 복종하는 맛이 너무나 달콤해서 그뒤에는 통치자 자리가 탐나서 손가락을 빨며 쫓아다니게 될 걸세. 내가 확실히 말하지만, 자네의 주인께서 황제가 되시면, 지금 그분의 일이 되어가는 양태로 보아서는 틀림없이 그리되실 것인데, 그때는 아무도 맘대로 그분을 그 자리에서 끌어내지 못할 거야. 그리고 어쩌다가 그 자리를 그만두게 되는 일이 생긴다면 두고두고 마음속 깊이 서운하고 아파하실 걸세."

싼초가 말을 받았다. "나리, 제가 상상해보아도 남을 부리고 지휘하고 사는 게 좋을 것 같군요. 그것이 짐승 떼라고 할지라도 말이지요."

"나도 자네와 똑같은 생각일세, 자네는 모르는 게 없구먼." 공작이 말했다. "자네의 그 훌륭한 판단력에 걸맞게 좋은 통치자가 되기를 바라네. 이 문제는 이걸로 끝내기로 하고 내일이 바로 자네가 바로 그 섬의 총독부로 부임하러 가는 바로 그날이란 걸 잊지 말게나. 그리고 오늘 오후에는 자네가 입고 다니기에 적당한 옷을 마련해줄 걸세. 그리고 자네의 출발에 필요한 모든 준비를 해줄 거야."

"옷은 다들 원하시는 대로 입겠습니다." 싼초가 말했다. "옷이야 어떻게 입고 다녀도 저야 싼초 빤사니까요."

"그거야 사실 그렇지." 공작이 말했다. "하지만 옷이라고 하는 건 자신의 직업과 직위에 맞아야 하거든. 법관이 군인의 복장을 하거나 군인이 신부의 복장을 해서는 좋은 게 아니지. 자네 싼초는 한편으로는 문관의 복장에다 또 한편으로는 무관의 복장을 하고 가야 되네. 왜냐하면 내가 자네에게 주는 섬에서는 문도 무도, 무도 문도 다 필요하거든."

"문이라고 하시면 저는 아는 게 거의 없습죠. 아직 A, B, C도 모르니까요. 하지만 좋은 통치자가 되려면 글보다 그 앞에 오는 '십자가'를 늘 염두에 두고 다니면 충분하다고 봅니다.¹ 무기야 저에게 주는 대로 하느님 앞에서 쓰러질 때까지 휘두르지요."

"이렇게 기억력이 좋은 걸 보니 싼초는 무슨 일에도 실수가 없

---

1 당시 에스빠냐 교과서에는 A, B, C…… 앞에 보통 십자가가 인쇄되어 있곤 했다. 싼초의 말은 '공부를 많이 하기보다 늘 하느님을 염두에 두고 통치하면 된다'는 뜻이다.

겠구먼."

이때 돈 끼호떼가 와서 싼초가 급히 통치를 하러 떠나야 한다는 것과 거기서 일어난 사정을 다 들었다. 돈 끼호떼는 공작에게 허락을 받은 뒤 싼초의 손을 잡고 그와 함께 방으로 갔는데, 싼초에게 그의 지위에서는 어떻게 행동해야 하는지 충고하기 위해서였다.

그의 방에 들어서자 뒷문을 꼭 잠그고 억지로 끌다시피 싼초를 자기 옆에 앉히고는 가라앉은 목소리로 천천히 그에게 말했다.

"하늘에 끝없이 감사를 드리네, 싼초 이 친구야. 내가 어떤 좋은 행운을 만나기 전에 자네가 먼저 복을 받아 좋은 기회를 얻게 되었으니 정말 고맙지. 나는 내 운이 좋으면 자네 봉사의 덕을 갚아주려고 작정하고 있었는데, 나도 승진할 초기 단계에 있는데 자네가 먼저 시간의 흐름이라는 당연한 법칙을 거스르고 자네 소망을 이루게 되었네그려. 다른 사람들은 뇌물도 바치고, 귀찮게 조르고, 애걸하고, 새벽에 일어나고, 간청하고, 끈덕지게 쫓아다녀도 원하는 것을 성취하지 못하는데, 다른 사람이 오더니 어찌 된 일인지 밑도 끝도 없이 다른 많은 사람이 그토록 원했던 그 자리와 직책을 차지했단 말이지. 여기에 딱 들어맞는 말이 바로 소원 성취에도 좋고 나쁜 운이 따른다는 거야. 내 생각에 자네는 틀림없이 멍청이인데, 밤을 새우거나 새벽에 일어나는 법이 있나, 무슨 부지런을 떠는 일도 없이 오직 자네가 맡은 방랑기사도의 기운 하나로 밑도 끝도 없이 아무 소리도 안한 사람처럼 한 섬의 총독이 된 거 아닌가. 내가 이런 말을 하는 건, 오, 싼초여! 자네가 능력이 있어서 당연히 이런 은혜를 받게 되었다는 생각을 하지 말라는 걸세. 그보다는 모든 일이 순조롭게 풀리도록 해주신 하늘에 감사드리고, 그런 다음 방랑기사라는 직업에 내재되어 있는 그 위대성에 대해 감사하라는 것이지. 내가 자네에게 말하는 것을 믿을 만한 마음의 준비가 되어 있거들랑, 이 사람아! 금언의 천재인 이 카토의 말[2]을 열심히 잘 들게나. 이 카토께서 자네를 인도하는 데 이정표와 길잡이가 될 만한 것을 충고하려고 하네. 그래야 자네가 헤치고 들어가는 그 좁은 항만이 있는 곳의 태풍과 비바람의 바다에서 자네를 안전한 항구로 이끌 수가 있을 테니까 말일세. 커다란 직책이나 임무는 다름 아닌 혼돈의 깊은 항만 같은 걸세. 맨 먼저, 이 사람아! 하느님을 두려워할 줄 알아야 하네. 하느님을 두려워하는 데 모든 지혜의 뿌리가 있으니까. 지혜로우면 무슨 일에도 실수가 있을 수 없지. 두번째는 자네가 누구인가 하는 것을 주의 깊게 생각하고 스스로 알려고 노력해야 하네. 이것이야말로 진실로 어려운 지식이요, 지혜일세. 자신을 안다면 지나치게 으스대는 일은 없을 게야. 개구리가 황소가 되려다가 배 터져 죽은 일 같은 건 없어야 하니까. 만약 그렇게 하다가는, 예전에 자네가 고향에서 돼지들을 키웠다는 생각이 문제가 되겠지. 왜냐하면 허영으로 가득 찬 공작새 날개 밑에 더러운 발이 숨겨져 있다는 것을 들킨 꼴[3]이 되니까."

"그건 사실이에요, 하지만 그건 어렸을 때 일이지요. 어쨌든 그 뒤 상당히 어른이 되어서는 돼지가 아니고 거위를 길렀지요. 그러나 제 생각에 그것은 문제가 되지 않는 것 같아요. 통치를 하는 사람들이라고 모두 다 왕의 혈통에서 태어난 건 아니잖아요."

"그건 사실이야." 돈 끼호떼가 말을 받았다. "그렇기 때문에 출

---

2 자신을 금언의 천재인 카토에 비교하여 말하고 있다.
3 공작새는 아름답게 펼친 날개로 으스대지만, 그 밑에 있는 흙탕물에 찌든 더러운 발을 들키면 얼마나 부끄러울까. 이런 비유가 에스빠냐 황금세기 문학에 유행했다. 세르반떼스도 이미 「개들의 대화」(Coloquio de los perros)라는 단편에서 '네 그 발을 좀 보면 화려한 날개를 접을걸'이라고 쓰고 있다.

신이 귀족이 아닌 사람들은 그들의 중대한 임무 수행에 있어서 늘 따스함과 부드러운 태도를 잊지 않아야 하는 거라고. 행동이 신중하면 어느 신분이어도 피해가기 힘든 그런 악랄한 소문에서 자유로울 수 있으니까. 싼초 이 사람아, 자네 혈통이 그다지 보잘것없음을 떳떳이 내보이고, 자네가 농부 출신이라고 말하는 걸 부끄럽게 생각하지 말게. 자네가 부끄러워하지 않으면 아무도 자네를 함부로 모독하지 않을 걸세. 죄 많은 고관대작보다 덕 많은 보통 사람이 되는 걸 더욱 자랑으로 여기게. 낮은 가문에서 태어나 최고의 권위인 교황이 되고 황제의 지위에 오른 사람들도 많아. 그게 사실이라는 것을 증명하는 예를 들려면 그런 경우가 하도 많아 아마 자네도 지겨울 걸세. 이보게, 싼초. 자네가 늘 덕을 무기로 삼고, 덕있는 행동을 하는 걸 좋아하면 왕이나 영주의 자손들이 가진 지체를 부러워할 필요도 없을 걸세. 왜냐하면 피는 이어받지만 덕은 습득해야 하고, 핏줄이 가치가 없을 때도 덕은 스스로 혼자서도 빛나니까. 세상살이 원칙이 그러한즉 자네가 섬에 있을 때 혹시 친척 누군가가 자네를 보러 찾아오면 쫓아내거나 섭섭하게 모욕하지 말고 그보다는 오히려 반갑게 맞이하고 잘해주고 호강시켜야지. 그렇게 해야 하늘을 기쁘게 해드리는 일이 되는 것이니, 하늘은 아무도 자신이 스스로 만든 것을 무시하는 걸 좋아하시지 않거든. 그렇게 하는 게 참으로 조화로운 자연의 덕으로 태어난 자네 자신에게 보답하는 길이야.[4] 오랜 기간 통치에 종사하는 사람들이 자기 여자 없이

----

4 이 대목에서 세르반떼스의 만민 평등사상이 빛난다. 물론 여기서 '하늘'은 하느님으로 번역해도 좋은 말이다. 세르반떼스에게 '하느님'(Dios)이나 '하늘'(cielo)이나 '자연'(naturaleza)은 1권 22장에서 보듯 '(우리 모두를) 자유롭게 태어나게' 했다는 점에서 동격이다. 루쏘의 '자연으로 돌아가라!' 이전에 이미 '자연'을 '하느님'처럼 선하게 본 것이 세르반떼스이다. 세르반떼스는 루쏘처럼 '신은 모

오래 있는 것은 좋지 않으니, 자네 아내를 데리고 가게 되거들랑 아내를 잘 가르치고 법도를 알려주고, 원래 갖고 있던 조잡한 면을 좀 다듬어주도록 하게나. 한 점잖은 총독이 성취한 모든 것을 멍청하고 조잡스러운 여편네 한 사람이 흩뜨려놓고 망가뜨릴 수 있으니까 말일세. 혹시 일어날 수도 있는 일이 자네가 혼자 되는 일인데, 그땐 직책에 맞는 좋은 배우자가 생기면 좋지만 그녀가 자네를 낚시나 낚싯대로 이용해서는 '돈은 좋지만 당신 모자에 있는 건 싫어요'[5]라고 하는 그런 따위의 여자를 받아들여서는 안되네. 내 진실로 자네에게 말하지만, 재판관의 아내가 받아들인 그 모든 것은 그 남편이 마지막 심의 감독 기간 동안 다 보고하게 되어 있으니 말일세. 그때 거기에서 생전에 아무런 책임을 지지 못한 댓가를 죽어서 네 배로 갚게 되는 일이 생길 거야. 관행의 법칙[6]에 따라 절대 판단하지 말아야 할 것이니, 자기들은 예리한 판단을 한다고 으스대는 무지한 자들이 많이 따르고 받아들이는 법칙이지. 가난한 자의 눈물이 자네의 동정심을 사도록 해야 하네. 하지만 부자의 정보보다 더 정의로울 수는 없지. 부자의 약속이나 선물 세례에도, 가난한 자의 귀찮고 끈질긴 호소나 흐느낌 속에서도 진실을 밝혀내려고 노력해야 하네. 공평한 재판이 이루어지거나 이루어져야 하는

든 것을 완벽하게 만드셨다. 그것은 인간의 손에 의해 타락했다'(『에밀』의 첫 구절)면서 '신이 완벽하게 만든' 에덴동산 타락 이전의 자연으로 돌아가자는 식의 주석도 달지 않는다. 세르반떼스는 그저 '내 생각에는 하느님과 자연이 자유롭게 태어나게 한 자들을 종으로 만든다는 게 혹독한 일인 것 같'다고 말할 뿐이다. 구태여 '하늘'이라고 옮긴 것은 그런 뜻을 살리기 위해서이다.

5 '싫어요, 싫어요. 하지만 모자 속에 던지세요'라고 한다는 사람의 앙큼한 심리를 드러내는 에스빠냐 사람들의 말을 빗대어 충고하고 있다.

6 세르반떼스 시대에 재판관들이 남용했다는 '관행의 법칙'에 따르는 재판을 비판하고 있다.

경우에도 범죄인에게 가장 준엄한 형벌을 내리려 하지 말게나. 준엄한 재판관이라는 명성이 동정심 많은 재판관이라는 명성보다 더 좋지는 않다네. 혹시 정당한 판단의 자가 휘어지는 일이 생길 경우는 뇌물 때문이 아니라 자비심의 무게 때문에 그리되어야 하네. 혹시 어쩌다 자네와 원수 관계인 사람의 송사를 맡아 판결해야 하는 경우가 생기면, 자네의 앙심을 멀리하고 사건의 진실을 똑똑히 보아야 하네.[7] 전혀 다른 사건에 자네의 사사로운 감정이 눈을 어둡게 해서는 안되며, 그런 일로 실수를 하면 해결 방책이 거의 없고 어떤 해결책이 있다 해도 그건 자네의 신용이나 재산을 팔아서 메워야 할 걸세. 혹시 어떤 아름다운 여자가 재판을 청하러 오면 그녀의 눈물에만 눈을 주고, 그녀의 비탄에만 귀를 기울여서는 안되네. 만일 자네의 이성이 그녀의 통곡 소리에 빠지거나 자네의 선량한 마음이 그녀의 한숨 소리에 말려들어가길 원하지 않는다면 그녀가 청하는 재판의 본말을 천천히 생각해보게나. 행동으로 벌을 주어야 될 사람을 말로 학대하지는 말게. 그 불행한 자에게는 형벌의 고통만으로도 충분한데, 다른 나쁜 말까지 덧붙일 필요는 없지 않은가. 자네의 관할 아래서 죄를 지은 사람은 타락한 우리 인간 본성의 양태를 벗어나지 못한 불쌍한 사람이라고 생각하게나. 그리고 상대방에게 피해를 주지 않는 한도 안에서 자네가 할 수 있는 모든 역량을 다해 그를 자비롭고 관대한 마음으로 대해주게. 왜냐하면 하느님께서 주신 속성이나 덕은 모두 다 같지만 우리 생각에는 정의로운 마음보다 자비로운 마음이 훨씬 더 낫고 빛이 나는 것 같아. 싼초, 자네가 이런 법칙과 계율을 지킨다면 자네의 날들이 길

---

7 원문에 약간 모호한 점이 있으나, 역자는 많은 연구자들의 해석에 따라 암시적으로, '눈길을 주어라'(poner los ojos)의 뜻으로 번역한다.

고 길게 갈 것이고, 자네의 명성 또한 영원할 것이며, 자네의 행복
은 말할 수 없이 크고, 자네는 엄청나게 많은 보상을 받을 것이네.
그리고 자네 자식들은 원하는 대로 결혼시킬 수 있을 것이고, 자네
자식과 손자 들 또한 작위를 갖게 될 것이며, 사람들의 환대 속에
평화롭게 살게 될 것이네. 그리고 인생의 마지막 과정에는 성숙하
고 보드라운 노년을 누리다 죽음을 맞이하겠지. 그때는 자네의 먼
증손자들의 보드랍고 가녀린 손들이 자네 눈을 감겨줄 걸세. 지금
까지 자네에게 말한 이것들이 자네 영혼을 아름답게 가꾸는 교훈
들이라면 이제 자네의 몸을 아름답게 가꾸는 데 필요한 말들을 들
어보게나."

43장

돈 끼호떼가 싼초 빤사에게 준 두번째 충고

돈 끼호떼가 지난번에 말한 이야기를 들었다면 누구라도 그를 대단히 좋은 의도를 지닌, 대단히 정신이 말짱한 사람이라고 믿지 않을 수 없었을 것이다. 그러나 이 방대한 역사를 전개해가면서 이미 수 차례 말한 바 있듯이, 오직 기사도에 관한 이야기만 나오면 말도 안되는 소리를 지껄이지만 그밖의 다른 대화에서는 늘 명석하고 명쾌한 지혜를 보여준 그라서 사건에 부딪힐 때마다 그의 행동이 그의 판단력을 의심하게 하고 그의 판단이 그의 행동을 믿지 못하게 했다. 그러나 싼초에게 준 이 두번째 가르침은 그가 대단한 경륜이 있음을 보여주고, 그의 미친기와 사려 깊음이 최고도에 이름을 보여준다.

싼초는 아주 열심히 그의 말을 들으면서 돈 끼호떼의 충고를 기억에 꼭 담아두고 싶어했다. 그의 충고를 잘 지키고, 그 충고를 거울삼아 이미 잉태한 통치 기회의 훌륭한 출산을 기대하는 사람 같았다. 돈 끼호떼는 이어 이렇게 말했다.

"싼초, 자네 개인과 집안을 어떻게 관리해야 하는가 하는 문제에 대해서는 맨 먼저 부탁할 말이 우선 깨끗하게 하라는 것일세. 손톱 발톱을 너무 자라게 내버려두지 말고 꼭 자르라는 것이지. 무식한 사람들이 손톱을 길게 기르면 손이 아름다워 보이리라 생각하고 기르는 그런 짓은 하지 말고 말이야. 마치 잘라내도 좋은 군살이나 살붙이가 손톱이라도 되듯이 하란 말일세. 그것은 차라리 도룡뇽이나 잡아먹는 황조롱이의 발갈퀴들이지, 말하자면 그런 것은 더럽고 이상한 지나친 치장이야.

싼초, 옷을 풀고 다니거나 헐겁게 입고 다니지 말게. 옷매무새가 흐트러져 있는 건 정신이 흐려져 있다는 증거일세. 옷매무새가 흐트러지거나 풀려 있다는 게 율리우스 카이사르의 교활함이라고 판단했던[1] 그런 행동의 범주엔 들어가지 않네. 자네 직책으로 할 수 있는 일들은 차찬히 잘 짚어보고 가늠해보게나. 그리고 만약 자네 종들에게 제복을 입혀야 될 일이 생기면 화려하고 반짝이는 것보다는 점잖고 편리한 옷을 주도록 하고, 그리고 그 옷을 자네 종들과 가난한 사람들이 고루 나누어 입도록 하게. 내 말은, 자네가 하인 여섯에게 제복을 입혀야 한다면 셋에게만 입히고 다른 셋은 가난한 사람에게 입히라는 걸세. 그리해야 하늘과 땅 모두에 자네 하인들을 갖게 되는 걸세. 이렇게 제복을 나누어 입히는 새로운 방식은 허세만 부리는 치들은 감히 못하는 거지. 양파나 마늘은 먹지 말게나. 그 냄새 때문에 자네가 비천한 출신이라는 걸 알아차리는 일이 없도록 해야 하네. 걸을 때는 천천히 걷고, 말할 때는 침착하

_____

1 율리우스 카이사르에 대한 마크로비우스나 수에토니우스의 증언에 따르면 그는 늘 허리띠를 풀고 다녔다고 한다.

게 해야 하지만 자기 혼자만 알아들을 듯한 소리로 말하지는 말게. 괜히 재는 척하는 모습은 전부 나빠. 먹는 건 조금 먹어야 하고, 저녁은 더 적게 먹게나. 온몸의 건강은 배 속 사무실에서 만들어진다네. 마시는 것은 적당히 마시게나, 술을 지나치게 마시면 비밀도 지킬 수 없고 약속도 지킬 수 없다는 것을 명심하게. 무엇이든 마구 퍼먹고 씹어대지 않도록 주의하고, 싼초, 누구 앞에서든지 입으로 가스를 내뿜지 말게."

"그 '입으로 가스를 내뿜는다'라는 말은 못 알아듣겠는데요." 싼초가 말했다.

그러자 돈 끼호떼가 그에게 말했다.

"싼초, '입으로 가스를 내뿜는다'는 말은 '트림한다'는 뜻이야. '트림한다'는 말은 의미는 분명하지만 에스빠냐 말 중에서 가장 추한 소리야. 그래서 고상한 사람들은 라틴어나 유식한 말로 풀어서 '트림한다'라고 할 때 '입으로 가스를 내뿜는다'라고 하는 거지. 그리고 '트림'은 '입으로 가스 내뿜기'라고 하고.[2] 어떤 사람들이 그런 어휘를 이해하지 못한다고 해도 상관없어. 늘 사용하면 시간이 흐르는 동안 그런 말들이 우리말에 들어오게 되고 쉽게 이해하게 될 거야. 그런 것이 말을 풍성하게 하고, 그런 데는 일반 사람과 그들의 습관이 큰 힘을 발휘하지."

"정말이지, 나리." 싼초가 말했다. "소인이 꼭 머리에 담고 잊지 말아야 할 경고나 충고 중 하나가 그 트림을 안하는 것이겠네요, 제가 트림을 자주 하거든요."

---

[2] 원래 '트림하다'(eructar)라는 라틴어 표현을 싼초가 이해하지 못해서 나온 이야기인데, 이 번역어에 적당한 한자어가 없어 어쩔 수 없이 '입으로 가스를 내뿜다'라는 표현을 썼다.

"'트림'을 하는 게 아니라 '가스를 내뿜는' 거라니까, 싼초." 돈 끼호떼가 말했다.

"앞으로는 '가스를 내뿜는다'라고 할게요." 싼초가 대답했다. "이 점은 정말로 잊지 않도록 명심하겠습니다."

"또 한가지, 싼초. 자네가 말할 때 늘 쓰는 그 많은 속담 좀 그만 끌어들이게나. 속담이라고 하는 것들이 비록 짧은 격언이라지만, 자네는 아무 때나 무조건 속담을 끌어대기 때문에 무슨 가르침이 있는 격언이라기보다는 엉터리 말장난 같아 보인단 말씀이야."

"그것은 오직 하느님만이 해결하실 수 있는 문제네요." 싼초가 대답했다. "저는 책보다 많은 속담을 알고 있구요, 제가 말을 할라 치면 한꺼번에 그 많은 속담이 입으로 쳐들어와서는 서로 나가려고 치고받고 싸우니까요. 그런데 제 혀엔 꼭 맞지는 않아도 처음에 들이닥친 말을 내뱉게 되지요. 하지만 지금부터는 제 직책의 신중함에 걸맞은 속담을 쓰도록 조심하겠습니다요. 집에 음식이 가득하면 저녁상이 빨리 되고요, 화투장을 뗀 사람이 화투를 섞어서는 안되고요, 종을 치는 사람이 제일 안전하구요, 정신 차리고 집중하는 게 필요하지요."

"그것 봐, 바로 그거야, 싼초!" 돈 끼호떼가 말했다. "속담을 집어넣어 늘어놓으면서 줄줄 꿰는 데는 아무도 자네를 못 말리네! 우리 어머니야 때리건 말건 나는 어머니를 가지고 논다, 이거지? 내가 속담 좀 그만 쓰라고 자네에게 말하고 있는데, 자네는 지금 한순간에 연속 기도문보다도 많은 속담을 퍼부었어. 그러니 우리 말이 지금 동문서답 식으로 엉뚱한 방향으로 나아가고 있지 않은가. 이봐, 싼초, 내 말은 자네가 그때그때 경우에 맞게 끌어오는 속담이 나쁘다는 게 아니라 되나 안되나 아무렇게나 속담을 붙이고 주

504

워섬기면 대화가 맥이 빠지고 천박하게 된다 이 말이야. 그리고 혹시 말에 올라탈 때는 몸을 뒤 안장틀에 젖히고 가거나 두 다리가 말 배때기에서 벗어나 뻣뻣하게 펴고 가지 말게, 그렇다고 자네 점박이를 타고 가는 것처럼 느슨하게 풀어진 모습으로 가도 안되지. 말 타는 모습에 따라 어떤 사람을 기사로 만들기도 하고 또 어떤 사람을 마구간 머슴으로 만들기도 한다네. 또 자네 잠은 좀 적당히 자도록 하게, 해 뜨는 새벽에 일어나지 않으면 낮을 제대로 즐기지 못하지. 오, 싼초 이 사람아! 자네가 꼭 알아야 될 것이 부지런은 모든 행복의 어머니라는 점이야. 게으르면 그 반대지. 게으름으로 좋은 소원이라는 목표를 성취한 적은 한번도 없었어. 이제 자네에게 주고자 하는 마지막 충고는, 몸을 치장하는 데 별 도움이 되지는 못하겠지만, 자네가 꼭 기억해두기를 바라는 점인데, 지금까지 자네에게 해준 충고보다 더 이익이 되면 되었지 그보다 못하지는 않으리라 생각하네. 그건 절대 다른 사람들과 가문에 대해 말다툼을 하지 말라는 것일세. 가문들끼리 비교하면서 다투어서는 절대 안되네. 그러다보면 어쩔 수 없이 비교되는 가문 중에서 하나는 더 좋은 가문이 되어버리는데 자네가 무시한 가문으로부터는 자네가 욕을 먹게 되고, 자네가 치켜세운 가문이라고 그들이 자네에게 절대 상금을 주지도 않아. 자네 복장은 긴 바지에 긴 반코트, 그리고 어깨걸이 겉옷도 좀더 긴 것을 걸치고, 보통 입는 통바지는 총독이나 신사 복장으로 잘 어울리지 않으니 입을 생각을 하지 말게.[3] 지금으로서는 이 정도가 자네에게 해주고 싶은 충고로 떠오르는구면. 싼초, 시간이 지나고 상황에 따라 일이 생기면 그런 게 나의 가

---

3 돈 끼호떼는 싼초에게 이렇게 충고하지만, 이 책 31장에서 자신은 통바지를 입고 다녔다.

르침이 될 거야, 그때그때 자네가 놓인 상황을 나에게 정성껏 알려주면 말일세."

"나리, 제가 봐도 나리께서 제게 해주신 말씀들이 모두 옳고 성스럽고 도움이 되겠다는 생각이 드네요. 하지만 제가 기억을 못하면 그 좋은 말들이 무슨 소용이 있겠어요? 사실, 손톱이 자라는 걸 내버려두지 말라는 것과 그럴 상황이 되면 다시 결혼하라는 것 정도만 잊히지 않을 것 같네요. 하지만 다른 잡탕 이야기들, 얽히고 설킨 잡동사니 말들은 지난날의 구름처럼 제겐 생각도 나지 않고 다 기억도 못할 것 같아요. 그러니 누가 그걸 써서 저에게 주는 게 좋을 것 같네요. 제가 비록 읽고 쓸 줄은 모르지만 그걸 제 고해신부[4]에게 주어서 필요할 때마다 그걸 기억해서 제게 알려달라고 하면 되지요."

"아이구, 세상에, 이걸 어쩌나!" 돈 끼호떼가 대답했다. "총독이 글을 읽고 쓸 줄도 모른다면 그 꼴이 정말 말도 안되지! 오, 싼초! 사람이 글을 읽고 쓸 줄 모르거나 왼손잡이가 되는 것은, 추측건대 둘 중 하나가 문제였던 것이니, 하나는 그 사람이 지나치게 낮고 천한 부모 밑에서 자란 자식이었거나 아니면 스스로가 너무 장난꾸러기이고 질이 나빠서 좋은 습관이나 좋은 교육이 먹히지 않았던 거겠지. 지금 자네는 커다란 결점을 가지고 있네. 서명하는 거라도 배우길 바랄 뿐이네."

"제 이름은 서명할 줄 압니다요." 싼초가 대답했다. "제가 우리 고향에서 종교집회 집사였을 때 고리짝 표시 같은 글자 몇개를 그리는 걸 배운 적이 있어요. 그게 제 이름이라고 사람들이 그러더군

---

4 이 '고해신부'가 누군지, 그런 사람이 있었는지는 확인할 수 없다.

요. 더 나아가자면 일부러 오른손이 불편하다고 속이고 다른 사람에게 저 대신 서명을 해달라고 하지요, 뭐. 죽을 일이 아닌 바에야 모든 일에는 다 해결방법이 있지요. 제가 권력과 지휘봉을 쥐고 있는 한 제가 원하는 대로 하겠습니다. 더군다나 아버지가 고관이라면 그 아들이 어쩌구라는데,[5] 제가 총독이라면, 총독은 사또보다 높으니까, 용용 죽겠지, 다들 와서 보라고들 하세요! 아니면 와서 욕질하고 비방하라고 하세요. 양털 구하러 왔다가 자기 털 깎이고 돌아갈 테니까요. 하느님이 정말 사랑하는 사람은 그 사람이 어디 사는 줄 아시고 직접 찾아오신대요. 부자의 바보 같은 말도 세상에서는 금언으로 통하지요. 제가 그렇게 되고, 총독이 되고, 또 제가 생각한 대로 관대한 통치자가 되면 그건 저를 볼 필요도 없을 겁니다. 볼 필요가 없지요. 꿀을 만들어놓으면 파리가 빨아먹을 테고, 사람은 가진 만큼 가치가 있다고 우리 할매가 말하곤 했지요. 그래서 재산 많고 부동산 많은 사람에게는 복수하지 말라더군요."

"세상에, 이런 빌어먹을, 싼초 이 사람아!" 이때 돈 끼호떼가 말했다. "이런 육시랄, 육만 악마가 와서 제발 좀 너와 너의 그 알량한 속담을 가져가라고 해라! 그놈의 속담을 한시간 동안이나 줄줄이 주워섬기면서 그 하나하나로 그야말로 내게 물고문을 하고 있구나. 언젠가 자네 그 속담들 때문에 교수형을 받을 테니 명심하게. 그놈의 속담 때문에 자네 부하들이 자네의 정권을 빼앗거나 아니면, 그들 사이에도 민중봉기 같은 게 일어나고 말 걸세. 이보게, 이

5 에스빠냐 속담에 '아버지가 고관이라면 그 아들은 틀림없이 재판에 간다'라는 말이 있다. 아버지가 고관이라면 모든 사건을 아들에게 유리하도록 판결할 테니까 일만 생기면 재판해달라고 가리라는 약간은 냉소적인 속담이다. 다 아는 속담이어서 얼버무리고 있다.

무식한 사람아, 어디서 그런 속담을 찾아와서, 어디에다, 이 바보 같은 사람아, 그걸 갖다붙이는가. 나도 속담 하나를 잘 쓰고 잘 적용하려면 땅을 파듯이 땀 흘리고 노력하는데……"

"아이구, 우리 주인 나리." 싼초가 말을 받았다. "나리께서는 참으로 별일도 아닌데 역정을 내십니다요. 제가 모은 재물이라고는 속담에 속담을 더 쌓아놓은 것뿐인데, 제가 제 재산을 쓰는 걸 보고 빌어먹을 뭐하러 속을 썩고 말고 한답니까? 지금 바로 여기에 광주리의 배처럼 딱 들어맞는 속담이 한 네개 떠오릅니다만 말을 안해야지요. 말 안하고 참 조용하다 해서 성잔지 싼촌지 한다니까요."

"그 성자는 싼초 너⁶를 두고 한 말이 아니야.⁷ 너는 말을 안하고 참는 놈도 아니고 말도 제멋대로이고 행동도 제멋대로인 고집스러운 놈이거든. 어떻든지 간에 지금 너한테 여기 이 상황에 딱 들어맞는 어떤 네가지 속담이 생각났는지 궁금하구먼. 나도 기억력이 좋아서 내 나름대로 좋은 속담 하나를 떠올려보려 하지만 아무 속담도 생각이 나지 않거든."

---

6 돈 끼호떼의 싼초에 대한 호칭은 계속 이랬다저랬다 한다. 보통 '자네'라고 번역했지만 '너'라고 번역해야 할 때도 많다. 당시 에스빠냐어에서 '뚜'(tú)나 '보스'(vos)는 전자가 비칭이고 후자가 약간 존칭이었다. 그런데 돈 끼호떼는 싼초에게 보통 '뚜'를 쓰다가 화가 나면 곧잘 '보스'로 호칭을 바꾼다. 우리말에서 마치 사이가 좋을 때는 '너, 나' 하다가 싸움질할 때는 '당신'이라고 하는 식이다. 역자는 싼초와 돈 끼호떼의 호칭에 대해 고심 끝에 싼초에 대한 일반적 호칭을 '자네'로 했는데, 이것은 돈 끼호떼가 내심 가진 싼초에 대한 사랑과 존경 때문이다. 다만 돈 끼호떼가 화가 났을 때는 '너'라고 번역하였다. 싼초에 대한 돈 끼호떼의 '자네'라는 호칭은 언제나 '너'로 바뀔 수 있는 친근한 호칭으로, 감정에 따라 다소 바꿔쓸 수 있는 것이다.
7 '싼초'(Sancho)와 '성자'(santo)의 발음이 비슷하니까 하는 소리다.

"좋은 생각이 안 나기는요. '두 사랑니 사이에는 네 엄지손가락을 넣지 말라'도 있고, '우리 집에서 나가, 그리고 내 아내와 무슨 할 말이 있어'라는 말에는 대답이 있을 수 없다'도 있고, '돌에 물통을 부딪치거나 물통에 돌을 찧거나 물통만 깨진다'도 있고, 이 모든 속담이 모두 다 딱 들어맞지 않나요? 아무도 자기 총독이나 상관을 함부로 건드리지 말아야죠. 왜냐하면 결국 상처만 입을 테니까요, 마치 두 사랑니 사이에 손가락을 넣은 사람처럼요. 만약 사랑니가 아니고 어금니만 되어도 상관없지요. 총독께서 말하는 것을 맞받아쳐서는 안되는 게, '우리 집에서 나가, 그리고 내 아내와 무슨 할 말이 있어' 하는 소리나 다를 바 없지요. 또한 물통에 돌을 찧는 경우는 눈먼 사람이라도 알 수 있을 겁니다. 그러니 남의 눈에 티 있는 걸 보는 사람은 자기 눈에 대들보가 들어앉은 것도 봐야지요. 그런 분을 두고는 '죽은 사람이 목 잘려 죽은 사람 보고 놀랐다'고 하니까요. 그리고 나리께서도 잘 아시듯이 영리한 사람이 다른 사람 집 아는 것보다는 미련한 놈이 자기 집 아는 게 더 많다는 거예요."

"그건 아니야, 싼초." 돈 끼호떼가 대답했다. "미련한 놈은 자기 집도, 남의 집도 아는 게 하나도 없어. 그 이유는 미련함의 토대 위에는 그 어떤 든든한 건물도 지을 수 없거든. 그리고 이 문제는 여기서 끝내자고, 싼초. 자네가 통치를 잘못하면 죄는 자네 죄고 창피 당하는 건 나겠지. 하지만 한가지 위안은 나로서는 최대한 진심으로 사려 깊게 자네에게 제대로 충고해주었다는 점이야. 이것으로 내 약속과 의무는 다했네. 하느님께서 잘 인도해주시고, 자네 통치에 그분이 함께 통치해주시길 바라네, 싼초. 그리고 자네가 혹시 섬 전체를 뒤집어엎지나 않을까 걱정하는 이 마음을 하느님께서 덜어주시길 바라. 사실 내가 공작께 자네가 진짜 어떤 사람인지를 밝혀서 이런 걱정을 피할 수도 있겠지. 자네의 그 뚱뚱한 몸이며 그 사람됨이 실은 사악한 마음과 속담들로 가득 찬 가마니일 뿐이라고 말하고 말이야.”

“나리.” 싼초가 말을 받았다. “나리께서 소인이 이 통치에 적격이 아니라고 생각하신다면 이 순간부터 그만두겠습니다. 제 온몸에 검정 물이 드느니 차라리 제 마음에 있는 손톱만 한 검은 점 하나로 만족하겠습니다. 그래서 총독이 되어 통닭과 꿩고기로 포식하느니 차라리 이 싼초, 아무것도 없이 빵과 양파만 먹고 살겠습니다. 게다가 잠잘 때는 높은 사람이나 낮은 사람이나 사람은 다 똑같고, 가난한 사람이나 부자나 다 같지요. 만약 나리께서 그걸 보신다면, 오직 나리만이 이런 통치자의 자리에 저를 앉히실 수 있었던 분이라는 걸 아실 겁니다. 소인은 이런 섬의 통치에 대해서는 까마귀보다도 더 모릅니다. 총독이 되어 제가 망조가 들 수 있다는 생각을 하면 총독으로 지옥 가느니 차라리 이대로 하늘나라 가는 게 제가 더 원하는 겁니다요.”

“아이구, 싼초야. 네가 한 마지막 말만 가지고도 너는 수천 섬의 통치자가 될 만한 자격이 있겠구나. 너는 천성이 착하니 말이야. 좋은 천성이 없이는 아무리 공부를 많이 해도 소용이 없어. 하느님의 가호를 빌어라. 그리고 첫 시도에서 실수하지 않도록 노력해. 내 말은 무슨 일이 생기더라도 항상 잘하려고 하는 의도와 굳은 신념을 지니길 바란다는 거야. 하늘은 항상 좋은 소망들을 도와주시거든. 그럼, 우리 밥 먹으러 가자. 그분들이 우리를 기다리고 있으리라 생각되는구나.”

44장

싼초 빤사가 섬을 통치하러 가는 이야기와
성에서 돈 끼호떼에게 일어난 이상한 모험들

이 이야기의 처음 원본에는 작가 시데 아메떼께서 이번 장을 쓰면서 자기 번역자가 자기가 쓴 대로 번역하지 않았다는 구절이 나온다고 말하고 있다. 이것은 이 무어족 작가의 자기 자신에 대한 일종의 불평이었던 것 같다. 돈 끼호떼같이 건조하고 제한된 인물 이야기만 손에 잡고는 항상 그 사람과 싼초 이야기만 하고, 더 재미있고 심각한 다른 일화나 여담은 감히 손댈 엄두도 못 내는 것 같아 그런 것이리라. 작가의 말에 따르면 항상 손과 붓과 지혜를 가지고, 한 인물, 한 주제에 대해 쓰는 일에만 쏟고 별로 많지 않은 인물들의 입에서 나온 이야기만 하다보니 이건 그야말로 견디기 힘든 노동이라 했다. 그 결과도 작가에게 별로 이득이 되는 게 아니었다. 그래서 이런 불편한 점을 피하려고 이 책 1권에서는 「호기심 많은 시건방진 친구」나 「포로로 잡힌 대장」 같은 단편소설 몇개를 끼워넣는 기술을 부려본 것이다. 거기에 이야기되는 다른 이야기들도 돈 끼호떼에게 일어난 사건들이니 쓰지 않을 수 없었지만 본이야기 줄거리와 동떨어진 것처럼 보였다. 또한 작가 말에 따르면 많은 사람이 당연히 돈 끼호떼의 행적에 관심을 두다보니 단편소설에는 관심을 갖지 않거나 아니면 짜증이 나서 빨리 지나쳐버릴 가능성이 있다고 생각했다고 한다, 단편이 갖고 있는 수사修辭나 멋은 눈여겨보지도 않고 말이다. 그런 점은 돈 끼호떼의 미친 짓이나 싼초의 바보짓에 연연할 필요없이 그냥 단독으로 단행본으로 출판되었다면 훨씬 더 잘 드러날 것들이었다. 그래서 2권에는 따로 떨어지거나 붙어 있는 단편소설을 집어넣지 않기로 했다. 핵심적 진실이 이야기하는 바로 그런 사건에서 비롯된 비슷비슷한 일화들만 끼워넣었고, 그것도 제한적으로, 이야기를 설명하기에 충분하리라 생각되는 몇 마디 말만 넣었다. 그러니 작가는 소설이라는 좁은 한계 안에 우주를 다 집어넣을 수 있는 능력과 지혜와 자격을 갖추었음에도 스스로 그 이야기의 틀 속에 갇혀 자제하였으므로 자신의 노고를 무시하지 말고 칭찬해달라고 청한다. 특히 그가 쓴 것에 대해서가 아니라 쓰지 않으려고 한 노력에 대해서도 칭찬받아야 마땅하다고 말한다.

그리고 그는 이야기를 계속한다. 돈 끼호떼가 싼초에게 충고를 해준 날 식사를 끝내자마자 그는 자기가 말한 것을 써서 그날 오후에 싼초에게 주었다. 돈 끼호떼는 싼초에게 사람을 찾아 그것을 읽어달라 하라 했으나 싼초에게 주자마자 쓴 게 어디엔가 떨어졌고, 마침내 공작의 손에 들어갔다. 공작은 부인에게 그것을 알렸고 둘은 돈 끼호떼의 기발한 생각과 광기에 또다시 놀랐다. 그리하여 그들의 장난을 계속 더 앞으로 끌고 나가고자 그날 오후 많은 수행원과 함께 싼초를 그가 섬이라고 여기는 그곳으로 보냈다.

우연히도 싼초를 모셔가는 역할을 맡은 사람은 공작의 우두머리 하인으로 아주 점잖고 웃기는 친구였다, 하기야 점잖은 데가 없으면 웃기는 데라도 있을 수 있지 않을까. 그 친구는 이미 언급했듯이 뜨리팔디 백작 아씨의 역할을 우아하게 해낸 자인데, 주인들에게서 싼초를 어찌 대해야 하는지 교육을 충분히 받았기에 주인들의 뜻에 맞게 일을 훌륭히 해냈다. 싼초는 우연히 그 우두머리 하인 녀석을 보고 그 얼굴이 뜨리팔디 아씨와 똑같다는 생각이 들어 돈 끼호떼에게 고개를 돌리고 이렇게 말했던 것이다.

"나리, 제가 서 있는 바로 이곳에서 지금 당장 귀신이 잡아가는 한이 있다 해도, 나리께서는 이 사실만은 솔직히 말씀해주셔야 합니다. 시방 여기 있는 공작의 이 우두머리 하인 얼굴이 그 '아픔에 찬 아씨'의 얼굴과 똑같지요?"

돈 끼호떼는 우두머리 하인의 얼굴을 찬찬히 들여다본 뒤 싼초에게 말했다.

"구태여 귀신이 지금 당장 자네를 잡아갈 필요가 뭐 있는가, 싼초. 자네 말이 무슨 말인지는 모르겠지만 그 '아픔에 찬 여인'의 얼굴이나 우두머리 하인의 얼굴이나 그 얼굴이 그 얼굴이구먼. 그렇다고 이 우두머리 하인이 그 '아픔에 찬 여인'은 아니지. 만약 그렇다면 이건 아주 엄청난 모순이지 않은가. 지금은 이런 걸 자세히 연구해볼 시간이 없네, 그것은 얽히고설킨 복잡한 미로 속으로 들어가는 게 되니까. 친구, 자네는 내 말을 믿고 지금은 우리 주님께 진심으로 기도나 드리는 게 상책이야. 우리 둘을 이런 흉악한 마법사들이나 나쁜 마녀들로부터 해방해달라고 말이야."

"장난이 아니에요, 나리." 싼초가 말을 받았다. "요전에요, 제가 이 사람의 말소리를 들었는데 제 귀에 와닿는 소리가 그 뜨리팔디 아씨 목소리처럼 들렸어요. 그러나 어쨌든 지금은 입을 다물겠습니다. 하지만 이제 앞으로는 꼭 주의를 하고 다니겠습니다. 내 의구심을 풀어주거나 확인해줄 다른 조짐이 있는지 밝혀내려고 말입니다."

"그렇게 하게나, 싼초." 돈 끼호떼가 말했다. "그리고 이 문제에 관해서 밝혀지는 게 있으면 모두 나에게 보고하고, 또 통치하면서 일어나는 일도 모두 내게 이야기해주게."

마침내 싼초는 많은 사람을 대동하고 문관 복장을 한 채 나왔는데,[1] 위에는 파도 무늬의 아주 넓은 비단 외투를 걸치고 똑같은 감의 비단 관모를 썼다. 기마병처럼 등자를 짧게 한 노새 위에 타고, 그뒤엔 공작의 명에 따라 점박이가 따라가는데 갖가지 당나귀 장식과 비단 치장을 한 으리번쩍한 모습이었다. 싼초는 이따금 자기 당나귀를 돌아보았는데, 점박이와 함께 가는 자기 처지에 아주 만족하여 독일 황제 자리와도 바꾸고 싶지 않을 정도였다.

작별할 때 싼초는 공작 부부의 손에 키스를 했고, 주인 나리의 축복을 받았다. 돈 끼호떼는 눈물로 축복해주었으며 싼초는 울먹이며 그 축복을 받았다.

사랑하는 독자여, 그럼 잠깐, 착한 싼초는 편안히 잘 떠나시게 합시다. 그리고 자기 지위에서 어떻게 행동하는지를 알게 되면 두 말 정도는 웃지 않고는 못 배길 걸 기대하시지요. 그러는 동안 우선 그날 밤 그의 주인에게 무슨 일이 일어났는지 알아보도록 합시다. 이걸 보고 웃음이 나오지 않는다 하더라도 적어도 원숭이 웃음

---

[1] 이 '문관 복장을 한 채' 떠났다는 것은 원래 공작의 약속과 다르다. 그는 42장에서 '문관의 복장과 무관의 복장'을 하라고 했기 때문이다. 연구자에 따라서는 무관 복장은 전쟁이 있을 때만 하는 것으로 보기도 한다.

처럼 씩 입술은 여시겠지요. 돈 끼호떼가 저지르는 일이란 경탄을 하며 축하하든지 웃어넘길 수밖에 없으니까요.

그러니까 이야기에 따르면, 싼초가 떠나자마자 돈 끼호떼는 쓸쓸하고 그가 그리워짐을 느꼈다고 한다. 가능하다면 지금이라도 싼초에게 맡긴 그 임무를 취소시키고 통치를 그만두게 하고 싶은 마음까지 일었다. 공작 부인은 그가 우울해하는 것을 알아차리고 무엇 때문에 그리 슬퍼하는지 물어보면서 싼초가 없어 쓸쓸하다면 하인이나 상급 시녀나 아가씨 들이 집에 많으니 원하는 대로 아주 만족스럽게 모실 거라고 했다.

"사실은 말이올시다, 부인." 돈 끼호떼가 대답했다. "싼초가 없어서 쓸쓸하외다. 하지만 내 얼굴이 슬퍼 보이는 건 그게 주된 이유만은 아니올시다. 부인께서 베풀어주시는 많은 선물과 배려 가운데서 저는 오직 저에게 보여주신 마음의 친절만을 받아들이려 하옵니다. 다른 문제에 대해서는 마님께 간청하옵건대, 제 거처에서는 오직 제가 스스로 제 일을 맡아하도록 내버려두시고, 그리하도록 허락해주십사 하는 것입니다."

"사실 돈 끼호떼 나리, 그래서는 아니되지요. 내가 데리고 있는 시녀들 중에서 꽃처럼 예쁜 아가씨 넷이 시중을 들게 하겠어요."

"저로서는 그 아가씨들이 꽃 같기보다는 제 가슴을 찌르는 가시 같다고 해야겠지요. 그러니 제 거처에는 여자들이나 그 비슷한 어떤 것도 얼씬도 못하게 해야 합니다. 만약 귀하신 마님께서 별것도 아닌 불초소생에게 계속 은혜를 베푸시길 원하면 제가 제 방식대로 그녀들을 대하도록 내버려두시옵고, 제가 제 안에 있는 문을 사용하도록 해주소서. 저는 제 욕망과 지조 사이 한중간에 성벽 하나를 쌓아두겠나이다. 높으신 마님께서 너그러운 마음으로 제게 베풀어주시는 친절에 대해 저는 나름대로 여느 때와 같이 저의 예의를 표할까 하옵니다. 결론적으로 말씀드려서 저는 누가 제 옷을 벗기는 걸 허락하기보다는 차라리 그냥 옷을 입고 자겠다는 거지요."

"그만, 그만하시지요, 돈 끼호떼 나리." 공작 부인이 말을 받았다. "제가 약속드리지만, 귀하의 방에는 아가씨는커녕 파리 한마리도 얼씬하지 못하도록 명령하겠습니다. 나는 돈 끼호떼 나리같이 점잖은 분의 인격에 흠집내는 그런 사람이 아닙니다. 제가 언뜻 생각해도 많은 덕 중에서 가장 빛나는 게 지조라고 알고 있습니다. 원하실 때 원하시는 방식대로 나리 혼자서 옷을 벗으시고 옷도 입으소서. 어느 누구도 방해하지 않을 것입니다. 나리 침소 안에는 필요한 물컵들이 놓여 있을 겁니다. 문을 닫고 주무시는 분에게 필요할 거라는 생각에서지요. 그래야 본능적 욕구 때문에 문을 열어야 할 필요가 없을 테니까요. 위대하신 엘 또보소의 둘시네아 아씨 만세, 만만세! 이토록 용감하고 지조 높으신 기사에게 사랑받는 영광을 누리시니 그 이름을 둥근 온 지상에 떨치소서. 그리고 은혜로우신 하늘께서는 우리 총독 싼초 빤사의 가슴에 하루빨리 그의 수련을 끝내려는 욕망을 불어넣어주소서. 그리하여 세상이 그 위대한 아씨의 아름다움을 다시 누릴 수 있도록……"

그 말에 돈 끼호떼가 말했다.

"높으신 마님께서는 높으신 분답게 잘 말씀하셨습니다, 훌륭하신 마님들 입에는 나쁜 게 하나라도 들어 있어서는 안되겠지만요. 위대하신 마님께서 지상의 가장 위대한 웅변가가 할 수 있는 모든 칭송을 대신해서 둘시네아 아씨를 이토록 칭송해주셨으니 그녀는 이 세상에서 더 유명해지고 복도 많이 받을 겁니다."

"그러면 됐습니다, 돈 끼호떼 나리." 공작 부인이 말을 받았다.

"저녁 먹을 시간이 다가오는군요, 공작께서 기다리고 계실 테니 나리께서도 오셔서 저녁을 듭시다. 그리고 빨리 잠자리에 드셔야지요. 어제 깐다야에 다녀온 게 그리 짧은 여행은 아니어서 여독이 다소 남아 있을 거예요."

"아무 피로도 없는데요, 마님." 돈 끼호떼가 대답했다. "훌륭하신 마님께 감히 말씀드리지만, 제 평생 끌라빌레뇨처럼 그토록 편하게 그토록 잘 달리는 말 위에 타본 적은 없거든요. 저는 말람브루노가 무슨 생각으로 그렇게 가볍게 잘 달리고 그렇게 우아한 말을 없애버리려 다짜고짜 불태워버렸는지 모르겠습니다."

"그건 우리가 추측건대 뜨리팔디 아씨와 그 동료들, 그리고 다른 사람들에게 저지른 잘못이라든지 마술사, 마법사로서 저질렀을 나쁜 짓에 대해 뉘우치고는 자기 업무에 사용했던 모든 도구를 청산해버리고 싶어서였던 것 같아요. 그래서 그중 자기가 이 땅 저 땅 돌아다니면서 자신을 가장 불안하게 했던 주된 도구인 끌라빌레뇨를 태워버린 거겠지요. 태워버린 잿더미와 간판에 쓰인 기념비로 라 만차의 위대한 돈 끼호떼의 용기는 영원히 남게 되었고요."

돈 끼호떼는 다시 공작 부인에게 대단히 감사하다는 말을 했고, 저녁을 마친 뒤 돈 끼호떼는 누구도 그와 함께 들어가 시중드는 걸 용납하지 않고 홀로 자기 처소로 돌아왔다. 그만큼 자기가 모시는 아씨인 둘시네아를 향한 예의와 지조를 잃게 할 수 있는 어떤 기회나 동기나 유혹이 생길까봐 두려워하고 몸을 삼가며 항상 방랑기사도의 꽃이요, 거울인 아마디스의 훌륭한 태도를 생각 속에 담고 다녔다. 들어와서 뒷문을 닫고 촛불 두개를 켠 뒤 그 불빛에 옷을 벗었는데, 구두를 벗는 순간, 오, 이런 위대한 분에게 어찌 이런 불행이 있을 수 있으랴, 그 자리에 드러난 것은 그의 깨끗한 품위를 손상시키는 한숨도 아니요, 다른 것도 아니라 너덜너덜한 그의 양말 한짝이었으니, 구멍이 스무개가 넘고 다 해져서 너덜해진 커튼 같은 모양이었다. 착하디착한 그 어른은 극도의 슬픔에 잠겨 파란 비단 조금만 준다면 은 1온스라고 주고 싶을 정도였다. 파란 비단 이라고 한 말은 그 양말이 파랬기 때문이다.

여기에서 작가 베넹헬리는 소리치고, 글로 말한다. "오, 가난이여, 가난이여! 무슨 이유로 저 위대한 꼬르도바의 시인은 너 가난을 '배은망덕한 성스러운 선물'[2]이라고 부를 생각을 했는지 나는 모르겠도다! 나는 비록 무어인이지만 기독교인들과의 교우를 통해 성스러움은 자비와 겸손, 믿음과 복종, 그리고 가난에 있음을 잘 알고 있도다. 하지만 아무리 그래도 가난을 만족해하며 사는 사람은 하느님처럼 아주 덕이 높은 분일지라! 하느님의 위대한 성인들 중 한분이 '모든 것을 가지고 있지 않은 것처럼 가지고 있을지라' 라고 말한 것과 같은 식이 아니라면 말이다. 이런 것은 마음의 가난이라고 부르니까. 그러나 너, 내가 말하는 것은 너는 이와는 다른, 두번째 가난이다. 너는 왜 하필이면 다른 사람들보다 더 얌전하고 착하게 태어난 양반들을 박살내길 더 좋아하는가? 왜 너는 그들에게는 구두에 그을음을 칠하게 하고,[3] 그들 반코트의 단추들은 어떤 것은 명주로, 어떤 것은 돼지털로, 또 어떤 것은 유리로 달게 만드는가? 왜 그들의 목깃은 풀 먹이고 틀을 박아 꽃상추처럼 예쁘게 까지 않고 늘 그렇게 쭈글쭈글하게 하고 다녀야 하는가?" 이로 미루어보면 풀을 사용하거나 목깃을 까고 다니는 관습은 예로부터

---

2 환 데 메나(Juan de Mena)의 시구로, '느릿한 가난은 편안한 삶이로다,/오, 배은 망덕한 성스러운 선물이여!'(*Las Trescientas*, 227면)이다.
3 옛 양반들은 구두가 낡은 것을 감추기 위해 더러 그을음을 발랐다고 한다.

있어온 것 같다. 그리고 그는 계속해서 말했다. "겨우 자기 명예를 살리려고 잘 먹지도 못한 채 문을 닫고 살고, 따로 이빨을 쑤셔야 할 만큼 먹은 것도 없으면서 뒤에 길거리에 나갈 때는 위선적으로 입에 이쑤시개질을 하면서 나가는 양반의 비참함이여! 한마장 밖에서도 구두 수선한 거나 모자의 식은땀, 어깨걸이 망또의 올이나 실 빠진 것, 배 속의 배고픔이 눈에 발각된다고 생각하며 체면 지키려 공포에 떨며 사는, 말하자면 저 불쌍한 사람!"

양말에 구멍이 나고 실이 풀린 것을 보자 이런 생각이 돈 끼호떼에게 다시 떠올랐으나 싼초가 두고 간 장화가 남아 있는 것을 보고 다음 날 그걸 신을 생각을 하니 마음에 위안이 되었다.[4] 결국 그는 생각에 잠겨 서글픈 마음으로 잠자리에 누웠는데, 싼초가 없다는 것과 양말이 아주 형편없이 해져 있다는 불행이 마음을 아프게 했다. 양말은 비록 다른 색깔의 비단을 댄다 해도 기워야 할 것이니, 이야말로 지겨운 궁핍함 속에서 양반이 겪어야 하는 가장 큰 궁상의 표시일 것이다. 그는 촛불을 껐으나 날씨가 더워 잠을 잘 수가 없어 침상에서 일어나 창살이 있는 창문을 약간 열었다. 아름다운 정원으로 나 있는 창문을 열자 어떤 느낌과 함께 정원에서 사람들이 돌아다니며 말하는 소리가 들려왔다. 밑에 있는 사람들이 목소리를 높여서 말하고 있었기에 들을 수 있었다.

"아이, 에메렌시아! 자꾸 그렇게 나더러 노래하라고 하지 마. 너도 알잖아, 낯선 손님이 이 성에 들어오고 내 두 눈이 그분을 본 순간부터 난 노래하기보다는 차라리 울 수밖에 없다고. 더구나 우리 주인마님의 잠은 깊지 않고 가벼워서, 온 세상의 천만금을 준다 해

---

4 이것으로 구멍난 양말을 가리고 다닐 수 있겠다고 생각한 것이다.

도 우리가 여기 있는 걸 들키고 싶지 않아. 또 그분이 주무시고 깨어나시지 않으면 내가 노래를 해도 헛일이겠지. 나를 비웃고 놀려주려고 우리 영토까지 오신 이 새로운 영웅 아이네이아스[5]께서 계속 주무셔서 노래를 들어주지 않으면 어떡하느냐고."

"그런 생각일랑 하지 마, 알띠시도라야." 그녀가 말을 받았다. "집에 있는 공작 부인과 다른 사람들은 틀림없이 자고 있을 거야, 네 영혼을 일깨워주고 네 마음을 차지한 그분만 빼놓고 말이야. 그분이 지금 자기 방의 철창 창문을 여시는 것을 느꼈거든. 그러니 틀림없이 깨어 있으신 거야. 노래해, 네 하프에 맞춰 낮고 보드라운 소리로, 가슴에 상처받은 우리 친구야, 공작 부인께서 우리 낌새를 알면 날씨가 더워 나와 있다고 변명하지, 뭐."

"아이, 에메렌시아! 진짜 문제는 그게 아니야." 알띠시도라가 말을 받았다. "그것보다는 노래를 부르다 내 마음이 들통나는 게 싫은 거지. 그리고 사랑의 강력한 힘을 듣지도 보지도 못한 사람들에게 내가 바람둥이 경박한 처녀로 취급받을 일이 싫단 말이야. 하지만 이 가슴에 쌓이는 앙금보다는 얼굴에 나타나는 부끄러움이 더 낫겠지."

이 말이 들리고는 곧이어 아주 부드럽게 하프를 켜는 소리가 들려왔다. 그 소리를 듣고 돈 끼호떼는 너무 놀라 기절할 뻔했는데, 그 순간 이와 비슷한 수많은 모험담이 떠올랐기 때문이다. 그가 읽은 그 정신 나간 기사소설들에서 그런 창, 창살, 정원, 음악, 사랑의 속삭임, 정신 나간 사랑의 순간을 많이 봤었다. 그는 곧 공작 부인의 어느 시녀가 자신에게 사랑에 빠졌으며, 정절 때문에 그녀는 자

---

5 베르길리우스의 『아이네이스』 4장에 나오는 얘기로, 아이네이아스가 디도 (Dido)라는 여인을 비웃고 놀려준 것을 빗대어 말하고 있다.

기 마음의 비밀을 억지로 숨기고 있는 거라 짐작했다. 그는 이대로 그녀에게 넘어갈까 두려워서 마음속 깊이 자제력을 잃어서는 안된다고 다짐하고는 몸가짐을 바로하고 온 정성을 다해 엘 또보소의 둘시네아 아씨께 가호를 빌면서 그 음악을 들을 결심을 했다. 돈 끼호떼는 자기가 거기에 있다는 걸 알리려고 헛기침을 한번 했고, 그 소리를 듣고 아가씨들은 반가워했으니, 돈 끼호떼가 직접 듣는 것 외에는 다른 소원이 없었기 때문이다. 알띠시도라는 하프 줄을 고른 뒤 이런 낭만적인 민요[6]를 불렀다.

> 오, 그대여, 그 좋은
> 홀랜드 이불[7]을 덮고
> 침대에서 두 다리 쭉 뻗고
> 밤부터 아침까지 잠을 자는 그대여
>
> 라 만차 지방이 배출한
> 가장 용감한 기사님이시여
> 아라비아의 고운 황금보다
> 더욱 성스럽고 지조 높으신 그대여!
>
> 잘 자라서는 불행에 빠진
> 이 슬픈 소녀의 말을 들으소서

----

6 원문에는 '이런 로만세'(este romance)를 불렀다고 되어 있다. '로만세'라는 민요에 사랑 이야기가 많이 나왔기 때문에 '로맨틱'(romantic)이라는 말이 생겼는데, 역자는 이런 점을 살려 원래의 말을 좀 풀어서 번역했다.
7 당시에는 '홀랜드 이불' '아라비아의 황금' '중국의 진주'를 최고로 쳤다.

그대 두 눈의 눈빛에 소녀의 마음
온통 다 불타고 있는 느낌이라오.

그대는 그대의 모험만 찾아가고
남의 불행은 모른 척하시지요,
마음의 상처를 주시고는
상처의 처방은 거절하시지요.

이봐요, 용감한 젊은이,[8] 그대가
저 맹수 많은 리비아에서 자랐건
그 험난한 하까의 산중에서 자랐건
하느님께서 그대의 열망을 이루어주시길,

그대가 뱀들의 젖을 먹고 자랐고
혹시 그대를 키운 주인들이
거칠고 사나운 밀림이었고
무섭고 소름 끼치는 산들이었다면

뚱뚱하고 건장한 처녀
둘시네아도 참 자랑할 만하겠지
그녀가 저 사나운 맹수요
무서운 호랑이를 굴복시켰으니……

---

8 이때 오십이 넘은 늙은 돈 끼호떼를 '용감한 젊은이'라고 부른 것은 공작 부부가
좀 지나치게 장난을 친 것이다.

이 때문에
에나레스에서 하라마까지
따호 강에서 만사나레스 강까지
뻬수에르가에서 아를란사까지 유명해지리라.

내 처지를 그녀와 바꾸고 싶어요
그리고 그녀에게 내 옷 중에서
제일 울긋불긋 색깔이 좋은
황금 수실로 치장한 두루마기를 드리고요.

아, 누가 그대의 품에 안길까
아니면 그대의 침대 곁에서
그대의 머리를 긁어주며
그대의 비듬을 없애줄까!

내 욕심이 지나치지, 그런
중요한 은혜는 내가 받을 수 없지,
그대의 발이나 안마해드리리라
천한 나에겐 이 정도로 족하지.

아, 어떤 머리그물을 드릴까요
은으로 만든 무도화를 드릴까
금은 비단 구두를 드릴까
홀랜드 망또를 드릴까요!⁹

곱고 고운 진주를 드릴까

하나하나가 나무의 동그란 혹 같아

하나하나 서로 맞는 짝이 없어

'홀로 진주들'[10]이라는 이름을 붙이게……

그대의 따르뻬이아[11] 바위에서의 네로처럼

내가 불타고 있는 이 불을 보지 마시라

세상에 없는 라 만차의 네로여,

그대의 성질로 불을 더 북돋우지도 마시라.

나는 아직 어린애, 연약한 소녀,

내 나이는 열다섯이 못되고

열넷에다 석달이 내 나이,

내 마음과 하느님을 걸고 정말이에요.

나는 절름발이도 아니고 절지도 않고

외팔이도 아니지요,

머리카락은 백합들처럼 치렁거려

서 있으면 머리카락이 땅에 끌려요.

---

9 이것들이 최고급 장신구인 것은 분명하나 남자에게 여자가 쓰는 머리그물을 주
겠다는 것은 또한 장난이 지나친 말이다. 아마 돈 끼호떼의 지조와 정조를 슬쩍
비웃는 표현이리라.

10 실제 에스빠냐 왕실이 지닌 진주로, 쌍이 없이 한쪽만 있어 '홀로 진주들'(las
solas)이라고 불렀다 한다.

11 네로가 로마를 불태우며 구경했다는 바위의 이름이다.

그리고 비록 내 입은 뾰족하고
내 코는 납작하지만,
내 치아는 누런 옥 같고[12]
내 아름다움은 하늘을 칭송하지요.

내 목소리는 들으면 아시듯이
가장 다정한 여인의 목소리와 같고
체격은 중간보다는 좀 작은
약간 모자란 키이지요.

이런저런 매력을 보시어요,
그대 사랑의 화살통 전리품들이지요,
저는 이 집의 시녀이옵고
제 이름은 알띠시도라라고 하지요.

상처받고 아파하는 알띠시도라의 노래는 이렇게 끝났고, 구애를
받은 돈 끼호떼의 놀라움이 시작되었다. 그는 커다랗게 한숨을 쉬
며 혼잣말로 말했다.

"나를 보고 반하지 않는 처녀가 없으니 나는 왜 이렇게 불행 속
에서 방랑해야 한단 말인가! 그녀에 대한 비할 데 없이 충직함으로
그녀를 사랑하는 이 마음을 독차지하지 못한다면, 세상에 둘도 없
는 엘 또보소의 둘시네아는 얼마나 불행한 처지에 처할 것인가! 그
녀에게 무엇을 원하는가, 여왕들이여? 무엇 때문에 그녀를 쫓아다

---

12 독수리처럼 뾰족한 입, 납작한 코, 누런 치아 등은 그다지 아름답지 못한 여자의
모습을 조롱하는 묘사들이다.

니는가, 황후들이여? 무엇 때문에 그녀를 그토록 못살게 구는가, 열넷, 열다섯살 소녀들이여? 놓아두시라, 놓아두시라, 그녀를. 그 불쌍한 여인께서 승리를 혼자 즐기고 기쁨을 만끽할 수 있도록. 사랑의 신이 그녀에게 내 마음을 사로잡고 내 영혼을 바치도록 행운을 주셨으니…… 여기 보시라, 사랑에 취한 무리들이여, 나는 이 몸통과 맵시와 함께 모든 게 오직 둘시네아 한 여자의 것이며 그밖의 다른 모든 여자들에게는 차고 단단한 돌일 뿐이로다. 나의 그녀를 위해 나는 꿀이요, 너희들에게는 쓰디쓴 익모초로다. 나에게는 오직 둘시네아만이 아름다운 여자, 얌전한 여자, 정숙한 여자, 우아한 여자, 그리고 멋진 여자이며, 그밖의 다른 여자들은 못생긴 여자들, 바보들, 경박한 것들, 아주 천한 가문의 것들이니라. 나는 다른 여자가 아니라 오직 둘시네아 그녀의 것이 되게 하려고 자연이 세상에 내보낸 사람이니라. 알띠시도라가 울든 노래를 하든, 마법에 걸린 무어인의 성에서 내게 몽둥이세례를 한 자를 위해 귀부인이 안간힘을 다 쓰든, 나는 구워도 삶아도 오직 둘시네아의 남자만 될지니라. 지상의 모든 마법 세력이 안달을 해도 나는 깨끗하고, 지조있고, 예의 바르게 오직 그녀의 것일 뿐이니라."

이렇게 말한 돈 끼호떼는 갑자기 쾅 하고 창문을 닫고 무슨 커다란 불행이라도 일어난 것처럼 실의에 찬 근심스러운 표정으로 자기 침대에 누웠다. 지금은 그를 여기서 놓아두기로 하자. 저 위대한 싼초가 드디어 그 유명한 통치를 시작하고 싶어 우리를 부르고 있기 때문이다.

45장

위대한 싼초가 자기 섬을 어떻게 인수했는지와 통치를 시작한 방법에 대하여

오, 지상 양극의 대치점을 고루 밝혀주는 우리의 영원한 빛이여, 세상의 햇불이여, 하늘의 눈이여, 다정하게 얼음통에 물통을 흔들게 하는 자여.[1] 여기서는 팀브리오스, 저기서는 포이보스, 여기서는 활 쏘는 사나이, 또 저기서는 의사, 시의 신이며 음악의 창시자,[2] 항상 솟아서 지는 것 같지만 절대 지지 않는 신이여! 너에게 말하노라, 오, 태양이여, 그대 덕택으로 인간이 인간을 낳았도다![3] 그대에게 내 말하노니, 부디 나에게 은총을 베푸시어 내 어두운 재주를

---

1 해, 즉 아폴론 신을 이렇게 표현한 것은 햇볕과 더위가 갈증을 유발하고 물을 마시게 하기 때문이다. 아폴론 신에 대한 유머러스한 비유이다.
2 모두 태양의 신 아폴론의 별명들이다. '활 쏘는 사나이'는 니오베(Niobe)의 자식들을 화살로 죽여서 나온 이름이고, 의사, 음악의 창시자 등은 이 모든 것을 만들었다 해서 붙은 이름들이다.
3 아리스토텔레스의 『물리학』 2권 2장에 나오는 말로 르네상스 시대에 많이 인용되었다. 즉, '태양은 우주의 아버지이며 창생을 낳았도다'라는 뜻이다.

더욱 밝게 해주시고, 부디 위대한 싼초 빤사의 통치를 이야기함에 있어서 정확하고 자세하게 서술할 수 있도록 해주옵소서. 그대 없이는 나는 열의도, 의욕도 없고 혼란스러운 느낌뿐이니까.

그러니까 이야기는 싼초가 그 모든 수행원을 대동하고 인구가 약 천명쯤 되는 한 고장에 도착했다는 것인데, 그곳은 공작령 중 가장 좋은 마을이었다. 사람들 말에 따르면 섬 이름은 '바라따리아'라고 하는데, 그 마을 이름이 '바라따리오'여서인지, 아니면 '바라또'4라는 말이 의미하듯 싼초에게 '싸구려'로 쉽게 통치를 맡겼기 때문인지 모르나 어쨌든 이름이 그러했다. 성벽으로 둘러싸인 고을의 큰 대문 입구에 이르자 마을 의원들이 대문 앞까지 그를 마중 나왔고, 종을 울리자 마을 사람들이 다들 즐거워하는 표정을 지었다. 그들은 대단한 행렬을 이루며 마을 성당 있는 데로 그를 모셔가더니 하느님께 감사를 올리고는 우스꽝스러운 예식을 치른 다음 싼초에게 마을 열쇠를 전달하고 그를 바라따리아 섬의 영원한 통치자로 받아들였다.

새 총독의 의상, 턱수염, 그 작고 뚱뚱한 모습이 이야기의 비밀스러운 내막을 모르는 모든 사람과 또 그걸 알고 있는 다른 많은 사람까지 놀라게 했다. 마침내 그를 성당에서 나오게 한 뒤 판관의 좌석이 있는 곳으로 모셔가 그 자리에 앉힌 뒤 공작의 우두머리 하인이 말했다.

"총독님, 이 섬엔 오래된 관습이 있는데, 그것은 이 유명한 섬에 취임하러 오신 분께는 어렵게 보일 수도 있으나 여하튼 어떤 질문을 할 경우 꼭 대답을 해야 하는 의무가 있다는 것입니다. 그 대답

---

4 '바라또'(barato)는 '싸구려'라는 뜻이다.

을 듣고 마을 사람들은 자기들의 새 총독의 지혜를 가늠해보는 거지요. 그렇게 함으로써 사람들은 총독이 오신 것을 기뻐하거나 슬퍼한답니다."

우두머리 하인이 이 말을 하는 동안 싼초는 자기 좌석 앞 벽에 쓰여 있는 큰 글자들을 바라보고 있었는데, 싼초는 글을 읽을 줄 몰랐으므로 그 벽에 쓰인 저 그림이 무엇인지 물었다. 그 대답은 이러했다.

"나리, 저기에 적힌 것은 나리께서 이 섬에 취임한 날을 쓴 것이옵니다. 저 간판에는 '오늘 모년 모월 며칠에 돈 싼초 빤사 나리께서 이 섬에 취임하셨으니, 부디 만수무강하소서'라고 쓰여 있습니다."

"그런데 누구를 돈 싼초 빤사라고 부른 것인고?"

"바로 어르신이지요." 우두머리 하인이 대답했다. "이 섬에는 그 좌석에 앉아 계시는 분 외에는 다른 빤사란 분은 들어오지 않으셨거든요."

"그럼 이걸 알게나, 친구." 싼초가 말했다. "나는 내 이름에 '돈'이니 '씨'니 붙여본 적이 없고 우리 가문에 그런 분은 없었어. 말하자면 내 이름은 그냥 싼초 빤사이고, 우리 아버지도 싼초, 우리 할배도 싼초이고, 그리고 '돈'이니 '돈나' '도냐' 같은 건 붙이지 않고 모두 빤사였어. 내 생각에 이 섬에는 돌보다는 '돈'이나 '선물'[5]이 더 많은 것 같아. 하지만 됐어, 하느님은 내 마음을 이해하실 테니까. 내 총독 자리가 사흘만 가도 그 많은 대중에게 모기들처럼 귀

---

5 '도네스'(dones)라는 말로, '돈'(don)이라는 존칭에서 파생된 것이지만 '선물'이라는 다른 뜻도 있다. 비슷한 음의 단어를 가지고 노는 세르반떼스 특유의 말놀이이다.

찮고 지겹게 느껴질 이런 '돈'이니 '선물' 따위를 잡초 뽑듯 다 뽑아버릴 거야. 우두머리 하인님께서는 질문을 계속하시게. 백성들이 슬퍼하거나 슬퍼하지 않거나 그런 건 상관없이 아는 대로 최선을 다해 대답해드릴 테니까."

이 순간 재판장에 두 남자가 들어왔는데, 한 사람은 농부 복장이었고, 다른 한 사람은 손에 가위를 들고 들어오는 모습이 양복장이 재단사 차림이었다. 양복장이가 말했다.

"총독님, 저와 농사짓는 이 사람은 나리께 이런 문제를 가지고 왔습니다. 이 알량한 사람이 어제 제 가게에 왔지요. 저는 여기 있는 분들께는 죄송하지만 하느님 덕택에 자격증 있는 재단사입니다요. 이 사람은 손에 들고 온 옷감 한 조각을 내놓더니 제게 물었지요. '이봐요, 옷감이 이 정도면 내게 고깔모자 하나쯤 족히 만들어주실 수 있나요?' 저는 옷감을 만져본 뒤 가능하다고 대답했지요. 제가 짐작하건대 그는, 그때 제 짐작이 맞았지만, 틀림없이 제가 자기 옷감의 일부를 훔쳐서 사용하리라 생각한 것 같아요. 자기의 사악한 마음 때문이었든지 양복장이에 대한 일반의 평판이 나빠서였든지 간에[6] 그의 생각은 그런 것 같았어요. 그래서인지 제게 고깔 두개를 만들 만큼은 되는지 살펴보라고 되묻더군요. 저는 그의 생각을 알아차리고 그것도 된다고 했지요. 그는 처음부터 생각이 잘못된, 뒤틀린 사고를 가진 양반이라 계속 고깔 숫자를 늘려갔고 저는 계속 그렇게 할 수 있다고 덧붙였죠. 그래서 결국 고깔을 다섯 개까지 만들어주기로 했고, 지금 고깔을 찾으러 왔기에 제가 그것들을 주었지요. 그런데 제게 모자 만든 값을 주지 않겠다면서 오히

---

6 당시 사기꾼 양복장이에 대한 이야기들이 많았는데, 옷감을 주면 옷을 짓는 데 다 쓰지 않고 숨겨놓았다가 따로 쓴다는 것이었다.

려 옷감값을 다 물어내든지 옷감을 되돌려주든지 하라는 겁니다."

"이 사람, 그래, 고작 그게 다인가?" 싼초가 물었다.

"그렇습죠, 나리." 농부가 대답했다. "그렇지만 저 사람이 제게 만들어준 고깔모자 다섯개를 보여주라고 하세요."

"물론 기꺼이 보여드리지요." 양복장이가 대답했다.

그러고는 즉시 손을 겉옷 밑으로 넣었다 빼더니 다섯손가락 끝에다 각각 씌운 다섯개 고깔을 보여주면서 말했다.

"이게 바로 이 알량한 사람이 주문한 모자 다섯개입니다요. 하느님과 제 양심에 맹세코 제게는 옷감 한 조각도 남아 있는 게 없습니다. 저는 이 직업의 어느 감사관 앞이라도 이 작품을 내놓을 수 있습니다."

거기 있는 모든 사람이 다섯개 고깔과 그것으로 인한 새로운 분쟁을 보고 웃었다. 싼초는 잠깐 생각해보더니 말했다.

"이 분쟁은 시간을 길게 끌 필요가 없어 보입니다. 이 문제는 보통 사람의 상식으로도 바로 판단이 가능하니까요. 따라서 나는 양복장이는 수당을 손해 보고, 농부는 옷감을 손해 보면 된다고 선고합니다. 그리고 그 고깔들은 어디 감옥 죄수들에게나 보내든지 하면 될 테고,[7] 이 일은 더이상 문제 삼지 맙시다."

주변에 있던 사람들에게는 지난번 목축업자의 주머니 사건[8] 선

[7] 세르반떼스는 여러번 감옥에 간 사람이라 감옥 내부의 사정을 누구보다 잘 알았다. 싼초의 이 말은 당시 아주 질 나쁜 음식이나 싸구려 제품까지 나쁜 것이면 무엇이든 감옥으로 보내던 관습을 비웃고 있는 것이다.

[8] 이 '목축업자'의 사건이 앞에 나온 적이 없기에 연구자에 따라서는 작가 세르반떼스의 건망증이거나 수정하면서 실수를 한 게 아닌가 생각한다. 그러나 작가가 싼초의 모든 일과 사건 심리를 다 쓸 의무는 없기에 (이미 앞에서 쓰지 않은 게 더 많다는 점을 칭찬해달라 하지 않았는가) 자세히 언급하지 않은 것이라는 것이 역자의 견해이다.

고가 감동을 주었다면 이번엔 모두에게 웃음을 터뜨리게 하는 사건이었다. 어쨌든 총독께서 명령한 대로 일은 처리되었다. 총독 앞에 이번에는 나이가 든 두 어른이 얼굴을 내밀었는데, 한 노인은 고무나무를 지팡이 삼아 들고 있었다. 지팡이가 없는 노인이 말했다.

"나리, 이 알량한 사람에게 제가 얼마 전 금화 10에스꾸도를 그냥 착한 일 한다 생각하고 좋은 뜻으로 빌려주었지요. 조건은 제가 필요할 때 요청하면 되돌려달라는 거였어요. 제가 돈을 요청하지 않은 채 많은 날이 흘러갔는데, 돈을 돌려주려면 제가 처음 돈을 빌려주었을 때 곤경에 처해 있던 그 처지보다 더 사정이 곤란해질까봐 걱정이 되었던 거죠. 하지만 돈을 갚을 생각을 별로 하지 않는 것 같아 제가 여러번 그 돈을 돌려달라고 했지요. 그런데 돈을 돌려주지 않는 것은 물론 돈을 주지 않겠다는 겁니다. 제가 자기에게 금화 10에스꾸도를 빌려준 적도 없을뿐더러 그런 것을 빌렸다면 벌써 제게 갚았다는 거지요. 돈을 빌려주고 돌려받는 걸 보았다는 증인은 없습니다. 왜냐하면 저는 돈을 돌려받지 않았거든요. 그래서 청하옵건대, 나리께서 저 사람에게 꼭 선서를 받아내시길 바랍니다. 저 사람이 여기 하느님 앞에서 제게 그 돈을 돌려주었다고 맹세하고 선서한다면⁹ 저도 모든 것을 용서해주겠습니다."

"이 문제에 대해 지팡이를 든 선량한 노인께서는 어떻게 대답하시겠소?" 싼초가 물었다.

"저는요, 나리. 그가 제게 그 돈을 빌려주었던 게 사실임을 고백하옵니다. 그리고 맹세코 선서할 테니 제발 그 지휘봉을 내리십시오. 만일 그가 나더러 선서를 하라고 한다면, 저는 맹세코 그 돈을

---

9 이는 민법에서 '결정적 선서'(juramento decisorio)라고 하는 것으로, 한편이 다른 한편에게 맹세를 하고 선서하면 성립하게 된다.

그에게 돌려주었으며, 틀림없이 돈을 지불했다고 선언하겠습니다."

총독이 지휘봉을 내리는 동안 지팡이 노인은 지팡이를 다른 노인에게 주고 자기가 선서하는 동안 가지고 있으라 했다. 지팡이가 선서에 무척 방해나 되는 듯했다. 그는 이내 지휘봉의 십자가에 손을 얹고,[10] 그가 자기에게 요구하는 금화 10에스꾸도를 빌려준 게 사실이라고 말했다. 하지만 자기는 자기 손으로 그 돈을 그에게 되돌려주었다고 했다. 그런데 그는 그 사실을 기억하지 못하고 기회 있을 때마다 자기에게 다시 돈을 달라고 한다고 말했다. 그걸 보자 위대한 총독은 채권자에게 상대방이 이렇게 대답하는데 할 말이 없느냐고 물었다. 그러자 그는 틀림없이 그 채무자가 사실대로 말한 것이리라고 대답하면서 자기는 그를 착한 사람, 좋은 기독교인으로 생각하기 때문이라고 했다. 자신에게 그 돈을 언제 어떻게 돌려주었는지 자신이 잊어버린 모양이라며 앞으로는 절대 그 사람에게 아무것도 요구하지 않겠다고 했다. 채무자는 다시 그 지팡이를 받고 고개를 숙이며 법정을 나갔는데, 그 모양을 보고 싼초는 아무렇지도 않게 그냥 떠나가는 노인과 돈을 요구한 노인의 인내심을 다시 보았다. 싼초는 머리를 숙이고 오른손 검지손가락을 코와 눈썹 사이에 댄 채 잠깐 생각에 잠긴 듯하더니 고개를 쳐들고 이미 떠나버린 그 지팡이 노인을 부르라고 명령했다. 그를 데려오자 싼초가 그를 보고 말했다.

"그 지팡이 좀 내게 주오, 내가 필요할 듯하니."

"기꺼이 드리리다." 노인이 대답했다. "여기 있사옵니다, 나리"

---

10 총독이나 지휘관, 법관이 정의의 상징으로 가지고 다니는 지휘봉을 말하며 윗부분에 십자가가 새겨져 있다.

그리고 지팡이를 싼초의 손에 올려놓자 싼초는 그 지팡이를 받아 다른 노인에게 주면서 말했다.

"안녕히 가시오, 그걸로 빚은 이미 받았소이다."

"제가요, 나리?" 노인이 되물었다. "그러면 이 고무나무가 금화 10에스꾸도 값이 나간다는 말인가요?"

"그렇소." 총독이 말했다. "그 값이 나가지 않는다면 난 세상에서 제일 바보 멍청이라 할 수 있소. 지금부터 내가 정말 한 왕국을 통치할 능력이 있는지 없는지 보여드리리다."

그리고 거기 모든 사람 앞에서 그 고무나무를 부수어 쪼개라고 했고, 고무나무를 깨뜨리자 지팡이 안에서 금화 10에스꾸도가 나왔다. 모든 사람이 엄청 놀라며 총독을 저 유명한 현자인 새로운 솔로몬이라고 생각했다.

사람들이 싼초에게 그 고무나무에 금화 10에스꾸도가 숨겨져 있으리라는 것을 무얼 보고 추정했느냐고 물어보자, 선서를 하는 동안만은 그 지팡이를 상대방에게 주고, 그리고 진실로 그 돈을 그에게 주었다고 맹세를 한 뒤 선서가 끝나면 바로 그 지팡이를 다시 되돌려받는 것을 보고 그 안에 요구하는 그 돈이 들어 있으리라는 생각이 들었다고 대답했다. 이걸로 보면, 비록 머리가 좀 모자라는 통치자라 할지라도 아마 하느님께서 그의 판단을 돕고 바른 길로 인도하신다는 생각을 해볼 수 있다. 게다가 그는 그 마을 신부에게 그 비슷한 사건에 대해 들은 적이 있었다. 그는 기억력이 대단히 좋아서 기억하고 싶은 것을 깜빡 잊어버리지만 않는다면 온 섬에서 그런 기억력이 다시없을 정도였다. 결국 그 늙은이는 창피를 당했고 다른 노인은 돈을 받고 떠났다. 거기 있던 사람들은 모두 감탄을 했고, 싼초의 몸짓이나 행동, 말을 적는 작가는 싼초를 바보로 보아야 할지 영리한 사람으로 보아야 할지 끝내 결정을 내리지 못했다.

이 소송 사건이 끝난 뒤 재판정에 한 아낙네가 들어왔는데, 부자로 보이는 목축업자 복장을 한 남자를 꽉 붙들고 있었다. 그녀는 크게 소리소리 지르며 말했다.

"총독님, 총독님, 정의롭게 판단해주세요! 이 땅에서 정의를 못 찾으면 하늘나라에 가서라도 정의를 찾겠어요! 제가 진심으로 존경하옵는 총독님, 이 나쁜 사람이 저 들판 한가운데서 나를 붙잡더니 마치 씻지 않은 더러운 걸레처럼 제 몸을 농간했습니다요. 이년이 복도 없지! 이십삼년 동안을 지켜온 순결을 이 사람이 앗아갔어요. 외국인이건 내국인이건 무어족이건 기독교인이건 모두를 피하고 방어하며 상수리나무처럼 꿋꿋하게, 불 속에서는 두꺼비나 불의 신처럼, 가시덩굴 사이에선 양털처럼 온전하게 지켜왔는데 이 알량한 남자가 이제 와서 그 깨끗한 손으로 저를 주무르게 하려고 그랬던 것밖에 아니네요."

"아직 그 문제는 연구해봐야 되겠네요, 이 총각의 손이 깨끗한지 아닌지는요." 싼초가 말했다.

그러고 나서 싼초는 그 남자에게 고개를 돌려 저 여자의 고발에 대해 대응할 말이 있는지 물었다. 그 사나이는 정신이 몽땅 나간 듯 이렇게 대답했다.

"여러 어르신네들, 저는 돼지를 사육하는 불쌍한 목축업자이옵니다. 그리고 오늘 아침 이 고장에, 죄송한 말이지만 똥돼지 네마리를 팔려고 왔습죠. 그걸 팔면서 이 세금 저 세금 다 떼고 나니 거의 돼지값이 다 나갔더라구요. 저는 고향으로 돌아오다가 길에서 우연히 이 알량한 여자를 만나게 되었습죠. 재수가 없으려면 귀신

에 홀려서 사고를 친다고, 어쩌다 우리는 잠자리를 함께하게 되었
지요. 저는 그녀에게 돈을 충분히 주었는데 그녀가 불만을 품고 제
손을 잡은 채 여기 이 장소에 데려올 때까지 저를 놓지 않습니다
요. 이 여자는 제가 자기를 강간했다고 하는데요, 맹세코, 아니, 맹
세라도 하라면 하겠지만, 그건 거짓말입니다. 이것이 눈곱만큼도
틀리지 않은 진실 그대로입니다."

　그러자 총독은 그에게 현금으로 지니고 있는 돈이 좀 있느냐고
묻고, 그가 가슴에 품고 있는 가죽 주머니에 금화 20두까토 정도를
갖고 있다고 하자 주머니를 꺼내라고 명령하고는 있는 그대로 고
발한 여자에게 다 주라고 했다. 그는 벌벌 떨면서 명령을 따랐고,
여자는 그 돈을 받더니 모두에게 수천번 절한 뒤 궁핍한 고아나 처
녀를 이렇게 보살펴주시는 총독 나리의 만수무강을 하느님께 빈다
면서 재판정을 빠져나갔다, 비록 그보다 먼저 그 안에 든 돈이 은
화인지 아닌지 살펴보았지만 말이다. 어쨌든 그녀는 양손으로 주
머니를 꼭 쥐고 나갔다.

　그녀가 나가자마자 싼초가 그 목축업자에게 말했는데, 그는 눈
물을 펑펑 흘리며 눈이며 가슴은 그 주머니를 따라 금방이라도 달
려갈 태세였다.

　"여보게, 저 여자를 쫓아가게나. 주지 않으려고 하겠지만 그 주
머니를 빼앗게. 그런 다음 그것을 가지고 이리 돌아와."

　그 말은 귀머거리에게 한 소리도, 바보에게 한 말도 아니었으니,
그는 번개처럼 그 자리를 떠나 명령받은 것을 이행하러 갔다. 거기
있던 모든 사람이 긴장을 하고 이 소송 사건이 어떻게 끝날지 기다
렸다. 그로부터 얼마 지나지 않아 그 남자와 여자가 돌아왔는데, 두
사람은 처음보다 더 꽁꽁 얽히고설킨 채 붙어 있었다. 그녀는 치마

를 올리고 치맛자락을 접어 가죽 주머니를 부둥켜안고 있었고, 그 남자는 주머니를 빼앗으려고 안간힘을 다했으나 여자가 안 주려고 버티는 한 불가능했다. 여자가 소리소리 지르며 말했다.

"세상에 하느님도 무심하시지, 정의요, 정의! 나리, 이것 좀 보세요. 총독 나리, 이 양심도 없는 녀석의 세상 무서운 줄 모르는 철면피한 짓 좀 보세요. 사람 사는 동네 한가운데서, 길거리 한가운데서 나리가 주라고 하신 주머니를 제게서 빼앗으려 했다니까요."

"그대에게서 그걸 빼앗았는가?" 총독이 물었다.

"어떻게 빼앗아요?" 여자가 다그치며 물었다. "주머니를 빼앗기느니 차라리 제 목숨을 빼앗으라고 하시지, 어림 반푼어치도 없는 소리 마요! 저런 재수없고 구역질 나는 놈과는 좀 다른 사나운 고양이라도 내게 한번 붙어보라고 하시지! 부지깽이건 망치건 몽둥이건 나무 파는 끌이건 다 갖고 덤벼도 내 이 손톱이나 사자 발톱에서 주머니를 빼앗기는 어려울걸, 차라리 육신 한가운데 깊이 숨어 있는 혼을 빼가라지."

"저 여자 말이 맞아요." 남자가 말했다. "저는 힘이 없어 굴복하겠습니다요. 솔직히 고백하자면 제 힘으로는 저 여자에게서 주머니를 빼앗을 수 없으니 포기하겠습니다요."

그러자 그때 총독이 여인에게 말했다.

"용감하고 정숙한 여인아, 그 주머니 좀 보자꾸나."

그녀는 곧 주머니를 그에게 주었고 총독은 그 남자에게 주머니를 되돌려주었다. 그리고 강간을 당했다고 하기에는 너무 강력한 여인에게 말했다.

"이 여인아, 이 주머니를 빼앗기지 않으려고 보여준 그와 같은 용기와 기운을 저 남자에게 보여주었다면, 아니 그대 몸을 지키려고 그 절반의 힘만 보여주었어도 헤라클레스 힘이라도 자네를 제압하지 못했을 걸세. 잘 가게나, 정말 죄받을 것이네. 이 섬 어디에도 머물러서는 안되며, 이 주변 빙 둘러서 다섯마장 안에 들어오면 그 벌로 곧장 이백대를 칠 것이네. 내 명령하노니, 즉시 떠나게, 이 철면피한 사기꾼 아가씨야!"

여자는 깜짝 놀라 고개를 숙이고 대단히 울적해하며 떠났다. 그러자 총독은 그 남자에게 말했다.

"이 사람, 자네 그 돈 가지고 고향으로 잘 돌아가게나. 그리고 앞으로는 그 돈 잃고 싶지 않으면 아무하고나 잠자리를 함께할 생각이 일어나지 않도록 하게."

그 사나이는 정신없이 감사하다는 인사를 하고 떠나갔다. 주변에 있던 사람들은 다시 한번 새 총독의 현명한 판단과 선고에 감탄했다. 쌘초의 실록 기록자는 이 모든 것을 관찰해서 대단한 호기심을 가지고 소식을 기다리고 있는 공작에게 즉시 보고했다.

여기서 착한 쌘초님은 머물러 계시게 하지요. 쌘초의 주인님께서 알띠시도라 아씨의 음악 때문에 온통 가슴 설레며 아주 바삐 우리를 부르고 계시니까요.

46장

사랑에 빠진 알띠시도라와의 연애과정에서
돈 끼호떼가 받은 놀랍고 무서운 고양이들과
그 방울 소리에 대하여

사랑에 빠진 알띠시도라의 음악을 듣고 여러가지 생각에 잠긴 위대한 돈 끼호떼를 두고 우리는 다른 이야기로 돌아갔었다. 돈 끼호떼는 그런 생각을 안고 잠자리에 들었으나 이런저런 생각이 마치 벼룩처럼 그를 한순간도 가만 내버려두지 않았고 잠도 자지 못하게 했다. 그리고 그런 생각에 양말 문제 때문에 괴로운 몫까지 겹쳐 잠을 이룰 수 없었다. 그러나 세월은 가벼이 빨리 지나가고 세월을 멈출 벼랑은 없는지라 기사에게도 시간은 달음박질치듯 지나가 아주 빨리 아침이 왔다. 아침이 오는 걸 보고 돈 끼호떼는 보드라운 깃털 이불을 들치고 일어나 전혀 게으름 부리지 않고 영양 가죽으로 된 그의 옷을 입었다. 지난밤 일어난 양말의 불행한 모습을 감추려고 구두 대신 장화를 신었고, 위에는 주홍색 망또를 걸치고 머리에는 은색 레이스를 두른 파란 융단 모자를 썼다. 어깨에는 아주 잘 드는 좋은 칼 하나를 넣은 검대를 걸치고, 계속 몸에 지니고 다니던 커다란 염주 하나를 손에 쥐고는 대단히 우쭐대고 으스대는 모습으로 응접실에 들어섰다. 공작과 공작 부인은 옷을 다 입고 그를 기다리고 있었다. 그가 복도를 지나갈 때 일부러 나와서 기다리고 있던 알띠시도라와 그녀의 친구인 다른 시녀를 만났는데, 알띠시도라는 돈 끼호떼를 보자마자 거짓으로 기절하는 척했고, 친구는 알띠시도라를 치마폭에 받아 아주 급하게 가슴을 풀어헤치려 했다. 이를 본 돈 끼호떼가 그 여자들에게 다가가 말했다.

"나는 무엇 때문에 이런 사고가 났는지 이미 알고 있습니다."

"저는 무엇 때문인지 모르겠는데요." 그 여자의 친구가 말했다. "알띠시도라는 이 집에서 가장 건강한 처녀이고 제가 이 사람을 알고 난 뒤 아프다는 소리를 한번도 들어본 적이 없거든요. 세상의 방랑기사라는 분들이 모두 다 그렇게 매정하다면 모두 죄받을 거예요. 돈 끼호떼 나리, 나리는 가시라고요. 나리께서 여기 계시는 동안은 이 불쌍한 아이가 깨어나지 못할 테니까요."

그 말에 돈 끼호떼가 대답했다.

"아가씨, 부탁하오만 오늘 밤 내 방에 기타나 라우드 하나만 갖다놓으라고 하시구려.[1] 상처받은 이 아가씨를 위해 내 최선을 다해 위로해드리고 싶소이다. 사랑의 원칙에 따르면 이루지 못할 사랑은 되도록이면 빨리 꿈을 깨는 게 그래도 좋은 처방일 수 있지요."

이렇게 말하고 자리를 떴는데 거기에서 그를 본 사람들이 눈치채지 않도록 하기 위함이었다. 그가 멀어져가자 기절해 있던 알띠시도라가 정신을 차리고 그녀의 동료에게 말했다.

---

1 '라우드'(laúd)는 만돌린 비슷한 악기이다. 뒤에 나오는 '비우엘라'(vihuela)는 기타의 할아버지뻘인데, 이 두 악기는 나중에 기타에 밀려 연주되지 않게 되었다. 지금 우리에게는 기타 정도로 옮겨야 이해하기 쉬울 듯해 이렇게 번역했다.

"그 기타나 라우드 하나를 갖다놓는 게 필요하겠어. 틀림없이 돈 끼호떼께서 우리에게 음악을 들려주시려고 하나봐. 그분 노래니까 나쁘진 않겠지."

여자들은 곧바로 공작 부인에게 일이 되어가는 상황을 보고하고 돈 끼호떼가 요청하는 기타나 라우드 이야기를 전했다. 부인은 아주 기뻐하며 공작, 시녀들과 모의를 했다. 그건 이번엔 상처를 주기보다는 정말 웃기는 장난을 치자는 계획을 세웠고, 그들은 대단히 만족해서 밤이 오기를 기다렸다. 낮이 빨리 지나갔듯이 밤도 빨리 다가왔다. 공작 부부는 낮에 돈 끼호떼와 재미있는 이야기를 나누며 지냈다. 공작 부인은 그날 진짜 자기 하인 하나를, 밀림에 있을 때 마법에 걸린 둘시네아 역할을 한 그 하인인데, 떼레사 빤사에게 보내면서 남편인 쌴초 빤사의 편지와 그녀에게 보내달라고 남겨둔 옷 꾸러미를 가지고 가라 했다. 또한 그녀와 나눈 모든 말과 이야기를 잘 기억해오라고 시켰다.

이렇게 보낸 뒤 밤 11시가 되자 돈 끼호떼는 자기 방에서 기타인지 비우엘라인지 악기 하나를 발견하고는 악기 줄을 맞추고 창문을 열었다. 정원에서 사람들이 걸어다니는 게 느껴졌다. 그는 비우엘라 줄의 굄목들을 어루만져본 뒤 아는 대로 최선을 다해 조율을 하고는 침을 뱉고 가슴을 맑게 한 다음 음색은 고우나 약간 쉰 소리로 노래를 시작했다. 그 자신이 그날 지은 로만세였다.

사랑의 힘은 때때로 사람의
마음을 어지럽게 한다네요
생각없는 한가한 마음을
때때로 도구로 삼고요.

바느질하고 수놓는 일
항상 바쁘게 일에 빠져 있으면
흔히 사랑에 대한 열망 같은
독을 예방하련만

결혼하기를 열심히 바라며
숨어서 사는 처녀들에게는
정숙이 가장 큰 결혼 지참금
칭찬해 마지않는 소리.

방랑기사들이나 궁중에
있는 사람들은 자유분방한 여자들과는
희롱질이나 하고, 결혼은
정숙한 여자들과 하지.

새로 만난 손님들 사이에는
해 뜰 녘의 사랑이라는 게 있지
빨리 해 질 녘에 다다르니
떠나면서 다 끝나니까.

금방 이루어진 사랑은
오늘 왔다가 내일 떠나가니
마음에 깊이깊이 새겨진
기억도 영상이 남지 않아

그림 위에 그린 그림은
보이는 것도 없고 표시도 안 나고
첫번째 아름다움 있는 곳에
두번째는 쩍^{2}을 못 쓰지.

공정한 마음에서 솔직히 나는
마음속에 엘 또보소의 둘시네아를
그려놓고 살고 있나니
그 그림을 지우기는 불가능.

연인들 사이에는 꿋꿋한 마음이
가장 값진 것이요, 덕이지요
그 힘으로 사랑은 기적을 만들고
동시에 기적을 일으켜세우지요.

　　돈 끼호떼의 노래가 여기까지 이르렀을 때, 공작이며 공작 부인, 알띠시도라, 그리고 그 성의 거의 모든 사람이 그 노래를 듣고 있었는데, 갑자기 돈 끼호떼의 철창 위에 수직으로 놓여 있는 복도 위에서 밧줄 하나가 내려왔다. 그 밧줄에는 백개가 넘는 요란스러운 방울들이 묶여 있었고, 방울들 밑으로 고양이를 담은 커다란 자루가 쏟아져내렸다. 고양이들마다 꼬리에 작은 방울을 달고 있어서 방울이 내는 시끄러운 소리와 고양이 울음소리가 너무 컸다. 아

2 'baza'를 투전 노름의 한가지인 '쩍'으로 번역했다.

무리 그 장난을 만들어낸 공작 부부이지만 자신들도 너무 놀랐고, 돈 끼호떼는 겁에 질려 기절 상태였다. 재수가 없으려고 어쩌다 고양이 두세마리가 돈 끼호떼의 방 철창 안으로 타고 들어와서는 이리저리 돌아다니는 꼴이 마치 귀신들 한패가 방에서 돌아다니는 것 같았다. 고양이들은 방 안에서 타오르고 있던 촛불들을 꺼뜨리고는 도망갈 곳을 찾아 돌아다녔고, 커다란 방울이 달린 밧줄은 오르락내리락 쉼없이 움직였다. 성안에 있던 사람 대부분은 이 사건의 진실을 모르고 있었기 때문에 다들 놀라고 긴장했다.

돈 끼호떼는 벌떡 일어서서 손으로 칼을 뽑아들고 철창으로 칼을 휘두르면서 커다란 목소리로 소리를 질러댔다.

"꺼져라, 이 사악한 마법사들아! 꺼져, 이 마술사 망나니 새끼들아. 나는 라 만차의 돈 끼호떼니라. 내게는 그대들의 사악한 시도도 소용없고 힘도 쓰지 못하리라!"

그리고 방 안을 돌아다니는 고양이들을 돌아보고 수없이 칼질을 해댔다. 고양이들은 모두 철창으로 올라가 밖으로 달아났으나 돈 끼호떼의 칼질에 워낙 시달리던 한놈이 그의 얼굴로 뛰어들어 발톱과 이빨로 코를 붙잡았다. 그 냄새 때문에 돈 끼호떼는 있는 힘을 다해 크게 소리를 질렀고, 그 소리를 듣고 공작과 공작 부인은 상황이 어찌 되었을지 생각하며 재빨리 그의 방이 있는 곳으로 갔다. 집의 마스터키로 문을 열자 불쌍한 기사께서는 갖은 힘을 다해 얼굴에 붙은 고양이를 뜯어내려고 싸우고 있는 것을 보았다. 그들은 불을 들고 들어가 세상에 없는 그런 싸움을 보았고, 공작이 싸움을 말리려고 달려가자 돈 끼호떼가 소리소리 지르며 말했다.

"누구든 내게서 이놈을 떼어놓지 말라! 이 악마, 이 마귀, 이 마법사와 내가 일대일로 붙으리라. 내가 누구임을 이놈에게 알려주고 라 만차의 돈 끼호떼가 누구임을 보여주리라!"

　그러나 고양이는 이런 위협에도 아랑곳하지 않고 으르렁대며 두 발을 더욱 조이는 바람에 결국 공작이 그에게서 고양이를 떼내어 철창 너머로 던져버렸다.

　돈 끼호떼의 얼굴은 상처투성이가 되고 코도 온전한 데가 거의 없었으나 막상 돈 끼호떼는 그 망나니 마법사와 잘 어울리는 한판 싸움을 제대로 끝내지 못한 게 못내 아쉽고 정말 속상했다. 공작은 아빠리시오 유약[3]을 가져오게 했고, 알띠시도라 아씨는 손수 그 새하얀 손으로 상처난 모든 부분에 붕대를 감아주면서 낮은 목소리로 그에게 말했다.

　"이 무정한 기사 양반, 이 모든 사고와 불행이 나리의 고집과 냉혹함 때문에 일어났지요. 그대의 하인 싼초가, 제발 그랬으면 하지만, 그 매 맞는 걸 잊어버리기나 한다면 그대가 그토록 사랑하는 둘시네아는 마법에서 풀려나지도 못하고 그대는 그녀와 사랑을 즐기거나 잠자리를 함께하지 못하겠네요, 적어도 그대를 사랑하는 제가 보기에는요."

　이 모든 이야기를 듣고 돈 끼호떼는 별다른 대답 없이 깊은 한숨만 내쉬고는 침상에 누웠다. 그리고 공작 부부의 은혜에 감사를 드렸는데, 그것은 방울 소리 시끄럽고 고양이 새끼들 같은 마법사 놈이 두려워서가 아니라 그들이 좋은 마음으로 자기를 구하러 온 뜻을 알았기 때문이다. 공작 부부도 그를 조용히 내버려두었고, 그 장난이 나쁜 사고로 끝난 것을 마음 아파하며 나갔으나 돈 끼호떼에게 그 모험이 그토록 힘들고 괴로웠으리라고는 생각지 않았다. 돈

─────────────────────

3 16세기 아빠리시오(Aparicio de Zubia)가 발명한 상처 치료약으로, 무척 비싸서 '아빠리시오 유약처럼 비싼'이라는 말이 유행할 정도였다 한다.

끼호떼는 닷새 동안 내내 방에 파묻혀 침대에 누워 있었는데, 그러
는 동안 저번보다 더 재미있는 일이 벌어졌다. 그 이야기는 작가가
지금 이야기하고 싶지 않단다.

정부 일로 아주 열심히 정말 재미있게 지내고 있는 싼초 빤사를
만나러 가야 하기 때문이다.

47장

싼초 빤사가 총독으로서
어떻게 처신했는지를 계속해서 이야기하다

역사 이야기에 따르면 사람들은 재판정에서 싼초 빤사를 화려한 궁전으로 모셔갔는데, 그곳의 한 커다란 쌀롱에는 왕의 식탁같이 엄청나게 깨끗한 식탁이 놓여 있었다. 싼초가 쌀롱에 들어서자마자 치리미아 피리 소리가 나면서 하인 네명이 손 씻을 물을 가져왔다. 싼초는 아주 점잖게 그 물을 받았다.

음악이 끝나고 싼초는 식탁 상석에 앉았는데 그 자리 말고는 앉을 자리도 없었고 칼과 포크도 식탁 다른 데는 없었기 때문이다. 그의 옆에 한 인물이 서 있었는데 나중에 보니 의사인 모양으로 손에 고래뼈로 만든 막대 하나를 들고 있었다. 과일과 갖가지 맛있는 음식을 덮어둔 대단히 아름다운 하얀 수건이 걷히고 학생처럼 보이는 사람 하나가 축복을 했다. 하인 하나가 싼초에게 턱받이 냅킨을 걸어주었고, 주방장 직책을 맡은 한 사람이 앞에다 과일 한 접시를 갖다놓았다. 그러나 한입 맛을 보자마자 막대를 든 의사가 그 막대로 접시를 가리켰고, 그러자 대단히 신속하게 그 앞에서 과일 접시가 치워졌다. 주방장은 다른 맛있는 음식 접시 하나를 가져왔고, 싼초는 음식 맛이 어떤지 좀 먹어보고 싶어 접시에 다가가 맛보려 했으나 그전에 막대가 접시를 가리켰다. 그러자 한 하인이 아까의 과일 접시처럼 아주 재빨리 접시를 들어올렸다. 싼초는 그것을 보고 기가 막혀 모두를 둘러보고 그 음식을 먹으려면 무슨 요술 같은 걸 부려야 하느냐고 물었다. 그 말에 막대를 든 의사가 말했다.

"총독님, 그렇게 드셔서는 안됩니다. 총독을 모시는 다른 모든 섬에서 하는 예식과 관행을 따라야지요. 나리, 저는 의사고요, 섬 총독님들 건강을 보살피는 일을 하려고 이 섬에 급료를 받고 와 있사옵니다. 혹시 병들어 쓰러지시면 제대로 잘 치료할 수 있도록 밤낮없이 연구하고 총독님의 체질과 안색을 살피며 제 건강보다도 총독님의 건강을 더 신경 쓰고 있습니다. 제가 주로 하는 일은 나리의 점심과 저녁을 책임지는 것인데, 제가 생각해서 나리 몸에 좋다고 판단하면 잡수시게 하고 소화하기 어렵거나 유해하리라고 짐작되는 것들은 못 드시게 하지요. 그래서 과일 접시를 치우게 했으니, 과일은 지나치게 물기가 많고 습하거든요. 그리고 다른 음식 접시도 치우게 한 것은 그것이 지나치게 뜨겁고 향신료가 많이 들어 있어 갈증을 증폭하는 음식이었기 때문입니다. 그리고 많이 마시면 생명의 근원이 되는 정기와 점액[1]을 소진시켜 죽이지요."

"그렇다면 저기 잘 구워진 꿩고기 요리는 아주 맛있어 보이는데,

---

1 여기에는 우리의 사상의학에 가까운 '뜨거운 음식' '찬 음식' '습한 음식' 등이 나온다. 역자가 '정기와 점액'이라고 번역한 것의 원문은 'el húmedo radical'(근본적 습기)로, 끌레멘신에 따르면 '종전 의사들은 인체의 어떤 현묘하고 향기로운 점액을 이렇게 불렀다. 그것은 신체조직을 이루는 섬유질에 활력과 부드러움을 주는 것'이라고 한다.

저건 내게 해가 되지 않겠지요."

그 말에 의사가 대답했다.

"제게 생명이 붙어 있는 동안은 저것도 총독 나리께서 잡수셔서는 안됩니다."

"그건 또 왜?" 싼초가 말했다.

그러자 의사가 대답했다.

"왜냐하면 우리 의학의 빛이요, 지표인 히포크라테스 선생께서 금언의 하나로 말씀하시기를 '포식은 금물이며 꿩고기는 최악이니라'라고 하셨기 때문입니다. 이 말은 '배 터지게 많이 먹는 것은 나쁘며 더욱이 꿩고기를 배 터지게 먹는 것은 가장 나쁘다'²는 뜻이지요."

"그게 그렇다면 이 식탁에 있는 많은 음식 중 어떤 게 몸에 더 이롭고 어떤 게 해가 덜 가는지 의사님께서 봐주시지요. 그렇게 해서 식탁에서 날 몰아내지 말고 뭐 좀 먹게 해주시오, 배고파 죽겠소이다. 먹을 것을 먹지 못하게 하는 것이야말로, 의사님께서는 섭섭하겠지만, 의사가 더이상 뭐라 해도 내 수명을 더 늘려준다기보다 오히려 내 목숨을 끊는 일이 될 거요."

"말씀이 맞소이다, 총독님." 의사가 대답했다. "그래서 제 소견으로는 저기 있는 저 토끼는 털이 길고 뾰족뾰족한 음식이니 나리께서 잡수셔서는 안된다고 봅니다. 저 쇠고기를 굽지 않고 양념만 되어 있다면 그나마 맛볼 수 있겠지만 이젠 그럴 필요도 없지요."

그러자 싼초가 말했다.

---

2 의사가 제멋대로 히포크라테스의 말도 아닌 그냥 서민들이 주워섬기는 문자를 우스꽝스럽게 인용하고 있다. 사람들이 흔히 하는 말은 '꿩'이 아니라 '빵은 더욱 나쁘다'(panis autem pessima)이다.

"저기 그 앞에 김이 모락모락 나는 큰 요리 접시는 내가 보기엔 잡탕고기 요리 같은데, 염소고기, 닭고기 등 다양한 것들이 잡탕고기 요리에는 들어 있는 법이라 내가 꼭 맛을 좀 봐야겠는데요, 혹시 내 입맛에 맞고 이로운 게 하나쯤은 걸릴지도 모르니까."

"절대 접근 금지!" 의사가 말했다. "그런 나쁜 생각일랑 떨쳐버리고 절대 가까이하지 마십시오. 세상에 잡탕고기 요리만큼 건강에 나쁜 음식은 없습니다. 그런 잡탕고기 요리는 법사 신부들이나 대학교 총장님들, 그리고 농사꾼 놈들 결혼식에서나 처먹으라고들 하지요. 정성과 우아함이 깃들어야 할 우리 총독님들 식탁에는 오를 생각은 말고요. 그 이유는 누구든 잡탕 조제약보다는 단순한 약을 더 선호하기 때문인데 단순한 약이야 실수가 있을 수 없지만 합성 조제약엔 실수가 생길 수 있지요. 합성된 약의 양을 바꾸기도 하면서요. 총독님이 건강을 유지하고 기운을 돋우시기 위해 꼭 드셔야 할 거라면 다름 아니라 그건 두루마리 구운 과자 백개와 배속을 편하게 하고 소화를 도와줄 얇게 자른 마르멜로 과자 조각 몇 개면 됩니다."

이 말을 듣고 싼초는 의자 등받이에 몸을 기댄 채 찬찬히 그 의사라는 작자를 쳐다보고는 길고 점잖은 목소리로 이름이 무엇이며 어디서 공부했느냐고 물었다. 그 말에 그가 대답했다.

"총독님, 제 이름은 뻬드로 레시오 데 아구에로 박사이고요, 까라꾸엘과 알모도바르 델 깜뽀 사이 오른쪽에 있는 띠르떼아푸에라라고 하는 고장 태생입니다. 그리고 박사학위는 오수나 대학교[3]에서 받았습니다."

---

3 세르반떼스는 이 지방 대학인 '오수나 대학교'를 늘 조롱하곤 한다. 이 대학교에는 의과대학이 없었던 걸로 알려져 있다.

이에 싼초는 몹시 격노하여 얼굴이 온통 벌게져 말했다.

"좋습니다, 그렇다면, 재수없는 뻬드로 레시오 데 아구에로 박사님, 까라꾸엘에서 알모도바르 델 깜뽀로 가자면 오른쪽에 자리한 띠르떼아푸에라 태생이시고, 오수나 대학을 졸업하신 분께서는 즉시 내 앞에서 꺼지세요. 그러지 않으면 정말이지, 몽둥이를 들고 당신부터 시작해서 온 섬에 의사라고는 하나도 남김없이 모두 몽둥이찜질을 할 테니까. 적어도 무식하다고 생각되는 저런 놈들은 없어져야지, 덕망있고 사려 깊은 현명한 의사님들은 내 머리 위에 모시고 성인으로서 존경하겠지만 말이오. 다시 말하지만 여기서 당장 뻬드로 레시오는 떠나라고 하시오. 그러지 않으면 지금 내가 앉아 있는 이 의자를 들어 대갈통을 박살내버릴 테니까. 저 사람에게 정식 공문을 내라고 하세요, 난 나라를 죽이는 악당 의사 하나를 죽인 것으로 하느님께 봉사했다고 변호하리다. 나에게 먹을 것 좀 주시오. 통치고 뭐고 자기 주인에게 먹을 것도 안 주는 직책이나 정부는 서푼어치 가치도 없어."

총독이 그토록 분통을 터뜨리자 의사는 너무나 놀라 쌀롱에서 그대로 뺑소니를 치려 했는데 바로 그때 거리에서 우편배달부의 나팔 소리가 들려왔다. 주방장이 창문으로 밖을 내다본 뒤 돌아와서 말했다.

"우리 주인이신 공작님께서 편지가 왔습니다. 무슨 중요한 사무 편지를 보내신 것 같습니다."

배달부가 놀란 표정으로 땀을 삘삘 흘리며 들어서서 가슴에서 편지 한장을 꺼내 총독의 손에 주었고 싼초는 종이를 상급 하인의 손에 쥐여주면서 그 봉투를 읽어보라고 명령했다. 거기엔 이렇게 쓰여 있었다. '바라따리아 섬의 총독 돈 싼초 빤사에게, 그에게 직접 또는 비서의 손에 전달하기 바람.' 그렇게 읽어대는 것을 듣고 쌴초가 말했다.

"여기 누가 내 비서인고?"

그러자 그 자리에 있던 한 사람이 대답했다.

"접니다, 나리. 저는 글을 읽을 줄도 알고 쓸 줄도 아니까요, 게다가 고향은 비스까야⁴입니다."

"그렇게 사설까지 붙여 말하는 걸 보니 세상 모든 황제의 비서라도 될 자격이 있겠구먼. 그 편지를 열고 뭐라 쓰여 있는지 보게나."

갑자기 만들어진 그 비서가 명령에 따라 쓰인 것을 읽더니 이것은 단둘이서 말해야 할 일이라고 말했다. 쌴초는 사람들은 방에서 모두 나가고 상급 하인과 주방장만 남으라고 했다. 다른 사람들과 의사가 밖으로 나가자 비서는 바로 편지를 읽었는데 이러했다.

내게 들어온 정보에 따르면, 돈 쌴초 빤사 나리, 그대의 적이자 그 섬의 적 몇명이 언제인지는 나도 모르지만 어쨌든 밤에 그 섬을 맹렬히 공격할 거라는 겁니다. 준비도 없이 예상치 않은 공격을 받지 않으려면 보초를 세우고 비상경계를 갖추는 게 좋겠습니다. 또 나의 진실한 첩자를 통해 알아낸 바로는 그곳에 위장을 한 남자 넷이 그대의 지혜를 두려워하여 그대의 생명을 노리고 들어갔다 합니다. 눈을 똑바로 뜨고 누가 그대에게 말을 걸려고 다가갈 때 주의하십시오. 그리고 사람들이 선물로 가져오는 게 있으면 아무것도 먹지 마십시오. 나도

---

4 비스까야 출신은 에스빠냐어가 아닌 바스끄어를 쓰는 지방 사람들로, 바스끄 사람들은 엉터리 에스빠냐어를 하기로 유명했다. 세르반떼스가 비서를 이렇게 표현한 데는 비웃음의 의도가 엿보인다.

그대가 고난에 처하면 그대를 구하려고 노력하겠습니다. 그대의 지혜를 믿으니 모든 깃을 잘 처리하소서. 이곳으로부터, 8월 16일 오전 4시에.

그대의 친구 공작.

쌴초는 어리둥절 아연실색했고 주변 사람들도 다 그런 것 같았다. 쌴초는 상급 하인에게 고개를 돌리고 말을 했다.

"시방 해야 할 일은, 그것도 지금 즉시 시행해야 할 일은 레시오 박사를 감방에 집어넣는 일이오. 여기서 나를 죽이려고 하는 사람이 있다면, 그것도 굶겨 죽이는 것처럼 고통을 주면서 서서히 가장 나쁜 방법으로 죽이려고 하는 자가 있다면 바로 그자이기 때문이오."

이어 주방장이 말했다. "그리고 또 하나 제 생각에는 나리께서 이 식탁 위에 있는 것은 하나도 잡수셔서는 안될 것 같습니다. 왜냐하면 이것들은 수녀 몇분이 선물로 가져온 것이거든요. 사람들이 늘 말하듯이 십자가 뒤에 악마가 도사리고 있다 하니까요."

"물론 나도 그걸 부정하지는 않소. 빵 한 조각과 포도 4파운드 정도만 가져다주시오, 포도에 독약은 넣을 수 없을 테니까. 사실 나는 밥을 안 먹고 지내지는 못하는 사람이오. 우리를 위협하는 이 전쟁에 대비하기 위해서도 건강을 잘 유지하는 게 필요하오. 배가 불러야 마음이 내키지 마음이 내켜야 배가 부른 것은 아니니까. 자네, 비서께서는 우리 주인이신 공작께 답장을 쓰고 명령하신 그대로 한점 소홀함 없이 모두 이행하겠다고 말씀드리게. 그리고 우리 주인마님이신 공작 부인께도 내 편에서 안부 전한다고 전하고, 부디 간청하건대 사신을 보내 내 편지와 옷 보따리를 내 안사람 떼

레사 빤사에게 전하는 것을 잊지 마시라고 쓰고 그렇게 해주시면
큰 은혜로 생각하고 내 힘이 닿는 데까지 온갖 정성을 다해 그녀에
게 편지를 쓰려고 노력하겠다고 하게.[5] 말이 나온 김에 나의 어르신
라 만차의 돈 끼호떼에게도 안부를 전해올리게, 그래야 내가 감사
할 줄 아는 좋은 놈이라는 걸 보여드릴 수 있지. 자네도 착한 비서
로서, 그리고 또 정직한 비스까야 사람으로서 무엇이든 마음 내키
는 대로 더 좋은 말이 할 게 있으면 거기에 덧붙이게. 그리고 그 식
탁보들을 치우고, 내게 먹을 것을 좀 주게. 첩자나 살인마, 마법사
들이 나와 내 섬에 얼마든지 쳐들어와도 내가 알아서 대적할 테니
까."

이때 하인이 들어와서 말했다.

"지금 이곳에 사업을 하는 농군 하나가 와서, 대단히 중요한 사
업에 대해 나리께 상의를 드리고 싶다 합니다."

"이건 이상한 경우로다." 싼초가 말했다. "사업하는 사람들 말
이야. 이 사람들이 지금 같은 이런 시각에 사업 이야기를 하겠다니
지금 그럴 때가 아니라는 걸 모를 만큼 세상에 그렇게 바보 천치들
일 수 있어? 통치를 하는 우리나 재판을 하는 우리를 혹시 살과 뼈
를 가진 사람으로 보지 않는 것은 아닌가? 우리도 피로하고 필요하
면 쉬는 게 중요하다는 것을 알아야지, 우리가 대리석으로 만든 사
람이기를 원하는 거야? 하느님과 내 양심을 걸고 맹세하지만, 내
통치가 오래가면, 예상해보기엔 오래갈 것 같지도 않지만, 사업가

---

5 논란이 많은 구절이다. 원문에는 'tendré cuidado de escribirla'로 되어 있는데, 이
것은 싼초가 공작 부인의 기대에 부응하고자 앞으로 글을 배워 직접 편지를 올
리겠다는 뜻으로 읽을 수 있다. 지금은 너무 배가 고파서 더이상 편지를 부를 기
력도 없으니 다음에 힘이 나면 쓰지 않겠는가.

한 사람 이상은 내가 허리춤을 잡고 책임과 양심을 물을 거야. 이
제 그 알량한 사람에게 들어오라고 하게. 하지만 먼저 첩자나 나를
죽이러 온 사람은 아닌지 주의해서 살펴봐야 하겠지."

"아닙니다요, 나리." 하인이 말했다. "착하디착한 사람 같아 보
이는뎁쇼, 제가 잘 몰라서 그런지는 몰라도 좋은 빵처럼 착하고 선
량한 사람 같네요."

"두려워할 것 없습니다." 상급 하인이 대답했다. "우리가 여기
모두 있으니까요."

"혹시 말일세." 싼초가 말했다. "주방장, 지금 여기 의사 뻬드로
레시오 박사가 없으니, 나 뭐 좀 실속있고 큼직한 것으로 약간만
먹을 수 없을까, 빵 한 조각과 양파 하나라도 좋으니……"

"오늘 밤 저녁식사 때는 못 드신 것을 충분히 드릴 겁니다. 나리
는 그동안 허기진 것에 대한 보상을 받고 만족하실 겁니다." 주방
장이 말했다.

"제발 그리 좀 해주면 좋겠구먼." 싼초가 대답했다.

이때 농군이 들어왔는데, 대단히 잘생겼고 수천리 밖에서 보아
도 그냥 착하고 선량한 사람이라는 느낌이 들 얼굴이었다. 처음 한
말은 이러했다.

"여기 누가 총독님이신가요?"

비서가 대답했다. "누구겠나? 의자에 앉아 계신 분이시지."

"불초소생, 나리 앞에 삼가 인사드리옵니다." 농군이 말했다.

그는 무릎을 꿇고 인사로 손에 키스를 하겠다고 요청했으나 싼
초는 손을 주는 것을 거절한 뒤 일어나서 원하는 것을 말해보라고
했다. 농군은 그 말에 따랐고 곧이어 말을 했다.

"나리, 저는 농군으로 시우다드 레알에서 두마장 떨어진 곳에 있

는 미겔 뚜라 출신입니다."

"촌양반 한 사람이 여기 또 계시구먼!" 싼초가 말했다. "이 사람, 말해보게나, 내가 말하고 싶은 것은 내가 미겔 뚜라를 아주 잘 안다는 거네, 우리 고향에서 그리 멀리 떨어져 있지 않지."

"사실은 말입니다요, 나리." 농군이 말했다. "저는 하느님의 자비로 성스러운 로마 가톨릭교회에서 편안히 결혼한 사람이고, 학생인 자식이 둘 있지요. 작은애는 고등학생이고, 큰애는 대학에서 석사과정을 밟고 있습니다. 제 아내는 죽었고, 그래서 홀아비입니다. 더 정확히 말씀드리자면, 임신을 했는데 한 나쁜 의사가 하제下劑를 써서 아내를 죽였지요. 만일 하느님 덕분에 출산이 잘되어 남자아이가 태어났다면 박사가 되게 공부를 시켰겠지요, 학사고 석사인 자기 형들에게 시기심을 갖지 않도록 말이지요."

싼초가 말했다. "그러니까 만일 그대 아내가 죽지 않았다면, 아니 아내가 죽임을 당하지 않았다면 그대가 지금 홀아비가 아닐 거라는 말이구먼."

"물론 아니었겠지요, 나리." 농부가 대답했다.

"큰일이구먼!" 싼초가 말을 받았다. "계속해보게, 이 사람아, 사업 이야기를 하기보다는 잠을 자야 할 시간이지만 말이야."

"그러니까 학사가 되려고 했던 제 자식이 같은 동네에 아주 부자인 농군 안드레스 뻬를레리노의 딸, 끌라라 뻬를레리나라는 처녀에게 반한 겁니다. 그런데 이 '뻬를레린'이라는 성씨는 무슨 혈통이나 조상에게서 물려받은 게 아니라 이 가문의 모든 사람이 전부 '뻬를라시스'라는 중풍을 앓기 때문에 붙은 이름이지요. 이 이름을 좀 좋게 들리게 하려고 뻬를레린이라고 부르는 거고요. 사실을 말씀드리자면, 그 처녀는 동양의 진주 같은 소녀인데 오른쪽에서 보면 들의 꽃 같답니다. 왼쪽에서 보면 그리 예쁘지 않은 게 천연두에 걸려 눈이 빠져 왼쪽 눈이 없거든요. 게다가 얼굴에 커다란 보조개가 많은데 그녀를 사랑하는 사람들은 그것들이 보조개가 아니라 사랑하는 사람의 마음을 파묻은 무덤이라고까지 하지요. 그녀는 아주 깨끗한 처녀여서 얼굴을 더럽히지 않으려고 코가, 흔히 하는 말로 두 팔을 걷어붙이고 있어, 되도록이면 입에서 멀리 달아나려고 하는 모습이지요.[6] 그러나 어쨌든 극단적으로 좋아 보여요, 왜냐하면 입이 크니까 이빨과 어금니가 열이나 열둘 정도 빠지지만 않았다면 아주 잘생긴 여자 축에 낀다고 하거나 누구보다 더 예쁘다는 소리를 들었을 거고요. 입술에 대해서는 전 할 말이 없어요. 너무 가냘프고 섬세해서 그 입술을 실패에 감아 쓰면 그 입술로 고운 실타래를 만들 수 있을 거고요. 하지만 보통 사람들이 가지고 있는 입술 색깔과는 다른 색깔이어서 기적 같다는 생각이 들지요, 청색, 녹색, 가지색 벽옥 무늬를 띤 입술이니까요. 총독 나리, 제가 그녀의 얼굴 부분부분을 너무 자세하게 묘사하고 있다면 용서해주십시오. 어차피 결국 제 딸이 될 아가씨인지라 매우 사랑하고 있고 그리 나빠 보이지 않습니다."

"원하는 대로 다 묘사해봐요." 싼초가 말했다. "그 묘사를 재미있게 듣고 있으니 말이야. 내가 밥을 먹었다면 그대가 그리는 초상

---

6 이런 식의 얼굴 묘사는 전형적인 바로끄식 과장법이다. 께베도(Francisco de Quevedo)가 그 대표적인 작가인데, 그는 지독하게 가난한 사람을 묘사하면서, '수염은 옆에 사시는 입이 두려워서 항상 하얗게 질려 있었다'라고 하얀 수염을 비꼰다. 여기에서 묘사한 여자는 엄청난 들창코인 듯하다. '코가 (…) 두 팔을 걷어붙이고 있'다는 것은 위로 올라갔다는 뜻이다. 그런데 '입에서 멀리 달아나려고'는 정말 께베도식이다. 이런 전통에서 프란시스꼬 고야(Francisco Goya)의 괴물들이 나온다.

화가 내게 아주 좋은 후식이 되었을 텐데."

"그 후식으로 제가 이야기를 더 해드리지요." 농부가 대답했다. "어쨌든 때가 되면 무언가 할 수 있겠지요. 지금은 우리가 아무것도 아니지만…… 그러니까 제 말은, 나리, 그녀 몸의 우아함과 키를 묘사해드린다면 정말 놀라실 텐데 그게 불가능할 것 같아요. 그 이유는 그녀가 곱사처럼 쭈그리고는 무릎을 입에 대고 있기 때문이지요. 그래도 일단 일어서기만 하면 머리가 천장에 부딪칠 거예요. 그 아가씨는 벌써 우리 학사 아이에게 청혼의 손을 내밀고 싶었을 테지만 아가씨가 손이 오그라져 있어 손을 펼칠 수가 있어야지요. 어쨌든 길고 고랑이 파인 손톱을 보면 좋은 핏줄과 착한 심성이 보이기는 하지요."

"그럼 됐어요." 싼초가 말했다. "결론을 말해야지, 이 사람아. 이제 머리끝에서 발끝까지 다 묘사했는데, 지금 원하는 게 무언가? 말을 이리저리 빼거나 돌리거나 조각내거나 덧붙이지 말고 본론만 말하게."

"나리, 바라는 바는 나리께서 우리 사돈 될 사람에게 권고 편지를 하나 써주시는 은혜를 베풀어주셨으면 하는 겁니다. 편지에 청할 것은 부디 이 결혼을 꼭 성사시키도록 하라는 거지요. 왜냐하면 우리 두 집의 재산이나 부동산이 차이가 나는 것도 아니고, 사실을 말씀드리자면 우리 아들은 악마에 쓴 놈이라 하루에도 서너번씩 악령에 시달리지 않는 날이 없습니다. 한번은 불 속에 떨어져서 얼굴이 온통 양피지처럼 쭈글쭈글하게 되었고, 두 눈은 늘 샘물처럼 눈물이 솟아나지요. 하지만 천사 같은 성격이지요, 자기 몸에다 매질을 하고 자신에게 주먹질만 일삼지 않는다면 성스러운 복 받은 아이지요."

"달리 바라는 게 있나, 이 착한 사람아?" 싼초가 말을 받았다.

"있습죠." 농부가 말했다. "감히 말씀드리지 못하겠는데요, 하지만 어떻게 되든 이걸 제 가슴에 품고 혼자 썩힐 수는 없으니 말씀드리는데요, 제 부탁은, 나리, 나리께서 제게 제 학사 아들의 지참금으로 쓰도록, 말하자면 아이 집을 하나 이루도록 도와주는 뜻에서 금화 300두까도나 600두까도를 주셨으면 합니다. 아이들이 장인 장모의 쓸데없는 간섭에 연연하느니 스스로 자립해서 살아야 할 테니까요."

"혹시 더 바라는 게 없나 생각해보게나." 싼초가 말했다. "부끄러워하거나 창피해서 말하지 못할 이유는 없네."

"물론 없습니다." 농부가 대답했다.

이 말을 하자마자 총독이 벌떡 일어서더니 앉아 있던 의자를 붙들고 말했다.

"이런 제기랄, 이 못생기고 흉악한 촌양반아, 당장 내 눈앞에서 멀리 사라져 숨지 않으면 이 의자로 그냥 대갈통을 까부숴놓을 테다. 이놈! 이런 망나니 같은 개자식, 악마의 상판대기 그대로인 놈아, 지금 이 시간에 나에게 금화 600두까도를 청하러 와? 그런 돈이 지금 어디 있니, 이 지겨운 놈아? 설령 그 돈이 있다손 치더라도 내가 왜 너에게 그 돈을 주어야 하지? 이 머저리에다 약삭빠르고 웃기는 놈아. 미겔 뚜라 지방이 나와 무슨 상관이고 뻬를레린 가문이 나와 무슨 관계냐? 꺼져, 이놈아, 내 다시 말하지만, 당장 꺼지지 않으면 우리 주인 공작님의 목숨을 걸고 내가 말한 대로 하고 말테다! 너는 미겔 뚜라 출신이 아닐 거야. 어떤 약삭빠른 녀석이 지옥에서 너를 보내 나를 유혹하려고 한 거야. 이봐, 이 양심 없는 놈아, 내가 통치를 한 지 하루하고 반나절밖에 안되었는데 벌써 금화

600두까도를 가지고 있기를 바라는 거야?"

주방장이 농부에게 방에서 나가라고 눈짓을 보냈고 농부는 고개를 숙이고 그 말에 따랐으니 총독이 분노를 실행으로 옮길까 두려웠던 것 같았다. 그 망나니는 자기 일만 제일 잘할 줄 아는 위인이었다.

그러나 우리는 화가 난 싼초는 그만 놓아두고 더이상 싸움 없이 조용히 있으라고만 하자. 그리고 고양이에게 받은 상처를 치료받으며 얼굴을 붕대로 감고 있는 돈 끼호떼에게로 되돌아가자. 그 상처는 여드레가 가도 낫지 않았는데, 그러던 어느날 사건이 터졌다. 시데 아메떼는 이 역사 이야기가 다 그렇듯이 아무리 사소한 것이라도 정확하게 사실대로 이야기하리라 약속한다.

48장

공작 부인의 상급 시녀 도냐 로드리게스와
돈 끼호떼 사이에 일어난 사건, 그리고 기록에
남아 영원히 기억되어야 할 다른 사건들에 대하여

심하게 상처를 입고 붕대로 얼굴을 감싼 채 돈 끼호떼는 무척 우울하고 서글픈 심정으로 있었으니, 방랑기사에게는 있을 수 없는 불행으로, 하느님의 손에 의한 흔적이 아니라 고양이 발톱에 긁힌 자국이 생긴 것이다. 공석에 얼굴을 드러내지 않고 엿새를 갇혀 있었는데, 그러던 어느 밤 그가 잠을 이루지 못한 채 눈을 뜨고 있을 때였다. 자신의 불행과 알띠시도라가 쫓아다닌다는 생각을 하고 있는데 누군가 자기 방문을 열쇠로 여는 것을 느꼈다. 그는 곧 사랑에 빠진 처녀가 자신의 지조를 무너뜨리고 자신의 귀부인 엘 또보소의 둘시네아 아씨에게 지키기로 한 언약을 파기할 만한 위험을 조장하려고 온 거라 상상했다.

"안돼!" 그는 상상대로 믿으며 누가 들을 만큼 큰 목소리로 말했다. "지상에서 가장 아름다운 여자라 할지라도 내 속마음 가장 깊은 곳, 내 가슴 한가운데에 그려 새겨둔 그녀에 대한 사랑을 멈출 만큼 영향을 미치지는 못할지니. 사랑하는 아씨여, 그대가 양파 냄새투성이의 농군으로 바뀌어 있든 황금빛 따호 강에서 황금실과 명주실을 섞어 옷감을 짜며 요정으로 계시든, 아니면 메를린이나 몬떼시노스가 그들이 원하는 대로 그대를 잡고 있든지 간에, 어디에 있어도 그대는 나의 것, 어디에 있어도 과거에도 미래에도 나는 그대의 것이리라."

이런 말을 끝내는 순간과 문을 여는 순간이 동시였다. 돈 끼호떼는 노란 융단 이불로 위아래를 감싼 채 침대에서 벌떡 일어섰는데, 머리에는 남바위 같은 모자를 쓰고 얼굴과 수염은 붕대로 감고 있었으니 얼굴은 할퀸 자국들 때문이고 수염은 풀이 죽어 밑으로 처지지 않도록 하기 위해서였다. 그런 차림을 하고 있으니 상상도 못할 만큼 망측하게 생긴 괴물 같았다.

문을 찬찬히 응시하며 그 문으로 사랑 때문에 상처받은 불쌍한 알띠시도라가 들어오리라 기대하고 있었으나 길게 늘어진 하얀 두건을 쓴 아주 존경스러운 상급 시녀 한분이 들어오는 게 보였다. 그 두건은 하도 길어 그녀의 온몸을 감싸서 머리끝부터 발끝까지 엷은 구름으로 덮인 듯했다. 왼손 손가락 사이에는 불이 켜진 촛불 반토막을 들고 있었고, 오른손은 빛이 눈에 비치지 않도록 그늘을 만들고 있었으며, 두 눈엔 아주 커다란 안경이 덮여 있었다. 조용히 발을 디디며 발을 부드럽게 움직였다.

돈 끼호떼는 침대 위 자기 조망대에서 그녀를 바라보았는데, 그녀의 치장을 보고 그녀의 침묵을 주시한 뒤 어떤 마녀나 마술사가 그런 옷차림으로 무슨 나쁜 짓을 하러 왔다고 생각했다. 그는 재빨리 서둘러 손으로 성호를 긋기 시작했다. 그 환영은 다가오다가 방의 중간쯤 와서는 눈을 올려 부지런히 십자가를 긋고 있는 돈 끼호떼를 보았다. 그가 그런 여인의 모습을 보고 벌벌 떨었다면 그녀 또한 그의 모습을 보고 경악스러워했다. 붕대를 감고 이불을 뒤집 어쓴 채 이상한 누런 형상이 서 있는 걸 보자 그녀는 큰 소리로 이 렇게 외쳤다.

"에구머니나, 이 눈에 보이는 게 뭐야?"

너무 놀란 나머지 손에서 촛불이 떨어져 깜깜해지자 그녀는 돌 아서서 나가려 했으나 공포 때문에 치마에 걸려 쿵 하고 바닥에 사 정없이 넘어졌다. 돈 끼호떼는 공포에 차서 말하기 시작했다.

"내 감히 네게 묻는데, 귀신인지 무언지 너, 네가 누구인지 말해 라, 나에게 원하는 게 무엇인지 말하라. 혹시 네가 고통받는 영혼이 라면 내게 말하라, 내 너를 위해 힘닿는 데까지 모든 노력을 다해 주마. 나는 기독교 가톨릭 신자이기 때문에 모든 사람에게 좋은 일 하기를 좋아하는 사람이다. 바로 이런 일을 위해 방랑기사의 길을 택했고 이를 실천하고 있도다. 기사 수행의 영역은 연옥에서 고통 받는 영혼들에게까지 좋은 일을 하도록 넓고도 넓도다."

기절해 있던 시녀는 그가 소리치며 하는 말을 들었고, 그 공포로 미루어 그게 돈 끼호떼의 소리임을 알아차렸다. 그녀는 슬픔에 찬 낮은 목소리로 대답했다.

"돈 끼호떼 나리, 혹시 나리께서 돈 끼호떼 님이시라면, 저는 아 마 나리께서 생각하신 그런 귀신이나 환영, 연옥의 영혼이 아니옵 니다. 저는 다른 사람이 아니라 우리 주인 공작 부인 마님의 영예 로운 상급 시녀 도냐 로드리게스입니다. 나리께서는 늘 모든 일을 잘 처리해주셔서 필요한 일이 있어 나리를 찾아왔습죠."

"이봐요, 도냐 로드리게스 아씨." 돈 끼호떼가 말했다. "혹시 그 대께서 뚜쟁이 짓을 하러 온 건 아니오? 이런 말을 하는 것은 나라는 사람은 세상에 둘도 없는 아름다운 나의 귀부인 엘 또보소의 둘시네아 아씨가 있기에 다른 어느 여자에게도 소용이 없는 사람이기 때문이외다. 결국 내 말은, 도냐 로드리게스 아씨, 아씨께서 모든 사랑의 심부름을 포기하고 한쪽으로 치워놓으신다면 다시 그 촛불을 켜고 이리 돌아와도 좋소이다. 그리고 우리 무엇이든 원하는 대로 아씨께서 제일 재미있는 이야기를 나누어보도록 합시다, 내가 말했지만, 달콤한 사랑의 자극이 되는 이야기는 제외하고요."

"제가 누구 심부름을 하겠어요, 나리?" 상급 시녀가 말을 받았다. "나리께서는 저를 참 모르시는군요. 그래요, 저는 아직 그리 오래 산 나이가 아니어서 뚜쟁이 짓 같은 어린애 장난을 하기엔 어울리지 않지요. 다행히 하느님 덕분에 제 정신이 제 몸에 온전하게 붙어 있고, 여기 이 아라곤 지방에서는 아주 흔한 감기로 억지로 빼내야 했던 이빨 몇개를 제외하고는 내 모든 치아나 어금니도 입에 남아 있지요. 그러나 잠깐만 기다려요, 나리, 밖에 나가 촛불을 켜 올게요. 금방 돌아와서 세상 모든 일을 다 처리해주시는 나리께 제 고민을 말씀드릴게요."

그러고는 대답도 기다리지 않고 그녀는 방에서 나갔고, 돈 끼호떼는 방에서 조용히 생각에 잠겨 그녀를 기다렸는데 이 새로운 모험에 대한 수천가지 생각이 엄습해왔다. 자신의 귀부인 아씨께 언약한 약속을 깨뜨릴 이런 위험에 처해 있는 게 나쁜 짓이고 나쁜 생각이라는 느낌이 들어 자신에게 이렇게 말했다.

"원래 악마라는 게 교활하고 은밀해서 황녀들이나 여왕들이나 공작 부인, 백작 부인으로는 안되니, 이제는 상급 시녀를 써서 지금 나를 속이려고 하는지 어떻게 알겠는가? 내가 여러번 점잖은 분들에게서 많이 들은 바로는 악마란 가능하면 갸름하고 예쁜 여자를 주기 전에 먼저 코가 납작한 못생긴 여자를 줘본다는 거지.[1] 그리고 이런 호젓함, 이런 기회, 이런 고요가 잠자고 있는 내 욕망을 일깨워 이 나이 되도록 한번도 부딪쳐보지 못한 일에 빠져 넘어지게 될지 또 누가 알겠는가? 이 비슷한 상황이라면 싸움을 기다리기보다는 그냥 달아나는 게 더 낫지. 하지만 내가 지금 제정신이 아닐지도 몰라, 이런 엉터리 생각에 이런 소리를 하고 있다니…… 안경쟁이에 하얀 두건을 쓴 그런 상급 시녀가 세상에서 가장 무심한 이 가슴에 음탕한 생각을 불러일으키고 충동질하는 건 불가능한 일이야. 지상에 상급 시녀치고 몸 좋은 여자가 있던가? 온 세상 상급 시녀치고 예절 바르고 인상 안 쓰고 애교스러운 여자가 있던가? 꺼져라, 꺼져, 이 하녀 족속들아, 인간적 대접을 받기에는 쓸모없는 치들아! 어느 부인이 자기 응접실 끝에 방석과 함께 안경 쓴 상급 시녀 조각상 둘을 놓고 살았다니, 오, 그 얼마나 잘한 짓인가! 마치 수 놓고 있는 형상의 그 조각상들이 진짜 시녀처럼 그 방의 위엄을 살리는 데 그렇게 효험이 있었다니 말이야!"

이렇게 말하면서 돈 끼호떼는 도냐 로드리게스가 들어오지 못하게 문을 닫으려고 침대에서 뛰어내려 문 쪽으로 다가갔는데 이미 도냐 로드리게스는 하얀 촛불을 켜들고 돌아오고 있었다. 그녀는 붕대를 감고 남바위인지 잠자리 모자인지 모를 모자에다 이불을 뒤집어쓰고 있는 돈 끼호떼를 가까이서 보니 새삼 무서워져 두어 발자국 뒤로 물러서면서 말했다.

"이거 우리 괜찮은 거예요, 기사님? 왜냐하면 나리께서 침대에서 일어나신 게 그리 점잖은 행동으로 보이지는 않거든요."

---

1 '코 납작한 여자면 될 걸, 누가 갸름하고 예쁜 여자를 주랴'라는 에스빠냐의 속담이 있다.

"그건 바로 내가 묻고 싶은 것이외다, 아씨." 돈 끼호떼가 대답했다. "그래서 묻는데, 내가 지금 강제로 공격당할 위험은 없지요?"

"누구에게요? 기사 나리, 누구에게 그런 위험이 있느냐 묻는 거죠?" 시녀가 되물었다.

"그대에게 묻는 겁니다, 바로 그대가 걱정이에요." 돈 끼호떼가 말을 받았다. "나도 대리석이 아니고 그대도 청동으로 만들어진 여자가 아닐진대, 지금은 낮 10시가 아니라 한밤중이고, 또 있지요. 생각해보니 그 용감한 배신자 아이네이아스가 아름답고 자비로운 디도 아씨와 사랑을 나눈 동굴도 이 방처럼 꽉 닫힌 은밀한 장소였지요. 그러나 아씨. 손을 이리 줘요, 내가 정작 믿어야 할 것은 다른 무엇보다 나 자신의 자제력과 조심성이며 지극히 존경스러운 그 모자가 보여주는 신뢰감이겠지요."

이 말을 하면서 그는 그녀의 오른손에 키스하고 손을 잡았고, 그녀도 그에게 똑같은 예로 인사했다.

여기에서 작가 시데 아메떼는 잠깐 이야기를 멈추고 말하기를, 둘이 손을 잡고 꼭 붙어서 문에서 침대까지, 갖고 있는 이불 두개 중 가장 좋은 여름 이불이 있는 곳으로 걸어가는 모습은 정말 누구라도 보고 싶었으리라 했다.

마침내 돈 끼호떼는 침대로 가 누웠고, 도냐 로드리게스는 침상에서 약간 떨어진 의자에 앉았는데 안경도 벗지 않고 촛불도 끄지 않았다. 돈 끼호떼는 쭈그리고 얼굴만 내놓은 채 온몸을 다 덮었다. 둘 다 진정을 되찾자 먼저 침묵을 깨뜨린 사람은 돈 끼호떼였는데, 그는 이렇게 말했다.

"경애하는 나의 도냐 로드리게스 아씨, 이제 그대가 상처받은 속마음과 고민에 찬 가슴속의 모든 것을 속 시원히 털어놓아도 되겠습니다. 나는 모든 말을 청결한 귀로 듣고 자비로운 행동으로 도와드리겠습니다."

"저도 그렇게 생각해요." 시녀가 대답했다. "나리의 점잖고 친절하신 모습에서 가장 진솔한 대답 외에 무슨 다른 답을 기대하겠습니까. 사실은 말입니다, 돈 끼호떼 나리. 나리에겐 제가 닳고 닳아 엉망이 된 상급 시녀의 옷을 입고 아라곤 왕국 한가운데, 여기이 의자에 앉아 있는 것처럼 보이겠지만, 저는 아스뚜리아스 데 오비에도 출신이옵니다. 그 지방에서 훌륭한 분을 가장 많이 배출한 가문에서 태어났지만 박복한 제 운과 부모의 실수로 어찌해서 그리된지도 모른 채 때아닌 가난에 빠지게 되었고, 저는 수도인 마드리드로 오게 되었지요. 그곳에서 평화롭게 살며 더 큰 불행을 겪지 말라는 뜻에서 부모님은 저를 한 귀족 부인의 수놓는 시녀로 들어가게 조치했던 겁니다. 나리께 아뢰고 싶은 말은 재봉과 올을 풀어 장식으로 수실을 만드는 데는 세상 누구도 저를 따라갈 사람이 없었다는 겁니다. 부모님은 저를 시녀로 넣어두고 고향으로 돌아가셨는데, 그뒤 몇년 안되어 하늘나라로 가셨나봐요, 몹시 착하신데다 기독교 가톨릭 신자셨으니까요. 저는 고아가 되어 몇푼 안되는 급료와 궁중에서 보통 그런 여종들에게 주는 고통스러우리만큼 적은 혜택으로 연명해야 했지요. 일부러 그렇게 한 것도 아닌데 제가 기거하는 집안의 기사 하인 하나가 저에게 반했나봐요. 나이가 들고 턱수염이 많은 그럴듯하게 생긴 남자인데 특히 싼딴데르라고 하는 산골 출신으로 떵떵거리는 양반이었지요. 우리 둘의 사랑은 특별히 비밀을 지키려 하지 않았기에 당연히 우리 여주인께서 그 소식을 듣게 되었고, 그분은 이러쿵저러쿵 말이 많은 것을 피해 우리를 로마 가톨릭교회에서 편안하게 결혼시켜주셨지요. 그 결혼으로 딸이 하나 태어났는데, 제게 조금이라도 운이 있었다면 바로 제 딸은 그 운이 끝나게 했어요. 출산을 하다 죽어서가 아니고, 출산은 제대로 잘 이루어졌지요. 문제는 그뒤 얼마 안되어 남편이 우연한 악연으로 죽게 되었다는 겁니다. 지금 이야기를 다 드리게 되면 나리께서도 정말 놀라실 겁니다."

이렇게 말하며 그녀는 슬프게 울기 시작하더니 다시 말을 이었다. "용서하세요, 돈 끼호떼 나리. 더이상 참을 수가 없네요. 불행하게 간 그분이 떠오를 때마다 항상 제 눈은 눈물바다가 된답니다. 참말로 대단했지요. 우리 마님을 흑요석처럼 새까맣고 튼튼한 노새 엉덩이에 태우고 얼마나 늠름하게 모시고 다녔는지! 그때는 지금 주로 쓰는 마차나 가마를 타고 다니지 않고 마님들은 자기 하인들을 데리고 노새 엉덩이에 타고 다녔어요. 이것만은 적어도 꼭 말씀드려야겠네요. 제 착한 남편의 교양있는 자세와 정확성을 아시려면 말이에요. 싼띠아고 거리에서 마드리드에 들어가려면 길이 좀 좁은데 그 길로 시장이 순경 두명을 앞세우고 나타났어요. 우리 하인님은 시장을 보자 노새 고삐를 당겨 돌려세웠는데 예의있게 시장님의 뒤를 따라가겠다는 표시였지요. 노새 엉덩이에 타고 가던 우리 주인마님께서 낮은 목소리로 제 남편에게 말했지요. '빌어먹을 놈아, 뭐해? 여기 내가 타고 가는 걸 몰라?' 시장은 사려 깊게 말고삐를 멈추면서 남편에게 말했지요. '나리, 계속 그대로 길을 가시지, 도냐 까실다 마님을 내 앞으로 모셔야지.' 그 도냐 까실다가 우리 마님의 이름이었습니다. 그러나 아직도 제 남편은 손에 모자를 받쳐들고는 기어이 시장님을 앞세우고 가겠다고 겸손을 떨었고 그걸 보자 우리 마님은 화가 나고 분통이 터져 커다란 핀을 꺼내서는, 제 생각엔 아마 화장품 상자 대바늘이었던 것 같아요, 남편 등판을 그 바늘로 찔렀고, 그 바람에 남편은 큰 소리를 지르더니 몸을 비틀며 결국 마님과 함께 땅에 떨어졌지요. 과달라하라 대문 밖이 온통 떠들썩했는데, 제 말은 그 근방에 있던 할 일 없는 사람들이 놀랐다는 거지요. 우리 주인마님은 걸어서 왔고, 남편은 의원 보조 역할도 하는 이발사[2]에게 달려갔는데 남편 말이, 핀이 온 내장을 관통한 것 같다고 했지요. 남편의 예의 바름에 대해선 워낙 소문이 나서 심지어 아이들이 길거리마다 소문을 내고 다닐 정도였죠. 이런 문제에 시력도 약간 좋지 않았기에 우리 공작 부인께서는 그를 파면했어요. 제 생각에는 그 고통 때문에 남편이 죽을병에 걸린 것 같아요. 저는 의지가지없는 과부가 되었고 딸 하나까지 짊어지게 되었습죠. 딸은 바다의 거품처럼 무럭무럭 자라 아주 예쁜 애가 되었어요. 마침 저는 바느질을 잘하기로 소문이 나서 지금의 주인인 공작 부인께서 공작과 갓 결혼한 처지라 저를 이 아라곤 왕국으로 데려오고 싶어하셨고, 당연히 제 딸도 함께였지요. 날이 가고 달이 가고 우리 딸도 자라서 세상의 재주란 재주는 다 갖춘 처녀가 되었지요. 노래는 종달새처럼 잘하지요, 생각나는 대로 가볍게 무용도 잘하지요, 춤은 정신 나간 사람처럼 잘 추지요, 글을 읽고 쓰는 것도 학교 선생처럼 잘하고 계산도 잘하지요, 아이가 청결한 건 말해서 더 뭐해요, 흘러가는 샘물도 더 맑지는 않았어요. 지금 내 기억이 맞다면 열여섯하고 다섯달 사흘이 하루 정도 차이가 나겠지만 우리 아이 나이일 거예요. 결론적으로 우리 계집애에게 여기서 그리 멀지 않은, 우리 공작님 영지에 있는 한 부자 농부의 아들이 반한 겁니다. 실제 어찌 된 영문인지는 몰라도 그 둘은 만

---

2 지금도 가끔 찾아볼 수 있지만, 당시에는 흔히 이발사가 동네 의원 보조 역할을 하곤 했다.

났고, 그 사내아이가 결혼하겠다는 약속을 굳게 하고는 우리 딸을 범하고 나서는 이제 그 약속을 지키려 하지 않는 겁니다. 우리 주인이신 공작님도 아시지요. 제가 한번도 아니라 여러번 불만을 말씀드렸거든요. 그러니까 그 농군이라는 작자에게 우리 딸과 결혼하라는 명령을 내려달라 요청했습죠. 그런데 쇠귀에 경 읽기로 제 말을 들은 척도 하지 않으시더군요. 그 이유는 그 난봉꾼 놈의 아버지가 아주 부자여서 공작님에게 돈을 빌려주니 그 작자가 하는 사기 짓을 가끔은 눈감아주어 그 부자를 마음 상하게 하거나 고민하게 하는 짓은 절대 하지 않으려고 하시는 거죠. 일이 이리되었으니, 나리, 나리께서 책임지고 이 억울함을 풀어주십사 하는 겁니다. 간청을 하시든지 무기를 쓰시든지, 어쨌든 모든 사람이 다 이야기하듯이 나리께서는 억울함은 풀어주고, 비뚤어진 것은 바로잡아주고, 불쌍한 사람은 보호해주기 위해 세상에 태어난 분이라면서요. 나리께서는 제가 말씀드렸듯이 우리 딸이 가진 모든 장점과 고아이고 젊고 얌전하다는 점을 앞세워보세요. 하느님께 제 양심을 걸고 맹세하지만, 우리 주인마님이 거느린 처녀들을 다 봐도 전부 우리 딸 구두 밑바닥에도 미치지 못하는 계집애들이에요. 알띠시도라라고 하는 계집애가 하나 있는데, 그중 가장 활달하고 멋진 애라고 하지만 우리 딸과 비교하면 한 이십리는 저리 떨어져가라지요. 나리, 나리께서 아셔야 할 것은, 반짝인다고 다 황금이 아니라는 겁니다. 이 알띠시도라라고 하는 계집애도 아름답다기보다는 아름답다고 뽐내는 데가 더 많고, 다소곳하기보다는 많이 까불고 게다가 몸이 아주 좋아 보이지는 않아요. 숨 쉬는 게 어딘가 피로해 보이고, 그애 곁에서는 한순간도 함께 있는 게 견디기 힘들어요. 그리고 심지어 우리 주인마님이신 공작 부인께서도…… 이건 입 다물어야겠네요, 사람들이 늘 하는 말이 벽에도 귀가 있다잖아요."

"세상에, 우리 주인마님이신 공작 부인께 무슨 일이 있는 거요, 도냐 로드리게스 아씨?" 돈 끼호떼가 물었다.

"그렇게 관심을 가지시니 물어보시는 말에 그대로 대답을 드릴 수밖에 없네요. 돈 끼호떼 나리, 나리께서도 주인마님이신 공작 부인의 그 얼굴 피부 보셨지요? 반짝반짝 잘 닦아놓은 칼 같지 않나요? 우윳빛에 발그레한 두 볼, 한쪽 볼에는 해가, 다른 쪽에는 달이 뜬 거 같지요. 그리고 어디를 걸어가더라도 땅을 무시하듯이 가볍게 걷는 우아한 모습은 지나는 곳마다 건강을 흘리며 다니시는 것 같지요? 거기에는 나리가 아셔야 할 게 있습니다. 그건 먼저 하느님께 감사드려야 하고 그다음엔 두 다리에 있는 두 상처 구멍에 감사드려야 하니, 그곳으로 의사들이 몸에 가득하다고 말하는 모든 나쁜 기운이 빠져나가니까요.[3]"

"아이구 맙소사!" 돈 끼호떼가 말했다. "우리 공작 부인께서 다리에 그런 배수구를 갖고 계시다니 이게 말이나 됩니까? 맨발의 사제단 사제들이 그런 말을 한다면 믿지 않겠소만 도냐 로드리게스께서 말씀하시니 사실일 듯하군요. 하지만 그런 상처 구멍이 두 다리에 있다면 기나 체액이 나오기보다는 액체로 된 용연향이 나오겠지요. 지금 막 생각해보니, 정말 이 상처 구멍을 내서 치료하는 방법은 건강을 위해 중요할 것 같군요."

돈 끼호떼가 이 말을 마치자마자 갑자기 쾅 소리가 나며 방문들이 활짝 열렸고, 그 소리에 놀란 도냐 로드리게스의 손에서 촛불이 떨어져 방 안은 늘 하는 말대로 늑대 소굴처럼 캄캄해졌다. 이윽고

---

3 참 재미있는 것은 동양의학에서처럼, 당시 의사들도 환자의 나쁜 기운이나 체액을 고름 짜듯 빼내 정화시키려고 다리에 상처 구멍을 냈다는 사실이다.

그 불쌍한 시녀는 누가 두 손으로 강력하게 자신의 목을 잡는 것을 느꼈지만 소리칠 수가 없었다. 또다른 사람 하나가 아주 재빨리 아무 말도 없이 그녀의 치마를 들추고는 슬리퍼 같은 것으로 얼마나 두들겨패기 시작했는지 애처롭기 그지없었다. 돈 끼호떼도 애처롭고 안쓰러웠지만 침대에서 꼼짝 않고 있었으니 그게 도대체 무엇인지 알 수가 없어 말도 안하고 가만히 있었다. 무섭게 두들겨패는 바람에 혹시 자기에게 달려들지 않을까 두려워했는데, 그 두려움이 터무니없는 게 아니어서 감히 신음 소리조차 내지 못하는 시녀를 실컷 패고 나서, 그 말없는 살인마들은 돈 끼호떼에게 달려들더니 이불과 홑이불에 싸인 그를 끌어내 얼마나 세게 꼬집어대는지 그는 방어하느라 주먹을 휘두르며 발버둥을 칠 수밖에 없었다. 이런 모든 난리가 놀라운 침묵 속에서 전개되었고, 싸움은 거의 반시간이 걸렸으며 이윽고 그 괴물들이 밖으로 나가자 도냐 로드리게스는 치마를 주워들고 자기의 불행을 신음하듯 한탄하며 돈 끼호떼에게 말도 않고 나갔다. 돈 끼호떼는 꼬집힘을 당하고 고통에 차서 정신없이 혼자 생각에 잠겼는데, 어떤 망할 놈의 마법사가 그를 그 모양으로 만들었는지가 궁금했다. 그러나 우리는 시간이 가면 알게 될 터이니 그를 잠깐 그대로 두자. 쌴초 빤사가 부르고 있으니, 이야기를 알맞게 잘 진행하려면 또 그쪽으로 가봐야지.

49장

자기 섬을 순회하는 동안
싼초 빤사에게 일어난 일들에 대하여

　여자 묘사에 뛰어난 그 엉큼한 농군 때문에 화가 나고 언짢아진 위대한 총독을 두고 나왔는데, 그 엉큼한 작자는 상급 하인이 조작한 자로 공작의 우두머리 하인과 함께 싼초를 가지고 놀았던 것이다. 그러나 싼초는 비록 어리석고 거칠고 땅딸막했지만 그런 문제에 대해 꿋꿋하게 대처했고, 자기와 함께 있는 사람들과 공작 편지의 비밀 얘기가 다 끝나 다시 그 방에 돌아와 있던 뻬드로 레시오 의사에게 말했다.

　"재판관들이나 총독들이 사업하는 사람들의 불경스러운 짓을 참아내려면 청동으로 만들어지거나 그래야만 된다는 걸 지금에야 진짜 이해하겠네요. 그 친구들은 시도 때도 없이 자기 말을 듣고 사정 좀 봐달라면서 되든 안되든 자기 사업만 생각하고 달려오니까요. 그래서 그 불쌍한 재판관이 들어줄 일이 아니거나 접견을 위한 정해진 시간이 아니어서 말을 안 듣고 일을 안 봐주면, 즉시 그들을 욕하고 투덜대고 험담을 해대고 심지어 혈통까지 따지고 드는 겁니다. 바보 같은 사업가, 병신 같은 사업쟁이, 그렇게 서둘지만 말고 사업을 할 기회와 때를 기다려야지, 식사 시간이나 잠잘 시간에 오면 안되지. 재판관도 살과 뼈를 가진 인간인지라 자연의 욕구를 자연스럽게 들어주어야 하지 않나. 내가 만일 앞에 있는 뻬드로 레시오 데 아구에로 박사 나리 말을 듣고 내 몸에 먹을 것을 주지 않으면 나더러 그냥 굶어죽으라는 거지. 그러고도 이렇게 죽어가는 게 진정 사는 거라고 하니 말이야. 그렇다면 그런 삶은 하느님께서 그에게나 아니면 그와 같은 무리에게나 살라고 하면 되지요, 내 말은 월계관을 받아야 할 칭찬받는 분들 말고 나쁜 의사들 말입니다."

산초 빤사를 아는 모든 사람은 그가 그렇게 우아하고 멋지게 말하는 것을 듣고 다들 놀랐다. 직장이나 무거운 직책이 사람의 지혜를 더 무르익게 하기도 하고 바보로 만들기도 한다는데 그들은 산초의 그런 변화가 어디서 비롯되었는지 알 수 없었다. 결국 뻬드로 레시오 데 아구에로 박사는 비록 히포크라테스의 모든 가르침과 금언을 어기는 양이라 할지라도 그날 밤은 먹음직스러운 저녁을 마련해드리겠다고 약속했고, 이리하여 총독은 만족해하며 커다란 기대를 가지고 어서 밤이 와서 저녁식사 시간이 다가오기를 기다렸다. 비록 그의 생각에 시간이 그 장소에서 움직이지 않고 가만있는 것 같았지만 그래도 그렇게 기다리고 기다리던 시간이 왔다. 저녁으로 소고기를 양파와 고추에 버무린 요리와 날짜가 좀 된 것 같은 송아지 발 삶은 요리가 나왔고, 그는 모든 것을 아주 맛있게 먹어댔다. 밀라노의 메추리 요리보다, 로마의 꿩 요리보다, 쏘렌또의 송아지 요리, 모론의 자고새 요리나 라바호스의 거위 요리를 먹은 것보다 더 맛있게 먹으면서 고개를 돌려 의사에게 말했다.

"이봐요, 의사 나리, 이제부터 내게 편안한 음식이나 맛깔스러운 요리를 마련해주려고 신경 쓰지 않아도 돼요. 그런 건 내 배만 뒤틀리게 할 테니까요. 내 배는 염소고기나 암소고기, 절인 돼지고기, 육포, 무, 양파에 익숙해 있거든요. 어쩌다 궁중의 다른 좋은 요리들이 들어가면 좋아서 받아들일 때도 있지만 어떤 때는 구역질이 나기도 하지요. 주방장이 할 건 이른바 그 잡탕고기라고 하는 것을 올리면 돼요. 잡탕이 심하고 약간 맛이 갔어도 냄새가 더 좋으니 그 요리에 주방장 원하는 대로 먹는 것이면 모두 다 섞고 집어넣을 수 있지요. 그렇게 준비해주면 난 감사할 것이며 언젠가 그 은혜를 갚으리다. 아무도 내 말을 장난이라 생각하지 마요. 우리는 좋아하건 싫어하건 뭐든지 분명하거든요. 우리 다 함께 삽시다, 그리고 평화롭게 함께 어울려 먹고삽시다요. 하느님이 아침 동을 틔우면 우리 모두에게 아침이 오는 거 아닙니까. 난 법을 침범하지도, 뇌물을 받지도 않고 이 섬을 통치할 것이며, 모든 사람이 눈을 똑바로 뜨고 자기 일만 잘하게 하도록 하리다. 항상 어딘가 혼란은 있기 마련이지만 나에게 기회를 준다면 정말 놀랍고 훌륭한 일이 있을 겁니다. 꿀 만들어놓으라 해놓고 파리가 먹게 해서는 안되지요!"

"물론입니다, 총독 나리." 주방장이 말했다. "총독님께서 하신 말씀이 모두 맞습니다. 이 섬의 모든 주민을 대표해서 모든 사랑과 자애와 정확성으로 나리를 모실 것을 약속드립니다. 총독 나리께서 보여주신 그런 부드러운 통치 방식은 나리께 크게 반대하는 의향을 갖거나 그런 행동을 할 엄두도 못 내도록 할 겁니다."

"나도 그리 생각하오." 싼초가 대답했다. "다른 생각이나 행동을 한다면 그자들이 바보겠지요. 내 다시 말하지만 내 급식과 내 점박이의 급식에 신경을 좀 써주도록 하시오. 그게 이 일에서 가장 중요하고 가장 상황에 맞는 일이오. 시간이 되었으니 어디 한번 둘러보도록 합시다. 나는 이 섬에서 모든 종류의 불결한 것들, 떠돌이 인간들, 농땡이들, 그리고 나쁜 환락녀들을 모조리 청소해버릴 생각이오. 친구들이여, 빌빌 놀고먹는 게으름뱅이들은 벌집의 수벌처럼 일벌들이 일해서 만들어놓은 꿀이나 축내는 족속들이오. 나는 농부들을 도와주고 양반들을 우대하고 싶소. 덕망있는 사람들에게는 상을 내리고, 특히 종교와 종교인들의 명예를 존중할 것이오. 이 문제에 대해 어떻게들 생각하오, 친구들? 내 말이 맞습니까, 아니면 골치 아픈 소리일 뿐입니까?"

"나리 말이 천번만번 맞습니다, 총독 나리." 상급 하인이 말했다. "제 생각엔 전혀 공부를 안하신 걸로 압니다만, 나리처럼 학식도 없으신 분이 그토록 충고와 교훈으로 가득 찬 말씀을 하시는 걸 보니 놀랍습니다. 우리를 보낸 분들이나 여기 와 있는 사람들이 기대한 것보다 나리의 지혜가 훨씬 뛰어나서 말입니다. 날마다 세상에는 새로운 것들이 보이지요. 장난이 진실이 되고 조롱한 사람들이 조롱당하기도 하지요."

밤이 와서 총독은 레시오 박사의 허락을 받고 저녁을 먹은 뒤[1] 순회를 나갈 차비를 하고 상급 하인과 비서, 주방장, 그리고 실록 기록 사관과 함께 밖으로 나갔는데 사관은 그의 행적을 신경 써서 기록했다. 순경들이나 서기들이 하도 많아 소대 절반을 이룰 만한 인원이었고, 싼초가 지휘봉을 들고 중간에 서서 가는 모습은 정말 볼만했다. 얼마 가지 않았을 때 칼싸움하는 소리가 들려와 다들 그

---

1 연구자들은 이미 저녁을 먹었는데 또다시 저녁 먹는다는 말이 나오는 것은 세르반떼스의 건망증이거나 '저녁을 먹었었다' 정도로 썼어야 한다고 주장한다.

쪽으로 가서 보니 남자 둘이 싸우다가 법관들이 온 것을 보고는 조용해졌다. 그중 한 사람이 말했다.

"여긴 하느님이 있고 왕이 있는 곳이오! 어떻게 이 마을에서 도둑질하는 것을 참고 볼 수가 있단 말이오? 마을 길 한가운데 강도질을 하러 나오다니……"

"진정하시오, 착한 사람아." 싼초가 말했다. "이렇게 다투고 싸우는 이유가 뭔지 나에게 말을 해보시오. 나는 총독이오."

상대방이 말했다.

"총독 나리, 아주 짧게 제가 사실을 말씀드리지요. 나리께서 아시겠지만, 이 앞에 있는 노름집에서 이 신사가 금방 은화 1000레알 이상을 땄습니다. 어떻게 땄는지 모르지요. 제가 거기 있었는데, 제 양심을 걸고 말을 안하려고 했지만 한번 이상은 의심스러운 점수가 저쪽 편으로 갔어요. 이 사람은 돈을 따서는 슬쩍 자리를 떴지요, 저에게 적어도 금화 몇 에스꾸도라도 개평으로 주리라 기대했는데요. 그게, 저 같은 귀족 사람들에게 주는 게 관습이고 관례거든요. 좋은 일 궂은일 다 보며 거기 있으면서 무분별한 짓을 가라앉히고 싸움을 말리니까요. 그런데 그는 자기 돈을 챙기더니 집에서 나가버렸고, 난 마음이 상해서 그 뒤를 쫓아와서 예의 바른 말로 정 그러면 나에게 8레알 정도라도 달라고 했지요. 내가 점잖은 사람이고 직장도 연금도 없는 사람이라는 걸 알 테니 말이에요. 우리 부모가 제게 직업 교육을 시키지도 않았고 무슨 돈을 남겨주지도 않았으니까요. 그런데 까꼬보다 더 도둑놈도 아니고 안드라디야보다 더 사기꾼도 아니면서[2] 이 엉큼한 놈이 4레알 이상은 못 주겠다

---

2 당시 늘 쓰던 관용어구이나 까꼬나 안드라디야가 구체적으로 누구였는지는 모른다.

는 겁니다. 보십시오, 총독 나리. 이 얼마나 염치없고 양심도 없는 놈입니까! 정말이지 나리께서 오시지만 않았다면 번 돈을 다 토해 내게 하고 옳고 그른 게 무엇인지 정확하게 맛을 보여주었을 겁니다."

"그대는 이 말을 어떻게 생각하는가?" 싼초가 물었다.

그러자 다른 남자는 상대방이 한 말이 사실 그대로라고 하면서 4레알 이상은 주고 싶지 않았다고 했다. 그에게 여러번 돈을 주었고, 개평을 바라는 사람들은 정중해야 하며 주면 주는 대로 받아야 하기 때문이라 했다. 노름에서 사기를 쳤거나 노름에서 부정으로 돈을 벌었다는 것을 확실히 알지 않는 한, 돈을 딴 사람에게 계산을 가지고 붙어서는 안된다고 했다. 저 사람이 말하듯이 도둑이 아니라 선량한 사람이라는 증거로 그에게 아무것도 주지 않겠다고 한 건 아니니 이보다 더 큰 증거가 어디 있느냐는 것이었다. 야바위꾼들은 늘 그들을 아는 구경꾼들에게 세금을 바치기 때문이라 했다.

"그렇습니다." 상급 하인이 말했다. "총독 나리, 이 사람들을 어찌해야 할지 살펴봐주시지요."

"이 일은 이렇게 해결해야겠어." 싼초가 대답했다. "그대, 좋건 나쁘건 상관없이 돈 딴 친구, 그대에게 칼질한 이 친구에게 즉시 100레알을 주고, 감옥에서 고생하는 불쌍한 사람들에게 30레알을 더 지불하도록 하게. 그리고 직장도 연금도 없는 그대, 이 섬에서 빈둥빈둥 놀고먹는 그대는 그 100레알을 받아서 내일 중으로 이 섬을 떠나도록 하렷다. 십년 동안 추방이야. 만약 그 추방의 벌을 어길 시는 다른 저세상에서라도 그 기간을 채워야 하리니, 내가 직접 그대를 동구 앞 교수대에 매달든지 적어도 내가 명령한 사형집행인이 매달게 하리라. 아무도 내 명령을 반박하지 말아야 하며 만약 그러면 엄하게 벌하리라."

한 사람은 돈을 지불하고 다른 사람은 돈을 받아 섬을 떠났다. 앞 사람은 집으로 떠나갔고 총독은 남아서 말을 계속했다.

"이제 별로 할 일이 없겠구먼. 아니면 이 노름집을 없애버릴 거야. 난 이것들이 아주 유해한 것으로 보여."

서기 한 사람이 말했다. "이 집은 나리라도 그냥 없앨 수는 없을 겁니다. 대단히 중요한 인물이 가지고 있는데다 그가 카드 노름에서 얻는 액수가 한해에 잃는 것과 비교할 수 없을 만큼 더 많거든요. 더 작은 액수가 거래되는 다른 노름집에 대해서는 나리께서 권한과 실력을 보여주실 수 있을 겁니다. 사실 그것들이 더 해를 끼치고 더 부정한 짓을 많이 은폐하고 있거든요. 귀족 신사들의 집이나 영주들의 집에서는 유명한 야바위꾼들이라도 감히 속임수를 쓰지 못하니 노름하는 버릇이 보통 놀이가 되었다면 이런 귀족 집에서 놀도록 하는 게 더 낫지요. 일반 서민 집에서 놀게 하는 것보다는요. 그런 데서는 한밤중이 지나 재수없는 놈 하나 걸리면 산 채로 껍질을 홀라당 벗겨놓지요."

"지금은, 서기. 나도 그 문제에 대해 할 이야기가 많은 걸 알아."

이때 자경단 사람이 청년 하나를 묶어 데려와서는 말했다.

"총독 나리, 이 청년이 우리 쪽을 향해 오고 있다가 멀리서 순경들이 있는 것을 보자 등을 돌리고는 고라니처럼 달아났습니다. 이 친구가 범죄자라는 증거지요. 제가 이 사람 뒤를 쫓아갔는데, 이놈이 걸려 자빠지지만 않았어도 전 결코 이놈을 붙들지 못했을 겁니다."

"이 사람아, 왜 달아났는가?" 싼초가 물었다.

그 물음에 총각이 대답했다.

"나리, 순경들이 질문을 해대면 일일이 대답해야 하는 걸 피하고 싶어서 그랬어요."

"직업이 뭔데?"

"직물공이오."

"뭘 짜는데?"

"나리께서 허락해주신다면, 창과 쇠붙이를 만듭니다."

"날 웃기려고 하는 소리인가? 신소리꾼인 척하는 건가? 좋아! 지금 어디로 가던 길이었는가?"

"나리, 바람 쐬러 나왔어요."

"이 섬 어디에서 바람을 쐬는고?"

"바람 부는 곳에서요."

"좋아, 제대로 아주 잘 대답하는구나! 점잖구나. 총각, 하지만 내가 바람이라고 생각하려무나. 내가 뱃머리에서 그대를 불어대면 그대를 감옥으로 인도할 수도 있지. 여봐라, 이놈을 붙잡아 데려가거라. 오늘 밤 그곳에서 바람 없이 자게 하겠노라."

"아이구야!" 총각이 말했다. "나리께서 저를 감옥에서 자게 하시는 건 저를 왕이 되게 하는 것과 같습니다!"

"내가 왜 너를 감옥에서 재우지 못하는데?" 싼초가 말을 받았다. "내가 원하면 언제든 너를 체포하고 풀어줄 권한이 없는 거냐?"

"나리께서 아무리 권한이 많아도 저를 감옥에서 재울 만큼 힘이 충분하지는 않을 거예요."

"그럴 힘이 없다니?" 싼초가 말을 받았다. "즉시 이놈을 그곳으로 데려가서 제 두 눈으로 그 생각이 잘못이었음을 직접 보게 하라. 아무리 간수장이 이놈에게 관대함을 베풀어주려 해도, 네가 한 발자국만 감옥에서 나오기만 해도 난 그놈에게 금화 2000두까도의 벌금을 물릴 테다."

"그런 짓은 모두가 웃을 짓이라니까요." 총각이 대답했다. "문제는 세상 사람 모두가 와도 나를 감옥에서 자게 하지는 못할 거라니까요."

"이봐, 이 악마야." 싼초가 말했다. "네게 무슨 천사가 있다고 너를 꺼내주겠니? 내가 너에게 족쇄를 채우라고 명령할 텐데……"

"그래요, 총독 나리." 총각이 아주 좋은 말투로 대답했다. "정신 좀 똑바로 차리고 문제의 핵심으로 들어갑시다. 나리께서 저를 감옥에 보내고 그곳에서 쇠사슬이나 족쇄를 채운다고 합시다, 저를 감방에 처넣고 간수장에게 저를 나가게 했다가는 커다란 벌을 준다고 합시다, 그래서 간수도 나리가 명령한 대로 잘 지킨다고 합시다. 아무리 그래도 제가 자고 싶지 않으면, 온 밤을 눈꺼풀 하나 붙이지 않고 깨어 있고 싶으면, 나리께서는 그 권한으로 제가 원하지 않는 잠을 자게 할 능력이 충분히 있다고 생각하십니까?"

"물론 없지." 비서가 대답했다. "이 친구가 결국 자기 뜻대로 이겼네요."

싼초가 말했다. "그러니까 그대 뜻이 아닌 다른 일로는 자지 않겠다, 내 명령에 반항하기 위해서라도……"

"그러하옵니다, 나리," 총각이 말했다. "그런 일은 생각조차 할 수 없습니다."

"그럼 잘 가게나." 싼초가 말했다. "그대 집에 가서 자게나. 그리고 하느님께서 잘 자도록 하길 바라네. 나야 그대에게서 그걸 빼앗을 생각은 없으니까. 하지만 충고하건대, 앞으로는 자경단이나 순경들을 놀리지 말게. 순경을 잘못 만나 그리 놀리다가는 대갈통 빠개지는 일도 있을 테니까."

총각은 떠났고 총독은 순례를 계속했는데, 얼마 되지 않아 포졸 둘이 남자 하나를 묶어 데려와서 말했다.

"총독 나리, 이 남자 같은 사람은 남자가 아니라 여자입니다. 남자 복장을 하고 있지만 미운 여자는 아니올시다."

등불 두세개가 그의 눈에 다가와 열여섯살 아니면 조금 더 되어 보이는 여자 얼굴이 드러났는데, 수천개 진주처럼 아름다운 파란 명주와 황금 그물망으로 머리칼을 묶고 있었다. 위아래로 그녀를 살펴보니 진홍빛 비단 스타킹과 하얀 호박단 리본, 황금과 진주 술 장식을 달고 있는 게 보였다. 통이 넓은 바지는 황금 천을 짠 파란 색깔이었고 똑같은 천으로 된 반코트인지 머리부터 내려오는 코트 인지를 늘어뜨리고 그 밑에 하얗고 황금빛의 아주 고운 천으로 된 조끼를 입고 있었으며 신발은 하얀 구두인데 남자 신발이었다. 칼 을 차지는 않았으나 아주 아름다운 단검을 꽂고 있었고, 손가락에 는 아주 좋은 반지를 여러개 끼고 있었다. 그 처녀는 모든 사람에 게 호감을 주었으나 그 여자를 본 사람들은 아무도 그녀를 알아보 지 못했고, 그 고장 출신들도 누구인지 생각이 나지 않는다고 했다. 싼초에게 장난을 걸기로 되어 있는 사람들은 특히 더 놀랄 수밖에 없었으니 그런 일은 그들이 명령해서 저질러진 게 아니었기 때문 이다. 그래서 일이 어떻게 끝날지 그들 모두가 궁금해했다.

싼초는 처녀의 아름다움에 몹시 놀라면서 그녀에게 누구이며 어디를 가고 있으며 왜 그런 복장을 하게 되었는지 물었다. 그녀는 두 눈을 땅에 떨어뜨리고 아주 얌전하고 부끄러워하는 표정으로 대답했다.

"나리, 저는 이렇게 사람들이 많은 데서 공공연하게 제가 그토록 중요하게 비밀로 지켜온 이야기를 말씀드릴 수 없습니다. 딱 한 가지만 이해해주시기 바랍니다. 저는 도둑도 아니고 범죄인도 아니고 그냥 불행한 한 처녀이옵니다. 몇가지 질투 사건 때문에 어쩔 수 없이 얌전해야 할 여자로서의 예를 깨뜨린 것뿐입니다."

이 말을 듣자 상급 하인은 싼초에게 말했다.

"총독 나리, 사람들에게 자리를 비켜달라고 하세요. 이 아씨가 부끄러움을 좀 덜고 뭐든지 말할 수 있게요."

총독이 그렇게 명령하여 상급 하인과 주방장, 비서만 남고 모두들 자리를 비워 단출해지자 아가씨가 말을 이었다.

"여러 어르신들, 저는 뻬드로 뻬레스 마소르까라고 하는 이 지방의 양털 세금을 빌려주는 일을 하는 자의 딸인데, 그분은 이따금 저의 아버지 집에 가시곤 했지요."

"그건 말이 안되는데요." 상급 하인이 말했다. "아씨, 제가 뻬드로 뻬레스라는 분을 아주 잘 아는데 그 사람은 자식이 아들이건 딸이건 하나도 없어요. 더구나 그분이 그대 아버지라 하고는 이따금 그대 아버지 집을 들르시곤 했다는 말을 덧붙이니……"

"나도 그런 생각을 했어요." 싼초가 말했다.

"어르신네들, 제가 정신이 어지러워서 혼자 무슨 말을 했는지 모르겠습니다." 처녀가 대답했다. "하지만 사실 전 디에고 데 라 야나의 딸입니다. 어르신네 모두 다 그분을 아시겠지요."

"그건 말이 되네요." 상급 하인이 대답했다. "나는 그 디에고 데 라 야나 씨를 알고, 그분이 귀족이시고 부자라는 것도 알지요. 아들 하나, 딸 하나가 있지요. 그런데 그분이 혼자 되신 뒤에는 우리 고장에서 그분 딸을 보았다는 사람을 본 적이 없어요. 그 딸을 집에 꽁꽁 가두어두고 해도 보지 못하게 한다는 거예요. 소문에 따르면 딸이 정말 예쁘다고들 하더군요."

"그건 사실입니다." 아가씨가 대답했다. "그리고 그 딸이 바로 저랍니다. 제 아름다움에 대한 소문이 사실인지 거짓인지는 어르신네들이 이미 보셨으니 꿈을 깨셨겠네요."

그러고는 슬프게 울기 시작했는데 그 모습을 본 비서는 주방장의 귀 가까이 대고 아주 천천히 말했다.

"틀림없이 이 불쌍한 처자에게 무슨 중요한 일이 벌어졌나봐, 이 시각에 저런 옷을 입고 귀족의 자제인 처녀가 집 밖으로 나돈다니 말이야."

"그건 의심할 여지가 없어." 주방장이 대답했다. "더구나 처자의 눈물이 그런 의혹을 더해주잖아."

싼초는 그가 아는 가장 좋은 말로 그녀를 위로하면서 아무 두려움도 갖지 말고 무슨 일이 있었는지 말하라고 했다. 여기 있는 사람들 다 진심으로 가능한 방법을 다 써서 해결해주도록 하겠다고 했다.

"이야기는요, 어르신네들, 우리 아버지는 십년 전부터 저를 가두어 키웠어요. 우리 어머니께서 흙으로 돌아가신 지가 꼭 십년이지요. 집에 있는 아름다운 예배소에서 예배를 보니, 그러는 동안 계속 낮에는 하늘의 해, 밤에는 달과 별밖에 보지 못했어요.[3] 길거리니 광장이니 사원이니 하는 것도 몰랐고, 남자라곤 우리 아버지와 동생밖에 몰랐어요. 우리 집에 자주 드나드시는 세금 빌려주는 일

---

3 원본에는 'no he visto que el sol del cielo de dia……'(낮에는 하늘의 해가 보이지 않아……)로 나와 있는데, 연구자들은 모두 식자공이 잘못해서 빠뜨린 것으로 보고 'no he visto más que……'로 más를 넣어서 '……밖에 보지 못했다'의 뜻을 넣어 읽는다. 역자의 번역도 이를 따른다.

을 하는 뻬드로 뻬레스라는 분하고요. 우리 아버지를 밝히지 않으려고 어쩌다 그분을 우리 아버지라 했네요. 이렇게 가두어놓고 집에서 교회 가는 것까지도 못하게 하는 많은 날과 달이 지나고 보니 저는 위안도 전혀 없고 절망에 빠졌어요. 세상을 보고 싶었죠, 적어도 내가 태어난 마을이라도 보고 싶었죠. 제 생각엔 이런 소망이 귀족집 규중처녀가 자기를 다스려야 할 미덕에 반대되는 것이라고 보이지 않았어요. 투우가 있다고 들을 때나 말 탄 남자들 패싸움이 있다고 할 때, 연극 공연이 있다고 할 때 전 저보다 한살 아래인 동생에게 물었지요. 내가 보지 못한 그것들이 무엇이며 그밖의 다른 많은 것이 어떤 거냐고 물었어요. 동생은 자기가 아는 대로 최선을 다해 설명해주곤 했지만 모든 설명이 저에겐 더 직접 보고 싶게 만들었어요. 끝으로 제 타락 이야기를 짧게 하자면, 저는 동생에게 청하고 또 청했지요, 절대로 요청해서도 간청해서도 안될 일을⋯⋯"

그러고는 또다시 울음을 터뜨리자 상급 하인이 말했다.

"아가씨, 이야기를 계속하시지요. 무슨 일이 일어났는지 마저 이야기하세요, 아가씨의 말과 눈물이 우리 모두를 긴장시키네요."

"할 이야기가 별로 남아 있지 않아요." 처녀가 대답했다. "비록 눈물은 끝이 없지만요. 잘못 품은 욕망은 비슷한 결과 말고는 다른 보상을 가져다주진 않거든요."

그 아가씨의 아름다움이 주방장의 마음 한가운데 자리 잡아 그녀를 다시 보려고 등잔을 또 한번 가까이 가져갔다. 그의 눈에는 그녀가 흘리는 눈물은 눈물이 아니라 진주나 풀밭의 이슬 같았고, 조금 더 점수를 주자면 동양의 진주 같다고 할 수 있었다. 그는 그녀의 불행이 한숨이나 통곡이 보여주듯 그리 큰 게 아니기를 바라고 있었다. 총독은 그 아가씨가 자기 이야기를 너무 길게 질질 끌어가고 있어 초조해하면서 아가씨에게 더이상 사람들을 긴장시키지 말고 이야기를 끝내라고 했다. 이미 늦었고 마을을 돌려면 아직 길이 많이 남았다고 했다. 그녀는 이따금 훌쩍이며 되지 않는 한숨을 내쉬면서 말했다.

"제 불행이나 불운은 다른 게 아니라 제가 동생에게 그애 옷 중 하나로 남장을 하고, 밤에 우리 아버지가 잘 때 온 마을을 구경할 수 있도록 저를 데리고 나가달라고 한 거지요. 제 불경스러운 간청은 제 소망과 일치하는 거였어요. 그리하여 저는 이 옷을 입었고 동생은 제 옷을 입었는데, 다행히 동생에게 제 옷이 여자처럼 잘 맞더군요. 제 동생은 수염에 털이 하나도 없고 생긴 게 아주 아름다운 처녀 같거든요. 오늘 밤, 아마 대략 한시간 전쯤 되었을 거예요. 우리는 집을 나와 머슴아이의 인도를 받아 온 마을을 정신없이 배회하고 휘돌아다녔어요. 우리가 집으로 돌아가려고 할 때 대단히 많은 사람이 왁자지껄 떠들며 오는 게 보였는데, 동생이 내게 말했죠. '누나, 이 사람들이 야경부대인가봐, 발을 빨리 움직여 날개 달린 듯 달아나자고. 나를 따라 달려와. 그래야 우리를 알아보지 못하지. 들키면 우리 혼날 거야.' 이렇게 말하고 등을 돌려 달렸는데, 달린다기보다는 날아갔다는 게 맞겠죠. 저는 여섯발짝도 못 가 놀라 넘어졌고, 그때 집행관이 와서 이렇게 여러 어르신들 앞에 저를 데려온 거예요. 이곳에 있으니 제가 나쁘고 변덕이 심해서 이 많은 사람 앞에서 창피를 당하는구나 싶어요."

"아가씨." 싼초가 말했다. "다른 무슨 폭행 사건이나 그 비슷한 일은 당하지 않았단 말인가? 처음 그대가 이야기를 시작하면서 말한 것은 질투가 그대를 집에서 끌어내게 했다고 하지 않았는가?"

"아무 일도 없었어요. 질투 때문에 나온 게 아니라 세상을 보고

폰 소망 때문에 나왔지요. 세상이라고 해야 이 고장 길거리 이상을 벗어나지 않는 범위지만요."

자경단원들이 그녀의 동생을 체포해 데려와 그 처녀가 한 말이 사실임이 확인되었다. 누이와 달아나던 동생을 한 사람이 잡아왔는데, 그는 아름다운 짧은 스커트와 순금 장식을 단 푸른 비단천을 어깨에 두르고 있었다. 머리엔 모자도 없고 다른 특별한 치장도 없었지만 금발의 곱슬머리라 자기 머리칼만으로도 황금물결을 이루었다. 총독과 상급 하인, 주방장이 그 동생을 좀 떨어진 곳으로 데려가 누나에게 말이 들리지 않도록 조심하며 왜 그런 복장을 하고 다니느냐고 물었다. 그는 상당히 당황하고 부끄러워하는 기색으로 자기 누나가 한 것과 똑같은 이야기를 늘어놓았다. 그 이야기를 듣고 사랑에 빠진 주방장은 대단히 기뻐했다. 그러나 총독은 이렇게 말했다.

"정말이지 이거야말로 대단히 유치한 짓입니다, 여러분. 이런 바보 같은 영웅담을 이야기하려고 그 많은 눈물과 그렇게 긴 한숨이 필요하단 말인가요. '우리는 아무아무 여자 남자이고, 우리는 다른 특별한 목적 없이 호기심 때문에 이런 희한한 복장으로 우리 부모 집을 벗어나 놀러 나왔습니다' 하면 이야기가 끝나는 거죠. 그렇게 끙끙대거나 질질 짜면서 자꾸 그러지 말고 말이에요."

"사실 그래요." 처녀가 말했다. "하지만 제가 너무 혼란스럽고 어리둥절해서 슬기롭게 절제하지 못한 걸 어르신네들도 이해해주시길 바랍니다."

"그렇다고 손해가 난 건 아니에요." 싼초가 말했다. "그럼 갑시다. 그대들을 아버지 집에 데려다주겠소. 어쩌면 그대들이 없어진 것도 모르고 있겠지요. 그리고 앞으로는 세상을 보고 싶다느니 하는 어린애 같은 모습은 보이지 마요. 얌전한 처녀는 다리몽둥이 분질러서 집에 앉혀놓아야 안전해요. 여자하고 암탉은 내돌리면 곧 망가지지요. 보고 싶은 마음이 많으면 보이고 싶은 마음도 많은 법, 내 더이상 말하지 않겠어요."

총각은 총독에게 자기들을 집으로 돌려보내주시는 은혜에 감사드린다고 했고, 그리 멀지 않은 그들 집을 향해 걸어갔다. 집에 가까이 가서 동생이 돌멩이 하나를 집어 창살에 던지자 기다리고 있던 여종 하나가 금방 내려와 문을 열어주었다. 그 둘은 집으로 들어갔고, 모든 사람은 그녀의 아름다움과 얌전함에 놀랐다. 그리고 자기 고장에서 밤에 세상을 보고 싶었다는 그녀의 소망이 놀라웠지만 모든 게 아직 나이가 어려서라고 생각하기로 했다.

주방장은 마음의 상처를 받아 어찌할 바를 몰라 바로 다음 날이라도 그녀의 아버지에게 딸을 달라고 청혼을 할 생각을 하면서 자기가 공작 집 사람이니 그 아버지도 거절하지 않을 거라고 확신했다. 쌴초에게도 자기 딸 쌴치까를 그 총각과 결혼시키고 싶은 욕심과 조바심이 생겨 때가 되면 그 생각을 실행에 옮기기로 작정했는데, 총독 딸이면 어떤 남편감도 거절하지 않으리라는 생각이 들어서였다.

이리하여 그날 밤의 순회는 끝나고 그 이틀 뒤 통치에 대한 그의 모든 계획이, 앞으로 보게 되겠지만, 뿌리째 흔들리고 지워지게 된다.

50장

상급 시녀를 몽둥이찜질하고 돈 끼호떼를 할퀴고 꼬집었던 그 마법사와 사형집행인들이 누구였는지를 밝히고, 싼초 빤사의 부인 떼레사 싼차에게 서신을 가져간 하인에게 일어난 일에 대해 이야기한다

이 진짜 역사 이야기의 세세한 점 하나하나를 모두 들여다보고 정확히 기록한 시데 아메떼는 이렇게 말한다. 도냐 로드리게스가 돈 끼호떼의 방으로 가고자 자기 처소에서 나옴과 동시에 그녀와 같이 자는 다른 시녀가 그 낌새를 알아차렸다. 대부분의 상급 시녀는 뭐든 알아보고 이해하고 냄새 맡는 걸 좋아하는 여자들인지라 그 시녀가 바로 그녀를 쫓아갔지만 너무도 조용히 따라가서 도냐 로드리게스는 미처 그걸 알아차리지 못했다. 그 시녀는 도냐 로드리게스가 돈 끼호떼의 방으로 들어가는 것을 보고, 그녀에게도 모든 상급 시녀가 그렇듯이 남의 말 하기 좋아하고 간섭하기 좋아하는 일반적 습성이 없을 수 없기에 그 즉시 공작 부인 마님에게 가서 돈 끼호떼의 방에 도냐 로드리게스가 들어가 있다고 나발을 불었다.

공작 부인은 공작에게 이 이야기를 하고 그 상급 시녀가 돈 끼호떼와 무슨 짓을 하려는지 자기와 알띠시도라가 가보고 싶으니 허락해달라 했다. 공작이 허락을 하자 둘은 아주 조용히 조심조심 한 발자국 한 발자국 그 방문 옆으로 다가섰고, 아주 가까이 있었기에 안에서 하는 소리가 잘 들렸다. 로드리게스가 아란후에스의 분수 구멍보다 더 많다며 자기 다리의 상처 구멍[1]에 대한 비밀을 터뜨렸을 때 공작 부인도 알띠시도라도 더이상 참을 수가 없었고, 화가 치밀 대로 치민 두 여인은 복수심에 불타 갑자기 방에 뛰어들어 이미 이야기했듯이 돈 끼호떼를 난도질하고 상급 시녀를 두들겨팼다. 여자들의 뽐내기와 아름다움을 직접 공격하고 모독하는 것은 그녀들의 마음에 엄청난 분노를 일으키고 복수하고자 하는 욕망에 불타게 하니까.

공작 부인이 공작에게 그 방에서 일어난 일을 이야기하자 그는 대단히 재미있어했고, 공작 부인은 돈 끼호떼와 계속 장난을 치고 싶은 마음에서 둘시네아 모습을 하고 그녀를 마술에서 풀려나게 하는 방법을—싼초 빤사는 통치 일에 정신이 팔려 그 일을 깡그리 잊어버렸지만—제시하는 데 한 역할을 했던 하인을 싼초의 아내인 떼레사 빤사에게 보내어 자기 남편과 자기의 편지, 그리고 선물로 아주 크고 예쁜 산호 염주 목걸이를 전하도록 했다.

역사에 따르면 그 하인은 대단히 점잖고 총명하고 항상 주인을 잘 모시겠다는 마음을 가진 사람이었다 한다. 그는 매우 기쁜 마음으로 싼초의 고향으로 출발했는데, 마을에 들어가기 전 한 시냇가에서 많은 여자들이 빨래하는 걸 보았다. 그는 빨래하는 여자에게

---

1 원어로 'fuentes'(분수)란 말이 또한 '상처 구멍'이란 뜻으로도 쓰이고 있다. 말소리의 유사함 때문에 '분수 구멍'과 '상처 구멍'을 가지고 말놀이를 하다보니 그 유명한 아란후에스 궁전의 분수 이야기까지 나온 것이다.

그 마을에 떼레사 빤사라고 하는 여인이 살고 있는지 알려줄 수 있느냐면서 그녀는 라 만차의 돈 끼호떼라고 부르는 기사의 하인인 싼초 빤사라고 하는 사람의 부인이라 했다. 그 질문에 빨래를 하고 있던 한 처녀가 벌떡 일어서더니 말했다.

"그 떼레사 빤사가 우리 어머니이고 그 싼초라고 하는 사람은 우리 아버님이시구만요. 기사라고 하는 그분이 우리 주인님이시고요."

"그럼 아가씨." 하인이 말했다. "아가씨 어머님 좀 뵙게 해줘요. 그분께 편지 한통과 그 아버님이라고 하는 분이 보낸 선물을 갖고 왔어요."

"그야 아주 기꺼이 모시고 가지요, 나리." 보아하니 대략 열넷쯤 되어 보이는 처녀가 이렇게 대답했다.

그녀는 빨고 있던 옷을 다른 친구에게 남겨놓고 모자도 신발도 없이 맨발에다 머리는 헝클어진 그대로 하인의 말 앞에서 앞장서 뛰어가며 말했다.

"어서 오세요, 동구 앞 입구에 있는 집이 우리 집이에요. 저기 우리 어머니가 계시는데, 오래전부터 아버님에게서 소식이 없어 크게 걱정하고 계시지요."

"그렇다면 내가 아주 좋은 소식을 갖고 온 거군." 하인이 말했다. "그 편지를 보면 어머니는 정말 하느님께 감사해야 할 거야."

마침내 그 소녀는 뛰고 달리고 깡충거리면서 마을에 도착해 자기 집에 들어가기 전부터 소리를 질러댔다.

"어머니, 나와, 나와, 나와봐, 여기 한 어른이 오시는데 우리 착한 아버님에게서 편지며 무슨 다른 것들을 가져오셨대."

소리소리 지르자 그녀의 어머니 떼레사 빤사는 삼을 잣다가 거무뚜뚜한 겉옷을 입은 채 나왔는데, 치마 길이가 짧아서 겨우 부끄러운 데만 가린 것 같았다. 똑같이 거무튀튀한 조끼에 가슴을 덮는 속옷을 입고 있었다. 많이 늙지는 않았지만 주름살투성이인 것이 마흔살은 넘은 듯, 튼튼하고 강인해 보였다. 그녀는 자기 딸과 말을 탄 하인을 보며 말했다.

"이게 뭔 일이냐, 애야? 이 어른은 누구신고?"

"도냐 떼레사 빤사 마님을 모실 하인이옵니다." 하인이 말했다.

이 말과 함께 그는 말에서 뛰어내려 대단히 겸손한 태도로 떼레사 앞에 가서 무릎을 꿇고 말했다.

"도냐 떼레사 마님, 부디 손을 내리시고 인사 키스를 받으시옵소서. 바라따리아 섬의 유일한 총독님이신 돈 싼초 빤사 님의 정식 부인이신 마님!"

"아이고머니나, 나리, 저리 비켜요, 그러지 마요." 떼레사가 대답했다. "저는 궁중 여자도 아니고, 무슨 총독이 아니라 방랑기사 하인의 아내이고, 땅 파먹고 사는 막일꾼의 딸이에요!"

"마님께서는 고명하고 고명하신 총독님의 고명하신 부인이십니다. 이것이 사실이라는 것을 증명하려고 이 편지와 선물을 가져왔으니 받으시옵소서."

그러더니 옆구리에 찬 주머니에서 양 끝에 금이 달린 산호 염주 목걸이를 꺼내 그녀의 목에 걸어주며 말했다.

"이 편지는 총독님의 것이고요, 제가 가져온 또 한통의 편지와 이 산호들은 마님께 드리라고 우리 공작 부인 마님께서 보낸 것이옵니다."

떼레사는 너무 놀랐고 그 딸도 거의 마찬가지였다. 딸이 말했다.

"내가 죽으면 죽었지 장담하건대 이건 우리 주인이신 돈 끼호떼 나리께서 한 짓이라니까. 그분이 몇번이나 약속하셨던 백작령인지 정부인지를 아마 아버지에게 주셨나봐요."

"그게 사실입니다." 하인이 대답했다. "돈 끼호떼 나리에 대한 존경심 때문에 싼초 나리께서, 이 편지를 읽어보시면 알게 되겠지만 바라따리아 섬의 총독이 되셨으니까요."

"나리께서 편지 좀 읽어주시지요, 점잖으신 신사 나리." 떼레사가 말했다. "저는 실 자을 줄은 알지만 글은 전혀 읽을 줄 모르거든요."

"저도 몰라요." 싼치까가 덧붙였다. "하지만 여기 기다리세요. 제가 읽을 사람을 찾아올게요. 신부님이시든지 싼손 까라스꼬 학사님이든지, 누구든 아주 기꺼이 오셔서 우리 아버지 소식을 듣고 싶어하실 거예요."

"아무도 부르실 필요 없습니다. 저는 실 자을 줄은 몰라도 글을 읽을 줄 알거든요. 제가 읽어드리지요."

그러곤 그녀에게 싼초의 편지를 다 읽어주었는데, 이미 언급한 편지이기에 여기 적지는 않겠다. 그는 곧 공작 부인의 편지를 꺼냈는데 거기엔 이렇게 쓰여 있었다.

친애하는 떼레사에게

그대 남편 싼초의 선량한 자질과 지혜가 나를 감동시켜 남편인 공작님께서 가진 섬 중 한 섬의 통치자 자리를 그에게 주라고 청하지 않을 수 없었어요. 매처럼 명석하게 통치를 잘한다는 소식을 들어 나도 대단히 만족하고 우리 주인이신 공작님도 당연히 좋아하시지요. 그래서 나는 그를 선택해 통치자 자리에 천거한 게 잘못이 아니었다는 점에 대해 진심으로 하늘에 감사드려요. 왜냐하면 떼레사 부인께서도 세상에 정말 좋은 통치자는 찾기 힘들다는 걸 아시리라는 뜻에서 말씀드리는 거니까요. 싼초가 통치하게 해주시듯이 하느님께서도 나에게 그렇게 잘해주시기를 빕니다.

사랑하는 부인, 여기 양 끝에 금을 붙인 산호 염주 목걸이 하나를 보내요. 동양 진주이면 더 좋겠지만 가진 것 중에서 주는 거니, 그래도 사랑이 없는 건 아니랍니다. 세월이 가면 우리가 서로를 잘 알게 되고 서로 마음이 통하게 될 거예요. 그리고 어찌 될지 누가 알겠어요? 따님 싼치까에게도 제 안부 전해주세요. 제가 전하는 말로 마음의 준비를 하라 하세요, 생각지도 않은 때 내가 훌륭한 결혼을 시킬 생각이니까요.

사람들 말을 들으니 그 지방엔 토실한 도토리가 많다고 하더군요. 내게 열두개씩 두 줄만 보내주시면, 그대 손으로 딴 거니 무척 귀하고 고맙게 여기겠어요. 편지는 길게 써주세요. 건강은 좋은지 잘 있는지 다 전해주세요. 무슨 필요한 게 있으면 입만 열고 말씀만 하시면 됩니다, 그대의 말이 모두 헛되지는 않을 겁니다. 하느님의 가호가 있기를.

이 고장에서 그대를 사랑하는 친구,

공작 부인.

"아이구야!" 편지를 들고 떼레사가 말했다. "정말 착하고 수수하고 겸손하신 부인이시네! 이런 부인 마님들하고는 정말 속마음이 통해. 이 동네에 흔한 그런 양반 부인들 말고 말이야. 그런 부인들은 자기들이 양반이니 자기들 곁에는 바람도 스쳐가선 안된다고 생각하거든. 교회에 갈 때도 자기들이 마치 여왕이나 된 듯이 잔뜩 환상을 가지고 가니, 어쩌다 농사짓는 여자 하나라도 보면 무슨 불명예스러운 일이라도 당한 듯한다니까. 그런데 여기 이 착한 부인 좀 보라고, 공작 부인이면서도 나를 친구라 부르고 자기와 동격인 것처럼 대하잖아. 라 만차에 있는 가장 높은 종각과 그녀를 나더러 똑같이 보라는 말이지. 도토리에 관한 한, 나리, 내가 그 어르신네들께 한 가마니는 보내드리리다. 살지고 통통하기로 말하면, 그 도토리들을 보기만 해도 정말 놀라실 겁니다. 싼치까야, 지금은 이 어른을 편안히 잘 모셔라. 그리고 이 말도 제대로 갖다놓구. 마구간에서 달걀을 꺼내오고 돼지 베이컨은 넉넉히 썰어와. 이분을 왕자님처럼 모셔야지, 우리한테 이 좋은 소식들을 가져오셨으니 말이야. 게다가 저 착한 얼굴을 보아서는 무얼 드려도 아깝지 않겠다, 얘. 그러는 동안 나는 나가서 이웃 사람들에게 이 기쁜 소식을 전해야겠다, 신부님과 이발사 니꼴라스 선생도 예나 지금이나 네 아버지의 좋은 친구분들 아니시니?"

"예, 어머니." 싼치까가 대답했다. "그렇지만 그 염주 목걸이 절반은 저 주셔야 하는 거 아시죠? 제 생각엔 공작 부인 마님이 아주 바보가 아닌 바에야 어머님 혼자 다 가지라고 보내셨을 것 같지는 않아요."

"다 네 거야, 얘야." 떼레사가 대답했다. "하지만 며칠만 내 목에 차고 다니마, 정말이지 내 속까지 기분이 다 좋아지는 것 같구나."

하인이 말했다. "이 가방에 든 보따리를 보시면 기분이 더 좋으실 거예요. 총독께서 사냥 나갈 때 단 하루 입은 아주 고운 천의 옷이에요. 이걸 다 싼치까 아씨께 보냈답니다."

"우리 아버지 천년을 복 받고 사실 거예요." 싼치까가 대답했다. "그리고 이걸 가져오신 분도 똑같이 복 받으실 거예요. 필요하면 이천년을 복 받으시라구요."

이때 떼레사는 목에 목걸이를 찬 채 편지를 들고 집을 나서 편지가 무슨 작은북이라도 되는 양 두들기면서 다녔다. 마침 신부와 쌴손 까라스꼬를 만나자 덩실덩실 춤을 추면서 말했다.

"이제 정말이지 세상에 가난한 친척은 없겠네요! 통치자 자리가 생겼어요! 아니, 세상에 내로라하는 양반 부인도 어디 나하고 한판 붙어보자구 그래, 내가 그 얼굴에 새 단장을 해드릴 테니까!"

"이게 무슨 일이야, 떼레사 빤사? 뭐 때문에 이리 미쳐 날뛰는 것인가? 그 종이들은 또 무엇이고?"

"미치지 않을 수가 있남요. 다른 게 아니라 이게 공작의 편지고 총독의 편지인데요. 그리고 여기 이 목에 걸고 있는 건 진품 산호로 된 염주들이고 끝에 달린 십자가는 망치로 벼린 황금이지요, 그리고 저는 총독 부인이 되었답니다."

"하늘 아래 자네 말을 알아들을 사람은 없을 거네, 떼레사, 도대체 무슨 말을 하는지 우린 못 알아듣겠구먼."

"어르신네도 이걸 보면 바로 알 거구만요." 떼레사가 말했다.

그 말과 동시에 그녀는 편지를 주었고, 신부는 쌴손 까라스꼬도 들으라고 소리내어 편지를 읽었다. 쌴손과 신부는 편지 내용을 보고는 놀라서 서로 얼굴을 쳐다보았다. 까라스꼬 학사가 누가 그 편지를 가져왔느냐고 묻자, 떼레사는 자기와 함께 모두 집으로 가면 그 사신을 만날 수 있을 거라면서 훌륭한 풍모를 지닌 총각이라 했다. 또 이보다 더 값진 다른 선물도 가져왔다고 했고, 신부는 그녀 목에서 산호 목걸이를 벗겨서 자세히 보고 또 보았는데 진품 산호임이 증명되자 새삼 놀라며 그녀에게 말했다.

"신부인 내 입장에서는 이 편지와 이런 선물을 보고 무슨 생각, 무슨 말을 해야 할지 모르겠구먼. 한편 내가 직접 보고 만져보니 이 산호가 진품인 건 알겠는데, 다른 한편으로 공작 부인이 열두개

짜리 도토리 두 줄을 보내달라는 말도 나오니."

"정말 말도 안되는 소리죠!" 그때 싼손 까라스꼬가 말했다. "어쨌든 이 서찰을 가져온 사람이나 만나러 갑시다. 그 사람을 통해 알아보고 우리에게 지금 이해가 안되는 어려운 문제들을 풀어보지요."

그렇게 하기로 해서 떼레사는 그들과 함께 집으로 돌아왔다. 그들이 당도했을 때 그 하인은 자기 말에게 먹일 보리를 조금 체로 치고 있었고, 싼치까는 그 하인에게 주기 위해 달걀과 섞어 튀기려고 돼지 베이컨을 자르고 있었다. 하인의 용모와 풍채가 두 사람의 마음에 아주 들어 그들이 그에게 정중하게 인사하자 그도 답인사를 했다. 싼손은 그에게 돈 끼호떼와 싼초 빤사의 소식을 물으며 이야기를 좀 해달라고 하면서 싼초의 편지나 공작 부인의 서찰을 읽었지만 아직 어리둥절할 뿐이라 했다. 싼초의 통치 자리라는 게 도대체 무엇을 하는 것인지 아무래도 감이 잡히지 않는다 했고, 더구나 섬의 통치자라니, 섬이라면 우리 황제 폐하가 지중해에 가지고 있는 섬들이 거의 대부분이지 않은가 했다. 그 의문에 하인은 이렇게 대답했다.

"싼초 빤사 나리께서 총독이시라고 한 점은 의심할 나위가 없고, 통치하는 땅이 섬이냐 아니냐의 문제는 제가 이러쿵저러쿵 못하겠지만 천 가구가 넘는 고장이라는 것은 확실합니다. 그 도토리 문제는, 우리 공작 부인 마님께서는 아주 서민적이고 소탈하시어서 보통 때도 농사꾼 아주머니에게 도토리를 요청하실 뿐만 아니라 이웃집 아주머니에게도 빗 좀 빌려달라 청하기도 하신답니다. 어르신들께 알려드리고 싶은 게 있는데요, 아라곤 지방 부인들은 대단한 귀족 마님이어도 까스띠야 마님들처럼 사소한 일로 체면만 세우거나 오만을 부리지 않고 훨씬 더 서민적으로 사람들을 대하지요."

이렇게 한창 대화하고 있는데 싼치까가 치마 가득 달걀을 싸들고 뛰어와서 하인에게 물었다.

"이봐요, 어르신, 우리 아버님께서 총독이 되신 뒤에 혹시 옛 고관대작이 입는, 그 노끈으로 허리를 조이는 긴 바지[2]를 입고 계신가요?"

"그건 보지 못했수다." 하인이 말했다. "하지만 그런 걸 입으시겠죠."

"에구머니나!" 싼치까가 말을 받았다. "우리 아버지가 그 허리죄는 방귀쟁이 바지 입고 있으면 참 볼만하겠네! 저는 세상에 태어나서 우리 아버지가 그런 허리 죄는 긴 바지 입고 있는 걸 꼭 보고싶었는데 재미있지 않아요?"

"살다보면 아가씨께선 그런 일들을 많이 보실 거예요." 하인이 대답했다. "통치한 지 단 두달만 지나도 어디 다닐 때 얼굴에 가리개를 쓰고 다니셔야 할 정도가 될 겁니다요."

신부와 까라스꼬 학사는 하인이 비꼬아서 하는 말인 것을 금방 알아차렸으나 진품 산호 목걸이와 싼초가 보낸 옷을 보고 그런 생각조차 다 깡그리 사라졌으니 떼레사가 벌써 그 옷을 보여준 것이다. 그들은 싼치까의 그 작은 소망을 들으며 웃음을 참을 수가 없었는데, 특히 떼레사가 이런 말을 했을 땐 더 그러했다.

"신부님, 마드리드나 똘레도 가는 사람 누가 있는지 한번 알아봐

---

2 원문에 나오는 'calzas atacadas' 'calzas enteras'는 노끈으로 허리를 묶어 멋을 낸 옛 귀족들이 입던 긴 바지이다. 이 복장은 16세기 말까지 있었고, 17세기 이후에는 입지 않았다.

주세요. 제대로 만든 둥그렇게 통 넓은 치마 하나 제게 사다주라고 하게요. 요즘 유행하는 것 중에서 최고로 좋은 치마로요. 정말이지 제가 가진 모든 힘을 다해 우리 남편 정부를 영예롭게 해드려야 하지 않아요. 비록 좀 짜증이 나긴 해도 제가 그 궁전에 가야겠네요, 다른 모든 여자들처럼 마차 타구요. 남편이 총독인 여자는 마차 정도는 타고 다녀야죠."

"아무렴요, 어머니!" 싼치까가 말했다. "제발 그런 날이 내일보다 오늘이면 정말 좋겠네요. 비록 그 가마에 내가 어머니와 함께 타고 가는 걸 보면 사람들이 '아이구 저런, 저런, 저 꼴 좀 봐, 마늘 냄새 찌든 촌년이 지가 무슨 여자 교황이라도 된 듯 떡하니 가마를 타고 누워 가?' 하겠지만요. 하지만 사람들이야 진흙을 밟고 가건 말건 나야 가마 타고 가면 되지요, 땅에서 두 발 들어올리고 말이에요. 세상에 남의 험담 좋아하는 사람들이야 몽땅 해가 가고 달이 가도록 약 올라 죽으라지요, 뭐. 남이야 웃건 말건 내 배만 따뜻하면 되지! 내 말이 맞죠, 어머니?"

"네 말이 맞구말구, 얘야! 이런 모든 행운이나 더 큰 행운도 네 훌륭한 아버지께서 내게 다 예언한 거란다. 얘야, 이제 두고 보면 알겠지만, 나를 백작 부인으로 만들 때까지는 그대로 가만히 계시지 않을 게다. 모든 일이 정말 운 좋게 잘 풀려가기 시작하는구나. 네 훌륭한 아버지께서는 네 아버지면서 또한 속담의 아버지이기도 하셨지. 그 아버지에게서 여러번 들은 말로는, 너에게 송아지를 주면 고삐 잡고 뛰라는 말씀이 있었지. 즉, 너에게 정부를 주면 덜렁 받아야 하고, 너에게 백작령을 주면 꼭 붙들어야 한다는 거야. 너에게 무슨 선물을 주면서 강아지에게 하듯 워리, 워리 해도 선물은 꼭 챙겨. 하지만 누가 문 앞에 와서 좋을 일이 있을지 점을 봐주겠다고 하면 대답도 말고 그냥 잠이나 자는 거지!"

쌴치까가 덧붙였다. "그래, 내가 좀 으스대고 세상모르고 우쭐거리며 다닌다고 개구리 올챙이 적 모르느니 하면서 누가 뭐라고 아무리 지껄여도 그게 나와 무슨 상관이야?"

그 말을 듣자 신부가 말했다.

"내가 아무리 봐도 이 빤사 집안사람들은 태어날 때부터 각각 몸에다 속담 한 가마니씩을 짊어지고 태어난 모양이야. 내가 보기에 이 집안사람들은 시도 때도 없이 무슨 대화를 하더라도 항상 속담을 줄줄 쏟아놓지 않는 사람이 하나도 없구먼."

"그건 사실입니다." 하인이 말했다. "우리 총독이신 쌴초 나리께서도 일이 있을 때마다 늘 속담을 말하십니다. 비록 속담이 상황에 맞지 않는 경우도 많지만 그래도 재미있어서 우리 공작 부인이나 공작께서도 그 속담을 굉장히 칭찬하십니다."

학사가 말했다. "나리님, 나리님께서는 아직도 쌴초의 통치 사건이 사실이라고 인정하고 계십니까? 그녀에게 친히 편지를 쓰고 선물을 보내는 그런 공작 부인이 있다고 보시는지요? 우리가 비록 선물을 만져보았고 편지들도 읽어보았지만 믿음이 안 가거든요. 이것은 우리 동네 어른이신 돈 끼호떼에게 일어나는 일 중 하나라는 생각이 드는데, 그는 모든 게 마법으로 생겨난 일들이라 생각하지요. 난 지금 나리님이 진짜 살과 뼈를 가진 사람인지 아니면 환상의 사절인지를 확인하고자 나리님을 직접 만지고 느껴보고 싶다고 말하고 싶을 지경이에요."

"여러 어르신네들, 저는 저에 대해서 더이상 아는 게 없습니다." 하인이 말했다. "제가 아는 건 제가 진짜로 사신으로 와 있다는 것과 쌴초 빤사 나리는 실제로 총독님이라는 것, 우리 주인이신 공작과 공작 부인께서 그런 통치 자리를 주실 수 있고 또 실제로 주셨다는 것, 그리고 또한 제가 들은 바로는 싼초 빤사라고 하는 분이 총독 직책을 아주 용감하게 잘 수행하고 계시다는 겁니다. 이 문제에 마법이 간여했느냐 아니냐는 어르신들끼리 따로 다투실 일이고, 저는 다른 것은 모릅니다. 지금 살아 계시는, 내가 진정으로 아끼고 사랑하는 우리 부모님의 목숨을 걸고 맹세코 드리는 말씀입니다."

"그건 아마 그럴 수도 있겠지요." 학사가 말을 받았다. "하지만 '성 아우구스티누스께서도 의심을 하시도다'[3]라는 말이 있지요."

하인이 말했다. "의심이야 할 사람은 하는 거고 진실은 내가 한 말 그대로입니다. 진실은 항상 물 위의 기름처럼 거짓 위에 떠다니는 겁니다. 아니라면 왜 라틴어 속담에 '말을 믿지 말고 행동을 믿을지라'라는 말이 있겠어요. 어르신네 중 누가 저와 함께 가시면 들어서 믿을 수 없는 것을 직접 눈으로 확인할 수 있을 겁니다."

"거기 가는 건 제가 갈 차례예요." 싼치까가 말했다. "나리, 나리께서 그 농사짓는 말 엉덩이 위에 저를 태우고 가주세요. 저는 아주 기꺼이 우리 아버지를 만나러 가고 싶어요."

"총독의 따님은 혼자 길을 가서는 안됩니다. 호화로운 마차와 들것들, 그리고 수많은 하인을 대동하고 가셔야지요."

"에구머니나, 가마를 타고 가듯 저도 어린 나귀를 타고 가지요, 뭐, 세상에 얼마나 귀여운지 보면 미칠 겁니다."

"시끄럽다, 계집애야." 떼레사가 말했다. "넌 지금 네가 무슨 말 하는지도 모르지. 이분 말이 확실히 맞다. 때에 따라 책략도 달라야

---

3 학생들 사이에서 잘난 척하며 라틴어로 이렇게 말하면 '그거 의심스러운데……' 라는 뜻이다.

해. 싼초 딸일 때는 싼치까가 되고, 총독일 때는 마님이 되고……
이 정도면 말을 알아들을지 모르겠다."

"떼레사 마님께서는 생각보다 말을 많이 하시네요." 하인이 말
했다. "제게 먹을 것 좀 주시고 제 일을 좀 바로 살펴주세요. 오늘
오후에 돌아가려고 하거든요."

그 말에 신부가 말했다.

"나리께서는 나와 함께 조촐한 것을 드시러 갑시다. 떼레사 마님
께서는 이렇게 훌륭하신 손님을 모시는 식기를 준비해놓기보다는
마음씨만 곱지요."

하인은 거절했으나 식사를 잘하려면 끝내 양보를 할 수밖에 없
었다. 신부는 아주 기꺼이 그를 데리고 갔는데 그에게 돈 끼호떼와
그의 행적에 대해 천천히 물어볼 기회를 얻었으니 무척 기뻐하면
서 말이다.

싼손 까라스꼬 학사는 자진해서 떼레사에게 답장 편지를 써주
겠다고 나섰으나 그녀는 학사가 자기 일에 끼어드는 걸 원치 않았
다. 그를 약간 비아냥거리기를 좋아하는 사람으로 알고 있었기 때
문이다. 그래서 그녀는 글을 쓸 줄 아는, 미사를 거드는 한 소년에
게 빵 하나와 계란 두개를 주고 편지를 써달라고 부탁하고는 자기
재주껏 부르면서 하나는 남편에게, 다른 하나는 공작 부인에게 썼
다. 그 편지들은 이 위대한 역사서에서 그다지 나쁜 글은 아니니
앞으로 보면 알게 될 것이다.

51장

싼초 빤사 정부의 발전과 그밖의 좋은 일들에 대하여

총독이 순회한 밤이 지나고 다음 날이 밝았다. 그날 밤 주방장이 잠을 이루지 못하고 남장을 한 처녀의 아름다움과 원기, 그 얼굴에 온 생각을 빼앗긴 채 뜬눈으로 밤을 지새우는 바람에 밤에 주인들에게 편지를 써야 하는 일을 해내지 못하자 상급 하인이 도맡아했는데 싼초가 한 말과 행동 하나하나를 정말 놀라면서 기록했다. 싼초의 말이나 행동에는 바보 같기도 하고 사려 깊어 보이기도 하는 점들이 섞여 있었기 때문이다.

마침내 총독님이 일어나셨고, 뻬드로 레시오 박사의 지시에 따라 약간의 건어물류와 찬물 네모금으로 아침을 때우게 되자 마음이 내키지는 않았으나 강압이라는 것을 알았기 때문에 배는 고프고 속마음은 엄청 아팠지만 그대로 먹기로 했다. 뻬드로 레시오는 섬세하고 적은 음식물이 두뇌에 활기를 주므로 중책이나 지휘를 맡고 있는 인물들에게 가장 적당한 음식이라고 그를 설득했다. 지휘관의 일이란 육체적 힘을 크게 필요로 한다기보다는 지혜의 힘을 더 이용해야 하기 때문이란다.

이런 궤변 때문에 싼초는 배고픔을 참아야 했는데, 어찌나 배가 고팠는지 속으로 통치를 욕하고 심지어 그런 일을 맡긴 사람까지 욕했다. 건어물만 먹어서 배는 고팠지만 그날도 재판을 시작해야 했다. 첫번째 주어진 것은 한 이방인이 가져온 난제였는데, 상급 하인과 그밖의 시종들이 다 참석한 가운데 나온 질문은 이러했다.

"나리, 한 영지를 물이 풍부한 강 하나가 가로지르고 있습니다. 그런데 나리께서 주의를 기울이셔야 하는 건 이 문제가 중요하면서도 다소 어려운 데가 있기 때문입니다. 제 말은 이 강 위에 다리가 하나 놓여 있는데, 다리 끝에는 교수대 하나와 재판정 같은 집이 있고 그 안에는 보통 재판관 넷이 있으면서 그 강과 다리, 그 영지의 주인이 내건 법에 따라 심판을 하게 되어 있지요. 그건 이런 식이지요. '만약 어떤 사람이 이쪽에서 저쪽으로 이 다리를 건너갈 때는 먼저 어디를 가며 무엇을 하러 가는지 맹세를 하고 신고해야 하는데, 신고가 사실이면 그냥 지나가게 내버려두고, 신고가 거짓이면 그 죗값으로 거기 보이는 교수대에서 가차없이 교수형을 당하게 되어 있음.' 이 법을 알고 그 법의 가혹성을 알면서도 많은 사람이 다리를 지나갔고, 그러고 나서 맹세하고 신고한 게 진실이라고 판단되면 재판관들은 자유롭게 지나가게 내버려두었죠. 그런데 한번은 한 남자가 신고를 했는데 이런 일이 벌어졌어요. 그는 맹세를 하고 신고를 하면서 자기는 다른 일이 아니라 저기 있는 저 교수대에 죽으러 간다는 거였어요. 재판관들은 그 신고를 재검토해보고 말했지요. '만일 이 사람을 자유롭게 지나가게 한다면 그는 거짓말로 신고를 한 게 됩니다. 그러면 법에 따라 죽어야 하지요.

그런데 그를 교수형에 처하면, 그가 거기서 죽을 거라고 신고했으니 진실을 신고한 게 되고 똑같은 법에 따라 그는 죄를 면하게 되어 있어요.' 총독님, 나리께 여쭙고 싶은 질문은 재판관들이 지금까지도 긴장을 하고 어찌할 줄 모르고 있는데 이 사람에 대해 그들이 어떤 판단을 내려야 하느냐는 것이지요. 나리의 고명하고 예리하신 지혜에 대한 소문을 듣고 이렇게 저를 보내셨습니다. 이렇게 얽히고설켜 풀기 어려운 문제에 대해 어떻게 생각하시는지 나리의 고견을 꼭 듣고 싶다고 부탁드리라 해서 왔습니다."

그 말에 싼초가 대답했다.

"그대를 내게 보낸 그 재판관님들을 그러지 않으셔도 되는 게 확실하구먼. 나라는 사람은 예리하기보다는 멍청한 데가 더 많은 사람이니까. 어쨌든 내가 이해할 수 있도록 그 사건을 다시 한번 더 반복해서 들려줘요. 어쩌다 답을 찾아낼지 알아요?"

그 질문자는 처음 한 이야기를 몇번이고 다시 언급했다. 그러자 싼초가 말했다.

"내 생각에 이 사건은 단번에 판가름할 수 있소. 그건, 이렇소. 그 작자는 교수대에서 죽을 거라고 맹세하고 신고했지요, 그가 교수대에서 죽으면 진실을 신고한 것이고, 법에 따라 그는 무죄가 되어 다리를 건너가게 되겠요. 만일 그를 교수형에 처하지 않으면 거짓말로 신고를 한 것이니 같은 법에 따라 그를 교수형에 처하는 게 마땅하다 이거지요."

"총독님께서 말씀하신 그대로입니다." 심부름을 온 사람이 말했다. "사건 이해나 해독에 있어서는 더이상 묻거나 의심할 여지가 없습니다."

싼초가 말을 받았다. "그러니 시방 내 말은 이 사람에 대해서 진실을 말한 부분만은 지나가게 해주고, 거짓말을 한 부분은 교수형에 처하도록 하면 된다는 거지. 이렇게 하면 그 통과법칙을 글자 그대로 이행한 게 되겠지."

"그럼, 총독님." 질문자가 다시 말을 받았다. "그 작자를 부분부분 조각내야 되겠네요. 거짓말한 부분과 진실을 말한 부분으로 말이죠. 그렇게 조각내면 필연적으로 죽겠지요. 그러면 그 법이 요구하는 어느 사항도 지켜지지 않게 되고요. 법은 꼭 지켜야 하는 당위인데요."

"이리 오게나, 이 착한 사람아." 싼초가 말했다. "그대가 말하는 그 행인은, 내가 바보가 아니라면, 죽거나 살거나 다리를 건너거나 다 맞도록 되어 있어. 왜냐하면 진실이 그를 살린다면 거짓이 똑같은 이유로 그에게 죄를 덮어씌울 테니까. 사실 사정이 그렇다면, 내 의견으로는, 나에게 그대를 보낸 그분들께 죄를 주어야 할 이유나 풀어주어야 할 이유가 저울추에 똑같은 무게이므로 그냥 자유롭게 지나가도록 내버려두라고 말하더라고 하게. 나쁜 짓보다는 좋은 짓이 늘 더 칭찬을 받으니 말일세. 내가 서명을 할 줄 안다면 내가 서명해서 주겠네만, 이런 경우엔 내가 내 말을 한 게 아니라 내가 기억하는 법칙 하나가 떠올라서 한 말이거든. 우리 주인이신 돈 끼호떼 나리께서 내가 이 섬의 총독이 되어 떠나기 전날 밤 다른 많은 충고와 함께 이런 말을 하셨어, 정당한 판단이 의심스러우면 포기하고 자비로운 쪽으로 받아들이라고. 천행으로 지금 내게 그 말이 생각나는구먼, 이 경우에 그대로 딱 맞아떨어지는 충고로 말일세."

"그래요." 상급 하인이 대답했다. "고대 그리스의 한 지방인 라세데모니오 사람들에게 법을 준 리쿠르고스도 위대한 싼초 빤사가 내린 판단보다 더 좋은 선고를 내릴 수 없었을 거라 저는 생각합니다. 오늘 아침 주민 접견은 이길로 끝내기로 합시다. 저는 총독 나리께서 좋아하시는 걸 마음껏 드실 수 있도록 명을 내리겠습니다."

"나도 그걸 원하네, 거짓없이 제대로. 먹을 걸 주고 나서 사건이며 의혹이며 나한테 쏟아부으라고 해. 내가 단번에 해답을 줄 테니까."

상급 하인은 약속을 지켰는데, 점잖은 총독을 굶겨 죽이는 것은 양심에 부담이 되는 문제라고 생각했기 때문이다. 나아가 바로 그날 밤, 놀려주라고 위임받은 마지막 장난을 실행에 옮기기로 했다.

사건은 이렇게 벌어졌다. 그날 의사 뻬드로 레시오 데 아구에로 박사의 금언이며 처방 없이 마음껏 먹은 뒤 식탁보를 치우려고 할 즈음 총독에게 보내는 돈 끼호떼의 편지 한통을 가지고 배달부가 들어왔다. 싼초는 비서에게 편지를 읽어달라고 명령하면서 혹시 비밀에 부칠 만한 사건이 쓰여 있지 않으면 큰 소리로 읽으라 했다. 비서가 먼저 편지를 검토해보고 이렇게 말했다.

"큰 소리로 읽어도 되겠군요. 돈 끼호떼 나리께서 나리께 쓴 글은 황금 글자로 써서 인쇄해놓을 만한 것입니다. 그 내용은 이렇습니다."

라 만차의 돈 끼호떼가 바라따리아 섬의 총독 싼초 빤사에게 보내는 편지

자네가 엉망진창이고 실수투성이라는 소식을 들을까 걱정했더니, 이 친구 싼초, 그대가 사려 깊고 일 잘한다는 말을 들어 정말 하늘에 특별히 감사를 드렸네. 하늘은 쓰레기에서도 가난한 사람을 끌어올리시고 바보라도 점잖은 사람을 만들 줄 아시니 말일세. 소문에 따르면 자네가 정말 인간처럼 통치를 하고 짐승처럼 인간이 되어 있다고 하더군, 자네가 그토록 겸손하게 사람을 대한다는 말이지. 싼초, 나는 자네가 직책의 권위에 부합하는 행동을 하려면 많은 경우 마음의 겸손함을 없애는 게 더 적당하다는 걸 충고하고 싶네. 중대한 직책을 수행하는 자에게 좋은 복장은 사안의 중요성이 요구하는 모습을 따라야지, 겸손하고 소탈한 자기 성격이나 취향대로 아무렇게나 입어서는 안되네. 옷은 잘 입어야 돼. 몽둥이도 잘 장식하면 몽둥이 같아 보이지 않지. 호화로운 보석이나 치장을 하고 다니라는 소리가 아니네. 재판을 하면서 군인 복장을 해서는 안된다는 거지. 깨끗하고 잘 만들어져 있기만 하면 자네 직책이 요구하는 예복으로 치장하는 게 좋다는 말일세.

통치하는 백성의 마음을 사려면 여러 일 중에 두가지 일을 잘해야 하네. 하나는 전에도 한번 말한 적이 있지만 모두에게 교양있게 대하라는 거고, 또 하나는 양식을 풍부하게 구해놓으라는 것이네. 배고픔과 식량결핍보다 가난한 사람의 마음을 더 힘들게 하는 것은 없으니까.

법 조항을 많이 만들지 말게. 법을 만들 때는 좋은 법, 특히 잘 지키고 실행에 옮길 수 있는 법을 만들도록 애써야지. 지켜지지 않는 법은 있으나 마나 마찬가지야. 법이 없다면 차라리 법을 만들어낼 만큼 사려 깊고 권위있는 왕자가 그 법을 지키게 할 용기가 없었으려니 하고 생각하게. 공포와 겁만 주고 시행하지 않는 법은 이솝우화에 나오는 대들보, 개구리들의 왕과 똑같이 되지. 즉, 처음에는 개구리들을 겁주고 놀랬지만 시간이 가면서 다들 무시하고 대들보 위에 마구 올라가게 만들었다네.

덕의 아버지, 악습의 의붓아버지가 되도록 해. 항상 엄해서도 안되고 늘 부드러워서도 안되고, 이 두 극단의 중간을 택하도록 하게. 여기에 사려 깊은 행동의 핵심이 있네. 감옥이나 푸줏간, 장터 들을 순방하게나. 그런 장소에 총독이 나타나는 건 무척 중요해. 출소할 날이 빨리 오기만을 기다리는 죄수들을 위로하게나. 고기 장사꾼들에겐 총독이 호랑이라서, 그리하면 저울눈을 제대로 맞춰놓는다네. 장사꾼 여자들에게도 똑같은 이유로 총독은 겁나는 존재지. 자네, 난 그렇다고 생각지 않지만 혹시 자네에게 그런 점이 있다면, 욕심꾸러기나 바람둥이, 식충이처럼 보이지 말게. 왜냐하면 백성이나 자네를 대하는 사람들이 자네의 특정 성향을 알게 되면 그쪽으로 자네를 공략하게 되고 끝내 자네를 깊은 멸망의 늪으로 쓰러뜨릴 것이기 때문일세.

자네가 통치하러 떠나기 전에 내가 써준 가르침이며 충고를 보고 또 보고, 검토하고 또 검토하게. 그것들을 잘 지키면 그때그때 총독들에게 밀어닥치는 곤경과 난관을 뚫고 나갈 수 있는 값진 교훈과 도움을 그 속에서 발견하게 될 거야. 자네 어른들께도 편지 쓰고 감사하는 마음을 전하게. 배은망덕은 오만의 산물이고 우리가 아는 큰 죄악 가운데 하나일세. 자기에게 잘해준 사람들에게 감사할 줄 아는 사람은 자기에게 그 많은 좋은 일을 해주고 계속 은혜를 베풀고 있는 하느님에게도 감사할 줄 안다는 증거야.

공작 부인께서는 자네 옷과 몇가지 선물을 자네 아내 떼레사 빤사에게 직접 사신을 통해 보내셨지. 금방 답장이 있을 걸로 알고 기다리고 있네.

나는 몸이 약간 불편했네. 내 코에는 그다지 좋지 않은, 고양이 발톱 사건 때문이었어. 하지만 아무것도 아니었어. 나를 못살게 구는 마법사들도 있지만 나를 방어해주는 마법사들도 있거든.

자네하고 함께 있는 우두머리 하인이 자네가 의심했듯이 뜨리팔디 여인 사건과 관계가 있었는지 내게 알려주게나. 그리고 자네에게 일어난 모든 일을 일일이 다 나에게 보고하게나. 인생길은 아주 짧네. 게다가 나는 곧 지금 내가 살고 있는 이런 편한 생활을 떠나려고 하네. 나는 이렇게 살려고 태어나지 않았으니까.

일 하나가 나에게 들어왔는데, 어쩌면 나는 이 양반들의 불행한 일을 하나 떠맡게 될 것 같아. 관심이 가기도 하고 관심이 없기도 하지. 어쨌거나 나는 내 재미보다 내 임무를 수행해야 하는 것이 먼저이니까. 사람들이 늘 말하는 라틴어 속담이 있지, '플라톤의 친구지만, 나와 더욱 친한 것은 진리일 뿐'이라고. 내가 자네에게 이 라틴어 속담을 들려주는 것은 자네가 총독이 된 뒤에 이런 것도 배웠으리라고 짐작하고 있기 때문이야. 안녕하시게. 하느님의 가호로 아무도 자네를 해치지 말기를 비네.

자네의 친구 라 만차의 돈 끼호떼.

싼초는 편지 읽는 것을 아주 열심히 들었다. 편지를 들은 사람은 모두 참 사려 깊게 쓴 편지라고 칭찬했다. 싼초는 곧 식탁에서 일어나 비서를 불러 단둘이 자기 방 안으로 들어갔다. 더이상 지체하지 않고 그의 주인님이신 돈 끼호떼 나리에게 당장 답장을 쓸 생각이었다. 그는 비서에게 말하기를 글자 하나 더하거나 빼는 일 없이 자기가 말하는 그대로 적으라 했고 비서는 그 말을 따랐다. 그의 답장은 다음과 같은 것이었다.

싼초 빤사가 라 만차의 돈 끼호떼에게 보내는 편지

저의 일들이 너무 많고 바빠서, 심지어 머리 긁고 손톱 깎을 시간도 없습니다요. 그리하여 제 손톱이 너무 길어서 하느님께서 어떻게 처방이라도 내리셔야 할 지경입니다. 이런 말씀을 드리는 것은, 제 마음속 깊이 사랑하는 주인님, 지금까지 제가 이렇게 통치를 하러 와서 잘 있다 없다 말 한마디 알리지 않았다고 나리께서 놀라시지 말라는 이야기올시다. 통치를 하러 와서 저는 나리와 함께 둘이서 밀림이며 인적없는 마을로 떠돌아다니던 때보다 더 배를 곯고 있습니다요.

우리 주인이신 공작께서 전날 편지를 주셨는데, 이 섬에 무슨 첩자들이 저를 죽이려고 들어왔다는 소식을 알려주셨어요. 아직까지 다른 첩자들은 발견하지 못했고, 여기 오는 모든 총독을 다 죽이려고 급료를 받고 이곳에 와 있는 무슨 박산가 하는 놈이 있습니다. 이름이 뻬드로 레시오 박사라는데 띠르떼아푸에라 출신이래요. '띠르떼아푸에라'가 '뛰어 도망쳐라'라는 뜻이듯이, 나리께서 그 이름만 들어도 제가 그의 손에 죽을까 두려워하는 것도 무리가 아니라는 생각이 드시죠? 이 박사라는 작자가 스스로 자신에 대해 말하기를, 자기는 병이 났을 때 병을 고치는 의사가 아니라 병이 나지 않도록 예방하는 일을 하는 사람이라 합니다. 그가 쓰는 처방이란 사람이 순전히 뼈만 앙상하게 남을 때까지 계속 절식만 시키는 다이어트 요법이지요. 마치 열병보다 말라죽는 병이 더 큰 병은 아니라는 듯이 말이지요. 끝끝내 그 작자는 저를 굶겨 죽이기로 작정을 하고 저는 절망에 차서 죽어가고 있습니다. 이렇게 통치자가 되어서 오면 따뜻한 음식에 찬물 먹고 살리라 생각했지요. 그리고 닭털 쿠션에 제일 좋은 홀랜드 이불을 덮고 몸 편히 살까 했는데, 제가 무슨 은자나 되는 양 고행을 하러 온 사람이 되고 말았어요. 고행도 내 마음이 내켜서 하는 게 아니니 끝내는 귀신이 절 잡아갈 거라는 생각이 드네요.

지금까지는 법도 안 만지고 뇌물도 받지 않았습니다요. 이러다가

어찌 되어갈지 감이 잘 잡히지 않네요. 여기 사람들이 제게 하는 말이
이 섬에 오는 총독들은 섬에 들어오기 전에 동네 사람들이 돈을 많이
주었거나 빌려주었다 하더군요. 이것이 이 섬에서만 그러는 게 아니
라 통치하러 가는 다른 사람들에게도 늘 있는 관례라네요.

엊저녁에는 순회를 하다가 남장을 한 아주 아름다운 처녀와 여장
을 한 그 남동생을 우연히 만났는데요. 그 아가씨에게 제 주방장이 홀
딱 반해서 그의 말대로라면 자기 아내로 꼽았다고 생각하고 있더군
요. 저는 그 총각을 제 사윗감으로 골랐습니다. 오늘은 우리 둘이서 그
둘의 아버지를 만나 우리 생각을 말하고 실천에 옮기려고 합니다. 그
아버지는 디에고 데 라 랴나라는 자인데 내로라하는 양반이고 신실한
기독교인이랍니다.

나리가 충고하신 대로 장터를 찾아가곤 합니다. 어제는 새로 나온
개암을 파는 가게 여주인을 만났는데, 새로 나온 개암 한말과 오래되
고 속이 빈 썩은 개암을 섞어 파는 것을 밝혀냈지요. 저는 그 썩은 것
들을 모두 고된 기독교식 교육을 받는 아이들에게 먹여보았지요. 그
아이들은 그런 걸 자주 먹어서 잘 구별할 줄 알 테니까요.[1] 그리고 그
가게 여주인에게는 열닷새 동안 장터에 들어오지 못하도록 선고했지
요. 사람들은 제가 용기있는 일을 해냈다고 했습니다. 나리께 제가 말
씀드릴 수 있는 것은, 이 마을에 유명한 말이, 여기 장터 장사꾼 여자
들만큼 못된 여자들은 없다는 겁니다. 이 여자들이 파렴치하고 양심
도 없으며 뻔뻔하기 때문이라는데, 저도 다른 마을에서 본 여자들과
비교하면 그 말이 맞다고 생각합니다요.

나리께서 말씀하신 것처럼 우리 공작 부인 마님께서 제 여편네 떼

---

1 '쓸모없는 모자를 감옥에 보내고, 썩고 오래된 개암을 고된 기독교 교육을 받는
아이들에게 보낸다'는 말에는 당시의 사회 관습에 대한 비판이 숨어 있다.

레사 빤사에게 편지와 선물을 보냈다니 저는 대단히 만족스럽습니다요. 때가 되면 제가 정말 감사를 올리도록 노력하겠습니다. 제 편에서 올리는 각별한 안부를 나리께서 좀 전해주세요. 제가 직접 행동으로 보여드릴 거라며 그분의 말씀을 헛되이 잊지 않고 있다는 제 말도 꼭 좀 전해주시고요.

나리께 바라옵기는, 그 어른들과 불화나 말다툼을 갖지 않았으면 하는 겁니다. 나리께서 그들에게 화를 내시면 그 피해는 저에게도 고스란히 돌아올 겁니다. 저에게 감사할 줄 알라고 충고하셨으니, 나리께서도 그 성에서 받은 환대와 은혜를 베푸신 분에게 감사할 줄 모르면 결코 잘하는 일이 아니겠지요.

그 고양이 발톱 이야기는 저에게 이해가 안 갑니다. 하지만 늘 그러했듯이 그 나쁜 마법사들이 나리와 벌이는 흉악한 짓들 중 하나일 거라 짐작되옵니다. 직접 만나보면 저도 잘 알게 되겠지요.

나리께 무얼 좀 보내드릴까 합니다만 무엇을 보내야 할지 모르겠습니다. 이 섬에서 방광염에 걸렸을 때 집어넣는 아주 신기한 관장용 대토막이나 몇개 보내드려야 할지…… 어쨌든 이 직책이 오래가면 이 것저것 보내드릴 걸 제가 찾아보지요.

제 여편네 떼레사 빤사가 저에게 편지를 써 보내면 나리께서 우편세를 지불하시더라도 제게 편지를 보내주세요. 제 집안일이나 제 아내, 자식들이 어떻게 있는지 정말 궁금하옵니다. 그럼 이만 나리께서도 그 흉악한 심보를 가진 마법사들에게서 빨리 해방되시고, 저도 걱정스럽고 의심스러운 이 통치 일을 조용하게 잘 끝낼 수 있도록 하느님의 가호가 있기를 빕니다. 뻬드로 레시오 박사가 저를 대하는 걸로 봐서는 저도 목숨 붙어 있을 때 그만둘 생각이니까요.

나리의 하인 총독 싼초 빤사.

비서는 편지를 봉해 즉시 배달부에게 부쳤고, 싼초를 장난거리로 삼는 사람들은 모여서 그의 통치 문제를 어떻게 해나갈지 서로 궁리했다. 그날 싼초는 자기가 섬이라고 생각하고 있는 그곳에 훌륭한 통치를 위한 몇가지 법령을 제정하느라 오후를 보내고, 영지 안에서는 식량 수급에 관계된 중간 전매 상인들을 없애도록 명령했다. 원하는 데면 어디서나 포도주를 영내로 들여올 수 있도록 하고, 그 가치와 품질, 명성에 따라 값을 붙일 수 있도록 반드시 원산지를 밝히도록 덧붙였다. 그리고 포도주에 물을 타거나 이름을 바꾸는 자는 그 죄로 목숨을 내놓도록 하게 했다. 모든 신발류 가격을 조절했는데, 특히 구두 가격이 과도한 값으로 유통되고 있다고 생각하여 조정하도록 했다. 종들의 급료도 각자 이득이 남는 길로 고삐 풀린 듯 나가고 있어 규정 급료를 정했다. 밤이건 낮이건 음란하거나 난잡한 노래를 부르는 자들에겐 아주 엄한 벌을 내리기로 했으며, 어떤 소경도 진짜 소경이라는 정확한 증명서를 지참하고 다니지 않으면 시주를 바라고 하느님께 바치는 노래를 해서는 안된다고 명령했다. 그의 생각에 노래를 바치는 소경 대부분은 거짓 소경들이며 이는 진짜 소경들에게 피해가 된다고 보았기 때문이다. 그는 또 새로이 가난한 사람 감시인을 두기로 했는데, 그것은 가난한 사람을 추적하기 위해서가 아니라 정말 가난한지 검토하려는 것이었다. 왜냐하면 거짓 상해나 손과 팔이 없는 것으로 위장하고는 그늘에 숨어 다니는 도둑질 구걸이나 술 취한 행색이 많기 때문이었다. 결론적으로 그는 참으로 훌륭한 일들을 명령하였고 지금까지 그 고장에 보관되어 있는데, 그 제목은『위대한 총독 싼초 빤사의 법령집』이다.

52장

제2의 '아픔에 찬 여인' 혹은 '고뇌에 찬 여인', 또다른 이름으로는 도냐 로드리게스라는 여자의 모험 이야기

작가 시데 아메떼는 고양이에게 긁힌 상처가 다 나은 돈 끼호떼가 그 성에서 지내는 그런 생활이 자신의 직업인 진정한 기사도에 어긋난다고 생각했다고 전한다. 그래서 그는 공작 부부에게 허락을 받고 사라고사로 떠날 결심을 했는데, 사라고사 축제에서 포상으로 내거는 갑옷을 탈 생각이었다.

어느 하루 공작 부부와 식탁에 앉아 있을 때, 돈 끼호떼가 자기의 의도를 실행에 옮기려 허락을 받으려 하는데 커다란 쌀롱 문으로 때아닌 시각에 여자 둘이 들어오는 게 아닌가. 나중에 본 모습이지만 발끝에서 머리끝까지 상복을 입고 있었는데, 그중 한 여인이 돈 끼호떼에게 다가오더니 그의 발 앞에 쓰러져 길게 엎드리고는 돈 끼호떼의 발에 입을 꼭 맞추며 아주 슬프고 아주 깊고 비통한 신음 소리를 냈다. 그녀의 모습을 보고 그 소리를 들은 사람 모두 어리둥절했고, 공작 부부는 이것이 비록 자기 하인들이 돈 끼호떼를 놀려주려 꾸민 장난이려니 생각하긴 했지만 그 여자가 한숨 짓고 울고 신음하는 소리를 골똘히 바라보면서 이상하게 긴장되는 것을 느꼈다. 마침내 돈 끼호떼는 동정심에 차서 그녀를 바닥에서 일으키고는 눈물 젖은 그 얼굴 위의 망또를 벗으라고 했다.

그녀는 그의 말대로 했는데, 그러자 전혀 생각지도 않은 모습이 나타났다. 그것은 집안의 상급 시녀 도냐 로드리게스의 얼굴이었다. 상복을 입은 또다른 여자는 부자 농사꾼의 아들에게 조롱당한 여자아이로 그녀를 아는 모든 사람이 놀랐으나 누구보다 더 놀란 이들은 공작 부부였다. 그들은 그녀를 바보 멍청이로 여겼으나 그런 미친 짓을 할 정도로는 보지 않았기 때문이다. 마침내 도냐 로드리게스가 어른들을 돌아보며 말했다.

"어르신들께서 허락해주신다면 부디 잠깐이라도 이 기사분과 이야기를 좀 나누고 싶어요. 이렇게 해서라도 저를 이 모양 이 꼴로 만든 심보 고약한 한 촌녀석이 저지른 만행 문제를 해결해야 할 것 같아서요."

공작은 허락한다 했고 돈 끼호떼 나리와 소원대로 마음껏 이야기를 나누라고 말했다. 그녀는 목소리를 가다듬고 돈 끼호떼에게 정색을 하면서 말했다.

"용감하신 기사님, 얼마 전 기사님께 한 나쁜 농사꾼 녀석이 둘도 없는, 정말로 사랑하는 내 딸에게 행한 어처구니없는 배신행위를 말씀드린 적이 있지요. 그 아이가 바로 여기 있는 이 불쌍한 계집아이올시다. 나리께서 이 아이 문제를 맡아주시겠다고 약속했지요. 이 아이에게 저지른 뒤틀린 행위를 바로잡아주시겠다고요. 그런데 지금 제가 전해들은 소식으로는 하느님께서 베풀어주시는 모험과 행운을 찾아 나리께서는 이 성을 떠나시려 한다면서요. 그래서 저는 나리가 그런 길로 살짝 뺑소니치시기 전에 이 버르장머리 없는 시골뜨기에게 결투를 청하시고, 우리 딸과 처음 잠자리를 하기 전에 남편이 되겠다고 한 언약을 이행토록 하여 이애와 결혼하게 해주십사 부탁을 드리옵니다. 주인이신 우리 공작님께 이 일을 바로 해결해주시기를 기다린다는 것은 느티나무에 배가 열리기를 기다리는 것과 같습죠. 그 이유는 제가 나리께 은밀히 말씀드렸습죠. 그럼 이것으로 우리 주님께서 나리께 많은 건강을 주시고 우리 모녀에게도 가호가 있으시길 빌겠습니다."

이 말에 돈 끼호떼는 대단히 신중하게 무게를 잡으며 대답했다.

"착하신 여인이여, 그대의 눈물을 진정하소서. 다시 말하자면 그대 눈물을 닦으시고 그대 한숨을 아끼소서. 본인이 그대 딸의 문제 해결을 책임지겠사옵니다. 그 딸로 말할 것 같으면 연인 사이의 약속을 그리 쉽게 믿지 않았더라면 더 좋았을 법했군요. 연인 사이의 약속이란 가볍기 짝이 없고, 이행은 대단히 어려운 것이니까요. 그래서 나의 어른이신 공작님의 윤허가 있으면 즉시 그 양심도 없는 총각을 찾아 길을 떠날 것이고, 그놈을 찾아 결투를 청해 언약을 이행하지 않으려고 피할 때는 언제든 그를 죽일 것이오. 내 직업의 주요한 임무는 겸손한 자를 용서하고 오만한 자를 벌하는 것이오. 말하자면 불쌍한 자를 구하고 가혹한 자를 쳐부순다는 말이오."

"그럴 필요가 없어요." 공작이 대답했다. "나리께서 이 알량한 시녀가 불평하는 그 촌놈을 찾으려고 수고하시려고 할 필요도 없고, 또 나리가 그놈과 결투를 신청하고자 나에게 허가를 받을 필요도 없소이다. 결투를 신청한 것으로 내가 인정하여 그에게 이 사실을 책임지고 알릴 것이며 결투를 받아들이라 할 겁니다. 또한 자진해서 이 성에 와서 응하도록 하고, 그럴 경우 반드시 지켜야 할 모든 조건을 지키도록 양자에게 안전한 결투 장소를 제공할 것입니다. 각각에게 똑같이 정의를 견지할 수 있는 기회를 드리지요.[1] 자기 영토 내에서 싸우는 자들에게 자유로운 장소를 제공하는 게 정의를 지키는 모든 귀족의 의무이듯이 말입니다."

돈 끼호떼가 말을 받았다. "그렇다면 공작님의 흔쾌한 승낙을 받잡고 지금 이 순간부터 이번만은 내가 양반임을 포기하고 가해자와 똑같은 평민으로 낮추어 맞붙겠습니다. 내가 그와 동등한 신분으로 대응하는 것은 나와 싸울 수 있는 권리를 주기 위함이오. 그러니 비록 그가 여기 없지만 그에게 결투를 신청하고 도전하오. 이유인즉 이 불쌍한 여자, 원래는 처녀였지만 그의 죄로 지금은 처녀가 아닌 이 여인을 속인 것이 잘못이기 때문이오. 따라서 그녀의 정식 남편이 되겠다고 약조한 말을 이행하거나 아니면 싸움에서 죽거나 하라는 것이오."

그리고 돈 끼호떼는 곧 장갑 하나를 벗어 방 한가운데 던졌고 공작은 그 장갑을 들어올린 뒤 이미 말했듯이 자기 신하의 이름으로 이 도전을 받아들인다고 말했다. 그리고 엿새 안으로 기한을 정하고 그 성의 광장을 결투 장소로 잡았는데, 무기는 기사들이 보통 쓰는 것들, 창과 방패, 그리고 다른 부분과 잘 얽어진 갑옷으로 결투 재판관들이 꼼꼼히 검사해 속임수나 사기, 어떤 미신도 용납되지 않는 옷이었다.

"하지만 무엇보다도 먼저 이 착한 시녀와 행실 나쁜 처자가 자기들의 정의를 행사할 권리를 돈 끼호떼 나리의 손에 양도해야지요. 그러지 않으면 아무 일도 할 수 없고 그 결투라는 것도 제대로

---

1 게르만 법에 따라 중세의 결투는 힘을 겨루는 것이 아니라 신의 정의를 알아보는, 신이 옳다고 여기는 자를 가리는 재판의 의미를 가지고 있었다.

시행될 수가 없을 것이오."

"저는 권리를 드리겠습니다." 상급 시녀가 말했다.

"저두요." 온통 울음에 절어 형편없는 몰골로 부끄러움에 차서 어쩔 줄 모르는 딸이 말했다.

공작은 이런 확인을 받고 이럴 경우 해야 할 일을 생각해본 뒤 상복을 입은 두 여자를 물러가게 했다. 공작 부인은 앞으로 그녀들을 자신의 종으로 대접하지 말고 자기 집에 재판을 청하러 온, 모험을 찾아다니는 여편네들로 취급하라고 명령했다. 그와 함께 그녀들에게 방을 따로 주고 이방인처럼 대했고, 다른 시녀들은 도냐 로드리게스나 그 망나니 딸의 뻔뻔함과 바보짓이 어디까지 갈지 몰라 다들 적잖이 놀란 모습이었다.

이럭저럭 잔치를 즐기고 식사가 잘 끝나갈 무렵 총독 싼초 빤사의 아내인 떼레사 빤사에게 편지와 선물을 가져다준 하인이 쌀롱으로 들이닥쳤다. 그가 도착한 것을 보자 공작 부부는 대단히 반가워했고, 여행에서 무슨 일이 있었는지 무척 궁금해했다. 그에게 소식을 묻자 하인은 짧은 이야기도 아니며 대중 앞에서는 이야기할 수도 없다고 말했다. 나리들께 단독으로 말씀드릴 수 있도록 기회를 달라고 하고, 그러는 동안 재미 삼아 우선 편지나 읽어보시라며 편지 두통을 꺼내어 공작 부인의 손에 쥐여주었다. 편지 하나는 봉투에 이렇게 쓰여 있었다. '어디 출신인지도 모르는 공작 부인 마님께 드리는 편지.' 그리고 다른 하나는 '나의 남편 싼초 빤사, 바라따리아 섬의 총독에게, 하느님께서 부디 세세연년 나보다 그를 더욱 번영시켜주시기를 빌며'라고 되어 있었다. 그녀는 편지 내용이 궁금해서 우리가 보통 하는 말로, 안절부절 어쩔 줄 몰랐다. 결국 편지를 열고 혼자 읽고 나서 공작과 주변 사람들이 듣도록 큰 소리로 읽어도 되겠다 싶어 이렇게 읽어가기 시작했다.

떼레사 빤사가 공작 부인에게 보낸 편지

마님께서 제게 보내신 편지를 받고 무척 기뻤습니다. 참으로 무척이나 바라던 편지였사옵니다. 산호 염주 목걸이는 정말 훌륭하며, 또 제 남편의 사냥복도 그보다 못하지 않았어요. 제 부군인 싼초를 마님께서 총독으로 만들어주셨다는 말을 듣고 여기 온 고장 사람들이 무척 기뻐했사옵니다, 비록 아무도 그 사실을 믿지는 않았지만요. 특히 신부나 이발사 니꼴라스 선상, 그리고 싼손 까라스꼬 학사가 믿지 않았어요. 하지만 저한테는 아무 상관도 없구만요. 사실이 그러한데도 그걸 그렇게 본다면 사람마다 자기들 맘대로 떠들라고 하지요, 뭐. 사실대로 말하자면 말이에요, 산호 목걸이나 그 옷이 안 왔다면 저도 믿지 않았을 거구만요. 이 동네에서는 우리 남편을 어수룩한 남자로 보니까요, 한 무리 염소 떼나 통치하러 갔다면 몰라도 그 사람에게 무슨 통치 같은 게 맞을까 상상도 할 수 없다는군요. 어쨌든 하느님 시키시는 대로, 인도하시는 대로 하는 것이고 또한 자식들이 그걸 필요로 하니까요.

저는요, 진심으로 존경하는 마님, 마님께서 허락해주신다면, 이 좋은 날은 우리 집에 먼저 가져간다고, 좋은 일이니까 믿기로 결심했습니다. 그리고 가마에 누워 궁중으로 가면서 벌써 저를 질투하는 수천의 눈들을 눈꼴시게 만들 겁니다. 그러하오니, 부디 청하옵건대, 위대하신 마님께서 우리 남편에게 저에게로 돈 약간만, 좀 되는 양을 부쳐주라고 명령해주세요. 왜냐하면 궁중에서는 돈이 많이 들고 빵 하나가 1레알, 고기 1파운드가 30마라베디라니 놀라울 일이지요. 제가 직

620

접 가기를 원한다면 시간을 두고 제게 알려주라 하세요. 시방 제 발이 길을 떠나고 싶어 근지러워 죽을 지경이니까요. 제 친구들이나 이웃들 말이 저나 제 딸이 화려하게 우쭐대며 궁중 안을 누비고 다니면 제가 남편 때문에 알려지기보다는 우리 남편이 나 때문에 더 유명해질 거래요. 왜냐하면 많은 사람이 어쩔 수 없이 이렇게 물어볼 테니까요, '이 가마를 타고 가는 이 귀부인들은 누구시지요?' 그러면 우리 종 하나가 '바라따리아 섬의 총독이신 싼초 빤사 님의 부인과 따님이십니다'라고 대답하겠지요. 이렇게 해서 싼초께서는 알려지게 되고 저는 존경을 받게 되고, 그리고 만사 해결이지요.

정말 안타깝고 또 안타까운 것은 올해 우리 마을에서는 도토리를 따지 못했어요. 하지만 어쨌든 위대하신 마님께 반가마니 정도 보내 올립니다. 하나하나 제가 직접 산에 가서 골라 손으로 딴 것입니다. 더 큰 것들은 발견하지 못했습니다. 소원대로라면 이것들이 타조알만큼 했으면 합니다만……

화려하신 마님, 마님께서는 저에게 편지 쓰는 것을 잊지 마소서. 저도 꼭 마음에 담고 답장을 드리도록 하겠사옵니다. 이 고장의 알릴 소식이 있으면 다 적어올리고 제 인사도 드리겠습니다. 이만 여기서 우리 주님께 마님에 대한 가호를 빌겠으며 저를 잊지 말아주시길 바랍니다. 제 딸 싼치까와 제 아들도 마님께 삼가 인사올립니다.

편지를 쓰기보다는 부인 마님을 직접 뵙고 싶은 마음이 더 간절한
마님의 여종 떼레사 빤사.

떼레사 빤사의 편지를 듣고 모든 사람이 대단히 좋아했는데, 특히 공작 부부가 제일 좋아했다. 공작 부인은 돈 끼호떼에게 총독에게 보내온 편지를 열어봐도 괜찮겠냐고 의견을 물으면서 자기 생

각으로는 아주 재미있을 것 같다고 했다. 돈 끼호떼는 모든 사람을 즐겁게 하기 위해 자기가 편지를 펼쳐보겠다고 했고, 편지를 열자 이렇게 쓰여 있는 것을 보았다.

떼레사 빤사가 자기 남편 싼초 빤사에게 보내는 편지

내 마음속 깊이 사랑하는 싼초, 당신의 편지를 받았어요. 내가 기독교인이고 가톨릭 신자로서 맹세코 진실을 말하겠는데, 난 너무 기뻐서 자칫하면 미치고 말았을 거예요. 이봐요, 오빠[2], 나는 당신이 총독이라는 소리를 들었을 때 너무 좋아서 그 자리에서 그만 캭 죽는 줄 알았어요. 당신도 알듯이 갑작스러운 기쁨도 큰 고통과 똑같이 사람을 죽인다고 하잖아요. 당신 딸 싼치까는 너무 만족해서 자기도 모르게 아래로 물을 쌌다지 뭐예요. 당신께서 나한테 보낸 옷은 앞에 두고, 공작 부인 마님께서 보내주신 산호 목걸이는 목에 두르고, 편지들을 손에 쥐고, 편지 가져오신 분은 거기 있는데 말이에요. 어쨌든 그 모든 게 꿈같았어요. 눈으로 보고 손으로 만지는 게 모두 꿈처럼 생각되었어요. 그러니까 염소치기 목동이 섬의 총독이 되리라고 누가 생각이나 했겠어요? 나의 가까운 친구, 여보. 당신도 알듯이, 우리 어머니 말

---

2 오늘날 우리 젊은이들이 흔히 애인이나 남편을 '오빠'라고 부르는데, 이 부분의 원문은 그와 너무 흡사한 애칭이라서 '오빠'라 번역한다. 구약성서의 「아가」에도 사랑하는 사람을 나의 '누이 같은' 애인이라고 부르는 등 연인 간의 '누이' '오빠' 호칭은 상당히 오래된 습관 같아 보인다. 또 하나 재미있는 것은 싼초가 자기 부인을 'oíslo'(여보)로 부르는 것이다. 이것은 물론 서민들 사이에서 아내를 부르는 말이지만, 실상 부부는 가장 가까이 있게 마련이라 '이봐' '여보' 하다 보니 그게 서로에 대한 호칭으로 둔갑한 게 우리말이나 에스빠냐 말이나 똑같아서 흥미롭다.

쏨이 많은 것을 보려면 많이 살고 볼 일이라 하셨죠. 이제는 내가 그 말을 할래요, 더 많이 살아서 더 많은 것을 볼 생각이니까요. 당신이 임대인이나 세금 징수관이 될 때까지 나도 가만있지 않을 거예요. 그런 직업은 비록 귀신이 붙어 잘못 이용하는 사람이 많다고는 하지만, 결국 항상 돈이 있고 돈을 주무르는 일이지요. 우리 공작 부인 마님께서 당신에게 내 소원이 궁전에 가고 싶은 거라는 말을 하실 거예요. 잘 생각해보고 당신 의향이 어떤지 내게 알려줘요. 궁전에서 가마 타고 다니며 당신 체면을 세워주도록 노력할 거예요.

신부도, 이발사도, 학사님도, 성당지기까지도 당신이 총독이라는 걸 믿을 수 없다고 하대요. 모든 게 사기이거나 아니면 당신 주인 돈 끼호떼 나리의 일이 다 그렇듯이 모두 마법의 짓일 거야 하는 거예요. 싼손 학사는 당신을 찾아가서 그 머리에서 통치하겠다는 생각을 아예 빼버리고, 돈 끼호떼의 머리통에서는 미친기를 빼버리겠다 하더군요. 나는 웃기만 하고 제 산호 목걸이만 바라봐요. 그리고 당신 옷으로 우리 딸에게 어떤 옷을 만들어 입히는 게 좋을까 구상해요.

도토리를 공작 부인 마님께 좀 보냈는데, 황금 도토리면 좋겠다고 생각했어요. 그 섬에 흔하다는 진주 꾸러미들이나 내게 좀 보내줘요.

이 동네 새소식이라면 베루에까가 자기 딸을 형편없는 환쟁이와 결혼시켰다는 거예요. 이 동네에 형편없는 화가가 뭐든지 그리겠다며 일하려고 왔는데, 청사 대문에 있는 국왕 폐하의 무기 방패를 그리라고 위원회가 명령했더니 금화 2두까도를 청하더라고요. 선불로 그 돈을 주었더니 여드레 동안 일을 하고서도 아무것도 그리지 않았고, 그 많은 잡동사니 그림을 어떻게 그려야 할지 모르겠다고 하면서 돈을 돌려주었지요. 그러나 어쨌든 떳떳한 기술자 자격으로 결혼했지요. 사실은 벌써 화가의 붓은 놓았고 괭이를 들고 양반 같은 자세로 들로 일을 하러 간답니다. 뻬드로 데 로보의 아들은 삭발하고 하급직 사제로 들어갔는데 진짜 사제가 되겠다는 생각이래요. 밍고 씰바또의 손녀인 밍기야가 그걸 알고 그가 자기와 결혼 언약을 한 사이라고 고발을 했지요. 나쁜 소문들이 많은데 그 때문에 임신을 했다고 수군대지만 그는 절대 그런 일이 없다고 두 발 모아 맹세하지요.

올해는 올리브 농사를 망쳐서 온 마을에 식초 한 방울 없어요. 이곳으로 군 한 중대가 지나가면서 이 동네 처녀 셋을 데려갔지만 누구누구라고 당신께 말하고 싶지 않아요. 어쩌면 돌아올 테고, 그리고 좋건 나쁘건 흠이야 있긴 있겠지만 누군가 또 아내로 삼을 사람이 없진 않겠지요.

싼치까는 레이스 짜기를 하는데 매일 더도 덜도 아닌 8마라베디를 벌어 그 돈을 전부 자기 혼수 비용으로 쓰려고 저축하고 있지요. 그러나 총독의 딸이 되었으니 당신 딸아이는 이제 고생 안해도 결혼 지참금을 마련하겠지요. 광장의 샘물이 말랐고, 벼락이 산꼭대기에 떨어졌지만, 나에게 큰 피해가 있는 건 아니죠.

이 편지의 답장을 바라요. 그리고 궁전에 가겠다는 내 결심에 대해서도 대답해줘요. 이걸로 하느님의 가호가 나, 아니 당신에게 더 많기를 바랍니다. 나 없이 당신을 이 세상에 혼자 남게 내버려두고 싶지는 않으니까요.

당신의 아내 떼레사 빤사.

편지 내용을 듣고는 다들 웃고 놀라고 칭찬하면서 진지하게 받아들였다. 그리고 마지막 우표를 붙이려고 하는 차에 싼초가 돈 끼호떼에게 보내는 편지를 가져온 자가 도착했다. 그 편지도 공공연하게 읽혔고, 사람들은 총독이 멍청이가 아닐 수 있다는 생각을 했다.

공작 부인은 자리에서 물러나 싼초의 고을에서 무슨 일이 벌어졌는지 하인에게 물었다. 하인은 언급하지 않은 사정이 없을 정도로 아주 광범위하게 모든 이야기를 다 했고, 도토리와 떼레사가 아주 좋다고 한 치즈 한 조각도 주었는데 그 치즈는 사라고사의 뜨론 춘산^産보다 훨씬 나았다. 공작 부인은 대단히 즐겁게 그것을 받아들였는데, 여기서 우리는 공작 부인을 두고 가기로 한다. 위대한 싼초 빤사의 정부가, 모든 섬 통치자의 꽃이요, 거울인 그가 어떻게 종말을 맞았는지 보아야 하니까.

53장

싼초 빤사의 지겨운 통치의 종말에 대하여

"인생에 있어서 세상사가 항상 같은 상태로 오래가리라 생각하는 것은 부질없는 짓이다. 그보다는 오히려 인생은 둥그렇게, 말하자면 빙글빙글 돌아가는 것과 같다. 봄에 이어 여름이 오고, 여름에 이어 한여름이 오고, 한여름에 이어 가을이 오고, 가을에 이어 겨울이 오고, 겨울에 이어 봄이 오고 이렇게 세월은 끊임없는 바퀴를 타고 돌고 돈다. 오직 인간의 삶만이 세월보다 더욱 빨리[1] 가벼운 발걸음으로 종말을 향해 치닫고, 다른 생에서가 아니면 다시 새로 시작되기를 기다릴 수 없다. 다른 생은 이를 확실히 규정한 용어가 없다." 이것은 마호메트교의 철학자 시데 아메떼가 한 말이다. 모

---

1 '세월보다 더욱 빨리'(ligera más que el tiempo)는 인쇄공의 오식으로 보는 학자들이 있다. 세월 속에 살아가는 인생이 '세월보다 빨리'일 수는 없으니 원래는 비슷한 글자인 '바람보다 빨리'(ligera más que el viento)라고 썼을 것이라는 견해이다. 그러나 이 표현이 합리적인 건 아니지만 인생이 그만큼 빨리 간다는 느낌을 강조한 것이니만큼 그대로 두어도 무리가 없다고 본다.

두가 기대하는 영원한 삶의 영속성에 비해 현세의 삶은 이렇게 불안정하며 빨리 간다고 이해하는 것은 많은 사람이 신앙의 빛이 아니라 자연스러운 천성의 빛만으로도 이해할 수 있었던 생각이다. 그러나 여기 우리 작가가 이런 말을 하는 것은 싼초의 통치가 그림자나 연기처럼 덧없이 빨리 끝나고 사라지고 없어져버렸다는 말을 하기 위해서이다.

싼초의 통치 이레째 되던 날 밤이었다. 빵과 포도주에 질린 게 아니라 재판하고 의견을 내고 법이나 법령 조항을 만들다가 지치고 지쳐서 침대에 누웠을 때 서글프게도 배가 고파옴에도 잠이 그의 눈꺼풀을 감기기 시작했다. 그때였다. 그야말로 온 섬이 무너져내리는 듯하는 고함 소리와 종소리가 어마어마하게 크게 들려왔다. 싼초는 침대에 일어나 앉아 그 큰 소란의 원인이 무엇인지를 알아내려고 열심히 귀를 기울였다. 그러나 무엇인지 알 수 없었을 뿐만 아니라 종소리와 고함 소리에 덧붙여서 트럼펫 소리와 큰북소리까지 끝없이 들려왔다. 그는 더 어리둥절했고 경악과 공포에 차 벌떡 일어섰는데 바닥이 젖어 있어서 슬리퍼를 신고 실내 가운은커녕 그 비슷한 것도 걸치지 않고 방문으로 나갔다. 그때, 손에 불붙은 횃불을 들고 칼을 뽑아든 스무명이 넘는 사람들이 고래고래 소리를 지르며 복도로 오고 있는 게 보였다.

"비상, 비상, 총독님, 비상이오! 섬에 수많은 적이 침범했어요. 비상이오! 나리의 용기와 책략이 우리를 구해내지 않으면 우리는 망하고 맙니다!"

싼초가 보고 들리는 소리에 당황해서 어쩔 줄 몰라하고 있는데, 이렇게 소란을 피우며 호들갑스럽게 싼초에게 다가와 한 사람이 말했다.

"나리께서도 즉시 무장을 하십시오, 그러지 않으면 나리도 망하고 온 섬도 망합니다."

"내가 무슨 무장을 한다는 말인고?" 싼초가 대답했다. "내가 무기나 구원에 대해 무얼 안다고? 이런 일들은 차라리 우리 주인이신 돈 끼호떼 나리께 맡겨야지. 그분이라면 즉석에서 해치우고 무사히 해결할 텐데, 나는 죄 많은 백성이라 이렇게 다급한 일에 대해서는 아는 게 하나도 없어."

"아이구, 총독 나리!" 다른 사람이 말했다. "그렇게 태평하시다니…… 나리, 무장을 하세요. 여기 나리께 공격 무기와 방어 무기를 가져왔습니다. 저 광장으로 나가서 우리의 대장, 우리의 지휘자가 되어주십시오. 우리 총독님이시니까 당연히 대장이 될 자격이 있으시지요."

"기꺼이 무장을 할 테니 어디 입혀봐." 싼초가 대답했다.

그러자 그들은 준비하고 있던 전신 보호용 둥근 방패 둘을 가져와 다른 옷은 입지 못하게 하고 싼초의 속옷 위에다 그 둥근 방패를 씌웠다. 앞쪽에 방패 하나, 뒤쪽에 하나, 그리고 이미 만들어둔 방패의 오목한 구멍으로 팔을 끄집어낸 뒤 끈 몇개로 잘 묶었다. 그러고 나니 무슨 실패처럼 꼿꼿한 것이 두 벽에 갇힌 듯, 두 판자 사이에 갇힌 듯한 몰골이 되어 싼초는 무릎을 굽힐 수도, 발을 단 한 걸음도 옮길 수도 없었다. 그의 손에 쥐여준 창에 겨우 기대고 나서야 서 있을 수 있었다. 그렇게 해놓고는 싼초에게 걸어나가서 그들을 인도하고 모두에게 용기를 달라고 하면서 그가 그들의 지표요, 등대요, 샛별이니 일이 잘 끝날 거라 했다.

"나더러 어떻게 걸어나가라고, 이 불쌍한 나에게?" 싼초가 대답했다. "난 내 무릎의 슬개골도 움직이거나 놀릴 수가 없어. 내 육신에 실로 꿰매어 꼭 붙여놓은 이 판자들이 움직이는 걸 방해하잖아! 그대들이 해야 할 일은 나를 안고 가서 가로로 걸쳐 말에 태우든지 아니면 뒷문에 세워놓는 거야. 그러면 내가 이 창이나 내 온몸으로 문을 지키겠네."

"어서 가요, 총독님." 다른 사람이 말했다. "그 판자 때문이 아니라 공포 때문에 걷는 게 어려운가보네요. 어서요, 빨리 갑시다요. 늦었어요. 적들은 불어나고 고함 소리가 커지니 금방 위험이 닥칠 겁니다."

불쌍한 총독 나리가 그 비난과 설득에 힘입어 어떻게든 몸을 움직여보려고 하는 바람에 얼마나 크게 쿵 소리를 내며 땅에 넘어졌는지 온몸이 조각조각 부서진 것 같았다. 그 모양이 뭐라고 할까, 자신의 껍데기에 덮여 그 안에 꼭 갇힌 거북이거나 아니면 두 절구 사이에 끼워둔 베이컨 덩어리 같았다, 아니면 모래에 비스듬히 박힌 배 한척…… 그가 땅에 넘어진 것을 보고도 그 장난꾸러기 인간들은 어떤 동정도 보이지 않았고, 오히려 햇불을 끄고 고함 소리를 더 크게 질러댔다. 더 다급한 소리로 '비상!'이라고 소리치며 불쌍한 싼초 위를 지나갔고 그가 입은 방패 위에다 칼질을 수없이 해댔다. 만약 싼초가 자기 갑옷 사이에 몸을 움츠리고 머리를 집어넣지 않았다면 그 불쌍한 총독은 아주 큰 고초를 당할 뻔했다. 그는 그렇게 최대한으로 웅크리고 땀을 뻘뻘 흘리면서도 하느님께 그 위험에서 제발 자기를 구해달라고 온 마음으로 빌었다.

어떤 자들은 그에게 걸려 부딪치고 또다른 자들은 넘어졌으며 어떤 놈은 상당히 오랫동안 그 위에 올라서서는 마치 망루 위인 것처럼 군대를 지휘하며 큰 소리로 외쳐댔다.

"여기 우리 편들, 이쪽으로 더 많은 적들이 떼 지어 오고 있어!

저 작은 문을 지키고 저 문을 닫고, 저 사다리들에는 빗장을 걸어! 기름솥에서 펄펄 끓는 송진 관솔이며 화염탄 들을 던져! 이불들로 길거리에다 방어 참호를 만들어!"

요컨대 그는 아주 열심히 탄약이며 전쟁 무기, 그리고 갖가지 잡동사니들을 주워섬겼는데, 도시가 습격당할 때 방어용으로 쓰는 무기들이었다. 그 소리를 다 듣고 모든 걸 참고서 녹초가 다 되어 있던 싼초가 혼잣말로 말했다.

"오, 하느님께서 제발 어서 빨리 이 섬을 망하게 하시고, 나도 죽든지 살든지 어서 이 커다란 고통에서 해방되었으면……" 하늘이 그 청원을 들었는지 예상치도 않은 순간에 이렇게 말하는 소리가 들렸다.

"승리다, 승리다! 적들이 져서 물러간다! 어이, 총독 나리, 일어나세요, 나리. 이 승리를 축하하고 그 필승의 팔로 적들에게서 포획한 전리품을 나누어주러 나오셔야죠!"

"나를 일으켜세우시오." 고통에 찬 목소리로 아픈 싼초가 말했다.

사람들이 도와서 그를 일으켰고, 그는 일어서서 말했다.

"내가 이긴 적이 누구든지 간에 아무리 생각해도 그게 잘될 것 같지 않다는 생각이 들어. 난 적의 전리품을 나누어갖기보다는 누가 내 친구 같은 사람이 있으면 목이 말라 죽겠으니 포도주 한모금이라도 좀 갖다달라고 간청하고 싶네. 하도 땀을 많이 흘려서 내 온몸이 물바다가 다 되려 하니 이 땀 좀 닦아주고."

사람들이 싼초의 땀을 닦아주고 포도주를 갖다주었으며 방패들을 묶은 끈을 풀어준 뒤 침상 위에 앉혔다. 그는 공포와 경악과 노고 때문에 힘이 들었던지 기절하고 말았고, 그에게 장난을 쳤던 사람들도 자신들의 행동이 너무 지나쳤던 것 같아 후회했지만 싼초가 제정신을 차리자 그가 기절해 있어서 들었던 후회스러운 마음은 진정되었다. 싼초가 몇시냐고 묻자 벌써 동이 트고 있다고 대답을 했다. 싼초는 말이 없었다. 어떤 말도 한마디 하지 않고 깊은 침묵 속에 잠겨서 옷을 입기 시작했다. 모두들 그를 바라보았는데, 이리 빨리 옷을 입고 어찌하겠다는 건지 그의 말을 기다리고 있었다. 마침내 옷을 다 입고, 온몸이 녹초가 되어 있어서 성큼성큼 걸어갈 수 없었기에 느릿느릿 마구간으로 갔다. 거기 있던 사람들 모두가 그를 따랐는데, 싼초는 점박이에게 다가가 그를 끌어안고 이마에 화해의 키스를 하며 온 눈에 눈물이 글썽한 채 말했다.

"이리 오게나, 나의 동반자이며 나의 친구여, 내 수고와 빈곤을 함께한 친구여. 내가 그대와 마음이 잘 맞아 다른 생각 없이 그대 마구나 수선하고 챙기고 그대의 그 조그만 몸뚱이나 먹여살릴 걱정이나 하고 지내던 때의 내 시간시간이, 하루하루가, 세세연년이 행복했었지. 그러나 그대를 떠나 야심과 오만의 탑으로 내가 올라섰을 때 내 영혼 속으로 수천의 수고와 수천의 빈곤, 수천의 불안이 쳐들어오더라."

이런 말을 하면서 나귀 위에 길마를 얹는데 아무도 그에게 말을 하지 않았다. 점박이에게 길마를 얹은 뒤 대단히 가슴 아픈 서글픈 표정으로 나귀 위에 올라타고는 상급 하인과 비서, 주방장, 의사 뻬드로 레시오, 그리고 거기 있는 다른 많은 사람에게 말을 건네면서 명했다.

"길을 여시오, 여러분. 나의 오랜 자유로 되돌아가겠소이다. 지금 현재의 이 죽음에서 나를 부활시키고자 지난날의 내 인생을 찾아 떠나겠소이다. 나는 총독이 되려고 태어난 사람이 아니올시다. 기습하려 하는 적들로부터 섬이나 도시를 방어하려고 태어난 것이 아니외다. 나는 땅 파고, 고랑 내고, 포도덩굴 가지 치고 묻고 하는 일에 이골이 난 사람이외다, 법령을 내리고 왕국이나 지방을 방어하는 것보다 말이오. 성 베드로는 로마에 있어야 한다고, 내 말은 사람은 각각 타고난 업을 하며 살아야 편하다는 이야기지요. 나에겐 총독의 월계관보다는 손에 낫 한 자루 들고 있는 게 더 어울리지요. 버르장머리 없는 의사가 나를 굶겨 죽이는 비참함에 얽매여 사느니 차라리 빵, 마늘, 양파 가득 넣은 내 고향의 차가운 수프 '가스빠초'나 배 터지게 먹는 게 더 좋지요. 여름에는 상수리나무 그늘에 비스듬히 드러누워 자고 겨울에는 첫해 털 깎지 않은 두툼한 양가죽 옷을 둘러입고 자유롭게 지내는 게 더 낫지요. 통치에 매달려 쩔쩔매며 홀랜드 이불에 검은 담빈지 양파 담비 가죽옷[2]인지를 입고 자는 것보다 말이지요. 어르신네들은 잘 계시구요, 주인이신 공작님께는 내가 벌거숭이로 태어나 벌거숭이로 남았다고 전하세요. 얻은 것도 없고 잃은 것도 없지요. 말하자면 땡전 한푼 없이 이 섬에 들어와 땡전 한푼 없이 떠나는 거지요. 섬의 다른 통치자들이 보통 떠날 때와는 다르게 말이지요. 저리 비켜요, 나 좀 갑시다. 고약을 좀 발라야겠어요. 오늘 밤 내 위를 밟고 지나다닌 적들 때문에 내 갈비뼈가 전부 내려앉았나보군요."

"그리하시면 안됩니다, 총독 나리." 레시오 의사가 말했다. "제가 나리께 낙상이나 녹초가 된 사람에게 잘 듣는 마시는 약 하나를 드리지요. 그걸 마시면 즉시 원기를 회복하고 온전해질 겁니다. 그

---

2 'martas cebellinas'(검은 담비) 같은 고급 가죽옷을 입는다고 말하려던 것이 쌴초의 배고팠던 기억 때문에 'martas cebollinas'(양파 담비)로 말이 나왔다. 음이 비슷해서 나온 오류지만 양파나 씹고 살았던 쌴초의 쓰라린 기억이 묻어 있어 웃음을 자아낸다.

리고 식사 문제는 나리께 약속드리지만 꼭 수정하겠습니다. 잡수시고 싶은 건 무엇이든 충분히 잡수시도록 해드리겠습니다."

"벌써 종 쳤구먼!"[3] 싼초가 대답했다. "그런다고 내가 떠나지 않는다면 난 인간도 아닌 터키 사람[4] 다 된 거지요. 이런 장난 두번은 안되지요. 정말이지 내가 여기 남는 일도 다른 통치를 받아들이는 일도 없을 겁니다. 날개 없이 하늘에 오르듯 가장 맛있는 음식과 함께 나를 받들어모신다 해도 말이지요. 나는 빤사 가문의 사람입니다, 모두들 옹고집이지요. 한번 아니라고 하면 세상 사람이 뭐라 해도, 그게 맞다 해도 기어이 아니라고 하지요. 나를 공중으로 띄워 제비며 다른 새들을 먹게 했던 개미 날개는 이제 이 마구간에 남으라고 하지요. 우리는 다시 보통 발로 땅을 짚고 걸어갑니다. 꼬르도바 구두처럼 송송 구멍을 낸 멋 부린 구두를 신지 않았어도 끈으로 동여맨 투박한 짚신이야 없지는 않겠지. 짚신도 짝이 있는 법이고, 이불이 길다고 그 길이 이상으로 발을 뻗지는 말아야 하고, 나 좀 지나갑시다. 시간이 늦었군요."

그 말에 상급 하인이 말했다.

"총독 나리, 기꺼이 나리를 보내드리겠습니다. 비록 나리를 잃게 된 우리는 무척 가슴이 아프겠지만요. 나리의 지혜와 양심적인 행동은 어쩔 수 없이 나리를 원하게 하지요. 하지만 모든 총독은 통치한 장소에서 몸을 비우기 전에 먼저 신고를 하게 되어 있는 까닭

---

3 원문에는 'Tarde piache!'라고 쓰고 있는데, 학자 꼬레아스(Correas)에 의하면 병아리가 되려는 달걀을 삼킬 때 때늦게 삐악거린다는 데서 나온 말로, 이미 늦었다는 뜻의 재미있는 표현이다. 우리말로는 이렇게 옮겨보았다.

4 지중해 해상권을 놓고 에스빠냐는 터키와 레빤또 해전에서 맞붙어 이겼는데, 이 무렵 에스빠냐에서 적개심을 담아 터키인을 지칭하는 형용사들이 '말도 아닌' '인간도 아닌' '괴물 같은' 등이었다.

으로 나리께서 열흘간 통치를 하셨으니 그 문서를 제출하시고 편안히 떠나시지요."

"아무도 내게 그걸 요구할 수는 없지." 싼초가 대답했다. "우리 주인이신 공작께서 직접 명령하지 않는 바에야. 난 그분을 만날 거요. 그분께 제대로 된 문서를 만들어드리지요. 더구나 지금 이 모습처럼 내가 벌거숭이로 나가는데 내가 천사처럼 통치했다는 것을 알리기 위한 다른 증거야 필요없지."

"참말이지 위대하신 싼초 님 말씀이 맞습니다." 레시오 의사가 말했다. "제 의견도 보내드리자는 쪽입니다. 공작께서 그를 보시면 한없이 좋아하실 테니까요."

모두들 그렇게 하기로 하고 먼저 편의와 안녕을 위해 원하는 모든 것을 들어주고 그를 가게 하기로 했다. 싼초는 자기 점박이를 위한 보리 조금과 자기가 먹을 치즈 반조각, 빵 반조각밖에 원하는 게 없다고 했다. 가는 길이 멀지 않으니 좋은 식품이 많이 필요하지 않다고 했다. 모두들 그를 껴안고 울었는데 싼초의 말과 그의 사려 깊은 단호한 결심이 놀라웠으니, 싼초는 모두를 감동시킨 것이다.

54장

다른 이야기가 아니라
바로 이 이야기와 관련된 일들에 대하여

공작과 공작 부인은 돈 끼호떼가 이미 말한 이유로 자기 부하와 결투하기로 한 일은 그대로 밀고 나가기로 결정했다. 그 총각은 도냐 로드리게스를 장모로 모시기 싫어 홀랜드로 도망쳤기 때문에 또실로스라는 가스꼬뉴 출신의 마부로 하여금 그 자리를 대신하라고 명령을 내리고 먼저 그에게 어떻게 해야 하는지를 상세하게 가르쳐주었다.

그로부터 이틀 뒤 공작은 돈 끼호떼에게 나흘 뒤 결투 상대가 나타날 것이며 기사로 무장하고 싸움터에 나올 것이라고 했다. 그 젊은이는 결혼 언약을 했다고 그 처녀가 주장하면 거짓말이라 말할 것이며, 수염 절반을 걸고, 아니 심지어 수염 전체를 걸고라도 맹세코 그런 말을 한 적이 없으며, 그 처녀의 말이 거짓이라는 것을 밝힐 거라 했다. 돈 끼호떼는 아주 기꺼워하며 그 소식을 받아들였고, 그 싸움터에서 아주 멋지게 본때를 보여주어야겠다고 자신에게 다

짐하고 또 약속했다. 돈 끼호떼는 자기의 강력한 팔뚝 힘이 어디까지 미치는가를 여러 사람이 직접 볼 수 있는 기회가 주어진 걸 커다란 행운으로 생각했다. 그는 만족스럽고 기쁜 마음으로 나흘을 기다렸는데, 그의 소망대로 계산한다면 사백년만큼 기나긴 나흘이었다.

우리는 다른 일들도 지나가게 내버려두듯이 그 날짜도 지나가라 하고, 이제는 싼초와 함께하러 가자. 싼초는 슬픔 반 즐거움 반의 심정으로 점박이를 타고 자기 주인을 찾아 길을 오고 있었는데, 이 세상 모든 섬의 총독이 되는 것보다 주인과 함께 있는 것이 더 좋았던 것이다.

자기가 통치하던 섬 ─ 그는 한번도 통치하던 그곳이 진짜 섬인지 도시인지 부락인지 고을인지 알아보려고 하지 않았다 ─ 과 그다지 많이 떨어지지 않은 곳까지 왔을 때 우연히 그는 순례자처럼 지팡이를 쥔 여섯 사람이 오고 있는 것을 보았다. 노래를 부르며 동냥을 하는 그런 외국인 무리였는데, 그들은 싼초에게 다가오더니 줄줄이 줄을 서서는 모두 함께 목소리를 높여 자기 나라 말로 노래를 부르기 시작했다. 싼초는 단 한마디 또렷하게 들리는 '동냥' 외에는 무슨 말인지 알아들을 수 없었지만, 그 말로 보아서는 노래로 청하는 게 동냥을 달라는 거라고 이해했다. 시데 아메떼가 말하듯이 싼초는 남에게 동정심이 많았기에 배낭에서 빵 반조각, 치즈 반조각을 꺼내주고는 몸짓으로 이것 외에는 아무것도 줄 게 없다고 말했다. 그들은 그것을 기꺼이 받으면서 말했다.

"겔테![1] 겔테!"

---

1 독일어의 '겔트'(Geld), 즉 '돈'이라는 말이다.

"난 무슨 말인지 모르겠소." 싼초가 대답했다. "무엇을 내게 청하는 게요, 여보시오들?"

그러자 그중 한 사람이 가슴에서 돈주머니를 꺼내 싼초에게 보였는데, 그걸로 보아 돈을 청하는 것임을 알 수 있었다. 싼초는 엄지손가락을 목구멍에 대고 손을 위로 펼쳐 보이며 땡전 한푼도 가진 게 없다고 알려주고는 점박이에 박차를 가해 그들 사이를 뚫고 나갔다. 그가 지나가자 아주 찬찬히 그를 바라보고 있던 한 사람이 갑자기 그에게 달려들어 두 팔로 허리를 껴안고 큰 소리로, 정확한 에스빠냐어로 이렇게 말했다.

"아니, 이럴 수가! 내가 보는 이 사람이 누구여? 세상에, 이 품 안에 있는 사람이 내 사랑하는 친구, 우리 이웃에 사는 착한 싼초 빤사가 아니여? 그 사람이 틀림없구먼. 내가 지금 자고 있는 것도 아니고 술이 취한 것도 아닌데 말이여."

싼초는 외국인 순례자가 자기를 껴안고 자기 이름을 똑똑히 부르자 놀라서 아무 말도 못하고 아주 찬찬히 그를 바라보았으나 그래도 그가 누구인지 도무지 알 수가 없었다. 싼초가 당황하는 걸 보고 순례자가 말했다.

"어떻게, 싼초 빤사 이 사람아, 고향 구멍가게 주인이고 무어인인 자네 이웃에 살던 리꼬떼를 몰라볼 수가 있나?"

그러자 싼초는 더욱 자세히 그를 바라보고 그 모습을 다시 그려보고서야 마침내 그 사람을 완전히 알아보고는 나귀에서 내리지 않은 채 그의 목을 팔로 끌어안고는 말했다.

"빌어먹을, 어떻게 자네를 알아보겠나, 리꼬떼, 이리 괴상망측한 복장을 하고 있는데? 이보게, 누가 자네를 외국 놈으로 만들었나? 자네를 알아보고 그래서 잡히기라도 하면 아주 험한 일을 당할 텐데 어떻게 감히 에스빠냐에 다시 돌아올 용기가 났나?"

"싼초, 자네가 나를 고발만 하지 않는다면 내 확실히 말하네만, 옷을 이렇게 입고 있으니 나를 알아볼 사람은 세상에 아무도 없을 걸세. 길에서 좀 떨어져 저기 보이는 저 포플러나무 숲으로 가자고. 저기 가서 우리 동료들이 식사도 하고 좀 쉬었다 가자고 하니, 자네도 그 사람들과 같이 먹세. 좋은 사람들이야. 내가 고향을 떠난 뒤 일어났던 일을 자네에게 이야기할 기회가 되겠군. 자네도 들었겠지만 불행한 우리 민족에게 그토록 무시무시한 위협을 가한 황제 폐하의 포고문[2]에 복종하기 위해서였지."

싼초는 그의 말대로 식사를 하기로 했고, 리꼬떼가 다른 순례자들에게 말해 진짜로 길에서 멀찌감치 떨어져 있는 포플러나무 숲으로 들어갔다. 그들은 지팡이를 집어던지고 가운과 어깨 망또를 벗고 맨몸이 되었는데, 모두 젊고 아주 점잖은 귀족들이었고 리꼬떼만 나이가 좀 들어서 예외였다. 모두들 배낭을 가져왔는데, 보아하니 배낭마다 음식을 잘 준비해와서 두 마장 밖에서라도 목에 당기는 그런 자극적 음식들이었다.

그들은 땅 위에 자리를 잡고는 풀로 식탁보를 만든 뒤 그 위에 빵과 소금, 칼, 호두알, 치즈 조각, 하몽[3]의 통뼈를 놓았는데 잘 씹히지 않으면 빨아먹어도 좋을 것들이었다. 그리고 또 까맣게 생긴 맛있는 게 있었는데, 이름은 캐비아이고 상어 알로 만든 것으로, 먹으면 심한 갈증을 유발하는 음식이라고 했다. 아무런 조리도 하지 않고 바싹 말랐지만 심심풀이로 맛있게 먹을 수 있는 올리브도 없

---

2 무어족을 안달루시아에서 추방하라는 포고문은 1609년 12월 9일에, 까스띠야에서 추방하라는 포고문은 1610년 7월 10일에 내려졌다.
3 훈제한 돼지 뒷다리.

지 않았다. 하지만 그런 잔치 바닥에서 가장 빛이 나는 건 여섯개의 포도주 가죽포대였다. 그 사람들은 각자 자기 포도주 포대를 배낭에서 꺼냈고, 무어인에서 독일인인지 식충이인지로 변해버린 착한 리꼬떼도 자기 포도주 자루를 꺼냈는데 그 크기가 다른 다섯 포도주 포대와 겨룰 만했다.

그들은 아주 맛있게 천천히 한입 한입 맛을 음미하며 식사를 했다. 음식을 하나하나 아주 조금씩 칼끝으로 집고는 한꺼번에 다 같이 팔을 들고 술자루를 공중에 들어올리고는 술자루 주둥이에 입을 대고 눈은 하늘을 응시하고 있는 품이 마치 하늘을 조준해서 쏘려는 듯했다. 이런 모습으로 머리를 이쪽저쪽으로 흔들며 자기들이 마시는 포도주 맛이 정말 좋다는 것을 증명하는 시늉을 하고 한참 동안 그대로 있었으니, 술통의 속내장까지 뱃속으로 옮기는 중이었던 것이다.

싼초는 이런 정경을 죄다 지켜보았는데, 이 모든 게 전혀 이상하지 않았다. 오히려 잘 알고 있는, '로마에 가면 로마 사람처럼 굴라'는 속담의 가르침에 따라 리꼬떼에게 술자루를 달라고 해서는 다른 사람들처럼 아주 맛있게 거기에다 조준을 했다.

네번 술자루를 추켜올렸고 다섯번째는 불가능했는데, 술포대가 모조리 깔판보다 더 마르고 물기가 없어졌기 때문이다. 그러자 그때까지 보여주던 즐거운 모습들이 약간 풀이 죽어버렸다. 이따금 어떤 친구가 자기 오른손으로 싼초의 손을 잡으며 이딸리아어로 말했다.

"에스빠냐 사람, 독일 사람, 모두 하나요, 좋은 친구!"

그러자 싼초가 대답했다. "좋은 친구야, 정말이지!"

그러고는 너털웃음을 터뜨렸고 웃음은 길게 한동안 계속되었다.

그러고 나니 통치를 하면서 겪었던 일은 전혀 생각나지 않았다. 한창 먹고 마시는 동안은 다른 걱정이 들어설 영역이 거의 없기 때문이다. 결국 포도주가 바닥나자 모두 잠이 쏟아져 자기들이 식사를 한 그 식탁, 식탁보 위에서 잠에 곯아떨어졌다. 리꼬떼와 싼초만이 식사는 많이 했지만 술은 덜 마셨기 때문에 말똥말똥 눈을 뜨고 있었다. 리꼬떼는 달콤한 잠에 빠진 순례자들은 그대로 두고 싼초와 함께 그곳에서 조금 떨어진 너도밤나무 아래로 가서 앉아 무어인 언어에 지장받지 않는 순수한 에스빠냐어로 싼초에게 이렇게 말을 했다.

"오, 나의 이웃이며 친구인 싼초 빤사! 자네도 알듯이 황제 폐하께서 우리 무어족 추방 명령을 공포하고 선언하자 우리 모두는 경악과 공포에 찼지. 적어도 난 그게 무척 무서워서 에스빠냐에서 떠나라고 우리에게 베풀어준 시한 전에 내 자식들과 나라는 사람에게는 벌써 형벌이 내린 것 같은 그런 가혹함으로 느꼈어. 내 생각에 가장 온당한 방향으로, 그런 시기에는 자기가 사는 집을 먼저 없애고 옮길 집을 준비해둬야 한다고 결정했지. 내가 결정한 건, 그러니까 내 가족은 두고 나 혼자 우리 동네를 떠나 우리 가족이 편히 있을 곳을 찾아보는 거였어. 다른 사람들처럼 급하게 떠나지 않고 말이야. 그런 발표는 어떤 사람 말처럼 단순한 위협이 아니라 진짜 칙령이라는 것을 우리 노인들은 알았고, 나 또한 확실히 그렇게 생각했기 때문이야. 칙령은 법이니까 언젠가는 정해진 시기에 실행에 옮기게 될 거라는 거였지. 우리네 사람들이 말도 안되는 퇴폐적인 시도를 하려는 것을 알고 나서부터 난 이런 예측에 대해 확신을 갖게 되었어. 상황이 형편없이 돌아가니 황제께서도 그런 훌륭한 결정을 실행에 옮길 생각을 하신 거고, 내 생각에도 아주 좋은 생각이었다고 봐. 우리 무어족이 다 죄인들이어서는 아니야. 어떤 무어인은 분명히 진짜 기독교인이었지만 그 수는 적었고, 수가 적으니 기독교인이 아닌 대다수 사람들에게 맞설 수가 없었지. 그러니 집 안에 적들을 두고 가슴속에 뱀을 키우는 건 좋은 일이 아니지. 결국 당연한 귀결로 우리는 추방이라는 형벌을 받게 된 거야. 보아하니 어떤 사람들에게는 별것 아닌 부드러운 형벌이었다지만 우리 같은 사람에게는 더이상 가혹할 수 없는 형이었어. 어디 있든지 간에 우리는 에스빠냐를 그리워하며 울었지. 어쨌든 우리는 거기에서 났고 우리의 조국이었으니까. 세상 어느 곳에서도 우리는 우리 불행을 위로해주는 대접을 받을 수 없었어. 베르베리아나 아프리카의 모든 곳에서 우리를 받아주고 환대하고 잘해주기를 바랐지만 거기가 우리를 가장 학대하고 천대했지. 우리는 행복을 잃을 때까지는 그 진정한 가치를 몰랐던 거야. 우리 대부분이 갖고 있는 커다란 욕망은 에스빠냐로 돌아가고 싶다는 것이었지. 나처럼 에스빠냐어를 아는 사람 대부분이 그곳에다 아내와 자식들을 의지가지없이 해놓고는 떠나왔으니 말이야. 그래서 에스빠냐에 돌아왔지. 조국을 사랑하는 마음이 그토록 큰 거야. 이제 나는 조국에 대한 사랑이 참 달콤하다고 사람들이 한 말을 몸으로 느끼고 알겠어. 아까 말했듯이 나는 고향을 떠나 프랑스로 들어갔어. 그곳에서는 비록 우리를 잘 받아주었지만 많은 걸 보고 싶어서 이딸리아를 지나 독일로 갔어. 거기에서는 좀더 자유롭게 살 수 있을 것 같았거든. 왜냐하면 그곳 주민들은 사소한 일 따위엔 신경을 쓰지 않으니 말이야. 사람은 각자 자기 원하는 대로 살아. 독일 대부분 마을에서는 양심의 자유를 갖고 살거든. 나는 아우크스부르크 옆에 있는 한 마을에 집을 마련해두었고, 이 순례자들과 한패가 되었지. 이들은 습관처럼 에스빠냐를 드나드는데, 이들 중 많은 이들이 해마다 에스빠냐의 성지들을 찾지. 그들은 에스빠냐를 확실한 돈벌이와 좋은 수입이 보장되는 자기들의 신대륙 정도로 생각하고[4] 에스빠냐 전역을 돌아다니지. 어느 마을엘 가나 늘 하는 말로 다 잘 먹고 잘 마시고 나오는 거라, 적어도 엽전으로 1레알 정도의 돈도 얻어가지고…… 그래서 여행이 끝나면 남는 돈이 금화 100에스꾸도 이상이 돼. 그것을 금으로 바꾸어 지팡이 틈새나 어깨 망또 솔기 사이에 숨겨, 또는 가능한 기술을 다 써서 나라에서 빼내 자기가 사는 곳으로 가지고 가는 거야. 검색하는 검문소나 검사소의 수비대가 있다 해도 말이지. 싼초, 지금 나는, 내가 묻어놓은 황금을 꺼내러 가려고 해. 그건 마을 밖에 있으니 위험없이 꺼낼 수 있을 걸세. 그리고 아르헬에 있는 걸로 아는 내 아내와 딸에게 발렌시아에서 편지를 쓰거나 아니면 직접 가서, 어떻게 그들을 프랑스 항구로 데려올 것인가 작전을 짜고, 거기에서 독일로 데려갈 궁리를 할 걸세. 독일에서 우리는 하느님 뜻대로 살아가기를 바라야지. 결론적으로 싼초, 난 우리 딸 리꼬따와 내 아내 프란시스까 리꼬따가 확실한 기독교인이라는 것을 아네. 난 그렇게 확실한 신자는 아니지만 나도 아직은 무어인보다는 기독교인에 더 가깝지. 그래서 내가 하느님께 바라고 기도하는 것은 어서 내 지혜의 눈을 뜨게 하옵시고 어떻게 하느님을 모셔야 하는지 가르쳐달라는 거지. 지금 내가 놀라고 이해할 수 없는 점은 내 아내와 딸이 프랑스로 갔으면 기독교인으로 살 수 있었을 텐데 왜 하필 베르베리아로 갔는지 모르겠다는 거야."

----

4 싼띠아고 성지를 비롯해 많은 곳에서 순례자를 빙자한 이들 거지 떼가 동냥이나 다른 짓들로 수입을 올리곤 했다는 기록이 있다.

그 말에 싼초가 대답했다.

"이봐, 리꼬떼, 그건 그녀 맘대로 그리로 간 거 같지 않아. 자네 딸과 아내는 자네 처남인 환 띠오뻬에요가 데려갔으니까 말이야. 그 사람은 좋은 무어인인 듯하니 어쩌면 가장 좋은 장소로 간 거겠지. 또 하나 자네에게 꼭 전해줄 말이 있는데, 자네가 묻어두었다고 하는 그것을 찾으러 가도 이제 소용이 없을 거라는 거야. 자네 아내나 처남이 검색을 받으려 하다가 가지고 갔던 많은 돈과 진주들을 빼앗겼다는 소식을 들었거든."

"그건 충분히 그럴 수 있겠지." 리꼬떼가 말을 받았다. "하지만 싼초, 내가 묻어둔 곳은 손을 안 댔다는 걸 내가 알아. 재수없는 일이 생길까 두려워 난 그게 어디 있는지 식구들에게도 밝히지 않았거든. 그러니 싼초, 자네가 나와 함께 가서 그걸 꺼내고 숨기는 걸 도와주면 자네에게 금화 200에스꾸도를 주겠네. 그 돈이면 자네의 어려운 살림을 풀어갈 수 있겠지. 자네도 알듯이 난 자네가 아주 어려움이 많다는 것을 알지."

"나도 그랬으면 좋겠네만 나는 전혀 욕심이 없는 사람이야. 욕심이 있었다면 내 손안에 있던 큰 직책 하나를 버리고 오늘 아침 떠나왔겠나. 그 자리에 있으면 온 집 안 벽들을 황금으로 꾸미고 여섯달 안에 은접시에 식사를 할 텐데…… 이런 일이나 내 이런 생각 때문에 내가 나의 왕에게 반역하는 게 되겠지, 적들 편을 들고 거든다면 말일세. 그래서 자네가 금화 200에스꾸도를 약속했지만 여기서 현금으로 400에스꾸도를 준다 해도 나는 자네와 함께 가지 않겠네."

"무슨 자리를 자네가 버리고 떠나왔다는 겐가, 싼초?"

"한 섬의 총독 자리를 그만두었지. 그런 자리였으니, 정말이지어지간해서는 다시는 그런 좋은 직책은 구할 수 없을 걸세."

"그 섬이 어디 있는데?"

"어디냐구?" 싼초가 말을 받았다. "여기서 두마장 되는 곳이야. 이름이 바라따리아 섬이지."

"입 닥치게, 이 사람아!" 리꼬떼가 말했다. "섬이란 바다 가운데 있는 거지, 육지에는 섬이 없어."

"어째서 섬이 없다는 거야?" 싼초가 말을 받았다. "내 참말이지, 리꼬떼, 오늘 아침 그 섬에서 떠나오는 길이야. 어제는 그 섬에서 내 맘대로 영명한 켄타우로스처럼 통치하면서 지냈지. 하지만 아무리 그래도 나는 그만두기로 했어. 그 총독 자리라는 게 위험한 자리 같더라구."

"그런데 통치자 자리에서 얻은 게 무엇이야?"

"얻은 것은 가축 무리를 다루는 일이 아니면 내 재주로 통치하는 것은 무리라는 걸 알게 된 것이지. 그리고 그렇게 통치하면서 얻는 돈이나 부라고 하는 것은 쉬지도 못하고 잠도 안 자고 심지어 먹지도 못하면서 번 돈이라는 걸 알게 되었지. 섬에서는 총독들이 아주 적게 먹어야 되는데, 특히 총독의 건강을 살피는 의사들이 있다면 말일세."

"난 자네 말이 이해가 안 가는군, 싼초! 자네가 한 말이 모두 엉터리 같아. 누가 자네 같은 사람에게 통치할 만한 섬을 주었단 말인가? 세상에 자네보다 총독감으로 더 능력있는 사람들이 없었단 말인가? 입 닥치게, 싼초. 정신 좀 차려, 그리고 나하고 함께 갈 건지 생각해봐. 자네에게 이미 말했듯이 내가 숨겨둔 보물을 꺼내는 일을 도와주면 돼, 사실 양이 많으니 보물이라 불러야 되겠지. 이미 말했듯이 자네가 먹고살 만큼 줄게."

"이미 말했잖아, 리꼬떼." 싼초가 대답했다. "난 싫네. 나 때문에 자네가 발각될 일은 없을 테니 그걸로 만족하게. 그리고 부디 계속 자네의 길이나 잘 가게나. 나는 내 길을 가도록 내버려두고. 나는 잘 번 돈은 곧 잃게 된다는 것을 아네. 더 나쁜 것은 돈과 함께 그 주인도 망한다는 거지."

"더이상 고집하지는 않겠네, 싼초. 하지만 이보게, 자네 우리 고향을 떠나올 때 거기서 내 아내와 딸, 그리고 처남을 만난 적이 있나?"

"만났지. 내가 아는 건 자네 딸이 참으로 예쁜 모습으로 나와서 동네에 있는 모든 사람이 자네 딸을 보러 나왔다는 거야. 다들 세상에서 제일 예쁜 아이라고 야단이었어. 그녀는 울면서 모든 여자친구며 아는 사람, 그녀를 보려고 다가오는 모든 이를 껴안았어. 그리고 모두에게 하느님과 어머니 성모마리아께 가호가 있기를 빌어달라고 청했지. 이 말을 얼마나 애통하게 하는지 평소 잘 울지도 않는 나도 그만 울고 말았어. 참말이지 모든 사람이 그녀를 숨겨주고 싶어했고 길에서 경찰에게서 빼앗아오고 싶어했지. 하지만 왕의 명령을 거역한다는 두려움이 그들의 그런 행동을 막았지. 특히 자네도 아는 부잣집 장손인 그 총각 돈 뻬드로 그레고리오가 가장 고통이 심한 것처럼 보였는데 자네 딸을 무척 사랑했다고 하더군. 그녀가 떠난 뒤 그 사람은 다시는 고향에 나타나지 않았다네. 다들 그 총각이 그녀를 훔쳐오려고 뒤따라갔다고 생각했지만 지금까지 아무런 소식을 몰라."

"내 항상 그런 불길한 의혹이 있긴 있었지." 리꼬떼가 말했다. "그 선비가 우리 딸을 사모해서 따라다닌다는 것에 대해서 말이야. 하지만 난 리꼬따의 덕을 믿으니 그가 그녀를 정말로 사랑하는 게 걱정되지는 않았어. 싼초, 자네도 이미 들어서 알겠지만 우리 무어인 여인들은 양반 기독교인과 사랑으로 어울린 적이 거의 없다네. 내 생각에 내 딸은 사랑에 빠지기보다는 기독교인으로서의 사랑에 더 정신이 팔려 있었기 때문에 그 장손의 구애에는 별 신경을 쓰지 않았을 거야."

"다 하느님이 알아서 하시겠지." 싼초가 대답했다. "두 사람에게 다 좋지 않은 일이니까. 그리고 난 여기서 떠나야겠구먼, 친구. 나는 오늘 밤에 우리 주인 돈 끼호떼가 있는 곳으로 가고 싶거든."

"잘 가게나, 싼초 형, 벌써 우리 동료들이 꿈틀대기 시작하는 걸 보니 우리도 우리 길을 계속 가야 할 시간이 되었나봐."

그러고 둘은 포옹을 한 뒤 싼초는 자기 점박이 위에 올라탔고 리꼬떼는 자기 지팡이에 몸을 기댔다. 그들은 이렇게 멀어져갔다.

55장

길 가던 도중 싼초에게 벌어진 일들과
보아야만 이해할 수 있는 또다른 사건들에 대하여

리꼬떼를 만나 시간을 지체한 관계로 싼초는 그날 안으로 공작의 성에 도착할 여유가 없었는데 그곳에서 반마장쯤 가자 밤이 덮쳤다. 약간 어둡고 흐린 밤이었으나 여름인지라 그리 크게 걱정되지는 않았다. 그래서 그는 길에서 좀 떨어진 곳으로 가서 아침을 기다리려고 마음을 먹었는데 재수가 별로 없으려니까 좀더 편히 쉴 곳을 찾는다는 게 그만 점박이와 함께 깊고 깜깜한 동굴 속으로 빠지게 된 것이다. 그 깊은 동굴은 아주 오래된 건물들 사이에 있었다. 싼초는 떨어지는 순간 하느님께 온 마음으로 가호를 빌면서 심연 가장 깊은 밑바닥까지 내려가서는 안된다고 생각했다. 그러나 소원대로 이루어지지 않아서 세길이 더 되는 바닥까지 점박이가 먼저 떨어졌고 싼초는 그 위에 떨어져버렸다. 그러나 부상이나 상처는 입지 않았다.

싼초는 온몸을 더듬어보고 한숨을 돌린 뒤 몸이 무사한지 아니면 어디 구멍이라도 났는지 살펴보았다. 몸이 온전하고 완벽하다는 것을 알자 그 큰 은혜에 대해 주 하느님께 감사해 마지않았으니 틀림없이 온몸이 산산조각 날 거라고 생각했기 때문이다. 그는 두 손으로 동굴 벽을 더듬어보면서 아무 도움 없이도 그곳에서 빠져나갈 수 있을지 알아보려 했다. 그러나 벽들이 전부 밋밋해서 손을 짚고 올라갈 데가 없었다. 그걸 알고 싼초는 심각한 고뇌에 빠졌는데, 점박이의 여리고 고통스러운 신음 소리를 들었을 때 특히 그러하였다. 그 신음 소리가 큰 것도 아니고 나쁜 상황을 통탄하는 것도 아니었으나, 다만 점박이 몸이 그다지 온전한 상태가 아니었기 때문이다.

"아이구!" 그때 싼초 빤사가 말했다. "이 비참한 세상에 사는 사람들에게는 순간순간 어찌 이렇게 생각지도 않은 많은 일이 벌어지는가! 어제는 섬나라 총독의 관을 쓰고 신하와 종 들에게 명령하며 지내던 자가 오늘은 누구 하나 구하러 달려올 신하도, 종도, 어떤 인간도 없이 이 깊은 동굴 속에 묻히게 될 줄 누가 알았겠는가? 내 당나귀와 나는 여기서 굶어죽게 생겼구나. 그전에 점박이는 깨지고 녹초가 되어 죽고 나는 고뇌에 차서 죽지 않으면 말이야. 적어도 우리 라 만차의 돈 끼호떼 나리께서 그러했던 것처럼 난 그렇게 운이 좋은 편은 못되겠지. 나리께서 몬떼시노스의 동굴로 내려갔을 때는 아무 일도 하지 않았어도 식탁 차려놓고 침대 마련해놓고 기다리는 것 같은, 자기 집보다 더 환대해준 사람을 만나지 않았던가. 나리께서는 거기서 평화롭고 아름다운 환영을 보셨지만 난 여기서 두꺼비와 구렁이밖에는 보지 못할 것 같은 생각이 드는구나. 불행한 내 팔자야, 내 광기와 환상이 어찌 여기까지 왔단 말인가! 하늘이 도와 사람들이 나를 발견해도 털 빠진 하얗고 뭉툭

한 내 뼈와 함께 내 착한 점박이의 뼈나 꺼내겠지. 그걸 보면 사람들은 우리가 어떤 사이였는지를 알아차릴 거야, 적어도 싼초 빤사는 한번도 자기 나귀를 떠난 적이 없고 나귀 또한 싼초를 떠난 적이 없다는 소식을 들은 사람들은 말이야. 다시 말하노라, 아, 비참한 우리 신세여. 우리는 운이 없어 고향에 가서 친족들 사이에서 죽지를 못하는구나. 거기에 가도 우리의 불행이 해결되지는 않지만 우리 일을 아파하고 우리 죽음의 마지막 순간에 우리 눈을 감겨 줄 사람은 없지 않으련만. 아, 나의 친구요, 동반자여, 너의 그 훌륭한 봉사에 대한 보상이 이토록 비참하구나! 용서해다오. 운명의 여신에게 네가 아는 가장 좋은 방법으로 부탁해서 지금 우리 둘이 놓인 이 비참한 고난에서 우리를 끌어내달라고 하렴. 그러면 나는 네 머리 위에 월계관을 씌워줄 것을 약속하마. 네 모습이 바로 계관시인처럼 보이도록 말이다. 그리고 여물은 배로 주마."

싼초 빤사는 이렇게 한탄을 했고 그의 당나귀는 한마디 대답도 없이 그가 말하는 것을 듣고 있었는데, 그 불쌍한 당나귀가 처한 고난과 고통이 그토록 컸기 때문이다. 비참한 탄식과 한숨 속에서 그날 밤을 꼬박 새우고 마침내 새날이 왔다. 날이 밝고 빛이 훤하게 들어오자 싼초는 그 웅덩이에서 다른 사람의 도움 없이 나간다는 건 전혀 불가능하다는 걸 알고는 혹시 누가 들을까 해서 크게 탄식을 하고 소리를 지르기 시작했다. 그러나 그의 목소리는 아무도 없는 사막에 떨어지는 소리였으니 그 근방엔 아무리 둘러봐도 그의 목소리를 들을 만한 사람이 없었다. 그러자 그는 마침내 죽는 걸로 치기로 했다.

점박이는 머리를 위로 하고 누워 있었는데 싼초 빤사가 도와 편하게 일으켜세웠지만 나귀는 거의 서 있을 수가 없었다. 싼초 빤사는 떨어지면서 역시 똑같은 불행을 당한 배낭에서 빵 한 조각을 꺼내 자기 당나귀에게 주었는데 나귀는 그 빵 맛이 나쁘지 않은 모양이었다. 싼초는 그 맛을 알겠다는 듯이 말했다.

"모든 고생도 빵만 있으면 할 만하지."

이러고 있을 때 그 깊은 굴의 한구석에 구멍이 있는 걸 발견했는데 웅크리고 쪼그리면 사람 하나는 들어갈 만한 크기였다. 싼초 빤사가 그 구멍으로 달려가 엉금엉금 기어 안으로 들어가보니 그 안쪽은 넓고 길었다. 천장이라고 할 수 있는 곳으로 햇살 한 줄기가 들어와 모든 것을 다 밝혀주었기에 안을 볼 수 있었다. 또한 움푹 들어간 다른 곳으로 굴이 더 커지고 길어지는 것이 보였다. 이걸 보고 싼초가 다시 당나귀가 있는 곳으로 나와 돌덩이 하나로 그 구멍의 흙을 파자 무너져내리기 시작했다. 그렇게 해서 잠깐 사이에 당나귀 한마리는 어렵지 않게 들어갈 만한 구멍이 생겼고, 실제 그렇게 해서 들어갈 수 있었다. 싼초는 고삐를 잡고 그 굴을 통해 앞으로 나아갔는데, 다른 쪽으로 혹시 나갈 출구가 있나 해서였다. 어떤 때는 어둑어둑한 곳으로도 가고 어떤 때는 빛이 없이 걷기도 해서 시종 공포스러웠다.

"아이구 맙소사, 전지전능하신 분이시여!" 그는 혼잣말로 말했다. "이거야말로 내게는 정말 불행인데 우리 주인 돈 끼호떼 나리의 행운을 시험하기에는[1] 최고겠군요. 주인 나리는 정말이지 이런 심연이나 땅속 감옥을 꽃이 핀 낙원이나 갈리아나의 궁전[2]쯤으로

---

1 세르반떼스는 'desventura'(불행)와 'aventura'(모험)라는 소리의 유사성 때문에 말놀이를 일삼는다. 역자는 '행운'과 '불행'이라는 반어적 뜻을 살리면서 '시험하다'를 집어넣어 '모험'의 의미를 가미했다.
2 똘레도 가까이에 있는 따호 강변에 위치한 고대 궁전을 일컫는다. 갈리아나는 고도 똘레도 시의 총독이었던 가달페(Gadalfe)의 딸로 무어인 공주였는데 샤를마

알고 이 암흑과 협곡에서 꽃이 핀 초원으로 나가길 기다리지만 운도 재수도 없는 나는 기도 죽고 충고도 없으니 순간순간 이 발밑에서 갑자기 지나온 곳보다 더 깊은 다른 심연이 열려 나를 끝내 집어삼킬 것 같은 생각이 든단 말이야. 오려면 어서 오라, 불행이여, 너 혼자 온다면……"

이런 생각을 하면서 약 반마장 이상을 걸어간 것 같은데, 그 길 끝에 무슨 희미한 광명이 비쳤다. 그 빛은 이미 낮의 빛인 것 같았고 어디선가 안으로 들어오는 빛이었으니[3] 그것은 그 끝이 열려 있다는 증거이며 그에게는 다른 삶으로의 길인 셈이었다.

여기에서 시데 아메떼 베넹헬리는 잠깐 싼초를 놓아두고 다시 돈 끼호떼 이야기로 돌아간다. 돈 끼호떼는 도냐 로드리게스 딸의 정조와 명예를 훔쳐간 자와 벌일 한판 싸움 시한을 미처 날뛰며 흥분에 차 기다리는 중으로 그녀에게 흉악하게 저지른 만행과 잘못을 바로잡아줄 작정이었다.

그런데 어느날 아침 일이었다. 밖에 나가서 다른 날 맞붙게 되어 있는 위기상황에서 해야 할 자세를 연습하고 바로잡을 준비를 하면서 로신안떼에게 마구 뛰거나 잽싸게 덤비는 것을 연습해보았다. 그런데 문득 말의 두 발이 어느 동굴에 바짝 가까이 붙게 되었고, 강하게 고삐를 당기지 않았다면 꼼짝없이 그 굴에 빠질 뻔했지만 결국 말을 멈추어 떨어지지는 않았다. 그러고 나서 말에서 내리지 않고 좀더 가까이 다가가 그 깊은 곳을 내려다보았다. 그 아래를 내려다보고 있자니 안에서 커다란 목소리가 들려왔고, 귀 기울여

뉴 대제와 결혼했다고 전해진다.
3 이미 낮이어서 빛이 들어왔다고 했는데 다시 여기서 이런 말이 나오는 것은 세르반떼스의 전형적인 건망증 때문인 듯하다.

들어보니 소리소리 지르는 사람이 하는 말을 알아들을 수 있었다.

"어이, 위에 있는 사람들! 거기 내 말 듣는 좋은 사람 있소? 불쌍하고 불량한 한 통치자, 산 채로 매장된 죄 많은 이 사람을 불쌍히 여길 자비스러운 선비는 안 계시오?"

돈 끼호떼는 싼초 빤사의 목소리를 듣는 것 같아 깜짝 놀라 긴장한 채 되도록 목소리를 최대한 높여 말했다.

"거기 밑에 누가 있소? 누가 하소연하는 거요?"

"누가 여기 있겠소, 아니면 누가 하소연을 하겠소." 대답이 들려왔다. "지지리 고생길에 빠진 싼초 빤사가 아니면? 저 유명한 라 만차의 기사 돈 끼호떼의 하인이었으며 죄가 많고 운이 없어 바라따리아 섬의 총독이 되었던 그 사람이올시다."

그 말을 듣자 돈 끼호떼의 놀라움은 배로 더 커졌고 공포 또한 더욱 커졌다. 싼초 빤사가 죽어서 거기서 영혼이 고통당하고 있을지도 모른다는 생각이 떠올랐기 때문이다. 그는 이런 상상을 떨쳐내지 못한 채 말을 했다.

"정식 가톨릭인으로서 맹세라는 맹세는 다 걸고 맹세코 말하는데 네가 누군지 내게 말하라. 네가 고통받고 있는 영혼이라면 너를 위해 내가 무엇을 해줘야 하는지 말하라. 내 직업은 이 세상의 모든 고난받는 자를 도와주고 구해주는 일이니, 이는 또한 저 다른 세상에서 필요한 자들도 스스로 돕고 일어설 수 없다면 그 또한 내가 돕고 구원해주는 일을 할지니라."

대답 소리가 말했다. "그렇게 말하시니 제게 말씀하시는 나리께서는 제 주인 라 만차의 돈 끼호떼이실 겁니다. 심지어 그 목소리의 어조까지도 틀림없이 다른 분이 아니시니까요."

"나는 돈 끼호떼다." 돈 끼호떼가 말을 받았다. "죽은 자나 산 자나 곤란에 처했을 때 구하고 도와주는 직업을 가진 사람이다. 그러니 네가 누군지 말하라. 네가 나를 어리둥절하게 하고 있으니, 만약 네가 내 하인 싼초 빤사이고 네가 죽었다면 말하라…… 귀신들이 잡아가지 않고 하느님의 자비로 연옥에 있다면 우리의 성스러운 어머니 로마 가톨릭교회는 공양기도로 네가 빠져 있는 고통에서 너를 꺼내줄 충분한 힘이 있느니라. 나도 교회와 함께 나 스스로 내 모든 재산이 미치는 데까지 그 일을 청원하마. 그러니 당장 밝혀라, 네가 누구인지 말하라."

"세상에, 이럴 수가!" 대답 소리가 말했다. "나리가 원하시는 분의 탄생을 두고 맹세코 확실히 말하건대, 라 만차의 돈 끼호떼 나리, 저는 나리의 하인 싼초 빤사입니다. 내 살아 평생에 결코 죽은 적은 없으며 나중에 천천히 말씀드릴 필요가 있지만 어떤 이유에서든 통치를 그만두고 엊저녁에 제가 누워 있는 이 동굴에 빠졌어요. 점박이도 저와 함께요. 점박이는 제가 거짓말하지 못하게 할 거예요. 증거를 보여드리자면 점박이도 여기 저와 함께 있어요."

그뿐이 아니었다. 당나귀까지 싼초의 말을 알아들은 것처럼 그 순간 어찌나 크고 세차게 울어대기 시작했는지 온 동굴이 울렸다.

"유력한 증인이로고!" 돈 끼호떼가 말했다. "당나귀 울음은 마치 내가 낳은 아기처럼 잘 알아보지. 그리고 자네 목소리도 들리는구먼. 사랑하는 나의 싼초, 날 기다리게, 자네가 죄가 많아 그 속에 빠진 모양인데 이 가까이 있는 공작의 성에 가서 이 동굴에서 자네를 꺼내줄 사람을 데려오지."

"나리, 어서 가서 빨리 돌아오세요, 정말, 정말이지, 이제 전 여기 산 채로 묻혀 있는 건 더이상 참지 못하겠어요. 무서워서 죽을 지경이에요."

돈 끼호떼가 싼초를 그대로 두고 성으로 가서 공작 부부에게 싼 초 빤사의 사건을 이야기하니 그들은 그 말을 듣고 적잖이 놀랐다. 그들은 비록 기억도 나지 않는 까마득한 옛날부터 있어온 그 암굴 로 통하는 곳으로 떨어졌으리라 짐작은 했으나 어찌하여 그가 통 치를 그만두었는지는 짐작이 가지 않았으니, 싼초가 온다는 소식 을 미리 듣지 못했기 때문이다. 마침내, 소문에 따르면 밧줄과 동 아줄 들을 가지고 갔다고 한다. 그리고 많은 사람들이 애쓴 덕분에 싼초 빤사와 점박이는 그 암흑에서 태양빛의 천지로 나오게 되었 다. 한 학생이 이를 보고 말했다.

"이 죄인이 깊은 심연에서 나오듯이 모든 나쁜 통치자들은 이렇 게 통치 자리에서 물러나야 한다니까, 이렇게 얼굴도 창백하고 돈 도 한푼 없이. 내 생각에 저이는 지금 배가 고파 죽을 지경일 거야."

이 말을 듣고 싼초가 말했다.

"말하기 좋아하는 이 친구야, 여드렌가 열흘인가 될 걸세. 내가 섬 하나를 선물 받고 통치하러 간 지가 말이야. 그러는 동안 단 한 시간도 빵 한번 실컷 먹어본 적이 없네. 의사들이 나를 쫓아다니고 적들이 내 뼈다귀를 박살냈어. 나는 권리도 뇌물도 받아본 적 없네. 사실이 이러한즉 내 생각엔 내가 이렇게 떠나와야 할 일도, 이유도 없었다네. 하지만 사람이 시도하고 하느님이 결정한다고, 하느님 이 더 잘 아시겠지, 사람마다 잘 맞는 일을 말이야. 각자 때에 따라 손에 잘 맞는 일이 있으니 아무도 이 물 다시는 안 먹겠다고 장담 못하는 거지.[4] 하나가 있으면 둘이 없고, 돼지 베이컨감이 있다고

---

4 돈 끼호떼의 잔소리에도 불구하고 싼초의 속담벽은 못 말린다. 여기에도 벌써 네 개의 속담이 연이어 나온다. 속담 번역에서 직역이 좋은지 비슷한 우리 속담으 로 바꾸는 것이 좋은지 답하기는 쉽지 않은데, 여기서는 비슷한 우리 속담을 찾

생각한 곳에는 걸어놓을 말뚝이 없는 법, 하느님은 내 말을 아시겠지. 그러면 됐어. 더 이상 할 말 없어, 더 할 수도 있지만."

"화내지 말게, 싼초. 무슨 말을 들어도 너무 마음 아파하지 말게. 그러다가는 끝이 없을 테니까. 확실한 양심을 갖고 자네 삶을 살면 되네. 누가 무슨 말을 해도 말이야. 남의 말 하기 좋아하는 혀를 묶어두려고 하는 건 넓은 들판에 문을 달겠다는 것처럼 바보짓이야. 만일 어떤 총독이 부자가 되어 통치를 끝내고 나오면 그놈은 도둑놈이었다고 다들 말할 거고, 가난해져서 나오면 모자란 놈이거나 바보 멍청이라고 하지."

"확실한 건요, 이번 일로 사람들은 저를 도둑놈이라기보다는 차라리 바보로 보리라는 거지요."

이런 대화를 나누면서 그들은 아이들과 다른 많은 사람에게 에워싸여 성에 도착했는데, 공작과 공작 부인은 마당 위 복도에서 돈 끼호떼와 함께 싼초를 기다리고 있었다. 싼초는 먼저 점박이를 마구간에 데려다놓기 전에는 공작을 뵈러 올라가지 않겠다면서 점박이의 엊저녁 잠자리가 너무 불편했다고 말했다. 싼초가 이내 주인들을 뵈러 올라가 그들 앞에 무릎을 꿇고 말했다.

"어르신네들, 위대하신 분들께서 아무런 능력도 없는 소인에게 명령하신 대로 소인은 어르신네의 바라따리아 섬을 통치하러 갔었나이다. 그 섬에 벌거숭이로 들어갔다가 벌거숭이로 남았고, 얻은 것도 잃은 것도 없습니다. 제가 통치를 잘했는지 못했는지는 앞에 증인들이 있으니 자기들 마음대로 말하겠지요. 저는 의혹사건을 해결해주었고, 소송사건을 판결했고, 항상 배가 고파 죽을 지경

기 어려워 직역에 가깝게 시도했다.

이었습니다. 그 섬의 의사이며 총독 새끼 의사이며 띠르떼아푸에라 태생인 뻬드로 레시오 박사가 제가 배곯아 죽기를 원했기 때문입니다. 밤에 적들이 우리를 습격해와 엄청난 곤경에 빠졌는데도 섬사람들은 제 팔뚝 힘으로 우리가 승리를 거두고 자유롭게 풀려났다고 했지요. 주민들이 진실을 말하니 하느님께서 그들에게 그만큼의 축복을 주시기를. 이런 시기에 얻은 결론은 통치를 한다는 것은 그 자체가 짐이 많고 의무가 많다는 것을 제가 몸으로 체험했다는 것입니다. 그리고 그런 짐을 제 어깨로는 감당할 수가 없고, 그런 일은 제 갈비뼈 무게도 제 화살통의 화살로도 감당할 수 없다는 것을 체험으로 알았습니다. 그래서 통치가 제 옆구리를 쳐서 넘어뜨리기 전에 제가 통치라는 것을 그만두고 무너뜨리고 싶었습니다. 어제 아침에 제가 만난 그대로 섬을 두고 떠나왔습니다. 제가 섬에 들어갔을 때 있었던 똑같은 거리들, 집들, 지붕들 그대로…… 아무에게도 돈을 빌리지 않았으며 수상한 이권놀음에도 가담하지 않았습니다. 비록 주민에게 이득이 될 만한 법령을 만들까도 생각했지만 하나도 만들지 않았습니다. 주민들이 지키지 않을까 두려워서지요. 지키지 않으면 만들거나 만들지 않거나 마찬가지니까요. 제 말은, 떠나올 때 제 점박이 외에는 어떤 수행원도 대동하지 않았고, 어떤 깊은 동굴에 빠져 굴을 타고 줄곧 앞으로 나아갔고, 마침내 오늘 아침 햇빛과 함께 출구를 보았다는 거지요. 하지만 그것도 그리 쉬운 일은 아니었어요. 하늘이 우리 주인 돈 끼호떼 나리를 거기 보내주시지 않았다면 세상 다 끝날 때까지 그곳에 갇혀 있었을 거예요. 그러니까 공작님, 공작 부인 마님, 어르신들의 총독 싼초 빤사 여기 대령하였사옵니다. 단 열흘 동안 정부를 운영해보았고, 정부를 가지는 건 한 섬의 총독이 아니라 온 세상의 총독이 된다 해도 자신에게 돌아오는 게 아무것도 없다는 것을 알았습니다. 이런 수지 계산을 알리며 어르신들 발밑에 엎드려 인사를 올리나이다. 우리 아이들이 '너는 뛰어, 공은 내게 주고' 하면서 놀듯이 그런 식으로 저는 이 통치 일에서 한 발자국 뛰어 우리 돈 끼호떼 나리를 모시는 일로 가겠습니다. 결국, 이분을 모시면 놀라면서 빵을 먹게 되지만 최소한 배 터지게는 먹잖아요. 저로서는 제 배가 부르기만 하면 꿩고기건 당근이건 상관없이 다 똑같지요."

이런 말로 싼초는 그 긴 연설을 끝냈다. 돈 끼호떼는 싼초가 또 무슨 엉터리 소리를 수없이 늘어놓을까 두려워했으나 별 실수 않고 말을 끝내자 진정으로 하늘에 감사했다. 공작은 싼초를 껴안고 그렇게 빨리 통치를 그만두어 정말 섭섭하다고 했다. 그리고 자기 영토 안에서 좀더 짐이 덜 되는 직책을 주도록 해보겠다고 말했다. 동시에 공작 부인도 그를 껴안았고, 크게 상처받고 녹초가 되어 돌아온 표정인지라 그에게 편히 잘해주라고 명령했다.

56장

상급 시녀 도냐 로드리게스의 딸을 옹호하기 위해 마부 또실로스와 라 만차의 돈 끼호떼 사이에 벌어진, 지금까지 한번도 보지 못한 기상천외한 싸움에 대하여

공작 부부는 싼초 빤사에게 저지른 장난에 대해 후회하지는 않았다. 게다가 그날 오후 우두머리 하인이 와서 그동안 싼초가 한 말과 행동을 하나하나 빠짐없이 그들에게 이야기하고 마지막으로 섬을 기습한 것과 싼초의 두려움, 그리고 그가 떠나기까지를 흥미롭게 전해주었다. 그들은 이야기를 듣고 적잖은 즐거움을 맛보았다.

이 일이 있은 뒤, 이야기에 따르면, 연기했던 결투의 날이 다가왔다고 한다. 공작은 마부 또실로스에게 한번 두번 여러번 돈 끼호떼 앞에서 어떻게 행동해야 할지를 일러주면서 그를 죽이거나 상처 입히지 말고 이길 것을 강조하고 창끝의 쇠를 다 떼어내라고 명령했다. 공작은 돈 끼호떼에게 말하기를 당신이 그토록 귀하게 여기는 기독교 정신에 따르면 결투가 목숨에 위협을 주거나 목숨을 빼앗는 것을 용납하지 않는다고 했다. 교황청 공의회의 칙령이 이런 결투를 금지함에도 불구하고[1] 자기 영토 안에서 자유롭게 싸울 장소를 준 것만으로 만족하라면서 그런 위험스러운 상황을 지나치게 가혹하게 끌고 가지 말아달라고 했다.

돈 끼호떼는 각하께서 그 사건의 일들을 가장 적당하다고 생각하는 대로 조치하시라 하고 자기는 모든 것을 그에 따르겠다고 말했다. 마침내 그 공포의 날이 다가왔다. 공작은 성 광장 앞에 널찍하게 심판대를 만들라고 하고 그곳에 결투의 심판관들과 상급 시녀들, 원고들인 어머니와 딸이 자리잡게 했다. 주변 고장과 모든 마을에서 끝없이 많은 사람이 모여들었으니, 그 마을의 산 사람이나 죽은 사람치고 세상에 그런 싸움이 있다는 소식은 다시 듣지도 보지도 못할 일이었기 때문에 다들 그 신기한 싸움 장면을 보러 왔던 것이다.

둥그렇게 말뚝을 박은 결투장에 맨 먼저 들어온 사람은 식을 책임 맡은 자였다. 그는 결투장 곳곳을 돌아다니면서 살펴보았는데, 어떤 속임수나 쓰러지거나 넘어지게 하려고 숨겨놓은 물건 같은 게 있어서는 안되기 때문이었다. 이윽고 상급 시녀들이 입장해 그 앞자리에 앉았는데, 그녀들은 적잖이 가슴 아픈 심정의 표시로 눈은 물론 심지어 가슴까지 망또로 가리고 있었다. 말뚝 있는 데로 나타난 돈 끼호떼는, 수많은 트럼펫 부대를 동반하고 광장 한쪽에 등장했다. 온 광장을 무너뜨릴 만큼 위풍당당한 말 위에 올라탄 커다란 마부 또실로스는 구멍이 숭숭 뚫린 투구 앞가리개에다 강력하고 번쩍이는 갑옷을 입고 고개도 돌릴 수 없을 만큼 아주 뻣뻣한 자세로 서 있었다. 말은 튼실한 잿빛의 프리기아산 명마였는데, 앞

---

1 뜨렌또 공의회(El Concilio de Trento, 1563) 칙령을 말하는데, 이는 1313년 랭스 (Reims) 종교회의 등의 결투 금지 칙령을 다시 확인한 것이다. 결투는 법적으로 금지되었지만 더러 행해지던 풍습이었다.

뒷발에는 두어근이나 되는 털과 갈기가 치렁거리고 있었다.

　용감한 전사는 주인인 공작에게 용감한 라 만차의 돈 끼호떼를 만나 어떻게 행동해야 하는지를 잘 듣고 왔으니, 절대로 죽여서는 안되며 처음 충돌할 때 죽음의 위협을 느껴 달아나는 척하라는 지시를 받았다. 정면으로 맞닥뜨리면 틀림없이 죽을 위험성이 많았기 때문이다. 그는 광장을 돌아다니다 상급 시녀들이 있는 곳으로 가서는 자기를 남편으로 간주한 여인을 한참 동안 바라보았다. 이 결투의 사회자가 이미 광장에 나와 있던 돈 끼호떼를 불렀고 또실로스와 상급 시녀들에게 말하기를 라 만차의 돈 끼호떼가 그녀들의 권리를 옹호하기 위해 결투하러 나오는 것에 동의하느냐고 물었다. 그녀들은 동의한다고 답하고 그 문제에 관해선 그가 무슨 행동을 해도 정당하고 확고한 효과가 있는 것으로 간주하겠노라고 했다.

　공작과 공작 부인은 말뚝이 박힌 결투장소 위쪽의 회랑에 자리하고 있었다. 결투장은 평생 한번도 보지 못한 무서운 정경을 지켜보려고 모여든 사람들로 가득했다. 투사들에게 제시된 결투의 조건은 돈 끼호떼가 이기면 상대편은 도냐 로드리게스의 딸과 결혼해야 하며, 만일 돈 끼호떼가 지면 상대방은 어떤 사과도 할 필요없이 자기에게 신청한 결혼 언약 이행에서 자유로워진다는 것이었다.

　식을 맡은 사회자가 햇살을 양분하여[2] 각자가 서 있어야 할 장소에 가서 서도록 했다. 큰 북소리가 울리고 트럼펫 소리가 대기를 가득 채우자 발밑의 땅이 울리고 바라보는 무리들의 심장이 바짝

---

2 결투에서는 햇살이 시력을 방해하지 않는 방향으로 결투자의 위치를 정하는 게 매우 중요하므로 '햇살을 공평하게 양분한다'(partir el sol)는 말이 나온 것이다.

긴장했다. 그 상황에서 일어날 수 있는 나쁜 일 좋은 일을 예측하며 어떤 사람들은 두려움에 떨고 또 어떤 사람들은 기대에 차 있었다. 마침내 돈 끼호떼는 충심으로 우리 주 하느님과 귀부인 엘 또보소의 둘시네아 아씨께 가호를 빌고 정확한 돌격 신호가 내려지기를 기다렸다. 하지만 우리의 마부는 생각이 달랐으니, 그는 지금 말하려는 이 일밖에는 아무 생각도 하지 못하였다. 보아하니, 그는 그의 적이라는 여인을 보았을 때 자기가 평생 본 여자 중에서 가장 어여쁜 여자를 본 것 같은 느낌을 받았던 모양이다. 보통 길거리에서 사랑의 신, 큐피드라고 부르는 눈먼 어린아이가 자기에게 주어진 그 기회를 놓치고 싶지 않도록 명령했던 것이다. 사랑의 신은 이 마부의 영혼을 이용해 자기의 승전 트로피 명단에 또 한 사람의 이름을 올리고 싶어했다. 사랑은 아무도 모르게 아주 멋지게 불쌍한 마부에게 다가가 왼쪽 가슴에 육척이나 되는[3] 사랑의 화살 하나를 깊숙이 꽂았다. 가슴 이쪽에서 저쪽으로 관통했으나 사랑은 눈에 보이지 않으므로 안전하게 할 수는 있었다. 사랑의 신은 아무도 그의 행동에 대해 책임지라고 하지 않기에 어디든 마음 내키는 대로 들락날락한다.

그러니까 거기에서 돌격 신호를 내렸을 때, 이미 제정신이 아닌 우리 마부께서는 이미 자기 마음과 자유를 휘어잡고 있는 마음의 주인이신 여인의 아름다움만을 생각하고 있었으므로 트럼펫 소리도 귀담아듣지 않았다. 그러나 돈 끼호떼는 그 소리를 듣자마자 돌격을 시작했고 로신안떼의 능력이 미치는 한 최대한의 속력으로

---

3 원문은 'de dos varas'이다. 1바라(vara)가 0.835미터이므로 2바라는 1.67미터, 즉 약 육척에 해당한다. 여기에서 중요한 것은 사랑의 화살이 가슴 깊이 박혔다는 뜻이다.

적을 향해 출발했다. 그가 출발하는 것을 보자 그의 착한 하인 싼초가 큰 소리를 내지르며 말했다.

"방랑기사들의 유일한 희망이요, 꽃이여, 하느님이 그대를 인도해주시기를! 그대는 나름대로 옳았나니, 하느님께서 그대에게 승리를 안겨주시기를!"

또실로스는 돈 끼호떼가 자신을 향해 오는 것을 보았지만 자기 자리에서 한 발자국도 움직이지 않았다. 그 대신 큰 소리로 식의 사회자이자 심판관인 사람을 불렀다. 그 사람은 마부가 무엇을 원하는지 보러 왔는데, 마부가 그에게 말했다.

"나리, 이 싸움은 제가 저 아가씨와 결혼을 하느냐 하지 않느냐는 문제가 결정나면 안해도 되는 겁니까?"

"그렇소." 이것이 대답이었다.

"그렇다면 제 양심을 두려워하는 저는 이 싸움을 계속 밀고 나간다면 커다란 양심의 가책을 받을 것이외다. 그러니 제가 진 것으로 하겠으며, 저는 즉시 저 아가씨와 결혼을 하겠다는 겁니다."

사회와 심판을 맡은 그 사람은 또실로스의 말에 놀랐으니, 그 또한 이 상황의 책략을 다 알고 있었기에 뭐라 대답할 말을 찾지 못했다. 돈 끼호떼는 달리다가 중간에서 말을 멈추었는데, 자기 적이 자기를 향해 돌진해오지 않은 까닭이다. 공작은 왜 싸움이 계속 진행되지 않는지 그 이유를 몰랐으나 심판관이 와서 또실로스가 천명한 말을 들려주었다. 그 말을 듣고 공작은 숨이 막힐 만큼 화가 치밀었다.

이런 일이 벌어지고 있을 즈음 또실로스는 도냐 로드리게스가 있는 곳으로 다가가서 큰 소리로 말했다.

"부인, 저는 부인의 따님과 결혼하고 싶습니다. 죽음의 위험 없이 평화롭게 해결할 수 있는 일을 재판이나 싸움으로 해결하고 싶지는 않습니다."

이 말을 들은 용감한 돈 끼호떼가 말했다.

"이렇게 된다면 나는 내 약속을 해결하고 자유의 몸이 됐구먼. 부디 결혼들 하시지요. 우리 주 하느님께서 베푸신 은혜이니 성 베드로는 축복할 수밖에요."

공작이 성의 광장으로 내려와 또실로스에게 다가가 그에게 말했다.

"그대가 졌다고 굴복하는 게 사실인가, 기사? 그리고 그대의 겁쟁이 양심이 꼬드기는 소리를 따라 이 처녀와 결혼하고 싶다고?"

"그러하옵니다, 나리." 또실로스가 대답했다.

"그 사람 일 참 잘하는구먼." 이때 싼초 빤사가 말했다. "생쥐에게 줄 것을 고양이에게 주면 자네는 걱정에서 벗어나지."

또실로스는 투구 입마개를 풀면서 빨리 자기를 좀 도와달라고 요청했다. 숨이 막히고 정신이 없다면서 그 긴 시간을 그 좁은 공간에 갇혀 있는 게 견딜 수 없다고 했다. 사람들이 급히 그 옷을 벗기자 그의 몸이 드러나고 마부의 얼굴이 확실히 보였다. 이걸 보자 도냐 로드리게스와 그 딸은 소리소리 지르며 말했다.

"이건 사기야! 이건 사기라고! 우리 공작님의 마부 또실로스를 나의 진짜 신랑 자리에 바꿔놓았다고! 이건 망나니짓이라고도 할 수 없고 정말 사악한 짓이야! 사람 살려주세요, 하느님, 임금님!"

"그렇게들 고민하지 마시지요, 아씨들." 돈 끼호떼가 말했다. "이것은 망나니짓도 아니고 사악한 짓도 아니외다. 공작께서 만드신 일도 아니고, 나를 쫓아다니는 나쁜 마법사들의 소행이올시다. 그들은 내가 이 승리의 영광을 차지할까 질투하여 그대 신랑 얼굴을 그대들 말로 공작의 마부라고 하는 이 사람 얼굴로 바꿔놓은 거라고요. 내 충고를 들으시고, 비록 내 적들의 사악한 소행이었다 할지라도 이 사람과 결혼하시지요. 틀림없이 그대가 신랑으로 삼고 싶었던 사람과 똑같은 사람이외다."

잔뜩 화가 나 있던 공작은 이 말을 듣고 한바탕 웃음을 터뜨릴 뻔했다. 공작이 말을 했다.

"돈 끼호떼 나리께 일어나는 일들은 참 희한한 것들이어서 자칫하면 내 마부가 사실 그 사람이 아니라고 믿을 뻔했소이다. 그러면 이런 술책을 써보지요. 원한다면 결혼을 한 보름간 연기하고 우리가 의심을 하는 이 인간을 가두어둡시다. 그동안 이 사람이 원래 모습으로 돌아올 수도 있겠지요. 돈 끼호떼에게 품은 마법사들의 원한이 그리 오래가지는 않을 것 아닙니까. 더구나 이런 사기나 둔갑을 이용하는 것은 그들에게 별로 중요하지 않으니까요."

"아이구, 나리!" 싼초가 말했다. "이 망나니들은 평소의 습관이나 버릇이 어떤 사람을 우리 주인님과 관계되는 다른 사람으로 바꾸는 거예요. 지난번에 '거울의 기사'라고 부르는 한 기사를 이겼는데, 그자를 우리 고향 출신이고 우리의 절친한 친구 싼손 까라스꼬로 둔갑시켜놓았지 뭐예요. 그리고 우리 엘 또보소의 둘시네아 아씨도 어떤 시골 농군 아가씨로 바꿔놓았습죠. 그래서 제 생각엔 이 마부는 평생 마부 얼굴 그대로 살다 죽을 것 같네요."

그 말에 도냐 로드리게스의 딸이 말했다.

"나를 아내로 맞겠다는 이 사람이 누구든지 간에 저는 그분께 감사드려요. 한 선비의 장난감 여자친구가 되느니 차라리 한 마부의 정식 아내가 되고 싶어요. 비록 그가 나를 조롱한 그 남자가 아니라 할지라도 말이에요."

결국 이 모든 이야기와 사건은 또실로스가 그의 둔갑이 어떻게 변해가는가를 볼 때까지 가두자는 쪽으로 결론이 났다. 사람들은 돈 끼호떼가 이겼다고 모두 환호했으나 더 많은 사람이 그렇게 기다리던, 투사들이 서로 박살나는 것을 보지 못한 것 때문에 슬퍼했고 우울해했다. 아이들이 교수형을 당할 사람이 나오기를 기다리다가 원고 측이나 법이 사면을 해서 그 죄인이 나오지 않을 때 슬퍼하는 것과 똑같았다. 사람들은 떠나갔고 공작과 돈 끼호떼도 성으로 돌아갔으며 또실로스는 감금되었다. 도냐 로드리게스나 그녀의 딸은 이러나저러나 그 문제는 결국 결혼으로 해결되리라는 기대 때문에 대단히 만족했고, 또실로스도 적잖이 기대에 차 있었다.

57장

돈 끼호떼가 공작과 작별하는 모습, 그리고
얌전하면서도 뻔뻔스러운 공작 부인의 시녀
알띠시도라와의 사이에 벌어진 사건에 대하여

돈 끼호떼는 그 성에서 한가롭게 놀고먹는 생활에서 이제 그만 벗어나는 게 좋겠다고 생각했다. 그 어르신네들이 방랑기사인 그에게 베푸는 끝없는 환대와 쾌락 속에서 게으르게 숨어 지내는 것은 커다란 잘못을 저지르는 것이라고 생각했기 때문이다. 그렇게 한가하게 갇혀 지내는 생활에 대해 하늘에 보고해야 할 것 같았다. 그리하여 하루는 공작 부부에게 떠나도록 허락해달라고 했는데, 그들은 돈 끼호떼가 자기들을 두고 떠나는 게 무척 서운하고 아쉽다는 표정이었지만 떠나는 것을 허락했다. 공작 부인이 싼초 빤사에게 그 아내의 편지를 전하자 싼초는 편지를 보고 울면서 말했다.

"누가 생각이나 했으리, 우리 아내 떼레사 빤사의 가슴속에 내가 총독이 되었다는 소식이 심어준 그 큰 희망 같은 게 시방 다시 우리 주인 라 만차의 돈 끼호떼의 고생 많은 모험길로 되돌아오게 될 줄을…… 어떻든지 간에 우리 떼레사가 공작 부인께 도토리를 보

666

내드리고 자기 신분에 맞는 보답을 한 것을 보니 기분이 좋아. 만일 그걸 보내드리지 않았다면 난 걱정했을 테고 그녀는 배은망덕한 여자의 모습으로 남았겠지. 나에게 위안이 되는 건 이런 선물은 뇌물이라는 이름을 붙일 수 없다는 점이니, 왜냐하면 그녀가 도토리를 보냈을 때 난 통치자 자리에 있었거든. 무슨 수익을 얻든지 간에, 비록 유치한 것들이라 할지라도 그것에 대해 감사를 표시할 줄 아는 게 당연한 일이지. 실제로 난 벌거숭이로 통치자 자리에 들어갔다가 벌거숭이로 나왔어. 그래서 양심에 손을 얹고 '빈손으로 태어나 빈손으로 남았으니¹ 얻은 것도 잃은 것도 없소'라고 말할 수 있게 된 것도 작은 일은 아니지."

그 전날 밤 공작 부부와 작별을 한 돈 끼호떼는 떠나는 날 성의 광장에 무장을 한 채 나타났다. 성의 모든 사람이 복도에서 그를 바라보았고 공작 부부도 그를 보러 나왔다. 싼초는 자기 배낭과 가방, 그리고 먹을 것을 얹고 아주 기분 좋게 점박이 위에 타고 있었는데, 공작의 우두머리 하인으로 뜨리팔디 역할을 했던 자가 노잣돈으로 보태 쓰라고 금화 200에스꾸도가 든 주머니를 주었기 때문이다. 돈 끼호떼는 아직 이 사실은 모르고 있었다.

말했듯이 모두들 돈 끼호떼를 바라보는데 그를 바라보고 있는 공작 부인의 시녀들과 다른 상급 시녀들 사이에서 느닷없이 얌전하면서도 뻔뻔스러운 알띠시도라의 목소리가 초성을 높이더니 비탄에 젖은 목소리로 이렇게 노래를 불렀다.

　들으시라, 나쁜 기사여

----
1 '벌거숭이로 태어나 벌거숭이로 남았으니……'가 직역이다. 그러나 불교적 체념의 맛과 상통하도록 이렇게 옮겨본다.

잠깐 말고삐를 멈추시라,

그대의 짐승을 잘못 몰아

옆구리를 아프게 하지 마라.

이보라, 위선자여, 여기 무슨 사나운

뱀이 있다고 도망치려 하는가,

산양이 되기에도 아직은 너무나 어린

순한 새끼 양 한마리 있나니

그대, 소름 끼치는 괴물이여

그대는 숲의 신 디아나가 산에서,

미의 여신 비너스가 그녀의 밀림에서

본 가장 아름다운 처녀를 농간했나니

'잔인한 비레노²여, 도망치는 아이네이아스여

바라바스가 그대와 함께 가리, 거기 가서 합치리.'

그대가 앗아간 것은, 그 잔혹한

손 갈퀴로 무정하게 앗아간 것은

사랑에 빠진, 연하디연한

한 초라한 여인의 속마음!

그대는 머릿수건 세개와

순연한 대리석처럼

매끄럽고, 하얗고, 까만³

---

2 '잔인한 비레노'(Cruel Vireno)는 아리오스또의 『성난 오를란도』에서 사막에 애
  인 올림삐아(Olimpia)를 버리고 간 사나이다. 아이네이아스도 디도를 버리고 떠
  났지 않았던가. 다음 행의 바라바스(Barrabás)는 예수 옆의 십자가에 매달렸다는
  악인이다.
3 여기에서 '까만' 다리는 있을 수 없으니 아마 이는 '까만 대님'으로 읽어야 할 것

다리를 감싼 대님을 가져갔나니
그대는 이천의 한숨 소리를
가져갔나니, 그것이 불이라면
이천개의 트로이 섬이라도 불태웠으리
이천개의 트로이가 존재한다면,
'잔인한 비레노여, 도망치는 아이네이아스여
바라바스가 그대와 함께 가리, 거기 가서 합치리.'

그대의 하인 그 싼초의
마음이 무정하고 고집스러워
둘시네아가 그 마법에서
절대 풀려나지 않기를
그대가 진 죄의 고통을
슬픈 그녀가 아파하게 하리,
옳은 자들도 어쩌면 우리 고장에선
죄인으로 죗값을 치르기도 하나니
그대의 가장 훌륭한 모험들이
불행으로 끝나고, 그대의 심심풀이가
꿈으로 변하고, 그대의 굳은 의지가
망각으로 변하기를
'잔인한 비레노여, 도망치는 아이네이아스여
바라바스가 그대와 함께 가리, 거기 가서 합치리.'

....
이다. 그러나 알띠시도라가 조롱삼아 장난으로 하는 말뜻을 살려 읽으면 되지
않을까.

쎄비야에서 마르체나까지

그라나다에서 로하까지

런던에서 영국에까지

그대는 위선자로 취급받으리니

그대가 카드놀이[4]를 한다면

백번째나 첫번째 놀이라면

그대로부터 왕들은 다 도망가고

에이스도 7도 꼴도 못 보기를

그대가 굳은살을 잘라낸다면

그 상처들이 피를 쏟기를

그대가 어금니를 뽑는다면

이뿌리는 그대로 남아 있기를

'잔인한 비레노여, 도망치는 아이네이아스여

바라바스가 그대와 함께 가리, 거기 가서 합치리.'

이와 같이 비탄에 잠긴 알띠시도라가 하소연의 노래를 하고 있
는 동안 돈 끼호떼는 그녀를 바라보며 말 한마디 없이 서 있다가
고개를 싼초에게 돌리며 말했다.

"사랑하는 싼초여, 자네 선조 대대의 명예를 걸고 맹세코 꼭 하
나 진실을 밝혀주길 바라네. 이보게, 사랑에 빠진 이 처녀가 말하는
그 대님과 세개의 머릿수건을 혹시 가져왔는가?"

그 말에 싼초가 대답했다.

"머릿수건 세개는 가져왔구먼요, 하지만 대님은 꿈에도 본 적이

---

4 에스빠냐식 카드게임으로, 좋은 패는 왕, 에이스, 7 순서다.

없네요."

공작 부인은 알띠시도라의 천연덕스러움에 놀랐으니 비록 그녀가 대담하고 재미있고 다소 뻔뻔스러운 데가 있다고는 알고 있었지만 이렇게까지 드러내놓고 뻔뻔스러울 정도는 아니라고 생각했던 것이다. 공작 부인은 이런 장난에 대해서는 미리 알지 못했기에 놀라움은 더 컸고, 공작은 그 어릿광대짓을 더 재미있게 하고자 이렇게 말했다.

"기사 나리, 이 성에서 그대에게 그토록 잘해주고 환대를 베풀었는데도 우리 시녀의 대님까지는 아니라 하더라도 적어도 머릿수건 세 개를 앗아가다니, 내 생각엔 잘한 일이 아니라 사료됩니다. 그대 명성에 어울리지 않는 고약한 심성의 표시요, 증거라 봅니다. 대님은 돌려주시지요. 그러지 않으면 내 그대에게 목숨을 건 결투를 신청하겠소. 망나니 마법사들이 그대와 싸우러 들어온 자의 얼굴을 내 마부 또실로스로 바꿔놓은 것처럼 얼굴을 둔갑시켜도 두려워하지 않겠소."

돈 끼호떼가 대답했다. "세상에, 하느님이 계시는데 본인이 귀하처럼 고명하신 어른을 향해 칼을 빼들게 하지는 않기를 바랍니다. 귀하께 그 많은 은혜를 입었는데 말입니다. 머릿수건은 돌려드리겠습니다, 싼초가 가지고 있다고 하니까요. 대님은 돌려드리는 게 불가능합니다, 본인이 받은 적이 없고 싼초도 받지 않았으니까요. 만일 귀하의 이 시녀가 자기 물건을 숨겨놓는 데를 보시면 그 대님은 틀림없이 거기 있을 겁니다. 공작 나리, 본인은 한번도 도둑질을 한 적이 없으며 하느님의 손에서 제가 버림받지 않는 한평생 그런 짓을 하지 않을 작정입니다. 이 처녀는 그녀 말처럼 사랑 때문에 그런 말을 한 것이고 그 문제에 대해 나는 죄가 없지요. 따라서 본인으로서는 그녀에게도, 공작 각하께도 사죄할 필요는 없다고 봅니다. 각하께 간청하는 바는 저를 좀 좋은 방향으로 생각해주십사 하는 것이고, 다시 허락을 청하오니 이대로 제 길을 떠나게 해주십시오."

"부디 하느님의 가호로 안녕히 가시옵소서." 공작 부인이 말했다. "돈 끼호떼 나리, 항상 그대 행적에 대한 좋은 소식이 있기를 기대하겠습니다. 부디 안녕히 가세요. 여기 더 머물면 머물수록 그대를 바라보는 처녀들의 가슴에 더욱 불을 지피실 테니까요. 시녀는 내가 벌을 주고, 앞으로는 말로도 눈길로도 탈선하지 못하도록 조치하겠습니다."

"더도 말고 꼭 한마디만 제 말을 들어주세요, 용맹하신 돈 끼호떼님!" 그때 알띠시도라가 말했다. "그 대님에 대한 죄를 덮어씌운 점은 사죄드립니다. 맹세코 진실로 말하지만 제가 그 대님들을 매고 있어요. 그런데 제가 착각한 게, 당나귀를 타고 가면 그걸 찾을 거라고 생각했던 거예요."

"제가 뭐라 그랬어요?" 싼초가 말했다. "제가 도둑질한 걸 감추는 그런 바보 같아요? 도둑질을 하고 싶었다면 제가 통치할 때야말로 기똥차게 좋은 기회였습죠."

돈 끼호떼는 고개를 숙여 공작 부부와 주변에 있는 사람들에게 경의를 표한 뒤 로신안떼의 고삐를 돌려 점박이를 타고 그를 따르는 싼초와 함께 성을 나와 곧장 사라고사로 길을 향했다.

58장

돈 끼호떼가 얼마나 자주 모험을 행했는지 한가하게 이리저리 돌아다닐 시간이 없었던 데 대하여

돈 끼호떼는 알띠시도라의 구애작전에서 해방되어 자유롭고 탁 트인 벌판에 나오자 비로소 자기의 중심에 있는 것을 느꼈고, 자신의 정신이 다시 기사도의 일을 좇도록 새로워지는 것을 느껴 싼초를 돌아보며 말했다.

"자유란, 싼초, 하늘이 인간에게 준 가장 아름답고 소중한 선물들 중 하나이지. 온 땅이 보유한, 온 바다가 품고 있는 모든 보물과도 견줄 수 없는 게 자유일세. 자유나 명예를 위한 일이라면 목숨을 걸고 도전해야 하고 또 도전할 만한 거야. 반대로 포로가 된다는 것은 인간에게 일어나는 가장 큰 불행이지. 내가 이런 말을 하는 건, 싼초, 우리가 떠나온 성에서 융숭한 대접과 환대를 받았기 때문일세. 하지만 그 맛있는 잔칫상과 눈으로 빚은 듯한 음료수들 한가운데서도 나는 배고픔의 좁은 골짜기에 갇혀 있는 것처럼 느껴졌어. 그것들이 내 것이라면 제대로 즐겼을, 그런 자유로움으로 그 맛을 즐길 수가 없었기 때문이야. 우리가 받은 혜택이라든가 은혜는 그걸 갚아야 하는 보상의무 같은 것들이 있어서 자유로운 마음으로 뽐내며 즐기지 못하게 하는 속박의 끈이 되거든. 하늘이 빵한 조각을 준다면 하늘 외에는 감사해야 할 다른 상대나 의무가 없으니 이 아니 행복하겠어!"

"어떻든지 간에요, 나리께서도 말씀하셨듯이 우리 쪽으로 봐서는 감사하지 않으면 안되지요. 공작의 우두머리 하인이 금화 200에 스꾸도를 주머니에 싸서 주었거든요. 그래서 지금 가슴에 붙이는 고약이나 영양제처럼 무슨 일이 있으면 쓰려고 이 안에다 품고 있구만요. 우리에게 잘해주는 성이 항상 있는 건 아니니까요. 어떤 때는 우리에게 몽둥이질하는 객줏집도 만나게 되잖아요."

이런 이야기 저런 이야기를 하면서 방랑기사와 방랑 하인의 길을 가는데, 한마장쯤 갔을 때 농부 복장을 한 열두어명 정도 되는 사람들이 푸른 초원 위에 외투를 펴놓고 그 위에서 식사를 하고 있는 게 보였다. 그들 옆에는 하얀 이불천 같은 게 보였는데, 어떤 것은 뉘어 있고 어떤 것은 세워져 있었다. 돈 끼호떼가 식사를 하는 그 사람들에게 다가가 먼저 예의를 갖춰 인사를 하고는 저 천들로 덮어놓은 게 무언지 물었다. 그들 중 하나가 대답했다.

"나리, 이 천들로 싸놓은 것들은 우리 마을에서 공연하는 인형극에 쓰려는 조각상들과 판자로 만든 인형들입니다. 광택이 바래지 않도록 덮어두고, 까지지 않도록 어깨에 메고 갑니다."

돈 끼호떼가 대답했다. "부탁입니다만 그 조각품들 좀 보았으면 하네요. 그렇게 정성스레 모셔가는 조상들이라면 틀림없이 훌륭한 인형들일 테니까요."

"그렇구말구요!" 다른 사람이 말했다. "훌륭한지 아닌지는 비용만 봐도 아실 거예요. 사실 어느 것도 금화 50두까도 이상 들어가지 않은 작품이 없거든요. 사실인지 아닌지 확실히 보시려면 조금만 기다리세요. 직접 두 눈으로 보실 수 있을 테니까요."

그러더니 먹다 말고는 벌떡 일어나서 첫번째 상을 벗겼는데, 그건 말을 타고 있는 성 호르헤¹의 상이었다. 발에 뱀이 똬리를 틀고 있고, 늘 그렇게 그려지듯이 창이 입을 험악하게 뚫고 지나가는 형상으로 상 전체가 시쳇말로 마치 황금불덩이 같았다. 돈 끼호떼가 그 형상을 보고 말했다.

"이 기사는 성스러운 전투를 감행한 훌륭한 방랑기사 중 한분이지요. 이름은 성 호르헤인데, 나아가서 처녀들을 지키고 보호하는 분이셨지요. 다른 상도 봅시다."

그 사람이 다른 상을 벗겼다. 말을 탄 성 마르띠노의 상 같았는데, 한 가난한 사람과 망또를 나누어 입고 있었다. 돈 끼호떼는 그 상을 보자마자 이렇게 말했다.

"이 기사 또한 그리스도교의 모험가 중 한분이셨지요. 내 생각엔 용감하다기보다는 관대한 구석이 더 많았던 분이시지. 싼초, 지금 자네도 보듯이 망또를 가난한 사람과 함께 쓰고 있잖아, 반은 그에게 주고 말이야. 틀림없이 겨울이었을 거야, 겨울이 아니었다면 그분의 자비로운 성품으로 보아 그에게 망또를 다 넘겨주었겠지."

"그러지는 않으셨을 거예요." 싼초가 말했다. "주고받는 데도 머리가 있어야 하는 법이라는 속담에 따라 행동하셨을 거예요."

돈 끼호떼가 웃어버렸다. 그리고 다른 천도 들춰보라고 하자 그

---

1 성인들 이름 번역은 상당히 까다로운 데가 있다. 개신교와 가톨릭 사이에도 차이가 있고, 또 어떤 이름은 영어식으로 알려져 있어 혼란스럽기 때문이다. '성 호르헤'(San Jorge)는 '성 조지'(Saint George)의 에스빠냐어 이름이다.

밑엔 말을 탄 에스빠냐 수호신의 상이 드러났는데, 무어족을 쳐부수며 목들을 짓밟고 피투성이가 된 칼을 든 성자였다. 이를 보자 돈 끼호떼가 말했다.

"이분이 정말 기사님이시지, 그리스도의 전사부대에 속하는 이분의 존함은 성 디에고 마따모로스[2]이지. 이 세상에서, 그리고 이제 하늘에서까지 가장 용감하신 성인 기사님 중의 한분이시지."

그들은 이어서 다른 천을 벗겼는데, 그 천은 말에서 밑으로 떨어지는 성 바울의 모습을 감추고 있었다. 성자의 개종 삽화에 흔히 그려놓는 모든 환경이 나타나 있었는데, 성인이 그렇게 생생하게 드러나자 그리스도가 직접 말하고 바울이 대답하는 듯한 느낌을 받았다.

"이분은 그 당시 우리 주 하느님의 교회의 가장 큰 적이었고, 나중엔 우리 교회의 가장 큰 수호자가 되셨어. 살아서는 걸어다니는 방랑기사, 죽어서는 조용히 서 있는 성자, 주님의 포도원에서 쉴 새 없이 일하는 농부, 사람들의 박사, 그에게는 하늘이 학교요, 스승이요, 교수였으며 예수 그리스도께서 손수 그에게 가르침을 주셨지."

성상은 더이상 없었다. 돈 끼호떼는 다시 그것들을 덮으라고 한 뒤 성상을 가져가는 사람들에게 말했다.

"형제들, 내가 이것들을 본 것을 아주 좋은 길조로 생각하겠소. 이 성인들과 기사들은 지금 나처럼 무도武道를 수행하는 직업을 가진 분들이니까요. 다만 그들과 나 사이에 차이가 있다면 그들은 성인들이니 성스러운 방법으로 싸웠지만 난 속인이고 죄인인지라 인

---

2 원문 'San Diego Matamoros'의 '디에고'는 그 원형이 그리스어의 '야코부' (Jacobu(m))'이며, '아코보'(Jacobo) '하이메'(Jaime) '싼띠아고'(Santiago) 등 여러 이름이 같은 이름에 속한다.

간적으로 싸운다는 거지요. 그분들은 팔뚝의 힘으로 하늘을 정복했으니, 하늘의 나라도 폭력에 시달리기 때문이니까요. 나는 지금까지 이토록 애써가며 무엇을 정복하는지 모르겠소만 만약 우리 엘 또보소의 둘시네아 아씨가 고통받고 있는 고난에서 풀려나기만 하면 내 운이 좋아지고 내 판단이 더 좋아져 내 인생길을 지금까지보다는 훨씬 더 나아진 발걸음으로 나아갈 수 있겠지요."

"이런 말은 하느님만 들으시고 귀신은 귀를 막기를!" 이때 싼초가 말했다.

사람들은 돈 끼호떼가 하려고 하는 말의 절반도 못 알아들으면서도 그 말이나 모습을 보고 놀라고 감탄했다. 그들은 식사를 끝내고 성상들을 짊어지고는 돈 끼호떼와 작별한 뒤 가던 길을 계속해서 떠났다.

싼초는 돈 끼호떼가 아는 게 많음을 새삼 다시 보고 놀라 세상에 한번도 본 적 없는 사람처럼 자기 주인을 바라보았다. 그의 생각에는 나리의 기억과 손톱에 새기고 박혀 있지 않은 사건이나 역사는 세상에 없을 거라는 느낌이 들어 이렇게 말했다.

"주인 나리, 사실, 오늘 우리에게 일어난 이런 일을 모험이라고 부를 수 있다면 우리의 순례와 순회의 모든 과정에서 일어났던 모험 중 가장 부드럽고 달콤한 모험이었네요. 이 모험에서는 엄청난 경악도, 몽둥이찜질도 없이 살아났으니까요. 우리 칼에 손을 댈 필요도 없이, 몽둥이로 땅을 두들겨팰 필요도 없이, 배고픔도 없이 말이에요. 살다가 제 두 눈으로 이런 일도 볼 수 있다니 하느님의 축복이네요."

"그 말 한번 잘했네, 싼초. 하지만 모든 세월이 다 똑같이 이렇고 이런 식으로 나아간다고 할 수는 없다는 걸 알아야 하네. 속인들이 보통 길조니 흉조니 말하는 이런 것들은 어떤 자연스러운 이유에 근거를 두고 있는 건 아니지. 사려 깊은 사람의 판단으로는 이런 일은 우연히 발생한 좋은 사건에 불과해. 어떤 사람은 이런 징조를 보고 아침에 일어나서 집에서 나가지. 그리고 복 많은 성 프란체스꼬 교파의 사제를 만나고는 마치 반독수리 반사자인 괴물을 만난 양 등을 돌리고 그만 자기 집으로 돌아오고 말지. 소금 미신으로 유명한 멘도사 집안의 어떤 이에게 식탁의 소금이 쏟아지면 그의 온 심장에 우울증이 쏟아지는 거지. 말했듯이 이런 작은 우연한 일들이 앞으로 나타날 불행의 전조라고 생각하는 것처럼 자연이나 우주는 무슨 일을 꼭 미리 알려주게 되어 있는 것 같다는 말이야. 사려 깊은 사람이나 그리스도인은 하늘이 하려고 하는 일을 소소하게 신경 쓰고 살려고 해서는 안돼. 스키피오가 아프리카에 다다라 땅에서 뛰다가 무엇에 걸려 넘어지자 그의 군인들은 그걸 나쁜 흉조로 간주했다지. 그러나 그는 땅을 껴안으며 말했다고 해. '너는 도망칠 수 없어, 아프리카. 내가 너를 잡고 있거든, 이렇게 내 품에 말이야.' 그러니 싼초, 성상들과 만난 건 내게 대단히 행복한 일이었어."

"저도 그렇게 생각해요. 그런데 나리 한가지만 말씀해주세요. 우리 에스빠냐 사람들은 무슨 싸움을 시작하려고 할 때 그 성 야코부 마따모로스를 부르면서 '성 야코부여, 그리고 닫아라, 에스빠냐여!'라고 하는데 그 이유가 뭔가요? 혹시 에스빠냐가 뭐 닫혀 있기라도 했나요? 그래서 나라를 닫을 필요가 있었다든지, 이것이 무슨 예식이에요?"

"싼초, 자네는 참 단순하고 어리석구먼. 이봐, 이 주홍색 십자가를 멘 위대한 기사가 하느님께서 에스빠냐에 준 그의 수호자요, 우리의 수호신 아닌가. 특히 우리 에스빠냐인들이 무어족과 험악한 상황에서 싸울 때 말이야. 그래서 모든 싸움에서 돌격을 할 때는 수호신으로 그분을 부르고 가호를 청하는 거지. 실제로 여러 싸움 터에서 그 수호신을 눈으로 보았다고 하는구먼. 하갈의 후손 회교 도 군대와 치고받고 그들을 쳐부수고 죽이는 그분을 말이야. 이 사 실에 대해선 진짜 에스빠냐 역사서에 많은 이야기가 나오는데 내 가 자네에게 여러 예들을 들려줄 수가 있지."

싼초는 대화를 바꾸어서 주인에게 말했다.

"나리, 저는 공작 부인의 시녀 알띠시도라의 뻔뻔스러움에 정말 놀랐습니다요. 그 사랑의 신이라고 하는 자가 그녀를 사정없이 관 통하고 상처를 입혔나봐요. 사랑의 신은 눈먼 소년이고 눈곱이 덕 지덕지 붙어 있어서, 말하자면 눈이 안 보여서 무슨 가슴이든지 아 무리 작아도 한번 과녁으로 삼으면 사랑의 화살로 잘 맞히고 관통 한다면서요. 제가 또 들은 바로는 처녀들의 조심성이나 부끄러움 때문에 더러 사랑의 화살 끝이 부러지고 날이 무뎌진다고 했는데, 이 알띠시도라의 경우엔 끝이 부러지기보다는 더 날카로워진 것 같아요."

"이걸 알아두게나, 싼초. 사랑은 그 말 속에 존경도 모르고 이성 의 한계도 지키지 못하는 법이라네. 사랑은 죽음과 똑같은 성격을 가지고 있어 왕들의 높은 성에도 침범하고 목동의 초라한 움막에 도 들어가지. 그리고 한 영혼을 완전히 점령했을 때 제일 먼저 없 애는 게 두려움과 부끄러움이야. 그래서 알띠시도라가 부끄러움도 없이 자기의 소망을 밝힌 건데, 그 말들이 내 가슴속에 싹틔운 건 안타까움보다는 혼란뿐이었어."

"대단히 잔인하군요! 천하에 들어보지 못한 배은망덕이올시다! 저라면 그녀의 가장 작은 사랑의 말에도 그만 무릎 꿇고 따랐을 겁니다요. 정말 대리석같이 차가운 가슴이네요! 청동 심장이거나 횟가루 반죽으로 만든 영혼이에요! 하지만 도대체 나리의 무엇을 보고 그 처녀가 그렇게 자기를 낮추고 따랐을지 짐작이 안 가네요. 도대체 어떤 멋, 어떤 힘, 어떤 말씨, 어떤 얼굴, 어떤 것이 다 합쳐져 그녀를 반하게 했는지 이해가 안 가요. 정말이지 저도 여러번 멈춰서서 나리의 모습을 발끝에서 머리털 끝까지 바라보곤 하거든요. 제가 보기엔 반할 만한 것들보다는 놀랄 만한 것들이 더 많구요. 제가 들은 바로는 사람을 반하게 하는 것 중 제일 먼저이고 제일 중요한 건 아름다움이라 했는데, 나리는 그런 게 하나도 없으니 저는 그 불쌍한 여인이 무얼 보고 반했는지 모르겠다니까요."

"싼초 이 사람아. 아름다움에는 두가지가 있음을 알아야 하네. 마음의 아름다움과 육체의 아름다움이 바로 그것이야. 마음의 아름다움은 지혜나 정직성, 좋은 품행, 관대함, 교양에서 빛이 나고 드러나지. 그리고 이런 모든 점은 추한 육체에도 깃들어 있을 수 있고, 실제로 그러하기도 해. 사람이 육체가 아니라 마음의 아름다움에 눈을 주게 되면 충동적이고 뛰어난 사랑의 감정이 생겨나기 마련이야. 싼초, 나도 내가 아름답지 않다는 것을 잘 알아. 그러나 그렇다고 내가 기형이 아니라는 것도 알고 있지. 보통 선량한 사람이 사랑을 받으려면 괴물만 아니면 돼. 나는 자네에게 이미 말했듯이 그런 마음의 장점들을 가지고 있으니까 말이야."

이런 이야기 저런 대화를 하면서 길가에 있는 어느 밀림으로 들어갔는데, 생각지도 않은 곳에서 돈 끼호떼는 무슨 파란 실로 된 그물에 엉켜버렸다. 그물은 한쪽 나무에서 다른 쪽 나무 있는 데로 펼쳐져 있었는데 그게 무엇인지 짐작이 안 간 돈 끼호떼가 싼초에게 말했다.

"싼초, 내 생각엔 이 그물을 보니 아마 생각도 할 수 없는 어떤 새로운 모험 하나가 일어나고 있는 것 같아. 이건 말이야, 나를 쫓아다니는 마법사들이 나를 그물에 걸리게 해서 내 길을 막으려고 하는 짓이 틀림없어. 내가 알띠시도라에게 냉혹하게 대했다고 복수하려는 거지. 내 확실히 말하지만 비록 이 그물망들이 파란 실로 짜여 있지만, 대장장이들의 신인 질투 많은 헤파이스토스가 아프로디테와 아레스를 걸리게 한 단단하고 단단한 금강석 그물[3]보다 더 강력한 망이라 할지라도 바다 갈대나 무명실로 짠 그물처럼 갈기갈기 다 찢어버릴 거야."

그러고서 그는 앞으로 나아가 모든 걸 찢어버리려고 했다. 그런데 문득 그의 앞에 나무숲 사이에서 아름다운 두 목동 아가씨가 나타났다. 목동처럼 옷을 입은 소녀들이었는데, 가죽 점퍼나 겉옷에는 고운 금은 무늬가 새겨져 있었다. 말하자면 겉옷은 아주 아름다운 황금빛 물결무늬의 비단으로 만든 짧은 치마였고, 등 뒤로 풀어 헤친 황금 빛깔의 머리카락은 햇살과 견줄 만큼 반짝였다. 머리 위에는 파란 월계수와 빨간 색비름으로 짠 두개의 화관이 씌워져 있었다. 나이는 보아하니 열다섯 아래도 아니고 열여덟을 넘을 것 같지도 않았다.

이 모습을 본 싼초는 놀라고 돈 끼호떼는 긴장했으니, 이 아름다운 소녀들을 보려고 달려가는 해도 멈출 정도였다. 네 사람 모두 황홀한 침묵 속에서 지켜보고 있었다. 마침내 두 아가씨 중 하나가

---

3 그리스신화에 따르면 헤파이스토스가 자신의 아내인 아프로디테와 아레스의 불륜 현장을 잡으려 금강석으로 그물을 만들어 아프로디테를 잡았다고 한다. 이 이야기는 세르반떼스가 좋아한 『성난 오를란도』에도 나온다.

입을 열어 돈 끼호떼에게 말했다.

"기사님, 잠깐 걸음을 멈추시고 그 그물망을 찢지 말아주세요. 그건 어르신들을 해치려고 한 게 아니라 우리가 심심풀이로 놀려고 펼쳐놓은 거예요. 무엇을 하려고 이걸 펼쳐놓았느냐고 물으실 테니 미리 말씀드리지요. 일단 우리가 누구인지 짧게 말씀드리겠습니다. 여기에서 두마장 정도 되는 곳에 마을이 하나 있는데, 그곳에는 많은 귀족 어른과 양반, 부자 들이 살아요. 그곳의 많은 친구와 친척이 합의한 것이 자기 자식이나 부인, 이웃, 친구, 친척 들이 모두 이 장소에 와서 놀기로 한 거예요. 여기가 이 주변에서 가장 아름답고 좋은 장소이니 모두들 여기에 새로운 목가 천국 '아르까디아'를 만들자는 거였죠. 처녀들은 모두 목동 아가씨 옷을 입고 총각들은 모두 목동 옷을 입고 말이죠. 우리는 두편의 목가시를 공부했어요. 하나는 유명한 시인 가르실라소의 목가시고, 또 하나는 뽀르뚜갈어로 쓴 아주 훌륭한 시인 까몽이스의 목가시이지요. 아직 그 시로 공연까지는 못했지만요.⁴ 어제가 우리가 여기 온 첫날이었고 이런 나뭇가지들 사이에 텐트 몇개를 쳐놓았어요, 야영 텐트라고 하는 거 말이지요. 이곳의 초원을 살찌우는 풍성한 시냇가에 쳤지요. 지난밤에 이 나무들 사이로 그물을 쳐놓았는데, 우리가 내는 시끄러운 소리에 놀란 바보 같은 새들이 속아서 그물에 걸려들까봐서요. 나리, 원하신다면 우리가 손님으로 모시지요. 예의를 갖추어 융숭하게 대접해드리겠습니다. 지금으로서는 이 장소에 근심 걱정이나 우울증이 들어와서는 안되니까요."

---

4 실제로 르네상스 시기의 대표적 시인들인 가르실라소 데 라 베가와 루이스 데 까몽이스(Luis de Camões)는 목가시로 유명한데, 목가시는 대화체 형식이었으므로 연극처럼 공연하기도 했다.

아가씨는 입을 다물고 더이상 말을 하지 않았다. 아가씨의 말에 돈 끼호떼가 대답했다.

"말이 나왔으니 하는 말이지만, 지극히 아름다우신 아가씨, 사냥꾼 악타이온이 어쩌다 문득 물에서 숲의 디아나 여신이 목욕하는 것을 볼 때도 이처럼 놀라고 긴장하지는 않았을 겁니다. 내가 그대의 아름다움을 보고 깜짝 놀란 것에 비하면 말이올시다. 난 그대들의 오락 건을 칭송하며 또한 그대들의 초대 건에 대해 감사드립니다. 그대들을 도울 수 있다면 무엇이든 명령하는 대로 확실히 따르겠습니다. 제 직업이 원래 모든 종류의 사람들에게 좋은 일을 하고 감사를 표시할 줄 아는 것이거든요. 특히 그대들의 모습이 보여주듯 품위가 있는 분들에게 말이지요. 사실 이 그물망들은 작은 공간만 차지하겠지만, 만약 이것들이 지구 전체를 차지한다 해도 난 이것들을 찢지 않고 지나가도록 차라리 새로운 세상을 찾아나설 겁니다. 나의 이런 과장스러운 말을 믿지 못하시겠다면, 이건 적어도 라 만차의 돈 끼호떼가 맹세코 약속드리는 거라는 걸 아셔야 합니다. 그대들 귀에 혹시 이 이름을 들어보신 적이 있다면 말이올시다."

"어머나, 얘, 얘야!" 그때 다른 아가씨가 말했다. "우리는 엄청난 행운을 만났다, 얘, 우리 앞에 계시는 이분 보여? 내가 너한테 알려주겠는데, 이분이 세상에서 가장 용감하고 조신하고 사랑을 잘 아는 분이란 말이야. 이분의 행적이 출판되어 돌아다니는 것을 내가 읽었는데, 그 책이 속이거나 거짓말을 하는 게 아니라면 틀림없어. 그리고 여기 이분과 함께 가는 이 착한 어른은 하인 싼초 빤사라는 분이 틀림없을 거야. 이 사람은 엄청 재미있는 분인데 세상 누구도 그 재치를 못 따라간대."

"그건 정말이오." 싼초가 말했다. "내가 아가씨가 말하는 그 하인이고 그 재미있는 사람이올시다. 그리고 이분이 내 주인님이시고 그 이야기책에 언급된 라 만차의 돈 끼호떼 그분 맞습니다."

"어머!" 다른 아가씨가 말했다. "얘, 그럼 여기 계셔달라고 우리가 부탁드려보자. 그러면 우리 형제들도 아주 좋아할 거야. 나도 네가 말한 것과 똑같이 그분의 용기와 그의 재치에 대해 들은 적이 있어. 무엇보다 이분은 우리가 아는 한 가장 성실하고 가장 흔들림 없는 연인이라고 하더라고. 그의 귀부인은 엘 또보소의 둘시네아라든가 하는 여자인데 온 에스빠냐에서 아름답기로는 첫손가락에 꼽히는 여자래."

"당연히 첫손가락에 꼽히지요." 돈 끼호떼가 말했다. "그대의 비할 데 없는 아름다움이 또 그걸 의심케 하지 않는다면 말입니다. 아가씨들, 부질없이 나를 잡으려고 하지 마십시오. 내 직업상 확실한 의무사항이 있는 내 사정이 지금 어디서도 머물러 쉴 수 없게 만드네요."

이때 이 네 사람이 있는 곳에 두 목동 아가씨 중 한 아가씨의 오빠가 왔는데 그 역시 목동의 옷을 입고 있었고, 목동 아가씨들의 화려함 못지않은 멋진 복장이었다. 아가씨들은 자기들과 있는 분이 그 용감한 라 만차의 돈 끼호떼이며 다른 분은 기사의 하인 싼초라고 말했다. 오빠도 그 역사 이야기를 읽었기에 이미 이들의 무훈담을 알고 있었으니, 그 늠름한 목동은 그들을 초청하면서 자기와 함께 텐트로 가자고 했다. 돈 끼호떼는 그 청을 받아들일 수밖에 없었고 그래서 같이 가기로 했다.

이때 새 사냥의 새 쫓기 순간이 왔다. 새들이 위험을 느끼고 놀라서 도망가다가 그물망의 색깔에 속아 그 속으로 떨어지는 바람에 망에는 여러 종류의 새들로 가득 찼다. 그 자리로 서른명이 넘는 사람들이 모여들었는데, 모두들 멋지게 목동과 목동 아가씨 복장을 하고 있었다. 그들은 금방 돈 끼호떼와 기사 하인이 누구인지를 알아봤는데 이미 이야기책을 통해 그들을 알고 있었기에 대단히 기뻐하면서 맞아들였다. 그들 모두 텐트로 갔는데, 맛있고 풍성하고 깨끗한 음식들로 상이 차려져 있었다. 식탁의 제일 상석을 돈 끼호떼에게 권하며 경의를 표했고, 모두들 그를 바라보는 것만으로도 감탄했다.

마침내 상들이 치워지고 돈 끼호떼가 아주 천천히 목소리를 높여 말했다.

"인간이 저지르는 가장 큰 죄악이 있지요. 어떤 사람은 그것이 오만이라고 말하지만 나는 감사할 줄 모르는 일이라고 생각합니다. 사람들이 늘 하는 말을 들어보아도 '지옥은 감사할 줄 모르는 배은망덕한 자들로 가득 차 있다'라고 하지요. 저는 이 배은망덕이라는 죄를 철이 들기 시작한 순간부터 최대한 피하려고 노력해왔습니다. 만약 내게 베풀어준 좋은 일을 다른 좋은 일로 갚을 수가 없다면 그 자리에서 그 좋은 일을 하고 싶다는 욕망을 간직하지요. 그 소망으로도 충분하지 못하면 그 선행을 공표합니다. 자기가 받은 선행을 말하고 공표하는 것은 또한 가능하면 다른 선행으로 보완할 수 있으니까요. 은혜를 받는 사람 대부분이 은혜를 베푸는 자들보다 못하기 때문이지요. 이것이 바로 하느님께서 우리 모두에게 하시는 일이니, 그분은 우리 모두에게 베풀어주시니까요. 하느님이 주신 은혜와 선물을 인간의 선물로 똑같이 보답해드릴 수 없으니 그 차이가 한없이 크거든요. 이렇게 부족하고 작은 보답을 어떤 면에서 감사하는 것으로 보충한다고 할 수 있습니다. 본인도 여기 본인에게 베풀어주신 은혜에 대해 감사하고 있습니다. 똑같은 양으로 보답해드릴 수는 없기에 본인의 작은 능력 한도 내에서 본인이 습득한, 할 수 있는 모든 것을 여러분께 바치겠습니다. 본인의 말은, 사라고사로 가는 길 한가운데 서서 해가 떠서 지는 이틀 동안을 줄곧 지키며 지금 여기 있는 목동 아가씨로 변장한 이 아가씨들이 본인 마음의 유일한 주인이신 세상에 둘도 없는 엘 또보소의 둘시네아 아씨만을 제외하고는 이 세상에서 가장 얌전하고 아름다운 아가씨들이라는 것을 주장하겠습니다. 지금 본인의 말을 들은 모든 남녀 여러분에게 평화가 함께하시기를 바랍니다."

싼초는 열심히 주인의 말을 듣고 있다가 다 듣고 난 뒤 크게 목소리를 높이며 말했다.

"세상에 제 주인 나리가 감히 미치광이라고 말하고 증언하는 자들이 있다는 게 가당키나 한 일입니까? 목동 여러분, 여러분이 말씀해보시지요. 아무리 사려 깊고 공부를 많이 한 마을 신부가 있다 할지라도 우리 주인님께서 말씀하신 것 같은 그런 말을 할 수 있는 분이 있습니까? 아무리 용감하기로 명성 높은 방랑기사가 있다 하기로 우리 주인님께서 지금 약속하신 것을 약속할 만한 기사가 있습니까?"

돈 끼호떼가 싼초에게 고개를 돌리며 벌겋게 화가 난 표정으로 그에게 말했다.

"아이구, 싼초야! 이 온 지구상에 자네가 바보가 아니라고 할 사람이 한 사람이나 있을까? 바보 기가 가득한 데다 얄궂고 망나니 같은 기까지 곁들인 이 나쁜 놈아! 누가 자네더러 내 일에 끼어들어 내가 바보 병신인지 똑똑한 사람인지 연구하라고 했나? 입 닥쳐, 말대꾸하지 마. 그리고 로신안떼 안장이나 씌우게, 안장이 벗겨졌다면. 내가 약속한 것을 실행에 옮기자고. 내 쪽에서 한 말이 정당하기 때문에 그 말에 반대하는 자는 모두 무릎 꿇게 할 테니 두고 보라고."

그렇게 분통을 터뜨리며 아주 사납게 자리를 박차고 일어서니 주위 사람들은 모두 놀라 그 사람을 미치광이로 봐야 할지 정신 말짱한 사람으로 보아야 할지 의심스러워했다. 결국 그런 시도를 실행에 옮기려 하지 말라고 설득하면서 그의 감사의 뜻은 잘 알아들었노라고 했고, 당신의 용기를 알려주려고 새로운 시범을 보일 필요는 없으며, 역사 이야기에 나온 그의 행적에 관한 것들로 충분하다고 말했다. 그러나 아무리 뭐라 해도 돈 끼호떼는 자기 뜻을 굽히지 않고 로신안떼 위에 올라 창을 들고 방패를 껴안고는 그 파란 초원에서 멀지 않은 곳에 있는 도로 한중간에 섰다. 싼초는 자기 점박이를 타고 돈 끼호떼 뒤에 섰는데, 그는 목동 군상들과 함께 한번도 보지 못한 주인님의 그 오만한 약속과 제의가 어떤 결과를 가져올지 궁금해서 서 있었다.

이미 말했듯이 도로 한중간에 선 돈 끼호떼는 이런 말로 대기를 찢어놓았다.

"여보시오, 그대들, 행인들이며 보행자들이여, 기사들, 하인들, 요 이틀 동안 이 길로 말을 타거나 걸어서 지나가거나, 지나가려고 하는 사람들이여! 방랑기사 라 만차의 돈 끼호떼가 여기 서 있음을 알렸다. 이는 여기 이 초원과 숲에 사는 요정들에게 숨어 있는 얌전함과 아름다움이 내 마음의 주인인 엘 또보소의 둘시네아 아씨를 제외하고는, 이 세상 모든 아름답고 얌전한 여인의 품성을 능가한다는 점을 옹호하기 위해서이다. 따라서 이 주장과 반대되는 주장을 가진 자는 나오라, 여기 내가 기다리노라."

이와 똑같은 말을 두번 반복했으나 두번 다 어떤 모험가의 귀에도 들어가지 않았다. 그러나 우연찮게 일이 더 잘되려고 그랬는지, 그로부터 조금 뒤 말을 탄 군중이 길에 나타났다. 그들 대부분 손에 창을 들고 있었고, 모두들 웅성웅성 떼를 지어서 급히 걸어가고 있었다. 돈 끼호떼와 함께 있던 사람들은 그들을 보자마자 등을 돌리고 길에서 상당히 떨어진 곳으로 비켰는데 만약 거기 서 있다가는 무슨 위험한 일이 벌어질 수도 있다는 것을 알았기 때문이다. 오직 돈 끼호떼만이 대담하게 그 자리에 남아 있었고, 싼초 빤사는 로신안떼의 엉덩이를 방패 삼아 거기에 있었다.

창을 든 부대가 다가왔고, 그들 중 맨 앞에 오던 사람이 커다란 목소리로 돈 끼호떼에게 말했다.

"길에서 저리 비켜, 이 빌어먹을 친구야. 그러다간 이 황소들한테 박살이 날 테니까!"

"야, 이 개새끼들아!" 돈 끼호떼가 말을 받았다. "나한테는 세상의 힘센 황소 따위는 아무것도 아냐, 저 유명한 하라마의 강가에서 키운 사납디사나운 황소들[5]이라도 말이야! 이 망나니들아, 더이상 잔소리 말고 본인이 여기서 공표한 말이 사실이라고 그대로 받아들이지 않겠다면 한판 붙자."

소몰이꾼은 대답할 겨를도 없었고, 돈 끼호떼가 원해도 피할 겨를이 없었다. 사나운 황소 떼, 길들인 유순한 소 떼와 그 많은 소몰이꾼들, 다음 날 투우 경기가 있을 장소로 소들을 데려가 가두려는 그 많은 사람들이 우르르 달려들었다. 모두 돈 끼호떼와 싼초, 로신안떼와 점박이 위를 밟고 지나가며 그들을 땅에 쓰러뜨리고 땅바

---

[5] 당시에 투우 잘 키우기로 유명한 고장이 하라마(Jarama)였다. 로뻬 데 베가의 작품에도 등장한다.

닥에 떼굴떼굴 굴러가게 만들었다. 싼초는 녹초가 되고 돈 끼호떼는 경악하고 점박이는 박살나고 로신안떼도 그다지 가톨릭 신자다운 몰골이 아니었다. 그러나 끝내는 모두 일어섰고, 대단히 빠른 걸음으로 여기서 부딪치고 저기서 넘어지던 돈 끼호떼는 소 떼 뒤를 쫓아 달려가면서 크게 소리를 질렀다.

"거기 멈춰라, 기다려, 이 망나니 같은 개새끼들아. 여기 단 한 사람의 기사가 그대들을 기다리노라. 이 기사는 도망가는 적에게 은다리를 만들어 바치는 그런 성격도, 그런 생각도 갖고 있지 않노라!"

그렇다고 급히 달려가는 그 무리가 멈출 자들이 아니었으니, 지난날의 구름 보듯이 그의 위협은 더이상 본척만척했다. 기진맥진해서 돈 끼호떼는 발을 멈췄고, 복수보다도 분에 못 이겨 길바닥에 주저앉았다. 그러고는 싼초, 로신안떼, 그리고 점박이가 오기를 기다렸고, 그들이 오자 주인과 하인은 다시 위에 올라타고는 거짓으로 지어진 목가 천국 사람들과 작별을 하고자 다시 돌아가지 않았다. 다른 기분보다는 창피해서 그냥 길을 따라갔다.

59장

돈 끼호떼에게 일어난 모험이라 할 만한 이상한 사건에 대한 이야기

　버르장머리 없는 투우들의 습격으로 먼지투성이가 된데다 지칠 대로 지친 돈 끼호떼와 싼초는 신선한 나무숲 사이에서 맑고 깨끗한 샘물을 발견하고 비로소 살 것 같은 위안을 느꼈다. 숲 가장자리에 로신안떼와 점박이의 마구 끈과 고삐를 풀어 자유롭게 놓아두었고, 굽이굽이 고난의 길을 걸어온 주인과 하인도 그곳에 앉았다. 싼초는 음식 보따리가 들어 있는 배낭이 있는 데로 가서 싼초말로 늘 군음식이라고 부르는 먹을 것들을 꺼냈다. 그는 입을 닦았고 돈 끼호떼는 세수를 했는데, 그렇게 기분을 바꾸자 기가 죽어 있던 사람들이 기운이 나고 정신이 돌아왔다. 돈 끼호떼는 순전히 마음의 아픔으로 식사를 하지 못했고, 싼초도 눈앞에 그 맛있는 음식을 놓고도 오직 예의를 차리느라 감히 손도 대지 못했다. 주인께서 먼저 시식하기를 기다렸으나 자기 생각과 상상에 빠져 빵을 입에 댈 생각도 하지 않자 싼초도 자기 입을 열 수가 없었다. 모든 종류의 예절 때문에 쩔쩔매며 싼초는 앞에 차려놓은 빵이며 치즈로 배 속을 채우기 시작했다.

"먹게나, 먹어, 나의 친구 싼초여." 돈 끼호떼가 말했다. "생명을 먹여살려야지. 그게 나보다 자네에겐 더 중요하니까. 그리고 나는 내 불행에 휩쓸려 걱정과 시름의 손아귀에서 죽어가겠지. 싼초, 나는 죽을 둥 살 둥 살아가려고 태어난 몸이야. 그리고 자네는 그저 먹으면서 죽어가려고 태어났지. 자네에게 하는 이 말이 정말로 사실인지 아닌지 보려면 역사 이야기에 인쇄되어 있는 내가 바로 내 모습 그대로임을 알게나. 무술로 유명하고 행동에는 조심스러우며 귀족들에게 존경받고 처녀들에게 구애받는 그 사람 말일세. 그러나 결국은, 내 용감한 공적들에 대한 응당한 댓가로 박수와 승리의 왕관을 바랐더니 오늘 아침은 더럽고 추잡한 짐승들 발부리에 찍히고 밟히고 얻어터진 몰골이 되고 말았구먼. 이런 생각을 하면 내 이빨이 문드러지고 어금니가 무뎌지고 두 손이 저려와서 무얼 먹고 싶은 식욕이 완전히 끊어지는 거야. 이대로 가다가는 죽음 중에서도 가장 잔혹한 죽음인 배곯아 죽어가는 꼴이 되겠구나 싶네."

다급하게 먹을 걸 계속 씹어대면서 싼초가 말했다. "그렇게 되면 나리께서는 '먹고 죽은 귀신이 때깔도 좋다'[1]라는 속담의 맛을 모르고 가시겠네요. 저는 적어도 혼자 그냥 자살하고 싶지는 않아요. 그보다는 차라리 구두장이가 하는 짓처럼 이빨로 가죽을 물고 자기가 원하는 데까지 끌려오도록 끌어당기지요, 뭐. 그러니까 하늘이 정해놓은 마지막 순간이 오는 날까지 계속 먹으면서 내 인생을 끌고 가겠다는 겁니다. 나리, 나리께서도 세상에서 나리처럼 절

---

[1] 직역하면 '마르따가 죽을지라도 배불리 먹고 죽게 하라'(muera Marta, y muera harta)이다.

망에 빠져 헤어나오지 않으려고 하는 짓처럼 미친 짓이 없다는 걸 아셔야 합니다. 제 말을 들으세요. 식사를 하시고 이 풀밭의 파란 이부자리 위에서 잠깐 한숨 눈 붙이세요. 그러고 나서 잠을 깨시면 마음이 좀 편해지신 것을 알 겁니다."

돈 끼호떼는 시키는 대로 했는데, 싼초의 말이 멍청이의 말이라기보다는 철학자의 말 같았기 때문이다. 그는 싼초에게 말했다.

"오, 싼초, 자네가 지금 내가 부탁하는 것을 나를 위해 해줄 수만 있다면 내 마음이 더욱 확실히 풀리고 내 커다란 고민이 좀 덜어질 걸세. 그것은 내가 자네 충고대로 잠을 자는 동안, 자네는 여기에서 좀 떨어진 곳에 가서 자네 살을 밖에 내놓고 로신안떼의 말고삐로 한 삼사백대 매를 좀 때리라는 걸세. 둘시네아 아씨의 마법을 풀기 위해 자네가 맞아야 하는 삼천몇대 중에 그 정도라도 맞으라는 말이야. 저 불쌍한 아씨께서 자네의 무성의와 게으름 때문에 아직도 마법에 묶여 있다는 게 어찌 마음 아프지 않겠나."

"그 문제에 대해서는 저도 할 이야기가 많네요." 싼초가 말했다. "지금으로서는 둘 다 잡시다요. 그러고 나서 하느님을 따르도록 하시지요. 나리께서도 사람이 민숭민숭하게 자기 몸을 때린다는 일이 엄청나게 어려운 일이라는 것을 아셔야 합니다. 더구나 잘 먹지도 못해서 부실한 몸뚱이를 매질하는 건 더 큰 문제지요. 우리 둘시네아 아씨께서는 인내심을 가지고 참으라 하시고요, 언젠가 생각지도 않은 순간에, 제 스스로 매를 맞아 제 몸이 온통 체처럼 구멍이 숭숭 나 있는 것을 보게 될 테니까요. 죽기 전까지는 다 살아 있는 거지요. 제 말은 제가 아직 살아 있다는 겁니다. 제가 약속한 것을 이행하려는 소망도 함께 말씀이에요."

돈 끼호떼는 싼초에게 감사해하며 무엇을 좀 먹었고, 싼초는 많이 먹었다. 그리고 두 사람은 그대로 잠이 들었으며 그들의 한결같은 동반자이며 친구인 로신안떼와 점박이는 풍성한 풀이 가득한 초원에서 기분 내키는 대로 아무렇게나 마음껏 풀이나 뜯도록 내버려두었다. 그들은 좀 늦어져서야 잠을 깨 다시 말 위에 올라타고 길을 나섰는데, 보아하니 거기에서 한마장쯤 되는 곳에 눈에 들어오는 객줏집이 있어 그곳에 다다르려고 길을 재촉했다. 말하자면 그곳은 돈 끼호떼가 객줏집이라 불렀으니 객줏집이었다. 늘 그러했듯이 모든 객줏집을 성이라고 부르던 것과는 달랐다.

그리하여 그들은 객줏집에 다다랐고 주인장에게 잠자리가 있느냐고 물었다. 주인장은 있다고 하면서 여기 사라고사 시에서 가장 편안하고 안락한 그런 방이 있다 했다. 그들은 말에서 내렸고, 싼초는 객줏집 주인이 열쇠를 준 방에 식품들을 갖다두고 짐승들을 마구간으로 데려가 여물을 넣어주고는 밖으로 나와 대문 문지방에 앉아 있는 돈 끼호떼가 시킬 일이 없는지 보러 갔다. 싼초는 그 객줏집이 자기 주인님에게 다행히도 성으로 보이지 않은 것에 대해 하늘에 특별히 감사했다.

저녁식사 때가 되어 방으로 간 싼초는 주인에게 저녁식사로 줄게 무엇이 있느냐고 물었다. 그 물음에 주인은 뭐든지 말만 하시면 다 드리겠다고 하면서 원하는 것을 말하라 했다. 공중의 새도 좋고 땅의 조류도 좋고 바다의 생선도 자기 객줏집에는 다 준비되어 있다고 했다.

"뭐, 그 많은 것들은 필요없구요." 싼초가 대답했다. "닭 두마리 정도 구워주시면 충분하겠습니다. 우리 주인님은 입맛이 까다로워서 식사를 조금 하시고 저도 지나칠 정도로 먹보는 아니니까요."

주인은 닭 같은 건 없다면서 솔개들이 송두리째 다 잡아먹어버렸다고 했다.

"그렇다면 주인장께서는 어린 것으로 암탉 한마리 구워내라고
하시지요."

"암탉이오? 맙소사!" 주인이 대답했다. "사실은 어제 오십마리
도 넘게 시내에다 팔려고 보냈어요. 그러니 암탉 빼놓고는 뭐든지
원하는 대로 시키시지요."

"그렇다면 쇠고기나 양고기는 있겠지요?"

주인이 대답했다. "지금으로서는 집에 그런 것들은 없습니다. 모
두 다 동이 났으니까요. 하지만 다음 주에는 넘치도록 많을 겁니
다."

"이거 큰일났구먼! 이렇게 없는 게 많다니, 그렇다면 결국 돼지
베이컨이나 달걀만 넘치도록 많다는 이야기로 결론이 난다는 게
틀림없지요?"

"아이구야!" 주인이 대답했다. "점잖으신 손님께서 웃기는 소리
도 참 잘하시는군요. 소인이 이미 말했듯이 암탉도 수탉도 없다고
했잖아요. 그런데 달걀이 있기를 바라시나요? 원하신다면 다른 맛
있는 걸로 이야기를 해보시구려, 닭 같은 건 청하지 마시고요."

"이거 정말이지, 어디 결론부터 내립시다. 그러니까 결국 가지고
있는 게 뭔지 말해봐요. 이렇게 말장난하지 말고요, 주인장."

객줏집 주인이 말했다.

"진짜로 정말 소인이 갖고 있는 건 송아지 손같이 생긴 암소 발
톱 두개든지 암소 발톱같이 생긴 송아지 손 두개뿐입니다. 모두 콩
과 양파, 베이컨을 넣고 삶아서 지금 이 순간 '나 좀 먹어주세요!
나 좀 먹어주세요' 하고 애걸하고 있는 셈이죠."

"지금부터 그건 내 것으로 해둡시다. 아무도 손 못 대게 하세요.

내가 남들보다 더 많이 지불할 테니까. 나로서는 더이상 맛있는 다른 요리는 없으리라 생각되니까요. 그것들이 손이건 발톱이건 내겐 상관없어요."

"아무도 손대지 않을 겁니다. 여기 다른 손님들은 완전히 귀족 어른들이셔서 자기들이 요리사며 식품이며 먹을 것들을 다 가지고 왔으니까요."

"귀족이기로 말하자면 우리 주인님만 한 귀족도 없습죠. 하지만 이분의 직무가 음식이나 술병을 가지고 다니지 못하게 하는 일이라서 그런 거지요. 때로는 저기 풀밭 한가운데 자리 펴고 누워 도토리나 개암, 비파 같은 걸 배 터지게 먹지요."

이것이 싼초가 객줏집 주인과 나눈 대화였는데, 싼초는 더이상 이야기를 계속하고 싶지 않았다. 주인님의 일이 무슨 일이며 무슨 직무를 수행하고 있느냐고 벌써 물었지만 그는 대답하지 않았다.

그러자 저녁 먹을 시간이 다가와 돈 끼호떼는 자기 처소로 돌아왔고, 객줏집 주인은 요리되어 있던 냄비를 그대로 가져와서는 일부러 거기서 저녁을 먹으려고 앉았다. 보아하니 돈 끼호떼의 방과 그 옆방 사이엔 얇은 칸막이밖에 없어 그쪽에서 말하는 소리가 돈 끼호떼에게 들렸다.

"제발 부탁인데, 돈 헤로니모 나리, 저녁상 들여오는 동안 그『라 만차의 돈 끼호떼』2권² 다른 장을 좀 읽어봅시다요."

---

2 여기서 말하는 '『라 만차의 돈 끼호떼』2권'은 세르반떼스의 2권이 나오기 1년 전인 1614년 따라고나 출판사에서 나온 위작이다. 제목은『기발한 시골 양반 라 만차의 돈 끼호떼 2권』이고, 저자는 '또르데시야스 출신의 알론소 페르난데스 데 아베야네다'이다. 세르반떼스는 이 책 때문에 무척 속이 상했는데, 그가 2권 59장을 쓸 때 이 책이 출판된 것을 알았던 것 같다. 이 책「레모스 백작에게 바치는 헌사」각주 3 참조.

돈 끼호떼는 자신의 이름을 듣자마자 벌떡 일어서 바싹 귀를 기울여 그에 관한 이야기를 들었는데, 아까 말한 그 돈 헤로니모라는 사람이 대답하는 소리가 들렸다.

"돈 환 나리, 뭐하러 나리께서는 이런 엉터리 이야기를 읽자는 겁니까? 라 만차의 돈 끼호떼 역사 이야기 첫 권을 읽은 사람은 이 2권을 읽으면서는 아무런 재미를 느낄 수가 없어요."

그 돈 환이라는 자가 말했다. "아무리 그래도 읽어보는 게 좋겠지요. 아무리 나쁜 책이라도 무슨 좋은 점이 있기 마련이니까요. 이 책에서 특히 내가 제일 기분 나쁜 것은 돈 끼호떼가 이제 엘 또보소의 둘시네아를 사랑하지 않게 되었다고 묘사하고 있는 점이에요."

그 말을 듣자 돈 끼호떼는 실망과 분노에 차서 목소리를 높여 말했다.

"누구든지 간에 라 만차의 돈 끼호떼가 엘 또보소의 둘시네아를 잊었다는 있을 수도 없는 소리를 하는 자는 내가 그것이 사실과 전혀 다르다는 것을 똑똑히 보여주겠소. 세상에 둘도 없는 엘 또보소의 둘시네아는 절대 잊힐 수 없으며 돈 끼호떼에게는 망각이 있을 수 없으니까요. 기사의 가훈은 변함없는 마음이며, 그의 직무는 부드럽게 아무런 억지도 부리지 않고 그 마음을 충실히 지키는 것이외다."

"우리 말에 대답을 하고 있는 분이 누구시오?" 옆방에서 대답이 들려왔다.

"누구긴 누구겠소?" 싼초가 대답했다. "바로 라 만차의 돈 끼호떼 님이시지. 그가 한 모든 말이나, 무슨 말을 아무리 해도 다 옳은 말이라는 것을 알게 될 거요. 잘 들어보시오. 돈 잘 갚는 사람에게 저당이 문제겠소?³"

쌴초가 이 말을 하자마자 그의 방문으로 신사처럼 보이는 두 사람이 들어와 그들 중 하나가 돈 끼호떼의 목을 껴안고 말했다.

"나리의 모습을 뵈니 나리 이름이 거짓이 아님을 알겠고, 나리 이름만 들어도 나리 모습 그대로인 것을 믿을 수 있겠습니다. 나리께서는 틀림없는 진짜 라 만차의 돈 끼호떼 님이시군요. 여기 나리께 전해드리는 이 책의 작가가 한 것처럼 그대의 공적을 무시하고 그대의 이름을 억지로 빼앗아가려고 했던 자에게는 실망스럽고 안 된 일이겠지만 그대는 방랑기사도의 샛별이요, 이정표이옵니다."

자기 동료가 가져온 책 하나를 그의 손에 넘겨주자 돈 끼호떼는 그 책을 받아 아무 말도 않고 책장을 넘겨보았고 조금 있다 그에게 고개를 돌려 말했다.

"내가 지금 조금 읽어봐도 이 작가에게는 비난받아야 될 세가지 문제가 있구먼. 첫째는 내가 서문에서 읽었던 몇가지⁴이고, 다른 점은 그 언어가 어쩌면 관사 없이 쓴 말이 많은 걸로 보아 아라곤 지방 사투리라는 것입니다. 셋째는 그 작가가 뭘 모르고 하는 소리라는 것을 가장 잘 증명하는 것으로, 이야기의 가장 중요한 대목에서 실수를 하고 사실과 다르게 말을 하는 점입니다. 여기에서는 내 하인 쌴초 빤사의 아내 이름이 마리 구띠에레스라고 하는데, 실제 이름은 그게 아니라 떼레사 빤사거든요.⁵ 이런 중요한 대목에서 실수

---

3 쌴초가 좋아하는 속담으로 처음에 힘이 들어도 결과가 좋으면 괜찮다는 뜻이다.
4 아베야네다는 자기 책의 서문에서 '미겔 데 세르반떼스는 성(聖) 세르반떼스처럼 이미 늙었고……' 따위의 욕설을 떠벌린다.
5 잘못은 아베야네다에 있다기보다 오히려 세르반떼스의 건망증에 있다. 그는 1권 7장에서 쌴초 아내의 이름을 '마리 구띠에레스'(Mari Gutiérrez)라고 한 적이 있기 때문이다.

를 한 사람이라면 그 역사 이야기의 다른 부분에서도 실수를 할 게 뻔해서 걱정되는군요."

이러자 싼초가 말했다.

"그 역사가 말 한번 멋지구려! 하기야 우리 사건들 이야기에 그렇게 쓰여 있을 법도 하겠네요. 내 아내 떼레사 빤사를 마리 구띠에레스라고 부르니 말이에요! 다시 그 책 좀 들고 거기 어디에 내가 나오는지 좀 보세요. 내 이름은 바꾸지 않았는지⋯⋯"

"내가 사람들 말하는 걸 들은 바에 의하면, 친구." 돈 헤로니모가 말했다. "그대는 돈 끼호떼 나리의 하인 싼초 빤사가 틀림없겠구려."

"그렇수다. 그리고 난 그것이 자랑스럽소."

그 신사가 말했다. "그렇다면 정말이지, 이 새로운 작가가 그대를 잘못 묘사했구려. 그대 모습이 이렇게 깨끗한 걸 보니⋯⋯ 그대가 식충이이고 바보이고 멋도 재미도 하나 없는 작자로 나오고 있거든요. 그대 주인의 첫번째 이야기에 나오는 싼초와는 아주 다른 사람으로 말이지요."

"하느님께서 그 사람을 용서해주시길 바랍니다. 그리고 나는 내 자리 이대로 내버려두시고, 그냥 잊어주라고 하세요. 알아야 면장도 한다고, 사람은 제각기 자기 할 일이 있는 거지요.[6]"

두 신사는 돈 끼호떼에게 청하기를 자기들 방에서 저녁을 함께 하게 건너가자고 했는데, 그들은 그 객줏집에 그분의 지체에 맞는 것들이 없음을 잘 알고 있었기 때문이다. 돈 끼호떼는 항상 사려가 깊은지라 그들의 청을 받아들여 그들과 함께 저녁을 먹었고 싼초

---

6 싼초의 말을 직역하면, '캐스터네츠도 아는 사람이 친다' '성 베드로는 로마에 있어야 제격'이라는 말들인데 여기서는 의역한다.

는 전권을 위임받아 냄비를 독차지하고는 식탁 머리에 앉았고, 그와 함께 객줏집 주인도 거기 앉았다. 그 사람도 싼초 못지않게 그 족발이며 발톱을 좋아했기 때문이다.

식사를 하는 동안 돈 환은 돈 끼호떼에게 엘 또보소의 둘시네아 아씨에게서 무슨 소식을 들은 게 없냐고 물었다. 혹시 결혼을 했거나 아이를 배어 임신 중이라거나, 아니면 그녀의 정절과 품위를 제대로 지키면서 돈 끼호떼 나리의 사랑의 염원과 사모를 잊지 않고 있는지 물었다. 그 물음에 돈 끼호떼는 대답했다.

"둘시네아의 정절과 순결은 원래 그대로이고, 그리고 내 사모의 마음은 어느 때보다 더 흔들림이 없습니다. 오래된 제 짝사랑에 대답 하나 없는 답답함이나 아름다운 그녀가 형편없는 농사꾼 처녀로 남아 있는 것도 마찬가지이지요."

그리고 이내 둘시네아 아씨가 마법에 걸려 있는 일을 자세히 이야기했고, 몬떼시노스 동굴에서 일어난 일과 거기에서 현자 메를린이 알려준 그녀를 마법에서 풀려나게 하는 명령과 그것이 곧 싼초를 수천번 매질해야 하는 것이라는 것도 이야기했다.

두 신사는 돈 끼호떼에게서 일신에 일어난 이상한 사건들의 자초지종을 다 듣고 대단히 즐거워했는데, 그들은 그 엉터리 이야기들도 이야기이지만 그 이야기를 아주 멋지게 이야기하는 것에 무척 감탄했다. 이럴 때는 그가 사려 깊은 자로 보였으나 다른 때는 바보 천치 같은 데가 있어 보였다. 그리하여 그가 어느정도 미쳐 있는지 어느정도 정신이 말짱한지 도무지 결론을 내릴 수가 없었다.

싼초는 저녁을 마치고 객줏집 주인을 술에 취하게 해놓고는 주인님 방으로 건너갔는데, 방에 들어가면서 말했다.

"어르신들, 나리님들이 가지고 계시는 이 책의 저자가 우리 모두 함께 친하게 지내라고 한 게 틀림없겠습지요? 나리님들 말씀대로라면 저를 먹보라고 했다니까, 이제는 또 술주정뱅이라고 하지 않았으면 좋겠네요."

"그런 말도 하지." 돈 헤로니모가 말했다. "하지만 어떻게 그런 말을 한지는 기억이 안 나는구먼. 내가 알기로는 그 말들은 모두 입에 담을 수 없는 소리들이고 더구나 거짓말들이야. 내가 지금 여기 앞에 계시는 착한 싼초의 용모를 보아하니 말이야."

"제 생각엔 말입니다, 어르신들, 그 이야기책의 싼초나 돈 끼호떼는 다른 사람들인가봅니다요. 우리는 시데 아메떼 베넹헬리가 쓴 역사책에 나오는 사람들이거든요, 즉, 우리 주인님은 용감하고 사랑에 빠진 분이고, 저는 순진하고 재미있긴 하지만 먹보나 술주정뱅이는 아니지요."

"나도 그렇게 생각해요." 돈 환이 말했다. "그리고 가능하다면 첫 작가인 시데 아메떼가 아닌 사람이 위대한 돈 끼호떼의 사건에 대해 절대로 감히 글을 쓰지 못하도록 금지시켜야 할 겁니다. 알렉산드로스 대왕도 아펠레스가 아니면 감히 자기를 그리지 못하도록 명령했듯이 말이지요."

"나를 그리고 묘사하려면 마음대로 하라고 하세요." 돈 끼호떼가 말했다. "하지만 나를 잘못 학대하지는 말라고 하시지요. 참는 것도 한계가 있지, 욕설로 짓뭉개면 대개 인내심이 바닥나는 법이지요."

돈 환이 말했다. "돈 끼호떼 나리에게 어떤 욕설도 해서는 안되지요. 이분이 거기에 대해 복수를 할 수도 없는데 말이지요. 이분 인내심의 한계를 생각하지 않으면 안되지요. 제가 보기에 나리의 인내심은 크고 위대한 것 같지만요."

이런 이야기 저런 이야기로 긴 밤 시간의 대부분을 보냈다. 비록 돈 환이 돈 끼호떼께서 거기에다 무슨 잔소리를 늘어놓는지 보려고 그 책을 좀더 읽으라고 권했지만 그 말로 그를 설득할 수는 없었다. 돈 끼호떼는 읽은 걸로 하겠다며 전적으로 엉터리라고 생각한다고 말하고, 혹시 그 작가의 귀에 자기 손에 그 책이 들어갔다는 소식이 들어가면 그것을 읽은 걸로 생각하고 좋아할 것 같아 기분 나쁘다고 했다. 바보 같거나 음란한 것들에는 생각도 멀리해야 하는데, 더구나 눈으로 보는 건 더 안된다고 했다. 그들은 돈 끼호떼에게 여행을 어디로 가기로 정했느냐고 물었다. 돈 끼호떼는 사라고사로 가기로 했다며 그 도시에서 해마다 열리곤 하는 창으로 하는 무술 경연대회에 참여하겠다고 했다. 돈 환은 그 새로운 이야기책에도 돈 끼호떼가, 그가 누구이든지 간에, 사라고사에서 말을 타고 달리며 창으로 쇠고리를 맞히는 경기에 참가했다는 이야기가 있더라고 말했다. 비록 멋대가리 없는 바보짓들은 많았지만 독창성도 모자라고 휘장의 글들도 형편없고 제복들도 초라하기 그지없는 경기였다고 했다.

돈 끼호떼가 대답했다. "그게 사실이라면 바로 그런 이유로 해서 본인은 사라고사에 발도 들여놓지 않겠소이다. 그렇게 함으로써 이 새 시대의 역사가의 이야기가 거짓이라는 것을 온 세상에 공공연히 알리겠소이다. 그렇게 되면 사람들은 그 작가가 말하는 돈 끼호떼가 내가 아님을 알아차리겠지요."

"그렇게 잘될 겁니다." 돈 헤로니모가 말했다. "그리고 바르셀로나에도 다른 투창 경기들이 있거든요, 거기에서 돈 끼호떼께서 그 실력을 보여줄 수 있을 겁니다."

"내 그럴 생각이외다." 돈 끼호떼가 말했다. "그럼 어르신들께는 죄송합니다만, 이제 시간이 다 되어서 나는 지금 침소에 들어야 하겠습니다. 부디 불초소생을 좋은 친구로 생각하시고 그 중요한 친구들 리스트에 끼워주시길 바랍니다."

"그리고 소인도 좀 끼워주세요." 싼초가 말했다. "소인도 어딘가에는 쓸모있는 좋은 사람일 겁니다."

이 말과 함께 그들은 작별을 했고 돈 끼호떼와 싼초는 자기들 방으로 돌아갔다. 돈 환과 돈 헤로니모는 그의 사려 깊음과 미친기가 뒤섞인 모습에 그저 놀랄 뿐이어서 이들이 진짜 돈 끼호떼요, 싼초이며, 그 아라곤 지방의 작가가 묘사한 그런 주인공들이 아님을 믿게 되었다.

돈 끼호떼는 새벽 일찍 일어나 다른 방의 칸막이벽을 두들기며 그 손님들에게 작별을 고했다. 싼초는 객줏집 주인에게 넉넉히 기분 좋게 돈을 지불하면서 주인에게 객줏집에 모든 음식이 다 준비되어 있다고 자랑을 말든지 아니면 뭘 좀 준비해두든지 하라고 충고했다.

60장

바르셀로나로 가는 도중 돈 끼호떼에게 일어난 일들

아침이면 선선했는데, 돈 끼호떼가 객줏집을 나온 날도 그처럼 선선했다. 돈 끼호떼는 우선 사라고사를 거치지 않고 바로셀로나로 가는 빠른 지름길이 어딘지를 알아보았다. 다들 말하고 있듯이 자기를 그토록 비방했다는 그 새로운 작가를 거짓말쟁이로 몰고 싶은 욕망이 너무 컸기 때문이다.

그래서 일어난 일이라곤 없었다. 엿새가 넘도록 어디 써서 남길 만한 아무런 일도 일어나지 않았고, 그러다가 길을 벗어나서 찝찝한 떡갈나무 숲인지 코르크나무 숲인지에서 밤을 맞이했다. 이 장소 문제에 대해서는 다른 때는 정확했던 시데 아메떼도 정확하게 서술하지 않고 있다.

주인과 하인은 말에서 내려 나무둥치 곁에 자리를 잡았고, 그 날 새참을 먹은 싼초는 곧바로 잠의 문으로 빠져들었다. 그러나 돈 끼호떼는 배고픔보다는 이 생각 저 생각으로 늘 잠에 못 드는지라 그날도 눈을 붙일 수 없었고, 그뿐 아니라 수천가지 장소와 사건의 생각 속을 왔다 갔다 했다. 어떤 때는 몬떼시노스 동굴에 와 있는 느낌이었고, 어떤 때는 농군 아가씨로 둔갑한 둘시네아가 어린 나귀 위에 팔짝 뛰어 올라타는 모습이 보이기도 했으며, 어떤 때는 둘시네아를 마법에서 풀려나게 하기 위해 갖춰야 할 조건들, 이행해야 하는 사항을 열거하는 현자 메를린의 말소리가 귀에 울려오곤 했다. 돈 끼호떼는 하인 싼초의 매정함과 나약함에 생각이 이르자 안타까워서 어찌할 바를 몰랐다. 자기 생각에 싼초는 겨우 매 다섯대밖에 맞지 않았는데, 남아 있는 수없이 많은 매질 수를 계산해보니 턱없이 부족했다. 이 문제를 생각하자니 너무 고민스럽고 분노가 치밀어 이런 긴 연설을 늘어놓았다.

"알렉산드로스 대왕께서는 '풀어놓거나 자르거나 매한가지'라며 프리기아 왕 고르디우스의 멍에의 매듭을 자르셨고, 그렇다 해서 그 세계적 대왕이 아시아 전체를 지배하지 못하지 않았듯이 지금 나도 싼초가 아무리 싫어해도 그를 두들겨패서 둘시네아가 금방 마법에서 풀려나게만 된다면 비슷한 처지 아니겠는가. 만약 싼초가 삼천몇대의 매를 맞고 이 문제가 해결된다면 싼초 스스로 자기 몸에 매질을 하든 다른 사람이 때리든 그게 내게 무슨 상관이랴. 어디에 매를 맞든지 간에 중요한 건 싼초가 매를 맞기만 하면 되는 것 아닌가?"

이런 상상을 하면서 돈 끼호떼는 로신안떼의 말고삐를 거머쥐고 싼초에게로 다가갔다. 그 고삐로 싼초를 때릴 수 있도록 적당히 준비를 하고 싼초의 바지 끈을 풀기 시작했다. 사람들 말에 따르면 싼초의 통 넓은 바지를 지탱하고 있던 바지 끈은 앞에 달린 노끈밖에 없었다고 한다. 그런데 돈 끼호떼가 다가가자마자 싼초는 잠에서 완전히 다 깨어나 돈 끼호떼에게 이렇게 말했다.

"이게 무슨 짓이에요? 누가 나를 만지고 허리띠를 풀어요?"

"나일세." 돈 끼호떼가 대답했다. "내가 자네 잘못을 대신 갚아주고 내 고민을 풀려고 왔네. 말하자면 자네를 매질하러 왔네, 싼초. 자네가 책임지고 이행하겠다던 그 빚을 조금 덜어주러 온 거야. 둘시네아는 죽어가는데 자네는 걱정없이 잘 살고, 내 소망은 기다림 속에서 죽어가고 있지. 그러니 그 좋은 바지 노끈을 자네 스스로 풀게나. 내 결심으로는 이 호젓한 곳에서 자네에게 적어도 이천 대는 때려야겠네."

"그건 안되지요. 나리, 나리, 가만히 계세요, 안 그러시면 아무리 귀머거리라도 세상에 정말 우리 소리 다 듣겠어요. 제가 맞기로 한 매는 이렇게 억지로 맞는 게 아니라 저 스스로 자원해서 맞아야 하는 거지요. 그런데 지금 전 매를 맞고 싶은 생각이 없구만요. 다만 나리께 약조드립니다만 제 마음이 내키면 언제든지 저 스스로 매질을 하고 채찍질을 하겠습니다."

"그렇게 자네 뜻과 예의에 맡겨놓을 수만은 없네, 싼초, 이 사람아. 왜냐하면 자네는 시골뜨기에다 마음이 냉정하고 몸이 물러서 말이야."

이렇게 말하면서 억지로 싼초의 노끈을 풀려고 몸부림쳤고, 이걸 본 싼초 빤사는 벌떡 일어나 주인에게 덤벼들어 팔로 주인을 껴안고 다리를 걸어 벌렁 맨바닥으로 넘어뜨렸다. 싼초는 오른발 무릎을 주인 가슴에 얹고 손으로 두 손을 붙잡았는데, 그렇게 되자 돈 끼호떼는 몸을 뒤집을 수도 기운을 쓸 수도 없었다. 돈 끼호떼가 소리쳤다.

"아니, 이런 망할 놈이 있나? 어떻게 네 주인이고 어른인 나에게 버르장머리 없이 함부로 덤벼? 너를 먹여살리는 어른에게 감히 네가 이런 짓을 해?"

"제가 어른의 자리나 왕 자리를 주고 빼앗고 할 자격은 없지요. 다만 제가 살려고 저를 도울 뿐입니다. 제가 저의 주인이니까요. 나리께서 가만히 있겠다고 약속만 하세요. 지금 저를 매질하지 않겠다고 말이에요. 그러면 자유롭게 풀어드리겠습니다, 그렇게 못하시겠다면, 아시지요?

> 여기서 죽으리라, 반역자여,
> 도냐 싼차의 원수여.[1]"

그리하여 돈 끼호떼는 그가 사랑하는 모든 이의 목숨을 걸고 싼초 옷의 털끝 하나도 만지지 않겠다고 굳게 다짐했다. 그리고 매 맞는 일은 싼초가 원할 때 자유의사에 따라 자유롭게 하도록 내버려두겠다고 말했다.

싼초는 자리에서 일어나 꽤 떨어진 곳으로 비켜나 거기 있는 나무 하나에 몸을 기댔는데 누군가 그의 머리를 만지는 것 같아 손을 들어 만져보니 구두와 바지를 걸친 사람의 두 발이 잡혔다. 그는 공포에 떨며 다른 나무로 달려갔는데 거기서도 똑같은 일이 일어났다. 싼초는 돈 끼호떼에게 사람 살리라고 소리소리 질렀고, 돈 끼호떼가 도와주려고 달려와 무슨 일이 있냐고, 무엇이 그렇게 무서우냐고 물었다. 싼초는 저기 저 나무들에 사람의 손이며 발이 잔뜩

---

1 「라라의 일곱 왕자」(Los siete Infantes de Lara)라는 로만세에 나오는 복수할 때의 시구를 인용해 싼초가 은근슬쩍 위협을 한다. '제가 저의 주인이니까요'라는 말에서 싼초의 자존심이 오만스럽도록 크게 부각된 대목이다.

걸려 있다고 말했다. 그걸 만져본 돈 끼호떼는 그게 무엇인지 금방 알아차리고 싼초에게 말했다.

"무서워할 것 없네, 이 사람아. 자네 눈에는 보이지 않고 손에만 만져지는 손과 발들은 이 나무에 목매달린 산적이나 도망자들의 수족일 게야. 관에서는 그놈들을 잡으면 이삼십명씩 주로 이 근방에서 교수형을 시켰거든. 이것들이 있는 것으로 보면 내 생각엔 벌써 바르셀로나에 가까이 왔구나 하는 생각이 드는구먼."

그리고 그의 짐작은 사실이었다.

그때 그들이 눈을 들어 올려다보았는지도 모른다. 그들 눈에 나무 위에 주렁주렁 매달린 가지들이 보였는데 그건 다 도적들의 몸뚱이였다. 서서히 동이 터왔는데, 그 죽은 사체들이 그들을 놀랬다면 갑자기 사십명이 넘는 살아 있는 산적들이 그들을 에워쌌을 땐 어땠으랴. 실로 그들은 공포스럽고 참담한 지경에 처했다. 도적들은 까딸루냐 말로 자기 대장이 올 때까지 거기 꼼짝 말고 그대로 있으라고 했다.

돈 끼호떼는 우뚝 서 있었는데, 그의 말은 고삐가 없었고, 그의 창은 나무에 기대 세워놓았으니 그로선 아무런 방어 수단 없이 거기에 그 모양으로 있어야 했다. 할 수 없이 그는 더 좋은 때와 기회를 위해 그 순간에 두 손으로 팔짱을 끼고 고개를 숙인 채 서 있을 수밖에 없었다.

산적들은 점박이에게 가 샅샅이 뒤지더니 가방과 배낭에 싣고 온 것을 하나도 남김없이 다 가져갔다. 고향에서 가져온 돈과 공작 부부가 준 금화를 싼초 허리에 두른 복대에 간직한 게 다행이었다. 어쨌든 그 알량한 작자들은 그때 대장이 나타나지 않았다면 싼초의 살과 가죽 사이에 숨어 있는 것까지도 다 찾아내고 싹 쓸어갔으리라. 대장은 서른넷 정도 되어 보이는 건장한 장정으로, 체격이 보통보다 더 크고 얼굴색이 가무잡잡하며 눈길이 엄해 보였다. 그는 철갑옷을 입고, 그 고장에서는 '짧은 화승총, 뻬드레냘'이라고 부르는 권총 넷을 양쪽에 찬 채 튼튼한 말 하나를 타고 나타났다. 대장은 그의 하인들이 ─ 그는 그 작전에 임하고 있는 부하들을 그렇게 부르는데 ─ 싼초 빤사를 약탈하려 하자 그러지 말라고 명령했다. 그들은 명령을 따랐고, 그 덕에 싼초의 복대는 수난을 면할 수 있었다. 대장은 나무에 창을 기대놓고 방패는 땅에 놓아둔 채 갑옷을 입고 생각에 잠겨 있는 돈 끼호떼의 표정을 보고 적잖이 놀랐다. 돈 끼호떼는 세상의 모든 슬픔이 만들어낼 수 있는 가장 아픈 모습 중에서도 가장 슬프고 우수에 찬 모습을 하고 있었던 것이다. 대장은 돈 끼호떼에게 다가가 말했다.

"그렇게 슬퍼하지 마시오, 착하신 분이여. 잔인한 오시리스² 같은 사람의 손에 떨어진 게 아니라 혹독하기보다는 동정심이 더 많은 로께 기나르뜨³의 손에 있으니까요."

"내가 슬픈 건 오, 용감한 로께여! 그 명성이야 지상 어느 곳 하나 알려지지 않은 곳이 없는 자네 수중에 떨어졌다는 사실 자체가 아닐세. 그보다는 내 불찰이 너무 커서 내가 말고삐도 쥐지 않고 있는 순간에 자네 병정들에게 잡혔다는 사실이네. 내가 수행하는 방랑기사도 법도에 따르면 방랑기사는 스스로를 지키는 파수꾼으

---

2 신들에게 바치려고 외국인들을 잡아 무참히 살해하는 걸로 유명한 '부시리스' (Busiris) 왕을 일컫는다는 것이 잘못해서 '오시리스'(Osiris)라 부르고 있다.
3 본명이 '뻬로뜨 로까 기나르다'(Perot Roca Guinarda)로, 당시 실존했던 유명한 산적 두목 이름이다. 그때 나이 서른세살 정도였으며 나중에 왕의 사면으로 나뽈리에서 대장으로 근무하기도 했다. 산적이자 돈 환 같은 바람둥이로 유명한 전설적 인물이다.

로서 끊임없이 경계하며 살아야 하는 게 의무인데도 말일세. 내가 말을 탄 채 창과 방패를 들고 있었다면 자네 부하들에게 그리 쉽게 항복하지는 않았을 테니 말이야. 나는 자신의 공적 이야기로 온 세상을 가득 채우고 있는 바로 그 라 만차의 돈 끼호떼이니까."

로께 기나르뜨는 곧 돈 끼호떼의 병이 그의 용감성보다는 미친 기에 있다는 것을 알아차렸다. 전에 몇번 그의 이름을 들어본 적은 있었지만 그의 행적을 사실로 믿은 적은 한번도 없었고, 그따위 웃기는 생각이 사람의 마음을 사로잡을 수 있다는 걸 이해하지 못했다. 그런데 멀리서 듣기만 했던 그런 행적을 가까이서 볼 수 있게 돈 끼호떼를 직접 만났으니 무척 기뻐 이렇게 말했다.

"용감하신 기사님, 그렇게 가슴 아파하지 마옵소서. 이런 처지가 된 게 운이 나빠서였다고 생각지도 마세요. 이렇게 우연히 만난 게 귀하의 뒤틀린 운수를 바로잡는 계기가 될 수도 있으니까요. 하늘의 일이란 한번도 보지 못한 이상한 우여곡절을 통해 인간의 상상을 뛰어넘는 방법으로 흔히 넘어진 자들을 일으키고 가난한 자들을 부자로 만들곤 하니까요."

돈 끼호떼가 그에게 감사드리려 했는데, 그때 등 뒤에서 무슨 말 달리는 소리 같은 게 들려왔다. 말은 한마리뿐이었고, 그 말을 타고 한 총각이 맹렬한 속도로 달려오고 있었다. 한 스무살쯤 되어 보이는 총각으로, 금은 비단으로 만든 파란 옷에 황금 장식 끈을 달고 반코트를 걸쳤으며, 머리엔 벨기에의 발론 스타일로 깃털을 비스듬히 꽂은 모자를 썼다. 초를 발라 반짝이는 꼭 맞는 장화에 박차를 달고 황금빛 단검과 칼을 찼으며, 손에는 작은 총을 든 채 양옆에도 권총 두 자루를 차고 있었다. 로께도 소란스러운 소리에 고개를 돌렸고, 그 아름다운 모습을 보았다. 그 총각이 로께에게 와서 말했다.

"그대를 찾아왔소이다, 용감하신 로께여! 내 불행의 구원처나 아니면 안식처라도 구하러 그대에게 왔소이다. 저를 알아보시리라 생각하지만 그대의 긴장을 풀어드리고자 제가 누군지 말씀드리겠습니다. 전 그대의 둘도 없는 친구 씨몬 포르떼의 딸인 끌라우디아 헤로니마라는 여인이에요. 아버지의 개인적인 원수가 끌라우껠 또레야스인데 이 사람은 또 그대의 적이기도 하지요. 그대의 반대파 중 한 사람이니까요. 그런데 그대도 알겠지만 이 또레야스에겐 아들이 하나 있고 그 이름이 비센떼 또레야스지요. 아니 적어도 두시간 전까지만 해도 그 사람 이름을 그렇게 불렀지요. 소녀의 불행한 이야기를 간단히 말씀드리자면, 이 친구가 저를 불행에 빠뜨린 바로 그 장본인이에요. 그는 저를 보자 꼬였고 저는 그의 말에 솔깃해서 아버지 몰래 사랑에 빠졌지요. 여자가 아무리 조신하고 숨어 살아도 자신의 억눌린 욕망을 풀고 실행에 옮길 만한 시간이 없는 사람은 사실 없거든요. 마침내 그 사람은 제 남편이 되겠다고 약속했고, 저 또한 그의 여자가 되기로 약조했지만 실제로 그 약속을 실천에 옮기는 데 이렇다 할 진전은 없었지요. 어제 저는 그가 제게 한 약속은 잊고 딴 여자와 결혼한다는 걸 알았어요. 오늘 아침 결혼식을 한다는 걸요. 이 소식은 제 정신을 흐려놓고 인내심의 한계를 느끼게 했고, 마침 아버지가 계시지 않기에 그대가 보듯 이렇게 남자 옷을 입고는 급히 말을 달려 여기서 한마장 정도 거리에 있는 돈 비센떼를 따라잡았지요. 불만을 털어놓거나 사죄를 청할 겨를도 없이 무작정 이 총을 쏘았고 덩달아 권총 두 자루도 발사했지요. 제 생각에 그 사람 몸에 적어도 총알 두발은 들어갔을 거예요. 잃어버린 제 정조와 명예가 되살아나도록 그의 몸에 피투성이

710

문을 열어놓았지요. 그 사람은 자기 종들 사이에 끼어 있었는데, 종들은 자기 주인을 방어할 수도 없었고 감히 그럴 엄두도 내지 못했어요. 제가 이렇게 당신을 찾아온 건 저를 프랑스로 넘어가게 해달라고 부탁드리기 위해서예요. 거기엔 제가 찾아가서 몸을 의탁할 친척이 계시거든요. 그리고 또 부탁드리고 싶은 건, 부디 우리 아버지를 좀 보호해주십사 하는 겁니다. 돈 비센떼의 그 많은 패거리가 우리 아버지에게 잔인한 복수를 계획할 텐데, 그러지 못하도록 말이에요."

로께는 아름다운 끌라우디아의 용기와 당당함, 아름다운 몸매, 그리고 사건의 자초지종을 다 듣고 놀라 그녀에게 말했다.

"이리 와요, 아가씨. 우선 그대의 원수가 죽었는지 알아봐야지. 그리고 나서 그대의 가장 중요한 관심사를 생각해봅시다."

끌라우디아와의 이야기와 로께 기나르뜨의 대답을 열심히 듣고 있던 돈 끼호떼가 말했다.

"이 아가씨를 보호하려고 구태여 다른 사람이 애써 수고할 필요가 없습니다. 내가 책임지고 이 사건을 맡지요. 내 말과 무기를 주시오. 그리고 여기서 기다려요. 내가 가서 그 신사를 찾아보고, 그 사람이 죽었든지 살았든지 저 아름다운 여인에게 약조한 언약을 지키도록 하겠습니다."

"우리 주인님께서는 틀림없이 그렇게 할 거구만요." 싼초가 말했다. "우리 나리께서는 남 중매 서는 일에는 대단히 수완이 좋으시거든요. 요 며칠 전에도요, 한 처녀에게 한 약조를 지키지 않으려고 하던 어떤 사람을 잡아 결혼시키고 말았다니까요. 주인님을 따라다니는 마법사들이 그 친구의 진짜 모습을 마부의 얼굴로 바꾸어놓지만 않았다면 지금쯤은 그 처녀가 처녀가 아닐지도 몰라요."

로께는 주인과 하인의 대화보다는 아름다운 끌라우디아의 사건을 생각하느라 더 신경이 쓰이던 터라 그 말이 무슨 말인지 이해하지 못했다. 그는 자기 하인들에게 쌴초의 점박이에게서 빼앗은 것을 다 쌴초에게 돌려주고 그날 밤 묵었던 곳으로 돌아가 있으라고 명령했다. 그러고는 그 즉시 끌라우디아와 함께 죽었는지 부상당했는지 모르는 돈 비쎈떼를 찾으러 급히 떠나 끌라우디아가 그를 만났다는 곳에 다다랐으나 그곳엔 방금 흘린 듯한 핏자국밖에 없었다. 시선을 돌려 사방을 둘러보니 비탈길 위에 사람 몇이 있는 것이 보였고, 그들이 돈 비쎈떼 패일 거라 추측했는데 사실이었다. 죽었든지 살았든지 그의 종들은 돈 비쎈떼를 데리고 가서, 치료를 하거나 죽었으면 묻을 작정인 것 같았다. 그들은 그 사람들을 따라잡으려 걸음을 재촉했는데, 그들이 천천히 가고 있어서 쉽게 따라잡을 수 있었다. 종들이 돈 비쎈떼를 품에 안고 가고 있었는데, 돈 비쎈떼는 피로에 지친 힘없는 목소리로 그냥 자기를 거기서 그대로 죽게 내버려두라고 애걸하면서 상처가 너무 아파서 더이상 앞으로 갈 수 없다고 했다.

끌라우디아와 로께가 말에서 뛰어내려 그에게 다가갔고, 로께가 나타난 것을 본 종들은 공포에 떨었다. 끌라우디아는 돈 비쎈떼의 모습을 보자 어쩔 줄 몰라하면서 사랑과 원망에 찬 모습으로 그에게 다가가 두 손을 붙잡고 말했다.

"우리가 약조한 대로 그대가 나에게 결혼 약속을 지켰다면 절대 이런 일은 없었을 거 아냐."

상처 입은 그 신사는 거의 닫혀 있던 두 눈을 뜨고 끌라우디아를 알아보고 그녀에게 말했다.

"남의 속도 모르고 속은 어여쁜 이 아가씨야, 그대가 바로 나를 죽인 여자인 것을 이제야 똑똑히 알겠구려. 나는 한번도 그대를 배반할 의사나 행동을 한 적이 없었어. 그런 것도 모르고 그럴 생각도 없었는데, 이건 내 의사와는 전혀 다른 부당한 벌이야."

"그러면 그게 사실이 아니었단 말이야?" 끌라우디아가 물었다. "오늘 아침 부자 발바스뜨로의 딸 레오노라와 결혼하러 가던 길이 아니었어?"

"물론 아니었지." 돈 비쎈떼가 대답했다. "내가 재수가 없으려니, 누가 그대에게 그런 소식을 전한 게로구먼. 그대가 질투를 해서 나를 죽이게 하려고 말이야. 하지만 이 생명을 그대의 손에, 그대의 품에 맡기고 가니 그런대로 내 운이 좋은 거겠지. 내 이 말이 정말 진심이라는 것을 알려면 말해봐, 내 손을 꼭 잡고, 이제 나를 남편으로 받아줄 수 있겠어? 그대가 나에게 받았다고 생각하는 모욕을 씻어줄 방법으로 이보다 더 큰 사과의 방법은 없겠지."

끌라우디아는 그의 손을 꼭 잡았고, 그도 그녀를 부둥켜안았다. 그녀는 기절하여 돈 비쎈떼의 피투성이 가슴 위에 쓰러졌는데, 그에게 죽음의 마지막 발작이 왔다. 로께는 어리둥절해서 어찌할 바를 몰랐다. 종들은 돈 비쎈떼의 얼굴에 뿌리려고 물이 있는 데를 찾아 물을 가져와서는 그 물로 그들을 씻겼다. 기절했던 끌라우디아는 깨어나 제정신으로 돌아왔으나 돈 비쎈떼는 숨이 거의 넘어가는지 다시 깨어나지 못했고 끌라우디아는 그 모습을 바라보고만 있었다. 그녀의 사랑스러운 남편이 더이상 살 수 없음을 알고 그녀는 세상이 무너질 듯 신음을 했고 하늘을 원망하며 울부짖으면서 자신의 머리칼을 쥐어뜯어 바람에 흩뜨렸다. 두 손으로 자기 얼굴을 쥐어뜯었고, 비탄에 잠긴 가슴에서 터져나오는, 상상을 뛰어넘는 애절함과 비통한 모습을 보였다.

"아이구, 이 생각도 없는 잔인한 여자야!" 그녀는 울부짖었다. "어찌 그리 쉽게 그런 나쁜 생각을 실행에 옮길 생각을 했단 말이냐! 아, 이 끔찍한 질투의 광란의 힘이여! 너를 가슴에 받아들인 자는 다 이토록 절망적인 종말로 이끌어가는구나! 오, 나의 남편이여, 나의 사랑이 그대에게 불행한 운명이 되어 사랑의 잠자리가 무덤이 되어버렸군요!"

비탄에 찬 끌라우디아의 목소리가 너무나 슬프고 안타까워 어떤 경우에도 눈물을 흘리지 않는 로께의 눈에서도 눈물이 흘러나왔고 종들도 울었다. 끌라우디아는 몇번이고 혼절했고, 그 주변은 온통 슬픔의 도가니요, 불행의 장소 같아 보였다. 마침내 로께 기나르뜨는 돈 비센떼를 무덤에 묻어주어야겠다 생각해 종들에게 거기서 가까이 있는 그의 아버지 계신 곳으로 시체를 옮기라는 명령을 내렸다. 끌라우디아는 로께에게 자기 사촌 언니가 원장으로 있는 수녀원으로 가고 싶다면서 거기에 들어가 자기 일생을 마감하고 싶으며 그곳에서 더 훌륭하고 더 영원한 다른 남편을 맞아 함께하겠노라고 했다. 로께는 그녀의 좋은 계획을 칭찬하고 그녀가 원하는 곳까지 데려다주겠다고 나섰다. 그녀의 아버지를 해치려 들지도 모르는 돈 비센떼의 친척들이나 모든 사람으로부터 아버지를 보호해주겠다고도 했다. 끌라우디아는 그가 데려다주는 것을 완강하게 거절했고, 그녀가 아는 가장 좋은 말로 예의를 갖추어 그 친절에 감사드리고는 울면서 작별을 고했다. 돈 비센떼의 종들은 시체를 데려갔고 로께는 자기 부하들이 있는 곳으로 갔다. 이렇게 해서 끌라우디아 헤로니마의 사랑은 끝이 났다. 끔찍하고 참을 수 없는 질투의 힘이 이런 통탄할 만한 이야기를 만들어냈으니 이거야말로 대단하지 않은가?

로께 기나르뜨는 자기가 명령한 대로 지난밤 묵은 곳에 자기 부하들이 있는 것을 확인했는데, 돈 끼호떼가 로신안떼에 탄 채 연설을 하고 있었다. 돈 끼호떼는 몸에도 좋지 않고 영혼에도 좋지 않은 그런 위험한 짓을 모두들 그만두라고 설득하려고 설교를 하는 중이었다. 그러나 그 사람들 대부분이 형편없는 시골 사람들이고 프랑스에서 도망쳐 나온 가스꼬뉴 사람들이어서 돈 끼호떼의 설교가 쉽게 마음에 와닿지 않았다. 로께가 그곳에 나타나 싼초 빤사에게 자기 부하들이 점박이에게서 약탈해간 보석들을 되돌려주고 보상해주었느냐고 물었다. 싼초는 그렇다고 대답하면서 다만 여자 머릿수건 세개가 없는데 도시 세개를 줄 만큼 값진 것이라 했다.

"그게 무슨 소리야, 이 사람아?" 거기 있던 한 사람이 물었다. "내가 다 가지고 있는데, 은화 3레알어치도 못돼."

"그건 그렇지." 돈 끼호떼가 말했다. "하지만 내 하인이 말한 것처럼 값나가는 겁니다. 내게 그것을 준 그 사람의 사랑과 뜻이 중요하거든요."

로께 기나르뜨는 즉시 그 물건을 돌려주라고 명령한 뒤 부하들에게 줄을 서라고 하고는 그 앞에 모든 옷가지며 보석, 돈 들과 지난번 배분한 이후 그들이 약탈한 것을 다 가져오라고 했다. 그리고 간단한 검색을 한 뒤 나눌 수 없는 것은 각각 돈으로 계산해서 자기 부대원 모두에게 아주 공평하고 정직하게 다 나누어주었다. 속임수 하나 없고 분배 정의에 한점 어긋나지 않는 행사였으니 모두들 보상을 받고 만족하고 즐거워했다. 그때 로께가 돈 끼호떼에게 말했다.

"이 친구들에게는 이렇게 정확해야 합니다. 그렇지 않으면 이들과 함께 살 수 없어요."

그 말에 싼초가 대답했다.

"여기서 보니 공정과 정의라는 게 참 좋은 것이어서 이거 진짜 도둑들에게도 그게 필요하고 통하는군요."

그 말을 들은 한 부하가 총 개머리판을 번쩍 치켜들었는데, 그때 로께 기나르뜨가 멈추라고 소리 지르지 않았다면 틀림없이 싼초의 머리를 박살냈으리라. 기절초풍한 싼초는 그 사람들과 있는 동안 다시는 입을 놀리지 않겠다고 약속했다.

이때 보초를 서고 있던 부하들 중 몇 사람이 다가왔는데, 길에서 그곳으로 오는 사람들을 보고 상관에게 보고하는 초병들이었다. 한 초병이 말했다.

"나리, 여기서 멀지 않은 곳인 바르셀로나 가는 길목으로 사람들 한 부대가 오는데요."

그 말에 로께가 말을 받았다.

"우리를 찾으러 온 사람인지, 아니면 우리가 찾는 사람들인지 눈 여겨보았는가?"

"우리가 찾는 사람들일 뿐입니다요." 부하가 말했다.

"그럼 모두들 나가봐. 즉시 그 사람들을 내게로 데려오도록 해, 한놈도 도망가게 해서는 안돼."

그들은 명령을 그대로 따랐고, 돈 끼호떼와 싼초, 로께만이 남아 부하들이 데려오는 사람들을 보기 위해 기다렸다. 그러고 있는 동 안 로께가 돈 끼호떼에게 말했다.

"우리 사는 방식이 돈 끼호떼 나리께는 생소해 보이실 겁니다. 새로운 모험들, 새로운 사건들에다 모두 위험한 일들이니 그렇게 생각하신대도 전혀 놀랄 일이 아닙니다. 고백하건대 실제로 우리 일보다 더 불안하고 놀라운 일이 많은 생활방식은 없을 겁니다. 나는 이유를 알 수 없는, 뭔가 복수하고 싶은 욕망 때문에 이 길에 들어서게 되었습니다. 복수심이란 가장 조용한 가슴에도 정신을 흐려놓는 힘이 있으니까요. 나는 천성적으로 동정심이 많고 마음이 좋은 사람입니다만 이미 말씀드렸듯이 모욕당한 것에 복수할 생각만 하다보니 세상의 온갖 좋은 마음씨와 생각도 무너져 땅에 떨어지게 되었습죠. 그래서 비록 다 알고 있고 생각도 있습니다만 할 수 없이 이 일을 계속하고 있는 겁니다. 하나의 지옥이 다른 지옥을 부르듯이 하나의 범죄는 다른 범죄를 부르고 복수의 고리가 많이 생겨나서 이제는 나의 복수뿐만 아니라 남의 복수까지 내가 책임지게 되었습니다. 다행히도 지금은 비록 혼돈의 미로 한가운데 처해 있지만 이 미로에서 빠져나와 안전한 곳으로 나아가리라는 희망은 잃지 않고 있습니다."

돈 끼호떼는 로께의 조리있고 분명한 이야기를 듣고 감탄했으니 도둑질이나 살인, 강도짓에 종사하는 사람들 중에서 저렇게 말을 잘하는 사람이 있으리라고는 미처 생각지 못했기 때문이다. 그래서 이렇게 대답했다.

"로께 씨, 건강의 첫발은 병을 아는 데 있습니다. 그리고 환자는 의사가 처방해주는 약을 들려고 해야 하지요. 귀하께서는 병이 들어 있고 어디가 아픈지를 알고 있습니다. 그러니까 하늘이나 하느님, 말하자면 우리의 의사님께서 귀하를 낫게 할 약을 처방해줄 겁니다. 그 약의 효험은 조금씩 조금씩 나타나지요. 갑자기 병이 낫거나 기적이 일어나는 게 아니라요. 더구나 생각있는 죄인은 바보 같은 사람들보다 개심하여 마음을 고쳐먹는 일이 더 쉽습니다. 귀하께서도 그 말 속에서 높은 덕을 보여주셨으니 더욱 용기를 가지고 그 양심의 병이 개선되어 낫기를 기다리면 됩니다. 귀하께서 거기

로 가는 길의 수고를 절약하고 쉽게 구원의 길에 들어서고 싶으시
다면 나와 함께 가시지요. 내가 그대에게 방랑기사가 되는 법을 가
르쳐드리겠습니다. 그 길에서 많은 고생과 불행을 겪어야 하지만
그것을 다 고행으로 생각하시면 눈 깜짝할 사이에 하늘나라에 가
실 수 있지요."

로께는 돈 끼호떼의 충고에 웃음을 터뜨리고는 화제를 바꾸어
끌라우디아 헤로니마의 비극적 사건을 이야기해주었다. 싼초는 그
이야기를 듣고 무척이나 마음 아파했는데, 그 처녀의 용기와 명랑
함, 아름다움이 나빠 보이지 않았기 때문이다.

이때 사람들을 포획하러 갔던 부하들이 말 탄 두 신사와 걸어서
온 두 순례자, 여자들이 탄 마차를 데리고 나타났다. 여섯 정도 되
는 종들이 말을 타거나 걸어서 부인들을 모시고 있었고, 신사들은
노새를 모는 머슴 둘을 따로 대동하고 있었다. 부하들이 그들을 둘
러쌌고, 잡힌 자들이나 잡은 자들 모두 침묵 속에서 위대한 로께의
말이 떨어지기를 기다리고 있었다. 로께는 신사들에게 그들은 누
구이며 어디로 가고 있으며 돈은 무슨 돈을 갖고 있는지를 물었다.
그들 중 한 사람이 대답했다.

"나리, 우리 두 사람은 에스빠냐 육군 대위입니다. 우리 중대가
나뽈리에 있는데 씨칠리아로 건너오라는 명령을 받았기에 바르셀
로나에 있는 네척의 큰 군함에 탑승하려고 가는 중입니다. 우리가
갖고 가는 돈은 금화 2, 300에스꾸도인데, 그 정도면 부자라 할 수
있고, 만족스러운 편이지요. 보통 군인들은 빈곤해서 더 큰 재산을
가질 수 없으니까요."

로께가 두 대위에게 물었던 질문을 순례자들에게도 똑같이 하
자, 그들이 대답하기를 자기들은 로마로 가기 위해 배를 타러 가는

중이라 했고 두 사람이 가진 것을 합쳐 60레알 정도 있다고 했다. 로께가 또 그 마차에 타고 있는 사람이 누구이며 어디를 가며 가진 돈이 얼마인지 묻자 말을 타고 있는 한 사람이 말했다.

"우리 도냐 기오마르 데 끼뇨네스 부인께서는 나뽈리의 대ᄎ비 까리아 건물의 총지배자 부인으로 작은딸 한명과 하녀, 시녀가 마차에 타고 있습니다. 여섯 시종이 그녀들을 모시고 가고 있으며, 돈은 금화 600에스꾸도입니다."

"그렇다면 여기 금화 900에스꾸도와 은화 60레알이 있구먼. 내 부하가 육십명 정도 되니, 각자에게 얼마씩 돌아가게 될지 어디 한번 보자고. 나는 계산을 잘 못하니까."

이 말을 들은 강도들은 목소리를 높여 소리 질렀다.

"로께 기나르뜨 만세! 그를 망하게 하려는 도적놈들[4]이 있기는 하지만, 로께 만세, 만만세!"

두 대위는 고통스럽고 고민에 찬 모습이었고, 총지배자 부인은 슬픔에 잠겼으며, 순례자들 또한 자기들 재산이 몰수당하는 꼴을 보고 하나 즐거울 게 없었다. 로께는 한참 동안 그들을 긴장시켰지만 얼마 되지 않은 거리에서도 금방 알 수 있는 그들의 슬픔이 계속되는 것을 로께도 바라지 않아 대위들을 돌아보고 말했다.

"대위님들, 당신네들은 금화 60에스꾸도를 내 앞에 가져오시오. 그리고 총지배자 부인께서는 80에스꾸도를 내놓으시오. 그래야 나와 함께 가는 이 부대를 만족시킬 수 있을 게요. 수도원장도 예배와 미사로 먹고사는 법이오, 그리면 가던 길을 자유롭게 걱정없이 가실 수 있도록 내가 당신들에게 통행에 필요한 안전보장권을

----

4 이 도둑들은 자신들을 추적하고 괴롭히는 자들을 오히려 까딸루냐 말로 '도적놈들'이라고 욕하고 있다.

드리리다. 그건 이 주변에 배치되어 있는 나의 다른 부대들을 혹시 만나게 되더라도 그들에게 당신들을 해치지 말라는 명령이오. 나는 군인들이나 여자, 특히 귀하신 부인들을 해치거나 피해를 주고 싶은 생각은 없소이다."

대위들은 로께의 관대성과 예의 바름에 대해 끝없이 감사하면서 온갖 좋은 말로 그들에게 얼마라도 남겨준 관대한 행위를 칭찬했다. 도냐 기오마르 데 끼뇨네스 부인은 마차에서 뛰어내려 위대한 로께의 손과 발에 감사의 키스라도 드리고 싶어했으나 로께는 그런 예절은 절대로 받아들일 수 없다며 거절했다. 그는 오히려 자신의 나쁜 직업에 꼭 필요한 임무를 수행하고자 어쩔 수 없이 저질러야 하는 이런 피해에 대해 용서를 구했다. 총지배자 부인은 자기 시종 한 사람에게 자신에게 배당된 금화 80에스꾸도를 즉시 주라고 명령했다. 대위들은 이미 60에스꾸도를 지불한 뒤였다. 순례자들은 자신들의 가난한 돈을 모두 주려 했으나 로께는 그냥 가만히 있으라 하고 자기 부하들을 돌아보며 말했다.

"이 금화들 중 각자에게 2에스꾸도가 돌아가면 20에스꾸도가 남는데, 그중 10에스꾸도는 이 순례자들에게 주도록 하고, 나머지 10에스꾸도는 이 착한 기사 하인에게 주도록, 그래야 이 모험에 대해 좋게 이야기할 테니까."

그리고 그가 항상 준비해서 가지고 다니는 글 쓰는 도구를 그에게 가져오자 로께는 그들에게 자기 부대 상관들에게 보내는 안전통행증을 써주고 그들과 작별하고 자유롭게 가도록 놓아주었다. 그들은 로께의 고상함과 멋진 체격, 그리고 이상한 행동을 보고 감탄해서 유명한 도둑이라기보다는 무슨 알렉산드로스 대왕 같은 사람으로 생각했다. 부하들 중 한 사람이 자기들의 까딸루냐 말과 가스꼬뉴 말로 말했다.

"우리 대장은 산적보다는 신부가 되기에 알맞은 사람이야. 앞으로도 저렇게 관대한 행동을 하고 싶으면 자기 재산으로 하라고 그래, 우리 걸로 하지 말고 말이야."

그 불쌍한 친구가 한 말은 로께가 듣지 못할 정도로 작고 낮은 말소리가 아니었다. 로께는 칼을 꺼내 대가리를 거의 두쪽이 나도록 내리치고는 말했다.

"혓바닥 함부로 놀리거나 함부로 구는 놈들은 이렇게 벌을 주어야 돼."

모두들 기절초풍해서 누구 하나 말 한마디 못했으니 그만큼 그에 대한 복종심이 강했다.

로께는 한쪽으로 가더니 바르셀로나에 있는 자기 친구 한명에게 편지를 써 자기가 그 유명한 라 만차의 돈 끼호떼와 함께 있으며, 그 많은 이야기가 전하는 그 방랑기사라고 전하고는 자기가 알게 된 사실은 그가 세상에서 가장 재미있고 가장 아는 게 많은 분이라는 것이라고 했다. 또 그로부터 나흘 뒤, 즉 성 환 바우띠스따 축일[5]에는 바르셀로나 시의 해변 한가운데 그가 나타날 거라고 했다. 그는 갑옷을 입고 완전무장을 한 채 자기 말 로신안떼를 타고, 기사 하인인 싼초는 자기 당나귀를 타고 있을 테니 그분과 재미있게 놀라면서 자기 친구들 니아로스 파당에게도 이 소식을 전하라고 했다. 또한 자기 반대파인 까델스 파당에게는 이런 기쁨을 나누어주고 싶지 않지만 그게 불가능할 것 같다면서 이유인즉슨 돈 끼호떼의 점잖은 모습이나 미친 짓들, 그의 하인 싼초 빤사의 재치있

---

5 성 환 바우띠스따(San Juan Bautista)의 사망일인 8월 29일이 축일이다.

는 말들이 모든 사람에게 기쁨을 주지 않을 수 없기 때문이라고 했다. 이런 내용의 편지를 자기 부하 중 한 사람 편에 보냈는데, 그 부하는 산적 옷을 농사꾼 복장으로 바꿔입고 바르셀로나에 들어가서 수취인에게 편지를 전했다.

61장

바르셀로나 어귀에서 일어난 일과 점잖다기보다 진실한 데가 더 많은 다른 이야기들에 대하여

돈 끼호떼는 사흘 밤 사흘 낮을 로께와 함께 있었는데, 그의 삶의 방식은 삼백일을 있었다 해도, 보고 또 봐도 놀랄 일이 많았으리라. 여기서 날을 새우고 저쪽에 가서 식사하고 때때로 누구에게쫓기는지도 모르는 채 달아나고 또다른 때는 누구인지 모를 사람을 기다리기도 했다. 모든 일에 첩자를 놓고, 보초 말을 듣고, 모두가 화승총을 쓰고 있었기에 몇 자루 안되는 총이었지만 화승총 도화선을 부는 게 일이었다. 로께는 자기 부하들과 떨어져, 자기가 어디 있는지 부하들이 모르는 장소에서 밤을 보내곤 했다. 바르셀로나의 부왕副王이 자기 목숨에 걸어놓은 그 많은 포고문이 그를 두렵고 불안하게 했으니, 그는 어느 누구도 믿을 수 없었다. 자기 부하들도 그를 죽이거나 아니면 검찰에 넘길 수도 있었기 때문이다. 그야말로 비참하고 신경이 곤두서는 삶이었다.

마침내 로께와 돈 끼호떼, 싼초는 사람들이 다니지 않는 길을 따라, 로께의 여섯 부하를 대동하고 숨겨진 지름길과 오솔길로 바르셀로나를 향해 떠났고, 그들은 성 환 축일의 전날 밤에 해변에 다다랐다. 로께는 돈 끼호떼와 싼초를 껴안았고, 싼초에게는 그때까지 주지 않은 약속한 금화 10에스꾸도를 주었다. 서로 수천가지 약속을 주고받은 뒤 그는 그들을 떠났다.

로께는 돌아갔고, 돈 끼호떼는 거기 남아 날이 새기를 기다리며 말을 탄 채로 그대로 있었다. 얼마 지나지 않아 동쪽 발코니로 빛나는 여명이 베일을 벗고 얼굴을 드러냈는데, 귀를 즐겁게 하기보다는 풀잎과 꽃 들을 즐겁게 하고 있었다. 비록 그 순간 치리미아 피리 소리며 큰북 소리, 시끄러운 방울 소리 또한 귀를 즐겁게 하기도 했지만…… 아마 시내에서 들려오는 듯한데 달리는 사람들의 "비켜, 비켜, 저리 비켜요, 저리 비켜!" 하는 소리도 들려왔다. 여명이 태양에게 자리를 비키자 옛날 방패보다 큰 둥그스름한 얼굴이 가장 낮은 수평선에서 차츰 떠올랐다.

돈 끼호떼와 싼초 빤사는 눈을 들어 둘러보았다. 그들은 그때까지 한번도 본 적이 없는 바다를 보았다. 바다는 한없이 넓고 길어라 만차에서 그들이 본 루이데라의 연못보다 엄청나게 커 보였다. 해변에 정박해 있는 큰 전투함들도 보았는데, 커다란 전투함들이 그 넓은 천막을 걷자 불꽃 같은 깃발과 닭꼬리 같은 깃발들이 수도 없이 바람에 펄럭이고 물길에 입 맞추며 쓸고 가는 모습이 드러났다. 함정 안에서 치리미아 피리 소리며 트럼펫 소리, 나팔 소리가 울려왔는데, 멀리 그리고 가까이서 부드러우면서도 전쟁의 색조를 띤 음악을 날리고 있었다. 군함들이 움직이기 시작하며 조용한 물살 위로 나아가려는 듯한 전조를 보였다. 거의 비슷한 방식으로 아름다운 말을 타고 화려한 제복을 입은, 도시에서 나온 수많은 신사들이 그들에게 환호했고, 전투함의 군인들은 끝없이 대포를 쏘아 댔다. 도시의 요새나 성벽에 있는 군인들도 화답해 요새의 대포들을 쏘아대자 소름 끼치는 굉음이 바람을 찢고 날아갔으며 그에 대한 화답으로 전투함 한가운데 설치된 중형 대포들이 포효했다. 오직 대포 연기만 흐릴 뿐, 바다는 즐겁고, 땅은 기쁘며, 대기는 맑아 모든 사람에게 갑작스런 즐거움을 심어주고 불어넣어주는 것 같았다. 싼초에게는 바다로 움직이는 그 커다란 덩어리들이 어떻게 그 많은 발을 가지고 있는지 상상도 할 수 없을 정도였다.

이때 제복을 입은 군인들이 달려오면서 고함을 지르고 소란스럽게 '릴릴리, 릴릴리……'[1] 하고 소리치는 소리가 들려와 돈 끼호떼와 싼초는 어리둥절해서 바짝 긴장했다. 그들 중 로께에게서 통지를 받은 한 사람이 큰 소리로 돈 끼호떼에게 말했다.

"우리 도시에 오신 것을 환영합니다. 오랜 세월을 절제하면서 방랑기사의 길을 걸어오신, 모든 기사도의 지표요, 별이요, 등대이며 거울이신 기사님! 다시 말하지만, 어서 오십시오, 용감하신 라 만차의 돈 끼호떼 님이시여. 요즘 거짓 역사 이야기책 속에서 보여준 가짜 돈 끼호떼, 거짓과 허상의 돈 끼호떼가 아니라 진짜 돈 끼호떼 님이시여, 역사가들의 꽃이신 시데 아메떼 베넹헬리께서 우리에게 성실하게 묘사해준 그대로의 돈 끼호떼 님이시여."

돈 끼호떼는 한마디 대꾸도 하지 않았는데, 그 신사들도 대답하기를 기다리지 않고 그들을 따라오는 다른 사람들에게 돌아가 얽히고설켜 돈 끼호떼 주위로 뒤죽박죽 똘똘 에워싸기 시작했다. 돈 끼호떼는 싼초를 돌아보며 말했다.

---

1 이 책 34장에서 설명한 무어인들의 함성이다.

"이 사람들이 우리를 잘 알아보았구먼. 내가 보기에 이들이 최근 출판된 아라곤 작가의 책과 우리 역사 이야기를 다 읽은 게 분명해."

아까 돈 끼호떼에게 말을 걸었던 신사가 다시 돌아와 말했다.

"나리, 돈 끼호떼 나리, 우리들과 함께 이리 오세요. 우리는 모두 로께 기나르뜨의 좋은 친구들이며 나리를 모시는 사람들이올시다."

그 말에 돈 끼호떼가 대답했다.

"예의가 예의를 낳는다고, 신사님, 그대의 예의 바른 모습이 위대하고 예의 바른 로께의 아주 가까운 친척이나 자식 같구려. 원하시는 대로 나를 데려가구려. 그대의 뜻이 바로 내 뜻일 게요. 더구나 그대의 임무에 충실하려고 하는 것이라면 내 가리다."

신사 또한 이 말에 못지않은 정중한 표현으로 돈 끼호떼에게 대답을 했고, 모든 사람이 치리미아 피리 소리와 큰북 소리에 맞추어 돈 끼호떼를 한가운데 모시고 도시를 향해 길을 갔다. 도시에 들어가려는 입구에서, 귀신은 잠도 안 자고 나쁜 짓만 시킨다더니 귀신보다 더 나쁜 조무래기 아이들이 나타났다. 그들 중 가장 용감한 두 장난꾸러기가 모든 사람 사이로 끼어들어 한놈은 점박이의 꼬리를 치켜들었고, 또 한놈은 로신안떼의 꼬리를 잡고는 가시 많은 바늘금작화 한 다발로 말들을 두들겨팼다. 불쌍한 짐승들은 이 새롭고 낯선 매질에다 박차가 가해지자 무척 아픔을 느낀데다 꼬리들을 꼭 붙들고 있어 짐승들의 불쾌감은 더 커졌으니, 짐승들은 발광을 하고 길길이 날뛰며 주인들을 땅에 떨어뜨렸다. 돈 끼호떼는 이 모욕스러운 참변에 분노가 치밀어 상처 입은 불쌍한 말의 꼬리에 달린 가시 많은 그 깃털 장식을 떼러 달려갔고 싼초도 자기 당나귀 꼬리로 달려갔다. 돈 끼호떼를 인도하고 가던 사람들이 조무래기 새끼들의 버르장머리 없는 짓을 혼내주려 했지만 모두 허사였으니, 그들을 따라오는 수천의 다른 사람들 사이로 숨어버렸기 때문이다.

돈 끼호떼와 싼초는 다시 말 위에 올라탔고 똑같은 음악 소리와 박수를 받으며 안내하는 집에 도착했다. 그 집은 한 부자 양반의 집으로 귀족티 나는 커다란 저택이었다. 우리는 시데 아메떼의 지시에 따라 우선 돈 끼호떼를 잠깐 여기에 두고 떠나기로 한다.

62장

마법에 걸린 머리의 모험과
이야기하지 않을 수 없는 다른 잡다한 이야기들

　돈 안또니오 모레노라는 이름을 가진 분이 돈 끼호떼를 모셨는데, 그는 즐겁고 점잖게 놀기를 좋아하는 지체 높은 부자 양반이었다. 그는 자기 집에 돈 끼호떼를 모시게 되자 그를 해치지 않고 그의 미친기를 사람들에게 보여줄 좋은 방법이 무엇인지 찾아보았다. 사람을 해치고 아프게 하는 장난은 장난이 아니고, 제3자에게 상처를 입히면서 장난치고 논다는 건 말이 안되는 짓이기 때문이었다. 그가 맨 먼저 한 것은 돈 끼호떼의 갑옷을 벗기는 일이었으니, 돈 끼호떼가 양가죽으로 만든 꽉 조인 옷―이미 앞서 묘사한 그 모양 그대로―을 입은 채 발코니에 나오게 해 사람들에게 보여주고 싶었다. 그 집의 발코니는 시내의 가장 중심가 쪽으로 나 있어 사람들이나 아이들이 다 원숭이 보듯이 재미있게 바라볼 수 있는 곳이었다. 돈 끼호떼 앞에 다시 제복을 입은 군인들이 달려왔는데, 마치 그 축제일을 흥겹게 하기 위해서가 아니라 돈 끼호떼

한 사람을 위해 그 군인들을 그곳에 데려다놓은 것 같았다. 싼초는 대단히 만족스러웠는데, 어찌 된 영문인지는 모르겠으나 까마초의 결혼식 같은 잔치를 또 만났다는 느낌이 들었기 때문이고, 돈 디에고 데 미란다의 집 같은 곳이나 공작의 성에 온 듯한 기분이었다.

그날 돈 안또니오는 몇몇 친구를 불러 함께 식사했는데 모두들 돈 끼호떼를 영광스러운 방랑기사로 모시고 경애하는 모습을 보여주어 돈 끼호떼는 자부심으로 넘쳤고, 기쁜 마음에 어찌할 바를 몰랐다. 싼초는 재치있는 말을 아주 많이 하여 집안의 종들이나 그 말을 들은 사람은 모두 다 그의 입에 종종 매달렸다. 식탁에서 돈 안또니오가 싼초에게 말했다.

"여기서 들은 소문으로는, 착한 싼초 씨, 그대가 쌀가루와 우유, 설탕에 닭가슴살을 넣고 삶은 전통 에스빠냐 요리와 미트볼 같은 요리를 좋아한다던데, 여기 혹시 남거들랑 다음 날을 위해 품에 넣어 간직하지."

"그건 아니지요, 나리. 저는 먹는 것만 좋아한다기보다는 깨끗한 걸 더 좋아합니다. 여기 앞에 계시는 우리 돈 끼호떼 나리께서도 잘 아시지만 호두알이나 도토리 한 줌만 있으면 둘이서 여드레를 먹고 지내기도 해요. 그러나 때에 따라서 있으면 먹고, 송아지를 주면 고삐를 들고 뛰는 일이 있는 것도 사실인데, 제 말은 주면 먹고 때에 따라 알맞게 처신한다는 거지요. 누군가 제가 유별난 식충이이고 깨끗하지 못한 더러운 사람이라고 말했다면[1] 그건 틀린 말이라고 생각하셔도 됩니다. 이 식탁에 계시는 점잖은 분들의 체면만 아니라면 그건 거짓말이라고 욕해야겠지요."

---

1 아베야네다가 쓴 위작에 나오는 싼초는 식충이에다 더러운 친구로 자주 언급되는데, 이를 빗대어서 하는 말들이다. 이 책 59장 참조.

"물론이지요." 돈 끼호떼가 말했다. "싼초가 식사할 때 늘 깨끗하고 검소한 점은 앞으로 오는 세대가 영원히 기억하도록 청동판에 새겨놓아야 할 겁니다. 사실 배가 고플 때의 싼초는 약간 먹보같아 보이기는 하지요. 엄청나게 빨리, 마구 퍼먹어대니까요. 하지만 청결 면에선 항상 철저합니다. 그가 총독으로 있던 시절에 얌전하게 식사하는 법을 배웠거든요. 그게 지나쳐서 이제는 포도알이나 석류알도 포크로 먹더라니까요."

"뭐라고요?" 돈 안또니오가 말했다. "싼초가 총독을 했다고요?"

"그럼요." 싼초가 대답했다. "바라따리아라고 하는 섬의 총독이었어요. 열흘 동안을 그야말로 내 맘대로 통치했습죠. 그러는 동안 안정을 잃었고 세상 모든 정부나 통치를 경멸하는 법을 배웠지요. 그 자리에서 도망치듯 빠져나오다 어느 동굴에 빠졌는데, 그 속에서 죽는 줄 알았습니다. 그곳에서 기적적으로 살아나왔습니다."

돈 끼호떼는 싼초의 통치 사건을 하나하나 세세히 다 이야기해 그 이야기를 듣는 사람들을 무척 즐겁게 했다.

식탁이 치워진 뒤 돈 안또니오는 돈 끼호떼의 손을 잡고 좀 떨어진 곳에 있는 어떤 방으로 들어갔는데, 그 방 안에는 장식품이라고는 벽옥으로 만든 것으로 보이는 탁자 하나밖에 없었다. 탁자는 똑같이 벽옥으로 된 다리 하나로 지탱되고 있었고, 그 위엔 로마 황제들의 흉상처럼 동으로 만든 것 같은 흉상 하나가 놓여 있었다. 돈 안또니오는 돈 끼호떼와 함께 탁자를 돌고 방 안을 걸으면서 말했다.

"돈 끼호떼 나리, 지금은 아무도 우리 소리를 엿듣거나 귀를 기울이는 사람이 없다는 것을 알았습니다. 문은 잠겨 있고요. 이제 나리께 아주 희한한 모험 하나를 들려드리겠는데, 상상을 뛰어넘는 새로운 것들이지요. 조건이 있는데 나리가 무슨 말을 듣든지 그 말은 마지막까지 가장 깊은 비밀창고에 꼭 감추어두셔야 한다는 겁니다."

"내 맹세하지요." 돈 끼호떼가 대답했다. "더 안전하기를 바라신다면 그 위에 묘석이라도 하나 더 올리지요. 왜냐하면, 돈 안또니오 씨—이미 그의 이름도 알고 있었다—지금 귀하는 말을 듣는 귀는 있지만 말을 하는 혀는 없는 사람과 말하고 있다고 생각하시면 됩니다. 그러니 귀하께서는 안전하게 그 가슴에 있는 말을 내 가슴에 전달하면 되고, 그 말은 침묵의 심연에 던져버렸다고 생각하십시오."

"그럼 그 약속을 믿고 나리께서 보고 들으시면 정말 놀랄 일 하나를 말씀드리겠습니다. 그래야 나도 고민을 좀 덜게 될 것 같으니까요, 모든 사람을 다 믿을 수는 없기에 아무에게나 내 이 비밀을 전할 수 없어 안타깝고 고민스럽단 말입니다."

도대체 무슨 말을 하려고 저렇게나 경계하나 돈 끼호떼는 자못 긴장하고 있었다. 이때 돈 안또니오가 그의 손을 잡아다 청동 머리와 탁자 전체, 그리고 탁자를 지탱하고 있는 벽옥 발까지 어루만지게 한 뒤 말했다.

"이 머리는, 돈 끼호떼 나리, 세상이 낳은 가장 위대한 마법사, 마술사 중 한 사람이 제작한 겁니다. 내 생각엔 국적이 폴란드이고 유명한 에스꼬띠요[2]의 제자였던 것 같습니다. 에스꼬또에 대해서

---

2 마법사로서 에스꼬또(Escoto), 에스꼬띠요(Escotillo) 등 이름이 많다. 단떼의 작품에는 스코틀랜드 출신의 '미겔 스코토'(Miguel Scoto)로 나오는데, 당시의 유명한 술사로 1291년에 죽었다. 그의 이름은 그뒤에도 유명한 마법사를 가리키는 말로 로뻬 데 베가나 께베도 등 많은 작가에 의해 자주 사용되었다.

는 기적 같은 많은 이야기가 전하지요. 그 사람이 여기 우리 집에 있으면서 나에게 금화 1000에스꾸도를 받고 이 머리를 만들었는데, 이 귀에 대고 질문을 하면 그게 무엇이든 다 대답해주는 능력을 가지고 있다는 겁니다. 방향을 집어넣고 사람들의 성격을 그리고 천체를 관찰하고 방위를 살펴서 마침내 완벽한 머리를 만들어냈으니까, 우리가 내일 보면 알 겁니다. 금요일은 말을 안하거든요. 오늘이 바로 금요일이니 우리는 내일까지 기다려야 합니다. 그동안 나리께서는 무엇을 물으실지 원하시는 질문을 준비하시면 되겠네요. 제 경험으로 보아 모든 대답으로 진실만을 말하거든요.”

돈 끼호떼는 그 머리의 재주나 능력에 대해 놀라 돈 안또니오의 말이 믿기지 않았다. 하지만 실제 체험을 해볼 시간도 아주 조금밖에 남지 않은 걸 알고 다른 말은 하고 싶지 않았고, 단지 자기에게 그런 큰 비밀을 밝힌 데 대해 감사하다고 말했다. 방에서 나와 돈 안또니오가 열쇠로 문을 잠근 뒤 그들은 다른 신사들이 기다리고 있는 응접실로 갔다. 그동안 싼초는 그의 주인님에게 일어난 모험이며 수많은 사건을 이야기하고 있었다.

그날 오후 돈 안또니오와 그 일행은 돈 끼호떼에게 산책을 하자면서 갑옷을 벗고 갈 것을 권했다. 돈 끼호떼는 산책하는 차림으로, 두터운 사자무늬 옷감으로 만든 사제복 같은 민소매옷을 걸쳤는데, 이런 때 그런 복장이라면 얼음 속에 있어도 땀을 흘릴 정도였다. 그들은 종들에게 싼초와 놀면서 싼초가 집 밖으로 나가지 못하게 하라고 했다. 돈 끼호떼는 로신안떼를 타지 않고 대단히 멋지게 장식한, 걸음걸이가 유순한 커다란 수말을 탔다. 그들은 돈 끼호떼에게 실내복을 입히고 그가 보지 못하도록 등에다 양피지 하나를 꿰맸는데, 양피지에는 큰 글씨로 ‘이 사람이 라 만차의 돈 끼호떼다'라고 썼다. 산책을 나가자 그 간판이 사람들의 시선을 끌었고, 사람들이 '이 사람이 라 만차의 돈 끼호떼'라고 읽어대자 돈 끼호떼는 놀랐으니 바라보는 사람마다 자기를 알아보았기 때문이다. 돈 끼호떼는 옆에 가는 돈 안또니오를 돌아보고 말했다.

"방랑기사도에 내재한 특별한 힘은 대단한 겁니다. 이 세상 끝까지 방방곡곡에 기사도를 수행하는 기사를 알리고 유명하게 만드니까요. 그렇지 않은가 귀하도 보세요, 돈 안또니오 씨. 나를 한번도 본 적 없는 이 도시의 어린아이들까지 나를 알아보지 않습니까."

"그렇군요, 돈 끼호떼 나리. 불이라는 게 가둬놓거나 숨겨놓을 수 없는 것처럼 큰 덕도 언젠가는 알려지게 마련이지요. 무술 수행을 통해 이룩한 공덕은 다른 어떤 공덕보다 더 빛나고 찬연하지요."

이미 말했듯이 이렇게 박수를 받으며 돈 끼호떼가 가고 있는데, 우연히 등 뒤에 쓰인 간판을 읽은 까딸루냐 사람이 아닌, 같은 고향 까스띠야 사람이 목소리를 높여 말했다.

"저런, 제기랄, 저 라 만차의 돈 끼호떼 좀 봐! 수많은 몽둥이찜질을 당하고도 어떻게 죽지 않고 여기까지 왔을까? 그대는 미치광이야, 혼자 미쳐서 그 광기를 문 안에 감추고 살았으면 그나마 다행일 텐데. 그대를 대한 사람이나 말해본 사람들을 모두 미친 어릿광대로 만드는 재주를 좀 보라구. 어릿광대님, 그만 집으로 돌아가시라구, 가서 재산과 처자식이나 돌보시지. 그대의 골수를 좀먹고 그대의 지혜와 정신을 파먹는 그런 허영은 버리라구."

돈 안또니오가 말했다. "친구여, 그대는 그대의 길이나 가시지요. 청하지도 않은 사람에게 충고는 무슨 충고요. 라 만차의 돈 끼호떼 나리는 정신이 대단히 말짱한 분이오. 그리고 그분을 모시고 가는 우리 또한 바보가 아니오. 큰 덕은 어디 가서 보더라도 존경해야 하는 법이오. 어서 제발 꺼지시오. 그리고 부르지도 않는 곳에 가서 이러니저러니 간섭이나 마시오."

"저런, 당신 말이 맞구려." 그 까스띠야 사람이 말을 받았다. "이런 얄량한 친구에게 충고한다는 건 가시나무에 발길질하기죠. 하지만 어쨌든 다른 모든 일에는 재주 좋은 이 어릿광대의 머리가 그 방랑기사도라는 시궁창으로 다 빨려들어가고 있으니 내 참 안됐다는 생각이 든 거라오. 당신께서 이제 제발 꺼지라고 한 말은 나뿐만 아니라 내 후손들에게도 맞는 말이오. 오늘부터 다시는, 성서에 나오는 므두셀라보다 더 오래 살아도 누가 나한테 청한다고 해도 누구에게도 절대 충고는 안할 거요."

충고하던 그 사람은 저쪽으로 떨어져 산책을 계속했으나 그 간판을 읽으려 모여든 조무래기들이나 사람들이 하도 많아서 돈 안또니오는 다른 것을 떼는 양 슬쩍 그 글씨를 떼어내야 했다.

밤이 되어 집으로 돌아왔더니 귀부인들의 무도회가 있었다. 즐거움이 많은 귀족 여인인데다 아름답고 얌전한 돈 안또니오 부인은 자기의 여자친구들을 초대해서 자기 집 손님에게 인사시키고 한번도 보지 못한 그 재미있는 미친 짓을 구경하게 한 거였다. 몇몇 친구가 와서 멋진 저녁식사를 하고는 거의 밤 10시가 되어 무도회가 시작되었다. 귀부인들 중에 두 여자가 장난을 좋아하고 짓궂은 취향이 있었는데, 아주 얌전하면서도 약간 흐트러진 데가 있어 기분 나쁘지 않게 재미있는 장난을 이끄는 데 제격이었다. 그 여자들이 춤을 추자며 어찌나 정신없이 돈 끼호떼를 돌려댔는지 그는 몸만 아니라 마음까지 녹초가 되었다. 돈 끼호떼의 몰골은 정말 볼만했으니 축 늘어진 몸, 삐쩍 마르고 누런 얼굴, 특히 볼품없이 무겁기만 한 옷차림이 그러했다. 귀부인 아씨들은 슬쩍슬쩍 그에게 애교를 떨고 돈 끼호떼는 슬쩍 그것을 피하고, 하지만 그러다 교태를 부리며 조여오자 그는 목소리를 높여 말했다.

"저리 가라, 마귀들아!³ 나를 조용히 내버려둬다오, 사악하게 다가오는 생각들이여. 아씨들, 저리 비키고 그대들의 욕망을 참으소서. 내가 염원하는 나의 여왕은 세상에 둘도 없는 엘 또보소의 둘시네아이시니, 그녀에 대한 사랑 외에 다른 어떤 사랑도 나를 굴복시키거나 무너지게 하지 못할 것이오."

이렇게 말하면서 그는 무도장 바닥 한가운데 털썩 주저앉아버렸는데, 얼마나 춤을 추고 움직여댔는지 몸이 부서지고 파김치가 되어 있었다. 돈 안또니오는 그를 들쳐업고 침대로 모셔가도록 했는데, 제일 먼저 그를 붙잡고 나선 사람은 싼초였다. 그는 돈 끼호떼에게 말했다.

"제기랄, 주인님께서는 꼭 이럴 때 춤을 추셔야 했어요? 나리 생각에 용감한 모든 분이 무용가이고 모든 방랑기사가 춤쟁이인 줄 아세요? 제 말은, 그리 생각하셨다면 그건 오해라구요. 사람들 중에는 춤추며 공중에서 공중제비를 하는 것보다는 차라리 거인 하나를 죽이는 게 더 낫다고 나서는 사람이 있어요. 나리께서 탭댄스를 하실 양이었다면 나리의 부족한 점을 제가 맡아했지요. 제가 탭댄스를 기똥차게 추거든요. 하지만 그렇게 정식 춤을 추는 데는 전 명함도 못 내밉니다요."

이런저런 이야기로 무도회 사람들을 웃게 한 싼초는 주인님과 함께 그대로 침대에 쓰러졌다가 멋대가리 없는 춤을 추다 혼이 났

---

3 돈 끼호떼는 여기에서 라틴어로 귀신 쫓는 소리를 흉내낸다. "푸기테 파르테스 아드베르사이!"(Fugite, partes, adversae!)

으니 땀을 빼서 나으라고 이불을 덮어주었다.

　다음 날 돈 안또니오는 마법에 걸린 그 머리를 시험해보는 게 좋을 것 같았다. 돈 끼호떼, 싼초, 다른 두 친구, 그리고 춤판에서 돈 끼호떼를 녹초로 만들어버린 여인들과 함께 그 머리가 있는 방에 함께 들어갔다. 돈 안또니오는 사람들에게 머리가 가진 재능을 이야기하고 비밀을 지켜주기를 당부한 뒤 그날이 마법에 걸린 그 머리의 재능을 시험하는 첫날이라고 말했다. 돈 안또니오의 두 친구를 제외하고는 다른 어느 누구도 마법의 숨겨진 술책을 몰랐으며, 심지어 돈 안또니오가 자기 친구들에게 먼저 비밀을 털어놓지 않았다면 그들도 다른 사람들처럼 놀라자빠졌을 것이다. 별다른 방법이 있는 게 아니라 아주 정교하게 조정되는 제품이었다.

　제일 먼저 그 머리의 귀에 다가간 사람은 돈 안또니오 자신이었는데, 그는 나직한 소리로, 그러나 너무 낮지는 않아서 다른 사람이 못 알아들을 정도는 아닌 소리로 말을 했다.

　"이봐, 머리야, 네가 가지고 있는 재능으로 말해다오. 내가 지금 무슨 생각을 하고 있지?"

　그러자 머리는 입술도 움직이지 않고 맑고 똑똑한 목소리로 대답했는데, 모든 사람이 들어서 알 수 있도록 이렇게 말했다.

　"나는 남의 생각에 대해서는 판단하지 않는다."

　그 말을 들은 사람들은 어리둥절했는데, 방 안의 식탁 주변에는 대답할 인간이라고는 없었기 때문이다.

　"지금 여기 몇 사람이 있느냐?" 돈 안또니오가 다시 물었다.

　그러자 똑같은 목소리 톤으로 천천히 대답했다.

　"너와 너의 아내, 그리고 네 두 친구, 아내의 두 여자친구, 라 만차의 돈 끼호떼라고 하는 유명한 기사 하나, 싼초 빤사란 이름을 가진 기사 하인이 있다."

여기에 이르러서는 진짜 놀랄 지경이어서 모두 완전히 경악했고, 다들 머리끝이 쭈뼛 설 정도였다. 돈 안또니오는 머리에서 약간 떨어지면서 말했다.

"이 정도면 됐다, 이 정도면 나에게 너를 판 사람이 날 속이지 않았다는 걸 알겠구나, 현명한 머리야, 대답 잘하는 머리야, 놀라운 머리야! 어디 다른 사람이 와서 무엇이든 물어보시지요."

그러자 일반적으로 호기심이 많고 성질 급한 건 여자들인지라 처음 다가간 사람은 돈 안또니오 아내의 두 친구 중 하나였고, 머리에게 물어본 말은 이러했다.

"이봐, 머리야, 내가 아주 예뻐지려면 어떻게 해야 되겠니?"

그러자 대답이 이러했다.

"아주 정숙해져라."

"더이상 너한테 질문 않겠다." 물어본 여자가 말했다.

곧 다른 여자친구가 다가와서 물었다.

"내가 알고 싶은 건, 머리야, 우리 남편이 나를 참으로 사랑하는지 아닌지가 궁금하구나."

그러자 그녀에게 대답했다.

"너에게 하는 행동을 보면 알아차릴 수가 있을걸."

결혼한 그 부인은 자리에서 물러나면서 말했다.

"이런 대답이라면 물어볼 필요도 없네요. 사실 하는 행동을 보면 그런 행동을 하는 사람의 마음이 보이거든요."

곧 돈 안또니오의 두 친구 중 한 사람이 다가가 물었다.

"내가 누구게?"

그러자 대답이 나왔다.

"그건 네가 알지."

"그런 질문이 아냐," 그 신사가 대답했다. "그게 아니라 네가 나를 아느냐고 물어보는 거야."

"물론 알지," 대답이 나왔다. "너는 돈 뻬드로 노리스야."

"나는 더이상 알아볼 게 없어. 이 정도면, 오, 머리야! 네가 다 안다는 걸 충분히 알겠구나."

그 말을 하고는 더이상 묻지 않았다. 돈 안또니오의 부인이 다가가서 물었다.

"머리야, 난 네게 뭘 물어야 할지 모르겠구나, 다만 한가지 네게 묻고 싶은데, 내가 좋은 남편과 오래오래 잘 살 수 있겠니?"

그러자 대답이 나왔다.

"물론 오래 잘 살 거야, 왜냐하면 살아가는 데 있어서 그의 건강이나 온화한 성격이 오래오래 살 사람이라는 걸 말해주지. 그러나 그런 성격이 절제를 잃으면 보통 수명이 짧아지기도 해."

그러자 곧 돈 끼호떼가 다가가 물었다.

"대답을 잘하니 어디 말해봐라, 내가 몬떼시노스 동굴에서 일어났다고 한 이야기들이 꿈이냐, 사실이냐? 내 하인 싼초가 매는 확실히 맞을 것인가? 둘시네아가 마법에서 풀려나는 데 효과가 있을까?"

대답이 나왔다. "그 동굴 일에는 문제점이 많다, 꿈도 있고 사실도 있으니까. 싼초가 매 맞는 것은 천천히 이행될 것이다. 둘시네아가 마법에서 풀려나는 건 제대로 실행되리라."

"나는 더이상 알고 싶은 게 없소." 돈 끼호떼가 말했다. "둘시네아가 마법에서 풀려나는 걸 본다면 내가 꿈꾸고 소망해온 모든 행복이 갑자기 다 다가온다고 볼 것이오."

마지막 질문을 한 사람은 싼초였는데, 그가 물어본 말을 이러했다.

"혹시, 머리야, 내가 다시 통치를 하게 될까? 이 가난한 기사 하인 생활을 벗어날 수 있을까? 난 다시 내 아내와 자식들을 보러 돌아갈 수 있을까?"

그 말에 대답이 나왔다.

"통치는 네 집에서 하게 되겠지. 네가 집에 돌아가면 네 아내와 네 자식들을 보게 될 거야. 그리고 모실 사람이 없으니 기사 하인은 그만두게 되지."

"얼씨구나 좋구나!" 싼초가 말했다. "내가 이럴 줄 알았지. 예언가 뻬로그루요⁴라도 더 잘 맞히진 못할 거야."

"이 짐승 같은 놈아." 돈 끼호떼가 말했다. "그럼 무슨 대답이 나오길 바랐느냐? 이 머리가 한 대답이 물어본 것에 대한 당연한 해답인 걸 모르느냐?"

"알지요." 싼초가 대답했다. "하지만 더 확실하게 밝혀지고 내게 그런 말을 더 해주길 바랍니다요."

이렇게 해서 질문과 대답이 다 끝났으니 모두가 감탄을 금치 못했는데, 물론 그 사건의 내막을 알고 있는 돈 안또니오의 두 친구만은 예외였다. 그 문제는 세상을 마음 조이게 하지 않도록 시데 아메떼 베넹헬리가 바로 밝히겠다고 했으니, 사람들이 그런 머릿속에 무슨 요술이나 기상천외의 신비가 숨어 있는 것으로 믿을까 싶어서였다. 그래서 말하기를, 돈 안또니오가 마드리드에서 한 판

---

4 당연한 소리를 예언이라고 지껄이는 전설적 예언가의 이름이 '뻬로 구루요'(Pero Gurullo) 혹은 '뻬로그루요'(Perogrullo)이다. '손을 쥐면 주먹이고' '비가 오면 흙탕길이 생기고' 따위의 쓸데없는 소리만 하는 잔소리꾼을 일컫기도 한다.

화 인쇄공이 머리를 만든 것을 보고 자기도 집에서 머리를 만들어 무지한 사람들을 놀라게 하고 심심풀이로 삼으려고 한 것이라 했다. 제작은 이렇게 이루어졌다. 탁자 판자는 원래 통나무로 만든 것인데 벽옥처럼 색칠하고 광택을 냈고, 탁자를 받친 다리도 같은 나무인데 무게를 잘 버티게 하려고 그 다리에 네개의 독수리 발톱이 나오도록 했다. 머리는 로마 황제 모습의 상패처럼 보이는 청동색이었는데 속은 텅 비어 있었다. 그 머리가 더하지도 덜하지도 않고 탁자 상판에 꼭 맞게 박혀 있어서 아무런 접합점이나 이음새가 보이지 않았고 탁자 다리 또한 비어 있었는데 그 다리는 머리의 가슴이나 목에 해당되었다. 그리고 이 모든 게 머리가 있는 방 밑에 있는 다른 방으로 통하게 되어 있었다. 이미 말한 바와 같이 황제 모습 상의 가슴이나 목, 다리의 텅 빈 안쪽에는 밖에서는 아무도 볼 수 없는 양철 관이 있었다. 윗방으로 통하는 아랫방에는 대답을 해야 할 사람이 입을 그 관에 꼭 대고 준비하고 있었으며, 입으로 부는 화살통을 쏘듯이 목소리가 위에서 아래로, 아래에서 위로 명확하고 또렷한 발음과 어조로 전해졌다. 이렇게 만들어졌으니 그런 속임수를 눈치채지 못한 것이다. 명석하고 예리한 학생인 돈 안또니오의 조카 하나가 바로 대답하는 사람이었는데, 학생은 삼촌에게서 그날 그 머리가 있는 방에 들어갈 사람들에 대한 정보를 들어 알고 있었다. 첫 질문에 대해 정확하게 빨리 대답하는 건 쉬운 일이었고, 그밖의 질문에 대해서는 추측이나 짐작으로 대답했는데 사려 깊은 학생인지라 사려 깊게 답하면 되었다. 시데 아메떼 베넹헬리는 여기에 더 이어서 말한다. 열흘이나 열이틀 동안은 이 신비로운 기계가 효험을 보았으나 온 도시에 돈 안또니오의 집에 누구든 물어보면 모든 답을 하는 마법에 걸린 머리가 있다는 소문이 퍼졌다. 돈 안또니오는 우리 신앙의 깨어 있는 파수병들[5]의 귀에 이런 소식이 들어가지 않도록 이 사건을 미리 종교재판관에게 보고했고, 그들은 무지한 서민들이 소동을 일으키는 일이 없도록 그것을 부수고 더이상 쓰지 말라고 명령했다. 그러나 돈 끼호떼나 싼초 빤사의 견해로는 그 머리가 마법에 걸렸거나 대답 잘하는 병이 있는 것이고, 싼초보다는 돈 끼호떼의 마음에 더 들었다고 한다.

도시의 신사들은 돈 안또니오를 즐겁게 하고, 돈 끼호떼에게 잘해줌으로써 그의 바보 같은 행동이 드러나도록 그로부터 엿새 되는 날 말 타고 달리며 창으로 고리를 맞히는 경기를 하도록 준비해놓았다. 그러나 앞으로 말할 기회가 있겠지만 그 일은 제대로 이루어지지 않았다. 돈 끼호떼는 평범하게 걸어서 도시를 산책하고 싶은 마음이 생겼는데, 말을 타고 가면 조무래기들이 또 쫓아올까 두려워서였다. 그리하여 그와 싼초는 돈 안또니오가 딸려준 종 둘을 데리고 산책을 하러 나갔다.

어느 거리를 가다가 돈 끼호떼가 문득 눈을 들어 쳐다보았는데, 문에 아주 커다란 글씨로 '여기서 책들을 인쇄합니다'라는 말이 쓰여 있는 것을 보았다. 인쇄소를 본 적이 없는 돈 끼호떼는 그걸 보고 대단히 기뻐했는데, 어떤 곳인지 알고 싶었기 때문이다. 따라온 사람들과 함께 안으로 들어가니, 한쪽에서는 인쇄를 하고 다른 쪽에서는 교정을 하고, 이곳에서는 조판을 하고 저곳에서는 수정을 하고, 결국 커다란 인쇄소에서 볼 수 있는 모든 조직적인 일들을 보게 되었다. 돈 끼호떼가 한 부서로 가서 거기서 하고 있는 일이 무엇인지 묻자 직원들이 알려주었다. 그는 감탄하여 다른 부서

----

5 그 당시 위세를 떨치던 종교재판관(Inquisidor)을 말한다.

로 가서 어떤 사람에게 다가가 무엇을 하고 있느냐고 물었다. 직원이 대답했다.

"나리, 여기 계시는 이 신사분이 ─ 그러면서 아주 체격이 좋고 잘생긴, 어딘지 엄숙한 데가 있어 보이는 한 남자를 가리켰다 ─ 이딸리아어 책 하나를 우리 에스빠냐어로 번역하셨어요. 그래서 저는 인쇄로 넘기려고 조판을 하고 있습니다."

"책 제목이 뭡니까?" 돈 끼호떼가 물었다.

그 말에 저작자가 대답했다.

"나리, 책 이름은 이딸리아 말로 『레 바가뗄레』[6]라고 합니다."

"그런데 '레 바가뗄레'는 우리 에스빠냐 말로 무엇에 해당하나요?"

저작자가 말했다. "'레 바가뗄레'는 에스빠냐 말로 하자면 '로스 후게떼스'(장난감들, 잡동사니)라는 뜻이지요. 비록 이 책이 이름은 초라하지만 내용이 알차고 대단히 좋은 것들을 많이 담고 있어요."

"나도 이딸리아 말을 좀 알지요." 돈 끼호떼가 말했다. "아리오스또의 시 몇 연은 읊을 줄 안다는 게 제 자랑입니다. 하지만 말씀해보세요, 나리, 내가 이런 말을 하는 건 귀하의 재능을 시험해보려는 뜻이 아니라 단지 궁금해서 드리는 말씀인데 귀하의 글에서 혹시 '삐냐따'piñata라는 말이 언급되는 걸 보셨습니까?"

"예, 여러번 나오지요." 작가가 대답했다.

"그러면 귀하께서는 그 말을 에스빠냐어로 어떻게 번역하십니까?" 돈 끼호떼가 물었다.

---

6 원래 이딸리아어로는 *Le bagattelle*인데 *Le bagatele*라고 표기되어 있다. 이 역시 세르반떼스의 흔한 실수 중 하나이다. 이 책이 무슨 책이었는지는 학자에 따라 추측만 무성하다.

"어떻게 번역하긴요?" 작가가 말을 받았다. "'오야'olla(냄비, 솥)라고 하지요."

"저런!" 돈 끼호떼가 말했다. "귀하의 이딸리아어 수준은 대단히 뛰어나군요! 저와 내기를 해도 귀하께서 다 알아맞히실 거라 생각하는데요. 이딸리아 말로 '삐아체'piace라고 하면 귀하는 에스빠냐 말로 '쁠라세'place(좋아요, 반가워요)로 옮기실 거고, '삐우'più라고 하면 '마스'más(더)로 옮기고, '수'su는 '아리바'arriba(위)로, '기우'giù는 '아바호'abajo(밑)라고 말하실 거지요?"

"물론 그렇게 옮겨야지요. 그 말들이 거기에 적당한 딱 맞는 말이니까요."

"제가 감히 맹세코 말씀드립니다만 귀하께서는 세상에 이름을 널리 알리지는 못하셨을 겁니다. 세상은 이렇게 칭찬할 만한 작품이나 아름답고 찬연한 재능에 상을 주는 일에는 항상 반대하거든요. 그 좋은 능력들이 세상에 버려진 것들이 엄청 많지요! 좋은 재능들도 구석에서 썩고 있고요! 좋은 미덕도 사람들에게 무시당하고요! 어쨌거나 한 언어를 다른 언어로 번역한다고 하는 것은 모든 언어의 여왕인 그리스어나 라틴어가 아니라면 고급 플라멩꼬 융단을 거꾸로 보는 것과 똑같지요. 비록 형체들은 보이지만 그 형체들을 어둡게, 잘 보이지 않게 하는 실들이 곳곳에 가득해서 표면의 결이나 매끄러움이 그대로 보이지 않아요. 쉬운 언어를 번역할 때는 재능이나 말씨가 크게 문제되지는 않지요, 한 종이에서 다른 종이로 베끼는 일이나 옮기는 일에 문제가 생기는 게 아니듯이 말입니다. 그렇다고 해서 이 번역이라는 작업이 칭찬할 만한 일이 아니라는 뜻은 아닙니다. 사람이 하는 일에 더 나쁜 일도 많고 결과적으로 별 이득이 없는 일들도 많으니까요. 그러나 우리의 이런 이야기와는 전혀 상관없는 유명한 두 번역가가 있는데『목동 피도』[7]를 번역한 끄리스또발 데 피게로아 박사, 그리고『아민따』[8]를 번역한 환 데 하우레기 씨가 그분들입니다. 이 번역들은 어떤 게 번역문이고 어떤 게 원문인지 의문이 들 정도입니다. 하지만 이보세요, 나리. 이 책은 자비로 출판하는 겁니까, 아니면 어느 서적상에게 이미 판권을 팔았습니까?"

"자비로 출판합니다." 저작자가 대답했다. "이 초판으로 적어도 금화 1000두까도는 벌 생각입니다. 총 이천권이 나올 테니 권당 은화 6레알에 잠깐이면 다 팔려나갈 겁니다."

"계산을 아주 잘하시는군요!" 돈 끼호떼가 대답했다. "인쇄업자들의 수입이나 지출, 그리고 그 수입과 지출 사이의 상관관계는 몰라도 좋다고 봅니다. 내가 미리 말씀드리지만, 이제 이천권의 책을 책임지고 짊어지게 될 때는 온몸이 초주검이 되고 정말 놀랄 겁니다. 더구나 그 책이 대중 취향에서 약간 빗나가고 전혀 자극적인 데도 없으면 말이지요."

"그럼 어떡합니까?" 작가가 말했다. "나리께서는 나더러 서적상에게 단돈 3마라베디나 받고 저작권을 넘겨주라는 말입니까? 심지어 서적상은 나에게 그 돈을 주는 게 큰 은혜나 베푸는 것처럼 생각하는데도요? 나는 세상에 유명해지려고 내 책을 출판하는 게 아닙니다. 그건 내 작품으로 알려지긴 하겠죠. 수익이 있는 걸 바랍니다. 명성만 좋고 수입이 없다면 그건 아무 가치도 없는 거지요."

"하느님께서 귀하에게 많은 복을 주시길 바랍니다." 돈 끼호떼

---

7 원제는 *Il Pastor Fido*로 이딸리아 극작가 바띠스따 과리니(Battista Guarini)의 희비극이다.
8 *L'Aminta*는 또르꾸아또 따소(Torcuato Tasso)의 목가극이다.

가 대답했다.

그리고 그는 계속해서 다른 부서로 갔는데, 거기에서는 『영혼의 빛』이라는 제목의 책 한장을 교정하고 있었다. 그걸 보고 말했다.

"이런 종류의 책들은 비록 비슷한 책들이 많지만 꼭 출판되어야 할 책들이야. 죄인들이 흔하니까 눈이 어두운 그런 수많은 사람을 비춰줄 많은 빛이 끝없이 필요하거든."

더 앞으로 나아가니 다른 책을 교정하고 있었는데, 책 제목을 묻자 그 대답이 『기발한 시골 양반 라 만차의 돈 끼호떼 2권』이라는 것이었고, 또르데시야스 출신이 지은 책이라고 했다.

"나도 이 책 소식은 벌써 들었습니다." 돈 끼호떼가 말했다. "사실 제가 양심적으로 말하자면 이 책은 당치도 않은 이야기들을 싣고 있으니 이미 다 불태워져 먼지가 되었으리라 생각했습죠. 하지만 돼지마다 자기 제삿날은 닥치는 법이고, 거짓 역사 이야기들은 진실에 가깝거나 진실과 비슷할수록 더 좋고 재미있고, 진짜 역사 이야기들은 진실할수록 더 좋은 거고요."

이렇게 말하면서 약간 실망한 듯한 표정으로 인쇄소에서 나왔는데, 바로 그날 돈 안또니오는 해변에 있는 큰 군함들을 구경시키려 돈 끼호떼를 데려가기로 준비해두었다. 그 말을 듣고 싼초는 대단히 기뻐했으니 평생 군함이라곤 본 적이 없었기 때문이다. 돈 안또니오는 네 군함의 함장에게 자기의 손님인 그 유명한 라 만차의 돈 끼호떼를 모시고 그날 오후 군함들을 보러 가겠다고 연락을 했는데, 함장과 도시의 주인들은 이미 그에 대한 소식을 다 알고 있었다. 함대에서 일어난 일에 대해서는 다음 장에서 이야기하기로 한다.

63장

싼초 빤사가 군함을 방문해서 당한 수모와
아름다운 무어족 여인의 새로운 모험

　돈 끼호떼가 마법에 걸린 머리의 답변에 대해 한 연설은 대단했으니 그들 중 아무도 그것이 조작되었음을 알아차리지 못했고, 모든 연설은 그가 확실히 믿고 있는, 둘시네아가 마법에서 풀려나리라는 희망과 약속으로 끝났다. 그는 여기저기 오가며 곧 그 꿈이 실현되는 것을 보리라 믿으면서 혼자 기뻐했다. 그리고 싼초는 이미 말했듯이 총독이 되는 게 지겨웠지만 아직도 다시 통치를 하고 자기 명령에 복종하는 것을 볼 기회가 있기를 바라고 있었다. 비록 장난이었지만 통치에는 이런 불행이 따르기 마련이다.

　결국 그날 오후 돈 안또니오 모레노, 그의 손님과 그의 두 친구는 돈 끼호떼, 그리고 싼초와 함께 군함이 있는 데로 갔다. 좋은 손님들이 온다는 보고를 받은 함장은 돈 끼호떼와 싼초라는 그 유명한 두 사람을 보게 돼 기대하고 있었다. 그들이 해안에 도착하자마자 모든 군함이 천막을 내리고 치리미아 피리를 불었고, 배에 실린

작은 배를 즉시 물에 띄웠는데 연짓빛 벨벳 방석과 화려한 융단으로 덮인 배였다. 돈 끼호떼가 거기에 발을 들여놓자마자 기함의 가장 큰 대포를 쏘았고, 그러자 다른 군함들도 똑같이 대포를 쏘아댔다. 오른쪽 계단으로 돈 끼호떼가 올라가자 모든 졸개와 죄수 들이 보통 중요한 분이 군함에 들어올 때 경례하는 것처럼 세번 '우, 우, 우!' 하며 환영을 표시했다. 장군이 돈 끼호떼에게 악수를 청했는데, 우리가 장군이라 부르는 사람은 발렌시아의 귀족 기사였다. 그는 돈 끼호떼를 껴안으며 그에게 말했다.

"이날을 하얀 돌로 표시해놓겠습니다. 라 만차의 돈 끼호떼 나리를 만났으니 내 인생에서 가장 훌륭한 날의 하나로 기억될 테니 말입니다. 지금 이분이야말로 방랑기사도의 모든 가치를 몸소 체현하고 살고 있는 그 증표이시니까요."

상당히 예의 바른 다른 말로 돈 끼호떼가 그에게 답했는데, 그는 그렇게 귀족으로 대접해주니 특별히 기분이 좋았다. 모두들 배 뒤쪽으로 들어갔는데 그 안은 대단히 훌륭하게 치장되어 있었다. 그들은 노 젓는 자리에 앉았고, 배의 감독이 통로로 지나가면서 죄수들이 옷을 벗도록 호루라기로 신호를 하자 한순간에 모두 옷을 벗었다. 싼초는 그 많은 사람이 벌거벗고 맨몸이 되자 기절할 뻔했고, 그렇게 빨리 천막을 올리는 걸 보고는 더 놀랐다. 싼초의 눈에는 모든 귀신이 다 거기서 작업을 하고 있는 것처럼 보였는데, 이 정도는 누워서 떡 먹기였으니, 지금부터 할 이야기에 비하면 말이다. 싼초는 오른편에 등을 돌린 채 노를 젓는 뱃사람 옆에 있는 기둥처럼 생긴 통나무 위에 앉아 있었다. 그 노 젓던 사람은 이미 자기가 할 일을 보고받은 터라 싼초를 꼭 붙들어 품에 안아올리자 모든 죄수들이 경종을 울리며 일어섰다. 오른쪽에서 시작해서 그 죄수 떼들의 팔 위로 이 의자에서 저 의자로 넘기고 던지고 얼마나 빨리 휘둘러대는지 싼초는 그만 눈을 감고 틀림없이 무슨 악마들이 자기를 데려간다고 생각했다. 싼초를 왼쪽 편으로 넘겨주고 배 선미 있는 곳에 놓기까지 그들은 계속 그를 공중에서 내돌렸다. 불쌍한 싼초는 녹초가 되었고, 땀으로 뒤범벅되어 헐떡거리느라고 자신에게 일어난 일이 무슨 일이었는지조차 알 수 없었다.

돈 끼호떼는 싼초가 날개도 없이 날아다니는 걸 보고 장군에게 묻기를, 저게 군함에 처음 들어오는 사람들에게 하는 통상적인 신고식이냐고 물었다. 혹시 그런 거라면 그는 군함에 근무할 생각이 없는지라 저 비슷한 운동 같은 건 하고 싶지 않아서였다. 그리고 그는 자기를 공중제비하려고 잡으러 오는 놈은 발끝으로 차서 혼을 내주겠다고 하늘에 대고 맹세하면서 벌떡 일어나 칼을 움켜쥐었다.

이때 천막이 내려지고 굉장히 큰 소리와 함께 돛대가 위에서 아래로 떨어졌다. 싼초는 하늘이 꼭대기에서 무너져내려 자기 머리 위로 떨어지는 줄로 알고 무서워 머리를 숙여 가랑이 사이에 끼웠다. 돈 끼호떼도 온전하진 않아서 그 또한 몸을 떨면서 어깨를 움츠렸고 얼굴은 사색이 되었다. 졸병들은 돛대를 떨어뜨릴 때와 똑같이 소란을 떨며 급히 돛대를 올렸는데, 이 모든 동작을 말 한마디 없이, 목소리도 숨소리도 없는 듯이 단번에 해냈다. 감독이 닻을 올리라고 신호를 하면서 채찍인지 짧은 밧줄인지를 들고 통로 한가운데를 뛰어다니며 죄수들의 등을 때리자 군함은 차츰 바다로 나아가기 시작했다. 싼초는 벌겋게 생긴 그 많은 발이 한꺼번에 움직이는 것을 보자 이런 게 바로 노 젓기구나 생각하고 혼자 속으로 말했다.

'이거야말로 진짜 마술이구먼, 우리 주인님이 말하는 게 마술이 아니라. 이 불행한 사람들은 무엇을 했기에 저토록 매질을 당할까? 그리고 이 사나이는 어떻게 혼자서 휘파람을 불고 다니며 저 많은 사람을 감히 두들겨펠까? 지금 보고 하는 말이지만, 이곳이 바로 지옥이거나, 아니면 연옥쯤은 될 거야.'

돈 끼호떼는 싼초가 이곳에서 진행되는 일을 열심히 보는 것을 보더니 그에게 말했다.

"아, 이 친구 싼초, 그대가 원해서 그냥 그대로 웃통을 벗고 저분들 사이에 끼어들면 가장 짧은 시간 안에 힘도 안 들이고 둘시네아의 마법 푸는 일을 바로 끝낼 수 있을 텐데 말이야! 저토록 많은 사람과 함께 곤경과 고통을 당하니 그대는 고통을 그다지 크게 느끼지도 못할 테니까. 더구나 현자 메를린이 이 사람들의 매 하나하나를 계산에 넣어줄 수도 있을 거야. 선량한 손으로 맞은 매니까, 그대가 마지막에 맞아야 할 매 열대 대신으로 말이야."

장군은 그 매가 무슨 매인지를 물어보려 했고, 또 둘시네아의 마법을 푼다는 말이 무슨 말인지도 궁금했다. 그때 뱃사람이 말했다.

"몽주익 성[1]에서 신호가 왔는데 석양 쪽 해안에 노를 저어오는 배가 있다고 합니다."

이 말을 듣자 장군이 통로로 뛰어나가 말했다.

"야, 아이들아, 달아나게 해선 안돼! 아르헬의 해적선인가보다, 망루에서 우리에게 가리켜주는 그 범선이……"

즉시 다른 군함 세척이 기함으로 다가왔는데, 대장의 명령과 지시를 듣고자 해서였다. 장군은 함선 두척은 바다로 나가라고 명령

---

1 몽주익(Montjuich)은 바르셀로나 남쪽에 있는 성으로 망루가 있다.

했고, 자기는 다른 군함으로 해안을 따라 항해하겠다고 했는데 그래야 그 배가 도망가지 못하기 때문이었다. 죄수 무리가 노를 세게 저었는데 어찌나 맹렬하게 함선을 모는지 배가 거의 나는 듯했다. 바다로 2마일 정도 나간 군함들이 범선 하나를 발견했는데 눈길로 어림해본즉 한 열넷이나 열다섯 좌석 정도 규모로 보였는데 사실이었다. 그 해적선은 군함들을 발견하자마자 도주했는데 가벼우니 쉽게 도망갈 수 있으리라는 희망과 의도를 가졌겠지만 운이 좋지 않았다. 대장 함정은 항해하는 배 중에서 가장 가볍고 빠른 배여서 범선을 거의 따라잡았고, 범선에 탄 사람들은 이제 도망갈 수 없다는 걸 분명히 알았다. 그래서 아랍 선장은 다들 노를 놓고 항복하기를 바랐으니 우리 군함을 이끄는 대장을 화나게 하거나 신경을 건드리지 않기 위해서였다. 그러나 운명의 신은 그를 다른 길로 인도해서 대장 배가 아주 가까이 다가가자 해적선에 있던 사람들은 상대편 배에서 나오는 항복하라고 하는 소리를 들을 수 있었고, 멍청이 같은 두 사람, 말하자면 술 취한 두 터키인이 열두명의 해적과 함께 해적선에 타고 있다가 총 두 자루를 발사해서 우리 함정 뱃머리 복도 쪽에 타고 있던 군인 두 사람을 죽인 것이다. 이 광경을 본 장군은 그 해적선에 타고 있는 자들을 하나도 살려두지 않고 다 죽이겠다고 맹세하고 아주 맹렬하게 돌진해갔고 수많은 노들 밑으로 해적선이 빠져 달아났다. 군함은 상당히 많이 앞서 지나갔고, 해적선 사람들은 길을 잃고 헤맸는데 군함이 되돌아오는 동안 그들은 돛을 올려 출발하여 다시 돛과 노를 이용해 도망치기 시작했다. 그러나 그 많은 수고도 노력도 그들의 만용의 죄를 갚을 만큼 도움이 되지는 못해서 반마일 조금 더 가서 대장 군함이 그들을 따라잡고 군함의 그 많은 노가 그들 위를 덮쳐 모두 생포되었다.

이때 다른 두 군함도 합류하여 함정 네척은 수많은 사람이 기다리고 있는 해변으로 돌아왔는데, 사람들은 무엇을 데려오는지 보고 싶어했다. 육지 가까이에 군함을 정박한 장군은 해안에 바르셀로나의 부왕이 나와 있다는 걸 알고 부왕을 모셔올 작은 배를 띄우라고 명령했다. 그리고 해적선에서 잡은 선장과 그밖의 터키인들의 목을 즉시 매달기 위해 닻을 내리라고 명령했다. 그들은 서른여섯명 정도였으며 모두들 멋지게 생긴데다 대부분 터키 출신의 총잡이들이었다. 장군은 해적선의 대장이 누구냐고 물어보았고, 그 물음에 에스빠냐 말로 대답한 사람은 포로 중의 한 사람으로 나중에 보니 에스빠냐 출신 개종자 같았다.

"여기 보이는 이 청년이, 나리, 우리의 대장입니다."

그러자 인간의 상상을 뛰어넘는 정말 잘생기고 멋진 청년 한 사람이 모습을 드러냈는데, 보아하니 스무살이 채·되지 않은 듯했다. 장군은 그에게 물었다.

"이봐라, 이 교육을 잘못 받은 개새끼야, 누구의 사주를 받고 내 부하들을 죽일 생각을 했느냐? 도망가는 게 불가능하다는 걸 몰랐느냐? 대장 함선에 바치는 존경의 예가 이 정도뿐이더냐? 너는 무모하다는 게 진정한 용기가 아님을 모르느냐? 희망이 의심스러울 때는 사람들이 더러 만용을 부리곤 하지만 무모한 짓을 저지르지는 않아."

해적 선장은 대답을 하려 했으나 그때 장군은 그 대답을 들을 수가 없었으니 이미 함선에 오른 부왕을 영접하러 가야 했기 때문이다. 부왕과 함께 그의 종 몇 사람과 마을 사람 몇명이 들어왔다.

"사냥이 아주 멋졌습니다, 장군!" 부왕이 말했다.

"아주 멋졌지요." 장군이 대답했다. "각하께서는 이제 이들이 닻에 매달린 것을 보시게 될 겁니다.”

“어떻게 그런 일을……” 부왕이 말을 받았다.

“왜냐하면 죽였기 때문이지요.” 장군이 대답했다. “모든 법을 어기고, 모든 전쟁의 관행 및 정당성을 어긴 채 군함에 타고 있는 가장 훌륭한 군인 두 명을 죽였습니다. 따라서 저는 제가 잡은 모든 포로들을 목매달아 죽이기로 했습니다, 특히 해적선의 대장인 이 청년부터 말이지요.”

그러고는 이미 두 손이 묶이고 목에 밧줄을 걸친 채 죽음을 기다리는 그자를 보여주었다.

부왕이 그를 바라보았는데, 참으로 아름답고 멋지고 겸손해 보였으니 그 순간 그의 아름다움은 일종의 추천서가 되어 부왕은 그의 죽음을 면하게 해주고 싶은 마음이 생겼다. 그래서 그에게 물었다.

“이봐라, 대장. 너는 터키인이냐, 아니면 무어족이냐, 아니면 개종자냐?”

그 물음에 청년은 똑같이 에스빠냐 말로 대답했다.

“저는 터키인도 아니고 무어족도 아니고 개종자도 아니올시다.”

“그럼 너는 누구냐?” 부왕이 다그쳐 물었다.

“그리스도 교인이며 여자입니다.” 그 총각이 대답했다.

“그런 옷에 그런 걸음걸이를 하고 여자이며 그리스도 교인이라고? 믿기지 않지만 정말 놀라운 일이로고.”

“잠깐 중단하세요.” 그 총각이 말했다. “오, 여러분! 제가 제 인생을 이야기하는 동안 그대들의 복수인 제 사형집행이 좀 지연된다 하더라도 크게 잘못되지 않을 것이옵니다.”

심장이 아무리 독하기로 이런 말을 듣고 마음이 약해지지 않을 자 누가 있으랴? 적어도 저 상처받은 슬픈 청년이 하고 싶은 말 정도는 들어야 하지 않겠는가? 장군은 할 말이 있으면 하라고 했지만 다 아는 그의 잘못을 사면받을 생각은 꿈도 꾸지 말라고 했다. 허락을 받은 청년은 이렇게 이야기를 시작했다.

"저는 요즘 수많은 불행이 비 오듯 쏟아지는, 덕망보다는 불행이 더 많은 민족의 하나인 에스빠냐 무어족 부모 밑에서 태어났습니다. 부모의 불행 물결에 밀려 저는 두 삼촌을 따라 베르베리아로 가게 되었지요. 제가 그리스도 교인이라고 말해도 도움이 되지 않았지만, 저는 사실 거짓으로나 겉으로만 믿는 그런 그리스도 교인이 아니라 진실한 가톨릭 교인이고 그건 사실입니다. 이런 진실을 말한다는 게 우리의 비참한 추방을 책임진 사람들에게 전혀 통하지 않았고, 제 삼촌들도 믿으려고 하지 않았지요. 오히려 그 말을 거짓말로 취급하고 제가 태어난 마을에 머물려고 지어낸 말로 간주했어요. 그래서 제가 원해서라기보다는 강제로 자기들과 함께 저를 데려갔어요. 제가 그리스도 교인 어머니와 그리스도 교인 아버지를 가졌다는 것은 더하지도 덜하지도 않은 사실 그대로입니다. 말이나 습관에서도 제 생각엔 무어족 같은 표시는 전혀 나지 않았어요. 제가 고운 데가 있다면 제 이런 미덕과 함께 똑같이 제 아름다움도 자라났다고 생각합니다. 저도 대단히 조신하고 집 안에 꼭꼭 숨어 살았지만 그게 그다지 큰 장애물은 아니었는지 한 양반가 총각이 문득 저를 보게 되었죠. 이름이 돈 가스빠르 그레고리오라고, 우리 고향 옆에 자기 마을이 있는 한 양반 집안의 장자였어요. 어떻게 나를 보았고, 어떻게 서로 말이 통했고, 어떻게 그가 나한테 매료되었고, 어떻게 내가 그의 말을 잘 듣지 않았는지 하는 이야기를 하자면 너무 길어요. 더구나 지금처럼 내 목숨을 위협하는 저 무서운 밧줄이 내 혀와 목 사이를 언제 통과할지 공포에 떨고 있는 시간에는요. 그래서 간단히 말씀드리면, 우리가 추방당할 때 돈 그레고리오도 꼭 저와 함께 가겠다고 했고 다른 곳에서 온 무어족들과 함께 어울려 다녔지요. 그는 우리말을 아주 잘했거든요. 그리고 여행하면서 저를 데리고 가던 제 두 삼촌과 친구가 되었어요. 우리에 대한 첫 추방령을 듣자마자 착실하고 준비성 많은 우리 아버지는 고향을 떠나 낯선 외국으로 나가 우리를 받아들일 만한 곳이 있나 찾으러 가셨지요. 아버지께서는 저 혼자만 알고 있는 어느 곳에 아주 많은 진주와 대단히 값진 보석들, 그리고 '십자가 금화'와 20레알 나가는 금화[2] 등 수많은 돈을 땅에 묻고 숨겨놓았어요. 아버지는 당신이 돌아오시기 전에 혹시 우리가 추방당하는 경우라도 당신이 두고 간 보물은 절대 손대지 말라고 제게 명령하셨어요. 저는 그 명령을 지켰고, 말했듯이 우리 삼촌들 그리고 다른 가까운 친척들과 함께 베르베리아로 건너갔지요. 그리고 우리가 정착한 곳은 바로 지옥에 만들어놓았을 것 같은 아르헬이라는 곳이었어요.[3] 그곳 왕은 제가 예쁘다는 소식을 들었고, 제가 부자라는 것도 소문이 났으니 알고 있었겠지요. 그건 한편으로는 제가 운이 좋은 거죠. 왕이 저를 자기 앞으로 부르더니 에스빠냐의 어느 고장에서 왔느냐, 보석이나 돈을 가져왔느냐고 묻더군요. 저는 고향을 일러주었고 보석이나 돈은 그곳에 묻어놓았지만 제가 직접 그걸 찾으러 가기만 하면 쉽게 찾을 수 있을 거라고 했지요. 이렇게 말을 한 건 왕이 돈에 대한 탐욕이 아니라 제 아름다움에 눈이

---

2 원문에 'cruzados'(십자가가 새겨진 뽀르뚜갈 금화)와 'doblones de oro'(20레알짜리 금화)'로 나온다.
3 세르반떼스의 이런 표현은 그 자신 아르헬에서 오년 반 동안 포로생활을 한 뼈저린 기억이 있었기 때문이리라.

멀까 두려워서였어요. 이렇게 왕과 대화를 나누고 있는데, 상상을 초월하는 멋지고 아름다운 청년 하나와 제가 함께 왔다는 사실이 왕에게 전해졌나봐요. 저는 즉시 그것이 돈 가스빠르 그레고리오를 가리키는 말이구나 알아차렸지요. 돈 그레고리오가 잘생긴 건 세상에서 가장 멋지게 생긴 남자들도 저리 가라 할 정도였으니까요. 저는 돈 그레고리오가 위험에 빠졌다고 생각하자 정신이 없었는데, 그 야만적인 터키 놈들은 세상에 아무리 아름다운 여자라 할지라도 여자보다 아름다운 총각이나 미소년을 더 좋아하고 더 쳐주거든요. 왕은 즉시 그를 보겠다고 했고, 그 앞에 데려오라 명령한 뒤 저에게 그 청년에 대해 사람들이 하는 말이 사실이냐고 물었지요. 그러자 전 하늘의 충고라도 받은 듯이 왕에게 그게 사실이지만 그는 남자가 아니라 저처럼 여자라고 알려주었어요. 그리고 왕께 간절히 청원하기를 제가 가서 그녀를 자연스러운 복장으로 갈아입혀 데려오도록 허락해달라면서 하나에서 열까지 그녀의 아름다움을 다 보여드리고 폐하 앞에서 당황해하지 않도록 하겠다 했어요. 왕은 저더러 어서 가보라고 하면서 다음 날 이야기하자고 했지요. 즉, 어떤 방법으로 제가 에스빠냐에 가서 그 숨겨진 보물을 찾아올 수 있을지 말이에요. 저는 돈 그레고리오에게 남자인 것을 보여주면 위험하다고 이야기하고 그를 무어 여인처럼 꾸몄어요. 그리고 바로 그날 오후에 왕의 면전에 그를 데려갔는데, 왕은 그를 보자 감탄하고는 위대한 황제께 그녀를 선물로 바치도록 보호해야겠다는 의도를 드러냈어요. 왕은 자기 후궁들이 쓰는 방에 두었다간 위험할 수도 있고 자신이 혹시 어쩔까도 두려워 그녀를 몇몇 무어족 귀부인의 집에 두라고 명령했지요. 그 아씨들이 그녀를 모시고 잘 지키려고 집으로 데려갔는데, 우리 둘이 느낀 건 사람들이 흔히 말하듯, 제가 그 사람을 사랑하는 걸 부정할 수는 없지만 서로 진실로 사랑한다면 헤어질 수도 있다는 거였다고 해두지요. 왕은 즉시 제가 에스빠냐로 돌아가도록 작전을 짜 바로 이 범선을 타게 하고 국적이 터키인 두 사람이 나와 동행하게 했습니다. 바로 그들이 그대들의 군인들을 죽인 사람들입니다. 또한 저와 함께 온 사람 하나가 이 에스빠냐인 개종자—처음 말을 꺼냈던 사람을 가리키면서—입니다. 이 사람에 대해서는 제가 잘 압니다만 숨어 지내는 그리스도 교인이고 베르베리아에 돌아가겠다는 생각보다는 에스빠냐에 주저앉겠다는 소망으로 온 분입니다. 이 범선의 그외 다른 무리는 무어인이나 터키인 들로 그들은 노 젓고 항해하는 것밖에 하는 일이 없는 사람들입니다. 저 터키 사람 둘은 욕심이 많고 불량한 사람들로, 그들은 저와 이 개종자를 에스빠냐에 처음 닿는 곳에다 우리가 준비해둔 그리스도 교인의 옷을 입혀 바로 우리를 상륙시키도록 하라는 명령을 어겼습니다. 그리고 먼저 이 해안을 휩쓸고 다니며 노략질을 하려고 했습니다. 만약 우리를 먼저 상륙시킨 뒤 우리 둘에게 무슨 사고라도 일어나면 그 범선이 바다에 있다고 우리가 알려줄까봐 두려워했지요. 그러다 이 해안에 전함이라도 있으면 자기들이 체포될까 두려워한 거지요. 엊저녁에 우리는 이 해변을 발견했는데, 군함 네척이 있는 걸 몰랐고 우리가 발견된 거지요. 그리하여 여러분이 보신 것처럼 이런 일이 벌어졌습니다. 결국 돈 그레고리오는 여자들 사이에서 여자 복장으로 지내다 틀림없이 신세를 망치게 될 위험에 빠져 있을 거고, 전 이렇게 두 손이 묶여 죽을 때를 기다리고 있지요. 아니, 말하자면 목숨을 잃는 걸 두려워하고 있는데 이제 이것도 힘드네요. 여러분, 이것이 불행하지만 진실 그대로인 저의 비참한 사연의 끝입니다. 여러분께 간절히 바라고 싶은 건 저를 부디 그리스도 교인으로 죽게 해주십사 하는 겁니다. 이미 말씀드렸듯이 저와 같은 종족의 사람들이 저지른 이단의 죄를 저는 한번도 저지른 적이 없기 때문입니다."

그러고 나서 그녀는 입을 다물었고 그녀의 두 눈이 가슴 아픈 눈물로 가득해지자 그녀를 따라 거기 있는 사람들도 많은 눈물을 흘렸다. 부왕은 동정에 찬 눈물 어린 표정으로 말 한마디 않고 그녀에게 다가가 그 무어 여인의 아름다운 손에 매여 있는 밧줄을 손수 풀어주었다.

그 그리스도 교인인 무어족 여인이 파란만장한 이야기를 풀어 놓는 동안 그녀를 찬찬히 응시하고 있던 한 순례자 노인이 있었는데, 부왕이 전함에 들어올 때 함께 들어온 노인이었다. 그 무어 여인이 자기 이야기를 다 끝내자마자 노인은 그녀의 발밑에 쓰러져 두 발을 붙들고 끝없는 흐느낌과 한숨 속에 말을 잇지 못하고 더듬더듬 말했다.

"오, 안나 펠릭스, 불행한 내 딸아! 내가 네 아버지 리꼬떼다. 내 영혼인 너 없이 내 살 수 없어 너를 찾으러 내가 돌아왔단다."

그 말에 싼초는 눈을 번쩍 뜨고 고개를—자기를 내돌린 그 불행한 일을 생각하며 숙이고 있던 고개를—치켜들어 그 순례자를 바라보았고, 그가 바로 그 리꼬떼인 것을 알아보았다. 자기가 총독을 그만두고 떠나오던 날 우연히 만난 그 리꼬떼였다. 리꼬떼는 그 여자가 자기 딸임을 확인했고, 딸은 이미 풀려난 몸으로 아버지를 껴안았다. 아버지의 눈물이 그녀의 눈물과 뒤범벅이 되었는데, 그가 장군과 부왕에게 말했다.

"여러분, 이 여식이 제 딸입니다. 그 예쁜 이름보다 파란 많은 생을 살아온 딸입니다. 이름이 안나 펠릭스이고 성이 리꼬떼이지요.

제가 부자인 것도 있지만 저애가 아름다워서 유명했습죠. 전 외국에서 우리를 받아주고 머물게 해줄 사람을 찾아 조국을 떠났고 독일에서 그런 사람을 찾았기에 순례자 옷을 입고 다른 독일인들과 동행하여 내 딸을 찾으러 돌아왔지요. 그리고 제가 숨겨둔 그 많은 재산을 파내려고 말입니다. 제 딸은 찾지 못했고 보물은 찾아 지금 가지고 있습니다. 그리고 지금 여러분이 보았듯이 이상한 우여곡절 끝에 저를 더 부자로 만드는 진짜 보물을 찾았으니 바로 사랑하는 제 딸을 찾은 일이죠. 만약 우리가 죄가 없으며 그애의 눈물과 제 눈물이 어르신들의 순수하고 정의로우신 판단에 의해 자비의 문을 열어주실 수 있다면 부디 저희에게 그 자비를 베풀어주소서. 저희들은 한번도 여러분을 모독할 생각이 없었습니다. 그리고 정당하게 추방당한 우리 부족 사람들의 뜻을 따른 적이 절대로 없습니다."

그때 싼초가 말했다.

"저도 리꼬떼를 잘 알고, 안나 펠릭스가 그의 딸이라고 말한 데 대해서도 사실 그대로라는 것을 압니다. 그밖의 다른 자질구레하게 왔다 갔다 한 일이나 좋은 뜻이 있었느니 나쁜 뜻이니 하는 건에 대해서는 제가 간섭할 일이 아니지요."

거기 있던 사람들은 이 이상한 사건에 대해 다들 놀랐는데, 장군이 말을 했다.

"그대들의 눈물 한 방울 한 방울이 나에게 내가 맹세한 것을 지키지 못하게 하는가보오. 아름다운 안나 펠릭스여, 그대는 하늘이 그대에게 정해준 수명을 다하고 잘 사시구려. 그리고 저 불량하고 오만한 자들은 자기들이 저지른 죗값의 벌을 받도록 하라."

곧바로 그의 두 군인을 죽인 두 터키인을 돛에다 목매달도록 명

했으나 부왕은 장군에게 그들을 목매달지 말아달라고 청했다. 그
들의 행동은 오만이나 용감성보다는 미친 짓이기 때문이라는 거
였다. 장군은 부왕이 청하는 대로 하기로 했으니 피도 눈물도 없
이 냉정하게 복수하는 건 좋은 복수의 행사가 아니어서였다. 그들
은 즉시 돈 가스빠르 그레고리오가 위험에 처해 있으므로 그를 꺼
내올 방법을 강구했는데, 리꼬떼는 그 작전을 위해 그가 가지고 있
는 보석이나 진주로 금화 2000두까도 이상을 내놓았으며 여러가지
많은 방법이 나왔다. 그중 말한 바 있는 그 에스빠냐 개종자가 내
놓은 안처럼 좋은 게 없었는데, 그는 자기가 자진해서 아르헬로 돌
아가겠다고 하면서 자리가 여섯 정도인 작은 배 하나에 그리스도
교인 노 젓는 인부들을 모아달라고 했다. 자기는 어디에서 언제 어
떻게 배를 대야 하는지, 배를 댈 수 있는지를 알고 있으며, 뿐만 아
니라 돈 그레고리오가 지금 머물고 있는 집도 안다고 했다. 장군이
나 부왕은 그 개종자를 믿을 수 있을까, 또한 그 배를 노 저어 항해
하게 될 그리스도 교인들을 다 믿고 보낼 수 있을까를 의심했으나
안나 펠릭스는 개종자를 보증한다고 했고 그녀의 아버지 리꼬떼는
만약 그리스도 교인들이 혹시 길을 잃게 되면 자신이 그들을 구원
하러 나가겠다고 했다.

결국 그들은 이 의견에 따르기로 합의하고 부왕은 배를 내려갔
고, 돈 안또니오 모레노는 그 무어 여인과 그녀의 아버지를 데려갔
는데 부왕이 그에게 최대한 정성을 다해 부녀에게 잘해주고 환대
하라고 부탁했기 때문이다. 부왕 자신도 그들에게 잘해줄 만한 게
자기 집에 있으면 제공하겠다고 했다. 안나 펠릭스의 아름다움이
부왕의 가슴에 불러일으킨 자비심과 인정이 그만큼 컸던 것이다.

64장

돈 끼호떼에게 이제까지 일어난 모든 모험들 중에서 가장 가슴 아픈 사건에 대하여

　이야기에 따르면 돈 안또니오 모레노의 아내는 자기 집에 안나 펠릭스를 데려오자 대단히 기뻐했다고 한다. 그녀를 아주 반갑게 맞았고 그녀의 아름다움이나 얌전함에 반했으니 이쪽으로 보나 저쪽으로 보나 그 무어 여인이 최고였기 때문이다. 온 도시 사람이 종소리를 듣고 모여드는 것처럼 그녀를 보러 오곤 했다.

　돈 끼호떼는 돈 안또니오에게 돈 그레고리오를 빼내오기 위해 채택한 방안은 좋지 않은 것 같다며, 안전하기보다는 위험이 더 많으니 차라리 자기를 무장시켜 말에 태워서 베르베리아에 보내는 게 더 좋을 듯하다고 했다. 자기는 제아무리 무어족이 많아도 돈 가이페로스가 자기 부인 멜리센드라를 구해온 것처럼 그를 빼내올 수 있다고 말했다.

　이 말을 듣고 싼초가 말했다. "나리, 생각 좀 해보고 말씀하세요. 돈 가이페로스는 육지에서 자기 부인을 구해 육지를 통해 프랑스로 데려왔지요. 하지만 여기서는, 혹시 우리가 돈 그레고리오를 구해냈다 할지라도 어디를 통해 에스빠냐로 데려와야 할지가 갑갑한 문제예요, 바다가 중간에 가로막고 있으니까요."

"죽지 않는 이상 모든 일에는 해결 방법이 있는 법이야. 배가 해안에 도착하면 우린 그 배에 탈 수 있을 거야, 세상 사람이 다 방해해도 말이야."

"나리께서는 아주 잘 그려보시고 아주 쉽게 말하시네요. 하지만 말과 행동에는 엄청난 차이가 있는 법이에요. 저는 그 개종자 쪽이에요. 제 생각엔 그 사람은 아주 착한 남자 같고 마음씨가 매우 고운 사람으로 보였어요."

돈 안또니오는 만일 그 개종자가 이번 사건을 성공하지 못하면 위대한 돈 끼호떼가 베르베리아로 건너가는 방법을 택하도록 해보겠다고 했다.

그로부터 이틀 뒤에 개종자는 한쪽에 노가 여섯씩인 가벼운 배를 타고 떠났는데, 대단히 용감무쌍한 무리로 무장을 했다. 다시 이틀 뒤에는 군함들이 레반떼로 출발했는데, 장군은 떠나기 전에 부왕께 부디 안나 펠릭스의 문제와 돈 그레고리오의 석방 소식을 꼭 알려달라고 부탁했고 부왕은 부탁한 대로 꼭 그렇게 하겠다고 약속했다.

그러던 어느날 아침 돈 끼호떼가 완전무장을 하고 해변으로 산책을 나갔을 때였다. 무장을 한 이유는 여러번 이야기했듯이 그의 치장은 무기뿐, 그의 휴식은 싸움뿐,[1] 그는 한순간도 무기 없이 있어본 적이 없기 때문이다. 그는 자신을 향해 다가오는 한 기사를

---

1 이미 돈 끼호떼가 1권 2장에서 멋지게 사용한 기사의 노래로, 오래된 로만세의 한 구절이다.

발견했는데, 그 기사 역시 머리끝에서 발끝까지 무장을 했고 들고 있는 방패에는 휘황찬란한 달이 하나 그려져 있었다. 그 기사는 자기 목소리가 들릴 만한 거리에 당도하자 목청을 높여 돈 끼호떼를 향해 말을 걸었다.

"고명하신 기사님이시며 한번도 제대로 칭송받지 못한 라 만차의 돈 끼호떼 님이시여, 나는 '하얀 달의 기사'로다. 세상에 들어본 적 없는 이 기사의 위대한 공적이 어쩌면 그대의 기억에 남았을지 모르겠소. 나는 그대와 결투를 하여 그대 팔뚝의 힘을 시험해보러 왔노라. 내 귀부인이, 그녀가 누구든지 간에, 그대의 엘 또보소의 둘시네아보다 비교할 수 없을 정도로 훨씬 아름답다는 것을 그대에게 알리고 인정하게 하려는 의도이니라. 이 사실을 그대가 깨끗하게 인정하면 그대는 죽음을 면할 것이고, 또한 그대를 죽여야 하는 내 수고를 덜어주는 게 되겠지. 만약 그대가 싸움에 나오고 내가 그대를 이긴다면 나는 다른 사과는 필요없노라. 다만 그대가 무기를 내려놓고 모험을 찾아다니는 짓을 포기하고 일년 동안 그대의 고향으로 물러가 쉬기를 바라노라. 거기 가서 다시는 칼에 손을 대지 않고 조용한 평화와 유익한 안정 속에 살아가기를 바란다. 그렇게 하는 게 그대의 재산을 키우고 그대의 영혼을 구하는 데 알맞은 일이니까. 그리고 만약 그대가 나를 이긴다면 내 목을 그대 처분에 맡기겠노라. 내 말이며 내 무기, 나머지 모든 것이 그대의 것이 될 것이다. 또한 내 행적의 명성도 그대의 공으로 넘어가겠지. 무엇이 그대에게 더 좋을지 생각해보고 즉시 대답하라. 나의 기한은 오늘 하루 안에 이 일을 마무리짓는 것이다."

돈 끼호떼는 황당했고 긴장했다. '하얀 달의 기사'의 오만함이나 결투를 청하는 이유가 놀라워 침착하게 엄숙한 표정으로 그에게 대답했다.

"하얀 달의 기사여, 지금까지 그대의 공적에 관한 소식은 내가 들어본 적이 없되 그대가 저 고명하신 둘시네아 아씨를 한번도 본 적이 없다는 것은 내가 맹세코 확실히 말할 수 있소이다. 만약 그 대가 그녀를 보았다면 이런 결투 조건을 내걸려고 생각하지 않았을 것임을 내 아니까 말이오. 그녀를 보면 그대는 꿈을 깰 것이오. 그녀의 아름다움과 비교할 만한 미모가 과거에도 미래에도 있을 수 없음을 알 테니까 말이오. 일이 그러하니, 내가 그대를 사기꾼이라 하지는 않겠소만 그대가 제시한 말들은 맞지 않소이다. 그러나 그대가 제시한 조건들이라면 내가 결투를 받아들이겠소. 그대가 이미 정한 이날, 오늘이 지나가기 전에 즉시 합시다. 다만 한가지, 그 조건들 중에서 공적과 명성을 나에게 넘겨주겠다는 말은 빼기로 합시다. 왜냐하면 그 공적들이 어떤 것인지 무슨 짓인지 나는 모르니까요. 나는 있는 그대로의 내 공적으로도 만족합니다. 그럼, 그대가 원하시는 대로 결투할 장소와 간격을 충분히 잡으시지요. 나도 그리하겠소이다. 하느님의 뜻으로 일어난 일이라면 성 베드로는 축복만 하면 되지요."

사람들은 '하얀 달의 기사'를 시내에서 발견하고 라 만차의 돈 끼호떼와 말하고 있는 것을 부왕에게 알렸다. 부왕은 이것이 돈 안또니오나 도시의 다른 신자가 조작한 새로운 모험이려니 생각하고 즉시 해변으로 나갔는데 돈 안또니오와 그를 수행하는 다른 많은 신사와 함께였다. 그때는 돈 끼호떼가 로신안떼의 고삐를 돌려 결투를 위한 필요한 거리를 잡으려는 순간이었다.

부왕은 두 사람이 돌아서서 맞닥뜨릴 태세를 하고 있는 것을 보자 그 중간에 서서 둘에게 무슨 이유로 갑자기 싸움을 하려는지를 물었다. 하얀 달의 기사는 아름다움의 우위를 다투는 싸움이라고 대답한 뒤 간단하게 그 연유에 대해 돈 끼호떼에게 한 말과 똑같은 말을 들려주고 쌍방이 그 결투 조건을 받아들였다고 했다. 부왕은 돈 안또니오에게 다가가 조용히 물었는데, 혹시 '하얀 달의 기사'가 누구인지 아는가, 아니면 혹시 이것이 돈 끼호떼에게 거는 무슨 장난이 아닌가 물었다. 돈 안또니오는 그가 누구인지도 모르며 그런 결투가 장난인지 진짜인지도 모른다고 대답했는데, 이 대답은 부왕을 당혹스럽게 만들었다. 그는 이 싸움을 계속하게 해야 할지 아니면 말려야 할지 어찌할 바를 몰랐다. 그러나 이것이 단순한 장난일지도 모른다는 생각을 떨쳐버릴 수가 없어 이렇게 말하며 물러섰다.

"기사님들, 여기에는 고백하든지 죽든지 하는 방법밖에는 없소이다. 돈 끼호떼 나리께서도 옹고집을 부리고 '하얀 달의 기사'인 귀하께서도 끝내 고집을 부리니 모든 것은 하느님께 맡기고, 자, 맞붙으시오."

'하얀 달의 기사'는 부왕께서 허락해주신 데 대해 점잖고 예의 바른 어투로 감사하다고 말했고 돈 끼호떼 또한 감사드리고 하늘에 충심으로 가호를 빌었으며 둘시네아에게도 가호를 청하고— 싸움 기회가 생길 때마다 시작하기 전에 늘 습관적으로 하듯이— 다시 한번 더 장소를 약간 넓게 잡았는데, 왜냐하면 상대방이 장소를 더 넓게 잡는 걸 보았기 때문이다. 돌격 신호로 트럼펫이나 다른 무슨 전쟁 악기를 두들길 필요도 없이 그들은 쌍방이 동시에 말의 고삐를 돌렸다. 하얀 달의 기사 말이 더 가벼운지라 둘 사이 거리의 3분의 2를 달려 돈 끼호떼에게 다가와 어찌나 강력한 힘으로 맞부딪쳤는지 창으로 건드리지도 않았는데, 보아하니 상대는 일부러 창을 위로 쳐들었고 돈 끼호떼는 로신안떼와 함께 위태롭게 땅으로 굴러떨어졌다. 그는 즉시 돈 끼호떼 위로 다가가 투구 앞에 창을 들이대고 말했다.

"그대가 졌도다, 기사여. 그리고 우리 결투의 조건대로 인정하지 않으면 당장 죽을 줄 알라."

돈 끼호떼는 정신이 혼미하고 초주검이 된 상태여서 투구도 올리지 않고 무덤 속에서 말하는 것처럼 아프고 쇠약한 목소리로 말했다.

"엘 또보소의 둘시네아는 세상에서 가장 아름다운 여인이며 나는 지상에서 가장 불행한 기사로다. 내가 약해졌다고 이런 진실을 어기는 건 잘하는 일이 아니지. 어서 창을 찔러라, 기사여, 그리고 내 목숨을 끊어라, 이미 나의 명예는 빼앗겼으니……"

"그런 짓은 물론 하지 않으리다." 하얀 달의 기사가 말했다. "엘 또보소의 둘시네아 아씨의 아름다움의 명성은 그대로 온전하리라, 만세, 만세, 나는 오직 위대한 돈 끼호떼가 일년, 아니면 우리가 이 결투에 임하기 전에 약속한 대로 내가 명하는 기간 동안 고향으로 물러가 있는 것으로 만족하리라."

이 모든 말을 부왕과 돈 안또니오, 그리고 거기 있던 다른 많은 사람이 다 들었고 또한 둘시네아에게 해가 되는 일만 청하지 않는다면 다른 모든 일은 정확하고 진정한 기사로서 다 이행하겠다고 돈 끼호떼가 대답하는 소리를 들었다.

이렇게 고백을 받은 '하얀 달의 기사'는 말고삐를 돌려 부왕에게 머리로 예를 표한 뒤 말을 반쯤 달려 시내로 들어갔다.

부왕은 돈 안또니오에게 그를 따라가보라고 명령하고는 가서 무슨 일이 있어도 그가 누구인지 알아오라고 했다. 그들은 돈 끼호떼를 일으키고 투구를 벗겼는데 그의 얼굴색은 창백하고 식은땀으로 뒤범벅이 되어 있었다. 로신안떼도 심하게 다쳐 그 순간은 꼼짝달싹할 수가 없었다. 싼초는 너무 슬프고 서러워서 어찌해야 할지 무슨 말을 해야 할지 몰랐는데 이 모든 사건이 꿈속에서 일어난 것만 같았고 그 모든 조작이 마법으로 일어난 일 같았다. 그의 주인님이 지고 항복했으며 일년 동안 무기를 들지 않아야 하는 의무를 짊어진 것을 알았고, 주인님의 공적이 이룬 영광의 광휘가 어두워지는 것을 상상했고, 그의 새로운 약속의 희망도 바람에 날리는 연기처럼 사라지는 것을 보았다. 로신안떼가 평생 불구가 될지 아닐지 걱정이 되었고, 자기 주인님의 뼈가 빠졌는지 걱정이었다, 미친기가 빠졌다면 운이 과히 나쁘지 않겠지만…… 마침내 부왕이 가져오라고 명령한 가마에 태워 그를 시내로 보내고 부왕 역시 시내로 돌아갔다. 부왕은 돈 끼호떼를 그런 처참한 몰골로 만든 그 '하얀 달의 기사'가 도대체 누구인지 궁금했다.

65장

'하얀 달의 기사'가 누구인지에 대한 이야기와
돈 그레고리오의 석방, 그리고 그밖의 사건들에 대하여

　돈 안또니오 모레노는 '하얀 달의 기사'를 쫓아갔고, 또 많은 소년들이 추적하다시피 뒤를 쫓았다. 마침내 그가 시내에 있는 어느 여인숙으로 들어가 숨는 것을 보고 돈 안또니오는 그가 누구인지 알아내고 싶은 마음에 안으로 들어갔다. 기사 하인이 기사를 맞으러 나와 무장을 풀어주었고 기사는 한 낮은 방으로 들어갔는데 돈 안또니오도 함께 들어갔다. 돈 안또니오는 그 기사가 누구인지 알고 싶은 궁금증을 참을 길이 없었다. '하얀 달의 기사'는 그 신사가 자기를 놓아주지 않는 걸 보고는 이렇게 말했다.

　"나리, 나리께서 왜 오셨는지 저도 잘 압니다, 제가 누구인지 알아보기 위해서지요? 제가 그걸 알려주지 않을 이유가 없지요. 제 종이 갑옷을 벗기는 동안 그대에게 한점 숨김없이 사건을 진상 그대로 말씀해드리지요. 나리, 먼저 제가 싼손 까라스꼬 학사라는 사람임을 알려드립니다. 저는 라 만차의 돈 끼호떼와 같은 고향 사람이올시다. 그분의 미친기와 어릿광대짓이 그를 아는 모든 사람에게 연민을 불러일으키는 계기가 되었는데, 그중 이 일을 가장 가슴 아프게 생각한 사람 하나가 바로 저입니다. 그분이 건강하려면 휴식해야 하고 자기 고향, 자기 집에 계셔야 한다는 생각으로 제가 그분을 집에 계시도록 하기 위해 작전을 짠 겁니다. 그리하여 삼개월 전쯤에 저는 방랑기사로 길거리에 나섰습지요, '거울의 기사'라고 이름 붙이고 말이지요. 저는 그에게 상처를 입히지 않고 싸워 이기겠다는 의도여서 우리 결투의 조건으로 패배한 자는 승리한 자의 지휘를 받도록 하는 것을 내세웠지요. 저는 이미 그에게 이기리라 판단하고 있었기에 제가 그에게 청하려 한 것은 고향에 돌아가서 일년 내내 그곳에서 나오지 말도록 하는 것이고, 그 기간 안에 그의 병이 나으리라 생각했지요. 그러나 운이 나빠서 일이 틀어진 건지 그가 저를 이겼고 저를 말에서 쓰러뜨렸지요. 그리하여 제 생각은 실행되지 못했고, 그는 자기의 길을 계속 갔고 저는 패배해서 돌아와야 했습니다. 아주 위험한 낙상으로 곤궁에 빠지고 녹초가 되어 말이지요. 하지만 그렇다고 그를 다시 찾아나설 생각이 사라진 건 아니지요. 오늘 보셨듯이 그를 찾아 승리를 거둘 생각 말이에요. 그는 방랑기사도의 규율을 지키는 데는 아주 정확한 사람이어서 틀림없이 그의 말을 이행하는 데 있어 제가 그에게 요구한 명을 꼭 지킬 겁니다. 나리, 이것이 이 사건의 전모입니다. 다른 말씀은 더 드릴 게 없군요. 다만 귀하께 꼭 부탁드리고 싶은 건 돈 끼호떼에게 제가 누구인지를 밝히지 말아달라는 겁니다. 저의 좋은 생각이 결실을 보아 그분이 다시 제정신을 차릴 수 있도록 말이지요. 그분은 기사도라는 어릿광대짓만 그만두면 정신이 아주 말짱한 사람입니다."

"아이구, 나리, 세상에서 가장 재미있는 미치광이 한분의 정신을 제대로 되돌아오게 하기 위해 세상 사람에게 끼친 피해를 하느님께서 용서해주시길 바랍니다! 나리, 돈 끼호떼가 그의 허튼짓으로 우리 모두를 재미있게 한 그 즐거움에 비하면 그가 정신이 말짱해져서 얻는 이득은 그에 못 미칠 거라는 것을 모르세요? 하지만 내 짐작엔 학사 나리께서 어떤 노력을 다하셔도 저렇게 완전히 돌아버린 미치광이 한 사람의 제정신이 돌아오게 하는 건 어려울 겁니다. 동정심에 위배되는 일만 아니라면 저는 돈 끼호떼가 절대 병이 나아선 안된다고 말하고 싶어요. 그가 건강해지면 그의 재치와 매력도 잃게 될 뿐만 아니라 그의 하인인 싼초 빤사의 재치까지 잃게 될 테니까요. 그들의 재치있는 말들은 어떤 것이든지 우울증 자체라도 즐거움으로 되돌려줄 능력이 있거든요. 어쨌든 이런 사정을 내가 말하지는 않겠습니다. 그에게는 아무 말도 하지 않으리다. 까라스꼬 나리가 퍼부은 노력이 별 효과 없으리라 의심하는 내 생각이 진짜 맞는지 지켜보고 싶기도 하니까요."

까라스꼬는 일이 이미 하나하나 제대로 되어가고 있으며 성공적으로 잘되기를 기대한다고 대답하고 돈 안또니오에게 더 시키실 일이 있으면 기꺼이 하겠노라고 친절하게 말한 뒤 그와 작별을 했다. 까라스꼬 학사는 노새에 자기 갑옷과 무기를 묶은 다음 자기와 함께 결투에 임했던 말을 타고 바로 그날 도시를 떠났다. 그리고 이 진짜 역사 이야기에 꼭 적어야 할 만한 일은 별로 없이 자기 고향으로 돌아갔다.

돈 안또니오는 부왕에게 까라스꼬가 이야기한 사실을 그대로 전했는데, 그 말을 들은 부왕은 크게 기뻐하는 눈치는 아니었다. 돈 끼호떼가 은퇴하면 그의 미친 짓 소식으로 사람들이 다들 재미있어하던 그런 쏠쏠한 즐거움을 잃게 되기 때문이었다.

돈 끼호떼는 엿새 동안 침대에 누워 있었는데, 좌절과 슬픔에 잠겨 생각은 많았고 기분은 무척 우울했다. 그는 자기가 패한 그 불행한 사건을 머리에 떠올렸는데 여러가지 생각이 오락가락했다. 싼초가 그를 위로하면서 다른 많은 이야기 중에서 이런 말을 했다.

"나리, 머리 좀 드시고 가능하면 즐거운 모습을 하세요. 나리께서 땅에 떨어지셨을 때 갈비뼈라도 부러지지 않으신 것만 해도 천만다행이지요. 나리께서도 아시듯이 다 준 만큼 받고 때린 만큼 맞는 거지요. 돼지고기 베이컨 만들 좋은 말뚝이 있다고 항상 돼지고기가 있으란 법 없고, 이런 병을 낫게 하는 데는 의사도 필요없을 테니까, 의사야 엿 먹으라고 하면 되고, 우리는 집에나 가십시다요. 우리가 알지 못하는 고장이나 땅에서 모험을 찾아헤매는 짓은 이제 그만두자구요. 잘 생각해보면 여기에서 가장 손해본 사람은 저예요, 비록 나리께서 상처는 제일 많이 입으셨지만요. 저는 통치를 하면서 통치자가 되는 꿈이나 소망은 접었지만요, 백작이 되고 싶은 욕심은 버리지 않았어요. 그런데 나리께서 기사도 수행을 그만두시고 왕이 될 가망이 없어지면 제 욕심은 결국 전혀 소용없어지겠네요. 그렇게 되면 제 희망들은 전부 연기가 되어 날아가버리는 거죠, 뭐."

"입 다물게, 싼초. 내가 은퇴해서 은거하는 건 일년 이상 가지 않아. 그러고 나면 곧 나의 영예로운 수행 생활로 다시 돌아올 테고, 그러다보면 자네에게 줄 무슨 백작령이나 왕국 하나 얻지 못한다는 법도 없지."

"귀신은 귀 막으라고 하고, 하느님 덕택에 정말 그랬으면 좋겠네요. 제가 항상 듣기로도 형편없는 수확보다는 좋은 희망이 더 낫다고 하더라구요."

이러고 있을 때 돈 안또니오가 들어와 대단히 기분이 흡족한 표정으로 이렇게 말했다.

"축하합니다, 돈 끼호떼 나리. 돈 그레고리오와 그를 찾으러 갔던 개종자가 지금 해변에 도착했답니다! 아니, 해변이라니 내가 무슨 말을 한 거야? 지금 벌써 부왕의 집에 당도했고 금방 여기로 올 겁니다."

돈 끼호떼도 무척 기뻐하며 말했다.

"사실은 모든 일이 반대로 벌어져 내가 직접 베르베리아로 건너가지 않으면 안되는 상황이 벌어졌으면 더 좋았을 거라고 말할 뻔했습니다. 거기에서 내 팔뚝의 힘으로 돈 그레고리오뿐만 아니라 베르베리아에 있는 모든 그리스도 교인들을 다 풀어주게요. 하지만 비참한지고, 지금 내가 무슨 말을 하는 건가? 난 지금 패배한 사람이 아닌가? 난 지금 패망한 사람이 아닌가? 일년 동안 무기에 손에 대서는 안되는 사람이 나 아닌가? 그런데 무슨 약속을 한단 말인가? 칼보다는 차라리 물레나 잡고 돌려야 할 사람이 이 무슨 허황한 말을 하는가?"

"그런 말씀 마세요, 나리." 싼초가 말했다. "혀에 종기 났다고 암탉이 죽나요? 오늘이 너한테 좋은 날이면 내일은 나한테 좋은 날이고, 이런 전쟁이나 싸움판에서는 도무지 감을 잡을 수가 없어요. 오늘 넘어진 사람이 내일 일어설 수 있거든요. 평생을 침대에만 있을 생각이 아니라면 말이에요. 제 말은 새로운 싸움을 위해 다시 기운차릴 생각도 없이 기절해 있을 게 아니라면 말이지요. 나리께서도 이제 일어나세요, 돈 그레고리오를 맞으셔야지요. 제 생각엔 사람들이 소란스러운 걸 보니 벌써 집에 왔나보네요."

그리고 그건 사실이었다. 돈 그레고리오와 개종자가 부왕에게 자기들이 가고 온 사연을 보고한 뒤 돈 그레고리오는 안나 펠릭스를 보고 싶은 마음에 개종자와 함께 돈 안또니오의 집에 온 것이다. 비록 아르헬에서 구출해 왔을 때 여자 복장이었지만 배에서 같이 나온 한 남자 포로의 옷으로 바꿔입었다. 그러나 어떤 모습이라도 그는 사랑과 대접을 받을 만한 마음에 드는 남자의 모습이었으니, 빼어나게 잘생겼기 때문이다. 겉으로 보아서는 나이가 열일곱이나 열여덟 정도 되어 보였다. 리꼬떼와 그의 딸은 돈 그레고리오를 맞으러 나왔는데, 아버지는 눈에 눈물을 글썽였고 딸은 얌전한 모습이었다. 서로 포옹은 하지 않았는데 사랑이 많으면 지나치게 야단스러운 몸짓은 좋지 않은 법이다. 돈 그레고리오와 안나 펠릭스의 두 아름다움이 함께 있으니 거기 함께 있던 모든 사람이 대단히 감탄했다. 침묵만이 두 연인의 말을 대변하고 있었고, 그들의 눈이 기쁨과 고운 생각을 말해주는 혀였다.

개종자는 돈 그레고리오를 꺼내기 위해 썼던 방법과 작전을 이야기했고, 돈 그레고리오는 자기와 함께 있었던 여자들 사이에서 겪은 위험과 곤욕을 이야기했다. 그가 길게 사설을 늘어놓기보다는 짧게 몇 마디 하는 걸로 보아 그의 점잖음이 그의 나이보다 앞서는 것을 알 수 있었다. 리꼬떼는 노를 저어 항해한 사람들과 개종자에게 후하게 돈을 지불해 사례했고, 개종자는 교회로 돌아가 다시 그리스도 교인이 되어 참회와 고행을 통해 썩은 교인에서 깨끗한 교인으로 다시 태어나게 되었다.

그로부터 이틀 동안 부왕은 돈 안또니오와 함께 어떻게 하면 안나 펠릭스와 그녀의 아버지가 에스빠냐에 남을 수 있을지를 두고 상의했다. 그렇게 신앙심이 깊은 딸과 보아하니 그토록 마음씨가 고운 그녀의 아버지를 에스빠냐에 남게 하는 데 별 어려운 점은 없을 것 같았기 때문이다. 돈 안또니오는 그 일을 상의하기 위해 관청에 가보겠다고 했고, 그곳에 가면 어쩔 수 없이 다른 일들이 생길 거라는 말을 했다. 거기는 선물 공세니 뒷배경을 동원해 많은 어려운 일도 곧잘 해결하는 곳이니까.

"아닙니다." 함께 있던 리꼬떼가 말했다. "그런 선물이니 배경을 믿고 희망을 가질 필요는 없습니다. 왜냐하면 저 위대한 돈 베르나르디노 데 벨라스꼬, 즉 쌀라사르 백작님에게 폐하께서 우리를 추방하는 임무를 맡기셨는데 그분에게는 선물이니 눈물이니, 약속이나 애걸이 통하지 않아요. 그분이 비록 법의 정의와 자비의 자를 함께 섞어 쓰시는 게 사실이지만 그는 우리 민족 전체 몸뚱이가 썩고 오염되었다고 보기 때문에 그 몸에는 병을 부드럽게 치유하는 연고보다는 불에 태우는 뜸 요법을 쓰는 게 낫다고 생각하거든요. 그분은 덕과 기지, 정성과 공포를 다 동원해 그의 강력한 어깨 위에 이 커다란 임무의 무게를 지고 제대로 실행에 옮기는 역할을 해냈지요. 우리의 온갖 노력이나 책략, 간청이나 사기가 백개 달린 그의 아르고스의 눈을 멀게 하거나 현혹할 수 없었지요.[1] 그는 우리들 중 누군가 숨겨진 뿌리가 되어 남아 있거나 잠복해 있을까봐 계속 경계를 늦추지 않고 있지요. 뿌리가 숨어 있으면 세월과 함께 나중에 싹이 트고 마침내는 독이 든 그 열매들을 에스빠냐에 퍼뜨릴 수가 있거든요. 우리들 중 많은 사람이 때로는 깨끗한 척, 때로는 겁도 공포도 없이 안에 간직하고 있던 뿌리 말이에요. 그 일을 이런 돈 베르나르디노 데 벨라스꼬 같은 분에게 맡긴 건 우리의 위대한

1 아르고스(Argos)는 그리스신화에서 감시자의 상징이다. 이 구절은 쌀라사르 백작에 대한 아부성 칭찬이다.

펠리뻬 3세[2] 황제 폐하의 영웅적 결정이시며 전에 들어보지 못한 위대한 덕이십니다!"

"그게 그렇다 해도 하나씩 하나씩 가능한 모든 노력을 다해보겠습니다. 그러고 나서 가장 좋을 대로 하시라고 하늘의 뜻에 맡겨야지요." 돈 안또니오가 말했다. "자식이 없어져서 서운해하실 부모님들의 아픔도 위로해드릴 겸 돈 그레고리오가 나와 함께 갈 겁니다. 안나 펠릭스는 우리 집에서 내 아내와 함께 있거나 수녀원에 머물도록 하면 되지요. 그리고 착한 리꼬떼 양반은 내가 어떻게 일을 처리하는지 알아볼 때까지는 부왕 나리께서 당신 집에 머물러주기를 바라실 거라 믿습니다."

부왕은 그가 제안한 모든 것에 동의했으나 돈 그레고리오는 일이 돌아가는 사정을 알아야 하고 무슨 일이 있어도 도냐 안나 펠릭스와 떨어져 있을 수도 없고 그러고 싶지도 않다고 했다. 하지만 부모님을 뵙고 싶은 마음도 있고, 또 곧 그녀를 찾으러 되돌아올 계획을 알려주자 이미 전한 합의 사항에 동의했고, 안나 펠릭스는 돈 안또니오의 부인과 함께 남고 리꼬떼는 부왕의 집에 머물기로 했다.

돈 안또니오가 떠날 날이 왔고, 돈 끼호떼와 싼초가 떠나는 날도 그날부터 이틀 뒤였는데 낙상 때문에 더 빨리 길을 나서지 못한 것이다. 안나 펠릭스와 돈 그레고리오가 작별할 때는 눈물과 한숨이 흘렀고 흐느낌 속에서 그대로 실신하는 듯했다. 리꼬떼는 돈 그레고리오에게 원하면 금화 1000에스꾸도를 주겠다고 했으나 그는 한 푼도 받지 않고 돈 안또니오가 빌려준 5에스꾸도만 받으면서 수도

<hr />

2 세르반떼스가 이 글을 쓸 당시의 에스빠냐 황제로, 해가 지지 않는 대에스빠냐 제국을 건립한 펠리뻬 2세의 아들이다.

에 가면 되돌려주겠다고 약속했다. 이리하여 두 사람은 떠났고 돈 끼호떼와 싼초는 이미 말했듯이 그뒤에 떠났다. 돈 끼호떼는 갑옷을 벗고 길 가는 나그네 차림이었고 싼초는 점박이가 갑옷과 무기를 싣고 가는 관계로 걸어서 갔다.

66장

읽는 사람은 보게 될 사건,
읽는 것을 듣는 사람은 듣게 될 사건에 대하여

바르셀로나에서 떠나올 때 돈 끼호떼는 고개를 돌려 자기가 떨어졌던 장소를 되돌아보고 이렇게 말했다.

"여기가 바로 처참한 트로이였구먼![1] 여기가 나의 비겁이 아니라 나의 불행이 내가 이룩한 영광을 앗아간 곳이구먼! 여기가 운명의 여신이 나를 여지없이 뒤치고 메친 곳이로다! 여기에서 내 공적이 어둡게 빛을 잃었고, 여기에서 내 행운이 다시는 절대 일어날 수 없도록 끝내 무너지고 말았구나!"

그 말을 듣자 싼초가 말했다.

"나리, 참으로 용감한 심장을 가진 자들은 번영할 때 즐거워할 줄 알 듯이 불행해지면 아픔을 느낄 줄 알지요. 이건 제가 스스로 생각하고 판단한 겁니다요. 제가 총독이었을 때도 즐거웠지만 발

---

1 베르길리우스의 『아이네이스』 III 10~11에 나오는 구절로, 원문은 'ubi Troia fuit……'이다. 그 위대한 전쟁의 폐허 트로이를 연상하고 있다.

로 걸어가는 기사 하인인 지금도 슬프지는 않네요. 제가 들은 바로는, 사람들이 보통 운명의 여신이라고 부르는 자는 변덕 많고 술 취한 여자인데다, 특히 무엇보다 눈이 멀었대요. 그래서 자기가 하는 짓도 못 보고 누구를 넘어뜨렸는지, 누구를 일으켜세웠는지도 모른단 말이지요."

"대단한 철학자가 되었네그려, 싼초." 돈 끼호떼가 대답했다. "아주 사려 깊은 말이야. 누가 자네에게 그런 걸 가르쳐주는지 모르겠구먼. 내가 자네에게 말할 수 있는 건 세상에 운수나 운명이라는 것은 없다는 걸세. 세상에 일어나는 일들이 좋은 것도 있고 나쁜 일도 있지만 특별히 하늘의 명이나 운명의 섭리로 오는 것들은 없다는 게야. 여기에서 우리가 늘 하는 말의 진실이 나오지, 사람은 누구나 자기 운명의 창조자라고, 내가 내 운명을 만든 사람이지. 하지만 거기에 필요한 덕이 부족해서 내 오만과 자만의 결과가 이토록 처참한 결과를 가져온 거야. 사실 '하얀 달의 기사'의 그 크고 강력한 말에 마르고 나약한 로신안떼가 버티지 못할 것을 생각했어야 하는 건데 결국 내가 만용을 부린 거야. 난 최선을 다했지, 결국엔 나를 무너뜨리고 명예는 잃었지만 내 약속을 지켰다는 미덕을 버릴 수도 없고 버리지 않았어. 내가 방랑기사로 용맹스럽고 용감한 기사였을 때 나는 내 손과 내 행동으로 내 행적과 공적을 믿도록 만들었지만, 지금은 도보로 걸어다니는 기사 하인이니만큼 내가 준 약속을 이행하면서 내 말을 믿게 만들어야겠어. 그러니 걷게나, 내 친구 싼초여. 우리는 일년 동안 고향에서 새로운 수련 기간을 갖게 되었구먼. 그렇게 은둔해 살며 새로운 능력을 회복하자고. 그래야 내가 결코 한번도 잊은 적이 없는 무도의 수행으로 다시 돌아가지 않겠는가."

"나리. 도보로 걸어가는 게 그렇게 즐거운 일만은 아니올시다. 저더러 이렇게 긴 여정을 가라고 자극하고 걷게 하면 좋지 않지요. 이 갑옷이나 무기 들은 나무 하나 찾아 거기 목매달고 죽은 놈 대신 걸어놓고 가도록 하지요. 그리고 저도 땅에서 발을 떼어 점박이 등을 좀 차지하고 가게 되면 나리께서 청하고 청하시는 대로 얼마든지 멀리 갈 수 있습니다. 발로 걸어서 먼 거리를 가야 한다는 것은 정말 생각하고 싶지도 않습니다."

"그 말이 맞구나, 싼초. 내 갑옷은 기념품으로 걸어놓도록 하고 그 밑이나 아니면 주변 나무에 롤랑의 갑옷 전리품에 쓴 글자를 새겨놓자꾸나.

> 아무도 이것들을 움직이지 말지니
> 롤랑과 한번 시합을
> 붙을 생각이 없는 자라면.[2]"

"제 생각에도 정말 잘 들어맞는 말 같아요. 길 가다가 우리에게 앞으로 필요할 일만 아니라면 로신안떼도 그냥 여기 매달아놓고 갔으면 좋겠네요."

돈 끼호떼가 말을 받았다. "로신안떼도 갑옷도 여기 매달아놓고 가는 건 내가 싫어! 그 훌륭한 봉사의 댓가가 그런 배은망덕이었다고 소문이 나면 안되지!"

"말씀 한번 잘하셨습니다, 나리." 싼초가 대답했다. "점잖은 어른들의 의견으로는 당나귀의 잘못을 안장의 잘못으로 돌리지 말라

---

2 사실은 아리오스또의 『성난 오를란도』에 나오는 구절이다.

는 말이 있지요. 그리 보면 이번 사건에 관한 한 잘못은 나리의 잘못입니다. 그러니 나리께서 스스로를 벌주고 문책하십시오. 자기가 화난다고 이미 다 부서지고 피투성이가 된 갑옷이나 느림보 로신안떼에게다 분통 터뜨리지는 마시구요. 아니면 정당하게 보통걸음으로 가는 걸음을 그 이상 더 빨리 가라고 연약한 내 발에다화내지는 마시라 이 말입니다."

그날은 온종일 이런 이야기 저런 대화로 보냈고 심지어 그다음 나흘 동안에도 가는 길을 방해할 만한 아무런 사건도 일어나지 않았다. 닷새째 되던 날 한 마을 입구에 있는 주막집 문 앞에서 많은 사람을 발견했다. 그날이 휴일이라 다들 거기에서 놀고 있었는데 돈 끼호떼가 그들 가까이 다가가자 한 농부가 목청을 높여 말했다.

"여기 오는 이 두분은 우리가 내기한 양쪽 편을 모르니 두분 중 누군가는 우리가 내기에서 어떻게 해야 하는지를 말해줄 수 있을 거구먼."

"그럼요, 말해주고말고요." 돈 끼호떼가 대답했다. "내 능력으로 알아낼 수 있는 내기 문제라면 가장 올바른 답을 알려드리지요."

"그러니까 사건이 이렇습죠." 농부가 말했다. "점잖으신 양반, 이 마을의 한 주민이 아주 뚱뚱해서 11아로바[3]가 나가는데, 그자가 다른 이웃 사람인 5아로바밖에 안 나가는 자에게 달리기 시합을 하자고 붙은 겁니다. 경기 조건은 같은 체중으로 백보 거리를 경주하는 거였지요. 시합을 하자고 하는 사람에게 체중을 어떻게 공평하게 같게 하냐고 물으니 시합에 응하는 5아로바밖에 안 나가는

---

[3] 고장에 따라 약간 차이가 있으나 돈 끼호떼가 가까이 있으리라 추정되는 아라곤 지방에서는 1아로바가 12.5킬로그램이다. 11아로바는 계산하면 137.5킬로그램이 된다.

그 사람에게 6아로바의 쇠뭉치를 짊어지고 뛰라는 거예요. 그래야 뚱뚱한 사람의 11아로바와 마른 사람의 11아로바가 같아질 거라는 것입니다."

"그건 안되지요." 이때 돈 끼호떼가 미처 대답하기도 전에 싼초가 말을 받았다. "세상 사람들이 다 알듯이 얼마 전까지 총독과 재판관 노릇을 하고 온 나로서는, 모든 소송에서 이런 의문을 파헤치고 의견을 내놓는 데는 내가 적합할 것 같습니다."

"그럼 어서 대답해주게나. 내 친구 싼초, 난 지금 정신이 혼미하고 헷갈리는 상태라서 이것저것 생각할 겨를이 없으니.[4]"

허락을 받은 싼초는 농부들에게 말을 해주기로 했고, 수많은 농부가 싼초를 에워싼 채 다들 입을 벌리고 그의 대답과 선고를 기다리고 있었다.

"형제들이여, 그 뚱뚱한 자가 요청한 것은 말도 안되는 소리이며 어떤 공정성도 보이지 않소. 이유인즉 보통 시합을 받아들인 자가 무기를 선택할 수 있다고 하는 게 맞는 말이라면 시합을 거는 자가 먼저 무기를 고름으로써 상대가 승리할 수 있는 기회를 막거나 방해해서는 옳지 않지요. 그래서 내 의견에는 그 뚱뚱한 도전자가 가지치기를 하든지 껍질을 벗기든지 솎아내든지 쪼아대든지 고치든지 하여 자기한테 가장 좋고 합당하다고 생각하는 방식으로 자기 몸뚱이의 여기저기에서 살 11아로바를 빼내면 결국 무게가 5아로바밖에 남지 않을 테니 상대의 5아로바와 체중이 같아질 테고 딱 맞게 될 것이며, 그렇게 되면 둘이 동등하게 달릴 수 있을 겁니다."[5]

---

4 '고양이에게 빵 조각 주고 있을 겨를이 없으니'라고 원문대로 옮길 수도 있지만 그들은 당시에 늘 하던 말일지라도 오늘 우리에겐 다소 낯설어 바꾸어보았다.
5 이 이야기는 멜초르 데 싼따 끄루스(Melchor de Santa Cruz)의 『에스빠냐 일화 선

"아이구야!" 싼초의 선고를 들은 한 농부가 말했다. "이분은 무슨 성직자처럼 말씀하시고 무슨 법사 신부처럼 선고를 내리시네요! 그렇지만 저 뚱뚱한 친구는 틀림없이 단 1온스도 자기 살을 떼내려 하지 않을 텐데, 더군다나 6아로바는 어림도 없지요."

"가장 좋은 방법은 달리기를 안하면 되지." 다른 사람이 말을 받았다. "그래야 마른 친구도 무거운 짐 때문에 녹초가 될 일은 없을 테고 뚱뚱한 친구도 살을 발라내지 않아도 되니까. 내기에 건 돈 절반은 술값으로 내놓아, 그리고 이분들도 우리가 제일 비싼 술집으로 모시고 가고. 그리고 나로서는, 비 올 때 비옷이나 주든지……"

돈 끼호떼가 대답했다. "여러분, 여러분의 호의는 감사하지만 난지금 한순간도 지체할 수가 없습니다. 슬픈 사건과 복잡한 생각 때문에 내가 예의를 차릴 수 없는 실정이지요. 그래서 다른 때보다 좀더 빨리 가야 합니다."

이렇게 말하고 로신안떼에게 박차를 가해 앞으로 나아갔는데, 농부들은 그의 이상한 모습과 그들 판단으로는 대단히 사려 깊다고 생각되는 싼초라는 하인의 말이나 행동을 보았기에 그저 감탄할 뿐이었다. 농부들 중 다른 사람 하나가 말했다.

"하인이 저렇게 사려가 깊은데 그 주인은 어느정도겠어! 저 사람들이 쌀라망까 대학에 공부하러 가면 눈 깜짝할 사이에 형사재판관이 되어 나올 거야. 하기야 공부하고 더 공부해도 백이 있고 운이 있지 않으면 모든 게 장난이지. 생각지도 않을 때, 사람이 손에 지휘봉을 들거나 머리에 관을 쓰고 나타나거든."

집』(*Floresta española*, 1576) 4장 8편 등 여러군데 나오는 일화이다.

그날 밤 주인과 하인은 툭 터진 하늘 아래 들판 한가운데서 하룻 밤을 지냈고, 다음 날 길을 계속 가는데 그들을 향해 한 남자가 다 가오는 것을 보았다. 목에 배낭을 멘 채 손에는 조그만 창인지 채 찍인지를 들고 걸어오고 있었는데 그 모습이 전형적인 걸어다니는 우편배달부였다. 그는 돈 끼호떼 가까이 다가오자 한 발자국 반을 앞서 달려 그에게 와서는 오른쪽 넓적다리를 껴안았는데 그의 키 가 그 이상 미치지 못했던 것이다. 그는 대단히 기쁜 표정으로 돈 끼호떼에게 말했다.

"아이구, 우리 라 만차의 돈 끼호떼 나리님! 우리 공작 나리께서 돈 끼호떼 나리가 당신 성으로 다시 돌아온다는 것을 아시면 얼마 나 기뻐하실까요! 우리 주인님은 아직도 공작 부인님과 함께 그 성 에 계시거든요!"

"난 그대를 알지 못하오, 친구." 돈 끼호떼가 대답했다. "그대가 말을 하지 않으면 난 그대가 누군 줄 모르겠소."

"돈 끼호떼 나리, 소인은 우리 주인 공작 나리의 마부 또실로스 올시다. 도냐 로드리게스의 딸 결혼 문제로 나리와의 결투에서 싸 우지 않겠다고 한 사람이 바로 저올시다."

"아이구, 저런! 세상에, 그대가 내 적들인 마법사들이 그대 말대 로 마부로 둔갑시킨 그 사람이란 말인가? 그 결투에서 나를 속이고 승리의 명예를 앗아가려고 말이지?"

"말씀도 마세요, 착한 어르신." 우체부가 말을 받았다. "마법도 없었고 얼굴 바뀐 것도 전혀 없었어요. 말뚝 친 결투 장소에 들어 갈 때도 마부 또실로스였고 거기서 나올 때도 마부 또실로스였어 요. 그 처자가 참 좋아 보여서 전 싸움을 안 하고 결혼을 할 생각이 었지요. 그러나 제 생각과는 정반대로 일이 돌아가서 나리가 우리

성을 떠나시자마자 주인이신 우리 공작님께서 제게 곤장 백대를 치게 하셨어요. 결투를 하기 전 제게 내리신 명령을 거역했기 때문이죠. 결국 그녀는 수녀가 되었고, 도냐 로드리게스는 까스띠야로 돌아갔으며 전 우리 주인께서 바르셀로나의 부왕께 보내는 편지 한통을 가지고 그리로 가는 중입니다. 만일 나리께서 한잔 원하시면, 여기 비싼 걸로 가득 채운 바가지 술통 하나가 있어요. 뜨거워졌지만 맛은 순수하거든요. 맛있는 뜨론촌 치즈 조각이 몇개 들어 있지요. 혹시 잠이 오거나 하시면 잠 깨우는 약이나 안주로 좋을 겁니다."

"주는 건 기꺼이 받아들여야지요." 싼초가 말했다. "친절하게 내놓을 건 다 내놓으세요. 인도에 많다는 그 마법사들에겐 서운하고 안된 일이지만, 착한 또실로스가 술을 따르라고 하지요."

"결국 싼초 자네는 세상에서 제일 무식쟁이이고 제일 식충이야. 자네는 이 배달부가 마법에 걸려 있으며 이 또실로스가 가짜라는 사실을 끝내 모르고 있으니 말이야. 자네는 이 사람과 함께 남아 배 터지게 먹게. 난 자네가 오길 기다리면서 천천히 앞서가겠네."

마부가 웃고는 바가지 술통을 꺼내고 배낭에서 치즈 조각과 작은 빵 하나를 꺼내고는 싼초와 파란 풀밭 위에 앉았다. 그렇게 좋은 친구와 평화롭게 배낭에 가지고 온 모든 음식을 다 처리하고 바닥을 보았다. 어찌나 맛있었는지 편지통까지 핥아 먹었는데 거기에서 치즈 냄새가 났기 때문이다. 또실로스는 싼초에게 말했다.

"자네 주인은 틀림없이 미치광이가 되려고 작정했나봐."[6]

---

6 '~해야 한다'라는 뜻의 'deber'의 동사변화형 'debe'가 '빚'이라는 뜻을 가지고 있음을 이용한 세르반떼스의 말놀이가 다시 나온다. 여기서는 '작정'이라는 소리를 가지고 우리식 말놀이로 옮겨보았다.

"무슨 작정?" 싼초가 대답했다. "아직 아무에게도 아무런 작정도 내리지 않았는데. 모든 건 다 지불하기로 작정했고, 특히 미치광이라고 하면 돈을 다 주기로 작정했어. 난 그게 잘한 거라고 보고 나리에게 그런 말도 하지. 하지만 무슨 소용이야? 더구나 지금은 다 끝장나서 가는 건데, '하얀 달의 기사'에게 졌거든."

또실로스는 돈 끼호떼에게 무슨 일이 일어났는지 다 이야기하라고 했으나 싼초는 자기 주인님을 기다리게 하는 건 예의가 아니라고 대답했다. 다음에 다시 만나면 그 이야기를 할 기회가 있을 거라고 하고서 겉옷을 턴 뒤 수염에 묻은 빵가루를 훔치고 점박이를 앞세우고 '잘 가게!'라고 인사하며 헤어졌다. 그런 다음 자기 주인을 쫓아가니 주인은 나무 그늘에서 그를 기다리고 있었다.

67장

돈 끼호떼가 약속한 일년 동안 시골 생활을 하며 목동이 되겠다고 결심하는 것과 정말 근사하고 재미있는 다른 사건들에 대한 이야기

결투에서 패배를 당하기 전에도 수많은 생각이 돈 끼호떼를 힘들게 했지만 패배하고 난 뒤엔 더 많은 생각이 그를 괴롭혔다. 이미 말했듯이 나무 그늘에 앉아 있는데, 벌꿀에 달려드는 파리 떼처럼 여러 생각이 달려들어 못살게 쪼아댔다. 어떤 생각은 둘시네아를 마법에서 풀려나게 하는 것이었고, 또다른 생각은 억지로 은퇴해 살면서 해야 될 생활에 관한 것이었다. 싼초가 다가와 마부 또실로스의 관대한 성격을 칭찬했다.

"세상에, 아이구, 이 싼초야! 아직도 자네는 그 친구가 진짜 마부라고 생각하는 거야? 자넨 둘시네아가 농부로 변해 둔갑한 모습을 본 것을 다 잊은 모양이구먼. 그리고 '거울의 기사'가 싼손 까라스꼬로 둔갑한 것도 다 잊었고, 그게 다 나를 쫓아다니는 마법사들의 조작이라는 것도 모르고…… 하지만 말해봐, 자네는 자네가 또실로스라고 부르는 그 친구한테 하느님께서 나의 알띠시도라를 어찌

했는가는 물어보았는가? 내 앞에서 그토록 그녀를 고민하게 한 사랑의 생각들을 망각의 손에 넘겨보냈는지, 아니면 내가 없어서 많이 울었는지?"

"그럴 겨를이 없었지요. 제가 그런 바보 같은 질문을 할 시간이 없었어요. 정말이지, 나리! 나리께서는 지금 남의 생각을, 특히 남의 사랑 마음을 탐문할 만한 그런 상황에 있다고 보시는 거예요?"

"이보게, 싼초." 돈 끼호떼가 말했다. "감사해서 하는 행동과 사랑 때문에 하는 행동 사이에는 많은 차이가 있는 법이야. 기사가 사랑을 느끼지 않을 수는 있으나 가장 엄밀히 말하자면 감사할 줄 모르는 마음을 가져서는 안되는 거야. 내가 보기에 알띠시도라는 나를 참 사랑했던 것 같아. 자네도 알듯이 나에게 머릿수건 세개를 주었고, 내가 떠날 때 울었고 욕을 하고 나를 비방했어. 부끄러움을 무릅쓰고 사람들 앞에서 사랑의 아픔을 호소했어. 이 모든 게 나를 사랑했다는 증거지. 연인들의 분노는 늘 그렇듯이 이렇게 저주로 끝나기도 하는 법이야. 난 그녀에게 줄 수 있는 희망이 없었고 그녀에게 줄 수 있는 보물도 없었지. 내 모든 것은 나의 둘시네아에게 다 바쳤으니까. 그리고 방랑기사들의 보물들이란 귀신 붙은 재물처럼 사라지는 것들이라서 겉으로는 보물 같지만 거짓들이지. 내가 그녀에게 줄 수 있는 건 내가 그녀에게 한, 어떤 피해도 입히지 않을 언약뿐이야. 하지만 둘시네아에게 내가 한 약속은 자네가 그 육신을 고통스럽게 하고 매를 맞겠다는 약속을 자꾸 피함으로써 그녀를 모독하고 있는 거야. 그 불쌍한 아씨를 구제하기 위함보다는 차라리 구더기의 밥으로 보관하겠다는 그 육신이 언젠가 늑대밥이 되는 꼴을 내 보고 싶을 지경이야."

"나리, 사실을 말씀드리면요, 제 엉덩이에 매 맞는 거하고 마법

걸린 사람들 마법 푸는 것하고 무슨 상관이 있는지 저는 이해가 안 가거든요. 그런 일은 마치 우리가 '너희들 머리 아프면 무릎에 기름을 발라'라고 충고하는 격이지요. 적어도 제가 맹세코 말씀드리자면요, 나리께서 읽은 방랑기사들에 대한 모든 이야기 중에 매 맞아서 마법에서 풀려났던 일은 한번도 못 보셨을 거라는 겁니다. 하지만 혹시 어떨지 모르니까, 제가 마음 내킬 때 매를 맞긴 맞겠습니다, 제가 매를 맞고 있을 만큼 편안한 세월이 오면 말이지요."

"제발 그럴 때가 있기를 바란다. 하늘이 자네에게 은총을 내려 제발 자네가 그걸 알아차렸으면 해. 내 아씨는 자네 아씨이기도 해, 자네가 내 사람이니까. 따라서 내 아씨를 도와야 하는 건 자네에게도 해당되는 의무인 거야."

이런 대화를 하면서 길을 가고 있는데, 그때 그들은 전에 투우들에게 짓밟힌 그 장소에 당도했다. 돈 끼호떼가 그곳을 알아보고 싼초에게 말했다.

"여기가 그 용감한 목동 아가씨들과 멋진 목동들을 우연히 만난 그 초원이구먼. 이 초원에서 목동들은 목가 천국 아르까디아를 모방하고 새로운 삶을 살겠다고 했지. 참으로 사려 깊고 참신한 생각이었어. 오, 싼초여, 진짜 자네가 좋다고 하면, 그들을 모방해서 우리가 목동이 되면 참 좋겠구먼. 적어도 내가 은퇴해 지내야 하는 기간 동안만이라도 말이야. 양 몇마리를 사고 또 목장 생활에 필요한 다른 것들도 다 마련해야지. 그리고 내 이름은 목동 '끼호띠스'라고 하고 자네는 목동 '빤시노'라고 하고, 우리는 산과 밀림, 그리고 초원을 돌아다니겠지. 여기서는 즐거운 노래, 저기서는 슬픈 노래를 부르며 맑은 샘물의 그 액체 수정을 마시거나, 아니면 맑은 시냇물, 이도 아니면 풍성한 강물을 마셔도 좋지. 도토리나무나 개암나무들은 무척 맛있는 열매를 걸친 아주 풍성한 손으로 우리를 맞을 테고, 매우 단단한 코르크나무들은 우리에게 자리를, 버드나무들은 그늘을, 장미는 그 향기를, 넓게 펼쳐진 초원은 수천가지 색깔을 가미한 융단을 펴고 우리를 맞이하겠지. 맑고 순연한 대기는 숨쉴 공기를 주고, 어두운 밤에는 달과 별들이 빛을 비추고, 노래는 즐거움을, 웃음은 슬픔을, 아폴론 신은 시구를, 사랑은 영감을 주어 우리는 이것들로 현세에서뿐만 아니라 앞으로 오는 세대에서까지도 유명하고 영원한 사람이 될 거야."[1]

"아이구야, 그런 종류의 삶이라면 저에게 딱 들어맞는 아주 최상의 생활이구먼요. 더구나 쌴손 까라스꼬 학사나 이발사 니꼴라스 선생도 그런 생활은 본 적이 없을 거구만요. 그분들이 그런 생활을 하겠다고, 우리와 함께 목동이 되겠다고 따라나설 거구만요. 그리고 참말이지, 우리 신부님까지도 우리 양 떼가 머무는 움막에 들어오실 마음이 생길걸요, 워낙 즐거우신 분이고 한가히 노는 걸 좋아하시니까요."

"자네 말이 정말 딱 맞네. 그러면 쌴손 까라스꼬 학사는 목동 동아리에 들어오면, 반드시 들어올 테니, 이름을 '쌴소니노' 아니면 목동 '까라스꼰'이라고 하면 되겠구먼. 이발사 니꼴라스는 '미꿀로소'[2]라고 부르면 되겠군, 이미 옛 보스깐을 '네모로소'로 불렀듯이 말이야.[3] 신부에겐 무슨 이름을 붙여야 좋을지 모르겠구먼. 그

---

1 이런 묘사는 목가소설에 나오는 전형적인 아름다운 풍경을 연상시키는데, 여기서는 약간의 과장을 통해 아이러니한 냄새를 풍긴다.
2 니꼴라스(Nicolás), 미꼴라스(Micolás), 미꿀라스(Miculás), 메꿀라스(Meculás) 등은 시골 사람들이 늘 혼동해서 부르는 이름들이었다. 여기에서 '미꿀로소'(Miculoso)라는 이름이 만들어진 것이다.
3 르네상스 시인 보스깐(Boscán)을 지칭한다는 네모로소(Nemoroso)라는 목동 이

분 이름에서 비롯된 별명이 아닌 것으로, 그냥 신부니까 '신부암브로'[4]라고 할까? 우리가 연인으로 모셔야 할 목동 아가씨들은 좋은 이름들 중에서 제일 좋은 것으로 고를 수 있을 거야. 먼저 나의 귀부인 아씨 이름은 공주 이름에도 맞고 목동 이름에도 맞으니 구태여 더 좋은 다른 이름을 찾아 쓸데없이 고생하지 않아도 돼. 싼초 자네는 자네 연인 이름을 마음대로 붙여보도록 하게나."

"저는 '떼레소나'라는 이름 말고 다른 이름을 붙일 생각이 없어요. 원래 자기 이름도 떼레사라고 부르니, 그녀의 뚱뚱한 체격에 이이름이 잘 맞을 겁니다. 더구나 제가 시를 써서 그녀를 칭송하고 제 순수한 사랑과 소망을 그녀에게 밝히게 되겠지요, 뭐. 저는 남들 집에 가서 더 좋은 밀과 빵을 찾아다니는 성격은 아니니까요. 신부님께서는 좋은 모범을 보이셔야 하니 목동 아가씨를 가져서는 안되겠지요, 학사께서 그런 아가씨를 가지고 싶다면 그건 자기 맘이지만."

"얼씨구나! 정말로 멋진 인생을 살겠구나, 싼초 이 친구야! 우리 귀에 얼마나 멋진 피리 소리가 들릴까! 얼마나 멋진 사모라의 뿔

름은 당시의 대시인이며 보스깐의 친구인 가르실라소 데 라 베가의 걸작 「목가 1」에 나오는 두 목동 중 한 사람의 이름이다. 그중 한 사람인 쌀리시오(Salicio)는 시인 자신의 이름인 가르실라소의 철자를 바꾸어 만드는 방법(anagrama)으로 만든 이름이고, 그의 상대 목동은 당연히 시인의 절친한 친구 보스깐이라 추정하여, 네모로소의 '네무스'가 숲(bosque)이니까 보스깐을 지칭하려고 지어낸 이름일 것이라는 해석이 엘 브로센세(El Brocense)가 1574년판 가르실라소의 시 주석에서 밝힌 바이다. 오늘날 많은 연구자들은 두 목동 다 여러 다른 상황에서 가르실라소 자신의 사랑의 감정을 대변하는 인물로 본다.

4 원문에서는 신부(cura)의 직업을 따서 일부러 이상야릇한 '꾸리암브로' (Curiambro)란 이름으로 명명했는데 어느 것이든 이상하기는 마찬가지여서 역자는 우리 이름으로 만들어넣었다.

나팔 소리가 들릴까! 그 멋진 북소리들, 탬버린 소리, 삼현금 소리들…… 이렇게 다른 음악 소리에다 작은 '알보게'albogue라는 썸벌즈 소리가 나면 정말 어떻겠느냐! 거기엔 목동들의 모든 악기가 다 선보이겠지."

"뭐가 '알보게'인데요?" 쌴초가 물었다. "전 평생에 그런 이름은 듣지도 보지도 못했는데요."

"'알보게'라고 하는 건 놋쇠 촛대같이 생긴 놋쇠판으로, 그 속의 비고 팬 곳으로 서로 두들기면 그리 조화롭고 듣기 좋은 소리는 아니지만 상당히 나쁘지 않은 소리가 난다고. 그 소리는 시골 냄새가 풍기는 북소리나 뿔나팔 소리와 잘 어울리지. 그리고 이 '알보게'란 이름은 무어족 말인데, 우리 에스빠냐의 '알'(al) 자로 시작되는 모든 말처럼 그쪽에서 온 것들이지. 예를 들어 알아야 할 말들이 '알모하사'almohaza(철제 말빗) '알모르사르'almorzar(점심 먹다) '알옴브라'alhombra(융단) '알구아실'alguacil(순경) '알우세마'alhucema(라벤더, 라벤더 향기) '알마센'almacén(창고) '알깐시아'alcancía(저금통)나 다른 그 비슷한 말들이 많이 있을 거야. 그리고 우리말에 무어족 말은 단 세개가 있는데 그것은 '이'(i)로 끝나는 말들로 '보르세구이'borceguí(무어족의 가죽장화) '사끼사미'zaquizamí(무어족의 다락방) '마라베디'maravedí(에스빠냐 화폐 단위)가 있지. '알헬리'Alhelí(비단향꽃무)와 '알파끼'alfaquí(이슬람 법학박사)라는 말은 처음에 '알'자로 시작해서 '이'자로 끝나니 아랍어에서 온 말로 알려져 있는 것들이지.[5] 자네에게 이런 말을 한 것은 자네가 '알보게'란 말을 언급했기 때문에 기억에 떠오르는 대

[5] 언어학자들의 연구에 따르면 여기서 돈 끼호떼가 예로 든 단어들이 어원상 정확한 것은 아니다. 그러나 당시 알려진 상식으로는 충분히 신빙성이 있는 것으로, 돈 끼호떼가 자신의 유식함을 자랑하는 대목이라 할 수 있다.

로 생각난 김에 말한 것뿐이야. 내 생각엔 이런 연습을 완벽하게 해두는 게 우리에게 무척 많은 도움이 될 거야. 자네도 알듯이 내게 약간 시인 기질이 있잖아. 그리고 쌈손 까라스꼬 학사 또한 시인으로서는 최고지. 신부님에 대해선 난 할 말이 없어. 하지만 모르긴 몰라도 그분도 틀림없이 시인으로서 갖출 건 다 갖춘 분이실 거야. 또 이발사 니꼴라스 또한 시인 자질이 있다는 건 의심할 나위가 없어. 이발사들은 전부 아니면 대부분 기타 잘 치고 노래 잘 짓는 사람들이거든. 난 사랑의 그리움을 아파할 거야, 자넨 꿋꿋한 연인으로서의 자네 마음을 노래하게. 목동 까라스꼰은 사랑에 버림받은 아픔을 노래하고 신부 목동 신부암브로는 자기가 제일 마음에 드는 소재를 택하면 되겠지. 이렇게 일이 돌아가면 더이상 바랄 게 없는 생활이 될 거야."

그 말에 쌴초가 대답했다.

"나리, 소인은 참 운이 없어서 제가 목동 수련을 하게 될 날이 오지 않을 것 같은 불안감이 드네요. 제가 목동이 된다고 하면, 아이구, 제 숟가락들은 얼마나 말끔하고 깨끗하게 될까요! 빵 부스러기며 크림이며 화관이며 목동 생활의 자잘한 물건들만 잔뜩 많아질 거고, 비록 사려 깊은 양반 명성은 못 얻는다 할지라도 기발한 사람이라는 소리는 듣겠지요! 우리 딸 쌴치까가 가축 떼가 있는 곳으로 우리가 먹을 음식을 가져오겠지요. 하지만, 아차! 우리 딸이 예쁘게 잘생겼는데, 목동들 중엔 소박한 아이들보다 짓궂은 아이들이 더 많으니 양털 벗기러 갔다가 자기 털 홀라당 깎이고 와서는 안되지. 또한 사랑이나 좋지 못한 욕정이 도시에만 있는 게 아니라 들에도 돌아다니며, 왕들의 궁중에 있는 게 목동들의 움막에도 숨어 있는 법이지요. 원인을 없애야 범죄가 없어지지. 눈으로 안 보면 마음 찢어지는 아픔도 안 생기고, 좋은 사람들의 간청에 기대하기보다는 제 발로 덤불을 뛰어 달아나는 게 낫지.”

“속담들 좀 그만 들게, 싼초.” 돈 끼호떼가 말했다. “자네가 말한 속담 중 어느 하나만 들어도 자네 생각을 이해하는 데는 충분하네. 내가 수없이 자네에게 충고했잖아, 속담을 지나치게 낭비하지 말라고, 그렇게 주워섬기다간 실수할 수 있다고. 내 생각에 그런 짓은 사막에서 설교하는 거고, 쇠귀에 경 읽기고,[6] 어머니야 나를 때리건 말건 나는 엄마를 가지고 논다 이거지.”

“제 생각엔요, 똥 묻은 개가 재 묻은 개 나무란다고, 나리께서 꼭 그런 분 같아요. 냄비가 가마솥에게 ‘저리 비켜 이 까만 눈깔아’ 그랬다지요? 제게 속담하지 말라고 나무라시면서도 나리께서야말로 속담을 둘씩 둘씩 끼워넣고 계시잖아요.”

“이봐, 싼초, 난 속담들을 사리에 맞게 끌어오잖아. 그래서 속담을 끌어대면 손가락의 반지처럼 딱 맞잖아. 그런데 자네는 속담을 도나캐나 머리채로 질질 끌고 온단 말이야, 그것들을 제대로 말에 맞도록 인도하지도 않고…… 내 기억이 맞다면 내가 전에도 말했지, 속담이란 우리 옛 현자들의 경험이나 사색에서 나온 짧은 격언이라고. 그러니 사리에 맞지 않게 끌어오는 속담은 격언이라기보다 엉터리 잔소리지. 그러나 이런 이야기는 그만두자고. 벌써 밤이 오니까 이 큰길에서 약간 떨어진 곳으로 피하자꾸나, 거기에서 이 밤을 지내야 하니까. 또 내일 일을 누가 알겠어.”

그들은 길에서 벗어난 곳에서 저녁을 먹었는데, 싼초는 마음에 들지 않는 형편없는 음식을 그것도 천천히 먹었다. 그는 밀림이나

6 에스빠냐 속담을 직역하면 맛도 없고 뜻도 잘 통하지 않아서 비슷한 우리 속담을 곁들여 의역하여 맛을 살렸다.

산중에서 생활하는 방랑기사들은 정말 힘들고 궁핍하다는 생각이 들었다. 돈 디에고 데 미란다의 집이나 성에서 보여준 그 풍족한 생활, 부자 까마초의 결혼식이나 돈 안또니오 모레노의 성에서의 생활과는 어쩌면 비교가 안되는 삶이었다. 그러나 항상 낮일 수도 없고 또 항상 밤일 수도 없다는 생각을 했다. 그리하여 그날 밤 그는 잠을 자며 지냈고, 주인은 눈을 뜨고 밤을 지새웠다.

68장

돈 끼호떼에게 일어난 돼지 같은 모험에 대하여

비록 달은 하늘에 떠 있었지만 약간 어두운 밤이었으나 눈이 미치는 데는 그다지 어둡지 않았다. 어쩌면 달의 여신 디아나 아씨께서 지구 정반대 쪽으로 산책을 떠나시고 산들은 어둠 속에, 골짜기 또한 어둠 속에 놓아두었는지 몰랐다. 돈 끼호떼는 자연의 생리에 따라 첫잠을 한숨 잤으나 다음 잠은 잘 오지 않았다. 싼초는 정반대였으니 그는 한번도 두번째 잠을 자본 적이 없었기 때문이다. 싼초의 잠은 늘 초저녁부터 아침까지 계속 자는 거였기 때문인데 이는 싼초가 체격이 좋을뿐더러 항상 걱정이 없다는 걸 보여주는 증거였다. 돈 끼호떼는 걱정이 많아 늘 잠에 들 수가 없었는데, 마침내 싼초를 깨워 말했다.

"난 정말 놀랐네, 싼초. 천하태평인 자네 성격에 말이야. 내 생각에 자넨 대리석이나 딱딱한 청동으로 만들어졌나봐. 어떤 움직임이나 감정에도 꿈쩍 않는 그런 거 말이야. 자네가 잠을 자면 난 눈을 뜨고 지키고, 자네가 노래하면 난 울고, 자네가 배 터지게 먹어 숨도 못 쉬고 게으름 피우고 있을 때 난 굶어서 기절하고 말 걸세. 착한 하인은 겉으로 보는 사람들에게 좋게 보이기 위해서라도 자기 주인과 고통을 함께하고 주인과 느낌을 함께 느낀다고 하더구먼. 이 밤의 이 고요를 느껴봐, 우리가 있는 이곳의 이 호젓함을 느껴보라고. 우리의 꿈속에서까지 어쩌면 한번쯤 눈 뜨고 앉아 있고 싶은 생각을 불러일으키지 않나. 일어나게 제발, 그리고 여기서 좀 떨어진 곳에 가서 스스로 매를 좀 때리게. 참으로 용기를 내어 감사하는 마음으로 성심껏 스스로 삼백대나 사백대쯤 말이야. 둘시네아를 마법에서 풀려나게 하기 위해 미리 맞는 매질이지. 이게 내가 자네에게 충심으로 애원하는 바네. 난 지난번처럼 자네와 부둥켜안고 싸우고 싶지는 않아, 자네 팔이 흉악스러운 걸 아니까. 자네가 매를 맞고 나면 남은 밤을 우리 노래하면서 지내자고. 난 나의 그리움을 노래하고 자넨 자네의 굳은 마음을 노래하게나. 지금부터 우리 마을로 돌아가서 누릴 목동 생활의 연습을 시작해야지."

"나리, 소인은 성직자가 아니올시다. 한참 잠을 자다 일어나 수련해야 하다니요. 더구나 매를 맞고 극도로 고통스러운 상태에서 음악을 하고픈 상태로 넘어간다는 건 제 생각에는 말도 안되는 소리 같습니다. 나리, 전 그냥 자게 내버려두시고요, 제가 매 맞는 일은 너무 보채지 마세요. 맹세코 말씀드리지만 제 육신은 말할 것도 없으려니와 제 겉옷의 털끝 하나도 누구도 절대 만지지 못하게 할 테니까요."

"아이고, 이 무정한 영혼아! 어이구, 이 인정머리 없는 하인아! 지금까지 처먹인 게, 어이구, 다 허사였구나! 자네에게 베풀고 베풀려고 한 모든 은혜가 하나도 소용이 없어! 내 덕에 자네가 총독이 되었고, 내 덕에 자네가 곧 백작이나 아니면 그와 동등한 작위를 얻을 희망이 코앞에 있는데, 그 희망이 이루어질 날이 얼마 남지 않았는데, 아무리 늦어도 올해가 가기 전에 이루어질 것인데, 나는 '고진감래'라 어둠 뒤의 빛을 기다리고 있는데……[1]"

"그게 무슨 말인지 저는 모르겠네요." 싼초가 말을 받았다. "제가 아는 것은요, 제가 잠자는 동안은 두려움도 희망도 수고로움도 영광도 없다는 겁니다. 모든 인간의 생각들을 덮는 잠이라는 막을 발명한 자여, 복 받을지어다. 잠은 배고픔을 없애는 가장 맛있는 음식이요, 목마름을 쫓아내는 물이며, 추위를 막아주는 불이며, 열을 가라앉히는 차가움, 끝으로 목동이나 바보나 식자나 다 똑같이 똑같은 저울과 무게로 달아서 무엇이든 살 수 있는 일반 공통 화폐니까요. 제가 들은 바에 따르면 잠은 한가지 나쁜 점이 있다는데, 그건 잠이 죽음을 닮았다는 거랍니다. 죽은 자와 잠든 자는 거의 차이가 없어 보인다니까요.

"싼초, 난 한번도 자네 말이 지금처럼 그렇게 아름답고 고상한 것을 들어본 적이 없네. 이걸로 보면 자네가 가끔 써먹는 속담, '누구에게서 태어났느냐가 아니라 누구와 먹고사느냐'가 중요하다는 말이 진실인 걸 알겠구먼."

"하느님 맙소사." 싼초가 말을 받았다. "우리 주인 나리님! 이제는 저만 속담을 주워섬기는 사람이 아니라 바로 나리 입에서도 저보다 더 심하게 둘씩 둘씩 속담들이 쏟아집니다요. 다름이 아니라 제가 하는 속담과 나리의 속담 사이에는 이런 차이가 있는 것 같습

---

1 원문의 'post tenebras spero lucem'란 「욥기」 17장 12절에 나오는 구절이다. 이 구절은 또한 『돈 끼호떼』의 1605년 초판본 표지 문장에 나온 글이기도 하다. 라틴어로 쓰인 글이라 사자성어를 넣어 맛을 살렸다.

니다. 나리의 속담은 제때 맞춰 나오고 제 속담은 때아니게 터져나 온다는 건데, 결국 이거나 저거나 그게 다 속담 아닙니까?"

이러고 있을 때, 귀가 먹도록 소란스럽고 시끄러운 소리가 그곳의 모든 골짜기로 울려퍼졌다. 돈 끼호떼는 벌떡 일어나서 손으로 칼을 잡았고 싼초는 점박이 밑으로 웅크리고 숨어 당나귀의 안장이며 갑옷 꾸러미를 양옆으로 밀치고 안으로 들어갔다. 싼초는 공포에 벌벌 떨고 돈 끼호떼는 어리둥절 정신이 없었다. 그 굉음은 시시각각 커지면서 공포에 떠는 두 사람에게 가까이 다가오고 있었다. 다른 사람은 몰라도 적어도 한 사람은 그 용기가 대단하다는 건 이미 다 아는 사실이었다.

사실은 그때 우연히 남자 몇명이 육백마리가 넘는 돼지들을 몰고 장터에 팔러 가는 중이었는데, 그 늦은 시각에 돼지 떼와 길을 가고 있으니 돼지들 끌고 가는 소리와 돼지들이 꿀꿀대는 소리, 꽥꽥거리는 소리가 그것이 무엇인지 알아차리지 못한 돈 끼호떼와 싼초의 귀를 완전히 먹통으로 만들 수밖에 없었다. 꿀꿀거리는 짐승들이 넓게 퍼져 떼로 다가와 드높은 돈 끼호떼의 권위나 싼초의 위엄에도 아랑곳하지 않고 두 사람 위를 그냥 짓밟고 지나갔다. 싼초의 안장과 갑옷의 방어벽을 부수고 돈 끼호떼를 넘어뜨렸을 뿐만 아니라 덤으로 로신안떼까지 쓰러뜨렸다. 그 꿀꿀거리는 소리, 웅성거리는 소리, 그리고 그렇게 급작스럽게 들이닥친 그 추잡한 짐승 때문에 난장판이 벌어져 안장이며 갑옷들, 점박이, 로신안떼, 싼초, 돈 끼호떼가 모두 땅바닥에 나둥그러졌다.

싼초가 갖은 힘을 다해 일어서더니 주인에게 칼을 달라 하면서 저 사람들 대여섯 죽이고 저 버르장머리 없는 똥돼지들을 다 죽이겠다고 했다. 그는 이미 그것들이 돼지인 걸 알았기 때문이다. 돈 끼호떼가 말했다.

"그냥 내버려두게, 친구, 이 치욕은 다 내 죄의 댓가일세. 패배한 방랑기사에게 하늘이 내린 정당한 벌이야. 패배한 기사는 불여우들이 뜯어먹고 말벌들이 쏘아대고 돼지들이 짓밟게 되어 있다네."

싼초가 말을 받았다. "그러면 패배한 기사의 하인도 파리들이 빨아먹고 벼룩들이 쪼아먹고 배고픔이 엄습하게 내버려두는 건가요? 기사 하인들이 모시는 기사님들의 자식이나 아주 가까운 친척이라면 기사들의 죄와 벌이 집안 사대까지 미친다는 것도 결코 과장이 아닐지 모릅니다. 하지만 돈 끼호떼 집안과 빤사 집안이 무슨 관련이 있습니까? 그러나 그런 이야기는 그런 이야기이고, 다시 자리나 편하게 펴고 남은 밤 시간 잠 좀 자야지요. 날이 새면 더 나아지겠지요."

"자네는 자게, 싼초. 자네는 자려고 태어난 사람이고, 나는 날을 새우려고 태어난 사람일세. 지금부터 날이 밝을 때까지 나는 이 남은 시간에 내 생각의 고삐를 다 풀어놓겠네. 그리고 내 생각을 작은 사랑의 소야곡으로 풀어낼 거야. 자네가 모르는 사이, 지난밤 내 머릿속에서 시를 하나 지었지."

"제 생각에는요, 노래 가사를 짓게 할 만한 생각이 그리 흔하게 자주 생기지는 않는 것 같아요. 나리께서는 원하시는 대로 얼마든지 시를 지으시죠, 뭐. 저도 저 원하는 대로 얼마든지 잘 테니까요."

그러고는 곧 바닥에서 원하는 걸 다 집고 웅크리더니 이내 마음 놓고 편안하게 잠이 들었다. 보증금이니 빚이니 하는 어떤 고통도 그의 잠을 방해할 리 없었다. 돈 끼호떼는 너도밤나무인지 코르크나무인지 ─시데 아메떼 베넹헬리는 그게 무슨 나무였는지 구분하지 못한다[2]─ 모르는 둥치에 몸을 기대고 자기 자신의 한숨 소리에 맞춰 이렇게 노래를 불렀다.

> 사랑이여, 네가 나에게 주는
> 소름 끼치게 큰 아픔을 생각할 때
> 나는 죽음을 향하여 달려가고 싶다
> 이 크나큰 아픔을 끝낼 생각으로,
> 그러나 내 이 고통의 바다에
> 어느 항구 같은 길목에 이르면
> 얼마나 큰 기쁨을 느끼는지
> 살려고 몸부림치며 사랑을 그만두고 싶지 않다.
> 이렇게 삶이 나를 죽인다면
> 죽음은 다시 내게 생명을 준다.
> 나와 함께 죽음과 삶을 넘나든 사랑은
> 오, 세상에 다시없는 이상한 상황!

노래의 구절구절마다 많은 한숨과 적잖은 눈물이 따랐는데, 패배의 고통과 둘시네아에 대한 그리움으로 심장이 찢어지는 그런 자의 아픔이었다.

이때 새날이 밝아와 싼초의 두 눈에 햇살이 비치자 그는 잠을 깨고 기지개를 켜며 몸을 털면서 게으른 온 사지를 쭉 폈다. 그런데 자기의 음식 배낭이 돼지 떼에게 박살났음을 알고 그 짐승 떼를 욕하고 그 이상의 저주를 퍼부었다. 마침내 둘은 그들이 가야 할 길로 되돌아갔다. 하루가 저물어갈 무렵, 그들이 있는 데로 말 탄 사

---

2 세르반떼스의 사설은 넉살을 체득한 자유로운 문체의 맛을 더한다. 사실 이런 말이 구태여 무슨 필요가 있겠는가.

람 열명 정도가 다가오고 있었는데, 네다섯명은 걸어서 함께 오고 있었다. 돈 끼호떼의 가슴은 너무나 놀라고 싼초의 마음 또한 공포로 떨었는데, 그들에게 오는 사람들이 둥그런 방패와 창을 들고 금방 전쟁이라도 할 듯이 다가오고 있었기 때문이다. 돈 끼호떼는 싼초를 돌아보며 말했다.

"싼초, 만약 내가 무기를 쓸 수 있다면, 그리고 내 이 두 팔을 묶어두겠다고 한 약속만 없었다면 지금 우리를 향해 다가오는 이런 떼거지 놈들 몇명 처리하는 건 누워서 떡 먹기였을 거야. 하지만 우리가 두려워하는 것과는 다른 일일 수도 있겠지."

이때 말을 탄 사람들이 다가와 창을 우뚝 세우고 아무 말 없이 돈 끼호떼를 에워싸고는 등과 가슴에 창을 겨누고 죽이겠다고 위협했고, 걸어오던 한 사람은 말을 하지 말라는 시늉으로 손가락을 입에 대더니 로신안떼의 고삐를 잡고 길에서 끌어냈고 다른 사람들은 싼초와 점박이를 앞세우고 걸어갔다. 모두들 침묵을 지킨 채 돈 끼호떼를 끌고 가는 사람의 발걸음을 쫓았다. 돈 끼호떼는 두서너번 그들이 원하는 게 무엇이며 어디로 데려가냐고 물으려고 했으나 입술을 열려고 하기만 하면 창끝으로 그의 입을 막겠다는 듯한 시늉을 했다. 그건 싼초에게도 마찬가지여서 싼초가 말을 하고 싶어하는 표정이 보이면 걸어가던 사람 중 하나가 바늘로 쿡 쑤셔 마치 점박이가 무슨 말을 하고 싶어한다는 듯이 그에게도 비슷한 짓들을 했다. 밤이 되어 깜깜해졌고 그들은 걸음을 재촉했다. 두 포로의 공포는 더욱 커졌는데 이따금씩 그들이 둘에게 한 소리를 들으면 두려움이 더했다.

"어서 걸어, 이 개돼지 같은 뜨로글로디따스[3]들아!"

"입 다물어, 이 야만인들아!"

"돈 내, 이 식인종들아!"

"불평하지 마, 이 잔인한 스키타이⁴ 놈들아! 눈 뜨지 마, 이 살인마 외눈깔 거인들아, 육식동물 사자들아!"

그리고 이 비슷한 다른 이름들을 불렀고 이런 말들은 불쌍한 주인과 하인의 귀를 고문했다. 싼초는 혼잣말로 이렇게 말했다.

"뭐 우리가 개돼지같이 꿀꿀거린다고?⁵ 뭐 우리가 야무진 찌꺼기 같은 인간이라고?⁶ 뭐 우리를 강아지나 원숭이 새끼처럼 '치따, 치따⋯⋯' 하고 부른다고? 이런 이름으로 날 부르는 건 정말 마음에 안 드네. 노적가리 쌓아놓았는데 바람이 안 좋듯이 이거 예감이 영 안 좋군. 개새끼에 몽둥이질처럼 모든 불행이 한꺼번에 쏟아지는구먼. 아이고, 불운인지 행운인지 이 무시무시하고 위협적인 상황이 그냥 몽둥이질 정도로 끝났으면 좋으련만⋯⋯"

돈 끼호떼는 죽은 듯이 말이 없었는데 자기들에게 퍼붓는 저 욕설과 모욕으로 가득 찬 이름들이 무엇인지를, 얼마나 말을 많이 해대는지 종잡을 수가 없었다. 그 욕설들로 보아 확실히 알 수 있는 결론 하나는 어떤 행운도 기대하지 말아야 하며 앞으로 닥칠 무서운 불행이 그저 두렵다는 것뿐이었다. 그들은 거의 밤 1시가 되어

---

3 '뜨로글로디따스'(trogloditas)는 동굴에 살며 뱀을 먹고 박쥐처럼 칙칙거리는 소리로 말했다는 에티오피아의 악명 높은 야만인 부족을 일컫는다.
4 스키타이인은 흑해와 카스피해 북동지방의 기마민족을 일컬으며, 잔인하기로 유명했다.
5 원문에서 싼초는 '뜨로글로디따스'를 '또르똘리따스'(tortolitas, 산비둘기 암컷들)로 듣는다. 역자는 비슷한 소리에서 비롯한 이런 오해를 '개돼지'를 연상시키는 '꿀꿀거리는'으로 잘못 들었다고 옮겼다. 싼초의 다른 오해들도 이런 식으로 재창작해 옮기기로 한다.
6 원문에서 싼초는 '바르바로스'(bárbaros, 야만인)를 '바르베로'(barbero, 이발사)로 듣는다.

어떤 성에 도착했는데 돈 끼호떼는 그곳이 얼마 전 자기들이 머물렀던 공작의 성인 것을 금방 알 수 있었다.

"하느님 맙소사!" 그 집을 알아보자마자 그는 말했다. "이것이 어찌 된 영문인가? 이 집에서는 분명히 모든 일을 예절과 정중함으로 대했는데, 패배한 자에게는 행복이 불행으로 바뀌고 불행은 더 큰 불행으로 바뀌는가."

그들은 성의 큰 마당으로 들어섰는데, 마당은 잘 꾸며지고 정돈되어 있었다. 이를 보자 그들의 놀라움은 더 커지고 공포 또한 두 배로 커졌다. 다음 장을 기대하시라.

69장

이 거대한 이야기에서 돈 끼호떼에게 일어난
가장 새롭고 희한한 사건에 대하여

말 탄 사람들이 내렸고 그들과 함께 걸어오던 사람들이 돈 끼호떼와 싼초를 밀치듯 마당 안으로 들여놓았다. 마당 주위로 거의 수백개의 횃불이 커다란 촛대 위에 놓여 있었고 마당 주변의 복도들에는 오백개 이상의 조명등이 있었다. 그리하여 약간 어두운 밤이었지만 대낮의 빛 못지않게 밝았다. 마당 한가운데에는 땅에서 사람 키만 한 높은 묘가 만들어져 있었는데, 아주 커다란 까만 융단 천으로 덮여 있었다. 묘 주변의 계단에 백개가 넘는 은촛대 위에 백색 양초가 불타고 있었다. 그 무덤 위엔 죽은 사람의 몸 하나가 있는데, 너무 아름다워 그 아름다운 미녀가 바로 죽음의 여신 같은 느낌이었다. 머리는 금실로 수놓은 베개 위에 놓여 있었고, 머리에는 여러가지 향기로운 꽃들로 만든 화관을 쓰고, 노랗고 순진무구한 처녀야자 잎을 두 손에 모아쥔 채 가슴 위에다 얹고 있었다.

마당 한쪽에 세워진 극장에는 의자 두개가 있고 각기 주인공이 앉아 있는데, 머리에 왕관을 쓰고 손에 왕홀을 든 게 진짜건 가짜건 왕들이라는 인상을 주었다. 이 극장 옆으로 올라갈 수 있는 계단이 몇개 있는데 거기에 의자 두개가 더 있었고, 그 의자 위에 포로들을 끌어온 자들이 돈 끼호떼와 싼초를 앉게 했다. 이 모든 행동이 말없이 행해졌으며 두 사람도 입을 다물라는 신호를 받았다. 그러나 그들은 시늉이 아니라 진짜로 입을 다물었으니 자신들이 보고 있는 장면이 너무 놀라워 혀가 굳어 움직이지 않았기 때문이다.

이때 극장 위로 많은 사람을 이끌고 주인공 두 사람이 올라왔는데 돈 끼호떼는 바로 그들을 알아봤으니 그를 초대했던 공작과 공작 부인이었다. 두 사람은 왕들처럼 보이던 두 사람 옆에 있는 아주 호화로운 의자에 앉았다. 이 정도 장면이면 누가 놀라지 않았으랴? 게다가 무덤 위에 죽어 있는 몸이 그 아름다운 알띠시도라의 몸이었다는 것을 알았을 때 돈 끼호떼의 놀라움은 어떠했을까?

공작과 공작 부인이 무대에 오르자 돈 끼호떼와 싼초는 자리에서 일어서서 깊은 존경의 인사를 보냈고, 공작 부부도 똑같이 어느 정도 머리를 숙이면서 경의를 표했다.

이때 뒤에서 하인 하나가 나와 싼초에게 다가가서는 까만 리넨으로 된 옷을 위에 씌웠는데 불꽃이 가득 그려진 옷이었다. 머리엔 농군의 고깔모자를 벗기고 종교재판소에서 죄수들에게 씌우는 종이 고깔모자를 쓰게 하고는 귀에다 대고 입술은 벙긋도 하지 말라고 명령하면서 그러지 않으면 입에 재갈을 물리거나 목을 치겠다고 했다. 싼초가 자신의 모습을 위아래로 훑어보자 불길 속에 불타고 있는 듯했으나 불길이 뜨겁지 않으니 그런 건 눈곱만큼도 상관하지 않았다. 종이고깔을 벗어 악마들이 그려져 있는 것을 보고 다시 모자를 쓴 뒤 혼잣말로 중얼거렸다.

"불길이라 해도 나를 태우지만 않고, 악마라고 해도 나를 데려가지만 않으면 됐지, 뭐."

돈 끼호떼도 싼초를 바라보았는데 비록 두려움으로 온 신경이 긴장하고 있었지만 싼초의 그 꼴을 보니 웃지 않을 수 없었다. 이때 무덤 밑쯤에서 아름답고 고즈넉한 피리 소리 같은 게 흘러나왔다. 그곳은 침묵이 침묵을 침묵시키는 곳이라 사람 목소리의 방해를 받지 않은 그 소리는 부드럽고 사랑에 찬 것 같았다. 그때 갑자기 시체같이 생긴 몸이 있는 베개 옆에서 로마인 복장을 한 아름다운 총각이 나타나더니 손수 타는 하프 소리에 맞춰 아주 부드럽고 맑은 목청으로 이 두 절을 노래했다.

돈 끼호떼의 잔인함 때문에 죽음을 택한
알띠시도라의 정신이 돌아오는 동안,
이 매혹적인 궁정에 있는 귀부인들이
까칠까칠한 염소 털옷을 입는 동안,
우리 주인마님께서 상급 시녀들에게
머리에 비단천과 양모천 옷을 입히는 동안
트라케의 오르페우스보다 더 즐겁고 흥겹게
그녀의 아름다움과 그녀의 불행을 노래하리라.

내가 살아 있는 동안 내가 맡은 일은 오직
이 일뿐인가, 나는 아직 상상도 할 수 없으나,
내 입속의 차갑게 죽은 혀를 움직여
그대 때문에 나오는 이 목소리를 들려주리라.
나의 영혼은 그 좁은 바위를 벗어나

지옥 가까이 부글거리는 호수를 따라

그대를 칭송하며 가리라, 그리고 그 소리는

그 안타까운 소리는 망각의 물길을 멈추게 할지니.

"그만, 그만해." 이때 왕처럼 보이는 두 사람 중 한 사람이 소리쳤다. "훌륭한 가수여, 더이상은 그만…… 이렇게 나가다가는 끝이 없을 거야. 이렇게 세상에 둘도 없는 알띠시도라의 아름다움과 그녀의 죽음을 지금 우리가 공연하려면 말이야. 그녀는 무지한 세상 사람들이 생각하는 것처럼 죽지 않았지. 그녀의 명성은 많은 사람의 말과 말 속에 살아 있어. 그리고 바로 여기 있는 싼초 빤사가 형벌을 받고 그녀에게 잃어버린 빛을 되찾아주면 그녀는 살아날 거야. 그러니까 오, 그대, 지옥의 재판관 라다만또여, 짐과 함께 리테[1]의 어두운 동굴에서 재판하는 염라대왕이여! 헤아릴 수 없는 운명의 지침으로 이 처녀를 되살아나게 하는 길이 정해져 있을진대 그걸 밝히고 즉시 말해다오. 그녀가 다시 되살아나기를 기다리는 우리 마음을 너무 오래 안타깝게 하지 말라."

이렇게 라다만또의 동료이면서 재판관인 미노스가 말을 하자 그때 바로 라다만또가 벌떡 일어나면서 말했다.

"어이, 이 집의 높고 낮은 하인들, 늙고 젊은 종들이여. 줄지어 달려와 싼초의 얼굴을 스물네번씩 손바닥으로 때리고 열두번씩 꼬집고 여섯번씩 팔이나 등을 바늘로 쑤셔라. 이런 예식을 치르면 알띠시도라가 생명과 건강을 되찾게 되리라!"

---

1 '리테'(Lite)는 '디테'(Dite)의 오자라고도 하고 '레테'(Leteo, 망각의 강)와 비슷한 소리니 그대로가 맞다고도 하는 등 논란이 많다. 역자는 크게 중요성을 두지 않고 음을 살렸다.

이 말을 듣자 싼초 빤사가 침묵을 깨뜨리고 말했다.

"이런, 제기랄, 내가 개새끼가 되기 전엔 누가 내 얼굴을 그렇게 때리고 만지고 가지고 노는 건 가만두지 않을 거여! 이런 제길, 이 처녀 되살아나는 것하고 내 얼굴에 손찌검하는 것하고 무슨 관련이 있단 말이여? 아주 솔솔 재미들 붙였구먼. 둘시네아를 마법게 걸리게 하고는 마법을 풀려면 나를 매질해야 한다 했고, 알띠시도라가 하느님이 주신 병으로 죽으니 그녀를 부활하게 한다는 게 내 얼굴에 스물네대씩 뺨을 때리고 온몸을 바늘로 찔러 상처투성이로 만들고 내 팔뚝에 온통 퍼런 멍을 들여놓겠다고 덤비니 말이여. 그런 농담은 바보 병신에게나 할 것이지, 난 늙은 여우여. 나한테 그런 개소리는 안 통해!"

"너는 죽을지니라!" 큰 소리로 라다만또가 말했다. "부드럽게 굴지니라, 사나운 호랑이여! 복종하라, 오만한 니므롯²이여, 참고 입을 다물라, 너에게 불가능한 일을 청하는 게 아니니까. 그리고 이 일의 어려운 점들을 알아보려고 끼어들지 말라. 손바닥으로 얼굴을 맞을 것이며 상처투성이가 될 것이며 꼬집히고 상처받아 신음할지어다. 어이, 그러니까, 하인들, 짐의 명령을 이행할지니라. 그러지 않으면 내 양심을 걸고 맹세하건대, 너희들 평생 경험해보지 못한 맛을 좀 볼 것이니라!"

이때 마당으로 상급 시녀 여섯명 정도가 하나씩 줄을 지어 다가오는 것 같았는데, 네 여자는 안경을 썼고, 모두들 오른손을 높이 치켜들고 있었는데 다들 손목을 손톱 네 마디쯤 밖으로 내놓아 요즘 유행처럼 손이 더욱 길어 보였다. 싼초가 그걸 보자마자 황소처

---

2 니므롯(Nembrot)은 구약성서 「창세기」 10장 8~10절에 나오는 카인의 후계자로 아시리아 제국의 건립자이며 '튼튼한 사냥꾼'의 상징이다.

럼 으르렁대며 소리쳤다.

"온 세상 사람들이 나를 다 때리고 만져도 좋지만, 상급 시녀들이 내 몸에 손대는 건 그냥 두고 볼 수 없어. 절대 안돼! 이 성에서 우리 주인님에게 한 것처럼 내 얼굴을 다 할퀴어도 좋아, 날카로운 단검으로 내 몸을 뚫어도 좋아, 불에 달군 부젓가락으로 내 팔뚝을 찢어도 좋아. 난 다 참고 견디면서 이분들을 모시겠지만 상급 시녀들이 내 몸에 손대는 건 귀신이 날 물어가도 참을 수 없어."

돈 끼호떼도 침묵을 깨뜨리고 싼초에게 말했다.

"인내심을 가져, 싼초. 이분들을 기분 좋게 해드려. 그리고 자네라는 사람에게 그런 재능을 부여하신 것을 하늘에 정말 감사드려야지. 자네 몸의 순교 하나로 마법에 걸린 사람을 풀려나게 하고 죽은 사람들을 살려낸다니 말일세."

상급 시녀들이 싼초 가까이 왔는데, 그때 싼초는 그 말을 알아들은 듯 아까보다는 더 부드러워진 표정으로 의자에 바로 앉아 첫번째 오는 여자에게 얼굴과 수염을 내밀었다. 그녀는 손바닥을 펴서 다섯 손가락으로 그의 얼굴에 아주 착실하게 손자국을 남기고 나서 큰절을 했다.

"예의 좀 덜 차리고 변덕도 좀 덜 부리지요, 상급 시녀님!" 싼초가 말했다. "아이고, 그 손에서 식초 냄새가 나는데 그대로 오셨구먼!"

결국 모든 상급 시녀가 그의 얼굴에 손자국을 남겼고 집 안의 다른 많은 사람들은 그를 꼬집었다. 그런데 싼초가 제일 참을 수 없었던 것은 사람들이 바늘로 찔러댈 때였으니, 그들이 찔러대자 잔뜩 찌푸린 얼굴 표정으로 의자에서 벌떡 일어나 옆에 있던 불붙은 횃불 하나를 거머쥐고 상급 시녀들과 그를 고문하는 많은 사람을 쫓아가면서 부르짖었다.

"꺼져, 이 지옥에서 온 하인 새끼들아! 내가 구리로 된 사람이냐, 그렇게 엄청난 고문과 순교를 아무렇지도 않게 참아내게?"

이때 알띠시도라는 오랫동안 위만 보고 누워 있기가 힘들었는지 한쪽으로 돌아누웠는데, 그걸 보고 주변 사람들 모두가 거의 다 함께 소리를 쳤다.

"알띠시도라가 살아났다! 알띠시도라가 살아 있다!"

라다만또는 싼초에게 화를 가라앉히라고 명령하면서 애써 노력했던 시련이 이미 다 성공했다고 했다.

돈 끼호떼는 알띠시도라가 꿈틀거리는 것을 보자 싼초 앞에 가서 무릎을 꿇고 말했다.

"때는 바로 지금이야, 내 하인이어서가 아니라 자네는 내가 가장 사랑하는 아들이네. 지금 자네가 둘시네아의 마법을 풀기 위해 의무적으로 매를 몇 대 맞도록 하게나. 때가 바로 지금이라서 하는 소리야. 지금이 자네의 재능이 제대로 발휘될 때니까. 그리고 기대할 만한 좋은 일을 가장 효과적으로 수행할 수 있는 때야."

그 말에 싼초가 대답했다.

"그 말은 제 생각에 금상첨화도, 케이크 위에 바른 꿀도 아닌 것 같구먼요. 그건, 나리, 계략 중의 계략 같습니다요. 따귀 맞고 바늘로 찔리고 꼬집히고 난 이 사람이 이제 매까지 맞으면 사람 꼴좋겠네요. 다른 복잡한 건 필요없이 어디 커다란 돌 하나 들어 제 목에 매달고 우물에다 그냥 저를 처넣으시지요. 그래도 전 아주 섭섭해하지 않을 겁니다, 제가 남의 아픔을 치유하기 위해 결혼식날 웃고 죽은 돼지 신세가 되어야 한다면 말이지요. 이제 저 좀 그만 내버려두시지요. 아니면 나중 일이야 어찌 되건 정말 모두 송두리째 내

던져버리고 다 끝장내버릴 테니까요."

이때 이미 알띠시도라는 무덤 위에 앉아 있었는데, 그 순간 치리미아 피리 소리들이 울려퍼졌고 그 소리에 맞춰 플루트 소리와 함성을 지르는 사람들의 목소리가 들렸다.

"알띠시도라 만세! 알띠시도라 만세!"

공작 부부와 염라대왕인 미노스와 라다만또, 돈 끼호떼와 싼초 모두 함께 알띠시도라를 영접하러 가서 그녀를 무덤에서 내려놓았다. 그녀는 기절할 듯한 표정을 지으며 공작 부부와 염라대왕들에게 고개 숙여 인사하고 돈 끼호떼를 건너다보며 말했다.

"하느님께서 나리를 용서하시길 바라요, 사랑을 받아들이지 않는 기사여, 그대의 잔인함으로 내 생각엔 내가 한 천년 이상을 저세상에 있었던 것 같아요. 그런데 지상에서 가장 동정심 많은 하인, 오, 그대여! 그대에게 내가 다시 얻게 된 이 생명을 감사드려요. 오늘부터, 친구 싼초여, 그대에게 약속하노니, 내 셔츠 여섯벌을 가져가도록 하세요.[3] 그 옷으로 그대를 위한 다른 셔츠 여섯벌을 만드세요. 그 셔츠가 모두 다 온전하진 않지만 적어도 깨끗하기는 할 거예요."

싼초는 그 선물에 대한 감사로 그녀의 손에 키스를 했는데, 손에 고깔모자를 들고 땅에 무릎을 꿇은 자세였다. 공작은 그 고깔모자를 빼앗고는 그에게 농부 모자를 돌려주고, 그 불꽃 옷을 벗기고 그의 겉옷을 입혀주라고 했다. 싼초는 공작에게 그 불꽃 옷과 종이 고깔모자를 줄 수 없냐고 간청하면서 한번도 보지 못한 그 사건의 추억과 증표로 그것들을 자기 고향에 갖고 가고 싶다고 했다. 공작

---

3 기사들이 전장으로 떠나거나 정인과 아쉬운 작별을 할 때 애인의 셔츠를 선물로 받는 관습이 있었다. 전에 받은 머릿수건도 같은 종류의 정표이다.

은 마당을 깨끗이 치우고 모두들 자기 방으로 돌아가 쉬라고 말했
다. 돈 끼호떼와 싼초는 그들이 이미 다 아는 같은 방으로 모셔가
라고 명령했다.

70장

69장에 이어, 이 이야기의 명확성을 위해 없어서는 안될 일들에 대해 설명하다

그날 밤 싼초는 돈 끼호떼와 같은 방의 조그만 간이침대에서 잠을 잤는데, 사실 싼초는 가능하면 거기에서 자는 걸 피해보려고 했다. 왜냐하면 주인이 이 질문 저 대답으로 잠을 자지 못하게 할 게 뻔했기 때문인데다 그는 그 심한 고문과 순교의 고통이 남아 있어서 혀도 자유롭게 놀릴 수 없었고 이야기를 많이 할 신체적 조건이 아니었기 때문이다. 그는 오히려 그렇게 호화로운 방에서 함께 자느니 어느 오두막에서 혼자 자는 게 자기에게 훨씬 더 편할 것 같았다. 싼초가 우려한 것은 그대로 사실이 되었고, 확실한 현실로 나타났으니 주인님은 침대에 들어오자마자 그에게 물었다.

"싼초, 오늘 밤 일에 대해 자넨 어떻게 생각해? 이루지 못한 사랑에 대한 증오의 힘은 정말 강력하고 대단해. 바로 자네 눈으로 똑똑히 봤듯이 알띠시도라는 죽어 있었어. 칼이나 화살, 다른 전쟁 무기나 죽음의 사약 같은 것이 아니라 내가 항상 그녀를 대해왔던 그

냉정함과 잔혹함에 대한 상념만으로 그녀는 죽었던 거야."

"그 여자야 자기가 원하는 대로 자기가 원한 만큼 얼마든지 잘 죽고 안녕히 가시라지요." 싼초가 대답했다. "그리고 전 제 집에 조용히 내버려두고요. 제 평생 그녀가 사랑에 빠지게 한 적도 없고 그녀를 거부한 적도 없으니까요. 어떻게 해서 세상에 이런 일이 일어날 수 있는지 아무리 생각해도 저는 이해가 안돼요. 이미 말했듯이 어떻게 알띠시도라가, 그러니 얌전하다기보다는 변덕쟁이인 그여자가 다시 건강하게 되살아나는 게 이 싼초 빤사의 순교와 관계가 있냐고요. 이제야말로 이 세상엔 정말 마법도 있고 마술사도 있다는 걸 확실하고 분명하게 알게 되었네요. 그런 마법이 있다면 하느님께서 저를 마법에서 풀려나게 해주시길 바라요, 전 스스로 풀려날 수 없으니까요. 이 일이 어찌 되었든지 간에 나리께 부탁드리는데, 제발 잠 좀 자게 해주세요. 더이상 질문은 마시고요. 제가 저 창문 밑으로 뛰어내리는 꼴을 보고 싶지 않으시면요."

"자게나, 이 친구 싼초. 바늘에 찔린 데나 꼬집힌 데, 따귀 맞은 곳들이 아파오면 말일세."

"얼굴에 다섯 손가락 찍는 벌만큼 아프고 모욕적인 건 없었어요. 비록 정신이 혼미했지만요. 무엇보다 상급 시녀가 내게 그런 짓을 한다는 게 모욕이었어요. 그러나 다시 부탁합니다만 나리, 저 잠 좀 자야겠어요. 비참한 일이 좀처럼 잊히지 않는 사람에게는 잠자는 게 그 아픔엔 위안이 되니까요."

"그래야겠지. 그럼 하느님과 함께 잘 주무시게."

둘은 잠이 들었다. 이들이 자는 동안, 이 위대한 역사 이야기의 저자 시데 아메떼 베넹헬리는 공작 부부가 무슨 동기로 이미 언급한 그런 거대한 조작극을 기획하게 되었는지를 설명하고 기록하고 싶었다. 그의 말에 따르면, 학사 싼손 까라스꼬는 자기가 '거울의 기사'로서 싸워 패배하고 돈 끼호떼에게 무너진 사건을 잊을 수가 없었으니 그의 패배와 몰락은 모든 계획을 망쳐놓고 백지로 돌렸기 때문이다. 그는 지난번보다 더 좋은 결과를 기대하며 다시 한번 손을 써보고 싶었다. 그리하여 싼초의 아내 떼레사 빤사에게 선물과 편지를 갖고 갔던 하인을 통해 돈 끼호떼가 어디에 머무르고 있는지를 알아본 뒤 새 갑옷과 말을 구입했고 방패에는 하얀 달을 그렸다. 모든 것을 수말 하나에 싣고 농부 한명에게 몰고 가게 했다. 그의 옛 하인인 또메 세시알은 싼초나 돈 끼호떼가 알아볼 위험이 있으니 고용하지 않기로 했던 것이다. 그리하여 공작의 성에 당도했고, 공작은 돈 끼호떼가 가고 있는 길과 행방을 알려주었는데 사라고사의 창 경기에 참여하려고 길을 가고 있다고 했다. 공작은 또한 자기가 장난으로 둘시네아를 마법에서 풀어내기 위한 방법을 조작한 일도 얘기했는데, 그 방법을 싼초의 엉덩이찜질 댓가여야 하는 것으로 만들었다고 했다. 끝으로 그는 둘시네아가 마법에 걸려 농군 여자로 둔갑해 있는 것처럼 이해하도록 싼초가 주인님을 속여 장난을 쳤다는 사실도 알려주었다. 그리고 자기 아내 공작 부인이 싼초에게, 진짜 속은 것은 싼초 자신이며 둘시네아는 진짜로 마법에 걸려 있기 때문이라 말했다고 했다. 그런 말들은 적잖이 학사의 웃음을 자극했으며, 그는 이미 극단에 다다른 돈 끼호떼의 미친기나 싼초의 순진함과 예리함을 생각하며 놀랐다.

공작은 만약 그를 찾아서 이기거나 이기지 못하더라도 그곳에 다시 돌아와 일어난 일을 꼭 알려달라고 부탁했고, 학사는 시키는 대로 했다. 돈 끼호떼를 찾아 길을 떠났지만 사라고사에서 만나지 못하자 길을 계속 가서 우리가 이미 이야기했던 일들이 벌어졌다.

학사는 다시 공작의 성으로 돌아와 자기가 걸었던 결투의 조건과 함께 모든 것을 다 이야기했고 돈 끼호떼는 이제 훌륭한 방랑기사로서 일년 동안 자기 고향에서 은퇴해 산다는 약속을 이행하려고 돌아가고 있다고 말했다. 학사가 말하기를 그 정도 기간이면 그 미친기가 낫지 않을까 생각한다며 이것이 바로 자기가 그토록 변신을 해야 했던 의도이며 동기라 했다. 왜냐하면 돈 끼호떼같이 훌륭하고 지혜로운 시골 양반이 미치광이라는 게 참 안된 일이기 때문이라 했다. 이렇게 말한 뒤 그는 공작과 작별하고 자기 마을로 돌아갔고 거기에서 자기를 따라오고 있는 돈 끼호떼를 기다릴 셈이었다.

여기에서 공작은 아까 그 장난을 벌일 생각을 하게 되었는데, 싼초와 돈 끼호떼 두 사람이 하는 짓이 그만큼 재미있었기 때문이다. 성곽 가까이나 좀더 먼 곳까지 돈 끼호떼가 돌아오리라고 생각되는 모든 길목을 지키라 했고 수많은 그의 하인을 걸리거나 말에 태워 그곳들을 점령하게 했으니, 돈 끼호떼를 찾으면 강제로든 자발적으로든 성으로 데려오게 하기 위함이었다. 그들이 돈 끼호떼를 찾아 공작에게 연락을 했고, 공작은 그가 곧 도착할 거라는 소식을 듣자마자 이미 해야 할 모든 것을 준비하고는 횃불과 마당의 조명등에 불을 붙이라고 명령했다. 그리고 알띠시도라를 묘 위에 눕히고 앞서 이야기한 모든 작전을 짰다. 그 연기들을 살아 있듯이 아주 실감나도록 잘들 해내서 진실과 연극 사이에 거의 차이가 없을 정도였다.

그리고 덧붙여서 시데 아메떼는 말하기를 자기 생각에는 장난을 친 사람들이나 조롱을 당한 사람들이나 다들 미치광이들이어서 공작 부부라는 사람들도 바보 같다는 점에서는 별 차이 없는 게 두 바보를 놀리려고 그토록 열성을 쏟았느니라고 했다. 그 두 바보 중하나는 마음 놓고 자고 다른 하나는 생각을 풀어놓고 잠을 이루지 못했다. 날이 밝아오고 일어나야겠다는 생각이 들었는데, 승리했을 때나 패배했을 때나 한가한 깃털 이불이 돈 끼호떼에겐 한번도 좋은 적이 없었다.

알띠시도라——돈 끼호떼의 견해로는 죽었다 살아난——는 자기 주인의 기분을 맞추기 위해 장난을 계속했는데 무덤에 있을 때 썼던 화관을 쓰고 황금 꽃들이 뿌려진 하얀 호박단 사제복을 입고 머리카락을 등 뒤로 흩뜨린 채 아주 고운 흑단으로 만든 지팡이에 의지하며 돈 끼호떼의 방으로 들어왔다. 그녀의 모습을 보자 돈 끼호떼는 정신이 아찔하고 어쩔 줄 몰라서 온몸을 움츠리고 침대의 침대보며 이불을 거의 전부 뒤집어썼고 그녀에게 예의를 차릴 정신도 없이 혀가 굳어버렸다. 알띠시도라는 그의 침상 머리맡에 있는 의자에 앉아 커다랗게 한숨을 쉬며 쇠약해진 부드러운 목소리로 말했다.

"귀족 여인들이나 조신한 처녀들이 정절과 명예의 한계를 넘어 모든 불편함을 물리치고 입을 열기로 결심할 때, 자기 가슴에 품고 있는 비밀을 대중 앞에 알릴 때는 심각한 상황에 처해 있다는 것을 말합니다. 라 만차의 돈 끼호떼 나리, 저는 그런 여자 중의 하나입니다. 사랑에 빠져 고난을 당하고 좌절한 여자지요. 그러나 아무리 그래도 고통을 참고 정절을 지키는 여인이올시다. 그 정도가 지나쳐 너무 정숙하다보니 내 침묵 때문에 내 영혼이 파열했고 목숨을 잃고 말았지요. 그대가 저를 그렇게 가혹하게 대한 것을 생각하며, 오, 내 사랑의 하소연에 대리석보다 더욱 차가운[1] 냉정한 기사여! 저는 이틀 동안 죽어 있었지요. 아니, 적어도 저를 본 사람들의 판단으로는 죽어 있었던 겁니다. 사랑의 신이 저를 불쌍히 여기시어 이 착한 기사 하인님을 희생시킴으로써 구원을 길을 열어주지 않았다면 저는 저 멀리 저세상에 있을 뻔했지요."

"그 사랑의 신께서 구원의 방법으로 제 당나귀의 희생을 원했다면 저는 진짜 감사했을 겁니다. 하지만 하늘이 우리 주인보다 더 부드러운 다른 연인을 아가씨께 찾아주실 것을 바란다면 말씀해보세요. 아가씨, 저세상에서 보신 게 도대체 무엇이었습니까? 그 지옥에 무엇이 있나요? 왜냐하면 절망으로 죽은 사람은 어찌 됐든 억지로라도 그쪽으로 가게 되어 있을 거니까요."

"사실을 말씀드리자면 제가 완전히 죽은 건 아니었나봐요. 지옥엔 안 들어갔으니까요. 거기 들어갔다면 아무리 원해도 금방 빠져나올 수 없었겠죠. 사실은 제가 그 문까지 갔는데 거기에서 열두 명쯤 되는 악마들이 공놀이를 하고 있었죠. 모두들 반바지에다 조끼를 입고 플랑드르 레이스 장식과 프릴로 꾸민, 어깨까지 오는 긴 깃을 달고 있더군요. 손목이 손톱 네 마디쯤 드러나 있어 손이 더 길어 보였어요. 그리고 그 손에 부삽 몇개를 들고 있었는데, 제가 가장 놀란 건 그들에게 가져다주는 게 공이 아니라 책이었다는 겁니다. 보아하니 책도 바람과 쓸데없는 먼지로 가득한 것들이었어요. 그것은 새롭고 환상적인 장면이었지만 그건 그리 놀라운 일도 아니고, 진짜 이상한 건 놀이를 하는 사람들이란 원래 잘 따면 좋아하고 잃으면 슬퍼하는 게 상식인데 거기 그 놀이에서는 모두들 으르렁대고 모두들 싸우고 모두들 욕지거리를 퍼붓는 것이었습니다."

---

1 가르실라소 데 라 베가의 『목가』에 나오는 시구이다.

"그건 이상할 것도 아니지요." 싼초가 대답했다. "악마들이라는 게 놀거나 놀지 않거나, 이기거나 이기지 못하거나 절대 만족이 있을 수 없는 놈들일 테니까요."

"그런 것 같았어요." 알띠시도라가 말을 받았다. "하지만 또 한 가지 제가 정말 놀란 것은, 말하자면 그때 저를 놀랜 것은, 그러니까 첫번째 공을 쳤는데 공이 하나도 남아 있지 않았어요, 다시 공을 칠 수 있도록 쓸 수 있는 공이 말이죠. 그러고는 새 책이며 낡은 책들이 마냥 쏟아지는데 그 장면이 정말 놀라웠어요. 장정이 잘되고 찬란한 새 책 하나를 두들겨패더니 책 속장을 뜯어내고 책 종이를 흩뜨렸어요. 한 악마가 다른 악마에게 말했죠. '이봐, 그게 무슨 책이야?' 그러자 다른 악마가 대답했지요. '이건 『라 만차의 돈 끼호떼의 역사 2권』인데 첫 작가인 시데 아메떼가 쓴 책이 아니라 무슨 아라곤 작가가 쓴 거래. 자기는 또르데시야스 태생이라나.' '그런 건 저기로 꺼지라고 그래' 하고 다른 악마가 말했어요. '지옥의 심연 속으로 집어넣어버리라고, 더이상 내 눈에 띄지 않는 곳으로 말이야.' '그렇게 나쁜 책이야?' 다른 악마가 물었지요. '그렇게 나쁜 책이야.' 첫번째 악마가 대답했어요. '일부러 그보다 더 나쁜 책을 쓰려 해도 못 쓸 거야.' 그들은 자기들의 공놀이를 계속했지요. 다른 책들을 던지면서 말이죠. 전 돈 끼호떼라는 이름을 들었으니, 내가 그토록 사랑하고 존경하는 분인지라 이 환영이 내 기억 속에서 사라지지 않도록 노력했지요."

"틀림없이 그것은 환영이었을 겁니다." 돈 끼호떼가 말했다. "이 세상에 다른 내가 없거든요. 그런데 이미 그 역사책이 여기서도 손에 손을 거쳐 돌아다녀요. 하지만 어느 손에 머무는 일은 없지요, 모두들 다 발로 차버리니까요. 나도 당황했어요. 내가 환영의 몸처럼 심연의 어둠 속이나 지상의 밝은 곳으로 돌아다닌다는 소리를 듣고 말이지요. 나는 그 역사 이야기에서 다루는 그런 사람이 아니거든요. 그 역사책이 훌륭하고 충실하고 진짜라면 수만년 살아 있을 테지만 나쁜 책이라면 태어나서 무덤까지의 길이 그리 멀지 않은 것 같네요."

알띠시도라가 계속 돈 끼호떼에게 사랑의 아픔을 이야기하려 할 때 돈 끼호떼가 그녀에게 말했다.

"수없이 아가씨께 말씀드렸지만, 아가씨, 아가씨께서 나에게 생각을 두셨다는 게 나도 마음 아픕니다. 내 생각으로는 그 사랑에 대한 응답보다는 차라리 감사드리고 싶네요. 난 엘 또보소의 둘시네아를 위해 태어난 사람입니다. 운명이, 운명이라는 게 있다면, 그 운명이 제게 그녀를 정해주었지요. 내 마음속에 자리한 그 사랑을 다른 어떤 아름다운 여인이 차지할 수 있으리라 생각하는 건 불가능한 생각일 뿐입니다. 이 정도 해명을 드리면 충분하시겠지요. 이제 정숙하신 아가씨의 정확한 자리로 물러앉으실 수 있겠지요. 아무도 불가능한 것을 억지로 시킬 수는 없으니까요."

이 말을 듣고 알띠시도라는 화가 난 상기된 표정으로 다음과 같이 말했다.

"이런 빌어먹을 삐쩍 마른 명태 같은 양반아! 절구통같이 꽉 막힌 인간, 대추야자 씨같이 딱딱한 인간아, 촌놈이 자기 검은 말 타고 있으면 세상 부러운 게 없다더니 그런 촌놈보다 더 고집불통이고 더 냉정한 인간아, 그대에게 달려들어 눈깔을 다 빼놓을 테야! 결투에 지고 몽둥이찜질당한 양반아, 혹시 내가 그대 때문에 죽었다고 생각해? 오늘 밤 본 모든 건 다 거짓으로 꾸민 거였어. 난 그런 여자가 아니야, 삐쩍 마른 낙타 같은 그런 양반을 위해 내가 손톱의 때만큼 신경이라도 쓸 것 같아? 그런데 하물며 내가 죽어?"

"정말정말 나도 그렇게 생각합니다요." 싼초가 말했다. "사랑 때문에 연인들이 죽는다는 건 웃기는 짓이지요. 말이야 그런 말들을 하지만 실제 행동으로야, 어떤 미친놈이 그걸 믿겠어요."

이런 대화를 나누고 있는 도중에 악사가 들어왔는데 이미 언급한 시 두 절을 노래한 시인이면서 가수인 사람이었다. 그는 돈 끼호떼에게 큰 경의를 표하며 말했다.

"기사님, 기사 나리께서는 소인을 귀하를 모시는 각별한 사람들 중 하나로 생각해주시옵소서. 오래전부터 소인은 기사님의 명성과 업적을 듣고 나리를 흠모해왔사옵니다."

돈 끼호떼는 그에게 대답했다.

"귀하께서 자신이 누구신지 말씀하셔야 제가 예의를 갖춰 이런 귀한 대접에 응해드릴 수가 있지요."

청년은 자기는 악사이며 지난밤 찬송가를 부른 자라고 대답했다.

"그러고 보니 귀하는 목소리가 대단히 좋으시더군요. 하지만 그때 부른 노래는 거기에 제대로 맞는 노래 같아 보이지는 않더군요. 시인 가르실라소의 시구들이 이 여인의 죽음과 무슨 상관이 있습니까?"

"나리께서는 그런 것을 너무 이상하게 생각지 마십시오. 우리 나이의 새내기 시인들 사이에서는 사람마다 제멋대로 쓰고 자기 의도에 딱 맞아떨어지든 말든 누구 시든지 표절해다 쓰는 게 유행이거든요. 이제는 시 쓰고 노래하는 데에서 시에만 적용되는 파격에 속하지 않는다는 바보 같은 소리는 하지 않아요."

돈 끼호떼는 대답하고 싶었지만 공작과 공작 부인이 방해가 되었다. 그때 그들이 그를 뵙자고 들어왔기 때문이다. 그들 사이에 길고 다정한 대화들이 오갔는데 대화를 하면서 싼초가 얼마나 많은 멋진 말과 짓궂은 이야기들을 해대는지 공작 부부를 새삼 감동시켰으니 싼초의 순박함과 예리함이 놀라웠기 때문이다. 돈 끼호떼는 바로 그날 떠날 수 있도록 허락해달라 청하면서 자기처럼 패배한 기사들은 왕궁 같은 데가 아니라 돼지우리에서 사는 게 적격이라고 했다. 공작 부부는 아주 기꺼이 떠나라는 허락을 했고, 공작 부인은 알띠시도라가 마음에 드느냐고 물었다. 돈 끼호떼가 대답을 했다.

"부인, 이 처녀의 모든 고통은 한가함에서 나온 거라는 걸 아셔야 합니다. 유일한 처방은 정숙하고 지속적인 할 일이 있어야 하는 겁니다. 그녀는 여기서 지옥에 가면 레이스 장식이 유행한다고 제게 말하더군요. 아마 그녀도 레이스 짜는 일을 할 줄 알 테니까 그 일을 손에서 놓지 말라고 하세요. 뜨개바늘 움직이는 데 정신이 팔리면 그녀의 머릿속에 그녀가 그토록 사랑하는 영상이나 모습이 떠오르지 않을 겁니다. 이것이 사실이고, 이것이 저의 견해이며, 이 것이 저의 충고입니다."

"그리고 저도 그렇게 생각합니다." 싼초가 덧붙였다. "전 제 평생 레이스 짜는 여자가 사랑 때문에 죽었다는 소리를 들어본 적이 없습니다. 일을 하는 여자들은 자기 생각을 그 일하는 작업 끝내는 데 쓰지 사랑 생각하는 데 쓰지 않아요. 저로 말할 것 같으면, 저는 땅을 파고 있으면 제 여편네 생각이 안 나요. 제가 제 눈의 속눈썹보다 더 사랑하는 떼레사 빤사 생각도 안 난다니까요."

"그대 말이 정말 맞아요, 싼초." 공작 부인이 말했다. "난 지금부터 알띠시도라가 수예를 하면서 시간을 보내게 할 작정이에요. 그애가 그런 일을 최고로 잘하거든요."

"그러실 필요 없어요, 주인마님." 알띠시도라가 대답했다. "이런 처방 같은 건 필요없습니다. 이런 지독한 멍청이가 저한테 저지른 잔인한 행위들에 대한 생각은 다른 작전 쓰지 않아도 곧 기억에서 지워질 겁니다. 그리고 높으신 마님께서 허락하신다면 제 눈앞에서 저 슬픈 몰골이 아니라 저 흉하고 구역질 나는 꼴을 보고 싶지 않기 때문에 이 자리에서 물러나고 싶습니다."

공작이 말했다. "그걸 보니 우리가 늘 하는 말로 '욕을 퍼붓는 자를 보면 용서할 때가 가까웠음이라'라는 노래 구절이 생각나는군."

알띠시도라는 손수건으로 눈물을 닦는 시늉을 하고는 주인들에게 인사를 드리고 방에서 나갔다.

싼초가 말했다. "내 그대에게 확실히 말하는데 불쌍한 처녀야, 내 말은, 확실히 그대가 재수가 없었던 거야. 거친 깔판 같은 마음에 떡갈나무 가시나무 같은 가슴을 가진 사람과 마음을 통하려고 했으니 말야. 나 같은 사람에게 말을 걸었다면 사정은 달라졌겠지!"

대화는 끝났고 돈 끼호떼는 옷을 입고 공작 부부와 식사를 하고 그날 오후에 떠났다.

71장

고향으로 가는 도중 하인 싼초와
돈 끼호떼 사이에 일어난 일에 대하여

지칠 대로 지친 패장 돈 끼호떼는 한편으론 생각에 잠겨서, 또다른 한편으로는 즐거워하면서 길을 가고 있었는데, 패배가 그를 슬프게 했다면 알띠시도라를 다시 살아나게 하면서 보여준 싼초의 능력을 생각하면 기뻤다. 비록 사랑에 빠진 그 처녀가 진짜로 죽었느냐 하는 문제에는 약간 석연치 않은 구석이 있었지만…… 싼초는 전혀 즐겁지 않았으니 알띠시도라가 자기에게 셔츠를 주겠다고 한 약속을 지키지 않아 마음이 서글퍼져서 이 생각 저 생각 하다가 주인님께 말을 했다.

"나리, 사실은요, 저는 세상에서 찾아보기 힘든 가장 불행한 의사인가봐요. 세상에는 자기가 치료하는 환자를 죽이고도 수고비를 지불해주길 바라는 의사들도 있는데, 수고라고 해야 약 몇가지 처방전을 써준 것밖에 없고 그것도 자기가 한 게 아니라 약제사가 다 하는데, 자, 먹고서 저세상으로 가십시오 한 거지요, 뭐. 그런데 전 남의 건강을 되찾아주려고 제 핏방울을 쏟고, 볼따구니를 맞고 꼬집히고 바늘로 찔리고 매까지 맞았는데도 땡전 한푼 받지 못하니 말이에요. 그 사람들에게 말할 거예요. 만약 다른 환자를 내 손에 데려오면 제가 그 사람을 낫게 하기 전에 먼저 제 손에 돈이나 기름이 들어가야 한다구요. 수도원장도 미사 보면서 먹고사는데 하늘이 제게 그런 능력을 준 게 쓸데없이 돈 한푼 안 받고 남들에게 그런 능력 알려주라고 주었다곤 생각하고 싶지 않거든요."

"자네 말이 맞네, 이 친구 싼초. 알띠시도라가 약속한 그 셔츠를 자네에게 주지 않은 건 대단히 잘못한 짓일세. 아무리 자네 능력이 무상 공급된 것이고, 자네에게 어떤 공부도 필요없는, 공부라기보다는 자네 몸의 희생과 고문을 요구하는 것뿐이라고는 하지만 말이야. 나로서는 자네가 둘시네아의 마법을 풀기 위해 매 맞는 댓가로 돈을 요구했다면 상당히 후하게 자네에게 벌써 지불했을 거네. 하지만 돈을 받는다고 치료가 잘될지는 모르겠네. 나는 약을 받고 보상을 안 해주는 일이 있어서는 안된다고 봐, 어쨌든지 간에 내 생각엔 한번 시험해보는 것도 손해는 없을 것 같아. 이봐, 싼초, 자네 원하는 게 무언지 생각해봐, 그리고 즉시 매를 맞으라고. 자네가 내 돈을 가지고 있으니 자네 손으로 자네에게 현금으로 지불하라고."

그런 제의에 싼초는 두 귀와 두 눈을 한뼘 정도 크게 뜨고는 그 제의를 가슴속으로 받아들이며 아주 기꺼이 매를 맞겠다 마음먹었다. 그래서 그는 주인께 말했다.

"그럼 좋습니다, 나리. 소인은 나리께서 제게 이득이 되라고 원하신 일에 대해 나리를 기쁘게 해드릴 준비가 되어 있습니다. 제 자식들과 제 아내에 대한 사랑이 저로 하여금 그 일에 관심을 갖도록 만들었습니다. 말씀해보세요, 나리. 제가 매를 맞으면 매 한대마다 얼마를 주시겠습니까?"

"내가 자네에게 제대로 지불을 해야 한다면, 싼초. 이 처방의 위대성이나 그 질의 정당한 가치로 보아 그 많은 베네찌아의 보물도, 저 돈 많은 볼리비아의 뽀또시 부자 광산을 다 주어도 그 값엔 턱없이 못 미칠 걸세. 자네가 내 돈 갖고 있는 걸 계산해봐서 매 한대당 값을 매겨보라고."

"전체 매가 삼천삼백얼마인데 그중 다섯은 이미 끝났고 그 나머지가 남는데요, 그 얼마에 이 다섯도 들어간다고 하면 총 삼천삼백이 됩니다. 매 한대마다 은화 4분의 1레알을 쳐보지요, 더 적게는 저도 못 가져가니까요. 모든 사람이 그렇게 시킨다면 총 삼천삼백 곱하기 4분의 1레알이 되니까, 결국 삼천은 천오백 곱하기 2분의 1레알이 되며, 총 750레알이 됩니다. 그리고 삼백은 백오십 곱하기 2분의 1레알이 되니까 75레알이 되지요. 그 돈을 750레알에다 보태면 전체 합쳐서 총 825레알이 됩니다. 이 돈을 제가 갖고 있는 나리 돈 중에서 빼내겠습니다. 그리고 저는 부자가 되어 만족스럽게 집에 들어가게 되겠지요. 비록 매는 많이 맞고 가겠지만 어디 잠방이에 물 안 묻히고 송어를 잡을 수 있나요? 더이상 말 않겠습니다."

"아이고, 복 받을 게야, 싼초! 아이고, 그렇게 정이 많은가, 싼초!"돈 끼호떼가 대답했다. "하늘이 베푸신 천명을 다할 때까지 평생 둘씨네아와 나는 얼마나 자네에게 감사하고 얼마나 자네에게 잘해주어야 할지 모를 걸세. 만약 그녀가 잃어버린 실체를 되찾는다면, 꼭 그리될 수밖에 없겠지만, 그녀의 불행은 행복이었으며 나의 패배는 가장 행복한 승리가 될 걸세. 이보게, 싼초, 언제 그 고행을 시작할 참인가? 빨리 시작하면 내가 100레알 더 줌세."

"언제라니요?" 싼초가 말을 받았다. "틀림없이 오늘 밤이지요. 나리께서 그 고행은 툭 터진 하늘 밑 들판에서 할 수 있도록 마련해주세요. 그런 데서 제 살을 찢어놓겠습니다."

밤이 왔다. 돈 끼호떼가 세상에서 가장 안타깝게 기다리던 밤이었으니 태양의 신 아폴론의 수레바퀴가 부서졌는지 하루가 여느때보다 더 길게 느껴지던 날이었다. 자신들의 소망 때문에 한번도 정확하게 계산할 줄 모르는 연인들에게 흔히 일어나는 시간 감각이었다. 마침내 그들은 길에서 약간 떨어진 곳에 있는 아름다운 나무들 사이로 들어가 로신안떼와 점박이의 안장과 길마를 벗겨놓고 푸른 잔디 위에 누워 싼초가 준비한 저장물로 저녁을 먹었다. 싼초는 점박이의 껑거리끈과 고삐로 튼튼하고 나긋나긋한 밧줄 매를 만들어 주인과 약 스무 발자국 떨어진, 너도밤나무가 있는 곳으로 갔다. 돈 끼호떼는 그가 결심을 하고 용감하게 걸어가는 것을 보고 말했다.

"이보게, 친구, 온몸을 다 부서뜨리지는 말게. 몇대 맞고 다음 매는 좀 기다렸다가 치라고. 달릴 때나 달리는 중간에도 숨이 딸릴 정도로 빨리 가서는 안돼. 내 말뜻은 바라는 숫자를 다 채우기 전에 목숨이 다할 수 있으니 너무 세게 후려치지 말란 말이야. 자네가 한대도 더 때리거나 덜 때리는 일이 없도록 내가 좀 떨어져서 자네 매 때리는 걸 내 이 염주로 헤아리고 있을 거야. 자네의 그 좋은 뜻을 알아 하늘이 자네를 도와주길 바라네."

"돈 잘 갚는 사람에겐 저당물이야 걱정이 없지요. 저는 제가 죽지 않을 만큼 아프도록 제게 매를 때릴 작정입니다. 이런 태도에 이런 기적의 본뜻이 있는 듯하니까요."

그는 즉시 웃통을 벗고 밧줄을 끌어당겨 매를 때리기 시작했고 돈 끼호떼도 매질 수를 헤아리기 시작했다.

싼초는 여섯이나 여덟 정도 매를 맞았다고 느꼈을 때 이 장난이 지나치게 힘들고 매값이 너무 싼 것 같아서 잠깐 멈춘 뒤 주인에게 계약이 잘못되었으니 파기한다고 말하면서 매 한대당 4분의 1레알이 아니라 2분의 1레알은 되어야 한다고 했다.

"계속하게나, 이 친구 싼초, 그리고 기절하지 말게." 돈 끼호떼가 말했다. "내가 가격을 두 배로 올리지."

"그렇게 해주신다면 모두 하느님께 맡기고 매나 비 오듯 내리쳐야겠네요."

그러나 약삭빠른 싼초는 꾀를 부려 자기 등을 때리던 것을 멈추고 나무를 두들겨패기 시작했고, 이따금 한숨 섞인 신음 소리를 내어 패는 소리가 매 하나하나마다 혼을 끌어내는 듯 아파 보이게 했다. 돈 끼호떼는 마음이 약해져서 혹시 저러다 목숨이 끊어지면 어쩌나 두려웠는데, 그렇게 싼초가 실수를 해서 자기 소망을 이루지 못하면 큰일이었다. 그래서 이렇게 말했다.

"어이 친구, 제발 이쯤에서 이 일은 그만두기로 하지. 내 생각에 이런 처방은 대단히 잔혹한 것 같구먼. 시간을 두고 서서히 진행하는 게 좋겠어. 한시간 안에 사모라를 얻는 건 아니니까.[1] 내 계산이 맞다면 이미 천대 이상을 맞았어. 지금으로서는 충분해. 당나귀도, 쌍말로 말해서 짐을 지기는 지지만 지나친 짐은 못 지는 법이야."

"아닙니다, 아닙니다, 나리. 저더러, '똥 누러 갈 때하고 똥 누고 나올 때하고 다르다'라든지, '돈을 받고 나서는 팔 부러졌다고 게으름 피운다'라든지 그런 소리 할까봐 싫어요. 나리께서는 저기 잠

1 중세 초기 에스빠냐에서 기사 엘 시드를 거느린 왕 싼초 2세(Sancho II)가 사모라 시를 빼앗기 위해 여러날을 포위하고 위협한 고사를 빗대어 이야기하고 있다.

깐 더 물러나 계시구요, 전 한 천대 정도 더 매를 쳐야겠어요. 이런 식으로 한두 파수 더 매를 휘두르면 정해진 양을 다 채우겠네요. 심지어 수량이 남을 수도 있겠네요."

"자네가 그렇게 준비가 되어 있다면 하느님의 가호가 있기를 바라네. 난 물러갈 테니 자네는 매를 때리게."

쌴초는 다시 매 때리기 작업으로 돌아갔는데 어찌나 열심히 두들겨팼는지 여러 나무의 껍질이 이미 다 벗겨지고 없었다. 그토록 가혹하게 매질을 해댔던 것이다. 한번은 목소리를 높여 너도밤나무에 엄청난 매질을 가하며 소리쳤다.

"여기서 죽으리라, 쌴손! 그리고 그와 함께 온 모두 다……"

돈 끼호떼가 그 비탄에 찬 목소리와 가혹한 매질 소리에 즉시 그리로 달려가서 쌴초가 채찍으로 사용하는 꼬인 고삐를 붙들고 말했다.

"이 친구 쌴초, 이러다가 나를 즐겁게 하려다 재수없이 자네가 목숨을 잃는 일은 없어야 하네. 그 목숨이야말로 자네 아내와 자식들을 먹여살리기 위해 써야지. 둘시네아는 더 좋은 기회를 기다리라고 하고 난 희망을 금방 이룰 수 있다는 정도에서 참고 기다려야지. 자네가 새로 힘을 되찾아 모두가 다 좋아하도록 이 일을 결말지을 때까지 기다리겠네."

"나리, 나리께서 정 그렇게 하길 원하신다면 기꺼이 그렇게 하시지요. 그리고 나리의 외투를 이 등에 씌워주세요, 제가 땀을 흘리고 있는데 감기 들고 싶지는 않거든요. 새내기 고행자들은 그럴 위험이 있거든요."

돈 끼호떼는 그에게 외투를 씌워주고, 자기는 맨몸으로 쌴초를 보호해주었는데 쌴초는 이내 잠이 들었고 아침 해가 뜰 때까지 푹 잤다. 그들은 곧 다시 길을 갔고 그곳에서 세마장쯤 되는 곳에서 일단 길 가는 걸 멈추고 한 여인숙 앞에서 말을 내렸다. 돈 끼호떼는 그곳을 깊은 포도주 저장고와 탑들이 있으며, 보리 훑는 기구와 올렸다 내렸다 하는 다리가 있는 성으로 본 게 아니라 그냥 주막집으로 알아보았다. 패배하고 난 뒤에 돈 끼호떼는 지금부터 보면 알수 있듯이 모든 사물을 훨씬 말짱하게 제대로 보고 말을 했다. 아랫방에 묵게 되었는데, 그 방에는 시골에서는 늘 그렇듯이 무늬가 그려진 오래된 천을 벽에 두르는 가죽처럼 쓰고 있었다. 그 그림들 중 하나에는 아주 형편없는 그림 솜씨로 용감한 손님 파리스가 남편 메넬라오스에게서 헬레네를 빼앗아 달아났을 때의 헬레네 납치 장면을 그려놓았고, 또다른 천에는 디도와 아이네이아스의 이야기가 그려져 있었다. 그녀는 한 높은 첨탑에서 도망가는 손님 아이네이아스에게 홑이불을 반쯤 접은 듯한 손수건을 들고 손짓을 하고 있었고, 아이네이아스는 소형 선박인지 범선인지를 타고 바다로 달아나고 있었다.

그림에 그린 두 이야기 중에서 헬레네는 끌려가는데도 기분이 아주 나쁜 것 같지 않았으니 그녀는 간교하게도 숨어서 웃고 있었다. 그러나 아름다운 디도는 두 눈에 호두알만 한 눈물을 쏟고 있는 모습이었다. 그걸 보고 돈 끼호떼가 말했다.

"이 두 여인은 우리 시대에 태어나지 않아서 대단히 불행한 아씨들이었지. 그러나 나는 그 시대에 태어나지 못해서 그 누구보다도 불행한 사람이야. 만약 내가 이분들을 만났다면 트로이도 불타지 않았고 카르타고도 부서지지 않았겠지. 내가 파리스만 죽인다면 그 많은 불행을 피할 수 있었을 테니까."

"제 생각엔 틀림없이 얼마 안 지나도 목로주점이나 객줏집, 주막이나 이발소에 우리가 세운 공적에 대한 이야기가 그려져 있지 않은 곳이 없을 거예요. 하지만 제가 바라는 건 여기 이 그림을 그린 사람보다는 더 좋은 화가의 손으로 우리 이야기가 그려졌으면 좋겠네요."

"자네 말이 맞아, 싼초. 이 화가는 우베다에서 그림을 그리던 오르바네하 같은 사람이구먼. 그 친구는 누가 무엇을 그리냐고 물어보면 '나오는 대로 그리지요, 뭐'라고 대답하곤 했다는데, 어쩌다 수탉 하나를 그리면 그림 밑에다 '이것은 수탉이다'라고 써놓았다는 거야. 사람들이 혹시 여우라고 생각하면 안되니까 말이지. 내 생각에 화가나 작가나 다 똑같으니 주로 이런 식으로 만들어지나봐. 시중에 나왔다는 그 새로운 돈 끼호떼 역사 이야기도 결국 그런 식으로 출판된 게 아니겠나. 말하자면 떠오른 대로 그리고 쓴 거지, 뭐. 아니면 과거 마울레온이라는 이름의 궁전에 떠돌아다니던 어느 시인 같다고나 할까. 그 시인은 자기에게 묻는 모든 질문에 즉흥적으로 답변을 하곤 했는데, 한번은 누군가가 라틴어로 '데움 데데오'가 무슨 뜻이냐고 물으니 우리 에스빠냐 말로 '데 돈데 디에레'라는 뜻이라고 엉터리로 말했다는 거야.[2] 하지만 이런 이야기는 놔두고 오늘 밤에도 또 한 차례 매를 맞을 생각인지, 그렇다면 야외에서 맞고 싶은지 지붕 밑에서 맞을 건지 말 좀 해주게나."

"아이구, 나리, 제가 매를 맞을 생각이라면 그거야 벌판에서 맞거나 집에서 맞거나 매한가지이지요. 하지만 그래도 나무숲에서 맞고 싶네요. 나무들이 제게는 친구 같아서 제가 그 고역을 치르는 데 엄청 도움이 되거든요."

----

2 '데움 데 데오'(Deum de Deo)는 하느님에 대한 믿음을 상징하는 말이며 '데 돈데 디에레'(De donde diere)는 '어디든지 두들겨패시오'라는 뜻이다.

"그러나 그렇게 해서는 안될 것 같아, 이 친구 싼초. 자네가 원기를 좀 회복하도록 그 매는 우리 고향에 가서 맞도록 하게나. 아무리 늦어도 모레쯤은 도착할 테니까."

싼초는 나리 좋을 대로 하시라고 하면서, 그러나 자기는 이왕이면 열났을 때 빨리 그 일을 마무리하고 싶노라 했다. 방아도 열 받아 잘 돌아갈 때 잘 찧어지고 무엇이든 하고 싶을 때 해야지 늦어지면 대개 위험이 따르기 마련이라고 했다. 하느님께 기도도 하고 몽둥이도 때리고, 두번 '드리지요'보다는 한번 '자, 받게나' 이런 현찰이 낫고, 날아가는 독수리보다는 손안에 든 새 한마리가 낫다고 했다.

"그 속담들 좀 그만 지껄여, 싼초, 제발 부탁이야. 자네는 '도로 아미타불'이로구먼. 내가 여러번 자네에게 말했듯이 평범하게 순탄하게 말을 하게나, 그렇게 복잡하게 말하지 말고. 그런 빵 하나가 백개보다 낫다는 걸 알아야 해."

"저는 왜 이렇게 운이 없는지 모르겠네요. 저는 속담 없이는 말을 못하고요, 속담치고 좋지 않은 속담은 없다고 보거든요. 하지만 가능하면 시정해보지요, 뭐."

이런 말로 그때의 대화는 끝이 났다.

72장

돈 끼호떼와 싼초가 고향에 도착하다

　그날 온종일 밤을 기다리며 돈 끼호떼와 싼초가 그곳 그 주막에 있었는데, 한 사람은 툭 터진 벌판에서 자기 고행의 남은 매 숫자를 끝내겠다 했고, 다른 한 사람은 자기 소원이었던 그 일이 마감되는 것을 볼 생각이었다. 이때 주막집에 말을 탄 나그네 한 사람이 하인 서넛을 거느리고 당도했는데, 하인 하나가 주인인 듯 보이는 어른에게 말했다.

　"여기에서 오늘은 낮잠을 좀 주무시고 가셔도 좋겠네요, 돈 알바로 따르페 나리, 여기 숙소가 깨끗하고 시원해 보이네요."

　돈 끼호떼는 이 말을 듣자 싼초에게 말했다.

　"이봐, 싼초, 내가 그 내 역사 이야기 2권을 뒤적여보았을 때 거기 어디에 지나가는 말로 돈 알바로 따르페라는 이름을 보았던 것 같아."

　"그럴 수도 있겠네요. 말에서 내리시면 한번 물어보지요."

그 신사가 말에서 내리자 여주인은 돈 끼호떼가 머물고 있는 방 앞쪽에 있는 아랫방 하나를 주었다. 돈 끼호떼의 방에 그려진 것과 같은, 그림 벽지로 치장된 방이었다. 막 도착한 신사는 여름옷을 걸쳐입고 주막집 문간으로 나왔는데, 그곳은 널찍하고 시원했다. 그곳에서 산보를 하고 있는 돈 끼호떼에게 신사가 물었다.

"어디로 가시는 길인지요, 신사 양반?"

그러자 돈 끼호떼가 대답했다.

"여기 가까이 있는 한 마을로 가는 중입니다, 거기가 고향이거든요. 그런데 귀하께서는 어디로 가시는지요?"

"저는요, 나리. 그라나다로 갑니다, 거기가 제 고향입니다."

"참 좋은 고향이군요!" 돈 끼호떼가 말을 받았다. "실례가 아니라면 귀하의 이름을 알 수 있을까요? 그냥 아무렇게나 이야기하는 것보다는 이름을 알고 대하는 게 제 생각엔 더 좋을 것 같군요."

"제 이름은 돈 알바로 따르페입니다." 그 손님이 대답했다.

그 말에 돈 끼호떼가 말을 받았다.

"제 생각에 귀하는 틀림없이 요즘 출판되어 돌아다니는 『라 만차의 돈 끼호떼의 역사 2권』에 나오는 그 돈 알바로 따르페 님이신가보군요. 최근 한 작가가 금방 인쇄해 세간에 내놓은 책 말입니다."

"바로 그 사람이올시다." 그 신사가 대답했다. "그리고 그런 이야기의 주인공인 그 돈 끼호떼라는 친구는 가장 돈독한 내 친구이자 우인이올시다. 제가 바로 그 사람을 고향에서 끌어낸 장본인이지요. 그러니 적어도, 그러니까 제가 저도 참여한 사라고사에서 열리는 창던지기 대회에 그가 참석하도록 유도한 사람입지요. 사실대로 말씀드리면 그와 저는 아주 대단히 친해졌어요. 그래서 제가 그를 위험에서 구해주었죠. 그가 지나치게 만용을 부려 그 살인자 같은 놈이 그의 등을 박살내지 않도록 끌어냈지요."

"그런데 이보세요, 돈 알바로 나리. 내가 어딘가 귀하께서 말씀하시는 그 돈 끼호떼라는 작자와 약간 비슷하지 않습니까?"

"전혀 아닌데요." 그 손님이 말했다. "아주 달라요."

우리의 돈 끼호떼가 말했다. "그러면 그 돈 끼호떼라는 작자가 자기 하인으로 싼초 빤사라고 하는 사람을 데리고 다니던가요?"

"예, 그랬습지요. 그 하인은 대단히 재치있고 재미있는 사람이라고 이름이 나 있었는데, 저는 그런 점을 전혀 발견하지 못했고 그런 재미있는 말을 들어본 적도 없습니다."

"저도 정말이지 그가 그랬으리라고 생각해요." 이때 싼초가 말했다. "왜냐하면 재미있는 말을 한다는 건 누구나 다 하는 짓이 아니거든요. 귀하께서 말씀하시는 그 싼초는, 신사 양반, 아주 대단한 능구렁이에다가 도둑놈이고 멋대가리 없는, 이 모든 점을 다 가진 친구였던 것 같아요. 진짜 싼초 빤사는 저니까요. 저의 재담이야 기똥차지요. 못 믿으시겠다면 귀하께서 직접 시험을 해보시지요. 저를 적어도 한 일년만 따라다녀보면 어디를 가든 제 입에서 순간순간 재치와 재미있는 말들이 수없이 많이 쏟아지는 걸 볼 테니까요. 저는 대부분 제가 무슨 말을 하는지도 모르는데, 제 말을 듣는 모든 사람은 웃고 있다니까요. 그리고 진짜 진정한 라 만차의 돈 끼호떼 님은 여기 있는 이분이십니다. 가장 유명하고 가장 용감하고 가장 사려 깊으시며 가장 사랑을 아는, 억울하게 당한 자들의 복수를 해주고, 고아들이나 부모 없는 아이들을 보살펴주고, 과부들을 보호해주고, 처녀들을 녹이지만 유일한 귀부인 아씨로 세상에 둘도 없는 엘 또보소의 둘시네아를 모시는 그분이 제 주인이신 돈 끼호떼 님이십니다. 다른 돈 끼호떼나 다른 싼초 빤사가 있으면 그들이 누구든지 간에 모두 다 장난치자고 하는 짓들이며 사실이 아닌 꿈이지요."

"아이고, 저도 그렇게 생각합니다!" 돈 알바로가 말했다. "왜냐하면, 친구, 그대가 지금 말한 네 마디만 들어도 내가 들은 다른 싼초 빤사의 수많은 말보다 훨씬 재미있는걸요. 그 싼초는 말을 잘한다기보다는 먹는 것만 좋아하고, 재치있다기보다는 바보에 더 가깝지요. 제 생각엔 틀림없이 이 착한 돈 끼호떼를 쫓아다닌다는 그 마법사들이 그 나쁜 돈 끼호떼와 함께 저한테까지도 따라다녔던 것 같아요. 하지만 뭐라고 해야 할까요, 제가 감히 말씀드립니다만, 그 돈 끼호떼를 똘레도에 있는 '눈시오 정신병원'[1]에 집어넣고 병 좀 고치라고 했거든요. 그래서 나아가고 있는데 지금 여기 또다른 돈 끼호떼가 갑자기 나타나니, 물론 저의 돈 끼호떼와는 무척 다릅니다만, 허어……"

돈 끼호떼가 말했다. "나는 내가 좋은 사람인지는 모르겠소, 하지만 나쁜 사람이 아닌 건 확실하오. 그 증거로 내가 귀하에게 알려드리고 싶은 사실 하나는, 돈 알바로 따르페 나리, 내 평생 사라고사에 있어본 적이 없다는 거요. 그 다른 환상 속의 돈 끼호떼가 그 도시의 창던지기 경기에 참여했다는 말을 전에 들었기 때문에 본인은 그 도시에 들어가고 싶지 않았던 거요. 온 천하에 그것이 거짓이라는 걸 공표하기 위해서 말이오. 그래서 나는 거기를 지나쳐 바로 바르셀로나로 갔던 겁니다. 바르셀로나야말로 예절의 고

1 눈시오(Nuncio)란 말은 '교황청 대사'라는 뜻으로 15세기 말 교황의 대사 돈 프란시스꼬 오르띠스(Don Francisco Ortiz)가 세운 정신병원에 '눈시오'라는 이름을 붙였다.

장이요, 외국인들의 숙박지이며 가난한 자들의 숙소요, 용맹스러운 자들의 고향이며 모욕당한 자들의 복수의 상징이요, 변함없는 우정이 은혜롭게 교류하는 곳, 그 경치나 아름다움으로 유일한 곳이지요. 비록 그 도시에서 내게 일어난 일들이 아주 기쁜 일들이라기보다는 무척 고통스러운 것들이었지만,[2] 그러나 오직 그 도시를 보았다는 것만으로도 좋은 기억을 간직하고 있소. 끝으로, 돈 알바로 따르페 나리, 본인이 바로 라 만차의 돈 끼호떼올시다. 내 이름을 도용하고 내 생각들을 통해 명예를 얻으려고 했던 그 불행한 자가 아니라 세상의 명성이 일컫는 바로 그 돈 끼호떼가 나요. 귀하에게 부탁하고 싶은 건, 신사로서 당연히 해야 할 일이지만, 이 고장의 촌장 앞에서 부디 꼭 한가지만 천명해달라는 거요. 그것은 귀하께서 평생 동안 지금까지 나를 한번도 본 적이 없으며, 나는 그 책 2권에 인쇄되어 나온 그 돈 끼호떼가 아니고 내 하인 이 싼초 빤사도 귀하께서 알고 있었던 그 싼초가 아니라고 말입니다."

"그거야 기꺼이 해드리지요." 돈 알바로가 말했다. "비록 두 사람의 돈 끼호떼를 보고 두 사람의 싼초를 동시에 본다는 게 행동은 다르지만 이름들이 같으니 놀라운 일이지만 말입니다. 제가 다시 확실히 말씀드립니다만, 제가 본 것은 본 게 아니고 제게 일어난 일은 일어난 일이 아닙니다."

"틀림없이 귀하께서도 우리 엘 또보소의 둘시네아 아씨처럼 마법에 걸리셨을 겁니다. 귀하를 마법에서 풀려나게 하기 위해 제가 둘시네아 아씨를 위해 하듯이 또 삼천몇대의 매를 맞아서 해결할 수 있다면 얼마나 좋겠어요. 저는 아무 돈도 안 받고 매를 맞아드

---

2 '하얀 달의 기사'와의 결투에서 패배했기 때문이다.

릴 텐데요."

"그 매 이야기는 전 이해가 안 가는데요." 돈 알바로가 말했다.

쌴초는 그에게 그 이야기는 긴 사연이 있다고 대답하고 혹시 같은 길을 가게 되면 그 이야기를 해주겠다고 했다.

그러고 나니 식사 때가 다 되어 돈 끼호떼와 돈 알바로는 함께 식사를 했다. 이때 우연히 그 마을 촌장이 자기 서기를 대동하고 주막집에 들어왔고, 돈 끼호떼는 촌장 앞에서 자기 권리에 해당되는 일 하나를 맡아달라고 요청했다. 그건 그 앞에 있는 돈 알바로 따르페라는 신사가 촌장님 앞에서 라 만차의 돈 끼호떼를 안 적이 없다고 천명하는 거라고 했다. 돈 끼호떼는 지금 여기 있는데, 그는 또르데시야스 출신 아베야네다라는 작자가 쓴『라 만차의 돈 끼호떼 2권』이라는 제목의 역사 이야기책에 나와 돌아다니는 그 기사가 아니라고 분명히 말하라고 했다. 마침내 촌장은 법적인 절차를 미리 준비했고 증언은 효력을 발휘할 수 있는 모든 절차를 제대로 다 거친 뒤 이루어졌다. 그 증언으로 돈 끼호떼와 쌴초는 무척 기분이 좋아졌는데, 그런 종류의 증언이 그들에게 무척 중요한 듯 보였다. 마치 두 사람의 돈 끼호떼와 두 사람의 쌴초의 행적이나 말들이 확실히 구분되지 않으면 안된다는 듯했다. 돈 알바로와 돈 끼호떼 사이에 많은 예의 바른 말들이 오갔으며, 이런 말들을 하면서 위대한 라 만차의 기사는 사려 깊고 점잖은 태도를 보였다. 그 모습을 본 돈 알바로는 비로소 자기가 오해하고 있었다는 걸 알아차렸으며, 자기가 지금 마법에 걸려 있을 수도 있다는 생각을 하게 되었다. 왜냐하면 저렇게 완전히 다른 두 사람의 돈 끼호떼를 한 손에 만지고 있으니 말이다.

오후가 되어 그들은 그곳을 떠나 반마장 정도를 가서 서로 다른 두 길로 갈라졌는데, 한 길은 돈 끼호떼의 고향으로 가는 길이었고 다른 길은 돈 알바로가 가야 하는 길이었다. 이 짧은 시간에 돈 끼호떼는 그에게 자기가 불행하게도 패배한 사실과 둘시네아가 마법에 걸린 일과 그 처방까지 모두 다 이야기했는데 이야기를 들은 돈 알바로는 다시 한번 놀랐다. 그는 돈 끼호떼와 싼초를 껴안고 작별한 뒤 자기 길을 갔고 돈 끼호떼 또한 가는 길을 재촉했다. 그날 밤은 나무숲에서 지냈는데 싼초에게 자기 고행을 끝마칠 기회를 주기 위해서였다. 싼초는 지난밤과 똑같은 방법으로 자기 등보다는 너도밤나무 껍질 신세를 훨씬 더 많이 져가며 고행을 치렀는데 자기 몸이 매를 맞을까 하도 조심하는 통에 등에 파리 한마리가 앉아 있다 해도 매가 닿지 않을 정도였다.

거기에 속고 있는 돈 끼호떼도 그 매질 하나하나를 놓치지 않고 또박또박 계산하고 있었는데, 계산해본 결과 지난밤의 매질까지 총 삼천스물아홉대였다. 그날은 해가 그 고행과 희생 장면을 보려고 새벽부터 일어난 것 같았다. 그들은 아침 햇살과 함께 다시 가던 길을 재촉했다. 두 사람은 돈 알바로가 속은 일하며 법 앞에서 그렇게 정식으로 증언을 하도록 합의한 건 정말 잘한 일이라는 등의 이야기를 나누었다.

그날과 그날 밤은 별 이야기할 만한 사건 없이 길만 걸었는데, 할 이야기가 있다면 싼초가 자기 숙업을 몽땅 끝마쳤다는 것과 돈 끼호떼는 아주 기뻐하며 혹시 가는 길에 자기 아씨 둘시네아가 마법에서 풀려나 우연히 만나게 될지도 모른다는 기대감으로 날이 밝기를 기다렸다는 것 정도이다. 그러나 메를린의 약속은 거짓일 수 없으며 실수가 있을 수 없다고 했지만, 길을 가면서도 그들은 엘 또보소의 둘시네아로 알아볼 만한 어느 여자도 만나지 못했다.

이런 생각과 소망으로 언덕길을 올라가니 고향 마을이 훤히 바라다보였다. 그 광경을 보자 싼초는 무릎을 꿇고 말했다.

　"두 눈을 뜨고 보게, 내가 그리던 고향 마을아, 여기 그대의 아들 싼초 빤사가 부자는 못되었어도 매는 아주 실컷 얻어맞은 채 그대의 품으로 돌아오고 있지 않는가. 두 팔을 벌려 또한 그대의 아들 돈 끼호떼를 맞이하게나. 남의 팔뚝에 져서 패배하긴 했지만 자기 자신을 이기고 돌아온 아들일세. 그분 말에 따르면 자신을 이기는 게 인간에게 바랄 수 있는 가장 큰 승리라는 걸세. 매는 많이 맞았지만 난 진짜 기사답게 행동했으니 돈은 벌어가지고 가네."

　"그런 바보 같은 소리 좀 그만 집어치워." 돈 끼호떼가 말했다. "그리고 점잖은 발걸음으로 우리 마을에 들어가자고. 거기 들어가서는 우리가 목동 생활을 하면서 실현하고자 하는 모든 계획이나 우리 생각들을 일단 좀 쉽게 하자고."

　이런 말을 하면서 그들은 언덕을 내려가 자기들 마을로 갔다.

73장

마을에 들어설 때 돈 끼호떼가 느낀
불길한 조짐과 이 위대한 이야기를 꾸미고
증명해주는 또다른 사건들에 대하여

마을 입구에 들어섰을 때, 시데 아메떼의 말에 의하면, 돈 끼호떼는 그곳 밭고랑에서 두 소년이 싸우고 있는 것을 보았다고 한다. 한 아이가 다른 아이에게 말했다.

"아무리 그래도 안돼, 뻬리끼요. 네 평생 그건 다시 보지 못할 걸."

그 말을 돈 끼호떼가 듣고 싼초에게 말했다.

"이봐, 친구야, 저 아이가 하는 말이 이상하지 않아? 네 평생 그건 다시 보지 못할 거라고?"

"그런데요, 그게 무슨 상관이에요? 저 아이가 한 소리가 뭐가 이상해요?"

"뭐냐고?" 돈 끼호떼가 말을 받았다. "내가 지금 생각하고 있는 것에 저 말을 갖다붙이면, 그 뜻이 내 평생 둘시네아를 다시 보지 못하게 될 거란 말 아니야?"

싼초가 대답을 하려고 할 때, 갑자기 많은 사냥개들과 사냥꾼들에게 쫓겨 산토끼 한 마리가 들판으로 달아나고 있는 게 눈에 띄어 말이 막혔다. 산토끼가 두려움에 떨며 점박이의 발밑으로 숨어들어와 쪼그리고 있자 싼초는 아무렇지도 않게 맨손으로 토끼를 잡아 돈 끼호떼에게 보여주었다. 돈 끼호떼는 계속 중얼거렸다.

"불길한 징조야! 불길한 징조야! 산토끼가 달아난다, 사냥개들이 쫓아간다, 둘시네아가 나타나지 않는다!"

"나리께서는 참 이상도 하시네요. 그럼 이 산토끼가 엘 또보소의 둘시네아라고 가정을 해봅시다요. 그리고 이 사냥개들이 그녀를 쫓아다니는, 그녀를 농군 여자로 둔갑시킨 그 망나니 마법사들이라 하고요. 그녀가 도망가는데 제가 잡지요, 그리고 나리의 손에 쥐여드리고, 나리께서는 그녀를 품에 안고 쓰다듬어주시지요. 그런데 이게 무슨 불길한 조짐이 보이는 나쁜 징조라고 하시는 거예요?"

아까 싸움판을 벌이고 있던 두 소년이 산토끼를 보러 다가왔기에 그들 중 하나에게 싼초가 왜들 싸우느냐고 물었다. '네 평생 그건 다시 보지 못할걸'이라고 말했던 아이가 대답하는 말이 자기가 다른 아이에게 귀뚜라미 집 하나를 빼앗았는데, 평생 가도 그 귀뚜라미 집을 돌려주지 않을 생각이어서 한 말이라고 했다. 싼초는 호주머니에서 몇푼 안되는 돈을 꺼내 그 귀뚜라미 집값으로 소년에게 주고는 그 집을 돈 끼호떼의 손에 쥐여주며 말했다.

"여기 있습니다, 나리, 그 불길한 조짐들이 다 부서지고 깨어져서 여기 있구먼요. 이 조짐들은 우리 일하고는 아무 상관도 없습니다. 제 생각이 그렇습니다. 저를 바보라고 하지만 그것도 옛날이야기지요. 제 기억에 예전에 우리 마을 신부님이 한 말이 떠오르는데요. 점잖은 사람들이나 그리스도 교인은 이런 유치한 일에는 신경 쓰는 거 아니라고 했지요. 더구나 지난날 나리께서도 그런 말씀을 하셨지요. 그런 불길한 징조 따위에 신경을 쓰는 그런 따위의 그리스도 교인은 모두 다 바보 멍청이라는 뜻의 말을 하신 적이 있어요. 이런 말을 굳이 계속할 필요는 없구요, 그냥 지나갑시다요, 어서 우리 마을에 들어가십시다.”

그 사냥꾼들이 다가와서 자기들 산토끼를 달라고 해서 돈 끼호떼는 토끼를 주고 길을 계속 갔는데, 마을 입구의 조그만 풀밭에서 기도를 하고 있는 신부와 까라스꼬 학사와 마주쳤다. 알려진 바로는 싼초 빤사가 점박이 위에 얹은 갑옷 꾸러미 위에 음식 담는 보로 쓰려고 불꽃이 그려진 리넨 도포를 덮어두었다고 한다. 공작의 성에서 알띠시도라가 죽었다 깨어난 날 밤에 싼초가 입었던 옷이었고, 점박이 머리에는 싼초가 썼던 죄인의 종이 고깔모자도 씌워주었다. 그 모습이 가장 새로운 변화요, 치장이어서 세상에 그런 당나귀를 한번도 본 적이 없었다.

신부와 학사는 그 두 사람을 바로 알아보고 두 팔을 벌리며 두 사람을 포옹하려고 다가왔고 돈 끼호떼와 싼초도 말에서 내려 그들을 꼭 껴안았다. 아이들은 어쩔 수 없이 예민한 동물들이라 당나귀의 종이 고깔을 보고는 그걸 보러 달려가서 서로들 말했다.

“이리 와, 얘들아. 최고로 멋진 싼초 빤사의 당나귀 좀 봐. 그런데 돈 끼호떼의 짐승은 첫날보다 오늘 훨씬 말라 보이지?”

마침내 그들은 신부와 학사를 대동하고 아이들에게 에워싸여 마을에 들어가 돈 끼호떼의 집으로 갔다. 문 앞에 가정부와 조카딸이 나와 있었는데, 그녀들에게 이미 그들이 온다는 소식이 당도했던 것이다. 그와 똑같이 싼초의 아내인 떼레사 빤사에게도 그 소식이 전해졌고 그녀는 머리칼을 헝클어뜨린 채 거의 벌거숭이로 손에 딸 싼치까를 붙들고 자기 남편을 보러 뛰어나왔다가 그녀 생각대로 자기 남편이 총독이라면 갖춰입어야 할 복장 같은 정숙한 차림이 아닌 것을 보자 물어보았다.

"어떻게 그 모양으로 돌아와, 남편이라는 양반아, 당신 보니까 발도 깨지고 그 깨진 발로 걸어서 온 것 같네. 당신 총독이었다기보다는 오히려 총독에게 독하게 당한 모습 아니에요?"

"입 닥쳐, 떼레사. 대개 그렇지만 좋은 돼지고기가 있는 곳에 좋은 말뚝이 없는 법이야. 우리 집으로 가자구. 내 기가 막힌 이야기들을 들려줄 테니까. 돈을 벌어왔어. 그게 중요하잖아. 그것도 순전히 내 노력으로 아무에게도 피해 입히지 않고 말이야."

"어디 돈 좀 내놔봐, 사랑하는 여보. 여기저기서 번 돈이겠지, 어떻게 해서 번 돈일지라도 세상에 남들 하지 않은 희한한 짓은 하지 않았겠지."

딸 싼치까는 자기 아버지를 껴안고 아버지에게 뭐 가져온 게 없냐고 물으면서 가문 5월의 비처럼 아버지를 기다리고 있었다고 했다. 싼초는 딸의 허리띠 한쪽과 아내의 손을 잡았고 딸이 점박이를 몰아 다들 집으로 돌아갔다. 돈 끼호떼는 가정부와 조카딸의 보호 아래 그의 집에 남겨두었고 그 옆엔 신부와 학사가 함께 있었다.

돈 끼호떼는 시간이고 사정이고 가리지 않고 바로 그 즉시 신부와 학사를 데리고 단출하게 남아 간단하게 몇 마디로 자기가 패한 것과 자기의 의무사항을 이야기했다. 그는 일년 동안 자기 고향에서 나오지 않기로 약속했다고 하면서 단 한점도 거스르지 않고 그 약속을 글자 그대로 지킬 생각이라고 말하고, 그건 방랑기사도의 규칙과 의무를 이행하는 자로서 당연한 거라고 했다. 그리고 그는 그해 목동이 되어 초원의 고독 속에서 나날을 보낼 생각이며, 그곳에서 목동으로서의 활동과 수행에 정진하면서 자기 사랑의 그리움과 생각 들을 마음대로 풀어놓겠다고 했다. 그리고 친구들에게 더 중요한 일 때문에 지장이 있거나 다른 할 일이 많지 않으면 그들이 자기 동료가 되어주면 참 좋겠다고 부탁을 늘어놓았다. 자기는 친구들이 목동이라는 이름을 내세우기에 충분할 만큼 가축과 양들을 살 것이며 그런 일을 위해 가장 중요한 일은 이미 해결해놓았다고 알려주었다. 그들 각자 이름에 딱 어울리는 이름을 다 만들었기 때문이라 했다. 신부가 그 이름들을 말해보라 하자, 돈 끼호떼는 자기는 목동 '끼호띠스'라는 이름을 갖게 될 것이며, 까라스꼬 학사는 목동 '까라스꼰', 신부는 목동 '신부암브로', 그리고 싼초 빤사는 목동 '빤시노'라고 했다.

다들 돈 끼호떼의 새로운 광기를 보고 기절초풍할 뻔했으나 기사도 행각을 벌이러 마을을 떠나는 일이 없을 것이고, 또 그 한해 동안이면 미친기가 다 나으리라 기대했기에 그의 새로운 시도에 대해 호응해주고 그런 미친 짓은 좋은 생각이라 여겨 동의했다. 그리하여 그들은 그 목동 계획에 동료로서 함께하겠다고 약속했다.

싼손 까라스꼬가 말했다. "더군다나 나로 말하자면 세상 사람들이 다 알듯이 아주 유명한 시인이므로 그때그때 목가시든 궁중시든 내 마음에 가장 와닿는 시를 쓰겠습니다. 우리들이 그 주변 산길들을 헤매고 다니면서 심심풀이 삼아 즐기도록 말입니다. 그리고 가장 중요한 것은, 여러분, 목동마다 자기 시에서 칭송하려고 생각하는 목동 아가씨의 이름을 선택하는 일입니다. 그리고 사랑하는 아가씨가 있는 목동들이 늘 그러하듯이 우리들도 어느 나무이든 아무리 단단한 나무라 할지라도 거기에 그녀의 이름을 새기고 표시를 남기고 다녀야 하는 겁니다."

"그거 아주 잘됐구먼." 돈 끼호떼가 대답했다. "나는 따로 거짓 목동 아가씨의 이름을 찾을 필요는 없겠어. 더도 말고 덜도 말고 세상에 둘도 없는 엘 또보소의 둘시네아가 있으니 말이야. 이 강산의 영광이요, 이 초원의 장식, 아름다움의 밑바탕이요, 아름다운 말씨의 정수, 그리고 끝으로 아무리 과장해도 모든 칭송이 다 꼭 들어맞는 그런 분이시니까."

"그게 사실이지." 신부가 말했다. "그래도 우리는 어디 가서 만만한 목동 아가씨들을 찾아보아야 되겠구먼. 우리에게 잘 맞지 않으면 우리가 맞추도록 하지, 뭐."

그 말에 쌴손 까라스꼬가 한마디 덧붙였다.

"그런 여자가 없으면 세상에 흔한 게 그런 이름들인데, 인쇄되거나 찍혀서 나온 책에 있는 이름을 붙여주면 되지요. 필리다, 아마릴리스, 디아나, 플레리다, 갈라떼아, 벨리사르다…… 많지요, 뭐. 그런 책들은 광장에서도 파니까 우리가 쉽게 사볼 수도 있고 그걸 우리 걸로 간직하지요. 만약 내 귀부인이, 즉 다시 말해서, 내 목동 아가씨가 혹시 안나라는 이름을 가졌다면 난 그녀 이름을 목동처럼 '아나르다'로 고쳐 써놓고 칭송하겠소이다. 만일 프란시스까라면 나는 '프란세니아'라 고쳐 부르고, 만약 루시아이면 '루신다'라고 하면 모두 거기에 다 나와요. 그리고 쌴초 빤사도 만약 이 단체에 낀다면 그 사람은 아내 떼레사 빤사라는 이름을 '떼레사이나'라는 이름으로 바꿔 칭송하면 됩니다."

돈 끼호떼는 그 이름 바꾸어 부르는 것을 보고 웃었고 신부는 돈 끼호떼의 점잖고 명예로운 해결 방법을 끝없이 칭찬하고는 다시 그와 동행하겠다고 약속했다. 자기가 어쩔 수 없이 책임져야 하는 의무적인 일을 하고 짬이 나면 모든 시간을 그와 함께하겠다고 했다. 이런 대화를 나누고 그들은 돈 끼호떼와 작별하면서 건강을 좀 챙기시고 되도록이면 몸에 좋도록 편안히 즐겁게 사시라고 간절히 충고하고 신신당부했다.

이때 우연히 조카딸과 가정부가 이 세 사람의 대화를 엿듣게 되었는데, 그들이 떠난 뒤 돈 끼호떼 있는 데로 들어간 조카딸이 말을 꺼냈다.

"이게 무슨 소리예요, 아저씨? 이제 아저씨가 돌아오셔서 집 안에 콕 틀어박혀 모처럼 조용하고 점잖으신 가정생활을 하시겠구나 했더니 또 새로운 미로 놀이에 참여하시겠다구요. 다들 목동이 되어,

> 목동아, 넌 어디서 오니
> 목동아, 넌 어디로 가니?[1]

하시면서요? 아이고, 정말이지, 보리피리 만들어 불기엔 보릿대가 너무 늙었어요."

그 말에 가정부가 한마디 덧붙였다.

"그리고 나리께서 더운 여름날 들판에서 땡볕을 견디고 찬 겨울의 혹독한 밤기운과 늑대의 울부짖는 소리를 참아낼 수 있으시다고요? 아니죠, 절대로 못하시지요. 그런 일은 기저귀 찬 어린 시절부터 그런 일과 작업에 다듬어지고 길들여진 튼튼한 사내들이 하는 일이요, 직업이요, 수행이지요. 이왕 나쁜 일 중에 하나를 고르

---

1 당시 불리던 동요 가사이다.

라면 목동 되는 것보다는 차라리 방랑기사가 나아요. 이봐요, 나리, 제 충고 좀 들으세요. 나리께 제가 이런 말씀을 드리는 건 배 터지게 밥 먹고 할 일이 없어서 나온 소리가 아니라 굶고 살아봐서 하는 말이며, 제 나이 쉰이 넘은 경험에서 나온 말씀입니다요. 그냥 집에 머무세요. 농사일이나 돌보시고 자주 고해성사도 하시고 가난한 사람들을 도와주세요. 그러고도 일이 잘못된다면 그 죄는 제가 받으리다."

"시끄러워, 이 사람들아." 여자들에게 돈 끼호떼가 대답했다. "내 일은 내가 잘 알아서 해. 나를 침대에 데려가다오. 내 몸이 그리 좋은 것 같지 않아. 한가지 확실히 말해두지만, 이제 방랑기사든지 방랑하려는 목동이든지 간에 그대들이 필요로 하는 일이라면 내가 항상 제일 먼저 달려갈 게야. 내 그걸 행동으로 보여주지."

그리고 그 좋은 가족들 — 말할 필요도 없이 가정부와 조카딸은 가족 이상이었다 — 은 그를 침대로 모셔갔고 침대에 먹을 것을 갖다주고 되도록 편안하게 모셨다.

74장

돈 끼호떼가 병들어 누운 이야기와 그가 쓴 유서, 그리고 그의 죽음에 대하여

인간만사 영원한 것이 없듯이, 처음 시작부터 마지막 종말에 이르기까지 모든 것은 항상 쇠락해간다. 특히 인간의 수명이 그렇다. 돈 끼호떼의 수명 또한 인생의 흐름을 멈출 수 있는 하늘의 특권을 갖지 않았기에 그가 미처 생각지도 않은 사이에 끝이 오고 종말이 다가왔다. 그것은 어쩌면 패배했다는 이유 때문에 오는 우울증이었는지 아니면 하늘이 명한 천명이 다한 때문이었는지 모르겠으나 신열이 오르고 열병이 들어 엿새 동안을 침대에 누워 있었다. 그러는 동안 친구들인 신부, 학사, 이발사가 여러번 다녀갔고 그의 착한 하인 싼초 빤사도 그의 머리맡에서 떨어진 적이 없었다.

그들은 돈 끼호떼가 스스로 패배했다는 좌절감과 함께 둘시네아가 마법에서 풀려나 해방되기를 바라는 자기 소원이 이루어지지 않은 것에 대한 아픔이 그를 그 모양으로 만들었다고 믿고 가능한 모든 방법을 다 동원해 그의 마음을 즐겁게 하려고 애썼다. 학사는 그에게 빨리 힘을 되찾고 일어나 목동 수련을 시작하자고 하면서 이를 위해 벌써 목가시 한편을 지어났는데, 저 유명한 목가소설의 대가 싼나차로[1]가 아무리 많은 목가시를 써도 자기 것에 비하면 어림도 없다고 했다. 그리고 또 자기 돈으로 가축을 지킬 유명한 개 두마리를 사두었는데, 한 놈 이름은 바르시노이고 다른 놈은 부뜨론으로 엘 낀따나르의 한 가축업자가 자기에게 그 개들을 팔았다고 했다. 그러나 그런 이야기에도 불구하고 돈 끼호떼는 그의 슬픔을 떨쳐버리지 못했다.

그의 친구들이 의사를 불렀고, 의사는 맥을 짚어보더니 그다지 만족스럽다는 표정이 아니었다. 의사는 육체의 건강이 위태로우니만큼 혹시 무슨 일이 있을까에 대비해 영혼의 건강에 더 신경 쓰라고 권했다. 돈 끼호떼는 침착한 마음으로 그 말을 들었으나 가정부나 조카딸, 그리고 그의 하인은 그 말을 듣고 침착할 수가 없었다. 그들은 마치 그가 벌써 죽기라도 한 듯이 슬프게 울기 시작했다. 의사의 견해로는 불쾌감과 권태, 우울증이 그의 목숨을 앗아가고 있다고 했다. 돈 끼호떼는 좀 자고 싶으니 자기를 혼자 있게 해달라고 청했고, 그들은 그렇게 하도록 해주었다. 그는 사람들이 하는 말처럼 한달음에 한번도 깨지 않고 여섯시간 이상을 쭉 잤는데 너무 많이 자서 가정부와 조카딸은 잠자다 그가 그대로 죽을지도 모른다는 생각을 했다. 여섯시간이 지나자 그는 잠에서 깨어나 큰 소리로 말했다.

"축복받으소서, 강력하신 하느님이시여, 저에게 그토록 잘해주시다니! 결국 하느님의 자비는 끝이 없도다! 죄 많은 인간들의 죄

----

1 이딸리아 목가소설의 창시자 싼나차로(Jocopo Sannazaro, 1458~1530)를 말한다.

가 하느님의 자비를 방해하고 그 큰 자비를 다 베풀지 못하게 할 뿐이야."

삼촌의 말을 조카딸은 열심히 듣고 있었는데 그녀가 보기에 삼촌의 이런 말은 그가 늘 하는 말보다는 조리에 맞는 것 같았으니 적어도 그가 미쳐서 병들어 있을 때의 말과는 달랐다. 그녀는 물었다.

"삼촌께서 하시는 말씀이 무슨 말인가요? 무슨 새로운 일이 있으신 거예요? 자비라고 하시는 말씀이 무엇이며, 아니면 인간의 죄가 어떻다는 건가요?"

돈 끼호떼가 대답했다. "자비란, 애야, 이 순간 하느님께서 내게 베푸신 은혜를 말한단다. 하느님께서는 내가 말했듯이 많은 내 죄에도 아랑곳하지 않고 자비를 베푸셨거든. 나는 이제 정신이 제대로 밝아졌고 자유롭단다. 머릿속에 자욱하던 안개 낀 무지의 그림자 하나 없이 말이다. 그 역겨운 기사도에 관한 책들을 끊임없이 죽도록 읽어대다가 정신에 안개가 끼었던 거지. 이젠 그것들이 다 엉터리이고 사기였음을 알았단다. 마음 아픈 건 그런 깨달음이 이렇게 뒤늦게 찾아왔다는 것뿐이야. 이제는 그 허송세월에 대한 보상으로 영혼에 빛이 될 만한 다른 책들을 읽을 시간이 남아 있지 않거든. 애야, 나는 지금 곧 죽을 것 같은 느낌이 든다. 이 순간 나는 내 일생이 미친 사람이라는 오명을 남기고 죽을 만큼 나쁜 것이 아니었음을 사람들에게 알리고 가고 싶구나. 비록 미친 짓을 하고 살았지만 내가 죽는 순간까지 그런 모습을 사실로 보여주고 싶지는 않다. 애야, 내 친구야, 나의 좋은 친구들, 신부와 쌴손 까라스꼬 학사, 그리고 이발사 니꼴라스 선생을 불러오너라, 내가 고백을 하고 유언을 남기고 싶다."

그러나 조카딸이 이런 수고를 할 필요가 없었으니 그 세 사람이 그때 들어왔기 때문이다. 돈 끼호떼는 그들을 보자마자 이렇게 말했다.

"나를 축하해주게, 이 좋은 친구들아. 나는 이제 라 만차의 돈 끼호떼가 아니라 알론소 끼하노일세. 습관적으로 사람들이 나를 좋게 봐서 '착한 양반'이라는 별명으로 불렀지. 이제 나는 골 지방의 아마디스의 적이며 그 가문의 수많은 무더기 기사 전부의 적일세. 이제 나에게는 방랑기사에 관한 속된 역사 이야기들이 모두 증오의 대상이야. 이제 나는 내가 어리석었음을 알았고, 그런 이야기책들을 읽음으로써 내가 위험에 빠졌던 것을 이해하네. 이제 하느님의 자비의 도움을 받아 자숙하고 깨달아서 이제 그런 책들을 혐오하게 되었네."

그 세 사람은 이런 말을 듣자 틀림없이 새로운 광기가 도진 거라 믿었고, 그래서 싼손이 이렇게 말했다.

"돈 끼호떼 나리, 지금 둘시네아 아씨가 마법에서 풀려났다는 소문을 들었는데 나리께서는 또 그런 말씀을 하시나요? 지금 우리 모두가 목동이 되어 인생을 노래하면서 살게 되었는데 나리만 은둔 생활을 하는 은자가 되시겠다는 건가요? 그런 말씀 마세요, 제발, 정신 좀 차리시고 헛소리 좀 그만하십시오."

돈 끼호떼가 말을 받았다. "지금까지의 헛소리들은 정말로 내게 상처만 주었소. 내 죽음에 이르러서야 하늘의 도움으로 그것들이 이제 내게 이로움으로 돌아올 것이오. 여러분, 나는 대단히 빠른 속도로 죽어가고 있는 것을 느끼오. 이제 농담은 그만들 하시고 내가 고해성사를 할 것이니 신부님은 이리로 오시오. 그리고 유언장을 쓸 테니 서기 한 사람을 불러오시고요. 상황이 이러한대 사람의 영혼을 갖고 장난쳐서는 안되지요. 부디 청하니, 신부님께 제가 고해성사를 하는 동안 서기 한 사람을 찾으러 보내시오."

돈 끼호떼의 말에 놀라 사람들은 서로의 얼굴을 쳐다보았다. 비록 의심스럽지만 그의 말을 그대로 믿고 싶었다. 여러가지 증후 중 그가 죽어가고 있다고 추정되는 증거 하나는 미친 사람이 그리 쉽게 말짱한 정신으로 돌아온 사실이었다. 이미 한 말에 덧붙여 다른 말을 많이 하면서도 그는 아주 그리스도 신자답게 대단히 조리에 맞는 말을 너무 잘해서 사람들의 의심은 완전히 사라지고 모두들 그가 제정신으로 돌아왔다는 것을 믿게 되었다.

신부는 사람들을 다 나가라고 한 뒤 단둘이 남아 고해성사를 받았다. 서기를 찾으러 나간 학사는 얼마 지나지 않아 서기와 싼초 빤사를 대동하고 왔다. 싼초는 이미 학사의 말과 소식을 통해 주인님의 상황을 알고 있었던지라 눈물에 젖은 조카딸과 가정부를 보자 훌쩍거리며 눈물을 흘리기 시작했다. 고해성사가 끝나고 신부가 나오면서 말했다.

"정말로 죽어가오. 그리고 정말로 착한 양반 알론소 끼하노가 제정신이 돌아왔소. 유언을 하도록 우리 다들 들어가도 되겠소이다."

이 새로운 말이 조카딸과 가정부, 착한 하인 싼초 빤사의 참고 있던 눈물샘을 무섭게 자극해 마침내 그들의 눈물보가 터지고 가슴에선 깊은 신음 소리가 수없이 흘러나왔다. 왜냐하면 언젠가 이야기한 적이 있듯이 돈 끼호떼가 깨끗하고 착한 양반 알론소 끼하노였던 동안에도, 또한 그가 라 만차의 돈 끼호떼였던 기간에도 그는 정말로 항상 평화로운 성격이었으며 늘 만나면 즐거운 사람이어서 집안사람들에게뿐만 아니라 그를 아는 모든 사람에게 무척 사랑받았기 때문이다.

서기가 다른 사람들과 함께 들어와 유언장의 서두를 쓴 뒤 돈 끼호떼의 마음을 정돈시켰다. 그리고 유언에 필요한 모든 조건과 절차를 갖춘 뒤 유산 문제에 관한 대목에서 돈 끼호떼는 이렇게 말했다.

"조항 하나, 내가 미쳐 있던 동안 내 하인 노릇을 했던 싼초 빤사가 가지고 있는 약간의 돈은, 그와 나 사이에 주고받을 약간의 계산 문제가 있었던바, 그에게 그 돈의 계산을 요구하거나 일체의 책임을 묻지 말 것이며, 그에게 지불해야 할 빚을 지불하고 남은 돈이 있을 시에는 얼마 되지 않겠지만 그 돈은 요긴한 데 잘 쓰도록 그의 것으로 주기를 바라는 게 내 뜻이니라. 내가 미쳐 있었을 때 그가 섬의 총독이 되도록 도와준 일이 있듯이, 지금 제정신이 들어서도 왕국 하나라도 있다면 다 주고 싶은 심정이니라. 그의 소박한 성격과 사람을 대하는 성실함이 그만큼 훌륭했기 때문이다."

그러고는 싼초를 돌아보며 말했다.

"용서하게나, 친구. 그대도 나처럼 미친 사람처럼 보이게 하는 일을 하게 해서 말일세. 자네로 하여금 세상에 방랑기사들이 존재했으며 현재도 존재한다고 믿게 하는 실수를 저지르게 했으니 말이야."

"아이구!" 싼초가 울면서 말을 받았다. "나리, 돌아가시지 마세요, 주인 나리. 제발 제 충고 좀 들으시고 오래오래 사세요. 사람이 태어나 이 세상에서 저지를 수 있는 가장 큰 미친 짓은 아무도 죽이지 않는데 그냥 아무 이유도 없이 죽어가는 겁니다요. 다른 손이 목숨을 끊는 것도 아니고 단순히 우울 증세로 죽으시다니요. 이보세요, 게으름 피우지 마시구요, 그 침대에서 벌떡 일어나세요. 그리고 우리가 약속한 대로 목동 옷을 입고 우리 들판으로 나갑시다요. 어쩌면 어느 덤불 뒤에서 마법에서 풀려난 둘시네아 아씨를 만나게 될지도 모르잖아요. 그거야 꼭 두고 봐야지요. 패배한 것 때

문에 속상해서 죽으시겠다면 소인에게 죄를 덮어씌우십시오. 제가
뭐 로신안떼의 뱃대끈을 잘못 조여서 나리께서 넘어지셨다고 하면
되잖아요. 더구나 나리께서는 기사도 책들 속에서 한쪽 기사들이
다른 쪽 기사들을 쓰러뜨리는 것은 아주 흔한 일로 많이 보셨지요.
오늘 패배한 기사는 내일의 승리자가 되기도 하구요."

"그렇습니다." 싼손이 말했다. "착한 싼초 빤사의 말이 이런 경
우 가장 맞습니다."

돈 끼호떼가 말했다. "여러분, 서서히 이야기합시다. 과거는 과
거이고 지난날의 보금자리에 오늘의 새들은 없지요. 나는 미치광
이였습니다. 그리고 이제 제정신입니다. 나는 라 만차의 돈 끼호떼
였습니다. 그리고 지금은 이미 말했듯이 착한 양반 알론소 끼하노
올시다. 나의 이 후회와 반성, 그리고 나의 진실이 당신들로 하여
금 전에 내게 가졌던 사랑과 존경을 되찾게 해주기를 바랍니다. 그
리고 서기더러 계속하라고 하지요. 조항 하나, 나는 내 모든 재산을
전적으로 여기 있는 조카딸 안또니아 끼하나에게 양도한다. 내가
만들어놓은 유언을 이행하기 위해 필요한 것은 그 재산에서 처음
약간을 빼고 난 뒤 모두 양도되어야 한다. 그리고 제일 먼저 이행되
어야 할 보상은 내 가정부가 나를 위해 봉사한 기간 동안 그녀에게
빚진 봉급을 지불할 것과 거기에 덧붙여 옷을 사입도록 금화 20두
까도를 주도록 하는 것이다. 나의 집행인들로는 여기 계시는 신부
와 싼손 까라스꼬 학사님에게 맡기기로 한다. 조항 하나, 내 조카딸
안또니아 끼하나가 결혼하고 싶어하면 결혼 상대자가 기사도의 책
들이 도대체 무엇인지 모르는가를 먼저 정확히 확인한 뒤 그런 사
람과 결혼시키도록 하라는 게 내 뜻이니라. 그가 그런 책들을 알고
있다는 게 판명될 시, 아무리 내 조카딸이 그와 결혼하고 싶어한다

해도 실제 결혼을 할 경우 내가 양도한 모든 것을 다 잃게 하도록 한다. 그 재산은 나의 집행인들이 마음대로 자선사업에 기부하도록 하게 한다. 조항 하나, 나의 집행인 나리들께 부탁하고 싶은 것은 혹시 운이 좋아『라 만차의 돈 끼호떼의 행적 2권』[2]이라는 제목을 달고 시중에 돌아다니는 역사 이야기를 썼다고 하는 작가를 만날 시는, 내 편에서 당부한다고 하면서 아주 간절하게 전해주기를 바라는 것은 생각지도 않고 그에게 그 많은 것을 쓰게 하고 거기에 써 있는 그 엉뚱한 엉터리 이야기들을 지어내게 한 동기를 부여한 것을 용서해주기 바란다고 전해달라. 나는 그에게 그런 이야기들을 쓰게 한 동기를 부여한 것을 걱정스럽고 안타깝게 생각하며 이 세상을 떠나기 때문이노라."

그는 이런 말로 유언장을 마감하고 잠깐 정신을 잃고 침대에 길게 누웠다. 모두들 야단법석을 떨며 그를 도와주러 다가갔다. 이 유언장을 만든 시각부터 사흘 동안 살아 있으면서도 아주 빈번히 정신이 왔다 갔다 했다. 온 집 안은 소란스러웠지만 그래도 조카딸은 밥을 먹고 가정부는 건배를 하고 싼초 빤사는 즐거워 흐뭇해했다. 유산을 받는다는 건 상속자에게 죽은 자가 주고 간 당연한 슬픔과 고통을 기억에서 지워주거나 눅여주기 때문이다.

끝내 돈 끼호떼의 마지막 순간이 다가왔는데, 모든 종부성사를 받은 뒤 기사도 책들에 대해 적절한 말로 수없이 혐오의 뜻을 나타낸 뒤였다. 서기도 거기 있었는데, 그는 돈 끼호떼처럼 저렇게 조용하게 종교적으로 자기 침대에서 죽는 방랑기사가 있다는 것을 기사도 책에서 읽어본 적이 없다고 했다. 돈 끼호떼는 거기 있는 사

<hr />

2 이 책을 이야기할 때는 기분이 나빠서인지 그때마다 책 이름을 잘못 적는다. 여기 잘못 인용된 원문은 *Segunda parte de las hazañas de don Quijote de la Mancha*이다.

람들의 눈물과 동정의 말 속에서 마지막 그의 정신을 바쳤다. 말하자면 죽었다.

그것을 보고 신부는 서기에게 착한 양반 알론소 끼하노, 보통 라 만차의 돈 끼호떼로 불리던 자가 현세에서 어떻게 떠났는지, 어떻게 자연사했는지 증언으로 채택하라고 하고, 그런 증언을 청한 건 시데 아메떼 베넹헬리가 아닌 어느 다른 작가가 다시 거짓으로 그를 부활시켜 끝이 안 나는 그의 공적 이야기를 다시 쓸지도 모르니 아예 그런 동기를 없애자는 것이었다.

라 만차의 기발한 시골 양반은 이렇게 임종을 맞았다. 라 만차의 어느 곳인가는 시데 아메떼가 정확하게 적고 싶어하지 않았다. 그 이유는 라 만차의 모든 고장이나 마을에서, 그리스의 일곱 도시가 호메로스의 고향을 두고 경쟁을 벌였듯이, 다들 돈 끼호떼를 자기 고장 사람으로 모시고 싶어 싸우게 하겠다는 것이었다. 여기에 싼초와 가정부, 조카딸의 통곡을 비롯해 돈 끼호떼 무덤의 새로운 비명들은 적지 않겠다. 그러나 싼손 까라스꼬의 비명은 이렇다.

여기 그 용맹성이 아주
극단에 치닫던 강력한
시골 양반이 누웠노라
죽음도 그의 삶을 죽임으로써
승리하지 못한 듯 보이도다.
온 세상 사람들을 얕보았던
그는 온 세상의 허수아비이며
무서운 도깨비였다, 좋은 기회를
맞았던 그의 운명의 평판,

미쳐서 살고 정신 들어 죽다.[3]

　그리고 덕망 높으신 시데 아메떼는 자기 펜에게 이렇게 말했다. "여기 이 걸이에 이 철사줄에 매달려 있어라, 잘 잘랐는지 못 잘랐는지 모르는 내 깃털 펜아, 네 신성을 모독하고자 오만하고 망나니 같은 역사가들이 너를 다시 끌어내리지 않는다면 거기서 연년세세를 누려라. 하지만 혹시 그놈들이 네게 다가가기 전에 너는 가능한 한 좋은 말로 경고하렴.

　쉿 쉿, 조심해, 비열한 놈들!
　아무도 만져선 안돼,
　왜냐하면 이 사업은, 착한 임금님,
　오직 나만을 위해 마련된 거니까.[4]

　오직 나만을 위해 돈 끼호떼는 태어났고 나는 그를 위해 태어났다. 그는 행동할 줄 알았고 나는 그것을 적을 줄 알았다. 오직 우리 둘만이 한몸이라 할 수 있으니, 감히 내 용감한 기사의 행적을 잘못 만들어진 추잡한 타조 깃털 펜으로 썼거나 쓰려고 하는 또르데

----

3 '미쳐서 살고 정신 들어 죽다'(morir cuerdo y vivir loco)라는 평판은 싼손 까라스꼬가 내린 것으로, 언뜻 보기에는 돈 끼호떼가 미쳐서 살다가 정신이 나자 후회하고 죽었다는 사실을 쓴 듯하다. 그러나 다시 새겨보면 진짜 산다는 것은 미쳐서 (무언가에 대한 사랑에 빠져서) 사는 것이고 정신 차리고 산다는 것은 결국 인생이 날마다 죽어가는 것이라는 것을 알고 사는 것이라는 뜻이다. 세르반떼스는 이런 의미에서 돈 끼호떼의 예술적 인생관, 즉 미쳐서 사는 삶의 아름다움을 암시하고 싶었던 것은 아닐까.
4 이 마지막 두 구절은 그라나다의 함락을 노래한 로만세에 나오는 말로 뻬레스 데 이따(Pérez de Hita)의 시구에도 나온다.

시야스의 사기 작가에게는 절망적이고 안된 일이겠지만 말이다. 이런 일은 그런 자의 어깨의 짐이 될 수 없고, 그런 멋대가리 없는 재주로 다룰 수 있는 사항이 아니기 때문이다. 혹시 그자를 알게 되거들랑 그에게 충고하라, 이미 지치고 다 썩어문드러진 돈 끼호떼의 뼈들을 이제 무덤 속에서 편히 쉬게 하라고. 모든 죽음의 법칙을 어기고 그를 다시 라 만차가 있는 구舊까스띠야 지방으로 끌고 다닐 생각은 하지 말라고 말이다. 다시 세번째 출행[5]을 하러 나오기에 불가능한 모습으로 길게 쭉 뻗고 정말로 누워 계시는 그를 무덤에서 마구 끌어내지는 말라고 하라. 그 많은 방랑기사들의 그 많은 행적을 가지고 장난치려면 그의 한두번 출행으로도 충분하리라. 이곳의 여러 지방이나 해외의 왕국들에서 그런 여행의 소식을 들은 많은 사람이 그토록 좋아하고 기쁨을 느낀 것으로 족하리라. 이렇게 함으로써 너는 너를 좋아하지 않는 자에게 충고해주는 것으로 너의 종교적인 임무를 다하는 게 되리라. 그리고 나 또한 만족할 것이며, 내가 원하던 대로 그가 쓴 것의 결실 전부를 처음 맛본 사람이 되었음을 매우 기쁘게 생각하리니, 내 소원은 다른 아무것도 없고 오직 기사도에 관한 책들의 엉터리 역사 이야기들을 사람들이 혐오하도록 만드는 것뿐이었다. 나의 진정한 돈 끼호떼의 역사 이야기로 인해 이제 그런 책들이 넘어질 듯 넘어질 듯 비틀거리니 그들은 끝내 전부 어김없이 쓰러지게 되리라. 안녕히.[6]"

---

5 실제로는 네번째 출행이 되리라. 세르반떼스의 건망증이다.
6 1권 「책머리에」 끝부분과 마찬가지로 책 끝에 세르반떼스는 장중한 고별의 느낌을 담아 라틴어로 '발레'(Vale)라는 인사를 붙이고 있다.

『돈 끼호떼』 개정판을 내면서

세르반떼스는 1605년『돈 끼호떼』1권을 내고 인기를 얻자 세계인이 다 읽는 책이 자기 책이고 세계인이 다 아는 작가가 자신이라고 어깨가 으쓱해진다. 역자인 나 또한『돈 끼호떼』한국어 번역판이 10쇄에 가까워지는 성공을 거둔 것을 퍽 자랑스럽게 여기며 즐거운 마음으로 이 개정판을 준비했다. 꼭 손보아야 할 곳이 한두군데겠는가. 특히 당시 에스빠냐의 화폐단위를 아무리 우리 조선시대 구화폐단위로 바꾼다 해도 맛이 안 날 것 같아 그대로 둔 곳도 많다. 마일이니 마장이니 하는 거리 단위도 십리, 백리로 고친다고 그 정확도나 우리말스러움이 좋아질 것 같지 않았다. 원래 세르반떼스 문체의 특성이 모호함이다. 역자도 그 모호함을 따르는 게 진짜 좋은 번역(?)이 아닐까?

『돈 끼호떼』를 연구하고 번역하면서 내게 가장 자랑스러웠던 순간이 두번 있었다. 그 하나는 2002년 6월 세르반떼스의 탄생지인 '알깔라 대학교'(Universidad de Alcalá)에서 「『돈 끼호떼』에 나타난 극동의 이미지들」(Las imágenes del Extremo Oriente en el Quijote)을 발표했을 때이고, 또 하나는 2010년 7월 '까스띠야 라 만차 대학교' (Universidad de Castilla-La Mancha)에서 「황금세기의 명작들 속에 나타난 자연철학 혹은 유교의 영향」(Confucianismo o teología natural en el Siglo de Oro)이라는 논문을 발표했을 때였다. 두 논문 다 "어느날—7월 중 가장 더운 날"라 만차의 평원으로 모험을 떠나는 돈 끼호떼나 세르반떼스를 연상시키는 자랑스러운 발표였고 에스빠냐 한림원 위원들을 비롯한 세계 세르반떼스 학자들의 이목을 집중시킨 이벤트였기 때문이다.

'유교의 영향'을 말하는 논문에서 나는 『돈 끼호떼』에 공자나 맹자의 성선설(性善說)과 비슷한 자연과 자연인에 대하여 신을 대할 때와 같은 숭배사상이 있음을 지적했다. "하느님과 자연이 (우리 인간을 모두) 자유롭게 태어나게" 했다고 말한 것이 돈끼호떼이고, 그렇기 때문에 배를 끌러 가는 중죄인들을 가차없이 풀어준 무정부주의적 성선설자요, 자유인이 또한 우리의 방랑기사였기 때문이다. 싼초가 가상 섬의 통치자로 갈 때 돈 끼호떼가 주는 충고 또한 공자 같은 말로 가득하다. "자네가 누구인가 하는 것을 주의 깊게 생각하고 스스로 알려고 노력해야 하네. 이것이야말로 진실로 어려운 지식이요, 지혜일세." 즉, 사람은 자기 분수를 알고 지켜야 훌륭한 지도자가 될 수 있다고 충고한다. 공자가 강조하듯 자신을 속이지 않는 성실성이 훌륭한 사람을 만든다는 말이었다.

그러나『돈 끼호떼』에 나오는 공자를 연상시키는 말 중에서 가장 놀라운 것이 "자기를 이기는 것"(克己)을 강조한 점이다. 고향에 돌아오자 싼초가 주인 나리를 칭찬하면서 한마디 한다. "남의 팔뚝에 져서 패배하긴 했지만 자기 자신을 이기고 돌아온 아들일세. 그분 말에 따르면 자신을 이기는 게 인간에게 바랄 수 있는 가장 큰 승리라는 걸세." 이렇게 보면 돈 끼호떼는 공자가 가장 중시한 "자기를 이기고 인의예지를 아는 착한 본성으로 돌아가라"(克己復禮)라는 교훈을 알고 몸소 실천한 위인이다. 원문의 뜻으로 읽으면, 돈 끼호떼가 격정, 분노, 광기를 버리고 정신이 들어 고향 품으로 돌아왔다는 말이다.

　다만 돈 끼호떼의 '극기'론은 구태여 공자에게 배우지 않아도 그 당시 반종교개혁운동을 주도했던 예수회(La Compañía de Jesús)의 창시자 성 이그나시오 데 로욜라(San Ignacio de Loyola)의『정신교육서』(Ejercicios espirituales)에서 강조하는 정신 자세라고 마르꼬스 비야누에바(Marcos Villanueva)는 주장한다. 그러나 공자의 사상과 유교를 서양에 가장 많이 소개하고 선전한 신부가 중국에 오랫동안 살았던 바로 예수회의 마떼오 리치(Mateo Ricci)이고 보면 당시 가톨릭 교회는 유교의 윤리와 기독교의 교리가 서로 위배되지 않는다고 생각한 것이 분명하다. 특히 마떼로 리치는 유교의 제사가 우상숭배가 아니라 "조상이 살아 계실 때처럼 정성을 다하여 모시는 예식"임을 잘 이해하고 기독교의 유신론에 빗나가는 습관이 아니라고 주장한다. 그가 1593년 예수회에 보내는 편지에서는 자신이 공자의『사서』(史書)를 라틴어로 번역했다고 쓰고 있으나 없어졌다고 한다.[1] 그러나 내가 에스빠냐 국립도서관에서 발견한 에스빠냐어 역『사서』는 분명히 리치 신부의 번역서인 것으로 보인다.[2] 더욱 놀라운 것은 우리에게 가장 낯익은 『명심보감』(明心寶鑑)이 이미 1592년에 에스빠냐어 한문 대역본으로 번역되어 *Beng sim po cam*이라는 제목으로 나와 있었다는 사실이다.[3] 이외에도 중국이나 일본에 관한 책들이 당시에 베스트셀러였던 것을 감안한다면 세르반떼스 같은 작가나 당대의 지식인이 중국사상이나 유교에 대해서 전연 몰랐다는 것은 이해가 되지 않는다. 또한 그들은 동양에도 서양 기독교와 유사한 종교적 사고가 존재하고 있음을 크게 반감없이 상식으로 받아들였던 것.

어떻든 나의 『돈 끼호떼』에 대한 사랑은 여기서 그치지 않는다. 요즘은 2013년 상하이에서 개최될 아시아 에스빠냐 어문학회에 발

---

1 히라까와 스께히로 『마테오 리치: 동서문명교류의 인문학 서사시』, 노영희 옮김, 서울: 동아시아 2002, 161~62면.

2 *Ciudad de Dios*(1921) CXXVI 285~96면, 332~437면, 547~61면; CXXVII 44~55면 참조. 미겔 로헤리오(Miguel Rogerio)는 이 번역을 소개하면서 펠리뻬 2세의 유고원고집에서 뽑아왔음을 명시한다. 원고의 보관 날짜는 1602년 5월 28일로 나와 있다.

3 Juan Cobo, *Beng sim po cam, o Espejo Rico del Claro Corazón*(Manila: 1592), reeditado por Carlos Sanz, Madrid: Librería General 1959. 나에게 재미있는 에피소드 하나가 있다. 내가 처음 서양어로 번역된 책이 *Beng sim po cam*이라고 나와 있는 것을 보고, 나의 짧은 중국어 실력으로는 이것이 중국식 발음일 수는 없고 한국식 한문 읽기에서 나왔다고 생각했다. 그리고 첫 자 'Beng'은 우리 소리 'Meng'을 잘못 읽은 것으로 상상했던 것이다. 그도 그럴 것이 그때까지 『명심보감』은 고려 충렬왕 때의 추적(秋適)의 저작으로 알고 있었기 때문이다. 그러나 막상 번역본을 마주했을 때 나의 서투른 애국심이 유치했음을 통감했다. 그 책은 요즘 알려져 있듯이 명나라 때의 범립본(范立本)에 바탕한 것이었고, 한문 글자도 선명한 대역본이었기 때문이다. 더 나아가서 우리 『명심보감』에는 부정확한 것들이 눈에 띄었다. 예를 들어, 제2장 천명편(天命篇) 첫 구절에서는 맹자의 말을 공자의 말로 옮겨놓고 있다. 즉 '子曰 順天者存, 逆天者亡'이라고 우리 책에는 나와 있지만 원본에는 공자 말이 아니라 '孟子' 말이라고 분명히 적고 있다. 한국어 판본은 박일봉 역저 『明心寶鑑』, 서울: 육문사 1982, 25면 참조.

표할 논문을 생각하고 있다. 이번에는 '돈 끼호테, 불교신자'라는 관점에서 접근을 시도할까 한다. 사실 방랑기사 돈 끼호떼는 그 많은 모험과 결투에서 아무도 죽이지 않았다. 어느 짐승 하나도 죽이지 않고 동물과 인간을 다 함께 사랑하는 양생(養生), 방생(放生)주의자이다. 더욱 재미있는 것은 블리스[4]가 지적하듯, 돈 끼호떼의 행동에는 선 정신(禪情神)이 살아 있다. 예를 들어 '무문관'(無門關) 제46칙 "백척이나 되는 장대 끝에서 어떻게 더 나아갈 것인가"(百尺竿頭如何進步)의 상황에서 모두 버리고 눈 감고 무아경(無我境)에서 뛰어내리는 구도의 장면이 있다.『돈 끼호떼』1권 50장에도 바로 비슷한 상황이 전개된다.

"그대, 기사여, 그대가 누구이든지, 이 무시무시한 호수를 바라보고 있는 자여, 만일 그대가 이 검은 물 밑에 숨어 있는 보물을 얻고자 하거든 그대의 강력한 힘과 용기를 보여주소서. 바로 지금 이 검게 불타는 술통의 한중간으로 뛰어들라."

이런 깨달음을 위한 무서운 용기와 고행이 기사도라고 생각한 돈 끼호떼. 그는 선불교의 수행자라고 할 만큼 진솔한 구도적 인간이었다. 특히『돈 끼호떼』2권 마지막 부분에서는, 삼천삼백대의 매를 싼초에게 때려야 마법에 걸려 신음하고 있는 추한 둘시네아를 다시 아름다운 소녀로 환생시킬 수 있다고 믿는다. 싼초가 반항하듯, 매 삼천삼백대를 맞는 싼초의 궁둥이와 둘시네아 아씨의 마법 풀기가 도대체 무슨 상관이란 말인가? 이건 싼초나 일반인에게는 도저히 이해할 수 없는 난센스거나 화두(話頭)이다. 그렇다. 매 삼천삼백대를 고집하는 돈 끼호떼는 엉터리 마술사의 장난의 노리

---

4 R. H. Blith, *Zen in English literature and Oriental Classics*, New York: Duton 1960 참조.

갯감이 아니라 어떤 무명 도사의 오묘한 화두에 빠진 수도 선승(禪僧)의 고뇌가 아니었을까?

어쩌다보니 이야기가 너무 진지해지고 말았다. 그러나 『돈 끼호떼』는 세르반떼스 자신이 1권 「책머리에」에서 말하듯 누가 어디서 아무렇게 읽어도 웃기고 재미있고, 또한 진지하게 보면 무척 진지한 책이다. 이 개정판을 내면서 나는 이 『돈 끼호떼』를 통해서 우리 한국문학에 기독교 신자든 불자든, 서양인이든 동양인이든, 민족문학자든 보수문학자든 누구나 읽고 공감하는 소설의 모델을 보여주고 싶었다. 누구나 자신의 일로 알고 읽고 감동하고 감탄하는 문학이 진정한 문학이다. 그것이 아리스토텔레스가 말하는, 역사성과 다른 문학성의 진실스러움이고, 문학예술이 추구하는 진정한 세계성이다. 오늘 우리 문학에 가장 필요한 자양분이 바로 이것이 아니겠는가.

2012년 10월 고덕동 산자락에서
민용태(고려대 명예교수)

『돈 끼호떼』 원전 완역판을 내면서

　　돈 끼호떼 나라의 문학과 우리 문학을 혼인시켜 내 안에서 잡종 강세(雜種强勢)의 문학을 낳아보겠다고 돈 끼호떼 사랑을 시작한 지 사십오년, 이제야 겨우 『돈 끼호떼』를 우리말로 번역하고 최소한의 효도를 실천한 느낌이다. 천성이 게으른지라 이 번역을 완수하기까지는 근 십년의 세월이 걸렸지만 내가 본격적으로 『돈 끼호떼』에 관심을 두기 시작한 것은 에스빠냐 국립 마드리드 대학교의 세르반떼스 전문가 프란시스꼬 인두라인(Francisco Ynduráin) 교수 밑에서 박사논문을 쓰고 연구활동을 할 때였다. 그때 인두라인 교수는 '돈 끼호떼와 아이러니'라는 주제로 연구를 하고 있었는데, 원래 치밀하고 정확한 자료를 좋아하던 선생은 우리 연구원들로 하여금『돈 끼호떼』의 수많은 판본들을 정독하도록 고된 작업을 시키셨다. 내 박사학위 논문의 주제가 '에스빠냐 문학에 미친 동양의 영향'이었던만큼『돈 끼호떼』를 읽는 나의 눈길도 자연 그쪽으로 집중되었고, 2003년 에스빠냐 알깔라 대학교와 한국서어서문학회 주최로 열린 국제서어서문학회에서 발표한 논문「『돈 끼호떼』에 나타난 극동 이미지들」(Las Imágenes del Extremo Oriente en *el Quijote*)이 각광을 받은 것도 그간의 연구가 결실을 맺은 결과이다.

이 논문에서 나는 특히 돈 끼호떼가 '끌라비호'(Clavijo)라는 이름의 날아다니는 말을 타고 여행하는 상상의 왕국 깐다야(Candaya)가 오늘날의 필리핀(원래 이름이 딴다야(Tandaya)이다)이나 중국(마르꼬 뽈로의『동방견문록』에서 유래한 '까따이'(Catay) 혹은 '까따야'(Cathaya))의 변형이라고 못 박았다. 작가 세르반떼스는 돈 끼호떼 못지않게 황당한 꿈을 좋아했다. 특히 1600년대 내내 에스빠냐에서는 '가이나또'(Juan Juárez Gallinato)라는 불쌍한 군인이 캄보디아(당시 이름 깜복사(Camboxa))에 가서 공주와 결혼해 그곳 왕이 되었다는 소문이 떠돌았는데, 이 이야기는 세르반떼스를 한껏 사로잡았다. 앞서의 '깐다야 왕국' 이야기처럼 돈 끼호떼는 방랑기사로 세계를 떠돌아다니며 위기에 처한 왕을 돕거나 불쌍한 공주를 구원하여 결혼하여 왕이 되리라는 꿈으로 산다. 게다가 싼초에게도 섬의 통치자 자리를 약속해주기까지 하니 돈 끼호떼의 망상은 신데렐라의 신분상승 콤플렉스 못지않다고 하겠다.『돈 끼호떼』2권「레모스 백작에게 바치는 헌사」를 보면 세르반떼스는 죽는 날까지 동양의 어느 왕국에 가서 왕이 되거나 대학총장이 될지 모른다는 꿈을 꾸고 살았음을 알 수 있다. 비록 그 꿈은 이런 글을 쓴 지 육개월 뒤 죽음을 맞이함으로써 영원히 이루어지지 않은 꿈으로 남지만……

돈 끼호떼의 동양에 대한 동경과 염원 못지않게 우리의 관심을 끄는 것은 돈 끼호떼가 바르셀로나 해안에서 들은 무어족 해병들의 고함 소리이다. 이때 무어족 병사들은 "릴릴리, 릴릴리"(lililí)라고 고함을 쳤다는데, 이것은 우리 민요의 후렴을 연상시키는, 기쁨과 슬픔을 표현하는 감탄사이다. 학자에 따라서는 이 감탄사가 "라 일라 일라 알라"(lá iláh illá alláh), 즉 "신은 알라 신밖에 없다!"라는 뜻을 가진, 독전(督戰)의 함성이라고도 한다. 고려가요 「청산별곡」의 후렴구 "얄리얄리 얄랑셩"을 연상시키는 이 소리는, 그러나 그 연원이 불분명하다는 것이 대다수 학자들의 의견이다. 같은 어원을 지닌 에스빠냐어 '알라리도'(alarido), 즉 '함성 소리, 고함 소리'라는 말도 에스빠냐의 아스뚜리아스 지방에서는 '알라리 알라리 알라리우'(allari allari allariu)라고 하는데, 이것은 우리 민요의 '아라리 아라리 아라리요'와 다를 바 없는, 서민의 애환이 서린 감탄사에서 나온 말들이기 때문이다. 호안 꼬로미나스(Joan Corominas)의 『에스빠냐·까스떼야노 어원사전』에 보면 심지어 그리스 어원의 '알랄라'와 유사한 에스빠냐어 감탄사들, 바스끄어의 '알라라우'(alarau) 등 수없이 많은 비슷한 후렴구들이 중세부터 에스빠냐어에 있었음을 알 수 있다. 이런 감탄사들은 아랍어 계열의 함성에서부터 시골 사람들의 슬픔과 즐거움을 나타내는 노랫가락으로 이베리아 반도 사람들 사이에서 전해내려온 것이 사실이다. 우리 민요 「아리랑」이나 「널리리야」가 『돈 끼호떼』나 에스빠냐어에서 왔다는 이야기가 아니라, 그런 감탄사가 우리 민족만의 한을 담은 소리가 아니라는 것이며, 이는 『돈 끼호떼』를 읽으면서 뜻하지 않게 깨닫게 되는 크고 작은 놀라움 중의 하나이기도 하다.

『돈 끼호떼』는 내가 깨어 있거나 잠든 사이에도 항상 나의 머리 맡에 있는 책이었다. 내게는 세상을 살아가는 데 이만큼 큰 친구, 이만큼 가까운 위안이 없었다. 지난 1979년 가을 십이년간의 에스빠냐 생활을 접고 귀국했을 때, 우리나라는 극심한 혼란에 빠져 있었다. 박정희 대통령의 죽음에 이은 전두환 정권의 꾸데따, 광주민주화운동, 삼엄한 군사독재 분위기에 숨이 막혔고, 제5공화국 말기에는 교수들의 민주화요구 서명운동 등 고뇌에 찬 선택의 나날을 보내지 않으면 안되었다. 그때 나로 하여금 이런 흐름에 동참하게 한 것도 돈 끼호떼의 가르침 때문이라 할 수 있으리라.

그때 나는『돈 끼호떼』를 양심있는 엘리뜨, 행동하는 지성의 모델로 읽고 있었다. 이름 모를 시골 양반, 께사다인가 끼하나인가 하는 영감이 세상에 무슨 할 일이 없어 이백여년 전 증조할아버지 때나 썼을 법한 갑옷과 투구를 찾아쓰고 세상을 구원하겠다며 길을 나섰을까. 이미 그때 세르반떼스의 나이, 쉰이 넘은 그 노인은 세상에 무너진 정의와 자유, 자비와 양심을 불러일으키기 위해 방랑기사가 되어 방방곡곡을 떠돌아다니겠다고 결심을 한다. 노인은 시대가 방랑기사를 필요로 하고 곧 자기를 원하고 있다는 것을 알고 있다. 밤낮으로 수많은 책들을 읽고 남다른 혜안을 얻었기 때문이다.

이런 얘기는 보통 사람들이 흔히 알고 있는 돈 끼호떼와는 다른 이야기이다. 일반적으로 돈 끼호떼라는 인물은 책 읽기를 너무 좋아하고 특히 기사소설을 지나치게 많이 읽어 정신이 이상해져서 밖으로 떠돌아다니게 된 노망한 늙은이 정도로 비쳐진다. 그러나 돈 끼호떼를 이렇게 본 것은 돈 끼호떼 주변의 일반 속인들의 생각이었다. 생각의 방향을 바꾸어, 예를 들어 잠 안 자고 책 많이 읽으며 공부에 몰두하는 학자들이나 잠 안 자고 마음공부 많이 하시는 우리 선사들의 시각으로 본다면 그 시골 영감은 득도(得道)에 이르기 위한 세상 공부를 많이 한 분이 될 것이다. 그 많은 논마지기까지 팔아 책을 사고 밤낮으로 읽는 사람이 시골 사람의 눈에는 정신 나간 사람이겠지만, 공부하는 사람의 시각에서는 대단히 훌륭한 작가나 학자, 지성인으로 비칠 것이다. 사실 돈 끼호떼는 보통 사람들이 이해하기 힘든 특출한 엘리뜨였다고 볼 수도 있다. 그가 책을 너무 많이 읽은 나머지 '골수가 다 말라버렸다'(1권 1장)라는 대목은, 당시 세르반떼스가 심취하던 우아르떼 박사의 『학문을 위한 재능 테스트』(1575)의 '사상이론'의 영향을 엿볼 수 있다. 이에 따르면 이 대목은 골수가 '건성'(乾性, 지적이면서 성질이 고약한 상태)으로 바뀌었다고 해석할 수도 있는 것이다. 말하자면 돈 끼호떼는 지나치게 책을 많이 읽은 결과 엄청난 지식을 갖게 되었으며, 신경질도 늘었다고 볼 수 있다.

혜안을 얻은 돈 끼호떼가 근시안적인 현실주의자들의 눈에는 쓸데없는 일로 난동만 피우고 다니는 미치광이로 보일 뿐이다. 한번은 길가에서 똘레도 장사꾼들을 만난다. 돈 끼호떼는 그들에게 "엘 또보소의 둘시네아 님은 이 세상에 둘도 없는 가장 아름다운 여인"이라고 맹세하고 그 길을 지나갈 것을 요구한다. 뜻하지 않게 이런 어처구니없는 상황에 처한 한 젊은 친구가 돈 끼호떼에게 "기사 나리, 저희는 그대가 말하는 그 귀부인이 어떤 분인지 모릅니다. 저희에게 그 부인을 보여주셔야 알지요. 그래서 그대 말씀대로 그분이 정말로 그렇게 아름다우시다면, 나리의 청이 정 그러하시니 저희도 지체없이 고백하리다"라고 하자 그 말을 들은 돈 끼호떼는 호통을 치며 "그분을 그대들에게 보여준다면, 그런 자명한 사실을 어찌하여 그대들에게 인정하라 하겠는가? 중요한 것은 보지 않고 믿어야 한다는 거요"(1권 4장)라고 말한다. 그렇다. 돈 끼호떼는 실증적 가치보다 정신적·신앙적 가치를 더욱 중시한다. 눈에 보이는 물질이나 현실, 실증적 표상보다는 양심이나 사랑, 믿음 같은 눈에 보이지 않는 진정한 가치를 훨씬 더 중시하는 것이다. 돈 끼호떼는 결국 이 장사꾼들과의 시비로 초주검이 되도록 얻어맞는다.

그렇게 꼼짝달싹 못하고 길가에 엎어져 있는데, 우연히 그곳에 자기 동네 옆집 사람이 지나가다가 그를 발견한다. 돈 끼호떼는 또 그의 광기를 발휘해서, "오, 존귀하신 만뚜아 후작님⋯⋯"이라고 수선을 떤다. 한심하다는 듯이 그를 내려다본 이웃 영감이 "끼하나 영감님! 누가 영감님을 이 꼴로 만들어놓았단 말이오?"라고 한탄하자 그때 돈 끼호떼가 대답한 말이 걸작이다. "나는 내가 누군 줄 아오. 그리고 나는 내가 지금 말한 사람들보다 더 훌륭한 사람이 될 수 있다는 것도 알고 있소." 돈 끼호떼는 현실을 모르는 맹목적 이상주의자가 아니다. 그는 자기가 현실적으로 누구인지 알고 있는 동시에 이상을 버리고 살 수 없다는 것도 아는 사람이다. 그러기에 노구를 이끌고 눈앞의 현실과 물질주의, 위선, 악에 찌든 현실에 뛰어들어 양심과 사랑, 자유, 정의를 일으키기 위해 스스로 갖은 수모와 고난을 무릅쓰기로 작정한 행동하는 지성이다.

그러나 이제 『돈 끼호떼』를 쓸 때의 세르반떼스의 나이에 가까워오는 오늘, 나의 생각은 좀 다르다. 돈 끼호떼는 세상 누구보다도 늘 젊게 살고 싶었던, 진정한 회춘을 위한 자기투쟁을 거듭한 극기의 영웅으로 보인다. 이렇게 생각하게 된 가장 큰 이유는 『돈 끼호떼』 속의 이야기 중 가장 많은 부분이 아름다운 아가씨에 대한 이야기이고, 사랑 이야기라는 점이다. 세르반떼스나 돈 끼호떼가 매

한가지로 '쉰 남짓한 노인'이 되어 무슨 망령이 들었기에 어찌 그리 많은 사랑 타령이 나온단 말인가. 쉰이란 나이를 두고 흔히 고갱의 예를 들며 '인생 제2의 사춘기'라고 말하기도 한다. 그 말을 믿기로 하면 『돈 끼호떼』는 그가 자기를 늘 늙은이 취급하던 조카딸이나 가정부를 버리고 시골을 벗어나서 그가 그토록 소망하던 진정한 '제2의 삶'을 살겠다고 몸부림친 기록이라는 말이 된다. 다시 젊어지려 하던 그때 돈 끼호떼에게는 사랑이 필요했고, 자신이 한때 사랑에 빠졌던 소녀가 사랑의 모델이 될 수밖에 없었던 것이다. 그녀가 바로 우리가 잘 아는 둘시네아이다.

『돈 끼호떼』를 읽으며 간직한 내 가장 오래된 화두는 '돈 끼호떼가 진정으로 둘시네아를 사랑했을까?'라는 물음이다. 사랑했다면 둘시네아는 그의 말대로 정신적 사랑의 대상이었을까, 아니면 시나 기사소설을 쓰기 위해 필요에 따라 지어낸 허구적 모델 이름이었을까. 1권 25장에서 말한 것처럼 "시인들이 제멋대로 이름을 붙이고 사랑하고 칭송하는 그 귀부인들이 다들 실제로 존재하는 여인인 게" 아니듯이 그렇게 둘시네아를 편의상 애인으로 모셨다?

만약 우리가 돈 끼호떼의 둘시네아에 대한 사랑을 시나 기사소설을 쓰기 위한 구실로 읽는다면 그것은 진솔함이 없는 우스꽝스러운 패러디에 지나지 않는다. 그러나 그의 사랑의 성실성과 지조는 작품 전체에 걸쳐 지속적으로 나타나는 가장 중요한 요소이며, 그 태도는 진정한 정신적 사랑을 수행하는 자세라고 보아도 지나치지 않을 것이다. 작품 속 여러 여자의 유혹을 거절하기 위해 선언하는 둘시네아에 대한 사랑 고백에는 조금의 거짓도 없어 보인다. 세르반떼스와 돈 끼호떼, 작가와 작중인물의 관계가 서로 같은 고뇌를 지녔거나 상호보완적이라고 할 수 있다면, 이들은 현실적으로 둘시네아처럼 젊고 예쁜 공주와의 사랑이 실현 불가능하다고 느꼈음에도 오히려 그 불가능성 때문에 더욱 간절히 소망하는 목마름을 살았을 법하다. 그것은 나이가 들고 늙어가면서 잃어버린 젊음과 사랑에 대한 절절한 그리움에 사무칠 때가 많은 것과 같다. 인간의 이런 욕망에는 동서고금이 없다.

그렇다면 세르반떼스나 돈 끼호떼의 젊은 시절 애인에 대한 그리움과 열망은 절대 거짓일 수 없다. 둘시네아는 허구적 인물이라기보다는 나이 든 사람의 소망이 향하는 곳의 이정표이며 상징이다. 그 증거로 『돈 끼호떼』 속에는 사랑 이야기만큼이나 어여쁜 소녀들에 대한 묘사 또한 허다하다. 특히 열네살부터 스무살 이전의 소녀에 대한 그리움과 사랑, 열정이 모든 사랑 이야기의 핵심이다.

『돈 끼호떼』에 나오는 아름다운 여인들은 모두 어린 소녀들이다. 우선 돈 끼호떼 집의 조카딸도 스무살이 못되었고(1권 1장) 아름다운 목동 아가씨 마르셀라 또한 열너덧살(1권 12장)이다. 또한 시골에서 가장 아름다운 아가씨 레안드라도 "어렸을 때부터 예쁘던 아이는 날이 갈수록 그 아름다움이 더해가서 열여섯살이 되자 정말 예쁘디예쁜 처녀가 되었습니다"(1권 51장)라고 나온다. 2권에 나오는 공작 부인 집에서 벌인 연극 아닌 연극에서, 메를린이라는 마법사를 따라온 둘시네아라는 요정은 싼초에게 "아직도 열몇살인 내가, 아직 열아홉, 스무살도 안된 내가 이 꽃 같은 나이에 시골 농사꾼 여자의 껍질을 쓰고 그 밑에서 시들어"간다(2권 35장)고 신세 한탄을 하며 구원을 청한다. 돈 끼호떼에게 반한 척한 공작 부인의 시녀 알띠시도라도 열네살 삼개월 된 어여쁜 소녀(2권 44장)이다. 세르반떼스가 이렇게 어린 소녀들을 가장 아름다운 여인상으로 부각한 것은 줄리엣이나 춘향 같은 전통적 미녀의 나이 이팔청춘을 염두에 둔 것이지만, 한편으로는 분명 젊음을 안타깝게 동경하는 세르반떼스나 돈 끼호떼의 나이에 대한 집착의 결과이기도 하다. 세르반떼스는 아름다움과 사랑을 구가하는 것이 시라고 하면서 "시라는 것은 나이가 많지 않은 어린 소녀"와 같다고 말한다.

그러나 돈 끼호떼는 소녀에 대한 자신의 열망이 결코 이룰 수 없는 꿈임을 누구보다 더욱 잘 안다. 지나가는 세월을 누가 막을 것인가. 자기가 한때 사랑했던 둘시네아는 추한 시골 아낙네가 되어 있는 것이다. 그리고 둘시네아는 마법에 걸려 추한 농사꾼이 된 것이 아니라 인생이라는 생로병사의 덫에 걸린 모든 여인의 모습인 것이다. 돈 끼호떼가 몬떼시노스 동굴에서 본, 마법에 걸렸다는 둘시네아는 돈 끼호떼에게 돈을 달라고 청한다. 열네살 혹은 열여섯살 시절 사랑했던 꽃다운 소녀는 어디 가고 추하디추한 현실 속의 아낙이 돼버린 여인. 마법에 걸린 둘시네아의 모습은 싼초가 거짓말로 지어낸 농사꾼 아가씨의 모습이고, 엘 또보소에서 만난 농사꾼 처녀들 모습 그대로이다. 그걸 보고 싼초는 돈 끼호떼를 비웃는다. 자기가 주인나리를 속이기 위해 꾸며댄 둘시네아의 모습을 이제는 주인이 다시 이용하기(2권 33장) 때문이다. 그러나 여기에 속고 속이는 사람은 없다. 인생이라는 마법은 그토록 예쁜 소녀도 시들게 만든다.

세상 누가 이 무서운 세월의 마법을 피할 수 있을 것인가. 둘시네아에게 걸린 마법을 풀어주겠다는 노력은 바로 이런 불가능한 꿈을 향한 도전이었다. 세상에서 가장 부조리하고 우스꽝스러운 해법으로 자연과 세계가 걸어놓은 불가항력의 마법 풀기에 나선 여정, 그것이 돈 끼호떼의 모험인 것이다.

그동안 나는 『돈 끼호떼』에 대해 적잖은 연구를 해온 셈이다. 이
미 말한 「『돈 끼호떼』에 나타난 극동 이미지들」 외에 『세르반떼스,
돈 끼호떼, 그리고 동양』(1991)을 편저로 펴내면서 '돈 끼호떼는 누
구인가' '복합적 시각의 마술' 등을 이야기했고, 그밖에 「익살은 삶
의 묘약」 「『돈 끼호떼』 속 세르반떼스의 자연관」 「말 인간, 돈 끼호
떼—로신안떼 연구를 중심으로」 등의 논문을 발표했다.

번역을 위해 사용한 주된 텍스트는 저명한 세르반떼스 전문
가 마르띤 데 리께르의 해설과 주석으로 펴낸 *Miguel de Cervantes
Saavedra: Don Quijote de la Mancha*(Barcelona: Editorial Juventud 1968)
이다. 최근 상세한 해설로 주목받고 있는 비센떼 가오스의 *El
Ingenioso Hidalgo Don Quijote de la Mancha 1, 2*(Madrid: Editorial Gredos
1987)도 참 유용했다. 거기에 존 제이 앨런이 해설하고 연구한 *El
Ingenioso Hidalgo Don Quijote de la Mancha 1, 2*(Madrid: Ediciones de
Cátedra 1983, 5판), 『돈 끼호떼』 연구의 최고 권위자인 아메리꼬 까스
뜨로의 *El Ingenioso Hidalgo Don Quijote de la Mancha*(Mexico: Editorial
Porrúa 1960~2002)의 서문과 최근의 연구성과 등도 큰 도움이 되었
다. 특히 멕시코에서 공부하는 박병규 박사가 보내준 프라우까
(Julio Cejador y Frauca)의 1200면에 달하는 방대한 『『돈 끼호떼』 어휘
사전』(*La Lengua de Cervantes: Gramática y Diccionario de la Lengua Castellana en el
Ingenioso Hidalgo Don Quijote de la Mancha 1, 2, 3, Madrid:* 1906)은 대단히 유
용했다.

그밖에 참조한 연구나 『돈 끼호떼』 판본들이 상당히 많다. 그중
에서 제일 재미있는 것은 1735년 안또니오 싼스(Antonio Sanz)라는
출판업자가 마드리드에서 자비로 펴낸 *Vida, y Hechos del Ingenioso
Caballero Don Quijote de la Mancha, compuesta por Miguel de Cervantes*

*Saavedra*인데, 총 2권으로 된 이 책의 새로운 점은『기발한 기사 돈 끼호떼의 행적과 삶』이라고 달리 붙인 제목 외에도 책 맨 앞에 돈 끼호떼의 실록을 쓴 역사가 시데 아메떼 베넹헬리가 돈 끼호떼에게 보내는 자필 헌사가 장장 6면에 걸쳐 나와 있는 것이다. 세르반 떼스의 문체를 모방하여 그럴듯하게 쓴 이 헌사는 베넹헬리가 비아냥을 섞어가며 돈 끼호떼의 행적을 일일이 언급하고 특히 마리 또르네스를 비롯한 여자들에게 혼난 일들을 재미있게 이야기하고 있다. 물론 '용감한 방랑자 라 만차의 돈 끼호떼에게'(Al valiente, y andante Don Quijote de la Mancha) 보내는 찬사도 많다. "그대의 책에 대한 사랑과 주요한 문화예술에 대한 해박한 지식이 모두 완벽하게 나와 있는 걸로 보아, 그대의 혜안이야말로 밝고 투명하고 명석하다고 할 것이외다"라고 치켜세우기도 하는 것이다.

김창수 박사가「한국의 돈 키호테에 관한 연구: 돈 키호테와 한국인들(1907~1985)」(한국외대 박사논문 1990)에서 말하듯『돈 끼호떼』는 1907년 유승겸(兪承兼), 1914년 육당(六堂) 최남선(崔南善)의 소개로부터 오늘에 이르기까지 우리 문학에 수없이 많이 언급되고 영향을 끼친 작품이다. 모두가 공인하는 서구 최초의 근대소설이며 성서 다음으로 많이 번역된 책이기도 하다. 그러나 불행하게도 아직까지 우리에게는 전문성을 갖춘 번역자에 의한 제대로 된 우리말 번역이 없었다. 기왕의『돈 끼호떼』번역판들이 영어나 일어에서 중역됐거나 현대 에스빠냐어판에서 번역한 것들이었다. 어떤 번역본은 많은 역자들의 합작이어서 혼란스럽기까지 하다. 이런 번역으로『돈 끼호떼』가 빛을 발할 수 없고 재미를 맛볼 수 없는 이유는 이 작품의 재치와 매력이 대개 기발한 말놀이나 문체의 미묘한 아이러니에 의존하기 때문이다. 예를 들어 뻬드로 선생이 원숭이를 이용해 점을 치자 돈 끼호떼가 싼초에게 '이놈이 악마와 결탁을 한 모양'이라고 말하는 대목이다. 그 '결탁'(pacto)이란 말이 어려워 '마당'(patio)으로 잘못 알아들은 싼초는 '그렇다면 그 마당이 대단히 추잡한 마당인 것 같다'라고 대답한다. 만약 이 문장을 위에서처럼 축어적으로, 혹은 자의적으로 번역한다면 낭패다. 이런 대목은 역자의 창조적 능력이 결합해야만 세르반떼스가 의도한 뜻과 맛이 나온다. 고심 끝에 나는 그 '결탁'이란 말을 '걸상'이나 '탁자'로 잘못 알아들은 것으로 처리했다.

뷔퐁(Buffon)은 "문체는 곧 그 사람이다"라고 했다. 세르반떼스 같은 천재적 작가의 문체와 아이러니, 유머가 빛나는 문학을 중역이나 공역으로 과연 어떻게 그 맛을 살릴 수 있을 것인가. 이런 뜻에서 나는 이 책이 우리말로 나온 최초의, 믿고 읽을 만한 재미있는 한국어판이라고 자부한다.

더불어 이 책에 거는 또다른 기대가 있다. 『돈 끼호떼』는 실상 오늘날 포스트모더니즘의 원조인 셈이다. 몽상과 마법이 판치는 『돈 끼호떼』의 세계는 마술적 사실주의의 실연장이고, 또한 시데 아메떼, 세르반떼스, 아랍어 번역자 등이 제2, 제3의 작가로 등장하는 해체소설이면서 '간(間)텍스트 문학'인 것이다. 세계 최초의 근대소설 『돈 끼호떼』의 한국어 완역본이 우리 문학이 리얼리즘의 비전을 더욱 심화시키고 풍성하게 하는 데 기여하기를 바라는 마음 크다.

원고 정리를 위해 수고해준 나의 제자 도혜옥 씨와 권소현 씨, 좋은 책을 만들기 위해 애쓴 창비 편집진, 그리고 긴 세월 나의 작업을 지켜보며 자랑스러워해준 나의 아내 이길주 님에게 깊이 감사드린다.

2005년 11월 고덕동 산자락에서

민용태(고려대 교수)

1. 세르반떼스 생애와 그의 시대[1]

1547년   세르반떼스가 마드리드 근교의 대학도시 알깔라 데 에나레스
(Alcalá de Henares)에서 태어난다.

----

[1] 세르반떼스의 생애에 대해서는 아직도 모르는 게 많다. 따라서 그의 생애만 이
야기하는 것보다는 그의 시대를 동시에 설명하는 것이 이 위대한 작가의 삶과
고뇌를 이해하는 데 더 도움이 되리라. 그런 의미에서 『세르반떼스의 생애와 전
기』(Cristóbal Zaragoza, *Cervantes, vida y semblanza*, Madrid: Biblioteca Mondadori
1991)의 작가 사라고사가 그의 연보를 정리하면서, '세르반떼스와 그의 시대'
(Cervantes en su época)라는 명칭을 붙인 것도 좋은 예이다. 우리의 연보는 인용
한 책의 369~72면을 참조하고 재정리한 것이다.

1554년	16세기 유럽의 대황제이면서 에스빠냐의 황제인 까를로스 5세 (Carlos V)가 황태자 펠리뻬 2세(Felipe II)에게 식민지인 네덜란드와 주변국가들의 통치권을 물려준다.
1556년	까를로스 황제가 황태자 펠리뻬 2세에게 에스빠냐와 라틴아메리카 모든 영토를, 동생인 페르난도 1세(Fernando I)에게 유럽 황제 칭호와 독일 연방국들을 물려준다. 그리고 황제 자신은 유스떼 수도원(Monasterio de Yuste)으로 돌아가 쉰다.
1557년	세르반떼스 나이 10세. 새로운 황제 펠리뻬 2세가 싼 낀띤(San Quintin) 전투에서 프랑스 군대를 무찌른다.
1560년	에스빠냐 수도를 마드리드로 옮긴다.
1563년	뜨렌또 종교회의(1545~63)가 끝나고 에스빠냐를 비롯한 일부 유럽 가톨릭 국가들에서 반종교개혁 운동이 확산된다. 종교개혁파들을 처단하는 종교재판이 더욱 활성화되고 반이단, 금욕주의가 강화된다.
1567년	세르반떼스 나이 20세. 네덜란드를 비롯한 주변국가들의 에스빠냐 제국에 대한 반식민지 독립운동 확산. 이들의 대표 윌리엄 오렌지 공은 종교개혁의 선두 깔뱅파임을 공표한다. 즉, 반종교개혁의 중심인 에스빠냐 제국에 대한 반항은 독립운동가들로 하여금 종교개혁 지지파로 돌아서게 만든다.
1569년	16세기 중반 에스빠냐 초기 종교개혁 교육을 주도한 환 로뻬스 데 오요스(Juan López de Hoyos)의 제자인 세르반떼스는 이때 스승의 문집에 최초로 자신의 시를 싣는다.
1571년	세르반떼스 나이 24세. 세르반떼스는 지중해 해상권을 놓고 벌린 터키 제국과 에스빠냐 제국의 '레빤또 해전'에 해군으로 자원입대하여 싸우다 부상을 입고 입원한다. 이 해전의 승리로 에스빠냐

제국은 세계에서 '해가 지지 않는' 대제국으로 일어서지만, 부상 당한 세르반떼스는 평생 외팔로 살아야 하는 상이군인이 된다.

1575년 에스빠냐로 귀국하던 중 터키 해적들에 의해 마르세유에서 형 로 드리고와 함께 납치당한다.

1575~80년 세르반떼스가 납치되어 아르헬(Argel, 알제리)에서 포로생활을 한 시기. 로드리고는 1577년에 풀려났으나 세르반떼스는 다섯번 이상 탈출시도를 하다 적발되어 고문당한다. 결국 에스빠냐 종교 단체의 보상금 지원으로 터키에 노예로 팔려가기 직전 구출된다. 이때 펠리뻬 2세는 뽀르뚜갈과 합병하고 그 나라의 왕을 겸하게 된다.

1584년 12월 12일 까딸리나 데 빨라시오스(Catalina de Palacios)와 결혼 한다.

1585년 세르반떼스의 최초의 목가소설『라 갈라떼아』(*La Galatea*)가 출간 된다.

1587년 세르반떼스는 '무적함대 지원병참 참모'로 근무하다 공금을 저축 해둔 은행이 파산하자 공금횡령죄로 억울한 옥살이를 한다. 이때 바로 이 쎄비야 감옥에서『돈 끼호떼』를 쓰기 시작했다고 한다.

1588년 영국 해전에서의 '무적함대'의 참패.

1603년 세르반떼스는 새로운 수도 바야돌리드로 이사한다.

1605년 1월에 마드리드에서『돈 끼호떼』1권이 출간된다.

1606년 에스빠냐 수도가 다시 마드리드로 옮겨온다. 얼마 뒤 세르반떼스 도 마드리드로 이사 온다. 어떻게 보면 세르반떼스는 항상 왕궁이 있는 수도 가까이서 살아온 셈이다.

1615년 『돈 끼호떼』2권이 출간된다.

1616년 4월 22일, 68세의 나이로 세르반떼스는 마드리드에서 죽는다. 하루 뒤인 23일 뜨리니다드 수도원에 매장했다고 하나 아직도 그의 유해나 무덤은 발견되지 않았다. 세르반떼스의 사망일이 공교롭게도 셰익스피어의 사망일과 일치하나, 사실 같은 날 사망한 것은 아니다. 세르반떼스의 사망일은 1582년에 개혁된 그레고리언 달력(현 태양력)에 따른 것이고 셰익스피어의 사망일은 구달력에 따른 날짜이기 때문이다. 숫자로는 같아 보이나 실제로는 달력이 달라 비슷한 날짜에 각각 사망한 것이다.

2. 세르반떼스 작품활동

발표된 시들

1569년   마드리드에서 출간된 스승 로뻬스 데 오요스 문집에 이사벨 데 발로스 여왕(Reina Isabel de Valos)의 죽음에 바치는 비문 쏘네트와 같은 주제의 조가(弔歌) 한편, 민요(redondilla) 다섯편이 실린다.

1577년   아르헬에서 납치되어 포로로 수용소에 있던 시절의 동료 바르똘로메 루삐노 데 참베리(Bartolomé Rufino de Chamberi)에게 바치는 두편의 쏘네트.

1583년   마드리드에서 출간된 뻬드로 데 빠디야(Pedro de Padilla)의 『민요집』(*Romancero*)에 포함된 쏘네트 한편.

1584년   마드리드에서 출간된 후안 루포(Juan Rufo)의 서사시 『라 아우스뜨리아다』(*La Austriada*)에 포함된 쏘네트 한편.

1585년   마드리드에서 출간된 뻬드로 데 빠디야의 『정신적 정원』(*Jardín espiritual*)에 실려 있는 시들.

1586년   마드리드에서 출간된 로뻬스 말도나도(López Maldonado)의 『노래집』(*Cancionero*)에 실린 쏘네트와 민요.

1587년   마드리드에서 출간된 뻬드로 데 빠디야의 책『동정녀 성모마리
아의 위대성과 기적들』(*Grandezas y excelencias de la Virgen Nuestra
Señora*)에 실린 쏘네트 한편. 마드리드에서 출간된 알론소 데 바로
스(Alonso de Barros)의 책『도덕적으로 쓴 궁중 철학』(*Philosophia
cortesana moralizada*)에 나오는 축시.

1588년   마드리드에서 출간된 프란시스꼬 디아스(Francisco Díaz) 박사의
의학서『신장병에 관하여 쓰인 새로운 연구서』(*Tratado nuevamente
impreso acerca de las enfermedades de los riñones*)에 나오는 축시 쏘네트.

1595년   사라고사에서 출간된 성 하신또(San Jacinto)의 성인 추대식 관계
공문서에 나오는 문예작품 응모작 중 민요 한편.

1596년   마드리드에서 출간된 알바로 데 바산(Alvaro de Bazán)의 책『군사
훈련의 새로운 지침서』(*Comentario en nuevo compendio de disciplina
militar*)에 나오는 축시.

1598년   쎄비야에서 출간된 펠리뻬 2세의 죽음에 바치는 조시들 중 쏘네
트 한편, 민요(quintillas) 열두편. 쎄비야에 있는 펠리뻬 2세 황제
의 무덤에 바치는 쏘네트. 마드리드에서 출간된 극작가 로뻬 데
베가(Lope de Vega)의 작품『드라곤떼아』(*Dragontea*)에 나오는 헌
시 쏘네트 한편.

1610년   마드리드에서 출간된『돈 디에고 우르따도 데 멘도사 시집』
(*Poesías de don Diego Hurtado de Mendoza*)에 나오는 헌시 쏘네트
한편.

1613년   나뽈리에서 출간된 책으로 새로운 예술의 발견자 디에고 로셀
(Diego Rosell)에게 바치는 쏘네트 한편.

1614년   세르반떼스의 유일한 시집『시인들의 성지 파르나소스로의 여행』

(*Viaje del Parnaso*)이 마드리드에서 출간됨.

1615년   「성녀 떼레사 데 헤수스의 기적에 바치는 노래」(Canción al éxtasis de la beata madre Teresa de Jesús) 한편.

1616년   발렌시아에서 출간된 『떼루엘의 연인들』(*Los Amantes de Teruel*)에 포함된 쏘네트.

1616년   마드리드에서 출간된 수녀 일폰사 곤살레스 데 쌀라사르(Alfonsa González de Salazar)에게 바치는 쏘네트 한편.

1653년   마드리드에서 출간된 쌀다냐(Saldaña) 백작에게 바치는 송가와 「용감한 페르난 꼬르떼스의 노래」(Romance del valeroso Fernán Cortés) 한편.

소설

1585년   알깔라 데 에나레스에서 목가소설『라 갈라떼아』가 출간된다.

1605년   『돈 끼호떼』 1권『기발한 시골 양반 라 만차의 돈 끼호떼』(*El Ingenioso Hidalgo Don Quijote de la Mancha*)가 마드리드에서 1월 초에 출간된다.

1613년   최초의 단편소설들이『모범소설들』(*Novelas Ejemplares*)로 한데 묶여서 마드리드 출판사에서 나온다.

1615년   『돈 끼호떼』 2권『기발한 기사 라 만차의 돈 끼호떼』(*El Ingenioso Hidalgo Don Quijote de la Mancha*)가 마드리드 출판사에서 나온다.

1617년   『뻬르실레스와 세히스문도의 모험』(*Los trabajos de Persiles y Segismundo*)이라는 소설이 세르반떼스 사후 출간된다.

극작품

1615년   『극작품들과 단막극들』(*Comedias y entremeses*)이 마드리드에서 출

간된다.

| 1784년 | 『아르헬 포로 생활』(*El trato de Argel*)이 출간된다. |
| 1784년 | 비극 『라 누만시아』(*La Numancia*)가 출간된다. |

고전의 새로운 기준, 창비세계문학

오늘날 우리는 인간의 존엄과 개성이 매몰되어가는 시대를 살고 있다. 물질만능과 승자독식을 강요하는 자본주의가 전지구적으로 확산되면서 현대사회는 더 황폐해지고 삶의 질은 크게 훼손되었다. 경제성장만이 최고의 선으로 인정되고 상업주의에 물든 문화소비가 삶을 지배할수록 문학은 점점 더 변방으로 밀려나고 있다. 삶의 본질을 성찰하는 문학의 자리가 위축되는 세계에서는 가진 자와 못 가진 자 할 것 없이 모두가 불행할 수밖에 없다.

이 시대야말로 인간답게 산다는 것의 의미가 무엇인지 근본적인 화두를 다시 던지고 사유의 모험을 떠나야 할 때다. 우리는 그 여정에 반드시 필요한 벗과 스승이 다름 아닌 세계문학의 고전이라는 점을 강조한다. 고전에는 다양한 전통과 문화를 쌓아올린 공동체의 경험이 녹아들어 있고, 세계와 존재에 대한 탁월한 개인들의 치열한 탐색이 기록되어 있으며, 새로운 세상을 꿈꾸는 아름다운 도전과 눈물이 아로새겨 있기 때문이다. 이 무궁무진한 상상력의 보고이자 살아 있는 문화유산을 되새길 때만 개인의 일상에서 참다운 인간적 가치를 실현하고 근대적 삶의 의미와 한계를 성찰하는 지혜를 얻을 수 있을 것이다.

'창비세계문학'은 이러한 문제의식에서 출발한다. 세계문학의 참의미를 되새겨 '지금 여기'의 관점으로 우리의 정전을 재구성해야 할 필요성이 그 어느 때보다 절실하다. '정전'이란 본디 고정된 목록으로 존재하는 것이 아니라 그때그때 주어진 처소에서 새롭게 재구성됨으로써 생명을 이어가는 것이다. 우리는 먼저 전세계 문학들의 다양성과 차이를 존중하면서 국가와 민족, 언어의 경계를 넘어 보편적 가치에 기여할 수 있는 가능성에 주목하고자 한다. 근대를 깊이 성찰한 서양문학뿐 아니라 아시아와 라틴아메리카, 중동과 아프리카 등 비서구권 문학의 성취를 발굴하고 재평가하는 것 역시 세계문학의 지형도를 다시 그리려는 창비의 필수적인 작업이 될 것이다.

여러 전집들이 나와 있는 세계문학 시장에서 '창비세계문학'은 세계문학 독서의 새로운 기준이 되고자 한다. 참신하고 폭넓으면서도 엄정한 기획, 원작의 의도와 문체를 살려내는 적확하고 충실한 번역, 그리고 완성도 높은 책의 품질이 그 기초이다. 독서시장을 왜곡하는 값싼 유행과 상업주의에 맞서 문학정신을 굳건히 세우며, 안팎의 조언과 비판에 귀 기울이고 독자들과 꾸준히 소통하면서 진정 이 시대가 요구하는 세계문학이 무엇인지 되묻고 갱신해 나갈 것이다.

1966년 계간 『창작과비평』을 창간한 이래 한국문학을 풍성하게 하고 민족문학과 세계문학 담론을 주도해온 창비가 오직 좋은 책으로 독자와 함께해왔듯, '창비세계문학' 역시 그러한 항심을 지켜 나갈 것이다. '창비세계문학'이 다른 시공간에서 우리와 닮은 삶을 만나게 해주고, 가보지 못한 길을 걷게 하며, 그 길 끝에서 새로운 길을 열어주기를 소망한다. 또한 무한경쟁에 내몰린 젊은이와 청소년들에게 삶의 소중함과 기쁨을 일깨워주기를 바란다. 목록을 쌓아갈수록 '창비세계문학'이 독자들의 사랑으로 무르익고 그 감동이 세대를 넘나들며 이어진다면 더없는 보람이겠다.

2012년 가을
창비세계문학 기획위원회
김현균 서은혜 석영중 이욱연 임홍배 정혜용 한기욱

창비세계문학 4

기발한 기사 라 만차의 돈 끼호떼 2

초판 발행 / 2005년 11월 25일
개정판 1쇄 발행 / 2012년 10월 5일
개정판 9쇄 발행 / 2022년 4월 25일

지은이 / 미겔 데 세르반떼스
옮긴이 / 민용태
펴낸이 / 강일우
책임편집 / 심하은
펴낸곳 / (주)창비
등록 / 1986년 8월 5일 제85호
주소 / 10881 경기도 파주시 회동길 184
전화 / 031-955-3333
팩시밀리 / 영업 031-955-3399 편집 031-955-3400
홈페이지 / www.changbi.com
전자우편 / lit@changbi.com

한국어판 ⓒ (주) 창비 2012
ISBN 978-89-364-6404-2 03870